2023宜昌秭归·屈原及楚辞学国际学术研讨会
暨中国屈原学会第十九届年会论文

中國楚辭學

中国屈原学会 编

第三十一辑

學苑出版社

主办
北京市哲学社会科学研究基地北京语言大学首都国际文化研究基地
江苏高校哲学社会科学重点研究基地南通大学楚辞研究中心

图书在版编目（CIP）数据

中国楚辞学．第三十一辑 / 中国屈原学会编．北京：学苑出版社，2024. 12. -- ISBN 978-7-5077-6867-1

Ⅰ．I207. 223-55

中国国家版本馆 CIP 数据核字第 2024J3Y548 号

出 版 人：洪文雄

责任编辑：战葆红

出版发行：学苑出版社

社　　址：北京市丰台区南方庄 2 号院 1 号楼

邮政编码：100079

网　　址：www. book001. com

电子邮箱：xueyuanpress@163. com

联系电话：010-67601101（营销部） 010-67603091（总编室）

印 刷 厂：北京建宏印刷有限公司

开本尺寸：787 mm×1092 mm　1/16

印　　张：36.25

字　　数：695 千字

版　　次：2024 年 12 月北京第 1 版

印　　次：2024 年 12 月北京第 1 次印刷

定　　价：120. 00 元

编　委　会

目录

楚辞作品研究

屈原及楚辞影响与接受研究

楚辞学史研究

《离骚》的写作时间、篇名分章和主题辨析

北京语言大学光明文学遗产研究院　方　铭

摘　要：《离骚》是屈原的代表作品。2000 多年来，关于其写作时间、篇名、分章与主题，学术界有很大的争议。作为屈原最早的作品，《离骚》的篇名含义是“离忧”，即“离别的忧愁”。过去学者试图对《离骚》进行分段，而它并不适合分段解读。从文本细读来看，《离骚》的主题就在“离别的忧愁”这个篇名中。

关键词：屈原；《离骚》；离忧；楚辞

《离骚》是一首规模宏伟的抒情长诗，是屈原最重要的作品。根据现有的历史记载，《离骚》应该是屈原传世作品中最早的一篇。已故苏雪林教授说：“俞樾引陈深的计算，谓《离骚》一共有 2470 字，我也曾逐字数过，共有 2483 字，删去‘曰黄昏以为期兮，羌中道而改路’十三字，与陈深的数目正合。”[①] 屈原的名字是和《离骚》密不可分的。《离骚》是理解屈原人生境界和价值观最重要的资料，也是《楚辞》中最具代表性的作品。2000 多年来，先贤和时彦对《离骚》进行了非常深入细致的研究，不过，如果细读文本，仍然有一些问题需要重新思考。

一、《离骚》的写作时间与命名

根据《史记·屈原贾生列传》，《离骚》的创作时间，应该是屈原生活的早期，是他在遭受上官大夫举报而被楚怀王疏远以后所作。而屈原被楚怀王“怒而疏”，在张仪使楚离间齐楚关系之前，而张仪使楚在楚怀王十六年，那么《离骚》写作的时间应该是楚怀王十六年以前。楚怀王十六年为公元前 313 年。按照我在《战国文学史论》的推断，屈原如果出生在公元前 331 年，在楚怀王十六年，屈原差不多 19 岁的样子，正是少年得志、年轻气盛的时候，他对上官大夫的态度，以及楚怀王对他的态度，都是一个充满理想主义色彩的年轻人的正常反应。

有学者认为《离骚》中流露出的屈原愤懑绝望的情绪不可能是屈原在政治上初

---

① 苏雪林：《楚骚新诂》，武汉：武汉大学出版社，2007 年版，第 9 页。

次失意时的作品，而应该是怀王末期或者是顷襄王初期的作品，因为这两个时期屈原在政治上受到多次打击，楚国也陷入危亡境地，屈原自然内心充满忧愤，也只有在这样的时期，屈原才能写出《离骚》这样磅礴的作品。这样的看法虽然看起来有一定道理，但都是推测之词，与《史记·屈原贾生列传》的记载不符。《论语·为政》载孔子曰："吾十有五而志于学，三十而立，四十而不惑，五十而知天命，六十而耳顺，七十而从心所欲，不逾矩。"①《论语·季氏》载孔子曰："君子有三戒：少之时，血气未定，戒之在色；及其壮也，血气方刚，戒之在斗；及其老也，血气既衰，戒之在得。"②虽然在现实之中可能有个案，但是，一般来说，一个人越到年长，越趋向淡漠，会渐渐安于天命。因此，推断《离骚》写于屈原生活的后期，既缺乏历史记载，又不符合人生不同阶段的精神面貌。

关于《离骚》的创作动机，《史记·屈原贾生列传》说得非常清楚，所谓"屈平疾王听之不聪也，谗谄之蔽明也，邪曲之害公也，方正之不容也，故忧愁幽思，而作《离骚》。离骚者，犹离忧也。夫天者，人之始也；父母者，人之本也。人穷则反本，故劳苦倦极，未尝不呼天也；疾痛惨怛，未尝不呼父母也。屈平正道直行，竭忠尽智，以事其君，谗人间之，可谓穷矣。信而见疑，忠而被谤，能无怨乎？屈平之作《离骚》，盖自怨生也。"《楚辞·离骚经序》说屈原创作《离骚》的动机和《离骚》篇名大义时说："《离骚经》者，屈原之所作也。……同列大夫上官、靳尚妒害其能，共谮毁之。王乃疏屈原。屈原执履忠贞，而被谗邪，忧心烦乱，不知所愬，乃作《离骚经》。离，别也；骚，愁也；经，径也。言以放逐离别，中心愁思，犹依道径以风谏君也。故上述唐虞三后之制，下序桀纣羿浇之败。冀君觉悟，反于正道而还已也。"③

关于《离骚》篇名，历史上曾经产生过各种各样的解释。游国恩先生《离骚纂义》罗列甚详。④事实上，司马迁《史记·屈原贾生列传》说"离骚者，犹离忧也"，王逸说"离，别也。骚，愁也"，已经说得非常清晰，即"离"是离别之意，"骚"是忧愁之意，"离骚"即"离别的忧愁"。明汪瑗《楚辞集解·离骚序》说："篇内曰：'余既不难夫离别兮，伤灵修之数化。'此《离骚》之所以名也。王逸曰：'离，别也。骚，愁也。……言已放逐离别，中心愁思。'其说是矣。然篇末虽有悲怀旧乡至于，而乱辞遂继之曰：'国无人莫我知兮，又何怀乎故都！既莫足与为美政兮，

① 刘宝楠撰，高流水点校：《论语正义》卷二，北京：中华书局，1990 年版，第 43 页。

② 刘宝楠撰，高流水点校：《论语正义》卷十九，北京：中华书局，1990 年版，第 661 页。

③ 刘向编，王逸注，洪兴祖补，白化文等点校：《楚辞补注》卷第一，北京：中华书局，1983 年版，第 1—3 页。

④ 游国恩主编：《离骚纂义》，北京：中华书局，1980 年版，第 3—7 页。

吾将从彭咸之所居！’又终示之以去楚之意。是屈子虽未尝去楚，而实未尝不去楚也。其不去楚者，固不舍楚而他适；其终去楚者，又将隐遁以避祸也。孰谓屈子昧《大雅》明哲之道，而轻身投水以死也哉？读者即《楚辞》熟读而遍考之可见矣。旧注牵强支离之说，世俗流传无征之言，何足信哉。”[①] 汪瑗的这个辨析是非常有力的。晚于汪瑗的明人黄文焕《楚辞听直·听离骚》曰：“王逸曰：‘离，别也。骚，愁也。’班固曰：‘离，遭也。’义与王异。读《（离）骚》所言，自当从‘离别’之义。”[②]

《离骚》以抒情的手法回顾了自己高贵的出身、美好的品质和干练的才能，以及为了楚国的富强而先后奔走的经历。但理想在现实面前破灭了，君王听信小人的谗言而疏远自己。愤怒的诗人猛烈地抨击群小，指责君王，并表示要坚持理想不放弃。在现实中找不到出路，诗人将目光转向非现实世界，向天帝与神灵求助，并萌生去国的想法。作者在离别或者不离别之间矛盾徘徊，所以，《离骚》实际是一首“离别之歌”。诗人在历史与现实，天上与地下种种画面交织之中，反复地述说远大的政治理想，批判黑暗的现实、表达自己不妥协的斗争精神。因此，以“离别的忧愁”来解释“离骚”的题名，是最恰当的。

《离骚》篇名解释的混乱，自班固开始。见于洪兴祖《楚辞补注》的班固《离骚赞序》说：“《离骚》者，屈原之所作也。屈原初事怀王，甚见信任。同列上官大夫妒害其宠，谗之王，王怒而疏屈原。屈原以忠信见疑，忧愁幽思，而作《离骚》。离，犹遭也。骚，忧也。明己遭忧作辞也。是时周室已灭，七国并争。屈原痛君不明，信用群小，国将危亡，忠诚之情，怀不能已，故作《离骚》。上陈尧、舜、禹、汤、文王之法，下言羿、浇、桀、纣之失以风。”[③] 班固把“离”解释为“遭”，“离骚”就是遭遇忧伤，虽然屈原的确遭遇了无尽的忧伤，但以遭遇忧伤来解释“离骚”的篇名，显然并不是最好的解释。

《汉书·扬雄传上》载：“先是时，蜀有司马相如，作赋甚弘丽温雅，雄心壮之，每作赋，常拟之以为式。又怪屈原文过相如，至不容，作《离骚》，自投江而死，悲其文，读之未尝不流涕也。以为君子得时则大行，不得时则龙蛇，遇不遇命也，何必湛身哉！乃作书，往往摭《离骚》文而反之，自岷山投诸江流以吊屈原，名曰《反离骚》；又旁《离骚》作重一篇，名曰《广骚》；又旁《惜诵》以下至《怀沙》一卷，名曰《畔牢愁》。”[④] 清人戴震从中引出“离骚”即“牢骚”之义。他在《屈

① 汪瑗撰，董洪利点校：《楚辞集解》，北京：北京古籍出版社，1994年版，第35页。

② 黄文焕撰，黄灵庚等点校：《楚辞听直》，上海：上海古籍出版社，2019年版，第238页。

③ 刘向编，王逸注，洪兴祖补，白化文等点校：《楚辞补注》卷第一，北京：中华书局，1983年版，第51页。

④ 班固：《汉书》卷八十七上，北京：中华书局，1962年版，第3515页。

原赋注初稿》中称："离骚，即牢愁也，盖古语，扬雄有《畔牢骚》。离、劳，一声之转，今人犹言牢骚。"[①]不过，《屈原赋注·音义》则说："离，犹隔也，骚者，动扰有声之谓。盖遭谗放逐，幽忧而有言，故以《离骚》名篇。"[②]如果这两部著作都出自戴震之手，足见戴震关于《离骚》篇名的解释，也是混乱的。

《楚辞·大招》有"伏戏《驾辩》，楚《劳商》只。讴和《扬阿》，赵箫倡只"，王逸《楚辞章句》说："伏戏，古王者也，始作瑟。《驾辩》《劳商》，皆曲名也。言伏戏氏作瑟，造《驾辩》之曲，楚人因之作《劳商》之歌。皆要妙之音，可乐听也。或曰《伏戏》《驾辩》《劳商》，皆要妙歌曲也。劳，绞也。以楚声绞商音，为之清激也。"又说："徒歌曰讴。扬，举也。阿，曲也。赵，国名也。箫，乐器也。先歌为倡，言乐人将歌，徐且讴吟，扬举善曲，乃俱相和，又使赵人吹箫先倡，五声乃发也。或曰《讴和》《扬阿》，皆歌曲也。"[③]游国恩先生认为"离骚"和"劳商"是双声叠韵词，"离骚"可能是楚国歌曲"劳商"。[④]这个观点把《离骚》的命名与《九辩》《九歌》的命名联系在一起，可以为我们理解《离骚》提供想象空间，无疑也是有意义的。

二、《离骚》的分章问题

由于屈原独特的抒情方式，《离骚》的分段成了一件困难的事情。宋明以来，有不少学者试图给《离骚》分段。苏雪林教授在《楚骚新诂》中说："至于《离骚》的分段，则钱杲之《离骚集传》分为十四节；陈本礼《离骚精义》分为十节，节即段的意思。王邦采的《离骚汇订》分为三大段；戴震的《离骚注》分为十段；屈复的《楚辞新注》分为五段，方廷珪的《楚辞集成》分为六段；陆侃如的《屈原》分为两大段；日本儿岛献吉郎的《毛诗楚辞考》分为五大段。当然还有别的楚辞研究家作为别样的分法，未暇一一引证。"[⑤]苏雪林教授本人也沉迷于给《离骚》分段，所以她非常关注历史上关于《离骚》分段的有关论述，她对《离骚》分段的历史是非常清楚的。

早期的楚辞学者如王逸等，并未见为《离骚》分段。宋明以后学者们热衷给楚

① 《屈原赋注初稿》，张岱年先生主编：《戴震全书》第三册，合肥：黄山书社，1994年版，第535页。

② 戴震撰，褚斌杰等点校：《屈原赋注》，北京：中华书局，1999年版，第101页。

③ 刘向编，王逸注，洪兴祖补，白化文等点校：《楚辞补注》卷第十，北京：中华书局，1983年版，第221页。

④ 游国恩主编：《离骚纂义》，北京：中华书局，1980年版，第6—7页。

⑤ 苏雪林：《楚骚新诂》，武汉：武汉大学出版社，2007年版，第10页。

辞分段，并且出现了各种各样的分段方式，这说明有关《离骚》的研究在不断走向深入，但同时也说明要寻找到一个令人信服的《离骚》分段路径的确是困难的。

明人陈第在《屈宋古音义·题离骚》中说，《离骚》应该由七个部分组成，从“帝高阳之苗裔兮”到“余不忍为此态也”为第一节，“言己之不得于君也”。自“鸷鸟之不群兮”至“岂余心之可惩”为第二节，“言己之不遇，而不改其素也”。自“女媭之婵媛”至“霑余襟之浪浪”为第三节，“盖托敷词于重华，言己于善败之迹，尝三复于王所也”。自“跪敷衽以陈辞兮”至“哀高丘之无女”为第四节，“言欲轻举远去，忽哀故国之无人也”。自“溘吾游此春宫兮”至“余焉能忍与此终古”为第五节，“言党人众多，贤人不可见，难与之久处也”。自“索藑茅以筳篿兮”至“吾将远逝以自疏”为第六节，“言卜筮皆勉其远遁，将从之以远适四方也”。自“邅吾道夫昆仑兮”至“蜷局顾而不行”为第七节，“言逍遥娱乐，庶几借以自谦，然眷顾楚国，终不能离也”。“‘乱’则总结前意，谓义无可往，惟以死自誓而已矣”。[①] 陈第的分类很细致，对每一部分的内容概括，也很有说服力。不过，陈第所分七个部分，如果再加上乱辞，就是八个部分。毕竟乱辞是《离骚》的一个独立组成部分。

明末李陈玉是一位有见识的楚辞研究者，同时也是一位有民族气节的爱国主义学者。《吉水县志》说李陈玉是崇祯时进士，正直敢言，不避权贵，官至监察御史。明亡后“避乱于湖南山中”，披发隐居，从者十余人，生病后“歌哭无时，然其心未尝一日忘明”。[②]

据清佚名《研堂见闻杂录》载：“我朝之初入中国也，衣冠一仍汉制，凡中朝臣子，皆束发顶进贤冠，为长袖大服，分为满汉两班。有山东进士孙之獬，阴为计，首剃发迎降，以冀独得欢心，乃归满班。则满以其为汉人也，不受。归汉班，则汉以其为满饰也，不容。于是羞愤上疏，大略谓：‘陛下平定中国，万事鼎新，而衣冠束发之制，独存汉旧，此乃陛下从中国，非中国从陛下也。’于是削发令下，而中原之民，无不人人思挺螳臂，拒灶斗，处处蜂起，江南百万生灵，尽膏野草，皆之獬一言激之也。原其心，止起于贪慕富贵，一念无耻，遂酿荼毒无穷之祸。至丁亥岁，山东有谢迁奋起，攻破州县，入淄川城，首将之獬一家杀死，孙男四人，孙女孙妇三人，皆备极淫惨以毙，而之獬独缚至十余日，五毒备下，缝口支解。嗟乎！小人亦枉作小人尔，当其举宗同尽，百口陵夷，恐聚十六州铁铸不成一错也。”[③] 明崇祯即位，清理宦官集团，计划焚毁宦官魏忠贤诬陷东林党人的《三朝要典》，翰林院侍讲孙之獬在朝廷大哭阻止，被列入阉党，免官。明朝灭亡后，操着阿尔泰语的通古斯人

---

① 陈第撰，康瑞琮点校：《屈宋古音义》卷二，北京：中华书局，2008 年版，第 201—202 页。

② 彭际盛、胡宗元：《吉水县志》卷二十二，清光绪元年刻本。

③ 文秉：《烈皇小识（外一种）》，北京：北京古籍出版社，2002 年版，第 298 页。

入主中国，召用孙之獬，孙为巴结通古斯人，于是剃发易服，在满清朝廷里想和通古斯人站在一班，通古斯人因孙是汉人，不接受，只好返回汉班，但降清的明朝官员也不容纳，因此，孙之獬深谙让“中国从陛下”就要在“衣冠束发之制”上去“中国”，满清皇帝心领神会，颁布“薙发令”，命汉人去发易服，所谓“留发不留头，留头不留发”。数以百万计的汉人因不愿受去发之辱而被杀。身体发肤受之父母，去发和留发，在周礼及儒家价值观中具有重要象征意义，满清皇帝颁布“薙发令”，通过逼迫“中国”人去发，彻底破坏了“中国”人信奉的孔子及原始儒家所提倡的孝道的严肃性，使苟活的中国人丧失了维护中国传统价值观的自信心，也击溃了“中国”人对自己几千年文明的荣誉感。因此，满清皇帝的“薙发令”，在剃发易服背后，更有深远的象征意义。所以，满清皇帝只针对汉人推介“薙发令”。嗣后满清皇帝不断赴孔庙祭孔，表面上看他们希望融入“中国”人的文化体系中，但他们为了让通古斯人长久统治中国，通过“薙发令”的推行，已经彻底地改变了“中国”人对孔子与原是儒家思想信奉的忠诚度。因此，满清统治者尊孔，只不过是他们统治术的一部分，侮辱圣人、改造中国文化，颠覆中国文化的本来面貌，才是他们野心的真实内容。明朝遗民的反抗，以及孙之獬一家的遭遇，都可以看出中国人对“薙发令”所隐含的象征意义的愤怒。而孙之獬本人因在崇祯时陷入阉党案，竟然荼毒如此，正是缺少文明底线意识的行为表现。而在中国历史上，类似的人远远不止孙之獬一人。

李陈玉的遭遇和心性经历比屈原残酷得多，面对明朝之亡和来源于异质文化并带有明显侮辱性质的“薙发令”，李陈玉选择隐居山林，并以披发来应对“薙发令”，披发本身也就宣示了他的不屈服。而李陈玉选择给《楚辞》作注，也是他反抗通古斯人入侵的一个重要态度。也正因此，李陈玉对屈原作品的体味非常深入和细致。

在《楚辞笺注》中，李陈玉把《离骚》分为十四段。从“帝高阳之苗裔兮，朕皇考曰伯庸。摄提贞于孟陬兮，惟庚寅吾以降。皇览揆余初度兮，肇锡余以嘉名。名余曰正则兮，字余曰灵均”8句为第一段，“言其为同姓亲臣，恩深义重，本非可离之人。且受天之气，禀父之教，自堕地来，便以正直为则”。“纷吾既有此内美兮，又重之以修能。扈江离与辟芷兮，纫秋兰以为佩”4句为第二段，“言其才行自负，一味修洁，焉有可离之端，然其致妒之由即在此”。“汩余若将不及兮，恐年岁之不吾与。朝搴阰之木兰兮，夕揽洲之宿莽。日月忽其不淹兮，春与秋其代序。惟草木之零落兮，恐美人之迟暮”8句为第三段，“言欲乘时效用，赞助吾君，早建大业。所以速人致妒之由即在于此”。自“不抚壮而弃秽兮”至“夫唯灵修之故也”共24句为第四段，“言其谏君之诚，不畏人妒，乃衅所由起”。“曰黄昏以为期兮，羌中道而改路！初既与余成言兮，后悔遁而有他。余既不难夫离别兮，伤灵修之数化”6句为第五段，“言君之见信，始则暂听，终则回惑，始知妒已入矣”。自“余既滋兰之九畹兮”至“虽九死其犹未悔”共36句为第六段，“言为君树芳去秽，作许多事，而为众妒所夺。然我所自信法前修而无悔也。到此舋已成矣”。自“怨灵修之浩荡兮”至“固前圣之所厚”共20句为第七段，“言众妒已起，舋已成，忠臣受困矣。然明知而生性不能改也”。自“悔相道之不察兮”至“岂余心之可惩”共24句为第八段，“言妒舋既深，便有抽身引退之思，然犹豫徘徊踟蹰不忍去，尚冀觉悟，不然退亦自乐矣”。自“女媭之婵媛兮”至“夫何茕独而不予听”共12句为第九段，“托女媭之詈，见众妒之必不容”。自“依前圣以节中兮”至“溘埃风余上征”共44句为第十段，“历举前世善败，非好为婞直以犯人之情，直是事君之当然耳”。自“朝发轫于苍梧兮”至“余焉能忍而与此终古”共72句为第十一段，“言既不为众所容，则因往叩重华，将游于四表之上，求索一遇，岂便无相合者”。自“索藑茅以筳篿兮”至“周流观乎上下”共76句为第十二段，“言求女如此之难，人事全不可问，请决之神，灵氛既告以远逝，心尚狐疑，又决之巫咸、百神，确然告余以不可淹留。一如灵氛所言则吉，自此决意与世长别矣”。自“灵氛既告余以吉占兮”至“蜷局顾而不行”共36句为第十三段，“言从此便割绝矣。人间不可住，且以天游自疏。党人必不见妒，我从此逝矣。然而天路虽阔，周流虽适，从云霄之上，回见故乡，又不胜仆悲马怀。言念及此，安能恝然舍此长往邪？写到此，满肚皮忠君爱国之怀，无处可挥泪矣”。“乱曰：已矣哉！国无人莫我知兮，又何怀乎故都！既莫足与为美政兮，吾将从彭咸之所居！”共5句为第十四段，“收结一篇之意。从彭咸所居，盖将誓以一死自明也”。①

李陈玉的分段和陈第的分段大有不同，除了段落数目不同以外，起止的字句几乎没有重合之处，而李陈玉和陈第的分段依据也都是可以成立的，这说明给《离骚》分段，并不是一件容易的事情。

游国恩先生在《屈原作品介绍·离骚》中说：“《离骚》全篇共分为三大段，自‘帝高阳之苗裔’至‘岂余心之可惩’为第一大段；自‘女媭之婵媛’至‘余焉能忍与此终古’为第二大段；自‘索藑茅以筳篿’至‘蜷局顾而不行’为第三大段。每一大段之中又分若干小节，而以‘乱’辞总结全篇。”游国恩先生认为《离骚》的第一大段屈原“首先叙述自己的世系、祖考、生辰和名字等”，在第二大段中，屈原“首先假设一个老婆婆责备他不应该那么刚强太过，教人难堪，像鲧那样别扭的人，固执己见，与众不同，这是取祸之道。屈原听了，不敢相信，于是‘依前圣以节中’，‘就重华而陈词’，希望得到正确的指示”。在第三大段，“屈原先假设去求灵氛问卜：

① 李陈玉，王舒雅点校：《楚辞笺注》，南京：南京大学出版社，2017年版，第9—33页。

‘思九州之博大兮，岂惟是其有女？’灵氛对他说：‘勉远逝而无狐疑兮，孰求美而释女（汝）？何所独无芳草兮，尔何怀乎故宇。’但他犹豫不决，就又乘着巫咸降神的机会去求神的启示，神又告诉他暂时不要走，等待时机，可能有一天会同傅说、吕望、甯戚一样，遇到武丁、周文王、齐桓公那样的明君。他再三考虑的结果，楚国再不能留了，不得已只有依照灵氛的劝告，选择吉日起程去国了。”最后，因为在神游过程中看到了楚国，仆人和马都不愿意前进了，“这样，《离骚》的正文也就结束了”。正文结束以后，“以下便是令人不忍卒读的‘乱’辞，作为全篇的总结”。①

游国恩先生所分的第一大段包括陈第所分的第一节和第二节，游国恩先生所分的第二大段包括陈第所分的第三节、第四节和第五节，游国恩先生所分的第三大段包括陈第所分的第六节和第七节。假如把游国恩先生的分段和陈第的分段相结合，把游国恩先生的分段看作是《离骚》事实上存在的三个层次，而陈第的分类，让我们明白在这三个层次里面还可以细分：游国恩先生所分第一段中，又有两个段落；游国恩先生所分第二段中，则又有三个段落；游国恩先生所分第三段中，则又有两个段落。这样，《离骚》的整体感和层次感就凸显出来了。

苏雪林教授《楚骚新诂》把《离骚》分为三大段，每一大段 8 组，三大段共 24 组；每一组 4 小节，24 组共 96 小节；每小节 4 句，96 小节共 384 句。② 苏雪林教授所分的三大段大体同于游国恩先生的分段，只是苏雪林教授为了使每一大段都是 8 组，把《乱》辞归入第三大段，并计为 4 句。又因为三大段 24 组 96 小节应为 384 句，如果把《乱》辞计为 4 句，《离骚》仍有 386 句，《楚辞补注》曰：“一本有此二句，王逸无注，至下文‘羌内恕己以量人’，始释‘羌’义，疑此二句，后人所增耳。《九章》曰：‘昔君与我诚言兮，曰黄昏以为期。羌中道而回畔兮，反既有此他志。’与此语同。”③ 因此，苏雪林教授主张把“曰黄昏以为期兮，羌中道而改路。初既与余成言兮，后悔遁而有他。余既不难夫离别兮，伤灵修之数化”六句中去掉被洪兴祖《楚辞补注》怀疑为衍文的“曰黄昏以为期兮，羌中道而改路”两句。苏雪林教授的这个分段虽然不能完全和《离骚》的意义层次相匹配，但对于《离骚》的分段阅读或者诵读，却无疑是有意义的。

周秉高教授《楚辞解析》一书，对《楚辞》各篇进行了详尽的层次分析。他认为《离骚》第一层次由四部分构成，正文前 128 句是回顾，中 128 句是求索，后 112 句是矛盾，最后是乱词 5 句。这个分析和游国恩先生的分段大体一致。周秉高教授在分

① 《游国恩楚辞论著集》第四卷，北京：中华书局，2008 年版，第 91—94 页。

② 苏雪林：《楚骚新诂》，武汉：武汉大学出版社，2007 年版，第 23—40 页。

③ 刘向编，王逸注，洪兴祖补，白化文等点校：《楚辞补注》卷第十，北京：中华书局，1983 年版，第 10 页。

析了《离骚》的第一层次以后，又继续推进。他认为第二层次，回顾则又分解为志向 24 句、遭遇 52 句、决心 52 句三部分，求索则分为女嬃劝诫 12 句、陈辞重华 40 句、上下求索 76 句三部分，矛盾则分为灵氛劝离 20 句、巫咸劝留 24 句、初念去国 32 句、终觉不忍 36 句四部分。在第二层次以后，周秉高教授还分了第三层次，认为志向则分为身世 8 句，志愿 16 句；遭遇则分为灵修数化 24 句，众芳污秽 28 句；决心则分为正面表达 28 句，反面表达 24 句；陈词重华则分为过渡 4 句，陈词 32 句，过渡 4 句；上下求索则分为过渡 4 句，求索 72 句；灵氛劝离则分为屈原问卜 6 句，灵氛劝词 14 句；巫咸劝留则分为过渡 8 句，巫咸之语 16 句；初念去国则分为否定巫咸之词 4 句，分析楚国形势 20 句，决定去国远游 8 句；终觉不忍则分为准备去国 8 句，想象去国 24 句，不忍去国 4 句。第四层次则把志愿分为修身 8 句和治国 8 句；陈词分为反面 16 句，正面 4 句，并有小结 12 句；求索分为神女 28 句，宓妃 20 句，简狄 12 句，二姚 8 句，并有总结原因 4 句。[①] 周秉高教授的层次分析落实到了《离骚》的每一个句子，因此，是非常扎实和有说服力的。

由于《离骚》的篇幅过大，所以分段可以帮助我们有效地阅读《离骚》。因此，无论是明人陈第、李陈玉，还是今人游国恩先生、苏雪林教授、周秉高教授等人所做的工作，都是非常有意义的。但是，《离骚》的叙述结构，就是反复说明自己的高尚情操，及自己的忠君爱国之诚，楚王的昏聩，小人的卑鄙，自己不能继续在楚国待下去了，需要离开。这个离开包括远游和蹈水。因此，为了把握《离骚》的主旨，最恰当的方式是把《离骚》看作是一个不可切割的整体。《离骚》结构和内容的特殊性，决定了《离骚》事实上是很难有一个清楚的逻辑线索来分段的。所以，意图对《离骚》进行分段的一切努力，最终可能都是无效的。分得越细致，则可能越不容易把握《离骚》的逻辑线索，就可能导致对《离骚》理解的碎片化。

三、《离骚》的主题

《离骚》的主题，实际就包含在“离骚”这个篇名“离别的忧愁”之中，即始终表现的是诗人面对社会不公的困境时在心中缠绕的去与留的挣扎。

屈原在《离骚》中，首先陈述自己的才能，接着批评楚国谗佞当道，楚王不觉悟，不但不能近君子而远小人，反倒是远君子而近小人。屈原虽然知道楚国社会氛围黑暗阴险，但决不妥协，“宁溘死以流亡兮，余不忍为此态也”。屈原试图改变在楚国的处境，曾经“上下而求索”，但所有的努力都失败了。屈原求灵氛占卜，

① 周秉高：《楚辞解析》，呼和浩特：内蒙古大学出版社，2003 年版，第 18—27 页。

灵氛说："勉远逝而无狐疑兮，孰求美而释女？何所独无芳草兮，尔何怀乎故宇？"认为以屈原的才能，可以周游任何国家。而巫咸则认为屈原在楚国的机会尚多，"及年岁之未晏兮，时亦犹其未央"。屈原忖度自己在楚国不可能有任何前途，因此告别楚国出游，但"忽临睨夫旧乡"，"仆夫悲余马怀兮，蜷局顾而不行"。《离骚》最后说："已矣哉！国无人莫我知兮，又何怀乎故都！既莫足与为美政兮，吾将从彭咸之所居！"屈原虽然最终不能离去，但对于楚国的政治已经失望了。《离骚》整篇文章所要表达的就是这种不得不去又不愿意离去的"离别的忧愁"。

《离骚》开端两句讲明了屈原的身世和出生："帝高阳之苗裔兮，朕皇考曰伯庸。摄提贞于孟陬兮，惟庚寅吾以降。皇览揆余初度兮，肇锡余以嘉名。名余曰正则兮，字余曰灵均。纷吾既有此内美兮，又重之以修能。扈江离与辟芷兮，纫秋兰以为佩。汩余若将不及兮，恐年岁之不吾与。朝搴阰之木兰兮，夕揽洲之宿莽。日月忽其不淹兮，春与秋其代序。惟草木之零落兮，恐美人之迟暮。不抚壮而弃秽兮，何不改乎此度？乘骐骥以驰骋兮，来吾道夫先路！"屈原和楚王同宗共祖，因此，屈原深觉自己和楚国是一个利益共同体，认为他对楚国的兴亡负有责任，这也是屈原具有忠君爱国情怀的社会基础。所以，他希望自己能为楚国的复兴和发展做出自己的贡献。

屈原的生日、名字的不平凡，赋予了屈原不同于一般人的人生期许。而屈原因此也特别重视培养自己高洁的人格和杰出的才能，让自己有能力辅佐君王、振兴国家。夏禹、商汤、周文王、周武王、周成王、周公等三代明君的"纯粹"，以及他们容纳"众芳"的胸怀，唐尧虞舜的"耿介"，以及他们天下为公，以"道"治国的正"路"，是屈原的"美政"理想的内容。《离骚》说："昔三后之纯粹兮，固众芳之所在。杂申椒与菌桂兮，岂维纫夫蕙茝！彼尧舜之耿介兮，既遵道而得路。何桀纣之猖披兮，夫唯捷径以窘步。惟党人之偷乐兮，路幽昧以险隘。岂余身之惮殃兮，恐皇舆之败绩！忽奔走以先后兮，及前王之踵武。荃不察余之中情兮，反信谗以齌怒。余固知謇謇之为患兮，忍而不能舍也。指九天以为正兮，夫唯灵修之故也。"遗憾的是，楚国的领导人不是唐尧虞舜，也不是夏禹、商汤、周文、周武，而很可能是夏桀、商纣王一类的暴君昏君，楚国的大臣中充满了小人，屈原的理想并没有很好的实现途径，屈原只能徒生叹息。屈原面对党人的谗言以及楚王的不信任，仍然希望有机会为国家服务。但是，楚王变化无常，"初既与余成言兮，后悔遁而有他。余既不难夫离别兮，伤灵修之数化"，使他不得不选择离开。

屈原为了楚国的复兴，曾经做了很多准备："余既滋兰之九畹兮，又树蕙之百亩。畦留夷与揭车兮，杂杜衡与芳芷。冀枝叶之峻茂兮，原俟时乎吾将刈。虽萎绝其亦何伤兮，哀众芳之芜秽。众皆竞进以贪婪兮，凭不厌乎求索。羌内恕己以量人兮，各兴心而嫉妒。忽驰骛以追逐兮，非余心之所急。老冉冉其将至兮，恐修名之不立。”楚王曾对屈原非常信任，但后来改变了主意，这让屈原很是痛心，屈原不担心自己被驱逐出楚国，却痛心君王的反复无常和众人的趋炎附势。楚国的君臣都争做小人，屈原处在猥琐的小人群中，这让屈原感到绝望。屈原不是为自己担忧，他担心的是楚王将老，死了以后，会落下一个昏君的名声。

诗中有“老冉冉其将至兮，恐修名之不立”一句，一般认为是屈原担心自己没有美名。但屈原说：“忽驰骛以追逐兮，非余心之所急。”即追名逐利不是他的目标。而《离骚》写在屈原年轻的时候，“老冉冉”只能指楚怀王。屈原人品高洁，不用担心自己没有美名，而且就主观而言，他也不需要美名。但楚王的所作所为，非常接近一个昏君的行为，所以屈原才这么着急。屈原指九天以为正，说他的行为都是“唯灵修之故也”，除了担心皇舆败绩以外，还包括楚王能不能成为一代明君。屈原说：“朝饮木兰之坠露兮，夕餐秋菊之落英。苟余情其信姱以练要兮，长顑颔亦何伤。揽木根以结茝兮，贯薜荔之落蕊。矫菌桂以纫蕙兮，索胡绳之纚纚。謇吾法夫前修兮，非世俗之所服。虽不周于今之人兮，愿依彭咸之遗则。”屈原自己本来就不合于世俗，世俗人的认同不在他考虑的范围里，他的眼光是望向尧舜禹汤文武的，是要以殷贤人彭咸为榜样的。

屈原《离骚》两次提到彭咸，屈原的其他作品也多次提及彭咸。《九章·抽思》说：“望三五以为像兮，指彭咸以为仪。”《九章·思美人》说：“独茕茕而南行兮，思彭咸之故也。”《九章·悲回风》说：“夫何彭咸之造思兮，暨志介而不忘！”又说：“孰能思而不隐兮，照彭咸之所闻。”又说：“凌大波而流风兮，托彭咸之所居。”关于彭咸的事迹，虽然没有更多的传世文献记载，但屈原的诗里所透露的信息已经很明确了。屈原既然多次提到彭咸，也就是说，在战国末期，彭咸的事迹是被大家所熟知的。而王逸说彭咸是殷贤大夫，因忠直而蹈水自杀，王逸是汉代人，距离屈原的时代不算太远，我们相信，在王逸时代，他应该可以清晰地知道彭咸的事迹传说，因此，王逸《楚辞章句》说：“彭咸，殷贤大夫，谏其君不听，自投水而死。遗，余也。则，法也。言已所行忠信，虽不合于今之世，愿依古之贤者彭咸余法，以自率厉也。”王逸的这个说法是不应该被质疑的。洪兴祖《楚辞补注》也说：“颜师古云：彭咸，殷之介士，不得其志，投江而死。按屈原死于顷襄之世，当怀王时作《离骚》，已云‘愿依彭咸之遗则’，又曰‘吾将从彭咸之所居’，盖其志先定，非一时忿怼而自沉也。《反离骚》曰：‘弃由、聃之所珍兮，摭彭咸之所遗。’岂知屈子之心哉。”[①]《反离骚》是扬雄所作。但宋代以后，不断有人质疑彭咸是否水死

① 刘向编，王逸注，洪兴祖补，白化文等点校：《楚辞补注》卷第一，北京：中华书局，1983年版，第13页。

的问题，通过否定彭咸水死，以此来证明屈原并没有蹈水，还有人认为彭咸是孔子提到的“老彭”彭铿，有人认为彭咸是巫彭、巫咸的合称。这些观点都属于无根游谈，谈不上有什么价值。潘啸龙教授曾有《离骚彭咸辨》一文，所论甚详，可资参考。[①]

屈原“信而见疑，忠而被谤”，在这样的环境中，屈原自恃才能，生性忠直，却找不到施展才能的机遇。他内心充塞着不平的苦闷，却不愿意趋炎附势，和邪恶势力同流合污。“长太息以掩涕兮，哀民生之多艰。余虽好修姱以鞿羁兮，謇朝谇而夕替。既替余以蕙纕兮，又申之以揽茝。亦余心之所善兮，虽九死其犹未悔。”他内心守贞，外不同流，不谄事君主而改节，不随俗显荣而媚人。他要坚持自己的理想。屈原知道人生的艰难，他是做好了九死一生的准备的。

屈原对楚王和楚国群臣的卑鄙充满了愤恨，并且也坚定信心不和小人同流合污，不向邪恶势力投降。诗人写道：“怨灵修之浩荡兮，终不察夫民心。众女嫉余之蛾眉兮，谣诼谓余以善淫。固时俗之工巧兮，偭规矩而改错。背绳墨以追曲兮，竞周容以为度。忳郁邑余侘傺兮，吾独穷困乎此时也。宁溘死以流亡兮，余不忍为此态也。”楚国社会的堕落是一种常态化的存在，而像他这样品德高洁、坚守底线的人被楚国社会所不容也是正常的现象。

楚国社会如此堕落，我们既然不能与这样堕落的社会和解，更不能与他们同流合污，我们就需要坚定不移地坚守自己的理想，不断提升自己的修养。《离骚》说：“鸷鸟之不群兮，自前世而固然。何方圜之能周兮，夫孰异道而相安？屈心而抑志兮，忍尤而攘诟。伏清白以死直兮，固前圣之所厚。悔相道之不察兮，延伫乎吾将反。回朕车以复路兮，及行迷之未远。步余马于兰皋兮，驰椒丘且焉止息。进不入以离尤兮，退将复修吾初服。制芰荷以为衣兮，集芙蓉以为裳。不吾知其亦已兮，苟余情其信芳。高余冠之岌岌兮，长余佩之陆离。芳与泽其杂糅兮，唯昭质其犹未亏。忽反顾以游目兮，将往观乎四荒。佩缤纷其繁饰兮，芳菲菲其弥章。民生各有所乐兮，余独好修以为常。虽体解吾犹未变兮，岂余心之可惩。”为了保持自己高洁的品性，屈原把眼光投向了兰皋、驰椒、芰荷、芙蓉、四荒，他可以离开污浊的楚国，也愿意为了自己的正直而选择死亡，却决不能苟且偷生。

“女媭之婵媛兮，申申其詈予。”女媭是屈原尊重的人，也是关心屈原的人。她劝诫屈原放弃自己的坚持与理想：“鲧婞直以亡身兮，终然殀乎羽之野。汝何博謇而好修兮，纷独有此姱节？薋菉葹以盈室兮，判独离而不服。”屈原也知道坚持理想是艰难的选择：“众不可户说兮，孰云察余之中情？世并举而好朋兮，夫何茕独而不予听？”屈原彷徨无助，所以渡过湘水往南走，来到舜帝的墓前，向他倾诉

① 潘啸龙：《屈原与楚辞研究》，合肥：安徽大学出版社，1999年版，第99—103页。

衷肠。

在帝舜的墓前，屈原列举了历史上大量的事例：“汤禹俨而祗敬兮，周论道而莫差。举贤才而授能兮，循绳墨而不颇。皇天无私阿兮，览民德焉错辅。夫维圣哲以茂行兮，苟得用此下土。瞻前而顾后兮，相观民之计极。夫孰非义而可用兮？孰非善而可服？”尧、舜之耿介，遵道而得路，禹、汤的俨而祗敬，以及周文、周武二王论道之不差，选贤授能，循绳墨不颇，无私阿，代表了屈原的理想君主的模式。而夏后启沉浸在《九辩》与《九歌》之中，夏朝的君主康娱自纵。“不顾难以图后兮，五子用失乎家巷”，是亡国之君之典型。“羿淫游以佚畋兮，又好射夫封狐；固乱流其鲜终兮，浞又贪夫厥家。浇身被服强圉兮，纵欲而不忍，日康娱而自忘兮，厥首用夫颠陨。夏桀之常违兮，乃遂焉而逢殃。后辛之菹醢兮，殷宗用而不长。”善射的羿因夏之乱而夺取政权，荒淫佚乐，不理政事，羿相寒浞派羿的学生逄蒙射死后羿，并霸占了羿的妻子，生子浇。浇自恃强力，杀死夏后相。夏后相是太康之弟仲康之子，后来，少康杀浇为父相报仇，并复其国。夏桀违背常道，因此为商汤所灭，商纣王帝辛对臣民残暴，因此殷朝很快灭亡。

这些真正发生过的历史事件表明，启、羿、浇、桀、纣失道则亡，商汤、夏禹、文王、武王得道则兴。屈原希望楚王能像尧舜一样，而不要放纵自己，变成桀、纣、羿、浇，但楚王并没有领悟到这个道理。屈原说：“阽余身而危死兮，览余初其犹未悔。不量凿而正枘兮，固前修以菹醢。曾歔欷余郁邑兮，哀朕时之不当。揽茹蕙以掩涕兮，沾余襟之浪浪。跪敷衽以陈辞兮，耿吾既得此中正。”屈原尝试过改变楚国的现状，在现实中，他劝导君王，但是君王执迷不悟，众人蝇营狗苟，趋炎附势。屈原愿意像前修一样，不惧邪恶势力的打击，但他也知道生不逢时，一切可能都是徒劳。

在现实中找不到出路，屈原决定继续走：“驷玉虬以桀鹥兮，溘埃风余上征。朝发轫于苍梧兮，夕余至乎县圃。欲少留此灵琐兮，日忽忽其将暮。吾令羲和弭节兮，望崦嵫而勿迫。路曼曼其修远兮，吾将上下而求索。”屈原首先去“求女”。先是乘凤鸟，驾飞龙，历昆仑，上叩天门，求高丘之神女。求而不得之后，又转而求下界的宓妃、简狄和二姚。虽然原因不尽相同，但都以失败告终。屈原上叩天门，却因天帝的守门人倚着门不理会而没有成功见到天帝，这是比喻国君之不可再见，又认为国君之所以不知道自己，是因为社会混乱黑暗，小人嫉贤妒能的缘故。所以，屈原幻想自己“求女”，就是游国恩先生说的求“通君侧”的人。那种认为美人象征着屈原的政治理想，“求女”就是希望实现美好的政治理想的观点，可能并不是正确的。

“索琼茅以筳篿兮，命灵氛为余占之。”“求女”失败后，诗人满腔悲愤，迷茫绝望，只好求神问卜：“两美其必合兮，孰信修而慕之？思九州之博大兮，岂惟是其有女？”“勉远逝而无狐疑兮，孰求美而释女？何所独无芳草兮，尔何怀乎故宇？”灵氛卜卦的结果是屈原适合于去国远逝，理由是楚国朝野好坏不分，贤愚莫辨。“欲从灵氛之吉占兮，心犹豫而狐疑。巫咸将夕降兮，怀椒糈而要之。”屈原想听从灵氛占卜的结果，但还是有所犹豫，所以，乘巫咸降神之时，请巫咸占卜。

如果说在“上下求索”的道路上，屈原曾经消沉过、怀疑过，那么这个时候他又振作起来，坚定起来。他决定冲出楚国，前往九州这个更广大的世界。“和调度以自娱兮，聊浮游而求女。及余饰之方壮兮，周流观乎上下。灵氛既告余以吉占兮，历吉日乎吾将行。折琼枝以为羞兮，精琼爢以为粻。为余驾飞龙兮，杂瑶象以为车。何离心之可同兮？吾将远逝以自疏。邅吾道夫昆仑兮，路修远以周流。扬云霓之晻蔼兮，鸣玉鸾之啾啾。朝发轫于天津兮，夕余至乎西极。凤皇翼其承旗兮，高翱翔之翼翼。忽吾行此流沙兮，遵赤水而容与。”屈原的出行队伍豪华壮观，行程也是腾云驾雾，天马行空，虽有艰难，但充满了快乐。可是当屈原驾飞龙，乘瑶车，在天空翱翔行进的时候，他忽然看到了自己的故乡：“仆夫悲余马怀兮，蜷局顾而不行。”看见了故乡，不仅仆人悲怆，连马也露出怀恋的神情，蜷缩起身体不肯前行。仆夫和马尚对楚国有所不舍，屈原当然更是如此。即使是在神游之中，屈原也对楚国有深刻的眷恋。

《离骚》最后以“已矣哉！国无人莫我知兮，又何怀乎故都！既莫足与为美政兮，吾将从彭咸之所居”的乱辞结束全文。屈原认为怀念“故都”是没有意义的，楚国的人不了解他，楚国的君王也不会实现“美政”，他既不能离开楚国，又在楚国没有任何光明，所以，选择彭咸“所居”就是顺理成章的了。

《离骚》“上下求索”新解

《鹿城学刊》编辑部　周秉高

摘　要：《离骚》“上下求索”字面上的意思是“求美女”；诗人原意当如王逸注释的，是“求同志”。后来许多学者引申为“求贤君”“求君臣”“求仙灵”“求帝之在”等等，文本和史实证明，此类猜测均不符合诗人原意。“上下求索”这个意境充分体现了含蓄蕴藉和发人想象的美学价值，除给人以美感之外，更重要的是以鲜明突出的个性，揭示出社会生活的某些本质和规律。因此，现在“求索”这个意境已被引申到社会生活的各个方面，已被联想到“求真理”“求自由”“求理想”“求成功”“求胜利”，甚至“求发财”等等。2016 年 7 月 1 日在庆祝中国共产党成立 95 周年大会上，习近平总书记用“路曼曼其修远兮，吾将上下而求索”这两句诗勉励全党同志。《离骚》“上下求索”形象的艺术魅力，不仅带有普遍性，而且还有永久性。

关键词：屈原；《离骚》；上下求索；字面原意；引申义；美学价值

“路曼曼其修远兮，吾将上下而求索。”这是屈原《离骚》中的名句。从古到今，大概一般文人都知道这两句诗。但屈原究竟“上下求索”什么？为什么骚学史上对此问题争议众多？而且为什么这两句诗被后人（直至今日）的引用量较之古代文学中的其他诗句要多得多？这些问题当是 2000 多年楚辞研究史上的又一道难题。过去曾有不少学者探讨此难题，但总觉彼侪猜测过多，且不中肯綮，谬说频出。下边，试分三个层面来重新解答这道难题。

一、《离骚》“上下求索”的字面意思是：求美女

《离骚》“上下求索”一节原文如下。

上天求索：

跪敷衽以陈辞兮，耿吾既得此中正。驷玉虬以乘鹥兮，溘埃风余上征。

朝发轫于苍梧兮，夕余至乎县圃。欲少留此灵琐兮，日忽忽其将暮。

吾令羲和弭节兮，望崦嵫而勿迫。**路曼曼其修远兮，吾将上下而求索。**
饮余马于咸池兮，总余辔乎扶桑。折若木以拂日兮，聊逍遥以相羊。
前望舒使先驱兮，后飞廉使奔属。鸾皇为余先戒兮，雷师告余以未具。
吾令凤鸟飞腾兮，继之以日夜。飘风屯其相离兮，帅云霓而来御。
纷总总其离合兮，斑陆离其上下。吾令帝阍开关兮，倚阊阖而望予。
时暧暧其将罢兮，**结幽兰而延伫。**世溷浊而不分兮，好蔽美而嫉妒。
朝吾将济于白水兮，登阆风而绁马。忽反顾以流涕兮，**哀高丘之无女。**
溘吾游此春宫兮，**折琼枝以继佩。**
（引文中黑体为笔者所标，下同）

下地求索：

及荣华之未落兮，**相下女之可诒。**吾令丰隆乘云兮，求**宓妃**之所在。
解佩纕以结言兮，吾令謇修以为理。纷总总其离合兮，忽纬繣其难迁。
夕归次于穷石兮，朝濯发乎洧盘。保厥美以骄傲兮，日康娱以淫游。
虽信美而无礼兮，来违弃而改求。

览相观于四极兮，周流乎天余乃下。望瑶台之偃蹇兮，见有娀之**佚女。**
吾令鸩为媒兮，鸩告余以不好。雄鸠之鸣逝兮，余犹恶其佻巧。
心犹豫而狐疑兮，欲自适而不可。凤皇既受诒兮，恐高辛之先我。
欲远集而无所止兮，聊浮游以逍遥。

及少康之未家兮，留有虞之**二姚。**理弱而媒拙兮，恐导言之不固。
世溷浊而嫉贤兮，好蔽美而称恶。

小结：

闺中既以邃远兮，哲王又不寤。怀朕情而不发兮，余焉能忍而与此终古？

以上文字中，抒情主人公“下地求索”的对象是宓妃、佚女、二姚，显然是“美女”，而抒情主人公“上天求索”的对象，王逸以为是“天帝”①，朱熹也以为是“天帝”②。其实不然，细读文本可知旧说谬误。因为以上文字中，有“时暧暧其将罢兮，结幽兰而延伫”“溘吾游此春宫兮，折琼枝以继佩”等细节描写，很容易让人联想到《诗经·郑风·溱洧》中的名句：“士与女，方秉蕑兮……维士与女，伊其相谑，赠之以勺药。”毛公传曰：“送女以勺药，结恩情也。”唐人进一步疏曰：“士爱此女，

① 洪兴祖：《楚辞补注》，北京：中华书局，1983 年版，第 29 页。
② 朱熹：《楚辞集注》，上海：上海古籍出版社，1979 年版，第 16 页。

赠之以勺药之草，结其恩情以为信物。”[①]清人方玉润认为“兰勺互赠”之细节描写“开后世冶游艳诗之祖”[②]。抒情主人公在天宫门前“结幽兰而延伫”，证明他“求索”的只能是“神女”，臣下怎么能拿着“幽兰”去谒见“天帝”？而且下文“哀高丘之无女”更明白无误地告诉读者，抒情主人公上天“求索”的就是“女”——“神女”。

总之，《离骚》文本中“上下求索”的字面意思是：求美女，是在写男女“谈恋爱”，是在写一个男子正在热切地追求女子。用俗话来说，抒情主人公是在找对象，找了一个又一个，共四次，找了五个美女，即“高丘”神女、宓妃、佚女（简狄）、二姚（姚氏姊妹二人）。

二、诗人“上下求索”的本意是：“求同志”

众所公认，《离骚》明显采用的是比兴手法，所谓“《离骚》之文，依《诗》取兴，引类譬喻”。[③]因此，文本中的“女子”，自然只是一个喻体或象征，而非本体。那么，“上下求索”一节中的“女子”，诗人原意究竟是指什么？古今学者争论不休，代表性观点摘要如下：

（一）古代骚学界的几个不同观点

1. 王逸以为是：求同志

王逸在“路曼曼其修远兮，吾将上下而求索”这二句下注曰：“吾方上下左右，以求索贤人，与己合志者也。”[④]他在“忽反顾以流涕兮，哀高丘之无女”句下注曰，“女以喻臣。”“无女，喻无与己同心也。”[⑤]他在“及荣华之未落兮，相下女之可诒”句下注曰：“言己既修行仁义，冀得同志……以俱事君也。”[⑥]他在“及少康之未家兮，留有虞之二姚”句下注曰：“屈原设至远方之外，博求众贤……”[⑦]在“和调度以自娱兮，聊浮游而求女”句下对“求女”一词注曰：“以求同志也。”[⑧]

2. 朱熹等以为是：求贤君

朱熹反对王逸之说，在“路曼曼其修远兮，吾将上下而求索”这二句下注曰：“求

① 阮元校刻：《十三经注疏》（上册），北京：中华书局，1980年版，第346页。
② 方玉润：《诗经原始》，北京：中华书局，1986年版，第226页。
③ 洪兴祖：《楚辞补注》，北京：中华书局，1983年版，第2页。
④ 洪兴祖：《楚辞补注》，北京：中华书局，1983年版，第27页。
⑤ 洪兴祖：《楚辞补注》，北京：中华书局，1983年版，第30页。
⑥ 洪兴祖：《楚辞补注》，北京：中华书局，1983年版，第31页。
⑦ 洪兴祖：《楚辞补注》，北京：中华书局，1983年版，第34页。
⑧ 洪兴祖：《楚辞补注》，北京：中华书局，1983年版，第42页。

索，求贤君也。”① 其在“吾令帝阍开关兮，倚阊阖而望予”句下注曰：“盖求大君，而不遇之比也。”② 其在“忽反顾以流涕兮，哀高丘之无女”句下注曰：“女，神女，盖以比贤君也。于此又无所遇，故下章欲游春宫，求宓妃，见佚女，留二姚，皆求贤君之意也”③ 其在“及少康之未家兮，留有虞之二姚”句下注曰：“留二姚亦求君之意，旧说以为博求众贤，非是。”④ 其在“和调度以自娱兮，聊浮游而求女”句下注曰：“求女，如前所言宓妃、佚女、二姚之属，意犹在于求君也。”⑤

3. 夏大霖以为是：求君臣

夏大霖在此二句下注曰：“上下求索，求同心合德之君臣。”⑥

4. 董国英以为是：求仙灵

董国英在此二句下注曰：“将乘吾余闲而上下求索之，庶几仙灵之一遇也。”⑦

5. 王邦采等以为是：求天帝之所在

王邦采在此二句下注曰：“求索，求天帝之所在也。”⑧

刘梦鹏在此二句下注曰：“求索帝所在也。”⑨

（二）现当代楚辞学界的几个不同观点

1. 同意“求索”为“求贤（同志）”说的代表性人物有：

姜亮夫：“《离骚》中的求宓妃、求二姚、求佚女等，是表示求贤。”⑩

聂石樵：“中间经过往观四荒、陈词重华，到处寻求政治上的同道，是‘吾将上下而求索’。”⑪

刘永济在“高丘无女”句下注曰：“高丘无女，从实质言，高位无贤也。”其在“及少康之未家兮，留有虞之二姚”句下注曰：“此言我之汲汲求贤者……这是屈子自

① 朱熹：《楚辞集注》，上海：上海古籍出版社，1979 年版，第 15 页。
② 朱熹：《楚辞集注》，上海：上海古籍出版社，1979 年版，第 16 页。
③ 朱熹：《楚辞集注》，上海：上海古籍出版社，1979 年版，第 17 页。
④ 朱熹：《楚辞集注》，上海：上海古籍出版社，1979 年版，第 182 页。
⑤ 朱熹：《楚辞集注》，上海：上海古籍出版社，1979 年版，第 24 页。
⑥ 夏大霖：《屈骚心印》，黄灵庚主编：《楚辞文献丛刊》（第 56 册），北京：国家图书馆出版社，2014 年版，第 72 页。
⑦ 董国英：《楚辞贯》，黄灵庚主编：《楚辞文献丛刊》（第 80 册），北京：国家图书馆出版社，2014 年版，第 634 页。
⑧ 王邦采：《屈子离骚汇订》，黄灵庚主编：《楚辞文献丛刊》（第 54 册），北京：国家图书馆出版社，2014 年版，第 40 页。
⑨ 刘梦鹏：《屈子楚辞章句》，黄灵庚主编：《楚辞文献丛刊》（第 60 册），北京：国家图书馆出版社，2014 年版，第 401 页。
⑩ 姜亮夫：《楚辞今绎讲录》，北京：北京出版社，1981 年版，第 45 页。
⑪ 聂石樵：《屈原论稿》，北京：人民文学出版社，1982 年版，第 102 页。

言想求贤士以辅嗣君”。[①]

2. 同意“求索”为“求君”说的代表性人物有：

马茂元：“旧说，以求女喻思君，基本上符合于屈原当时的心理状态。”[②]

周建忠：“‘求索’，追求理想中的女子（贤君）。”[③]

3. 同意“求索”为“求天帝之所在”说的代表性人物有：

游国恩：“王邦采之说（求索，求天帝之所在也）近是。”[④]

林家骊：“上下而求索，各家说法不一，主要有三说：一谓求与己同志的贤人，二谓求贤君，三谓求天帝之所在。联系上下文，当以第三说为是。”[⑤]

4. 另有两种别致的说法：

殷光熹：“上下求索，泛指多方寻求。”[⑥]

黄灵庚在“路曼曼其修远兮，吾将上下而求索”句下疏证曰：“屈原魂归先居之冥途，乃循其先人南迁之历程而一路上行，令羲和，望崦嵫，经咸池，拂扶桑，皆日神所经所止，然其跋山涉水，则可谓修远且我艰也。皆不关‘求贤’或‘求君’。”[⑦]

以上观点孰是孰非？如果局限在这两句诗本身或《离骚》部分内容，那就只能仁者见仁智者见智，所谓“公说公有理，婆说婆有理”，永远说不清。正确的做法是，将这两句诗放在全篇结构中的位置来考察，还要结合作者的生平轨迹去验证。

首先从诗歌文本角度考察。《离骚》全诗373句，主体部分可分三大层次：回顾（前128句）、求索（中128句）、矛盾（后112句），最后5句是“乱词”，即全诗的总结。在前128句中，诗人回顾自己过去的志向、遭遇（灵修数化和众芳芜秽）、决心（达则兼济天下，穷则独善其身）。中128句由“女媭劝责”发端。这12句诗对理解“上下求索”十分重要，因为“女媭”之语表明，作者在现实生活中已经十分孤单，连最亲近的人也不能理解和支持他。因此，除向冥界中的圣君倾吐胸怀之外，他还要上天入地去求索与自己志同道合之人。这就必然引起下文——“上下求索”。“路曼曼其修远兮，吾将上下而求索”这两句正是“求索”一层的“总引”（林云

① 刘永济：《屈赋音注详解》，上海：上海古籍出版社，1983年版，第21页。

② 马茂元：《楚辞选》，北京：人民文学出版社，1958年版，第40页。

③ 周建忠：《楚辞讲演录》，桂林：广西师范大学出版社，2007年版，第316页。

④ 游国恩：《离骚纂义》，北京：中华书局，1980年版，第262页。

⑤ 林家骊：《楚辞》，北京：中华书局，2010年版，第20页。

⑥ 殷光熹：《楚辞注评》，北京：中国社会科学出版社，2015年版，第20页。

⑦ 黄灵庚：《楚辞章句疏证》（增订本），上海：上海古籍出版社，2018年版，第378页。

铭语）[1]。钱澄之亦云：“上下求索，下文叩阍求女，总挈于此。”[2]也就是说，诗人“求索”的对象是“女子”、美女（即下文逐层展开叙写的高丘神女、宓妃、简狄、二姚）。《离骚》“求索”一层最后，诗人唱道：“闺中既以邃远兮，哲王又不寤。怀朕情而不发兮，余焉能忍与此终古。”这里，“哲王”自然是指怀王。“邃远”，指“求索”未得。“闺中既与邃远”，是说诗人一连求了四五个美女，可惜一个也没有求到。此处“闺中”与“哲王”相对，这就明明白白地宣告，诗人“求索”的“美女”（“闺中”）绝不是“哲王”——“贤君”。

诗人求索未果，内心非常痛苦，是留在国内继续求索，还是去更远的地方寻找？他思想斗争十分激烈。第三层次中写灵氛劝离，巫咸劝留，这实际是诗人思想斗争的折射。“离”的思想暂时占了上风，于是诗人开始启程远行。在开始远逝去国的欢快气氛中，“忽临睨夫旧乡”，作者惊醒：这是自己的家国，一个爱国者怎么能离开呢？不能不离，离又不能。这是诗人内心深处的矛盾和纠结，也是其爱国感情的闪光之点。这种纠结之情凝结为全诗总结——“乱词”。《离骚》“乱词”曰：

国无人莫我知兮，又何怀乎故都？既莫足与为美政兮，吾将从彭咸之所居。

朱熹承认，此处“无人，谓无贤人也”。“乱”词，是全诗点题之处。正是因为“国无人莫我知”“莫足与为美政”，所以他才“路曼曼其修远兮，吾将上下而求索”，他“上下求索”的正是能“知己”的“贤人”，能“俱事君”的“贤人”。因此，不仅“求贤君”说不能成立，而且其他什么“求君臣”“求仙灵”“求天帝之所在”等说法也通通不符合诗歌原意，因此不能成立。

再次，从作者的生平轨迹角度验证。屈原一生出仕两朝，一为怀王朝，一为顷襄王朝。屈原在顷襄王朝入仕的时间很短，不到三年，且这短短的两年多时间里，如《怀沙》一诗所暗示的，顷襄王也没有重用他。而屈原在怀王朝出仕则长达二十五年（怀王五年至怀王三十年）。在长达二十五年仕途生涯中，屈原前期深得怀王信任，“入则与王图议国事，以出号令，出则接遇宾客，应对诸侯”。怀王十六年，因佞臣毁谤，怀王“怒而疏”之，屈原因而自疏放流汉北。蓝田大败后，“怀王悔不用屈原之策以至于此，于是复用屈原”[3]。怀王十八年，屈原使齐还，直到怀王三十年，他仍能面谏怀王。以上事实说明，屈原一生一直对怀王忠心耿耿，并无二心。《离骚》有云：“指九天以为正兮，夫唯灵修之故也。”灵修，谓怀王。《离骚》作于怀王十六年。这两句诗是写，诗人指天发誓，他的一切行为都是为了忠于怀王。

---

① 刘树胜：《楚辞灯校勘》，保定：河北大学出版社，2012 年版，第 8 页。

② 钱澄之：《屈诂》，黄灵庚主编：《楚辞文献丛刊》（第 44 册），北京：国家图书馆出版社，2014 年版，第 169 页。

③ 卢元骏：《新序今注今译》，天津：天津古籍出版社，1987 年版，第 240 页。

而朱熹却说在《离骚》中屈原表达了要背叛怀王，去求索另外一个又一个的“贤君”，甚至还要到楚国之外去求“贤君”，这实在与史实不符，与作者的思想感情不符。

总之，诗人“上下求索”的原意是“求同志”一说比较符合屈子原意；其他种种说法是学者们基于各自阶级立场、政治观点及身世遭遇而引申出来的观点，并非诗人原意。

三、《离骚》“上下求索”意境的美学价值

古今众多学者对《离骚》“上下求索”内容产生种种不同看法，一点也不奇怪，这是《离骚》“上下求索”意境的美学价值之体现。

马克思说：“只有音乐才能激起人的音乐感。”① 换句话说，只有真正优秀的文艺作品才能激起人们的兴奋、共鸣。《离骚》正是这样的优秀作品，艺术水准十分高超，意境创造非常成功——离奇的故事，丰富的想象，瑰丽的语言，夸张的手法，使“上下求索”一节的意境显得很美很生动。试析如下。

首先，看诗人“上下求索”的轨迹。诗人将“上下求索”即上天入地寻求美女的情节写得颇为离奇夸张。试看“上天求索”的轨迹：苍梧→县圃→崦嵫→咸池→白水→阆风→青宫。据王逸《楚辞章句》所注，县圃、崦嵫、咸池、白水、阆风均属昆仑区域，在西方；青宫，所谓“青帝舍也”，在东方。二者相距何止千里之遥？再看“下地求索”的轨迹：求宓妃（洛水女神，据《文选·洛神赋》李善注②，在今洛阳附近）→求简狄（有娀佚女，据《史记·殷纪》引《括地志》③，当在今陕西商洛附近）→求二姚（有虞之女，据《史记·五帝本纪》注④，当在今山西永济附近）。从洛阳到商洛、永济，又是千百里之遥。2000多年前，人类还没有飞机、汽车、火车等现代交通工具，但《离骚》中，抒情主人公为追求美女，不惜想象自己以虬为马，以凤为车，乘着风沙，飞升上天，千里迢迢，风尘仆仆，从西方昆仑追求到东方青宫；后又匆匆忙忙，迫不及待地下降到地上，接连不断地从东方洛阳追到西边永济、平陆，可谓坚定执着，不屈不挠。这是多么感人至深的追求！又是多么大胆离奇的想象！

其次，看看诗人假设“上下求索”时的身份。《离骚》是一首抒情诗，但写“上下求索”过程时采用的是铺叙手法，诗人俨然是凌驾于众神之上的超人，驱神令鬼，叱咤风云。如，“吾令羲和弭节”“吾令帝阍开关”“吾令凤鸟飞腾”“吾令丰隆

① ［德］马克思：《1844年经济学哲学手稿》，北京：人民出版社，1979年版，第79页。

② 萧统编，李善注：《文选》（上册），北京：中华书局，1977年版，第270页。

③ 司马迁：《史记》（一），北京：中华书局，1982年版，第92页。

④ 司马迁：《史记》（一），北京：中华书局，1982年版，第32页。

乘云”“吾令謇修以为理”“吾令鸩鸟为媒”，等等，号令神仙，气魄非凡。还如，“驷玉虬以乘鹥兮，溘埃风余上征”“前望舒使先驱兮，后飞廉使奔属。鸾皇为余先戒兮，雷师告余以未具”等等场面，气势宏大，绚丽多姿。此时抒情主人公的形象在读者心中会显得高大威武，犹如一位顶天立地的英雄，给人以“高山仰止，景行行止”之感 。

另外，《离骚》虽然是一首抒情诗，但“上下求索”一节中有不少生动的细节（动作）描写。如，“折若木以拂日兮，聊逍遥以相羊”“时暧暧其将罢兮，结幽兰而延伫”“忽反顾以流涕兮，哀高丘之无女”“溘吾游此春宫兮，折琼枝以继佩”“览相观于四极兮，周流乎天余乃下”等等。以上“折若木”“结幽兰”“游春宫”“折琼枝”“览相观”，以及“流涕”“周流”“延伫”等细节（动作）描写，使得抒情主人公那顶天立地的高大形象并不像庙宇中那些僵死不动的土木偶像，而是一位能哭能笑、栩栩如生的风流男子。而这一生动形象配上腾云驾雾、遨游天地、号令众神、叱咤风云的背景，更使“上下求索”这一情节迸发出浪漫主义的夺目光彩，能深深地打动读者，感染读者，能引起读者更加丰富复杂的联想，激发更加广泛深刻的想象。

《离骚》优美的意境当然是屈原天才的创造，但也是植根于楚人对自然和理想的丰富想象和美好憧憬。楚人好斗，用汉初张良劝主刘邦的话说，“楚人剽疾”①，他们不仅与人斗，而且敢于与天斗、与地斗，所以“在想象里并借助想象以征服自然力，支配自然力，把自然力加以形象化”。②从现有的资料看，先秦楚人形象思维十分发达，想象力非常丰富。出土的战国楚墓帛画能证明这一点，且看以下几例。

图 1　可与“驷玉虬以乘鹥”相对照

① 司马迁：《史记》(一)，北京：中华书局，1982 年版，第 2046 页。
② [德]马克思，等：《论文艺》，北京：人民文学出版社，1959 年版，第 58 页。

图2　可与“溘埃风余上征”相对照

图3　可与“吾令羲和弭节兮，望崦嵫而勿迫”相对照

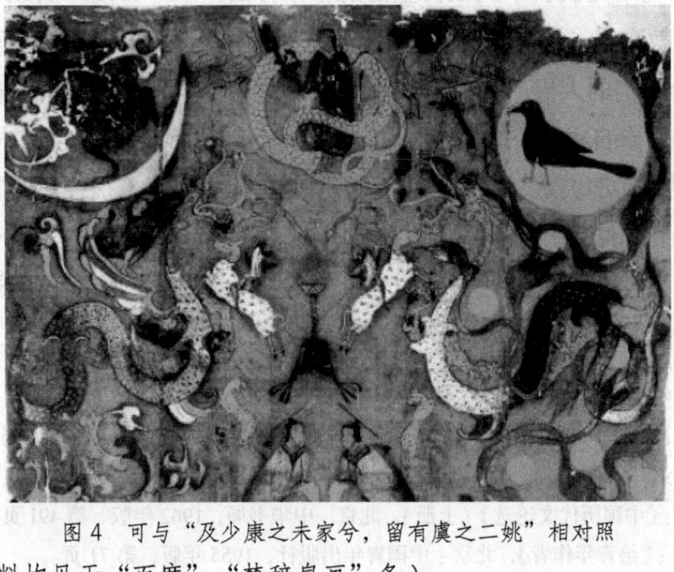

图4　可与“及少康之未家兮，留有虞之二姚”相对照

（以上资料均见于“百度”“楚辞帛画”条）

以上战国楚墓壁画似乎可让读者头脑中复现《离骚》“上下求索”的故事，使这个故事更加直观和具体化，并更加凸显这个故事的绚丽多姿和奇幻美妙。丰厚的民间艺术培养了伟大的诗人，孕育了优秀的作品。楚人惊人的想象力造就了屈原，造就了《离骚》，造就了“上下求索”这一成功的文学意境——“正如黑格尔老人所说的‘这一个’”①。

反思骚学史上众多学者能对《离骚》“上下求索”做出那样种种不同的联想，除以上所述形象本身优美之外，更说明“上下求索”这个意境有着无比含蓄蕴藉和发人想象的美学价值。唐人司空图评论优秀的文学作品，有“象外之象，景外之景”（《与极浦书》）②“韵外之致”“味外之旨”（《与李生论诗书》）③“不着一字，尽得风流”（《诗品》）④等赞语。即优秀的文学作品除给人以美感之外，更重要的是，其以鲜明突出的个性，能揭示出社会生活的某些本质和规律。这个“求索美女”的奇特故事，语言瑰丽，想象魔幻，可谓美轮美奂，精妙无双，同时，这个故事也发掘出了人类积极上进、奋发有为的本质，所以能引起广大读者众多的联想或想象。正像高尔基说的那样，“使读者也能够各式各样地去‘想象’它们，而以读者自己的经验、印象及知识的积蓄去补充和增补”⑤。由于读者们“积蓄”的“经验、印象及知识”各不相同，因此他们的“想象”自然也各不相同。刘勰在谈及“知音”时写道：“夫篇章杂沓，质文交加，知多偏好，人莫圆该，慷慨者逆声而击节，蕴籍者见密而高蹈，浮慧者观绮而跃心，爱奇者闻诡而惊听。”⑥“上下求索”已经从原来字面上的“求美女”，被以往许多学者由于政治立场、思想观念或身世遭遇制约而引申为“求同志”“求贤君”“求君臣”“求仙灵”“求帝之在”等等。而现代，这个意境则更被引申到社会生活的各个方面。从“百度”所载看，这两句诗已被科技界、教育界、文艺界、学术界、医卫界、动漫界、媒体界、民政界、交通界、体育界等各个界别的人们所引用。“求美女”这一个奇特的文学形象已被人们联想到“求真理”“求自由”“求理想”“求成功”“求胜利”，甚至“求发财”等等。著名的如，现代文学史上，文学巨匠鲁迅先生在其小说集《彷徨》卷首扉页上就专门题了“路曼曼其修远兮，吾将上下而求索”这两句诗。黄修己先生分析道：“《彷徨》虽然反映了鲁迅在20年代中期的思想苦闷，但更表现了他继续探求真理的精神。

① [德]马克思等：《论文艺》，北京：人民文学出版社，1959 年版，第 25 页。
② 郭绍虞主编：《中国历代文论选》(上册)，北京：中华书局，1962 年版，第 500 页。
③ 郭绍虞主编：《中国历代文论选》(上册)，北京：中华书局，1962 年版，第 490 页。
④ 郭绍虞主编：《中国历代文论选》(上册)，北京：中华书局，1962 年版，第 491 页。
⑤ [俄]高尔基：《给青年作者》，北京：中国青年出版社，1955 年版，第 71 页。
⑥ 杨明照：《文心雕龙校注》，北京：中华书局，1961 年版，第 307 页。

这里的小说是鲁迅对中国社会问题和出路问题的继续思考。所以，他在书的扉页上引用了《离骚》诗句，‘路曼曼其修远兮，吾将上下而求索。’”[①]天堂中的屈原尤其应该感到欣慰的是，2016 年 7 月 1 日在庆祝中国共产党成立 95 周年大会上，习近平总书记引用“路漫漫其修远兮，吾将上下而求索”这两句诗勉励“全党同志一定要不忘初心、继续前进，永远保持谦虚、谨慎、不骄、不躁的作风，永远保持艰苦奋斗的作风，勇于变革、勇于创新，永不僵化、永不停滞，继续在这场历史性考试中经受考验，努力向历史、向人民交出新的更加优异的答卷！”[②]

毛主席说得好，成功的艺术形象“比实际生活更高，更强烈，更有集中性，更典型，更理想，因此就更带普遍性”[③]。这段话可说是对《离骚》“上下求索”美学价值的最好说明。《离骚》“上下求索”形象的艺术魅力，不仅带有普遍性，而且还有永久性，2000 多年前王逸早就预言，《离骚》一诗“金相玉质，百世无匹，名垂罔极，永不刊灭”[④]。

① 黄修己：《中国现代文学简史》，北京：中国青年出版社，1984 年版，第 52 页。

② 习近平：《在庆祝中国共产党成立 95 周年大会上的讲话》，《光明日报》，2016 年 7 月 2 日，第 2 版。

③ 毛泽东：《毛泽东选集》（袖珍合订一卷本），北京：人民文学出版社，1967 年版，第 818 页。

④ 洪兴祖：《楚辞补注》，北京：中华书局，1983 年版，第 49 页。

论《离骚》与凤凰

台湾静宜大学　鲁瑞菁

摘　要： 鲁迅曾说："《楚辞》较之于《诗》，则其言甚长，其思甚幻，其文甚丽，其旨甚明，凭心而言，不遵矩度。故后儒之服膺诗教者，或訾而绌之，然其影响于后来之文章，乃甚或在三百篇以上。"屈原代表作品《离骚》之所以能逸响伟辞，卓绝一世，让后人惊其文采，相率仿效，对于后代文学的影响力，甚或超过《诗经》之上，其中一个重要原因，就在于对于上古神话素材的运用。《离骚》这首太阳神曲、凤凰之歌，如同神鸟凤凰的五采之羽、天籁之音般，成就了上古诗歌声色相宜的最高成就。本文分别从《离骚》文本中出现的凤凰、《离骚》中的舜（重华）与凤凰、《离骚》中的高阳、伯庸与凤凰等方面，揭开了《离骚》中或显或隐的凤凰鸟面纱。

关键词： 离骚；凤凰；舜；高阳；伯庸

一、《离骚》文本中出现的凤凰

这篇小论文主要分为《离骚》文本中出现的凤凰、《离骚》中的舜（重华）与凤凰、《离骚》中的高阳、伯庸与凤凰等三小节，讨论《离骚》中与凤凰神话有关的问题。首先讨论的是《离骚》文本中出现的凤凰。

《离骚》中凤凰又有凤鸟、鷖、鸾凰（鸾鸟）、鸾等称谓，以下分别引证文本并讨论之。

（一）凤凰、凤鸟的称谓

凤鸟，《离骚》一见，凤凰，《离骚》二见：

1. 吾令凤鸟飞腾兮，继之以日夜。（汉王逸章句："言我使凤鸟明智之士，飞行天下，以求同志，续以日夜，冀相逢遇也。"宋洪兴祖《楚辞补注》云："上言鸾皇[①]，鸾，凤凰之佐；而凰，雌凤也，以喻贤人之同类者，故为命先戒百官。此

① 鲁按，指《离骚》上文"鸾皇为余先戒兮"句。是洪兴祖区分《离骚》鸾皇、凤鸟二者的比兴义，前者指贤人之同类者，后者指贤人之全德者，洪氏说并无确凿根据。

云凤鸟，以喻贤人之全德者，故令飞腾，以求同志也。”[①])

2. 凤凰翼其承旂兮，高翱翔之翼翼。（王逸章句：“言己动顺天道，则凤凰来随我车，敬承旂旗，高飞翱翔，翼翼而和，嘉忠正，怀有德也。”五臣注：“凤凰承旂，引路飞翔，翼翼然扶卫于己。”）（第63页）

3. 凤凰既受诒兮（王逸章句：“言我得贤人如凤凰者，受遗玉帛，将行就聘。”）（第47页），恐高辛之先我。

鲁按，前二例，凤鸟、凤凰之功用相同，乃作为主人公灵均升天求索之引导及仪仗车队之护驾。后一例，凤凰之功用乃作为男求婚于女时，所聘任之导言媒理。凤鸟即凤凰，凤者，雄鸟也，凰者，雌鸟也[②]。

（二）鷖、鸾凰、鸾、鸾鸟的称谓

1. 鷖，《离骚》一见：

驷玉虬以乘鷖兮（王逸章句：“鷖，凤凰别名。”）（第35页），溘埃风余上征（王逸章句：“言我设往行游，将乘玉虬，驾凤车，掩尘埃而上征，去离世俗，远群小也。”）（第36页）

鲁按，此鷖鸟之功用乃作为承载灵均飞天上征之神物。鷖，身有五彩文如凤，又作翳，取其五彩翅翼若垂天之云（即“凤凰翼其承旂兮，高翱翔之翼翼”。），飞蔽日、或飞蔽一乡[③]，因其巨大垂翼的蔽翳能力，故又有以鷖为云神者[④]。《山海经·海内经》：“有五采之鸟，飞蔽一乡，名曰翳鸟。”郭璞注：“凤属也。”郝懿行《山海经笺疏》引《广雅》云：“翳鸟，鸾鸟，凤凰属也。今《离骚》翳作鷖。”（第461页）

2. 鸾凰，《离骚》一见：

鸾皇为余先戒兮（王逸章句：“鸾，俊鸟也；皇，雌凤也。以喻仁智之士。”（第40页），雷师告余以未具（王逸章句：“雷为诸侯，以兴于君。言己使仁智之士，如鸾凰，先戒百官，将往适道，而君怠堕，告我严装未具。”）（第40页）。

---

① 洪兴祖：《楚辞补注》，台北：大安出版社，2004年版，第40页。鲁按，下文引用此书，仅在引文后注明页码，不再出注。

②《尔雅·释鸟》：“鶠，凤。其雌凰。”王逸《楚辞章句》、洪兴祖《楚辞补注》说并同。

③《山海经·海内经》：“北海之内，有蛇山者，蛇水出焉，东入于海。有五采之鸟，飞蔽一乡，名曰翳鸟。”郭璞注：“汉宣帝元康元年，五色鸟以万数，过蜀都，即此鸟也。”参袁珂：《山海经校注》，台北：里仁书局，1982年版，第461页。鲁按，下文引用此书，仅在引文后注明页码，不再出注。此处郭氏之说值得商榷，此以万数之五色鸟应非凤凰，盖凤凰性情高洁，非梧桐不栖，非竹实不食，独立不群，乃珍稀之神物，应不会聚众结党朋飞。《韩诗外传》卷八有云：“于是黄帝乃服黄衣，戴黄冕，致斋于宫，凤乃蔽日而至。”参许维遹：《韩诗外传集释》，北京：中华书局，1980年版，第278页。

④ 参徐文武：《楚国宗教概论》，武汉：武汉出版社，2001年版，第168—170页。

鲁按，此鸾凰之功用乃作为灵均飞天上征之警戒、护驾神物。洪兴祖《楚辞补注》云：“《山海经》：女床山有鸟，状如翟，而五采毕备，声似雉而尾长，名曰鸾，见则天下安宁（鲁按，见《西次二经》，第35页）。《瑞应图》曰：鸾者，赤神之精，凤凰之佐也。《尔雅》曰：鹨凤，其雌皇。皇或作凤。（第40页）”鸾凰又称鸾鸟，然《离骚》未见鸾鸟一词。《山海经·大荒西经》：“有五采鸟三名：一曰皇鸟、一曰鸾鸟、一曰凤鸟。”袁珂案云：“经内五采鸟凡数见，均凤凰、鸾鸟之属也。明藏本皇鸟作凤鸟，凤鸟作凤凰，与此异。”（第396页）又《山海经·大荒西经》载沃之国，沃民是处，食沃之野凤鸟之卵，鸾凤自歌、凤鸟自舞，百兽相群而处。袁珂案：“鸾凤，藏经本作鸾鸟，吴任臣本、汪纽本、毕沅本同，作鸾鸟是也；兹经各卷所记均作鸾鸟，无作鸾凤者，凤字讹。”（第397—399页）《山海经·海内经》载都广之野，有鸾鸟自歌，凤鸟自舞。（第445页）又载苗民下一条云“有鸾鸟自歌，凤鸟自舞”（第457页）。《山海经·大荒西经》沃之国“鸾凤自歌”，当如袁珂所言作“鸾鸟自歌”。

3. 鸾，《离骚》一见：

扬云霓之晻蔼兮，鸣玉鸾之啾啾。（第61页）

鲁按，玉鸾为鸟形玉饰车铃，或状车铃之声如鸾。

综上引文考察，王逸以比兴说、比德说、象征说，即“善鸟香草，以配忠贞”“虬龙鸾凤，以托君子”，以说《离骚》中出现的凤凰意涵。而今人则多从巫风说、仪式说、动物助手说（即帮助《离骚》主人公幻想飞升的角度）等，以说《离骚》文本中出现凤凰的功能。据《山海经》，凤凰、鷖、鸾鸟皆身有五采文①，乃神圣的吉祥禽鸟，非现实存在的鸟类。又《山海经》言凤凰形貌如鸡，古籍则载凤之像：麟前鹿后，

① 查《山海经》出现“五采”者共计12次，其中可确定为凤凰者有7处。数据如下：

1.《山海经·南山经》：“有鸟焉，其状如鸡，五采而文，名曰凤皇，首文曰德，翼文曰义，背文曰礼，膺文曰仁，腹文曰信。是鸟也，饮食自然，自歌自舞，见则天下安宁。”（第16页）

2.《山海经·西山经》：“有鸟焉，其状如翟而五采文，名曰鸾鸟，见则天下安宁。”（第35页）

3.《山海经·北山经》：“有鸟焉，其状如乌，五采而赤文，名曰鵸䳜，是自为牝牡，食之不疽。”（第68页）

4.《山海经·中山经》：“洞庭、荣余山，神也，其祠：皆肆瘗，祈酒太牢祠，婴用圭璧十五，五采惠之。”郭璞注：“惠犹饰也，方言也。”郝懿行笺：“惠义同藻绘之绘，盖同声假借字也。”（第179页）

5.《山海经·海内北经》：“林氏国有珍兽，大若虎，五采毕具，尾长于身，名曰驺吾，乘之日行千里。”（第315页）

6.《山海经·北山经》：“有鸟焉，其状如雌雉，而五采以文，是自为牝牡，名曰象蛇，其鸣自詨。”（第88页）

7.《山海经·大荒东经》：“有五采之鸟，相乡弃沙。惟帝俊下友，帝下两坛，采鸟是司。”（第355页）

8.《山海经·大荒东经》：“有綦山。又有摇山。有䰝山。又有门户山。又有盛山。又有待山。有五采之鸟。”（第357页）

蛇颈鱼尾，龙文龟背，燕颔鸡喙，五色备举[①]。今人则认为凤凰神话想象的禽类原型有孔雀、锦雉、丹顶鹤、鸵鸟等各种说法。

二、《离骚》中的舜（重华）与凤凰

《离骚》“驷玉虬以乘鹥兮”，洪兴祖《楚辞补注》引《山海经》曰：“九疑山有五彩之鸟，飞蔽一乡；五彩之鸟，翳鸟也。”鲁按，此段文字，今本《山海经·海内经》作：“南方苍梧之丘，苍梧之渊，其中有九嶷山，舜之所葬，在长沙零陵界中。北海之内，有蛇山者，蛇水出焉，东入于海。有五采之鸟，飞蔽一乡，名曰翳鸟。又有不距之山，巧倕葬其西。”（第459—461页）两相对照，或者洪兴祖引文省略“北海之内，有蛇山者，蛇水出焉，东入于海”之文；或者“北海之内，有蛇山者，蛇水出焉，东入于海”之文，乃是由后文窜入之文字，盖《山海经·海内经》后文有“北海之内，有反缚盗械……”“北海之内，有山名曰幽都之山……”云云，皆有“北海之内”，故后一说的可能性更大，更举出两点理由以明之：

1. 上古圣王帝俊即帝喾，亦即舜也，学者多无异词[②]。郝懿行以巧倕即义均，袁珂以为，此义均即《大荒南经》与舜同葬苍梧之舜子叔均（商均），而《山

9.《山海经·大荒西经》：“有五采之鸟，有冠，名曰狂鸟。”（第392页）

10.《山海经·大荒西经》：“有五采鸟，三名：一曰皇鸟，一曰鸾鸟，一曰凤鸟。”（第396页）

11.《山海经·大荒西经》：“有弇州之山。五采之鸟仰天，名曰鸣鸟。爰有百乐歌儛之风。”（第401页）

12.《山海经·海内经》：“北海之内，有蛇山者，蛇水出焉，东入于海。有五采之鸟，飞蔽一乡，名曰翳鸟。又有不距之山，巧倕葬其西。”（第461页）

①《韩诗外传》卷八载：“黄帝即位，施惠承天，一道修德，惟仁是行，宇内和平，未见凤凰，惟思其象，夙寐晨兴，乃召天老而问之，曰：‘凤象何如？’天老对曰：‘夫凤象、鸿前麟后，蛇颈而鱼尾，龙文而龟身，燕颔而鸡啄；戴德负仁，抱中挟义；小音金，大音鼓；延颈奋翼，五彩备明；举动八风，气应时雨；食有质，饮有仪；往即文始，来即嘉成。’”（许维遹：《韩诗外传集释》，第278页）又《尔雅·释鸟》：“鶠，凤，其雌皇。”（东晋）郭璞《注》：“瑞应鸟。鸡头，蛇颈，燕颔，龟背，鱼尾，五彩色。高六尺许。”（北宋）邢昺《尔雅疏》：“《说文》云：‘神鸟也。天老曰：凤像，麟前鹿后，蛇颈鱼尾，龙文龟背，燕颔鸡喙，五色备举。出于东方君子之国，翱翔四海之外。过昆仑，饮砥柱，濯羽弱水，莫宿丹穴。见则天下大安宁。字从鸟凡声。凤飞，则群鸟从以万数。故凤古作朋字。’”

②《山海经·大荒东经》：“有中容之国，帝俊生中容。”郭璞云：“俊亦舜字假借音也。”郝懿行云：“《初学记》九卷引《帝王世纪》云：‘帝喾生而神异，自言其名曰夋。’疑夋即俊也，古字通用。郭云俊亦舜字，未审何据？《南荒经》云：‘帝俊妻娥皇。’郭盖本此为说。然《西荒经》又云：‘帝俊生后稷。’《大戴礼·帝系篇》以后稷为帝喾所产，是帝俊即帝喾矣。但经内帝俊叠见，似非专指一人。此云帝俊生中容，据左传文十八年云，高阳氏才子八人，内有中容，然则此经帝俊又当为颛顼矣。经文踳駮，当在阙疑。”袁珂案云：“郝说帝俊即帝喾，是也；然谓‘郭云俊亦舜字，未审何据’，则尚有说也。《大荒南经》‘帝俊妻娥皇’，同于舜妻娥皇，其据一也。《海内经》‘帝俊生三身，三身生义均’，义均即舜子商均（袁珂

海经·海内经》："帝俊生三身，三身生义均。" 则义均似为帝俊之孙，而非儿子。然《山海经》云"生"者，多指部落氏族因战争、通婚等原因之分化、并合现象，是义均（巧倕）一族为舜子、舜孙者，皆指涉义均（巧倕）一族乃舜（帝俊）族之分化、并合，其葬地不距之山应亦在舜葬地苍梧九疑地域。

2. 如前节所述，凤凰、翳、鸾皆为五彩之神鸟，而帝俊即舜，亦是凤凰的化身。王逸注《离骚》"鸾皇为余先戒兮"句，曰"鸾，俊鸟"也，俊字一语双关，既指俊杰之鸟，又指帝俊化身之凤凰，其后衍成帝俊之下友[①]。而舜亦是凤凰的化身，《大荒南经》载："有载民之国。帝舜生无淫，降䵮处，是谓巫䵮民。巫䵮民朌姓，食谷，不绩不经，服也；不稼不穑，食也。爰有歌舞之鸟，鸾鸟自歌，凤鸟自舞。爰有百兽，相群爰处。百谷所聚。"（第 371—372 页）此巫䵮民乃舜的后裔无淫所繁衍，而䵮民之国亦如沃民之沃国（《大荒西经》），是乐园美地，鸾鸟自歌，凤鸟自舞。此歌舞之鸾鸟、凤鸟，亦由舜之化身凤凰衍生。

综上所述，则帝俊即舜，乃崇拜五彩凤凰的氏族，甚至就是以五彩凤凰为图腾的氏族。更进而言之，舜（帝俊）族与太阳神少昊族并有血亲关联，兹举四证以明之。其一，《大荒南经》载不庭之山，有人三身，帝俊妻娥皇，生此三身之国。（第 367 页）而《拾遗记》卷一载少昊之母为皇娥，又《路史·后纪七》载少昊之母曰娥，是帝俊（舜）与少昊为父子族属关系。其二，《大荒南经》载："有缗渊，少昊生倍伐，倍伐降处缗渊。有水四方，名曰俊坛。" 郭璞注："水状似土坛，因名舜坛。"（第 371 页）鲁按，郭璞直以帝俊坛为舜坛也[②]，是少昊族支裔所生活的区域，其神圣祭祀地点即以帝俊（舜）坛为中心。其三，少昊名挚，即鸷鸟凤凰也（鲁按，《离骚》"鸷鸟之不群兮，自前世而固然"），《左传·昭公十七年》载郯子回答昭公之言，述其高祖少皞挚之立也，凤鸟适至，故纪于鸟，为鸟师而鸟名。凤鸟氏，历正也。是帝俊（舜）、少昊氏族皆崇拜神鸟凤凰。其四，神鸟凤凰既为历正，又是太阳神的象征。而舜重瞳，此乃以身体与宇宙类比，即以双目模拟太阳、月亮，是舜为太阳月亮双性神，此所谓舜取二妻娥皇、女英也，其后神话分化成重华舜，纯为太阳神，

注：《路史·后纪十一》：'女罃（女英）生义均，义均封于商，是为商均。' 说虽晚出，要当亦有所本），其据二也。《大荒北经》云 '卫丘方圆三百，丘南帝俊竹林在焉，大可为舟。' 而舜二妃亦有关于竹之神话传说，其据三也。余尚有数细节足证帝俊之即舜处，此不多赘。"（第 345 页）袁珂所谓尚有数细节云云者，此可举出一例如下：《山海经·海内经》载 "帝俊赐羿彤弓素矰，以扶下国"（第 466 页），而《说文·弓部》云 "芎，帝喾射官"（段玉裁《说文解字注》以芎、羿同字），是帝俊即帝喾之证。《礼记·祭法》载 "殷人禘喾而郊冥，祖契而宗汤，而《国语·鲁语》云 "商人禘舜而祖契，郊冥而宗汤"，是帝喾即舜之证。综上而言，则帝俊、帝喾、舜三者同也。

① 《山海经·大荒东经》："有五采之鸟，相乡弃沙。惟帝俊下友。帝下两坛，采鸟是司。"（第 355 页）

② 前条帝俊下友。帝下两坛"，郭璞注："言山下有舜二坛，五采鸟主之。"（第 356 页）

娥皇、女英则衍为月神。又帝俊有三妻，一者羲和，生十日；二者常羲，生十二月；三者娥皇，生三身。此正所谓道生一，一生二，二生三，三生万物也。而少昊之昊义，大明也，则纯为太阳神。

据《史记·五帝本纪》载："虞舜者，名曰重华。重华父曰瞽叟，瞽叟父曰桥牛，桥牛父曰句望，句望父曰敬康，敬康父曰穷蝉，穷蝉父曰帝颛顼，颛顼父曰昌意，以至舜七世矣。"则舜乃颛顼六世孙；而《离骚》"帝高阳之苗裔兮"，学者咸认为高阳即颛顼，为楚人先祖。《史记·楚世家》更载有"黄帝—昌意—颛顼—称—卷章（老童）—重黎（祝融、吴回）—陆终—陆终六子（其三季连芊姓）"的楚先祖世系。虽则《史记·五帝本纪》《史记·楚世家》于舜世系、颛顼世系，掺杂有上古神话传说分化综合的复杂现象，然而其中亦颇有世代口传历史的来源痕迹；降至战国诸子大造上古史时代帝王世系，遂逐渐成为学者公认的史实，而后为史迁撰述《史记》所认同、采纳。如是，舜亦成为楚族先祖，而舜具太阳神及五彩凤凰之神格，则楚族亦崇拜太阳神及凤凰的民族。又《汉书·地理志下》载："（楚）信巫鬼，重淫祀。"又载："周武王封舜后妫满于陈，是为胡公，妻以元女大姬。妇人尊贵，好祭祀，用史巫，故其俗巫鬼。"是舜族与楚族皆崇信史巫[①]，具浓烈淫祀鬼神风情的民族，二者之间必有相互影响的关联。陈于春秋晚期楚惠王时并灭于楚（公元前478年），200年后，秦将白起攻破楚国郢都，楚襄王东北保于陈城（公元前278年），舜族与楚族不仅先祖血缘关系暧昧，其后裔子孙也是命运连锁纠缠。

综合上文析论，则知《离骚》中段灵均南征九疑山，就重华而陈辞，原来即是向太阳祖神（神鸟凤凰）争取支持、同情及认可。其后巫咸降神时"百神翳其备降兮，九疑缤其并迎。皇剡剡其扬灵兮，告余以吉故"，俨然就是太阳神舜降临人间的排场。而《离骚》结尾"奏《九歌》而舞《韶》兮，聊假日以媮乐。陟升皇之赫戏兮，忽临睨夫旧乡"，《九歌》《韶》乐亦是舜乐——所谓凤凰之歌。'

《尚书·舜典》载："帝曰：'夔！命汝典乐，教胄子，直而温，宽而栗，刚而无虐，简而无傲。诗言志，歌永言，声依永，律和声。八音克谐，无相夺伦，神人以和。'夔曰：'于！予击石拊石，百兽率舞。'"《礼记·乐记》载："昔者，舜作五弦之琴，以歌南风，夔始制乐，以赏诸侯。"夔乃舜时典乐之官，其所制之乐，即《九歌》之乐，又称九成、九奏、九变（九辩）之乐。《尚书·虞书·益稷谟》载："夔曰：'戛击、鸣球，搏拊、琴瑟以咏。'祖考来格，虞宾在位，群后德让，下管鼗鼓，合止柷敔，笙镛以间，鸟兽跄跄，《箫韶》九成，凤凰来仪。夔曰'于！予击石拊石，百兽率舞，庶尹允谐。'""《箫韶》九成"句，孔颖达《疏》曰："成，谓乐曲

① 《国语·楚语下》："民之精爽不携贰者，而又能齐肃衷正，其智能上下比义，其圣能光远宣朗，其明能光照之，其聪能听彻之，如是则明神降之，在男曰觋，在女曰巫。"

成也。郑云，成犹终也。每曲一终，必变更奏，故《经》言九成、《传》言九奏、《周礼》谓之九变，其实一也。”而这里的《箫韶》，正是《离骚》的舞《韶》，又称作《九韶》《九招》《九代》[①]。

《九韶》《箫韶》同乐而异名，此与“凤凰来仪”有关。《尚书·虞书·稷谟》“《箫韶》九成，凤凰来仪”句，《伪孔传》：“韶，舜乐名。言箫，见细器之备。雄曰凤，雌曰皇，灵鸟也。仪，有容仪。备乐九奏而致凤皇，则余鸟兽不待九而率舞。”神鸟凤皇难致，此以《箫韶》之乐致之，亦有故事可说。刘向《列仙传·卷上·萧史》载，春秋时人萧（箫）史善吹箫，作凤鸣。秦穆公以女弄玉妻之。箫史作凤楼，教弄玉吹箫，感凤来集，其后夫妇同乘凤仙去。又应劭《风俗通·声音·箫》亦载有，舜作《箫韶》九成，凤凰来仪。十管参差，其形像凤之翼，长一尺。《吕氏春秋·仲夏纪·古乐》载：“帝喾命咸黑作为声歌：九招、六列、六英。……因令凤鸟、天翟舞之。帝喾大喜，乃以康帝德。……帝舜乃令质修九招、六列、六英，以明帝德。”[②]《韩诗外传》卷八亦载：“惟凤为能通天祉，应地灵，律五音，览九德。天下有道，得凤象之一，则凤过之；得凤象之二，则凤翔之；得凤象之三，则凤集之；得凤象之四，则凤春秋下之；得凤象之五，则凤没身居之。”[③]是舜作《箫韶》九成，凤凰来仪，应是得凤象五，凤没身居之也。

《离骚》结尾，灵均在舜制作的凤凰神鸟之歌——《九歌》《九韶》伴奏中，飞向大光明（赫戏升皇）的归祖返本境地，这是灵均精神向往最清白、高洁的极致，却忽然回望向现实生活中最溷浊、俗佞的旧乡，光明与溷浊、理想与现实两极对反的突然碰撞，使灵均灵魂受到猛烈的震撼。说明了精神的飞升不能轻易抛弃人世的根基，根基的溷浊处隐藏着神圣感[④]。

三、《离骚》中的高阳、伯庸与凤凰

《史记·天官书》：“岁星一曰摄提，曰重华，曰应星，曰纪星。”《离骚》起首四句曰：“帝高阳之苗裔兮，朕皇考曰伯庸。摄提贞于孟陬兮，惟庚寅吾以降。”《离骚》中段曰：“济沅湘以南征兮，就重华而陈辞。”并提摄提、重华之名，运用文

① 《楚辞·远游》：“张《咸池》奏《承云》兮，二女御《九韶》歌。”《山海经·大荒西经》：“开上三嫔于天，得《九辩》与《九歌》以下。此天穆之野，高二千仞，开焉得始歌《九招》。”（第 414 页）《山海经·海外西经》：“大乐之野，夏后启于此舞《九代》。”（第 209 页，又参袁珂注）过常宝认为《九歌》《九辩》《九韶》三者分而言之是巫乐、巫歌、巫舞。氏著《楚辞与原始宗教》，第 44—45 页。

② 许维遹：《吕氏春秋集释》，北京：中华书局，2009 年版，第 125—126 页。

③ 许维遹：《韩诗外传集释》，北京：中华书局，2009 年版，第 278 页。

④ 参杨义：《屈子楚辞还原》下册，北京：中国社会科学出版社，2016 年版，第 818 页。

学双关语的表现手法（一指岁星，一指太阳[①]），而《离骚》结尾“奏《九歌》而舞《韶》兮，聊假日以媮乐”，则出现舜制作的乐曲。可以说，作为太阳神、凤凰鸟化身的大舜，是《离骚》一篇反复出现的主旋律，《离骚》可谓一曲悲怆的太神（鸟）之歌[②]。《离骚》起首四句除了在自述出生年月日时提及摄提岁星、摄提重华（舜）外，更重要的是，一方面灵均承袭西周以前，各方国部族追溯自身世系血缘祖先的传统（“朕皇考曰伯庸”）；一方面灵均又具有东周春秋战国时人随着疆域兼并，而逐渐开始的祖神同出一元造神运动文化[③]（“帝高阳之苗裔兮”）。

《离骚》首句云：“帝高阳之苗裔兮。”王逸注：“高阳，颛顼有天下之号也。”王逸之说或来自《大戴礼记·帝系》《史记·楚世家》等典籍，如《大戴礼记·帝系》云：“黄帝产昌意，昌意产高阳，是为帝颛顼。”《史记·楚世家》云：“楚之先祖出自帝颛顼高阳。”后世学者一般都据此认为高阳即帝颛顼；而《史记·楚世家》又说高阳帝颛顼为黄帝之孙。质言之，黄帝、颛顼俱是高贵的太阳神，也是《山海经》中出现最多次、最重要的两位神祇。《玉篇·页部》引《世本》曰：“颛者，专也；顼者，正也。言能专正天之道也。”颛顼能够专正天之道，或许指的是他命重黎司天地以制历之事，颛顼也因此被称为“历宗”[④]。而制历必须根据太阳周年、每日的运行，也象征着一切时间空间的开端；换言之，颛顼既作为楚族始祖，亦为宇宙时空开端的太阳神，民族起源及天地开辟于此绾合。又颛顼更与前节提及之太阳神少昊（鸷鸟凤凰为其化身）密切相关，《山海经·大荒东经》载：“东海之外大壑，少昊之国。少昊孺帝颛顼于此，弃其琴瑟。有甘山者，甘水出焉，生甘渊。”郭璞注：“《诗含神雾》曰：‘东注无底之谷。’谓此壑也。”此无底之山谷大壑又称甘渊、汤谷、

① 关于重华一指岁星，一指太阳的讨论，可参萧兵：《楚辞的文化破译——一个微宏观互渗的研究》《摄提·重华·舜》一小节，武汉：湖北人民出版社，1997年版，第78—87页。

② 萧兵曾结合《天问》“阳离爰死”句之阳离鸟以释“离骚”之“离”义，并指出：如果“离”为太阳神鸟之说得以成立，而“骚”确有歌义；那么“离骚”的最古义便可能是“太阳神鸟的悲歌”，并可推源于“图腾歌曲”。参萧兵：《〈离骚〉可能原是太阳神鸟的悲歌》，氏著：《楚辞的文化破译——一个微宏观互渗的研究》，武汉：湖北人民出版社，1997年版，第180—186页。

③ 如《国语·鲁语上》载展禽之言曰：“故有虞氏禘黄帝而祖颛顼，郊尧而宗舜。夏后氏禘黄帝而祖颛顼，郊鲧而宗禹。商人禘舜而祖契，郊冥而宗汤。周人禘喾而郊稷，祖文王而宗武王。”而《礼记·祭法》之说则稍有不同：“有虞氏禘黄帝而郊喾，祖颛顼而宗尧。夏后氏亦禘黄帝而郊鲧，祖颛顼而宗禹。殷人禘喾而郊冥，祖契而宗汤。周人禘喾而郊稷，祖文王而宗武王。”

④ 班固《汉书·律历志》虽载有《黄帝》《颛顼》《夏》《殷》《周》《鲁》等六种历法，但其述历数之起，乃首先传述颛顼命南正重以司天、火正黎以司地之故事。又《绎史》卷七引《古史考》曰：“颛顼以孟春正月为元……故颛顼圣人，为历宗也。”

若水（若木）、穷桑（空山）[①]，乃是东夷少昊族圣地，是日升日落时分太阳的洗浴之所[②]。颛顼于此圣地为少昊抚育成人，日后并继承少昊太阳族的伟大事业[③]，其称高阳乃理之至当。即使退一步说，认为颛顼与高阳称号的结合乃战国末世学者在大一统的向心、凝聚趋势下，整合天下、齐一神祇世系的学术成果[④]；然从高阳的名号就可以直观得出高贵的太阳神或高明的太阳神之意。

若《离骚》之帝高阳确指颛顼，则颛顼与凤凰亦有关联。颛顼的动物原型或图腾，常为学者所称道者为《山海经·大荒西经》这段记载："有鱼偏枯，名曰鱼妇。颛顼死即复苏。风道北来，天乃大水泉，蛇乃化为鱼，是谓鱼妇。颛顼死即复苏。"则颛顼的动物原型或图腾乃是鱼龙（蛇）[⑤]，而颛顼又葬于附禺之山（《山海经·大荒北经》），请看以下资料：

《大荒北经》："东北海之外，大荒之中，河水之间，附禺之山，帝颛顼与九嫔葬焉。爰有丘鸟久、文贝、离俞、鸾鸟、凰鸟、大物、小物。有青鸟、琅鸟、玄鸟、黄鸟、虎、豹、熊、罴、黄蛇、视肉、璿瑰、瑶碧，皆出卫于山。丘方圆三百里，丘南帝俊竹林在焉，大可为舟。竹南有赤泽水，名曰封渊。有三桑无枝。丘西有沉渊，所浴。"（第 419 页）

《海外北经》："务隅之山，帝颛顼葬于阳，九嫔葬于阴。一曰爰有熊、罴、文虎、离朱、久、视肉。"（第 244 页）

《海内东经》："汉水出鲋鱼之山，帝颛顼葬于阳，九嫔葬于阴，四蛇卫之。"（第 332 页）

---

① 《尸子》："少昊金天氏邑于穷桑，日五色，互照穷桑。"（东晋）王嘉《拾遗记》："少昊以主西方，一号金天氏，亦曰金穷氏；号曰穷桑氏，亦曰桑丘氏。少昊以金德王。"

② 《山海经·西次三经》："（长留之山）其神白帝少昊居之。……实惟员神磈氏之宫。是神也，主司反景。"郭璞注："日西入则景反东照，主司察之。"郝懿行笺疏："是神，员神，盖即少昊也。"（第 52 页）

③ 《吕氏春秋·仲夏纪·古乐篇》："帝颛顼生自若水，实处空桑，乃登为帝。"又《绎史》卷七引《帝王世纪》云："颛顼生十年而佐少昊，二十而登帝位。"

④ 这一学术成果乃是以黄帝为中心，逐渐整合炎帝族、东夷族、南蛮族、西戎族（《山海经·大荒北经》："有人名曰犬戎，黄帝生苗龙，苗龙生融吾，融吾生弄明，弄明生白犬，白犬有牝牡，是为犬戎，肉食。"）（第 434 页）北狄族（《山海经·大荒西经》："有北狄之国。黄帝之孙曰始均，始均生北狄。"）（第 395 页）等各方国部落，此从关于黄帝的记载大量出现于战国人所作文献中，而更前的典籍则很少出现黄帝的情况可得进一步思考。此亦古史辨派学者所云层积的古史现象。若此则《大戴礼·帝系》《史记·五帝本纪》《世本》《帝王世纪》等书所载以黄帝为主的万世一系继统说多不可尽信，如（清）崔述《补上古考信录》卷下即云："《大戴记》云高阳是为帝颛顼，按《春秋传》有高阳氏、有颛顼氏，而为一为二，无明文。"

⑤ 参萧兵：《颛顼以鱼、蛇为图腾》，氏著：《楚辞与神话》，南京：江苏古籍出版社，1986 年版，第 237—243 页。

郝懿行指出，附禺之山（《大荒北经》）、务隅之山（《海外北经》）、鲎鱼之山（《海内东经》），皆一山也。而颛顼葬所为一大乐园圣地，盖有百兽群居，其中代表就是鸾鸟、凰鸟、离朱[①]。然仅凭此一点，并不能说明颛顼与凤凰的密切关联性。更值得注意的是，颛顼葬所又联系颛顼九嫔之葬地。萧兵曾旁征博引证明颛顼乃东北夷的高级祖先神，并兼有太阳神、水神一身二任的神格[②]。若此说不误，则《山海经·大荒北经》载："大荒之中，有山名曰北极天柜，海水北注焉。有神，九首人面鸟身，名曰九凤。"（第426页）颇疑此北极天柜亦一东北夷族圣地，又是颛顼九嫔居处之地。换言之，九首人面鸟身的九凤为颛顼九嫔的动物化身原型，亦是太阳神族的一支分脉。颛顼与九嫔联姻，乃是太阳神族内不同分支（即鱼龙族与凤凰族）的结合，颛顼与凤凰的密切关联点正在此也。

《离骚》次句云："朕皇考曰伯庸。"关于伯庸，历来主要有父亲说与先祖说两种重要意见。王逸云："皇，美也，父死称考。"是主伯庸为父亲[③]；然早于王逸的刘向于《九叹·逢纷》中云：伊伯庸之末胄兮，谅皇直之屈原；云予肇祖于高阳兮，惟楚怀之蝉连。"认为屈原（灵均）为伯庸之末胄，是主伯庸为先祖[④]。

若是暂从先祖说，则接下来一个重要的问题是，伯庸又是楚族哪一位远系名望先祖？据今人赵逵夫考证，伯庸乃楚武王熊渠所封三子中之长子句亶王康；康、庸二字实涉形近而误[⑤]。而比较传统的说法，则认为伯庸即为祝融，如饶宗颐即力主此说。饶宗颐云：

（皇字）象日光四射，本义即"煌"，所以表盛美，故与光、烈、文等字同意。金文颂词屡用"皇祖""皇父""皇叔"，《诗》《书》有"烈考""文考"与"皇考"，义并同。"皇考"即"太祖"，原与楚同姓，则原之"皇考"，当亦楚之太祖，诚无疑也。……（祝融）其名本单称曰"融"，融、庸音同，字通，《路史·后纪》"祝融"，字正作"祝庸"。"伯"者，爵名，庸之（称）"伯庸"，犹"鲧"之称"伯

---

① 《海外北经》之离朱，又见《海外南经》"狄山"条，郭璞注云："木名也，见《庄子》。今图作赤鸟。"郝懿行云："又云今图作赤鸟者，赤鸟疑南方神鸟焦明之属也。然《大荒南经》离朱又作离俞。"袁珂以离朱即日中神禽踆鸟、阳鸟、金乌者。（第203—204页）

② 参萧兵《颛顼考》，氏著：《楚辞与神话》，南京：江苏古籍出版社，1986年版，第203—254页。

③ 郭维森考证此一问题后云："根据以上种种，我以为说伯庸为屈原之父，未尝没有道理。在找到更多的证据之前，不如暂时维持这一相沿已久的说法。"见氏著：《屈原评传》，南京：南京大学出版社，1998年版，第51—53页。

④ 闻一多有云："原之名字得于卦兆，则是卜于皇考之庙，皇考之灵因赐以此名此字也。向意不以伯庸为屈原之父，于此益明。"参闻一多：《古典新义·离骚解诂甲》，《闻一多全集》第五册，第258页。

⑤ 参赵逵夫：《屈氏先世与句亶王熊伯庸——兼论三闾大夫的职掌》，收录氏著：《屈原与他的时代》，北京：人民文学出版社，1996年版，第1—25页。

鲧”“禹”之称“伯禹”，伯爵自后人所名。“伯”字于古当训大。……其称《祝融》者，“融”本其名；“祝”则附加形容词。《左传·昭公二十九年》“火正曰祝融”，贾逵注“祝，甚也；融，明也”，又《史记》注引虞翻曰“祝，大；融，明也”，又引韦昭曰“祝，始也”，是祝即甚大之意，《楚世家》所谓“甚有功，能光融天下”，即其名之取义也。①

饶氏以祝、伯同训“大”义；融、庸音同字通，得出伯庸即祝融的结论，并引《左传》“火正曰祝融”，说祝融司火，为火正之官②，然并未进一步指陈祝融为太阳神③。《史记·楚世家》说重黎为帝喾高辛火正，能光融天下，有大功，帝喾命曰祝融；《国语·郑语》也说，黎为芈氏火正，以淳耀敦大，天明地德，光照四海，故命之曰祝融，其功大。所谓光融天下、淳耀敦大、天明地德、光照四海云云，非太阳不足以当之，而太阳正是天地之间最伟大的圣火。祝融为太阳神之说，学者不仅多无疑义；且都承认祝融即《山海经》《大荒北经》《海外北经》所载之烛龙、烛阴④，亦《楚辞·天问》“日安不到，烛龙何照”、《楚辞·大招》“北有寒山，逴龙赩只”所叙者。然烛龙（烛阴）族乃东北龙族，而祝融则为东北龙族南迁后的族号，他们都具有龙族的原型或图腾⑤。

祝融一族除具有龙族的原型或图腾外，又与鸟族凤凰密切相关。《白虎通·五行》载：“其帝炎帝者，太阳也。其神祝融，祝融者，属续。其精为鸟，离为鸾，分三事也。”《国语·楚语下》云：“昔在颛顼，命南正重司天以属神，命火正黎司地以属民。”重即祝融，司火正，后与司天（日）的重合为重黎⑥，亦称火正祝融，此为上古神话分合纠葛常见之例（如羲和神话者亦如是）。而黎即鵹鸟，又是《楚辞·天问》“天式纵横，阳离爰死”之阳离鸟，为凤凰别种⑦。

又前文曾说，祝融乃钟山之神烛龙、烛阴，《山海经·西山经》载：

---

① 见饶宗颐：《楚辞地理考》，台北：九思，1978 年版，第 7—9 页。

② 《吕氏春秋·孟夏》：“其神祝融。”高诱注：“祝融，颛顼氏后，老童之子，吴回也，为高辛氏火正，死为火官之神。”

③ 萧兵亦主皇考伯庸即祝融，更领有太阳神神格。参萧兵：《楚辞文化》，北京：中国社会科学出版社，1992 年版，第 101—106 页。

④ 《山海经·大荒北经》：“西北海之外，赤水之北，有章尾山。有神，人面蛇身而赤，直目正乘，其瞑乃晦，其视乃明，不食不寝不息，风雨是谒。是烛九阴，是烛龙。”《山海经·海外北经》：“钟山之神名曰烛阴，视为昼，瞑为夜，吹为冬，呼为夏，不饮，不食，不息，息为风，身长千里。在无启之东。其为物，人面，蛇身，赤色，居钟山下。”

⑤ 参见拙作：《〈楚辞〉中的龙与楚地出土文物》，待发表。

⑥ 《淮南子·天文训》：“积阳之热气生火，火气之精者为日。”故天用莫如日，人用莫如火。重者司天属神者主日，黎者司地属民者主火，南正向明以测日，火正顺时以改火，各据其用而言之。

⑦ 参萧兵：《楚辞与神话》，南京：江苏古籍出版社，1986 年版，第 52—55 页。

又西北四百二十里，曰钟山，其子曰鼓，其状如人面而龙身，是与钦䲹杀葆江于昆仑之阳，帝乃戮之钟山之东曰䍃崖，钦䲹化为大鹗，其状如鵰而黑文白首，赤喙而虎爪，其音如晨鹄，见则有大兵；鼓亦化为鵕鸟，其状如鸱，赤足而直喙，黄文而白首，其音如鹄，见则其邑大旱。（第42页）

钟山之子鼓原如钟山山神烛龙一样是人面而龙身，然其后化为其状如鹄的鸾鸟，鸾鸟如前文所述，即俊鸟凤凰，也是《淮南子·精神篇》"日中有踆乌"之踆乌，象征炽热的太阳，见则其邑大旱。综上所述，远古祝融（伯庸）一族，并有神龙、凤鸟的动物原型、图腾。

鲁迅曾说："《楚辞》较之于《诗》，则其言甚长，其思甚幻，其文甚丽，其旨甚明，凭心而言，不遵矩度。故后儒之服膺诗教者，或訾而绌之，然其影响于后来之文章，乃甚或在三百篇以上。"[①]屈原代表作品《离骚》之所以能逸响伟辞，卓绝一世，让后人惊其文采，相率仿效，对于后代文学的影响力，甚或超过《诗经》之上，其中一个重要原因，就在于对于上古神话素材的运用。《离骚》这首太阳神曲、凤凰之歌，如同神鸟凤凰的五采之羽、天籁之音般，成就了上古诗歌声色相宜的最高成就。本文分别从《〈离骚〉文本中出现的凤凰》《〈离骚〉中的舜（重华）与凤凰》《〈离骚〉中的高阳、伯庸与凤凰》等方面，揭开了《离骚》中或显或隐的凤凰鸟面纱。

① 鲁迅：《汉文学史纲要》，《鲁迅全集》第九卷，北京：人民文学出版社，2005年版，第382页。

《离骚》词语解诂四则

南京师范大学　杨新勋

摘　要：《离骚》是楚辞最重要的一篇，也是我国古代文学史上的奇葩，但其中仍有不少地方难有确解。“脩能”当即“脩态”，指美好的外貌，与装饰、打扮、修饬正相对应。“日月忽其不淹兮”的“淹”是停留的意思，表现的是诗人对时光的珍惜。“伤灵修之数化”的“数化”是指灵修疾速转变了态度和做法，诗人对此痛惜欲绝，《离骚》的创作与此相关。“虽萎绝其亦何伤兮”“长顑颔亦何伤”的“何伤”应解为“有什么妨碍”，这对于理解诗人的思想和工作甚有帮助。准确解诂这些词语对于深入、正确认识《离骚》有重要意义。

关键词：脩态；淹；数化；何伤

《离骚》是楚辞最重要的一篇，也是我国古代文学史上的奇葩，历来受到人们的高度重视，注释、研究的著作汗牛充栋，但其中仍有不少地方难有确解，影响着人们对其文本解读和把握。笔者长期从事《楚辞》的教学工作，对其中一些难解词汇加以探讨，希冀从语言和文本相结合的方面做出突破。今择取四则，撰成此文，企方家是正，以免贻误学子。

一、脩能

《离骚》：“纷吾既有此内美兮，又重之以脩能。”

王逸注：“脩，远也。言己之生，内含天地之美气，又重有绝远之能，与众异也。言谋足以安社稷，智足以解国患，威能制强御，仁能怀远人也。”[①] 王氏以远释“脩”，用“能”字本义解，并将能落于谋、智、威、仁四德，其字词训释与其对《离骚》尤其是屈原的认识有关。洪兴祖补注：“能，本兽名，熊属，故有绝人之才者谓之能。此读若耐，叶韵。”[②] 洪氏据《说文》言“能”字“熊属”云云，又用叶韵来注音，

① 洪兴祖：《楚辞补注》，北京：中华书局，2002 年版，第 4 页。杨按：本文所引王逸注释和章句均出自洪兴祖《楚辞补注》。

② 同上，第 4 页。

以与下句“扈江离与辟芷兮，纫秋兰以为佩”的“佩”押韵，实际上对“脩能”的理解承自王逸。朱熹《楚辞集注》释“修”为“长”，释“能”同洪兴祖。① 后世人多同此说，如王夫之、钱澄之、胡文英等，今人亦大多主此说。

朱熹《楚辞集注》云“一作态，非是”，说明他曾见一本作“脩态”，只是他不认可这一文本。朱骏声《离骚赋补注》云：“能，读若态，姿有余也。按：巧艺高材曰态，经传多借能字为之。”② 朱骏声始以“态”读“能”。姜亮夫《屈原赋校注》云：“态字是也。修态，古恒语，《招魂》‘姱容修态’是也。古‘能’‘态’两字多误，《怀沙》‘非俊疑杰，固庸态也’，《论衡·累害篇》引作‘能’，《汉书·司马相如传》‘君子之态’，《史记集解》引徐广本作‘能’，皆是。”③ 姜氏亦以“修态”为是，但并未释义。姜氏之说并未被人广泛接受，如金开诚等《屈原集校注》即云“姜说仅备考”，④ 其解释仍从钱澄之释为“长才”。

详细考证“脩能”当释“脩态”者为黄灵庚。其《楚辞章句疏证》全面梳理了“脩”字的用法、词义，并搜罗了“能”为古“态”字的文献用例和古训，但他最终云“长谓之脩，美亦谓之脩，其义相通”“脩态，古恒语，喻贤能”，⑤ 则又回到了王逸、洪兴祖的解说，与朱骏声、姜亮夫的解释迥异。

杨按：能、态古今字。能，金文作“”，《说文》云：“能，熊属，足似鹿。从肉，㠯声。能兽坚中，故称贤能，而强壮称能杰也。”徐灏《说文解字笺注》：“能，古熊字……假借为贤能之能，后为借义所专，遂以火光之熊为兽名之能，久而昧其本义矣。”徐氏所订甚是，能本熊之初文，假借为能，后贤能、才能为其常用义。“态”字不见于先秦，两周金文及秦汉简帛有“能”无“态”，东汉时武梁祠堂画像题字有“婴儿之态，令亲有驩”出现了此字。《说文》收此字，云“态，意也。从心从能。能，或从人。”钮树玉《说文解字校录》云“当是从心能声，后人疑声不近，改为会意”，能古蒸部，熊之部，之蒸对转，熊为能同声孳乳字，是能在姿态、意态义上产生的今字。但“能”字“态”义早已出现，如《荀子·天论》“耳目鼻口形能”，王念孙《读书杂志》即读为“态”，又《战国楚竹书（二）讼城是（容成氏）》“乔（骄）能（态）始作，乃立咎繇㠯为立（理）”、《银雀山汉简·守法篇》“以视适（敌）进芮（退）变能（态）请而为长耳目城中”等均可证明。此“态”更多指外貌、姿态、形势。《史记》中“能”“态”两见，如“瞬态”“交态”多作“态”，而《史

① 朱熹：《楚辞集注》，上海：上海古籍出版社，1979 年版，第 3 页。

② 朱骏声：《屈原赋补注》一卷，清光绪八年刻本。

③ 姜亮夫校注：《重订屈原赋校注》，天津：天津古籍出版社，1987 年版，第 8—9 页。

④ 金开诚、董洪利、高路明校注：《屈原集校注》，北京：中华书局，2011 年版，第 4 页。

⑤ 黄灵庚：《楚辞章句疏证》第一册，北京：中华书局，2007 年版，第 48 页。

记·司马相如列传》“旼旼睦睦，君子之能”作“能”，《汉书·司马相如传》改作“态”。正如黄灵庚所言《楚辞》也是“能”“态”两见，如《九章·怀沙》“固庸态也”、[①]《招魂》“容态好比”“姱容修态”、《大招》“滂心绰态”等作“态”，而《离骚》此处作“能”。王逸于“容态好比”“滂心绰态”两处均注“态，姿也”，即姿态，形容美貌，甚是。王逸释“脩”为远或长，如“姱容修态”“姱修滂浩”均注“修，长也”，非是，“修”与“姱”相对为文，当为美义。《离骚》中“脩”为美意较常见，如“好修”“脩名”“信脩”等“修”字均为美义，尤其“余虽好脩姱以鞿羁兮”中“脩姱”连言、“汝何博謇而好脩兮，纷独有此姱节”[②]中“脩”“姱”对言，更值得注意。《离骚》此处的“脩能”即“脩态”，即美好的外貌，正与《招魂》“姱容修态”的“修态”同意，张衡《两京赋》“要绍修态”也是这个意思。诗人用“纷吾既有此内美兮”总结上文高阳苗裔、皇考伯庸、摄提孟陬及庚寅以降幸得嘉名，这些都有宗教意味，属于天赋，言“内美”反映了古人的观念；又用“又重之以脩能”引起下文，即“扈江离与辟芷兮，纫秋兰以为佩”，装饰自己的外表，正“脩能”所指。《离骚》中诗人屡言装饰美玉、把持香草，不厌其烦，正是“好脩”“好脩姱”之意。湖南云梦秦简《日书》第 146 简言“庚寅生子女为贾，生子男好衣佩而贵”，屈原好修饰外表盖有宗教、文化原因，《离骚》中多次写及此举也寄寓了作者的追求，其中亦有才能、品德及政治作为的意涵，但将“脩能”解释为“长才”属于辗转引申，不可直接这样理解，否则《离骚》中那么多采撷香草美玉以为装饰的描述就不可理解了。将“脩能”释为“脩态”，改为美貌，这种外貌与装饰、打扮、修饬关系密切，不但符合楚汉和《楚辞》诸篇的用语，而且维护了《离骚》艺术的统一、完整，对于正确理解《离骚》的创作和构思甚有帮助。

二、淹

《离骚》：“日月忽其不淹兮，春与秋其代序。”

王逸注：“淹，久也。……言日月昼夜常行，忽然不久。春往秋来，以次相代。言天时易过，人年易老也。”[③]此处洪兴祖无注。朱熹《楚辞集注》言“淹，久也”同王逸，但其疏通文意时言“而不知岁月之不留”似又以“留”解“淹”。金开诚等《屈

---

① 杨按：王充《论衡》卷一《累害篇》引作“固庸能也”（《论衡校释》，北京：中华书局，1992 年版，第 12 页。）

② 杨按：朱骏声《屈原赋校注》言“节当作饰，方合古韵，亦与前后文意一贯”，甚有启发。“节”“饰”或形近而混。

③ 洪兴祖：《楚辞补注》，北京：中华书局，2002 年版，第 6 页。

原集校注》以“久留”释“淹”，[1]虽有《离骚》“又何可以淹留”、《九辩》“蹇淹留而无成”“蹇淹留而踌躇”及《招隐士》“攀援桂枝兮聊淹留”等文本依据及王逸“久留”注解的影响，但也可能与朱熹之释有关。但细绎《离骚》此处以“久”释“淹”和言“忽然不久”均义有未恰。朱骏声《离骚赋补注》又谓“淹”本为“延”，姜亮夫《屈原赋校注》承之言淹、延双声通用。黄灵庚以古音明二字“声韵殊别，不得通用”，[2]所言甚是，淹与延古音不近，朱骏声或因王逸以“久”释“淹”而言。

《说文》：“淹，水，出越巂徼外，东入若水。”许慎训“淹”为古河流，即今金沙江之一段，此古义后人已罕用。《尔雅·释诂下》云：“淹，久也。”王逸注多有同《尔雅》者，其注“淹，久也”或来于《尔雅》。

“淹”还有另外一个义项。《左传》僖公三十三年“不腆弊邑，为从者之淹”、宣公十二年有“二三子无淹久”，杜预均注“淹，留也”，即逗留、停留之意。《玉篇》：“滞，淹也。”也是这个意思。“淹”与“留”相连当为同义词并列连用，此为《楚辞》常见用法，“淹留”即停留之意。“日月忽其不淹兮”之“忽”，王逸未释，只是章句中言“忽然”，其实此“忽”当释为疾，迅速之义。《离骚》下文“忽奔走以先后兮”“忽反顾以游目兮”，王逸均注“忽，疾貌”，所言甚确。《左传》庄公十一年“桀、纣罪人，其亡也忽焉”，杜预注“忽，速貌”。王逸所言“忽然”当即“忽焉”之义，形容日月变化之速。日月飞速变化，则“不淹”即不停、不留，正与“忽”相对，故下文言“春与秋其代序”，即春季与秋季走马灯似的流转。可见，《离骚》此处并无“久”义，王逸言“忽然不久”不通。

顺便提及，《楚辞》有些地方的“淹留”也只能释为停留。如《招隐士》“攀援桂枝兮聊淹留”之“淹留”，就只能释为暂时的停留，与“须臾”“逍遥”相近，不能用“久”来诠释。其实细绎《离骚》“时缤纷其变易兮，又何可以淹留”文句，此“淹留”释为停留也比久留为佳。

三、数化

《离骚》：“余既不难夫离别兮，伤灵修之数化。”

王逸章句：“伤念君信用谗言，志数变易，无常操也。”实用“多次”释“数”，用“变易”释“化”。洪兴祖补注仅言“数，所角切”，未言词义。朱熹注“数，所角反”，疏通文意同王逸。杨按：中古音所角切之“数”有疾速、急促、频数等义，洪兴祖、朱熹实用频数即数次之义，金开诚等《屈原集校注》言“数，屡次”即承

---

① 金开诚、董洪利、高路明校注：《屈原集校注》，北京：中华书局，2011年版，第14页。
② 黄灵庚：《楚辞章句疏证》第一册，北京：中华书局，2007年版，第71页。

此而来。

黄灵庚《楚辞章句疏证》于此区分了变、化不同，认为“异物感生谓之化”，言“化”意味着灵修“本质已改，无可振救”，[①]章句“志数变易”云云不确。若如黄氏所言，“化”已发生质变，“数”已不必解了。

杨按：黄氏所言非是。虽然古人所言变、化有同有异，也确如黄氏所言，存在散言则同、对文则别的现象；但并不能因此遽言“数化”之“化”与“变”不同，非王逸“变易”之意。黄氏所言灵修“本质已改，无可振救”恐与诗意不符。很明显此处“化”为散言，王逸释为“变易”，不别“变”“化”，不存在诂训障碍。而从文意上看，《离骚》数称“灵修”，当为褒义，故又可换称之为“荃”“哲王”，与《史记·屈原贾生列传》所言“系心怀王，不忘欲反，冀幸君之一悟，俗之一改也。其存君兴国而欲反复之，一篇之中三致意焉”[②]相一致，说明诗人对怀王念念不忘，并没有失望泄气，否则就没必要创作《离骚》了，所以从诗中是看不出灵修“本质已改，无可振救”之意的。可见，不能说王逸“数变”云云“未足以当灵修之‘数化’”。

这里用数次、屡次解释“数”是不合适的。从《史记》来看，屈原被上官大夫、靳尚等人诬陷是因其“造为宪令”夺稿不与而起，并非多次，怀王也是因上官诸人的谗言“怒而疏屈平”，[③]亦非多次发怒。将“数化”之“数”理解为屡次于史实无征。又从《离骚》行文来看，上文言“乘骐骥以驰骋”“忽奔走以先后兮”均述诗人积极有为、竭诚输忠之政举，其间尽心竭力、无所顾忌，以至于有“指苍天以为正”之语，之后“曰黄昏以为期兮，羌中道而改路。初既与余成言兮，后悔遁而有他”所指应为一件事，即怀王因楚臣对屈原起草宪令的诬陷而转变了对屈原的信任，罢免了其左徒之职。实际上，《离骚》的立意和行文就围绕着楚怀王转变这件事来确立和展开的，以屡次解“数”于文意也歧出。对于因屈原起草宪令招致楚臣诬陷并终致屈原与怀王君臣离合一事，《九章》中也多言及，如《惜诵》《抽思》《惜往日》等均言及楚王由信变疏或怒的过程，诗人“竭忠诚以事君”“心纯庬而不泄”，但却被误解、冤枉，“君含怒而待臣兮，不清澈其然否”，这才是诗人始终耿耿难释的最大心结。可见，此变即灵修“数化”之“化”，“数”不可解为数次、屡次。

---

① 黄灵庚：《楚辞章句疏证》第一册，北京：中华书局，2007 年版，第 125 页。

② 司马迁撰，裴骃集解，司马贞索引，张守节正义：《史记》第八册，北京：中华书局，2013 年版，第 2997 页。杨按：《史记》此处与“屈平疾王听之不聪也，谗谄之弊明也，邪曲之害公也，方正之不容也，故忧愁幽思而作《离骚》”（第 2994 页）不矛盾，“屈平疾王听之不聪”确为《离骚》所写一个重要原因和部分，但并没有发展到怀王昏耄或变质之意。事实上，从《离骚》诸作也看不出楚怀王“客死于秦”之终，诗人对怀王抑或襄王之心是一贯的。

③ 杨按：日本金泽文库藏唐写本《文选集注》残卷存《离骚经》前半，其班固《离骚序》作“王怒而流屈平”，“流”与国内诸传本作“疏”不同。

"数化"之"数"应解为疾速。《尔雅·释诂下》"数，疾也"，即疾速、快速，这在先秦文献亦常见，如《韩非子·说林上》"何变之数也"、《逸周书·官人》"设之以物而数决"、《礼记·学记》"及于数进"等等，诸"数"均为疾速之意。"伤灵修之数化"指的是楚怀王由信转怒的速度太快让诗人伤心，正与上文"荃不察余之中情兮，反信谗而齌怒"相合。《说文》"齌，炊餔疾也"，王逸注"齌，疾也"，甚是，此与《九歌·大司命》"吾与君兮斋速"之"斋"同义，都是"齐"的今字，疾速之意。可见，楚怀王听信上官大夫等人的谗言后很快就发怒了，都没有查清谗言之实。[①]《九章·惜往日》说得更具体："国富强而法立兮，属贞臣而日娭。秘密事之载心兮，虽过失犹弗治。心纯庬而不泄兮，遭谗人而嫉之。君含怒而待臣兮，不清澈其然否。""君含怒而待臣兮，不清澈其然否"即"荃不察余之中情兮，反信谗而齌怒"之意，正"数化"之注脚。历史上的楚怀王政治品格确有问题，往往举动轻率、过急，考虑不周，正应了"数化"之语。屈原《离骚》及《九章》多次声言诗人之心、之志、之情及清白之质，均为就此事表白楚王，希望"君之一悟"，惜未见回应也。

四、何伤

《离骚》："虽萎绝其亦何伤兮，哀众芳之污秽。"

王逸章句："枝叶虽蚤萎病绝落，何能伤于我乎？"五臣解同王逸，洪兴祖无说，朱熹亦解同王逸，后人多从王逸之说。然众芳萎绝自属悲剧，若言"何能伤于我"则与诗人关系冷漠，颇不近人情，金开诚等之《屈原集校注》言"各种香草因受摧残而枯萎倒也不必伤悲"[②]应是有见于此而改，但依然有人情淡薄之意。众芳萎绝，令人伤感，何况诗人手自栽种，怎可言"不必伤悲"？

杨按："何伤"之"伤"当改为妨害、妨碍。《说文》："伤，创也"，"妨，害也"，段玉裁注"害者，伤也"。伤、妨同属阳部，伤书纽三等，妨敷纽三等，二字音近可通。《论语·先进》："子曰：'何伤乎？亦各言其志也。'"此"伤"即"妨"，妨碍之意。"何伤乎"，有什么妨碍呢，[③]孔子让曾皙不要因子路、冉有、公西华之言有所顾忌，直言无隐。《离骚》这里是承上文"冀枝叶之峻茂兮，愿竢时乎吾将刈"而来，希望众香草尽可能茁壮成长，不必担心由于外在条件、环境等

---

① 详参拙文《说"齐速"》，《文献》2007年第3期。王力主编《古代汉语》第二册，北京：中华书局，2003年版，第558页，言"齌，疾速。齌怒，疾怒，马上恼怒起来"，甚是。

② 金开诚、董洪利、高路明校注：《屈原集校注》，北京：中华书局，2011年版，第31页。

③ 杨按：王力主编《古代汉语》第一次第190页言"意思是'有什么关系呢'"，为意译。

原因导致枯萎、零落，即屈原告诫他们只要是人才自可被认可，不会因外在条件、自身原因或功绩不成而改变评价。只可惜众芳自己变了，成了污秽，这才令诗人悲痛伤心。又下文"苟余情其信姱以练要兮，长顑颔亦何伤"之"何伤"也是"有什么妨碍"的意思。王逸于彼处言"亦何所伤病也"与"顑颔"矛盾，亦未是。"长顑颔"即长久的面黄肌瘦，意味着遭受了磨难和煎熬，甚至未来会有危险，但这在诗人心中并不重要，构不成阻止诗人美好追求的障碍，所以言"何伤"。"虽萎绝其亦何伤兮"指众芳，"长顑颔亦何伤"指自己，诗人从他人和自己两方面都倡言人应该专心追求，而不必顾忌困难和危险，表现了无畏的勇气，也表达了他始终追求高尚品格的精神。

《离骚》系楚辞最重要的作品，历来为学人所重，但其中亦有很多地方难有确解。笔者认为，理解《离骚》的词汇既要考虑上古语言学的因素，考虑战国至两汉文字、词汇的演变，以及相关的历史、文化背景；也要尊重《离骚》的文本，注重从上下文意和作品思想主旨，及与《离骚》相关的《九章》《九歌》《远游》等文本来对词汇给出相对确切的理解。本文这四则解诂就是从这两方面努力的结果。

《离骚》“（朝搴）阰之木兰（兮）”考释

宁波大学　杨成虎

提　要：历代注家对《离骚》“朝搴阰之木兰兮”中“阰”理解的分歧较大。注为专名者终以缺乏证据而受到注为通名者的质疑。本文为专名说寻找证据，就阰山的具体地理方位以及木兰分布与生长问题合而考之，结论为：沘山之野生木兰应为屈原“阰之木兰”，是地方特产，其他山坡即便偶有，也不会成为特产，故“阰”必楚南之“灊邑沘山”。

关键词：灊邑沘山；野生木兰；地方特产

引言

关于《离骚》“朝搴阰之木兰兮”一句中“阰”的注文，历来注家意见不一，问题集中在该字是专名还是通名上，同时对“木兰”的注文也未及野生与栽培问题。王逸在《楚辞章句》中将“阰”注为“山名”，即他认为是专名，但为何是山名，山在何处，均未申论；“木兰”，王逸注：“木兰去皮不死”，未言及其他。洪兴祖在《楚辞补注》注得较具体：“频脂切，山在楚南。”“木兰”，洪兴祖注：“《本草》云：‘木兰皮似桂而香，状如楠树，高数仞。任昉《述异记》云：‘木兰川在寻（浔）阳江，地多木兰。’”[①]（按：任昉，方志学家，南朝梁时人。）提到浔阳江上有木兰川，地多木兰，殊为可贵。蒋骥在《山带阁注楚辞》中基本上因袭王、洪的注文，无多新见，只是就“木兰”说了“（皆）香之不变者”，主要就“气节”上申论[②]。汤炳正等[③]注为“山”，基本上同意王注，但去掉了王注后一“名”字，未作申论。“木兰”，汤炳正等注：“香木名。”注得极为简单。饶宗颐在《楚辞

---

① 洪兴祖：《楚辞补注》，北京：中华书局，1983 年版，第 6 页。

② 蒋骥：《山带阁注楚辞》，上海：上海古籍出版社，2019 年版，第 5 页。

③ 汤炳正等：《楚辞今注》，上海：上海古籍出版社，1996 年版，第 5 页。

地理考》中将"阰"考订为"庐江郡沘山"，[①] 因该书专考楚辞地理，未及"木兰"。

以下为通名注家的注释：王泗原在《楚辞校释》中提出新说："《说文》无'阰'字。城上女墙的'陴'，别一义为'厓'（《广雅》释'丘'），即《离骚》的阰。'陴''阰'音同。阰是厓岸，所以与'洲'并举。'阰'不是'山'或'阜'。""木兰"，王无注[②]。马茂元在戴震《屈原赋注》观点的基础上做了这样的注："'阰(音琵)'，小的山坡叫龀，大的山坡叫阰，是楚国南部的方言。"总体上，他认为是通名。"木兰"，马注："香木，辛夷的一种。花的形状似莲。兰，莲，古字通，所以叫做'木兰'[③]。"吴广平在《国学基本丛书——楚辞》中注"阰"为"楚方言，大的山坡"，注"木兰"为"香木名，或称黄心树，紫玉兰，皮似桂，状如楠树，高数仞，相传去皮而不死[④]"。董楚平在《楚辞译注》中将"阰"注为"土坡，楚方言"，将"木兰"注为"香树名"，注得极为简单，不作申论[⑤]。梁振华在《楚辞赏》夹注中注为"土山"，但在白话文翻译中理解为山坡，作通名处理。"木兰"，梁无注[⑥]。黄灵庚《楚辞章句疏证》在综合诸家注解的基本意见后，倾向于通名。关于"木兰"，他主要对该香木与梅树的区别做了辨析，其他所引大体与别人观点相同[⑦]。金开诚等人在《屈原集校注》中所持观点基本与黄灵庚相似，但对"阰"字的注文综合数家观点，颇为翔实，而对"木兰"只是简及之："王逸说：'阰，山名。'洪兴祖说：'阰，山在楚南。'清代朱珔引王逸注：'阰，山名'，又说：'案《史记·刘敬叔孙通列传》"索隐"引《埤苍》云，阰，山名，在楚地。《玉篇》《广韵》并云，山在楚南，今无可考。《说文》无阰字，惟陭、陂、阺皆为陵阪之名，三字俱与阰音相近，疑即相类。观下句洲字，衹通言之，则阰亦未必有专属之山也。（《文选集释》）按王说无据，亦不合上下句对应关系；王之后以'阰'为楚南山名者，大概都是沿袭王说。朱珔所疑极为合理。其他明清注家，如周拱辰说：'邱阜之阿曰阰。'（《离

① 黄灵庚《楚辞章句疏记》第一册（上海：上海古籍出版社，2018 年版，第 69 页）引饶宗颐《楚辞地理考》："阰山在今'庐江沘山'"，文字不确，"庐江"应为"庐江郡"。饶先生的这一考证根据东汉班固《汉书·地理志》的相关记载，所考为："'阰'为沘山，出庐江郡之沘水。"提到的"庐江郡"以及沘山、沘水，即《地理志》谈到灊县时所说的"沘山，沘水所出，北至寿春入芍陂。"庐江郡（即江南庐江郡），始置于秦末。武帝时析九江郡之南境，合衡山郡，重置庐江郡，下辖诸县中有灊县（即今霍山县，也包括金寨县部分地域）。灊县，汉置，即春秋战国时代楚国南部的灊邑改称。沘水出庐江（郡）灊县西南，霍山（即阰山或沘山）东北。

② 王泗原：《楚辞校释》，北京：中华书局，2014 年版，第 19 页。

③ 马茂元：《楚辞选》，北京：中华文学出版社，1958 年版，第 6 页。

④ 吴广平：《楚辞》，长沙：岳麓书社，2004 年版，第 4 页。

⑤ 董楚平：《楚辞译注》，上海：上海古籍出版社，2012 年版，第 5 页。

⑥ 梁振华：《楚辞赏》，北京：新世界出版社，2018 年版，第 4 页。

⑦ 黄灵庚：《楚辞章句疏记》第一册，上海：上海古籍出版社，2018 年版，第 68–70 页。

骚草木史》）王夫之说‘阰与陂同’。刘梦鹏说：‘水边小山曰阰。’（《屈子章句》）戴震说：‘小阜曰䧘。’（《屈原赋注》）等等，均不以‘阰’为专属之山名。在旧注中，尤以汪瑗说最为可参：‘阰与坒同，亦作坒，音陛，地之相次而比者也，针对下句洲字而言。’清代俞樾说同汪氏而更详：‘按下句夕揽洲之宿莽，洲非水名，则阰亦非山名。阰者，坒之假字，《说文》土部坒，地相次比也。地相次比谓之坒，水中可居者谓之洲，皆非实有可指之地也。’（《俞楼杂纂·读楚辞》统观诸说，‘阰’当指坡地无疑。木兰，树名，落叶乔木。晚春时开紫花，所以俗称紫玉兰；又花形如莲，所以又叫木莲。”①

朱熹在《楚辞集注》中只将该字做了注为“音毗”，未给出是专名还是通名的倾向性意见，看来是有意避免②。

将“阰”注为专名的历代学者在步步深入：东汉王逸《楚辞章句》：“山名”；三国魏张揖《埤苍》：“山在楚”；南宋洪兴祖《楚辞补注》：“山在楚南”。当代饶宗颐（1946）考为“庐江郡沘山”。可是，他们仍因缺乏足够证据而受到注为通名的注家们质疑，似乎理解为通名更为合理。需要指出的是，注家们的理解分歧对峙近两千年，也是互相说服不了对方。双方也有一个共同之处，就是他们都未将“阰”与“木兰”的分布联系起来，他们都注重了“木兰”这种香木的特征与品性，未考虑该孑遗植物的分布。如果他们意识到屈原所在的战国时期，其他地方普通小山并无木兰自然生长（这种情况至今依然如此），注为通名者反倒乏理了。本文结合野生木兰的分布情况与木兰种植史，对“阰”字注文的专名问题进行深入考释，寻找有力的证据，以证明注为专名的正确性和山名地理位置具体化的必要性。

一、“阰”地理位置的深入考释

以上很多注家均认为“阰”是楚方言和楚字，不通行于其他地域，这为本文进一步考释提供了有益的参考，即“阰”应是楚国统治灊邑时所使用的山水地名。这

① 金开诚等（《屈原集校注》上册，北京：中华书局，1996年版，第13页）比较了多家之说，最后的意见同黄灵庚（《楚辞章句疏记》第一册，上海：上海古籍出版社，2018年版，第68-70页），资料更为丰富，但前者指出后来注家（包括辞书之编纂者）将“阰”理解为山名，皆为王逸“无据”注文之余绪；同时，又详述该字作通名的理由。无疑，他们均未将木兰生长的地理分布问题考虑进来，误以为普通坡地皆有木兰。而前者在提及“木兰”时，说它“晚春时开紫花，所以俗称紫玉兰”。此说有误：木兰花基本上指白玉兰，也包括紫玉兰（木笔），早春末和仲春初开花，尤其在中国中部和南部是这样。此外，金开诚等在引文中提及的清代朱琦说“山在楚南，今无可考”，而未引饶宗颐对“阰”作为山名的继续考证，也算是引用不全。

② 朱熹：《楚辞集注》，上海：上海古籍出版社，2003年版，第2页。

里的考释分为两个部分，先是有关"阰"的异字考释，然后是专名的地理位置考释。

（一）"阰"的异字考释。"阰"的异字分为两类：一是偏旁之异，二是字根之异。"阰"是目前《楚辞·离骚》通行版本相应诗句中的写法。以上"引言"中已经提及历代注家对该字考释的各种不同写法。要之，有"批""坒""坒""岯""沘"。此外，还有一个"淠"字。[①]

许慎《说文解字》无"阰"条，历代注家们均有注意，但并非许慎不知道《离骚》中此句相应之字，他引用了此句为"扌寒"（即搴）字的解释作证，但该辞书通行本中均作"批"，只有段玉裁《说文解字注》据《韵会》，将其改作"阰"，同时指出"《说文》无'阰'字耳，引王逸注'山名'以释之"[②]。段玉裁改各本《说文》之"批"为"阰"，并引王注，说明他对王注为"山名"是赞同的。这就相当于为《说文解字》增加了"阰"这一新词条，并引王注为该字释义。

明代汪瑗、清代俞樾均认为"阰"可换作土字旁/底："坒""坒"（见前"引言"所引）。虽然他们均认为此字是通名，但也暗示了此字为楚方言或楚字，不在他地通行，故许慎未收（原因可能是生僻字）。至于通行字"坒""坒"能否作专名，汪瑗、俞樾、金开诚等人所论述的观点不足为凭，因为汉语中通名兼作专名的字实在太多。

"岯"字，注家[③]多引北魏元宏《（孝文）皇帝吊殷比干墓文》。其文云："循海波而飘飙兮，望会稽以归禹。纫蕙芷以为绅兮，扈荃佩而容与。写（泻）郁结于圣人兮，畅心中之秘语。执垂益而谈弄兮，交良朋而傯苦。言既尽而东腾兮，吸朝霞而长举。登岯岩而怅望兮，眺扶桑以停伫。"其中，倒数第二句中的"岯"被陈直认为是北魏时期的"阰"字，偏旁从"山"，"其理较长"[④]。从上下文来看，元宏此文基本上是模仿《离骚》写成的。"岯岩"与"扶桑"相对，"岯岩"的谓语是"登"，一定指具体的某一座山，否则语义不通，故将其理解为专名，恐无异议。也就是说，"山，即"阰"。注家引用此文本意是证明"阰"字亦可换为"山"字旁，但恐难否认动宾结构的搭配中，该字可作专名理解。

文字的使用是一套复杂的习惯，"阰"字改作"山"字旁，也未必"其理较长"，改用"氵"旁，作"沘"，是另一种习惯，自然亦可（如"灊"山或"潜"山，从来就没有改作"山"字旁）。北魏郦道元《水经·沘水注》："《地理志》曰：'沘

---

① 黄灵庚（《楚辞异文辩正》，郑州：中州古籍出版社，2000 年版，第 9 页）专论楚辞异文，但只提及"批""坒""岯"，皆偏旁之异，未及其他字。

② 段玉裁：《说文解字注》，杭州：浙江古籍出版社，1998 年版，第 605 页。

③ 黄灵庚：《楚辞章句疏记》第一册，上海：上海古籍出版社，2018 年版，第 69 页。

④ 陈直：《楚辞拾遗》，见崔富章、李大明主编，《楚辞集校集释》第一卷，武汉：湖北教育出版社，2002 年版，第 101 页。

水出沘山（按：“沘”字为专名，指山指水皆可，与“灊/潜”的使用相仿），不言霍山。沘字或作淠。’”

“淠”字出现在东汉班固《汉书·地理志》里，当时兼指山水，是“沘”的异体字，换了个声符字根。东汉许慎《说文解字》（成书远晚于《汉书》）虽然未收“阰”字，也未收“沘”字，但却收了“淠”字：“淠水出汝南阳垂山（按：此山在今河南省信阳市新县，与安徽省六安地区金寨县接壤），东入淮。”可以推论：许慎收了“淠”字来替代“阰”和“沘”字，将“淠”视为标准字入选，而未考虑其异体字。在安徽这一带，“淠”后来已演化为水的专称了，即淠水（今称淠河）。还须指出的是，作为河流专名的“淠”字，今天仍通行于当地六安地区（霍山县、六安县、金寨县、舒城县等），如“淠史杭水利工程”等说法。

由以上所论可知，作为楚方言词或楚字，“阰”与“坒”“坒”“𣧬”“沘”“淠”构成偏旁或字根异体字，有方言与雅语的区别，但字音和字义相似或相同。

（二）“沘山”地理位置的深入考释。饶宗颐已经将“阰”考订为“庐江郡沘山”。他所引的是东汉班固《汉书·地理志》的记载。该书所称地名多汉时之名称。他所讲的“庐江郡”是西汉所置。汉武帝元狩二年，撤销先前的江南庐江郡，以原衡山郡东部和九江郡西南地区重组庐江郡（治舒，今庐江县城池乡城池埂），辖境相当今安徽巢湖市、舒城、霍山县以南，长江以北，湖北英山、广济、黄梅和河南商城等县地。

霍山县，西周时为英国的辖域。到春秋时期，成王熊恽二十六年（公元前646年），楚灭英，改设灊邑。直到战国，这里仍是楚国的灊邑。《左传》：“昭公二十七年（公元前515年），吴子欲因楚丧而伐之，使公子奄余、公子烛庸帅师围灊。”即指此地。灊邑（在汉时称灊县或潜县，即后来之霍山）之西境即今之金寨。按：金寨立县很晚（直至1947年才有今名），历史上一直分属周边各县。秦时属九江郡，为六、潜等县地。西汉时分属扬州刺史部庐江郡和豫州刺史部汝南郡，由潜、六、安风、雩娄等县分领。东汉时分属庐江郡的潜、六安、安风、雩娄。东汉班固《汉书·地理志》在谈到灊县时，说：“沘山，沘水所出，北至寿春入芍陂。”东汉桑钦《水经》：“沘水出庐江灊县西南霍山东北。”上文已引北魏郦道元《水经·沘水注》：“《地理志》曰：‘沘水出沘山，不言霍山。沘字或作淠。’”宋代陈彭年、丘雍《广韵》：“沘，卑履切，《集韵》补履切，𡘋音比。水名，出庐江灊县。今谓之浕水。”淠水上源有二，均发源于大别山（即沘山）北麓。源于今安徽岳西县的称东淠河，源于金寨县的称西淠河，二河分别北流，至六安市两河口汇合后始称淠河，北流经霍邱县，至寿县正阳关入淮河。因“沘水出沘山”，故此处就“沘（淠）水”略加申说，即西淠河之源是今金寨县，其部分辖地在春秋战国时为灊邑（今霍山，东汉桑钦在《水经》里亦称霍山）之西境，是沘山的一部分。由此可知，饶宗颐所考“庐江郡沘水”，实即战国时楚国南部灊邑境内的阰山（亦即汉时出现于《地理志》中的庐江郡灊县的沘山）。自公元前646年至公元前223年，楚国在灊邑经营了400多年，其地理环境和物产定为楚国官员所知。屈原在《离骚》中提到“阰（山）”与“木兰”，自在情理之中。注家不必怀疑屈原是否身到庐江，文学创作可“视通万里”。

二、作为“阰”地方特产的野生木兰考察

注文中牵涉的知识和细节，对于作者来说是生活中的常识或潜在的理路，而对注者来说，则未必清楚或深知。对于“阰”是否专名，只要将其与“木兰”的生长区域与栽培或种植历史联系起来，就更能确定了，而现有的《楚辞》注本均未涉及木兰的原产和分布问题。下面，我们将野生木兰的地理分布与木兰栽培及异地引进的历史作进一步考察。

（一）野生木兰的地理分布考察。木兰，学名Magnoliaceae，是双子叶植物纲一个较原始的科，属古老孑遗植物群体。根据《科普中国》“科学百科”词条，“木兰原产中国中部山地混交林内和山地林中，海拔700至1800米的山坡杂木林中。”中国中部海拔700至1800米山地为木兰的原产地。其地理范围包括六个相连的省份：山西、河南、安徽、湖北、江西、湖南。安徽无疑是中国最典型的中部省份，而其西部大别山（即沘山）无疑是典型的山地。这里的霍山、金寨等县为大别山的山地和主峰所在，是木兰典型的原产地。

到目前为止，笔者所能见到的纯野生木兰的报道是金寨县。这里是大别山的腹地，境内铁冲乡李桥村延绵5公里的望春谷有40万株纯野生木兰，是目前国内乃至

图1 大别山腹地金寨县铁冲乡纯野生木兰（混交林内）

亚洲规模最大的纯野生木兰带（见图1、图2、图3）。

这里的纯野生木兰为落叶乔木，农历二月先花后叶，花瓣大，香味浓，枝繁花茂。图1是中镜头，显示了野生木兰生长于混交林内的特征，树株的分布有疏有密。图2是俯视远镜头，显示了大别山（即沘山）的海拔高度和山地高度的情况，记录了野生木兰自山脚至山顶生长的情况，不仅仅在山坡上，小冈顶头也生长；疏密分布基本均匀。图3显示了野生木兰家族中白玉兰与紫玉兰相间共生的情况；村民开垦的田地并不影响野生木兰的自然生长。就是说，野生木兰可以不在混交林内或山地林中生长。这三张图可以弥补《科普中国》对野生木兰描写的不足（三张图片均来自《育芽育教》2023年3月11日网络报道）。

今天能看到的野生木兰都已如此吸引游人，该地作为阰山腹地，在战国时期的楚国南部，自然也是一道木兰自然景观，在木兰尚未被人工正式培育或栽种到外地的2500多年前，这一地方景观和特产，以“阰之木兰”被屈原写进《离骚》实属情理之中。屈原作为楚国中央级大官员，也是有可能来楚南此地视察，并且拔取几棵带回首都宫苑栽培或药用。

图2　大别山腹地金寨县铁冲乡纯野生木兰（树株分布较均匀）

图3　大别山腹地金寨县铁冲乡纯野生木兰（白玉兰与紫玉兰相间杂生）

以上三图是屈原《离骚》“阰之木兰”或“朝搴阰之木兰兮”最直接的“注文”，同时也说明了屈原所说的“木兰”尚为野生木兰。从中国的木兰栽培史来看，当时尚未正式栽培，其他普通山坡应无此类野生木兰。即便有，也不会像沘山这一带（今金寨县铁冲乡李桥村）那样的盛大规模，成为风景和地方特产。

（二）木兰栽培及异地引进考察。这里仅论中国玉兰（即木兰）。今天的中国玉兰广布全球，这与屈原之后2500年来的栽培与外地引进有关。也就是说，屈原以后的木兰，除了“阰之木兰”这类野生的以外，均为人工培植和外地引进的木兰，而非野生木兰。据《神州木兰园》网络资料，“我国栽培木兰科植物已有2600多年的历史，早在公元前650年，很多寺庙（按：“寺庙”二字不确，应为宫苑）就开始了玉兰科植物的种植。历史上自春秋战国的吴王阖闾到清朝皇帝，布置宫廷绿化都很看重木兰。”请注意，是帝王们将木兰作为观赏花树种植于“宫廷”之内。当然，随着时代的发展，培育后的新品种也逐渐扩大范围，种植于公园、路边等公共景观型场所。其中，也会出现公园等景观废弃荒芜后，木兰花树发生野化的现象。

中国玉兰（即木兰）经过人工培育后，品种也随之增加，分布地域也随之增广。到目前为止，我国有31个品种，分布于西南部、秦岭以南至华东、东北。许多地方（如河南等）均有木兰培植基地。

中国的玉兰在唐代被引种到扶桑，17世纪引入欧洲（1790年传入英国），因其大而美丽的花朵在欧美广泛流传，美国成立了专门的木兰学会，已经培育了丰富多彩的园艺品种。目前，欧洲和北美洲大约有28个木兰种在室外进行人工栽培。

三、结语

以上就《离骚》“阰之木兰”做了两者结合起来考察的尝试，就“阰”的文字形式、地理位置以及“木兰”的野生与栽培等方面进行了考释，从地方特产的角度得出了“阰”是专名的结论，指出了历代前贤在注解中的不足，无论是持专名者，还是持通名者，他们均未提出有力的证据，由此引起了两种观点的2000年分歧。本文注重“阰”与“木兰”的关系，从中国木兰栽培史的角度考察木兰的原产地阰山（即大别山脉在霍山县和金寨县的山段），指出了“阰之木兰”乃是野生木兰，而非培植木兰。从野生木兰的角度来看，持通名者反而缺乏理由了，因为它肯定不会自然生长在其他普通的山坡上的。从地方特产的角度来看，屈原说“阰之木兰”，如同我们今天说“霍山石斛”“四川芎藭”“怀庆山药”一样，是这些地方此类植物生长集中，质地最好。

释《离骚》“民”字

河北北方学院　于　静

摘　要：后世学者对《离骚》中“民”字的解读多有分歧。本文参考历代诸家注解，结合《离骚》前后文意，联系屈原生平，在辅以其他典籍的基础上，根据具体语境对《离骚》中的六处“民”字一一分析，认为，“民生各有所乐兮”“览民德焉错辅”“民好恶其不同兮”之“民”可作“人”字解，为泛指；“哀民生之多艰”之“民”为屈原自指；“终不察夫民心”之“民”特指朝臣中的善恶双方；“相观民之计极”之“民”言君王。

关键词：离骚；屈原；楚辞；民

据史家记载，屈原忠而见疑，信而被谤，忧心烦乱，不知所诉，故作《离骚》。《离骚》“上述唐虞三后之制，下序桀纣羿浇之败”[①]，结构宏伟，内容丰富。但因年代久远，文字简洁，后世学者在对一些内容进行解读时多有分歧。其中，《离骚》中“民”字该作何解，便是一例。

研读文本可知，“民”字在《离骚》中共出现六次，分别为：

长太息以掩涕兮，哀民生之多艰。

怨灵修之浩荡兮，终不察夫民心。

民生各有所乐兮，余独好修以为常。

皇天无私阿兮，览民德焉错辅。

瞻前而顾后兮，相观民之计极。

民好恶其不同兮，惟此党人其独异。

关于“民”字该释为何意，学者各有不同理解，如，王逸《章句》将之一概释为“万民”，林庚则认为“在这六处，‘民’字……作‘人’讲”。[②]王、林二人注解过于笼统，下文将结合其他学者，如汪瑗、王夫之、林云铭等观点，对“民”字该释为何作逐一分析。

① 王逸：《楚辞章句》，上海：上海古籍出版社，2017年版，第1页。

② 林庚：《屈原的人格美与离骚“民”字解》，《林庚诗文集》第6卷，北京：清华大学出版社，2005年版，第66页。

长太息以掩涕兮，哀民生之多艰。

王逸以为，此句“言己自伤所行不合于世，将效彭咸沉身于渊，乃太息长悲，哀念万民，受命而生，遭遇多难，以陨其身。申生雉经，子胥沉江，是谓多难也。”① 句中“民”一作“人”，汪瑗《楚辞集解》曰：“‘人’字是屈原自谓也，一作‘民’字。”② 王夫之《楚辞通释》曰：“民，人也，谓同列之小人，如靳尚之党。艰，险也。”③ 蒋骥《山带阁注楚辞》曰：“民，人也，原自谓。”④ 刘梦鹏《屈子章句》曰：“民犹人也，盖泛焉自指之辞。”⑤ 戴震《屈原赋注》曰：“概言民生多艰，所以自慨也。”⑥

陈本礼《屈辞精义》曰：“民，泛指孤臣孽子言。”⑦ 游国恩《离骚纂义》曰：“民生即人生，本书多以民代人。”⑧ 可见，此句中“民”字何释存在两种争议，一即是否特指，二即特指何人：王逸、游国恩以为，“民”无特指，泛言“人”；汪瑗、蒋骥、戴震等以为“民”为特指，所指为屈原自身；王夫之、陈本礼等以为“民”为特指，指某一群体。虽以为“民”具体所指各有不同，但汪瑗、王夫之、蒋骥等都提及“民”作“人”解，这在古籍中颇为常见，如《左传·成公十三年》“民受天地之中以生”⑨。如此，则本句中“民生”与《左传·成公二年》“人生实难”⑩ 及《远游》“哀人生之长勤”之“人生”相类。“民”作“人”解，并无不可，但要明确此处“民”所指究竟为何，还需结合前后文理解。此句前“謇吾法夫前修兮，非世俗之所服。虽不周于今之人兮，愿依彭咸之遗则”，“言我忠信謇謇者，乃上法前世远贤，固非今时俗人之所服行也”，“言己所行忠信，虽不合于今之世，愿依古之贤者彭咸余法，以自率厉也”。⑪ 其后“余虽好修姱以鞿羁兮，謇朝谇而夕替。既替余以蕙纕兮，又申之以揽茝”，“言己虽有绝远之智，姱好之姿，然以为谗人所鞿羁而系累也，故朝谏謇謇于君，夕暮而身废弃也”，“言君所以废弃己者，以余带佩众香，行以忠正之故也。然犹复重引芳茝，以自结束，执志弥笃也”。⑫ 前后所言皆为屈原因自身志趣高洁，不愿与世俗合流，而遭妒被谗，进而被疏的多舛

---

① 王逸：《楚辞章句》，上海：上海古籍出版社，2017 年版，第 11 页。

② 汪瑗：《楚辞集解》，上海：上海古籍出版社，2017 年版，第 506 页。

③ 王夫之：《楚辞通释》，上海：上海古籍出版社，2018 年版，第 10 页。

④ 蒋骥：《山带阁注楚辞》，上海：上海古籍出版社，1984 年版，第 37 页。

⑤ 刘梦鹏：《屈子章句七卷》，济南：齐鲁书社，1997 年版，第 40 页。

⑥ 戴震：《屈原赋注》，上海：上海古籍出版社，2018 年版，第 12 页。

⑦ 陈本礼：《屈骚精义》，上海：上海古籍出版社，2017 年版，第 13 页。

⑧ 游国恩：《离骚纂义》，北京：中华书局，1980 年版，第 129 页。

⑨ 孔颖达：《春秋左传正义》，《十三经注疏》，北京：北京大学出版社，1999 年版，第 866 页。

⑩ 孔颖达：《春秋左传正义》，《十三经注疏》，北京：北京大学出版社，1999 年版，第 810 页。

⑪ 王逸：《楚辞章句》，上海：上海古籍出版社，2017 年版，第 11 页。

⑫ 王逸：《楚辞章句》，上海：上海古籍出版社，2017 年版，第 11 页。

人生，故而，此句中，屈原慨叹的“人生之多艰”在包含普遍意义上的“人生”之外，似乎更偏重于对自己命途多舛的感叹，而未涉及党人之心如何险恶。因此，此处“民”在作“人”讲的基础上，当为屈原自指。王夫之“民”指“小人”说、陈本礼“民”指“孤臣孽子”说，似为非。

怨灵修之浩荡兮，终不察夫民心。

王逸注此句曰：“言己所以怨恨于怀王者，以其用心浩荡，骄傲放恣，无有思虑，终不省察万民善恶之心，故朱紫相乱，国将倾危也。夫君不思虑，则忠臣被诛，则风俗怨而生逆暴，故民心不可不熟察之也。”[①]将“民心”解释为“万民之心”，但后代注家并不认同此说。后代之注以三说为主：其一，“民”指人，王夫之、马茂元、林庚主此说；其二，“民”为屈原自指，如，戴震“泛云不察民心，以谓君之不己察，而毁谮得行也”[②]，汪瑗“人心，屈原自谓也。不曰己而曰人者，婉其词也”[③]及屈复“民，三闾自谓”[④]等；其三，“民”泛指善恶双方，如，王邦采“民心，谓众人好恶之心，紧呼下二句也。盖众人所好所恶，岂能有是无非，惟赖君之明察，则谗言无由而入”[⑤]及褚斌杰先生之“民心，人心，指朝臣的善恶用心”。[⑥]观此句前，“既替余以蕙纕兮，又申之以揽茝。亦余心之所善兮，虽九死其犹未悔”，“言君所以废弃己者，以余带佩众香，行以忠正之故也。然犹复重引芳茝，以自结束，执志弥笃也”，“言己履行忠信，执守清白，亦我中心之所美善也。虽以见过，支解九死，终不悔恨”，[⑦]说的是屈原之善；其后，“众女嫉余之蛾眉兮，谣诼谓余以善淫”，“言众女嫉妒蛾眉美好之人，谮而毁之，谓之美而淫，不可信也，犹众臣嫉妒忠正，言己淫邪不可任也”，[⑧]说的是众臣之恶。屈原好修美行，有绝远之智，姱好之姿，本当得以重用，然君心浩荡，听信谗言，疏远屈原，屈原虽“冀君觉悟，反于正道而还己”[⑨]，亦未能如愿。此句前后，屈原之善与众臣之恶对比鲜明，但为君者不能善察，故而屈原生怨。因此，此处若释“民心”为“人心”，虽亦通，但未免失于笼统。确切地说，此处“民”字当指朝臣中的善恶双方，即以褚斌杰先生之说为是。

民生各有所乐兮，余独好修以为常。

---

① 王逸：《楚辞章句》，上海：上海古籍出版社，2017年版，第12页。
② 戴震：《屈原赋注》，上海：上海古籍出版社，2018年版，第12页。
③ 汪瑗：《楚辞集解》，上海：上海古籍出版社，2017年版，第19页。
④ 屈复：《楚辞新注》，《楚辞文献集成》，扬州：广陵书社，2008年版，第11页。
⑤ 王邦采：《离骚汇订》，《楚辞文献集成》，扬州：广陵书社，2008年版，第8379页。
⑥ 褚斌杰：《楚辞要论》，北京：北京大学出版社，2003年版，第149页。
⑦ 王逸：《楚辞章句》，上海：上海古籍出版社，2017年版，第12页。
⑧ 王逸：《楚辞章句》，上海：上海古籍出版社，2017年版，第12页。
⑨ 王逸：《楚辞章句》，上海：上海古籍出版社，2017年版，第1页。

王逸以为，此句“言万民禀天命而生，各有所乐，或乐谄佞，或乐贪淫，我独好修正直，以为常行也”[①]。吕向曰：“言人性所乐，各有不同。或好射利，或爱邪佞，而我独以修正直之道为常。”[②]朱熹曰：“人生各随气习而有所好乐，或邪或正，或清或浊，种种不同。”[③]游国恩曰：“盖此好修之志固誓死不变也。人生各有所乐，余之性则在此耳。”[④]各家对“所乐”内容之理解虽各有不同，莫衷一是，但对“民”字的理解却大体相似，即此处“民”泛指人，亦即王逸所说之“万民”。

皇天无私阿兮，览民德焉错辅。

此处的“民”因“德”的不同解释而有所不同。王逸以为，此句“言皇天神明，无所私阿，观外民之中有道德者，因置以为君。使贤能辅佐，以成其志”[⑤]，即将“德”解为形容词，指“有道德”，“民德”即万民中有道德的人。与王逸不同，刘梦鹏、马茂元将“德”理解为名词，刘以为此句“言天无阿私，其错其辅，亦视人之德何如耳”[⑥]，马认为此句是说“上天无所偏私，它要观察人们的德行来决定帮助的对象”[⑦]。刘、马认为，“民德”即人的德行。再如林云铭，则以“德”为被动词，“民德”即“为民所德者”，意谓“为人民所拥戴的人”。[⑧]林云铭之说颇有争议，朱冀认为“林说谬”，王邦采则认为“民德者，民心之所归也。林说何谬之有？”以上对“德”的理解虽有不同，但都认为“民”当泛指人。与之不同者，如夏大霖、褚斌杰先生，二人主张“民”当指君王。夏曰：“‘民德’之‘民’指君，对天言故以人民概称。”褚先生曰：“民德，人的德行。这里指有天下的君王。”要明确此处“民”字何指，首先需观前后文，其前顾夏桀、殷纣、殷汤、夏禹、周之文王，桀纣无道，不得长久，“汤禹俨而祗敬兮，周论道而莫差”，终成受命之君，“绥万国，安天下”；其后所言“圣哲以茂行”，所针对的亦为“天下之所立者”。[⑨]由此而观，此处“民”似乎当特指君主而言。然而，夏桀、殷纣生而为君，却因“上背于天道，下逆于人理”，人心尽失，为人所诛；殷汤、夏禹、周文并非天生君主，只因其“畏天敬贤，论议道德，无有过差”，“举贤用能，不顾左右，行用先圣法度，无有倾失”，深得民

---

① 王逸：《楚辞章句》，上海：上海古籍出版社，2017年版，第15页。
② 李善等：《六臣注文选》，北京：中华书局，1987年版，第608页。
③ 朱熹：《楚辞集注》，上海：上海古籍出版社，2001年版，第15页。
④ 游国恩：《离骚纂义》，北京：中华书局，1980年版，第182页。
⑤ 王逸：《楚辞章句》，上海：上海古籍出版社，2017年版，第23—24页。
⑥ 刘梦鹏：《屈子章句七卷》，济南：齐鲁书社，1997年版。
⑦ 马茂元：《楚辞选》，北京：人民文学出版社，1958年版，第27页。
⑧ 林云铭：《楚辞灯》，上海：华东师范大学出版社，2012年版，第9页。
⑨ 王逸：《楚辞章句》，上海：上海古籍出版社，2017年版，第19页。

心，反得以为君。[①] 因此，此处所说“览民德焉错辅”，其意当与《尚书·泰誓》“天视自我民视，天听自我民听”[②] 相类，即皇天是通过人民来选定君主的，其所错辅之人当为为民所德者，且此人并非一定为君王，则此处“民”当泛指人民，而非君主。

瞻前而顾后兮，相观民之计极。

要解此句之“民”字，要先解决“计极”之意。前人解释“计”，多作“计谋”“思虑”论，如王逸“计，谋也”[③]，洪兴祖“计，策也”[④]，汪瑗“计，谋策也”[⑤]。“极”有多解，如王逸“极，穷也”[⑥]，洪兴祖“极，至也”[⑦]，蒋骥“极，标准也”[⑧]，屈复“极，皇极”，高亨“极，意同终”。而林庚因《惜诵》有“有志极而无旁”，又《抽丝》有“昔君与我成言兮，曰黄昏以为期。羌中道而回畔兮，反既有此他志”，言“‘志’与‘期’通叶，与‘计’同音之字，而义亦相同”，故以“志”为“计”。“计极”合言，则曰“推究其极”，“计其兴亡得失之度数”，“人事计谋之究竟”，[⑨]“最后结果”[⑩] 等。整句来看，王逸以为，“言前观汤武之所以兴，顾视桀纣之所以亡，足以观察万民忠佞之谋，穷其真伪也”[⑪]。朱熹曰：“言瞻前顾后，则人事之变尽矣，故见民之计谋于是为极，而知唯义为可用。”[⑫] 林云铭曰：“民之所计，以有德者为极而归之。”[⑬] 林庚则以为，“‘观民之计极’，也就是‘观人之志极’”，“便是‘览民德’”。[⑭] 因诸家对“计极”理解的不同，“民”便产生了多种解释，如“人”“人们”“君”等。诸家虽众说纷纭，但对句意的解读却都不甚透彻。据游国恩，“计极”为倒语，实当作“极计”，与上文“夏桀之常违”实为“夏桀之违常”同理。极计，犹言极则。在前文中，屈原观汤武之兴，视桀纣之亡，从而推断出成败兴亡之极则，亦即下文反诘句中所说之“义”与“善”。此句即是说屈原通过观察历代君主之兴亡，

① 王逸：《楚辞章句》，上海：上海古籍出版社，2017 年版，第 19 页。

② 孔颖达：《尚书正义》，《十三经注疏》，北京：中华书局，1980 年版，第 181 页。

③ 王逸：《楚辞章句》，上海：上海古籍出版社，2017 年版，第 20 页。

④ 洪兴祖：《楚辞补注》，北京：中华书局，1983 年版，第 24 页。

⑤ 汪瑗：《楚辞集解》，上海：上海古籍出版社，2017 年版，第 41 页。

⑥ 王逸：《楚辞章句》，上海：上海古籍出版社，2017 年版，第 20 页。

⑦ 王逸：《楚辞章句》，上海：上海古籍出版社，2017 年版，第 24 页。

⑧ 蒋骥：《山带阁注楚辞》，上海：上海古籍出版社，1984 年版，第 41 页。

⑨ 游国恩：《离骚纂义》，北京：中华书局，1980 年版，第 235 页。

⑩ 彭泽陶：《离骚今译校注与答问》，桂林：广西师范学校，1965 年铅印本，第 12 页。

⑪ 王逸：《楚辞章句》，上海：上海古籍出版社，2017 年版，第 20 页。

⑫ 朱熹：《楚辞集注》，上海：上海古籍出版社，2001 年版，第 17 页。

⑬ 林云铭：《楚辞灯》，上海：华东师范大学出版社，2012 年版，第 9 页。

⑭ 林庚：《屈原的人格美与离骚“民”字解》，《林庚诗文集》第 6 卷，北京：清华大学出版社，2005 年版，第 66 页。

得出唯有广施义、善之举方能成功的结论。如此，则此处“民”字当特指君王而言。

民好恶其不同兮，惟此党人其独异。

此句中“民”字，诸注家异议不大，多作“人”解。如，王逸曰：“言天下万民之所好恶，其性不同，此楚国尤独异也。”[①] 朱熹曰：“言人性固有不同，而党人为尤甚也。”[②] 汪瑗曰：“言天之生人不能无好恶。好恶者人之情也。人情不同亦气禀之常，惟此党人好恶与性相反为尤甚也。”[③] 林庚曰：“‘民好恶其不同’，也就是‘人好恶其不同’。”[④] 这里的“人”，泛指一般人，与“民生各有所乐”之“民”同。

综上所言，在参考诸家注解，结合前后文意，联系屈原生平，辅以其他典籍的基础上，根据具体语境一一分析，我们认为，“民生各有所乐兮，余独好修以为常”，“皇天无私阿兮，览民德焉错辅”，“民好恶其不同兮，惟此党人其独异”之“民”可作“人”字解，为泛指；“长太息以掩涕兮，哀民生之多艰”之“民”为屈原自指；“怨灵修之浩荡兮，终不察夫民心”之“民”特指朝臣中的善恶双方；“瞻前而顾后兮，相观民之计极”，之“民”言君王。

---

① 王逸：《楚辞章句》，上海：上海古籍出版社，2017 年版，第 29 页。

② 林庚：《屈原的人格美与离骚“民”字解》，《林庚诗文集》第 6 卷，北京：清华大学出版社，2005 年版，第 23 页。

③ 汪瑗：《楚辞集解》，上海：上海古籍出版社，2017 年版，第 66 页。

④ 林庚：《屈原的人格美与离骚“民”字解》，《林庚诗文集》第 6 卷，北京：清华大学出版社，2005 年版，第 67 页。

《楚辞》"县圃"考

西北师范大学　王志翔

摘　要：《楚辞》中的《离骚》与《天问》中皆书写到"县圃"。与之相应，早期文献中还有"悬圃""玄圃""平圃"等记载，古今学人多认为这些记载与文献中的"昆仑"及"县圃"有联系。但是，就《楚辞》中"县圃"的本义来看，研究者长期以来的认识并不一致。梳理诸家观点及文献中关于"县圃""悬圃""玄圃""平圃"的记载，可知"县""悬"为古今字，"悬""玄"为同音字，三者不同在表，实指为一。"县圃""悬圃"并非神话中之事物或古人借用国外景观创作的文学意象，其综合实质是早期文献对史前古城建造观念的文本呈现。以考古材料看，陕北石峁古城在时间、功能、结构等多方面可从历史实物的角度对文献中的"县圃"和"悬圃"作一补充说明。相较而言，与"玄圃"相关的文本稍微晚出，其中包含着后世对早期文献的神圣化改造。"平圃"与"县圃""悬圃"或并不相关，为后人误释。

关键词：县圃；悬圃；玄圃；平圃；石峁

战国时期，屈原在楚辞《离骚》中称："驷玉虬以乘鹥兮，溘埃风余上征。朝发轫于苍梧兮，夕余至乎县圃。"这句话承接《离骚》上下文，意思是说屈原在埋怨楚王糊涂、不察己心且屈原自己又不愿与投机媚俗者同流合污之时，希望远游四方、飞升天界，寻找他心目中的理想世界。在早期文献中，文句中的"苍梧"还可见于《山海经》。《山海经·海外南经》曰："苍梧之山，帝舜葬于阳，帝丹朱葬于阴。"将苍梧之地定位在楚。这就是说，屈原于早上从南方楚国埋葬着帝舜和帝丹朱的苍梧出发，黄昏时间便到了"县圃"。"县圃"是一个神圣的地方，代表着屈原朝发夕至的目的地以及他去往天庭的中转站。在《天问》中，屈原再次提到"县圃"这一概念，文曰："昆仑县圃，其尻安在？增城九重，其高几里？四方之门，其谁从焉？西北辟启，何气通焉？"此处屈原明说昆仑与县圃相关，他问昆仑上的县圃，究竟在哪里？县圃上有增城九层，它究竟有多高？而四方的大门，又是什么人出入往来？对昆仑县圃涉及的疑问做了较为细致的提问。有学者据此认为这是屈原对"当时有关黄帝悬圃的神话持怀疑态度"，其实不然。《离骚》与《天问》的文本中关于“县圃”的记载，正是在说明屈原乃至战国以前的人对昆仑与县圃有着共同的认识。

一、“县圃”“悬圃”“玄圃”“平圃”之诸家论说

楚辞中记载的“县圃”究竟是指什么？历代注家解说纷呈，观点不一。他们的注解“或脱离屈辞整体，孤立求证；或游离屈辞文化语境，做字词考证；遂至词意混乱，语意晦涩，无法给人以明畅通达之感”。梳理来看，历代有关“县圃”的文献及解说主要涉及“县圃”“悬圃”“玄圃”乃至“平圃”是否为相同概念的讨论。通过分析文献，我们便可以从中归纳出“县圃”之意以及相关概念和内涵的演变。

楚辞之外，早期经典著作《穆天子传》中记录了很多的上古地名，其也是较早记录“县圃”的文献。《穆天子传》卷二中的相关记载曰：

季夏丁卯，天子北升于春山之上，以望四野。曰：“春山，是唯天下之高山也。”孳木华不畏雪，天子于是取孳木华之实，持归种之。曰：“春山之泽，清水出泉，温和无风，飞鸟百兽之所饮食，先王所谓县圃。”天子于是得玉荣、枝斯之英，曰：“春山，百兽之所聚也，飞鸟之所栖也。”……曰天子五日观于春山之上，乃为铭迹于县圃之上，以诏后世。

由此观之，如若传说中的穆王西寻之事为真，则与“县圃”相关的传说至迟在西周中期便已经存在。“县圃”的名称为“先王之所谓”，这就说明“县圃”最初与“先王”相关，并且在一处环境极佳的地方。“县圃之上”能够为人所至，且可以铭迹，这也说明“县圃”本身是一处客观存在的地理实体。这是我们通过《穆天子传》可以得到的具体信息。

西汉时期的经典著作《淮南子》中也有“县圃”。《淮南子·坠形训》载：“县圃、凉风、樊桐在昆仑阊阖之中，是其疏圃”，认为县圃与昆仑相关。同是《淮南子·坠形训》，其文又曰：“昆仑之丘，或上倍之，是谓凉风之山，登之而不死。或上倍之，是谓悬圃，登之乃灵，能使风雨。或上倍之，乃维上天，登之乃神，是谓太帝之居。”于此即已明示“县圃”与“悬圃”二者当为一之观点。且“县圃”“悬圃”位于昆仑山凉风之上，天庭之下，有通天之功能。如果能够登上天庭，则可以变成天神。

东汉时人对“县圃”的认识在今日也可通过文献记载得以明确。王逸在解释《离骚》中文句时说：“县圃，神山，在昆仑之上。……言已朝发帝舜之居，夕至县圃之上，受道圣王，而登神明之山。县，一作悬。”王逸除了称“县圃”为神山，与昆仑相关之外，也持“县圃”即“悬圃”的观点。在注《天问》时，王逸还说：“昆仑，山名也，在西北，元气所出。其巅曰县圃，乃上通于天也。”由此可见，王逸对“县

圃”之功能的记载与《淮南子》相同。这就是说，汉人已经将“县圃”从位于地表人迹可至的地名，变为了可以通天的地方。

在传为东方朔所撰的《海内十洲记》中，有文献记载说：“昆仑山有三角：其一角正北，干辰之辉，名曰阆风巅；其一角正西，名曰玄圃堂；其一角正东，名曰昆仑宫。”于此处出现了“玄圃”这一名称。从句意看，“玄圃”明显即之前文献中的“县圃”。可以说，“玄圃”与“县圃”“悬圃”名为三而实为一。这也是关于“玄圃”一词目前可见的较早记载。需要注意的是，不同于早期其他文献中的“县圃”为上下具有海拔差的营造结构，《十洲记》中的“玄圃堂”与“阆风巅”“昆仑宫”则分别位于正西、正北、正东，仿佛是处在同一水平面的建筑。

汉代以后，世人对“县圃”的文学书写也不外“县圃”“悬圃”“玄圃”这三个名称。例如，智骞引《广雅》曰：“昆仑山有二山，阆风、板桐、县圃，其高万一千里百一十四步一尺六寸。案总曰昆仑，别则三山之殊，而县圃最在其上也。”即是对先秦“县圃”观念的继承。当然，三个名称中，“县圃”当为最早也是最为广泛被世人接受的概念。又，南北朝时期，萧统在其所编的《文选》中亦作“县圃”，并说“县圃，神山”。据此可知，较早时期的文本中或皆以“县圃”为准。《文选》卷第三录张衡的《东京赋》中也出现了“玄圃”的说法，称“左瞰旸谷，右睨玄圃”。《水经注》卷一开篇引《昆仑说》讲昆仑墟的三级构造时曰：“昆仑之山三级，下曰樊桐，一名板桐；二曰玄圃，一名阆风；上曰层城，一名天庭，是为太帝之居。”不仅记载着“玄圃”，且详细解说了昆仑山的“三级增城”的构造。唐代写本《文心雕龙·辨骚》中作“昆仑玄圃”，也写作“玄圃”，且将昆仑与玄圃等同。于此可以进一步证明，“县”“悬”“玄”并通用于古时，但同时还需区别的是，“县圃”的概念是发生了变化的。具体来看，“县圃”“悬圃”“玄圃”在中国古代的典籍中皆已出现，不过就三者出现的时间先后看，“县圃”最早、“悬圃”次之、“玄圃”最后。这就是说，在不同的时期，涉及“县圃”的知识概念也有变化。

又，南宋洪兴祖《楚辞补注》说：“县，音玄。《山海经》云：槐江之山，上有琅玕金玉，其阳多丹粟，阴多金银，实惟帝之平圃。南望昆仑，其光熊熊，其气魂魂。西望大泽，后稷所潜。平圃，即悬圃也。”认为县圃即悬圃，又说此即《山海经》中的平圃。朱熹《楚辞集注》也持：“县，音玄；一作悬。……县圃，在昆仑之上。”朱熹认为“县圃”与“悬圃”相同，但他并不认为“悬圃”与“玄圃”相同。他说“县，音玄，一作玄，非是。”不过，朱熹并未明言为何“非是”。当然，朱熹也没有称“县圃”与“平圃”是一样的关系。

就“县圃”“悬圃”“玄圃”的意思来看，明代汪瑗说：“悬圃，神山名，寓言耳，非真有是山也。”又说：“元常遣使穷河源，亲历昆仑之墟，见众泉飞瀑，自巅而下，沫光如星，名星宿海，世传此山非妄也。巅曰县圃，上通于天。”汪瑗一面认为悬圃为寓言，一面又称此山非妄，是河源昆仑山巅的真实写照。足见明人对“悬圃”的认识就存在着矛盾。

清代王夫之于《楚辞通释》中说：“县，音悬。县圃，西极仙山，所繇以登天。”又说县圃的位置在昆仑之巅：“昆仑之巅曰县圃，增城在其上，但传有其处，无有至者，故莫定其所在与其高也。”这是一种相对比较客观的评述。清人蒋骥在《山带阁注楚辞》中也说：“县圃，在昆仑之上。”又说：“县圃，神人之圃，下无所系，悬空而居，故问其所坐何处也。增城又在其上，则愈高而愈奇矣。”延伸出对县圃的想象。清人王闿运在《楚辞释》中说：“县圃，昆仑山上地，西极所届，以喻谋秦也。”并说：“昆仑县圃，大帝之居。言王在秦何所栖止也？”

近代以来，学者们对楚辞中的“县圃”仍然在做讨论。汤炳正先生就曾说：“县圃：神话中的山名，在昆仑山上。”今人在注释《楚辞》时也多持相同观点，如萧兵认为“昆仑是我国神话系统里的奥林普斯山，为群帝诸神之所居，是战国秦汉一种宇宙模式理论里天地之象征，是袖珍本的小宇宙。它的初型是我国西北部某一高山（看来祁连山跟昆仑关系最大）。……悬圃据说是昆仑山的一处胜景。”又因为《周礼·职方氏》中用“弦圃”命名雍州大薮，故萧兵说悬圃“可能是地理学家所谓‘天池景观’”李山说：“县、悬为本字与后起字关系。悬圃据说在昆仑山顶，为神灵所居。”“上不连天，下不接地，故称悬圃。”

以上涉及县圃、悬圃、玄圃这几个名称。分析文献可知，在较早的记录中，“悬圃”基本皆作“县圃”，亦如众家所说，“县”“悬”当为古今字，二者所示当为同一概念。“县圃”“悬圃”与“玄圃”的关系，与读音相关，是同音字在文献书写中的反映。仅就内容而说，后出的“玄圃”更具神话色彩，表明是经过长期流传加工过的结果。又，就文献中的平圃来说，《山海经·西山经》称槐江之山“丘时之水出焉，而北流注于泑水。其中多蠃母，其上多青雄黄，多藏琅玕、黄金、玉，其阳多丹粟，其阴多采黄金、银。实惟帝之平圃，神英招司之，其状马身而人面，虎文而鸟翼，徇于四海，其音如榴。南望昆仑，其光熊熊，其气魂魂。”《山海经》此条记载说“平圃”“南望昆仑”，意味着“平圃”与“昆仑”为两地。故昆仑上的“县圃”“悬圃”“玄圃”，当同样与“平圃”为两地。因此，一些学者认为平圃乃悬圃的观点，当不正确。平圃以字面意视之，为平地上的园子，悬圃则明显是位于高山上的园子。

就以上的考证看，学者们对“县圃”的认识经过了由现实到神话，再由神话到现实的转变过程。对“县圃”的解释主要有以下几种：昆仑山上、通天场所、神灵居处、空中花园。在最初如《山海经》《楚辞》《淮南子》等文献中，“县圃”只是具有简单结构，但可以通天的地表区域。当逐渐神话化时，“悬圃”则成为下不接地、上不通天的地方。近代以来，部分学者在西方思想的影响下，对“悬圃”的解释也更为聚讼纷纭。如萧兵说“悬圃之‘悬’有高高悬置之意；直译起来，就是高空的花圃或玉山（瑶圃）的意思。古代巴比伦也有‘空中花园’（Hanging Garden），是‘世界七大奇迹’之一。日本人小川琢治曾经拿它跟昆仑悬圃、增城九重相比附，暗示后者是从巴比伦传进来的，这当然很牵强；但悬圃在某一时期的传说里的确是中国式的空中花园”，汤洪说“‘悬圃’一词源于两河流域亚述帝国尼尼微城的皇家空中花园，这一事物可能从‘北丝绸之路’传入中土后，中土人民便把它与昆仑大山结合起来，这恐怕就是《山海经》《穆天子传》《淮南子》等典籍中的记录”等观点。这些皆已经是新时期对“县圃”的新阐释了。

也就是说，前人对悬圃的认识总归是分为真实与神话两种。那么，屈原所说的“悬圃”究竟是真实的思想？还是源自想象或外部文化的输入呢？

二、上古城池与“县圃”“悬圃”观念之发生

笔者认为，对中国早期文献中记载的“县圃”“悬圃”的认识，在没有确切证据的前提下，并不能贸然与西方文化或历史遗迹做联系。尽管如“县圃”“悬圃”为“空中花园”等观点较为引人注目，但生活在早期中国的人们是否对两河流域的“空中花园”有着深入的认识？生活在早期中国的人是否有去过两河流域？这些疑问并不能得到合理的论证，也缺乏证明。空中花园相传是巴比伦王国的尼布甲尼撒二世为其患有思乡病的妃子安美依迪丝所建，建造年代为公元前6世纪，距今2600年左右。新近的研究成果认为，“空中花园”为亚述王西拿基立建造。即便采用这一观点，空中花园的建造年代也不超过2800年。巴比伦空中花园的建造时间早于书写楚辞文献中“县圃”的屈原，但与《山海经》等文献记载的内容相比，巴比伦空中花园的出现年代应该说还是比较晚的。除了文献中的记载之外，中国境内还发现了丰富的史前古城遗址，这些史前古城则在诸多方面表现出与文献中悬圃具有的相似特征，这是更能反映“县圃”与“悬圃”知识观念发生的材料。经过梳理，中国史前古城与“县圃”“悬圃”观念可对照的证据，以陕北榆林“石峁古城”为例，大致有如下几点。

其一，反观前文所述文献可知，文献越早，“县圃”“悬圃”所表现的神话性越少，真实性越多。通过前文可知，早期文献中的记载大量出现在汉代典籍中。汉代的经典著作诸如《淮南子》《海内十洲记》等典籍中均有关于“县圃”或“悬圃”的记载，这种文本传递的知识甚至对后来道家编修的《太平经》等著作也产生了影响。在汉代，涉及“悬圃”的内容比较复杂，这就说明当时产生的文本掺入了汉代的思想观念。

但往前溯，先秦文献中对“悬圃”的记载又有所不同。尽管在《山海经》《穆天子传》《庄子》等早期经典中书写着“县圃”，但相对于丰富的先秦文献来讲，对“县圃”的记载其实并不多。这就说明，源自先秦的县圃知识是在汉代才得到丰富和发展的。汉人对“县圃”知识的接受与“悬圃”的再构建，从某种意义上讲，也是改变了先秦时期的“县圃”样貌，这也使汉代的“悬圃”转变得更加神圣化。具体来说，先秦文献中的“县圃”通常呈现着其为真实地点的样貌。那么要了解原始的悬圃，则需要在使用先秦文献的同时结合考古发现。

其二，就地理位置看，悬圃与昆仑究竟在哪，历来无从考说，但无论是《山海经》还是屈原的作品，这些早期的文本记载皆表明先秦时期人们所认识的悬圃应当是在中国的西部或北部。如屈原《天问》曰：“昆仑县圃，其尻安在？增城九重，其高几里？四方之门，其谁从焉？西北辟启，何气通焉？”就是说县圃与昆仑的关联。昆仑山历来被视作西北名山，因此屈原所认识的县圃也当在西北地区。又如《穆天子传》卷二载：“季夏丁卯，天子北升于春山之上，以望四野。”“天子五日观于春山之上，乃为铭迹于县圃之上，以诏后世。”周穆王时，周王朝的都城是镐京。镐京地处中国西北陕西中部的关中平原，穆王在西巡时北升的春山，理应也在西北地区。春山之上有县圃，亦可以作为县圃在西北的一证。文献之外，从西北地区的史前古城看，近些年在陕西神木发现了石峁古城，作为中国境内的著名史前城址，石峁古城属于龙山晚期至夏代早期的城址，距今4300年左右，使用寿命超过300年。就地理方位来看，石峁古城位于中国西北陕西省北部神木市的高家堡镇，其方位具有与上引文献中“悬圃”方位的对照性，二者可以相互参考，也能够作为分析文本中涉及的悬圃知识的重要参考材料。

其三，屈辞中与“悬圃”“增城九重”相关的叙述亦可见于石峁古城。文献载：《天问》：“增城九重，其高几里？”是说悬圃中有九层增城，但不知道高度是多少。这就是说，至迟在屈原所在的战国时期，人们就已经认为悬圃内包括着多重城池，尽管悬圃的整体高度不得而知，但其无疑为天庭天帝所居的地方，也就是人间社会中所说的权力中枢的所在地。又，《淮南子·坠形训》曰昆仑虚“中有增城九重，其高万一千里百一十四步二尺六寸。”《拾遗记》载昆仑山“山有九层，每层相去万里”。此类文献其实表述的意思是相近的。再到后来，宋人朱熹在分析时说：“县圃增城高广之度，诸怪妄说，不可信耳。”在《楚辞辩证》中，朱熹又说：“至于县圃、阆风、扶桑、若木之类，亦非实事，不足考信。”认为县圃与增城的说法是“妄说”，不足为训。朱熹说：“《补注》引《淮南》说：‘增城，高一万一千里一十四步二尺六寸。’尤为可笑，岂有度万里之远，而能计其跬步尺寸之余者乎？此盖欲览者以为已所亲见而曾实计之，而不知适所以章其谲而且谬也。”若以朱熹的材料看，其结论或并非没有道理，但若从文献的层级看，文献言“悬圃”有增城九重，高上万里之说，皆源自晚出文献。在早期文献中，其实仅三层。如《淮南子·坠形训》曰：“昆仑之丘，或上倍之，是谓凉风之山，登之而不死。或上倍之，是谓悬圃，登之乃灵，能使风雨。或上倍之，乃维上天，登之乃神，是谓太帝之居。”结合考古材料与早期文献，我们认为所谓多层的悬圃，其实是指上古时期的中国对“城”的修建。

以石峁古城为例来看，其由外城、内城、皇城台三重构成，且三重城墙依次分布在海拔渐高的台地上。这种建筑的形制是符合文献中的“悬圃”与“增城”的。如若对应文献，则外城为“凉风之山”、内城为“悬圃”、皇城台为“太帝之居”。因此，尽管文献中相应的观点出现的时间较晚，但石峁古城足以说明与悬圃相关的知识和观念早在距今4300年前便已经出现。据此来看，汤炳正先生所说“县圃：传说昆仑山上之高峰……增城：昆仑山上的高峰。九重：极言其高”的解释则较为合理。文献中的各种说法，其实皆旨在言“增城”之高。

其四，屈辞中有对“悬圃”和“四方之门”的记载，这也可见于石峁遗址。根据石峁考古发现，在其城址东侧发现了城门遗迹，据专家介绍，石峁古城的东城门也是目前中国能够确认的龙山晚期规模最大、结构最为复杂的门址结构。石峁东门的城门遗址由广场、外瓮城、南北墩台和内瓮城四部分构成。其中，广场是一个南北走向，面积超过2100平方米的平整场地，处于门址的最外面，该广场也是我国现今可以确认的史前时期最大的广场。就石峁城门来看，其结构与外城门址的结构基本类似，两边有南北墩台，有内、外瓮城，还有石砌的台基、道路、护墙等，可以视作对文献中“四方之门”的真实反映。

其五，石峁古城的性质也与“悬圃”类似。清代朱骏声释“昆”时认为昆仑之山三级，“下曰樊桐，一名板桐。二曰玄圃，一名阆风。上曰层城，一名天庭。”尽管朱骏声归纳了不同的文献中与昆仑相关的不同说法，但其中皆涉及“悬圃”。另外，清代学者李光地说：“县圃，喻王居也”，这一解释也较得“县圃”之本义。从考古发现来看，石峁遗址除了早在4300多年前就已经存在之外，它也是已经发现的中国同时期规模最大的城址遗址。石峁遗址约425万平方米的面积和使用超过300年的时间，也显示着这一石城具备王城特色。

其六，据《史记》《拾遗记》等典籍记载，黄帝与龙有着密切的联系，且曾“为养龙之圃”。2013年3月25日，沈长云曾于《光明日报》撰文《石峁古城是黄帝部族居邑》，发表观点论证石峁为黄帝之都城。在2013年4月15日，沈长云在《光明日报》又发表《再说黄帝与石峁古城》一文，在另一篇文章《石峁是华夏族祖先黄帝的居邑》中，他说：“黄帝作为我国传说时代的一位著名人物，并不是人们凭空想出来的。有关黄帝及其他传说时代人物的故事，应当说都有其真实的历史素材。”

如若赞同沈先生的观点，则“黄帝为养龙之囿”的说法亦可在石峁被证明。如石峁古城中即出土有鳄鱼骨等陕北不产的动物骨头，一些学者曾认为龙的原型与鳄相关，因此，这也能够说明文献所记的“养龙之囿”“黄帝”与石峁共有的特征。

其七，据司马迁《史记·大宛列传》，其中说“天子案古图书，名河所出山曰昆仑”，又引《禹本纪》说：“河出昆仑。昆仑其高两千五百余里，日月所相避隐为光明也。其上有醴泉、瑶池。”石峁古城的地理位置处于黄河大拐弯处，亦可视之为“河出昆仑”；“其上有醴泉、瑶池”句，从石峁古城的考古发现看，其顶部发现有史前池苑遗址，其或即古人观念中的“醴泉”和“瑶池”。

其八，文献中的悬圃有上下通天之功能，实即具有祭祀之功能。在石峁古城中，考古人员也发现了与祭祀相关的遗迹，祭祀遗迹位于石峁城址外城的东南方，距离外城城墙约三百米。祭坛的造型也呈现着三级层阶结构，或与当时祭祀天地的仪式相关。

其九，用玉。用玉是文献中昆仑悬圃的一个显著特点。《拾遗记》载昆仑山第九层“形渐小狭，下有芝田蕙圃，皆数百顷，群仙种耨焉。傍有瑶台十二，各广千步，皆五色玉为台基”。是说昆仑山上有用玉的传统，且玉多作为昆仑山上建筑的用材。以平圃作为参考的话，《山海经·西山经》载平圃在槐江之山，此山“多藏琅玕、黄金、玉，其阳多丹粟，其阴多采黄金、银”。则指出平圃也多有金玉。就石峁考古来看，石峁出土的玉器可分为玉铲、玉璜、石雕等几大类，且其更为特殊的地方在于石峁玉器多镶嵌在石砌的城墙里，体现着以玉为台基的思想。这也是考古发现和文献记载能够对照的地方。

第十，石峁石雕与开明兽。据《山海经·海内西经》：“海内昆仑之虚，在西北，帝之下都。昆仑之虚，方八百里，高万仞。上有木禾，长五寻，大五围。面有九井，以玉为槛。面有九门，门有开明兽守之，百神之所在。在八隅之岩，赤水之际，非仁羿莫能上冈之岩。”记载了与悬圃相关的昆仑之虚上有开明兽。开明兽的具体形状，在《海内西经》中有记载：“昆仑南渊深三百仞。开明兽身大类虎而九首，皆人面，东向立昆仑上。”由上可见，开明兽在昆仑山之上，人面，其职责是守护作为帝之下都的昆仑虚之门。石峁考古表明，在皇城台也发现了大量的石雕，这些石雕的功能或如早期文献中的开明兽，用以守护皇城台。

总观以上证据，可见屈辞及早期文献中对“县圃”之“县”及相关“悬圃”“玄圃”“平圃”“增城”“四方之门”“开明兽”“瑶池”等记载，于石峁古城遗址中皆可寻出对照。这种对照即便不能说明石峁古城就是屈辞所谓“悬圃”之所在，也至少可以证明在中国与“悬圃”相应的思想观念早在史前时期就已经生发。与距今约2600年前巴比伦王国据传由尼布甲尼撒二世在巴比伦城附近为其王妃安美依迪丝修建的空中花园相比，石峁古城作为距今4300年前的上古史前遗址，无疑更能够代表“悬圃”的知识渊源所在。此外，巴比伦的“空中花园”也只是一处“花园”，石峁古城则与文献中的“悬圃”一样，具备祭祀（通天）、王居、悬苑、池苑等多重特征。如若以屈原地处南方楚地，而石峁位于中国西北来诘难此观点，我们可以说，其实屈原的作品中多有融合源自南方楚地、中原以及北方的神话传说和历史故事，其作品中不仅书写了楚国的先王先贤，也有三皇五帝、夏商周楚等不同族群的起源叙事。太一、云中君、东君、河伯、宓妃等，其实皆非楚国的原生神灵，这些神灵在楚辞文本中的出现，表现着屈原对华夏神圣叙事的认同。

三、小结

归结本文所讨论的问题，我们从屈辞中出现的“县圃”入手，针对学者们对“县圃”的不同考释，提出了新的观点。分析早期文献可知，“县圃”的确是神圣的地方，但却并非源自先民的想象或者从西方传来的知识。就中国本身的证据看，在文献方面，产生时间极早的《山海经》《楚辞》《穆天子传》等作品中就记载着“县圃”，用这些文献反思前人考证的“县圃”为巴比伦“空中花园”等观点，可知将“县圃”的渊源视作西方是有问题的。再从考古材料看，考古发现的中国上古时期的古城遗址，能够成为早期“县圃”的物证。以石峁古城为例来看，不论是从古城的建造时间、规模规格，还是古城具备的祭祀功能、池苑设施、用玉传统，皆可以看出与文献中的“县圃”具有相似之处。因此，中国早期经典中记载的“县圃”，其知识来源当是中国上古的城池构建。多重城池的建设，无疑是文献中的“县圃”知识观念产生的基础。当然，随着历史的发展和知识的传播，源于真实的“县圃”逐渐演变成位于人间和天界之间的“悬圃”。再到后来，更是转变成“玄圃”以及“平圃”这样的概念。

《天问》地理思想试解

台州学院　何方彤

摘　要：《天问》是中国古代地理思想源头之一，与神话地理观不同，具有一定的科学意义与开创性的贡献，值得人们探究。诗歌以对创世之初种种现象的重重追问，展示地理文化原初生成时期的状貌，既有时间维度，亦具空间维度，表现了追寻人类甚至宇宙本源的探索精神；具备或兼备后世自然地理学与人文地理学的雏形，展现了人类早期粗朴但却坚毅的思维特征，也比较充分地显示出《楚辞》的高华与神秘。通过与《山海经》《禹贡》比较，《天问》所呈现的地理思想更为准确，也能够使个案研究融入历史叙事。

关键词：《天问》；古代地理思想；时间维度；空间维度；源头

先秦是中国文明历史及诸多学科的孕育期，地理学科也不例外。人们走出原始野蛮，迈向文明。《楚辞》是中华传统思想与文明的源头之一，驰誉士林，人们从文学、语言、民俗等文化、艺术视角解读的成果丰硕，人所共知，如字词训诂、义理考辨等，"楚辞学"可谓传统显学之一；但相关讨论多集中于常规的文化与文学层面，以纯学术研究视野的探索则相对缺乏。其中的《天问》篇有些类似，虽然内容最为深僻，但古今探研者众，进行正简、解疑等工作，成果亦丰，几成"天问学"，不过疑窦处仍然不少。笔者不避简陋，进行一番基础性的分析，寻觅历史线索，略述《楚辞》中以《天问》为核心所展示的地理思想，并且在与《山海经》《禹贡》的比较中，一窥中国地理思想古今之变，求正于方家。

屈原（公元前340年—公元前278年）一生才高受屈，确立"美政"理想，但政治上难有更大作为，于是属文以自励，独具慧思。胡应麟（1551—1602年）《诗薮·内篇》在评价《离骚》时说："屈原式兴，以瑰奇浩瀚之才，属纵横艰大之远，因牢骚愁怨之感，发沉雄伟博之辞。上陈王道，下悉人情，中稽物理。"[①] 可谓至论，能够给人以启示。胡应麟对屈原创造之才的这番推尊应该是研讨《楚辞》思想文化的学理基础。"中稽物理"是指探究自然现象领域，寻找出一些带规律性的东西，

① 胡应麟：《诗薮》，上海：上海古籍出版社，1979年版，第4页。

其基本内涵应该包括地理现象之内。

一、《天问》所呈现的地理思想

人们对地理现象与地理学科的认识是一个历史过程。人类早期文明的时候，农业生产等都比较落后，但就已经含有地理知识，以后逐渐萌发地理观念以及原始地理学思想。人们在观察到一定的地理现象之后才能在心中产生地理观念并进而形成地理思想。以后的发展过程中，各人传播地理科学成就参差不齐，言论散漫，立足点也不完全一致，但无疑都推动了地理学的前进。从思想史角度看，各言论拥有其存在的历史合理性。地理学的前进步伐是最能体现人类进步与文明的程式之一。在科学未昌的时代，《楚辞》中的《天问》篇共三百七十二句一千五百五十三字，只问不答，连问到底，连续使用一百七十二个问题对创世之初困扰人们的种种复杂难解的现象进行重重追问，拷问历史真相，表现了追寻人类甚至宇宙本源的探索精神，对中国地理学有开创性的贡献，在地理学演化史上应该拥有一席之地，作为诗歌体裁也可谓独绝。一切自然现象与社会现象都不是恒定不变的。作为原始文本，《天问》应该是有关文化活动后的思索结晶，叩问苍天，完全超越自身所处的地理区域所包蕴的时空维度等等，具体详情现在难以精准把握，现在也只有回归原始语境加以释读才能得出比较确切的结论。《天问》是中国古代地理思想源头之一，具备或兼备后世自然地理学与人文地理学的雏形，值得人们探究，其中论证方式的选择很重要。唐晓峰在《从混沌到秩序：中国上古地理思想史述论》中明确指出："儒家、法家等所讲述的历史，没有宇宙世界开辟的部分，历史是从尧舜禹开始的。对比希腊文明，在苏格拉底之后，宇宙问题成为西方哲学的重要内容之一。柏拉图、亚里士多德等都很注意这些问题，已经形成了地球说。在中国，在儒家的发展线路上，宇宙论远不及西方那样发达。"① 地理环境决定人类生存模式与思考格局。屈原生活在政局不定的时代环境中，在探索治国理政方略的同时，也把目光投向遥远的太空，因为毕竟已经处于拥有宇宙观念的时代。通过与《山海经》《禹贡》的平行观照，《天问》所呈现的地理学思想可以更为准确地揭示当时的地理学观念，也能够使个案研究融入历史叙事，考察地理学思想产生之前中国相关观念的产生情形，进一步探知学术思想的演变轨迹，以揭示出曾经被历史尘烟遮蔽的科学真相。

人类社会在历史和地理的特定环境中运行。美国学者博阿斯《原始艺术》论定："任何一个民族的文化只能理解为历史的产物，其特性决定于各民族的社会环境和

---

① 唐晓峰：《从混沌到秩序：中国上古地理思想史述论》，北京：中华书局，2010 年版，第 46 页。

地理环境。”[①]其论确不可易，个体有限而历史无限。中国古代历史意识强劲而地理意识则相对淡薄，屈赋也多历史之叹，如《九章·怀沙》：“古固有不并兮，岂知其何故？汤禹久远兮，邈而不可慕。”[②]但地理意识一直牵引着人们敏感的神经。远古时期，人们抵御自然与他族侵袭的能力固然脆弱，但也是很早就懂得获悉地理知识，而地理知识逐步完备。历史无限绵远。人类早期的地理意识都依附于一定的历史观，《天问》也是如此。王逸（生卒年不详）为《楚辞章句》所作《序》称：“《天问》者，屈原之所作也。何不言问天？天尊不可问，故曰天问也。屈原放逐，忧心愁悴，彷徨山泽，经历陵陆。嗟号昊旻，仰天叹息。见楚有先王之庙及公卿祠堂，图画天地山川神灵，琦玮僪佹，及古贤圣怪物行事。周流罢倦，休息其下，仰见图画，因书其壁，呵而问之，以泄愤懑，舒泻愁思。楚人哀惜屈原，因共论述，故其文义不次序云尔。”[③]王逸所叙“呵壁说”不一定全是，但“经历陵陆”一语比较关键，可见《天问》作为贬居者的文献记述，具体的历史场景难以复原，详情隐晦不明，其穷蒐冥索的主体知识来源尚不清楚，但至少一部分源自于真实的生活图景。《天问》一开头就以发问的形式描述地理现象：

遂古之初，谁传道之？上下未形，何由考之？冥昭瞢暗，谁能极之？冯翼惟象，何以识之？明明暗暗，惟时何为？阴阳三合，何本何化？圜则九重，孰营度之？惟兹何功，孰初作之？斡维焉系，天极焉加？八柱何当，东南何亏？九天之际，安放安属？隅隈多有，谁知其数？天何所沓？十二焉分？……洪泉极深，何以寘之？地方九则，何以坟之？河海应龙，何尽何历？……九州安错？川谷何洿？东流不溢，孰知其故？东西南北，其修孰多？南北顺椭，其衍几何？昆仑悬圃，其尻安在？……[④]

其中“上下”，分别指天地，“冯翼”指元气弥漫浮动的景象，为无形之貌。古人对地之东西长于南北有相同认识，但所计则各有不一。《天问》没有铺垫，单刀直入地提出许多重要命题：鸿蒙开辟即世界起源的真相究竟是什么，人们又如何传述？日月星辰都在既定的秩序中运行，但日夜循环即日月安置运行是如何实现的，地理布局即地理位置的分布如何产生，还有，文明社会究竟是如何开创？……《天问》从现世存在出发，连续不断、环环相扣地提问，对地理现象、地理空间直观表达，触及人类起源、山岳与河流走向、自然灾害产生缘由等问题，也对一些自然神话中的八柱撑天、昆仑悬圃等内容加以质疑或有新的探究，如“八柱何当？东南何亏”等，

① ［美］博阿斯：《原始艺术》，上海：上海文艺出版社，1989 年版，第 8 页。

② 洪兴祖撰，白化文等点校：《楚辞补注》，北京：中华书局，1983 年版，第 144 页。

③ 洪兴祖撰，白化文等点校：《楚辞补注》，北京：中华书局，1983 年版，第 85 页。

④ 洪兴祖撰，白化文等点校：《楚辞补注》，北京：中华书局，1983 年版，第 85—92 页。

明显涉及地理问题，如此探讨性的历史解读具有深度，亦见谨严。《天问》问天问地、问物问人，部分内容给人以历史现场感，留有人类迁徙活动、种落蕃息的痕迹，且多能作前所未有的空间化呈现，形成一种较为稳定的思路，显得机智隽永，并不是所谓杂乱无章，实际上已经有时间意识与空间意识知觉，反映了古人元初时间意识与空间意识，甚至时空并置；大而言之，则可以说反映了当时人们的地理意识，说明人们已经拥有一定的地理知识，甚至可以说是中华文明历史进程中的必然一环。作品既有时间维度，亦具空间维度，在不同时间与空间甚至是超现实的虚幻时空中往回穿梭。《天问》不完全是一种地理学的提问，而是面对渺远历史与浩瀚宇宙，以揭示人类起源与发展的历史真谛为目标，对世界本源及万物之道作出多方向、多侧面的猜想与思考，表现出一种颠覆勇气。当然，文章有着神话世界的遐想，部分段落神秘色彩浓厚，在表述或追问中存在语义不清甚至矛盾，在流传过程中出现文理杂乱等也是很正常的文化现象，无须深责。而对中原士人而言，《天问》所展示的也许就是一种异质文化。“时间的表象是社会意识的基本组成部分，它的结构反映出标志社会和文化进化的韵律和节奏。时间的感觉和知觉方式揭示了社会以及组成社会的阶级、群体和个人的许多根本趋向。”[①] 时间不仅是地理学、物理学课题，也是个哲学问题，非本文所能深究。《天问》也涉及水土治理等一些具体问题。总之，借经验对世界万物多方向、多侧面的思考无形中影响了人们对历史、地理、社会各种现象深入探究的激情。从一定的意义上说，《天问》是地理思想最早发出的先声之一。章必功《天问讲稿》如此定位：“《天问》以诗歌之身似乎不经意地走进了史书行列。《天问》前一部分按从无到有，问宇宙形成、天地构造、日月运行和大地布局，类似一部简约的诗体自然史纲；后一部分按从古到今，问社会历史，上至女娲称帝，历经共工、尧、舜、禹、夏、商、周，下至战国后期，古今统揽，演变有序，类似一部简约的诗体史纲，或者说是一部简约的诗体通史史纲。”[②]

《远游》则叙及：“历玄冥以邪径兮，乘间维以反顾。召黔嬴而见之兮，为余先乎平路。经营四方兮，周流六漠。上至列缺兮，降望大壑。下峥嵘而无地兮，上寥廓而无天。视儵忽而无见兮，听惝恍而无闻。”[③]《楚辞》中最为经典的《离骚》则有诸多时空描写，与诗人一生特殊的生活经历有着内在关联，不一一详列。《楚辞》在拥有思想性的同时，也洋溢着哲学气息，穿越历史，影响久远。

柳宗元（773—819）的《天对》可以帮助人们更好地了解《天问》的相关问题，

① [俄]A.J. 吉列维奇：《时间：文化史的一个课题》，见[法]路易·加迪等著，郑乐平，胡建平译：《文化与时间》，杭州：浙江人民出版社，1988年版，第313页。

② 章必功：《天问讲稿》，北京：中华书局，2013年版，第15页。

③ 洪兴祖撰，白化文等点校：《楚辞补注》，北京：中华书局，1983年版，第174页。

强化了主题的逻辑结构，反映了重要的历史变化与学理的成熟，更没有背离其基本精神。当然，《天对》在求解的同时也逸出《天问》的提问范围。

二、《天问》与《山海经》《禹贡》地理思想比较

通过文献归纳得知：《山海经》与《禹贡》可以说是奠定了中国古代地理学科的基石，与《天问》一样都是地理文化原初生成时期的成果之一，共同展示了这一时期的状貌，建构了古代地理文化的底蕴，基本处于同一历史阶段，即可以视作古代地理学科发展的第一阶段，但这一历史阶段表述各有个体差异，应该肯定其个体价值。后世固有诸多嬗变与新的信息文化流动与传播，也选择不同路径，但中国古代地理思想导源于此是无法否定的。

（一）《山海经》《禹贡》的创作年代

《山海经》与《禹贡》多描写奇异的自然现象，由于详尽历史记述缺失等原因，创作年代众说纷纭。综合各家之说，《山海经》当非一时一人所作，主要成书于春秋末至战国初，后经秦汉不断补订而成。《禹贡》约写成于西周时期，后世有所修补，作者现在还有争议。《山海经》与《禹贡》是对历史、地理最早的解读方式之一，追溯了人与历史、地理的关系及其根本性质。不管后世解读方式如何变换与多元，《山海经》与《禹贡》的历史地位难以动摇。

（二）《山海经》《禹贡》的地理思想

人类早期社会生产力低下，知识储备有限，对许多现象不能作出科学的判断。《山海经》多奇闻传说，夹杂了人类初期粗朴的状况与幻想。《山海经》从宏观上涉及人地关系，初步介绍了中国地理尤其山水及其走向的一些基本情况，其中《五藏山经》（简称《山经》）共五卷二十六篇，约 21000 字[①]，记载了区域地形和水系，最具学术与资料价值。《山海经》共描述约 550 座山与 300 条水流，其中《中山经》载："又东北三百里，曰岷山，江水出焉，东北流注于海，其中多良龟，多鼍。其上多金玉，其下多白珉，其木多梅棠，其兽多犀象，多夔牛，其鸟多翰鷩。"[②]《山海经》应该是中国古代地理思想的奠基之作之一。

《禹贡》是《尚书》中一篇具有系统地理观念的著作，是我国第一部区域地理专论，包括"九州""导山""导水"及"五服"四部分，共 1189 字。[③]《禹贡》

① 袁珂校注：《山海经校注》，上海：上海古籍出版社，1980 年版。

② 袁珂校注：《山海经校注》，上海：上海古籍出版社，1980 年版，第 156 页。

③ 陈戍国：《尚书校注》，长沙：岳麓书社，2004 年版，第 25—31 页。

是我国古代地理学已经的标志，其中“九州”部分以山川地脉划界，“导山”部分最早提出山脉系列并描述山系分布，已经进入初步的规律探索层面，构建了“三龙”理论的雏形与基础地理框架。王庸（1900—1956）在《中国地理学史》一书中强调：“中国自古言地理者，大抵溯源于《禹贡》，以其平实通达，合乎常情也。至于《山海经》一书，所述多离奇怪诞，不合实情。”[①]如《禹贡》在记载黄河源头时说：“导河积石，至于龙门”[②]，相对就平实、科学得多。王庸《中国地理学史》又认为：“《穆天子传》一书，其体裁为旅行记性质，而其事实之荒唐，似又过于《山海经》。”[③]贾耽（730—805）是唐代地理学家、政治家，有《海内华夷图》及其文字说明《古今郡国县道四夷述》40卷等。刘昫（887—947）等撰《旧唐书》卷一百三十八《贾耽传》载，贾耽上表称：“撰《古今郡国县道四夷述》四十卷，中国以《禹贡》为首，外夷以《班史》发源”[④]。郑樵（1104—1162）《通志》卷四十推崇《禹贡》为“万世不易之书”[⑤]。正如唐晓峰所言，《禹贡》摒除了怪异与夸张的东西，构成宏观坐标，“这比起《山海经》来是一个大的进步”。[⑥]

固然存在简陋、模糊以及部分难以一一确证等问题，《山经》与《禹贡》均不失为我国地理学的开山之作，有一定的原始史料价值，穿透时空，中国真正的地理学思想肇始于此。当然，二者的空间品质也表现出一定的差异性。

（三）《天问》与《山海经》《禹贡》地理思想比较

纵观中国历史，各民族并不是各自独立发展的，而是在战争、冲突中交融与前进。所以，许多地名隐含着丰富的历史地理知识。《四库全书总目提要》卷一百四十二《〈山海经〉提要》论述到《天问》与《山海经》的关系，辨析通中之变，有着较为丰富的历史内涵：“观书中载夏后启、周文王及秦、汉长沙、象郡、馀暨、下雋诸地名，断不作于三代以上，殆周、秦间人所述，而后来好异者又附益之欤？观《楚词·天问》，多与相符，使古无是言，屈原何由杜撰？朱子《楚词辨证》谓其反因天问而作，似乎不然。至王应麟《王会补传》引朱子之言，谓《山海经》记诸异物飞走之类，多云东向，或曰东首，疑本因图画而述之。古有此学，如《九歌》《天问》皆其类云云。则得其实矣。”但《四库提要》最后直接把《山海

① 王庸：《中国地理学史》，北京：商务印书馆，1938年版，第1页。

② 《十三经注疏》整理委员会整理，李学勤主编：《十三经注疏·尚书正义》，北京：北京大学出版社，1999年版，第160页。

③ 王庸：《中国地理学史》，北京：商务印书馆，1938年版，第9页。

④ 刘昫等：《旧唐书》，北京：中华书局，1975年版，第3786页。

⑤ 郑樵：《通志》，北京：中华书局，1987年版，第549页。

⑥ 唐晓峰：《从混沌到秩序：中国上古地理思想史述论》，北京：中华书局，2010年版，第180页。

经》定位为小说则是完全错误的，《山海经》“道里山川率难考据，案以耳目所及，百不一真。诸家并以为地理书之冠，亦为未允。核实定名，实则小说之最古者尔”[①]。上古的地理著作与“小说家言”有些确实纠缠不清，但与“小说”还是有角度、立足点等诸多不同，不能混为一谈。与《山海经》等作品几乎完全追叙人类社会尚处于蛮荒状态的景象相比，屈原所展现的部分客观现象已经是亲身体验的具体山水了。朱熹（1130—1200）《楚辞集注·楚辞辩证》如此把握《天问》与《山海经》《淮南子》的关系，不一定是正确的，但开启了一种新的思路，引起后人正反不同的讨论："大抵古今说《天问》者，皆本此二书。今以文意考之，疑此二书本皆缘解此《问》而作，而此《问》之言，特战国时俚俗相传之语，如今世俗僧伽降无之祈、许逊斩蛟蜃精之类，本无稽据，而好事者遂假托撰造以实之。"[②]

总而言之，《山海经》《禹贡》《天问》等古代典籍都含有较为丰富的地理资料，表现了地理文化肇始期这一阶段的历史特征，历经风雨，其价值应该得到充分估计。当然，由于诗歌体裁的限制，与《山海经》《禹贡》相比，《天问》的地理思想展开是有限的，而《山海经》《禹贡》则因略含专业性而产生的影响也就更具广泛性。曹丕（187—226）《典论》佚文指出："或问屈原、相如之赋孰愈。曰：'优游按衍，屈原之尚也。穷侈极妙，相如之长也。'"[③]但与《卜居》连用十几个问题占卜问世的形式相比，《天问》还是具有更大的格局。

三、《天问》地理思想的意义

"地理里面包含治国之道，这是我国古代地理学的重要特征。由《禹贡》所代表的我国古代主流地理学术，是以治国平天下为核心目标的。单纯客观地描述大地上的事物，并不是地理思想的主线。《禹贡》的内容不仅是认知，更有引导。"[④]强烈的探索精神是推动地理学发展的重要动力之一，生活年代略迟于屈原的邹衍（前324？—前250？）已经有"谈天衍"（《史记·孟子荀卿列传》引齐人语）的雅号，而谈天思潮大概也就是《天问》之所以能够产生的主体学术文化背景之一，换言之，《天问》的产生有了比较适宜的社会与文化土壤。《天问》对《山海经》的奇闻传说在新的历史条件下以新的形式展开。《天问》所传递的精神与中国传统儒家思想迥异，也与神话地理观不同，可以说是对当时地理状况认识的重大进展，具有一定

① 永瑢等：《四库全书总目》，北京：中华书局，1965 年版，第 1205 页。

② 朱熹：《楚辞集注》，上海：上海古籍出版社，1979 年版，第 192 页。

③ 穆克宏、郭丹主编：《魏晋南北朝文论全编》，上海：上海远东出版社，2012 年版，第 15 页。

④ 唐晓峰：《从混沌到秩序：中国上古地理思想史述论》，北京：中华书局，2010 年版，第 278 页。

的科学意义，具有极大的历史穿透力。也就是说，《天问》是中国古代地理思想源头之一，可以激发科学探索热情。章学诚(1738—1801)《文史通义·易教下》强调:“战国之文，深于比兴，即其深于取象者也。《庄》《列》之寓言也，则触蛮可以立国，蕉鹿可以听讼。《离骚》之抒愤也，则帝阙可上九天，鬼情可察九地。他若纵横驰说之士，飞箝捭阖之流，徙蛇引虎之营谋，桃梗土偶之问答，愈出愈奇，不可思议。”①他从文学想象力角度立论，揭示“愈出愈奇”的庄骚写法。美国著名历史学家路易斯·亨利·摩尔根在《古代社会》一书中指出：“宗教观念的成长，围绕着许多内在的困难，因之，或者永远得不到一种充分满意的说明。宗教所涉及的大半带有想象的及感情的性质，其结果夹杂着知识上的暧昧成分，所以一切原始的宗教都是怪诞的，并且在某种程度上常是不可理解的。”②这也可以用来指导阅读《天问》等篇。楚国风俗奇特，《天问》也多有展示。历史不断地变动，人们进一步认识到对世间万物切不可肆意侵夺。

屈原又有《悲回风》：

上高岩之峭岸兮，处雌蜺之标颠。
据青冥而摅虹兮，遂儵忽而扪天。
吸湛露之浮源兮，漱凝霜之雰雰。
依风穴以自息兮，忽倾寤以婵媛。
冯昆仑以瞰雾兮，隐㟁山以清江。
惮涌湍之磕磕兮，听波声之汹汹。
纷容容之无经兮，罔芒芒之无纪。
轧洋洋之无从兮，驰委移之焉止？
漂翻翻其上下兮，翼遥遥其左右。
氾潏潏其前后兮，伴张驰之信期。
观炎气之相仍兮，窥烟液之所积。
悲霜雪之俱下兮，听潮水之相击。
借光景以往来兮，施黄棘之枉策。③

屈原作品能够具备一定空间性的同时，又表现出理性尤其是逻辑思维的增强。与其他作品一样，《悲回风》也张扬自我个性，显示诗人的气质特征，别具风采。

总之，《天问》是中国文学与中国地理学历史上的一份特殊存在。从《天问》

① 章学诚著，叶瑛校注：《文史通义校注》，北京：中华书局，1985年版，第19页。

② [美]路易斯·亨利·摩尔根著，杨东莼，张栗原，冯汉骥译：《古代社会》，北京：商务印书馆，1971年版，第6页。

③ 洪兴祖撰，白化文等点校：《楚辞补注》，北京：中华书局，1983年版，第159—161页。

所展示的情景可知，当时的荆楚并非人们想象的尚未开化的蛮荒之地，也不处于文化的边缘地带，而是已经达到了历史的高光时刻。但毕竟命运形成整体社会氛围，也只是灵光一现而已，这样的地理追问与推断与历史成熟阶段的地理学思想绝不可同日而语，谈不上什么严密的学术逻辑，即使与汉代地理意识已经全面高涨背景下所产生的《汉书》等作品相比也有很大差距。

地理学本身跨学科性质明显，涉及社会科学、自然科学的多个领域，非任何单一学科能够承担，释读传统地理学，更需要考虑古今对照等问题。拙稿只是略而论之，不足之处甚多，更谈不上探讨的完整与圆满，也不知是否属于研究角度上的新探索，请方家指教！

《天问》《离骚》里的月神观

"国立"台南大学　林淑怡 林登顺

摘　要：楚国尚巫，对于神话的接受度高，促使屈赋富有神话色彩，如《天问》《离骚》《九歌》等章，其中《天问》《离骚》两篇出现月神话的描述，此二篇虽都是屈原作品，但激发神话的创作点不同，是针对月亮不同特性的联想，而以中国月神观的发展历程来看，《离骚》所彰显的月神观明显在《天问》之后。

关键词：屈原；天问；离骚；神话；月

一、前言

楚国位于中国南方，相较于同时期其他诸侯国，在文化上具有鲜明的独特性，不仅崇鬼尚巫，具有浪漫自由的习性，而且拥有"慧馨芬芳的香草、含娣宜笑的美人、华采若英的装扮、连蜷窈窕的舞姿"的人文风情①，在此环境熏陶下的作品，自然也会明显反映出其地域特质，如杨璞所言：

《楚辞》产生于南楚，楚国的风俗习惯和中原地区差异尤为大，所以这片土地上产生的《楚辞》带有很强的地域文化特点。在作品中也深刻地反映出了当时楚地的民俗。②

楚国尚巫，对于神话的接受度高，屈原在作品中也常加入神话内容，以发挥象征效果，或是创造一种浪漫的氛围。《楚辞》屈赋《离骚》《九歌》《天问》《九章》《远游》《渔夫》和《卜居》等篇，神话色彩浓厚，其中含有"月"词汇，或是与月相关描述者，出现在《离骚》《九歌》《天问》《九章》几处：

日月忽其不淹兮，春与秋其代序。……前望舒使先驱兮，后飞廉使奔属。（《离骚》）

蹇将憺兮寿宫，与日月兮齐光。（《九歌·云中君》）

日月安属？列星安陈？…… 夜光何德，死则又育？厥利维何，而顾菟在腹？

---

① 王琳：《〈楚辞九歌〉与楚地祭祀文化研究》，广州：暨南大学硕士论文，2005年5月，第29页。

② 杨璞：《〈离骚〉的多维透视》，兰州：西北师范大学硕士论文，2010年5月，第4页。

（《天问》）

被明月兮珮宝璐。…… 登昆仑兮食玉英，与天地兮同寿，与日月兮同光。（《九章・涉江》）

曾不知路之曲直兮，南指月与列星。（《九章・抽思》）

屈赋里的“月”经常随“日”一同出现，大部分可视为星体，标示自然景物的存在，或是有其延伸义，如《离骚》“日月忽其不淹兮”的“日月”，用以借指时光，意思是时光匆匆而逝不久留；《九歌・云中君》“与日月兮齐光”句，则是用来歌颂云神与日月同放光辉。除去这类外，仅有《离骚》《天问》明显出现月神话的相关描述，虽有学者针对《九歌》的神祇祭歌排列方式，或是依据楚地的风俗习惯，推断《云中君》[①]《东君》[②]《少司命》[③] 几篇，为歌咏月神之作品，但属少数学者意见，非学界定论，故此处不论。

关于《离骚》《天问》此二篇的讨论，多半集中于创作理念或是文句意涵的探讨，亦有纯粹从神话观点来分析的，以《天问》为主要分析文本者，有唐英《〈天问〉神话与传说研究》[④]，将《天问》里的神话与传说分类，借此推出其与上古社会及史实之间的关联；杨钥《《天问》神话对保存古代神话的贡献》[⑤]，将《天问》所出现的神话与《山海经》互相印证，阐述《天问》的价值，而《〈天问〉中神话的文学性》[⑥] 则是分析这些神话的文学性及情感表现；刘镁硒《作为创世神话的〈天问〉》[⑦]《〈天问〉与创世神话》[⑧]，文中解析《天问》保存哪些神话类别及其神话意涵；其余研究《天问》著作者，尚有赵非《〈天问〉与中国上古神话》[⑨]、龚维英《〈天问〉和初民变形神话》[⑩]、陈家琳《〈楚辞・天问〉中的神话传说》[⑪]。

单独以《离骚》为分析文本者，有李臣《〈离骚〉中神话的审美特征》[⑫]，先是将诗中神话分类，再阐述其表现之意涵及情感；苏萍《试论屈原〈离骚〉的神话

① 云中君为月神说，见姜寅清：《屈原赋校注》，台北：世界，1961 年版，第 208—209 页。

② 东君为月神说，见国光红：《楚国巫坛上的月神祀歌》，《山东大学学报》，1997 年第 1 期。

③ 少司命为月神说，见申江：《月亮女神及其语言、神话、文化失落——中国神话原生态研究之三》，《昭通师范高等专科学校学报》，2002 年 8 月。

④ 唐英：《〈天问〉神话与传说研究》，广州：暨南大学硕士论文，2006 年 5 月。

⑤ 杨钥：《〈天问〉神话对保存古代神话的贡献》，《西藏民族大学学报》（哲学社会科学版），2016 年第 3 期。

⑥ 杨钥：《〈天问〉中神话的文学性》，《新西部》（理论版），2012 年第 6 期。

⑦ 刘镁硒：《作为创世神话的〈天问〉》，《内蒙古大学学报》（哲学社会科学版），2015 年第 3 期。

⑧ 刘镁硒：《《天问》与创世神话》，《民俗研究》，2015 年第 4 期。

⑨ 赵非：《〈天问〉与中国上古神话》，《河北省社会主义学院学报》，2006 年第 2 期。

⑩ 龚维英：《〈天问〉和初民变形神话》，《贵州文史丛刊》，1999 年第 6 期。

⑪ 陈家琳：《〈楚辞・天问〉中的神话传说》，《重庆与世界》，2014 年第 8 期。

⑫ 李臣：《〈离骚〉中神话的审美特征》，《大众文艺》，2016 年第 8 期。

寓意》[①]，从政治理想、生死观念、文化取向三方面来探讨其价值；王开元、薛松华《由〈离骚〉看屈原的神话观》[②]，探讨《离骚》中神话的使用方式；其余研究《离骚》著作者，尚有喻守国《精神和谐与〈离骚〉中的神话色彩》[③]、于雪棠《〈离骚〉映示的时间意识及其对神话思维的承袭与超越》[④]等。

同时讨论《离骚》《天问》的篇章，多半是全面性探讨屈赋的所有神话，即《离骚》《天问》及《九歌》三者，如常晓彬《屈赋神话意象与神话情境研究》[⑤]，将屈赋的神话分类，并且分析这些神话人物的意象；何炜《论屈赋神话及其向文学的递变》[⑥]，分析屈原如何将神话转换成文学材料，以及在屈原笔下，神话原型产生了什么变化；朱靖华《中国神话的文雅化——屈原楚辞》[⑦]；其余尚有黄朵《屈原的神话学实践及其对中国古代神话的超越贡献》[⑧]、赵沛霖《屈原在我国神话思想史上的地位和贡献》[⑨]、王慧《楚辞神话意象研究》[⑩]等。

前人研究里，论及屈赋神话的篇章虽多，却甚少专论月神话，甚至是探讨其月神观的，而笔者因硕论研究中国月神，故对这方面的史料感兴趣，想探知屈原作品里表现出什么月神观，下面先简单叙述中国月神观的演进过程，以此探析《离骚》《天问》两篇月神观的发展概况。

二、中国神话中月神观的发展

对初民而言，自然界充满奥秘与力量，于是他们运用联想力，演绎出丰富的神话传说，并且对自然力量表现出崇拜、敬畏之心，在这些自然天体中，月亮对人们的影响甚大，所以自古以来，世界各民族皆存在着月崇拜的情形[⑪]，陆思贤言：

在先民们的观念中，一切自然物都是有生命的，称万物有灵论，月亮被作为有

① 苏萍：《试论屈原〈离骚〉的神话寓意》，《辽宁大学学报》（哲学社会科学版），2004年第5期。

② 王开元、薛松华：《由〈离骚〉看屈原的神话观》，《乌鲁木齐职业大学学报》，2001年第1期。

③ 喻守国：《精神和谐与〈离骚〉中的神话色彩》，《湖北广播电视大学学报》，2006年第5期。

④ 于雪棠：《〈离骚〉映示的时间意识及其对神话思维的承袭与超越》，《通化师院学报》（社会科学），1995年第3期。

⑤ 常晓彬：《屈赋神话意象与神话情境研究》，安庆：安庆师范大学硕士论文，2016年6月。

⑥ 何炜：《论屈赋神话及其向文学的递变》，《四川师范大学学报》（社会科学版），1994年第2期。

⑦ 朱靖华：《中国神话的文雅化———屈原楚辞》，《中华文化研究》，1994年第1期。

⑧ 黄朵：《屈原的神话学实践及其对中国古代神话的超越贡献》，《毕节学院学报》，2007年第3期。

⑨ 赵沛霖：《屈原在我国神话思想史上的地位和贡献》，《文艺研究》，1991年第2期。

⑩ 王慧：《楚辞神话意象研究》，湘潭：湖南科技大学硕士论文，2009年5月。

⑪ 朱天顺：《中国古代宗教初探》，台北：谷风，1986年版，第21页：原始宗教的天体崇拜中，对月亮的崇拜，在世界各国也是比较普遍的现象。

生命的崇拜物。[①]

在万物有灵论的思想下，一开始的月神是指月亮本身，即视月亮本身为神灵，如茅盾所言：原始人民对于日月的观念有一个特点，就是以日月神为日月之本体，并非于日月神之外，另有日月的本体。[②]

初民将月亮视为一独立的生命体，为其信仰的自然神之一，他们认为月亮与农耕息息相关，将月亮视为一切植物的生产者，如巴西土著，就相信月亮创造了一切植物，而北美土著则是认为月是谷物及一切植物之母[③]；他们也认为月亮具有丰产能力能使动物和人们孕育出下一代，何根海言：由于初民不理解生殖的奥秘，又由于当时生存环境非常艰难，保持人口的繁衍成为氏族的首要任务，所以很自然地把生育能力强或能促进生育的对象作为崇拜物，月亮便是这样的一种崇拜对象。[④]甚至是相信月亮具有不朽的生命，能给予信徒再生的力量，M. 艾瑟·哈婷言：在世界上无数的种族和人们中间，月亮都被认为具有不朽的生命和赐福于她的信徒的力量。[⑤]基本上，在古代月神信仰的文化圈里，通常把月亮视为不死、再生、大地、农耕、女性的象征[⑥]。

上述是月神观发展的第一阶段，但自从有自然神的观念后，人们便给予这些神灵相应的名称，一开始，其神名与相应的自然现象是相同的，像是“月”可以指月亮此星体，也可以指崇拜、信仰上的月神，后来，为了区分二者，才在原本的名称上加个“神”字[⑦]，到了此阶段，“月亮”本身代表的是星体，是一种自然界的存在，而“月神”才具有信仰、崇拜的意涵，月神有掌管月亮的权力甚至有了名字，此为第二阶段，中国最早出现于典籍记录的月神是《山海经》里的常羲及女和，“常羲”载于《山海经·大荒西经》：大荒之中，有山，名曰日月山，天枢也。……有女子方浴月。帝俊之妻常羲生月十有二，此始浴之。[⑧]

此时脱离月亮本身，另有一月神，此月神为月亮之母，初民以直观式的联想，将自身状况比附于月亮上，认为月亮也是经由母亲孕育而生，和人类一样经由沐浴之后，才能保持光洁的形象，屈育德言：日月不仅是羲和、常羲所生，还要母亲为

① 陆思贤：《神话考古》，北京：文物出版社，1998 年版，第 122 页。
② 茅盾：《神话研究》，天津：百花文艺出版社，1981 年版，第 82 页。
③ 杜而未：《神州溯源》，台北：台湾商务印书馆，1974 年版，第 149 页。
④ 何根海：《月亮神话与中秋拜月的原始意涵》，《历史月刊》，1999 年 9 月，第 54 页。
⑤ [美]M. 艾瑟·哈婷著，蒙子、龙天、芝子译：《月亮神话——女性的神话》，上海：上海文艺出版社，1992 年版，第 244 页。
⑥ 王孝廉：《岭云观雪——民族神话学论集》，北京：学苑出版社，2002 年版，第 194 页。
⑦ 何星亮：《中国自然神与自然崇拜》，上海：三联书店，1992 年版，第 21—22 页。
⑧ 袁珂校注：《山海经校注》，成都：巴蜀书社，1996 年版，第 142 页。

它们洗澡，像人间的婴儿一样，原始人根据自己生活的体验来理解自然现象，因而产生天真的联想。①

“女和”则载于《山海经·大荒东经》“有女和月母之国”②，郝懿行疏：女和月母即羲和常仪之属也。谓之女与母者，《史记·赵世家》索隐引谯周云：“余尝闻之，代俗以东西阴阳所出入，宗其神，谓之王父母。……”据谯周斯语，此经女和月母之名。盖以此也。③

“女”字有始祖的意味，且与常羲同为月母，自然是指同一人，王孝廉言：常羲是十二个月亮的母亲，自然也就是月母“女和”。④

女和、常羲二者甚至还有语音上的关联⑤，更可证明二者实为同一人。

将月亮视为居住空间，则是最后阶段，形成时间大概是在汉代，汉人把月亮视为一个巨大的空间，里头有桂树、蟾蜍、玉兔等居之，如《论衡·说日》载“日中有三足鸟，月中有兔、蟾蜍”⑥、《淮南子》载“秋月中有桂树”⑦、《安天论》载“俗传月中仙人桂树”⑧，而这样的空间概念是构成后来月宫传说的基础⑨，此阶段的月神，是独立于月亮外的神祇，甚至还住在月亮这个空间里。

三、《离骚》中的月神观

《离骚》是屈原自述身世、心志的政治抒情诗，共有两千四百多字，约有四百多句，基本上可以分为五段来理解，第一段属自传；第二段屈原便立下游历四方之志；第三四段为求女过程；最后一段叙述屈原再次踏上周游的历程。杨璞认为可从政治或道德角度来分析此长诗：

关于《离骚》的主题。由于立足点不同，关于《离骚》的主题研究也不同。站在政治角度来说《离骚》是美政理想，站在道德的角度会得出修身自洁的主题，站

① 屈育德：《神话·传说·民俗》，北京：中国文联出版公司，1988年9月，第38页。
② 袁珂校注：《山海经校注》，成都：巴蜀书社，1996年版，第459—463页。
③ 袁珂校注：《山海经校注》，成都：巴蜀书社，1996年版，第459—463页。
④ 王孝廉：《岭云观雪——民族神话学论集》，北京：学苑出版社，2002年版，第197页。
⑤ 何新：《诸神的起源》，台北：木铎，1987年版，第36—84页。
⑥（汉）王充：《论衡》，台北：中华书局，1981年版，第11页。
⑦（宋）李昉：《太平卷11御览》卷九五七引，见《文津阁四库全书》子部，类书类，第二九九册，北京：商务印书馆，2005年版，第122页。
⑧（晋）虞喜：《安天论》，收于《丛书集成续编》集部，上海：上海书店，1994年版，第496页。
⑨ 李立：《文化嬗变与汉代自然神话演变》，汕头：汕头大学出版社，2000年版，第46页。

在屈原以身殉国的角度得出《离骚》是屈原生死命运的交响，生命的绝唱等等。[①]

虽说这是一首叙写自己政治遭遇、倾诉爱国情怀及坚贞操守的政治抒情诗，但却充满了神异的描写[②]，屈原自然地将神话代入于诗中。

诗的一开始，屈原先表明自己的身份及阐述自己的人生态度，此时出现“日月忽其不淹兮，春与秋其代序”句，句中的“日月”指的是星体范畴，未带有神话色彩，但接下来的修能之路便出现月神望舒的身影，即“前望舒使先驱兮，后飞廉使奔属”。针对修能之路第一次的求索，杨璞言：

屈原的“修能”之路是坎坷的。他的“修能”之路体现在《离骚》中就是不断求索的过程。在求索的过程中体现出屈原矢志不渝、忠贞不二的品格，而他的人格也得到了进一步的完善。在现实中遇到挫折后，诗人进行了漫长而又艰辛的求索之路。驾驶着玉龙马，望舒作先导，风伯飞廉在后面追逐奔跑，鸾凤喝道，凤鸟飞腾，飘风聚合，云霓来御。这样一片逍遥自在、辉煌灿烂的气息却被帝阍漠然地阻挡在阊阖之外，诗人拥有如幽兰一样美好的品质，却被小人嫉妒，连门都无法进去，第一次求索在无奈中以失败结束。[③]

屈原将神话传说作为其诗篇创作的素材，但对神灵的指派不是随意为之，而是根据神格的物性来决定的。如望舒是月神，就让他前驱照亮道路[④]。

关于望舒，王逸注：“望舒，月御也。”[⑤]“望舒”此神话人物在典籍上的记录首见于《离骚》，由王逸注解“吾令羲和弭节兮”句，云“羲和，日御也”。[⑥]可知羲和与望舒相对，以此推知“望舒”应与月之母“常羲”为同一人，且“望舒”与“常羲”在语音上可互转[⑦]，故可确定是同一神话人物，具有月神身份。

“望舒”又可称“纤阿”，见《淮南子》载：“月御曰望舒，亦曰纤阿。”[⑧]刘城淮猜测望舒、纤阿成为月御说法的原因是：由羲和、常羲的情况类推，望舒、纤阿可能最早也是月亮的生育者，或本身是月神，渐渐才转化为月御的。[⑨]

---

① 杨璞：《〈离骚〉的多维透视》，兰州：西北师范大学硕士论文，2010 年 5 月，第 11 页。

② 孙光、杨玉珍：《〈楚辞与巫风〉，《黑龙江教育学报》，2004 年第 4 期，第 104 页。

③ 杨璞：《〈离骚〉的多维透视》，兰州：西北师范大学硕士论文，2010 年 5 月，第 19 页。

④ 赵丽：《〈离骚〉的巫文化表征》，《长春师范学院学报》（人文社会科学版），2006 年第 4 期，第 66 页。

⑤（汉）王逸：《楚辞章句》，收于《景印文渊阁四库全书》集部一，楚辞类，台北：“台湾商务印书馆”，1983 年版，第 10 页。

⑥（汉）王逸：《楚辞章句》，收于《景印文渊阁四库全书》集部一，楚辞类，台北：“台湾商务印书馆”，1983 年版，第 13 页。

⑦ 林淑怡：《中国月神研究》，台南：国立台南大学硕士论文，2009 年 1 月，第 31 页。

⑧ 李娇：《太平御览》卷四引，《文津阁四宝藏》子部，文献，297 册，北京：商务印书馆，2005 年版，第 227 页。

⑨ 刘城淮：《中国上古神话》，上海：上海文艺出版社，1988 年版，第 175 页。

中国最早另有名号的月神出现于《山海经》，见《大荒西经》"有女子方浴月。帝俊妻常羲，生月十有二，此始浴之。"①与《大荒东经》"有女和月母之国……是处东极隅以止日月，使无相闲出没，司其短长。"②此处的"常羲""女和"是月亮的生育与照管者。"常羲"诞下月亮且浴之，使月亮能常保光洁，此处表现出的神话观点是一种类比式的联想，将自身状况连结到自然界里的神话，于是月亮的出现如同人一样，是经由生育，且需要有母亲照顾。而"女和"则是针对月亮盈亏现象所开产出的神话，由他照管着月亮的盈亏③。

"女和"与"常羲"的神话，虽是针对月亮不同的特性所联想出的，但都彰显出身为天体之一的月亮没有自主性，必须依靠他人力量才能维持光亮与盈亏变化，拥有这些能力的照顾者便提升为月神。至于《离骚》里的"望舒"亦是月母，其神话内容创造的出发点与"女和"与"常羲"不同，是针对月亮的移动所创造出的神话，但与"常羲""女和"相同的是，都是独立于月亮之外的月神，初民认为月亮的移动需要倚靠他人，有月御为月亮拉车，月亮才能东升西落，延续《山海经》的月神观。

四、《天问》中的月神观

《天问》是屈原重要作品之一，诗中不断发问，从自然现象一路问到历史故事，其价值如杨义言：屈原的《天问》是一部本质意义上的"天书"，是屈原借天抒怀、天人对语的旷古奇文。④

《天问》在将近两千字内，针对宇宙起源、天地结构、神话传说与三代历史发问，整体上，此长诗是由宇宙神话和古史传说两个部分组成，它们共同构成了《天问》中有着密切联系的170多个问题，共同体现出上古人民以及屈原个人的思想。李陈玉在分析时，将其拆解为三段来理解，其言：

《天问》当分作三大段，自曰遂古之初起，至曜灵安藏止为上段，共四十四句，是问天上事许多不可解处。自不任汩鸿至乌焉解羽止，共六十八句为中一段，是问地上事许多不可解处。自禹之力献功起，至末忠名弥彰止，共261句为后一段，是问人间事许多不可解处。⑤

---

① 袁珂校注：《山海经校注》，成都：巴蜀书社，1996年版，第462页。

② 袁珂校注：《山海经校注》，成都：巴蜀书社，1996年版，第142页。

③ 龚维英：《原始崇拜纲要——中华图腾文化与生殖文化》，北京：中国民间文艺出版社，1989年版，第41页云：女和月母之国的人或风都与司太阳运行、月亮盈亏相关。

④ 杨义：《〈天问〉：走出神话和反思历史的千古奇文》，《中国社会科学》，1998年第1期，第177页。

⑤ 游国恩主编：《天问纂义》，北京：中华书局，1982年版，第2页。

《天问》一开始便展现出屈原对宇宙起源的好奇，问天地是如何产生的？虽说宇宙的起源问题，是自然科学领域中重大的研究课题之一，它包括宇宙的构造和产生两部分内容[①]。但在还没有相关天文、科学知识之前，原始初民只能用他们可理解的方式来解释自然现象，于是产生了神话。

在宇宙起源的神话中，除了天地的形成外，以日月星辰等天体的诞生神话为大宗，究其原因，陶阳、牟钟秀言：这不仅因为日月星辰的存在及其运行中的种种变幻莫测的现象容易引起原始人的想象，更重要的是日月星辰的存在及其变化与人类的生产和生活休戚相关。[②]

屈原亦对日月星辰的存在感到好奇，于是问："日月安属？列星安陈？"相较于群星，日月对于必须依赖大自然维生的初民来说，更为重要。

日月起源神话一般可分为肢体化生型、神造型、人（神）变型等，而《天问》中的日月是如何产生的？虽然屈原是用发问的形式书写，但透过诗中阴阳三合，何本何化等句来分析，推估屈原倾向日月是由阴阳二气融合所形成的，与《山海经·大荒西经》"帝俊之妻常羲生月十有二"[③]、《山海经·大荒南经》："帝俊之妻，生十日"[④]所言的神造型不同，《山海经》里的日月是由月神所生，而非阴阳二气而成。

再来是"出自汤谷，次于蒙汜。自明及晦，所行几里？"四句，朱熹注云：

此问一日之间，日行几里乎？答之曰：汤谷、蒙汜，固无其所，然日月出水乃升于天，及其西下又入于水，故其出入似有处所。[⑤]

可知朱熹认为日月从水出又入于水，"汤谷""蒙汜"为其出入处，在古人的观念里，日月都是住在海中[⑥]，而古人有说海、海之深处为谷的习惯[⑦]，其中，"汤谷"为神话中日出之处，因"海波如沸"而得名[⑧]，而蒙汜则为传说中的日落之处，故"出自汤谷，次于蒙汜。自明及晦，所行几里？"四句应是扣紧"日"发问，并非针对日月而论，下四句"夜光何德，死则又育？厥利维何，而顾菟在腹菟"才是针对月亮的发问。

"夜光何德，死则又育？"是针对月亮的圆缺明晦变化所提出的疑问，《说文》

① 陶阳、牟钟秀：《中国创世神话》，上海：上海人民出版社，2006年版，第107页。

② 陶阳、牟钟秀：《中国创世神话》，上海：上海人民出版社，2006年版，第137页。

③ 袁珂校注：《山海经校注》，成都：巴蜀书社，1996年版，第459—463页。

④ 袁珂校注：《山海经校注》，成都：巴蜀书社，1996年版，第438页。

⑤ 《楚辞集注》卷第三。

⑥ 王孝廉：《岭云观雪——民族神话学论集》，北京：学苑出版社，2002年版，第198页。

⑦ 张碧波：《〈十日神话〉别解》，《学习与探索》，2000年第1期，第70页。

⑧ 游国恩主编：《天问纂义》，北京：中华书局，1982年，第53页，引李陈玉言：汤谷即阳（旸）谷，日出处海波如沸，故又名汤谷。

云："晦，月尽也。"[①]《释名·释天》言："朔，苏也，月死复苏生也。"[②]此表示月底的晦日为月死之日，而月初的朔日则是月亮复活之日，由圆月到弦月，再由弦月到圆月，循环往复的月相变化，对初民来说，如同生命的死而再生一般，是生命死而复生、永不毁灭的象征。[③]胡万川言：古代许多地方的人往往认为月亮是像人一样有生命，而且它的生命是永恒的，因为它有死而复生之能，借用《楚辞》《天问》的话就是"死则又育"，所以月亮历来就是"不死"的象征。[④]

初民透过观察，发现月亮由朔到望的变化，恰如人类由年轻走向衰老，最后死亡，不过与人类不同的地方是，月亮在亏缺消失之后，还会渐渐恢复圆满的形态，而人类的生命却没有来回往返的可能性，因此，月亮这种不死和再生的能力，就成为人们羡慕及崇拜的对象了，因此世界许多民族都认为月亮是不死的象征，是生命生生不息的给予者[⑤]。

至于"厥利维何，而顾菟在腹？"句，为屈原对月中斑点的想象及疑问，关键在于"顾菟"的解释，笔者的硕论里，曾针对历来对于"顾菟"的解释做了整理，发现对"顾菟"的释义主要有以下四者：

（一）"菟"为"兔"

朱熹注解"厥利维何，而顾菟在腹？"言：月有何利，而顾望之菟，常居其腹乎？[⑥]

以"顾望之菟"释"顾菟"一词，又言：顾菟在腹，此言兔在月中，则顾菟但为兔之名号耳。……兔与菟同是一字，见于《说文》，而其形声皆异，又不知其自何时始别异之也。[⑦]直指"菟"为"兔"，而"顾菟"即是兔的名号。在朱熹之后，亦有学者持此观点，如清朝毛奇龄《天问补注》言："顾兔，月中兔名。"[⑧]苏雪林《天问正简》言："'顾兔'或为一种兔子之特称，今失其义。"[⑨]游国恩虽也认为"菟"

① （汉）许慎著，（清）段玉裁注：《说文解字注》，台北：万卷楼，1999年版，第308页。

② 李娇：《太平御览》卷四引，《文津内阁四宝藏》子部，文献，297册，北京：商务印书馆，2005年版，第227页。

③ 林淑怡：《中国月神研究》，台南：国立台南大学硕士论文，2009年1月，页26。

④ 胡万川《嫦娥奔月神话新探》，《民间文学论坛》，1997年3月，第10页。

⑤ 林淑怡：《中国月神研究》，台南：国立台南大学硕士论文，2009年1月，第27页。

⑥ （宋）朱熹：《楚辞集注》，收于《景印文渊阁四库全书》集部一，楚辞类，台北：台湾商务印书馆，1983年版，第325页。

⑦ （宋）朱熹：《楚辞集注》，收于《景印文渊阁四库全书》集部一，楚辞类，台北：台湾商务印书馆，1983年版，第392页。

⑧ （清）毛奇龄：《天问补注》，收于《续修四库全书》第1302册，史部，楚辞类，上海：上海古籍出版社，2002年版，第290页。

⑨ 苏雪林：《天问正简》，台北：文津出版社，1992年版，第93页。

为“兔”，但对于“顾”的解释不同于苏雪林，其言：顾菟之义，古未有闻，后世辞章家用之，似皆本于此，展转相承，而俱失其解。盖顾者，犹言抚育也…… 观此文言育言顾，言在腹…… 知顾本为动词，而非以顾兔连文为义，亦明矣。厥利维何，而顾兔在腹者，谓月何所利而养育此兔于腹中也？[①]认为“顾菟”应作“养育兔子”解。由此可知，若“菟”为“兔”，则“顾菟”可能是兔名，或是养育兔子的意思。

（二）“顾菟”为“蟾蜍”

闻一多认为古籍中载月影的记录，蟾蜍早于兔，且他透过语音通假关系，举出“籧篨”“居诸”“居蜍”“鞠护”等蟾蜍异名，说明来源皆与“顾菟”有音同或音近的关系，以此验证“顾菟”即是“蟾蜍”，至于月中蟾蜍说法的由来，闻一多解释：

蟾蜍之说，究其根源，殆亦出于字音之讹变。……《吕氏春秋·精通篇》曰：“月也者，群阴之本，月望则蚌蛤实，群阴盈；月晦则蚌蛤虚，群阴亏。”……《大戴记·易本命篇》曰：“蚌蛤龟珠，与月亏盈。”……古人心目中，月之与蚌，关系至密，可断言也。……《汉书·地理志》颜师古

注曰：“蛤似蚌而圆。”圆者为蛤，则以拟月形，究以称蛤为允。蛤之音值为kap，缓言之，其音微变即为虾蟆 ka ma 矣。…… 韩愈《初南食贻元十八诗》之所以云：“蛤即是虾蟆，同实而异名”者…… 蚌蛤之蛤与虾蟆相乱…… 则蛤（蟾蜍）之说，乃起于以蛤配月之说，其时则当在战国。[②]

袁珂对于闻一多以语音关系推论“顾菟”为“蟾蜍”的说法表示赞同，并言《楚辞·天问》所载是“月中有蟾蜍见于先秦古籍的唯一的明确记载”[③]。

（三）“顾菟”为“蟾兔”

萧兵认为“顾菟”为蟾蜍、兔子二物，并且以与《楚辞》相近时代的墓画作为例证，证明当时存在着蟾兔并举的情形，其言：文献里关于月亮肚子里有癞蛤蟆和兔子的记载，最早只见于《楚辞·天问》：“夜光何德，死则又育？厥利维何，而顾、菟在腹？”

而恰恰是这两句话没有得到过确解。按：顾、菟两个字应该顿开来；菟是兔子毫无疑问；顾则是鼓、蛄的假借字，是蟾蜍异名“居诸”的合音“顾”之言蛄，就是癞蛄子、癞大蛄。这一点又为接近《楚辞》时代的长沙马王堆《帛画》、洛阳西汉墓壁画、山东临沂金雀山九号汉墓《帛画》里蟾兔并见月腹的图像所证实。[④]

① 游国恩主编：《天问纂义》，台北：洪叶文化，1993 年 9 月，第 65—66 页。

② 闻一多：《天问释天》，《闻一多全集》，台北：里仁书局，1996 年版，第 328 页。

③ 袁珂：《神话论文集》，台北：汉京文化事业，1987 年版，第 138 页。

④ 萧兵：《楚辞与神话》，江苏：古籍出版社，1987 年版，第 124—125 页。

此外，闻一多从语音讹误的观点，来分析出现“顾菟”为“蟾兔”此说法的原因，其言：

考月中阴影，古者传说不一，《天问》而外，先秦之说，无足征焉。其在两汉，则言蟾蜍者莫早于《淮南》，两言蟾蜍与兔者莫早于刘向，单言兔者莫早于诸纬书。…… 更以语音讹变之理推之，盖蟾蜍之蜍与兔音近易混，蟾蜍讹变为蟾兔，于是一物析为二物，而两设蟾蜍与兔之说生焉，其后乃又有舍蟾蜍而单言兔者。①

闻一多认为月中蟾的说法早于月中兔，因语音讹变才致使“顾菟”从一物析为二物。

虽从闻一多的分析来看，“顾菟”为“蛣兔”是语音上的讹变，但从萧兵的举证来看，将“顾菟”释为“蟾兔”亦有其道理。

（四）“顾菟”为“虎”之别名

最早提出屈原所论“顾菟”为月虎神话说法的是汤炳正，他认为“顾菟”应解释为“于菟”，在楚地是“虎”的别名，屈原此为对月虎神话的发问，其言：

把月中阴影说成是兔的神话传说，我同意郭德维先生的说法，是较早的；而且应当是起源于中原地域。而这个月中有“兔”的神话逐渐传到楚地之后，楚即以呼虎如“兔”音的语音因素为媒介，故将月中有“兔”的传说逐渐演化为月中有“虎”的神话。《天问》“夜光何德？死则又育；厥利维何？而顾菟在腹”，“顾菟”即“于菟”，亦即虎。屈原正是针对流行于楚地的月中有虎的神话而发问的。②

此外，他更以随县曾侯乙墓出土的衣箱画，来证明月虎易与月兔混淆的事实，认为图中绘于桑树上的虎头兔身兽形，是中原与楚文化融合的表现，其言：

从这次出土的大批文物来看，既有中原文化特征，也有楚文化特征。因此，中原各国月中有兔的神话，跟楚国月中有虎的神话，当时或曾并行于随国，而且互相混淆。故在箱画上的形象，竟把两个神话融为一体，而且出现了虎头兔尾的怪物，这是不足为奇的。③

何新亦赞同“顾菟在腹”为月虎神话的说法，他认为因为上古神话中的月神是死神，而虎神又是司鬼之神，所以虎神和月之间有关联，又由于“虎”的读音在南方语系中易讹变为“兔”，所以才会演变为月中有兔的传说出现④。与汤炳正、何新看法相同的，尚有赵宗福，他也认为“顾菟”就是“于菟”，是楚人对于虎的称呼，之所以写成“顾菟”，是因为当时对于“于菟”二字没有固定的写法，“顾”“于”

① 闻一多：《天问释天》，《闻一多全集》，台北：里仁书局，1996 年版，第 330—331 页。

② 汤炳正：《屈赋新探》，台北：贯雅文化，1911 年版，第 260 页。

③ 汤炳正：《屈赋新探》，台北：贯雅文化，1911 年版，第 261 页。

④ 何新：《诸神的起源》，台北：木铎，1987 年版，第 2461 页。

在古韵中属鱼部，为音同或可音转，此外，也因为随着“菟”字的虎义消失，只剩下兔子一义，而使得月兔取代了月虎的神话传说①。

不论月腹中的动物，是兔，是蟾蜍，或是虎，造成此种联想的原因之一可能来自于阴影说，冯天瑜言：

原始人仰望月亮，发现里面有阴影（实为月中环形山脉造成），并根据阴影的形状，推测那是某种动物（如兔、蟾蜍），植物（如桂树、阎浮树）。这种玄想，是初民思维的直观性特征造成的结果。②

或是因为这些动物与月亮之间都有些相应关系，如上述里，何新就以月神、虎神司职互涉的观点，来阐述月虎的神话。而蟾蜍、兔与月的关联性，主要在于蟾蜍、兔的生理特征与月相应，赵国华言：

在远古先民将蛙（蟾蜍）作为女性子宫（肚子）的象征之后，他们力图对月亮的盈亏圆缺作出解释。于是，他们想象月亮是一只或者月亮中有一只肚腹浑圆又可以膨大缩小的神蛙（蟾蜍），主司生殖。因之，初民又崇拜月亮。这就是月亮神话的起源，这就是月中蟾蜍的来历。③

尹荣方也言：

古人把兔与月联系在一起，主要基于兔的怀孕生子同于月的周期这一层关系。因月与兔有此种关系，所以古人常把月与兔相提并论，如称兔为月兔等，进一步，就产生了月中有兔的传说。④

《天问》中的月神话，包含对月起源、圆缺变化及月中阴影的发问，这其中并未提到月神的名号，仅就月亮本身来讨论，从诗的内容来看，屈原的宇宙观里，月是由阴阳二气融合而成，形成后如同人一样会经历生死，但又与人不同，月能再生不死。比较需要探讨的地方是“顾菟在腹”，不论“顾菟”作何解释，是哪种动物，如果惊奇视为月中物，便是把月当成空间看待，但屈原使用的是“腹”字，并非云“顾菟在中”，生物才有“腹”，所以此处的月神观应在第一阶段，月本身为崇拜对象，具有拟人化的表现。

① 赵宗福：《中国月亮神话演化新解——以月虎为主题的考证》，《民间文学论坛》，1995 年第 4 期，第 3—4 页。

② 冯天瑜：《上古神话纵横谈》，上海：上海文艺出版社，1983 年版，第 159 页。

③ 赵国华：《生殖崇拜文化论》，北京：中国社会科学出版社，1991 年版，第 205 页。

④ 尹荣方：《神话求原》，上海：上海古籍出版社，2003 年版，第 117 页。

五、结论

《离骚》与《天问》是屈赋里的重要作品，《离骚》为自述身世心志之抒情诗，而《天问》则表对出屈原对自然现象、历史传说的疑问，二者皆反映出丰富的神话色彩，值得深究。

以月亮神话而言，此二篇的神话涉及月亮起源、月亮运行、月相变化与月中影，陶阳、牟钟秀言：

关于月亮运行的神话，材料很少。只从《离骚》中“前望舒使先驱”（王逸注：“望舒，月御也。”）得知月神也像太阳一样驾车运行。又从《楚辞·天问》“夜光何德，死则又育”得知，曾有过用月的死而复生神话来解释月的盈亏现象。①

透过上述分析，亦可知“望舒”为月御的神话，是为解释月亮移动运行而产生；“夜光何德，死则又育？”是涉及月相盈亏的神话，将月缺又恢复圆满的过程视为其具有再生的力量；“顾菟在腹”是对月中阴影的联想，可能出现的动物有兔子、蟾蜍、老虎三种，三者与月亮之间都有着不同程度的关联，能成为月中物都非偶然。

此外，中国的月神观一共经历三个阶段的发展，而《离骚》和《天问》中的月亮都是用来表示个体现象，指人（月神）或天体，并非空间概念，“望舒”是月神，车里拉的是天体月亮，而“顾菟在腹”者，是指月腹中有生物，而非月中世界有生物，故都是一种个体现象。若论把月亮视为一个巨大的空间，有桂树于中生长，有蟾蜍、玉兔等居之，应是汉朝之后才有的观念②。

虽然《离骚》《天问》中的月亮都是个体，但展现出的月神观不同，《离骚》中，月亮的运行需借由月御“望舒”拉车才能移动，这是抽离月亮本身，另立照顾者为月神，且月神还有“望舒”这样的名字，其月神观发展明显在《天问》之后，是中国月神观发展的第二阶段。至于《天问》里的月，代表的是宗教神话里崇拜的对象，本身就是月神，在这个“月”之外，没有照管的月神存在，属于中国月神观发展里的第一阶段，其自主性也比《离骚》中的月亮高，腹中能孕育生物，如蟾蜍、兔或虎，并且像人类一样拥有生命，必须经历生死的过程，但与人类不同的是月能死而复生，循环反复着，是拥有再生不死能力的象征。

① 陶阳、牟钟秀：《中国创世神话》，上海：上海人民出版社，2006年版，第146页。

② 林淑怡：《中国月神研究》，台南：国立台南大学硕士论文，2009年1月，第91页。

《天问》“白霓婴茀”层新探

《鹿城学刊》编辑部　周秉高

摘　要：《天问》一诗从“白蜺婴茀”至“何以迁之”这个层次，问了有关月、日、风伯、巨鳌的传说，是诗人精心设计的全诗密不可分的一部分，充分体现全诗主题，绝非什么“荒诞无说”或“拖带余波”。屈原是息于“先王之庙及公卿祠堂”时看到战国画工们笔下的少康画像时“呵而问之”。资料表明，古时体制，“君画于衣”“古天子冕服”上必画有日月星辰、山龙华虫等图案。因此，月、日、风伯、巨鳌等当是画在少康冕服上的图案。这些图案表现了历代“先王”、圣贤们的天体宇宙观。屈原在本层中发出一连串诘问，再次推翻“先王”、圣贤们奉为金科玉律的天体宇宙观。

关键词：《天问》；少康中兴；画衣；天体宇宙观；翻案

《天问》难读。对《天问》“白霓婴茀”至“何以迁之”这个层次的解读，更是楚辞学史上古今学者一直争议纷纭的难点之一。历史上骚学大家朱熹已感到此层的解读十分棘手，因此似乎放弃了对此层的解读。其云，（此层）“事极鄙妄，不足复论”，或云“此章大抵荒诞无说，今亦不论”，或“下二句未详”①。清人徐焕龙有云：“自‘婴茀’至此，因黄熊触及白蜺事，因白蜺触及萍号、胁鹿、鳌抃也。是文章拖带余波，后人觅不出蹊径，遂谓这些事多不承接。”②“后人觅不出蹊径，遂谓这些事多不承接”这两句话说出了楚辞学史上学者们对这个层次的研究概况。

经过反复研究《天问》文本和前人对此层次的各种说法，我们认为，此层乃诗人精心设计的全诗密不可分的一部分，充分体现全诗主题，决非“事极鄙妄”“荒诞无说”或什么“拖带余波”“多不承接”。此层可分四个小层次。

第一小层：“白霓婴茀，胡为此堂？安得夫良药，不能固臧？”

此层是诘问有关月亮的传说。

对这4句的解读，历史上曾有三种不同的解释。一种以王逸为代表，从者甚众。

---

① 朱熹：《楚辞集注》，上海：上海古籍出版社，1979年版，第61—62页。

② 徐焕龙：《屈辞洗髓》，黄灵庚主编：《楚辞文献丛刊》（第48册），北京：国家图书馆出版社，2014年版，第505—506页。

其云：

言崔文子学仙于王子侨，子侨化为白蜺而婴茀，持药于崔文子，崔文子惊怪，引戈击蜺，中之，因堕其药，俯而视之，王子侨尸也。故言得药不善也。[①]

另一种以蒋骥、丁晏为代表。蒋骥《山带阁注楚辞》有云：

《淮南子》：羿请不死之药于西王母，姮娥窃以奔月，怅然无以续之。[②]

以上两种解读，因为所说故事不同，故对“白蜺”“婴茀”等名词的解释也就截然不同，一为天上云气，一为妇女首饰。第三种是近人林庚先生提出的。他以为前两句讲的不是嫦娥，而是一个无名的美女；后两句中的“得药”者则是后羿。

王逸的解读貌似有理，故获得不少人的认可。但人们忽略了以下的问题：崔文子学仙于王子侨一事不仅如朱熹所斥的“事极鄙妄”，而且与文本前后大层次之间缺乏有机的联系，与其下“蓱号起雨”和“鳌戴山抃”二事亦无必然联系，更与全诗主题无关，诚如朱熹对王逸《章句》的批评：“不先寻其纲领，故一出一入，得失不常，类多如此。”[③]因此，如果认同王逸之说，就给《天问》这篇古今“奇文”蒙上层次紊乱、枝蔓杂出的瑕疵，即徐焕龙所谓的“拖带余波”。

林庚先生认同丁晏之说，也认为“白霓”为裳、“婴茀”为妇女首饰，但不认为此女子是嫦娥，而是一个“穿着白色衣裳戴着华美首饰的女子偷偷地在堂屋里干什么勾当”。其理由是“嫦娥奔月之说不见于先秦”[④]。这样的解读与后两句联系不上，他就将后两句解读为“后羿从哪里得来的不死良药，却又为什么不能牢牢地收藏住它呢？”如此一来，这16句的层次就更乱了，因为下边又出现了“蓱号起雨”“撰体协胁”的质疑及后羿“可能”遇山阻挡“化为巨鳌”背山越险的想象，这几件事之间又如何能联结在一起呢？另外，林先生说不见先秦有嫦娥奔月的记载，可是与此故事有关的西王母的神话传说，早在先秦广泛流传，仅《山海经》一书就载有5处，足见这类神话大都已在民间流传。其中有些内容载于先秦简帛，更多的内容恐怕仍只在人们口耳相传。汉朝距先秦最近，淮南子辈学者将人们世代相传的神话传说记之竹帛是极有可能的事，他们似乎没有必要杜撰一些新的神话。此说有旁证。即以楚辞说，《四库全书总目》指出：“秦以前书无称屈原宋玉工词赋者，洎乎汉代始有词人迹其著作，率由追录。”[⑤]难道因为“秦以前书无称屈原宋玉工词赋者”今天就否定楚辞的存在吗？二千多年后的今人如果怀疑汉朝的典籍，仅凭过浇由人“化

① 王逸：《楚辞补注》，北京：中华书局，1983年版，第101页。

② 蒋骥：《山带阁注楚辞》，上海：上海古籍出版社，1984年版，第105页。

③ 朱熹：《楚辞集注》，上海：上海古籍出版社，1979年版，第182页。

④ 林庚：《天问论笺》，北京：人民文学出版社，1983年版，第41页。

⑤ 永瑢：《四库全书总目》，北京：中华书局，1965年版，第1267页。

为巨鳌”背山越险式的臆想来研究楚辞，那么，恐怕很有可能再次堕入“屈原否定论”式的泥坑。

再三研究前人诸说，唯丁晏对此 4 句的解读更令人信服。其云：

“白霓婴茀”，此盛言姮娥之装饰也。蜺与霓同，犹月中霓裳羽衣。《九歌·东君》云：“灵之来兮蔽日，青云衣兮白霓裳。”《九歌·逢纷》云：“薜荔饰而陆离荐兮，鱼鳞衣而白霓裳。”以骚辞本文证之，知其确矣。婴茀，妇女首饰。《荀子·富国篇》“处女婴宝珠”，杨倞注：“婴，系于颈也。”《说文》：“婴，颈饰也，从女、賏。”賏，賏其连也。《易·既济》“妇丧其茀”，马融云：“茀，首饰也。”见《释文》。“胡为”者，讶之之辞。言此艳装浓饰，胡为而画于此祠堂也。又，《淮南子·览冥训》云：“羿请不死之药于西王母，姮娥窃以奔月。”《文选·月赋》“集素娥于后庭”，李善注引《归藏》曰：“昔嫦娥以不死之药奔月。”《文选》郭景纯《游仙诗》“姮娥扬妙音”，李善注引《淮南》许慎注：“嫦娥，羿妻也，逃月中，盖虚上夫人是也。”言何从得此良药，致奔入月中，不能自固以善其身也。[①]

此说有理有据，自然可以成立。总之，本层通过叙写有关月亮的传说，实际就是讲了月亮。

第二小层：“天式纵横，阳离爰死；大鸟何鸣，夫焉丧厥体？”

此层是诘问有关太阳的传说。

如前所述，王逸以为这仍是讲崔文子学仙于王子侨的事，但这种说法与前后层次关系脱节，纯属为训诂而训诂，前人周拱辰等已予以驳斥。清人还有将“大鸟”释为“青鸐”“商羊”等，更离真相远矣。

因不满于前人上述解读，林庚先生另辟蹊径，将这 4 句释为：“自然的常规横竖明白，失去阳气就只能死去，为什么羿死后却化为大鸟飞鸣而去，而不见其尸体了呢？”[②] 此说倘若局限在“白霓婴茀”以下 8 句，似可说通，但不能将整个 16 句的意思圆满地合在一个单元之内，故有待商榷。

前已说过，王逸将此层释为崔文子学仙于王子侨，有误，但其将“天式纵横”释为“天法有善恶阴阳纵横之道”则是对的。式者，法也，道也。纵横者，变化多端也。《易经·系辞上》有云：“一阴一阳谓之道。”[③]《管子·白心》“化物多者，莫

① 丁晏：《楚辞天问笺》，黄灵庚主编：《楚辞文献丛刊》（第 64 册），北京：国家图书馆出版社，2014 年版，第 383—384 页。

② 林庚：《天问论笺》，北京：人民文学出版社，1983 年版，第 42 页。

③ 阮元：《十三经注疏》，北京：中华书局，1980 年版，第 78 页。

多于日月”句下有注曰：“日，阳也；月，阴也。”[①]因此，“天式纵横，阳离爰死”句可释为：天道纵横即阴阳不断变化，阳气离去就会消亡。《说文》：“琟，鸟肥大琟琟然也。隹，或从鸟。”段注引玄应语曰：“鸿，古文琟，声类以为鸿、鹄之或字。”[②]故“大鸟何鸣”之“鸣”可通“鸿”，亦写作“琟”。此2句可释为：日中大鸟多肥大，它的形体又在哪？这2句实际是讲太阳。《说文》：“日，……从O一，象形，凡日皆从日。，古文象形。”段注曰：“盖象中有鸟，武后竟作口，误矣。”[③]故此4句是讲日。这是先秦人的一种天文观，认为日中有鸟。《淮南子·精神训》语云：“日中有踆乌。”[④]王充《论衡·说日篇》引古之儒者语曰：“日中有三足乌。”[⑤]《天问》前文有云：“羿焉彃日，乌焉解羽？”屈子对此天文观持怀疑态度，故发问：天道阴阳纵横，难道阳气离去就消亡？说日中大鸟多肥大，但它的形体又在哪儿？由此可知，本层通过有关太阳的传说，实际是写了太阳。

第三小层：“蓱号起雨，何以兴之？撰体协胁，鹿以膺之？”

此层是诘问有关风伯的传说。

前人对此层的训诂尤乱。楚辞中，王逸对“屏翳”的解释前后不一。其《云中君》注曰：“云神，丰隆也，一曰屏翳。”[⑥]在《离骚》“吾令丰隆乘云兮”句下注曰：“丰隆，云师，一曰雷师。”[⑦]而在《天问》此层“蓱号起雨”句下注曰：“屏翳，雨师名也。”[⑧]他对此4句的解读也较零乱。前2句他释为：“言雨师号呼，则云起而雨下，独何以兴之乎？”[⑨]后2句他释为：“言天撰十二神鹿，一身八足两头，独何膺受此形体乎？”“雨师”与“神鹿”不是一回事。总之，在王逸注中，“屏翳”既是云师，又是雷师、雨师，不一而足。王逸对这4句的解读似乎是败笔。但上古神话本来就是人们的想象，并无多么固定的认知。除王逸说的三个神物外，从后来的记载看，似乎古代还有一个解说：屏翳是风伯。曹植《洛神赋》有云：“屏翳收风，川后静波。”[⑩]《诘咎文》有云：“河伯典泽，屏翳司风。”[⑪]

---

① 戴望：《管子校正》，《诸子集成》（七），石家庄：河北人民出版社，1986年版，第224页。

② 段玉裁：《说文解字注》，上海：上海古籍出版社，1981年版，第143页。

③ 段玉裁：《说文解字注》，上海：上海古籍出版社，1981年版，第302页。

④ 高诱：《淮南子注》，《诸子集成》（十），石家庄：河北人民出版社，1986年版，第100页。

⑤ 王充：《论衡》，上海：上海人民出版社，1974年版，第174页。

⑥ 王逸：《楚辞章句》，北京：中华书局，1983年版，第59页。

⑦ 王逸：《楚辞章句》，北京：中华书局，1983年版，第31页。

⑧ 王逸：《楚辞章句》，北京：中华书局，1983年版，第101页。

⑨ 王逸：《楚辞章句》，北京：中华书局，1983年版，第101—102页。

⑩ 李善注：《文选》，北京：中华书局，1977年版，第271页。

⑪ 严可均：《全上古三代秦汉三国六朝文》，北京：中华书局，1958年版，第1159页。

在前人诸种解说中，唯蒋骥一说更可参考。其云：

（此层）谓风伯也。《后汉书》："明帝迎飞廉并铜车马置上西门外。"《三辅黄图》："飞廉鹿身，头如雀，有角，蛇尾豹文，能致风气。"①

除蒋骥提供的两个证据外，其实还有以下几例可证此说。《汉书·武帝纪》载：元封二年作"长安飞廉馆"。应劭注曰："飞廉，神禽，能致风气者也。"晋灼注曰：（飞廉）"身似鹿，头如爵（雀），有角而蛇身，文如豹文。"②此说证据不少且确凿，可以成立。

本层可以如此解读：风声一响就能降雨，它凭什么做到的？软体骈肩如鹿身，风伯如何能承应？总之，本层是写风伯。

第四小层："鳌戴山抃，何以安之？释舟陵行，何以迁之？"

此层是诘问有关巨鳌的传说。

对此层次，王逸的解读为是，其云：

鳌，大龟也。击手曰抃。《列仙传》曰："有巨灵之鳌，背负蓬莱之山而抃舞，戏沧海之中。独何以安之乎？"……释，置也。舟，船也。迁，徙也。舟释水而陵行，则何能迁徙也？言龟所以能负山若舟船者，以其在水中也，使龟释水而陵行，则何以能迁徙山乎？③

此说有旁证。《列子·汤问》篇亦有类似记载，其云，渤海之东有五山，"五山之根无所连者，常随潮波上下往还，不得蹔峙焉。仙圣毒之，诉之于帝。帝恐流于西极，失群圣之居，乃命禺彊使巨鳌十五举首而戴之……"④由此可知，"鳌戴山抃"之说并非诗人杜撰，而是此前确有类似的传说。

近人闻一多、林庚持异议，认为此"鳌"乃指过浇。闻一多先生的《离骚解诂》云：

《天问》以鳌与浇事连举，知鳌、浇之间必有关系。再证以《左传·襄公四年》：生浇及豷。《说文·豕部》引作敖。则鳌之与浇，是一非二明矣。⑤

这是单纯从训诂角度考虑，但惜未考虑与上下层次及全诗主题之间的关系，故此说需商榷。林庚先生云：

这两句的意思是问，后羿一族西征夏王朝时（很可能是沿着颍水或汝水向上游进发，姑备考），在舟行和征途中遇见了一座山把水路突然挡住了，因而不能继续前进。这时过浇便化为巨鳌，把那座山又背了起来，移开到一边去，

① 蒋骥：《山带阁注楚辞》，上海：上海古籍出版社，1984年版，第90页。

② 班固：《汉书》（一），北京：中华书局，1962年版，第193页。

③ 王逸：《楚辞补注》，北京：中华书局，1983年版，第102页。

④ 张湛注：《列子》，《诸子集成》（五），石家庄：河北人民出版社，1986年版，第53页。

⑤ 闻一多：《离骚解诂》，《古典新义》，北京：商务印书馆，2011年版，第264页。

终于越过了险阻，完成了西征。这也就是上文“岩何越焉”的答案。这里则是形容浇如何抖擞精神，把山平托起，拍手得意的成功场面；以及这一成功对于舟行西征的意义。[①]

此说更需商榷。过浇乃袭杀后羿的元凶寒浞之子，焉能称“后羿一族”？又，“过浇化为巨鳌”——人化为动物——一说更近于想象、猜测。林先生似乎又创作了一则神话故事，但惜只可属于“很可能”“姑备考”之说。

反复比较前人诸说，此小层的解读，王逸之说更加可靠。这里是讲“鳌”，是说：巨鳌负山动四肢，如何能使山安稳？后来离水走陆上，它用何力移动大山？

总之，“白霓婴茀”以下16句是问了一组“神物”：月、日、风伯、巨鳌。

以上，是单纯从层次分析和训诂角度得出的结论。那么，这4种神物为什么被集中在一起了呢？是诗人的随意而为，还是精心之作？

从全诗层次看，《天问》问夏朝历史，除略写“禹娶涂氏”和“鲧之晚景”这两件佚事外，主要写“少康中兴”前后经过（太康、后羿、寒浞、过浇、少康几人先后夺权的过程）。此处正是在直接问“少康中兴”之事。清人陈远新云：（此层）“以物之微而致大，明少康之得天而兴；以力之大而可制，明奡之恃力而亡。盖不欲突入下章，使行文悠扬有致也。”[②] 陈氏此说，虽然表述不甚正确，但能看出此层与“少康中兴”有关，当属难能可贵。

那么，此层所写的日、月、风伯、巨鳌与太康又有什么关系呢？

据《左传》哀公元年所载伍员之语曰，“太康失国”几十年之后，少康出生，历经坎坷，艰苦奋斗，终于“遂灭过、戈，复禹之绩，祀夏配天，不失旧物”[③] 班固在《汉书》宣帝纪赞中认为，此类勋绩，“功光祖宗，业垂后嗣，可谓中兴。”[④] 如此一位“中兴”之主，自然可以划入“古贤圣”之列。《天问》之作，王逸序曰：

> 屈原放逐，忧心愁悴，彷徨山泽，经历陵陆，嗟号昊旻，仰天叹息，见楚有先王之庙及公卿祠堂，图画天地山川神灵，琦玮僪佹，及古贤圣怪物行事。周流罢倦，休息其下，仰见图画，因书其壁，以泄愤懑，舒写愁思。[⑤]

诗人“仰见图画”而问少康之事，足证他“见”到的应有少康之像。

据《考工记》所载，“古天子”身上之衣必绘有图案。当然，诗人这时看到的

---

① 林庚：《天问论笺》，北京：人民文学出版社，1983年版，第44页。

② 陈远新：《屈子说志》，黄灵庚主编：《楚辞文献丛刊》（第61册），北京：国家图书馆出版社，2014年版，第328页。

③ 阮元：《十三经注疏》，北京：中华书局，1980年版，第2154页。

④ 班固：《汉书》（一），北京：中华书局，1962年版，第275页。

⑤ 王逸：《楚辞补注》，北京：中华书局，1983年版，第85页。

只能是战国时期画工笔下的少康之像。此画像身上之衣究竟是什么样子的呢？湖南长沙马王堆一幅 T 字形帛画似乎有助于解开这个谜语，因为意识形态具有传承性。刘勰《文心雕龙·通变》有云：“楚之骚文，矩式周文；汉之赋颂，影写楚世。”①湖南长沙马王堆这幅 T 字形帛画当非汉时画工新创，而是先秦帛画内容的延续。考古专家说此幅 T 字形帛画“似衣而非衣”（见百度：“文化源流”T 型帛画，似衣而非衣）故称“非衣”。因为“似衣”，所以战国时期的“先王之庙”中，“中兴”之主少康画像身上亦当有与 T 字形帛画类似的图案。

据马王堆汉墓中遗册记载，这幅 T 字形帛画，是墓主灵魂升天的媒介。画面完整，形象清晰。画面内容分为天国、人间、地狱三部分。见图 1。

天界部分，画面上端最宽阔的地方，右上角，一轮红日，日中有金乌；左上角，一弯新月，月上有蟾蜍和玉免，月下画着奔月的嫦娥。见图 2。

人间上层部分引人注目的是一幅“飞廉”画。此物“头如雀，有角”，两翅似乎要飞翔起来。见图 3。

人间下层部分引人注目的是有一幅“龟驮鸱鸮”画，两只大龟口衔灵芝，背上驮着鸱鸮。见图 4。

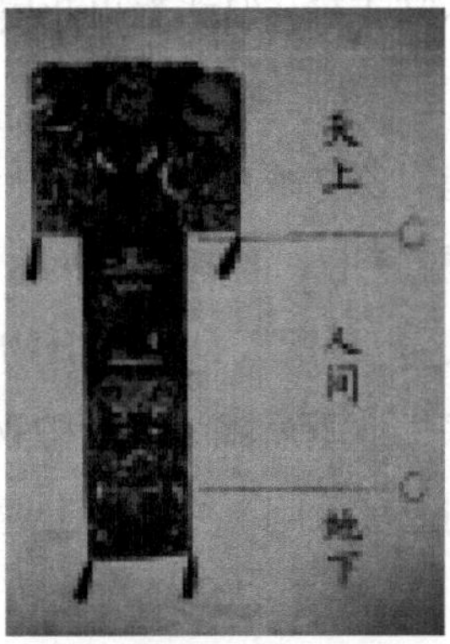

图 1

图 2

图 3

图 4

① 杨明照：《文心雕龙校注》，北京：中华书局，1959 年版，第 207 页。

这幅T字形帛画将月、日、风伯、巨鳌等不同神物绘在了这同一画面之中。因此，战国时期画工笔下的少康画像衣服上也应有这4种神物的图案。

我们这样说是有资料作根据的。《考工记》有载：

“画缋之事，杂五色。”有疏曰：“《虞书》日月以下不言天地，……古人既无天地，若记者不见时，君画于衣。”①

其意是说，《虞书》日月以下不讲天地，既然古人不讲天地，文字记载又不见时，君王就将此画在衣服之上。此说有旁证。《汉书·武帝纪》有载：

“朕闻昔在唐、虞，画像而民不犯。”应劭注曰：“二帝但画衣冠，异章服，而民不犯也。”②

那么，这种可称“异”的帝王衣冠上画的是什么内容呢？《周礼·春官·司服》有载：

“司服，掌王之吉凶衣服，辨其名物与其用事。王之吉服……”郑注曰：“书曰，予欲观古人之象日月星辰、山龙华虫……此古天子冕服。”疏曰：“然古人必为日月星辰于衣者，取其明也；山，取其人所仰；龙，取其能变化；华虫，取其文理……”③

这些资料表明，“古天子冕服”上必画有“日月星辰”和“山”“龙”“华虫”等图案。古人认为：“《周礼》者，乃周公致太平之迹”“括囊大典，网罗众家，是以《周礼》大行，后王之法。”④记载的正是先秦政坛各色人等必须遵循的礼制，包括服饰。战国时期的画工理应按照《周礼》所规定的以上礼制描绘，这点应当可以判定。诗人此时是在问少康中兴之事，因此，由月、日、风伯、巨鳌等这些“古天子冕服”图案，可知“屈原放逐，忧心愁悴，彷徨山泽，经历陵陆，嗟号昊旻”所见的正是少康画像。屈原抓住这4个神物进诘问，“以泄愤懑，舒写愁思”。

那么，诗人诘问少康画像衣服上的这4种神物与全篇主旨又有何关系？根据《周礼·司服》所载及其注疏内容，可知“古天子冕服”上所画种种，代表了汉初及其前历代“天子”和“贤圣”们对天体宇宙的若干认知。而月、日、风伯、巨鳌这四种神物似乎更能体现之，因此，这四种事物，并非徐焕龙所说的“多不承接”，而是在表现同一个理念，即“古天子”及古“贤圣”们的天体宇宙观。另有旁证。张衡的《灵宪》辑录的是“昔在先王将步天路用定灵轨寻绪本元”的天体宇宙观。

---

① 阮元：《十三经注疏》，北京：中华书局，1980年版，第918页。

② 班固：《汉书》（一），北京：中华书局，1962年版，第61—62页。

③ 阮元：《十三经注疏》，北京：中华书局，1980年版，第781页。

④ 阮元：《十三经注疏》，北京：中华书局，1980年版，第636页。

其云：

悬象著明，莫大乎日月……日者，阳精之宗。积而成乌，象乌而有三趾。阳之类，春数奇。月者，阴精之宗，积而成兽，象兔、蛤焉，阴之类，其数偶。其后有冯焉者。羿请无死之药于西王母，姮娥窃之以奔月。[①]

另据王逸《云中君》注，屏翳“一曰雷师”。《山海经·大荒东经》曰雷师又名“夔”。[②]《书·舜典》有载：

帝曰：“夔，命汝典乐，教胄子，直而温，宽而柔，刚而无虐，简而无傲，无相夺伦，神人以和。”夔曰：“於，予击石拊石，查兽率舞。”[③]

又，历代“先王”还十分看重龟类，《礼记》有云，天地之间，“何谓四灵？麟凤龟龙，谓之四灵”“故先王秉著龟，列祭礼……设制度”。[④]

正因如此，屈原抓住月、日、风伯、巨龟这种“神物”加以诘问，并非偶然，而是抓住了要害，是精心之作。为什么呢？历代先王和圣贤们十分看重天文，司马迁曾感慨道：“自初生民以来，世主何尝不历日月生辰？”[⑤]而其目的是“王天下”，或者说，天文宇宙观是他们统治天下臣民的重要工具之一。《易·系》有曰：

天垂象，见吉凶。[⑥]

古者包牺氏之王天下，仰则观象于天，俯则观法于地。[⑦]

《吕氏春秋》有云：

尝得学黄帝之所以诲颛顼矣，爰有大圆在上、在矩在下，汝能法之，为民父母。盖闻古之清世，是法天地。[⑧]

总之，历代“先王”和圣贤们将此类说教视为金科玉律，“乃建乃稽，斯经天常”。但是，屈原对这些金科玉律充满怀疑，故此处借对少康画像冕服上月、日、风伯、巨龟四种图案发出一连串诘问：嫦娥偷得长生药，反倒不能善其身？日中大鸟多肥大，它的形体又在哪？飞廉呼风又唤雨，软体鹿身能做到？巨龟负山陆上走，是用何力移动它？

这一连串诘问，十分犀利，又一次有力地推翻了历代“先王”和圣贤们奉为金科玉律的观点。这同全诗疑古惑今的主题非常吻合。

① 严可均：《全上古三代秦汉三国六朝文》，北京：中华书局，1958 年版，第 777 页。

② 王馨苑编著：《山海经》，长春：吉林出版集团有限责任公司，2015 年版，第 282 页。

③ 阮元：《十三经注疏》，北京：中华书局，1980 年版，第 131 页。

④ 阮元：《十三经注疏》，北京：中华书局，1980 年版，第 1425 页。

⑤ 司马迁：《史记》（四），北京：中华书局，1959 年版，第 1342 页。

⑥ 阮元：《十三经注疏》，北京：中华书局，1980 年版，第 82 页。

⑦ 阮元：《十三经注疏》，北京：中华书局，1980 年版，第 86 页。

⑧ 高诱注：《吕氏春秋》，《诸子集成》（九），石家庄：河北人民出版社，1986 年版，第 122 页。

综上所论，以往不少对《天问》“白蜺婴茀”一层的解读，都是为训诂而诂，没有考虑到此层与上下层次之间的关系，也没有考虑到与全诗主题的关系。实际上，《天问》一诗从“白蜺婴茀”至“何以迁之”这个层次，诗人问了有关月、日、风伯、巨鳌的传说。《天问》此层是在问“少康中兴”之事。屈原当是息于“先王之庙及公卿祠堂”时看到少康画像时“呵而问之”。资料表明，古时体制，“君画于衣”“古天子冕服”上必画有日月星辰、山龙华虫等图案。因此，月、日、风伯、巨鳌等当是画在“先王之庙及公卿祠堂”墙壁上少康冕服的图案。这些图案表现了历代“先王”、圣贤们的天体宇宙观。如果说屈原在《天问》前边的“问天”“问地”两层中有力地戳穿了历代“先王”和圣贤们的天体宇宙观，对么，他在本层中又发出一连串诘问，再次推翻“先王”、圣贤们奉为金科玉律的天体宇宙观，以表示他对黑暗现实的不满，从而暗示社会革故鼎新的必要性。

《天问》“问天”三考

——兼质疑闻一多《天问释天》

《鹿城学刊》编辑部 周秉高

摘 要：闻一多先生对“斡维”“天极”“顾菟”的解读，并非“新解”，只是沿用前人之说。他认为“‘女歧’为尾星”“‘伯强’当为箕星”，此说倒是别致，但不符合文本原意，也不符合全诗主题。“厥利维何，而顾菟在腹”句中之“利”当读若“黧”“黎”。《天问》中“女歧无合，夫焉取九子”二句，是针对前人关于“房”“心”“尾”三星布局含义的质疑。“伯强何处，惠气安在”二句是针对前人关于“氐”星和“亢”星“以合时应”占语的质疑，实际也是对前人制定的金科玉律的怀疑。离开了全篇主题和层次，单纯的训诂是不能准确解读楚辞的。

关键词：楚辞；《天问》；王逸；闻一多；解读

《天问》难读，众所周知；“问天”一层，谜团更多。闻一多先生乃20世纪楚辞名家之一，其《离骚解诂》《天问释天》《楚辞校补》诸篇享誉骚坛，尤其《天问释天》是解读《天问》“问天”一层的重要参考资料。不过，闻先生过分自信，在《天问释天》前序中全盘否定王逸，也否定“大都王逸以后诸家”。其云：“然今试执逸注以读《天问》，虽谓无一事可晓，不过也。”又云，“大都王逸以后诸家之说，有违于事实，滞于义理”。似乎只有他才是真正的“特识之士”“别树新解”“既祛”“此惑”“乃可与读《天问》”。事实果真如此吗？且举三例考之。

一、“斡维”“天极”考

《天问》有云：

斡维焉系？天极焉加？

八柱何当？东南何亏？

对“斡维焉系，天极焉加”两句的解读，闻一多《天问释天》与王逸《章句》截然不同。王逸云：

> 斡，转也。维，纲也。言天昼夜转旋，宁有维纲系缀，其际极安所加乎？[①]

闻一多则云：

> 古代关于天体之传说，多缘星象而生。此文之“斡”与“维”与“天极”皆其例也。所谓“斡”，即北斗七星之柄，他书所谓杓者也……维者，亦星名也……天极者，《史记·天官书》曰：“中宫天极星，其一明者，太一常居也。”[②]

王、闻二说之间的区别，可用下表表示：

表1

文本	王逸注	闻一多注
斡	转	星名
维	纲	星名
天极	际极	星名

考察一种学说的价值，最重要的是看其是否确有“新解”，即能够说出前人没有说过的话或观点；而且这种“新解”还必须是正确的，符合作品实际。如果只是重复前人说过的话或观点，即使旁征博引，洋洋万言，亦无多少价值。仔细核对各种资料后发现，其实闻先生上述之说旁征并无新意，均为洪兴祖《补注》及其他古籍中早已提到的观点。如，闻先生认为“天极”是星名，是“中宫天极星”，而洪兴祖在为此两句作补注后就明确写道：

> 一说云，北极，天之中也。《天官书》曰：“中宫天极星，其一明者，太一常居也。”《太玄经》曰：“天圆地方，极植中央。”[③]

由此可见，闻先生之说洪兴祖早就知道，只不过根据他自己的研究结果选择王逸之说而将此观点舍弃罢了。又如，闻先生云：“古代关于天体之传说，多缘星象而生。”此说亦非新论，洪兴祖为此句补注时曰：

> 先儒说云：“天是太虚，本无形体，但指诸星运转以为天耳。”[④]

洪兴祖比较老实，未将此观点占为己有，而是明确交代是“先儒云”。又如，闻氏云：“斡有二义”——许慎《说文解字》云：

> 斡，蠡柄也……杨雄、杜林说皆以为轺车轮斡。[⑤]

闻氏云：“《章句》训‘斡’为转轴，盖从杨、杜说。窃谓当从许说为是。”清人段玉裁对此早有评论。其云：

---

① 洪兴祖：《楚辞补注》，北京：中华书局，1983年版，第86页。

② 闻一多：《古典新义》，北京：古籍出版社，1956年版，第319—320页。

③ 洪兴祖：《楚辞补注》，北京：中华书局，1983年版，第87页。

④ 洪兴祖：《楚辞补注》，北京：中华书局，1983年版，第87页。

⑤ 许慎：《说文解字》，北京：中华书局，1963年版，第300页。

乃本无其字（蠡），依声假借之字……杨雄曰："瓢也。"郭云："瓠勺也。"判瓠为瓢以为勺，必执其柄而后可以挹物。执其柄则运旋在我，故谓之"斡"……轺车者，小车也。小车之轮曰"斡"，亦取善转运之意，亦本义之引申也。[①]

这就清楚了，闻先生所谓"二义"不过是本义和引申义罢，并非两个不同概念。

总之，闻先生关于"斡维焉系？天极焉加"的注释，并非新解，只是沿用旧说而已。搞清闻先生之说与王逸之说的本质区别及其价值大小，下一步就要判断二者孰是孰非。

如果仅从这两句诗的王、闻注释本身来评判是非正误，恐将徒入泥潭，纠缠笔墨官司，必定莫衷一是。但若将这两句诗摆到《天问》第一大部分的层次中来分析，则是非正误就一目了然。

《天问》第一部分，即从开头到"曜灵安藏"（共44句，30问），明显有三个层次。先讲造化以前（12句6问）——

遂古之初，谁传道之？上下未形，何由考之？

冥昭瞢暗，谁能极之？冯翼惟象，何以识之？

明明暗暗，惟时何为？阴阳三合，何本何化？

（正如蒋骥所云："此上皆问造化以前之事。"[②]）

其次讲天体形成（12句9问）——

圆则九重，孰营度之？惟兹何功，孰初作之？

斡维焉系？天极焉加？八柱何当？东南何亏？

九天之际，安放安属？隅隈多有？谁知其数？

（"圆"原字为"圜"，《说文》云："圜，天体也。"[③]可见"圆则九重"句后开始讲天体形成。）

最后讲日月列星（20句15问）——

天何所沓？十二焉分？日月安属，列星安陈？

出自汤谷，次于蒙汜；自明及晦，所行几里？

夜光何德？死则又育？厥利维何？而顾菟在腹？

女岐无合，夫焉取九子？伯强何处？惠气安在？

何阖何晦？何开而明？角宿未旦，曜灵安藏？

《天问》文本十分清楚地告诉读者，"天何所沓？十二焉分？日月安属，列星安陈"之后才讲到日月列星，而"斡维焉系？天极焉加"这两句则是在讲天体形成，

---

① 段玉裁：《说文解字注》，上海：上海古籍出版社，1981年版，第716页。

② 蒋骥：《山带阁注楚辞》，上海：上海古籍出版社，1984年版，第716页。

③ 许慎：《说文解字》，北京：中华书局，1963年版，第716页。

尚未讲到列星。所以，显而易见，王逸之说为是，闻先生之说为非。其实，林庚先生的《天问论笺》早就开始质疑闻先生上述说法，其云：

按上文，"明明暗暗，惟时何为？"即既指天体昼夜始分而言，下句"八柱何当，东南何亏？"又仍就天体整体发问，此处似不宜忽出星辰。①

二、"厥利""顾菟"考

《天问》有云：

夜光何德，死则又育？

厥利维何，而顾菟在腹？

对这后两句诗，其实古人已经解释得差不多了。朱熹列举了三种解释：

月有何利，而顾望之菟，常居其腹乎？……

若顾菟在腹之问，则世俗桂树蛙兔之传，其惑久矣。

或者以为日月在天，如两镜相照，而地居其中，四旁皆空水也。故月中微黑之处，乃镜中大地之影，略有形似，而非真有是物也。斯言有理，足破千古之疑矣。②

顾菟在腹，此言兔在月中，则顾菟但为兔之名号耳。面上官桀曰：逐麋之犬，当"顾菟"耶？则"顾"当为瞻顾之义，而非兔名。③

又，蒋骥解释得更科学些，其曰：

按，"顾菟在腹"，指月中微黑处，说者谓是地之影。苏子瞻诗："九州居月中，有似蛇盘镜，妄言桂兔蟇，俗语皆可屏。"是也。又，《西域传》泛际云："月何中虚实不一，实故受日光，虚则光出不返，所以暗影斑驳也。"④

由此可见，古人对"顾菟"早已有不同的认知，或曰"桂"，或曰"兔"，或曰"蟇"，特别是宋人朱熹根据沈括之说更明确地指出："月中微黑处，乃镜中大地的影，略有形似，而非真有是物也。"

"蟇"者，蛤蟆也，与蟾蜍同类。也就是说，将"顾菟"释为蟾蜍亦并非闻先生"新解"，古人早已有此说法；而且苏轼在一千多年前就指出，将"顾菟"释为蟾蜍之类是"皆可屏"的"俗语""妄言"。但是，闻一多先生的《天问释天》却还认为"《天问》之'顾菟'即蟾蜍"一说是自己的"新解"，所以罗列了 11 种说法加以证明。

---

① 林庚：《天问论笺》，北京：人民文学出版社，1983 年版，第 5 页。
② 朱熹：《楚辞集注》，上海：上海古籍出版社，1979 年版，第 53 页。
③ 朱熹：《楚辞集注》，上海：上海古籍出版社，1979 年版，第 191 页。
④ 蒋骥：《山带阁注楚辞》，上海：上海古籍出版社，1984 年版，第 72 页。

前九说包括："同音字"3 例，"声之转"类 4 例，"音理物情"类 2 例。此九说实际均属推理，并非实据。其第 11 说以为，战国时"以月为水之观念犹存。以月为水，必不谓月中有兔矣。如前说，则汉代以前蟾蜍之产生，其可能性至大；如后说，同汉代以前兔说必无产生之理。明乎此，则余谓《天问》之'顾菟'不益有据也？"显然，闻氏首创的这第 11 说，亦属推理，并非实据。真正有力的是其第 10 说：

验之汉代诸书，蟾蜍最先而兔最后。屈子生当汉前，是《天问》之"顾菟"必谓蟾蜍，不谓兔也。此十说也。①

"验之汉代诸书"这几个字似乎颇有力度。但这个论断是个伪命题，因为汉代以前人们早已有"兔"之概念。证据是——

《诗经·周南·兔罝》有云："肃肃兔罝，椓之丁丁。"②

《诗经·王风·兔爰》有云："有兔爰爰，雉离于罗。"③

《诗经·小雅·小弁》有云："相彼投兔，尚或先之。"④

《诗经·小雅·瓠叶》有云："有兔斯首，炮之燔之。"⑤

《史记·越王句践世家》有载："范蠡遂去，自齐遗大夫种书曰：'蜚鸟尽，良弓藏；狡兔死，走狗烹。越王为人长颈鸟喙，可与共患难，不可与共乐。子何不去？'"⑥

以上证据证明，汉代以前的人们早就有对"兔"的认知，而且对其习性还相当了解。因此，屈原将月中阴影比作"兔"有何不可？正是《天问》证明，汉代之前已有人将月中阴影比为"兔子"。故游国恩先生云："月中有兔，其说始见于此。"⑦汉代学者亦有将月中阴影比为"兔"者。东汉人张衡《灵宪》最典型，其曰："月者，阴精之宗，积而成兽，象兔，阴之类，其数偶。"⑧其后，更多人言此。西晋人傅咸《拟天问》有云："月为阴水，白兔之形""月中何有，玉兔捣药。"⑨如此等等，不胜枚举。

总之，闻先生关于"《天问》之'顾菟'即蟾蜍"一说，并非"新解"，其论证尽管洋洋洒洒二千六百余字，但并不有力，连他自己都说："综上所述，计为

① 闻一多：《古典新义》，北京：古籍出版社，1956 年版，第 331 页。
② 阮元：《十三经注疏》，北京：中华书局，1980 年版，第 281 页。
③ 阮元：《十三经注疏》，北京：中华书局，1980 年版，第 332 页。
④ 阮元：《十三经注疏》，北京：中华书局，1980 年版，第 453 页。
⑤ 阮元：《十三经注疏》，北京：中华书局，1980 年版，第 499 页。
⑥ 司马迁：《史记》，北京：中华书局，1982 年版，第 1746 页。
⑦ 游国恩：《天问纂义》，北京：中华书局，1982 年版，第 66 页。
⑧ 严可均：《全上古三代秦汉三国六朝文》，北京：中华书局，1958 年版，第 777 页。
⑨ 张玉书等：《佩文韵府》，上海：上海古籍出版社，1983 年版，第 2643 页。

十一说，为类四，诸所引证，要为直接者寡，而间接之中又有间接焉。"最后他无奈地慨叹："其终不免徒劳乎？"

将月中阴影说成兔子或蟾蜍或其他，都是比喻。人们见仁见智，或曰"兔"，或曰"蟾蜍"，或曰其他，均属于主观认知、文学欣赏，他人无需评判。但必须说明，闻先生费了九牛二虎之力企图证明"《天问》之'顾菟'即蟾蜍"，对于解读这两句诗，实际并无多少意义。更何况现代科学证明，苏轼"九州居月中，有似蛇盘镜，妄言桂兔蟇，俗语皆可屏"的诗句大致无误，而闻先生之说，当亦属苏轼所谓"皆可屏"的"妄言""俗语"之类。

窃以为，前人对"厥利维何，而顾菟在腹"这几句的解释都认错了方向，未找准重点。实际上，搞清此二句中"利""顾"二字的含义，对于准确解释此二句才十分重要，是读懂此二句的关键。

对"利"字，古人大多释为"利益"或"好处"。个别人释为"功""宜"等等，但不为多数人所认可。

对"顾"字，朱熹就介绍了两种，一为动词"顾望"，一为名词"兔之名号"。林云铭有新说，以为"顾，眷恋之意。"[①] 游国恩先生亦有新说，其云：

> 盖"顾"者，犹言"抚育"也。《诗·蓼莪》"顾我复我"郑笺云："顾，旋视也。"回顾旋视，并有爱怜之意，故承上文"鞠拊畜育"而言，则"顾"与"畜"义近。又古多以眷顾二字连用。《诗·皇矣》"乃眷西顾"，《大东》"睠言顾之""睠"与"眷"同。《释文》："睠本作眷。"《小明》"睠睠怀顾"，韩诗作"眷眷怀顾"，"眷"训为"顾"，又训为"恋。故引申之，"顾"亦有"抚育"之义。[②]

窃以为，游说可信。即使如此，古人对此二句的解读似乎均不中肯。

> 王逸曰："言月有兔，何所贪利，居月之腹，而顾望乎？"[③]
>
> 朱熹曰："月有何利，而顾望之菟，常居其腹乎？"[④]
>
> 游国恩曰："谓月何所利而养育此兔于腹中也。"[⑤]

以上类似解释，都是说月亮做事要有"利"。而这种解释是令人不解的，因为此"利"为何？月要此"利"又为何？恐怕任何人都回答不了这两个问题，因此也就不能正确解读这两句诗。

---

① 刘树胜：《楚辞灯校勘》，保定：河北大学出版社，2012年版，第62页。

② 游国恩：《天问纂义》，北京：中华书局，1982年版，第65—66页。

③ 洪兴祖：《楚辞补注》，北京：中华书局，1983年版，第88—89页。

④ 朱熹：《楚辞集注》，上海：上海古籍出版社，1979年版，第53页。

⑤ 游国恩：《天问纂义》，北京：中华书局，1982年版，第66页。

要想准确解读这两句诗，关键在对“利”字的理解上。前人之所以解读不准，原因正在于此。窃以为，此“利”字当读若“黧”或“黎”。“黧”或“黎”者，黑也。亦即蒋骥等所谓“月中微黑处，说者谓是地之影”[①]也。“厥”者，其也，指代前文“夜光”（月亮）；“维”，是也，同《诗经·大雅·生民》“厥初生民，时维姜嫄”句中之“维”。此二句可译为：月中黑影是什么？真是养兔在腹中？屈子提出此问，实际又是对古人“月兔”（或蛤蟆等）之说的彻底否定，符合全诗怀疑和否定历代君王和圣贤视为金科玉律的宇宙生成观这个主题。

三、“女岐”“伯强”考

《天问》有云：

女岐无合，夫焉取九子？

伯强何处？惠气安在？

对这四句诗，骚学史上众说纷纭，莫衷一是；而且古人的“神女”说、“岐母”说、“禺强”说等等，脱离了星宿本义，似乎不合文本原意。1941 年，闻一多先生否决前人之说，提出自己的见解。他的《天问释天》一文明确指出，“此四句问星”，“‘女岐’指尾星”“伯强当为箕星”。[②]游国恩先生《天问纂义》一著，蒐集众家之说，也点到了闻一多先生的《天问释天》，但结论却是，“九子”“或即指此九子星也”；“九子母”“是否即此文所问女岐，则未可知耳”。[③]“即或”“是否”“未可知耳”等词语表明，游先生对“‘女岐’指尾星”或“岐母”等说法持怀疑态度。对“伯强何处，惠气安在”二句，游先生则丝毫不提闻一多先生的观点，反倒说：“此文不甚可晓。”[④]总之，对这四句诗的解读，至今仍无定论，可以说是《天问》研究中的又一大难题。

过去许多学者之所以解释不清这四句诗，一是没有把握《天问》一诗的主题思想，二是未能厘清《天问》一诗的层次。古人写诗作文，强调“以意为主”，“意似主人，辞如奴婢。主弱奴强，呼之不至；穿贯无绳，散钱委地；开千枝花，一本所系。”[⑤]因此，离开全诗主题，孤立地探讨一二句诗或几句诗，自然会众说纷纭，莫衷一是。另外，脱离了文本层次，只是顺文滚解，就句释意，如朱熹所云，“不先寻其纲领，

---

① 蒋骥：《山带阁注楚辞》，上海：上海古籍出版社，1984 年版，第 72 页。

② 闻一多：《古典新义》，北京：古籍出版社，1956 年版，第 335 页。

③ 游国恩：《天问纂义》，北京：中华书局，1982 年版，第 70 页。

④ 游国恩：《天问纂义》，北京：中华书局，1982 年版，第 74 页。

⑤ 袁枚：《续诗品》，郭绍虞：《中国历代文论选》，北京：人民文学出版社，1963 年版，第 162 页。

故一出一入，得失有常"[①]。闻一多先生在解读这四句诗时因为能联系文本层次解释，故有所突破，可惜他未能将解释这几句诗与全诗主题结合起来，所以尽管旁搜远觅，引用众多，但仍不中肯綮，无法令人信服。

《天问》全诗，共 353 句，174 问，先问天，后问地，再问古，最后问今，内容林林总总，十分丰富，但主题非常明确，就是四个字——疑古惑今。因为在屈原看来，世界万事万物，相反相成，矛盾对立，千变万化，无有定论。因此，他对被历代君王和圣贤视为金科玉律的宇宙生成观一一加以怀疑和否定，从而表达革故鼎新的思想。

《天问》前 44 句诗问天，是质疑古人的天文观，"天何所沓"至"曜灵安藏"这 20 句诗主要质疑古人对日月列星的看法。从《星经》《史记·天官书》等古籍中可以看到，古人"仰则观象于天，俯则法类于地"[②]，对此等星宿的布陈、作用等等，均有所谓"以合时应"[③]的经典说法，甚至以为自然存在的天上星座也"有尊卑，若人之官曹列位"。屈原《天问》一诗就是对这些被前人视为金科玉律的说法表示怀疑和否定，"女岐""伯强"四句即是一例。"尾星""箕星"均属东方七宿。因此要想看懂"女岐无合，夫焉取九子？伯强何处？惠气安在"这 4 句诗，就必须联系《天官书》及其他古籍中所反映的列代圣贤、君主对"东宫"东方七宿及其布局含义的叙写。

古人将东方七宿命名为：角、亢、氐、房、心、尾、箕。见下图。

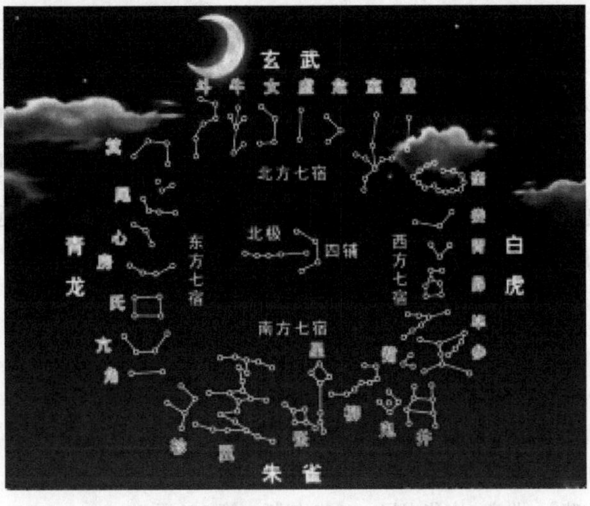

① 朱熹：《楚辞集注》，上海：上海古籍出版社，1979 年版，第 182 页。

② 司马迁：《史记》，北京：中华书局，1982 年版，第 1342 页。

③ 司马迁：《史记》，北京：中华书局，1982 年版，第 1343 页。

《天官书》云："东宫苍龙，房、心。"《尔雅》云："大辰，房、心、尾。"[①]《史记索隐》曰："东宫苍帝，其精为龙。"《广雅·释言》称"龙，君也"，至尊也。《索隐》又引李巡语云："大辰，苍龙宿，体最明也。"[②]看来，"大辰"在古人心目中，十分尊贵，是东方七宿中最显眼之处。"大辰"这条龙之所以"体最明"、最显眼，是因为它是由"房、心、尾"这三个星宿的布局所形成。或者说，古人对"房、心、尾"这三个星宿的布局看得很重。以上，就是古人对东方七宿布局的解释。

那么，古人为什么要这样诠释天上星宿的布局呢？《天官书》序文引张衡语云："众星列布，体生于地，精成于天，列居错时，各有所属，在野象物，在朝象官，在人象事。"[③]换句话说，古人是用地上的事物、政治、人际关系来解释天上星宿的布局。

屈子似乎"以子之矛攻子之盾"，正是利用"在人象事"这点来质疑古人对"房、心、尾"三星布局的解说。试将"大辰"三星联在一起考察。

房，星宿名。但在地上人间，"房"还有一义，指即女性闺室。晋傅玄《秋胡行》有云："皎皎洁妇姿，冷冷守评空房。"《宋书·乐志》有云："妾当守空房，闭门下重关。"此处"房"，当然是指闺房，所以，"房"还可代表女性。

心，星宿名，象由三星鼎立而成。《夏小正》载曰："二月，冠子、嫁女、娶妻之时。"[④]又，《诗经·唐风·绸缪》孔疏云："三十之男，二十之女，乃得以仲春行嫁。自是以外，余月皆不得为婚也。"[⑤]《绸缪》孔疏又云："三星在天，谓十月也。"[⑥]或者说，"三星在天"时男女不得结婚，或曰，心星就有"无合"之意。

尾，星宿名，《天官书》载曰："尾为九子"[⑦]，即是说，尾象由九星组成。"九子"非"九子母"，因此，"尾星"不能代表"九子母"，当然也就不能得出"'女歧'为尾星"这个结论。另外，因为"列星错时，各有所属……在人象事"，所以《史记正义》云，"尾九星为后宫，亦为九子"[⑧]。古代星象学家占卜曰："均明，大小相承，则后宫叙而多子；不然，则不；金、火守之，后宫兵起；若明暗不常，妃嫡乖乱，妾媵失序。"[⑨]

---

① 司马迁：《史记》，北京：中华书局，1982 年版，第 1289 页。

② 司马迁：《史记》，北京：中华书局，1982 年版，第 1296 页。

③ 司马迁：《史记》，北京：中华书局，1982 年版，第 1289 页。

④ 阮元：《十三经注疏》，北京：中华书局，1980 年版，第 733 页。

⑤ 阮元：《十三经注疏》，北京：中华书局，1980 年版，第 364 页。

⑥ 阮元：《十三经注疏》，北京：中华书局，1980 年版，第 364 页。

⑦ 司马迁：《史记》，北京：中华书局，1982 年版，第 1298 页。

⑧ 司马迁：《史记》，北京：中华书局，1982 年版，第 1298 页。

⑨ 司马迁：《史记》，北京：中华书局，1982 年版，第 1298 页。

从“女岐无合，夫焉取九子”这两句诗中的几个主要概念看，屈原似乎是将古人认为“体最明”、最显眼的以上三星布局与地上之事联系在一起，是在质问：某女子无丈夫怎么能怀孕生下九子？那么，是哪个女子无夫而孕呢？屈赋中“女”字，除泛指的外，比较确指的有6位：屈原之姊女媭、喾妻简狄、禹妻涂山女、舜妻娥皇、女英，还有女岐。其中前5位，当是屈原心目中的“淑女”，不可能无夫而孕，唯有女岐例外。因为《天问》下文有云：“女岐缝裳，而馆同爰止。”王逸释曰：“言女岐与浇淫佚，为之缝裳，于是共舍而宿止也。”[①] 总之，在屈子眼中，比较前4位女性，女岐是淫女，才有可能无夫而孕生下九子。因此，“女岐夫合，夫焉取九子”两句实际是针对有关“大辰，房、心、尾”这些星宿布局的经典占语发问：女岐既然没有结婚，怎么倒生下了九个孩子？这样说来，似乎“女岐”当指“房星”，但实际上，屈原的动机根本不在此，他是看到庙宇墙上的东方七宿图之后对前人关于“大辰”三星布局的那些说法提出质疑。换言之，在屈原看来，古人所设计的“大辰，房、心、尾”类天文学说，是没有道理的。因此，解释此二句中的“女岐”，不能拘泥于一二个词或一二句诗，也不能纠缠于她是“神女”还是“九子母”，是“尾星”还是“房星”，而是要联系前后诗句，联系全诗主题，仔细研究屈原提出这个问题的动机所在。

闻一多先生花了很大力气，拐了很多弯，竭力想证明“‘女岐’为尾星”“‘伯强’当为箕星”[②]。如果说闻先生对“斡维”“天极”“顾菟”的解释并无新意，而对“女岐”“伯强”的解释倒是新见。但人们会问，此种解释与《天问》主题有何关系？且“无合”二字又有何根据？各种星图都已标明“箕星”位置，屈原为何还要提出“伯强何处”（“箕星”在哪里）这个问题？如果真是问“箕星”在哪里，岂非太“小儿科”了！可见，离开了全诗主题，孤立地去考证个别的词语，弄不好才是真正的“胶柱鼓瑟”。

其实，“伯强何处，惠气安在”这两句诗与《天问》全诗主题也有着十分密切的关系。

王逸为“伯强”作注曰：“伯强，大厉，疫鬼也。所至伤人。”[③]“疫鬼”者何？《史记索隐》为“氐为天根，主疫”句作注时引宋均语云：“疫，病也。三月榆荚落，故主疾疫也。然此时物虽生，而日宿在奎，行毒气，故有疫也。”[④] 这就清楚了，所谓“伯强”，当是屈子看到墙上星图中氐星后发出的疑问。朱熹对此词的解释可作参考，其云：“（伯强）疠者，气之逆也，以其强暴伤人，故为之名字以著其恶耳，

① 洪兴祖：《楚辞补注》，北京：中华书局，1983年版，第102页。

② 闻一多：《古典新义》，北京：古籍出版社，1956年版，第335页。

③ 洪兴祖：《楚辞补注》，北京：中华书局，1983年版，第89页。

④ 司马迁：《史记》，北京：中华书局，1982年版，第1298页。

初非实有是人也。”[①]

闻一多先生为了证明“伯强”是“北方主寒风之神”，就硬说：“惠气即寒风也。”[②]这就有点“随心所欲”。“惠者，气之顺也。”（朱熹）气者，风也。惠气，即惠风。嵇康《琴赋》有云：“清露润其肤，惠风流其间。”王羲之《兰亭集序》亦云：“是日也，天朗气清，惠风和畅。”类似等等，足证“惠气”绝非“寒风”。且闻先生在《天问释天》一文中也说，“‘东南曰熏风’，‘熏风’即《天问》之‘惠气。’”“东南风主长养”。[③]此说与“惠气即寒风”一说相矛盾。既然“惠气”并非“寒风”，而是“东南风”，那么，“伯强”也就不会是“分野在北方”“主幽州”的“箕星”。闻先生自相矛盾之说否定了他自己的观点。

那么，“惠气安在”又究竟指什么呢？在古代星图上，与氐星相邻的是角星和亢星。《史记正义》为大角星占曰：“其明盛黄润，则天下大同也。”[④]其为亢星占曰：“明大，则辅臣忠，天下宁；不然，则反是也。”[⑤]“天下大同”“天下宁”等等，岂非“惠气”哉！因此，所谓“惠气安在”，是屈原看到墙上星图中的角星、亢星后发出的疑问。屈原身处战国后期，当时，天下“贪饕无耻，竞进无厌，国异政教，各自制断，上无天子，下无方伯，力功争强，胜者为右；兵革不休，诈伪并起”，[⑥]（刘向《战国策序》）因此，屈原大声责问：“天下大同”和“天下安宁”在哪里？

另外，“伯强何处，惠气安在”这两句，实际是一组对比，所谓“惠者，气之顺也；疠者，气之逆也”（朱熹语）。《天问》一诗好用对比。如：

桀伐蒙山，何所得焉？妺嬉何肆？汤何殛焉？

舜闵在家，父何以鳏？尧不姚告，二女何亲？

厥萌在初，何所亿焉？璜台十成，谁所极焉？

登立为帝，孰道尚之？女娲有体，孰制匠之？

舜服厥弟，终然为害。何肆犬豕，而厥身不危败？

吴获迄古，南岳是止。孰期去斯，得两男子。

此层包括三组对比：①前 8 句讲桀以妇人亡，舜以妇人兴；②中 8 句讲商纣宠妇而亡，女娲尊妇而王；③后 8 句讲舜之弟害兄，吴则兄让弟。十分整齐紧凑，而且中心明确：讲世界万物，相反相成，矛盾对立。从这个角度看，朱熹当年对“伯

① 朱熹：《楚辞集注》，上海：上海古籍出版社，1979 年版，第 54 页。

② 闻一多：《楚辞补注》，成都：巴蜀书社，2002 年版，第 41 页。

③ 闻一多：《古典新义》，北京：古籍出版社，1956 年版，第 336 页。

④ 司马迁：《史记》，北京：中华书局，1982 年版，第 1297 页。

⑤ 司马迁：《史记》，北京：中华书局，1982 年版，第 1297 页。

⑥ 高诱：《战国策》，上海：上海书店，1987 年版，序 2。

强何处，惠所安在”两句的注释值得玩味：“惠者，气之顺也。疠者，气之逆也。以其强暴伤人，故为之名字以著其恶耳。初非实有是人也。气之流行，充塞宇宙，其为顺逆，有以天时水土之所值，有以人事物情之所感，万变不同，亦未尝有定在也。”① 总之，“伯强何处，惠气安在”这两句诗再次表明，在屈原看来，世界上不存在历代君主和圣贤所谓的万古不变的金科玉律，从而暗示了诗人革故鼎新的强烈愿望——也就是全诗的主题。

结语

第一，对“斡维”“天极”的解读，王逸之说为是，闻先生之说为非。且闻先生之说并非“新解”，只是沿用前人旧说而已。

第二，对“厥利”“顾兔”二句的解读，闻先生“蟾蜍”之说亦是前人曾有之说，并非“新解”。由于前人未能注意到“利”乃“黧”“黎”之假借，所以几种解读皆不中肯。

第三，《天问》中“女岐无合，夫焉取九子”二句，是针对前人关于“房”“心”“尾”三星布局含义的质疑。“伯强何处，惠气安在”二句是针对前人关于“氐”星和“亢”星卜语的质疑。以上质疑也就是对前人制定的金科玉律的怀疑。闻先生对这四句诗的解读不合全诗主题。

第四，离开了全篇主题和层次，单纯的训诂是不能准确解读楚辞的。

① 朱熹：《楚辞集注》，上海：上海古籍出版社，1979 年版，第 54 页。

《天问》：人类决策痼结的终极追问
——通过“鲧禹治水”，屈原究竟想问什么？

湖北省社会科学院　毛　庆

摘　要：屈骚中，以《天问》最难解。其难解不仅在于字句及本事，更在于那“放言无惮”的诸多问题里，所潜藏浸润着的屈原的卓越思想和深层心理。本文以《天问》之“鲧禹治水”为例，探析其中潜藏着的对人类决策三个痼结的终极追问。这三个痼结是：一、在决策的关键时刻和关键问题上，人们往往是少数服从多数，但“真理往往掌握在少数人手里”；二、取得成功客观所需时间与人们主观要求难以统一，即是说，人们要求他完成任务的时间与客观上需要的时间往往有相当差距；三、失败与成功的两极反向放大，成功者往往是踩着失败者的肩膀向上攀登的，失败者往往比成功者付出更多的精力与血汗，可是，一旦成功者登上那最后一步，人们便纷纷把花环抛向他，把诟诋甩向失败者。

屈原肯定是我国历史上第一位伟大诗人，也是世界历史上的伟大诗人，那他同时又是伟大的思想家吗？这点今天仍有不同看法。不过，“借一斑而窥全豹”，《天问》中屈原通过“鲧禹治水”对人类决策痼结的终极追问，也许会给我们一些重要启示。

关键词：屈原；天问；痼结；鲧禹治水

屈骚研究，历来称难，清朝学者姚培谦、张亦枢即有“读庄易，读骚难”之叹[①]，而吴世尚也有“骚难读于诗，难解于诗”之感[②]。屈骚中，又以《天问》最难解。其难解不仅在于字句及本事，更在于那“放言无惮”的诸多问题里所潜藏浸润着的屈原的卓越思想和深层心理。前者历来为人所注意，有学者甚至穷其一生殚精竭虑去索解；而对于后者，古代学者却注意不够，有的甚至完全忽略，而这恰恰是《天问》研究中最该重视的，下面笔者便以“鲧禹治水”为例，作点深入的探讨和说明。

---

① 姚培谦：《楚辞节注·张亦枢序》，清乾隆五十七年（1792）刻本。按：此虽为张亦枢所言，而姚培谦亦有相似看法。

② 吴世尚：《楚辞疏·自序》，清雍正五年（1727）尚有堂刊本；清代学者贺亦孙亦有同感，可见《骚筏·前言》，康熙庚子（1720）《西河文集》本。

鲧和禹的事迹在《天问》中占有相当比重，它们两次出现，一次出现于该诗前部：

不任汩鸿，师何以尚之？佥曰何忧，何不课而行之？

鸱龟曳衔，鲧何听焉？顺欲成功，帝何刑焉？永遏在羽山，夫何三年不施？

伯禹愎鲧，夫何以变化？纂就前绪，遂成考功。何续初继业，而厥谋不同？

洪泉极深，何以窴之？地方九则，何以坟之？

河海应龙，何尽何历？鲧何所营？禹何所成？

另一处出现于诗之中部：

禹之力献功，降省下土四方，焉得彼涂山女，而通之于台桑？

闵妃匹合，厥身是继，胡维嗜不同味，而快鼌饱？

启代益作后，卒然离蠥，何启惟忧，而能拘是达？

皆归射鞫，而无害厥躬，何后益作革，而禹播降？

启棘宾商，九辩九歌，何勤子屠母，而死分竟地？

……

阻穷西征，岩何越焉？化为黄熊，巫何活焉？

咸播秬黍，莆雚是营，何由并投，而鲧疾修盈？

首先需特别说明，历来有些学者判定这两段文字出现的地方有问题，也就是说，有错简。他们认为，既然都是写鲧、禹的事迹，那就应放在一起。于是，或将后段并入前段，放到前面天地宇宙生成部分；或将前段并入后段，纳入夏朝历史部分[①]。然而这种做法大多数学者并不赞同，笔者对此也作过专门研究，发现凡是认定《天问》有错简的学者，均是以叙事文学之结构强《天问》文字以就范，而《天问》是抒情文学，它有着独特的三维立体的结构方式，而且屈原的宇宙观也是三维立体辩证的，切不可以二维平面线性的思维来看待。并且特别指出，所有（苏雪林一人除外）认定《天问》有错简的，都忽略了考察其书写形式——一简究竟写多少字？而在不知《天问》书写形式的情况下，便动手对《天问》进行整理，无异于盲人摸象。对这些内容感兴趣的读者，可参看《析史解难：天问错简整理史的反思》（《湖北大学学报》，2001 年第 5 期），《屈骚艺术研究 · 第六章第二节〈天问结构探索的特殊性〉》（武汉：湖北人民出版社，2006 年版），《从太一生水看屈原天问之宇宙生成观》（《中国楚辞学》第十八期）。

这里举出的鲧、禹治水两段文字就是典型事例。第一段属于天地和宇宙部分。阅者也许有疑问：一是自然，一是人事，天地、宇宙与鲧、禹治水有何关系？在屈原看来是有关系的，因屈原的宇宙生成观是三维立体的，这其中有一维就是人。天

① 可见郭沫若：《屈原赋今译 · 天问解题》，北京：人民文学出版社，1953 年版；苏雪林：《天问正简》，台湾：文津出版社，1992 年版；台静农：《楚辞天问新笺》，台北《东吴学报》1977 年第二号，等等。

地生成了人，人又反过来对天地起作用，干预天地的生成，这与楚简《太一生水》的观点是一致的。至于第二段，则属于历史——夏朝的历史，历史虽是人类活动的轨迹，而天地于其中亦有作用，故该段有神话出现。因而，两段虽同有鲧、禹出现，然侧重点大不相同。认定这两段错简的学者全不明此道理，强将两段并在一起，岂不大谬！如果再细细探析、体悟一下潜藏于其中的深邃思想和深层心理，便更会知道伟大诗人安排这两段文字的独特匠心。

当然，这里面的内容太多、太丰富，不是一篇小文能够容纳的，以下我们将集中探讨第一段文字里所闪烁着的思想智慧的光芒——对人类决策痼结的终极追问。

先看这四句：

> 不任汩鸿，师何以尚之？佥曰何忧，何不课而行之？

前两句，王逸注曰："汩，治也。鸿，大水也。师，众也。尚，举也。言鲧才不任治鸿水，众人何以举之乎？[①]"洪兴祖补注曰："《国语》曰：'禹决汩九州'。汩，通也。《荀子》曰：'禹有功，抑下鸿。'鸿即洪水也。《尧典》曰：'汤汤洪水方割，怀山襄陵，下民其咨，有能俾乂？佥曰：於！鲧哉。帝曰：咈哉，方命圮族。岳曰：异哉！试可乃已。帝曰：往，钦哉！九载，绩用弗成。'异，举也。[②]"王夫之曰："不任，力不胜任也。尚，推高而举荐之。[③]"

后两句，王逸注曰："佥，众也。课，试也。言众人举鲧治水，尧知其不能，众人曰：'何忧哉？何不先试之也。'"朱熹注曰："尧知其不能，而众人以为无忧，尧何不且小试之？而遽行其说也？[④]"王夫之则注曰："何忧，言可任治水而无患。"这几家的解释，只有一点小小的差异（如究竟是任鲧治水无忧还是无患），总的来说是一致的。其意为：尧知道鲧不能胜任治理洪水之责，而众人却为何推举他，大家都说不必忧虑，何不让鲧治水试试。

详观历来研究屈骚者，绝大多数都几乎将全部精力放在这四句之注释上，只有少数几人——如黄文焕，注意到屈原问这几句的深层心理与特定意义：

> 尧之任鲧，此千古君臣之恨端；禹不能救鲧，此千古父子之恨端也。故叙次天地日月之后，而亟继以禹、鲧之事也。信任上官，怀之不聪，原所深叹。而知人为艰帝犹尔尔。曰"何以尚之""何不课而行之"，盖曰误信之嗟自帝世而已然矣，独今哉！[⑤]

---

① 王逸：《楚辞章句》，清同治十一年（1872）金陵书局校勘汲古阁本。

② 洪兴祖：《楚辞补注》，北京：中华书局，1983 年版，第 89 页。

③ 王夫之：《楚辞通释》，见《船山全书》第 14 册，长沙：岳麓书社，1996 年版，第 277 页。

④ 朱熹：《楚辞集注》，上海：上海古籍出版社，1979 年版，第 54 页。

⑤ 黄文焕：《楚辞听直》，清顺治十四年（1657）补刻本。

应该特别说明，对文本字句的训诂与注释，绝对是必要的，它是作家作品研究之基础，没有这个基础，很多研究就无法进行下去。但另一方面，我们的研究又不能只停留在这个基础上，就像盖大楼，不能只打基础而不盖主体，汉以后一千多年的《天问》研究，便颇有点与之类似。此状况到明代才开始有了改变，黄文焕就是一典型。他开始探索屈原写这四句诗的动机，认为它们表达了君臣遇合之艰难，以及君王识贤臣之不易。君臣相识是一个千古难题，作为专制帝制时代的学者①，由尧、鲧的历史传说和屈原的政治活动联想到这一难题，是很自然的。不过黄文焕的这一研究毕竟处于起步阶段，他对此处屈原思想与心理的探析还处于政治层面，并且多少还有点牵强。

如果仔细分析认真思考，就会发现屈原这里叩问苍天的，是长期郁结于胸的基本无解的难题——人类在决策认知上之痼结。

司马迁《史记·屈原列传》开篇即曰：“（屈原）为楚怀王左徒。博闻强志，明于治乱，娴于辞令。入则与王图议国事，以出号令；出则接遇宾客，应对诸侯。王甚任之。②”司马迁这高度凝练的几句话，说明屈原知识渊博、明于治国，且语言能力超群，更重要的是他实际参与了最高层的决策，还经常代表国家进行外交活动，以实际能力和成绩得到楚王的高度信任。对于处理国事和决策中的艰难，他必深有体悟。至于他体悟到什么？我们自然无法全面了解，不过倒是可以通过《天问》的一些诗句，作点部分的了解。比如以上四句，就说明屈原已体会到人类在决策问题上的一个痼结——一个也许是永远无法解决的难题。

这四句里出现了两类人物——尧和众人。尧是传说中的帝，按历史学家的说法是氏族首领；而“师”，按王逸等的注释是众人。尧知道鲧的能力不足以胜任治水，可众人一致举荐他，还说让鲧试一下没关系。尧只能服从众人的意见——要知道他虽被后人尊为帝，却不是后来历史上的帝王，他只是部落长，他不能完全置众人意见于不顾。实在说，尧这是无可奈何的选择。这就体现出人类在决策问题上的一种无奈：客观地说，个体与群体的意见都会有对有错，在这点上也不能以出现概率的多寡来肯定某一方——关键一刻之重要性往往胜过多少年。俗语“三个臭皮匠，顶个诸葛亮”，也只能是俗话而已，当时没有治国用兵才能的一千个臭皮匠，也顶不

① 我从来认为，我国只有西周时期才是封建社会，而从秦至清两千余年社会的性质，绝非封建的，而是东方特有的一种社会制度，我且称之为“中央集权帝制”。在这点上，我国几位马克思主义史学家，如郭沫若、翦伯赞、范文澜等，因迁就苏联学者所臆测的人类社会发展五阶段论，而定这一阶段为封建社会，是彻底错了。有兴趣者，可参阅拙著《六十年读书一得·误会的历史》，成都：四川大学出版社，2020 年版，第 150—152 页。

② 司马迁：《史记·屈原贾生列传》，北京：中华书局，1959 年版，第 2481 页。

了一个诸葛亮的。这道理其实谁都懂，我们常说："真理往往掌握在少数人手里"。然而到了关键时刻，在关键问题上，往往又是少数服从多数，因为民主总归比专制好——尽管许多时候正确决策在少数人手里。因此，这一痼结人类今天仍然未能解决。如果用今天的习惯性语言来表述，鲧是在群众意见于个人意见对立的背景下被推到前台的，他服从了群众意见，为部落利益勇敢地承担了风险，由此也种下了祸根。

鸱龟曳衔，鲧何听焉？顺欲成功，帝何刑焉？永遏在羽山，夫何三年不施？

头两句之解释，众说纷纭。王逸曰："言鲧治水，绩用不成，尧乃放杀之羽山。飞鸟水虫，曳衔而食之，鲧何能复不听乎？"这是说鲧治水不成，被尧流放羽山，后死于此处[①]。鸟和虫子食其尸体，首尾相衔，鲧能再不听吗？意为鲧治水未听尧的话，被杀后只能听凭鸟与虫子食其身体。王逸之注没有证据，凭空想象太多。洪兴祖大约觉得不妥，便补注曰："鸱，一名鸢也。曳，牵也，引也。听，从也。此言鲧违帝命而不听，何为听鸱龟之曳衔也？"洪注将"鸱龟曳衔"解释为一种行动，将"鲧何听焉"解释为鲧听从了鸱龟以行动显示的建议，这就比王注要合理一些。不过是何种行动？洪注仍未注明。至于与王逸一样说鲧未听尧的话，《天问》里看不出这点，或恐是按儒家经典所言，抑或恐是将《山海经》的神话传说坐实。大概是看到王说和洪说的缺陷，朱熹作了另外的注释："鸱龟事，无所见。旧说谓鲧死为鸱龟所食，鲧何以听而不争乎？特以意言之耳。详其文势，与下文应龙相类，似谓鲧听鸱龟曳衔之计而败其事。"朱熹指出王逸说为"以意言之耳"，按文意应是鲧听了"鸱龟曳衔"之计而失败。

至于"鸱龟曳衔"是何计？大多研究者认为是筑堤堵水，这点应可以肯定。然而鸱龟如何"曳衔"，说法则各种各样。有说是鸱龟首尾相接的；有说是鸱衔龟尾的；也有说鸱龟本为龟之一种，"曳衔"即"曳尾涂中"之意；还有说是鸱衔土，龟曳木的……林林总总，不一而足。然将不同说法归纳其共同点，则都肯定是暗示鲧筑堤堵水。此共同点并不影响下面的论析，故这里不必就那些细微分歧作一一考辨。

在这六句诗里，屈原问道：鲧为何要听从鸱龟的建议呢？若按鲧的方案坚持执行，最终应能获得成功，尧为何不让他继续下去呢？反而把他关到羽山三年后杀死。这里，人类在决策问题上的第二个痼结出现了——取得成功客观所需时间与人们主观要求难以统一，即是说，人们要求他完成任务的时间与客观上需要的时间往往有相当差距。这一痼结今天人类同样没有解决。鲧用阻与堵的办法治水，自有他的道理，可能还与众人商量过，也许现实中就有小规模成功的例子。有些人说的鲧用错了方

① 按，鲧在羽山究竟后来是自然死亡还是被尧杀死，也有两说。儒家学者多主张自然死亡，认为圣人宽厚仁慈，四凶都是流放自然死亡。朱熹即持此观点，可见《天问》该句之注。传说则是被尧杀死，可见《山海经·海内经》，后面还会谈到。

法，应该疏导而不应堵，未免失之武断。眼前就有实例，黄河大堤不是堵吗？长江大堤不也是堵吗？史料证明，人类在中华大地繁衍前，黄河、长江就是通向大海的，人类在它们两岸筑堤怎能说不是办法呢？不过鲧的堵的办法，需要时间长，客观事实证明九年是不够的，也许需要十几年、二十几年。这里又有一个矛盾：办任何事情总得有一个期限，不能无限期拖下去。如果有以前类似的事务倒还好办，难的是开创性的工作是难有参照系的，只能有一个估计，可谁都不能保证估计给予的时间能满足客观所需的时间——历史上无数杰出人物往往就牺牲在这个矛盾中！鲧就是其中之一。

下面再看第三小节：

伯禹愎鲧，夫何以变化？纂就前绪，遂成考功。何续初继业，而厥谋不同？

这一小节转问大禹治水之事。前两句，王逸注曰：“禹，鲧子也。言鲧愚狠，愎而生禹，禹小见其所为，何以能变化而有圣德也？”洪兴祖曰：“愎，戾也。诗云：‘出入腹我。’腹，怀抱也。”朱熹则干脆把“愎”改为“腹”——“伯禹腹鲧”，并注曰：“禹，鲧子也。腹，怀抱也。诗曰：‘出入腹我’”，其后又注曰：“若禹之圣德，则其所禀于天者清明纯粹，岂习于不善所能变乎？”

两句的关键字是“愎”，然而要正确解释“愎”，不是简单的训诂能解决的，这里需略作辨析多说几句。儒家经典记载中，鲧是个恶臣，是尧时的四凶之一。就在前面“不任汩鸿，师何以尚之”两句后，洪兴祖补注所引《尚书·尧典》几句下，孔安国传曰：“鲧性很（通‘狠’）戾。[①]”后来儒生们即按此传授，王逸注也本着这一思想注“言鲧愚很（狠）”，洪兴祖可能感觉王注有问题，但又不能彻底否定儒家的结论，于是来了一个两相矛盾的注释——一边注“愎，戾也。”另一边又引《诗经·小雅·蓼莪》诗句，委婉地注“愎”为“腹”，是“怀抱”之义。至于两解哪种为确，洪兴祖只字不提。看朱熹注的开头几句，似乎是抛弃王注而就洪注。然而在后面的注释中，又以赞扬禹为天生圣德的方式，侧面说明鲧之“不善”——终究不敢直接否定儒家权威的经典。

那么屈原的观点呢？屈原对鲧也是如此看法吗？非也。从前两节诗句看，屈原对鲧应是高度同情的；从前面引录的另一处鲧禹治水的诗句看，也是如此。我们再看屈原的其它作品，《离骚》中，屈原也写到了鲧：“鲧婞直以亡身兮，终然殀乎羽之野。”“婞直”为刚直之意[②]，这就是说鲧是因刚直敢言而亡。《九章·惜诵》中，屈原也写到了鲧：“行婞直而不豫兮，鲧功用而不就”——鲧坚持刚直敢言而不变，

---

① 见《十三经注疏·尚书正义·尧典》，北京：中华书局，1980年版，第122页。按此孔安国传有些学者认为是“旧传”，可见王力《古代汉语》第二册第563页。

② 王逸等注“婞”为“狠”，不确。

以致功败垂成。三篇作品中，屈原对鲧的明确肯定和高度同情是一致的，与儒家经典记载和儒生们传授的观点截然不同，那么形成屈原观点的材料来源于何处呢？很可能的是，来源于传说：

> 洪水滔天，鲧窃帝之息壤以堙洪水，不待帝命。帝令祝融杀鲧于羽郊。鲧复生禹，帝乃命禹卒布土以定九州[①]。

这简直就是中国版的普罗米修斯！而很可能是以神话方式记录的鲧禹治水之历史。于今许多学者认为，《山海经》是楚人的著作，记录的不仅是神话，还有实在的地理状况和族群历史。屈原是高度热爱本民族文化与神话的，《山海经》中之神话他肯定熟悉，而且其范围也肯定不限于《山海经》一书[②]。了解了这一点，对“伯禹愎鲧”的“愎”字之训释，我们心中就有底了。

儒家的鲧“狠戾”之说，屈原肯定是不取的。而“愎”通“腹”[③]，但解“腹”为在怀抱中，亦属牵强。至于将“腹”通“復”，解为“后”，或通“复”依《说文》解为“行故道也”，终嫌迂曲。这里“腹”的训释，应与《鲧禹治水》是一致的，就是“腹中所生”之意，屈原在《天问》的这一段里，用的就是神话。那么这一小节的意思即是：大禹从鲧之腹中出来，是如何变化的？他承继了其父治水的规模与经验，终于获得巨大成功。为何当初继承父亲遗业，而其谋划方法不同？

由此，结合这第三小节诗文，联系屈原对鲧悲惨遭遇的高度同情及为其鸣不平，他心中淤积着的人类决策上的第三个痼结就显现出来了。

禹接替鲧治水，改变了他的方案，以疏导法历经十三年而取得成功。于是后人多肯定禹而否定鲧，禹作为成功者被人们无数次歌颂，鲧作为失败者而被无数次斥责。然而屈原在这点上是极少数的清醒者之一，他在《天问》明确指出禹是继承鲧的事业在鲧的基础上取得的成功。他在该小节诗句的后面还问道：“鲧何所营？禹何所成？”——鲧治水究竟做了些什么？禹的成就具体又在何处？其潜台词是，人们对于这二者其实是并不清楚的。这就导出了第三个痼结——失败与成功的两极反向放大。其实人们很清楚，在现实中，失败与成功往往只是一步之遥。人们还清楚，成功者往往是踩着失败者的肩膀向上攀登的，失败者往往比成功者付出更多的精力与血汗。可是一旦成功者登上那最后一步，人们便纷纷把花环抛向他，把诟诋甩向失败者。成功者占有了全部荣誉，失败者承担了全部责任。虽然历史上有夏、商、周三代祭祀鲧之记载（《左传·昭公七年》），然那是将其作为“化为黄熊”之神

---

① 袁珂：《山海经校注》，上海：上海古籍出版社，1980 年版，第 472 页。

② 关于这点，笔者曾于拙著《屈原与中华文化和民族精神》第一章第五节《言为心声——屈原文化心理试探》中，作过详细探讨。

③ 亦有一些学者判断“愎”是“腹”之传抄或版本之误，如俞樾等。

来祭祀。有人说历史与现实最终是公平的，其实远非如此，在有些问题上，历史与现实永远是不公平的！

写到这里，笔者不禁陷入了沉思。对这三个决策痼结，人类有了解决办法吗？没有，一个也没有！尽管与公元前时代相比，人类的科学技术不知进步了多少，现在人类已能潜入深海，飞上月球，并将飞船送入太空，却在决策这样极重要的问题上面对三个痼结束手无策。自西方古希腊与中国先秦时代以来，关于思想理念、政治策略、决策方法、谋略手段的书籍可谓汗牛充栋，可没有那一本著作解决了这三个问题，甚至连发现、提到这类问题的人都极少。然而就在二千二百多年前，屈原就能通过自己的治国理政活动，以自己渊博的知识和哲思睿智，深刻理解了这三个痼结，且借由历史传说和神话故事，以深邃的目光叩问苍穹、叩问历史，发出了对宇宙、人类历史与未来的终极之问！那么，将来会有答案吗？没有，解决这些问题恐怕遥遥无期——屈原这是明知故问。

屈原是我国历史上第一位伟大诗人，也是世界历史上的伟大诗人，这已毫无疑问；而他同时又具有独特杰出的思想，那么他同时又是伟大的思想家吗？今天仍有不同看法。不过，“借一斑而窥全豹”，《天问》中屈原通过“鲧禹治水”对人类决策痼结的终极追问，也许会给我们一些重要启示。另外，思想不等于哲学，思想也不等于政治。联想到欧洲文艺复兴时期，一些杰出或伟大的思想家并非哲学家，而是诗人、作家、政治家、宗教改革家，如但丁、薄伽丘、马丁·路德、马基雅维利等；而既为杰出哲学家又是伟大思想家的，如培根、斯宾塞、伏尔泰等，都不是纯粹哲学家等。屈原是否为伟大思想家？实际已有了肯定的答案。

从伍子胥图咏及吴国史迹论
——《天问》创作之若干问题

杭州师范大学　张树国

摘　要：《天问》为屈原"呵壁问天"的产物，具有"图咏"或咏史性质，其结尾部分有四个韵段隐括伍子胥叛楚投吴以及辅佐吴王阖庐伐楚入郢的武功，本文称之为"伍子胥图咏"及"本事"，是《天问》文本中神话传说系列的最后故事。与此相对，《天问》对楚史的"图咏"只限于令尹子文降生以及堵敖被弑两件事，为楚国秽史。由此可见王逸所谓《天问》是屈原面对"楚先王之宗庙及公卿祠堂"壁画而作，不能令人信服。楚先王宗庙壁画应当图绘楚国神话和英雄传说，这是起码常识，而《天问》作为兴亡史诗截止春秋末期伍子胥故事，丝毫未涉及战国时事。现代学者认为《天问》是屈原在楚怀王时期流放汉北所见壁画，缺失基本证据。本文对伍子胥图咏本事以及"白蜺婴茀，胡为此堂"以及吴国先史的考证，证明此"堂"是春秋末期吴国神殿遗存，图绘夏商周三代兴亡往事均隐含了吴国本位的历史观。《天问》是屈原晚期被顷襄王流放陵阳（今安徽省池州地区）的九年之间，见到春秋吴国神殿遗存壁画"呵而问天"的产物，从而填补了屈原"陵阳九年"楚辞创作的空白。

关键词：《天问》；伍子胥图咏及本事；春秋吴国神殿遗存；陵阳

本文据王力先生《楚辞韵读》，将《天问》分为95个自然韵段，第87韵段云：

勳阖梦生，少离散亡。何壮武厉，能流厥严？

王逸注：

勳，功也。阖，吴王阖庐也。梦，阖闾祖父寿梦也。寿梦卒，太子诸樊立……阖庐，诸樊之长子也，次不得为王，少离散亡放在外，乃使专设诸刺僚，代为吴王。子孙世盛，以伍子胥为将，大有功勳也。

洪《补》："阖庐用伍子胥、孙武，破楚入郢。"[①] 王逸用这种"章句体"解

① 王逸、洪兴祖：《楚辞补注》，北京：中华书局，1983年版，第115—116页。

说虽然不准确，但认为与阖庐及伍子胥故事有关，具有一定启发意义。《天问》结尾部分还有3个韵段（即92、93、94）自王逸《楚辞章句》以来解说不明。值得庆幸的是，《章句》保存下来不同异文，非常重要。下面先将92-94韵段及异文迻录于下，诗云：

> 薄暮雷电，归何忧？厥严不奉，帝何求？伏匿穴处，爰何云？荆勳作师，夫何长（一云：夫何长先）？悟（一本作寤）过改更，我又何言？吴光争国，久余是胜。何环穿自闾社丘陵，爰出子文？（一云：何环闾穿社，以及丘陵？是淫是荡，爰出子文？）①

“夫何长”，《章句》：“一云：夫何长先。”“先”与“爰何云”之“云”文部合韵。“何环穿自闾社丘陵，爰出子文”与上文音韵不谐，意思也不连贯，当采用《章句》“一云：何环闾穿社，以及丘陵？是淫是荡，爰出子文？”“陵”与上句“胜”蒸部合韵。“是淫是荡，爰出子文”，指楚国斗伯比“淫于䢵子之女，生子文焉”，“子文”即斗谷於菟，后来成为楚国令尹，其事见《左传·宣公四年》。此句与本段其他几句没有关联，下文另有说。

这一段在《天问》中最为难解，游国恩《天问纂义》列举自王逸以来共29种解说，归为四类：

1. 屈原自况说，持此说者有王逸、汪仲弘、黄文焕、李陈玉等；

2. 大舜说，王夫之《楚辞通释》云：“此似言舜事”；

3. 周公说，徐文靖云：“按《竹书》成王元年，周公出居于东。二年秋，天大雷电以风，王逆周公于郊”；

4. 楚怀王客死说，见夏大霖所说。

游先生“谨按”云：“自此（指‘薄暮雷电’）以下，旧本错简讹脱，凌乱殊甚，故不特文义不属，韵式参差，且句读亦多有误。”② 除游先生罗列的上述解说之外，林庚《天问论笺》认为此段是楚灵王因内乱而无所归事。③ 这些说法虽不乏睿智，但证据尚不周全，还是经不住推敲。随着近年来楚地简帛文献的大量出土，提供了相应的文字资料。杨琳《伍子胥事迹的新发现——〈天问〉“荆勳”“勳阖”破译》④ 可以说是一个值得注意的创获。该文认为87韵段“勳阖梦生”之“勳”、93韵段“荆勳作师”之“荆勳”即伍员。《说文解字·力部》：“勳，能成王功也。从力，熏声。

---

① 王逸、洪兴祖：《楚辞补注》，北京：中华书局，1983年版，第117—118页。

② 游国恩：《天问纂义》，见游宝谅编《游国恩楚辞论著集》（第二卷），北京：中华书局，2008年版，第457—461页。

③ 林庚：《林庚楚辞研究两种》，北京：清华大学出版社，2006年版，第243页。

④ 《社会科学战线》，2000年第4期。

勋，古文勳，从员。”段玉裁注：“员，声也，《周礼》故书‘勳’作‘勋’。”[①]“勳”即“勋”，“荆勳”即“荆勋”，“勋”为荆（楚）人，犹下文“光”为吴人而为“吴光”即吴公子光，由“吴光”知“荆勋”为子胥无疑。《史记·伍子胥列传》云：“伍子胥者，楚人也，名员。”[②]伍子胥名“员”，“员”“勋”谐声相通，“荆勋”即“荆员”指楚人伍员，这一关键字的破译具有重要意义。据杨琳先生对上述诗句的解释，“薄暮雷电，归何忧？”指费无忌谗害伍奢，招伍尚、伍子胥以图加害（见《左传·昭公二十年》）；“厥严不奉，帝何求？”“严”指伍子胥的严亲伍奢，“帝”指楚平王，楚平王要伍奢召子时，奢已明告平王，子胥势必不来；“伏匿穴处，爰何云？”指伍子胥逃亡时穴居野处，昼伏夜行；“荆勳作师，夫何长”指子胥为吴王夫差赐死，故屈子问曰：“你荆勋兴师伐楚，得到什么好处”；“悟过改更，我又何言”言伐楚为子胥大错，若早能悟此过错，今我又有何可责备的呢？“吴光争国，久余是胜”指吴王阖闾五战及郢。至于《天问》87 韵段“勳阖梦生，少离散亡。何壮武厉，能流厥严”，注家往往依据王逸的解释，如汤炳正《楚辞今注》认为“阖”即吴王阖庐，“梦”指阖庐祖父寿梦，“少离散亡”者为阖庐，这一说法不合常理，作为孙辈的阖庐为祖父寿梦所生，这是可能的吗？杨琳释“阖”为“盖”，《左传·襄公十七年》“皆有阖庐”，《晏子春秋·谏下》作“皆有盖庐”，《周礼·夏官·圉师》：“茨墙则剪阖”，孙诒让《正义》“阖即盖之借字”。“勳阖（盖）梦生”指伍员大约也有为其母梦中所生的传说，这一推测也是可以采信的。但对有关伍子胥故事的诗句解释单靠语言学层面的“破译”尚不足以服人，依然有所扞格，这就需要深挖背后复杂的历史原因，《天问》中的“伍子胥图咏”具有重大意义，堪称《天问》长诗的诗眼。笔者在杨琳文章的基础上作进一步的补充修正，同时揭示其重大意义。

一、《天问》结尾伍子胥图咏及本事考证

关于《天问》的创作动因，影响最大的就是王逸《天问序》所谓“呵壁问天”说：

> （屈原）见楚有先王之庙及公卿祠堂，图画天地山川神灵，琦（一作瑰）玮僪佹（一作谲诡）及古圣贤怪物行事。周流罢倦，休息其下，仰见图画，因书其壁，何（一作呵）而问之，以泄愤懑，舒泄愁思。楚人哀惜屈原，因共论述，故其文义不次序云尔。[③]

王逸认为《天问》是屈原“彷徨山泽”之时看到楚国宗庙或公卿祠堂壁画而提

① 段玉裁：《说文解字注》十三篇下，上海：上海古籍出版社，1988 年版，第 699 页上。

② [日本] 泷川资言：《史记会注考证》卷六十六，北京：北京文学古籍刊行社，1955 年版，第 3320 页。

③ 王逸、洪兴祖：《楚辞补注》，北京：中华书局，1983 年版，第 85 页。

出诸多疑问，共172问，将诗句题写在壁画墙壁之上，后来为楚人整理而成《天问》，因此出现了“文义不次序”的情况。这一说法在《天问》文本中虽有些许证据，但猜测的成分很大。古往今来学者们对此说法或是或否，主要集中在所谓楚国宗庙壁画的有无以及这个“先王之庙”是在汉北或江南问题。笔者研读诗篇本文，认为此“呵壁问天”说有其合理性，因而将《天问》中的诗句韵段称为“图咏”，“图咏”必有“本事”，如唐人孟棨《本事诗》、宋计有功《唐诗纪事》提供了有关唐诗的诸多“本事”。上文已揭示的内容可称之为“伍子胥图咏”。

关于《天问》87韵段“勳阖梦生”之“阖”当训为“盖”。《上博七·吴命》简10记夫差之语“我先君盇”之下残断，“盇”即“阖庐”之“阖”，曹锦炎先生直接释作“盖”。[①]《清华简二·系年》简84、109、110作“盇虏”，[②]即“阖庐”之侮辱性音译。张家山汉简《盖庐》简55背书书名“蓋（盖）庐”，释文云：“蓋庐，又作阖庐，春秋晚期吴王。”[③]盇、盖均为匣纽叶部，音同相通。“勳”经典多作“勋”，员、勋古今字，由此可知“勳阖梦生”即“勋盖梦生”，暗喻伍员降生的神异。“能流厥严”之“严”当作“庄”，金开诚等《屈原集校注》参考了多种刊本，云“避汉明帝讳而改”。[④]汉明帝名庄，“庄”与上文“亡”阳部合韵。这一段讲的是伍子胥出生之神异、年轻时的不幸遭遇以及报仇雪恨的经历。

屈原在《涉江》中提到“伍子胥”，“伍子逢殃兮，比干菹醢”[⑤]。“伍员”“伍子胥”之名已多见于新出楚简，《清华简·系年》简81–82：

> 灵王即世，竞平王即立，少师无期（忌）谗连尹奢而杀之。其子五（伍）员与五（伍）之鸡逃归吴。五鸡将吴人以围州来，为长壑而洍之，以败楚师，是鸡父之洍。[⑥]

《史记·伍子胥列传》则认为伍子胥与故楚太子建之子白公胜逃吴，可能是传闻异词而不合乎史实。“鸡父”之词见于《春秋·昭公二十三年》：

> 戊辰，吴败顿、胡、沈、蔡、陈、许之师于鸡父。

同年《左传》记载“吴人伐州来”，“戊辰晦，战于鸡父。”据楚简《系年》，

① 马承源：《上海博物馆藏战国楚竹书》（七），上海：上海古籍出版社，2008年版，图版第144页，释文第325页。

② 清华大学出土文献研究与保护中心编：《清华大学藏战国竹简》（贰），上海：中西书局，2011年版，图版第81、94页。

③ 张家山汉墓竹简整理小组：《张家山汉墓竹简（247号墓）》，北京：文物出版社，2001年版，第275页。

④ 金开诚、董洪利、高路明注：《屈原集校注》下册，北京：中华书局，1996年版，第411页。

⑤ 王逸、洪兴祖：《楚辞补注》，北京：中华书局，1983年版，第131页。

⑥ 清华大学出土文献研究与保护中心编：《清华大学藏战国竹简》（贰），上海：中西书局，2011年版，图版第80页，释文第170页。

知“鸡父”得名于“五(伍)鸡”。伍鸡与伍员一起逃离楚国来到吴国，而不是白公胜。伍员事迹颇见于新出竹书，《系年》简 82–83 云：

竞平王即世，昭王即立，五（伍）员为吴大宰，是教吴人反楚邦之诸侯，以败楚师于白（柏）举，遂入郢。[①]

《上博五 · 鬼神之明》简 4 云：

及五子疋（即伍子胥）者，天下之圣人也，鸱夷而死。[②]

《郭店楚墓竹简 · 穷达以时》简 9–10：

子疋（胥）前多功后戮死，非其智衰也。[③]

伍子胥及其父兄伍奢、伍尚的汉隶写本已经发现，作“五子胥”“五子奢”“五子尚”。[④]《左传 · 昭公二十年》记楚杀伍奢及其子尚，“棠君谓其弟员曰”句下注云：“员，尚弟子胥。员，音云。”[⑤]可见《史记 · 伍子胥列传》所谓“伍子胥者，楚人也，名员”是准确的。

既然战国楚文字已将伍子胥之名书作“五员”“五子疋”，何以会在《天问》中不书作“荆员”而书作“荆勳”？需明确的是，“员”在上古楚文字体系中本来就是一形多义字，根据上下文可读为：

1.“损”，如《郭店简 · 老乙》简 3：“学者日益，为道者日员，员之或（又）员，以至亡（无）为。”今本“员”作“损”。

2.“（左忄右员）”，《上博四 · 曹沫之阵》简 5“君其无员”，整理者李零先生释“（左忄右员）”，训为“忧”，见《说文 · 心部》。[⑥]

3.“芸”，《郭店简 · 老子甲》简 24：“天道员员，各归其根。”今本《老子道德经上》作“夫物芸芸，各复归其根。”[⑦]“员”楚文字写法见下：

《郭店 · 老乙》简 3 《曹沫之阵》简 5 《郭店 · 老甲》简 24

上文“员”为“损”“（左忄右员）”之初字，写法也多样。《天问》中楚文字写本“员”字很可能在秦汉隶变之时，为抄手书作“勋”或音假为“勳”，“员”“勋”

① 清华大学出土文献研究与保护中心编：《清华大学藏战国竹简》（贰），上海：中西书局，2011 年版，图版第 80 页，释文第 170 页。

② 马承源：《上海博物馆藏战国楚竹书》（五），上海：上海古籍出版社，2008 年版，图版第 154 页，释文第 317 页。

③ 荆州博物馆：《郭店楚墓竹简》，北京：文物出版社，1998 年版，图版第 27 页。

④ 中国文化遗产研究院：《出土文献研究》第九辑《图版三云梦睡虎地汉简》（二），北京：中华书局，2010 年版，第 3 页。

⑤《左传》卷二十四，黄山书社据壬辰年夏知津堂据宋刊巾箱本影印，2012 年版，第 6 页。

⑥ 马承源：《上海博物馆藏战国楚竹书》（四），上海：上海古籍出版社，2008 年版，第 246 页。

⑦ 王弼：《老子道德经上》，《诸子集成》第 3 册，上海：上海书店，1988 年版，第 9 页。

古今字。

笔者通过新出竹书文献，证明了杨琳先生对“荆勳”即“荆勋”即伍员的考证是正确的。但杨琳先生对诗句的解释有几处需要疏通，如“厥严不奉，帝何求”，“严”指严亲伍奢，但释“帝”为楚平王则未安。因为无论春秋战国时期楚国怎样僭越，不遵周礼，但还没有发现楚王称“帝”的先例。“帝”在上古或指自然神地位最高的“天帝”，或指宗庙“先帝”，《礼记·曲礼下》：“天王登假，措之庙，立之主，曰帝。”只有天子才有死后称“帝”的资格。“帝”字古音与商、適相近，《天问》“启棘宾商，《九辨》《九歌》”，清朱骏声《说文通训定声》认为“商”为“帝之误字”。[①]商、商形近易讹，颜元孙《干禄字书》：“商、商，上俗下正。”[②]于省吾《楚辞新证》云：“‘帝’之讹为‘商’者，金文晚期‘帝’字也作‘啻’。‘啻’及从‘啻’之字隶书多写作‘商’，形近故易讹。”[③]《蔡侯盘》“祇盟尝商，祐受无已”，笔者考证“商”通“帝”，即“禘”。[④]“帝”“商”声纽同属端系，韵均为锡部入声，音近相通。银雀山汉简677《六韬》“啻王猛极秋罪不我舍”，“啻王”即“商王”。[⑤]“帝”字楚文字写法也与“適”（适）相近，如《郭店楚墓竹简·缁衣》简16“適容有常”之“適”作“”，[⑥]辵部之上声符与“帝”字战国古文形近。今本《缁衣》作“从容有常”。“适”“从”意近连用，《左传·僖公五年》：“狐裘龙茸，一国三公，吾谁适从？”《韩非子·扬权》：“夫妻持政，子无适从。”《玉篇·辵部》“適（适）”条：“又音滴，从也。”[⑦]可见今传本《天问》“帝何求”当作“適（适）何求”，这样诗句就解释通了：“自己的严亲之命不遵奉，他（伍员）适欲何求？”

“伏匿穴处，爰何云？荆勳作师，夫何长先”意为：“（伍子胥）昼伏夜行，穴居野处，到底想到哪里去呢？荆楚之人伍员兴师（伐楚），先从哪里开始、又为何旷日弥久？”《战国策·秦策三》记范雎对秦昭王云：

伍子胥橐载而出昭关，夜行而昼伏。至于蓤水，无以饵其口，坐行蒲服，

---

① 朱骏声：《说文通训定声》，北京：中华书局，2011年版，第905页下。

② 颜元孙撰、罗振玉注：《干禄字书笺证》，见《罗振玉学术论著集》第二集，上海：上海古籍出版社，2010年版，第535页。

③ 于省吾：《泽螺居诗经新证》（附《楚辞新证》），北京：中华书局，1982年版，第264—265页。

④ 张树国：《蔡侯旧事——关于春秋蔡国兴亡的三种文本解读》，《中华文史论丛》，2014年第1期。

⑤ 银雀山汉墓竹简整理小组：《银雀山汉墓竹简》（壹）《六韬》，北京：文物出版社，1985年版，图版第95页，释文第113页。

⑥ 黄德宽、何琳仪、徐在国：《新出楚简文字考》，合肥：安徽大学出版社，2007年版，第6页。

⑦ 顾野王：《宋本玉篇》，北京：北京市中国书店（据张氏泽存堂本影印），1983年版，第195页。

乞食于吴市，卒兴吴国，阖庐为霸。[①]

可作此句注脚。据何建章先生注，“橐载而出昭关”指伍子胥“装在口袋里混出昭关”，昭关为春秋时期吴楚两国交界，今安徽含山县北小岘山西。“蓤水”也作陵水，今江苏溧阳县之溧水，一名濑水。[②]

“悟过改更，我又何言？”林庚先生认为此句指楚昭王“代父受过，深有所悟”而言。[③]《史记·楚世家》：

昭王元年，楚众不说费无忌，以其谗亡太子建，杀伍奢子父与郤宛。宛之宗姓伯氏子嚭及子胥皆奔吴，吴兵数侵楚，楚人怨无忌甚。楚令尹子常诛无忌以说众，众乃喜。[④]

“吴光争国，久余是胜”之“吴光”即吴公子光，即后来吴王阖庐，此句指伍子胥帮助阖庐谋杀吴王僚，争夺君位之事。于省吾《楚辞新证》“久余是胜”条认为“久”应读作氒即“厥”，类似句例如《晏子春秋·问下》“不阿久私，不诬所能”，即“不阿厥私”之意，“‘厥’系指示代名词，指吴光言之。余，楚人自谓。这是说，吴光争得吴国之后，他战胜了楚国。”[⑤]“氒”（厥）与此段诗中“厥严不奉”“能流厥严（庄）”同义，可理解为“他、他的”，为第三人称代词，见张玉金《西周金文中“氒”字用法研究》[⑥]。“余”犹“我们楚国”之意。

“何环穿自闾社丘陵”异文作“何环闾穿社，以及丘陵”，当以异文为准，“陵”与上句“久（厥）余是胜”之“胜”蒸部合韵。闾、社为古代乡遂组织。“环闾穿社”之“環（环）”，据刘永济先生举多例证明，乃“壞（坏）”之误字，“何壞（坏）闾穿社，以及丘陵”与上文二句“言吴光破郢都，伍子胥鞭平王墓事也”。[⑦]“丘陵”当指楚平王之坟。《吕氏春秋·首时》：

（子胥）九战九胜，追北千里，昭王出奔随。遂有郢，亲射王宫，鞭荆平之坟三百。[⑧]

《淮南子·泰族训》：

阖闾伐楚，五战入郢，烧高府之粟，破九龙之钟，鞭荆平王之墓，舍昭王

① 刘向辑录：《战国策》卷五，台湾：九思出版公司，1978年版，第186页。

② 何建章：《战国策注释》，北京：中华书局，1990年版，第175页。

③ 林庚：《天问论笺》，见《林庚楚辞研究两种》，北京：清华大学出版社，2006年版，第244页。

④ [日本]泷川资言：《史记会注考证》卷四十，北京：北京文学古籍刊行社，1955年版，第2513页。

⑤ 于省悟：《泽螺居诗经新证》（附《楚辞新证》），北京：中华书局，1982年版，第273—274页。

⑥ 中国古文字研究会，浙江省文物考古研究所编：《古文字研究》第二十五辑，北京：中华书局，2004年版，第106页。

⑦ 刘永济：《屈赋通笺》，北京：中华书局，2007年版，第134页。

⑧ 许维遹：《吕氏春秋集解》，北京：中华书局，2009年版，第323—324页。

之宫。[①]

《史记·伍子胥列传》：

及吴兵入郢，伍子胥求昭王，既不得，乃掘楚平王之墓，出其尸，鞭之三百，然后已。[②]

至于子胥是“鞭平王之墓”还是“鞭尸”，史家记载颇有不同。[③]现在发掘古代王墓可谓多矣！成旬累月不为功，至于出墓鞭尸所费时日在当时的战争环境下更不可测量，“鞭尸”之说是不可信的。“是淫是荡，爰出子文”则是另一个故事，后文将有论。

《天问》中的4个韵段用问话的形式将伍子胥从出生到“少离散亡”到复仇楚国的经历简约地表达出来，子胥鞭平王墓为其结穴。那么，王逸所谓“楚先王宗庙壁画”中却描绘了叛国的伍子胥和楚邦殄灭、先王被“鞭墓”的惨象，是否合乎情理？由此可以得出初步印象，屈原所面对的神殿，可能不是王逸所谓“楚先王宗庙”，更可能是春秋吴国的神殿。

伍子胥本事多见于传统史书，《左传·昭公二十年》记载伍奢与其子尚被杀，“员如吴，言伐楚之利于州于”，杜预注：“州于，吴子僚。”[④]至于来到吴国经历哪些苦难，除前引《战国策·秦策三》中范雎之论外，《吕氏春秋·孟冬纪·异宝篇》记载“五员亡，荆急求之”，子胥来到江上与“江上之丈人”有一段对话。东汉初年赵晔《吴越春秋·王僚使公子光传第三》记载伍员与白公胜奔吴，“到昭关，官吏欲执之”，子胥设法脱险；遇到“江上渔父”，行歌覆舟；“至吴，乞食于溧阳”。[⑤]“昭关”已见《战国策·秦策三》范雎之说，惟“乞食于吴市”《吴越春秋》作“溧阳”。袁康、吴平《越绝书·荆平王内传第二》[⑥]记载伍子胥事与《吴越春秋》大同小异。值得庆幸的是在湖北云梦睡虎地77号墓出土了关于伍子胥故事的西汉竹简，据熊北生《云梦睡虎地77号西汉墓出土简牍的清理与编连》介绍，出土简牍放在一竹笥内，有一端在打井时遭受小部分破坏，大体上是被较平齐地截去了一小部分。[⑦]《出土文献研究》“图版三”刊登了J095–J102共八行简文，笔者

① 刘安：《淮南子》卷二十，《诸子集成》第7册，上海：上海书店，1988年版，第361页。

② 司马迁撰：《史记》卷六十六，北京：中华书局，1959年版，第2176页。

③ 泷川资言《考证》云：《楚世家》云：吴兵入郢，辱平王之墓，以伍子胥故也。《年表》：伍子胥鞭平王墓。《季布传》云：伍子胥鞭平王之墓。《淮南子·泰族训》：阖闾伐楚入郢，鞭荆平王之墓，舍昭王之宫。云云。

④ 左丘明撰，杜预集解：《春秋经传集解3》，上海：上海古籍出版社，2022年版，第1170—1172页。

⑤ 赵晔：《吴越春秋》，台湾世界书局据景明弘治覆元大德本印行，1980年版，第47—67页。

⑥ 李步嘉：《越绝书校释》，袁康、吴平撰，北京：中华书局，2013年版，第17—20页。

⑦ 见《出土文献研究》（第九辑），北京：中华书局，2010年版，第37—41页。

在熊北生先生释文基础上点断，并作补正，迻录于下：

J095 J096 J097 J098 J099 J100 J101 J102

图 1 图版三 云梦睡虎地汉简（二）

J95……之矣，其子二人皆出亡，一子五子尚，一子胥。胥老（笔者按："老"当作走）郑而 J96……之者。曰："杀其父而不来其子，不乃为大害乎？"楚王乃 J97……而子二人皆出亡，吾来之，其孰不入乎？"五子奢对曰："君问其臣对 J98……也（笔者按：当作心）。夫尚为人也□（笔者按：□当作仁）且勇，来之必入矣。夫胥为人也，勇且 J99……使主君□寅（何有祖释"□寅"为"边竟【境】"①）有忧矣。"平王乃令人召五子尚。J100……以登泰行之山，而顾胃其舍人曰："去此=国=者 J101……行到河上，胃船人曰："渡我！吾先人有良剑，其□（何有祖认为原字作隄，当训"值"）之千 J102……对曰："楚平王令曰：有能得五子胥，予

① 《睡虎地 77 号西汉墓出土简牍札记》,《简帛》第五辑，上海：上海古籍出版社，2010 年版，第 402 页。

之田百万亩与千斤田。”

刘乐贤、曹方向著文认为伍子胥故事残简多见《史记·伍子胥列传》及《越绝书》。[①]笔者比较图版内容与《越绝书·荆平王内传第二》[②]，发现两篇几乎完全相同。《越绝书》《吴越春秋》虽成于东汉初年，但其故事来源可能很早，与竹简本承接紧密，而且保存了许多吴国先史记忆和大量掌故，除去一些明显虚构的小说家言之外，应该是可信的史料，对解释《天问》诗句具有重要参考价值。

从传世文献及出土文本来分析伍子胥故事，一方面注重“复仇主题”的渲染和叙述，另一方面侧重对伍子胥逃亡历程的描述，补充了江上丈人及浣纱女的歌唱，展现了人民的好恶和节义思想，使伍子胥故事血肉健全，类似于小说家的古史“演义”。而《天问》在复仇故事之外讲述了伍子胥的出生及逃亡，而且是以伍子胥为《天问》全篇最后的英雄，这不是偶然的。《天问》主题一方面注重对英雄传说人物的出生和死亡的追问；另一方面与其“呵壁问天”的创作方式密切相关，伍子胥“伐楚”故事可能就是神庙墙上系列图绘的结尾。就目前研究结果可以确信，《天问》本文没有战国时期的史实。那么，屈原所面对的神庙到底建在哪里呢？

《天问》记载了吴王阖闾与伍子胥伐楚胜利的故事，但在占领郢都之前，为争夺“吴头楚尾”的“群舒”之地，与楚国进行了旷日持久的战争，这段历史与《天问》创作密切相关。《春秋·僖公三年》：“徐人取舒。”舒为偃姓，《左传·文公十二年》：“楚令尹大孙伯卒，成嘉为令尹，群舒叛楚。”杜预注：“群舒，偃姓，舒庸、舒鸠之属，今庐江南有舒城，舒城西南有龙舒。”孔疏引《世本》“偃姓，舒庸、舒蓼、舒鸠、舒龙、舒鲍、舒龚，以其非一，故言属以包之”。[③]因为是同宗异国，总名为群舒，大致在今安徽舒城县、庐江县、巢县一带。徐旭生《徐偃王与徐楚在淮南势力的消长》认为“这一群戴‘舒’名的小部落全是从徐方分出来的支部”。[④]早在楚穆王三年（前 623）连续灭江、六、蓼、舒、宗等“群舒”。[⑤]但是随着吴国的崛起，这些“群舒”之国皆为吴国所夺取。《春秋·成公七年》：“吴入州来。”（今安徽凤台）同年《左传》记载“蛮夷属于楚者，吴尽取之，是以始大，通吴于上国。”[⑥]

① 刘乐贤：《睡虎地 77 号汉墓出土的伍子胥故事残简》，《出土文献研究》第九辑，第 42—45 页；曹方向《云梦睡虎地 77 号西汉墓“伍子胥故事残简”简序问题刍议》，《江汉考古》，2014 年 3 期。

② 袁康、吴平：《越绝书》，上海：上海古籍出版社，1985 年版，第 5—7 页。

③《春秋左传正义》，见阮元校刻：《十三经注疏》（清嘉庆刊本），北京：中华书局，2009 年版，第 4019 页上。

④ 徐旭生：《中国古史的传说时代》，桂林：广西师范大学出版社，2003 年版，第 195 页。

⑤ 何浩：《楚灭国研究》，武汉：武汉出版社，1989 年版，第 6 页。

⑥《春秋经传集解》卷十二，见《汉魏古注十三经》（四部备要本），北京：中华书局，1998 年版，第 191—192 页。

所谓“蛮夷属于楚者”即这些群舒国家。从吴王寿梦始通于上国（前 584）到吴王阖闾以这些“群舒”之地为跳板，伐楚胜利，攻占郢都（前 506），经过了 80 余年。其为《天问》所未涉及的后事是，在占领郢都以后，吴军内讧，外部加上秦楚联军打击，吴国被迫撤军。在伐楚归来以后，阖闾伐越战死，夫差即位，后来伍子胥被逼自杀，以上许多情节在《天问》中都没有反映。在《天问》诸多神话及英雄传说中，伍子胥出场最晚，可以说是截止到春秋末期的最后一位英雄，其辅佐吴王阖闾伐楚胜利对于春秋吴国这个蕞尔小邦来说，无疑是一个史诗性的壮举。到夫差二十三年（前 473）吴国为越国灭亡，吴国在群舒之地经营 100 多年。而吴国灭亡以后，故国宗庙社稷化为丘墟。因此，本文认为，《天问》“图咏”的这座神殿很可能是春秋吴国建造在皖南“群舒”土地上而幸免于玉石俱焚，除了伍子胥、吴王阖庐伐楚入郢的“图咏”之外，还存在一些春秋吴国的遗存史迹。那么，屈原是在其生命的哪个阶段、怎样来到这个“吴头楚尾”的蛮夷之地的？

二、屈原晚年流放陵阳时发现了春秋末期吴国神殿壁画

在春秋末期吴国灭亡（前 473）二百年后，屈原被顷襄王流放到“陵阳”，今安徽池州。《九章·哀郢》云：

> 当陵阳之焉至兮，淼南渡之焉如？曾不知夏之为丘兮，孰两东门之可芜？心不怡之长久兮，忧与愁其相接。惟郢路之辽远兮，江与夏之不可涉。忽若不信兮，至今九年而不复。

从诗中可知屈原在陵阳生活了九年。唐李吉甫《元和郡县图志·江南道四》“池州”条：“陵阳山，在县北三十里。”① 清代蒋骥云：“旧说顷襄迁原于江南而不著其地。今按：发郢之后，便至陵阳。考前后《汉志》及《水经注》，其在今宁、池之间明甚。”② 首次提出屈原流放于庐江郡境之陵阳（今属安徽池州）。姜亮夫《楚辞通故·地部》“陵阳”条引《水经·沔水注》“南江……又东，旋溪水注之，水出陵阳山下，迳陵阳县西”，认为《哀郢》之“陵阳”当指陵阳县。③ 据游国恩《论屈原之放死及楚辞地理》后附《屈原年表》，屈原于顷襄王十三年（前 286）五十八岁时被再放于陵阳，在此停留九年时间。顷襄王二十一年（前 278）屈原六十六岁时自陵阳乘船逆江西南行，“作《哀郢》以见意”。④ 但屈原陵阳九年到底创作了哪些作品，研究现状是一片空白。

---

① 李吉甫：《元和郡县图志》卷第二十八，北京：中华书局，1983 年版，第 690 页。

② 蒋骥：《山带阁注楚辞》，上海：中华书局上海编辑所，1958 年版，第 126 页。

③ 姜亮夫著：《姜亮夫全集 四 楚辞通故》，昆明：云南人民出版社，2002 年版，第 336 页。

④《游国恩学术论文集》，北京：中华书局，1989 年版，第 51 页。

《天问》应是屈原流放陵阳期间，在“彷徨山泽”时发现了这座与楚国宗庙建筑风格完全不同的神殿，其壁画内容更是迥异于楚国壁画，描绘了几幅楚国秽史，与此相反却描绘了伍子胥叛楚和入郢复仇的史诗性图画。于是“呵壁问天”，写下了《天问》这部伟大作品。

据王逸《天问序》所言，《天问》是屈原流放之中对着“楚先生宗庙及公卿祠堂”壁画的追问，先将类似“图咏”的诗句书于壁上，后经“楚人”整理，所以“文义不次序”，这一说法有其合理性。王逸之子王延寿曾创作《鲁灵光殿赋》，铺陈该殿壁画描绘的许多神灵，王逸论《天问》之作可能受此影响，从而提出“呵壁问天”之说，《天问》是对天地诸神神话及三代英雄传说的“图咏”。

首先，突出表现在对神话主题的描述上，囊括了几乎所有的上古神话母题，如第 1–11 共十一个韵段对天道运行的描述，为创世神话母题；第 21、22 两个韵段为昆仑神话母题；第 23、24 两个韵段为太阳神话母题；第 25–30 共六个韵段描述殊方异物神话等等。《天问》多处描写景物作为人物活动的背景，如第 92 韵段“薄暮雷电，归何忧”，渲染伍子胥的不幸突然降临。

其次，《天问》“图咏”具有“看图说话”性质，与《山海经》这本古地理书具有相似性，《山海经》必须与《山海图》相配才能了解山川道里曲折及动植物样态。《天问》中的一些诗句如第 13 韵段“鸱龟曳衔，鲧何听焉”、第 26 韵段“焉有虬龙，负熊以游”、第 28 韵段“灵蛇吞象，厥大何如”等，这些意象不会是出于所谓“集体无意识”的心中积淀，很明显是出于壁画。

再次，《天问》叙事根据的是壁画的空间布局而非历史时间顺序，比如殷商神话传说见于第 54–65 以及第 86 韵段；西周神话传说见于第 66–72、第 77–83 韵段；伍子胥故事见于第 87 与第 92—94 韵段，中间被打断。

最后，《天问》“图咏”突出表现为对夏商周三代明君、昏君及暴君政治的历史寻绎，体现在对昏暴之君的谴责上，如第 74 韵段质问商纣王：“彼王纣之躬，孰使乱惑？何恶辅弼，谗谄是服？”第 75、76 韵段质问忠臣比干、梅伯的惨死和“箕子详（佯）狂”的不幸遭遇，这是诗人触景生情，联想到了自己的悲剧命运，情感爆发的体现。但本文所探论的伍子胥图咏，王逸一句也没说对，就更不能解答伍子胥形象出现在“壁画”中的原因了。除此之外，王逸所谓“楚先王及公卿祠堂壁画”说法有诸多不能自圆之处：

第一，《天问》共 95 个韵段，描写大洪水时代以来至伍子胥的英雄传说，何以描写楚国只有不堪为外人道的三句，即“是淫是荡，爰出子文？吾告堵敖以不长，何试上自予，忠名弥彰”，引文包括两件事：一是子文即斗谷於菟的降生，据《左传·宣公四年》记载，是其父斗伯比“淫于郧子之女”而生，被弃于云梦泽中，为虎乳育，故名“於菟”，后来成为楚国的令尹。子文家族属于春秋初年楚国先公若敖氏后裔，后因族侄越椒造反而被夷灭，子文临终之言“若敖氏之鬼不其馁而”最终应验了；另一件事是“堵敖”被其弟即后来的楚成王所杀。《左传·庄公十四年》记楚文王灭息，杀息侯抢其夫人，“以息妫归，生堵敖及成王焉”。[①] 清华简《系年》简 28–29 记楚文王伐赛（息），“杀赛（息）侯，取赛（息）爲（妫）以归，是生堵嚣及成王。”[②]“嚣”“敖”声通。《史记·楚世家》：

> （楚文王）十三年卒，子熊𦫵立，是为庄敖。庄敖五年，欲杀其弟熊恽。恽奔随，与随袭杀庄敖代立，是为成王。成王恽元年，初即位，布德施惠，结旧好于诸侯。

这段记载与上文《天问》之“问”比较合拍。“庄敖”《春秋》经传作“杜敖”“堵敖”，杜、堵声纽均属端系，鱼部叠韵相通。《天问》“何试上自予”之“试”通“弑”，职部书纽入声。刘永济引汉石经公羊残碑：“何隐尔？试也。”“试”作“弑”。[③]王逸《章句》“堵敖楚贤人也”造作故事，荒唐无稽。

其次，从《天问》诗中可知，神殿壁画只描绘了这两幅楚国秽史，却没有描绘楚国神话及英雄传说。楚国的创立和发展充满了英雄主义精神，所谓“筚路蓝缕，以启山林”（《左传·宣公十二年》）。张正明先生《楚史》用了八章篇幅讲述楚国从传说时代的“祝融八姓”到吴师入郢以前的开拓史。[④] 在《左传》等书中有详细记载，又见于出土竹简《楚居》《系年》等篇。笔者《新出文献与楚先逸史及相关文学问题》据金文、简帛文献对楚公时代的神话传说有详细论述。[⑤] 如果认为屈原面对“楚有先王之庙及公卿祠堂”之类而作《天问》，何以没有图绘楚国开拓疆土的历代君臣，却唯独图绘叛国之臣并给楚国造成深重灾难的伍子胥？《天问》叙写大洪水时代以来的英雄传说，用 4 个韵段来写伍子胥图咏，写到伐楚鞭平王墓班师为止，客观上提供了更多的启示。

再次，屈原之问只提到令尹子文降生及堵敖被弑就戛然而止了，估计还有更加不堪的有关楚国秽史的壁画内容，屈子就不愿道及了。若是楚国先王神殿，在屈原时代，断无废弃之理，也就没有“呵壁问天”之说了，而《天问》中伍子胥故事图咏则是解开历史之谜的钥匙。那么，王逸所谓“呵壁问天”说在《天问》中是否有

---

① 《春秋左传正义》卷九，见阮元校刻：《十三经注疏》（清嘉庆刊本），第 3845 页上。

② 清华大学出土文献研究与保护中心编：《清华大学藏战国竹简》（贰），上海：中西书局，2011 年版，第 53 页。

③ 刘永济：《屈赋通笺》，北京：中华书局，2007 年版，第 134 页。

④ 张正明：《楚史》，北京：中国人民大学出版社，2010 年版，第 1—187 页。

⑤ 《北京大学学报》（哲学社会科学版），2013 年第 6 期。

文本依据？《天问》第41韵段云：

白蜺婴茀，胡为此堂？

王逸《章句》云："蜺，云之有色似龙者也；茀，白云逶移若蛇者也。言此有蜺茀气，逶移相婴，何为此堂乎？盖屈原所见祠堂也。"《补》曰："蜺，雄虹也。茀，音拂。"[①]王逸《章句》及以后诸家如明汪瑗《楚辞集解》、黄文焕《楚辞听直》等均以《列仙传》中崔文子学仙于王子乔事解之，《列仙传》乃西汉晚期刘向所辑，诸家均犯了时代错误，不得要领。蒋天枢先生认为："叔师以崔文子学仙王子乔故事说之，此故事是否在战国间已流行，无可考。"蒋先生释"白蜺"即《九章·悲回风》"处雌蜺之标颠"之"蜺"，训"婴"为"绕""茀"为"蔽"，[②]皆正确无误。《尔雅·释天》"蜺为挈贰"，郭璞注："蜺，雌虹也。""虹"即"蜺"（霓），早见于甲骨卜辞：

有出虹，自北饮于河。（《合集》图版10405反）[③]

"虹"字卜辞中凡三见，均作""，双头龙形。郭沫若《卜辞通纂》"虹"释作"蜺"，"象雌雄二虹而两端有首"，"盖古人以单出者为虹，双出者为蜺也"。[④]陈梦家《综述》认为："《楚辞·远游》和《西京赋》有'雄虹'，《悲回风》有'雌霓'，卜辞虹字象两头蛇龙之形。"[⑤]《山海经·海外东经》："䖭䖭（懿行案：虹）在其北，各有两首。"[⑥]宋玉《九辩》"骖白霓之习习兮，历群灵之丰丰"，"白霓"即"白蜺"，即白色双头龙。薛爱华（Edward Hetzel Schafer）认为："以彩虹形态出现的龙，在南亚和东亚的早期艺术中随处可见，例如印度的摩伽罗（makara），它像在汉代装饰艺术中的中国同类一样，现身为彩虹的样子，而两端则是怪物之首"，之所以称彩虹为"雌霓（蜺）"，是因为"在中国的早期作品中，空中的那道彩虹，象征着美丽的雨之女神"[⑦]。

"婴"为缠绕之意，《一切经音义》卷二十一："婴，犹缠绕也。《汉书》：婴城固守。《音义》曰：以城自绕者也。"[⑧]《山海经·西山经》："婴以百珪百璧。"

---

① 此处中华书局版《楚辞补注》点校有误，笔者据台湾艺文印书馆影明汲古阁本，2011年版，第171页。

② 蒋天枢：《楚辞校释》，上海：上海古籍出版社，1989年版，第211页。

③ 中国社科院历史所：《甲骨文合集》第四册，北京：中华书局，1982年版，第1533页。

④ 《郭沫若全集·考古编》第二册，北京：科学出版社，2002年版，图版第102页，释文第387—388页。

⑤ 陈梦家：《殷虚卜辞综述》，北京：中华书局，1988年版，第243页。

⑥ 郝懿行：《山海经笺疏》卷九，巴蜀书社据光绪十二年上海还读楼校刊印行，1985年版。

⑦ [美]薛爱华（Edward Hetzel Schafer）著，程章灿译：《神女——唐代文学中的龙女与雨女》，北京：生活·读书·新知三联书店，2014年版，第22—23页。

⑧ 玄英：《一切经音义》卷二十一，上海：上海古籍出版社，2008年版，第440页上。

郭璞注："谓陈之以环祭也。"[①]

"茀"，洪《补》"音拂"，茀、拂谐声相通。需明确的是，茀、拂上古音读若"蔽"，《卫风·硕人》"翟茀以朝"，《毛传》："茀，蔽也。"[②]《史记》本《怀沙》"修路幽拂兮"之"拂"，《章句》作"蔽"。

"胡为此堂"之"堂"，《说文》："堂，殿也。从土，尚声，籀文堂从高省。"[③]《释名·释宫室》："堂，犹堂堂，高显貌也。"[④]"堂"往往修得很高，为祀神娱乐之所。《楚辞·招魂》：

高堂邃宇，槛层轩些。层台累榭，临高山些。[⑤]

《淮南子·本经训》论古代明堂之制：

堂大足以周旋理文，静洁足以享上帝，礼鬼神，以示民知俭节。[⑥]

《天问》中的"堂"即万神殿，图绘原史时代的神话与英雄传说。

"白蜺婴茀，胡为此堂"之意为："白色双头蜺龙缠绕着（梁栋楹柱之类），被遮蔽的神堂，为何建造的呢？"可见连屈原也不知道这个"神堂"是谁人建造、又是何时废弃的。从上文屈原问语中可以了解到，壁画描绘了楚国秽史的内容，其不为楚国祠堂亦明矣。这个神堂的建造风格与楚国如此不同，壁画内容如此丰富刺激和别具一格，可能对屈原产生了极大视觉冲击力，类似于比较文化学中常见术语"文化震惊"（culture shock），于是书写了 95 个韵段，172 个追问。试想如果没有强烈好奇心激发起的创作冲动，怎么会留下彪炳史册、无人继踵的伟大作品！

那么这个神殿是否有可能为春秋吴国的建筑遗存？吴国早在屈原之前两百年（前 473 年）就被越国灭亡了。《左传·哀公二十二年》：

冬十一月，丁卯，越灭吴。请使吴王居甬东，辞曰："孤老矣，焉能事君？"乃缢，越人以归。[⑦]

古代国家灭亡，情景至为悲惨，正如越王句践所说"吴国为不道，求残我社稷宗庙，以为平原，弗使血食。"[⑧]《墨子·所染》："所染不当，故国家残亡，身为刑戮，宗庙破灭，绝无后类。"[⑨]吴国属于春秋战国之际绝嗣国家，宗庙、社稷、

① 袁珂：《山海经校注》，上海：上海古籍出版社，1980 年版，第 32—33 页。
② 《毛诗正义》卷三，见阮元校刻：《十三经注疏》（清嘉庆刊本），第 680 页。
③ 许慎：《说文解字》，北京：中华书局，1981 年版，第 287 页上。
④ 刘熙撰，毕沅疏证，王先谦补：《释名疏证补》，北京：中华书局，2008 年版，第 188 页，
⑤ 朱熹：《楚辞集注》，江苏广陵古籍刻印社据《古逸丛书》本影印，1990 年版，第 171 页。
⑥ 刘文典：《淮南鸿烈集解》，北京：中华书局，2013 年版，第 318 页。
⑦ 《春秋经传集解》卷三十，《汉魏古注十三经（下）》（《四部备要》本），第 438 页下。
⑧ 《国语集解》，第 556、561 页。
⑨ 孙诒让：《墨子间诂》，北京：中华书局，2009 年版，第 18 页。

图籍之类早已不存，但吴国故地仍保存着一些先朝记忆，类似《天问》所说的建造样式在《吴越春秋》中有记载，《阖闾内传第四》记伍子胥造城，云：

吴在辰，其位龙也，故小城南门上反羽为两鲵（鱙），以像龙角。①

孙诒让释“反羽”即“反宇”，《释名·释宫室》云：“宇，羽也，如鸟羽翼自覆蔽也。”②此谓吴小城南门门台甍宇反起为美观也；又释“鲵（鱙）”为“蟉绕”，下又挩“栋”字。③屈原所见“神堂”可能也属于这种“反羽”式建筑，所谓“如鸟羽翼自覆蔽”与上文对“茀”的解释也紧相关联。据石兴邦先生研究，④古代东南沿海盛行鸟崇拜风俗，反映在陶器、佩饰之上，自然也反映在房屋建构之上。《吴越春秋》中“鲵”“蜺”谐声通假，“（鱙）”通假为“绕”。但孙诒让以“鲵（蜺）”为“蟉”之误，此说不正确。“蟉”（来纽幽部）与“鲵”（蜺，疑纽支部）声韵远隔，不能相通。蟉即虬，《龙龛手鉴·虫部》：“虬，渠幽、居幽二反，无角龙也。”⑤《楚辞·离骚》：“驷玉虬而乘鹥兮”，王逸注：“有角曰龙，无角曰虬。”⑥所谓“无角曰虬”即大蛇，《汉书·司马相如传》载《大人赋》：“骖赤螭青虬之蚴蟉宛蜒”，王先谦注：“官本虬作蛇。”⑦越为大禹之苗裔，盛行蛇崇拜。而吴文化来自西周，盛行龙崇拜。《御览》卷183引《吴越春秋》述子胥造城，立“蛇门”，表示“吴在辰，其位龙；越在巳，其位蛇，示越属吴也”，“故小城南门作龙，以厌虵气也”⑧。又曰：“吴赦越王，使归国，送之于蛇门外，大纵酒，群臣祖道。”⑨蜺为双头龙，为吴的图腾，“虵”（蛇）指越。唐陆广微《吴地记》云：

阖闾城。周敬王六年，伍子胥筑大城，周回四十五里，三十步；小城八里，六百六十步。陆门八，以象天之八风；水门八，以象地之八卦。《吴都赋》云：“通门二八，水道陆衢”，是也。西，阊、胥二门；南，盘、蛇二门；北，齐、平二门。不开东门者，为越绝之故也。⑩

《吴地记》记“盘门”云：“古作蟠门，尝刻木作蟠龙镇此，以厌越。”⑪宋

① 周生春：《吴越春秋辑校汇考》，上海：上海古籍出版社，1997年版，第40、42页。

② 刘熙：《释名》，北京：中华书局，2016年版，第78页。

③ 孙诒让：《札迻》卷三，北京：中华书局，2006年版，第84页。

④ 《我国东南沿海和东南地区古代文化中鸟类图像与鸟祖崇拜的有关问题》，见田昌五、石兴邦主编《中国原始文化论集——纪念尹达八十诞辰》，北京：文物出版社，1989年版，第234—266页。

⑤ 释行均：《龙龛手鉴》卷二上，见《丛书集成初编》，中华书局据函海本影印，1991年版，第221页。

⑥ 王逸、洪兴祖：《楚辞补注》，北京：中华书局，1983年版，第25页。

⑦ 王先谦：《汉书补注》卷五十七下，北京：中华书局，1983年版，第1191页上。

⑧ 周生春：《吴越春秋辑校汇考》，上海：上海古籍出版社，1997年版，第42页。

⑨ 《太平御览》卷一百八十三，第894—741页下。

⑩ 陆广微：《吴地记》，收入清代张海鹏《学津讨原》第11册，扬州：广陵书社，2008年版，第472页。

⑪ 同上，第472页。

代朱长文《吴郡图经续记》卷上《城邑》云：

> 阖庐乃委计于子胥，使之相土尝水，象天法地，筑大城周四十里，小城周十里，开八门，以象八风。①

可见这种龙蜺盘栋以厌胜蟉蛇的建筑与《天问》“白蜺婴茀”的描述相同，当为伍子胥之所独创。

三、《天问》中的吴国先史与吴国本位的夷夏史观

在这个神堂壁画中绘有吴国先史，《天问》第 53 韵段：

> 吴获迄古，南岳是止。孰期去斯，得两男子？

王逸认为“两男子谓太伯、仲雍也”，吴太伯、仲雍“阴避让王季，辞之南岳之下，采药于是，遂止而不还也”。②“得两男子”之“得”当训为“投合”“投契”，指荆蛮与太伯、仲雍契合之意。类似用法如“少师得其君”（《左传·桓公六年》），“其邦君臣父子其未相得”（《清华七·越公其事》），注谓“彼此相合”。③《字汇·彳部》：“得，又合也，人相契合曰相得。”此韵段意思是：“吴国先公（太伯、仲雍）获知父亲古公的心思，于是到了南岳衡山；谁料到会离开这里，（荆蛮）会跟着这两男子？”这段吴国先史见于《史记·吴太伯世家》：

> 太王欲立季历以及昌，于是太伯、仲雍二人乃奔荆蛮，文身断发，示不可用，以避季历。季历果立，是为王季。而昌为文王。太伯之奔荆蛮，自号句吴。荆蛮义之，从而归之千余家，立为吴太伯。④

“太王”即古公亶父。《汉书·地理志》“吴地，斗分埜也”之后云：“大伯、仲雍辞行，采药，遂奔荆蛮……大伯初奔荆蛮，荆蛮归之，号曰句吴。”⑤《吴越春秋·吴太伯传第一》：“古公病，二人托名采药于衡山（注云：南岳），遂之荆蛮。”后来，“荆蛮义之，从而归之者千有余家，共立以为勾吴。”“归之”之“之”当指吴地。蒙文通《越史丛考》认为：“是太伯所奔之族虽为荆蛮，而所奔之地则句吴也。释者皆谓句吴在无锡，非楚地也，更不得在汉水流域也。”⑥这些“荆蛮”

① 朱长文：《吴郡图经续记》，见张海鹏《学津讨原》第 11 册，扬州：广陵书社，2008 年版，第 492 页。

② 王逸、洪兴祖：《楚辞补注》，北京：中华书局，1983 年版，第 104—105 页。

③ 清华大学出土文献与保护中心：《清华大学藏战国竹简》（七），上海：中西书局，2017 年版，图版第 55 页，释文第 120 页。

④ ［日本］泷川资言：《史记会注考证》卷三十一，北京：北京文学古籍刊行社，1955 年版，第五卷，第 2064 页。

⑤ 班固著，王先谦补注：《汉书补注》卷二十八下，北京：中华书局，1983 年版，第 853 页下。

⑥ 蒙文通：《古族甄微》，成都：巴蜀书社，1993 年版，第 303 页。

基本上属于蒙文通所谓“江汉民族”之“苗蛮集团”，《史记·五帝本纪》“三苗在江淮、荆州数为乱”，《正义》：“淮，读曰匯，音胡罪反，今彭蠡湖也。”①荆蛮即苗蛮，倍受夏、商打压，因此在太伯、仲雍率领下在古越之地另觅新地。据《古本竹书纪年》记载：“三十四年，周王季历来朝，武乙赐地三十里，玉十瑴，马八匹。”“季历”即太伯、仲雍之弟王季，在商王武乙三十四年时来朝见。据此判断太伯徙吴当在商王武乙之世。《世本·居篇》“吴孰哉居藩篱”，宋忠曰：“孰哉，仲雍字……藩篱，今吴之余暨也。”《居篇》又云“孰姑徙句吴”，宋衷曰：“孰姑，寿梦也……句吴，太伯始所居地名。”②太伯之吴的具体位置，据《吴越春秋》记载：

> 西伯致太平，伯夷自海滨而往。西伯卒，太子发立，任周、召而伐殷，天下已安，乃称王，追谥古公为大王，追封太伯于吴。太伯祖卒，葬于梅里平墟。

“梅里平墟”，元代徐天祐注云：“即太伯故城之地。刘昭云：无锡县东皇山有太伯冢。”③《汉书·地理志》：“太伯卒，仲雍立，至曾孙周章。二年武王克殷，因而封之。”④太伯、仲雍先到荆蛮“南岳”今湖南衡山地区，后率荆蛮千余家迁于吴地，乃以“衡山”命名新地，与晋永嘉之乱后世族南迁江南之“侨郡”相似。“衡山”之名见诸《左传·襄公三年》：“楚克鸠兹，至于衡山。”杜预注：“鸠兹，吴邑，在丹阳芜湖县东，今皋夷也。衡山在吴兴乌程县南。”⑤《吴越春秋·吴王寿梦传第二》：“十六年，楚恭（《左传》作共）王怨吴为巫臣伐之也，乃举兵伐吴，至衡山而还。”《越绝外传记吴地传第三》多记吴地掌故，有一条很重要：

> 吴古故祠江汉于棠浦东。江南为方墙，以利朝夕水，古太伯君吴，到阖庐时绝。

“江汉”，清钱培名《越绝书札记》：“‘汉’原注一作‘海’，按汉远于吴，作‘海’是。”⑥张宗祥注“当作‘江海’”，认为“吴地不及汉，何以祀汉？海则吴所应祀也。”⑦“汉”“海”形音义差别很大，原书如此，岂能臆改？上文已论太伯、仲雍率“南岳”荆蛮之民东之吴地，故以“衡山”命名新地，而于“棠浦东”祭祀江汉，示其祖源有自，不忘旧也。《尚书·禹贡》：

> 荆及衡阳惟荆州，江汉朝宗于海。

① 司马迁撰：《史记》，北京：中华书局，1959年版，第28—29页。

② 宋衷注：《世本八种》，王谟辑本，北京：北京图书馆出版社，2008年版，第34页。

③ 赵晔撰，徐天祐：《吴越春秋》，台湾世界书局据景明弘治覆元大德本印行，1980年版，第37页。

④ 王先谦：《汉书补注》卷二十八下，北京：中华书局，1983年版，第853页上。

⑤ 《春秋经传集解》卷十四，《汉魏古注十三经（下）》（《四部备要》本），北京：中华书局，1998年版，第216—217页。

⑥ 钱培名：《越绝书札记》，《越绝书·附录》，上海：商务印书馆，1956年版，第10页。

⑦ 张宗祥：《越绝书》卷二，上海：商务印书馆，1956年版，第11页。

郑玄笺："北据荆山，南及衡山之阳。二水经此州而入海，有似于朝，百川以海为宗。"① 这一江汉之祀始于太伯，而终于阖庐。《史记·吴太伯世家》："余读《春秋》古文，乃知中国之虞，与荆蛮、句吴，兄弟也。"②"《春秋》古文"即《春秋左氏传》。

从上文"伍子胥图咏"及吴国先史的图绘，以及"白蜺婴茀"的建造风格来分析，这个神殿应该是春秋末期吴国建造的万神殿，其壁画图绘神话与三代古史传说。朱东润先生《楚辞探故》认为《天问》"是一篇最初的、最原始的同时最可信的楚辞"。③林庚先生《天问论笺》认为："《天问》虽然不是叙事体而是问话体，但是它的内容性质，则正如史诗一般地集中在历史兴亡的故事上。"又云：

> 《天问》的兴亡史是以夏商周三代为中心的，这三代历史的发问占了整整一百句，超过全诗一半以上的篇幅，它的兴亡感也就是全诗主题的焦点。④

《天问》中172个绝世之问印证了这个神殿壁画的古老性，在古代神话传说遗存中是首屈一指的。王国维《殷卜辞中所见先公先王考》认为《天问》从"该秉季德"到"后嗣而逢长"（王力《楚辞韵读》第57-62共6个韵段）"此十二韵以《大荒东经》及郭注所引《竹书》参证之，实纪王亥、王恒及上甲微三世之事。"⑤ 如"该秉季德，厥父是臧"，又云"恒秉季德"，从而证明王亥、王恒皆季（即冥）之子。"昏微遵迹，有狄不宁"之"昏微"即上甲微，"有狄"即"有易"，与甲骨文考释相对应，证明殷商先公时代的历史，成为"二重证据法"的典范。《天问》中提到了许多名字，其中如"女岐无合""伯强何处""伯林雉经"等不见于史籍，可能是壁画人物的标注。《天问》图咏历史传说多有打破历史顺序之处，从上文对"白蜺婴茀胡为此堂"的考证得知，屈原也不知道这个神殿是谁兴造又是如何废弃的。现在我们知道《天问》终篇于伍子胥图咏，记载了吴国的祖源传说，是春秋吴国神殿遗存，图绘的三代古史传说内容也应该体现了吴国本位。

第一，吴国历史直接导源于太伯、仲雍率领姬姓族群在商王武乙之世，由西岐至南岳衡山（由陕西到湖南），与荆蛮南岳族群会合后，一起来到长江中下游江浙地区的史诗性迁徙，横跨傅斯年先生所谓"夷夏东西"的广阔地域，因此在吴国建造的神殿壁画中就保存了"夷夏东西"的神话传说。在古史传说时代有三种重要学说：

① 《尚书正义》卷六，见阮元校刻：《十三经注疏》（清嘉庆刊本），北京：中华书局，2010年版，第313页下。

② ［日本］泷川资言：《史记会注考证》，北京：北京文学古籍刊行社，1955年版，第2105页。

③ 《朱东润文存》下，上海：上海古籍出版社，2014年版，第653—654页。

④ 林庚：《林庚楚辞研究两种》，北京：清华大学出版社，2006年版，第173页。

⑤ 王国维：《观堂集林》卷第九《史林一》，见《王国维全集》第八卷，杭州：浙江教育出版社，2009年版，第271页。

一是傅斯年“夷夏东西说”，认为“三代及近于三代之前期，大体上有东西不同的两个系统。这两个系统，因对峙而生争斗，因争斗而起混合，因混合而文化进展。夷与商属于东系，夏与周属于西系。”[①] 吴国兼具夷夏部族的所有特点。

二是蒙文通《古史甄微》所谓“三大区域”即江汉民族、河洛民族、海岱民族的说法，[②] 太伯族群具有“江汉”苗蛮、“河洛”周部族以及“滨海”古越族三大部族成分。

三是徐旭生《我国古代部族三集团考》所谓“华夏集团”“苗蛮集团”以及“东夷集团”的区分，[③] 同样太伯族群“三大集团”兼而有之。

《天问》对英雄传说的叙述虽然基本上依据夏商周的朝代顺序，中间插叙尧舜故事，但从空间上可以分为夷东、夏西两大系统，如第 12–19 八个韵段讲鲧禹治水，第 31–32 两个韵段讲大禹与涂山女的传说，第 33–35 三个韵段讲述夏启故事，第 40 韵段说鲧“咸播秬黍”事，为“夏西”传说；第 36–39 四个韵段书写有穷氏后羿之代夏及其结局，第 41–45 五个韵段叙述有穷氏浇为夏少康所杀，第 47–48 两个韵段说汤谋伐夏桀以及桀伐蒙山，第 54–65 十二韵段以及第 86 韵段言汤得伊尹、伊挚之事，用傅斯年先生的说法是“夷夏”交争的历史传说。

第二，《天问》第 66–72 共七个韵段写到西周史迹，第 77–83 共七个韵段言先周史，这种历史时间的错位说明《天问》叙事依据壁画的空间顺序。就西周史迹来说，第 66–69 四个韵段言周伐殷，第 70 韵段言周昭王巡省南土死于江汉，第 71 韵段写穆王周流天下，第 72 韵段写周幽王因宠爱褒姒而被诛杀，西周结束，基本上见诸史籍；但《天问》第 74–76 三个韵段在痛诋商纣王之残暴以后，转向对西周前史的叙述，第 77–83 韵段叙述后稷降生、文王“受命”以及武王伐商的历史，这些先周神话传说同时也是吴国的祖源神话，是吴国保存的诸多先周时代的原史记忆，通过图绘商纣王的残暴，强调周初文武革命的合法性。

第三，《天问》对春秋霸主的描述只有齐桓公及吴王阖闾二人，却没有楚庄王。“春秋五霸”之名见于《孟子·告子下》“五霸者，三王之罪人也”，汉赵岐注：“齐桓、晋文、秦缪（穆）、宋襄、楚庄是也。”[④] 一说为齐桓公、晋文公、楚庄王、吴王阖闾、越王勾践。《天问》对“五霸”之中先于吴王阖闾的晋文公（前 636–前 627）、楚庄王（前 613– 前 590 在位）均未置辞。若《天问》为屈原见楚宗庙壁

① 傅斯年：《民族与古代中国史》，石家庄：河北教育出版社，2002 年版，第 3—60 页。

② 蒙文通：《古史甄微》，《蒙文通全集》第 3 册，成都：巴蜀书社，2015 年版，第 44、52、57 页。

③ 徐旭生：《中国古史的传说时代》，桂林：广西师范大学出版社，2003 年版，第 42—147 页。

④ 《孟子注疏》卷十二下，见阮元校刻：《十三经注疏》（清嘉庆刊本），北京：中华书局，2010 年版，第 6004 页上。

画而作，何以没有楚庄王开疆扩土、发扬蹈厉的“霸业”图绘？却画了“九合诸侯”伐楚的齐桓公和伐楚入郢的吴王阖闾？其根本原因就是这个神殿不是楚国的宗庙。第 73 韵段“齐桓九会，卒然身弑”，图绘齐桓公“九合诸侯”以及夭折的霸业意在展示吴国的雄心。《天问》第 87、92、93、94 四个韵段图咏吴王阖闾、伍子胥率领吴师伐楚入郢的壮举，伍子胥也成为英雄传说序列中的最后一个传奇。因此本文认为，这座春秋吴国神殿可能就建造于伐楚胜利后“群舒”归顺的一段时间。之后，吴国的战略中心转移到东南部与越王勾践的战争，西部对楚国采取守势，最后吴王夫差将柏举之战的重要同盟蔡国迁到“州来”之地，群舒之地全部放弃，笔者《蔡国旧事》有论。[①] 这种霸主雄心在吴王夫差身上体现得淋漓尽致，在击败越王勾践、越国臣服以后，低估了这个肘腋之患，北上与齐、晋争夺姬姓国家联盟的领导权，正如《左传·哀公元年》伍子胥所言“介在蛮夷而长寇雠，以是求伯，必不行矣”，夫差杀害了忠言极谏的伍子胥，付出了惨重的代价，最后为勾践所灭。

第四，吴地原住民为古越族，这个神堂建造在被称为“蛮夷”的“群舒”土地上，这里是神话传说盛行的地区，自然就将古越族以及“群舒”奉祀的诸神写入壁画。群舒国族是夏初皋陶之后，顾炎武《日知录》卷十三“姓”条云：“蓼、六、舒、舒鸠，偃姓也，自咎由。”[②]“咎由”即皋陶，顾栋高《春秋列国爵姓及存灭表》卷五“英氏”条：“偃姓，皋陶后。”[③] 皋陶曾辅佐大禹治水，因此皋陶系国家自然保存了大洪水神话与涂山传说。而古越族相传为大禹之苗裔。《天问》第 12–19 八个韵段写鲧禹治水，第 13 韵段“鸱龟曳衔，鲧何听焉？顺欲成功，帝何刑焉？”鲧治水即将成功却被尧帝所杀，与人们习见的历史传说不同。第 31、32 韵段云：

> 禹之力献功，降省下土四方（一无“四方”二字）。焉（一作安）得彼嵞山女，而通之于台桑（一云：焉得彼塗山之女，而通于台桑。塗，《释文》作“涂”）？
>
> 闵妃匹合，厥身是继。胡维嗜不同味，而快鼌（一作晁，一作朝）饱？

涂山处于群舒地区，今安徽当涂。《汉书·地理志》：“当涂，侯国。应劭曰：禹所娶涂山侯国也，有禹虚。”唐李吉甫《元和郡县图志·江南道四》、宋乐史《太平寰宇记》卷一百五“当涂县”有记载。关于大禹娶涂山女事，古书记载颇有不同。《尚书·益稷》：“予创若时，娶于涂山，辛壬癸甲。启呱呱而泣，予弗子，惟荒度土功。”历来注家多据此条解释“胡维嗜不同味，而快鼌（朝）饱”之句，为大禹开脱，林庚先生《天问论笺》认为此句“指禹与涂山氏女野合后便掉头不顾地抛弃了她”，相对于《尚书·益稷》《吕氏春秋》为大禹开脱，“南方传说中保留的原始神话性

① 张树国：《蔡国旧事——关于春秋蔡国兴亡的三种文本解读》，《中华文史论丛》，2014 年第 1 期。
② 顾炎武著，黄汝成《集释》：《日知录集释》，石家庄：花山文艺出版社，1991 年版，第 996 页。
③ 顾栋高：《春秋大事表》上册，北京：中华书局，1993 年版，第 584 页。

较多，因而也就更富于具体的情节”。[①]可见流传于“群舒地区”的大禹与涂山女传说与传统记载不同。《天问》中神名如“女岐”“伯强”“伯林”多不可解，结尾“中央共牧”三个韵段（第89、90、91）内容不见史籍，可能与古越族或群舒神话有关。

四、对屈原《天问》创作时地问题的学术重估

从以上论证可见，《天问》对吴国先史之问在《史记》《汉书》《吴越春秋》《越绝书》等书中有记载，《天问》神话及英雄传说序列截止于伍子胥图咏，这个“白蜺婴茀”的神堂建筑颇见于吴地掌故，这座在屈原时代已经废弃两百多年的神堂，很可能是春秋末尚处在鼎盛期的吴国建造的，但显然不是建造在吴国的传统疆域之上，而是在所谓“吴头楚尾”的“群舒”土地上。《史记·屈原列传》：“太史公曰：余读《离骚》《天问》《招魂》《哀郢》，悲其志。”《屈原列传》对传主屈原的生平事迹多语焉不详，尤其对顷襄王时期屈原流放陵阳的时间没有记载。本文通过对《天问》文本中伍子胥事迹以及春秋吴国神殿的考证，证明《天问》为屈原晚期流放陵阳以后，在群舒地区发现了这座建造风格迥异楚国的神殿，富有冲击力的壁画描绘丰富生动的神话和英雄传说，这些壁画内容通过博学的屈原充满理性主义的“卡塔西斯”（katharsis）式的追问，[②]呈现在我们面前。现在我们通过出土文献了解到这种“问”体是楚地文学特有的样式，《上博七·凡物流形》：“凡物流形，奚得而成？流形成体，奚得而不死？”[③]通篇以“问”语形式展开。《庄子·天运》：“天其运乎？地其处乎？日月其争于所乎？孰主张是？孰维纲是？”[④]这种“问”体成为探讨宇宙生命本源和历史奥秘的一种文学体裁。在上文探讨的基础上，对《天问》中影响比较大的说法进行学术反思，挖掘传统说法的价值。

（一）王逸所谓屈原“呵壁问天”是有价值的说法，但认为“楚先王之庙及公卿祠堂”则不可靠。林庚先生《天问笺释》认为：“屈原自郢都出走后，曾徘徊在汉水一带，汉水上的宜城也即楚昭王的鄀都，而《天问》中所问的历史传说就正好是到楚昭王时代为止。这些巧合，至少可以为仰观图画于先王之庙的说法提供一个

① 林庚：《林庚楚辞研究两种》，北京：清华大学出版社，2006年版，第201页。

② 据陈中梅先生解释，katharsis既可指医学意义上的“净洗”和“宣泄”，亦可指宗教意义上的“净涤”。见[古希腊]亚里斯多德著，陈中梅译注：《诗学》，北京：商务印书馆，1996年版，第226页。

③ 马承源主编：《上海博物馆藏战国楚竹书》（七），上海：上海古籍出版社，2008年版，图版第77页。

④ 郭庆藩：《庄子集释》，《诸子集成》，上海：上海书店，1986年版，第218—219页。

依据。”[①]《天问》未提到楚昭王熊珍之名，也未书写楚昭王在打退吴兵、灭唐沈胡等国、收复群舒地域的战绩和病殁军中的结局，却图绘其死敌伍子胥逃楚入吴和吴王阖闾伐楚入郢的功绩。而且《天问》所记只有令尹子文因为其父淫荡而降生以及堵敖被弑两件楚国秽史，由此可见，所谓“楚先王之庙及公卿祠堂”壁画说证据严重不足，于情理不合，不足以服人。

（二）与上一个问题相关联，“《天问》作于楚怀王时期屈原流放汉北说”没有根据。游国恩先生《楚辞概论》认为：“大概是屈原头一回被谗去职以后放于汉北以前所作。”[②]笔者考察类似几十种说法，皆无实据。聂石樵先生《屈原的生平》认为：“（屈原）从夏首东下，经过洞庭、夏浦，最后到陵阳，在陵阳住了九年”，自注云：“陵阳在何处不可考，蒋骥认为是安徽青阳县南六十里之陵阳，但屈原的行踪未必到这里，所以不确切。”[③]陵阳所在群舒地区早在春秋末期吴国灭亡以后就并入了楚国的版图，作为“吴头楚尾”文化落后的蛮夷地区，早就成了弃逐之臣的贬所。《九章·哀郢》回顾自己流放陵阳已经“九年而不复”了。1957 年出土的《鄂君启节》是楚怀王六年（前 323）为鄂君启颁发的沿楚国边境经商的征税凭证，其中舟节铭文涉及春秋时群舒之地，即“逾江，就彭射（泽），就松（枞）阳，入庐江，就爰（宛）陵”。“彭射（泽）”即鄱阳湖，“松（枞）阳”即今安徽枞阳，“爰（宛）陵”今安徽宣城，而从长江“入庐江”之后也就到了屈原的贬所陵阳，《汉书·地理志》“庐江郡”条：“庐江出陵阳东南，北入江。”车节铭文云：“就方城，就象禾，就酉（柳）焚（棼），就繇（繁）阳，就高丘，就下蔡，就居巢。”这七个城镇皆为楚国北部边境，春秋时均为“吴头楚尾”的群舒地区。楚国常将逐臣贬谪流放到边境荒凉地区，屈原就是突出代表，在流放陵阳的九年（前 286–前 278）中，发现了这座废弃多年的古老神殿，于是愤然而作《天问》。

（三）王逸《天问叙》所云“因书其壁”而后“楚人因共论述，故其文义不次序”即后世楚人整理说，无法证实。就现在所见资料看，屈原赋最早编集者应是西汉淮南王刘安，战国时代不知由谁来编集，《史记·屈原列传》：“屈原既死，楚有宋玉、唐勒、景差之徒者，皆好辞而以赋见称。”未言编屈原集之事。战国楚考烈王二十二年（前 241）“楚东徙都寿春，命曰郢。”“寿春”为春秋时群舒之邑，自然会将楚国王室档案之类带到寿春，汉初属淮南国，《汉书·地理志》述吴地楚辞之盛，“淮南王安亦都寿春，招宾客著书。而吴有严助、朱买臣贵显汉朝，文辞

① 林庚：《林庚楚辞研究两种》，北京：清华大学出版社，2006 年版，第 180 页。

② 游国恩：《天问纂义》，见游宝谅编《游国恩楚辞论著集》（第三册），北京：中华书局，2008 年版，第 80 页。

③《聂石樵文集》第五卷《屈原论稿》，北京：中华书局，2015 年版，第 45 页。

并发，故世传《楚辞》”。[①]因此本文推测，《天问》最早收集者可能是淮南王刘安，其所作《淮南鸿烈》二十一卷受到《天问》的明显影响。朱熹《楚辞辩证》云：“大氐古今说《天问》者，皆本此二书（即《山海经》与《淮南子》）今以文意考之，疑此二书本皆缘解此问而作。”[②]陈振孙《直斋书录解题》云：“《楚辞集注》谓《山海经》《淮南子》殆因《天问》而著书，说者反取二书以证《天问》，可谓高世绝识，毫发无遗恨者矣。”[③]《淮南子》依《天问》之“问”作了诸多“天对”。后来淮南王刘安在武帝元狩元年（前122）因所谓“谋反”罪名被逼自杀以后，其幕府档案材料当然收归国有，《天问》之类楚辞作品自然也被收归“金匮石室”了。到东汉安帝元初年间（114–120）王逸为校书郎注释《楚辞》，已距屈原之死将近四百年左右，《天问叙》所谓屈原见“楚先王之庙及公卿祠堂”壁画而作《天问》只是一家之词，却成了后世学者的不祧之祖。

本文借助于屈原的《天问》图咏，考证屈原面对的“神堂”乃春秋末期吴国在“群舒”土地上的建筑遗存，其壁画以吴国为本位图绘三代神话与古史传说，其最后一位英雄是伍子胥，其最后历史事件是描绘吴王阖庐与伍子胥伐楚入郢的史诗性壮举，这个神殿兴造于伐楚入郢以后群舒归顺的一段时间，具有纪念碑特征。二百年后屈原被顷襄王流放到陵阳，发现了这座废弃已久的神殿，在强烈好奇心的驱使下创作了《天问》这部伟大作品。

---

① 王先谦：《汉书补注》卷二十八下，北京：中华书局，1983年版，第853页。

② 王逸、洪兴祖：《楚辞集注》，北京：中华书局，1983年版，第254—255页。

③ 陈振孙：《直斋书录解题》，上海：上海古籍出版社，1987年版，第435页。

《云中君》的云神描写及其文学内涵

——兼及本篇祀主之辨析

汕头大学 管宗昌

摘　要：《云中君》展现了云神光明灿烂、变动不居、回旋圆转的形象，以及位同天帝的崇高神格。“云”的初字凸显圆转回旋的形象，战国时期“雲”字产生，以云视雨逐渐成为普遍认知。积云降雨、沾溉万物又被泛化引申为辅助、助益。《小畜》《需》两卦确立的是以云视雨，以及以云雨为德泽的思维模式。屈原继承了战国时期普遍的云雨认知，但只写云（云神）而未及雨，将对雨的等待书写为思念和忧心，提升了云的抒情效用。早期的卿云书写，特别是卿云作为道与德的象征，同样影响了《云中君》，云神被提升到极高的地位。关于本篇的祀主，坚持以文本为核心，显然更容易切近事实。

关键词：《云中君》；云神；祀主

关于《云中君》的祀主是一个颇有争议的话题，常见的有如下几种说法：朱熹、颜师古等人认为是云神；丁山、李炳海等人则认为是雷神；李金锡则认为是虹神；张为权认为是爱神（男女云雨）；田兆元认为是凤神；姜亮夫认为是月神；曹胜高认为是岁星；萧兵则认为是轩辕星神；龚维英则认为是云神雷神合一等等，可谓不一而足，而且讨论还在继续之中，定论一时难见。

本文不准备再直接参入祀主的争论，而是立足所认同的云神说，从文本入手，正面勾勒其神灵描写的特点，及其文化渊源、文学内涵，从而展现《云中君》云神描写的合理性和文学价值。在此过程中，也将对诸说的关键歧误做一定辨析。以此达到对本篇文化内涵、文学意义的全新阐释，一定程度上也为祀主讨论提供新视角、新维度。

屈原将云这一自然物象进行神格化描写，展现了云神的多方面特征。屈原的云神描写有着深厚、广阔的文化背景，同时更充分展现出独特的文学意义，以及伟大文学创造。

一、《云中君》的云神描写

《云中君》所描写的云神体现出如下几个特征：

第一，与光同在，光明而灿烂。

“灵连蜷兮既留，烂昭昭兮未央”，王逸：“烂，光貌也。昭昭，明也。……见其光容烂然昭明，无极已也。”[①]说的正是云神灿烂光明之貌。另如，“与日月兮齐光”，王逸：“齐，同也。光，明也。……夫云兴而日月昏，云藏而日月明，故言齐光也。齐，一作争。”根据汤炳正先生考证，王逸注训“齐”为“同”，其所据东汉本作“齐光”，“但《史记》引刘安《离骚传》说句西汉本则当作‘争光’。”[②]如果此处按“与日月兮争光”视，王逸等人均将“争光”解为“云兴而日月昏，云藏而日月明。”其实，“争光”未必解为云与日月争夺光明，《广韵》解“争”为：“竞也。”[③]就是竞争，也就是说，云和日月竞争光明，意谓云之光明与日月之光明齐同相当，此有“齐同”之义。这也许就是东汉时期自然地演“争”为“齐”的原因。云虽然不能自己发光，但是能够反射、折射日月之光而灿烂昭然，其光明目视之实在是与日月齐同的，云不仅仅是作为日月的遮蔽物而存在。黄灵庚虽然在这一点认识同样有偏失，但是其对此句的总体认知是正确的：“言云神丰隆爵位尊高，乃与日月同光明也。”[④]此句说的正是云神光明灿烂齐同日月，同时隐喻其地位之崇高同于日月。另外还有：“灵皇皇兮既降”，“皇皇”，王逸注：“皇皇，美貌。……其貌皇皇，而美有光明也。”王逸说法大致不错，“皇”，尹黎云说此字：“象镫中有或性。朱芳圃认为皇即煌的初文，其说可从。……镫中有火则明，故从皇指事，可得明义。”[⑤]可见，此句所指正是云神光明闪耀地降临下来。

可见，光明灿烂正是《云中君》中云神的重要特点。

第二，变动不居与回旋圆转。

《云中君》中的云神变动不居，首先表现为外在形态的变化无端。篇中描绘的云神之形态依次包括：“连蜷”（灵连蜷兮既留）、“周章”（聊遨游兮周章）、“横”（横四海兮焉穷）。连蜷，洪兴祖认为是“长曲貌”，刘永济认为：“连蜷者，云

---

① 洪兴祖：《楚辞补注》，南京：凤凰出版社，2007 年版，第 51—52 页。后文出现《云中君》原文及王逸注、五臣注等未加标注者，均出自本书。

② 汤炳正：《楚辞今注》，上海：上海古籍出版社，2019 年版，第 50 页。

③ 陈彭年：《钜宋广韵》，上海：上海古籍出版社，2017 年版，第 124 页。

④ 黄灵庚：《楚辞章句疏证》（第二册），上海：上海古籍出版社，2018 年版，第 863 页。

⑤ 尹黎云：《汉字字源系统研究》，北京：中国人民大学出版社，1998 年版，第 324 页。

神留连宛转的情状。"[①]两人说法是正确的，说的是云回转留连的静止状态。"周章"，王逸："犹周流也。"姜亮夫先生认为是："乃不定之意。"[②]此说法显得太宽泛。其实，本词属于联绵词，从前后语境看，"翱游"，意味着"周章"确有游动不定之义，但是具体形态应该是指"回旋舒缓貌"。宋代王观国《学林·周章》："周章者，周旋舒缓之意。"[③]是有道理的，此词与"周"之字义有一定关联。周，尹黎云说其："甲骨文……表示田间布满禾稼的形态，故周有'密'义。而田间禾稼的形态特征不仅是密，而且是一块一块地被田埂围起来，故引申周有匝义。"[④]综合判断，"周章"应该就是回旋流动的样子，这一形态与"连蜷"近似，只是凸显动态。"横"，王逸："出入奄忽，须臾之间，横行四海，安有穷极也。"洪兴祖："横，充也。"王逸训为横行，洪兴祖训为充，其实都是凸显了云之弥漫广阔的形态特征。

其次，表现为动静不居。如上文言，开始云神"既留"是静止状态，继而"翱游兮周章"，开始往来回旋流动；继而"猋远举兮云中"，说的是"去疾貌"（王逸注），迅速漂浮远离；继而"横四海兮焉穷"，说的是弥漫四海无有穷极。可见此神时静时动，动时甚至倏忽莫测。

所以，变动不居是《云中君》中云神的重要特征，主要表现为形态不居、动静不居。当然，其核心形态当是回旋圆转。

第三，神格崇高。

《云中君》中的云神显然是神灵化的云，是具有类人特征的神灵。保留了云作为自然物象的特征，更超越了其自然特征，其神格是高尚的。"蹇将憺兮寿宫"，"憺"，王逸："安也。……憺然安乐，无有去意。"是心安之貌，显然是拟人化的神灵形象。而此神确又是高尚的存在："与日月兮齐光""龙驾兮帝服"。如上文言，"与日月兮齐光"除是云之光明的描写，也是云神地位的隐喻，而"龙驾""帝服"说的正是云神驾龙，"兼衣青黄五采之色，与五帝同服。"（王逸注）可见其神格之高。

云神的神格之高还感性地展现为云神所居高邈，他虽然有时下降，但是所居高邈往往都是其神格之高的具象化显现，"览冀州兮有余，横四海兮焉穷"，五臣注："言神所居高绝，下览冀州，横望四海，皆有余而无极。"云神览望冀州尚有余，可见其所居高邈，以及法力之广大无边。

---

① 刘永济：《屈赋通笺附笺屈余义，屈赋音注详解，屈赋释词》，武汉：武汉大学出版社，2013 年版，第 368 页。

② 姜亮夫：《楚辞通故》第四册，昆明：云南人民出版社，1999 年版，第 490 页。

③ 王观国：《学林》卷五，见《影印文渊阁四库全书》（851 册），台湾：台湾商务印书馆，1983 年版，第 131 页。

④ 尹黎云：《汉字字源系统研究》，北京：中国人民大学出版社，1998 年版，第 278 页。

所以，《云中君》确立了云神所居高邈、法力无边、位同天帝的崇高神格。

二、云视雨的文化背景及《需》《小畜》二卦

雲，《说文解字》："山川气也。从雨，云象雲回转形。"① 而此字最早的甲骨文多种形态中最为核心的形态特征是下部回旋纹，如""②，冯华说："甲骨文，金文像云朵形。后加形符'雨'作'雲'。"③ 从字形考察看，战国时期出现了"雲"的文字形态。从字形演变能够看出，古人对云的早期认知主要从其形态而言，突出云圆转回旋的形态。当然这一形态可以从静态视之，就是宛转回旋的样子；同样也可以从动态视之，是云旋转变动的样子。《诗经·小雅·正月》："洽比其邻，昏姻孔云。"毛传："云，旋也。"④《广雅·释天》"雲，运也。"⑤ 正是突出其周旋运作之义。

"云"的造字说明古人最早主要是从云的形态对云进行认知和描述，但是云往往会和雨紧密关联，见云而视雨应当也是较早的自然认知。赵诚说："古人认为云和雨关系紧密，这种观念在卜辞中已有反映，如'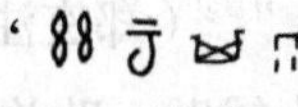'（云其雨—即兹，此也，指示词）（存一·一〇七），意为此云该会下雨吧！后来云字加一个雨作为形符变成了雲，与这种观念不无关系。"⑥ 当然，甲骨卜辞中云雨关联的例子还不止此一处，说明古人较早就认识到了云雨的紧密关系。

当然，甲骨卜辞中的云雨关联主要是集中在较为具象的层面，没有过多的象征和引申。从所见文献看，从西周时期开始，云雨的关联度就在持续上升，并且往往会带有象征和引申。

如《诗经·小雅·白华》："英英白云，露彼菅茅。"高亨："露，润泽也。"⑦ 白云升起，最终沾溉菅茅。《诗经·小雅·信南山》："上天同云，雨雪雰雰，益之以霡霂，既优既渥，既霑既足，生我百谷。"⑧ 此处仍然是将云与雨联系，而雨又沾溉万物、生我百谷。这里引申出的都是雨水对于万物的沾溉，雨水是被期待被肯定的对象。

---

① 许慎：《说文解字》，北京：中华书局，1963年版，第242页。

② 姜亮夫：《楚辞通故》第四册，昆明：云南人民出版社，1999年版，第490页。

③ 李学勤主编：《字源》，天津：天津古籍出版社；沈阳：辽宁人民出版社，2012年版，第1027页。

④ 王先谦：《诗三家义集疏》，北京：中华书局，1987年版，第672页。

⑤ 王念孙：《广雅疏证》，北京：中华书局，2019年版，第674页。

⑥ 赵诚：《甲骨文简明词典》，北京：中华书局，2009年版，第4页。

⑦ 高亨：《诗经今注》，上海：上海古籍出版社，2009年版，第361页。

⑧ 周振甫：《诗经译注》，北京：中华书局，2002年版，323页。

云和雨的关联如此密切，也酝酿着对“云”认知的进一步推展和深化。战国时期正是“雲”字产生的时代（此字正是云雨的合体），同时也是云雨紧密结合的时代，以云视雨逐渐成为普遍认知。《周易·乾·象》：“云行雨施，品物流形。”高亨注曰：“此二句言天有云行雨降，万物受其滋育，始能运动形体于宇宙之间。”[①] 象辞将云行雨降视为重要的生命之源。《庄子·在宥》：“自而治天下，云气不待族而雨，草木不待黄而落，日月之光益以荒矣。”司马彪言：“族，聚也。未聚而雨，言泽少。”[②] 这虽是从反面说，但是仍然反映了云聚雨降的基本认知。《孟子·梁惠王上》有：“天油然作云，霈然为雨，则苗浡然兴之矣。”[③] 则是更为鲜明的以云视雨的认知。能够看出，战国时期以云视雨已成为较为普遍的认知，而积云降雨又被赋予沾溉万物的崇厚品性。

这种以云视雨，以雨沾溉的认知，有时又被进一步泛化引申，成为辅助、助益之类的隐喻。《礼记·孔子闲居》：“地载神气，神气风霆，风霆流形，庶物露生，无非教也。清明在躬，气志如神，耆欲将至，有开必先，天降时雨，山川出云。”[④] 文武有德行，于是感应上天，“神有以开之，必先为之生贤知之辅佐，若天将降时雨，山川为之先出云矣。”[⑤]（郑玄注）将贤人的降临比喻为山川出云，天降时雨。所以，以云视雨已经扩展为辅助、助益之象征。

这里需要特别加以提出的是《周易》之《需》和《小畜》两卦，这两卦都有关于云和雨的记述，集中反映了时人对云和雨的哲学认知。金景芳说：“需卦的意思是须，须就是等待。”[⑥] 这种说法大致不错，本卦象词曰：“云上于天，需。”金景芳进一步解释说：“乾为天，坎为云，云在天上，尚未成雨，有须待之义。”[⑦] 高亨有类似看法，他说：“《需》之卦象是‘云上于天’，待时而降雨，是以卦名曰《需》。……按《象传》以雨比德泽（云是未降之雨），以天比朝廷，以云上于天，喻德泽在朝廷之上，待时降于民。君子观此卦象及卦名，从而饮食安乐，待时见用。”[⑧] 高亨更进一步以朝廷德泽解说云上于天，确立的是以云视雨（对雨的期待），以及以云雨为德泽的思维模式。

《小畜》卦辞曰：“小畜，亨。密云不雨，自我西郊。”金景芳说：“需是须，

---

① 高亨：《周易大传今注》，济南：齐鲁书社，2009 年版，第 33 页。
② 阮毓崧：《重订庄子集注》，上海：上海古籍出版社，2018 年版，第 296 页。
③ 焦循：《孟子正义》，北京：中华书局，1987 年版，第 78 页。
④ 朱彬：《礼记训纂》，杭州：浙江大学出版社，2010 年版，第 740—741 页。
⑤ 朱彬：《礼记训纂》，杭州：浙江大学出版社，2010 年版，第 741 页。
⑥ 金景芳：《周易全解》，长春：吉林大学出版社，1989 年版，第 73 页。
⑦ 金景芳：《周易全解》，长春：吉林大学出版社，1989 年版，第 74 页。
⑧ 高亨：《周易大传今注》，济南：齐鲁书社，2009 年版，第 80 页。

等待，小畜也有蓄积、等待的意思。”①他还说道：“其实这两句话不过是打个比方，用这个大家司空见惯的天气现象比喻小畜这一卦的基本思想。小畜的时代，臣对君的过错，下级对上级的问题，用适当的方法批评、谏止，最终肯定达到目的，雨总是要降下的。然而目前不行，目前六四一阴尚未得到三阳的感应，下级的意见尚未得到上级的理解、赞同。好像阴云虽然密布，无奈‘自我西郊’，雨一时半晌下不来。”②能够看出，此卦和《需》卦一样，其思维模式是一致的。包括三大要点：一是，以云视雨，云雨之间关联的确立；二是，对以云视雨、对雨的期待，当雨不能降临的时候，往往都是等待和期待；三是，以云雨为德泽和顺遂的象征，甚至还是君臣之间和谐的象征。众所周知，《周易》是个庞大丰富的象征系统。这两卦的确是古人对于云雨认知的哲理化，也是对云雨象征系统的巨大开拓。

联系《云中君》不难看出屈原对这一书写模式的继承与发展，其继承的是古人对云的形态的认知，而更多的则是在云视雨文化背景下的创造性发展。《云中君》没有写雨，而是创造性地使用了《需》《小蓄》卦的等待内涵。这一殊异的书写方式展现出作者高超的文学创造。

云神接受了祭祀，最终“猋远举兮云中，横四海兮焉穷。”他快速地飞升上天，横行四海，是典型的“云上于天”模式。《云中君》对典型的以云视雨模式进行了变形化处理。将等待和期待书写为：“思夫君兮太息，极劳心兮忡忡。”王逸说：“忡忡，忧心貌。屈原见云一动千里，周遍四海，想得随从，观望四方，以忘己忧思，而念之终不可得，故太息而叹，心中烦劳而忡忡也。或曰：君，谓怀王也。屈原陈序云神，文义略讫，愁思复至，哀念怀王暗昧不明，则太息增叹，心每忡忡，而不能已也。”虽然王夫之等人不同意将之附会到君臣关系上，但是对于云神的思念、期待是肯定的，这种模式显然与当时的普遍认知相符。有云而未雨，应该如何对待？《需》卦提出的是安静、安乐以等待，《小畜》卦提出的是积蓄和等待，但屈原显然将这种等待进一步情绪化、浓烈化，变成了思念和忧心。其实，这种情绪再进一步关联到屈原对君臣关系的感知也是未尝不可的。

所以，《云中君》继承了古人对于“云”为回转流动的形态认知，极力凸显其变动不居的流动性和不可把握性。同时，在以云视雨方面，又继承了长久以来普遍的云雨认知，只写云（云神）而未及雨，将对雨的等待书写为思念和忧心。云的不可把握，与思念忧心又有着必然的内在关联，这在战国时期“以云视雨”及其象征系统的文化背景下，大大提升了云的抒情效用。

与此相关，很多研究者认为云和雨是紧密相关的，本文只写了云而没有写雨，

① 金景芳：《周易全解》，长春：吉林大学出版社，1989年版，第95页。

② 金景芳：《周易全解》，长春：吉林大学出版社，1989年版，第96页。

于是认定本文祀主不是云神。这样看，这种判断未免过于武断。以云视雨的确是长期以来的重要认知，但是不见得一定见云则见雨，《需》《小畜》也正是见云而待雨。在云视雨的文化背景下，写云不写雨更应看作是一种文学创造，是屈原匠心独运之处，这的确更能展示作者的期待与思念。

三、《云中君》与早期卿云书写

云还有一种重要的存在形态——卿云。如果统观早期的云书写就会发现，《云中君》的云神描写又与早期的“卿云”书写有着莫大的关联。

《卿云歌》最早记载见于《尚书大传》，《竹书纪年》也有载录。这几部书的时代当前学界都无定论，与之关联的《卿云歌》具体的产生时代也难以确认。当然，更多学者倾向于将之界定于秦汉以降。如刘艳说：“因此《卿云歌》这首诗作的产生年代至今尚无确切定论。但无论如何，这首诗与其相关的记载，反映了秦汉以来学者对尧舜时期的某种认识或者想象，这种想象随即也成为汉代所确立的儒家圣贤传位、天人感应等诸理论的重要基石。”[①]《卿云歌》后来也被辑录于《古诗源》《先秦两汉魏晋南北朝诗》中，其词曰：“庆云烂兮，糺缦缦兮。日月光华，旦复旦兮。”[②]“烂”，《广韵》：“明也”[③]。王逸认为是“光貌”，大致是正确的。“糺缦缦”则是缭绕漫衍之态。所以，此歌突出了卿云（庆云）光亮和缭绕漫衍的形态特征。当然，这首古歌所产生的背景是舜帝禅让大禹，这一充满帝王德行、君臣和谐的背景自然就被赋予了卿云这一意象。

何为“卿云”？为何又作“庆云”？“卿”字，周宝宏说：“《说文》、段注所释卿字构形及其本义皆不符合初文之义。……杨宽在《古史新探》一书中从社会历史发展的角度论证卿、鄉、饗三字词义的来源，证明三字原为同一字，可备一说。卿（鄉、嚮、饗）本义是相向而饗食。”[④]尹黎云也持同样观点：“卿和鄉其实是一个字。”[⑤]“饗宴乃宾主相向而极欢，引申有饗宴义。”[⑥]尤其是尹氏点明了此字的最初内涵：相向、极欢。所以，“卿云”的喜气之义当时从饗宴欢乐而来，指喜气之云。这样看来，“卿云”其实是强调了云的情绪属性，而基本没有透露其他更

① 刘艳：《代代相传的诗意和情怀——论〈卿云歌〉的价值与艺术特色》，《古典文学知识》，2019 年第 6 期，第 19 页。

② 沈德潜：《古诗源》，北京：中华书局，2018 年版，第 2 页。

③ 陈彭年：《钜宋广韵》，上海：上海古籍出版社，2017 年版，第 306—307 页。

④ 李学勤主编：《字源》，天津：天津古籍出版社；沈阳：辽宁人民出版社，2012 年版，第 800 页。

⑤ 尹黎云：《汉字字源系统研究》，北京：中国人民大学出版社，1998 年版，第 55 页。

⑥ 尹黎云：《汉字字源系统研究》，北京：中国人民大学出版社，1998 年版，第 55 页。

为具体的信息。庆：尹黎云说："甲骨文作，……闻一多认为庆和廌是一个字，其说可从。……廌就是麒麟，麒麟是古人崇拜的仁兽，神话中的图腾，也是吉祥的象征。"[①]所以，卿云写作庆云完全是同义之间的通用，意义一致，都表示喜气吉祥。

卿云（或庆云）后来又得一称呼："景云"。《孝经・援神契》："德至山陵则景云出。"[②]孙柔之曰"一名庆云。"景：《说文解字》："光也。"[③]"景云"一词先秦时期未见，而此名显然也是对其光亮形态的表述。无独有偶，以"景"命名的还有星，《史记・天官书》有："天精而见景星，景星者，德星也。其状无常，常出于有道之国。"[④]能够看出，景星、景云均有光亮，而且都与王者之德紧密相关。其实，这一点与《卿云歌》也并无龃龉。

综合三种名称可以看出，卿云是喜气、吉祥的象征，而光洁明亮则是其重要的核心特征。作为喜气吉祥的象征，它又往往与国家之道、帝王之德紧密相连。

《竹书纪年》《史记・天官书》又对"卿云"的形态有这样的描绘："若烟非烟，若云非云，郁郁纷纷，萧索轮囷，是谓卿云。卿云见，喜气也。"[⑤]（《史记・天官书》）没有描绘其光亮的特征，但是重复描绘了外在形态。"郁"有浓盛积聚之义，"纷"，《说文解字》："马尾韬也"[⑥]，也有众盛之义，"郁郁纷纷"指浓盛积聚，"萧索"则指萧瑟之义，与浓云密布的景象区分开来。"囷"，《说文解字》："廩之圜者"[⑦]，那么"轮囷"，实际就是圆转饱满回旋的样子。

"萧索轮囷"与《云中君》中的云在多数时候所呈现的状态是一致的："连蜷""周章"。如上文所论，这两种状态实际都是凸显了云回转、回旋和流动的样态。可以肯定地说，早期的卿云形态、《云中君》中的云神形态是极为相近的，在本质上是一致的，同时也延承了如"云"字所展现的古人认知。

至于治国之道、帝王之德的属性在本文的云神身上是否也有体现呢？答案是肯定的。《云中君》开篇写道："浴兰汤兮沐芳，华采衣兮若英。"王逸认为是："言己将修飨祭以事云神，乃使灵巫先浴兰汤，沐香芷，衣五采，华衣饰以杜若之英，以自洁清也。"蒋骥则认为："首二句言神之芳洁华美。"[⑧]有指巫、指神的异议，但首两句无论是指神还是巫，其实其香草的使用都已经象征了此神的芳洁高尚。

① 尹黎云：《汉字字源系统研究》，北京：中国人民大学出版社，1998年版，第354页。
② 陶宗仪等编：《说郛三种》（第一册），上海：上海古籍出版社，2012年版，第26页。
③ 许慎：《说文解字》，北京：中华书局，1963年版，第138页。
④ 司马迁：《史记》，北京：中华书局，1982年版，第1336页。
⑤ 司马迁：《史记》，北京：中华书局，1982年版，第1339页。
⑥ 许慎：《说文解字》，北京：中华书局，1963年版，第276页。
⑦ 许慎：《说文解字》，北京：中华书局，1963年版，第129页。
⑧ 蒋骥：《山带阁注楚辞》，上海：上海古籍出版社，2019年版，第24页。

综合看来，卿云（庆云、景云）是喜气吉祥的象征，光洁明亮是重要的核心特征，而郁郁纷纷、萧索轮囷聚焦于其圆转回旋的形态特征。它又往往与王者之德行、君臣和谐、社会大治密切关联。这些特征与《云中君》中的云神形态保持一致：光洁明亮、萧索轮囷（连蜷周章），德行芳洁。这多重一致显然并非偶然，也并非牵强，而是早期卿云描写对屈原产生的文化影响。

当然，《云中君》的云神相比之下更加凸显了变动不居、变幻莫测的特征。本文中的云神神格是高尚的，其原因正在于它身上承载着以云视雨的期待，也承载着治国之道帝王之德的向往。卿云是道与德的象征，屈原笔下的云神也因为这一内涵而被提升到极高的地位。当这位神灵不但没有下雨，而且还表现得变动不居、变幻莫测的时候，我们仿佛更能理解屈原“思夫君兮太息，极劳心兮忡忡”的期待和无奈了。

四、余论与考辨

关于《云中君》的祀主是个争论已久、并在持续的问题，尚不见某种观点的绝对权威。本文在上文的正向论述之外，再对其祀主问题稍作辨析。

首先，是关于“龙驾”的问题。有的学者认为雷神和龙之间关系至密，并将之作为祀主为雷神的佐证。其实，龙与云之间的关联也是普遍的，以龙为驾是对当时普遍认知的继承。《周易·乾·文言》：“同声相应，同气相求；水流湿，火就燥，云从龙，风从虎。圣人作而万物覩。本乎天者亲上，本乎地者亲下，则各从其类也。”孔颖达疏：“龙是水畜，云是水气，故龙吟则景云出，是云从龙也。”[①]云和龙因为同属水，以类相从。《论衡》说：“龙无云雨，不能参天。”[②]同样将龙和云雨进行密切关联。可见，云龙同类不仅是当时的普遍认知，在后代也广泛存在，云神驾龙其实并非匪夷所思。

其次，“云中君”的“中”字问题。很多学者都抓住这一字眼大做文章，认为云中君并非云神，若是云神当为“云君”云云。对此汤炳正先生说：“后世称为‘云中君’者，殆因诗中有‘猋远举兮云中’之语，增‘中’字以足意耳。不知此‘云中’乃神之所止，并非神之名称。”[③]正如“东君”，不是东方之神，而是位于东方的日神。

当然，产生这一错误认知的根本原因还在于，相关学者并没有认真考察屈原作

---

① 王弼注，韩康伯注，孔颖达疏，陆德明音义：《周易注疏》，北京：中央编译出版社，2013年版，第32页。

② 黄晖：《论衡校释》，北京：中华书局，1990年版，第996页。

③ 汤炳正：《楚辞今注》，上海：上海古籍出版社，2019年版，第49页。

品中诸多神灵的存在形态。纵观屈原作品能够看出，其所祀神灵，或以自然物本身形态存在，或与自然物本身相伴存在。两种状态都有，而不是仅有前者。例如《山鬼》，祀主是山神，但是我们何曾见到这位神灵是座山的形态？她恰恰是以美女的形象游走于山间。《湘君》《湘夫人》也是同样，这些神灵都不是以自然物状态存在，而是更多以与自然物紧密相伴共生的形态存在。《云中君》中的云神是不是就一定要以云的形态存在，而不能在云中存在？答案也是鲜明的。这位云神有时就是云的形态，有时则"飙远举兮云中"，回到云中。可以判断，他降下的时候是以神灵状态存在，而一旦回归天上则更多表现为自然物——云的形态。类似的情况还见于《东君》，日神下降时有"灵之来兮蔽日"，王逸认为是"言日神悦喜，于是来下，从其官属，蔽日而至也。"这里需要注意的是，日神无论是否与其他神灵一起下降，但是日神是下降的，日神下降却"蔽日"，说明日神已经脱离太阳而下来。这十分类似于云神下降而暂时脱离云之形态。所以，我们大可不必纠结一个"中"字。

在判断容易混淆、纷纶难解的时候，回归最为直接的文本表述的确往往会让真相显得更为明朗。除此之外，还可以再进一步谈谈屈原此文的文学影响或文学呼应。

《荀子·赋篇》有《云赋》，此篇所展现的云之特点包括：第一，颜色五彩（"五彩备而成文"），第二，厚德（"德厚而不捐""德厚尧舜"），第三，变动不居（"居则周静致下，动则綦高以钜。""忽兮其极之远也，攭兮其相逐而反也。""出入甚极，莫知其门。"等），第四，风雨相伴（"托地而游宇，友风而子雨。"）。无独有偶，宋玉《高唐赋》开篇也描写了象征神女的云："其上独有云气崪兮直上，忽兮改容。"①极言此云之变幻莫测；又写道："上属于天，下见于渊，珍怪奇伟，不可称论。"写此云之上下变动珍怪奇伟。可见，云的变动不居是当时文学的普遍表现形态。

与此相关，有的学者认为《云中君》的云神五彩斑斓，于是认定为虹；"猋远举兮云中"的倏忽变迁，于是认定为雷；因为此神光洁明亮，于是认定为闪电等等。如果在如上所述的文化背景和文学背景中统观，类似的认定逻辑自然就显得过于粗糙了。

① 陈元龙主编：《历代赋汇》，南京：凤凰出版社，2004年版，第615页。

好太王碑与《九歌·河伯》研究的若干问题

中国传媒大学　王克家

摘　要："河伯"指黄河之神，在战国时已成为神话中广为流传的人物。东北地区出土的好太王碑铭文中，也有"河伯"的记载。古代不同地区人们的生活方式有相似之处，人们的思想文化交流非常密切。《楚辞》中出现有典型中原地区的历史和神话人物，"河伯"出现在屈原作品 中符合当时的历史文化背景。

关键词：好太王碑；河伯；性质

《河伯》研究是《九歌》研究的重要组成部分，涉及作品篇名、作者、文体性质、创作意图、祀主等重要论题。具体《河伯》篇而言，"河伯"所指与"祭不越望"的关系是学界关注较多之所在。

关于"河伯"所指，自王逸《章句》始，一般认为是指黄河之神。王逸注云："河为四渎长，其位视大夫。屈原亦楚大夫，欲以官友之，故言'女'也。"洪兴祖《补注》赞同此说，并引《书》"九河既道"《注》："九河：徒骇、太史、马颊、覆鬴、胡苏、简、絜、鉤磬、鬲津也……河水分为九道，在兖州界。"[①] 朱熹《楚辞集注》、王夫之《楚辞通释》及后世治楚辞者多本此说。[②]

"祭不越望"指诸侯只能祭祀其统治境内的山川诸神，见《左传·哀公六年》：

> 初，昭王有疾，卜曰："河为祟。"王弗祭。大夫请祭诸郊。王曰："三代命祀，祭不越望。江、汉、睢、漳，楚之望也。祸福之至，不是过也。不穀虽不德，河非所获罪也。"遂弗祭。[③]

从现存传世文献来看，将"河伯"所指与"祭不越望"联系起来的，最早系明人汪瑗《楚辞集解》。汪氏在《九歌》解题的按语中说：

---

① 王逸：《楚辞章句》，见洪兴祖：《楚辞补注》，北京：中华书局，1983年版，第76页。

② 朱熹《楚辞集注》云："女，指河伯也。河为四渎长……禹治河，至兖州分为九道……盖徒骇是河之本道，东出分为八枝也"。见上海：上海古籍出版社，2015年版，第57页。也有学者对此提出不同观点，如明人汪瑗《楚辞集解》提出"河伯，谓九河之神也。曰伯者，称美之词，如称湘君、东君之类，非如侯伯之伯，爵位等级之称也。"还有学者提出"天河之神""楚人水神""江湘之神"等多种观点。

③ 杨伯峻：《春秋左传注》（修订本），北京：中华书局，2016年版，第1826页。

《九歌》之神，皆当时楚之所祭者也。然亦有当祭者，有不当祭者。当祭而祭者，分也；不当祭而祭者，僭也。春秋战国诸侯之通弊也。屈子《九歌》之词，亦惟借此题目漫写己之意兴，如汉魏乐章、乐府之类。固无暇论其僭与不僭也。[①]

又《河伯》篇按语云：

《学记》曰："三王之祭川也，皆先河而后海。"是祭河者，先王之典也。诸侯惟祭境内山川耳。今九河在《禹贡》属冀州，非楚之所得祭而祭之者，僭也。屈子之作，亦不过借此题目写己之兴趣耳，无暇于他及也。[②]

汪瑗虽然提到"分"与"僭"，但并未就此专门论述。他认为，屈原创作《河伯》是为了抒发内心情况，表达个人意趣，无关祭祀，遑论僭越。自汪瑗后，越来越多学者注意到《河伯》与"祭不越望"的问题，不少人尝试论述"黄河之神出现在楚人祭歌中"的合理性，并提出不同观点，主要有以下三种：

第一，《河伯》是屈原在民间祭歌的基础上改写而成，保留了民间"淫祀"之风。王夫之《楚辞通释》谓"民间亦相蒙僭祭，遥望而祀之"云。

第二，楚国在宣王、威王后，国境已经达到黄河流域，鲁之故地，皆属楚境。故楚人可以祀河。[③]

第三，《九歌》的性质是一组祭诗，《河伯》是楚王有求于河神而创作的，略带有临时性质。其目的是为了战胜黄河流域的敌国，进而入主中原。[④]

以上各家在讨论时，多涉及《河伯》的性质。关于这一问题，我们曾有专文论述，为便读者，这里我们逐录《河伯》篇，并重述文章的核心观点和关键论证。

与女游兮九河，冲风起兮横波。乘水车兮荷盖，驾两龙兮骖螭。登昆仑兮四望，心飞扬兮浩荡。日将暮兮怅忘归，惟极浦兮寤怀。鱼鳞屋兮龙堂，紫贝阙兮朱宫。灵何为兮水中，乘白鼋兮逐文鱼。与女游兮河之渚，流澌纷兮将来下。子交手兮东行，送美人兮南浦。波滔滔兮来迎，鱼隣隣兮媵予。

《九歌》诸篇，宾主、彼我之辞最为难辩，旧说往往乱之，故文意多不属（朱熹《楚辞集注·辩证》）。我们在文章中指出，造成这一现象的根本原因是，诗篇文本中包含有不同性质的诗句。《河伯》篇中有对唱性质的诗句，也有作为旁观者描述性质的诗句。结合汉代流行的"河伯出行图"的画像石，可知《河伯》篇具有非常明

① 汪瑗：《楚辞集解》，上海：上海古籍出版社，2017 年版，第 93 页。

② 同上，第 128 页。

③ 这一观点如郭沫若《屈原的艺术与思想》、游国恩《论九歌山川之神》、孙作云《九歌非民歌说》等都有类似论述。

④ 作者认为，《九歌》的创作极有可能是屈原在楚怀王期间完成的，这一时期，楚国主要与秦、齐两国发生较多的关系。详见焦继顺：《〈楚辞·九歌·河伯〉与"祭不越望"辨》，《学术交流》，2008 年第 4 期。

显的演剧性特征，[①] 绝非祭神的唱颂之辞。[②]

《河伯》既非祭歌，自然就不涉及“祭不越望”的问题。《河伯》及《九歌》中的其他作品，诚如汪瑗所言“亦惟借此题目漫写己之意兴，如汉魏乐章、乐府之类”。那么，“河伯”（黄河之神）出现在《楚辞》中，是否符合当时的社会文化背景呢？

一般认为，《楚辞》尤其是屈原作品的内容，都与楚地有关。[③] 这一认识，主要基于宋人黄伯思的说法。黄氏云：“盖屈宋诸骚，皆书楚语、作楚声、纪楚地、名楚物，故可谓之‘楚词’。若些、只、羌、谇、蹇、纷、侘傺者，楚语也；顿挫悲壮，或(韻)或否者，楚声也；沅、湘、江、澧、修门、夏首者，楚地也；兰、茝、荃、药、蕙、若、蘋、蘅者，楚物也；他皆率若此，故以‘楚’名之。”（《新校楚辞序》，见《皇朝文鉴》卷九十二）

黄氏之说点出了“楚辞”作品的部分突出特征，但学者也注意到，屈原作品中也多次出现中原文化中具有代表性的历史人物或神话人物。例如出现在《离骚》中的尧、舜、桀、纣等历史人物，羲和、望舒、雷师等神话人物，皆非楚地所独有。《河伯》篇中的“河伯”之神也属于这种情况。

勾稽文献可知，有关“河伯”的传说可上溯至先商时期。《山海经·大荒东经》云：

> 有人曰王亥……王亥托于有易、河伯仆牛。有易杀王亥，取仆牛。河念有易，有易潜出，为国于兽……[④]

类似记载亦见于《楚辞·天问》《易·大壮》六五爻辞等文献，其真实性已为学界所认同。我们知道，王亥是殷之先公。[⑤] 从上引材料可见，河伯与王亥曾有接触，是先商时期黄河流域某部族的首领。

又《穆天子传》云：

> 辛丑，天子西征，至于？人……丙午，于阳纡之山，河伯无夷之所都居，是惟河宗氏。河宗柏夭逆天子燕然之山，劳用束帛加璧……天子授河宗璧。河宗西向沉璧于河，再拜稽首。祝沉牛马豕羊。河宗□命于皇天子。河伯号之曰：

① 王克家：《汉画像石“河伯出行图”与〈九歌〉的舞剧性质》，《中国文化研究》，2013 年春之卷。

② 关于《九歌》非祭神之曲，汤漳平先生有精当论述，他指出，《九歌》既非祭神祈福之作，亦无求神报秦之词。参见汤漳平：《试论〈九歌〉的性质及成因》，《中州学刊》，1982 年第 5 期。

③ 例如通行中国文学史教材，在讲到“楚辞”的内涵时，往往有如下表述：指战国后期产生于楚国的一种以诗体为主的文学体式，其特征为“书楚语，作楚声，纪楚地，名楚物，呈现了楚国的地方特色”。袁世硕主编《中国古代文学史》（第二版）上册，北京：高等教育出版社，2018 年版，第 106 页。

④ 袁珂：《山海经校注》，上海：上海古籍出版社，1980 年版，第 350 页。

⑤ 《史记·殷本纪》作“振”。司马贞《索隐》云：“《系本》作‘核’。王国维《殷卜辞中所见先公先王考》认为此即殷卜辞中的“王亥”，是“殷之先公”。见王国维：《殷卜辞中所见先公先王考》，《观堂集林》，北京：中华书局，1956 年版，第 409 页。

“穆满！女当永致用时事。”向南再拜。[①]

这段材料记载，周穆王西游至阳纡之山，受到河宗氏的接待。关于“河宗氏”，近人顾实指出：

> 河宗氏者，犹伏羲氏、陶唐氏等，为一大宗族也……《史记·赵世家》云：“奄有河宗”，张守节《正义》曰：“河宗，盖再龙门河之上游，岚胜二州之地也。”唐岚州，为今山西太原府岚县地。胜州，为今内蒙古鄂尔多斯右翼后旗地。唐人犹知河宗故墟……古《竹书纪年》云：“洛伯用与河伯冯夷斗。”此必河图洛书之文明，从彼二国来。虽下迨穆王之世，河伯之子孙，犹为守府之雄长，诚不可不重视也。孔子曰：“凤鸟不至，河不出图，吾已矣夫！”意者洛国早亡，惟河宗之春秋之世尚在，故孔子独希望河图之出。降逮战国，犹至赵武灵王而始奄有河宗，可证也。[②]

由此可见，河宗氏一度是活跃在黄河流域“阳纡”附近的部族。“阳纡”，古泽薮名，[③]大约在今天的河套地区。“河伯”是“河宗氏”部族的先祖。西周时期，在人们的观念中，河伯已经是具有神性的人物。春秋以降，有关“河伯”的传说演变为神话。至战国时，“河伯”已经成为神话中广为流传的人物，[④]在魏国、齐国等地皆有关于“河伯”的传说。[⑤]

战国以后到西汉时期，“河伯”神话绝不限于黄河流域，也不仅出现在楚人作品中。“河伯”在相当大的华夏文明圈中有着广泛影响。这一点，东北地区发现的好太王碑等考古发现提供了有力证据。

好太王碑是高句丽国家第十九代王广开土境平安好太王的墓碑，东晋安帝义熙十年（414年），立于高句丽都城国内城。清朝初年，长白山区封禁，高句丽故都淹没在荒烟蔓草中。至光绪三年，好太王碑被重新发现，碑石基本完好，文字损伤无多。这座碑刻四面环刻，左起竖书，汉字隶书，共有碑文44行1775字，概括了高句丽王朝自建立到好太王时期前后450余年的历史，其中大部分内容记叙了好太王一生的业绩。[⑥]

碑文开篇叙述了高句丽王朝创立者邹牟王的事迹：

> 惟昔始祖，邹牟王之创基也。出自北夫余，天帝之子。母河伯女郎。剖卵降世，

---

① 顾实：《穆天子传西征讲疏·卷一》，北京：中国书店，1990年版，第25—32页。

② 顾实：《穆天子传西征讲疏·卷一》，北京：中国书店，1990年版，第25—26页。

③ 参见《淮南子·坠形训》：“何谓九薮？曰：越之具区，楚之云梦，秦之阳纡……”何宁：《淮南子集释》，北京：中华书局，1998年版，第315页。

④ 参见杨宽：《西周史》，上海：上海人民出版社，2003年版，第604—607页。

⑤ 分别见《史记·西门豹传》和《晏子春秋·谏》。

⑥ 耿铁华：《高句丽好太王碑》，见《好太王碑新考》，长春：吉林人民出版社，1994年版，第1—10页。

生而有圣德。□□□□□。命驾巡幸南下。路由夫余奄利大水，王临津言曰："我是皇天之子，母河伯女郎，邹牟王。为我连葭浮龟。"应声即为连葭浮龟，然后造渡。于沸流谷忽本西，城山上而建都焉。不乐世位，因遣黄龙来下迎王。王于忽本东罡履龙首升天。[①]

从碑文记载可见，邹牟王出自北夫余，其母是河伯之女。好太王是高句丽王朝的第十九代王，他的墓碑是其子长寿王所立。碑文内容是根据好太王生前的旨意，经过长寿王的认可撰写的。[②]

1935 年发现的冉牟墓志有类似表述。冉牟家族的先祖曾追随邹牟王，从北夫余入主高句丽。好太王时期，冉牟本人率军征战以勤王事，与王族关系十分密切。冉牟墓志也提到了高句丽王族的起源问题："河伯之孙日月之子邹牟圣王元出北夫余。"后文还多次提到"河伯日月之孙""河伯之孙，日月之子，圣王"等。[③]2012 年在东北地区集安市发现了高句丽时期石碑，据学者研究，这块石碑立碑年代应在好太王时期，碑文记载了邹牟王开创基业，高句丽诸王继胤相承的情况。这块新发现的集安高句丽碑文中有"□□□子河伯之孙神灵祐护蔽荫开国辟土继胤相承"的文字。[④]

以上考古发现，其墓主人或为高句丽王，或为王族成员、贵族大臣，身份尊贵。由此可以推断，碑文中关于邹牟王系"河伯女郎"之子的这一说法在高句丽王族内部和上层贵族之中具有相当的权威性。

河伯出现在高句丽始祖诞生的传说中，并非偶然。《逸周书·王会解》王应麟注："周室既宁，八方会同，各以职来献，欲垂法厥世，作《王会》。"《王会解》云："方千里之内为比服，方二千里之内为要服，方三千里之内为荒服，是皆朝于内者"，当时周边多个少数民族性质地方政权都参与了朝会，高句丽就在其中。"北方台正东：高夷嗛羊。"孔晁注云："高夷，东北夷高句丽。"[⑤]可见，早在西周时期，高句丽部族就与中原地区政权有接触。

从考古发现来看，在更早的时候，东北地区与黄河流域地区产生了文化联系。杨公骥先生曾就黄河流域与东北亚地区的生活方式和习俗有详细研究。以"陶复陶

---

① 释文见耿铁华：《好太王碑一千五百八十年祭》，北京：中国社会科学出版社，2003 年版，第 269—274 页。标点并参见耿铁华：《高句丽神话解析》，《吉林师范大学学报（人文社会科学版）》，2005 年第 3 期。

② 耿铁华：《高句丽神话解析》，《吉林师范大学学报（人文社会科学版）》，2005 年第 3 期。

③ 耿铁华：《好太王碑一千五百八十年祭》，北京：中国社会科学出版社，2003 年版，第 354、363 页。

④ 耿铁华：《集安高句丽碑考释》，《通化师范学院学报（人文社会科学）》，2013 年第 3 期。

⑤ 黄怀信等：《逸周书汇校集注》（修订本），上海：上海古籍出版社，2007 年版，第 795—875 页。按，孔晁注误为"高丽句"，王应麟本作"高句丽"。

穴”为例，[①]“由半地下室、顶中央开口、通体圆形这三个结构特征所组成的东方‘陶复’式地窟的室屋样式，曾普遍存在于亚洲东部和东北部”，“在西伯利亚地区‘考古新发现’的‘半地下室式住屋’，早在七八千年前已经普遍存在于黄河流域各地区……而这也证明，在遥远的古代，这两个地区存在着深刻的文化联系，属于古代亚洲的同一文化系统。”[②]

考古发现和传世文献的相关记载提示我们，古代不同地区之间交流的深度和广度远远超过今天人们的想象。[③]细读文本，“河伯”不只一次出现在屈原作品，《远游》“张《咸池》奏《承云》兮，二女御《九韶》歌。使湘灵鼓瑟兮，令海若舞冯夷。”洪兴祖补注云；“冯夷，河伯也。”[④]“河伯”（黄河神）出现在楚人作品中，符合当时的历史文化背景。

《招魂》是《楚辞》中的重要作品，王逸言其“外陈四方之恶，内崇楚国之美”。[⑤]篇中关于东西南北四方风物皆有所述。例如东方有“长人千刃”“十日代出”，西方则是“流沙千里”“赤螘若象”，南方“雕题黑齿”“蝮蛇蓁蓁”，北方则“增冰峨峨”“飞雪千里”。[⑥]这些绝非作者凭空想象，而是在文献记载基础上进行的艺术加工，在一定程度上反映了当时人们对四方之地的一般看法。

《楚辞》以“楚”名之，固然有鲜明的楚地特征，但绝非游离于华夏文化之外的产物。这也提示我们对“书楚语、作楚声、纪楚地、名楚物”之说应有更为审慎的态度。

---

① 《诗经·大雅·绵》“古公亶父，陶复陶穴，未有家室”。陶复指地窟、地室，与西安半坡遗址发现的地窟类似。

② 杨公骥：《考论古代黄河流域和东北亚地区居民“冬窟夏庐”的生活方式及风俗》，《东北师大学报》，1980年第3期。

③ 这一点，在战国之西汉的传世文献中不乏记载，这不是本文讨论的重点，不再一一列举。

④ 洪兴祖：《楚辞补注》，上海：上海古籍出版，2015年版，第275页。

⑤ 洪兴祖：《楚辞补注》，上海：上海古籍出版，2015年版，第322页。

⑥ 洪兴祖：《楚辞补注》，上海：上海古籍出版，2015年版，第324—325页。

浅析《九歌·河伯》中“河伯”的艺术形象与文化内涵

北京语言大学　刘谦功

摘　要：河伯是中国古代神话中的黄河水神，艺术形象多种多样，文化内涵丰富多彩，本文以《楚辞·九歌》为范本，对“河伯”的艺术形象与文化内涵进行了探讨，包括具有浓郁的浪漫色彩、充满温暖的烟火气息、给人丰富的想象空间三个方面，以期较为深入地揭示文学作品对人类社会生活与精神世界的反映与再现。

关键词：《九歌》；河伯；艺术形象；文化内涵

《九歌》是屈原在民间祀神乐歌的基础上为朝廷举行大规模祀典所创作的祭歌，其中《河伯》一篇塑造了中国传统神话中黄河水神河伯独特的艺术形象，也隐含着丰富的文化内涵，对后世产生了深远的影响。学界关于《九歌·河伯》中的河伯是不是黄河水神有一定的争议，因为屈原在楚地，而当时有诸侯只祭其地自然之神的规定，本文采用褚斌杰先生在《楚辞要论》中的观点：

> 河伯，河水神，诗写河水之神的一段恋爱故事。
>
> 根据古代神话传说的一般情况，河，不会泛指，应指黄河。黄河，位于北方，不在楚境，故曾怀疑不应成为楚祭的对象。实际上不应这样狭隘理解。殷周以来，黄河即被列为“五岳四渎（长江、黄河、淮水、济水）”的名山大川之一，其被推崇是全国性的。
>
> 按照古代的礼制，确曾有诸侯国只祭境内山川的规定，如《礼记·王制》：“诸侯祭名山大川之在其地者”，又说“诸侯山川有不在其封地者，则不祭也”（《公羊传·僖公三十一年》）的种种说法，楚昭王有“三代命祀，祭不越望”，从而拒不祭河的记载，但这恐怕只是在周天子尚能维持其全国统治时的早期情况，逮至战国时期，诸侯略地纷争，疆域以至观念均已起了变化，未必商被遵守。况且像黄河这样的名川，其神话传说故事之流传，绝不限于北域（如屈原《天问》中就涉及河神故事），楚地神祇中出现河神，奉为祭祀对象，并不是不能理解的。[①]

① 褚斌杰：《楚辞要论》，北京：北京大学出版社，2003 年版，第 369—370 页。

由此可见，《九歌》中的河伯指黄河水神是有据可依的，而且随着历史的演进而有所变化。“经过多次民族大融合，河伯文化得到了长足发展，在夏、商、周三代较为正式的国家祭祀中，河伯神往往作为国家整体概念上的主宰神灵出现在祭祀场合，俨然成了一个国家同宗共祖的标志。”[①]有鉴于此，深入探讨河伯的艺术形象与文化内涵的意义便凸显出来。就《楚辞·九歌》中的河伯而言，这些特征是非常明显的，即具有浓郁的浪漫色彩，充满温暖的烟火气息，给人丰富的想象空间，下文便分而述之。

一、具有浓郁的浪漫色彩

《九歌·河伯》既然讲的是爱情故事，必然是浪漫的，而且这种浪漫与《九歌》其他各篇一脉相承。“从《九歌·河伯》一诗的内容看，写河伯与女（当指洛神宓妃）的爱情关系，是十分温情、缱绻、悱恻的，至少在屈原创作时，所提炼、强调的是如此，诗中写的是一个男女欢情而又伤别的场面，是个生动的爱情故事。”[②]让我们看一下诗中具体的描述：

与女游兮九河，冲风起兮横波。
乘水车兮荷盖，驾两龙兮骖螭。
登昆仑兮四望，心飞扬兮浩荡。
日将暮兮怅忘归，惟极浦兮寤怀。

该诗起句“与女游兮九河，冲风起兮横波”极有情怀，而后河伯携洛水之神不仅游河，而且登山，“登昆仑兮四望，心飞扬兮浩荡”，这种情怀可以说是一种极致的浪漫。戴震《屈原赋注》云：“九河，河之委；昆仑，河之源；浦，则别通之口，言遍游之也。”黄河不是一般的河，它在中国地理与历史中都具有极其重要的地位，文化内涵更是丰厚。唐朝伟大的浪漫主义诗人李白的诗作多有对黄河的描述，如“黄河之水天上来，奔流到海不复回”（《将进酒》）、“黄河西来决昆仑，咆哮万里触龙门”（《公无渡河》），等等，可见黄河的气派，其水神河伯自然也会显现出一种雄浑大气的浪漫。该诗不仅写河伯与情侣洛水之神遍游黄河，而且是在强风劲吹、波浪大作的情形下溯流而上，“乘水车兮荷盖，驾两龙兮骖螭”，即以荷叶为车的顶盖驭龙而行，这种描述既贴切又活灵活现，河伯潇洒而大气的形象跃然纸上。“神话传说中，以洛水女神为河伯之情侣、爱妻，其想象也是十分浪漫的。洛水发源于陕西华山南麓，与黄河毗邻，水波荡漾，蜿蜒数百里，注入黄河。古人

① 李进宁：《河伯神话流变考释》，《四川师范大学学报》（社会科学版），2015年第6期。

② 褚斌杰：《楚辞要论》，北京：北京大学出版社，2003年版，第371页。

把它想象成一位弄姿多情的女子，与河神为偶，也颇富情趣。”[①] 两位水神情深意笃，其颇具浪漫色彩的爱情故事一直流传下来，世世代代慰藉着人们的心灵。

二、充满温暖的烟火气息

在中国古代神话传说中，由于时代与地域的不同，同一母题有可能出现内容不太一样甚至完全相反的情况，甚至形成不同的神话系统，河伯的形象就是一个典型的例子，《史记・滑稽列传》中有这样的记载："魏文侯时，西门豹为邺令。豹往到邺，会长老，问之民所疾苦。长老曰：'苦为河伯娶妇，以故贫。'……其人家有好女者，恐大巫祝为河伯取之，以故多持女远逃亡。以故城中益空无人，又困贫，所从来久远矣！民人俗语曰'即不为河伯娶妇，水来漂没，溺其人民'云。"[②] 这里的河伯十分凶残，不食人间烟火却食人，每年都要以人间女子为妇，使得民不聊生，甚至背井离乡去谋生路。然而在《九歌・河伯》中，河伯的形象截然相反，不仅很有人情味，充满了温暖的烟火气息，而且其栖息场所与行为举止均源自现实社会的日常生活：

> 鱼鳞屋兮龙堂，紫贝阙兮珠宫。
> 灵何为兮水中，乘白鼋兮逐文鱼。
> 与女游兮河之渚，流澌纷兮将来下。
> 子交手兮东行，送美人兮南浦。
> 波滔滔兮来迎，鱼隣隣兮媵予。

此段先写河伯与洛水之神来到水中宫殿共度良宵，因为是水神之居，所以是"鱼鳞屋"与"紫贝阙"，雄伟而堂皇，正如王逸《楚辞章句》所云："言河伯所居，以鱼鳞盖屋，堂画蛟龙之文，紫贝作阙，朱丹其宫，形容异制，甚鲜好也。"[③] 虽为神仙宫阙，却是人间模样。两位水神携手同游、欢愉相聚之后，就像人间常态一般，男子该送女子回家了，然而，"相见时难别亦难"（李商隐《无题》），离别的场景总是伤感的："子交手兮东行，送美人兮南浦，波滔滔兮来迎，鱼隣隣兮媵予。"朱熹《楚辞集注》云："交手者，古人将别则相执手，以简不忍相远之意。"[④]——完全是人间情感与心绪，"虽恋恋不舍，眷眷惜别，但终需一别，波涛来迎，随从已至美人称自己不能不离去了。送别的场景写得这样动情，以至'南浦送别'

① 褚斌杰：《楚辞要论》，北京：北京大学出版社，2003 年版，第 373 页。

② 司马迁撰：《史记》，北京：中华书局，1963 年版，第 3211 页。

③ 洪兴祖：《楚辞补注》，北京：中华书局，1983 年版，第 77 页。

④ 朱熹：《楚辞集注》，上海：上海古籍出版社，1979 年版，第 43—44 页。

就成了后世叙写离情别绪的生动典故。”[①] 唐代诗人白居易便作过一首五言绝句《南浦别》：“南浦凄凄别，西风袅袅秋。一看肠一断，好去莫回头。”该诗对送别过程中的细节描写得非常传神，用凄凉的景色表达出依依惜别的深情，且蕴含着一种美好的祝愿。

三、给人丰富的想象空间

《九歌》既是浪漫主义之作，想象力的丰富自不待言，而且这部作品不仅本身是想象力成就的，而且给读者以丰富的想象空间，任由读者海阔天空，汪洋恣肆。《九歌·河伯》写的是黄河之神，关于其想象自然会以黄河为依据，并在此基础上拓展到相关的历史情况。“中国文化发源于黄河流域，民族的活动也以黄河两岸为舞台，故黄河神话特多。江、淮、河、济为四渎。黄河发源于西，称‘西渎’，为四渎之长。三代以来，官方列黄河于祭典，秩比诸侯；唐以后则比于王爵。”[②] 黄河是中华民族的母亲河，从古至今都是我们的生命之源，但也带来过不少水患，所以其水神河伯的形象既有正面的，也有负面的，再加上世世代代的人们充分发挥了想象力，便使其逐渐丰满起来，而且呈现出多元化的特征，文化内涵也极其丰富，下面我们便通过两个具有典型意义的实例来说明一下。

首先是汉代画像石中的河伯形象。“西周时期，在人们的观念中，河伯成为具有神性的人物。春秋以降，有关‘河伯’的传说演变为神话。至战国时期，‘河伯’已成为神话中广为流传的人物了。作为汉代画像石的重要题材之一，‘河伯出行’之类的‘仙戏’即取材于这类神话传说。在大量‘河伯出行’题材的画像石中，值得注意的是徐州铜山洪楼出土的一块画像石，相关研究文章及专著一般将该画像石所刻绘图案命名为‘百戏图’，其右上角有河伯出行图。……其所戴鱼形冠尤为引人注目。这一鱼形冠具有特定的符号性质，它不仅说明该人物为‘河伯’，同时说明这是一个戏剧表演的场面。”[③] 戏剧是一种非常需要想象力的表演艺术，汉时虽无真正意义上的戏剧，但当时颇为流行的“百戏”已显现出戏剧的萌芽，其中关于河伯的表演在发挥想象力的同时也与《九歌·河伯》中河伯的形象有千丝万缕的联系，《九歌·河伯》说河伯“乘白鼋兮逐文鱼”，宋洪兴祖《楚辞补注》云：“大鳖为鼋，鱼属也。逐，从也。言河伯游戏，远出乘龙，近出乘鼋，又从鲤鱼也。”[④]

① 褚斌杰：《楚辞要论》，北京：北京大学出版社，2003 年版，第 377 页。

② 苏雪林主编：《屈原与〈九歌〉》，武汉：武汉大学出版社，2007 年版，第 172 页。

③ 王克家：《汉画像石〈河伯出行图〉与〈九歌〉的舞剧性质》，《中国文化研究》，2013 年第 1 期。

④ 洪兴祖：《楚辞补注》，北京：中华书局，1983 年版，第 77 页。

汉代画像石中河伯的形象往往少不了水生动物做装饰或陪衬，这就使得河伯的形象更有水神特征与亲和力，同时也更贴近现实社会与人们的日常生活。

其次是河南开封河伯庙中河伯的形象。河南开封河伯庙是一个庞大的古建筑群，据说是清朝时朝廷为镇压水患而建造的。开封地处黄河之滨，在享受黄河惠泽的同时也饱受洪水泛滥之苦，无人能够制伏，朝野上下便都寄希望于黄河的神灵，建了这座河伯庙。庙宇正殿中，河伯的塑像巍然耸立，头上是金光闪闪的帽子，身上是红彤彤的袍子，颇有帝王之相，极其威严。“从长时段视角来看，河神最早来源于古老的自然崇拜，受季风气候影响，古代黄河屡屡发生洪涝灾害，深刻影响着沿岸地区先民的生活，蒙昧时期的古人很容易将黄河‘人格化’，联想成为情绪化的河神。所谓‘人格化’，是指自然界中的某种事物或某种现象，经过人的想象而拥有了人类的特征，如相貌、行为、情绪、社会关系等。”①其实何止是蒙昧时期，哪怕是到了封建社会末期的清朝，人定胜天也只是一种梦想，科学技术的发展远远不足以让当时的人们战胜各种各样的自然灾害，尤其是黄河水患，所以要建造这座河神庙，以借助自然神的法力保一方平安。

本文主要是探讨《楚辞·九歌》中“河伯”的艺术形象与文化内涵，如果由此拓展开来，“河伯”给人们想象的空间就更加广大了。“在不同地域和时空中，河伯给人们留下许多不同的文化意象，有时它承载太多苦难，让人们对其无比同情和怜悯；有时它仁慈谦逊，浪漫多情，使人们随其欢欣鼓舞，忘乎所以；有时它凶残暴虐、面目狰狞，为人厌恶和憎恨；有时它坐井观天、自大无知，令人为之汗颜。诸多复杂的形象交织在一起令人眼花缭乱，实际上，这是人们根据自己或喜或忧的思绪及其变化多端的情景，所造了不同的河伯形象。”②这一切都是在漫长的历史发展过程中人们想象出来的，别出心裁，不拘一格，使历史与文化更加厚重，也更加直观可感，不断地让人眼前一亮，继而心驰神往。

综上所述可见，《九歌·河伯》对“河伯”形象的塑造极其成功，其浓郁的浪漫色彩、温暖的烟火气息、丰富的想象空间都是独一无二的，因之文化内涵也丰富多彩，而这一切又都得益于其奇特的文学表现形式，“屈原作品及其全新的文学形式，其特征可以‘奇文’来形容。屈原以荒诞谲狂、跌宕变幻而富于激情的文字，创作了独步千古的奇文，而此文之奇幻，又是通过叙事结构、抒情方式、语言形式、意境风格的独创性来表现的”。③因此可以说，《九歌·河伯》给中国文学乃至文化增添了一抹十分亮丽的色彩。

---

① 左勇：《试论商周河伯传说与河神起源》，《甲骨文与殷商史》，2021 年新十一辑。

② 李进宁：《论“河伯”形象的文化意蕴》，《文艺评论》，2014 年第 10 期。

③ 方铭著：《战国文学史论》，北京：商务印书馆，2008 年版，第 457 页。

《楚辞·哀时命》浅析

［日本］东北大学　矢田尚子

摘　要：王逸《楚辞章句》认为《哀时命》是西汉文帝景帝时期的严忌“哀屈原”“叹而述之”之作。不过，晚近以来，有的学者认为《哀时命》并非感叹屈原的不遇，而是严忌对自身不遇的感慨；有的学者认为该文是包含严忌在内的西汉贤人感叹自身之遭遇的作品；有的学者依然与《楚辞章句》持相同看法，认为严忌代屈原而咏的哀悼屈原的作品。本文通过对《哀时命》叙述形式及内容的分析，重新考察其文学特性。

关键词：《楚辞·哀时命》；拟骚；严忌；诙谐化

前　言

楚辞《哀时命》[①] 是采用了“离骚”的体式，总共160句长的作品。从内容及押韵来看，可以大致分为以下五段。

第一段（第1—12句）源于时间的不可逆性的哀愁

第二段（第13—52句）登仙的祈愿及其阻碍

第三段（第53—96句）对世俗价值观的颠倒、混淆的叹息

第四段（第97—120句）期盼登仙和仙界游历

第五段（第121—160句）远离浊世的决心

根据王逸的《楚辞章句》可知，《哀时命》是西汉文帝景帝时期的严忌感慨屈原之不遇而创作的。

> 哀时命者，严夫子之所作也。夫子名忌，与司马相如俱好辞赋，客游于梁，梁孝王甚奇重之。忌哀屈原受性忠贞，不遭明君，而遇暗世，斐然作辞、叹而述之，故曰哀时命也。

对此，郑文在《楚辞〈哀时命〉试论》一文中列举了诸如赋中不见哀悼屈原之不幸的具体语句，且可见与屈原的思想背道而驰的“遁世远引”“明哲保身”的想

① 《楚辞补注》卷14。以下所引楚辞本文及王逸注均据《四部丛刊》所收洪兴祖《楚辞补注》。

法等事例，认为《哀时命》并非感叹屈原的不遇，而是严忌对自身不遇的感慨。为了证明这一点，他还试图从《汉书·邹阳传》等的记述中分析严忌的不幸遭遇[①]。但是史书中所载的严忌事迹稀少，不足以成为论述其有如《哀时命》作品中诸般不遇状况的强有力的证明。

因此，汤炳正在《楚辞今注》中将《哀时命》看作广泛伤悼贤者之不遇的作品，并列举了第五段中的两句作为依据。

> 本篇主旨，在于抒发贤者不遇于时的感伤愤懑之情。汉人认为伤悼屈原之作，故编入楚辞专书之中。然与七谏等篇相较，悼屈之迹并不显著。如"子胥死而成义兮，屈原沉于汨罗"乃列举古贤，似非专吊屈原[②]。

不过，在此之外依然有与《楚辞章句》持相同看法的学者。比如韦若任的《说〈楚辞·哀时命〉——兼与郑先生商榷》一文即认为《楚辞》中屈赋以外的所有的作品都是作者从屈原立场而作的"代屈立言之作"，《哀时命》同样也是严忌代屈原而咏的，哀悼屈原的作品[③]。

但是如果认为《哀时命》为严忌的"代屈立言之作"的话，第五段中"子胥死而成义兮，屈原沉于汨罗"二句的存在便成了问题。因为此作开头有"夫何予生之不遘时"句，其中"予"字若是作者化身为屈原而使用的第一人称的话，从后世之人的视角提及屈原之死的句子则显得十分不自然。关于这一点，韦先生认为"这种第一人称与第三人称之转为《楚辞》之中汉人代屈立言所多用"，他在列举了其他一些事例后说，"据此，我们只能说，代言作与原作毕竟有所不同，而不能因有第三人物出现，而否定《哀时命》为代屈子立言之作"[④]。

此外，李诚在《汉人拟楚辞入〈楚辞〉探由》中也对《哀时命》的叙述形式进行了探讨。他认为"尽管'子胥死而成义兮，屈原沉于汨罗'二句以第三人称角度论及屈原，但并不妨碍整篇第一人称的叙述角度"[⑤]，如此，似乎在第一人称的叙述形式中出现第三人称视角句子的问题并未引起李先生的关注。

那么，《哀时命》究竟是伤悼屈原的"代屈立言之作"，还是包含严忌在内的西汉贤人感叹自身之遭遇的作品呢？本文拟通过对《哀时命》叙述形式及内容的分析，考察其文学特性。

---

① 郑文：《楚辞〈哀时命〉试论》，《西北师范大学报（社会科学版）》，1980 年第 4 期。

② 汤炳正：《楚辞今注》，上海：上海古籍出版社，1996 年版，第 298 页。

③ 韦若任：《说〈楚辞·哀时命〉——兼与郑先生商榷》，《钦州师专·钦州教院学报》，1997 年第 12 卷第 3 期。

④ 同上，第 15 页。

⑤ 李诚：《汉人拟楚辞入〈楚辞〉探由》，《文学遗产》，2006 年第 2 期。

一、关于《哀时命》的叙述形式

根据《楚辞章句》各篇开头的解题可知，古人认为汉代的拟骚作品采用的是以作品中人物的第一人称视角展开叙述的“代屈立言之作”的形式。但是其中也可见如《哀时命》一般，文中混杂了从第三人称的视角出发提及屈原的例子。从提及屈原的句子位置来看，这些作品可分为文章开头处插入第三人称和非开头处插入第三人称两种。

1. 文章开头处插入的第三人称

以下三个例子均为作品开头的部分，讲述者（作品中人物）先以第三人称视角提及屈原后，又迅速切换到屈原的立场以第一人称展开叙述。

伊伯庸之末胄兮，谅皇直之屈原。云余肇祖于高阳兮，惟楚怀之婵连。原生受命于贞节兮，鸿永路有嘉名。齐名字于天地兮，并光明于列星。吸精粹而吐氛浊兮，横邪世而不取容。行叩诚而不阿兮，遂见排而逢谗。（《九叹·逢纷》）

开头两句为讲述者视角的叙述，第三句以后即变为屈原的口吻讲述自己血脉与王室相连，出身高洁，却又遭逢谗言不得志的人生经历。

览屈氏之离骚兮，心哀哀而怫郁。声嗷嗷以寂寥兮，顾仆夫之憔悴。拨谄谀而匡邪兮，切典泿之流俗。荡渨涹之奸咎兮，夷蠢蠢之溷浊。（《九叹·惜贤》）

这首的首句显而易见是讲述者视角的话语，第二句的“心”和第三句的“声”则既可看作讲述者的话，也可看作“屈氏”的话。但第四句让人联想到《离骚》的“仆夫悲余马怀兮，蜷局顾而不行”，此处很明显转为了屈原视角的叙述。

悼屈子兮遭厄，沉玉躬兮湘汨。何楚国兮难化，迄于今兮不易。士莫志兮羔裘，竞佞谀兮谗阋。（《九思·遭厄》）

这一首的开头两句明显是第三人称哀悼屈原的语句，然而第三句以后又变为哀叹楚国之衰亡的屈原的叙述。

如以上例证一般，这种讲述者在作品开头处口吻转变为登场人物的现象常见于由朗诵者和听众双方在场而成立的“听觉文学”①。这种情况下称其为“代屈立言之作”是妥帖的。

2. 非文章开头处插入的第三人称

除了《哀时命》之外，文章非开头处以第三人称视角提及屈原的例子还有《九怀·尊嘉》。

① 包括《楚辞》所收作品在内，有关汉代辞赋的“听觉文学”特征研究可见［日］中岛千秋：《赋的成立与展开》，［日本］松山：关洋纸店印刷所，1963 年版，第 527—531 页。

伊思兮往古，亦多兮遭殃。伍胥兮浮江，屈子兮沈湘。运余兮念兹，心内兮怀伤。

讲述者在列举了“往古”“遭殃”的人物——“伍胥”和“屈子”之后，感慨“运余兮念兹，心内兮怀伤”，可知此处“余”是以第三人称的视角客观地提及“伍胥”和“屈子”。在这里，“屈子”是作为对偶句的一个要素而出现的，因此作品中的“余”并不能替换为“伍胥”或“屈子”①。

《哀时命》同样也运用了伍子胥和屈原组成的对偶句。同《九怀》相比，本首的解析较为复杂，以下暂且先从第五段的开头进行探讨。

121 鸾凤翔于苍云兮，122 故矰缴而不能加。123 蛟龙涤于旋渊兮，124 身不挂于周罗。125 知贪饵而近死兮，126 不如下游乎清波。127 宁幽隐以远祸兮，128 孰侵辱之可为。129 子胥死而成义兮，130 屈原沉于汨罗。131 虽体解其不变兮，132 岂忠信之可化。133 志怦怦而内直兮，134 履绳墨而不颇。135 执权衡而无私兮，136 称轻重而不差。

讲述者先表达了效仿藏身避死的“鸾凤”与“蛟龙”，自陈“幽隐”“远祸”的志向，之后又赞赏了未能“远祸”而死的“子胥”和“屈原”，插入了看上去与自身意志相反的伍子胥和屈原的故事。

紧接着韵脚更换，在表达人物的品行高洁的四句之后，话题又回到藏身避祸上。

137 概尘垢之枉攘兮，138 除秽累而反真。139 形体白而质素兮，140 中皎洁而淑清。141 时猒饫而不用兮，142 且隐伏而远身。143 聊窜端而匿迹兮，144 嘆寂默而无声。

这样对比前后的句子来看，只有从伍子胥和屈原的对偶句开始的八句与话题的走向乖离。那么为何要在这里插入这八句呢？

如果往前回溯的话，在“鸾凤”与“蛟龙”的隔句对之后是 125、126“知贪饵而近死兮，不如下游乎清波”。在“翔于苍云”的“鸾凤”和“潜于旋渊”的“蛟龙”之中，这里用的是与后者相关联的词句——“下游乎清波”。

此外，在伍子胥和屈原的对偶句后，131、132“虽体解其不变兮，岂忠信之可化”是对《离骚》“虽体解吾犹未变兮，岂余心之可惩”的沿用，133“志怦怦而内直兮”是对《九辩》“心怦怦兮谅直”的沿用，同样 134“履绳墨而不颇”是《离骚》“循绳墨而不颇”的类字句。

由此可见，作者从“鸾凤”与“蛟龙”的隔句对之后的“不如下游乎清波”展

① 拙作《关于楚辞〈九怀〉的游历表现》(《集刊东洋学》,2020 年第 123 号，第 22—41 页）探讨了《九怀》中对游历场面描写极为细致的原因。笔者认为它是一组以吸引作品的享受者（听众）进入自由自在的游历世界为目的的作品群，其讲述者（作中人物）并不局限于王褒和屈原。

开联想，提及同样沉身水中的“子胥”和“屈原”，又罗列了一串表达“屈原”正直品质的《离骚》与《九辩》中的语句，由此又联系到作者自身的高洁品格，正是以这样的逻辑串联起了一系列的意象。

若此论成立，则可以说以“子胥”与“屈原”的对偶句起首的八句正是为了引出“品行高洁”这一主题。《哀时命》的讲述者虽然使用了含有“屈原”元素的语句，但终归只是从第三方的视角提及这一意象，并非成为屈原本身。因此，并不能说《哀时命》是“代屈立言之作”。

二、《哀时命》中的诙谐表现

既然《哀时命》不是“代屈立言之作”，那么它便是表达严忌等汉初知识群体对不遇之哀叹的作品吗？笔者认为不能快速地下此结论，因为正如下文所示，这一作品并非单纯感慨不幸的经历，同时也存在许多称得上诙谐的要素。

1. 对游历描述的诙谐化

以《离骚》为首的楚辞中，多可见作中人物自由游历于天地四方的场面。《哀时命》同样也借用这样的语句进行了如下的叙述：

> 41 冠崔嵬而切云兮，42 剑淋离而从横。43 衣摄叶以储与兮[①]，44 左祛挂于榑桑。45 右衽拂于不周兮，46 六合不足以肆行。47 上同凿枘于伏戏兮，48 下合矩矱于虞唐。49 愿尊节而式高兮，50 志犹卑夫禹汤。51 虽知困其不改操兮，52 终不以邪枉害方。

41、42 沿用了楚辞《离骚》的“高余冠之岌岌兮，长余佩之陆离”，与《九章·涉江》的“带长铗之陆离兮，冠切云之崔嵬”中的措辞，它们本是为了体现作中人物对自身服装与他人相区别的夸耀之情。而《哀时命》的讲述者虽然也言及自身的服装，但从 43—46 为了体现衣服之宽大而形容其东挂扶桑，西拂不周，以至于自己不能在天地间自由行动，仿佛一个滑稽可笑的巨人。这可以看作将《离骚》中“饮余马于咸池兮，总余辔乎扶桑”，“路不周以左转兮，指西海以为期”这样从东极巡游至西极的表达诙谐化后的呈现。

47、48“上同凿枘于伏戏兮，下合矩矱于虞唐”中的“上”与“下”与 44“左”、45“右”、46“六合”一致，表达了空间方位。同时交织了源于《离骚》的“不量凿而正枘兮”，“求矩矱之所同”中的“凿”“枘”“矩矱”等词语，描述其上与“伏戏（伏羲）”，下与“虞唐（尧舜）”相匹敌。接着 49、50 又说“愿

① 王逸注作“摄叶、储与，不舒展貌”，《淮南子·俶真篇》有“储与扈冶，浩浩瀚瀚，不可隐仪”，高诱注释为“储与、扈冶，褒大意也”。

尊节而式高兮，志犹卑夫禹汤”，这是希望自己的品格之高洁能达到蔑视夏禹、殷汤这样的古之圣王的程度。这种对不逊愿望的描写似乎透露出作者对《离骚》作中人物自视清高的揶揄之情。

2. 颠倒、混淆母题的诙谐化

汉代的拟骚作品中多可见通过各种比喻与罗列的手法来呈现世间价值观的颠倒与混淆的例子[①]，同样的手法也可见于《哀时命》。

> 81 骋骐骥于中庭兮，82 焉能极夫远道。83 置猨狖于櫺槛兮，84 夫何以责其捷巧。85 驷跛鳖而上山兮，86 吾固知其不能陞。87 释管晏而任臧获兮，88 何权衡之能称。89 箟簬杂于黀蒸兮，90 机蓬矢以䠶革。91 负檐荷以丈尺兮，92 欲伸要而不可得。93 外迫胁于机臂兮，94 上牵联于矰隿。95 肩倾侧而不容兮，96 固狭腹而不得息。

81—84 以骏马与猿猴等动物的比喻表达了即便有才能，若无适当的场所也难以发挥之意。85—88 以名宰相与奴隶的例子说明将任务委派给无能之人则事倍功半的意思。89、90 均是与弓箭相关的比喻，表现了没能力让良材适良处的愚蠢。

历来对 91 的“丈尺”释义有分歧。朱熹认为“丈尺，言行于丈尺之下也”[②]取在“丈尺”高的空间中背负行囊之意。王泗原认为“丈尺，状行进的迟缓”，将“丈尺”解释为“只能前进微小的距离”[③]。《楚辞今注》则将“丈尺”作“丈量”解，认为 91 是说背负重荷而测量土地的困难。[④]但从此句与 92 的关系来看，青木正儿所解释的“一丈几尺大的巨大行囊”[⑤]及徐仁甫所说的“‘丈尺’代长物，言背负背物则鞠躬而行，故伸腰不得也”[⑥]的解释应更为妥当。

91、92下有王逸注云:“言己居于衰乱之世，常低头俛视，若以背肩负檐丈尺而步，不敢伸要仰首，以远罪过也。”但是仅从字面上来看，难以读出“远罪过”这一层意思。89 是说将适合做箭的竹子与烧火用的麻秆混用，90 则指用脆弱的蓬草做箭射坚硬的甲胄，两者均为伴有滑稽感的愚蠢行为。那么联系来看，91、92 的“背负比自己身高更长的行囊，想伸展身体却伸展不开”，不也同样是想表达这一蠢笨行为的滑稽感吗?

---

① 详见拙作《关于“无病呻吟”楚辞〈七谏〉以下五作品》,《东北大学中国语学文学论集》, 2011 年第 16 号。

② 朱熹 :《楚辞集注》, 台北 : 华正书局, 1974 年版, 第 307 页。

③ 王泗原 :《楚辞校释》, 北京 : 人民教育出版社, 1990 年版, 第 367 页。

④ 丈尺，用作动词，犹言丈量。……二句言肩负重担以丈量土地，其困难可知，故欲伸腰而不得，喻贤者处世艰难 (汤炳正 :《楚辞今注》, 上海 : 上海古籍出版社, 1996 年版, 第 307 页)。

⑤ [日] 青木正儿 :《新译楚辞》, [日本] 东京 : 春秋社, 1957 年版, 第 413 页。

⑥ 徐仁甫 :《古诗别解》, 上海 : 上海古籍出版社, 1984 年版, 第 56 页。

而且“想伸展身体却伸展不开”这种表现人身体的窘迫状态与接下来的四句也相关联。93、94中的措辞见于楚辞《九章·惜诵》的“矰弋机而在上兮，罻罗张而在下”，《淮南子·俶真》的“矰缴机而在上，罔罟张而在下，虽欲翱翔，其势焉得”，以及《庄子·逍遥游》的“东西跳梁，不避高下，中于机辟，死于罔罟”，表现的是因恐惧弓弩与短箭而蜷缩身体的样貌。接下来95、96又描写了收肩缩腹，大气不敢出的样子。这种对全力缩小身躯动作的描写非常细腻，又伴有微妙的滑稽感。

那么，为何从“哀时命之不及古人兮”句开始，本是吟咏悲哀的《哀时命》却可见以上的诙谐要素呢？

三、“赏乐哀伤”的文学

西汉的辞赋大致可分为以景物描写为主的赋颂作品和所谓“贤人失志赋”的抒情作品，前者被认为具有在宫廷中创作传播的娱乐文学的性格①，那么后者主要在什么场合中流传呢？

嘉濑达男对西汉的辞赋状况进行了研究分析。他在《〈汉书〉艺文志·诗赋略与前汉辞赋》中说，现存可考的哀叹不遇与失意的汉代楚辞与贤人失志赋是“作家基于内在需求而自发创作的作品”，向朝廷献纳“并非其创作目的”。他进一步指出，在《诗赋略》这样面向朝廷的献赋占多数的目录中也著录了这种抒情赋是由于“历代朝廷逐渐收集而成，或是由《汉书·艺文志·序》中所见的谒者陈农这样的搜求遗书者收集编成的”②。

不过正如嘉濑论文中提及的那样，“诗赋略”的“杂赋”条中除以出游与颂德、彰显勇武为主的作品，如《杂行出及颂德赋》《杂四夷及兵赋》，及咏物赋《杂古琴剑戏赋》《杂山陵水泡云气雨旱赋》《杂器械草木赋》《杂禽兽六畜昆虫赋》，以及以娱乐性为主的《客主赋》《成相杂辞》《隐书》等适合作为献赋题材的辞赋外，兼录有《杂中贤失意赋》《杂思慕悲哀死赋》。从题名便可知，前者应为贤人失志赋，后者则是以思慕、悲哀、死为主题的赋。这种悲咏不遇与失意的赋与应视为献赋的赋一起被归入“杂赋”类的原因或正是由于它们本身也是献赋的一种。直观点说的话，笔者认为这类贤人失志赋与吟咏思慕、悲哀、死亡的抒情赋很可能是作为一种“赏乐哀伤”的文学与其他的娱乐性赋一同在宫廷内流传的，它同样是一种献赋。

楚辞《九辩》是思考如何凝练地用修辞手法表达“哀伤”的，以哀愁为主题的作品。《哀时命》的创作或许与之相似，它在化用《离骚》等既有的楚辞作品中词语的基础上，

① ［日］中岛千秋：《赋的成立与展开》，［日］松山：关洋纸店印刷所，1963年版，第527—531页。

② ［日］嘉濑达男：《〈汉书〉艺文志·诗赋略与前汉辞赋》，《日本中国学会报》，2015年第67集。

以掺入诙谐色彩的方式丰富了“悲哀”的表现形式，正可以说是一首“赏乐哀伤”的文学作品吧。

结 论

福井佳夫在其著作《六朝的游戏文学》第四章“汉末魏初的游戏文学”中以曹丕与王粲竞作《寡妇赋》为例，论述了汉末魏初的文人有“戏作哀愁文学”的习惯，这种文学有着“赏味哀伤，乐品愁思的游戏性”①。这样的游戏性可能并非在汉末魏初才迟迟登场，而是早在西汉的宫廷文学中便已存在而绵延至彼时的。

笔者今后将从这一视角考察其他的汉代拟骚作品和“贤人失志赋”，进一步分析其内容与修辞。

（东京大学大学院人文社会系研究科　武茜　译）

① [日]福井佳夫:《六朝的游戏文学》,[日本]东京:汲古书院,2007年版,第105—167页。最早见于《中京大学文学部纪要》，2003 年第 38—1 号。

本世纪《远游》作者争论之各家论证方法

——《远游》作者问题研究述评之二

广西师范大学　吴晓云

摘　要： 本世纪《远游》作者问题之争论是对20世纪末相关问题的延伸和发展，具有延续性和发展性。本世纪《远游》作者问题的研究方法出现了新的进展，具有实效性和普适性。针对影响《远游》作者问题的不同因素，可用以下方法检验问题是否得到有效解决：第一，抓住主要矛盾，在关键处着力；第二，以整体观照的方法多维度地考察问题；第三，跳出研究对象考察研究对象；第四，结合“显内证”和“潜内证”探究作者问题。

关键词： 屈原；《远游》；作者争论；论证方法

关于本世纪《远游》作者问题的争论，此前拙作《本世纪〈远游〉作者争论之众说——〈远游〉作者问题研究述评之一》[①] 已评析了四大主要因素的得与失。然笔者认为各家所用的研究方法亦值得深究，其关系到这一问题是否得到解决甚大，故复撰此小文以述评之[②]。

本世纪对于《远游》的作者问题，学术界仍众说纷纭。《远游》是否为屈原的作品，学界主要可以分为“主屈作派”“反屈作派”和存疑派，其中争论最激烈的就是“主屈作派”和“反屈作派”。“主屈作派”支持《远游》为屈原的作品，其依据为王

---

① 本文为广西师范大学博士研究生教育创新计划项目“二萧研究”（2021WXCXB05）的阶段性成果。吴晓云：《本世纪〈远游〉作者争论之众说——〈远游〉作者问题研究述评之一》，《云梦学刊》，2021年第2期。笔者按：李昭《〈楚辞·远游〉作者问题研究综述》（《中国诗歌研究动态》，2020年第2期）对《远游》作者问题和方法的综述有较高的理论水平，但对具体问题的关注仍有所欠缺，尚未全面关注到目前的焦点问题，如关于《远游》相关词汇在屈原时代是否存在的问题等；在方法层面尚未抓住影响该问题之关键因素。

② 笔者按：任晓阳《〈远游〉真伪辨析方法简述》（《文学研究》，2021年第7期）只从三个角度切入《远游》作者问题的研究方法，然对相关问题仍需细究。其尚未注意到影响该问题之关键方法，且对前沿材料之关注有所欠缺，如对力之的研究其只关注到2005年，力之对该问题已涉及2019年《〈远游〉之“韩众”必先于屈原——兼论〈远游〉的作者问题》（《中州学刊》，2019年第4期）和《用词汇史鉴定法断〈远游〉非屈原之问题种种》（《河南师范大学学报（哲学社会科学版）》，2019年第2期）2篇文章。

逸的“屈原之所作”说，本世纪属“主屈作派”的学者为殷光熹、汤漳平、力之等。“反屈作派”否定《远游》是屈原的作品，其思想立足点为胡浚源、吴汝纶等人的观点，本世纪属“反屈作派”的学者为何金松、金荣权、张树国、常森以及加拿大籍学者牟怀川等。“反屈作派”对《远游》作者是谁这一问题，还有分歧。这主要有赵逵夫的“唐勒所作”说、牟怀川的“汉人之作”说、金荣权的“当为西汉初年人”说、陈雨冬的“屈原弟子或者后学之手”说及作者不明说，等等。

本世纪学术界对《远游》作者问题的论证和辨析，成果颇多，但此问题在历时和共时上的特点，以及检验作者问题的论证方法，学界却关注较少。这前者关系到该问题未来的研究走向；后者则对解决相关问题亦有所启迪。下面，拟从“《远游》作者之争的特点”和“常规研究方法之论说”“新探究方法之实效性和普适性”三方面评述，追寻《远游》作者问题的研究动态，并探索解决该问题的论证方法。

一、《远游》作者之争的特点

本世纪《远游》作者问题是对 20 世纪末作者争论的延伸和发展，梳理 20 世纪末的研究成果，跟踪研究进展，通过共时性和历时性的比对，搜寻问题的研究价值。

（一）20 世纪末作者争论之集中化和常态化

20 世纪《远游》作者之争已是楚辞学的热点，80 年代后更具独特性。这主要体现为学术思想逐渐克服了政治化的倾向，文学研究展现多样化的特点，研究队伍成员呈现丰富性的特征，研究方法出现了多学科交融的样式，因而这段时间再现《远游》作者之争的高潮。一些学者对“《远游》作者非屈原说”提出了质疑，且呼声越来越高，从而形成了声势浩大的两大派。两大派的争论一直延续到本世纪，争论此起彼伏，谁也说服不了谁，而 20 世纪末关于《远游》作者问题的争论，呈现多种说法。

1. 争论焦点集中化：围绕姜昆武、徐汉树说而形成的褒贬之声及其他

姜昆武和徐汉树在《〈远游〉真伪辩——屈赋思想、语言与〈远游〉》中探讨了《远游》文本，包括社会思想基础，诗人思想意识，语法音韵，以及作者行文风格，最终提出“《远游》为屈原所作的论点彰然无疑了”①。文末姜亮夫附言有云：“一是从整个思想体系来分析《远游》篇与《骚》《章》《卜》《渔》的相同点，二是从语言角度来肯定《远游》与《骚》《章》各篇在语法、词汇、用韵等方面的一致性。这都是强有力的说明，可以为世人解惑。”② 从方法论层面看，在作家确定的情况下，

① 姜昆武、徐汉树：《〈远游〉真伪辩——屈赋思想、语言与〈远游〉》，《文学遗产》，1981 年第 3 期。

② 姜昆武、徐汉树：《〈远游〉真伪辩——屈赋思想、语言与〈远游〉》，《文学遗产》，1981 年第 3 期。

从思想体系和语言角度等分析作家作品的共性特点，具有可靠性和可操作性。但仅以此确定作者问题或辨别作品真伪问题，得出的结论更多的恐怕只是“或然”，以目前《远游》作者研究来看，《远游》作者问题之惑尚未真正解开。因该文得《楚辞》研究名家姜亮夫的肯定，围绕此文提出褒贬之声的学者，逐渐形成了“主屈作派”和“反屈作派”两大阵营，争论的焦点也呈现集中化的特点。

以对比的方法探讨《远游》作者问题的学者有李希运、杨建波和张叶芦等先生。李希运以《远游》与《大人赋》的体式特点和语言结构对比，又以《远游》与屈原整个作品的主题思想、内容布局和艺术手法作比较，“由此证明《远游》当为屈原所作”①。杨建波通过文本内容、主人公形象、表现手法、语言句式等对比，提出“巫术观念、神仙思想无损于屈原的伟大”②。再者，张叶芦赞同姜、徐二位先生的观点和论证，其利用比较方法，将《远游》与《逍遥游》《大人赋》等比较，最终得出“《远游》的作者是屈原”③。李希运、杨建波和张叶芦沿着姜、徐二位先生的对比方法考察问题，且已关注到神仙思想和秦方士“韩众”等因素，但在方法论层面，其用以对比考察之对象难以证明为屈原作品或思想的全部，因之，尚未提出有效之解决方法。

潘啸龙从“破”的角度出发，对姜、徐二位先生的论点提出了质疑，其认为《远游》是“汉人伪托屈原之作”。潘先生理由为，在屈原时代仙人概念和仙人传说尚未出现，神仙思想和用语尚未流行；“我们对屈原诗作的风格、语法和音韵规律的特点，包括它们与后世效颦者的细微差别，把握得是否正确”④等。潘先生对姜、徐的论点作了一一驳说，但尚未对该问题提出其立论标准。

张家英通过考察“重要内证”⑤的方式探究《远游》作者问题，再者张先生从“文风、语法、音韵”三个方面对姜、徐二位先生比较法之可靠性及所得之结论提出了质疑。张先生考察了“内证”的方法，然只局限于《离骚》，似乎有“目的性抽样”调查之嫌，因而此方法之可信度仍需进一步探究。

概而言之，20世纪围绕《〈远游〉真伪辩——屈赋思想、语言与〈远游〉》一文之观点，逐渐形成了“主屈作派”和“反屈作派”的褒贬声音，各家争鸣，争论得颇为激烈，形成了你不让我、我不让你的趋势。不过，从研究方法的层面说，由于该文未能在引向“必然”的关键点上展开，故反驳的诸家同样只是围绕在“或然”

① 李希运：《〈远游〉作者辨》，《山东师范大学学报（哲学社会科学版）》，1985年第5期。
② 杨建波：《〈离骚〉与〈远游〉》，《江汉论坛》，1997年第3期。
③ 张叶芦：《〈远游〉为屈原作补辩》，《贵州教育学院学报（社会科学版）》，1990年第2期。
④ 潘啸龙：《〈远游〉应是汉人伪托屈原之作——〈远游真伪辩〉质疑》，《青海社会科学》，1984年第5期。
⑤ 张家英：《〈楚辞·远游〉不作于屈原说》，《学术交流》，1991年第1期。

上着力。但问题越辨越明，有利于整个学术思想的交流。

2. 研究材料常态化：针对出土文献的论证

就本研究领域言，20 世纪末，学术界尤为注重利用出土文献作为论证材料。此后，围绕出土文献的论证逐渐成为该问题之常用方法，并延续至本世纪。

罗漫主张运用“辩证法的观点”探究问题，反对“对屈原的作品、性格、思想、语言采用‘一刀切’式的研究方法”。罗先生认为“《远游》非屈原作的说法很难成立”，其注意到“这种专从用词习惯来判定古书时代的辨伪方法，过去一度是金科玉律。但随着出土文献的不断增多，这一法宝已经宣告失灵了”①。对于先秦的典籍作品，许多学者单纯从词语角度，或从词语所体现的思想角度，判断伪书或伪作，“如《孙子兵法》《尉缭子》等等，经出土文献证明，先秦确有其书”②，这是非常典型的“以有证真”，即以“有证据”证“真作品”。罗漫主张用出土文献作为重要依据，论证了单纯利用文本词汇考察作品问题的局限，然而，本世纪由出土文献延伸出了许多观点。如以出土材料未出现某词而证伪作品，即以“无证据”证伪流传至今的作品文本，此为典型的“以无证伪”，因之，如不考虑文献缺失等因素，以出土文献的论证也会出现偏差。

张中一主张“从考古的角度”考察问题，其与罗漫商榷之文认为“《远游》不是屈原的作品，更不是屈原的绝命词，它与屈原作品挂不上钩”③。他的主要理由是，《远游》中的“韩众”等文本词语，渗透着汉代的时代信息。此外，赵逵夫利用出土文献论证，结论是“《远游》为唐勒所作”④。赵先生用银雀山汉墓出土的竹简《论义御》和《远游》比较，认为二者均表现了道家虚静无为的思想。张中一和赵逵夫利用出土文献论证问题，但从方法论层面，仍需考察文献可信度如何，方可有效解决问题（详参《本世纪〈远游〉作者争论之众说：〈远游〉作者问题研究述评之一》）。

20 世纪末《远游》作者之争，围绕着姜昆武和徐汉树之说形成的褒贬声音，注重利用出土文献做论证工作，体现了学者们对真理的追求，呈现出独特的时代特征。20 世纪末《远游》作者之争有以下特点：一是逐渐脱离政治化倾向，学者间争论激烈，但仍存在着屈原应当是什么人的刻板印象；二是注重对屈原时代社会环境的考察，也注意到对屈原人格心理的剖析和思考；三是注重利用多种论证方式，如对考古学、

---

① 罗漫：《〈远游〉与屈原的“绝命词”——兼释“与泰初而为邻”》，《云梦学刊》，1995 年第 1 期。

② 罗漫：《〈远游〉与屈原的“绝命词”——兼释“与泰初而为邻”》，《云梦学刊》，1995 年第 1 期。

③ 张中一：《论〈远游〉不是屈原的作品——与罗漫〈《远游》与屈原的绝命词〉一文商榷》，《吉安师专学报（哲学社会科学版）》，1996 年第 2 期。

④ 赵逵夫：《唐勒〈论义御〉与楚辞向汉赋的转变——兼论〈远游〉的作者问题》，《西北师范大学学报（社会科学版）》，1994 年第 5 期。

语言学、考据学、逻辑学等研究领域的拓展，结合人文学科和自然学科，借助楚国历史和文化的研究成果，推进了此问题的解决。

（二）本世纪作者争论的延续性和发展性

本世纪《远游》作者问题是对20世纪相关问题的延伸和发展，呈现延续性和发展性。本世纪围绕着此问题，各家争鸣，有利于问题在明辨中相生相长。

20世纪末的焦点问题，有的已解决，有的延续到本世纪。本世纪学术界关注最多的问题为：第一，韩众是否早于屈原，是本世纪争论最激烈的问题；第二，关于屈原是否受道家思想和神仙思想的影响，20世纪汤炳正《论〈史记〉屈、贾合传》[①]一文，从《史记》屈原和贾谊合传的成书体例分析了学派问题，肯定了屈原受到道家思想的影响，使该问题得到一定程度的解决，但本世纪由此继续延伸的问题是，屈原时代神仙思想是否确无或确未流行；第三，从文本着手探究《远游》作者问题，从存疑开始就一直穿插在各论证中，此项工作今后仍有探究之余地；第四，《远游》和《大人赋》的关系问题是20世纪论争的“热点”，在本世纪余波犹存，但随着相关问题的解决，争论热度将慢慢下降；第五，针对20世纪赵逵夫“《远游》为唐勒所作”说和谭介甫《屈赋新编》“最适合写《远游》作品的人，莫过于班嗣”说，力之在《〈远游〉非唐勒所作辨——与赵逵夫先生商榷》[②]和《〈远游〉考辨》[③]中分别就二位先生的观点提出了驳说，该问题在本世纪得到了一定程度的解决，但《远游》为汉人作品等说法在本世纪犹存。

利用出土文献论证《远游》作者问题，在20世纪末是学术界的热点。出土文献似乎就是一个“万能钥匙”，许多学者认为出土文献是可以作为代替文本词汇的论证方式，这种论证思维和论证方式一直延续到本世纪。但在本世纪的论证中发现，由于出土文献只是很少的一部分资料，有的只是只言片语，文献原貌如何，很多学者也很难说清，因此，20世纪末用出土文献论证此问题的学者，没有形成一致的结论。

本世纪关于《远游》作者问题的总体形势为，“反屈作派”以各种缘由多次“发难”，而“主屈作派”有针对性地一一驳说。当影响《远游》作者问题的相关因素已成为学者共同关注的问题时，找出解决问题的有效方法就是检验学者眼光的重要指标。方法是问题的方法，没有一种方法能解决所有问题。如果机械地运用同一方

① 汤炳正：《屈赋新探》，北京：商务印书馆，2019年版，第140页。

② 力之：《〈远游〉非唐勒所作辨——与赵逵夫先生商榷》，《齐齐哈尔大学学报（哲学社会科学版）》，2000年第2期。

③ 力之：《〈楚辞〉与中古文献考说》，成都：巴蜀书社，2005年版，第88页。笔者按：该文原题《〈远游〉考辩》，发表在《安徽教育学院学报》，1997年第3期，后收录在力之著作《〈楚辞〉与中古文献考说》中，收录时题目有所改动。

法解决不同的问题，得出的结论只能是“单方面”的，其可信度也不高。因此，针对影响《远游》作者问题的不同因素，可具体问题具体分析，“因地制宜”地运用不同方法分析影响问题的不同因素。

二、常规研究方法之论说

（一）以屈原为考察对象，构建“屈作核心比照系统”探究

从清代中叶胡浚源提出质疑开始，就文本层面探究《远游》作者问题的争论就从未停歇。本世纪以屈原作为具体考察对象，提炼屈原整体核心思想，进而与《远游》比较，以此方法考察问题的学者主要有常森。

常先生力图从整体出发，从屈原的作品中构建出“屈作核心比照系统”，具体为：其一，“核心比照系统中的神和神话都是‘形式化的’，不包含‘相信的活动’”。其二，“从核心比照系统所利用的传统要素来看，在作为该系统背景的原始神话中，神与人是异己的存在，人可以经巫觋跟神沟通，但不管是普通人还是巫，都不能变成神明”。因此，以《远游》与“屈作核心比照系统”比较，“之所以说《远游》绝非屈子所作，是因为它全部核心观念都不能从比照系统来解释，即不能与该系统构建合理的关联”[①]。

常先生在前人文本探究的基础上，演绎出了极具特色的系统模型，乍一看，此模型似是符合学理的，然进一步研讨，此恐为思之未周所致。从方法论层面言，常先生似未能跳出研究对象考察问题，其系统模型存有局限性，且有采用“定性数据”考察之嫌。屈原是现实中的人，不是文学作品“典型环境中的典型人物”，其思想存有复杂性和不确定性。此其一。其二，从逻辑层面看，《远游》所表现的思想与我们传统印象中的屈原有差异，此看似“矛盾”，却是可以“共存”和“统一”的，并不是“非生即死”“非此即彼”二者必存其一的“矛盾”。就公认的屈原作品《离骚》言，其思想就存在前后“矛盾”的情况。如由开始“亦余心之所善兮，虽九死其犹未悔”“宁溘死以流亡兮，余不忍为此态也”到后来“悔相道之不察兮，延伫乎吾将反。回朕车以复路兮，及行迷之未远”“何离心之可同兮？吾将远逝以自疏”[②]。因之，在“屈作核心比照系统”模型内考察问题，结果虽似非常“理想”，但容易忽略系统模型外不确定的相关因素。

力之对相关问题提出的质疑甚有启吾人之思者。其云：

---

① 常森：《屈原及楚辞学论考》，北京：北京大学出版社，2016 年版，第 463 页。

② 洪兴祖：《楚辞补注》，北京：中华书局，2006 年版，第 14—43 页。

一、我们今天所能见到的屈原其前其时之文献能否保证这一考察结果的“可靠性”（准确地说明问题）；二、除《远游》外，屈原作品与《史记·屈原传》等传世而涉及屈原的文献，其能在多大程度上说明屈原之种种——生平与思想之全部必如此，而绝无类《远游》所写之内容者；三、《楚辞》中的代屈原设言之作，其何以多有类《远游》那样之“仙人”概念、求“仙”用语与相关之“仙话”。[①]

此可谓真知灼见也。常先生以屈原的核心思想作为整体的考察对象，从研究方法层面，这大致是没有问题的。但目前存世文献屈原材料之可靠性、完整性是否确切无疑，这一前提如得不到保证，以此“系统”推导出的结论便只能为“或然”。

（二）从逻辑之相似性或相异性推导结论

从逻辑学“相似关系”或“相异关系”出发，以《远游》与其他文本相似或相异推导结论，此为20世纪乃至本世纪较为普遍且常用的论证方法，主要涉及文本的语言、结构、思想等。

金荣权从《远游》与《离骚》的相异处考察问题，其认为《远游》所游路线、所表现的思想境界、整体结构和语句，与《离骚》“大不相同”，因而《远游》非屈原作品[②]。从文本层面考察作者问题的方式在本世纪极具代表性，但此非问题之关键，且论证较为广泛，很难有效解决该问题。

张树国从文本结构的相似性论证问题，其《论〈楚辞·远游〉文本的组成》认为《远游》以内容“重曰”为界，文本上部为淮南王刘安原作《远游》，下部为扬雄《广骚》。下部的语句、内容等与《离骚》《大人赋》有类似之处，而上部的“理辞”出于《淮南子》[③]。张先生首次提出《远游》分上下部分，且属不同作者的观点，此观点颇多新意。但其因出土竹书体例的“附益”现象推出此结论，缺乏坚实之理论依据和论证基础。

殷光熹从内容和句式的相似性论证，其认为“屈原在抒发情感过程中会不自觉地、习惯性地流露出固有韵调”，从而认为《远游》为屈原作品[④]。殷先生从文本层面考察《远游》的作品问题，出发点是正确的，但其考察对象仍局限于单篇文章，对文本信息挖掘得不够，仍需加强对《楚辞》潜在信息的探究。用此方法者颇多，但皆没有超出上述三家之说，兹不一一列之。

① 力之：《用词汇史鉴定法断〈远游〉非屈作之问题种种——兼论神仙思想屈原时无或尚未流行说之非》，《河南师范大学学报（哲学社会科学版）》，2019年第2期。

② 金荣权：《〈楚辞·远游〉作者考论》，《中州学刊》，2005年第6期。

③ 张树国：《论〈楚辞·远游〉文本的组成》，《杭州师范大学学报（社会科学版）》，2016年第5期。

④ 殷光熹：《〈远游〉是屈原晚年之作》，《职大学报》，2017年第1期。

力之对相关的解说甚值吾人深思。其云："我们将《远游》与不少书文比观都会得出这么多，甚至更多共同点。如《淮南子》与《远游》的'共同之处'，就远比《论义御》与《远游》的多得多"；"即在一般词语的选用和语言的表达方面，《远游》同《离骚》也显示了较大的差异"；"一人的两篇作品出现这种差异，本为正常现象，几乎随便说到一位大作家都能找到类此的例子"①。通过逻辑之相似性或相异性推论结论，从方法论层面似行得通，但尚未考虑在实际操作中，对比对象"封域"之广度是否能"竭泽而渔"等问题。即其结果充其量是可能，甚者则"漏洞"多多。

再者，张伟"逻辑学的方法"是符合学理的。其"相似关系"说为：

> 相似关系是一种具有对称性的二元关系，《远游》与《大人赋》相似，同时也意味着《大人赋》与《远游》相似。陆侃如凭《远游》相似于《大人赋》，认为《远游》有模仿《大人赋》的嫌疑，郭沫若依《远游》与《大人赋》相似，认为《远游》是《大人赋》的初稿。同样的理据得出相反的结论，这充分说明相似关系按照不同的目的，可以"证明"两种完全相反的观点，因此，它并不能作为谁模仿了谁的充分依据。②

从方法论的角度，逻辑是推理的前提，张伟"逻辑学方法"具有合理之处，但其具体论证过于注重理论的机械推导，缺乏结合应有之情理考察问题。如事事以逻辑为先，或者非逻辑不可，事物现象"一般性"外的"特殊性"则易被忽视，有时反弄巧成拙。

（三）从汉语词汇发展史的角度考证

从汉语词汇发展史的角度考察《远游》作者问题是本世纪学者关注最多的论证方法之一，其中何金松用力甚勤。

何先生从"汉语词汇发展史"的角度探究问题，"从汉语词汇发展史的角度考察，兼及抄袭和行文时的思维混乱，证明这两篇（引按：指《远游》与《大招》）非屈原所作"。其比较有代表性的论证为，"屈原以前的文献和以后的《荀子》《韩非子》中都没有'菲薄'一词"③。该论证在本世纪颇具代表性，一些学者均从语言词汇论证先秦作品的真伪问题。随后，金荣权利用类似之方法，认为"《远游》中出现的一些人物、术语、词汇，非屈原时代所有，而是秦汉时代的产物"④。此

① 力之：《〈远游〉非唐勒所作辨——与赵逵夫先生商榷》，《齐齐哈尔大学学报（哲学社会科学版）》，2000 年第 2 期。

② 张伟：《辨伪与论证——〈远游〉与〈大人赋〉的关系考辨》，《三峡大学学报（人文社会科学版）》，2014 年第 4 期 .

③ 何金松：《〈远游〉、〈大招〉非屈原所作》，《华中师范大学学报（人文社会科学版）》，2003 年第 3 期。

④ 金荣权：《〈楚辞·远游〉作者考论》，《中州学刊》，2005 年第 6 期。

方法利用学科的兼容性，具有一定的时代意义。但此方法尚未将先秦大多数文献已失佚这一前提考虑其中，如仅仅通过文本词汇考察作品真伪问题，极易陷入“默证”，容易把“或然”断成“必然”。

从汉语词汇发展史的角度考察问题，常常伴随着相关的出土文献材料，本世纪辨《远游》作者问题较有代表性的学者为汤漳平、韩旭等。

汤漳平利用出土文献考察先秦时代的思想问题，其《〈远游〉应确认为屈原作品》[①]以出土文献和存世文献相结合，论证屈原时代存在道家思想和神仙思想，证明了屈原受到道家思想和神仙思想的影响，解决了许多疑惑，这是对20世纪汤炳正观点的拓展和延伸。但在有效解决问题上，此论证还存有差距。如其所依据的楚人先祖“鬻熊”说等，目前学术界仍有争议。

此后，韩旭利用出土文献和传世文献对“玄武”“文昌”二词考源，认为二者均为秦汉后才构建成形的星象学文化概念，与秦汉人的星官信仰有关，并以此论证“《远游》并非为屈原作品”[②]。此方法结合了出土成果，如用得好，可借助文物“说话”，有助于解决许多古代未解之谜；而如“生搬硬套”的话，也会出现许多“冤假错案”（笔者已撰专文辨韩先生之说不能成立，兹不赘）。

本世纪一些学者，抓住出土文献中一些零星资料，论证《远游》仙家词汇在屈原时代的出土文献中尚未出现，“默证”屈原时代并未出现仙家词汇或神仙思想，并以此说明《远游》非屈原所作。但在时代久远、极大多数文献已失佚的情况下，以出土文献推导《远游》作者问题不确定性太大。

（四）在相关文化背景中辨证真伪

屈原作为楚文化社会的个体，或多或少受社会环境的影响，本世纪学者注重将《远游》放入相关的文化背景中论证作者问题。

张骏将《远游》放入汉代隐逸文化中考察，认为“从《离骚》到《远游》，有一个从现实社会价值认同到否定现实、否定有限长勤人生，进而肯定与天地一体无穷的人生境界的变化和走向，这一点，跟汉代开始出现的‘人的觉醒’是一致的，而且也只当在这样的思想背景下出现”，从而证明“《远游》篇应为汉代人所伪托”[③]。再者，陈雨冬从道家思想及“楚辞体”的传播考察，“我认为《远游》当作于西汉之前屈原之后。再综合道家思想与楚辞这种体式在楚国的传播过程来看，《远游》

---

① 汤漳平：《〈远游〉应确认为屈原作品》，《中州学刊》，2009年第3期。

② 韩旭：《〈楚辞·远游〉文本所见“玄武”“文昌”星官信仰考源——兼论〈远游〉的成书年代问题》，《浙江学刊》，2019年第3期。

③ 张骏：《试从汉代隐逸文化看〈远游〉的作者及时代问题》，《南京师范大学文学院学报》，2005年第4期。

很有可能作于屈原去世后楚国北迁淮河流域的几十年间”[①]。

张骏和陈雨冬从文化接受和思想传播角度的论证似是可行的，然其结果很难出“或然”之域。二人均将《远游》放入汉代文化背景考察，仅从时间的层面看，以汉代文化氛围论证战国时期的作品问题，恐未免失当。再者，20 世纪汤炳正在《论〈史记〉屈、贾合传》中已证明，《史记》“老庄”跟“申韩”合传，反映了战国时期“诸子之间由分化而综合的趋势，而且也反映了在综合吸收的过程中各家又有各自不同的倾向”[②]，并最终证明屈原是受到儒法道名家等思想影响。张骏与陈雨冬方法虽“新奇”，然欲以此解决《远游》作者问题，恐亦未达一间也。

（五）结合多种因素推究结论

学者们注重结合多种因素推究问题，主要涉及如下因素：第一，韩众是否早于屈原；第二，屈原是否受到神仙思想的影响；第三，《远游》在思想主旨、文本结构等方面与屈原的其他作品不符，这是否会影响《远游》作者问题的判断；第四，在没有更早存世文献和出土文献证明的前提下，《远游》的一些词语在屈原的时代是否存在等。

金荣权结合《远游》的思想感情和思想境界、袭用《离骚》的结构和语句，以及一些人物、词汇、术语非屈原时代所有[③]等因素推究问题；何金松结合汉语词汇发展史，兼及抄袭和行文思维混乱[④]等因素考察；陈雨冬结合词句运用、文章结构、名物意象、思想感情、艺术成就[⑤]等推究问题，上文已作相关具体论述。当然，本世纪利用多种因素推究结论的学者尚多，然均大略如是观，故兹不一一列之。

再者，吴冠文结合《远游》神仙思想和“韩众”问题推究结论，其认为《远游》和《离骚》呈现屈原思想前后变化，“在‘历史人物中比比皆是’，但决不适合于写出了《离骚》的屈原”；“韩众”问题的关键是“羡慕韩众‘流得一’究竟指的是什么”，“‘流’，有‘流亡’的意思”，“即是说慕韩众流遁逃亡后得道（成仙）”[⑥]吴冠文关注到影响《远游》作者问题的关键性因素，即神仙思想和“韩众”问题，

---

① 陈雨冬：《楚辞与道家思想在战国末期至西汉中叶的传播》，黄石：湖北师范大学，2017 年硕士学位论文，第 19 页。

② 汤炳正：《屈赋新探》，北京：商务印书馆，2019 年版，第 144 页。

③ 金荣权：《〈楚辞·远游〉作者考论》，《中州学刊》，2005 年第 6 期。

④ 何金松：《〈远游〉、〈大招〉非屈原所作》，《华中师范大学学报（人文社会科学版）》，2003 年第 3 期。

⑤ 陈雨冬：《楚辞与道家思想在战国末期至西汉中叶的传播》，黄石：湖北师范大学，2017 年硕士学位论文，第 14—17 页。

⑥ 吴冠文：《论宓妃形象在中国古代文学史上的演变——兼论由此反映的中国文学发展的趋势》，《复旦学报（社会科学版）》，2011 年第 1 期。

然其在已关注历史上前后思想变化者比比皆是的前提下，仍坚持“决不适合”云云，从方法论层面，似未免诡辩之嫌。再者，其对“流”词义之“新解”，似乃其“潜意识”使然而实未得其解。

三、新探究方法之实效性和普适性

关于《远游》的作者问题，大部分学者沿用了20世纪末的研究方法，这些传统研究方法具有传承性和稳定性，为该问题的解决提供了必不可少的实践基础。本世纪出现一些新的探究方法，此类方法针对影响《远游》作者问题的不同因素，具体问题具体分析，得到了与众不同的效果，具有针对性和实效性。其中，有些方法可同样运用于探究先秦作者问题和辨别作品真伪问题上，因此这些方法也具有普适性。

（一）抓住主要矛盾，在关键处着力

如何才能有效地解决问题，在众多影响因素中找到突破口，最重要的是抓住主要矛盾，在关键处着力。力之曾提过类似问题的解决方法，同样适用于《远游》作者问题的判断。其云：

> 首先得弄清楚哪些因素是起决定性作用的，哪些因素是次要的，哪些看似不大可信的因素会随着起决定性作用之因素而转移。①

因此需要找出决定该问题的关键因素，重点解决主要矛盾，才能得出经得起时间考验的结论。部分学者已抓住了关键，但屈原思想永恒不变之背景条件出现了误差，词汇全面性和准确性之前提条件未得到应有之保证。

力之关注到影响《远游》作者问题的关键性因素，其云：

> 总而言之，迄今为止，认为《远游》非屈原所作之理由“最坚”者有二：一是“韩众”为“秦始皇时之方士”；二是《远游》中有些术语、词汇与其所体现的神仙思想在屈原时代并未产生或尚未流行。②

此论甚具识力。在众多的论证方法中，本世纪力之先生首先在方法论层面注意到，应从影响该问题的关键处着力，找出问题的突破口，才能有效地解决问题。本世纪决定《远游》作者问题的关键性因素在如下两点：一是“韩众”是齐仙人还是秦国的方士；二是一些文本词汇在屈原时代尚无或尚未流行的问题。只有往关键处着力，《远游》的作者问题才能得到有效解决。

关键因素通常具有提纲挈领的作用，是有效解决问题的重要依据，甚至还是其

① 力之：《昭明文选论考》，桂林：广西师范大学出版社，2020年版，第81页。

② 力之：《〈远游〉之“韩众”必先于屈原——兼论〈远游〉的作者问题》，《中州学刊》，2019年第4期。

他因素的重要结点，因此，关键要素考验着学者的洞察力和学术眼光。再者，影响《远游》作者问题的因素众多，如不抓住关键因素，避重就轻，极易南辕北辙。

（二）以整体观照的方法多维度地考察问题

力之主张将《远游》作者问题放在网络中进行多维度考察，其云：

> 然前贤时彦辨析“韩众”所指时，多未能注意到“三个前提”“汉人所说之韩众有二”等关键性因素，得出的结论往往存在不少漏洞。对影响该问题的诸多因素进行多维度的整体观照，所得出的结论只能是：《远游》中的“韩众”断非“秦始皇时之方士”，而必为先于屈原的得道者无疑。①

力之将相关问题置于网络中考察，提出了“三个前提”“汉人所说之韩众有二”“李、洪互证”的系统论说，联络了孤立的要点，对《远游》作者的问题作了全面的论述。此方法避免以“线性”思维考察问题，为问题的解决提供了具有建设性、多元化的综合方法，甚启吾人之思。部分学者已注意“结合多种因素推究结论”，但或疏忽结合关键性因素之综合考察，或孤立思考各个关键性因素。

一般来说，多维度考察分析问题，更能寻找到真正的答案。从某个视角看答案为正解，换个视角或为误解。用整体观照的方法多维度地考察问题，如所得结果均不变，那么此时距离真理就更近些，这是不言而喻的。以“线性”思维考察问题，无论细节考虑得如何周到，如整体方向出错，一切推论将会前功尽弃；如整体方向是对的，细节的补充将是时间的问题。

（三）跳出研究对象考察研究对象：从反例着手

仅通过文本考察作者问题，在文本材料存疑的前提下，得出的结论本就不可靠。如不认清这一点，该问题恐难以得到真正解决。

针对学者们利用“语言词汇”的论证方式，力之提出了不同意见，主张利用“跳出《远游》观《远游》”②的方法深究问题。其发现，作为何金松重要依据的《辞源》和《汉语大词典》，其“完整度”有待商榷。近代才逐渐建构成形的“汉语史”，时间仍较短，尚未发展成熟；另外，由于秦火等历史原因，屈原时代或更早时代流传下的存世文献非常少，且存世文献和出土文献也是浩如烟海文献的极小部分，如没有承认这一前提，没有验证所用材料是否可靠、全面，以小部分文献材料判断作者问题，未免有失公允。

对于先秦时的许多典籍和历史人物，一些学者利用出土文献尚未出现某词、某

① 力之：《〈远游〉之“韩众”必先于屈原——兼论〈远游〉的作者问题》，《中州学刊》，2019 年第 4 期。

② 力之：《用词汇史鉴定法断〈远游〉非屈作之问题种种——兼论神仙思想屈原时无或尚未流行说之非》，《河南师范大学学报（哲学社会科学版）》，2019 年第 2 期。

思想，或未形成某概念，论证典籍和历史人物的真伪问题，这是目前普遍的方法。然该方法实质上是潜意识的“默认”，是思维认知的失误。如不经过反思证伪，则易形成一种过早的内隐结论。经过多次重复，甚至潜移默化地感悟为“真理”。

以文本词汇论证和出土文献考察作品真伪问题是目前研究先秦古代文献的常用方法。力之主张“跳出研究对象考察研究对象”的方法，考察公认屈原作品《离骚》，在其三分之一的文本篇幅中，有65词尚未出现在屈原时代的其他文献中，其中还有38个词作为“最早例证”收入《汉语大词典》。

问题的思考有时是抽象的，如能找到反例支撑，且反例还是实例，那么原来的结论将会被推翻。力之先生利用反向思维，从“反例”论证，灵活地处理了该问题，不仅有利于《远游》作者问题的解决，而且触类旁通，对相类似问题也有普遍性的意义。

（四）结合“显内证”和“潜内证”探究作者问题

从存世文献考察《远游》的作者问题是必要的，但不同学者对存世文献的探究程度各异。力之在解决《文选》分体问题时提出了“显内证”和“潜内证”的研究方法，也可适用于《远游》作者问题的考察。“从研究方法的层面上说，……必须结合‘显内证’与‘潜内证’。”[①] 力之提到“《楚辞》中之非屈原作品，均代屈原设言”[②]，此为“潜内证”；“刘向、王逸均认为《远游》是屈原所作”[③]，此为“显内证”。注重挖掘“潜内证”和“显内证”，比单纯的文本论证更能多层次、有效地说明问题。

汉代王逸为《远游》作的序，此可作为《远游》作者问题的“显内证”；而在《楚辞》非屈原作品均“代屈原设言”的背景下，宋玉、东方朔等人对《远游》的态度，此可谓“潜内证”。

王逸最早明确提出《远游》为屈原作品，此可作为文本的“显内证”。王逸为《楚辞》作的序曰：“《远游》者，屈原之所作也。”[④] 汉代王逸为《远游》作的序中，明确提到《远游》是屈原的作品，王逸直接叙述屈原作《远游》的背景，屈原在上下不通、极端痛苦的情况下，出现了与仙人周游天地的幻想。王逸作的序为“显内证”，代表了汉人对《远游》的态度，其认为《远游》就是屈原的作品。目前先秦和汉代文献，找不到明确否定《远游》非屈原所作的只言片语，或《远游》为他人所作的文献。此其一。

其二，在《楚辞》非屈原作品均“代屈原立言”的背景下，宋玉、东方朔等人对《远

① 力之：《昭明文选论考》，桂林：广西师范大学出版社，2020年版，第95页。

② 力之：《〈楚辞〉与中古文献考说》，成都：巴蜀书社，2005年版，第3页。

③ 力之：《〈远游〉之“韩众”必先于屈原——兼论〈远游〉的作者问题》，《中州学刊》，2019年第4期。

④ 洪兴祖：《楚辞补注》，北京：中华书局，2006年版，第163页。

游》的态度，可作为潜内证。目力所及，力之首次系统论证“《楚辞》中之非屈原作品，均代屈原设言”[①]。宋玉《九辨》、东方朔《七谏》、严忌《哀时命》、王褒《九叹》等“代屈原立言”者而以《远游》说为屈原语等，其时间跨度从先秦到后汉，如仅从时间看，他们所处的时代比胡浚源、吴汝纶等人所处的时代，更接近屈原所生活的年代，更能说明问题。因之，如果谁想推翻王逸的观点，其就应有理有据地反驳宋玉等人在其各自“代屈原立言”作品中的观点，论证他们不约而同地肯定《远游》是屈原的作品之何以非是。

其三，关于关键人物“韩众”的问题，也可从“潜内证”的角度考察。东方朔（前154—前 93）所处时代早于谷永（？—前 7）近百年，其在“代屈原立言”的《七谏·自悲》中说“见韩众而宿之兮，问天道之所在”[②]，而谷永临终前一年谏汉成帝有“秦始皇初并天下……韩终之属……因逃不还，天下怨恨”之语。即过了百年左右，“韩众”仍是一位“天下怨恨”的人物，之前的东方朔怎会向其“问天道之所在”[③]？关于《远游》的作者问题，一些学者更多是从文本的“显内证”考察，却忽视了存世文献的“潜内证”，而此恰恰为解题之关键。

四、结语

20 世纪末《远游》的作者问题逐渐脱离了政治等因素的影响，学者间交流更加自由真实，《〈远游〉真伪辩——屈赋思想、语言与〈远游〉》一出，褒贬声音随之而来，争论焦点更加集中化。出土文献成为常用的研究材料，学者们的论证也逐渐理性化，讲究证据意识，但是相关观点仍未成熟，未出现强有力的证据，问题仍未彻底解决。本世纪《远游》作者问题呈现新的面貌，具有延续性和发展性。20 世纪末解决了部分问题，即道家思想在屈原的时代已出现，《远游》非《大人赋》之初稿等；本世纪延续了 20 世纪末未解决的问题，即关键人物“韩众”是否早于屈原问题、文本词汇是否尚无或尚未流行问题等，学者们细化了问题的影响因素，更深入探讨《远游》的作者问题。

针对本世纪《远游》作者问题，学者们探索出多种论证方式。常规的研究方法有：以屈原为考察对象，构建“屈作核心比照系统”探究；从逻辑之相似性或相异性推导结论；从汉语词汇发展史的角度考证；在相关文化背景中辨证真伪；结合多种因素推究结论。另外，本世纪根据影响问题的不同因素，探索了一些行之有效的方法。

① 力之：《〈楚辞〉与中古文献考说》，成都：巴蜀书社，2005 年版，第 3 页。
② 洪兴祖：《楚辞补注》，北京：中华书局，2006 年版，第 250 页。
③ 力之：《〈远游〉之“韩众”必先于屈原——兼论〈远游〉的作者问题》，《中州学刊》，2019 年第 4 期。

第一，在众多影响因素中抓住了主要矛盾，向关键处着力，此尤为重要。第二，以整体观照的方法多维度地考察文本，可避免以“线性”思维探究作者问题。第三，“跳出研究对象考察研究对象”，克服单纯以语言词汇和文本内容等辨别作品问题的局限性。第四，结合“显内证”和“潜内证”探究作者问题。至于更细致之是非得失如何，高者自识之。

《卜居》《渔父》创作动机新探

秭归文联　马尚朝

摘　要：《卜居》《渔父》是屈原两篇重要作品，但历来纷争不断。之所以异见纷呈，源于论者很少触及作品更深层的创作动机，而这或许是破解作品密码的一把钥匙。詹尹、渔父均为当时的“意见领袖”“权威人士”，与屈原彼此认识、相互了解。屈原主动与他们见面，是想请他们代言，以打破被诬陷抹黑后不为人知、媒绝路阻的人生困境。找詹尹，意在表达返回郢都的愿望；见渔父，意在借其口碑传播以自证清白。詹尹和渔父的口碑传播。《卜居》《渔父》等作品，以及屈原自杀之行为等，构成了自证清白的完整证据链。

关键词：《卜居》；《渔父》；创作动机；新探

《卜居》《渔父》是屈原两篇重要作品，但历来纷争不断。司马迁、王逸、朱熹、汪瑗、王夫之、林云铭、蒋骥等，均认为是屈原的作品；清代崔述开始对作者提出怀疑，随后，包括郭沫若先生在内的一些楚辞学者，主张这两篇作品为后人所作。之所以异见纷呈，是因为疑古思潮的影响，更是因为论者很少触及作品更深层的创作动机，而深层的创作动机或许是破解作品密码的一把钥匙。两篇作品无论是不是屈原所写，写的都是屈原；而这两篇作品所写内容是否真实发生，关键看屈原有没有这样做的动机。那么，屈原有没有可能如《卜居》《渔父》所写，见詹尹、渔父呢？完全有可能，本文试探讨之。

一、问题的提出

（一）屈原见詹尹，真的是有疑而卜吗？

《卜居》写屈原已经被放三年，没有见到楚王，心烦虑乱，不知所从，去找太卜郑詹尹帮他决疑。从屈原所陈述的决疑内容看，似乎看不出真的有疑。汉代王逸认为屈原心中有疑惑才去卜筮，被清代王夫之斥为太愚蠢，说“王逸谓其心迷意惑，不知所为，冀闻异策，其愚甚矣”[①]。王逸应该是被作品字面意思误导了，未及仔细斟酌，被斥愚蠢实不冤。试想，屈原登门请詹尹占卜，若不说自己有疑，还卜什么呢？太卜又怎会接待并一本正经为他作法式？当代学者姜亮夫先生也不承认屈原有疑，认为“其谓不知所从，则愤激之辞耳”[②]。

那么问题来了，既无疑，还去占卜什么？难道他想搞形式主义？从屈原的个性和处事风格看，应该不会惺惺作态，故意找太卜设这样一个“局”。这背后到底有何深意呢？

（二）跟渔父是“偶遇”吗？

再看《渔父》。从作品开头描写看，他们见面好像有点“偶遇”的意思，但仔细一想，不对。他们相互认识，渔父一眼就认出了屈原，并以“三闾大夫”相称。更重要的是，渔父还很认可屈原，直接拿“圣人”作比劝说屈原，说：“夫圣人者不凝滞于物，而能与世推移。”把屈原与“圣人”相提并论，可见渔父对屈原并非一般推崇。这两点是值得注意的。我们常说“无巧不成书”，两个曾经认识的人恰好在此时此地、此情此景碰上，也太巧了，似乎不合常理。如果不是“偶遇”，那自然是刻意为之，是谁刻意为之，意图是什么？

《卜居》《渔父》留下的这些疑点，历来注家很少甚至未曾指出过，即使主张屈原无疑而卜的学者，也未深究为什么。

二、历代纷争概览

围绕这两篇作品的纷争主要集中于作者、创作时间、地点以及是否假托等问题，是否假托也涉及作者问题。

（一）关于作者问题

司马迁、王逸、朱熹、汪瑗、王夫之、林云铭、蒋骥等，都认为《卜居》《渔父》为屈原所作。对作者的怀疑，始自清代崔述。他在《考古续说》中分析了周庾信的《枯树赋》后说：“谢惠连之赋雪也，托之相如；谢庄之赋月也，托之曹植；是知假托成文，乃词人之常事，然则《卜居》《渔父》亦必非屈原之所自作；《神女》《登徒》亦必非宋玉之所自作明矣。”[③]随后，一些楚辞研究大家，包括郭沫若先生在内，亦主张为后人所作。郭先生在《屈原研究》中说：“《卜居》和《渔

① 转引自崔富章等主编：《楚辞集校集释》，武汉：湖北教育出版社，2003年版，第1989—1990页。

② 转引自崔富章等主编：《楚辞集校集释》，武汉：湖北教育出版社，2003年版，第1990页。

③ 转引自汤章平译注：《楚辞》，郑州：中州古籍出版社，2007年版，第245页。

父》当是宋玉、景差之徒作的，都是很轻妙的文章，而且还替我们保证着屈原是果有其人。”[①] 当然也有大批学者力证系屈原所作，如姜亮夫、蒋天枢、汤炳正、汤章平、方铭、周秉高等，汤章平先生在《楚辞·渔父》题解中，从作品的人称、体例、句式等方面逐一分析辩驳，力主为屈原自作，很有说服力。[②]

（二）关于时间、地点问题

《卜居》的时间，作品交代得很清楚："屈原既放，三年不得复见。"到底是楚怀王时期还是顷襄王时期被放的，又有不同看法。王逸、洪兴祖、朱熹、汪瑗等，只就作品内容进行阐释，未涉及时间、地点问题。王夫之、蒋骥等认为是怀王时期被放汉北所作，清胡文英认为怀王时作于郢都，姜亮夫先生不敢肯定何时被放，但他"以词意与他篇互勘详审之，疑在顷襄王斥逐时也"[③]。

还有与其他篇章的时间先后问题。明陈第认为作于《离骚》之后，说："愚按《离骚》：'索藑茅以筳篿兮，命灵氛为余占之。'又曰：'巫咸将夕降兮，怀椒糈而要之。'皆卜居之意。原犹以为未尽也，故八设条目，以行之必不能胜，事之必致相反者，决去就，定从违……"姜亮夫先生亦认为稍后于《离骚》。[④]

《渔父》作于何时何地，异见不大。司马迁《屈原列传》全文引用此篇后，接着说："乃作《怀沙》之赋。其词曰……于是怀石遂自汨罗以死。"[⑤] 意即作于流放江南时，但早于《九章·怀沙》。王逸亦认为系"屈原放逐，在江、湘之间……"所作[⑥]。后世学者汪瑗、蒋骥、马茂元、姜亮夫等，都认为作于江南。马茂元更直言："本篇所写，是以屈原放逐江南为背景。最后他由沅入湘，自沉汨罗。"清王夫之却认为作于放流汉北时，他说："按汉水东为沧浪之水，在今均州武当山东南，渔父触景起兴。则此篇为怀王时退居汉北所作可知。"[⑦]

（三）关于是否假托问题

这主要有两派意见：一是承认作者为屈原本人，但作品中的人物、情节为屈原虚设；二是作品为后人假借屈原名义所写。

1. 假托持论者

假托的代表人物当为宋代洪兴祖、朱熹，他们一面承认为屈原所作，一面认

① 郭沫若：《屈原研究》增订本，北京：文津出版社，2021 年版，第 48 页。
② 汤章平译注：《楚辞》，郑州：中州古籍出版社，2007 年版，第 246 页。
③ 转引自崔富章等主编：《楚辞集校集释》，武汉：湖北教育出版社，2003 年版，第 1991 页。
④ 转引自崔富章等主编：《楚辞集校集释》，武汉：湖北教育出版社，2003 年版，第 1989—1991 页。
⑤（汉）司马迁著，钟书主编：《白话史记》，上海：上海大学出版社，2017 年版，第 393—395 页。
⑥（汉）王逸撰，黄灵庚点校：《楚辞章句》，上海：上海古籍出版社，2017 年版，第 171 页。
⑦ 转引自崔富章等主编：《楚辞集校集释》，武汉：湖北教育出版社，2003 年版，第 2018—2021 页。

为内容为屈原虚构。洪兴祖在《楚辞补注》中说："卜居、渔父，皆假设问答以寄寓耳。"[①] 朱熹在《楚辞集注》中说："《渔父》者，屈原之所作也。渔父盖亦当时隐遁之士。或曰，亦原之设词耳。"[②] 洪兴祖、朱熹之后，假托持论者亦很多。

2. 对假托的批驳

主张实录者始自王逸，当然更应追溯到司马迁，清人王夫之批评王逸愚蠢，正好坐实了王逸的实录说。自洪兴祖、朱熹提出假托说之后，激起了后世学者们的深入探讨。汪瑗解《卜居》说："此篇王逸以为实有是事，诸子以下以为实无是事，俱未尽善。"认为二说都有不妥之处，并进一步解释道："观屈子所问之词，似以詹尹为知己者，而詹尹所谢之词，似亦为知屈子者。"明确否定詹尹为虚设人物的说法。又解《渔父》说："题曰《渔父》，盖以人名篇也。或曰当时隐遁之士，或曰屈原假设之词……因思前代往往实有是人，亦足以证此篇非特屈子之寓言也。"[③] 汪氏认为屈原见过渔父。清代蒋骥援引司马迁《屈原列传》为据捍卫实录说："或云此亦原之寓言，然太史公採入本传，则未必非实録也。"姜亮夫先生在严谨有据驳斥假托说之后，指出："史公以入原传，盖得诸人之真矣……且三闾之名，仅见此文，依讬假冒，乃至杜撰官爵，以欺后世？史公非可以伪托欺者也，何以尚録之本传？"[④] 姜先生的意思是，司马迁作为严谨史学家，是不易被骗的，他在《屈原列传》中全文引录《渔父》，屈原任"三闾大夫"亦仅见于《渔父》，若为假托，司马迁自然不会录入到屈原传记中。这个批驳很有说服力。

上述简单回顾可以看出，论者基本没有触及作品创作动机问题。

三、屈原当时的处境及心理动机

屈原当时最大的心结是什么？

两篇作品均以"屈原既放"开头，颇值得注意。他是怎么被放流的呢？直接原因是别人进献谗言，使用的手法是造谣中伤、抹黑陷害，给他身上泼满了脏水。楚王昏聩，不辨忠奸、不问是非，将他放逐了。他是带着一身脏水、一腔悲愤、满腹冤屈踏上流亡路的。此时他最大的痛苦是不为人知，这就意味着谗佞小人们的造谣中伤，在别人眼里会被坐实。要洗刷冤屈，最好的办法当然是重获楚王信任，重新获得重用，这样谣言就会不攻自破，但却媒绝路阻。屈原承受的是遭馋蒙冤、

① （宋）洪兴祖：《楚辞补注》，上海：上海古籍出版社，2015 年版，第 286 页。

② （宋）朱熹：《楚辞集注》，上海：上海古籍出版社，2015 年版，第 146 页。

③ （明）汪瑗：《楚辞集解》，上海：上海古籍出版社，2017 年版，第 419、429 页。

④ 转引自崔富章等主编：《楚辞集校集释》，武汉：湖北教育出版社，2003 年版，第 2019 页。

不为人知、媒绝路阻相互交织的痛苦，这是他最大的心结。且看他在作品中的描述：

（一）遭馋蒙冤

《九章·惜往日》是了解屈原生平的一篇重要作品，文中主要追述与回忆往日之事，特别是自己与楚王往日的关系。在这篇文章中，屈原把自己如何从最初被信任到遭馋被放交代得清清楚楚，并与《离骚》以及《九章》中的其他篇章可以互为内证。它们一起与司马迁《屈原列传》相互印证，构成信史。含冤是屈原遭受的最大委屈，作品中多次出现“冤”“屈”等字样，《九章·悲回风》说得更直白：“悲回风之摇蕙兮，心冤结而内伤。”他后半生因此陷入极度痛苦之中，忧、伤、悲、哀、叹、怨、愁、苦、穷、困、恐、惧等描写痛苦心情的词汇在作品中大量涌现，为此不得不“屈心而抑志兮，忍尤而攘诟”（《离骚》）、“抚情效志兮，冤屈而自抑”（《九章·怀沙》）。

（二）不为人知

用他自己的话说就是“不吾知”，类似表述在作品中出现了20多次。比如“国无人莫我知兮”（《离骚》）、“世溷浊而莫余知兮”“哀南夷之莫吾知兮”（《九章·涉江》）、“羌不知余之所臧”“众不知余之异彩”“莫知余之所有”（《九章·怀沙》）等，可见不为人知是他一辈子的痛。即使他在作《卜居》之前还没有写出这么多作品，至少已完成了《离骚》的创作，《渔父》则是大部分作品基本完成之后的作品。正是在《离骚》中，他强烈感受到不为人知的痛苦并自我安慰说：“不吾知其亦已兮，苟余情其信芳。”并以“国无人莫我知兮，又何怀乎故都”结尾，这属于典型的悲愤自慰之语。

（三）媒绝路阻

《离骚》中，诗人曾先求天帝，再求美人，最终都无功而返。诗人因此深陷媒绝路阻困境，产生强烈无助感。他在后来的作品中不再像《离骚》那样，有四处求人的描写，更多的是感叹媒绝路阻：“心不同兮媒劳”（《九歌·湘君》）、“既惸独而不群兮，又无良媒在其侧”“理弱而媒不通兮，尚不知余之从容”“路远处幽，又无行媒兮”（《九章·抽思》），“媒绝路阻兮，言不可结而诒”（《九章·思美人》）。这明显是四处碰壁后的心理反应。

屈原蒙受不白之冤，政治上遭受沉重打击，一片赤胆忠心竟然不为人知，又没有人证明他的清白，这是最要命的。如不积极想办法改变，他被谗佞小人污蔑的形象在世人心目中就极有可能被坐实。既然不为人知，就要想办法让人知道；媒绝路阻，就要找到帮自己传话说话的人。无论找詹尹、渔父，还是找谁，总之他是有这方面强烈愿望的。

另有一个情况也颇值得注意，清代胡文英、当代汤炳正、周秉高等学者都曾提到过。汤先生说："传说古代大臣有罪被放，待于郊外三年，君有命则还，命不至则不得还。"① 虽然提及此的学者们没有明确把三年召见的传说与屈原见詹尹联系起来解读，但已包含了这个意思。屈原在放流三年之后，没有接到君命，说明"命不至"，还都无望，这才去见詹尹。

四、为什么见的是詹尹、渔父？

找谁呢？估计屈原做过很多努力，后人可见的，只有《卜居》《渔父》所述。为什么是詹尹、渔父，还是依据作品内证来解读。

（一）从太卜詹尹、垂钓渔父的身份看，他们属于当时的"意见领袖"

在巫风盛行的楚国，大小事情往往要请人卜筮，负责卜筮的人无论在官场还是民间，都是很有影响力的人。他们的话极具权威性，最容易让人相信，属"意见领袖"和"权威人士"。像詹尹这样为国决疑的太卜，更属于在楚王面前能说上话，甚至会影响楚王决策的人，在楚国朝廷享有很高威望。

渔父无论是隐者，还是什么身份，总之是在当时当地很有名望、很有威信的贤能人士。他驾着小船，在江潭边垂钓，看似漫不经心、逍遥自在、不问时政、与世无争，实则深谙世事人生。从作品描写看，他悠闲中带着幽默，风趣中透着风骨，且还很有亲和力，在老百姓中享有很高威信，都愿意接近他，遇到什么事情都愿请他帮忙出主意。

他们一个在郢都，一个在民间，在当时当地的影响力不容小觑。

（二）詹尹、渔父是屈原在特殊条件下为自己找的"代言人"

1. 先看与詹尹的见面

从见面起因看：屈原是主动找上门去见詹尹的。他已被放三年，特意去见詹尹，除了其身份特殊，他们之前相互认识之外，自然还有其他方面考量，特别是詹尹的政治态度和政治品格等。否则，以屈原的前车之鉴，是断然不敢冒险前往的。

从见面过程看：屈原显然主导了这次见面。在《离骚》中，至少有三个人曾劝过诗人：女媭、灵氛、巫咸。需要注意的是，除女媭、灵氛、巫咸滔滔不绝说了一番话之外，诗人完全是一个被动"倾听者"，跟他们一个字的交流都没有。见詹尹

① 汤炳正等：《楚辞今注》，上海：上海古籍出版社，2019 年版，第 206 页。

则反过来了，屈原说了大段话，就像在知己面前倾诉苦水一般，把长期被压抑的情绪一股脑儿发泄给了詹尹。如果与詹尹关系一般，是不会这样的。他就是要借此机会把自己的想法、心志统统表达出来，让詹尹充分了解。屈原与詹尹多年没见面了，现在是什么情况，变没变，詹尹心中无数。屈原所述八个方面选项都是从“变”与“不变”角度说的，并征询詹尹：“此孰吉孰凶，何去何从？”在对混浊世道进行抨击后，他提出了全篇最关键一问：“吁嗟默默兮，谁知吾之廉贞？”屈原所列举的八个方面共有十六问，加上最后一问，就是十七问。很显然，前十六问都是为这一问作铺垫的，都落在这一问上，即不为人知。詹尹自然听懂了，加之一见面屈原就说“三年不得复见”，意思表达得够明白了，就是想请詹尹帮忙带话。

从詹尹神情态度看：他对屈原的想法表示理解。詹尹作为国家卜筮官，对楚国的政治现实了如指掌，从屈原所述内容看，哪里是要为自己卜筮，分明是在为楚国的前途命运占卜，进行的是一场推心置腹的政治对话。屈原的话显然触动了詹尹，引起了他的共鸣，对屈原的遭遇深表同情。知道屈原并没有变心，建议他“用君之心，行君之意”，保持自己的操守，按自己想法去做。这说明詹尹不仅理解同情屈原，更赞成支持屈原，对所托之事还有一定把握。这应是此话背后的潜台词，不过詹尹作为国家卜官，只能言止于此了。汪瑗说屈原视詹尹为知己，詹尹也知屈子，并大发感慨：“呜呼！詹尹亦贤矣哉。”① 有见地。

从见面效果看：史料对屈原生平记载只有零星几个片段，但从中也大体可看出端倪。《史记·楚世家》载，楚怀王被张仪以600里商於之地所骗后，誓言要诛杀张仪，等张仪真到了楚国，竟又放走了他。此事发生在公元前311年，即怀王十八年。此时，“屈原使从齐来。谏王曰‘何不诛张仪？’怀王悔，使人追仪，弗及。”这表明屈原此时在郢都，而且刚出使齐国回来。奇怪的是，此后十多年，屈原便从史料中消失了，直到公元前299年、楚怀王三十年才再次出现。此时正值怀王被骗入秦之际，屈原出面极力劝阻，说：“秦，虎狼之国，不如勿行。”② 可见此时屈原就在怀王身边。屈原见詹尹是被放三年之际，具体指何时，我不好妄测；他在史料中“被消失”这段时间去哪里了？也不好随意揣度。总之，他被放后能再次回到郢都，应该与这次见面有关，詹尹在楚王那里说上话了。

2. 再看跟渔父的见面

从见面起因看：屈原被放江南多年，却仍然是一个被“政治抹黑”的形象，不仅无处伸冤，更无法洗刷泼在身上的脏水，还自己以清白。人生即将落幕，死亡决心已下，必须考虑身后事了。跟找詹尹一样，他也得找个人托付后事，不过并不是

---

① （明）汪瑗：《楚辞集解》，上海：上海古籍出版社，2017 年版，第 428 页。

② 郑昌琳编著：《楚国史编年辑注》，武汉：湖北人民出版社，1999 年版，第 582 、583、617 页。

给楚王带话。不为人知是他最大的心魔，得借他人之口还原真相，传播真实的自己，让大家了解，至少知道他是为什么而死的。这对他而言，太重要了。找谁呢？他肯定有过仔细斟酌，得是一个相互认识了解、为人正直、值得托付的人。屈原与渔父曾经认识，了解其为人，清楚渔父并非等闲之辈，也许能帮自己了却这桩心愿。屈原在江南生活多年，当然知道渔父在江南，并知道渔父的喜好、行踪；渔父肯定也知道屈原被放到了江南。见渔父无疑是最佳选择，而且也知道在哪儿能找到他。

从见面过程看：他们的确相互认识，一见面渔父便主动打招呼，并以屈原官职相称。屈原明明是专门去见，却做得很巧妙，用与隐者打交道的手法，漫不经心、若无其事出场，让这次见面看起来像是纯粹的“偶遇”。这样渔父就觉察不出他有任何企图，一切显得那么自然。值得注意的是，渔父问屈原“何故至于斯”？本意可能是问屈原怎么到了他钓鱼的这个地方，即“江潭”，而不应是有些学者所说的江南。屈原却有些答非所问，说“举世皆浊而我独清，众人皆醉而我独醒，是以见放”，直接把话题转移到被放一事上去了。渔父要屈原随从世俗，屈原却不绕弯子，使用两个反问句，直截了当表明自己的高洁情操和死亡意志，态度非常坚决，不像见詹尹时因有所求还有耐心说理的成分。

从渔父神情态度看：听了屈原表白后，渔父“莞尔而笑”，哼着歌曲“鼓枻而去”。看他此时笑的神情，应无嘲笑之意；听他所唱之歌，歌词内容虽与开初劝屈原“与世推移”一致，但恐怕另有深意。渔父作为流落民间的高人，自然看清了一切，对屈原的选择不一定赞成，但从心底是同情、理解、敬佩的。言及此，再看起初劝屈原“与世推移”的话，应该带有试探的意思。屈原绝不同流合污，实际也符合渔父的做人原则，自然进一步增加了对屈原的理解和敬意。汪瑗评价渔父说：“虽然，渔父之意未可尽非，而实出于爱惜屈子之情……呜呼！……其爱屈子之心亦已至矣。”[①] 汪瑗说渔父有“爱惜屈子之情”“爱屈子之心”，堪称卓见，可惜他没有发现这正是屈原去见渔父的原因。屈原和渔父同为天涯沦落人，去见他，就是找一知己一吐心声，向人生作最后的诀别，向世人作最后的告白。渔父虽为隐者，但也是关心国家命运之人，听完屈原一番表白，被触动了，看似轻松的“莞尔而笑”，应带有几分酸楚和忧伤。他明明是来钓鱼的，鱼也不钓了，不忍心久留，先自离去，“遂去，不复与言”。还能说什么呢？如果我们带着这种理解读《渔父》，一定会热泪盈眶的。

从见面效果看：这次见面后，渔父在民众中应该替屈原说公道话了，制造了某种社会舆论。周秉高先生在《屈原自沉汨罗考》一文中对屈原为何选择汨罗自沉作

① （明）汪瑗：《楚辞集解》，上海：上海古籍出版社，2017 年版，第 428 页。

了深入研究，认为“屈原对自沉地点的选择，也绝非随意”，长沙“是大都会，人烟稠密，消息灵通，汨罗离长沙很近，屈原自沉汨罗一事，定会口口相传，不胫而走，天下皆知，因此就能达到‘下著其志，而上悟其君’的目的”。[①]之所以会“口口相传，不胫而走，天下皆知”，渔父应该充当“意见领袖”，扮演了关键角色。需知，以屈原之精明，其所作所为必定有综合考量。

（三）詹尹、渔父的口碑传播、屈原自己的作品以及自杀之行为，相互印证，构成了自证清白的完整证据链

屈原见詹尹、渔父后，在他生前就应该产生一定口碑效应了，但口说不为凭，还必须用作品把它们记录下来，以印证口碑所传不虚，于是便有了《卜居》《渔父》。这两篇作品并非约略为同时所作，相反，前后时间跨度还较长，至少所述之事间隔很长。屈原用独特而又一致的艺术风格呈现这两件事情，在其所有作品中格外亮眼，绝非单纯出于艺术创新考虑，而是另有深意。完成《渔父》后不久，他便言行一致，汨罗自沉。当人们把屈原自沉、渔父的口碑、有关屈原的其他传闻以及他用生命书写的作品联系起来时，一个一心为国为民的屈原自然深深触动了人们的心弦。屈原不愧是起草过宪令的左徒，加上自己上过当、吃过亏，知道任何孤证都难以证明自己的清白人生，便精心设置了这样一个无懈可击的证据链。现在任凭谁都抹黑不了、抹煞不掉了。

弄清了创作动机，围绕《卜居》《渔父》的诸多争论，便可迎刃而解了，质疑《卜居》《渔父》不是屈原所作的观点，也就不攻自破了。

① 周秉高：《屈原研究》，呼和浩特：内蒙古大学出版社，2019 年版，第 34、36 页。

招魂之礼与《招魂》《大招》的礼义

陕西师范大学　周志颖

摘　要：两周招魂之礼，常以近臣招逝者之魂，先将其魂复于体，后使其魂祔于祖。王与诸侯的招魂仪式中，要于天地四方招其魂。由此来看，《楚辞》中《招魂》与《大招》的诸多描写，皆合乎两周的招魂之礼。《招魂》为怀王逝后归楚途中，沿途为其招魂之辞。《大招》为归于楚国后，将其魂祔于祖的招魂之辞，意在使怀王之魂升天。

关键词：招魂之礼；《招魂》；《大招》；楚怀王

司马迁在《屈原贾生列传》中，言："余读《离骚》《天问》《招魂》《哀郢》，悲其志。"[①]以《招魂》为屈原的作品，但未言明所招之魂为何，亦未提及《大招》。王逸以《招魂》《大招》均为招屈原之魂，[②]后世洪兴祖、朱熹、王夫之等皆宗之进行注解。[③]林云铭、戴震以《大招》为招怀王之魂，[④]方东树以《招魂》为招楚之国魂。[⑤]近代以来，学者又多从文本所见威仪、疆域、制度对所招之魂进行考证，或言楚怀王，[⑥]或言顷襄王，[⑦]或言淮南王，[⑧]或言汉高祖，[⑨]或言《大

① 司马迁撰，裴骃集解，司马贞索隐，张守节正义：《史记》卷八十四《屈原贾生列传》，北京：中华书局，1982年版，第2503页。

② 洪兴祖撰，白化文等点校：《楚辞补注》，北京：中华书局，1983年版，第197、216页。

③ 朱熹撰，蒋立甫校点：《楚辞集注》，上海：上海古籍出版社，2001年版，第140页；王夫之：《楚辞通释》，上海：上海人民出版社，1975年版，第150页。

④ 林云铭：《楚辞灯》，北京：广文书局，1961年版，第35页；蒋骥撰：《山带阁注楚辞》，上海：上海古籍出版社，1958年版，第178页。

⑤ 方东树著，汪绍楹校点：《昭昧詹言》，北京：人民文学出版社，1961年版，第346页。

⑥ 钱钟书：《管锥编·楚辞洪兴祖补注》，上海：生活·读书·新知三联书店，2001年版，第964—968页；郭沫若：《屈原研究》，北京：群益出版社，1950年版，第43—45页；陈子展：《〈大招〉的作者是谁》，《复旦学报》1980年第3期，第78—83页。

⑦ 潘啸龙：《〈楚辞〉的体例和〈招魂〉的对象》，《安徽师范大学学报》，2005年第4期。

⑧ 朱东润：《楚辞探故》，《朱东润文存》，上海：上海古籍出版社，2014年版，第662—665页。

⑨ 张树国：《〈楚辞·大招〉：汉高祖丧礼中的招魂文本》，《文学评论》，2017年第2期。

招》为汉人之作。[1] 从早期文献来看，招魂为周秦通行之礼仪，只有将之置于早期中国的礼制中进行考察，从制度层面来看《招魂》《大招》所描写的场景、制度、祝辞，观察招魂之礼的使用，才能更为清晰地考察其所招之魂为何，对二招的礼义进行辨析。

一、两周招魂之礼的形态

《礼记·丧大记》记载人初逝时，由近臣招其魂：

> 小臣复，复者朝服。君以卷，夫人以屈狄，大夫以玄赪，世妇以襢衣，士以爵弁，士妻以税衣，皆升自东荣，中屋履危，北面三号。卷衣投于前，司服受之，降自西北荣。[2]

小臣，郑玄注："君之近臣也。"招魂者，又称复者，为逝者亲近之臣，依据逝者身份的不同，为其招魂者不同。自天子至士，复者人数的多少，与逝者命数相关。孔颖达引《典命》之文，言诸侯之复者为九人、七人或五人，均不得过九。[3] 复者为臣子，故其在招魂时，要着其事君之朝服，"冀君魂神来依之"，[4] 以示对逝者的敬意。

复者招魂时，所用之物为逝者生前的祭服，"以其求于神也"。[5]《周礼·春官宗伯·司服》载吉服之制：天子之吉服有六，由司服掌管。公爵之吉服有五，侯伯之爵有四，子男之爵有三，诸侯有二，卿大夫有玄冕，士有皮弁服，皆用于朝聘天子及各种祭祀活动。[6] 王后亦有六服，由内司服掌管，[7] 上公夫人、二王后、鲁夫人与其同制，其下夫人所用祭服，随之减少。需要注意的是，复衣不可用于袭尸与

① 游国恩：《楚辞概论》，北京：北新书局，1926 年版，第 236 页；朱季海撰：《楚辞解故》，上海：上海古籍出版社，2011 年版，第 189—200 页；汤炳正等注：《楚辞今译》，上海：上海古籍出版社，1995 年版，第 243 页。

② 郑玄注，孔颖达疏：《礼记正义·丧大记》，北京：北京大学出版社，1999 年版，第 1238 页。

③ 郑玄注，贾公彦疏：《仪礼注疏·士丧礼》，北京：北京大学出版社，1999 年版，第 658 页。

④ 郑玄注，孔颖达疏：《礼记正义·丧大记》，北京：北京大学出版社，1999 年版，第 1238 页。

⑤ 郑玄注，孔颖达疏：《礼记正义·丧大记》，北京：北京大学出版社，1999 年版，第 1238 页。

⑥ 郑玄注，贾公彦疏：《周礼注疏·春官宗伯·司服》，北京：北京大学出版社，1999 年版，第 549—557 页。

⑦ 孔颖达疏："内司服掌王后六服，袆衣、榆狄、阙狄、鞠衣、展衣、褖衣。王后及上公夫人，二王后及鲁之夫人，皆用袆衣下至褖衣。侯伯夫人与王之三夫人，同揄翟以下至褖衣，子男夫人与三公夫人，自阙狄以下至褖衣。孤之妻与九嫔，鞠衣、展衣、褖衣。卿大夫妻与王之世妇，展衣、褖衣。士妻与女御，褖衣而已。"参见郑玄注，贾公彦疏：《仪礼注疏·士丧礼》，北京：北京大学出版社，1999 年版，第 659 页。

小殓、大殓，因不能用生施于死，故要在浴尸时去掉。招妇人之魂时，“不以袡”，[①]不可以嫁衣招魂。

复者准备好之后，便要升屋招魂。复者“皆升自东荣，中屋履危，北面三号”，对逝者之魂呼号以招之。东荣，指古时建筑东边的屋檐，郑玄注：“升东荣者，谓卿大夫、士也。天子、诸侯言东霤。”[②]以东荣、东霤作为天子诸侯与卿大夫士复礼之别。孔颖达疏：“天子诸侯东霤者，谓东西两头为屋檐霤下。”以为二者建制不同。然其又言：“天子则十二人，各服朝服，而复于大祖之庙，当升自东霤。”[③]说明升东霤为复于大祖的特有仪式。中屋履危，言于屋上东西向之中央、高危处招魂。抵达位置后，复者便要面朝北方呼号，以祈逝者之魂归来。北面，因北方为鬼神之向，魂之所去。

《仪礼·士丧礼》则记载了更多的升屋招魂细节：首先，复者要“簪裳于衣，左何之，扱领于带”，[④]使复衣的衣裳相连，左手执领，右手执腰。因左为阳，主生，故以左手招魂，以示求生之意。其次，北面招魂曰：“皋某复！”招魂之时，所称是有规定的。就男女而言，“凡复，男子称名，妇人称字。”[⑤]就等级而言，若周天子复，则称“天子复”，或“皋天子复”。“一则臣子不可名君，二则普天率土，王者一人而已”，[⑥]故不称其名亦可知；王后复，则称“王后复”；诸侯复，则称“皋某甫复”；大夫、士则称其名。人去世后精气离形，魂魄飘散，故呼其名，以令魂自知，归于肉身。三号之后，便投复衣于下，以箧盛之，复者自西北荣而下，升屋招魂的仪式结束。

《周礼》载天子大丧，夏采以冕服复于大祖，“以乘车建绥复于四郊”，[⑦]祭仆复于小庙，[⑧]隶仆复于小寝、大寝。[⑨]郑玄注：“求之王平生常所有事之处。”为天子招魂，于其生平常到之处，实则涵盖了天子日常参加礼仪活动之所。孔颖达引《祭法》：“亲庙四与大祖皆月祭，二祧享尝乃止。无月祭则不复也。”《周礼·春官宗伯·小宗伯》：“兆五帝于四郊。”[⑩]按周礼，天子在规定的时间祭天、祀地、享祖，

① 郑玄注，孔颖达疏：《礼记正义·丧大记》，北京：北京大学出版社，1999年版，第1239页。

② 郑玄注，孔颖达疏：《礼记正义·丧大记》，北京：北京大学出版社，1999年版，第1238页。

③ 郑玄注，贾公彦疏：《周礼注疏·天官冢宰·夏采》，北京：北京大学出版社，1999年版，第221页。

④ 郑玄注，贾公彦疏：《仪礼注疏·士丧礼》，北京：北京大学出版社，1999年版，第658—659页。

⑤ 郑玄注，孔颖达疏：《礼记正义·丧大记》，北京：北京大学出版社，1999年版，第1239页。

⑥ 郑玄注，孔颖达疏：《礼记正义·曲礼下》，北京：北京大学出版社，1999年版，第126页。

⑦ 郑玄注，贾公彦疏：《周礼注疏·天官冢宰·夏采》，北京：北京大学出版社，1999年版，第220页。

⑧ 郑玄注，贾公彦疏：《周礼注疏·夏官司马·祭仆》，北京：北京大学出版社，1999年版，第832页。

⑨ 郑玄注，贾公彦疏：《周礼注疏·夏官司马·隶仆》，北京：北京大学出版社，1999年版，第835页。

⑩ 郑玄注，贾公彦疏：《周礼注疏·春官宗伯·小宗伯》，北京：北京大学出版社，1999年版，第487页。

故于其祭祀之地招其魂魄。《礼记·檀弓上》："君复于小寝、大寝、小祖、大祖、库门、四郊。"[①] 大祖之庙寝、四亲祖之庙寝及四郊，皆为天子、诸侯招魂之所。

此外，天子、诸侯还要于三门招魂。孔颖达疏："若凡平诸侯，则皋门，举外门而言，三门俱复。则天子五门及四郊皆复。"[②] 以为天子于五门、诸侯于三门招魂。戴震则认为周制天子有三门而非五门，其言"天子之宫，有皋门，有应门，有路门，路门一曰虎门，一曰毕门。不闻天子库门、雉门也"。[③] 金鹗从其说。[④] 经杜勇考证，天子之三门为路门、应门、皋门无误，与燕朝、正朝、外朝相对应。[⑤] 因此，招天子之魂于路门、应门、皋门，招诸侯之魂于库门、雉门、路门，三门对应三朝，为"平生常所有事之处"。由于招魂之地较多，在具体实施中人数不足，因此往往一处招完，复者再行他处。

先秦时期，诸侯要按时朝觐天子，诸侯之间时常有朝聘活动，大夫、士亦有出使等外交事宜，若其逝于外，又该以何法招其魂归？《礼记·杂记上》对此有详细记载：

> 诸侯行而死于馆，则其复如于其国。如于道，则升乘车之左毂，以其绥复。其輤有裧，缁布裳帷，素锦以为屋而行。至于庙门，不毁墙遂入，适所殡。唯輤为说，于庙门外。
>
> 大夫士死于道，则升其乘车之左毂，以其绥复。如于馆死，则其复如于家。大夫以布为輤而行。至于家而说輤，载以輲车，入自门。[⑥]

馆，指主国为安置其而准备的公馆，"予使有之，得升屋招用褒衣也"。若诸侯行于外，逝于馆，则于公馆行招魂复魄之法，仪式与国内相同。若逝于道途中，无处升屋招魂，便以车头向南为正，车左为东向，登车之左毂招魂，即象征在家升东荣。绥，为旌旗之旄，去其旒而用之，以"异于生也"。因祭服不在，故以绥代替复衣来招魂。于诸侯而言，在外为客，不能行人君之礼，且时间紧迫，便要暂时入棺以运回本国。在这其中，招魂的目的便是引导魂魄不要游荡，而是尽快随队归国。"至于庙门"，《礼记·郊特牲》郑注"库门，在雉门之外，入库门则至庙门外矣"，[⑦] 故抵达之庙门便是诸侯招魂之三门，此时可以人君的身份于国内再行招魂丧葬仪式。

---

① 郑玄注，孔颖达疏：《礼记正义·檀弓上》，北京：北京大学出版社，1999年版，第243页。

② 郑玄注，贾公彦疏：《仪礼注疏·士丧礼》，北京：北京大学出版社，1999年版，第658页。

③ 戴震：《三朝三门考》，《戴震全集》（第二册），北京：清华大学出版社，1992年版，第848页。

④ 金鹗言："然天子实亦三门，天子曰皋、应、路，诸侯曰库、雉、路。"参见金鹗：《求古录礼说·诸侯外朝在库门外辨》，阮元、王先谦：《清经解续编》，上海：上海书店，1988年版，第279页。

⑤ 孔华、杜勇：《清华简〈皇门〉与五门三朝考异》，《天津师范大学学报》，2015年第2期，第48—54页。

⑥ 郑玄注，孔颖达疏：《礼记正义·杂记上》，北京：北京大学出版社，1999年版，第1151—1154页。

⑦ 郑玄注，孔颖达疏：《礼记正义·郊特牲》，北京：北京大学出版社，1999年版，第799页。

大夫、士在外亦然，归国后于自门内的庙寝再行招魂之礼。

这样来看，周礼中王与诸侯的招魂之礼有三个要点：一是由近臣用逝者之服为其招魂，二是于天地四方招魂，三是招魂之礼意在使魂魄归于肉体而复活。《礼记·檀弓下》："复，尽爱之道也，有祷祠之心焉。"[①]人初逝，肉体与魂魄分离，"出入之气谓之魂，耳目聪明谓之魄，死者魂神去，离于魄"，[②]若要使其复活，便要招取其魂复归于魄，即招魂复魄，是生者祈祷鬼神以求亲人复生心情的体现。若复活未果则要将灵魂祔于祖，《左传·僖公三十三年》："凡君薨，卒哭而祔。"[③]杜预注："以新死者之神祔之于祖。"要使其与逝去的先祖相见，入庙共同受祭，不能让灵魂在外游荡。周礼中所见"复于大祖"，正是此意。若以招魂之礼来看《招魂》《大招》，便可知其所描写的正是楚怀王逝于秦国后，归楚途中为其招魂，归国后再祔于祖的场景。

二、《招魂》为招怀王之魂

《招魂》正文之前，记载有天帝与巫阳的对话，从中可确定所招之魂主已逝。天帝欲使魂魄离散之人复生，然巫阳曰："掌梦，上帝其难从。"王逸注："招魂者，本掌梦之官所主职也。"[④]所掌之"梦"为何，并未进一步阐释。朱熹、王夫之对此皆存疑，后世又有掌云梦、掌做梦之说。[⑤]人之灵魂与肉体分离，有两种情况，即做梦与死亡。掌梦之官，所司为前者，人在梦中灵魂脱离肉体，二者相合便会梦醒。但巫阳占卜后，发现怀王已逝，故掌梦无能为力。此时，便只能以复法来招逝者之魂。

《招魂》的文本结构可分为三章，第一章言于天地四方招魂，第二章言招其魂归肉体，第三章言由秦归楚沿途招魂。若以仪式来看《招魂》，其可分章使用，用于各处招魂。由周礼所载招魂制度可知，于四郊招魂者，必须拥有天子或诸侯的身份。而《招魂》文本所见，于天地四方招魂，便可排除所招之魂为屈原或天子诸侯以下诸人的说法。这样我们来看《招魂》的第一章，自"魂兮归来！去君之恒干，何为四方些？"至"归来！恐自遗灾些"，描写的正是于天地四方招怀王之魂。

为天子诸侯招魂，要"求之王平生常所有事之处"。于怀王而言，其所能到达

---

① 郑玄注，孔颖达疏：《礼记正义·檀弓下》，北京：北京大学出版社，1999年版，第264页。

② 郑玄注，贾公彦疏：《仪礼注疏·士丧礼》，北京：北京大学出版社，1999年版，第658页。

③ 杜预注，孔颖达正义：《春秋左传正义·僖公三十三年》，北京：北京大学出版社，1999年版，第479页。

④ 洪兴祖撰，白化文等点校：《楚辞补注》，北京：中华书局，1983年版，第198页。

⑤ 马其昶在《屈赋微》中说："梦，即篇末与王趋梦之梦，谓云梦也。"马茂元认为"梦"就是"云梦"的简称，楚大泽名；金开诚认为掌梦为掌管做梦之事的人，但"梦"不详。

的地方便是楚国所占有的领土疆域。但在楚国巫术系统中，巫师以“灵”作为统称，具备通神、通灵的能力。《离骚》中，屈原称怀王为“灵修”，实则点明了怀王在巫祝中的神职身份。[①]《山鬼》“留灵修兮憺忘归，岁既晏兮孰华予”，[②] 便是怀王以巫师的身份亲自交感巫山神女而祈雨。[③] 因此，怀王能与神沟通，灵魂便可神游天地四方，不为现实所束。《招魂》第一章所描写的四方，怀王灵魂皆可达到。东方有“十日代出，流金铄石”，[④]《山海经·海外东经》：“汤谷上有扶桑，十日所浴。”[⑤] 故魂所至之东方，当为扶桑所在的东方之野。屈原神游时，曾到达过扶桑之地，《离骚》“饮余马于咸池兮，总余辔乎扶桑”，[⑥] 怀王作为灵修，其魂亦可到达。南方有“雕题黑齿”，《礼记·王制》：“南方曰蛮，雕题交趾，有不火食者矣。”[⑦] 交趾，属于百越之地，楚悼王时期，南方的百越部落就已收归于楚国。西方有“流沙千里”，《楚辞·离骚》载：“忽吾行此流沙兮，遵赤水而容与。”[⑧] 因此，怀王之魂是能够飘散至流沙的。北方则“增冰峨峨，飞雪千里”，此为北方冬季之景的描述，楚国国都虽在南方，但楚庄王时期，曾率兵到达过洛阳，祭拜过黄河，[⑨] 故北方亦为怀王所能及。

《礼记·丧大记》载招君之魂要“三”号，其中便要招之于天地，“一号于上，冀神在天而来也。一号于下，冀神在地而来也。”[⑩] 这样看来，《招魂》于四郊之后，称“君无上天些”“君无下此幽都些”，于天地招怀王之魂，是合乎招魂礼制的。顷襄王三年（前 296），“怀王卒于秦，秦归其丧于楚”。于怀王而言，在秦国境内是拘禁者的身份，在其生前顷襄王已即位，故逝后只能将尸体尽快运回楚国。于天地四方招其魂的目的，便是希望怀王之魂不要在外游荡。故第二章自“魂兮归来！入修门些”至“华酌既陈，有琼浆些”，采用呼号的方式，呼唤楚王之魂随肉体返回楚国。

所入修门，王逸注：“郢城门也。宋玉设呼屈原之魂归楚都，入郢门。”[⑪] 即

---

① 曹胜高：《巫祝传统、历史传统与屈原死国的观念形成》，《广东社会科学》待刊。
② 洪兴祖撰，白化文等点校：《楚辞补注》，北京：中华书局，1983 年版，第 80 页。
③ 曹胜高：《〈山鬼〉祈雨于山川考》，《中国文学研究》，2020 年第 1 期。
④ 洪兴祖撰，白化文等点校：《楚辞补注》，北京：中华书局，1983 年版，第 199 页。
⑤ 袁珂：《山海经校注·海外东经》，北京：北京联合出版公司，2014 年版，第 231 页。
⑥ 洪兴祖撰，白化文等点校：《楚辞补注》，北京：中华书局，1983 年版，第 27 页。
⑦ 郑玄注，孔颖达疏：《礼记正义·王制》，北京：北京大学出版社，1999 年版，第 398 页。
⑧ 洪兴祖撰，白化文等点校：《楚辞补注》，北京：中华书局，1983 年版，第 44—45 页。
⑨ 曹胜高：《〈河伯〉“以女妻河”考》，《古籍整理研究学刊》，2010 年第 2 期。
⑩ 郑玄注，孔颖达疏：《礼记正义·丧大记》，北京：北京大学出版社，1999 年版，第 1238—1239 页。
⑪ 洪兴祖撰，白化文等点校：《楚辞补注》，北京：中华书局，1983 年版，第 202 页。

呼唤楚王随其归于楚国都城。引导怀王魂归之人，为工祝，五臣云："工祝，良巫也""言良巫背行在先，君宜随后。"[①]故其要"背行先些"，作为先导引魂归国。"秦篝齐缕，郑绵络些"，所描写的是招魂所用之衣。王逸注："使秦人职其篝络，齐人作彩缕，郑国之工缠而缚之，坚而且好也。"[②]所用之物与怀王的诸侯身份亦相符。"招具该备"之后，便开始举行"像设君室"仪式。"像设"，即按照楚怀王在楚国的生活习惯来布置灵堂。其所言"魂兮归来！反故居些"，当是促使灵魂返回郢都。其后所描述的场景，则多是在楚宫建筑基础上的想象之辞，以招其魂归。整体观之，有"高堂邃宇""层台累榭"，冬有突厦，夏有寒室；入室而观之，所用皆"兰膏明烛""翡帷翠帐""紫茎屏风"，又有侍女"姱容修态""蛾眉曼睩"，侍奉前后；屋室之上，"玄玉梁""画龙蛇"，屋室之外，"临曲池""杂芰荷""兰薄户树，琼木篱些"。随后，再以日常所进美食招其魂归，如"肥牛之腱""胹鳖炮羔""鹄酸臇凫""瑶浆蜜勺"等，皆是怀王生平所好。

正文第三章为怀王归楚沿途招魂之辞，自"归来反故室，敬而无防些"始，途中要不间断地招怀王之魂，保证其能够随工祝顺利归国。其间，以宴饮声乐、酒色美人招之。如"《涉江》《采菱》，发《扬荷》些"，又有"吴歈蔡讴，奏大吕些"，吴蔡之地的乐人为怀王奏乐；"美人既醉，朱颜酡些""二八齐容，起郑舞些"，既有侍奉怀王饮酒的美人，亦有飘飘若仙的舞女。"娱酒不废，沉日夜些""酎饮尽欢，乐先故些"，更是怀王生前的写照。最后所言"魂兮归来！反故居些"，其"故居"所指，实为怀王旧居寝宫，表明怀王尸体已归于生前常居之地。至此，《招魂》以归楚故居而结束。

正文之后的乱辞，则是怀王归楚沿途招魂场景的总结描写。乱辞言"献岁发春兮"，说明此时为春季。《史记·楚世家》载："顷襄王三年，怀王卒于秦，秦归其丧于楚。"[③]《资治通鉴》载，周赧王十九年，即顷襄王三年（前296），"楚怀王发病，薨于秦，秦人归其丧。"怀王之后，又载"魏襄王薨，子昭王立""韩襄王薨，子釐王咎立。"[④]作为编年体史书，事件的记载当是按照时间先后，故怀王当逝于顷襄王三年的春天，由此"献岁发春兮"的描述与怀王归秦的时间是相合的，而"汩吾南征"，则是将怀王之棺运回南方楚都。"路贯庐江兮左长薄，倚沼畦瀛兮遥望博"，点明了归国所经之地。王夫之言："襄汉之间，有中庐水"，[⑤]认为《招

① 洪兴祖撰，白化文等点校：《楚辞补注》，北京：中华书局，1983年版，第202页。

② 洪兴祖撰，白化文等点校：《楚辞补注》，北京：中华书局，1983年版，第202页。

③ 司马迁撰，裴骃集解，司马贞索隐，张守节正义：《史记》卷四十《楚世家》，第1729页。

④ 司马光编著，胡三省音注：《资治通鉴》卷四《周纪四》，北京：中华书局，1956年版，第116—117页。

⑤ 王夫之：《楚辞通释》，上海：上海人民出版社，1975年版，第149页。

魂》之庐江，位于襄水与汉水之间。应劭言襄阳“城在襄水之阳”，[①] 因方位而得名，故襄水在襄阳附近。据谭其骧考证，“庐江，当指今襄阳宜城界之潼水，水北有汉中卢县故城。中卢，即春秋庐戎之国”，[②] 此水故有庐江之称。如此，自秦咸阳南行，归往郢都荆州，襄阳庐江便是必经之路。长薄，王逸释为地名，然未见于古籍。长薄之意，当与“遥望博”对读释之。一行人沿着庐江而行，遥望道左，皆为葱郁的山林之景。而襄阳一带，又多沼泽之地，“倚沼畦瀛”便是所经之地。

“青骊结驷兮齐千乘，悬火延起兮玄颜烝”，则是对归来队伍仪仗的描写，亦与怀王身份相符。《孟子·梁惠王上》：“万乘之国，弑其君者必千乘之家。千乘之国，弑其君者必百乘之家。”[③] 赵岐注：“万乘，兵车万乘，谓天子也。千乘，诸侯也。”百乘之家，“谓大国之卿，食采邑，有兵车百乘之赋者也”。天子、诸侯、大夫仪驾各不相同。《论语·公冶长》亦载：“千室之邑，百乘之家，可使为之宰。”这里百乘所指，即为卿大夫之家。可知，周制天子万乘，诸侯千乘，大夫百乘。故《招魂》之“千乘”，可用于作为诸侯的怀王，是合乎周礼的。悬火，亦称悬灯。蒋天枢校释：“悬火，盖谓人所手持及车上所悬灯。”[④] 此当为怀王灵车所悬。“步及骤处兮诱骋先，抑骛若通兮引车右还”，是自秦归楚途中，工祝为怀王之魂引路。“骤处”“引车右还”，即遇到拐弯处，要导魂以行，让灵魂始终跟着队伍前行。其后所述“与王趋梦兮课后先，君王亲发兮惮青兕，朱明承夜兮时不可以淹”，则是随行的臣子回忆起曾随怀王田猎射兽，而今昼夜相继，怀王却已去。此处的“趋梦”，与正文前巫阳所言掌梦之事相对应，招魂一路，但灵魂始终无法与肉体合二为一，便意味着怀王已逝的事实。随后，渡过湛湛江水，怀王之魂随棺抵达江南楚都，送入故居。乱辞最后“魂兮归来，哀江南”，描写的则是怀王归于楚国，举国为其发丧。

三、《大招》用为怀王魂祔祖之礼

《招魂》以怀王之魂归于旧居结束，《大招》则以此开始，举行祔祖仪式。祔祖的目的是让怀王之魂升天，与楚之先祖同列，共佑楚国。

《大招》开篇所言“青春受谢，白日昭只。春气奋发，万物遽只”，与《招魂》乱辞所述皆为春日景象，而怀王逝于顷襄王三年春，正合其时。归于楚国后，怀王便可以王的身份招魂。同样，先于四郊招其魂归。其东有大海、南有炎火、西有流沙、

① 郦道元著，陈桥驿校证：《水经注校证》卷二十八，北京：中华书局，2007 年版，第 663 页。

② 陈子展：《楚辞直解》，南京：江苏古籍出版社，1988 年版，第 356 页。

③ 赵岐注，孙奭疏：《孟子注疏·梁惠王上》，北京：北京大学出版社，1999 年版，第 3 页。

④ 蒋天枢：《楚辞校释》，上海：上海古籍出版社，1989 年版，第 296 页。

北有寒山，对比《大招》，可知于国内招魂之四郊，与秦国相同，皆为怀王神游可至之所。故在楚俗中，因其巫术传统久远，为王招魂之四郊，并非实指，而是巫术状态下灵魂神游可抵达的一切地方。周礼中于四郊招诸侯之魂的仪式，在楚国有所改变。

怀王拘禁于秦时，整日担惊受怕，最终病逝于秦室。其魂归国后，便可重获自由，心境亦可安定。故《大招》言“魂魄归徕！闲以静只。自恣荆楚，安以定只。逞志究欲，心意安只。穷身永乐，年寿延只。魂乎归徕！乐不可言只。”怀王之魂归国后，“不遽惕只”，不必再像秦国拘禁那般恐惧，可尽情享受，乐不可言。有芬香众味，怀王可“恣所尝只”“恣所择只”“丽以先只”，恣意享用羹饭美食；有工作妙音，怀王可“听歌撰只”，自娱以乐；有闲雅之女，怀王可“安以舒只”“静以安只”“思怨移只”，舒缓忧思，静居安神。而后“魂乎归徕！定空桑只。”《淮南子·本经训》言：“共工振滔洪水，以薄空桑。”[①]高注：“空桑，地名，在鲁也。”此空桑，实为穷桑。其所依据的乃是《左传·昭公二十九年》杜预注：“穷桑，少皞之号也。穷桑地在鲁北。”[②]故空桑不属鲁北之地。《吕氏春秋·古乐》：“帝颛顼生自若水，实处空桑，乃登为帝。”[③]《大司命》亦载：“踰空桑兮从女。”[④]于楚国而言，空桑为先祖颛顼登帝之所，具有登天的象征意义。因此，“魂乎归徕！定空桑只”，意味着送怀王之魂升天。其后自“夏屋广大”至“凤皇翔只”，所描写的便是具体的安魂升天仪式，即祔于祖。

夏屋，王逸注：“为魂造作高殿峻屋，其中广大。”以大屋释之。《诗经·秦风·权舆》亦见夏屋之名，“于我乎！夏屋渠渠，今也每食无余。”[⑤]王先谦以为“夏屋”，当作“厦屋”，与殷屋相区别。《周礼·考工记·匠人》：“殷人重屋，堂修七寻，堂崇三尺，四阿重屋。周人明堂，度九尺之筵，东西九筵，南北七筵，堂崇一筵，五室，凡室二筵。”[⑥]郑玄言：“或举宗庙，或举王寝，或举明堂，互言之，以明其同制。”即为商周宗庙、王寝、明堂之制。商之宫室，“王宫正堂，若大寝也。四阿若今四柱屋。重屋，复笮也”，以双倍的材料承壁，四面有霤，故称重屋。周人则“损益殷制而广大之，规模益备，故曰夏屋，夏之为言大也。”[⑦]这样来看，夏屋所指当为周朝宫室之制，宗庙、王寝、明堂皆包含其中。《大招》言“夏屋广

① 何宁撰：《淮南子集释·本经训》，北京：中华书局，1998年版，第578页。

② 杜预注，孔颖达正义：《春秋左传正义·昭公二十九年》，第1511页。

③ 许维遹集释，梁运华整理：《吕氏春秋集释》卷五《仲夏纪》，北京：中华书局，2009年版，第123页。

④ 洪兴祖撰，白化文等点校：《楚辞补注》，北京：中华书局，1983年版，第69页。

⑤ 毛亨传，郑玄笺，孔颖达疏：《毛诗正义·秦风·权舆》，北京：北京大学出版社，1999年版，第434页。

⑥ 郑玄注，贾公彦疏：《周礼注疏·考工记·匠人》，第1150—1153页。

⑦ 王先谦撰，吴格点校：《诗三家义集疏》卷九《权舆》，北京：中华书局，1987年版，第460页。

大”，所传达的便是于宗庙、王寝或明堂招魂，与《礼记·檀弓上》所载“君复于小寝、大寝、小祖、大祖”相合。而进一步将招魂地点明确的，则是“观绝霤只”。《周礼》言“夏采掌大丧以冕服复于大祖”。天子逝后，夏采要于大祖复之。孔颖达疏：“复于大祖之庙，当升自东霤。”[①] 所言虽为天子之制，但诸侯亦有复于大祖的仪式，且“天子诸侯言东霤”。因此，于大祖招诸侯之魂同样升东霤以号之。如此观之，“夏屋广大”“观绝霤只”所描述的正是楚人于大祖招怀王之魂，是特定的招魂仪式，并非王逸所言以高殿峻屋招其魂归。

《礼记·郊特牲》言：“魂气归于天，形魄归于地。”[②]《类经》：“凡人之死，魂归于天，今人云死为升天者”。[③] 只有魂升于天，魄降于地，人才能得以安息。因此，于大祖招怀王之魂，目的之一便是安魂以升天。近年来，楚地出土的《人物龙凤图》《人物御龙图》以及马王堆汉墓所见的非衣帛画，均有龙凤引导墓主升天的场景，可知战国时期楚人有引魂升天的仪式。由此来看《大招》所言“魂乎归徕！凤皇翔只”，描写的便是送怀王之魂升天。此后，怀王便可与楚先祖同列，护佑楚国。

因此，《大招》以先祖佑楚来结篇：

> 永宜厥身，保寿命只。室家盈廷，爵禄盛只。魂乎归徕！居室定只。接径千里，出若云只。三圭重侯，听类神只。察笃夭隐，孤寡存只。魂兮归徕！正始昆只。田邑千畛，人阜昌只。美冒众流，德泽章只。先威后文，善美明只。魂乎归徕！赏罚当只。名声若日，照四海只。德誉配天，万民理只。北至幽陵，南交阯只。西薄羊肠，东穷海只。魂乎归徕！尚贤士只。发政献行，禁苛暴只。举杰压陛，诛讥罢只。直赢在位，近禹麾只。豪杰执政，流泽施只。魂乎徕归！国家为只。雄雄赫赫，天德明只。三公穆穆，登降堂只。诸侯毕极，立九卿只。昭质既设，大侯张只。执弓挟矢，揖辞让只。魂乎徕归！尚三王只。[④]

先言定居室。“永宜厥身，保寿命只”，此“命”，既指楚国，亦指楚人，即祈祷先祖能够保佑楚人寿命长保，楚国祚永寿。“室家盈廷，爵禄盛只”，即王逸所注：“宗室家族，盈满朝廷，人有爵禄，豪强族盛。”再言正始昆。朱熹释：“昆，后也。正其始以及后人也。”[⑤] 祈祷楚国在先祖的庇护下，自始至终都能施政行善，如此，国家便无夭亡疾苦、鳏寡孤独者。三言赏罚当。“先威后文，善美明只”，以威严震慑臣民，以文德安慰百姓，楚国便可实现田邑千畛、人口炽盛的美好图景。

---

① 郑玄注，贾公彦疏：《周礼注疏·天官冢宰·夏采》，北京：北京大学出版社，1999年版，第221页。
② 郑玄注，孔颖达疏：《礼记正义·郊特牲》，北京：北京大学出版社，1999年版，第817页。
③ 张介宾撰：《类经》，北京：中医古籍出版社，2016年版，第1页。
④ 洪兴祖撰，白化文等点校：《楚辞补注》，北京：中华书局，1983年版，第224—226页。
⑤ 朱熹撰，蒋立甫校点：《楚辞集注》，上海：上海古籍出版社，2001年版，第146页。

四言贤士至。楚国境内，“北至幽陵，南交址只。西薄羊肠，东穷海只”，祈祷先祖可以为楚招致贤士，使楚国之德泽被四方。五言国家为。“禁苛暴”“诛讥罢”“近禹麾”“流泽施”，禁绝苛刻暴虐之人，去除无德罢驽之人，任用忠直之士，惠及贤德豪杰，使楚国“雄雄赫赫，天德明只”；设立三公九卿，不失百官次序；铭记三王之史，以逐鹿中原。如此，在楚先祖的庇护下，楚之国事便大有可为。

《大招》所言之疆域“东海”“交址”“羊肠”“幽陵”，皆属楚之国土，抑或为楚国曾经占领、战胜过的地区。于东部而言，楚惠王十三年（前476），曾派兵攻打东夷。《左传·哀公十九年》：“秋，楚沈诸梁伐东夷，三夷男女及楚师盟于敖。”[①] 敖地，属于东夷，在今浙江温州一带。于南部而言，楚悼王时期，南方五岭的百越部落就已收归于楚国，即今湖南与广西交界处。至楚威王七年（前333），兴兵伐越，杀越王无强，“尽取故吴地至浙江，北破齐于徐州。”[②] 随后，便将越人南迁至岭南一带，为“百越”之地，“自交趾至会稽七八千里，百越杂处，各有种姓”。[③] 可知，交趾在其中。于西部而言，楚怀王十七年（前312）以前，“自汉中，南有巴、黔中”，[④] 皆为楚地，大约包括今湖南西部，以及相邻的四川、贵州区域。

于北部而言，楚庄王时期，率兵曾至于洛水，“观兵于周疆”。[⑤] 楚庄王十七年（前597），晋楚战于邲地（河南郑州东北方），晋军大败，楚庄王北过黄河，问鼎中原，于衡雍（河南中牟西北）建造先君之庙，[⑥] 并祭拜黄河之神。[⑦] 楚悼王十一年（前381），因魏武侯破赵救卫，楚国收到赵国的求助而伐魏。《战国策》记载：“赵氏惧，楚人救赵而伐魏，战于州西，出梁门，军舍林中，马饮于大河。”[⑧] 杨宽言：“州在魏之河内，在今河南武陟西南，黄河以北。”[⑨] 作战之地位于今河南焦作市内，楚军大胜。而焦作是古时羊肠坂的南部起点，北抵山西晋城，故楚军曾抵达过“羊肠”。

幽陵，朱熹注：“幽陵，幽州也。”[⑩]《周礼·夏官司马·职方氏》载：“东

① 杜预注，孔颖达正义：《春秋左传正义·哀公十九年》，第1701页。
② 司马迁撰，裴骃集解，司马贞索隐，张守节正义：《史记》卷四十一《越王勾践世家》，第1751页。
③ 班固撰，颜师古注：《汉书》卷二十八下《地理志》，北京：中华书局，1962年版，第1669页。
④ 司马迁撰，裴骃集解，司马贞索隐，张守节正义：《史记》卷五《秦本纪》，第202页。
⑤ 杜预注，孔颖达正义：《春秋左传正义·宣公三年》，第602页。
⑥ 张正明：《楚史》，北京：中国人民大学出版社，2010年版，第114页。
⑦ 曹胜高：《〈河伯〉“以女妻河”考》，《古籍整理研究学刊》，2010年第2期。
⑧ 何建章注释：《战国策注释》卷十二《齐策五》，北京：中华书局，1990年版，第419页。
⑨ 杨宽：《战国史料编年辑证》，上海：上海人民出版社，2001年版，第239页。
⑩ 朱熹撰，蒋立甫校点：《楚辞集注》，上海：上海古籍出版社，2001年版，第146页。

北曰幽州。其山镇曰医无闾，其泽薮曰貕养，其川河泲，其浸菑时。”[①]幽州位于冀州之东北。郑玄注：“医无闾在辽东，貕养在长广，菑出莱芜，时出般阳。”今辽宁境内有医巫闾山。长广，《汉书·郊祀志》韦昭注莱山：“在东莱长广也。”[②]可知貕养在今山东莱阳。般阳，为般水之阳，位于今山东淄博境内。因此，山东北部、东部均属“幽陵”之地。据何浩考证，战国时期楚国所灭众国中，莒国、郳国与鲁国，分别位于今山东莒县、邹县与曲阜，先后于楚简王元年（前 431）、楚考烈王二至七年（前 261—前 256）、楚考烈王七年（前 256）被楚所灭。[③]因此，楚国曾占领过战国时期的幽州之地。由此来看，“东海”“交趾”“羊肠”“幽陵”，皆曾为楚国的领土，或为楚国曾战胜之地。

“三公穆穆，登降堂只。诸侯毕极，立九卿只”，所言三公九卿，为楚国官制。王逸注“楚选置三公，先用诸侯，尽极，乃立九卿以续之”，说明楚国亦有三公九卿。《左传·襄公十五年》记载楚国封百官，可从此入手进行考察：

> 楚公子午为令尹，公子罢戎为右尹，蒍子冯为大司马，公子櫜师为右司马，公子成为左司马，屈到为莫敖。公子追舒为箴尹，屈荡为连尹，养由基为宫厩尹，以靖国人。君子谓：“楚于是乎能官人。官人，国之急也。能官人，则民无觎心。诗云：‘嗟我怀人，寘彼周行。’能官人也。王及公、侯、伯、子、男，甸、采、卫、大夫，各居其列，所谓‘周行’也。”[④]

杜预注：“言自王以下，诸侯大夫各任其职，则是诗人周行之志也。”以周制作比，对楚国的官制给予肯定。因此，此段记载应当是楚国完整官制的代表。令尹、大司马、莫敖当为楚之三公。顾栋高言：“盖楚以令尹当国，而司马则专主兵事，将相微分，与晋制略异。”[⑤]令尹、司马以及莫敖各司其职。楚之令尹，设置于楚武王时期。《论语·公冶长》邢昺疏：“楚臣令尹为长，从他国之言，或亦谓之宰。”[⑥]令尹为国家的最高执政大臣，“在上位，以率士民”。[⑦]曾侯乙墓出土的竹简，亦见令尹之名，简 202：“命（令）尹之畋车”，[⑧]楚令尹为曾侯乙赠车。令尹之下，设有左尹、右尹两位副官。曾侯乙墓竹简中，便有左尹、右尹赠马的记载。[⑨]上文

---

① 郑玄注，贾公彦疏：《周礼注疏·夏官司马·职方氏》，北京：北京大学出版社，1999 年版，第 875 页。
② 班固撰，颜师古注：《汉书》卷二十五上《郊祀志》，第 1203 页。
③ 何浩：《楚灭国研究》，武汉：武汉出版社，2019 年版，第 12 页。
④ 杜预注，孔颖达正义：《春秋左传正义·襄公十五年》，第 933—934 页。
⑤ 顾栋高：《春秋大事表》，北京：中华书局，1993 年版，第 1811 页。
⑥《论语·公冶长》，北京：北京大学出版社，1999 年版，第 64—65 页。
⑦ 刘向撰，向宗鲁校证：《说苑校证》卷十四《至公》，北京：中华书局，1987 年版，第 359 页。
⑧ 陈伟等著：《楚地出土战国简册（十四种）》，武汉：武汉大学出版社，2016 年版，第 461 页。
⑨ 裘锡圭：《谈谈随县曾侯乙墓的文字资料》，《文物》，1979 年第 7 期。

所见公子罢戎为右尹，可知其为公子午的佐官。楚之大司马，《左传·襄公三十年》“司马，令尹之偏，而王之四体”，[①] 可知司马的地位略低于令尹，但同为王之股肱，属于执掌国家军事事务大臣。包山2号楚简103:“大司马邵阳败晋师于襄陵之岁。”[②] 邵阳所担任的便是大司马之职，其下亦设有两位副官，即左右司马。故公子橐师与公子成均为蔿子冯的佐官。楚之莫敖，本为储君之称，楚武王时期才成为世袭官名。[③] 原先为国家的最高执政大臣，后逐渐退于令尹、司马之下，主要管理王族事务。到了战国时期，莫敖成为地方官员之称，中央则称为大莫敖。[④] 因此，楚之三公令尹、大司马、莫敖分管国家的行政、军事、王族之事。而九卿之制，据杨宽考证，战国时期赵、齐、韩、楚等国便早已有之。[⑤] 故《大招》之三公九卿，合于楚制。

结尾一句“魂乎来归！尚三王只”，所指实为楚之三王。王逸注：“三王，禹、汤、文王也。言魂急来归，楚国举士，上法夏、殷、周，众贤并进，无有遗失也。”以夏商周三代君主释之，认为楚国推崇大禹、商汤、文王的治国之道。王夫之认为“三王”所指为楚先公先王，“或鬻熊、熊绎、庄王也”。[⑥] 其将“三王”释为楚先祖。《离骚》言“昔三后之纯粹兮”，“后”“侯”古时音义相同，“三后”即“三侯”，[⑦] 亦为“三王”。《吴越春秋·勾践阴谋外传》载上古之歌“断竹续竹，飞土逐害”曾“传之楚三侯，所谓句亶、鄂、章”。[⑧] 此“三侯”之封，见于《史记·楚世家》。熊渠之世，楚国势力主要向南发展，占领庸、杨粤而至于鄂地。熊渠依仗其军力，以天子身份自居，封三子为句亶王、鄂王、越章王，此三王便是《吴越春秋》所言之“三侯”，亦即《大招》之“三王”。于楚人而言，熊渠扩张南土、封三子为王，不仅是楚国往昔强大历史的标志，更是楚人进取中原、一统天下的政治愿望的彰显。而《大招》以“魂乎来归！尚三王只”收尾，便是祈祷楚先祖能够保佑楚国如熊渠之世那般强势，早日实现称霸中原的政治理想。

由此来看，结合两周所见招魂之礼，可知《招魂》《大招》所言形制与怀王的诸侯身份相符，怀王逝于秦室，返回楚国便要沿途招其魂。故《招魂》实为归国沿途招怀王之魂所用之辞，《大招》则为怀王归楚之后，举行祔祖仪式时所用之词。

---

① 杜预注，孔颖达正义：《春秋左传正义·襄公三十年》，第1120页。

② 湖北省荆沙铁路考古队：《包山楚简》，北京：文物出版社，1991年版，第24页。

③ 左言东著：《中国古代官本位体制解析》，北京：知识产权出版社，2013年版，第384页。

④ 罗运环著：《出土文献与楚史研究》，北京：商务印书馆，2011年版，第180页。

⑤ 杨宽著：《战国史》，上海：上海人民出版社，2019年版，第243—244页。

⑥ 王夫之：《楚辞通释》，上海：上海人民出版社，1975年版，第4页。

⑦ 赵逵夫：《屈骚探幽》，上海：上海古籍出版社，2018年版，第78页。

⑧ 赵晔撰，周生春辑校汇考：《吴越春秋辑校汇考》，北京：中华书局，2019年版，第144页。

《九思》楚语探赜

北京语言大学　张嘉宝

摘　要：《九思》虽为汉人拟骚作品，但也以楚语、楚声、楚地、楚物作为表达手段。《九思》中有不少楚语的使用，其中为扬雄《方言》所收录的有七例，可用来研究汉代楚语的保留情况以及王逸自觉使用楚语创作与否。

关键词：《九思》；楚语；楚文化

《九思》是王逸在文学创作上的重要成果，也是汉人拟骚“书楚语，作楚声，纪楚地，名楚物”①的重要实践。方铭先生在《战国文学史论》中提及：“疑为贾谊所写的《惜誓》，淮南小山的《招隐士》，东方朔的《七谏》，严忌的《哀时命》，王褒的《九怀》，刘向的《九叹》，王逸的《九思》等汉朝人的作品，由于受假托体例的制约，也必须以楚语、楚声、楚地、楚物为表达手段或表达内容。”②王逸为《楚辞》训诂之时也注意到了这些有楚地特色的词语，他在《楚辞章句》中共释楚语词20例，证明这些楚语词在王逸生活的东汉末期依然存在和被使用。自王逸始，后世学者在解释《楚辞》时多对楚语词进行考证与增补，洪兴祖在其《楚辞补注》中对王逸注进行补充，多引《说文》《方言》等文献佐证。第一部专门研究楚语词的著作《屈宋方言考》中，列举了68条楚方言词，比王逸所释更进一步。近现代学者如章炳麟、姜亮夫、易祖洛、王泗原等人，也对《楚辞》中的方言进行了考证，他们考证的成果汇集起来也已经远远大于这个数字了。周建忠、汤漳平主编的《楚辞学通典》中囊括了楚语词217例，从中对《楚辞》中楚语词的研究可见一斑。

王逸作为南郡宜城人，深谙楚地风俗与楚地方言，因而《九思》中也不可避免地带有楚地痕迹。在《九思》的某些篇目中楚语词多次出现，虽远不及屈宋使用之多，但足以给《九思》打上“楚文化”的烙印。经笔者汇总，《九思》中共出现楚语词24例，其中有7例见于扬雄的《方言》。因扬雄与王逸的生活时代相近，以《方言》为证，可见东汉时期楚语词的使用与流传情况，以及王逸创作《九思》时对楚语词使用的

① 黄伯思著：《东观余论》，北京：人民美术出版社，2010年版，第179页。

② 方铭：《战国文学史论》，北京：商务印书馆，2008年版，第416页。

自觉与否。今笔者以《方言》中所收录的楚语词为例，探究《九思》中楚语的使用情况。

譨譨

《九思·怨上》：“令尹兮謷謷，群司兮譨譨。”譨譨，犹憹憹也。言皆竞于佞也。洪兴祖《补注》曰：“譨譨，多言也，奴侯切。”[①]《方言》卷十：“𦑡、𧡨、㗱，多也。南楚凡大而多谓之𦑡，或谓之𧡨。凡人语言过度及妄施行亦谓之𧡨。”“譨、𧡨一声之转。”姜亮夫：“按《说文》无譨，亦不见他书用之者。凡今从農之字，多有众多厚重之义。”[②]譨与𧡨为转注，皆从農，意义相通，因此王逸用“譨譨”形容群小嘈杂之状，描绘楚国朝政之混乱，使君子无法独立于朝堂之上。

謰謱

《九思·疾世》：“嗟此国兮无良，媒女诎兮謰謱。”謰謱，不正貌。《楚辞补注》引《方言》：“謰謱，拏也，南楚曰謰謱，音连缕。”[③]《广雅·释训》：“囒哰，謰謱也。”王念孙疏证：《说文》：“嗹，连嗹也。”“謱，謰謱也。”《玉篇》：“嗹嘍，多言也。”“謰謱，繁拏也。”《方言》：“囒哰、謰謱，拏也。东齐周晋之鄙曰囒哰，囒哰亦通语也；南楚曰謰謱，或谓之支注，或谓之囒。”[④]姜亮夫：“按囒哰与謰謱，亦一声之转。”[⑤]可见“謰謱”确为楚语，王逸为南楚旧属，其文学作品中也不可避免地出现故土方言。

悼

《九思·遭厄》：“悼屈子兮遭厄，沉玉躬兮湘汨。”《方言》：“悛、怃、矜、悼、怜，哀也。齐鲁之间曰矜，陈楚之间曰悼。”[⑥]又“悼，哀伤”。《说文》：

① 洪兴祖：《楚辞补注》，北京：中华书局，2015 年版，第 261 页。
② 姜亮夫：《楚辞通故第四辑》，昆明：云南人民出版社，1999 年版，第 361 页。
③ 洪兴祖：《楚辞补注》，北京：中华书局，2015 年版，第 263 页。
④ 华学诚：《扬雄方言校释匯证》，北京：中华书局，2006 年版，第 654 页。
⑤ 姜亮夫：《楚辞通故第四辑》，昆明：云南人民出版社，1999 年版，第 519 页。
⑥ 华学诚：《扬雄方言校释匯证》，北京：中华书局，2006 年版，第 23 页。

"悼，惧也。陈楚谓惧曰悼。从心，卓声。"[①]"悼"字在《诗经》中共出现三次，其一《邶风·终风》："终风且暴，顾我则笑。谑浪笑敖，中心是悼。""悼，伤也。"[②]其二《卫风·氓》："静言思之，躬自悼矣。"这里的"悼"，也是痛悼、伤悼之义。其三《桧风·羔裘》："羔裘如膏，日出有曜。岂不尔思？中心是悼。"悼，表示内心的哀伤。《左传·僖公十五年》中亦有："小人耻失其君而悼丧其亲。"[③]悼，取哀悼之义。《庄子·外篇》："及其得柘棘枳枸之间也，危行侧视，振动悼栗，此筋骨非有加急而不柔也。"[④]悼，取惧怕之义。由此得见，"悼"在先秦典籍中已经被数次使用，其出现和使用的年代可追溯至春秋，《庄子》作为先秦楚文学作品，其中出现"悼"字，可以证明"悼"是先秦通用的楚语，也保留了其原始的含义。除了先秦典籍中所见"悼"字，汉代文学作品中也可得见。董仲舒《春秋繁露·玉杯》："今全无悼远之志，反思念取事，是《春秋》之所甚疾也。"[⑤]《淮南子》："昔者楚欲攻宋，墨子闻而悼之。"[⑥]"悼，伤也。"从先秦典籍到汉代作品对"悼"字的使用情况来看，"悼"在王逸生活的东汉末年依然被作为楚语使用是有极大可能的。姜亮夫《楚辞通故》中言悼为楚方言，分两义，一曰哀悼，二曰惧也，"此汉语语根之现象，而楚人承之，故表现于其文中者，亦遂有此二义也"。大多数文学作品用其"哀伤"之义，王逸的《遭厄》用"悼"来表达对屈子遭际的伤悼之情是合乎情理的。

蹠

《九思·伤时》："蹠飞杭兮越海，从安期兮蓬莱。""蹠，一作跖。"[⑦]《方言》："陈郑之间曰𨂝，楚曰蹠。"[⑧]《说文》："蹠，楚人谓跳跃曰蹠。"[⑨]《九章·哀郢》："心婵媛而伤怀兮，眇不知其所蹠。"王逸注："蹠，践也。言已顾视龙门不见，则心中牵引而痛，远视眇然，足不知当所践蹠也。"[⑩]这里的"蹠"

---

① 许慎：《说文解字》，上海：上海古籍出版社，2007 年版，第 533 页。
② 朱熹：《诗集传》，上海：上海古籍出版社，1980 年版，第 18 页。
③ 郭丹等译注：《左传》，北京：中华书局，2012 年版，第 410 页。
④ 曹础基：《庄子浅注》，北京：中华书局，2007 年版，第 236 页。
⑤ 曾振宇注：《春秋繁露》，开封：河南大学出版社，2009 年版，第 125 页。
⑥ 何宁：《淮南子集释》，北京：中华书局，1998 年版，第 1324 页。
⑦ 洪兴祖：《楚辞补注》，北京：中华书局，2015 年版，第 269 页。
⑧ 华学诚：《扬雄方言校释匯证》，北京：中华书局，2006 年版，第 84 页。
⑨ 许慎：《说文解字》，上海：上海古籍出版社，2007 年版，第 94 页。
⑩ 洪兴祖：《楚辞补注》，北京：中华书局，2015 年版，第 104 页。

当是“至”的意思，言心中伤痛不知该到哪里去。“蹠”多见于《淮南子》一书中，《淮南子》的楚语色彩很浓。《淮南子·精神训》：“自无蹠有，自有蹠无。”①意为从无形到有形，从有形到无形，“蹠”也取“至”之义。另《淮南子·说山训》：“方车而蹠越，乘桴而入胡。”②《淮南子·说林训》：“蹠越者，或以舟，或以车，虽异路，所极一也。”③皆意为驾车到越国去，“蹠”即至。《淮南子·原道训》：“鸟排虚而飞，兽蹠实而走。”“蹠”应释为以足践地而走，是当一个动词来讲的。“蹠”见于《史记》，多是指“盗跖”，如《伯夷列传》：“盗蹠日杀不辜，肝人之肉，暴戾恣睢，聚党数千人横行天下，竟以寿终。”《鲁仲连邹阳列传》：“而蹠之客可使刺由。”《淮南子》中也用“蹠”代指盗跖，《主术训》：“明分以示之，则蹠、蹻之奸止矣。”“蹠”在汉代的文学作品中多次出现，且始终围绕着它“行动、移动”这个中心含义来阐释。

噭誂

《九思·伤时》：“声噭誂兮清和。”噭誂，清畅貌。《楚辞补注》：“噭，呼也。楚谓儿泣不止曰噭誂。”《方言》：“自关而西秦晋之间凡大人少儿泣而不止谓之咣……楚谓之噭誂。”《说文》：“噭，吼也。一曰：噭，呼也。”“咷，楚谓儿泣不止曰噭咷。”姜亮夫《楚辞通故》：“噭誂即噭咷，然义乃小儿泣不止，与清和大乖。”噭誂连用的情况在古籍中并不多见，常见为用单字“噭”“咷”，或与他字组合成新的词语。《礼记·曲礼上》：“毋侧听，毋噭应，毋淫视，毋怠荒。”这里的噭当是“吼、呼”的意思。《史记·乐书第二》：“故云雅颂之音理而民正，嘄噭之声兴而士奋，郑卫之曲动而心淫。”“嘄噭”指乐声高亢激昂。《汉书·韩延寿传》：“歌者先居射室，望见延寿车，噭咷楚歌。”④服虔曰：“噭音呼叫之叫。咷音涤濯之涤。”此处“噭咷”与王逸所用“噭誂”用意相同，“噭咷楚歌”证明“噭咷”一词用于楚地。《庄子·外篇》：“人且偃然寝于巨室，是我噭噭然随而哭之，自以为不通乎命，故止也。”⑤“噭噭然”形容哭泣的情状。《周易·旅卦》上九曰：“鸟焚其巢，旅人先笑后号咷。”“咷”即哭。《墨子·明鬼下》：“楚毒无罪，刳剔孕妇，庶旧鳏寡，号咷无告也。”“号咷”形容百姓痛哭的样子。

---

① 何宁：《淮南子集释》，北京：中华书局，1998 年版，第 547 页。

② 何宁：《淮南子集释》，北京：中华书局，1998 年版，第 1137 页。

③ 何宁：《淮南子集释》，北京：中华书局，1998 年版，第 1191 页。

④ 班固：《汉书》，北京：中华书局，1999 年版，第 2401 页。

⑤ 曹础基：《庄子浅注》，北京：中华书局，2007 年版，第 207 页。

媱（婬、淫）

《九思·伤时》：“音晏衍兮要婬。”要婬，舞容也。《楚辞补注》：“《说文》：淫，曲肩貌。”《方言》：“媱、愓，游也。江沅之间谓戏为媱，或谓之愓，或谓之嬉。”《广雅·释诂三》：“媱，戏也。”王念孙疏证：“媱之言逍遥。”钱绎《方言笺疏》：“《广雅》：‘逍遥，徜徉也。’”姜亮夫《楚辞通故》：“凡训淫游，当作婬字之借，乃南楚江沅之方言也。婬游，犹言遨游。遨游亦见《清人》篇。则北土方俗言遨游，南土曰婬游，南北通言曰逍遥。”因而《伤时》中的“婬”应理解为游戏。《楚辞学通典》：“此亦为婬之借字引申之义也。《招魂》：‘归来兮，不可以久淫些。’王逸《章句》注：‘淫，游也。言其恶如此，不可久游，必被害也。一云：魂兮归来。一云：归来归来，不可久淫。无以字。’”[①]《诗经·郑风·清人》：“清人在消，驷介麃麃。二矛重乔，河上乎逍遥。”“逍遥，游也。”《九思·守志》：“陟玉峦兮逍遥。”注：“逍遥，须臾也。”“淫”与“逍遥”是同源词，其义相通。“婬”用作“游戏”的含义只有在楚地使用较为普遍，其他典籍中一般用“淫”来表示淫乱、放纵。

思

“思”在《九思》里总共出现了五次。《逢尤》：“思丁文兮圣明哲，哀平差兮迷谬愚。”思，想念也，言想遇到圣明的君王。《怨上》：“倚此兮岩穴，永思兮窈悠。”思，哀伤也，哀叹道路遥远。《悯上》：“思灵泽兮一膏沐。”王逸注：“灵泽，盖喻德政也。”这里的“思”也表示想念，表达对德政的期盼。《悯上》：“思怫郁兮肝切剥，忿悁悒兮孰诉告。”这句话意为思想愤懑不平肝肠寸断，怨愤忧郁无人相诉，言己内心苦痛不堪。《遭厄》：“思哽饐兮诘诎，涕流澜兮如雨。”作者同情屈子的遭遇，心中悲叹之情郁结。《方言》：“（喷），无写，怜也。沅澧之原凡言相哀怜谓之（喷），或谓之无写，江滨谓之思。皆相见欢喜有得亡之意也。九嶷、湘潭之间谓之人兮。”《尔雅·释诂第一》：“悠、伤、忧，思也。”“怀、惟、虑、愿、念、惄，思也。”《尔雅》对“思”的解释有两种，第一即是哀伤之义，第二是怀念之义。姜亮夫《楚辞通故》中认为“思”字有三种含义，其一是思考、思虑、思想；其二是思念、情思；其三是作形容词用。[②]《九思》中的“思”大抵皆为第二种含义，

① 周建忠主编：《楚辞学通典》，武汉：湖北教育出版社，2003 年版，第 171 页。

② 姜亮夫：《楚辞通故第二辑》，昆明：云南人民出版社，1999 年版，第 344 页。

表达对人、事物的思念，是一种感情上的心理活动。

不仅《楚辞》中多用“思”字，他书中亦常见。《诗经·桑中》：“爰采唐矣？沬之乡矣。云谁之思？”思，想念之义，言男子在劳作之时想念心中的女子，情之所至，便随口哼唱成歌。《乐府诗集·长歌行》：“远望使心思，游子恋所生。”《文选》：“吉士思秋，寔感物化。”李善注：“思，悲也。”“悲”与相怜哀之义相通也。《史记·五帝本纪第一》：“三年，四方莫举乐，以思尧。”①尧去世后百姓皆哀痛，三年不奏乐曲不娱乐来怀念尧。《史记·高祖本纪第八》：“至南郑，诸将及士卒多道亡归，士卒皆歌思东归。”②思，即怀念、想念。《淮南子·原道训》：“是故大丈夫恬然无思，澹然无虑，以天为盖，以地为舆，四时为马，阴阳为御，乘云陵霄，与造化者俱。”③言人淡然没有思虑哀伤，自由潇洒。可见“思”表示“思想、想念”之义也有较长的历史，使用范围也不仅是楚地。

楚方言起源于楚族的形成，周成王时熊绎被封在了楚地，有了“楚”的国号，因此可以说，至迟在周成王的时候楚语已经形成了。春秋时期出现了不少用“兮”字唱的楚歌，战国时期楚方言已经发展成有很大影响力的方言语系了，秦汉时期中央集权统一国家形成，楚文化与北方文化交融，楚语中的许多词汇都融入进了华夏共同语中，仅有部分楚语词汇保留了下来。方铭《战国文学史论》：“楚地辞赋的产生，也明显地带有文化发展的必然性。楚辞产生于楚，既是楚国地域文化发展的必然，也与楚国和中原相互交通，及中国传统文化广为传播有很大关系。”④因此，《楚辞》的写作未必全部用楚语，也有当时与中原文化相融合后的共同语，但仍保留着一部分的古楚语。王逸《楚辞章句》为《楚辞》作解时，明确指出为楚语的仅有20例，然而经近现代人的考证，《楚辞》中所使用的楚语词超过百例，这说明在王逸的年代，一些楚语词或是已经成为当时共同语的一部分了。王逸有意地模仿屈原写作，以第一人称的形式作代言体，又以楚人自居，自然在其作品中不可避免地使用楚语词汇。《九思》中的楚语词虽然数量不多，但有一些确是古楚语词汇流传至汉代的成果，可见王逸在模拟屈赋时自觉使用了楚语词汇，不单单是为了《章句》中对《楚辞》作解释而对楚语词进行训诂。《九思》虽为拟骚作品，在情感思想方面不及屈子之作，但也是“书楚语、作楚声、名楚物”，带有汉代文人气息的“楚文化”色彩，特别是一些楚语词汇的使用，为研究楚语词汇在汉代的流传提供了文献的佐证，具有一定的意义。

---

① 司马迁：《史记》，北京：中华书局，2001年版，第28页。

② 司马迁：《史记》，北京：中华书局，2001年版，第311页。

③ 何宁：《淮南子集释》，北京：中华书局，1998年版，第18页。

④ 方铭：《战国文学史论》，北京：商务印书馆，2008年版，第537页。

《七谏》词句考辨三则

北京语言大学　冯轶群

摘　要：《七谏》不仅是映射东方朔内在情感的宣言书，更是两汉楚辞传播与接受历程中必不可少的一环，而其在朱熹“词气平缓，意不深切，如无所疾痛而强为呻吟者”等传统负面评价之下，真实意蕴和内在价值被埋没。新时代、新认知，打破传统观点壁垒、深掘《七谏》当代价值的必经之路便是对文本进行考辨。在此选取争议颇多的“长于原壄”（《七谏·初放》）、“原咎杂而累重”（《七谏·沉江》）以及“列树芋荷”（《七谏·乱辞》）三则，对各家观点进行考辨，力求还原真实的文义。

关键词：东方朔；《七谏》；屈原；楚辞

自朱熹“《七谏》《九怀》《九叹》《九思》，虽为骚体，然其词气平缓，意不深切，如无所疾痛而强为呻吟者”[①]之语问世伊始，历代学者对于东方朔《七谏》的重视便相对较少，为《楚辞》作注的方家大多数不将《七谏》列为对象，相关论述少之又少。更有甚者，或怀疑其作者的真实性，或认为其为取悦武帝的应制之作。当代以来，虽有郭建勋、杨赛、李诚等先生理性思考朱熹言语，但传统思想根深蒂固，《七谏》真实意蕴和内在价值实乃大打折扣。新时代，当有新认识，对于值得商榷的见解需要反复研讨。《七谏》不仅是映射东方朔内在情感的宣言书，更是两汉楚辞传播与接受历程中必不可少的一环。而文义考辨是理解文本、同作者产生思想共鸣的必经之路，在此选取争议颇多的“长于原壄”（《七谏·初放》）、“原咎杂而累重”（《七谏·沉江》）以及“列树芋荷”（《七谏·乱辞》）三则，对各家观点进行考辨，力求还原真实的文义。

① 朱熹：《楚辞集注》，上海：上海古籍出版社，1979 年版，第 172 页。

一

关于"平生于国兮，长于原壄"[①]，历代方家观点如下：

王逸《楚辞章句》：高平曰原，坰外曰野。言屈原少生于楚国，与君同朝，长大见远，弃于山野，伤有始而无终也。[②]

黄寿祺、梅桐生《楚辞全译》：我屈原从小生长在国都，现在却长期在原野居住。[③]长：这里是长期在……生活的意思。[④]

汤炳正《楚辞今注》：国：都城。壄：即"野"字。"原壄"即郊野。此谓屈原出生在都城，后因故迁居原野。《惜诵》："思君其莫我忠兮，忽忘身之贱贫"，可证屈氏至屈原，家已式微。[⑤]

方铭《楚辞全注》：国：指楚国国都。[⑥]

潘啸龙《楚辞举要》：生于国：出生于国中。古以都城为国，知屈原生于楚之郢都。长于原野：屈原少年时期可能在老家秭归度过，故称。[⑦]

根据集释可知，历代学者对东方朔《七谏·初放》"平生于国兮，长于原壄"中的前半句并无异议，"平"乃"屈原"别称，"国"乃楚国国都郢都，作为"帝高阳之苗裔"[⑧]、与楚王同姓异氏的屈原，出身高贵，同王室宗族关系密切。而众说纷纭、莫衷一是的焦点在于后半句。第一种观点，以黄寿祺、梅桐生为代表的学者支持王逸、洪兴祖的，认为该句当指"屈原被流放至原野之中"，本诗题目名为《初放》，当描绘屈原初次被流放之时的情感与思绪，黄寿祺、梅桐生《楚辞全译》在翻译时运用"现在"这一时间状语，正好表现了屈原刚刚来到"原壄"，结合"初放"二字，一眼便知，且注释后援引《楚辞章句》的注释，其立场不言而喻。第二种观点，以汤炳正、方铭、潘啸龙等为代表的学者质疑王逸注释的正确性，认为"身之贱贫"[⑨]的屈原虽血统纯正却地位不高，都城出生的他很早被送回秭归，少年时期当从秭归度过，此处的"原壄"当是指故里秭归，而非流放之山野。

---

① 王逸：《楚辞章句》，见洪兴祖：《楚辞补注》，北京：中华书局，2015年版，第252页。

② 王逸：《楚辞章句》，见洪兴祖：《楚辞补注》，北京：中华书局，2015年版，第252页。

③ 黄寿祺、梅桐生：《楚辞全译》，贵州：贵州人民出版社，1991年版，第205页。

④ 黄寿祺、梅桐生：《楚辞全译》，贵州：贵州人民出版社，1991年版，第206页。

⑤ 汤炳正：《楚辞今注》，上海：上海古籍出版社，2017年版，第230页。

⑥ 方铭：《楚辞全注》，北京：人民文学出版社，2019年版，第217页。

⑦ 潘啸龙：《楚辞举要》，安徽：安徽师范大学出版社，2014年版，第177页。

⑧ 王逸：《楚辞章句》，见洪兴祖：《楚辞补注》，北京：中华书局，2015年版，第3页。

⑨ 王逸：《楚辞章句》，见洪兴祖：《楚辞补注》，北京：中华书局，2015年版，第126页。

根据笔者考辩分析，依循第二种观点，且有补充，其理由如下：

《史记·屈原贾生列传第二十四》有载："屈原者，名平，楚之同姓也。为楚怀王左徒。博闻强志，明于治乱，娴于辞令。入则与王图议国事，以出号令；出则接遇宾客，应对诸侯。"[①]其证实了屈原在宗族角度的身份地位，但或出于太史公记史手法的贯彻，对于屈原少年时期的往事并未提及，仍成为一大谜题。

现当代伊始，有诸多学者开始分析推测，试图还原屈原在出生至官拜左徒之间的重要活动，赵逵夫先生便是代表。其在著作《屈原与他的时代》中指出："屈原生于郢都，后来随家至云梦之地，在那里长大。"[②]举家迁徙缘由应是父亲因错受罚，而屈原返回郢都或许是凭借贵族身份进入兰台之宫学习《诗》《书》等典籍以及出国文献，为以后成为左徒奠基。"应是""或许"均体现猜测之感，虽无实证，但赵逵夫先生着实提供思考借鉴。持第一种观点的人认为该说法毫无真实性，不可作为辩驳依据，故此若想明辨是非，仍需回到《史记》中寻找线索。

屈原任左徒，入则负责内政改革，外则负责纵横外交，根据《惜往日》"惜往日之曾信兮"[③]、《抽思》"昔君与我诚言兮，曰黄昏以为期"[④]、《离骚》"初既与余成言兮"[⑤]可知，楚怀王与屈原还是存在君臣相和的"甜蜜期"的，在楚怀王信任下，屈原崭露头角、颇有作为。蒋骥《山带阁注楚辞·楚世家节略》："（怀王）十一年，苏秦约从，六国共攻秦，楚为纵长，至函谷关。秦出兵击六国，六国皆引归。"蒋骥按语有云："《战国策》齐助楚攻秦，取曲沃，当在是年之前后。盖屈子为怀王左徒，王甚任之，故初政精明如此。《惜往日》所谓'国富强而法立'也。"[⑥]蒋骥认为怀王十一年六国攻秦时，屈原在左徒任上，屈原担任左徒的时间是在楚怀王十一年（前 318）之前。亦有另一则材料加以佐证，《战国策·齐策三·孟尝君出行五国》记载："孟尝君出行国，至楚，献象床。郢之登徒，直使送之，不欲行。"[⑦]汤炳正、赵逵夫等学者对其论述[⑧]，认为登徒便是左徒，郢之登徒当为屈原，在时间上是契合的。孟尝君出行五国，当于六国构建合纵之势同盟伐秦之时，即楚怀王十一年（前 318）。两则材料均表明在公元前 318 年，屈原已担任左徒。

① 司马迁：《史记》，北京：中华书局，1959 年版，第 2481 页。

② 赵逵夫：《屈原与他的时代》，北京：人民文学出版社，1996 年版，第 128 页。

③ 王逸：《楚辞章句》，见洪兴祖：《楚辞补注》，北京：中华书局，2015 年版，第 154 页。

④ 王逸：《楚辞章句》，见洪兴祖：《楚辞补注》，北京：中华书局，2015 年版，第 141 页。

⑤ 王逸：《楚辞章句》，见洪兴祖：《楚辞补注》，北京：中华书局，2015 年版，第 10 页。

⑥ 蒋骥：《山带阁注楚辞》，上海：上海古籍出版社，1958 年版，第 23-24 页。

⑦ 刘向集录，范祥雍笺证，范邦瑾协校：《战国策笺证》，上海：上海古籍出版社，2006 年版，第 605—606 页。

⑧ 见汤炳正《楚辞新探》第 49—58 页、赵逵夫《屈原与他的时代》第 136—138 页。

“摄提贞子孟陬兮，惟庚寅吾以降”①，历代学者以该句为突破点，分析屈原生年，由于所依历法和推算方法不同，衍生出以下几种观点：

楚宣王四年夏历正月（前366，清刘梦鹏《屈子纪略》）

楚宣王十五年夏历正月（前355，清曹耀湘《屈子编年》）

楚宣王二十七年夏历正月二十二日庚寅（前343，清陈瑒《屈子生卒年月考》）

楚宣王二十七年夏历正月二十一日庚寅（前343，清邹汉勋《屈子生卒年月日考》）

楚宣王三十年夏历正月初七庚寅（前340，郭沫若《屈原研究》）

楚宣王二十八年夏历正月二十六日庚寅（前342，汤炳正《屈赋新探》）

楚宣王十七年（前353，金开诚《屈原辞研究》）

楚宣王十七年正月二十三日（前353，胡念贻《楚辞选注及考证》）

楚威王元年夏历正月十四日庚寅（前339，浦江清《屈原生年月日的推算问题》）

楚威王五年夏历正月初七日庚寅（前335，林庚《屈原生卒年考》）

屈原担任左徒于公元前318年之前，借此可判定屈原生年。“三十曰壮，有室；四十曰强，而仕”②是周礼规范，司马迁著述《史记》时也明显遵循这一共识，认为30—40岁担任要职是普遍正常的，而对于贾谊（是时贾生年二十余，最为少③）、霍去病（大将军姊子霍去病年十八，幸，为天子侍中④）等年少得志者与荀子（荀卿，赵人。年五十始来游学于齐⑤）等大器晚成者着重标明年龄。屈原任左徒，未标注年龄，当于30—40岁进入国家中枢机构，属于正常范围。故此屈原最早也生于公元前348年，之后的观点均过早，再结合岁星纪年法，金开诚、胡念贻等主张的“屈原生于公元前353年”当最为准确。

屈原既然“长于原壄”，长为成长之意，初放之时早就属于壮年，其少年时期断于流放无关，此处含义为“屈原少年时期在老家秭归度过”。该句意思便是，屈原虽因血缘关系尊享贵族身份，但家世甚微，于楚国并无太大势力，故此后文又言“言语讷涩兮，又无彊辅。浅智褊能兮，闻见又寡”⑥，表明自己人微言轻的无奈境遇。

王逸之所以理解有误，当与下文“卒见弃乎原壄”⑦有关，认为一文中“原壄”二词相同，其实不然。关于“壄”字，《说文解字》中言“古文野，从里省，从林”⑧，

① 王逸：《楚辞章句》，见洪兴祖：《楚辞补注》，北京：中华书局，2015年版，第3页。

② 陈戍国点校：《礼记·曲礼上》，湖南：岳麓书社，1989年版，第385页。

③ 司马迁：《史记》，北京：中华书局，1959年版，第2928页。

④ 司马迁：《史记》，北京：中华书局，1959年版，第2492页。

⑤ 司马迁：《史记》，北京：中华书局，1959年版，第2348页。

⑥ 王逸：《楚辞章句》，见洪兴祖：《楚辞补注》，北京：中华书局，2015年版，第252页。

⑦ 王逸：《楚辞章句》，见洪兴祖：《楚辞补注》，北京：中华书局，2015年版，第252页。

⑧ 许慎：《说文解字》，北京：中华书局，2013年版，第292页。

野与壄相同，在《七谏》之前创作的楚辞作品，共有 8 个“野”字，“终然夭乎羽之野”[①]（《离骚》）、“严杀尽兮弃原野”[②]（《九歌·国殇》）、“山萧条而无兽兮，野寂漠其无人”[③]（《远游》）、“泊莽莽与野草同死”[④]“恐田野之芜秽”[⑤]（《九辩》）、“乃至少原之野兮”[⑥]“乃集大皇之野”[⑦]（《惜誓》）、“怅远望此旷野”（《哀时命》）[⑧]，均有野外的韵味，便想当然将“长于原壄”的“壄”理解为山野，根据词义分析句意，提出第一种观点。但笔者认为，此处的“壄”通“野”，与前文的“国”相对，是周王朝实行的国野制度的体现。

国野制度又名乡遂制度，是西周春秋时期社会组织结构的一大重要特征，“国”与“野”不仅仅代表两个不同的行政区域，更彰显出居住之人的社会等级差别。根据《周礼》的记载，周天子将其所统治的王畿地区划分为“国”与“野”。“国”与“野”之间设立“郊”，以作过渡与分界。“国”与“郊”之内的区域，分设“六乡”，即“乡遂制度”中的“乡”。因此，以王城为中心，周围的四郊六乡，便总称为“国”。“郊”之外的区域，总称为“野”，分设“六遂”，即“乡遂制度”中的“遂”。该制度随着诸侯国势力的不断发展，不再成为周王室独有的制度。如《国语·齐语第六》记载管仲治国之法：“参其国而伍其鄙”[⑨]，“制国以为二十一乡”[⑩]。《孟子·滕文公上》记载孟子指导滕文公施行井田制，其言：“无君子，莫治野人；无野人，莫养君子。请野九一而助，国中什一使自赋。”[⑪]在滕国推行国野制度，乃题中之义。虽然国野制度在春秋战国时期逐渐败落，形同虚设，但该名词仍是深入人心的。而秭归相对于郢都而言，便是野，“原”字在此便是“本原”之意，译为最初的、原本的，“原壄”二字指的便是最初的家乡——秭归。

---

① 王逸：《楚辞章句》，见洪兴祖：《楚辞补注》，北京：中华书局，2015 年版，第 19 页。
② 王逸：《楚辞章句》，见洪兴祖：《楚辞补注》，北京：中华书局，2015 年版，第 84 页。
③ 王逸：《楚辞章句》，见洪兴祖：《楚辞补注》，北京：中华书局，2015 年版，第 175 页。
④ 王逸：《楚辞章句》，见洪兴祖：《楚辞补注》，北京：中华书局，2015 年版，第 200 页。
⑤ 王逸：《楚辞章句》，见洪兴祖：《楚辞补注》，北京：中华书局，2015 年版，第 204 页。
⑥ 王逸：《楚辞章句》，见洪兴祖：《楚辞补注》，北京：中华书局，2015 年版，第 243 页。
⑦ 王逸：《楚辞章句》，见洪兴祖：《楚辞补注》，北京：中华书局，2015 年版，第 245 页。
⑧ 王逸：《楚辞章句》，见洪兴祖：《楚辞补注》，北京：中华书局，2015 年版，第 283 页。
⑨ 韦昭注，徐元浩集解：《国语集解》，北京：中华书局，2019 年版，第 231 页。
⑩ 韦昭注，徐元浩集解：《国语集解》，北京：中华书局，2019 年版，第 234 页。
⑪ 朱熹：《四书章句集注》，北京：中华书局，1883 年版，第 259 页。

二

众轻积而折轴兮，原咎杂而累重。[①]

王逸《楚辞章句》：其过咎由重絫杂载众多之故也。以言君听用群小之言，则败坏法度，而自倾危也。原，一作厚。[②]

潘啸龙《楚辞举要》：原：推究其原因。咎：过失。杂而累重：所载之物杂多而积累过重。[③]

方铭《楚辞全注》：二句言车载众轻之物，以折其轴而不可乘，其过咎由重累杂载众多，借指国君听用群小之言。坏败法度，自致倾危。咎，过。[④]

黄寿祺、梅桐生《楚辞全译》：大错都是小错累积所造。（仅有翻译，而无注释）[⑤]

汤炳正《楚辞今注》：原，当指屈原。原咎，屈原的过错。杂而累重，谓馋口众杂，积而弥重。[⑥]

何剑熏《楚辞新诂》："原"字是。"厚"，误字。"原"，屈原名也。《方言（十三）》："咎，谤也。"《说文》："毁也。""杂"，集也。上句"轻积而折轴"，当为当时成语，言积之虽轻，但积之者众，因而使车不可胜载致折其轴也。犹众口铄金，积毁销骨之义。"累"，加也，两句言屈原本无罪，因人伤害之，各加以罪，加之者虽轻，但加之者，积若干轻罪，因之成为重罪矣。与《淮南子·缪称训》"是故积羽沉舟，群轻折轴"语意相同。[⑦]

何剑熏《楚辞拾瀋》：同上。[⑧]

闻一多《楚辞校补》：原，当从一本作厚。咎杂犹鸠杂也。……厚，多也。"厚咎杂而累重"，犹言多其聚积，则所负累者重也。[⑨]

王泗原《楚辞校释》：（原文该句直接作"众轻积而折轴兮，厚咎杂而累重"）轻谓轻物。厚咎，多咎。杂，合。累，良伪切，动词。重，厚重，作累的受语。[⑩]

---

① 王逸：《楚辞章句》，见洪兴祖：《楚辞补注》，北京：中华书局，2015 年版，第 258 页。

② 王逸：《楚辞章句》，见洪兴祖：《楚辞补注》，北京：中华书局，2015 年版，第 258 页。

③ 潘啸龙：《楚辞举要》，芜湖：安徽师范大学出版社，2014 年版，第 181 页。

④ 方铭：《楚辞全注》，北京：人民文学出版社，2019 年版，第 221 页。

⑤ 黄寿祺、梅桐生：《楚辞全译》，贵阳：贵州人民出版社，1991 年版，第 210 页。

⑥ 汤炳正：《楚辞今注》，上海：上海古籍出版社，2017 年版，第 236 页。

⑦ 何剑熏：《楚辞新诂》，成都：巴蜀书社，1993 年版，第 334 页。

⑧ 何剑熏：《楚辞拾瀋》，成都：四川人民出版社，1993 年版，第 142 页。

⑨ 闻一多：《楚辞校补》，长沙：岳麓书社，2013 年版，第 122 页。

⑩ 王泗原：《楚辞校释》，北京：中华书局，2014 年版，第 346 页。

根据上述各家注解，观点可归为三类。一则“原”当作“推究原因”之意，以王逸、潘啸龙、方铭为代表；二则“原”当指“屈原”，以汤炳正、何剑熏为代表；三则“原”作“厚”，表示“多”，以闻一多、王泗原为代表。根据笔者考辩，认为“原”当为“推究原因”，支持第一种观点，理由如下：

首先，“众轻积而折轴兮，原咎杂而累重”这句话的主语和前句“日渐染而不自知兮，秋毫微哉而变容”①一致，均为楚王。“日渐染”“秋毫微”和“众轻积”都形容危害一点点累积，看似不起眼，却埋下隐患，导致“变容”“折轴”等危害出现。汤炳正先生认可前句主语是楚王，认为“二句谓君王听信谗谀，渐染而不自知，初如秋毫之微，终于酿成大祸”，却割裂后文，把主语切换成屈原，实为不妥。

其次，原虽然是屈原的字，但在先秦、秦代及东方朔同时代的作品中，并没有以“原”作为“屈原”的代称的习惯。《卜居》“屈原既放”“屈原曰”、《渔夫》“屈原既放”“屈原曰”、《哀时命》“屈原沉于汨罗”皆取屈原全称。《史记·屈原贾生列传第二十四》以“屈原”“屈平”作称呼。即便是此后西汉的王褒《九怀·尊嘉》“屈子兮沉湘”②，刘向《九叹·惜贤》“览屈氏之离骚兮”③，东汉王逸《九思·遭厄》“悼屈子兮遭厄”④，其称呼也无非是屈子和屈氏，无用“原”称呼屈原的。且东方朔《七谏·初放》使用“平”字，若此处本义为屈原，何故不再使用“平”字。

上述两点，证明此处的“原”绝非“屈原”。

此外，若将“原”视作“厚”，解释为“多”的意思，便与“累重”的含义相同，此句便过于浅显，仅表示“过错众多”，与“众轻积而折轴兮”的关联性与呼应性较低，而将“原”译为“推究原因”，将本句译为“君主的过错是众多小的错误纷杂累积造成的”，推究出楚王过错产生的原因，更符合本句含义，也更能同“日渐染而不自知兮，秋毫微哉而变容”契合，黄寿祺、梅桐生先生的翻译“大错都是小错累积所造”，当属此义。

三

拔搴玄芝兮，列树芋荷。⑤

① 王逸：《楚辞章句》，见洪兴祖：《楚辞补注》，北京：中华书局，2015 年版，第 258 页。

② 王逸：《楚辞章句》，见洪兴祖：《楚辞补注》，北京：中华书局，2015 年版，第 294 页。

③ 王逸：《楚辞章句》，见洪兴祖：《楚辞补注》，北京：中华书局，2015 年版，第 316 页。

④ 王逸：《楚辞章句》，见洪兴祖：《楚辞补注》，北京：中华书局，2015 年版，第 345 页。

⑤ 王逸：《楚辞章句》，见洪兴祖：《楚辞补注》，北京：中华书局，2015 年版，第 274 页。

王逸《楚辞章句》：言君乃拔去芝草……种殖芋荷……爱重小人，斥逐君子也。①

汤炳正《楚辞今注》：芋荷：芋头。

《说文解字·艸部》：芋，大叶实根。“按芋头叶似荷，故曰芋荷。②

徐仁甫《楚辞别解》按：芋荷谓芋渠与蘘荷也。《后汉书·马融传》“蘘荷芋渠”是也。《九叹·愍命》云“掘荃蕙与射干兮，耘藜藿与蘘荷。”与此两句意同。彼言蘘荷，此则单称荷而与芋连文也。③

潘啸龙：芋荷：芋，土豆；荷，荷花。④

黄寿祺、梅桐生《楚辞全译》：到处栽种的是荷花和山芋。⑤

王泗原《楚辞校释》：芋荷是一名，芋叶似荷，故名。今故楚地的江西西部有的地方还这样说，芋的地下茎叫芋艿，其叶叫芋荷。不是芋与荷。⑥

方铭《楚辞全注》：芋的地下茎叫芋艿，其叶叫芋荷。⑦

王逸在《楚辞章句》中未对芋荷做注解，洪兴祖《楚辞补注》也未做补充，因此后代学者对此多有异议。笔者经过考辨分析，认为王逸注释中的“芋荷”是一种日常之物，即“芋叶”，故此未做多余解释，王泗原、方铭先生的观点是可取的，理由如下：

芋荷是一物，并非两物并称。首先，“芋荷”中的“芋”不是土豆，土豆原产于南美洲安第斯山区，在 17 世纪传入中国，西汉时期东方朔并不知道土豆为何物，怎会写入诗歌？其次，“芋荷”中的“荷”，并非荷花。结合乱辞可知，“要裊”与“橐驼”相对，“太阿”与“铅刀”相对，“橘柚”与“苦李”相对，“甂瓯”与“周鼎”相对，前者皆喻贤良，后者皆喻谗佞，该句的“玄芝”喻贤良，而“芋荷”喻谗佞，而荷花在楚辞乃至整个中国古代诗歌史上的意象皆为正面的，比喻美人君子、象征高洁情操等，“制芰荷以为衣兮，集芙蓉以为裳”⑧（《离骚》）、“荷衣兮蕙带”⑨（《少司命》）、“采薜荔兮水中，搴芙蓉兮木末”⑩（《湘君》）、“芙蓉始发，

---

① 王逸：《楚辞章句》，见洪兴祖：《楚辞补注》，北京：中华书局，2015 年版，第 274 页。

② 汤炳正：《楚辞今注》，上海：上海古籍出版社，2017 年版，第 251 页。

③ 徐仁甫：《楚辞别解》，上海：上海古籍出版社，1984 年版，第 55 页。

④ 潘啸龙：《楚辞举要》，芜湖：安徽师范大学出版社，2014 年版，第 196 页。

⑤ 黄寿祺、梅桐生：《楚辞全译》，贵阳：贵州人民出版社，1991 年版，第 227 页。

⑥ 王泗原：《楚辞校释》，北京：中华书局，2014 年版，第 368 页。

⑦ 方铭：《楚辞全注》，北京：人民文学出版社，2019 年版，第 235 页。

⑧ 王逸：《楚辞章句》，见洪兴祖：《楚辞补注》，北京：中华书局，2015 年版，第 17 页。

⑨ 王逸：《楚辞章句》，见洪兴祖：《楚辞补注》，北京：中华书局，2015 年版，第 74 页。

⑩ 王逸：《楚辞章句》，见洪兴祖：《楚辞补注》，北京：中华书局，2015 年版，第 63 页。

杂芰荷些”[①]（《招魂》）等皆如此，若芋荷中的荷为荷花，荷花便成为负面意象，岂不是违背常理。再者，上下文提及的，“要袅”与“橐驼”相对，“太阿”与“铅刀”相对，“橘柚”与“苦李”相对，“甂瓯”与“周鼎”相对，皆为一物对一物，到“玄芝”对“芋荷”何来一物对两物？综上所述，芋荷便是一物，不可用简单的组词释义法来分析。

那么，芋荷为何是芋叶呢？《王力古汉语词典》言“芋”俗称“芋艿”“芋头”。《说文解字 · 艸部》：“芋，大叶实根。”[②] 正如汤炳正先生所言，芋头叶似荷叶，但芋荷并非指芋头，而是指芋叶。在中国南方很多地区都有吃芋荷梗的习惯，比如两广地区地方食品“芋梗酸”，便是生活在中国南方的劳动人民使用芋头的叶柄作为原料腌制的一种食品。叶柄，是叶片与茎的连接部分，其上端与叶片相连，下端着生在茎上，亦称“叶梗”。芋荷梗便是芋头叶梗，芋荷即芋叶。此外，《齐民要术·种芋第十六》：“而芋供食的除了块茎外，普通称为‘芋蒿’（云、贵、川）、‘芋荷’（两湖）、‘芋？’（两广）的，虽是叶柄，在一般看法中，仍然当算‘茎’不算‘叶’”[③]，也为芋荷本质上属于叶柄提供了有力证据，而《日华子本草》更是直接定义芋荷为芋叶[④]。

① 王逸：《楚辞章句》，见洪兴祖：《楚辞补注》，北京：中华书局，2015 年版，第 219 页。
② 许慎：《说文解字》，北京：中华书局，2013 年版，第 10 页。
③ 贾思勰著，石声汉校释：《齐民要术今释（上）》，北京：中华书局，2009 年版，第 206 页。
④ 日华子著，尚忠钧辑校：《日华子本草》，芜湖：皖南医学院科研处，1983 年版，第 113 页。

关于《楚辞》中特殊义涵词语的案例考析

扬州大学文学院　贾学鸿

摘　要：上古汉语中，单音词语义涵丰富。其中有些义项由于在后世典籍中很少出现而渐渐被淡忘，在词义研究中可称为特殊义项。上古文献，特别是具有浪漫色彩的楚文献中，采用特殊意义的词语，常常造成后人阅读的障碍。本文试以战国《楚辞》文本为分析对象，通过文字的语素溯源、文献对读的方法，就《招魂》中的“哀”、《九辩》中的“在”以及多篇作品中出现的“容与”等词语进行语源探讨，以期更准确地领会先秦楚文学作品的独特韵味。

关键词：《楚辞》；语素释义；特殊义项；文本细读；文学意蕴

引言

《楚辞》是楚文化的重要组成部分，其中对词语的运用，有时不是取其常见意义，而是用它的特殊义项。这种做法给后人造成解读障碍，容易出现误读。通常情况下，人们习惯于按照词语的常见意义进行文献解读，而词语的特殊义项则往往被忽略。有鉴于此，对战国《楚辞》出现的运用词语特殊义项的案例进行解析，有助于更加准确地把握相关文献，推进语素构象方面的研究。下边选择几个典型的案例进行辨析，以期在文献的历史还原方面有所裨益。

一、《招魂》“魂兮归来哀江南”之“哀”

“魂兮归来哀江南”，这句诗出自《楚辞·招魂》乱辞的末尾，对这句诗进行解读，须放置到该篇乱辞的具体语境中加以考察。乱辞开头写道：

献春发岁兮汩吾南征，菉蘋齐叶兮白芷生。路贯庐江兮左长薄，倚沼畦瀛兮遥望博。①

文中自称的吾，指招魂对象，即王逸所称：“巫阳受天帝之命，因下招屈原

① 洪兴祖：《楚辞补注》，北京：中华书局，1983年版，第213页。

之魂。”[①]吾，屈原自称。屈原在春天到来之际从所居之地南行，“路贯庐江兮左长薄”，王逸注：“贯，出也。庐江，长薄，地名也。言屈原先行出庐江，过历长薄。长薄在江北，时杀行，故言左也。”[②]王逸是今湖北宜城人，对楚国地理比较熟悉，所作的解释是可信的。屈原此次出行是在长江北岸，沿着江东行，并且在那里向远方眺望，即诗中所说的“倚沼畦瀛兮遥望博”，关于文中所说的庐江，汤漳平先生指出：

> 明王夫之在《楚辞通释》中说：“襄汉之间，有中庐水，疑即此水。”这一解释较合理，其水在今湖北襄阳、宜城交界，称潼水，汉代在这里设中卢县，其江为庐江。长薄：大片丛林。[③]

所作的辨析是可取的。屈原是从位于汉北的庐江一带出发南行，到达长江北岸，在那里向远方眺望。屈原曾经被贬谪到汉北，显然，他是在自己的贬谪地向远方眺望。那么，屈原的远眺见到了什么呢？文中写道：

> 青骊结驷兮齐千乘，悬火延起兮玄颜烝。步及骤处兮诱骋先。抑骛若通兮引车右还。与王趋梦兮课后先。君王亲发兮惮青兕。[④]

屈原在江北眺望所见到的是楚王大规模的狩猎场面，具体地点是在“梦”，众多陪猎人员“与王趋梦”。楚国有云梦泽，跨越江汉南北大片地区。洪兴祖经过精审的考证指出，所谓的云梦泽，位于长江以南的部分称为梦，江北的部分称为云。[⑤]明人陈第亦指出：“楚有云梦，云在江北，梦在江南。”[⑥]屈原在江北向江南眺望，亲眼看见楚王率领大队人马在草泽中狩猎。那么，眺望在屈原那里引起什么样的感受呢？乱辞结尾对此作了交代：“湛湛江水兮上有枫，目极千里兮伤春心。魂兮归来哀江南！”[⑦]他所见到的是幽深的江水，江岸上的枫树，放眼千里之外，时值春季而内心悲伤。为什么会这样呢？因为他所见到的是江南广阔的大地，那里是楚国政治中心所在地，是自己曾经任三闾大夫的朝廷所在地。而如今遭到贬谪，身居汉北，隔江可以亲眼见到楚王狩猎的场面，自己却无法置身其间，不能重返朝廷，因此眺望远方而悲伤。“魂兮归来哀江南”，这是屈原的自我呼唤，也是对前边巫阳招魂所作的回应。巫阳反复呼唤“魂兮归来”，乱辞结尾也就以这句呼唤语作为回应。为什么灵魂要返回呢，因为“哀江南”，热爱、喜欢江南，所以灵魂要返回那里。

---

① 洪兴祖：《楚辞补注》，北京：中华书局，1983 年版，第 198 页。

② 洪兴祖：《楚辞补注》，北京：中华书局，1983 年版，第 213 页。

③ 汤漳平注译：《楚辞》，郑州：中州古籍出版社，2007 年版，第 272—273 页。

④ 洪兴祖：《楚辞补注》，北京：中华书局，1983 年版，第 214 页。

⑤ 洪兴祖：《楚辞补注》，北京：中华书局，1983 年版，第 214 页。

⑥ 陈第：《屈宋古音义》，上海：商务印书馆，1935 年版，第 235 页。

⑦ 洪兴祖：《楚辞补注》，北京：中华书局，1983 年版，第 215 页。

这里的哀字，指的是爱恋，而不是悲哀。《释名·释言语》：“哀，爱也，爱乃思念之也。”[①] 以此解释“魂兮归来哀江南”，倒是非常合适的。对于“魂兮归来哀江南”，王逸注：“言魂魄当急来归，江南土地僻远，山林险阻，诚可哀伤，不足处也。”[②] 这是把哀字释为悲哀，按照它的常用意义去理解。为了能够把这句话解释圆通，又把屈原设定为被流放在江南，从而与屈原当时身处汉北的历史事实不相符，也与王逸本人在上文的注解“长薄在江北”的结论相背离。“把魂兮归来哀江南”的哀字释为悲哀，当代楚辞学界往往沿袭王逸注。或称：“哀，哀怜，引申为拯救。”[③] 或把“哀江南”译为“哀怜江南”。[④]

哀指爱恋、热爱，这种用法在汉代以后确实比较罕见，成为哀字特殊的义项，这是人们往往把它按照常见意义加以理解，释为悲哀、悲伤的原因。然而，在先秦两汉传世文献中，哀指喜爱、怜爱的案例反复出现，并不是偶然、个别的现象。《管子·侈靡》先是强调实施教化对待百姓必须“敬而待之，爱而使之”[⑤]，兼顾敬与爱。后文又称：“国虽弱，令必敬以哀。”[⑥] 显然，这里所说的敬与哀，就是前边提到的敬与爱，哀、爱声通义同。《吕氏春秋·报更》：“人主胡可以不务哀士？”高诱注：“哀，爱也。”[⑦] 这是直接以爱释哀。《管子》《吕氏春秋》都是战国文献，上述两个案例都是运用哀字表示喜爱、怜爱义项，可与《庄子》及战国楚辞同类案例相互印证。《淮南子·说林训》写道：“鸟飞反乡，兔走归窟，狐死首丘，寒将翔水，各哀其所生。”高诱注：“哀，爱也。”[⑧] 高诱是东汉后期人，他为《吕氏春秋》《淮南子》作注，上述两处都是以爱释哀。《释名》作者刘熙亦是东汉后期人，他也是以爱释哀。由此可见，直到东汉后期，哀字存在表示爱的义项还为人们所熟知，并且在注疏和字书编纂过程中加以昭示。由于哀字的这种义项使用频率较低，因此，到了汉末以后对人们变得越来越陌生。

二、《九辩》“若在远行”之“在”

宋玉的《九辩》开头一段如下：

① 刘熙撰，毕沅疏证，王先谦补：《释名疏证补》，上海：上海古籍出版社，2022 年版，第 185 页。

② 洪兴祖：《楚辞补注》，北京：中华书局，1983 年版，第 215 页。

③ 周秉高：《楚辞解析》，呼和浩特：内蒙古大学出版社，2003 年版，第 290 页。

④ 汤漳平注译：《楚辞》，郑州：中州古籍出版社，2007 年版，第 273 页。

⑤ 姜涛：《管子新注》，济南：齐鲁书社，2006 年版，第 265 页。

⑥ 姜涛：《管子新注》，济南：齐鲁书社，2006 年版，第 281 页。

⑦ 陈奇猷：《吕氏春秋新校释》，上海：上海古籍出版社，2002 年版，第 908 页。

⑧ 刘文典：《淮南鸿烈集解》，合肥：安徽大学出版社；昆明：云南大学出版社，1998 年版，第 569 页。

悲哉，秋之为气也。萧瑟兮，草本摇落而变衰。憭慄兮，若在远行。登山临水兮，送将归。

对于“若在远行”以下三句，王逸注：“远客出去，之他方也。升高远望，视江河也。族亲别逝，还故乡也。”[①] 王逸对这三句诗是逐句加以解说，把“若在远行”释为离开家乡而前往遥远的地方。“在”字被理解为正在、现在。明人陈第对这个段落所作阐释颇为具体，其中对于“若在远行”，释为“远行在客也”[②]，与王逸注大体一致。当代楚辞学界对于这句诗所作的解释，基本是把它视为一种比喻，或称：

以上“在远行”与“送将归”都是比喻说法，故以“若”字领起，以状写秋气萧瑟，一岁将终时人的心境。[③]

或称：“若在远行：言面对秋景，心中凄冷，就像远行在外孤独无依的感觉一样。”[④]“若在远行”是以“若”字领起的句子，因此被视为运用比喻。其实，这里出现的若字，指的不是好像、犹如，而是用作代词，指的是如此、这样。而句中的在字，指的应是问候、存问。“若在远行”，即如此存问远行的人，指文章作者本人。若字指的是这样，如此，具体指前边描写的秋天萧瑟景象，意谓是在令人悲伤的情况下存问远行的人。至于后边一句“登山临水兮，送将归”，是前来对宋玉进行存问，为他送行的人将要返回，只剩下他孤零零一个人。这个段落开头两句渲染秋天的萧瑟凄凉，然后转入文章作者的远行，人们对他的存问，给他送行。而当他与送行的人一道登山临水之后，送行的人即将返回，只剩下宋玉一个人，独自远行。把若字释为如此、这样，把在字释为存问、问候，这个段落的解读就会很顺畅，前后一脉相承。这句诗不是运用比喻，而是直赋其事，是对现实场景的直接描写。

如前所述，在字指省察、存问，这种用法在《左传》《逸周书》等战国文献中经常可以见到，是一种比较古老的义项。《庄子》所说的“在宥”，《九辩》的“若在远行”，用的都是在字的这种含义。对于在字古义的运用，《庄子》与《九辩》是一致的。了解在字的这种含义，对于解读先秦其他相关文献具有借鉴意义。如《诗经·小雅·鱼藻》首章如下：“鱼在在藻，有颁其首。王在在镐，岂乐饮酒。”郑玄笺：“鱼何所处乎？处于藻。……武王何所处乎？处于镐京，乐八音之乐，与群臣饮酒而已。”[⑤] 这章诗的“鱼在在藻”“王在在镐”，都是两个在字连用，属于一种特殊句式。为

① 洪兴祖：《楚辞补注》，北京：中华书局，1983年版，第183页。
② 陈第：《屈宋古音义》，上海：商务印书馆，1935年版，第203页。
③ 汤炳正、李大明、李诚、熊良智注：《楚辞今注》，上海：上海古籍出版社，2012年版，第202页。
④ 袁世硕主编：《中国古代文学作品选》(一)，北京：人民文学出版社，2002年版，第216页。
⑤ 王先谦：《诗三家义集疏》，北京：中华书局，1987年版，第789页。

了解释这种奇特的现象，郑玄以回答句释之。按照郑玄的理解，这章诗应作如下断句："鱼在在藻。有颁其首。王在在镐。岂乐饮酒。"明人何楷《诗经世本古义》继承的是郑玄的说法：

> 两言"在"字者，作诗者自为详审之辞。言鱼何在乎，在于藻也。"王在在镐"放此。①

郑玄的解释固然可立一说，然而在《诗经》其他篇目见不到这种句式，找不到内证支撑。从这章诗的语境考察，"鱼在在藻""王在在镐"，其中第一个在字指的是正在，表示动作的进行时。第二个在字指的是关注、注视，用作动词。"鱼在在藻"，谓鱼正在注视藻草。"王在在镐"，指周王正在关注镐京。藻草是鱼的依托，镐京是周王的栖身之处，故二者对言。由此可见，掌握在字表示省视、存问的义项，对于解读古文献某些特殊的句式，可提供一把钥匙。

三、《楚辞》中的"从容"

战国楚辞多次出现从容一词，对此，刘永济先生所作的辨析如下：

> 《九辩》"信未达乎从容"，王逸注"君不见察其真伪也"。又《抽思》"尚不知予之从容"，王注"未照我志之所欲也"，《补注》："言尚不知己志，况能召我也。"又《怀沙》"孰知予之从容"，王注"从容，举动也，言圣辟重华，不可逢遇，谁得知我举动欲行忠信也。"按《广雅·释训》："从容，举动也。"王念孙谓从容有二义：一训为舒缓，一训为举动，复引《抽思》一句及《哀时命》"孰知余之从容"，谓"此皆谓己之举动非世俗所能知，与《怀沙》同意"。……王逸惟于《怀沙》之"从容"解为举动，其余二句注语含浑，实则均当作举动解。此亦古义之经久消失者，详王念孙《广雅疏证》卷六。②

所作辨析领为透彻。战国楚辞中出现的从容一词，无一例外都是用作动词，指的是人的举动。而《庄子》中出现的从容一词，也全是用作动词，指的是动作，其中包括人、动物的动作。由此看来，对于从容一词的运用，《庄子》和战国楚辞取向一致，用的是它表示动作的义项，体现出楚文化的共性。

从容指动作、举动，这是它的古老含义，在战国之前就已经存在。《尚书·君陈》称："宽而有制，从容以和。"孔安国传："宽不失制，动不失和，德教之治。"孔颖达疏："从容以和，言动为从容也。"③《尚书·君陈》是西周文献，可见至

① 鲁洪生主编：《诗经集校集注集评》卷十，北京：现代出版社；中华书局，2015 年版，第 6450 页。
② 刘永济：《屈赋释词》，武汉：武汉大学出版社，2013 年版，第 624 页。
③ 孔颖达：《尚书正义》，见阮元校刻《十三经注疏》，北京：中华书局，1980 年版，第 237 页。

迟从那时起从容已经作为表示动作的词语加以运用。

从容的古义指动作、举动，这与从和容的原始本义密切相关。《说文解字·从部》：“从，随行也。”[①] 从字的本义是指二人相随而行，指行走的方式，属于动词。《说文解字·方部》：“容，盛也。从宀，谷。”徐铉称：“屋与谷皆所以盛受也。”[②] 容字的本义是盛受、容纳。容字的构形从宀，指交覆深屋。从谷，指山谷。房屋、空谷都能盛受外物，故容字有盛受之义。从和容的古义都是动词，或是表示行走，或是表示盛受。因此，它们组成联绵词之后仍然用作动词，表示行动、动作。至于它用于表示悠闲舒缓的义项，则是后来衍生的意义。

结语

通过上文对《楚辞》文本中个别特殊用语的字义追索，可以精细地把握楚地诗歌的思想情感。把《招魂》“魂兮归来哀江南”中的“哀”释为“爱怜”，更加彰显出楚人对家国热土的热爱和依恋，蕴含的是深挚可贵的民族情感。宋玉《九辩》中的“若在远行”，将“在”解为存问，强化了即将离别的人之间的互相劝勉、安慰，抒发的是难舍难分的惜别之痛。《楚辞》中的“从容”，指动作、举动，用于表示悠闲舒缓的义项，凸显出文学形象生动的审美属性，也意味着中国文学审美意识的出现，比现代人所说的魏晋时期要早得多。由此可见，楚人任情、虔敬的宗教性情感，以极其细腻的书写方式，蕴藏于《楚辞》的字里行间，非常耐人寻味。

① 许慎撰，清段玉裁注：《说文解字注》，上海：上海古籍出版社，1988 年版，第 386 页。

② 许慎：《说文解字》，长沙：岳麓书社，2020 年版，第 150 页。

屈原及楚辞影响与接受研究

屈骚诗性空间的生成、意蕴与影响

——地学知识角度的考察

湖北大学　彭安湘

摘　要：屈骚虚实空间中包孕的地理物象、空间思维及精神意蕴，构设成了独具魅力的诗性空间。屈骚时代及其之前的地学思想和地学观念当是其诗性空间艺术生成的重要知识源头之一，而凸显属意方位、建构神性场域、勾画江山地景、铺展游观道路，则是其空间艺术生成的主要手段。诗性空间既是屈原对世界的一种充满诗意的认知方式，也积淀、超越、升华出其独特的精神意义。其中，“怀念楚国，思慕旧故”的地缘情结为其精神内核并指向两个层面，一是地学意义上的乡土故园，二是文化层面上的精神家园。屈骚营造的诗性空间，不仅在文体变革上具有承上启下的作用，而且在诗歌地理学史上也具有重要的价值和地位。

关键词：屈骚；诗性空间；地学知识；地缘情结；地理诗学

屈骚富含丰富的空间质性。作品中不仅呈现了鲜明的楚地风物人情的现实空间；而且，诗中人物“思九州、横四海、登九天、冯昆仑”等书写，也显现了一个个荒忽骇怪、飞舞腾挪的想象空间。西方空间理论的兴起与应用，使得我们在进入、认识、读解屈骚作品空间性时，不再仅仅局限于第一空间（真实的地方）和第二空间（想象的地方）二元对立的角度，而是用“运用想象力开拓的基于现实空间又超越现实的一个新的场域”的“诗性空间”来弥纶两者的缝隙。事实上，屈骚虚实空间中包孕的地理物象、想象思维及精神意蕴，恰巧构设成了一个个“诗性空间”。我们若能深入探究在其时的知识与观念语境中，屈原运用了何种艺术手段生成了这些诗性空间？而这一个个新的场域又涵纳了怎样深度的灵魂和丰沛的情感？并且追问当知识系统进入一个文本后，它引起了其时文体怎样的变革？或许这样的思考不失为解读屈骚作品并发掘其文学意义的另一路径。

一、“俯以察于地理”：屈骚“诗性空间”生成的地学渊源

展读屈原作品，可发现当中存在相当多的表示地域、方位的词：如楚地的“沅、湘、江、澧、修门、夏首、洞庭、郢、鄂渚、溆浦”；中原的“嶓冢、九河”；域外的或神话的“昆仑、流沙、崦嵫、黑水、玄趾、三危、九州、四海、九坑”，以及“东行、南浦、西极、北次、中央、上征、下观”；等等。对此，有学者认为“文学作品中这一类词通常表明作者创作时，其头脑中活动的空间内容，因而他们具有指明作者创作时知识渊源的意义”①。显然，这一个知识渊源主要涉及了屈骚时代的地理知识及地理观念。

“地理”一词，最早出现在《周易・系辞传》中，却并非单独提出。“仰以观于天文，俯以察于地理”的表述，点明了古人以一己视点观察世界时，已将地理学意义的“地”与天文学意义的“天”联系在了一起，并且得出了一些对天地寰宇结构的看法与认知：一关乎“天地之体”。“天圆地方”应该是最普遍的一种。产于战国初期齐稷下学宫的《管子・心术下》曰：“能戴大圆者，体乎大方；镜大清者，视乎大明。”其中的“大圆”即天，“大方”即地，后又演化为“盖天说”，《周髀算经》即以为“天象盖笠，地法覆盘”。二关乎“天地之轴”。连通天地的“轴”或为高山，如《山海经》中“帝之下都”昆仑山、“帝之密都”青要之山、“帝囷之山”等；或为高树，如《淮南子・地形训》所载“众帝所自上下”的建木即是。显然，以上的天地寰宇的大框架是其时人们所认知到的基本空间框架，在这样一个框架内人们凭借其经验知识与想象知识，对脚下的“大方”之地进行了不同层面的解读。

第一，“地之质”的描述。《周易・坤卦》描述地的形质为“直方大”。《文言》释为：“生物不邪，谓之直也；地体安静，是其方也；无物不载，是其大也。”这意味着古人认识到了大地孕生万物、方正均衡、广博无疆的质性，而其中的“方”想象意味较浓。所以“‘方’的本质是人文，不是自然。地之道方，是人文地理，不是自然地理”，是与“圆”相对的另一种质性，“静、稳、厚、定”②。第二，“地之序”的构想。在《禹贡》中，地分“九州”和五服，两者虽有自然地理区划和政治地理构想之分，但共同点都是以中央为中心向四方延伸：中州之外，有八州犬牙相次围绕；王畿之外，甸、侯、宾、要、荒逐层对外推衍。在《山海经》中，亦可见以“山经”为中心的“海内”和依次向外扩展的“海外”“大荒”的大层次以及以“中山经”为中心的“西山经”“东山经”“北山经”“南山经”环绕的小层次。

① 李诚：《楚辞论稿》，北京：中国社会科学出版社，2006 年版，第 150 页。

② 唐晓峰：《从混沌到秩序：中国上古地理思想史述论》，北京：中华书局，2010 年版，第 174 页。

邹衍以禹所序九州为小，又外以大九州，而大九州之外，“乃有大瀛海环其外，天地之际焉”[①]。“这当然是想象中的国土规划或天下安排，但它却真实地反映了其时人们思想世界中的理想空间秩序”[②]。第三，“地之用”的发现。时人认识到厚生载物的大地是重要的实用资源。如《礼记·中庸》称地、山、水“及其方厚”“及其广大”“及其不测”，而“万物载矣”“宝藏兴矣”“货财殖矣”；《国语·楚语下》曰“山林薮泽足以备财用，则宝之”；《周易·系辞上》曰“备物致用，立成器以为天下利”，均充分意识到了地之厚利和用地之需。像《禹贡》划九州最后归于物产与贡赋，《山经》虽述神怪，亦多物产，且末段落在地利和国用上，即为证明。第四，“地之类”的诠分。《管子·地员》《尔雅》分别从实践和语义的角度，按地形要素、山川地貌及地理名称和五土所生细加类分。既注重客观世界或远近或高低或大小的序位性，又包含着以人之道德品性来知类世界的人文性。第五，“地之位”的阐发。空间方位观念形成的渊源非常久远，学者们依据墓葬的出土文物，认为早在新石器时代，我国就有了四方和八方的空间观念[③]，而且“空间观念似乎比时间观念更为显著”[④]。其后，在甲骨文、《周易》《诗经》《山海经》中均有对天地方位的顺序、意义、价值的进一步描述和阐发。“从地理思想的发展来说，方位观的丰富性，特别是它们与人的价值的联结，是一项重要人文特征”[⑤]。

以上五点大体呈现了“屈骚时代”人们“在天的背景下讲地”[⑥]的观察角度，包含了认知地理的大致知识架构和要素。而这些地学知识和地理观念经由日常习用和典籍载记渐次扩展为时人的地学素养。首先是专职人员。《周礼》记载有近20种掌土地和职掌山、林、泽、牧资源的人员，像大司徒、小司徒、小宰、土训、职方氏、载师、遂人、司险、冢人、墓大夫等。他们或在封邦建国时“受（授）民受（授）疆土”，或掌管民众劳作“以共粢盛”的藉田，或“司奠（郑）还林、暨吴、暨牧”[⑦]。从先民的土地崇拜来看，这批人最初源于神职，在神人之际曾具有重要意义。后来在周代职官体系中，“授民司土”，既熟知“九州形势，山川所宜”的自然地理，又具备较为丰富的人文和经济地理知识，对周代宗法封建制同样具有重要意义。

其次是史官和士人。他们在论著中记载了时人或本人自觉不自觉的地理探求和地理认知。如《国语·楚语下》载有楚昭王对“《周书》所谓重、黎实使天地不通”

① 司马迁：《史记》卷七四《孟子荀卿列传》，北京：中华书局，1959年版，第2344页。

② 葛兆光：《中国思想史》，上海：复旦大学出版社，2001年版，第53页。

③ 俞伟超：《含山凌家滩玉器反映的信仰状况》，《文物研究》，1990年第5辑。

④ 饶宗颐：《未有文字之前表示方位与数理关系的玉版》，《文物研究》，1990年第6辑。

⑤ 唐晓峰：《从混沌到秩序：中国上古地理思想史述论》，北京：中华书局，2010年版，第119页。

⑥ 李零：《中国古代地理的大视野》，《九州》第1辑，北京：中国环境科学出版社，1997年版。

⑦ 出自周懿王时期的“免簠”铭文，郭沫若先生释“林、吴、牧”为“林衡、山虞、牧人”。

的疑惑以及楚大夫观射父对“绝地天通”的天、地职分相异的解释；墨子《经上》和《说经上》中有对空间“弥异所”的普遍性及“有穷无穷”的无穷性的理解；《庄子·天运》诸篇载有庄子对天地无穷的认知和对天地之体的追问及解答；《管子·九守》和《鬼谷子·符言》同样载有对天地人四方上下的疑惑和追问；《穆天子传》中对周穆王北绝流沙、西登昆仑、游历殊方异国经历和见闻的叙述；邹衍书“先验小物，推而大之，至于无垠”，“先列中国名山大川通谷禽兽水土所殖物类所珍，因而推之及海外人之所不能睹”[①]，等等。

显然，这些混融着宗教、历史、天文，甚至神话、巫术的地学知识和地理认知是屈原地学修养形成的背景和土壤，而承袭、诠释和运用这些地学知识则与屈原本人的天赋及职司相关。

屈原为楚王同宗，受到良好的文化教育，曾在楚兰台讲习学问，充当文学侍臣，学成之后曾任左徒、三闾大夫、掌楚诸职。其中左徒一职后人猜论颇多，如有大行人、莫敖、司徒[②]说等；三闾大夫即公族大夫，职掌为庶子之官。据赵敏俐考证，前两种职司兼政职、宗职和神职三种功能。[③]因此，在图议国事、应对诸侯、培育子弟、掌佐祭乐、司理土田上，屈原掌握了大量与职司相应的专业化的知识和丰富的社会经验，地学知识必定包含其中。左徒一职，则如姜亮夫所指出的，“屈子两使于齐，正当稷下辩说最盛时期，则谈天雕龙，大小九州……所习闻于诸子方士者，必多且巨。……身为楚人，则齐人迂怪之说，惠、庄漫衍之词，林林总总，所闻必多”[④]。而掌梦一职，赵逵夫认为“是管理这片地方的林木禽兽货源和君王大臣游猎的有关事宜”，则更是与地学知识密切相关。

可见，“屈骚时代”由“人神”转入“人文”的地学思想和地学观念当是屈骚“诗性空间”艺术生成的重要知识源头之一。但知识本身不是艺术，那么，屈原在由“半专职艺术家”到“个体抒情诗人”的身份转变中是如何将深厚的地学修养转化成“由真而化幻”“亦真又亦幻”的艺术作品的呢？

---

① 司马迁：《史记》卷七四《孟子荀卿列传》，北京：中华书局，1959年版，第2344页。

② 何谓司徒？相当于中原官制何职？赵逵夫归纳为六说：唐张守节“左右拾遗”说，王汝弼“左史”说，林庚“太子之傅”说，詹安泰“司徒”说，段熙仲“司徒之佐贰”说，姜亮夫“莫敖”说，赵皆驳之而另立“行人”说。“司徒”说，其职守为司理土田。参见赵逵夫：《屈原与他的时代》，北京：人民文学出版社，2002年版，第138—145页。

③ 赵敏俐：《屈原职务与其创作之关系》，《福建师范大学学报》，2019年第5期。

④ 崔富章、李大明：《楚辞集校集释》，武汉：湖北教育出版社，2003年版，第1005页。

二、“千古未有之格”：屈骚“诗性空间”生成的艺术手段

蒋骥《楚辞余论》卷上曰：“《楚辞》章法绝奇处，……纯用客意飞舞腾挪，写来如火如锦，使人目迷心眩者，不知町畦所在，此千古未有之格，亦说骚者千年未揭秘也。”确实，屈骚是屈原神思、学养、胸次三者合一的杰构。就其心营意造的“诗性空间”而论，所运用的艺术手段主要体现在以下四个层面。

（一）突显属意方位

方位是人类最初认识世界的重要内容和必要手段，是表述地理位置概念的词语。它有自然方位与绝对方位之分。东南西北中为后者，在屈骚构筑的诗性空间中，绝对方位是重要的组成部分。屈原提升了《诗经》中仅将方位词和方位意象作为表示空间处所或营造某种情感气氛的语意符号的用法，不仅有意识地挑选属意的方位传达情志意趣、思想观念和宗教信仰，而且以方位为引导组织诗歌内容、构建整体意境。尤其值得一提的是，诗人的方向倾向（orientation bias）相当明显。譬如在《天问》问天、问地、问人三个层次中，问地部分，所择用的大地物象主要来自西方和南方，例句如下：

> 昆仑悬圃，其居安在？增城九重，其高几里？四方之门，其谁从焉？西北辟启，何气通焉？日安不到？烛龙何照？羲和之未扬，若华何光？何所冬暖？何所夏寒？焉有石林？何兽能言？……靡萍九衢，枲华安居？灵蛇吞象，厥大何如？黑水、玄趾，三危安在？……羿焉彃日？乌焉解羽？
>
> 焉有虬龙，负熊以游？雄虺九首，儵忽焉在？何所不死？长人何守？靡萍九衢，枲华安居？

这里，悬圃、增城、四方之门、烛龙、若木、石林、靡萍、枲华均为西方昆仑山事象，黑水、玄趾，三危亦为西方地域之名。即使是“羿焉彃日？乌焉解羽？”亦因昆仑山是羿的重要活动场所，“与开头若木传说遥相呼应，形成首尾相扣的结构”[①]。而虬龙负熊、雄虺九首、长人不死，所涉地区则是以南方为背景。学者们用统计数据呈现了屈骚作品中这一方位倾向，并总结为“屈原对四方的态度不一样，对西方、南方的感情最深厚”[②]。对此，有人或从西方是楚民族发祥地的“恋祖”

---

① 李炳海：《〈天问〉风物板块取材的西倾倾向》，《中国诗歌研究》，2015年第1期。

② 姜亮夫：《楚辞今绎讲录》，北京：北京出版社，1983年版，第42页。

情结[①]，或从“组成理想的极乐世界”的动机[②]，或从南方是“故土”、西方是“乐土”的对照等角度，揭示出诗人方向倾向所包含的诸种内在意蕴。

然若结合思想内容和艺术表现来讲，第一，《天问》《招魂》《远游》中出现的西方和南方，是诗人营造的神域世界的方位所在，一为昆仑仙境，一为南楚神境。昆仑为大地空间神圣至高点，在神话时代的先民心目中，昆仑既是千山之宗、百川之源，又是帝之下都、人与天相通的阶梯。虽在古代方位价值观中，西方有“肃杀”的含义，但在神灵世界则多以西方为尊，这或可为诗人钟意西方提供另一种解释。南方则不单有南楚神境，更有现实的故土。传统观念中南方具有“生”的价值，即《说文》所称“草木至南方而有枝任也”。诗人属意于此，则因其是自己肉体生命、精神生命乃至价值生命的所在，亦因其是一个光明亮丽、足以寄托希望的所在。第二，诗人通过散点视角，既采用暗含方位切换的手法，如《天问》问地部分暗含西—南—西方位的切换；又运用显现方位切换的技法，如《离骚》之“济沅湘以南征兮”、《抽思》之“狂顾南行”、《怀沙》之“汩徂南土”、《思美人》之“独茕茕而南行兮”，行之所指均为南方。又如《招魂》中明显的六方招魂呼唤，除了以方位挈领内容、组合意象，营造可怖、可喜、至高、至险、至大、至广、至神的空间视觉图式和对天地四方崇仰、敬畏的深层心理图景的艺术用心外，钟意南方还因“三方无丝毫理想希望之成分，而南方诸词则无一而不含极深邃之寄望”[③]。

（二）建构神性场域

“空间结构在深层意义上是一种神话结构”，“空间（和时间）证明是在神话范围中一种赋予精神意义的类似的媒介”[④]。这一点在屈骚诗性空间中有独特的表现。在作品中，主人公遭遇“时俗之迫阨”后，继而以远游的方式离开逼仄的现实空间、驰骋追寻虚幻的神性场域。换言之，即屈原将神话、历史传说、社会现实有机地融合在一起，在“亦真亦幻”的想象空间中舒泻愁思、抒情寄意。

1. 昆仑仙境。在《离骚》《悲回风》《涉江》《河伯》及《远游》《招魂》都有神游昆仑仙境的叙事。《离骚》中有两次远游昆仑仙境。第一次诗人主要表现的是时空冲突：“朝发轫于苍梧兮，夕余至乎县圃。欲少留此灵琐兮，日忽忽其将暮。吾令羲和弭节兮，望崦嵫而勿迫。”此次远游并无仙境的描写，只有一闪而过的地名和频繁出现的时间词。时间流逝之飞速被放大，而昆仑仙境之神幻被凝缩。第二

① 李炳海：《〈天问〉风物板块取材的西倾倾向》，《中国诗歌研究》，2015 年第 1 期。

② 蒙文通：《巴蜀古史论述》，成都：四川人民出版社，1981 年版，第 162 页。

③ 姜亮夫：《楚辞通故》（第一辑），昆明：云南出版社，2002 年版，第 157 页。

④ [德] 恩斯特·卡西尔：《神话思维》，黄龙保、周振远译，北京：中国社会科学出版社，1992 年版，第 92 页。

次是有准备的盛大出游：有“八龙婉婉”“云旗委蛇”“云霓晻蔼”“玉鸾啾啾”的车驾舆马和“车其千乘”“玉轪并驰”的侍从仪仗；有通神娱神的歌舞“奏《九歌》而舞《韶》兮，聊假日以婾乐”；有繁多的地名昆仑、天津、西极、不周、西海、流沙、赤水荟萃笔下。它们共同营造出一个邈远、辽阔、高峻、奇幻的境域。其他诗篇中以游历行为描绘昆仑仙境的诗句还有：

登昆仑兮四望，心飞扬兮浩荡。（《河伯》）

登昆仑兮食玉英，与天地兮比寿，与日月兮齐光。（《涉江》）

冯昆仑以瞰雾兮，隐汶山以清江。（《悲回风》）

风伯为余先驱兮，……凤凰翼其承旂兮，遇蓐收乎西皇。（《远游》）

整合而观，处于西方的昆仑仙境“彷徉无所依，广大无所极”，既有实景的影子，昆仑之巅可观黄河之浩荡，可俯瞰山水之迷雾；又有想象的再造，屈原将此神山安置了神巫、神兽、神物，细化、丰富了这一神境空间，使之成为瑰异而奇丽，摆脱现实迫阨的理想心灵王国。

2. 南楚神境。地界五方之中，南方是屈原的家国所在方。缘于“地缘情结”（place attachment）[①]，屈骚作品中到处可见楚地的地理事象和物象。它们有的是战国楚地的实景地，有的则是屈原以“游”的行为拟构的南楚神境。与南楚神境相关的人物一是虞舜，一是湘君、湘夫人。《离骚》中“济沅湘以南征兮，就重华而陈辞”及《涉江》中“驾青虬兮骖白螭，吾与重华游兮瑶之圃”均与虞舜相关。这是因为“虞舜是南楚尊神，《离骚》抒情主人公以神游的方式向重华陈辞，实际是进入南楚神界。重华所在的沅湘流域远离楚国的郢都，那里是神境，而不是现实的政治中心”[②]。与着力细化、丰盈昆仑仙境不同，此处并未着力刻画南华神境横向的空间图景，而是纵向陈说夏商周三代兴衰存亡的历史景观和渴望从神灵处得到理解、认可的心灵境域。湘君、湘夫人为湘江配偶神，其游乘的空间均与水域相关。这样一个空间既有行于水上的桂棹兰枻，又有生于水中或水滨的芙蓉白薠茝兰；既有可骋望的北渚芳州江皋西澨，又有可游观的洞庭微波、潺湲湘水，更有被荷盖、紫坛、芳椒、兰橑、薜荔环绕的水中室宇，真是芬芳浪漫、灵动秀美！故而“九嶷缤兮并迎，灵之来兮如云”。可见，这一个由繁复楚地符号构筑的南楚神境，是诗人想象中的能安然栖居的故土。

3. 帝宫天境。如果说前面仙境和神境是从水平的四方寻求“生活向度”的出游，那么神游帝宫天境则扩展至上下垂直求索的“神圣向度”。“驷玉虬以椉鹥兮，溘

---

① 指的是人们对某特定的地方存有根的感觉。参见［芬兰］贝尔（Paul A.Bell）等著：《环境心理学》，聂筱秋、胡中凡译，台北：桂冠出版社，2003年版，第60页。

② 李炳海：《〈离骚〉抒情主人公神游方位、样态及表现手法考论》，《山西师大学报》，2010年第5期。

埃风余上征”“载营魄而登霞兮，掩浮云而上征”，“上征”是抒情主人公天空游历的标识。然而，在诗人笔下帝宫天境因阊阖的阻隔而分为帝宫外境与内境两个区域。帝宫外境“帝阍/天阍”“倚/排阊阖而望予”，无情冰冷、戒备森严。在丰隆的助力下得入天门，帝宫内境才得以全景式地展现出来：导太微、入帝宫、观清都、临微闾，这里仙山楼阁、宏伟瑰丽；召丰隆、集重阳、造旬始、乘玄云、令飘风、使冻雨，这里光华灿烂、云气氤氲。可见，通往帝宫天境是艰难的，“天门的开启主导着圣与俗之间的转换与汇通，其间的困难正是呈现天境的既神圣又禁忌的特质”①。而《远游》末“超无为以至清兮，与泰初而为邻”，一则实指浩瀚无垠的太空，二则营造“与道为邻”空间的精神指向。“至此，则真可以后天不老而凋三光矣，下视人世甕盎之间百千蚊蚋，须臾之顷，何足道哉”②，完成了诗人的“自我圣化”③。

（三）勾画江山地景

地景（landscape）常常被人们认为是地理与空间的表征。尤其在地域特征明显的屈骚作品中，多有描写楚地自然景观与人文景观的内容。这里正如德国学者 W·顾彬在《中国文人的自然观》中所说的，在《楚辞》中“自然或多或少是虚构的，或者说有些真实的自然现象被用进了虚构的情境之中；还有一种情况，那就是《楚辞》中也有完全使用现实世界中自然现象的例证，但通过其在空间或时间中的位置，仍然创造出了一种完全幻想式的自然”④，从而传达对这个世界和生命存在的认知。

这些真幻结合、虚实相生的自然景观包括：“帝子降兮北渚，目眇眇兮愁予。袅袅兮秋风，洞庭波兮木叶下”（《湘夫人》）之浩渺而萧瑟的洞庭秋景；“菉蘋齐叶兮白芷。……湛湛江水兮上有枫，目极千里兮伤春心，魂兮归来哀江南”（《招魂》）之春气奋扬而清绝的南楚春景；“采三秀兮于山间，石磊磊兮葛蔓蔓”（《山鬼》）、“深林杳以冥冥兮，乃猿狖之所居。山峻高而蔽日兮，下幽晦以多雨”之高峻而幽晦的巫山与溆浦山景；“船容与而不进兮，淹回水而疑滞”（《涉江》）、“长濑湍流，泝江潭兮”（《抽思》）之平缓、湍急的沅湘、江潭水景等。无疑，这些是诗人于不同时空中呈现的显性景物。而实际上，诗中写沿途风物时还提及了一连串地名，如《离骚》之济沅、湘，《湘君》邅之道洞庭，遗佩之澧浦，《哀郢》之上洞庭而下江，《渔父》之赴湘流等。“在屈原心目中，这些地名是与具体的楚山楚水相联

---

① 李紫琳：《诗意地栖居：〈楚辞〉中的空间感与身体感》，台湾东华大学，2007 年硕士论文。

② 朱熹：《楚辞集注》，南宋端平二年朱鑑刊本。

③ 胡学常：《屈原自我圣化的政治内涵及其悲剧性》，《天津社会科学》，1997 年第 2 期。

④ [德]W·顾彬：《中国文人的自然观》，上海：上海人民出版社，1990 年版，第 46 页。

系，是一种‘潜在’景物”，成为“流动的背景”[1]。它们与诗人之情志互相指涉，却又不仅为单纯的情景交融，而是诗人主体认知反刍后的景观。

除此以外，由历史文化的积累而形成的人文景观亦不时出现在屈骚作品中，它们不但成为一个个独特的地理意象，而且被赋予浓郁的人文意义。一是神话建筑，如阊阖、春宫、瑶台等。《离骚》中提及的这三处神话建筑“具有现实建筑物的性质和象征意义。阊阖以‘门’的形制象征君门多重、谏言难进，瑶台、春宫则分别以形制华丽、政治地位高贵，喻理想之美好，表现诗人对理想的追求”[2]。二是祭祀场所，《九歌》中出现的“庙、堂、房、庭、坛”等均是室内祭祀场所。如“寿宫”，“蹇将憺兮寿宫，与日月兮齐光”（《云中君》）。王逸注：“寿宫，供神之处也。祠祀皆欲得寿，故名为寿宫也”；如“紫坛”，“荪壁兮紫坛，播芳椒兮成堂”（《湘夫人》）。《礼记·祭法》注云：“坛、折，封土为祭处也。”三是楚国宫室和国都。《招魂》和《大招》中有诸多大小、高低、长短、层楼、结构、繁简不一的宫廷建筑，像“突厦、夏室、君室、高堂、槛层、层台累榭、离榭修幕、夏屋广大”等。郢为楚的国都，其后虽屡迁都，但郢都之名却一直被沿用。对这一现象宋代王观国曾于《学林》中解释为：“盖楚尝居郢而霸，则先世之威名已著于郢矣。”而诗人在被迫离开时，或明写这一意象，“发郢都而去闾兮”（《哀郢》）、“惟郢路之辽远兮”（《抽思》）；或暗指，“南指而魂逝”（《抽思》）、“南行而心娱”（《思美人》）。

（四）铺展游观道路

道路，在屈骚作品中大多伴随着诗中主人公游观的活动而展开，带有明显的具象性。然而，铺展这些具象性的道路只是诗人情感和思维的起点。若将诗人展现的具象之路从时空两个角度延伸，会看到它们还联通着生命、历史、宇宙之路并最终指归“从存在到虚无”的“无路之路”。

诗人铺展行游之路，一则交代行程的明确起始点，多以“朝某、夕某”的句式来表示。如“朝发轫于天津兮，夕余至乎西极”（《离骚》）、“朝发枉渚兮，夕宿辰阳”（《涉江》）。二是描绘所游历道路的特征，以“卓远、超远、远忽、修远、辽远”修饰路之远；以“多艰、险难”点染路之险；以“修路幽蔽”（《怀沙》）、“同极而异路”（《惜诵》）谓路之幽、歧；以“曾不知路之曲直兮”（《抽思》）、“媒绝路阻兮”（《思美人》），谓路之迷、隔。高妙的是，诗人并未止步于行游四方大地、驰骋天宇的具体生命形式的描述，而是将之升格到形而上的生命思索，具象之路便也指向了生命之路。在《离骚》中，诗人以“来吾道夫先路”的满腔热忱为

---

① 陶文鹏、韦凤娟主编：《灵境诗心——中国古代山水诗史》，南京：凤凰出版社，2004年版，第26页。

② 周建忠、王佳：《论〈离骚〉中三处神话建筑的文化象征意义》，《江海学刊》，2010年第5期。

楚王奔走，希冀以“彼尧舜之耿介兮，既遵道而得路”为榜样，虽遭遇“曰黄昏以为期兮，羌中道而改路”的背弃，却仍激励自己“路曼曼其修远兮，吾将上下而求索”。诗人对生命之路的期待、热忱、焦虑、坚韧，在最后的求索中延伸拓展到极致。而且，“这种时间的绵延又是伴随着强烈的感情倾泄和精神固守的……这样一来，‘路’既鲜明地存在，又超越了具体时间的限制而突显了人类的求索历程”①。而且，诗人将现实的探寻之路与历史已行之路连接起来并予以正反对照，即将历史上的“遵道而得路”与“捷径而窘步”，现实的“路幽昧而险隘”与探索正道的艰难、曲折、中断进行横向与纵向的对比，使之连贯时空而融合在一起。

屈骚中的路，不仅在时间维度上具有绵延性，还在空间维度上具有伸展性。诗人除交代行程的明确起始点外，还经常设置转换点，“路不周以左转兮，指西海以为期”“回朕车以复路兮，及行迷之未远”，从而使行路趋向与空间视野不断拓展变化。而且，屈骚中的路，还承载着包罗万象的“道”而通向宇宙之路。如《远游》中所指出的“道可受兮不可传，其小无内兮，其大无垠”。在那里，生命、存在、时空皆被包含着。然而，恰如几百年后李白所哀叹的“大道如青天，我独不得出”那般，诗人体会到的也是“愿陈志而无路”（《惜诵》），最终有路成为无路。可见，屈原将道路之具象与抽象、感性与知性、抒情性与超验性三者合一，使之成为其所营造的“诗性空间”中重要的一部分。

三、“哀故都之日远”：屈骚“诗性空间”包孕的精神内核

整合以上所论，可发现屈骚诗性空间的空间图式：由自然、人文景观之点，或虚或实的行游之线，四方方位及神性场域之面这三个主要因素，既构成了一个有宏阔地理空间，又有丰盈精神空间的真、幻结合之体。然而，空间从来都不是空洞的，它往往蕴含着某种意义。所以，我们还当对屈骚作品中的诗性空间作有关精神探原的追问。

王逸于《楚辞·远游章句》中曾曰“屈原……周历天地，无所不到。然犹怀念楚国，思慕旧故，忠信之笃，仁义之厚也。是以君子珍重其志，而玮其辞焉”。可见，“怀念楚国，思慕旧故”的地缘情结是根植于屈原的骨血之中的，亦是他所创造的“诗性空间”包孕的精神内核。地缘情结具体指向两个层面，一是地学意义上的乡土故园，二是文化层面上的精神家园。

① 安敏：《路与屈原的精神世界》，《中国文化研究》2007 年第 3 期。

（一）“思慕旧故”：指向地学意义上的乡土故园

屈骚作品中地学意义上的乡土故园，是屈原基于个人地理经验搭建起来的生身之地。屈原的个人地理经验，既包括《天问》中宏观的对天地框架的反思以及《远游》中对“唯天地无穷兮”的天地质性的认知；也包括中观的对“总九州之博大兮”（《离骚》）、“览冀州兮有余，横四海兮焉穷”（《云中君》）等地表空间秩序的体察；还包括近观的对“自恣荆楚，安以定只”（《大招》）、“发郢都而去闾兮，怊荒忽之焉极”（《哀郢》）的荆楚大地、宗国都城及流寓之地地情地貌的熟稔。这种多层级的“个人地理”经验认知，使诗人笔下思慕乡土故园的视角出现多重化的内蕴。

1. 临空俯瞰式。《离骚》中当“诗人幻想着去找巫者灵氛占卜、巫咸降神，请他们指示出路。灵氛认为楚国已无希望，勉励他去国远游；巫咸更劝他‘及年岁之未晏’而速去。灵氛、巫咸的指点和劝勉，一度使诗人产生过‘去与留’的思想矛盾，甚至还曾决意离开这‘时缤纷其变易’的所在，离开这精神苦痛的渊薮：‘何离心之可同兮，吾将远逝以自疏’。可是，当他驾飞龙、乘瑶车、鸣玉鸾，神思飞扬地升腾远逝之际，却忽然远远地望见了故国的大地，于是‘陟升皇之赫戏兮，忽临睨夫旧乡。仆夫悲余马怀兮，蜷局顾而不行’。诗人发现，自己根本无法离开生长于斯的旧乡故土！”[①]离行前临空俯瞰的空间大视野将乡土故园全景式呈现出来，一草一木，一城一水，尽在眼底，令人痛感尤切。这种视角及情感在《远游》中又一次得到强化：“涉青云以泛滥游兮，忽临睨夫旧乡。仆夫怀余心悲兮，边马顾而不行。思旧故以想象兮，长太息而掩涕。”它包含着诗人对自身的问询与反思，一种巨大的空间焦虑与身体焦虑一道而生，共同附着在空间本身的物质存在中而思恋难舍。

2. 步步回首式。《哀郢》描绘了郢都的城市面貌及发达的水陆路线，并以水路和郢都之城门来体现所恋故土的空间感。诗人离去时所行水路路线为：“遵江夏以流亡”→过夏首而西浮→上洞庭而下江→背夏浦而西思→“当陵阳之焉至兮”。郢都密布的水道除了有转换空间的意味外，也成为诗人一路一回首的心境写照——轸怀、叹息、伤怀、心絓结、思蹇产……。这种心境正如海德格尔所说：“‘接近故乡’就是接近万乐之源（接近极乐），故乡最玄奥、最美丽之处恰恰在于对这种本源的接近，绝非其他。所以，唯有在故乡才可亲近本源，这乃是命中注定的。正因为如此，那些被迫舍弃与本源的接近而离开故乡的人，总是感到那么惆怅悔恨。”[②]在诗中，郢都之城门亦不断被闪回：由国门而闾门，由龙门而东门。据朱熹解：“闾为郢都

① 何新文、彭安湘：《离去现实忧患，解脱生命痛苦》，《江汉论坛》，2019年第6期。

② ［德］海德格尔：《人，诗意地栖居》，南宁：广西师范大学出版社2000年版，第69页。

里门；龙门是郢都南门之一，另一是修门；东门为郢都东关二门。”[①] 门是伴随着屋宇而存在的，故其最原始的意味是指向家园的，而国都之门，更有着深广的家国象征意味。“哀故都之日远”，诗人最终只能“登大坟以远望”，企图凭借一望无际的视野纾解忧心，无奈竟勾起更深沉的思念。

3. 漫目流观式。林云铭称“《涉江》以下六篇，方是顷襄放之江南所作，初放起行，水陆所历，步步生哀……既到江南，触目所见，借以自写”，“《哀郢》所云九年不复者，痛其在迁所日久”“不能归骨于郢为根”[②]。此语较为精准地道出了屈原转蓬离根之际的心路变化。而《哀郢》中“曼余目以流观兮，冀壹反之何时。鸟飞反故乡兮，狐死必首丘”的表述，更是将这种思慕之情推向了极致。诗人借助漫目流观的方式，反思一己的生活空间、乃至生命空间，通过复原、营造甚至超越物质现实的魂梦手段（如“魂一夕而九逝”）找寻自己的生命痕迹，找寻自己的生命故乡，进而抵达高远诗意的精神世界、理想世界。

无疑，屈骚中“旧乡、故乡、故土、故都、故居、故宇、故室”等具有复现关系的语词或表述一再出现在诗篇中，正是基于这是一个有意义的地理空间的缘故。诗人生于斯长于斯的归属感，因“去终古之所居”而产生的弃逐感、失落感和“魂一夕而九逝”的回归感，全部含融其中、流转其中，最终在“至今九年而不复”的时空阻隔中化为无穷无尽的思慕。

（二）“反本寻根”：指向文化层面上的精神家园

司马迁评述《离骚》时曾论到“人穷则反本”[③]，“是说持‘中正’理性人格而招致穷困不达的屈原，离乡背井，备尝长期放逐的艰辛和痛苦，极容易激起他生命的‘反本’冲动。……而且，无意识的冲动把他个体生命融汇到了楚民族的文化历史的长河中”[④]。实际上，屈原不惟从时间维度追溯到整个楚民族，乃至远古的东方民族的“邃古之初”，还从空间维度追忆了楚民族曾经的“存在空间”（existential space）。同时，他还以生理血缘情感（如《离骚》首句）寻求文化血缘之根。“寻根这个措辞是一种隐喻。……寻根的隐喻把人的文化归属心理表达成一种具有普遍性的生物法则。其背后的实质却是文化（身份）认同问题，是文化认同的一种方式”。[⑤]尽管“文化寻根”具有极为丰富的文化蕴涵，但其本原之根依然还是在“家园”。

① 朱熹：《楚辞集注》，南宋端平二年朱鑑刊本。

② 崔富章、李大明主编：《楚辞集校集释》，武汉：湖北教育出版社，2003 年版，第 1267 页。

③ 司马迁：《史记》，北京：中华书局，1982 年版，第 2482 页。

④ 黄灵庚：《〈离骚〉：生与死的交响曲》，《中国诗歌研究》，2003 年第 3 辑。

⑤ 叶舒宪：《西方文化寻根的“原始情结——从〈作为哲学家的原始人〉到〈原始人的挑战〉》，《文艺理论与批评》，2002 年第 5 期。

为了彰显出这种文化层面上的精神“家园感”（sense of home），诗人以“天地”“荆楚”“郢都”为三个核心空间层序，以神话、巫术、历史、现实诸维度，开启了精神家园的反本寻根之旅。

源于对昆仑的实际地理认知及前代神话传说的影响，昆仑无一例外地被诗人描绘成西方的神山。虽然作品中诗人对昆仑这一完美的异度空间[①]进行的超现实的“远游”和“上征”，在表层上具有精神突围的意义，但深层上却是对神话原型意义的进一步演绎：回归帝高阳、少昊、祝融等远古的楚人先祖的“故居”，回溯楚先民历史迁徙的路线。因之，昆仑作为神话原型的空间，因是楚之先祖曾经的生存地而极具历史厚重感，故深化了屈原“思乡”情结的思想高度与文化厚度。

在《招魂》与《大招》的巫术招魂复魄仪式中，亦寄寓着诗人对故园的认同与依恋。诗人对游魂呼唤、引导之际，铺写了一个源远流长、内涵丰富的“四方”及“六面”原始宗教空间。与其时以华夏为中心的“四方”民族地理划分观念相似的是，在这一个恢诡谲怪的空间，诗人以“荆楚”“空桑”为情绪的汇集中心，称其为“故居”。必须明了的是，屈骚作品中的“故乡、故居”等指称不仅仅只作为诗人所熟稔的具体、切近的空间单位，同时，还指由此引申而来的带有象征、抽象意味的一族之所，一国之地。所谓“自恣荆楚，安以定只”“魂兮归来，定空桑只”，应该是指“楚人传统文化意义上的、经过历史洗炼过的、超验的精神家园”。[②]

除丰厚的楚民族巫卜文化外，现实地域物产亦为诗人提供了强大的情感动力。早年诗人以橘树言志，以“橘生淮南则为橘，生于淮北则为枳”的择地质性，歌颂橘树“深固难徙，更壹志兮”（《橘颂》）的坚贞和忠诚。这可看作为诗人对“南国”这一广义的家园根深蒂固（rootedness）的爱恋。

余论

需明了的是，地学发展伊始，在知识的结构上并非一门知识形式，而是一门知识领域。尤其在先秦时期，地学容纳了许多知识系统，如宗教、鬼神、巫术、天文等，具有博杂、繁芜的特点。屈原引入具此特点的地学知识进入诗歌创作，在诗歌地理学上的意义也颇为重大。

首先，与以天子统治的王城为中心，以殷土 / 周土—四方—海外的顺序重层展开的《诗经》中的地理观不同的是，屈骚中不但有对中原典籍“地方九则”“九州

---

① 印志远：《论〈楚辞章句〉中的三种昆仑模型》，《扬州大学学报》，2018 年第 3 期。

② 黄灵庚：《〈离骚〉：生与死的交响曲》，《中国诗歌研究》，2003 年第 3 辑。

安错”的接受和反思，而且还兼具有“以昆仑山为世界中心，天下在其东南”①的地理观。因此，尽管《诗经》中的地理要素也颇为丰富，但其空间意味终究落实在“诗可以观广谷大川异制，民生其间者异俗，刚柔、轻重、迟速异齐，声音之道，与政通矣”②的质实层面。诗人与空间保持着距离，不具有关联性或关联性不大。而屈骚在通过诗人地学知识的熏染和过滤后，其由点到线到面到体的空间图式，既具有具象可视的自然和文化景观，而且承载、满盈着丰厚的情感和意义以及神奇诡谲的南国气息。诗人就存在于此空间，且“恒常地在那里，恒常地在情境中，恒常地在其所在而不停息地有所为”③。

其次，随着地学知识的不间断增长，屈骚经由宋玉的过渡，在由骚向赋的文体转换过程中，其诗性空间中具象可视的自然和文化景观被放大，创作主体的个人情感份量缩小，地学视野被扩充至更广远之域。至汉代，赋诸种体类所涉及的空间层面更多样，呈现相互交错、渗透、重叠的关系，并发展出空间叙事与时间叙事互为依存，现实空间与想象空间互为补充以及表层结构与空间意义互为支撑的鲜明特征和宏大巨丽的审美趣味④，而终成为一门“空间的艺术”。

总之，屈骚的“诗性空间”，是在经过诗人主体的审美观照后，作为客体的地理空间形态逐步让位于想象的地理图景的。它既是诗人对世界的一种充满诗意的认知方式，也积淀、超越、升华出其独特的精神意义。它是凝结着的特定楚地历史（时间）与地理（空间）的结晶，也是诗人地学知识与艺术才华的完美结晶，千百年来始终释放着屈原对于宗国、故土忠爱而执着的暖意和光芒！而且，屈骚营造的“诗性空间”，不只在文体变革上具有承上启下的作用，而且在诗歌地理学史上也具有重要的价值和地位。

---

① [日]渡边信一郎：《中国古代的王权与天下秩序》，北京：中华书局，2008 年版，第 72 页。

② 王应麟：《诗考·地理考》，北京：中华书局，2011 年版，第 179 页。

③ 潘朝阳：《心灵·空间·环境：人文主义的地理思想》，台北：五南图书出版股份有限公司，2005 年版，第 84 页。

④ 彭安湘、高爱华：《“空间的艺术”：汉赋空间叙事的演进、类型及其美学特征》，《辽东学院学报》，2016 年第 2 期。

从《惜誓》《吊屈原赋》看“吊屈”文学传统的确立

北京语言大学 李 静

摘 要：《惜誓》《吊屈原赋》是贾谊悲悼屈原的两篇作品，从《惜誓》的明哀屈原暗喻自身到《吊屈原赋》的关注自我述说己悲，贾谊将“吊屈”的主体对象从屈原转移到了自身，这种“吊屈”传统延续至后代，当文人士大夫怀才不遇之时，也效仿贾谊通过“吊屈”或“吊贾”来抒发自身不遇，寻求精神上的慰藉。

关键词：《惜誓》；《吊屈原赋》；“吊屈”

贾谊，西汉著名的政论家、文学家。他才识过人，年少有为。汉元帝时，贾谊被征召为博士，后擢升太中大夫，不久即遭到朝臣排挤，出为长沙王太傅。大起大落的现实人生打击了意气风发的雄心少年版，无法在现实人生找到知音的他，因为相同的人生境况，与百余年前的屈原在南楚之地不期而遇。在这期间，他留下了《惜誓》《吊屈原赋》《鵩鸟赋》等作品，这些作品不仅表现出贾谊在贬谪期间内心世界的变化，也为之后的文人们提供了一种新的抒情模式。

一、“吊屈”：从悲悼屈原到哀叹身世不平

“吊屈”一词，广义上可以解释为凭吊屈原，为了纪念大诗人屈原所生发的动作行为都可称为“吊屈”，狭义上指后人哀悼屈原抒发身世不平之典。张忠纲编《全唐诗大辞典》解释为：“汉贾谊遭谗被贬为长沙王太傅，意不自得，过湘水，作《吊屈原赋》以自伤。后因以‘吊屈’为哀叹身世不平之典。”[①] 本文讨论的“吊屈”是指后者，贾谊悲悼屈原时，在作品中加入了对自我的思考，作品主旨从追愍屈子到自述己悲。由于贾谊与屈原的身世命运是相似的，他们都少年得志，高才远识，但是才高遭妒，黑暗的政治环境将他们推向了南楚之地。同样的空间环境让贾谊与屈原在精神境界上达到了高度的共鸣。故“吊屈”延续至后代，从以“骚”吊屈，

① 张忠纲主编：《全唐诗大辞典》，北京：语文出版社，2000 年版，第 571 页。

到以悲悼先贤来抒发自身之不平，内涵逐步丰富。

《惜誓》直承《惜诵》，以“骚”写就。“惜”字为怜悯之意，关于《惜誓》作者，王逸在《楚辞章句》中说本篇作者“或曰贾谊，而疑不能明”。洪兴祖、朱熹等人则因“其间数语与《吊屈赋》词旨略同”定为贾谊所作。王夫之《楚辞通释》释“惜誓”二字曰：“惜誓者，惜屈子誓死，而不知变计也。”又言“而辞有详略。盖谊所著作，不嫌复出类如此，则其（指《惜誓》）为谊作审矣。”他认为其主旨、手法、用词均与《吊屈原赋》相类，认为《惜誓》作者是贾谊。学界也多认为《惜誓》是贾谊作品，在没有更多的考据之前，本文认同《惜誓》是贾谊所作，不仅伤悼屈原，还以屈原口吻控诉不公之事。

《文心雕龙·哀吊》认为《吊屈原赋》是吊文的首出之作，贾谊被贬卑湿之地抑郁苦闷，渡湘水时悲悼屈原，对屈原坎坷遭遇生出异代同悲之感，写下《吊屈原赋》。自贾谊之后，后人“吊屈”多用骚体。《吊屈原赋》则同屈原的《离骚》一样表现了愤世嫉俗的感情，是贾谊借屈原自喻，抒发了自己的一腔愤懑。

总之，《惜誓》《吊屈原赋》都以“吊屈”为主题，尽诉贾谊心志。这种“吊屈”传统，在后世文学创作中源远流长。

二、《惜誓》：“竭忠诚而事君”精神的一脉相承

屈原“忠而被谤”，被流放至沅湘一带，但心系楚国频危处境，“吾不能变心以从俗兮，固将愁苦而终穷”①（《涉江》），他的作品中满溢着对社稷的关注。“惟夫党人之偷乐兮，路幽昧以险隘。岂余身之惮殃兮，恐皇舆之败绩！”（《离骚》），更是看出屈原独立于世，追求光明，在困境中仍对楚国坚定不移的态度。楚辞是中国诗歌个人创作的源头，而屈原在他的楚辞作品中倾诉了他九死不悔的高洁人品和追求理想的崇高境界，正是他伟大的人格和独特的人生经历，使得楚辞作品不仅在风格内容上有独特魅力，更在思想精神上深刻影响了后代学者。

贾谊的《惜誓》在艺术上直承楚骚，在情感上同情屈原。这种同情也是他自我消解的一种方式。因为屈贾相似的人生经验，司马迁《史记》将屈原与贾谊合传，故后世论贾谊，常与屈原并举。

屈原笔下，香草、美人、善鸟、嘉树均成为孤忠不平者的自喻。《九章·哀郢》有：“鸟飞返故乡兮，狐死必首丘。”《离骚》有：“惟草木之零落兮，恐美人之迟暮。”而在贾谊的作品中，除了以物自喻，又加入了以屈原自喻的情况。《惜誓》

① 洪兴祖撰、白化文点校：《楚辞补注》，北京：中华书局，1983 年版，第 128 页，下引同。

全文模拟屈原的语气，悲叹无罪受谗而被弃逐出郢都的愤懑之情。贾谊在赞赏屈原人生态度的情感基础上，抒发与先贤相通的高洁志向。这种以人生境遇或思想观念的人为喻体，其实是贾谊以喻体即屈原的身不由己来表明自己的无奈，更以屈原的高洁自持来体现自己的坚毅高远。

王夫之《楚辞通释》云：《惜誓》“文词瑰玮激昂，得屈宋之遗风，较东方朔等人的‘无情’之作为高”。王夫之所提到的“情”正是指出了《惜誓》对楚辞作品的一脉相承，在楚辞中“抒情”而非“言志”，正是《惜誓》在思想内容上相比其他拟骚之作更“有情”的地方。贾谊又在以抒情为本的楚辞中以议论为主。李泽厚在《中国美学史》中提道：“个体情感的要求本身就是理性的要求，理性的要求不是处在情感的要求之外，和情感的要求相对立，对情感的要求加以窥伺防范的东西。只有当理性和情感达到这种内在的互相融贯和统一的时候，才可能有真正意义上的审美和艺术创造。从中国古代艺术的发展来看，屈原的作品正是这种统一的充分完满的实现。”[①] 屈原的作品中有对国家的“忠”，也有对不平的“怨”。这两种情绪在他的作品中是流动的，所以他的作品塑造了一个真实而浪漫的“屈原”形象。《九章·惜诵》篇末发出疑问：“矫兹媚以私处兮，愿曾思而远身。”而《惜誓》则是对屈原疑问的回答，“彼圣人之神德兮，远浊世而自藏”。对屈原在《惜诵》中的疑问给予了肯定的回复。《惜誓》可以看作贾谊为《惜诵》写的一篇续文，为屈原的彷徨、迷茫做了解答。《惜诵》提道：“所非忠而言之兮，指苍天以为正。令五帝以折中兮，戒六神与向服。俾山川以备御兮，命咎繇使听直。”他最开始提到远古之神只是为了向君主表明忠心，而《惜誓》中贾谊提到“登苍天而高举兮，历众山而日远。观江河之纡曲兮，离四海之沾濡。攀北极而一息兮，吸沆瀣以充虚”却是一幅成仙以后的理想生活画图。同样是提到神灵，贾谊对政治的关注开始立足于自身，他后面又发出议论：“比干忠谏而剖心兮，箕子被发而佯狂。”认为仁人尽节却还是“伤身之无功”。以先贤的经历来劝说屈原不必执着，更是提出“使麒麟可得羁而系兮，又何以异乎犬羊？”来疏解自己和屈原遭受谗侮的不平之情。

《惜誓》既有《远游》中对理想世界的奇异畅想，又有《惜诵》中忠臣不舍仁义的矛盾心理。贾谊拟用屈原的口吻，在《惜誓》中与屈原做出了不同的选择，不再执着比作鸾凤“见盛德而后下”，与《远游》的想象不一样，贾谊更为现实，《惜誓》就是他试着把自己放在屈原的政治环境中，想象会做出的选择，这种自喻式的怀念是贾谊对屈原的尊重，也是对自身不遇的疏解。《惜誓》主旨众说纷纭，如果贾谊以屈原自喻，那在他笔下的“屈原”并非他对屈原的不认可，只是他以屈原暗喻自己，

① 李泽厚：《中国美学史》第1册，北京：中国社会科学出版社，1984年版，第380页。

所以他笔下的“屈原”是他自己。而选择屈原作为喻体，更说明在贾谊心中屈原是高洁、美好的化身，这是贾谊悲悼屈原的一种独特方式。

三、《吊屈原赋》：“吊屈”文学传统的确立

《史记·屈原贾生列传》载：“贾生既辞往行，闻长沙卑湿，自以寿不得长，又以适去，意不自得。及渡湘水，为赋以吊屈原。”① 司马迁将屈原、贾谊合传，记录了贾谊过湘水凭吊屈原所作的《吊屈原赋》。刘勰《文心雕龙·哀吊》：“自贾谊浮湘，发愤吊屈，体同而事核，辞清而理哀，盖首出之作也。”② 认为《吊屈原赋》是哀吊文的首出之作。马积高先生在《赋史》中认为：“‘赋’是一种‘不歌而诵’的文体，他既不包括具有某种特定社会作用的不歌的诗体如篇、铭、颂等，也不包括具有某种特殊的社会作用的韵文如诔、祭文（有韵的）等，但吊文多是赋，更不包括后起的五七言诗。”③ 自贾谊之后的哀吊文，尤其是吊屈文的文体选择很大程度上受到了《吊屈原赋》的影响。

《惜誓》中贾谊拟屈原自喻，没有直接表达内心的想法，更多的是潜台词：“彼圣人之神德兮，远浊世而自藏。使使麒麟可得羁而系兮，又何以异乎犬羊？”而在《吊屈原赋》中他就直白多了：“所贵圣人之神德兮，远浊世而自藏；使骐骥可得系而羁兮，岂云异夫犬羊？般纷纷其离此尤兮，亦夫子之故也。瞝九州而相君兮，何必怀此都也？”④ 直接指出屈原杀身成仁不是最好的选择，这也是后人历来批判贾谊之处，认为他对屈原并不是真正的理解。其实正是从贾谊对屈原的评述中“国其莫我知兮，独壹郁其谁语？凤漂漂其高逝兮，固自引而远去”，可知他是最知道屈原的无可奈何的，因为他们都是敏感而清醒的政治家。其实对贾谊的身份进行分析就不难理解了，对于先秦士人阶层以及两汉以后的士大夫阶层来说，士人天生就是“政治的动物”。屈原在《离骚》中强调修身：“民生各有所乐兮，余独好修以为常！”“汝何博謇而好修兮，纷独有此姱节？”“苟中情其好修兮，又何必用夫行媒？”屈原在“修身”问题上与先贤们是一样的，希望用“修身”来获得智慧和美。“饭疏食饮水，曲肱而枕之，乐亦在其中矣”是淡然的智慧。“浴乎沂，风乎舞雩，咏而归”是寄情山水的“道”。先秦士大夫们认为如果“大道”无法行的话，修身养性以此

---

① 司马迁著：《史记》，武汉：崇文书局，2010 年版，第 494 页。

② 刘勰著：《文心雕龙》，南京：凤凰出版社，2011 年版，第 25 页。

③ 马积高著：《赋史》，上海：上海古籍出版社，1987 年版，第 4 页。

④ 费振刚、仇仲谦、刘南平校注：《全汉赋校注上》，广州：广东教育出版社，2005 年版，第 3 页，下引同。

来获得内心的充实与安宁，时刻以最好的状态为政治服务。所以贾谊在文中自我安慰：“章甫荐履，渐不可久兮。”其实这是对他自己所言，并不是对屈原。

贾谊在写《吊屈原赋》时更多是跳脱了“士”的身份，而是一个追求与屈原精神境界有共鸣的文人，所以他将这种思考更多的是放在关注自我身上。这是他超出政治家之外的身份对屈原境况的观照，也是贾谊“吊屈”的一个重要特点。《惜誓》是贾谊以屈原暗喻自身境况，他以屈原口吻写就，所以是以“士”的身份对屈原进行悲悼，而《吊屈原赋》是贾谊“谊追伤之，因自喻”，所以他在赋中抒发的更多是自己个人的情感。“吊屈”的目的其实是贾谊从自我政治遭遇出发，为了和屈原达到一种精神上的高度共鸣，同时他将这种探寻自我的思考寓于辞赋之中，开拓了赋的表现领域，也丰富了“吊屈”的内涵。

四、“吊屈”文学的发展

贾谊作品中的“吊屈”从《惜誓》的明哀屈原暗喻自身到《吊屈原赋》的关注自我述说己悲，使吊文的目的发生了改变，吊文本来的对象是安慰逝者家人，但当凭吊的对象是作者的精神寄托时，就变成了一种文学传统。自贾谊之后，借别人之不遇抒自己心中之不平的这种“吊屈”文学开始成为文人士大夫疏解自己的一种方式。如胡广的《吊夷齐文》、阮瑀的《吊伯夷文》、王粲《吊夷齐文》、李充的《吊嵇中散》、东阳太守袁宏妻李氏的《吊嵇中散文》。虽然这些作品凭吊的对象发生了变化，但是这种“吊屈”传统确未发生改变，都是追寻相似人生境遇的先贤以解救自身的精神困境，且都是以赋写就。后柳宗元的《吊屈原文》也是以骚赋的形式写成，可见自贾谊之后以“骚”吊“屈”的传统一直沿袭。

唐之后“吊屈”更少以完整的文篇出现，但这种以屈原和贾谊自喻用以抒发自身不平的传统在诗歌中经常出现。如张九龄《酬王履震游园林见贻》中：“孟轲应有命，贾谊得无冤。”[①]感慨孟轲和贾谊的失意和冤屈，并以之比况自己和友人的境地。杜甫《建都十二韵》：“牵裾恨不死，漏网辱殊恩。永负汉庭哭，遥怜湘水魂。”[②]杜甫在这首诗中将贾谊和屈原并举，写了无法像贾谊一样回归朝廷，陷入了和屈原一样的绝望。他来到长沙时还写下《入乔口》：“贾生骨已朽，凄恻近长沙。”[③]字里行间流露悲戚之情。孟浩然《晓入南山》：“贾生曾吊屈，予亦痛斯

① 彭定求等编：《全唐诗·卷四十九》，北京：中华书局，1960年版，第599页。
② 杜甫著，仇兆鳌注：《杜诗详注》第2册，第775页。
③ 杜甫著，仇兆鳌注：《杜诗详注》第2册，第1974页。

文”[①]，雍裕之《听弹沈湘》“贾谊投文吊屈平，瑶琴能写此时情”[②]，也都是作于作者不遇之时。刘长卿作《长沙过贾谊宅》：“汉文有道恩犹薄，湘水无情吊岂知。”[③]诗人过贾谊宅，凭吊贾谊，抒发了自己被贬的悲愤和不满。

王禹偁被贬谪解州时写下《自咏》：“宁同贾生恨，自比老莱身。”[④]李新被贬遂州时所作的《过冯十夜饮见烛花有作》，其中有“贾谊长才空赋鹏，东陵余地欲栽瓜”[⑤]之句。他们在“吊贾”的诗歌中关注的都是自我内心的价值，试图寻找自身的人生价值。这和贾谊在“吊屈”中所追寻的是一致的。这是贾谊为士大夫找到的一种慰藉方式，当理想与现实有落差时，当仕途陷入困境无可奈何时，跳出纯粹的士大夫身份，穿越时空与先贤在精神上找到共鸣，以此达到内心的平静。

贾谊形象典型化的原因，首先是在“士”的身份上，贾谊和屈原一样，有竭尽忠君的精神和对国家深切的关注。其次，身处困境时，贾谊又比屈原更为达观，“吊屈”是贾谊找到疏解理想与现实的矛盾的一种方法。所以，当后代文人士大夫怀才不遇时，屈原和贾谊是他们追寻的重要精神力量。

① 周振甫主编：《唐诗宋词元曲全集全唐诗》第3册，合肥：黄山书社，1999年版，第1139页。

② 周振甫主编：《唐诗宋词元曲全集全唐诗》第9册，合肥：黄山书社，1999年版，第3783页。

③ 彭定求等编：《全唐诗》卷一百五十一，北京：中华书局，1960年版，第1566页。

④ 北京大学古文献研究所编：《全宋诗》卷六五，北京：北京大学出版社，1998年版，第731页。

⑤ 北京大学古文献研究所编：《全宋诗》卷一二六〇，北京：北京大学出版社，1998年版，第14211页。

骚怨传统、文化记忆与王昭君形象的文学建构

广东技术师范大学　杨　华

摘　要：从《汉书》到《后汉书》，是昭君故事要素体系不断丰富和形成的过程，也是她从和亲宫女定型为“昭君怨”形象的过程。此过程是在汉魏六朝以悲为美的时代风尚和以《离骚》为代表的辞赋作品所形成的骚怨传统中孕育而成的。王昭君的“美人”形象即是在“香草美人”的骚怨传统中生长出来的。她超越了美的外表，指向美的人格和精神，指向君子。从总体上来说，王昭君形象是一种根植于文化记忆、骚怨传统的文学建构。唐代以降，随着咏史诗的发展和成熟，“昭君怨”形象在诗歌中获得了相应的经典化。这些诗歌从外表到内心、从个人到社会、从偶然到必然等不同的层面建构了王昭君的文化身份。元杂剧《汉宫秋》用带有现实色彩的昭君故事，展示了一个多重层次又相互交融的悲剧世界，铸就了超越时空的文学典范，赋予了王昭君要眇弘深的“美人”韵致和庄严崇高的“自由意志”。王昭君是普遍人性意义中的君子，是超越现象世界的美人，是我们民族集体构建的一种自我形象，是我们身份认同的象征。

关键词：骚怨传统；文化记忆；王昭君；文学建构

王昭君，出塞和亲，名留史册。东汉以降，她的故事和形象在历代文学（诗歌、词、曲、散文、戏剧、小说等）及艺术（绘画、音乐、戏曲表演等）作品中不断被记忆、想象或重构，并由此形成了各具规模和特色的昭君文学、昭君画、昭君戏（舞台表演）等艺术类别。其中，文学作品不但形式多样，而且数量巨大、内容宏富、影响深远，已成为中国文学史上不可忽视的存在。自20世纪20年代以迄于今，特别是改革开放以来，学界关于王昭君及其形象的研究成果已相当丰富。[①] 尽管如此，仍有若干重要问题有待进一步阐明。尤其是如何从总体上把握王昭君这一“历史—文学”形象的建构方式及其生成因由，进而如何恰切地解释这一形象所承载和表现的文学、文化内涵，尚需深入探讨。今不揣谫陋，略陈管见于次，祈请方家赐教。

---

① 关于王昭君的研究综述可以参看张文德《王昭君故事的传承与嬗变》（学林出版社，2008年版）一书“前言”的相关内容，此处不赘。

一、王昭君的出场与“昭君怨”形象的定型

王昭君，最早见于东汉班固《汉书·元帝纪》：“竟宁元年春正月，匈奴呼韩邪单于来朝。诏曰：‘匈奴郅支单于背叛礼义，既伏其辜，呼韩邪单于不忘恩德，乡慕礼义，复修朝贺之礼，愿保塞传之无穷，边垂长无兵革之事。其改元为竟宁，赐单于待诏掖庭王檣为阏氏。’”[①]竟宁元年即公元前 33 年，匈奴来朝，汉元帝应呼韩邪单于的请求，让“待诏掖庭”的宫女王檣（即昭君，“檣”后又作“嫱”。晋时，因避司马昭之讳，改称明君或明妃）出塞和亲。此事还见于该书《匈奴传》。昭君出塞第三年，呼韩邪单于就去世了，两人育有一子。后王昭君又从胡俗再嫁呼韩邪长子复株累单于，并育有二女。以上即《汉书》所记王昭君故事的大体内容。同《汉书》中别的和亲故事一样，昭君此事也记载得十分简要，甚或平淡无奇。不过，与历史上其他和亲女子大多声名不彰的情形不同的是，王昭君引起了一代又一代人们的广泛关注，获得了某种意义的不朽。

班固之后，署名东汉蔡邕的音乐文献《琴操》，著录了托名王昭君所作的《怨旷思惟歌》（一名《昭君怨》），并有详细的解题，在《汉书》的基础之上第一次比较生动细致地构建了王昭君的形象。解题曰：

> 王昭君者，齐国王襄女也。昭君年十七时，颜色皎洁，闻于国中。襄见昭君端正闲丽，未尝窥门户，以其有异于人，求之皆不与。献于孝元帝，以地远既不幸纳，叨备后宫。积五六年，昭君心有怨旷，伪不饰其形容。元帝每历后宫，疏略不过其处。后单于遣使者朝贺，元帝陈设倡乐，乃令后宫妆出。昭君怨恚日久，不得侍列，乃更修饰，善妆盛服，形容光辉而出。俱列坐，元帝谓使者曰：“单于何所愿乐？”对曰：“珍奇怪物，皆悉自备。唯妇人丑陋，不如中国。”帝乃问后宫，欲一女赐单于，谁能行者起？于是昭君喟然越席而前曰：“妾幸得备在后宫，粗丑卑陋，不合陛下之心，诚愿得行。”时单于使者在旁。帝大惊，悔之，不得复止。良久，太息曰：“朕已误矣！”遂以与之。昭君至匈奴，单于大悦，以为汉与我厚，纵酒作乐。遣使者报汉，送白璧一双，骏马十匹，胡地珠宝之类。昭君恨帝始不见遇，心思不乐，心念乡土，乃作《怨旷思惟歌》曰……昭君有子曰世违，单于死，子世违继立。凡为胡者，父死妻母。昭君问世违曰：“汝为汉也，为胡也？”世违曰：“欲为胡耳。”昭君乃吞药自杀。

① 班固：《汉书》卷九，北京：中华书局，2012 年版，第 256 页。

单于举葬之，胡中多白草，而此冢独青。[①]

这段文字，模拟史传笔法重构了王昭君的身世和经历。其中，王昭君美貌出众，入宫之后却不被幸纳，因“心有怨旷”而主动请行等情节，尤为引人注目。在这里，她变成了积怨辞宫、衔怨入胡、含怨而终的悲剧形象。显然，就史实层面而言，此解题与《汉书》违戾之处不一而足，但这并不妨碍它成为王昭君形象文学建构过程中奠基性的开端。毕竟，“对于文化记忆来说，重要的不是有据可查的历史，而只是被回忆的历史”。[②]无论如何，“怨”成了王昭君艺术存在的基本格调，在文学史上有着深远影响的“昭君怨”形象正是肇生于此。

颇值一提的是，上面说到的《怨旷思惟歌》[③]，实则脱胎于《汉书·西域传》所载的“乌孙公主歌”[④]。乌孙公主，即汉武帝时江都王刘建之女刘细君，曾远赴西域和亲。显然，《琴操》把其他的和亲故事嫁接到了王昭君身上。通常而言，这有利于王昭君形象的典型化。西晋石崇有《王明君辞》诗并序，其在序中说：“匈奴盛，请婚于汉，元帝以后宫良家子昭君配焉。昔公主嫁乌孙，令琵琶马上作乐，以慰其道路之思。其送明君，亦必尔也。”[⑤]明李诩《戒庵老人漫笔》曰：“熟参此序，乃知昭君出嫁之时未必以琵琶寄情，特后人想像而赋之耳。”[⑥]这里直接将乌孙公主琵琶作乐的出塞情形比附到王昭君身上，与《琴操》的做法如出一辙，只不过表现得更加径直罢了。该序紧接着又说“其造新曲，多哀怨之声”。[⑦]乌孙公主“琵琶马上”的故实载籍乏闻，难以寻考。然而，琵琶作为“昭君怨”形象的特殊元素和重要符号，就此进入了文化记忆之中却是无可争辩的事实。

署名东晋葛洪的笔记小说《西京杂记》，为王昭君入宫多年却缘何得不到皇帝宠幸提供了一种饶有兴味的解释：“元帝后宫既多，不得常见，乃使画工图形，案图召幸之。诸宫人皆赂画工……独王嫱不肯，遂不得见。”[⑧]后来，“匈奴入朝，

① 蔡邕撰，孙星衍校辑：《琴操》卷下，平津馆丛书本，《续修四库全书》第1092册，上海：上海古籍出版社，2002年版，第158页。

② [德]扬·阿斯曼著，金寿福、黄晓晨译：《文化记忆——早期高级文化中的文字、回忆和政治身份》，北京：北京大学出版社，2015年版，第52页。

③ 其词为：秋木萋萋，其叶萎黄。有鸟爰止，集于苞桑。养育毛羽，形容生光。既得升云，获幸帷房。离宫绝旷，身体摧藏。志念幽沉，不得颉颃。虽得委食，心有徊徨。我独伊何，改往变常。翩翩之燕，远集西羌。高山峨峨，河水泱泱。父兮母兮，道里悠长。呜呼哀哉，忧心恻伤。

④ 其词为：吾家嫁我兮天一方，远托异国兮乌孙王。穹庐为室兮旃为墙，以肉为食兮酪为浆。居常土思兮心内伤，愿为黄鹄兮归故乡。参见《汉书》卷九十六下，北京：中华书局，2012年版，第3343页。

⑤ 萧统编，李善注：《文选》卷二七，北京：中华书局，1977年版，第393页。

⑥ 李诩撰，魏连科点校：《戒庵老人漫笔》卷三，北京：中华书局，1982年版，第98页。

⑦ 同⑤。

⑧ 葛洪：《西京杂记》卷二，北京：中华书局，1985年版，第9页。

求美人为阏氏。于是上案图，以昭君行。及去，召见，貌为后宫第一，善应对，举止闲雅。帝悔之，而名籍已定，帝重信外国，故不复更人。乃穷案其事，画工皆弃市，籍其家，资皆巨万。”① 在这些被元帝“弃市”的画工中有一位最擅“人形”的叫毛延寿。此说的主体内容后为南朝宋刘义庆《世说新语》所承袭，从该书序目的分类来看，王昭君被纳入了“贤媛”之列。《世说新语》作为“志人”的经典，它的文献效应和审美效应对昭君故事的传播及其形象的建构无疑有着积极的作用。

南朝宋范晔《后汉书·南匈奴传》，在叙述左贤王伊屠知牙师由于兄弟阋墙死于王权斗争的相关情况时，顺带补叙了其母王昭君的故事：

> 昭君字嫱，南郡人也。初，元帝时，以良家子选入掖庭。时呼韩邪来朝，帝敕以宫女五人以赐之。昭君入宫数岁，不得见御，积悲怨，乃请掖庭令求行。呼韩邪临此大会，帝召五女以示之。昭君丰容靓饰，光明汉宫，顾景裴回，竦动左右。帝见大惊，意欲留之，而难于失信，遂与匈奴。生二子。及呼韩邪死，其前阏氏子代立，欲妻之，昭君上书求归，成帝敕令从胡俗，遂复为后单于阏氏。②

以上所叙明显吸纳了《琴操》的相关内容，特别是“积悲怨”“丰容靓饰”等情节，酷肖其说，并使之从小说家言的行列获得了正史意义上的话语地位。仅此而言，《后汉书》与《汉书》已显见抵牾，它的真实性实在难足为凭，但是这种故事模式作为一种文化记忆延续了下来。至少，经过《后汉书》的转述，王昭君“美”而“怨”的形象在集体记忆中变得更加稳固。

从《汉书》到《后汉书》，是昭君故事要素体系不断丰富和建构的过程，也是她从和亲宫女定型为“昭君怨”形象的过程。问题在于，从《汉书》出场的王昭君为何会被建构和定型为这样的形象？

首先，汉魏六朝是一个以悲为美的时代。钱钟书《管锥编》在论王褒《洞箫赋》的相关内容时说：“按奏乐以生悲为善音，听乐以能悲为知音，汉魏六朝，风尚如斯。”③ 指出了汉魏六朝以悲为美的时代特点。就音乐艺术而言，这从蔡邕《琴赋》、阮籍《乐论》和嵇康《琴赋》中都不难看出。若就文学创作来看，以悲为美，风尚尤炙。如《古诗十九首》、《孔雀东南飞》、潘岳《金谷集诗》、王粲《公宴诗》、繁钦《与魏文帝笺》、王羲之《兰亭集序》等，皆有以悲为美的审美取向。江淹在《恨赋》中说：“若夫明妃去时，仰天太息。紫台稍远，关山无极……望君王兮何期，终芜绝兮异域。”④ 王昭君已然成为“饮恨吞声”的典型。清费经虞《雅伦》云：“怨

① 葛洪：《西京杂记》卷二，北京：中华书局，1985年版，第9页。

② 范晔：《后汉书》卷八十九，北京：中华书局，2012年版，第2365页。

③ 钱锺书：《管锥编》，北京：生活·读书·新知三联书店，2007年版，第1506页。

④ 江淹著，胡之骥注：《江文通集汇注》卷一，北京：中华书局，1984年版，第8—9页。

亦本于乐府，如玉阶怨，长门怨，昭君怨之类，又有怨诗、怨诗行、怨歌行、怨篇之类。"[①]可见，"怨"作为一种审美主题在汉乐府中已蔚成流行之势，"昭君怨"正是在这样的文学风气中孕育出来的。

如果说文学创作还只是一种自发的行为，那么在此时的文学理论中则完全形成了一种自觉的以悲为美的趣尚。刘勰《文心雕龙》在论建安诗风"雅好慷慨"的特点时说："良由世积乱离，风衰俗怨。"[②]尽管这还只是从文学鉴赏的角度指出了文学风格与社会"风俗"之间的联系，然而"衰""怨"之风经过集体的文学观照之后，自然也就不难形成以悲为美的时代潮流。钟嵘《诗品》评价此时的曹操就说"曹公古直，甚有悲凉之句"，[③]说曹植"情兼怨雅"[④]。该书列入上品的，几乎都是悲怨之作。曹旭说"怨"是钟嵘诗学理想的核心范畴之一，"'怨'为怨悱，代表了汉魏以来以悲为美的思想"[⑤]。又《诗品》序曰："嘉会寄诗以亲，离群托诗以怨。至于楚臣去境，汉妾辞宫。或骨横朔野，或魂逐飞蓬……凡斯种种，感荡心灵，非陈词何以展其义？非长歌何以骋其情？故曰：《诗》可以群，可以怨。"[⑥]这里楚臣即为屈原，汉妾当指王昭君。钟嵘独具眼光，把王昭君和屈原相提并论，其着眼点就在于他们都是"怨"的典型。

诞生于汉魏之际、定型于六朝之间的"昭君怨"形象，与此时以悲为美的风尚是一致的。此种风尚对"昭君怨"形象的生成无疑有推波助澜的意义。

其次，骚怨传统孕育了"昭君怨"形象。司马迁《屈原贾生列传》说："屈平正道直行，竭尽忠智以事其君，谗人间之，可谓穷矣。信而见疑，忠而被谤，能无怨乎？《国风》好色而不淫，《小雅》怨诽而不乱，若《离骚》者，可谓兼之矣。"[⑦]这段话着重指出了《离骚》兼得《风》《雅》精神，具有"怨"的审美特质。《离骚》之"怨"，义涉多方，虽不乏个人之怨，不过其真正目的绝不是为他自己个人叹苦嗟悲，而能超越自我，走向家国和人民。众所周知，《离骚》的自我形象是一个君子形象。有学者甚至更进一步说："孔子式的君子思想理论，屈原式的君子艺术形象，从思想和艺术两个方面为中国的人格走向规定了道路。"[⑧]因此，也可以说，"骚怨"实质上就是君子之怨。屈原有强烈的自我意识，对自我才能有高度的自信，其作品

---

① 费经虞：《雅伦》卷八，康熙四十九年刻本。

② 刘勰著，范文澜注：《文心雕龙注》卷九，北京：人民文学出版社，1958年版，第674页。

③ 钟嵘著，古直笺，曹旭集评：《诗品》卷下，上海：上海古籍出版社，2007年版，第54页。

④《诗品》卷上，上海：上海古籍出版社，2007年版，第21页。

⑤《诗品》导读，上海：上海古籍出版社，2007年版，第6页。

⑥《诗品》序，上海：上海古籍出版社，2007年版，第2页。

⑦ 司马迁：《史记》卷八十四，北京：中华书局，2011年版，第4册，第2184页。

⑧ 傅道彬：《中国文学的君子形象与"君子曰"的思想话语》，《文学评论》，2018年第4期。

表现出一种强烈的实现自我社会价值的执着精神和对自我道德人格的固持，其自我意识因蕴含了社会价值而显得崇高。[①] 所谓骚怨传统就是以《离骚》为代表的辞赋作品所形成的一种君子之怨及以“香草美人”为象喻方式来表现强烈的自我意识、对自我和社会双重固持的文学文化传统。从艺术本质上讲，骚怨传统是一种比兴传统。

中国自《诗经》以来，就有以男女、夫妇比喻君臣关系的文化传统，屈原更是将此作为一种思维方式发扬光大，别开新风。《离骚》即是以美人、妾妇自比的典范。莫砺锋说：“美女王昭君的冷落深宫、被遣远嫁的不幸，以及毛延寿等邪恶小人招权纳贿、间阻贤路，最容易拨动文人怀才不遇的情感和弦。所以昭君故事几乎就是怀才不遇主题的女性版本。这样，屈原自比美人的‘众女嫉余之蛾眉兮，谣琢谓余以善淫’就有了真实的人物形象作为载体，无怪乎诗人们要对昭君情有独钟了。”[②] 这段话敏锐地指出了王昭君与屈原之间的某些深层联系，莫氏是从“悲士不遇”的文学传统来观照唐宋诗中的王昭君，故有以上的结论。若对文学史作一种总体考察的话，王昭君不惟是“怀才不遇主题的女性版本”，更像是一个女性版本的屈原。恰切地说，王昭君形象一定意义上是在骚怨传统中生长出来的。

《汉书》对王昭君的形貌特征未予记载，东汉《琴操》出现之后，王昭君“颜色皎洁”“形容光辉”的美人形象才随之诞生。这也说明它并非历史事实，而是一种文学建构。《西京杂记》说王昭君“貌为后宫第一，善应对，举止闲雅”，这不能不令人想到自比美人、“娴于辞令”“出则接遇宾客，应对诸侯”[③] 的屈原。又说“诸宫人皆赂画工……独王嫱不肯”，这不也正是一个固持于自我道德人格的美人？王昭君由于不肯行贿而被画工丑化，以致不获皇帝垂幸，最终愤而请行，远嫁异域。这与屈原由于“信而见疑，忠而被谤”，以致被楚王疏远、放逐，又是何其的相似。因此，我们可以说，王昭君的美人形象即是在“香草美人”的骚怨传统中建构起来的。

承上而言，王昭君的美人形象超越了美的外表，指向美的人格和精神，指向君子，是外在与内在、具象与抽象、形下与形上的统一体。

二、“昭君怨”形象的经典化

（一）“昭君怨”形象在诗词曲中的经典化

“昭君怨”故事形成之后，便作为一种“被回忆的历史”成为历代文学家反复

① 王德华：《屈骚精神及其文化背景研究》，北京：中华书局，2004 年版，第 437 页。
② 莫砺锋：《怅望千秋一洒泪——浅谈唐宋诗中的贾谊和王昭君》，《古典文学知识》，1998 年第 5 期。
③ 《史记》卷八十四，北京：中华书局，2011 年版，第 2183 页。

书写的对象。清方都秦在《王嫱论》一文中说道："从来奸雄蔽主，妨贤嫉能，使才俊之士槁项黄馘，以若死于布褐者不知凡几。而古人谓是伤美人之颜色，蔽天子之聪明，可以比类而观，多借汉宫人王嫱一事托之骚赋诗歌词曲，以代著其悲愤淋漓之致。千载以下，遂莫不谓昭君怨者。"[①] 在各体文学中，诗歌作品出现得较早，且数量最多，成就也很突出。从诗歌分类学的角度来讲，昭君题材的作品属于咏史诗的范畴。一般而言，咏史诗立体于班固，定型于左思，到了唐代才普遍成熟。而随着咏史诗的发展和成熟，"昭君怨"形象较早地在诗歌中获得了相应的经典化。

蔡邕《怨旷思惟歌》和石崇《王明君辞》之后，历代咏昭君故事的诗作层出不穷。从诗歌发展史的角度而言，南北朝至唐初的作品，绝大多数是对"历史"的传述（极少数带有论述性质），总体上属于咏史诗中的"传体"（以诗述史）一类，所感发的志意基本上是在《怨旷思惟歌》和《王明君辞》所奠定的主题范围内徘徊。主要表达的是诸如远嫁别离、恋国思乡、塞外苦寒、华年易逝、丹青误人、蛾眉遭妒、红颜薄命之怨等。如南朝鲍照《王昭君》"既事转蓬远，心随雁路绝。霜鞞旦夕惊，边笳中夜咽"[②]、王褒《明君词》"兰殿辞新宠，椒房余故情。……惟余马上曲，犹作出关声"[③]、萧纪《明君词》"塞外无春色，边城有风霜"[④]、阴铿《昭君怨》"跨鞍今永诀，垂泪别亲宾"[⑤]、沈约《明君辞》"日见奔沙起，稍觉转蓬多。胡风犯肌骨，非直伤绮罗……始作阳春曲，终成苦寒歌"[⑥]、张正见《明君词》"塞树暗胡尘，霜楼明汉月。泪染上春衣，忧变华年发"[⑦]、隋代张文琮《昭君怨》"玉痕垂粉泪，罗袂拂胡尘。为得胡中曲，还悲远嫁人"[⑧]、初唐骆宾王《王昭君》"金钿明汉月，玉箸染胡尘"[⑨]等。这些作品大抵是以诗体传述"历史"，"除对历史人物与史实作一般吟咏外，对史实之外的东西没有更多的议论和寄托。我们姑且把这类作品称为传体咏史"[⑩]。由于这些诗歌过分依赖于史料，以史为诗，只能算是诗体的"历史"。不过，从中也显示出诗人们对"昭君怨"形象的充分认同。

① 方都秦：《梅谿文集》卷一，《清代诗文集汇编》，上海：上海古籍出版社，2010年版，第15页。
② 鲍照著，钱仲联增补集说校：《鲍参军集注》卷四，上海古籍出版社，1980年版，第205页。
③ 逯钦立：《先秦汉魏晋南北朝诗》北周诗卷一，北京：中华书局，2017年版，第2333页。
④《先秦汉魏晋南北朝诗》梁诗卷十九，北京：中华书局，2017年版，第1900页。
⑤《先秦汉魏晋南北朝诗》陈诗卷六，北京：中华书局，2017年版，第2541页。
⑥《先秦汉魏晋南北朝诗》梁诗卷六，北京：中华书局，2017年版，第1614页。
⑦《先秦汉魏晋南北朝诗》陈诗卷二，北京：中华书局，2017年版，第1395页。
⑧《全唐诗》（增订本）卷一九，北京：中华书局，1999年版，第213页。
⑨ 骆宾王著，陈熙晋笺注：《骆临海集笺注》卷四，上海：上海古籍出版社，1985年版，第113页。
⑩ 孙立：《论咏史诗的寄托》，《中山大学学报》（社会科学版），1997年第1期。

这类“传体”咏史诗，“近于史体，与诗的特质尚有不小的距离”[①]，而出史入诗的“比体”（蕴含寄托）咏史诗，则要到初唐以后才逐渐出现。如卢照邻《昭君怨》：“合殿恩中绝，交河使渐稀。肝肠辞玉辇，形影向金微。汉地草应绿，胡庭沙正飞。愿逐三秋雁，年年一度归”[②]，李端《昭君词》：“李陵初送子卿回，汉月明时惆怅来。忆着长安旧游处，千门万户玉楼台”[③]，令狐楚《王昭君》：“锦车天外去，毳幕雪中开。魏阙苍龙远，萧关赤雁哀”[④]等。这些诗歌虽然立足于史料，却并不过于粘着史料，对历史故实往往只是点到即止，不作细致的铺写，而能融通古今，超越时空，意含寄托。其所呈现出的“昭君怨”形象较“传体”类显得立体和鲜明，意蕴也更丰富和深刻。以寄托为特征的比兴传统在“比体”咏史诗中得到了发扬：所咏为历史，所比为今事，所托为己意。必须指出的是，这些诗歌的目的重在寄托，而非塑造王昭君的形象。但是，借助它们的吟咏，“昭君怨”形象得以构建和明晰，更加深入人心。

在“比体”咏史诗中，杜甫的《咏怀古迹》（其三）堪称经典：

群山万壑赴荆门，生长明妃尚有村。一去紫台连朔漠，独留青冢向黄昏。

画图省识春风面，环佩空归夜月魂。千载琵琶作胡语，分明怨恨曲中论。[⑤]

杜甫晚年从成都顺长江而下，经过三峡地段的昭君村，留下了这首诗。清李子德评论此诗道：“只叙明妃，始终无一字语涉议论，而意无不包。后来诸家，总不能及。”[⑥]不涉议论之言，间接说明了此诗的“比体”属性；诸家不及之说，则进一步表明了其在文学史上的价值和意义。全诗不但“无一字语涉议论”，甚至也没有一字直接写到自己。但是，联系杜甫的经历和遭遇，他的怀才不遇、漂泊西南与王昭君美而见弃、远嫁他方岂非同出一辙？“分明怨恨”的王昭君何尝不是杜甫自身的写照？杨伦说这首诗“咏明妃为高才不遇寄慨”[⑦]，金圣叹评曰：“从来弃才之主一面照胆镜。”[⑧]二人分别从主客两面指出了此诗的寄托所在，这是值得称道的。王嗣奭说：“昭有国色，而入宫见妒；公亦国士，而入朝见嫉，正相似也，悲昭以

① 孙立：《论咏史诗的寄托》，《中山大学学报》（社会科学版），1997 年第 1 期。

② 《全唐诗》（增订本）卷一九，北京：中华书局，1999 年版，第 209 页。

③ 《全唐诗》（增订本）卷二八六，北京：中华书局，1999 年版，第 3277 页。

④ 《全唐诗》（增订本）卷一九，北京：中华书局，1999 年版，第 212 页。

⑤ 杜甫著，仇兆鳌注：《杜诗详注》卷十七，北京：中华书局，1979 年版，第 1502 页。

⑥ 杜甫著，杨伦笺注：《杜诗镜铨》卷十三，上海：上海古籍出版社，1980 年版，第 652 页。

⑦ 杜甫著，杨伦笺注：《杜诗镜铨》卷十三，上海：上海古籍出版社，1980 年版，第 649—650 页。

⑧《唱经堂杜诗解》卷三，金圣叹著，陆林辑校整理：《金圣叹全集》，南京：凤凰出版社，2016 年版，第 764 页。

自悲也。”[①] 这种类比某些地方或存商榷之处，但总体上却较为中肯。不过，倘若我们把这首诗仅仅看作是杜甫“高才不遇”的寄慨或怨恨，那么它的审美价值和文学史意义将会大打折扣。

故而，我们还必须把此诗放到杜甫忧国忧民、致君尧舜、建功立业的君子理想及整体价值追求中来考察，必须把它放到“香草美人”的骚怨传统及比兴传统中来省视。杜甫既有怀才不遇主题中所表现出的对自我才能的高度自信，同时也有一种实现自我社会价值的强烈愿望。他的自我意识蕴含了社会价值，他的“怨恨”声中透露出一种悲悯、理性和执着，因而显得凝重、深邃和崇高。清陶开虞说：“此诗风流摇曳，杜诗之极有韵致者”[②]，高度肯定了它的艺术成就和地位。从王昭君的角度而言，此诗在文学史上的意义主要在于，它用凝练的语言把散落在文化记忆之中的历史（昭君故事）碎片构建成了一个完整鲜活的艺术形象，并在骚怨传统中赋予其君子之魂。惟其如此，这首诗才能允称经典。历史典实中的王昭君于此得到了文学升华，“昭君怨”形象也因此获得了一定意义上的经典化。

此外，自唐以来，出现了许多属于“论体”（在叙述历史的过程中掺入作者的议论）一类的昭君诗，不断地推陈出新。南宋葛立方《韵语阳秋》在列举了王安石、欧阳修、白居易和李商隐等人咏昭君的诗句后说：“意各不同而皆有议论，非若石季伦、骆宾王辈徒序事而已也。”[③] 所谓“意各不同”即包含了各有创新的意思，“皆有议论”正好点出了所举诗例的“论体”属性，而从西晋的石崇到初唐的骆宾王等人，只是一味地停留于“序事”即“传体”咏史上。其中白居易有《王昭君》二首，其一：“满面胡沙满面风，眉销殊黛脸销红。愁苦辛勤憔悴尽，如今却似画图中。”其二：“汉使却回凭寄语，黄金何日赎蛾眉？君王若问妾颜色，莫道不如宫里时。”[④] 这两首诗实际上都是通过比较昭君出塞前后容貌的变化来实现议论的翻新。前一首意在表明昭君出塞之后饱经风霜，居然连出塞之前毛延寿丑化她的图画都比不上了，凸显了塞外苦寒。后一首言下之意即妾如今已容颜憔悴，不比当年了，希望汉使还是不要将此告诉君王，突出了恋主思归。诗中虽然没有直言其“怨”，字里行间却在在皆是。明瞿佑《归田诗话》论第二首说：“不言怨恨，而惓惓旧主，高过人远甚。”[⑤] 晚唐王叡《解昭君怨》：“莫怨工人丑画身，莫嫌明主遣和亲。当时若不嫁胡虏，

---

① 王嗣奭：《杜臆》卷八，上海：上海古籍出版社，1983 年版，第 280 页。

② 杜甫著，仇兆鳌注：《杜诗详注》卷十七，北京：中华书局，1979 年版，第 1503 页。

③ 吴文治：《宋诗话全编》，南京：凤凰出版社，1998 年版，第 8339 页。

④ 白居易著，谢思炜撰：《白居易诗集校注》卷十四，北京：中华书局，2006 年版，第 1147 页。

⑤ 丁福保：《历代诗话续编》，北京：中华书局，1983 年版，第 1244 页。

只是宫中一舞人”[①]，在王昭君嫁与不嫁胡虏的比较中，暗示出她因出塞和亲实现了人生价值的一面，因而超越了普通的宫中舞人，传达出某种深刻的社会、人生哲理。故宋赵令畤《侯鲭录》说：“王叡作《解昭君怨》，殊有意思，能到人妙处。”[②]从中也不难看出，这种议论翻新的前提或曰潜台词是“昭君怨”形象早已成了一种集体记忆。所以，他要新人耳目，“解（构）昭君怨”，劝人“莫怨”。明李学道、清尤侗等皆有《反昭君怨》诗，从诗题来看，也显有解构、翻案的意图。如李诗结句作议论云：“当时不遇毛延寿，安得芳名播千古。”[③]这表面上是在遇与不遇毛延寿的比较中，追溯王昭君播下千古芳名的另类原因，实际上是在偶然中追询必然。但得出这样的认识，完全是基于诗歌前部对“昭君怨”故事的详细铺叙，也即对“昭君怨”形象的回忆和追摹。无论如何，这类诗歌在对“史实”的叙述中掺入了作者强烈的主观判断。

清蒋鸣珂《古今诗话探奇》引同朝伍芝轩云：“古来题昭君诗甚多，议论愈出愈奇，总以不落前人窠臼为妙。东方虬曰：‘单于浪多惊，喜无旧时容’，白太傅曰：‘君王若问妾颜色，莫道不如宫里时’，至王荆公则曰：‘意态由来画不成，当时枉杀毛延寿’，尤意见出人。及本朝刘献廷《昭君绝句》云：‘汉主曾闻杀画师，画师何足定妍媸，宫中多少如花女，不嫁单于君不知’，徐德音《出塞绝句》云：‘若使边廷无牧马，蛾眉也合画麒麟’，各见匠心。”[④]不同时代的昭君诗之所以能“愈出愈奇”，主要是由于它们在议论中善用比较思维或因果分析，其话语背景均是基于“昭君怨”形象已经得到了普遍的认同。他们所作的翻新甚或翻案，并没有推翻或解构“昭君怨”形象。恰恰相反，它们从不同的角度洞察、挖掘了“昭君怨”形象的丰富内涵。上面提到的王安石此诗，就是文学史上颇有影响的“翻案”名作，但是它并没有颠覆“昭君怨”形象，甚至其真正目的也并非为毛延寿翻案。而是通过比较，揭示出人物意态和图画再现之间存在着必然的差距，所以毛延寿如何画实在并不重要。其后又劝勉王昭君还是安心留在胡地生活，也是通过比较塞外（王昭君）与宫内（陈皇后）的处境来加强说服力的。毕竟，即便王昭君回到汉宫，保不齐也会遭遇陈氏被冷落深宫般的凄惨下场。“家人万里传消息，好在毡城莫相忆。君不见咫尺长门闭阿娇，人生失意无南北”。[⑤]这就把王昭君与普天之下“失意”

---

① 《全唐诗》（增订本）卷五〇五，北京：中华书局，1999 年版，第 5784 页。

② 赵令畤：《侯鲭录》卷二，北京：中华书局，1985 年版，第 15 页。

③ 胡凤丹：《青冢志》卷九，虫天子编：《香艳丛书》第 18 集，北京：人民文学出版社，1992 年版，第 5243 页。

④ 蒋鸣珂：《古今诗话探奇》卷下，蔡镇楚：《中国诗话珍本丛书》，北京：北京图书馆出版社，2004 年版，第 402 页。

⑤ 王安石：《临川先生文集》卷四，北京：中华书局，1959 年版，第 76 页。

的人们联系了起来，发掘出特定历史条件下人生注定无法逃避悲剧的命运。由上可见，这类“论体”昭君诗的主要目的是为了展现“史识”，不过“昭君怨”故事作为一种文化记忆始终是其开展议论的基础。由于对“历史”的切入点各不相同，这些作品也分别从不同的角度展示了“昭君怨”形象的众多侧面。

综上所述，文学史上的昭君诗不断创新的过程，一定意义上也是“昭君怨”形象不断经典化的过程。这些诗歌从外表到内心、从个人到社会、从偶然到必然等不同的层面建构了王昭君的文化身份。

汉魏以来，把王昭君的故事谱成乐曲的，并不罕见。郭茂倩《乐府诗集》认为《昭君怨》为汉乐府“琴曲歌辞”①。此后，“昭君怨”作为一个标题，不但被历代诗人反复沿用、吟咏，到了赵宋，又成了一个颇见流行的词牌。入元以后，亦有“昭君怨”曲牌。宋词如苏轼《昭君怨》(谁作桓伊三弄)、辛弃疾《昭君怨》(长记潇湘秋晚)、杨万里《昭君怨》(午梦扁舟花底)、刘辰翁《昭君怨》（月出东山之上）等；元曲如王哲《昭君怨》（奉报早离火院）、邵亨贞《昭君怨》（江外谁家双桨）、尹志平《昭君怨》（节令重阳闲步）等；明词如陈继儒《昭君怨》（记得东坡老叟）等；清词如纳兰性德《昭君怨》（暮雨丝丝吹湿）、陈维崧《迦陵词全集》中还有《添字昭君怨》（今夜月明江上）等。从以上例子可见，这些作者不乏文学史上的名家大家。词为诗之余，曲为词之余，与诗不同的是，“昭君怨”词牌、曲牌下的作品大都与昭君故事失去了必然的联系，她的形象也非这些作品构建的内容。在这里，她成了一个文学符号，看上去徒具虚名、难副其实。实际上，它的符号学意义就在于，尽管叙事层面的王昭君不在场，但是“昭君怨”作为一个符号已经在文化记忆中树立了金字招牌，提醒着人们，她并未缺席。

（二）“昭君怨”形象在戏剧中的经典化

昭君戏是戏剧文学史上的一道靓丽风景。从文献目录来看，元代以来，出现了不少昭君戏剧本，但有些已亡佚不传了，现在能够看到的还剩十余种。其中“曲状元”②马致远有代表作《汉宫秋》，是现存最早的一部昭君戏，自明代以来就被推为经典。清焦循在《剧说》中论云：“元明以来作昭君杂剧者，有四家。马东篱《汉宫秋》一剧，可称绝调。臧晋叔《元曲选》取为第一，良非虚美。”③无论是“第一”还是“绝调”，都只是从总体上对它进行了价值肯定或艺术推崇。这种直觉感悟式的评价，只道其然而不道其所以然，至于究竟如何，则有待进一步研究了。

① 郭茂倩编撰，聂世美、仓阳卿校：《乐府诗集》卷五九，北京：中华书局，1998年版，第853页。

② 钟嗣成：《录鬼簿》卷上，上海：上海古籍出版社，1978年版，第12页。

③ 焦循：《剧说》卷五，上海：古典文学出版社，1957年版，第117—118页。

在《汉宫秋》[1]中，王昭君的美人形象贯穿全剧。她一出场，连毛延寿都不由得赞叹："生得光彩射人，十分艳丽，真乃天下绝色。"毛延寿"问她要四百两黄金，选为第一"（选美人），她拒不行贿。于是，毛延寿怀恨在心，"只把美人图点上些破绽，教她受苦一世"。王昭君入宫"十年"之后，因偶然"偷弹"琵琶，被汉元帝寻见（寻美人），由于天生"艳姿"，得到了元帝的"宠幸"（宠美人），受封为明妃。当元帝欲问斩毛延寿时，他已携王昭君真图逃到番地，并诱唆呼韩邪单于索王昭君于元帝。待看到这"美人图"后，呼韩邪色欲熏心，当即表示："若不肯与，不日南侵，江山难保"（索美人）。因朝政腐败、朝中无人，元帝无奈"只凭佳人平定天下便了"（出美人）。王昭君主动请缨，"情愿和番，得息刀兵"，尽管难以抛舍"与陛下的闺房之情"。元帝"灞桥饯别"（别美人），留恋万分。王昭君行至番汉交界的黑龙江时，纵身自沉，香消玉殒。番王连叹，"可惜，可惜"（惜美人）。随即番汉言和，毛延寿"被解送汉朝处治"。百日之后，汉宫秋浓，孤雁哀鸣，元帝"动情"（思美人）。

综上，王昭君不仅是一个绝色美人，也是联系剧中各人物要素之间的纽带，是贯通情节、结构故事的关键，甚至于有她才有戏，没有她则无戏。这是一种典型的"美人"思维。回溯到"香草美人"的比兴传统，可以为理解《汉宫秋》打开一个突破口。纵观全剧不难看出，王昭君既是一个有血有肉的活生生的美人，也是一个有着极强穿透能力的意义符号；既是具象的个体，也可以抽象为一切美的事物；既可以是形而下的美貌、财富、名利、欲望等，也可以是形而上的理想、价值、追求、概念等。因此，王昭君不但是一个叙事形象，她比一般的叙事形象又多了一点叙事意象的味道。当《离骚》把"美人"思维从诗歌带入戏曲的时候，它也给《汉宫秋》增添了诗的韵味。

所以，汉元帝要寻她、宠她、舍不得她，失去了还要思念她；毛延寿则渴望从她身上获取利益，先是直接敲索，后又以她为饵引诱呼韩邪，以期换取包括生存权在内的实际好处；呼韩邪则垂涎她、强索她、急切地想要得到她，等等。最后，她却死了。这对于上述三人而言，都是一个无可奈何的悲剧。不过，其中况味是彼此不同的。具体来说，这个悲剧对于汉元帝是指向过去的、对于呼韩邪是指向未来的、对于毛延寿是指向现在的。是故，汉元帝沉沦在对"美人"的思念里，呼韩邪惋惜在对"美人"的渴望中，毛延寿不得不直接面对"美人"遽死的现实。他们与"美人"构成了一个象喻世界，共同谱写了一曲人的悲剧。"美人"死了，呼韩邪与汉元帝之间的矛盾也就不复存在了，所以他们可以重归于好，而毛延寿除了以死抵罪别

---

① 王季思：《全元戏曲》第二卷，北京：人民文学出版社，1999 年版，第 106—128 页。本文所引《汉宫秋》原文出自此，不另出注。

无他途。

抽象为“美人”的王昭君既是借以象喻的喻体，同时她又是这个象喻世界的主体。此剧营造了一个地理空间：汉宫。这个空间的主体便是汉元帝和王昭君。一个是至高无上的君王，一个是举世无双的美人。历经波折，他们恰巧在这里相遇并相爱了。可是，好景不长，王昭君出塞和亲，死了。汉宫如昨，池苑依旧，空间还是那个空间，可惜物是人非。美人不在了，这个空间的核心要素就没有了。没有了美人，这个空间就显得特别凄清、悲凉。秋寒之时，尤其如此。这个空间虽然是以历史上的汉宫作为基础，但本质上是一种艺术空间，是艺术创造的产物。它给人一种深深的幻灭感和失落感。虽说“《汉宫秋》与宋元之际的时代背景、国家兴亡有着不可分割的血肉联系”[①]，显然，王昭君超越了所谓的“时代背景”，展现出了要眇弘深的“美人”韵致，故而具有普遍意义上的审美价值。

王昭君非常珍惜来之不易的爱情和幸福，不忍抛舍“与陛下的闺房之情”。可是，一旦国难当头，社稷倾危，她便主动请愿，一往无前。作为个人，她毅然前去和亲，但作为一国之君的妃子，又不能真正同意和亲。所以她在出塞的同时果断地选择了投水自沉，类同屈原。这是对自身之美的一种珍视和固守，也展现出了一个仁义忠勇、和而不同的君子形象。可以肯定，她也有一种对自我和社会双重固持的骚怨精神。《汉宫秋》对汉魏以来的“昭君怨”故事作出了具有突破性意义的改编，特别是把“美而见弃”的情节变成了“两美遇合”的爱情。不过，即便是这样，王昭君依然难逃出塞乃至自尽的悲剧命运。这就从物极必反的普遍原则中制造出了陡升反跌的美学效果，产生了强烈的叙事张力，使得王昭君的悲剧形象更具动人心魄的力量，从而在更高的层次上发扬了骚怨传统。在她身上交织着爱情悲剧、政治悲剧、人生悲剧等，但真正凸显出她的主体性的却是一种伦理悲剧。即她“意识到自己个体性的感性生存与群体性的理性要求处在尖锐的矛盾冲突之中，个体最终自觉牺牲一己的利益、权利、幸福以至生存和生命，以服从某种群体（家庭、氏族、国家、民族、阶级、集团、宗教、文化等等）的要求、义务、指令或利益[②]”。被迫赴死的杨贵妃辈与之相较，何啻天壤之别。

自西晋石崇《王明君辞》序始，昭君出塞的背景便改成了胡强汉弱，并为后来的文学家广泛接受。然而，这不仅有悖于史实，至少在中唐之前也不符合当时的实际。尽管它与元朝的时局天然吻合，但《汉宫秋》无疑也因循了牢固的传统。毕竟，只有这样，“昭君怨”形象才有生长的土壤，才能符合艺术的逻辑。从另一方面来讲，正是因为有了现实的基础，其艺术形象的真实性才显得更加可信。东汉《琴操》

① 徐朔方：《徐朔方文集》第四卷，杭州：浙江古籍出版社，1993年版，第396页。
② 李泽厚：《哲学纲要》，北京：北京大学出版社，2011年版，第4页。

最早设计了王昭君因“心有怨旷”而主动请行的情节，原本只是一个符合人之常情的感性举动，最终在《汉宫秋》中演变成了一种高尚的伦理行为。《琴操》说王昭君不愿改嫁其子而选择了吞药自杀，这当然也是一个伦理悲剧，不过涉及的只是最基本的伦理禁忌问题，她所维护的是个体的人的尊严。如果说汉魏六朝的“昭君怨”形象，象征了个体感性意识的觉醒，那么，在《汉宫秋》中，则具有了成熟的社会理性，彰显出了人的主体性。伦理本体意义上的“自由意志”从她身上显现了出来。这种强大的自觉理性，最终也超越了某一集体、民族或国家的狭隘利益，而是代表着人类总体的追求，具有崇高伟大的普遍价值。这也是它有大于所谓忠君爱国、民族气节的地方。从这个意义上讲，王昭君也就成了超越现实世界的美人。

作为元杂剧的出色代表，《汉宫秋》用带有现实色彩的昭君故事，展示了一个多重层次又相互交融的悲剧世界，铸就了超越时空的文学典范，赋予了王昭君要眇弘深的“美人”韵致和庄严崇高的“自由意志”。“昭君怨”形象，历经千余年之演进，至此，终于破茧成蝶、蜕为经典。

明清时期昭君题材的戏剧(包括小说)，如陈与郊《昭君出塞》、无名氏《和戎记》、尤侗《吊琵琶》等，许多作品在不同层面受到了《汉宫秋》的影响，基本上还是在给“昭君怨”作别样的注解。从王昭君形象建构的角度来说，几乎成了乏善可陈的老调重弹。“五四”之后，文坛上也涌现出了不少昭君题材的作品，如郭沫若、曹禺的戏剧，高阳的小说等。它们大都不再因循“昭君怨”故事的样式及价值轨范，力图挣脱传统的樊篱。其中，曹禺的《王昭君》最为典型。它把“哭哭啼啼”的王昭君变成了“笑嘻嘻”的模样，解构了过去的悲剧模式，企图重构一个新的王昭君。显然，这是一部缺乏记忆的历史剧。历史剧尽管可以虚构历史，但不能违背文化记忆重构的原则。那就是它不能脱离传统，必须以过去的记忆为基础，“即使是新的东西，也只能以被重构的过去的形式出现。”[①]王昭君的故事，始于历史，由历史变成了传说，在传说中形成了共同遵守的（叙事）规范和认可的（文化）价值，这便是传统。无论如何，曹禺等人笔下的王昭君脱离了传统，违背了文化记忆重构的原则。因此，也就难以获得集体认同。解剖一个王昭君，不但可以让我们深入认识其人，还可以对中国传统文学、文化及其变迁路径和现代转化实现一种管中窥豹式的了解和理解。

三、余论

王昭君的故乡，《汉书》没有记载。到了汉魏之际文颖注《汉书》的时候才说

① ［德］扬·阿斯曼著，金寿福、黄晓晨译：《文化记忆——早期高级文化中的文字、回忆和政治身份》，第35页。

她是南郡秭归人，《后汉书》等沿袭了这个说法。西汉的南郡包括了今天湖北、四川（重庆）的大部或部分。历史上行政区划屡有变动，秭归也在不同时期隶属于四川或湖北。三国时，析秭归之北界，置兴山县。到了北宋，《太平寰宇记》又说王昭君的故乡在兴山，这在后世成了主流的说法。此外，还有齐国说、荆门说、巫山说、奉节说等。本文无意考证这一问题，只是想指出，作为一种地方性知识或者地方记忆，王昭君和屈原被看作是萧条异代的同乡，几乎是不容置疑的，并且成了文学、文化建构的对象。如张商英《归州》诗：

归州男子屈灵均，归乡女儿王昭君。山穷林薄不肥沃，生尔才貌空绝群。

男为逐臣沉湘水，女嫁穹庐天万里。汉宫无色楚无人，丑陋险邪君自喜。[①]

张为北宋名相，四川人，曾被贬到归州、峡州等地，其中归州辖有秭归和兴山。在这首诗中，王昭君作为归乡女儿，与屈原所代表的归州男子，形成了一个二元结构的模式，分别对应着“貌”与“才”。他们身份不同、遭际各异，却又殊途同归。屈原被逐沉水，昭君见弃远嫁，而那些“丑陋险邪”之流却在背后沾沾自喜。这样，一种以“怨”为基本特征的悲剧精神就从二位同乡的身上透显了出来，成了他们人生名片的共同底色。南宋李流谦有咏昭君的诗题为“郧守以石刻屈平昭君像见惠因思大夫之忠贯白日而凛秋霜在所不论而昭君以倾国之艳擅天下之色乃不肯自同众姬货画师以求媚此尤为可感者为赋此”[②]。李亦蜀人，题中之“郧”或即归州。王昭君之所以能与屈原一道被郧守刻成石像赠送给诗人，地域因素之外，根本原因就在于她与对方有着相匹配的人格精神。因此，与其说王昭君和屈原是地域空间上的同乡，毋宁说他们是精神谱系中的同乡。

王昭君的坟墓，《汉书》没有提及。至《琴操》始云“单于举葬之，胡中多白草，而此冢独青”。此后，人们不断寻访、祭拜昭君墓就成了一种“仪式记忆”。这从历代以“吊青冢”“过青冢”“昭君墓”等为题的诗歌作品中可以略见一斑。“青冢”也成了文学史上一个独特的意象和话题。清胡凤丹把历代吟咏昭君的诗歌辑为一书，取名就叫《青冢志》。“青冢”，对应着青史，是传统文化中“立德”“立功”“立名”等不朽观念的物化标志，是超越有限人生获得永恒价值的象征。在内蒙古、山西、河南等地至今依然还伫立着昭君墓，其中内蒙古就有十几处之多。“这些坟墓如此空虚，其中并无可以确定墓主身份的遗骨，也无不朽的英灵，但它们却充满了幽灵

---

① 北京大学古文献研究所：《全宋诗》卷九三四，北京：北京大学出版社，1995 年版，第 16 册，第 10997 页。

② 李流谦：《澹斋集》卷一，《景印文渊阁四库全书》，台北：台湾商务印书馆，1986 年版，第 1133 册。

般的关于民族的想象。”①

在民间传说中②，王昭君变成了一个心地善良、乐于助人乃至无所不能的神女、仙女。这种神化或者仙化，归根结底，是一种美化，可以起到巩固集体认同的作用。它看上去似乎荒诞不经，实则是底层大众“好人”梦想的投射。

王昭君很早就走出了国界，受到了许多国家人们的欢迎和热爱。其中，在日本平安时代（9世纪初），嵯峨天皇就召集朝臣组织了一次吟咏王昭君的主题诗会。此后，王昭君不断成为日本汉诗、和歌、物语、戏曲、谣曲、小说等多体文学的书写对象，获得了不同阶层人们的垂青。类似的情况，在同为汉文化圈的越南和韩国也部分地存在③。清道光九年（1829），达庇时将《汉宫秋》翻译成英文并在伦敦出版。稍后，各种语言的翻译或推介有如雨后春笋般涌现。近年，随着中华文化的复兴，我国的昭君戏也在世界各地演出，得到了当地民众的追捧④。这一切无不说明她具有跨越时空的无穷魅力。要之，王昭君是普遍人性意义中的君子，是超越现象世界的美人，是我们民族集体构建的一种自我形象，是我们身份认同的象征。

---

① ［德］扬·阿斯曼著，金寿福、黄晓晨译：《文化记忆——早期高级文化中的文字、回忆和政治身份》，第 59 页。

② 如吴一虹、吴碧云所编《王昭君传说》（甘肃人民出版社，1983 年）一书，收入了民间流行的传说故事三十余则。

③ 如越南有长篇诗传《昭君贡胡书》，韩国南羲采《龟礀诗话》也编录了有关王昭君的诗作等。

④ 据《人民日报》2019 年 03 月 23 日 04 版、央广网官方账号等媒体报道，2019 年 3 月 21 日至 24 日，中国舞剧《昭君出塞》亮相纽约林肯中心大卫·寇克剧院，连演四场。又据新华网（http://www.xinhuanet.com/ent/2019—10/08/c_1125076706.htm）、光明网（https://topics.gmw.cn/2019—09/05/content_33138185.htm）等报道，2019 年 10 月，中国演员李玉刚主演的歌舞剧《昭君出塞》登陆曼谷，一票难求。12 月 1 日，在美国圣迭戈进行北美首演，吸引大批观众前往观看等。

李白游仙诗的神妙世界

——兼议对《楚辞》游仙体式的接受

江苏大学　李金坤

作家诗人　魏彩霞

摘　要：在道教文化的影响下，李白从神仙道教的角度驾驭神仙题材来传达其思想感情，吸收《楚辞》游仙的精神内核与表达形式，突破了六朝以来一味升登求仙而企慕长生的游仙题材与颇为单纯的游仙意象，结合自身遭遇，融合现实时事，在浓烈的性情中涂抹上相当个性化的梦幻色彩。在诗人"仙"气弥漫的梦幻世界里，别具三种游仙文化形态，即：超凡之人、奇幻之境与至诚之情，同时又创造了"以幻写仙""以梦写仙"与"以游写仙"的三种抒写游仙世界的新异模式，呈现出丰富多彩的游仙面貌与深刻意境。其才力之大、想象力之丰、个性之显，洵无愧"诗仙"之名，而其广阔的堂庑，既为道教神仙世界努力拓展人性化的空间，也为游仙诗史竖起了一座继往开来的丰碑，具有不朽的诗学价值与审美意义。

关键词：李白；游仙诗；形态；模式；人格；丰碑

在唐代诗人中，李白与道教的情结是极其浓厚的，他是一位访道、寻仙、炼丹、采药、受箓的"仙药满囊，道书盈箧"（独孤及《送李白之曹南序》）的道道地地的道教徒。他自认是"身在方士格"（《草创大还赠柳官迪》），并且自认是"谪仙人"（《对酒忆贺监二首并序》），所谓"十五游神仙，仙游未曾歇。吹笙吟松风，泛瑟窥海月。西山玉童子，使我炼金骨。欲逐黄鹤飞，相呼向蓬阙"。（《感兴八首》其五）便是其学道的全面概括。道教的世界，就是一个追求人的肉体与精神双重自由解放的超凡脱俗的世界。在这个世界里，诗人正可用以暂时地忘却与消弭现实社会中怀才不遇与人生如梦的两大精神苦痛，以达到"八极恣游憩，九垓长周旋"（《赠嵩山焦炼师》）的逍遥世界。因此，在李白的诗歌尤其是游仙诗中，其梦幻、神游、访道、求仙的意味就格外浓郁，构成唐代诗苑中一道特殊的风景。

一、李白游仙诗的三种文化形态

在李白梦幻的神仙世界中，充满着蓬莱、方壶、瑶池、天台、天池、神龙、玉女、明星、王母、天鼓、天鸡、麻姑、赤松以及彭祖、巫咸、王子乔等仙界意象。而彭祖、巫咸、王子乔等意象，便直接取之于《楚辞》。他的一生庶几迷恋于神仙世界的梦幻之中，从“十五游神仙，仙游未曾歇”，到中年“学道三十年版，自言羲皇人”（《酬王补阙惠翼庄庙宋丞泚送别》），到晚年“五岳寻仙不辞远，一生好入名山游”（《庐山谣》），始终于游仙梦幻的境界互为交融着。据何念龙先生统计，李白诗歌中，单纯言“仙”者有 11 次，“仙人”者 24 次，“神仙”者 21 次，其他涉及与“仙”相关的词语有 53 种。① 在如此“仙”气弥漫的梦幻世界里，我们明显感受到三种游仙文化形态：一是超凡之人。如：“中有多古貌，双耳下垂肩。嵩岳逢汉武，疑是九山仙”（《嵩山采菖蒲者》），“云台阁道连窈冥，中有不死丹丘生”（《西岳云台歌送丹丘子》），“潇洒古仙人，了知是赤松”（《古风》其二十），“仙人骑彩凤，昨下阆风岑”（《拟古》其十），“玉女四五人，飘飘下九垓”（《游泰山》其一），“先期汗漫九垓上，愿接卢敖游太清”（《庐山谣寄卢侍御虚舟》），“明星玉女备洒扫，麻姑搔背指爪轻”（《西岳云台歌送丹丘子》），等等。这些都是超脱凡夫俗子之上的长生不老的仙人，是诗人追求的楷模与终极目标。二是奇幻之境。李白是一个主观感情非常强烈而联想又极其丰富的诗人。所以，在道教经典的长期熏育下，神仙的意象与境界便会随着诗人感情的抒发而自然呈现出来，从而构成奇幻的诗歌世界。如：“羽驾灭去影，飚车绝回轮”（《古风》其四），“昆仑采琼蕊，可以炼精魂”（《古风》其十二），“三十六帝欲相迎，仙人飘翩下云軿”（《春日行》），“飘然挥手凌紫霞，从风纵体登鸾车”（《飞龙行》），等等。至于“我欲攀龙见明主，雷公砰訇震天鼓，帝旁投壶多玉女。三时大笑开电光，倏烁晦冥起风雨。阊阖九门不可通，以额叩关阍者怒”（《梁甫吟》）与“青冥浩荡不见底，日月照耀金银台。霓为衣兮风为马，云之君兮纷纷而来下。虎鼓瑟兮鸾回车，仙之人兮列如麻”（《梦游天姥吟留别》）所描写的奇幻境界，则完全与《离骚》“鸾皇为余先戒兮，雷师告余以未具。吾令凤鸟飞腾兮，继之以日夜。飘风屯其相离兮，帅云霓而来御。纷总总其离合兮，斑陆离其上下。吾令帝阍开关兮，依阊阖而望予。……巫咸将夕降兮，怀椒糈而要之。百神翳其备降兮，九疑缤其并迎”奇幻之境的描写如出一辙，可见，诗人对《楚辞》精神的传承是显而易见的。殷璠评价李白说：“白

① 何念龙：《李白文化现象论》，武汉：湖北人民出版社，2009 年版，第 128 页。

性嗜酒，志不拘检，常林栖十数载，故其为文章，率皆纵逸。至如《蜀道难》等篇，可谓奇之又奇。然自骚人以还，鲜有此体调也。”[1]充分肯定了李白诗歌体调之奇的可贵之处及其艺术渊源，切情切理，甚中肯綮。三是至诚之情。李白的情感世界是极其丰富而深厚的。他在这个神仙世界里，谦卑恭敬，相处和睦，与神仙们感情深挚，自然亲切，殆如一家。如：“霓裳曳广带，飘拂升天行。邀我登天台，高揖卫叔卿”（《古风》其十九）；“我来逢真人，长跪问宝诀。粲然启玉齿，授以炼药说”（《古风》其五）；“萧飒古仙人，了知是赤松。借予一白鹿，自挟两青龙。含笑凌倒景，欣然愿相从”（《古风》其二十）；“仙人如爱我，举手来相招”（《焦山望松寥山》），等等。“他常常看到一些神人、仙人的形象，向他招手，对他说话，授他以仙诀，有时还给他以白鹿、鸾凤之类，使他飞行于太清”。[2]在诗人看来，仙界所有的神仙，都是他难得的知心亲友，情同手足，极为和谐。李白不仅与神仙们感情深厚，而且将神仙世界中的自然物象也都注入了深挚的人之情感，将它们完全人格化。因此，诗人与它们的交流自然是十分平等友好的。如：“太白与我语，为我开天关”（《登太白峰》）；“白云见我去，亦为我飞翔”（《题情深树寄象公》）；“东风随春归，发我枝上花”（《落日依山中》）；“绿水解人意，为余西北流”（《宿白鹭洲寄杨江宁》）。这在现实自然世界的描写中，诗人将自然物象直视为知己与亲友者，更是不胜枚举。如：“相看两不厌，只有敬亭山”（《独坐敬亭山》）；“春风知别苦，不遣柳条青”（《劳劳亭》）；“山花向我笑，正好衔杯时”（《待酒不至》）；“举杯邀明月，对影成三人。……我歌月徘徊，我舞月零乱。醒时同交欢，醉后各分散。永结无情游，相期邈云汉”（《月下独酌四首》其一），等等。实际上，诗人将神仙世界与现实世界中的自然物象完全人格化的处理方式，也是他所采用的一种幻想艺术手法。因此，“所以他是自己宇宙化，宇宙又自己化了。由前者，我们感到他的旷达；由后者，我们感到他的情深。……那么，他在人间所得的寂寞的哀感，正是因为有大自然里的亲切的对象给加以补偿了”。[3]他用这种幻想艺术手法，将自然物象人格化，一方面体现了作者一以贯之的“齐万物以为首”“独与天地精神往来”（《庄子·天下篇》）的道家思想，而另一方面则由此折射出诗人所处黑暗现实社会对人性百般压抑而怀才不遇的孤独情怀。诗人对现在世界一次次地怀抱希望，但结果总是一次次地遭遇失望，乃至于绝望。在他来说，现实世界已无“爱”可觅，所谓“花间一壶酒，独酌无相亲”（《月下独酌四首》其一），他只能在梦幻的神仙世界与人世间的自然世界里去寻求自己的知音，

① 李珍华、傅璇琮：《河岳英灵集研究》，北京：中华书局，1992年版，第138页。
② 郭沫若：《李白与杜甫》，北京：人民出版社，1971年版，第87页。
③ 李长之：《李白传》，太原：百花文艺出版社，2004年版，第139页。

释放自己的“爱”意，以此来安顿他那颗自由无羁、天性豪放的心灵。可以这样说，李白精心营构而津津乐道的梦幻神仙世界，是李白式的“爱”的一种特有表达方式。“爱”作为一种情感状态，其本质特征就是“忘我”，诚如黑格尔所说：“爱的真正本质在于意识抛舍掉自己，在他的另一体里忘掉了它自己”。[①] 所以，在梦幻的神仙世界里，诗人则完全忘掉了自己，此李白已非彼李白，他俨然已成为神仙世界的一员了。然而，梦幻终究是梦幻，有“梦”就有“醒”，有“幻”就有“灭”。正如《金刚经》所云：“一切有为法，如梦幻泡影。如露亦如电，应作如是观。”因此，诗人的许多作品总是呈现出对神仙世界的忘我陶醉之乐与现实社会的清醒郁闷之悲的两极精神状态。诗人描写梦幻仙境的名篇便是最为典型的例子。诗人先是陶醉在与屈原《离骚》一样自由飞翔、任心遨游的神仙世界里，“我欲因之梦吴越，一夜飞度镜湖月”，他的心情获得了最大的满足，快乐之至。然而，当诗人“惟觉时之枕席，失向来之烟霞”之时，他又不得不跌入冷酷无比而令人窒息的现实世界。而在这个十分糟糕的世界里感到挤压憋闷时，诗人又会情不自禁地放飞心灵，让自己在梦幻的神仙世界里忘我陶醉起来。“口吐天上言，迹作人间客。”（皮日休《七爱诗·李翰林》）诗人就在这样现实与理想的极度矛盾中苦苦挣扎着。宋人葛立方对李白神游梦幻仙境的现象与原因有一个颇切情理的分析，他说：“李太白《古风》两卷，近七十篇，身欲为神仙者，殆十三四：或欲把芙蓉而蹑太清，或欲挟两龙而凌倒景，或欲留玉舄而上蓬山，或欲折若木而游八极，或欲结交王子晋，或欲高揖卫叔卿，或欲借白鹿于赤松子，或欲餐金光于安期生。岂非因李贺季真有谪仙之目，而固为是以信其说邪？抑身不用，郁郁不得志，而思高举远引邪？尝观其所作《梁甫吟》，首言钓叟遇文王，又言酒徒遇高祖，卒自叹己之不遇。……其后又有《飞龙引》二首，当是明皇仙去之后，又有彩女玉女之句，则怨之深矣”。[②] 很显然，在诗人营构的精彩绝伦的神仙世界里，仍然隐含着现实社会种种黑暗政治的影子，具有鲜明的比兴象征的托寓特色。

之所以在诗人的梦幻游仙诗中仍然含有政治托寓的影子，是因为诗人没有忘怀现实、没有忘怀自己的夙愿与理想。从他的《代寿山答孟少府移文书》的夫子之道中，我们不难窥见诗人的“游仙观”。其云：“仆尝弄之以绿绮，卧之以碧云，嗽之以琼液，饵之以金砂。既而童颜益春，真气越茂，将欲倚剑天外，挂弓扶桑，浮四海，横八荒，出宇宙之寥廓，登云天之渺茫。俄而李公仰天长吁，谓其友人曰：吾未可去也，吾与尔达则兼济天下，穷则独善一身，安能餐君紫霞，荫君鸾鹤，驾君虬龙，一朝飞

① ［德］黑格尔：《美学》（第二卷），北京：商务印书馆，1979年版，第300页。

② 葛立方：《韵语阳秋》（卷第十一），何文焕辑：《历代诗话》（下），北京：中华书局，1981年版，第65页。

腾，为方丈、蓬莱之人耳？此则未可也，乃相与卷其丹书，匣其瑶琴，申管、晏之谈，谋帝王之术，奋其智能，愿为辅弼，使寰区大定，海县清一，事君之道成，荣亲之义毕，然后与陶朱、留侯，浮五湖，戏沧海，不足为难。”诗人的意思再清楚不过了，他所讲的真正的游仙，是“要在济苍生、安社稷中充实生命，在浮五湖、戏沧海中高蹈人生”。① 对于这种李白式的“游仙观”，美国著名汉学家宇文所安先生则有更为明确的论述，他说：“与王维相比，李白更算不上是宗教诗人。他所深切关注的，既不是道家的宇宙法则，也不是道教炼丹术的原始科学。对于李白来说，神仙不过是驰骋幻想的对象和释放想象力的工具，他们的异常与李白个人的异常觉相应：‘别有天地非人间’。”② 说工具固然不错，但工具仅仅是一种手段，不是诗人所要表达的目的。其目的已如上述所论，它是要体现诗人的一种政治托寓、一种精神安顿、一种李白式的“游仙观”。这在李白喜欢采用天马、凤凰、大鹏等幻想事物作为歌咏对象的诗歌中皆呈现出这样的信息。尤其是大鹏意象，更是贯穿诗人的一生。从他早年所作游仙色彩颇为浓厚的《大鹏赋》“常欲一鸣惊人，一飞冲天”的英姿写照，到其绝笔《临终歌》“大鹏飞兮振八裔，中天摧兮力不济，余风激兮万世，游扶桑兮挂左袂”的不屈抗争，“我说李白的本质是生命和生活，所以他之接受道教思想是当然的了。生活上的满足是功名富贵，因此李白走入游侠；生命上的满足，只是长生不老，因此李白走入神仙”。“终其一生，李白就是一只亦侠亦仙的大鹏”。③

二、李白游仙诗的三种抒写模式

不管是出于何种动机与意旨，李白梦幻中的游仙诗都给我们留下了一个独具异彩、魅力四射的非凡世界。论自由，则“精神四飞扬，如出天地间”（《游泰山》其三）；论自在，则“问余何意栖碧山，笑而不答心自闲”（《山中问答》）；论神奇，则“日出东方隈，似从地底来”（《日出入行》）；论神秘，则“去影或不见，回风送天声”（《古风》其七）；论气势，则“云垂大鹏翻，波动巨鳌没”（《天台晓望》）；论险峻，则“天姥连天向天横，势拔五岳掩赤城”（《梦游天姥吟留别》）；论威力，则“抚顶弄磐石，推车转天轮”（《上云乐》）；论豪迈，则“长周旋，蹑星虹，身骑飞龙耳生风”（《元丹丘歌》）；论深情，则“仙人浩歌望我来，应攀玉树长相待”（《怀仙歌》）；论神游，则“永随长风去，天外恣飘扬”（《古风》其四十一）；论享受，则“一餐历万岁，何用还故乡”（《古风》其四十一）；论

① 王涌豪、俞灏敏：《中国游仙文化》，北京：法律出版社，1997年版，第152页。

② [美]宇文所安，贾晋华译：《盛唐诗》，北京：生活·读书·新知三联书店，2004年版，第165页。

③ 王涌豪、俞灏敏：《中国游仙文化》，北京：法律出版社，1997年版，第156页。

长寿，则“云台阁道连窈冥，中有不死丹丘生”（《西岳云台歌送丹丘子》），等等，这完全是一个超凡脱俗、令人惊羡的诗意葱郁的“陌生化”世界。如此梦幻神奇的世界，在李白的《古风》其十九、《梦游天姥吟留别》与《庐山谣寄卢侍御虚舟》等游仙诗中得到了较为集中而全面的体现。而这三首游仙诗，分别代表了诗人“以幻写仙”“以梦写仙”与“以游写仙”的三种抒写模式。

先看“以幻写仙”的《古风》其十九。《古风》五十九首，是李白成就甚高的组诗，其中，游仙诗占十分之二三，而第十九首则最为著名。其云：“西上莲花山，迢迢见明星。素手把芙蓉，虚步蹑太清。霓裳曳广带，飘拂升天行。邀我登云台，高揖卫叔卿。恍恍与之去，驾鸿凌紫冥。俯仰洛阳川，茫茫走胡兵。流血涂野草，豺狼尽冠缨。”诗人幻想自己登上华山西峰莲花峰（华山三大主峰之一），远远见到明星仙女，她纤纤素手握着粉红鲜艳的芙蓉花，正凌空飞行。她身着宽带飞扬的霓裳，飘飘然飞升起来。明星仙女又邀请诗人神游云台峰，去拜谒失意于人间的仙人（即谪仙人，贺知章亦以此称美李白，故有同病相怜之意）卫淑卿。然后，他们又一起恍恍惚惚地飞升太空。然而，当诗人俯视洛阳一带时，遍地是豺狼胡兵们在行凶作乱、蹂躏汉民，流血染红了一片野草。在此诗中，诗人幻想出两幅不同的画面，即纯洁、美好、自由的人间仙境与肮脏、凶残、凄惨的人间地狱。诗人一方面“口吐天上文”，竭力歌颂仙界之“美”；一方面又“迹作人间客”，无情暴露人间之“丑”。美丑对比，衬托鲜明。正因为极写人间之“丑”，所以才更加衬托出仙界之“美”。也正因为人间是如此之“丑”，所以才进一步激发起诗人向往仙界之“美”的强烈愿望。几乎所有李白游仙诗，都具有这样严密的因果逻辑关系。而他的游仙诗中，总隐含着诗人那份“剪不断、理还乱”的人文关怀之情愫。值得注意的是，此诗在构思与行文结构上显然与屈原《离骚》“陟升皇之赫戏兮，忽临睨夫旧乡”的表达方式具有承传关系，而其忧国忧民之情怀与屈原也是一脉相承的。

再看“以梦写仙”的《梦游天姥吟留别》。诗云：“海客谈瀛洲，烟涛微茫信难求。越人语天姥，云霞明灭或可睹。天姥连天向天横，势拔五岳掩赤城。天台四万八千丈，对此欲倒东南倾。我欲因之梦吴越，一夜飞度镜湖月。湖月照我影，送我至剡溪。谢公宿处今尚在，绿水荡漾清猿啼。脚著谢公屐，身登青云梯。半壁见海日，空中闻天鸡。千岩万转路不定，迷花倚石忽已暝。熊咆龙吟殷岩泉，栗深林兮惊层巅。云青青兮欲雨，水澹澹兮生烟。列缺霹雳，丘峦崩摧。洞天石扇，訇然中开。青冥浩荡不见底，日月照耀金银台。霓为衣兮风为马，云之君兮纷纷而来下。虎鼓瑟兮鸾回车，仙之人兮列如麻。忽魂悸以魄动，恍惊起而长嗟。惟觉时之枕席，失向来之烟霞。世间行乐亦如此，古来万事东流水。别君去兮何时还？且放白鹿青崖间，须行即骑访名山。安能摧眉折腰事权贵，使我不得开心颜！”此诗题目一作《别东鲁诸公》。玄宗天宝三载（744），李白为权贵排挤，被“赐金还山”，离开长安，到达东鲁（今山东南部），次年准备南游越中（今浙江一带）。此乃诗人行前向诸友表白心迹之作。诗借梦游形式，将神话传说、山水奇景与缥缈仙境杂糅铺叙，以极其浪漫主义的创作手法，将天姥山的高峻奇险、吴越胜景的扑朔迷离、福地洞天的仙气弥漫以及自己梦醒后的无限感慨一一表述得丰富多彩而惊心动魄，令人如行山阴道上，目不暇接，体现出诗人热烈向往神仙世界与鄙视黑暗现实的深刻思想。全诗四言、五言、七言、九言交错杂用，腾挪跳跃，活泼灵动。中间铺陈仙境幻象，加之缀以“兮”字，与《楚辞·九歌》中的神仙景象与意境颇相仿佛，而又别具新奇意味。结尾以“安能摧眉折腰事权贵，使我不得开心颜”收束，突出诗人于梦游仙境醒来后鄙视权贵、追求神仙自由生活的人格尊严与坚定信念。由于在黑暗的现实中诗人“不得开心颜”，因此，就更激励诗人到梦幻的神仙世界中去追寻“开心颜”的人生境界。这已成为李白游仙诗托寓式基本规律。清人陈沆论此诗云：“盖此篇即屈子《远游》之旨，亦即太白《梁甫吟》……‘阊阖九门不可通，以额叩关阍者怒’之也。太白被放以后，回首蓬莱宫殿，有若梦游，故托天姥以寄意”。[①] 从李白托寓式的游仙诗观之，他并非纯粹地忘怀现实而一味游仙，“口吐天上文”仅仅是一种形式，而实质上依然是“迹作人间客”，依然关注着现实人生之命运。鲁迅先生曾评价陶渊明说：“就是诗，除论客所佩服的‘悠然见南山’之外，也还有‘精卫衔微木，将以填沧海；刑天舞干戚，猛志固常在’之类的‘金刚怒目’式。这‘猛志固常在’和‘悠然见南山’的是一个人，倘有取舍，即非全人，再加抑扬，更离真实。”[②] 同样，以此来评价李白的游仙诗，也是甚为恰当的。这是我们在阅读研究李白此类游仙诗时应当引起注意的地方。

最后看“以游写仙”的《庐山谣寄卢侍御虚舟》。诗云：“我本楚狂人，凤歌笑孔丘。手持绿玉杖，朝别黄鹤楼。五岳寻仙不辞远，一生好入名山游。庐山秀出南斗傍，屏风九叠云锦张，影落明湖青黛光。金阙前开二峰长，银河倒挂三石梁。香炉瀑布遥相望，回崖沓嶂凌苍苍。翠影红霞映朝日，鸟飞不到吴天长。登高壮观天地间，大江茫茫去不还。黄云万里动风色，白波九道流雪山。好为庐山谣，兴因庐山发。闲窥石镜清我心，谢公行处苍苔没。早服还丹无世情，琴心三叠道初成。遥见仙人彩云里，手把芙蓉朝玉京。先期汗漫九垓上，愿接卢敖游太清。”此诗作于上元元年（760），当时李白长流夜郎途中遇赦后从江夏（今湖北武昌）来到浔阳（今江西九江），往游庐山并写下了这首诗。诗人以饱蘸深情的笔墨，满怀深情地歌吟

① 陈沆：《诗比兴笺》卷三，宋耐苦、何国民编校：《陈沆集》，武汉：湖北教育出版社，2002 年版，第 419 页。

② 鲁迅：《“题未定”草六》，《鲁迅论文学》，北京：人民文学出版社，1959 年版，第 245 页。

庐山奇异壮观的大好景色。"屏风九叠""明湖黛光""香炉瀑布""回崖沓嶂""翠影红霞""大江茫茫""黄云万里""白波九道"等著名景观皆历历在目，构成了一幅独特奇异的人间仙境。李白触景生情，幻想联翩。他想起了好游名山的谢灵运，遥见彩云里"手把芙蓉朝玉京"的"仙人"，又想到了早已与九天之上神仙的约定，希望好友卢敖（即卢虚舟）早日归来和自己同游太空。诗人借助于游山而写游仙，自然之山水与神仙之山水浑然一起、彼此交融，更给人以真中寓幻、幻中见真、忽真忽幻、亦真亦幻的审美感受。"如此一来，不但作品中隐含山水诗的况味，造成游仙诗歌中仙境与人间的强烈对比，而且适可与其谪仙人的身份意识互相呼应，达到自我完成的潜在心愿"。[①] 这就是李白"以游写仙"游仙诗的特异魅力。明人高棅评价此诗云："太白天仙之词，语多率然而成者，故乐府歌辞咸善。……其《庐山谣》等作，长篇短韵，驱驾气势，殆与南山秋色争高可也。"[②]

三、李白游仙诗的审美意义

由上可知，李白游仙诗的梦幻特征是十分明显的。梦幻色彩增添了游仙诗轻盈缥缈、惝恍迷离的神仙世界的审美趣味，而神仙世界又加深了梦幻色彩神奇诡异的艺术功能。美国著名汉学家宇文所安认为，李白《梦游天姥吟留别》与《庐山谣寄卢侍御虚舟》"这两首诗描绘了想象中的精神遨游，沿袭了《楚辞》的传统，不过在李白这里，遨游天空被理性化为做梦"。这就是李白独具魅力的梦幻游仙诗特色。他又说："虽然李白在一些《古风》诗中讽刺求仙，光明绚丽的神仙对他仍有着不可抗拒的诱惑力"。何以至此？宇文所安先生未加说明。其实，原因很简单，李白有时"讽刺求仙"，是因为在他三十年的学道经历中，已深深认识到学道求仙的虚妄性。为何又有"诱惑力"呢？是因为在这个自己精心营构的梦幻神仙世界里，它可以暂时安顿诗人在现实社会中苦苦挣扎的疲惫不堪的心灵。在这个神仙世界里，他可以无拘无束地神游天地；他可以结交神仙、和气一团；他可以啸吟山水、友爱万物；他可以借题发挥、批判现实。总之，他可以在这个独特的"桃花流水窅然去，别有天地非人间"（《山中问答》）的神仙世界里，痛痛快快、潇潇洒洒地逍遥游，做一回人世间真正的"谪仙人"。如此美好的神仙世界，不正是诗人梦寐以求而至美至善的精神家园吗？

纵观李白在道教文化的影响下，从神仙道教的角度驾驭神仙题材来传达其思想感情，突破了六朝以来一味升登求仙而企慕长生的游仙题材与颇为单纯的游仙意象，

① 颜进雄：《唐代游仙诗研究》，台湾：文津出版社，1996 年版，第 297 页。

② 高棅：《唐诗品汇》(上)，上海：上海古籍出版社，1982 年版，第 267 页。

吸收《楚辞》游仙的精神内核与表达形式，结合自身遭遇，融合现实时事，在浓烈的性情中涂抹上相当个性化的梦幻色彩。在诗人“仙”气弥漫的梦幻世界里，别具三种游仙文化形态，即：超凡之人、奇幻之境与至诚之情，同时又创造了“以幻写仙”“以梦写仙”与“以游写仙”的三种抒写神游仙界的新异模式，呈现出丰富多彩的游仙面貌与深刻意境。在“六朝之后另创一番开天辟地的格局，其才力之大、想象力之丰，洵无愧‘诗仙’之名，而其广阔的堂庑，也为道教的神仙世界打造了一个人性化的空间，赋予游仙诗一个前所未有的着力方向，也为其承先启后，开创新机”。故而在中国游仙诗史上具有不朽里程碑式的诗学价值与审美意义。

楚辞女性形象对李商隐无题诗中的“装”与“妆”的影响

广州大学　陈咏红　陈韵翀

摘　要：本文就李商隐“无题诗”中对“装”和“妆”的体现和刻画进行讨论，以神化的女性形象和日常生活中的女性形象为分类讨论的依据，并从中体味其装扮与妆扮技巧所体现的审美趣味及美学效果。

关键词：装；妆；李商隐；无题诗；楚辞

李商隐的“无题诗”①朦胧细腻，婉转绵长，风格独特。元好问《论诗绝句三十首》十二曾发出“诗家总爱西昆好，独恨无人作郑笺”的感慨。与李商隐无题诗相关的研究成果虽多，但从李商隐“无题诗”中的人物形象的妆容打扮着手，分析楚辞女性形象对李商隐无题诗中的“装”与“妆”的影响，继而分析唐代诗歌的审美趣味的成果却较少②。因此，本文打算对李商隐无题诗中关于其女性形象的“装”和“妆”的描述进行归类，并以此为切入点，考察李商隐无题诗对屈原的 “香草美人”比兴的文化记忆，以作为研究李商隐“无题诗”及唐代审美文化的继承性的一个契机。

一、李商隐“无题诗”的定义

本文认为，作为李商隐“无题诗”的标准是：一是通篇内容与爱情相关。二是除了没有题目的诗③以外，还包括部分以自身开篇二字作为题目的诗歌，它们的主题都是围绕情爱的缠绵悱恻所展开的。在李商隐的“无题诗”中，有一些爱情诗，是以诗歌的前两个字为题，虽然它们是有诗题的，但是内容和主旨都与无题诗别无二致，所以在此也归入“无题诗”的范畴，如：《一片》《碧城》三首、《如有》《为

① 本文的李商隐诗歌引文版本：刘学锴、余恕诚：《李商隐诗歌集解》，北京：中华书局，1988年版。

② 冯盈之：《李商隐〈凤尾香罗〉服饰形象分析兼论该诗多义性阅读趣味》，《名作欣赏》，2006年第18期，第16页。

③ 其中，“万里风波一叶舟”属原题逸佚，属于失题诗，不归入无题之列。虽然其主题也跟李商隐的其它“无题诗”一样，以爱情为主题。

有》《东南》《锦瑟》等。另外，还有《留赠畏之》的第二、三首诗也应看作“无题诗”，因为这两首诗与“赴职梓潼”没有关联，又符合“无题诗”的主题，后两首诗大概只是与第一首诗误合而已，所以也应当作“无题诗”。但是还有一些诗作，虽然也用了开篇二字作为题目，但是属于诗中实指，如：《瑶池》《碧瓦》《流莺》《石城》等，不归入这类“无题诗”的系列。三是给读者“雾里看花”的阅读感受，多用象征、比兴、用典等艺术手法，辞藻华美，感情细腻。这样，符合此标准的“无题诗”大致有 24 首①。

二、李商隐“无题诗”中的女性形象分类

唐代不仅服饰争奇斗艳，雍容华贵，妆容亦娇态万众，粉妆玉琢。每个时代的文化产物，都会直接或间接地体现出那个时代的服装和妆容的特征，唐诗也不例外，有“绣罗衣裳照暮春，蹙金孔雀银麒麟”（杜甫《丽人行》），有“续客下马故客去，绿蝉秀黛重拂梳”（李贺《夜来乐》），还有“小头鞵履窄衣裳，青黛点眉眉细长”（白居易《上阳白发人》）……都不难发现各类服饰和妆容形象的描绘。这样对于女性形象的描绘，也见于李商隐的无题诗中。

李商隐“无题诗”中的女性形象很突出，可分为两类：一是神化的女性形象。李商隐的诗中总会出现青女、萼绿华、杜兰香、湘妃、宓妃、西王母、卢莫愁、嫦娥、神女、紫姑、麻姑、圣女等仙界神女，根据这些充满神话色彩的女性形象从李商隐的诗中归纳出一系列的典故，如：“蓬山系列”“月宫系列”“银汉系列”“洛神系列”等。二是日常生活中的女性形象。其中包括李商隐的情爱对象（李商隐的“无题诗”几乎都是以爱情为主题，当中有他的妻子王氏、宋华阳、柳枝、荷花等情爱对象；也有一些李商隐一厢情愿的单相思对象），还有一些与诗人素昧平生的为情所困的女子，诗人往往透过她们隐喻自比。在这类诗中，作者总是描写日常生活中所见到的现象和接触到的女性，透过这类表面的描写，去思考自身的处境和命运。

实际上，在李商隐的“无题诗”中，并没有对这几类女性的形象进行严格区分，她们有时甚至是相互交叠的。下面试从服装和妆容的角度，对李商隐“无题诗”中

① 刘学锴认为李商隐有十四首无题诗，包括“《无题》（八岁偷照镜）、《无题》（照梁初有情）、《无题二首》（昨夜星辰、闻道阊门）、《无题四首》（来是空言、飒飒东南、含情春畹晚、何处哀筝）、《无题》（相见时难）、《无题》（紫府仙人）、（无题二首）（凤尾香罗、重帏深下）、《无题》（近知名阿侯）、《无题》（白道萦回）。”详见刘学锴《李商隐传论》（增订本）第八章，黄山书社，2003 年版，第 539 页。（曹渊：《李商隐〈无题〉诗中女性角色的情感隐痛及其比兴意义》，《武汉理工大学学报（社会科学版）》，2018 年第 1 期，第 135—140 页）《全唐诗》共录李商隐 16 首无题诗。

的女性形象所体现出的“装”和“妆”加以归纳和分析。

三、李商隐无题诗中的“装”与“妆”

李商隐“无题诗”中的女性形象所体现出的“装”和“妆”都分神化的女性形象和日常生活中的女性形象两类来述论。

（一）“无题诗”中的“装”

“无题诗”中神化的女性形象的“装”与楚辞中的女性形象的着装联系紧密；女性形象的日常生活中的“装”则体现了唐代特别是晚唐的审美趣尚。

1. 神化的女性形象的“装”

李商隐的诗作中经常会出现一些充满神话色彩的典故或是女性形象，这些女仙形象通常都表现为冷艳高洁、超然脱俗、神秘难测，散发着“曲高和寡”的气质，可谓“可远观而不可亵玩焉”。这不仅与唐代崇尚道教[①]有很大关系，也与李商隐青年时在玉阳山访仙学道的道教出身有很大关系。

比如，“无题诗”中的“闻道阊门”篇出现的“萼绿华”的倩影，就是这么个可望不可即的女子形象：

> 闻道阊门萼绿华，昔年相望抵天涯。
> 岂知一夜秦楼客，偷看吴王苑内花。

萼绿华，简称“萼绿”，是一名中国传说中的道教女仙。《真诰·运象》有云：“萼绿华者，自云是南山人，不知是何山也。女子，年可二十上下，青衣，颜色绝整。以升平三年十一月十日夜降于羊权家，自此往来，一月辄六过。来与权尸解药。”[②]

诗中虽无细致地描绘萼绿华的衣着打扮，但身着青衣，站于阊门前的年轻貌美、清丽脱俗、虚无缥缈的冰山美人形象已跃然纸上。“唐代的服装是参照古人的旧制的，唐人将服装与色彩元素联系起来，作出许多哲学与理论的思考，将天皇氏尚青、地皇氏尚赤、黄帝尚黄、金天氏尚白、高阳氏尚黑，把金、木、水、火、土五行作为解释宇宙生存及系统存在的理论核心，并与白、青、黑、赤、黄应对起来以表示西东北南中五方。把颜色与季节对应起来：春－青、夏－赤、秋－白、冬－黑。”[③]“青”

---

① 据《真诰》载，南岳夫人魏华存（252—334）是当年在茅山上向杨羲传授《上清经》的主要人物之一。而杨羲在中唐李渤的《真诰》记载中，系道家的第一代祖师爷。所以魏华存的女仙形象，在唐代道教中被广为推崇。

② 杜甫：《杜甫戏为六绝句集解：元好问论诗三十首小笺》，北京：人民文学出版社，1978 年版，第 259 页。

③ 崔丕鑫：《唐代服饰色彩与色彩观念浅析》，《辽宁丝绸》，2006 年第 2 期，第 33 页。

代表春的颜色，使得萼绿华的着装更显示出她的青春活力。却又与后一句“昔年相望抵天涯”的凄冷氛围形成对比，反衬出仙女的孤寂，形成冲突感，达到增加萼绿华与世人（诗人）的距离感的艺术效果。

“萼绿华”的仙女形象不仅在李商隐的“无题诗”中的“闻道阊门”篇里出现过，还在其另一篇诗作《重过圣女祠》中出现过：

白石岩扉碧藓滋，上清沦谪得归迟。

一春梦雨常飘瓦，尽日灵风不满旗。

萼绿华来无定所，杜兰香去未移时。

玉郎会此通仙籍，忆向天阶问紫芝。

尽管本文因为此诗诗题并不符合“无题诗”的分类标准而并未把其纳入“无题诗”系列当中，但它的内容和艺术手法其实与“无题诗”是极其相似的。“白石岩扉碧藓滋”“一春梦雨常飘瓦，尽日灵风不满旗”，它的意象群所构成的凄冷萧瑟的意境，正是“无题诗”所经常营造出的悲凉气氛。其实，《重过圣女祠》和“闻道阊门”表现人物形象的艺术效果也很相像，都没有对人物的外形、品格、故事等作过多描述，但被贬下凡的“萼绿华”在这样的环境中的茕茕孑立的青衣形象已宛在眼前。

李商隐诗中诸如萼绿华、杜兰香等被天庭贬下人间的神化女性形象，多是用比兴的手法来凸显她们身处孤寂深幽的环境中的形影相吊的女性形象。同时，这仙女沦谪人间的遭遇，正好与他仕途不顺的遭遇有相似之处，诗人正好能借她们的形象抒发人生感慨。

2. 日常生活中的女性形象的“装”

“无题诗”中的女性形象的日常生活中的“装”，则体现了唐代特别是晚唐的审美趣尚。李商隐常常在“无题诗”中提到一些在日常生活中能见到的或接触到的平凡女子，她们似乎总是叹息、担忧自己年纪渐长却仍未出嫁的现况，而从更深层次上来分析，却往往发现其实质是诗人怀才不遇、感怀身世的暗喻自比对象。《无题二首》中的“凤尾香罗”篇就体现了这一点：

凤尾香罗薄几重，碧文圆顶夜深缝。

扇裁月魄羞难掩，车走雷声语未通。

曾是寂寥金烬暗，断无消息石榴红。

斑骓只系垂杨岸，何处西南任好风。

这首诗写的是一名女子在怀想思忆自己的心中所爱，是女主人公在深夜缝制的时候，回忆起自己与心心念念的人的一次偶遇的场景，并在匆匆一睹之后，便一直日思夜想、辗转难眠，只可惜到最后与意中人都是咫尺天涯，无缘再相见的内容。由此，可看出诗中的女主人公形象就有诗人的影子。诗人情路坎坷，就如诗中女主人公一般，常常处于郁郁的思念当中。李商隐有一厢情愿地心心念念得不到的人的情况；也有终于遇到两情相悦、相见恨晚的妻子王氏，但她却过早离世，留下李商隐独自伤感的情况。不论作诗时诗人是身处哪种情况，都能知道他与诗中女子一般，无法与喜欢的人厮守。此外，这诗也可能是诗人暗喻令狐楚对自己的知遇，只可惜在被王茂元招婿之后便无法持续，就只能像诗中女主人公与思念的对象一般，咫尺天涯了。诗的具体深意，我们不得而知，但诗人作诗时的沉重抑郁，在诗中女主人公的形象和心情中表露无遗。

本文以诗人的心境特点为依据，对诗中的“凤尾香罗”和“石榴红”展开讨论，并以此推出唐代的“装”的特点：

“凤尾香罗”，指的是一种织有凤尾花纹的薄罗。“凤尾”究竟指的是什么？历来众说纷纭。有的注家将其解为“彩凤花纹”，意思是凤凰图样的花纹。但又有人质疑，“‘蝶双知伉俪’——蝶，也有夫妻爱情之喻”，并“根据《文史辞源》所录，崔豹《古今注·虫鱼》载：‘蛱蝶其有大如蝙蝠者，或黑色或青斑，大者曰凤子’，是‘蛱蝶’亦称为‘凤’。”[①]和“沈约有诗：‘萦丝飞凤子，结缕坐花儿。’（《十咏·领边绣》），杜甫诗亦云：‘花罗封蛱蝶，瑞锦送麒麟。’（《奉和严中丞西城晚眺十韵》），白居易诗：‘翩翻舞袖双飞蝶，宛转歌声一索珠。’（《夜宴醉后留献裴侍中》）等”，得出“绮罗衣物上绣蝶在唐宋颇成风尚”的结论。然而，若真如上推论，蝴蝶双飞，根本是“无中生有”。

根据诗中女主人公几乎思忆成病的状态可推断出女主人公的相思如果不是一厢情愿，就是因为不得已的苦衷而无法与意中人厮守，那又何以与君“双飞”？尽管如此，女主人公急切待嫁的心情仍未变改，她不自觉地把自己的想与意中人联姻的欲望[②]轻缝于绮罗之上。然而只缝了单边的凤（雄为凤，雌为凰），就惊觉现实的残酷，于是就陷入了无尽的甘苦自知的回忆之中。也有“凤凰凝重华美的形象，与香罗轻薄数层的质感，似乎不甚相称”的质疑。然而，这不正衬托出一种娇弱女子要承受着如此沉重的思念的即视感吗？因此，本文认为“凤尾”指的是有凤无凰的花纹更为合适。再说，凤凰图案也显现了唐代服装的追求华丽的特点。

“石榴红”虽然在诗里表面上应译为“石榴花开”，指青春时光流逝，突出女主人公痴痴等待的过程和时间的漫长。其实质上，应有另一层含义——“石榴红”还意为“石榴裙”。尽管唐代的裙子的颜色很多，有深红、杏黄、绛紫、草绿等，

---

① 冯盈之：《李商隐〈凤尾香罗〉服饰形象分析兼论该诗多义性阅读趣味》，《名作欣赏》，2006年第18期，第16页。

② 凤凰有夫妻恩爱之喻；“碧文圆顶”意为“有青碧花纹的圆顶罗帐”；罗帐，在古代诗歌中常常被用作男女好合的象征。

但石榴红裙却是当时最时兴、流行时间最长、流行范围最广的下裳。在唐代，红色被认为是高贵和喜庆的象征，常为达官贵人所用。普通百姓则多穿冷色系，在古代的喜庆节日里，庶民百姓也可以用红色。因此，“石榴红”译作“石榴裙”符合诗中女主人公待字闺中，渴望嫁给心上人的心情。李商隐诗中也多用“石榴花”，如：“我为伤春心自醉，不劳君劝石榴花。”（《寄恼韩同年二首·其二》）又如他在《石榴》中有诗：“榴枝婀娜榴实繁，榴膜轻明榴子鲜。可羡瑶池碧桃树，碧桃红颊一千年。”从李商隐诗中的“石榴红”可见，“石榴红”不仅能体现出唐代女性的下裳非常流行石榴裙的着装特点，在此诗中“石榴裙”还意指女主人公，放在“断无消息石榴红”中理解更有女主人公情真意切地等待消息的画面感。

再如：“无题诗”中的“八岁偷照镜”篇：

八岁偷照镜，长眉已能画。
十岁去踏青，芙蓉作裙衩。
十二学弹筝，银甲不曾卸。
十四藏六亲，悬知犹未嫁。
十五泣春风，背面秋千下。

这首诗记叙了一个少女从“八岁偷照镜”到十五岁待字闺中的生活细节和心理变化。同时，诗中的“芙蓉作裙衩”体现出了“装”的特点：

早在战国时期，屈原就有在《离骚》中写道：“制芰荷以为衣兮，集芙蓉以为裳。”意为收集荷叶剪制成上衣，收集芙蓉缝制成下裳（裙装），与后面的“不吾知其亦已兮，苟余情其信芳”组合起来，表达了诗人不在乎世人对自己的误解，只要自己洁身自好、问心无愧便可。“荷”“芙蓉”（最早为荷花的别名）自古便有“出淤泥而不染”，洁白无瑕之喻。

而“芙蓉作裙衩”的“芙蓉”不仅表现了诗中少女的纯真无邪、青春少艾，还能体现出唐装流行的一种花卉纹样——团窠纹（团花）——是一种“以一种或几种花卉，采用对称或平衡形式，组合成近似圆形的单独纹样，做四方连续的构成。在圆圈内，可以装饰动物、人物、花卉等。团窠纹大量使用在丝织服装布料上”[①]的花纹图案。“裙衩”上有“芙蓉”的样式，其实就是唐代有缝制花卉植物样式的服装。这些衣服的结构设计往往很被重视，通常呈流线型，充满生命力和跃动感，讲究图案、形态之间的有机关联，通过流动的线条来展示衣服潜在的生命力，体现了唐代服饰的精致巧妙，做工的纷繁复杂。

李商隐的一生几乎都起伏不定，坎坷不已。他不但情路不顺——经常处于单恋

① 田伟、范立娜、张星：《唐代服饰图案及其文化内涵》，《饰（北京服装学院学报艺术版）》，2007年第3期，第43页。

或相爱却无法相恋的状态。终于尘埃落定，却因妻子过早离世而无法与其长相厮守，只能在回忆中辗转叹息；而且在官场上也处处碰壁，壮志难酬。他融身世之悲、不遇之情于自己的爱情诗中，用男女的情思表达自己对这个“人生如梦”的世间充满无可奈何之感，如“无题诗”中，“凤尾香罗薄几重”的等待无望，“八岁偷照镜”的顾影自怜。

（二）“无题诗”中的“妆”

李商隐不仅把“无题诗”系列里的人物的“装”刻画得栩栩如生，对于她们的“妆”的描写就更加生动形象、入木三分。在他的诗作里，各种“妆”不但被压缩成仅仅几个字就能体现出人物的整体形象，而且还夹杂着连续性用典和华美的辞藻、精准的押韵，这些都无不体现了诗人的写诗功力的深厚。

1. 神化的女性形象的“妆”

唐代的服饰非常重视打扮的整体效果，这个整体是需要发型、首饰、面部的化妆和服装的辅件饰品等多方位的装饰来配合的，因此，当时的人们非常重视装饰的美。连李商隐诗中的神化的女性形象，都能体现出这一特点。

李商隐“无题诗”中的女仙有青女、萼绿华、湘妃、宓妃、李夫人、西王母、卢莫愁等，她们所处的环境多是瑶台、玉台、碧城、紫府、蓬莱、高唐、章台等仙界地方。

《无题四首》其一的“来是空言”篇就是一个典型的例子：

来是空言去绝踪，月斜楼上五更钟。
梦为远别啼难唤，书被催成墨未浓。
蜡照半笼金翡翠，麝熏微度绣芙蓉。
刘郎已恨蓬山远，更隔蓬山一万重。

刘郎，在李贺的《金铜仙人辞汉歌》中有记载这样一段神奇的故事：相传东汉永平年间，浙江剡县刘晨入天台山采药，遇仙女，留居半年还家，子孙已七世。后复上天台访女，已不可寻。这样的故事，在科技并不发达，人人迷信的古代，造就了人们对天界的一种向往。同时，也让人们对仙女产生了丰富的想象。“蜡照半笼金翡翠，麝熏微度绣芙蓉。”虽然并没有细致的女性形貌描摹，但却用“蜡照半笼”“麝熏微度”的氛围，加上“金翡翠”饰品和“绣芙蓉”的动作，展现出了一个曼妙的仙女形象。

唐代的女性非常偏爱头饰，她们没有再继续隋代发髻简单化的潮流，反而翻新了发髻样式，使其越来越多样化，有堕马髻、倭堕髻、三角髻、乌蛮髻等多式发髻，这些发髻都要配以金、银、珠翠等首饰以装饰，达到相辅相成、交相辉映的效果。

薛能《戏题》中的“拥头珠翠重”，杜牧《见刘秀才与池州妓别》中的“金钗横处绿云堕”，范元凯《章仇公席上咏真珠姬》中的“顾步裴回拾翠钗”，白居易《长恨歌》中的“花钿委地无人收，翠翘金雀玉搔头”等诗句，与李商隐这句“蜡照半笼金翡翠，麝熏微度绣芙蓉”所起的艺术效果如出一辙。实际上，唐代还有专门研究发髻的《髻鬟品》《续髻鬟品》等书籍，人们会给以往的发髻样式改名（魏有“反绾髻”，唐重新起名叫“反绾乐游髻”），甚至还会给同一样式的发髻起不同名字（“螺髻”和“翠髻”是同一种发髻样式）。“金翡翠”在此应当是镶金翡翠的头饰，展现了诗中主人公意中人如仙女一般的高贵华丽装饰形象。由以上推论可以看出唐人对发髻发型的分类的细致清晰和偏爱重视。

值得一提的是《碧城》三首，其背景是神女身处之地：

其一

碧城十二曲阑干，犀辟尘埃玉辟寒。
阆苑有书多附鹤，女床无树不栖鸾。
星沉海底当窗见，雨过河源隔座看。
若是晓珠明又定，一生常对水精盘。

其二

对影闻声已可怜，玉池荷叶正田田。
不逢萧史休回首，莫见洪崖又拍肩。
紫凤放娇衔楚佩，赤鳞狂舞拨湘弦。
鄂君怅望舟中夜，绣被焚香独自眠。

其三

七夕来时先有期，洞房帘箔至今垂。
玉轮顾兔初生魄，铁网珊瑚未有枝。
检与神方教驻景，收将凤纸写相思。
武皇内传分明在，莫道人间总不知。

《碧城》三首以难解著称，其用典多且通篇隐喻，晦涩艰深，因此对于《碧城》三首所叙述的主题和对象历来众说纷纭，本文主要着眼于它对“妆”的描写对刻画人物形象的作用。正如梁启超在清华大学演讲《中国韵文内所表现的情感》时所言：“义山的《锦瑟》《碧城》《圣女祠》等篇，……讲的是什么事，我理会不着。拆开着一句一句的叫我解释，我连文义也解不出来。但我觉得他美，读起来令我精神上得一种新鲜的愉快。须知美是多方面的，美是含有神秘性的。我们若还承认美的价值，对于此种文学是不容轻轻抹煞啊。”[①]

“玉辟寒”代表玉德温润，能看出古人对玉石的属性已颇有研究，并将其影响延续至今。玉，也是唐代重要的饰品之一。比如：有的妇女会配合特别的“倒晕蛾翅眉”，妆容显现为浓眉上翘，头上插满用玉、金、银、象牙或玳瑁制成的小梳，有时甚至会多达八把以上，可见唐代对妆容的要求是多么华丽精致。

“紫凤”是传说中的神鸟，有祥瑞之意，常常被用作衣服上的凤鸟花纹，在此喻指女性。在唐代，龙凤图案只用于宫廷和皇室，它们成了区分统治阶级的标志。“紫凤放娇衔楚佩”，暗指女性在男女欢爱之时，女性撒娇的情景。

“玉轮顾兔初生魄”，乍看之下是环境描写。“玉轮”（李贺《梦天》：“玉轮轧露湿团光，鸾佩相逢桂香陌。”）和“顾兔”（李白《上云乐》：“阳乌未出谷，顾兔半藏身。”）都有月亮之意，可说这句写的是月缺的情景。至于深层含义，有人说，“玉轮”确指月亮，但“顾兔”则是指张望月亮里与嫦娥相伴的玉兔，而“七夕来时”，月亮却正值上弦月的状态，根本无法看见玉兔，正如在人间的自己见不着情郎，表达了两个有情人无法相聚的无奈之感；也有人说，这句以月中有“顾兔初生”隐喻女方有孕，“铁网珊瑚未有枝”隐喻有孕未产。诗意究竟指什么，每个人心中都会有不同的答案。而本文所着重研究的“装”和“妆”的特点，这里亦有体现：有说“月魄”有团扇之意。在宋以前，女子手执的扇都是圆形的。这么说来，“玉轮顾兔初生魄”不仅写出了月亮被遮蔽的景象，女子手执团扇遮脸窥探的情状也能浮于眼前。在古代，团扇被喻作“合懽”。此外，不仅有“秋扇见捐”之说，还有“却扇”一说，指在唐代时的婚礼需要用长柄扇遮掩新娘。所以“扇”也有“遮面”的意思。“犀辟尘埃玉辟寒”“紫凤放娇衔楚佩”“玉轮顾兔初生魄”这几句诗，写出了仙女们服饰的华美珍贵和形象的高贵冷艳。

除了可以从仙界地名及人名寻找线索以外，想要找到神化的女性形象，“无题诗”中的多处用典也很值得关注。只是，在本就用词精简的无题诗中，再纷繁复杂地运用典故，会使得本就朦胧晦涩的无题诗变得更加扑朔迷离。其中，《锦瑟》的“沧海月明珠有泪，蓝田日暖玉生烟”和《无题四首》其三的“含情春畹晚”篇中的“多羞钗上燕，真愧镜中鸾”都是能透过“妆”的描写和典故的运用让读者感受到神化的女性形象的诗句。

2. 日常生活中的女性形象的“妆”

李商隐的“无题诗”的出色之处在于仅用几个字就能把一个人的形象、心理和身处的环境表现得淋漓尽致。即便只在揣测诗中主人公的心思，抑或是诗中主人公

① 梁启超：《饮冰室文集》之三十七，见《饮冰室合集·文集》第十三册，上海：中华书局，1936年版，第119—120页。

在揣测思念对象的心思，都写得有板有眼、逼真传神，给人以一种若有似无的意境美。

“无题诗”中的“相见时难”篇正是如此。它的主题从来都是莫衷一是。有人认为这是一首爱情诗，“蓬山”指的就是李商隐思忆对象所居住的翰苑；有人认为这是一首咏史诗，反映了文宗朝时期的矛盾与冲突；何焯、纪晓岚都认为这是一首感遇诗，表达了李商隐对自己仕途坎坷的感慨。从“相见时难”篇所营造的氛围和塑造的人物形象来看，这应当是一首描写诗人情爱对象的广为人知的爱情诗。其中，“云鬓”意即女子乌黑柔亮的鬓发。从诗中女主人公明明正值风华正茂，却杞人忧天担心自己会双鬓发白的情境，可推断出在没有染发技术的唐代，人们还是以乌黑亮丽的发色为美的。“晓镜但愁云鬓改”这句诗用了融情于景的手法，把对情爱对象的“妆”的描写写入意境中。尽管没有具体地描述出女性的动作，但是一个“看”字似乎就能写出诗人能看见钟情的女子在对着镜子梳妆打扮，同时又在担忧自己终将会年华逝去的情景，写得生动传神。

“无题诗”中还有一首能显现出唐代“妆”的特点的诗，便是“照梁初有情”篇：

> 照梁初有情，出水旧知名。
>
> 裙衩芙蓉小，钗茸翡翠轻。
>
> 锦长书郑重，眉细恨分明。
>
> 莫近弹棋局，中心最不平！

“裙衩芙蓉小，钗茸翡翠轻。”——“钗茸翡翠”最早出现在宋玉的《讽赋》：“以其翡翠之挂臣冠缨。”上文有提到，唐代的女子是很讲究梳妆打扮的，发髻和饰品都必不可少并且种类繁多，因此，要梳出漂亮的发髻，就需要既能固定头发又能修饰发髻的发饰，其中发针、笄、簪、钗、梳是最基本的梳理工具。这里提到的“钗”在唐代是有相同图案，但方向相反的成对头饰。钗一般分作两股，比簪更具有妆饰效果。它的式样不仅是分作两股的，还是一式两件的。钗“图案相同但方向相反，在妆饰时可以左右对插，而且不同样式的对钗也可以多枚左右对插”①。其“制作相当复杂，华贵者在钗上镶嵌宝石、金珠等，式样品目繁多”。②因此，钗都会被在顶端用各种珠宝玉石砌成的，用木或金属雕刻而成的诸如鱼虫鸟兽、繁花等各种图案妆饰。这里的“钗茸翡翠”就是指有茸毛的，用翡翠鸟羽装饰的钗。李商隐在《蝶三首》中提到“钗”的诗句——“为何翠钗拆上凤”，就吟咏了钗头妆饰的各种物象。

“眉细恨分明”，女子妆容的每个部位在唐代都是经得起推敲的，“眉”也不例外。不仅眉色、眉形有讲究，就连画眉的材料和方式都有其时代的特点。李商隐《无

① 王麒越：《唐代女性头面妆饰文化研究》，《长江文明》2010年第2期，第52页。

② 王麒越：《唐代女性头面妆饰文化研究》，《长江文明》2010年第2期，第52页。

题二首》其一云："长眉画了绣帘开，碧玉行收白玉台，为问翠钗钗上凤，不知香颈为谁回。"其中的"长眉"就是当时的流行眉型。

在初唐时，翠眉（指绿色的眉毛）曾经盛极一时，但到了中晚唐的时候，"黑黛"（指黑色的眉毛）又回归主流，能体现出唐代女性崇尚自然美。这里提到的"细眉"也是唐代很流行的一种眉形——蛾眉，"蛾眉"亦有美人之意，这就可看出当时是以细眉为美的。此外，阔眉也是当时流行的一种基本眉形。玄宗在四川曾令画工画《十眉画》，眉式的名目有鸳鸯、小山、五岳、三峰、垂珠、月棱等，可谓"百花齐放"。另外，唐代女子用于画眉的主要颜料和工具有黛、黛砚、砚杵、镊子、眉笔等，唐代女子甚至还会在画眉之前拔去眉毛。

这首诗把女主人公的"装"和"妆"都写得淋漓尽致，看似是诗人对女主人公了若指掌的缘故，其实是因为诗中的女主人公正是诗人的化身，诗人用女子的外形之美来暗喻自己的才华横溢，用女主人公急于嫁人又无法得偿所愿的状态来暗喻自己渴望被"伯乐"相中却"无人问津"的怅然若失之感，这样不被赏识的隐约的孤独感被化作华丽的辞藻穿插在诗中，写出了一种孤芳自赏和顾影自怜同在的矛盾。

四、"无题诗"女性形象"装"与"妆"的特色所体现的晚唐审美趣味

唐代女子"审美重视发型、首饰、面部的化妆和服装的辅件饰品等多方位的装饰，基本构成了整体设计的衣服、首饰和脂粉三大要素。这时的人们特别重视服装审美的整体效果，重视人体全方位仪表的刻意修饰"[①]，且追求服饰的多样化和时尚化。唐代女子服饰潮流的大致趋势是：襦裙服—"坦领"装—"胡服"—"宽袖"装，显示出了当时人们审美观念更新之快。唐朝的服装审美还非常开放，甚至出现了"半露胸"和"女着男装"的现象。这样异彩纷呈的服装审美，不仅使一直受到封建思想束缚的古代女性服装有了新的突破，还体现了唐代男子的审美观念的开放、宽容。唐代女子在妆扮上同样讲究，单是面部化妆就有敷铝粉、抹胭脂、画黛眉、贴花钿、点面靥、描斜红、涂唇脂等诸多方法，而发饰、眉饰、吊饰等装饰品亦各有讲究，体现出了唐代女子追求展现雍容华贵、富丽堂皇的妆容的特点。由此可以看出，唐代是一个主张张扬个性，不被束缚的年代，表现了人们豪放的生活态度和绚丽多彩的审美趣味。唐代的装扮与妆扮技巧如此之纷繁，诗歌这类极其有限的篇幅的体裁，是难以作深入细致的描述的。

到了像夕阳般将落的晚唐，李商隐的"无题诗"女性形象的"装"与"妆"向"秾

① 李超德：《唐代服饰的风格特征》，《苏州丝绸工学院学报》，1999 年第 6 期，第 24 页。

丽”转向。他注重寄寓了深沉的哲思和感情的秾丽的诗境创造，善于捕捉人物妆容的一刹那的变化，用精致、细腻的笔触描绘出来，含蓄地表达复杂、微妙的情绪波澜。如“重帏深下”篇的相思无果的女子形象，“何处哀筝”篇的渴望待嫁的女子形象，《留赠畏之》其二“待得郎来”篇的怨恨无奈的女子形象等，表现出晚唐美学在装扮与妆容方面的新变，传达出朝代更迭前特有的寂寥感伤，让读者对诗的情境和人物形象充满天马行空的想象。

李商隐的“无题诗”在“装”和“妆”上的描绘对美学史的贡献是毋庸置疑的，他运用比兴、象征等艺术手法，连续性高频率地用典，把唐代女子的仙女形象和生活化形象都表现得淋漓尽致；他制造出幽美的氛围和朦胧的意象，衬托出唐代女子妆容打扮的精致，而这种表现手法与屈原的以“香草美人”暗喻士人的怀才不遇之情的比兴手法是相通的。

温庭筠词“变化楚骚”说辨

北京语言大学　杨　衎

摘　要：温庭筠词与“楚骚”是否存在关系，后世对此问题聚讼不已。从词文体的音乐特征和温庭筠词的内容本身出发，说明将温庭筠词与“楚骚”通过“感士不遇”联系在一处的观点有失偏颇；但温庭筠词与“楚骚”在细腻精致的容饰器物描写和“哀怨”的情感基调上确有较多相似之处，这也成为引发部分论者进行过度阐发的重要原因。

关键词：温庭筠；词；楚骚

温庭筠是晚唐时代颇有成就的一位文学家：诗与李商隐并称“温李”；词与韦庄并称“温韦”；骈文与李商隐、段成式齐名，被称为“三十六体”（“三才子”）①；此外还有赋和小说。这里要讨论的温庭筠的词，其范围限定在刘学楷《温庭筠全集校注·卷十 词》所收的59首词（58首录自《花间集》，1首录自《尊前集》）；原收于《花间集》的《杨柳枝》（8首）和《稗海》本《云溪友议》的《新添声杨柳枝辞》（2首）因被列入卷九的“集外诗”中，不在我们的讨论范围内。②

一、温庭筠词“变化楚骚”说的提出

温庭筠词“变化楚骚”这一说法，出自晚清词家、常州词派后学陈廷焯的《白雨斋词话》：“飞卿《菩萨蛮》十四章，全是变化楚骚，古今之极轨也。徒赏其芊丽，误矣。”③所谓“变化楚骚”，陈廷焯自己是这样解释的：“飞卿词全祖《离骚》，所以独绝千古。……所谓沉郁者，意在笔先，神余言外。写怨夫思妇之怀，寓孽子孤臣之感。凡交情之冷淡，身世之飘零，皆可于一草一木发之。而发之又必若隐若现，

① 莫道才：《新旧〈唐书〉李商隐传“三十六（体）”为“三才子”之误考》，《文献》，2011年第2期，第140—145页。

② 对于温庭筠所作的《杨柳枝》和《新添声杨柳枝辞》究竟属于可以入乐的七言绝句还是“齐言体”曲子词，尚有争议。

③ 唐圭璋编：《词话丛编》，北京：中华书局，2005年版，第3778页。

欲露不露，反复缠绵，终不许一语道破。非独体格之高，亦见性情之厚。”[①]概而言之，“变化楚骚”就是指使用相对婉转隐晦的词句，借写男女相思情事寄寓不得志士人的哀怨之气。

“变化楚骚”说显然受到了清中期常州词派创始人张惠言的启发。张惠言在其《词选》中评价温庭筠词《菩萨蛮》（小山重叠金明灭）说，“此感士不遇也……‘照花’四句，《离骚》‘初服’之意”。[②]陈廷焯所言“寓孽子孤臣之感”，落实在温庭筠词中，就是张惠言的“感士不遇”，这是“变化楚骚”说的核心内容。

自从张惠言、陈廷焯将温庭筠词与“楚骚”（《离骚》）联系起来后，诸家便围绕此问题聚讼不已，争论的焦点在于“变化楚骚”说的核心——“感士不遇”能否成立。而对于温庭筠词和“楚骚”的其他联系，论者普遍关注较少。为方便计，我们将这一部分与“感士不遇”区分开来，分别予以讨论。

二、“感士不遇”能否成立

“士不遇”是我国古代文学中一个常见的主题。西汉大儒董仲舒有《士不遇赋》，其后司马迁又作《悲士不遇赋》，东晋陶渊明复有《感士不遇赋》；而不以“士不遇”命名的作品更是难以计数。“士不遇”主题最早可以上溯至战国时代屈原的《离骚》，这也就解释了张惠言、陈廷焯评点温庭筠词时几乎把“感士不遇”和《离骚》（“楚骚”）看成“同义词”的原因。

支持温庭筠词“全祖《离骚》”“感士不遇”看法者，多从温庭筠一生遭际和我国古代诗歌的隐寓传统着眼。根据《旧唐书》《新唐书》《唐才子传》等的记载，温庭筠本为初唐宰相温彦博裔孙，“少敏悟，天才雄赡”[③]，因其恃才傲物，“士行尘杂，不修边幅”[④]，为当权者所忌，屡受打击：在长安屡试不第；从游的庄恪太子李永被废身亡，交好的宰相令狐绹又因言失和；科场代人作文，以“搅扰场屋”[⑤]被贬隋县尉；任国子监助教主持秋试，因“榜三十余篇以振公道”[⑥]，再贬方城尉，“竟流落而死”[⑦]（参见刘学楷《温庭筠全集校注·附录·温庭筠系年》）。中书舍人裴坦起草的贬黜敕文中，就把温庭筠与历史上的屈原、贾谊联系到了一起：

---

① 唐圭璋编：《词话丛编》，北京：中华书局，2005 年版，第 3777 页。
② 葛渭君编：《词话丛编补编》，北京：中华书局，2013 年版，第 2668 页。
③ 辛文房撰，周绍良笺证：《唐才子传笺证》，北京：中华书局，2010 年版，第 1864 页。
④ 刘昫等撰：《旧唐书》，北京：中华书局，1975 年版，第 5079 页。
⑤ 李昉等编：《太平广记》，北京：中华书局，1961 年版，第 2077 页。
⑥ 辛文房著，傅璇琮主编：《唐才子传校笺》，北京：中华书局，1995 年版，第 455 页。
⑦ 辛文房撰，周绍良笺证：《唐才子传笺证》，北京：中华书局，2010 年版，第 1867 页。

“徒夸不羁之才，罕有适时之用。放骚人于湘浦，移贾谊于长沙。”[①]才高而不得志的士人，是很容易产生“不遇”之感的。我国古代长期以来形成了追求“温柔敦厚”、排斥直露的文学审美传统，外部政治环境也不容许士人直接指斥当权者，所以以夫妇喻君臣、借闺怨写“士不遇”成为古诗中一种常见的模式。问题在于，这种模式能否套用在温庭筠的词上？

有些“感士不遇”主题论的反对者，把焦点放在了温庭筠本人的品行上。萧继宗在《评点校注花间集》中说：“自皋文（张惠言）倡言比兴，亦峰（陈廷焯）标举沉郁，遂使古人词旨，尽如雾豹云龙，不可捉摸。……况飞卿为人，亦跅弛无行士耳，有何忠爱可言？谓为美人香草，窃比灵均，其谁能信？”[②]因为前人记载对温庭筠品行多批评之辞，就否定了他关心时政、忧君忧民、抒发“不遇”情怀的可能性，是比较武断的。这并非问题的症结所在。“感士不遇”主题能否成立，应从“词”的文体特征和温庭筠词的内容本身出发进行考察。

“曲子词”这种体裁，在相当长的时间里是与“诗”有着明确分别的。到了两宋之际，李清照还在她的《词论》中批评晏殊、欧阳修、苏轼的词作“作为小歌词，直如酌蠡水于大海，然皆句读不葺之诗尔，又往往不协音律者。”[③]欧阳炯在给《花间集》作的序中，反复强调“曲子词”的音乐性：“唱云谣则金母词清”，“名高白雪，声声而自合鸾歌；响遏行云，字字而偏谐凤律。杨柳大堤之句，乐府相传……举纤纤之玉指，拍按香檀。不无清绝之辞，用助娇娆之态。”“近代温飞卿复有《金筌集》……因集近来诗客曲子词五百首，分为十卷。以炯粗预知音，辱请命题，仍为序引。昔郢人有歌阳春者，号为绝唱，乃命之为《花间集》。庶以阳春之甲……休唱莲舟之引。”[④]这里将温词在内的花间词比为“阳春”“白雪”“鸾歌”“凤律”，而欧阳炯自己也是因为“粗预知音”才被请来给《花间集》作序。当时创作“曲子词”的直接目的，就是供人演唱。“诗”的“言志”功能，“曲子词”此时是不能承担的。

《新唐书》本传说温庭筠“多作侧辞艳曲”，这里的“艳曲”当指“曲子词”。温庭筠能够创作较多“曲子词”，重要的一点是因为他对当时流行的音乐比较了解。《旧唐书》本传和《唐才子传》说他“能逐弦吹之音”，“善鼓琴吹笛，云：‘有弦即弹，有孔即吹，何必爨桐与柯亭也。’”既然“曲子词”创作出来就是供人演唱，那么在创作“曲子词”时，其内容就要适应多数听众的趣味。由女性歌者唱闺情之词是当时“曲子词”演出的普遍现象，所谓“有唐已降，率土之滨，家家之香迳春

---

① 辛文房撰，周绍良笺证：《唐才子传笺证》，北京：中华书局，2010 年版，第 1865 页。

② 赵崇祚编，杨景龙校注：《花间集校注》，北京：中华书局，2014 年版，第 17 页。

③ 李清照著，黄墨谷辑校：《重辑李清照集》，北京：中华书局，2009 年版，第 54 页。

④ 赵崇祚编，杨景龙校注：《花间集校注》，北京：中华书局，2014 年版，第 1—2 页。

风，宁寻越艳；处处之红楼夜月，自锁嫦娥。”[①]温庭筠词的主要内容正是“写少女情态”[②]，以温庭筠最著名的《菩萨蛮》十四章（录自《尊前集》的一篇不在此内）为例：其一（小山重叠金明灭）明写闺中女子梳妆过程，暗写她的相思之苦；其二（水精帘里颇黎枕）写女子浓睡入梦和她醒来妆成后的美丽姿容；其三（蕊黄无限当山额）写早起尚有残妆的女子和爱人别离的情景与心境；其四（翠翘金缕双鸂鶒）写盛妆女子游春，归来想起远在边关的爱人；其五（杏花含露团香雪）写女子清晨从离别之梦中醒来，揽镜自照发现鬓发已因思念而衰减；其六（玉楼明月长相忆）写女子独坐高楼，回忆起离别场景陷入恍惚迷离；其七（凤凰相对盘金缕）写女子登楼远望，不见远方人归来；其八（牡丹花谢莺声歇）写女子因相思难以入睡；其九（满宫明月梨花白）分别从夜晚和白昼写女子对远方人的思念；其十（宝函钿雀金鸂鶒）写女子在梳妆中对别离场景的追忆；其十一（南园满地堆轻絮）写暮春傍晚女子独处时的伤春之情；其十二（夜来皓月才当午）写女子深夜难眠，追忆往事；其十三（雨晴夜合玲珑日）写女子夏日观景，归来得梦，梦醒补妆后凭栏陷入回忆；其十四(竹风轻动庭除冷)写女子清晨梦醒思念家乡。在我们讨论的温庭筠59首词中，只有《荷叶杯》（一点露珠凝冷）一首纯是咏物，其余58首都是在写闺情、写女性，这是很明确的。把温庭筠的这些词解释为“感士不遇”，内容上缺乏充分的依据。

结合“词”文体的特征和温庭筠词的内容来看，“感士不遇”主题论并不能成立，把温词与“楚骚”通过“感士不遇”联系在一处的观点是有失偏颇的。

三、“变化楚骚”说的合理性成分

对温庭筠词的解读中，之所以会出现“全祖《离骚》”“感士不遇”的“误解”与过度阐发，一个很重要的原因在于温词在某些方面确实与以《离骚》为代表的楚辞（“楚骚”）有相似之处，突出表现在细腻精致的容饰器物描写和“哀怨”的情感基调上面。

楚辞中对人物的姿容、服饰以至居室陈设有着许多铺排渲染式的描写[③]。如《离骚》：“扈江离与辟芷兮，纫秋兰以为佩。”“制芰荷以为衣兮，集芙蓉以为裳。……高余冠之岌岌兮，长余佩之陆离。……佩缤纷其繁饰兮，芳菲菲其弥章。”“解佩以结言兮，……朝濯发乎洧盘。”《东皇太一》：“抚长剑兮玉珥，璆锵鸣兮琳琅。

① 赵崇祚编，杨景龙校注：《花间集校注》，北京：中华书局，2014年版，第1页。

② 赵崇祚编，杨景龙校注：《花间集校注》，北京：中华书局，2014年版，第84页。

③ 以下各条《楚辞》引文，引自刘向辑，王逸注，洪兴祖补注，孙雪霄校点：《楚辞》，上海：上海古籍出版社，2015年版，第3—284页。

瑶席兮玉瑱……灵偃蹇兮姣服，芳菲菲兮满堂。”《云中君》：“浴兰汤兮沐芳，华采衣兮若英。”《湘夫人》：“荪壁兮紫坛，播芳椒兮盈堂。……罔薜荔兮为帷，擗蕙櫋兮既张。白玉兮为镇，疏石兰兮为芳。”《大司命》：“灵衣兮披披，玉佩兮陆离。”《少司命》：“荷衣兮蕙带，倏而来兮忽而逝。”《东君》：“青云衣兮白霓裳。”《山鬼》：“既含睇兮又宜笑，子慕予兮善窈窕。……被石兰兮带杜衡，折芳馨兮遗所思。”《涉江》：“带长铗之陆离兮，冠切云之崔嵬。被明月兮珮宝璐。”《招魂》：“砥室翠翘，挂曲琼些。翡翠珠被，烂齐光些。蒻阿拂壁，罗帱张些。纂组绮缟，结琦璜些。室中之观，多珍怪些。兰膏明烛，华容备些。……姱容修态，絙洞房些。蛾眉曼睩，目腾光些。靡颜腻理，遗视绵些。离榭修幕，侍君之闲些。翡帷翠帱，饰高堂些。红壁沙版，玄玉梁些。”“美人既醉，朱颜酡些。娭光眇视，目曾波些。被文服纤，丽而不奇些。长发曼鬋，艳陆离些。二八齐容，起郑舞些。衽若交竿，抚案下些。”《大招》：“朱唇皓齿，嫭以姱只。……丰肉微骨，调以娱只。……嫮目宜笑，娥眉曼只。容则秀雅，稚朱颜只。……姱修滂浩，丽以佳只。曾颊倚耳，曲眉规只。滂心绰态，姣丽施只。小腰秀颈，若鲜卑只。……粉白黛黑，施芳泽只。长袂拂面，善留客只。……青色直眉，美目媔只。靥辅奇牙，宜笑嗎只。丰肉微骨，体便娟只。”虽然以上所举《楚辞》各篇描写的对象（有诗人自己、神灵、想象中的美人）和功能作用（以华美衣饰喻美好品德、娱神、招魂）并不相同，但其对容饰器物描写的精致细密却是共通的。而且与屈原的《离骚》《九歌》相比，宋玉《招魂》、景差《大招》的描写更加繁复。这种细腻精致的描写风格（包括其他方面的描写在内），在中国古代文学中，以《离骚》为代表的楚辞具有开创性。

从“楚骚”到包括温庭筠词在内的“花间词”，是存在比较明晰的发展逻辑与影响脉络的。“真正美女与艳情题材，是从萌芽于楚辞的辞赋里发展起来的。”“宫体诗出现的一些新质素，多与辞赋遗传有关”，其一就是其“内容、结构、语汇、风格类似美人赋”①。“花间词”一方面对“南朝宫体”流于轻靡的倾向予以扬弃，一方面也吸收了宫体诗中从辞赋、从“楚骚”遗传下来的优良成分。以温庭筠《菩萨蛮》十四章为例，写女子姿容、服饰、居室陈设、梳妆过程的有②：“小山重叠金明灭，鬓云欲度香腮雪。懒起画蛾眉，弄妆梳洗迟。照花前后镜，花面交相映。新帖绣罗襦，双双金鹧鸪。”（其一）“水精帘里颇黎枕，暖香惹梦鸳鸯锦。……藕丝秋色浅，人胜参差剪。双鬓隔香红，玉钗头上风。”（其二）“蕊黄无限当山额，宿妆隐笑

① 曹旭、文志华：《辞赋遗传与宫体诗新变》，《上海师范大学学报（哲学社会科学版）》，2011 年 5 月，第 40 卷第 3 期。

② 以下各条温庭筠《菩萨蛮》引文，引自温庭筠撰，刘学楷校注：《温庭筠全集校注》，北京：中华书局，2007 年版，第 889—992 页。

纱窗隔。……翠钗金作股，钗上蝶双舞。”（其三）“翠翘金缕双鸂鶒，……绣衫遮笑靥，……”（其四）“玉钩褰翠幕，妆浅旧眉薄。春梦正关情，镜中蝉鬓轻。”（其五）“画罗金翡翠，香烛销成泪。……绿窗残梦迷。”（其六）“凤凰相对盘金缕，……明镜照新妆，鬓轻双脸长。”（其七）“翠钿金压脸，……”（其八）“泪痕沾绣衣。”（其九）“宝函钿雀金鸂鶒，……鸾镜与花枝，……”（其十）“无言匀睡脸，枕上屏山掩。”（其十一）“深处麝烟长，卧时留薄妆。……锦衾知晓寒。”（其十二）“绣帘垂箓簌，眉黛远山绿。”（其十三）“山枕隐浓妆，绿檀金凤凰。两蛾愁黛浅……”（其十四）每篇的描写都非常清丽且细致、精当，既无宫体诗“伤于轻艳”之弊，又避免了《招魂》《大招》就已出现的繁复倾向。温庭筠词这些对闺中女子的描写，对“楚骚”细腻精致的艺术风格既有继承，又有新的发展。

温庭筠词与“楚骚”相联系的另一大方面在于其“哀怨”的情感基调。屈原的《离骚》中“骚”指“怨”“忧”“愁”一类情绪，《史记·屈原贾生列传》：“屈平……故忧愁幽思作《离骚》。离骚者，犹离忧也。”“屈平……能无怨乎？能屈平之作《离骚》，盖自怨生也。”①王逸《楚辞章句》：“离，别也；骚，愁也。”②《楚辞》中其他篇目，如《九章》《远游》《卜居》《渔父》《九辩》诸篇，也充溢着“忧愁幽思”。后世文人常把“楚骚”与“哀怨”联系起来，如李白《古风五十九首》（其一）：“正声何微茫，哀怨起骚人。”③温庭筠词是弥漫着这种“哀怨”之气的。笔者对温庭筠现存59首词中与“哀怨”情绪相关字词的出现次数进行了统计，结果如下：“愁”14次，“梦”“断”（包括“断肠”“肠断”）各13次，“残”11次，“离”“落”（包括“落花”）各10次，“空”“泪”各8次，“薄”“思”“惆怅”各7次，“稀”“别”“寒”各6次，“音信”“恨”各5次，“伤”“寂寞”各3次，“迷”“冷”“独”“孤”“无力”“呜咽”“心事”（“心里事”）各2次，“凉”“虚”“衰”“悲”“绝”“无聊”“萧索”“憔悴”“凄切”等各1次。就温词的具体内容及情感基调来看，58首与闺情、与女性有关的词，只有7首看不出明显的“哀怨”之气④，而咏物的一首词《荷叶杯》（一点露珠凝冷）中也有“肠断”的字样。也就是说，我们讨论的温庭筠59首词中，至少有52首的情感基调是“哀怨”或者部分包含“哀怨”的。“哀怨”成分在温词中占了这样惊人的比例，如果

① 司马迁撰，裴骃集解，司马贞索隐，张守节正义：《史记》，北京：中华书局，1982年版，第2482页。

② 刘向辑，王逸注，洪兴祖补注，孙雪霄校点：《楚辞》，上海：上海古籍出版社，2015年版，第1页。

③ 李白著，王琦注：《李太白全集》，北京：中华书局，1977年版，第87页。

④ 这里所说的温庭筠不见“哀怨”之气的7首词为：《菩萨蛮》（水精帘里颇黎枕），《南歌子》（手里金鹦鹉），《南歌子》（似带如丝柳），《南歌子》（脸上金霞细），《南歌子》（扑蕊添黄子），《女冠子》（含娇含笑），《女冠子》（霞帔云发）。这7首词能否都认为不含“哀怨”之气，还有争议。

说词的内容一丝一毫都不曾受到词人生平“怨气”的影响，也未必让人信服。只是这样的影响，是通过影响作者的创作心态间接干涉到创作内容的情感基调，这与《离骚》中屈原明显把自我代入其中进行譬喻和抒怀是不一样的。弄清这个问题后，说温庭筠词在情感基调上“变化楚骚”，是完全可行的。

通过对温庭筠词细腻精致的容饰器物描写和其“哀怨”情感基调的分析，我们可以看出，温词在这两个方面确实受到了“楚骚”的影响，“变化楚骚”说还是有一定合理性成分的。

需要说明的是，本文第三部分所称的“变化楚骚”，在陈廷焯以“感士不遇”为核心、偏重思想主旨的基础上，已拓展为包括艺术手法、艺术风格在内的温庭筠词与“楚骚”间的联系问题。张惠言、陈廷焯注意到温庭筠词与“楚骚”的联系，是颇具慧眼的；只是他们两人对温庭筠词的思想主旨进行了不必要的“拔高”，使得“变化楚骚”说走上了过度阐发的歧途。类似的情况并不鲜见。如何正确、合理地解读古代文学作品，确实是一个值得不断思考和探索的重要问题。

论《长门赋》与“香草美人”书写传统

南通大学楚辞研究中心　尚志会

摘　要:《长门赋》位列《文选》“哀伤类”之首，赋文哀婉动人，极具艺术价值。赋中塑造的陈皇后形象和借由这一形象展开的悟主模式，是《长门赋》对屈赋“美人”形象的继承与发展。在艺术手法上《长门赋》体现了赋体文学的自觉认同感，从意象再现和形式追求两个方面具体展现了后世继承“香草美人”文学传统时的写作策略。同时，该赋是一篇承上启下的赋作，它所开创的“长门”书写正是对“香草美人”所代表的好修精神或不遇之感的强化。《长门赋》是“香草美人”书写传统发展过程中一篇重要的赋作。

关键词:《长门赋》；香草美人；书写传统

《长门赋》首见于《昭明文选》，署名司马相如。赋序称汉武帝皇后陈阿娇因妒失宠，谪居长门宫。陈皇后用百斤黄金请司马相如作赋，希望汉武帝能够感动，武帝读赋之后果真复宠阿娇。这篇序文称刘彻的谥号为“孝武皇帝”，司马相如死在武帝前，不可能知道。以及“复得宠幸”与史不符，所以序的真实与否，文学史上一直存在争论。钟涛认为：“序文应当确实不是出于司马相如之手，但却并不能说明《长门赋》非司马相如所作。”[①]因此，我们姑且依从龙文玲《〈长门赋〉作者与作年》中所说：“在尚无有力直接证据推翻其著作权的情况下，还是应当尊重《文选》载录，承认《长门赋》为相如所作。”[②]《长门赋》是一篇对后世有着较大影响的抒情名作。这篇赋文情感真挚、哀婉，《昭明文选》卷十六将其列为“哀伤类”之首。从赋的发展史来看，《长门赋》实属该类作品的开创之作。《长门赋》一文着重描写的佳人形象实际上是对楚辞中“美人”的继承与发展，同时赋文中各种意象的运用，契合“香草美人”的文学书写传统。

王逸《楚辞章句》云：“《离骚》之文，依诗取兴，引类譬喻，故善鸟香草以配忠贞，恶禽臭物以比谗佞，灵修美人以媲于君，宓妃佚女以譬贤臣。”王逸根据

① 钟涛：《论汉代宫怨赋的情感维度与取象视野》，《青海师范大学学报（哲学社会科学版）》，2005年第5期。

② 龙文玲：《〈长门赋〉作者与作年》，《文学遗产》，2007年第5期。

《诗经》的“比兴”之法引出屈原创作的引类譬喻。梁启超说：“纯象征派之成立，起自楚辞。篇中许多香草美人，纯属代数上的符号，他意别有所指。”[①]此说高度评价了楚辞象征艺术的地位。屈原“香草美人”的综合意象体，不仅是一种语言符号的组合，更是一种写作手法的代表。“香草美人”书写传统大抵是指借“香草、美人”表达特定的寓意和象征。吴旻旻《香草美人文学传统》一书中指出“香草美人”传统代表了屈原比拟喻托的创作手法，其基本精神是通过这种手法传达的“坚持理想的好修精神或是政治失落的不遇之感”。[②]借助这一传统，宫怨、闺怨、弃妇等文学题材在历代逐臣的手中得到了很好的发展，恰到好处地模拟了男女君臣的处境与情怀。[③]《长门赋》正借由“香草美人”的书写传统，传达了人生失意的情怀，同时也成为屈赋“香草美人”书写传统发展的重要一环。

一、美人形象的塑造

屈原在《离骚》中多次使用美人，借美人形象实现了抒情自我的确立与比喻手法的挥发。屈原的美人意象带有强烈政治失落感，是一种自身不遇的象征。美人形象也带有希望能够感悟君王的特点。《长门赋》一文正继承了屈赋这一特征，塑造了一个美人形象，并构建了感悟君主的模式。

首先看美人的形象书写。第一，《长门赋》和屈赋都塑造了鲜明的美人形象。屈原作品中出现的女性形象众多，包括“美人、佳人”等泛称以及神话传说中的人物如宓妃、简狄、涂山女等。在屈原作品中，“美人”之句有“恐美人之迟暮”“满堂兮美人”“送美人兮南浦”等。相较于屈赋众多的美人形象，《长门赋》集中塑造了陈皇后这样一种美人。赋文第一句就说“夫何一佳人兮”，直接引出赋文的书写对象。全篇从其形象、遭际、心理等方面层层展开，为我们呈现了一个佳人在失意被弃后仍对君王念念不忘并始终希望再度宠幸的凄楚形象。屈赋中的美人形象大多是符号式的表达，较少进行细致深入的描写；《长门赋》则在人物描摹刻画方面，将“香草美人”从较为平面化叙述，向着立体化深层次拓展。第二，《长门赋》佳人的失意落魄与原因亦与屈赋相似。赋文称佳人“形枯槁而独居”，明显受到屈赋“形枯槁而独留”的影响，《长门赋》中的陈皇后与屈赋抒情主人公在失意落魄方面展现出高度的一致性。开头这一句，即将一个美丽而又带着憔悴的女子形象勾勒出来，

① 梁启超：《饮冰室合集·文集之三十七》，北京：中华书局，1989 年版，第 118 页。

② 吴旻旻：《香草美人文学传统》，台北：里仁书局，2006 年版，第 41 页。

③ 殷晓燕、万平：《诗歌中的“面具”美学——从屈原“香草美人”之“引类譬喻”模式说起》，《文艺评论》，2016 年第 21 期。

让人顿生怜悯之心。《长门赋》称“饮食乐而忘人”“交得意而相亲”，展现了君王的喜新厌旧，表达了佳人被疏离的痛苦。这种怨愤之情，正是《离骚》“初既与余成言兮，后悔遁而有他”的再现。第三，佳人形象背后隐喻出的士人心态是对“香草美人”书写传统精神的具体表达。洪兴祖《楚辞补注》指出屈原的“美人”有“喻君者”“喻善人者”“自喻者”。[①]屈赋中的美人形象内涵深刻，其中一个重要的特点就是自喻，《文选集注》注解“恐美人之迟暮”句云：“喻时不留，己将凋落，君无与成功也。”[②]《长门赋》塑造陈皇后遭遇“疏离”与屈原借美人自喻极其相似。屈原是以“美人”比拟君臣关系，司马相如则是直接将其具体化写帝后之间的情感，在“人生失意”的这个角度上来看并无二致。从创作主体来看，美人形象应当熔铸了司马相如自身的情感经历，他借以表达自己在政治仕途上的不遇之感。吴旻旻说：“不论《长门赋》与陈皇后有无关联，司马相如本身和陈皇后的情感相似性反而是更值得玩味的。”司马相如借由屈原开创的这样一种自身不遇的情感表达方式，具体表达了士大夫阶层的普遍情感。

再看，悟主模式的构建。《文选》的序文指出这篇文章的创作目的是“而相如为文以悟主上”，这种上悟君主的模式明显借鉴了屈赋构思。屈原在《离骚》中说：“闺中既以邃远兮，哲王又不寤。”屈原用各种方式希望唤起君王的注意，希冀重新得到君王的重视。《长门赋》中的“美人”未曾预料会被遗弃，并怀着赤诚之心等待着君王的再度到来，但却终归于失望。《长门赋》与《离骚》都运用了这样一种由下而上的情感表达，希望使君王醒悟，自己再复得遇的情感表达模式。这种悟主模式的构建是通过美人的行为动作与心理活动表现出来的。在环境上，赋文具体细致地描写了佳人所居住的长门宫，富丽堂皇却又冷清至极。陈皇后看到的天气是“浮云郁而四塞兮，天窈窈而昼阴”，听到的声音是“玄猨啸而长吟”，在这种环境下传达了她孤寂悲凉的情绪感受。用佳人在冷宫的种种行动，进一步表现出她的凄凉、空虚的处境以及望君不至而又不敢忘怀的悲伤心情。在心理上，佳人深居长门宫中，对君王的思念未尝有一刻停止。这方面的描写多有因袭楚辞的痕迹，如“心凭噫而不舒兮”与“心絓结而不解兮，思蹇产而不释”（《九章·哀郢》）、“舒息悒而增欷兮”与“心郁郁之忧思兮，独永叹乎增伤”（《九章·抽思》）等类似。《长门赋》中“忽寝寐而梦想兮，魄若君之在旁”的幻想，正是屈赋“羌灵魂之欲归兮，何须臾而忘反”的再度表达。赋文最后说“惕寤觉而无见兮”，申明佳人各种行为与心理活动的根本目的是希望再次得到君主赏识。“夜曼曼其若岁兮”，司马相如将这种长夜无眠、殷切等待的感受发挥得淋漓尽致，可谓“极声貌以穷文”。《长

① 洪兴祖：《楚辞补注》，北京：中华书局，1983年版，第6页。

② 饶宗颐：《楚辞书录》，香港：苏记书庄，1956年版，第120页。

门赋》在心理刻画与想象上大有超越屈赋的趋势，赵俭杰指出以《长门赋》为代表的《文选》哀伤赋作合并了《楚辞》哀伤书写“夜不能寐”与“精神幻觉”两种写法，强化了抒情主体的哀伤深度。①《长门赋》的正文并未说明佳人的最后结果如何，只有“妾人窃自悲兮，究年岁而不敢忘”的殷切期盼，情感真挚，感人至深。虽然赋序称“陈皇后复得亲幸”，这或许是一种美好的想象，聊以表达赋序创作者的自我慰藉之情。《长门赋》悟主模式的建构，是“美人”想象书写的具体手段，它的意义在于在一篇之中明确指出并具体实践了屈赋的构思。

二、香草意象的运用

《长门赋》的全文中心无疑是佳人，但值得注意的是《长门赋》中不仅有对屈赋美人形象的塑造，还有与美人相关的香草意象再现。这种意象再现，带有明显的模拟痕迹。《长门赋》通过对楚辞香草意象的再运用，使赋文在情感表达上达到了“古今同怀”“以少总多”的效果。楚辞中的“兰、蕙、茝”等植物作为一组具有整体寓意的意象群，具有丰富的内涵，展现了屈原好修的精神与高洁美好的品格。在《长门赋》运用美好的植物渲染佳人居住的美好，反衬出了佳人的美好形象。赋文中有“芬若、荃、兰、茝”等具有鲜明楚辞香草意象的直接使用，赋文说：“抟芬若以为枕兮，席荃兰而茝香。”《文选》五臣注：“芬若、荃、兰、茝，皆香草也，持以为枕席以喻修洁其行。”②写佳人所使用的枕头、席子都具有香草的芳香之气，以美人居住之美好反映其气质之美好。这样的写法与《离骚》中“制芰荷以为衣兮，集芙蓉以为裳”的写法是相同的。同时这种美好的无人欣赏，在屈赋和司马相如赋中都展现了出来，这种运用香草表现美好的方式，蕴含了文人创作中孤芳自赏的共同心理。赋文还有：“刻木兰以为榱兮，饰文杏以为梁。罗丰茸之游树兮，离楼梧而相撑。施瑰木之欂栌兮，委参差以槺梁。”《文选》五臣注：“木兰、文杏，木名。”这里是用树木装点榱、梁，充分展现了居所的美好。《九歌·湘夫人》中有“合百草兮实庭，建芳馨兮庑门”等句，用大段篇幅竭力描绘了宫室的结构以及陈设的高雅和环境的芳香宜人。如此美好的建筑环境，却无法等到爱人的到来，尽显抒情主人公的落寞与悲伤之情。这是以乐景写哀情。汤漳平评述《湘夫人》此段说：“这一段描写，开我国诗歌创作中对景物铺张描写的先例，后代赋作的景物描写，“孔雀东南飞”等诗作的一些片段（如写太守为婚礼而做的准备等），很像是受了本篇

① 赵俭杰：《〈楚辞〉创伤书写的时空建构及其对〈文选〉哀伤赋作的影响》，《学术探索》，2019年第11期。

② 萧统编，六臣注：《六臣注文选》，北京：中华书局，1987年版，第296页。

影响。”[1]确实如此，不惟《孔雀东南飞》，司马相如的诸多作品铺张扬厉特色都受到楚辞影响。这篇小赋，更是直接继承《湘夫人》中植物与建筑结合的景物描写特点，其作用有二：第一，突出人物形象。用繁复的香草装点建筑，展现出居住主人公的清雅高洁形象；第二，形成鲜明对比。美好的景物与佳人的处境形成鲜明的反差，烘托了佳人内心的哀怨之情与凄凉遭际。以《长门赋》为代表的哀伤赋在抒情上，景中含情，情中蕴景，将人生感慨与佳人失意的情感细腻地传达了出来。

赋文中不惟有植物意象，还有动物、天文等意象，体现了《长门赋》对形式美感追求。诸如“浮云”“寒风”“孤鸟”“哀猿”等意象给佳人的心情蒙上了一层沉重的阴影。赋中景物虽然都是宫廷之景，但选取的都是悲伤凄惨的意象，与赋文哀伤忧郁的情感相当吻合。这些意象互相组合，共同营造了悲凉的气氛，进一步强化佳人的失意之情。屈原《离骚》中的意象运用便是多个意象群的相互组合叠加，强化了屈原的形象与人格追求。《长门赋》的意象运用在这个方面与屈赋亦是共通的。可见，《长门赋》的景物描写在意象使用上展现出了赋体文学的认同感。屈原《离骚》中的美花、美草、美人和美政，构成了一个完整的美学系统，客观上也促进了《长门赋》对文体形式美的追求。屈赋意象体现的美学追求经由汉代赋家的推波助澜，在形式美感的追求上达到了一个创作高潮。司马相如其他赋作也运用繁复的意象来营造环境，以“体物”的方式达到铺采摛文的效果。程千帆说：“《长门赋》是一篇抒情赋，但也有铺叙之笔。在描写失意者的心态时，作者巧妙地运用了夸张想象和景物衬托两种手法。”[2]《长门赋》正是在各种意象营造出独特的环境氛围之中，展开恢宏的想象与夸张使人物形象更加鲜明深刻。因而，《长门赋》既有抒情小赋的哀婉缠绵、凄楚意蕴，又有大赋反复重叠的语句和铺张排比的手法，具有较高的艺术性。

三、书写传统的强化

《长门赋》首先是一篇承上启下的赋作。该赋继承、强化了《离骚》香草美人的书写传统，将人生失意的不遇之感具体地书写了出来。文人士大夫在抒发这种人生失意的情感时，都会自觉地追溯屈原“香草美人”的书写传统，这个传统也是我国抒情诗歌文人士大夫表现自我的基本模式。两汉宫怨赋类作品众多，但像《长门赋》如此具体塑造抒情主人公，自觉模拟意象的赋作是不多的。《长门赋》对其后的宫怨类作品具有重要影响，程章灿《论赋绝句》称其为“第一篇宫怨赋……东汉

① 汤漳平：《楚辞评注》，北京：北京联合出版公司，2015年版，第85页。

② 陈振鹏、章培恒主编：《古文鉴赏辞典·上》，上海：上海辞书出版社，1997年版，第270页。

班婕妤《自悼赋》、西晋左棻《离思赋》等，皆沿此脉而来。”[①]冯小禄对以上诸篇的句型进行了考察：“《悼李赋》学习抒情模式而句型有变，《长门》学习句型而模式改变，《自悼赋》则调和杂糅，从中不难看出汉人在模仿屈骚的同时又做出变更的艺术努力。”[②]句型的变化，在某种程度上也反映了汉人在继承屈骚“香草美人”书写传统的发展过程。在《长门赋》之后，沿着屈原开创的“香草美人”书写传统，也产生了诸多诗篇。如张九龄《感遇》就写：“草木有本心，何求美人折。”即将“草木”与“美人”意象并提，明确指出遇与不遇的关系。

《长门赋》比较独特的地方还在于发展了这一主题，即化“美人”为“思妇”“弃妇”。像曹植的一些诗篇似乎就受《长门赋》直接影响。曹植《七哀诗》写“上有愁思妇，悲叹有余哀”“君怀良不开，贱妾当何依”，用思妇的形象传达了思君之情。沈德潜《古诗源》便说：“此种大抵思君之辞。”[③]他的《美女篇》结句写“盛年处空房，中夜起长叹”，即点明美不见用的“佳人”形象。该诗前半部分塑造了一个美丽温柔的姑娘，以美人比喻有理想有抱负的志士。后半篇用美女未嫁，比喻志士的怀才不遇，含蓄委婉，意味深长。王尧衢在《古唐诗合解》称：“子建求自试而不见用，如美女之不见售，故以为比。”[④]可见，不论是《七哀诗》借思妇以思君，还是《美女篇》借佳人以自喻，二者仍然都不脱离“美人”主题的情境书写逻辑。

《长门赋》在强化“香草美人”书写传统上的另一贡献在于将这种佳人失意、人生不遇的情感与“长门”紧密联系在一起，并形成了影响后世的“长门”典故。《汉书》记载刘嫖献长门园有这样一段文字：“顾城庙远无宿宫，又有萩竹籍田，足下何不白主献长门园？此上所欲也。”说明陈皇后所居住的长门宫附近本身就相当荒凉。《长门赋》使“长门”千古留名，“长门”意象也同“香草”“美人”意象一样，成为高洁形象与失意情感的代名词。“长门”意象是在“香草美人”的书写传统下，而后又以新的文学原型影响着后世创作。后世文学作品有许多取材于《长门赋》的诗歌作品，仅《全唐诗》直接以“长门”或“长门怨”为题的诗便有六十多首，大诗人李白就写“夜悬明镜青天上，独照长门宫里人”。更为重要的是，经过长期的发展，“长门”已从宫怨主题发展为君臣关系的隐喻。后世诗人将“长门”作为比拟喻托的创作手法，借以表达抒情主体的不遇之感。元好问《鹧鸪天·薄命贱妾》词上片塑造了“卢女”和“秋娘”的女性形象时，下片写卓文君和陈阿娇，用四位女性的

① 程章灿：《赋学论丛》，北京：中华书局，2005年版，第261页。

② 冯小禄：《不遇·玄思·宫怨·述行——简论屈骚影响下的汉代独创骚体赋》，《重庆工商大学学报》(社会科学版)，2007年第6期。

③ 沈德潜：《古诗源》，长沙：岳麓书社，1998年版，第83页。

④ 王尧衢：《古唐诗合解》，长沙：岳麓书社，1989年版，第61页。

不幸遭遇表达了自己痛失家国、流落异乡的悲情。这首词的结句在正运用了“长门买赋”的典故。况周颐《蕙风词话》评价该词云：“《薄命妾辞》诸作，蕃艳其外，醇至其内，极往复低徊、掩抑零乱之致。”① 又如，王安石《明妃曲》的结句：“君不见咫尺长门闭阿娇，人生失意无南北。”用陈皇后的故事，来为昭君出塞作新的解读，命题奇特。辛弃疾在《摸鱼儿》中写：“长门事，准拟佳期又误。蛾眉曾有人妒。千金纵买相如赋，脉脉此情谁诉？”用《长门赋》的故事表达自己忠而见疏、报国无门的愁苦。“长门买赋”的故事被后世普遍接受，反映了“君子固穷、才士不遇是中国古代社会的普遍现实，士人对专制政权的臣服、依附关系亦代代延续”②。“长门”故事与“香草美人”的内涵在后世文学书写中互相叠加，增强了这一书写模式的新鲜度与生命力。

四、结语

屈赋的“香草美人”带有较强的概括性、广泛性，“香草”和“美人”意象是屈原笔下林林总总的意象的两种鲜明代表，是一种隐喻符号。《长门赋》将这种隐喻符号具象化，在赋文中塑造了具体的人物。陈皇后作为一个真实存在的历史人物，现实上的不幸遭际已足够引起世人同情。赋文在这个基础上又进行了多重描写，使这一人物鲜明可感，更能够引起读者共鸣，较为成功地拓展了美人形象及其内涵。陈皇后形象和由这一形象展开的悟主模式，是《长门赋》对屈赋文学艺术的借鉴，是对“美人”形象的继承与强化。在艺术手法上《长门赋》体现了赋体文学的自觉认同感，从意象再现和形式追求两个方面具体展现了后世继承“香草美人”文学传统时的写作策略。这种书写传统既契合了文人创作的特质，增添了赋文的艺术性，又拓展了赋文内涵的可解读性。同时，该赋开创的“长门”书写正是对“香草美人”所代表的好修精神或不遇之感的强化。

蒋晓光在《〈长门赋〉新论》中认为：“《长门赋》非为陈皇后作，此文当作于司马相如孝文园令任上，以‘佳人’自喻，抒发贬谪思君的情怀。”③ 从《长门赋》承袭屈原“香草美人”之义的角度来看，这是很有道理的。《长门赋》借女子之口抒发不遇思君的心情，与整个时代背景、文学传统都是较为一致的。要之，不论《长门赋》题旨如何，该赋都是“香草美人”书写传统发展过程中一篇重要的赋作。

① 况周颐：《蕙风词话》，成都：巴蜀书社，2006 年版，第 223 页。
② 汪泽：《长门买赋故事形态流变及其文化分析》，《科学经济社会》，2015 年第 4 期。
③ 蒋晓光：《〈长门赋〉新论》，《古典文学知识》，2011 年第 5 期。

论刘基对屈骚的审美接受

长江大学　孟修祥

摘　要：作为文学经典的屈骚，深刻影响着刘基的文学创作。刘基对屈骚的审美接受主要表现在三个方面：一是对“屈骚体”艺术形式的选择；二是对“香草美人”意象的审美认同；三是对“惊采绝艳”浪漫诗风的传承。他在接受“屈骚体”的艺术形式、“香草美人”的审美意象、“惊采绝艳”的浪漫诗风的同时，赋予了新的内涵。他在自己生活的时间和空间，以其对社会、人生与自然的独特感受与体验，创造出作为一个伟大政治家、思想家、军事家、文学家的艺术境界。刘基在有意无意之间对屈骚的审美接受，是成就其“千古人豪”的重要因素之一。

关键词：刘基；屈骚；审美；接受

东汉王逸曾明确指出：“屈原之词，诚博远矣。自终没以来，名儒博达之士著造词赋，莫不拟则其仪表，祖式其模范，取其要妙，窃其华藻。所谓金相玉质，百世无匹，名垂罔极，永不刊灭者矣。”两千多年前，屈骚以其独创的艺术形式，将当时许多复杂的社会面貌与诗人内在极其复杂的思想情感、心理气质、人格个性与审美倾向充分表现出来，从而成就了极其有影响力的文学经典。影响与接受，是文学经典在其流传过程中的两个方面。综观刘基的文学创作，可见屈骚对其产生的影响之深刻，同时也可见其作为历史上一位伟大的政治家、思想家、军事家、文学家对屈骚文化独特的审美接受，这是成就其“千古人豪”[①] 的重要因素之一。

一、“屈骚体”的艺术形式选择

所谓屈骚，是以屈原《离骚》为代表的一种充满浪漫艺术精神的抒情诗。它饱含着诗人的思想情感，以丰富奇幻的想象、生动形象的语言、独具特质的节奏、宏伟磅礴的气势，表达出诗人对社会、人生、自然的独特感受和体验。后世称之为屈骚。

① 参见永瑢：《四库全书总目提要》（下）：“杨守陈序谓：‘子房之策不见词章，玄龄之文仅办符檄，未见开国之勋业，而兼传世之文章，可谓千古人豪！’斯言允矣。”北京：中华书局，1985 年版，第 1465 页。

《刘伯温集》中专列“骚”类，充分表现出刘基对“屈骚”体艺术形式的自觉选择。[①]有的作品虽没有列入“骚”类，但借用了屈骚中的题目，如《思美人》《远游篇》。有的虽为“赋”，实则为《离骚》之再现，如《述志赋》。更有“效屈子颂橘之体”而赋的《梅颂》，明确表达了对屈骚艺术形式之钟爱。

《述志赋》是典型的“离骚”体。将其与《离骚》中的诗句稍作对比，即可明白。《离骚》首章言出生：“摄提贞于孟陬兮，惟庚寅吾以降。皇览揆余初度兮，肇锡余以嘉名：名余曰正则兮，字余曰灵均。”屈原说自己出生于寅年寅月寅日这样一个美好时辰，且具有风度，他的父亲还为之取了正则、灵均这样美好的名和字。《述志赋》说自己出生时，“具五气以成形兮，受明命而为人。体乾坤之粹精兮，稀日月之景光”。刘基也自言集乾坤之精粹与日月之祥瑞，受命成人，其出生自然非同凡俗之辈。

《离骚》叙述抒情主人公声势浩大之远游云：

> 朝发轫于苍梧兮，夕余至乎县圃。欲少留此灵琐兮，日忽忽其将暮。吾令羲和弭节兮，望崦嵫而勿迫。路曼曼其修远兮，吾将上下而求索。饮余马于咸池兮，总余辔乎扶桑。折若木以拂日兮，聊逍遥以相羊。前望舒使先驱兮，后飞廉使奔属。鸾皇为余先戒兮，雷师告余以未具。吾令凤鸟飞腾兮，继之以日夜。飘风屯其相离兮，帅云霓而来御。纷总总其离合兮，斑陆离其上下。吾令帝阍开关兮，倚阊阖而望予。

《述志赋》也是同样浩大的声势：

> 朝濯发于兰池兮，夕偃息乎琼苑。愿驰骛以远游兮，及白日之未晚。驾轻轺之将将兮，服苍虬之騑騑。遵大路以周流兮，曳虹蜺之委蛇。挟长离而乘鹓兮，款阊阖之九门。丰隆为余先导兮，百灵为余骏奔。前烛阴以启途兮，飏凯风使清埃。规北斗于文昌兮，朝玉皇于帝台。食玄圃之丹夷兮，澡天潢之芳津。

虽然一言朝发轫于苍梧，夕余至乎县圃；另一言朝濯发于兰池，夕偃息乎琼苑，但都是驾飞龙而远游，皆有凤鸟、风神、雷神之属相伴相随，直达天宫之阊阖、玉皇之帝台。其想象之奇幻与境界之神奇，何其相似！

《离骚》叙述远游的原因是遇到党人之“偷乐”，君王之昏聩和众皆竞进贪婪的黑暗环境：“何桀纣之猖披兮，夫惟捷径以窘步。惟夫党人之偷乐兮，路幽昧以险隘。岂余身之殚殃兮，恐皇舆之败绩！忽奔走以先后兮，及前王之踵武。荃不察余之中情兮，反信谗而齌怒……众皆竞进以贪婪兮，凭不厌乎求索。羌内恕己以量人兮，各兴心而嫉妒。”《述志赋》亦明言，当乌鸢成群横行之时，自己如凤鸟

① 所有列入“骚”类的作品，实为“楚歌体”。参见孟修祥：《楚歌研究》，武汉：湖北人民出版社，2017年版。

般之孤独痛苦，从而自然产生屈原那种“举世皆浊我独清，众人皆醉我独醒”的人生悲愤：“乌鸢号以成群兮，凤孤栖而无所；楚屈原之独醒兮，众皆以之为咎。欲振迅以高举兮，无六翮以奋飞。将抑志以从俗兮，非余心之所怡。长太息以增欷兮，哀时世之异常……方不可刓而规兮，白不可涅而黑。”可见他们远游皆因其相同的生命遭遇，即社会环境黑暗，却不愿委心从俗。

屈原“长太息以掩涕兮，哀民生之多艰”，刘基“长太息以增欷兮，哀时世之异常”；屈原“制芰荷以为衣兮，集芙蓉以为裳”，“佩缤纷其繁饰兮，芳菲菲其弥章”；刘基“制杜衡以为衣兮，藉茝若之菲菲。佩琳璆之玲珑兮，带文藻之葳蕤”。刘基与屈原都有着强烈的社会责任感和深深的忧患意识，同时又有着对高尚人格精神的不懈追求，作品中闪耀着两位历史伟人鲜明的诗性光芒，刘基与屈原，真可谓异代知音也！

但刘基与屈原的人生道路、生活的时代毕竟有着巨大的差异，从而形成两人之间的个性差异也极其自然，由此决定了各自不同的生命选择。屈原宁为玉碎不为瓦全的个性，决定了《离骚》的结尾处表白：“国无人莫我知兮，又何怀乎故都！既莫足与为美政兮，吾将从彭咸之所居！”屈原说，既然国人不了解我，我又何必怀念故国旧居。既然不能实现自己的美政理想，那我将追随殷代贤大夫彭咸投水而死！刘基《述志赋》的结语则是：“采薇蕨于山阿兮，撷芹藻于水滨……登高丘以咏歌兮，聊逍遥以永年。”刘基不满现实，走向了采薇蕨于山阿、撷芹藻于水滨、高丘以咏歌、逍遥以永年的生活方式。他与屈原具有相同的个体人格道德、强烈的社会责任感与历史使命感，故选择了“离骚”体的艺术形式。由各自不同的人生历程、特殊历史环境下所形成的个性差异，从而决定了刘基没有选择屈原式的终结生命的方式。否则，不会有后来辉煌的业绩。然而，刘基心底也非常清楚：“鱼龙浩漫沧溟阔，泽畔谁招楚客魂？”（《二月七日夜泊许村遇雨》）毕竟自屈原之后，世上再也没有产生第二个屈原。泽畔谁来招屈魂？这是一个对历史文化的沉重叩问，刘基的沉重之问基于他对人生、社会的感悟，基于他对中国历史文化的发展规律的深刻了解，他的诗句为我们提供了对历史文化广阔的思考空间。

如果说《述志赋》是对《离骚》艺术形式的必然选择，那么《梅颂》则是对屈原《橘颂》的自觉模拟。

《橘颂》云：

> 后皇嘉树，橘徕服兮。受命不迁，生南国兮。深固难徙，更壹志兮。绿叶素荣，纷其可喜兮。曾枝剡棘，圜果抟兮。青黄杂糅，文章烂兮。精色内白，类任道兮。纷缊宜脩，姱而不丑兮。嗟尔幼志，有以异兮。独立不迁，岂不可喜兮？深固难徙，廓其无求兮。苏世独立，横而不流兮。闭心自慎，终不失过兮。秉德无私，

参天地兮。愿岁并谢，与长友兮。淑离不淫，梗其有理兮。年岁虽少，可师长兮。行比伯夷，置以为像兮。

《橘颂》为屈原早年之作，故郑振铎先生说："《橘颂》则音节舒徐，气韵和平，当是他的最早的未遇困厄时之作。然在其中，已深蕴着诗人的矫昂不群的气态了。"《梅颂并序》云：

吴兴章仲文筑室花溪之上，环植梅焉，命之曰梅花之庄。予与仲文交，敬其好学而知德也，知其有取于物不徒矣，乃效屈子颂橘之体，而作颂曰：

朱方之秀，梅实硕兮。含章而贞，受命独兮。扶疏萧森，清以直兮。玄冰沍寒。不挠其节兮。玉之洁兮，夷之特兮，闭而发兮、芳郁烈兮。黄中绛跗，美而完兮，丽而不淫，物莫能干兮。冬荣夏实，含阴阳兮。青黄累离，以和羹兮。文质彬彬，德之仪兮。君子之象，君子之宜兮！

两相比照，从《梅颂》中"受命独兮""清以直兮""丽而不淫，物莫能干兮""青黄累离""德之仪兮""君子之象"这些句子来看，就是化用《橘颂》语言表达形式而来，颂橘、颂梅，借物咏怀。意在赞颂人的品格之高尚，道德之完善，意志之坚韧。古人早有"君子比德"之说，无论是屈原橘式道德精神，还是刘基梅式道德精神，均为其人格精神的重要组成部分。芳华自出，卓然自见。其内涵是既有追求内在美与外在美的完整性，又始终保持着人格逻辑的一贯性。"咏物隐然只是咏怀，盖个中有我也。"（刘熙载《艺概》）这两首咏物诗都体物肖形，传神写意，不沾不脱，不即不离，即不直接表露诗人的思想感情，而是采用比喻、象征、兴寄等手法，将自己的人格理想融于橘和梅的形象描绘之中。

二、"香草美人"的意象审美认同

众所周知，以"香草美人"喻自我高洁情怀，乃屈骚最为突出的表现特点之一。故王逸《楚辞章句》云："《离骚》之文，依《诗》取兴，引类譬喻，故善鸟香草，以配忠贞；恶禽臭物，以比谗佞；灵修美人，以媲于君；宓妃佚女，以譬贤臣。"而这种表达方式在刘基的作品中大量出现，说明了刘基对屈骚"香草美人"意象自觉的审美认同。

如《述志赋》之"制杜衡以为衣兮，藉茝若之菲菲"，《九叹九首》其一之"豺狼骄而兔狐顽，兰蕙死而荆棘繁"，《烛影摇红·重五》之"想当年、三闾故楚。蕙兰萧艾，蘅茝蓬蒿，菉葹无数"，《竹枝歌十二首》其四之"斑竹冈头兰蕙死，黄茅垄上艾蒿多"，《江神子》之"沅湘烟雨夏生寒。怕江干，有离魂。蕙圃蘅兰，芜秽有谁看"，《寄题江东兰逸监司瑶芳亭》之"江蓠悲楚佩，丛桂空秋霜"等等，以杜衡、茝若、兰蕙、江蓠这些在屈骚中常见的香草意象象征自我道德修养、人格精神，以萧艾、菉葹、艾蒿比喻谗佞小人，这正是屈骚审美意象的遗意。

如《题兰花图》：

幽兰花，在空山。美人爱之不可见，裂素写置明窗间。幽兰花，何菲菲。世方被佩薋菉葹，我欲纫之充佩祎，罴罴独立众所非。幽兰花，为谁好？露冷风清香自老。

这首题画诗作以兰花自喻，批判世人喜佩薋菉葹之类的恶草，意在批判社会之邪恶好尚。虽然诗人茕茕独立，为众所非，但宁可“露冷风清香自老”，亦不改其清香气节。正如司马迁《史记·屈原贾生列传》评屈原“其志洁，其行廉，其称文小而其指极大，举类迩而见义远。其志洁，故其称物也芳”一样，刘基将自我的高洁情怀作了充分的表达，这与屈骚香草意象的审美观念一脉相承。

刘基为何如此钟爱屈骚中“香草”意象？他在《尚节亭记》一文中有清楚的阐释：

古人植卉木而有取义焉者，岂徒为玩好而已？故兰取其芳，谖草取其忘忧，莲取其出污而不染。不特卉木也，佩以玉，环以象，坐右之器以欹；或以之比德而自励，或以之惩志而自警，进德修业，于是乎有裨焉……信乎，有诸中，形于外，为能践其形也……世衰道微，能以节立身者鲜矣。中立抱材未用，而早以节立志，是诚有大过人者，吾又安得不喜之哉！

这里说的“古人”，自然是以屈原为代表的许多前圣先贤，他们“比德而自励”“惩志而自警”，进德修业，践行使命，即使是在世衰道微之际，仍然以节立身、以节立志，故能在中国文化史上立德、立功、立言，名垂千古，泽被后世。如果说屈原当年是借助于宗教仪式中的香草意象，作为情感抒发的依凭和精神支柱，完成了由宗教向现实人生的意象转化过程[①]，那么，刘基则是在接受屈骚传统香草意象的同时，融入了自我在当时语境中对人生、社会的感悟与体验，重新进行的审美再创造。

从屈原《离骚》中的美人意象来看，大体归为两类：或喻君王，或自喻。前者如《离骚》中三次求女，求的或是神话中的美女，或是历史传说中的美女，皆指代君王。后者如“众女嫉余之蛾眉兮，谣诼谓余以善淫”，“蛾眉”代指自己的美德，实乃自喻。三次求女失败的原因是：或因媒人不愿意引见，以言其被奸臣的谗言所阻碍；或因美女自以为美貌而品德不好，以暗讽楚王；或因所求美女已为人妻，以喻上古美政理想已经不再。《离骚》三次求女中的对象“宓妃”“有娀氏之佚女”“二姚”，与《九章·思美人》中的美人有相似性，都是借幻化的人物来倾诉内心幽怨抑郁的相思之苦。诗中把男女情思与政治之恋融会到了一起，充分表露出诗人“信而见疑，

① 参见孟修祥：《楚辞影响史论》（上）第 5 章“香草美人原型”，武汉：湖北人民出版社，2003 年版。

忠而被谤”的痛苦的人生遭遇与“发愤抒情”的表达方式，这种抒情模式也自然为刘基所接受。刘基的《思美人》虽然没有用“屈骚”体，但蕴含的思想内容则是一致的。

屈原《九章·思美人》云：“思美人兮，揽涕而竚眙。媒绝路阻兮，言不可结而诒。蹇蹇之烦冤兮，陷滞而不发。申旦以舒中情兮，志沉菀而莫达。”刘基《思美人》说：“思美人，隔青霄。水渺茫，山岧峣。云中鸟，何翛翛。欲寄书，天路遥。东逝川，不可邀。芳兰花，日夜凋。”无论诗人如何表白自己的忠贞，揽涕伫立凝望也好，寄书以表相思也罢，言情之路皆被阻绝，无由以达美人，反而徒增许多烦恼。两篇《思美人》的结构不尽相同，屈原“不忍见宗邦沦没”[①]，与刘基“望明月，歌且谣。聊逍遥，永今宵”思绪有异，而借“美人”表达怀才不遇的忧郁之情则是相通的。这与其说是刘基对屈骚的仿效，倒不如说屈骚笔下的“美人”有着原型意象的意义。

刘基笔下也有许多屈骚式以美人自喻的描绘。如《生查子》：

> 槐云亸坠鬟，柳露酣啼眼。深院有佳人，坐惜芳菲晚。素手理瑶琴，曲罢空长叹。伫立望青霄，愁永青霄短。

《美女篇》：

> 南国有美女，粲粲玉雪颜。眉目艳华月，色映清秋寒。粉黛不敢涴，佩服惟幽兰。一朝备选择，得厕金宫班。贞心耻自炫，望幸良独难。况蒙众女妒，倩笑谁为欢。恒恐芳桂枝，寂寞零露漙。素手发瑶琴，泠泠奏孤鸾。宫商合要妙，遗响风珊珊。大音世罕识，日暮空盘桓。安得托宵梦，集君瑶台端。相思不可极，踯躅起长叹。

深院佳人、南国美女，都是貌若天仙者。但是无人赏识，唯有独守空房，在“素手发瑶琴”的孤独生活中消磨时光。虽然“相思不可极”，但“贞心耻自炫”，或“愁永青霄短”，或“踯躅起长叹”，也难以一朝选在君王侧。这是典型的屈骚式“美人喻”（或曰“两性喻”），自屈骚“美人喻”产生之后，历代都有“美人喻”模式的佳作出现，刘基作品中大量自喻性美人形象的出现，充分证明“诗的历史就是诗的影响史”[②]，其作品就是屈骚式“美人喻”影响史链中的一个精彩节点。

杨义先生曾在其《楚辞诗学》中说：

> “香草美人”之说无疑揭示了《离骚》存在着“香草喻”和“两性喻”两大象征体系。一者以自然物隐喻较为抽象的人之本质，一者以男女爱情置换较

① 参见马茂元《楚辞注释》：“引用历史教训，希望顷襄王不要重蹈怀王覆辙，而要翻然改悟，发愤图强，报仇雪耻……正如王夫之所说：‘非婞婞抱愤，乃以己之用舍，系国之存亡，不忍见宗邦之沦没，故必死而无疑矣。’”武汉：湖北人民出版社，1999年版，第314页。

② 参见【德】哈罗德·布鲁姆：《影响的焦虑》，北京：生活·读书·新知三联书店，1989年版。

多俗态的人际关系。而且这二者又常常相互渗透，比如“荃不察余之中情”“折琼枝以遗下女”一类诗句，就把香草喻渗透于两性喻之中，从而产生更为丰富的言外意、味外味的审美功能。

“香草美人”的象征意蕴的确非常丰富，但在屈骚中基本规定了它的内涵与外延。我们可以想象，当刘基在阅读过屈骚之后，感受屈原的人生追求与痛苦之时，联系到自己的人生遭遇，香草美人意象自然引起他的共鸣。从某种意义上说，香草美人不仅激发了刘基的创作灵感，而且给了他生命的归属感，那就是他的精神家园。“潇湘江水接天河，第一伤心是汨罗”（《竹枝歌十二首》其四），当他以作品为媒介来宣泄怀才不遇的苦闷和屡遭挫折与打击的悲痛时，实际上，他已经把自己汇入由屈原开先河，由宋玉、贾谊、曹植、陈子昂、李白等人所开拓的世代相续的审美河流之中。刘基作为这一审美河流中的一员，又赋予了“香草美人”以新的内涵。①

三、“惊采绝艳”的浪漫诗风传承

前人论屈骚之浪漫诗风有一些非常经典的话语，如刘勰《文心雕龙·辨骚》云：屈骚“气往轹古，辞来切今，惊采绝艳，难与并能”，言屈原之才气压倒古人，其作品之辞语令后代无法超越，其惊人之文采也是后人难以与之媲美的。并列举屈骚“托云龙，说迂怪，丰隆求宓妃，鸩鸟媒娀女”“康回倾地，夷羿彃日，木夫九首，土伯三目”之类异乎经典的例子作说明。明代胡应麟《诗薮·内编》卷一亦云：

> 屈原氏兴，以瑰奇浩瀚之才，属纵横艰大之运，因牢骚愁怨之感，发沉雄伟博之辞。上陈天道，下悉人情，中稽物理，旁引广譬，具网兼罗，文词巨丽，体制闳深，兴寄超远，百代而下，才人学士，追之莫逮，取之不穷，史为争光日月，讵不信夫！

这是对屈骚从内容到形式所形成的浪漫诗风的高度概括。鲁迅先生《汉文学史纲要》则以屈骚比较《诗经》云：

> 逸响伟辞，卓绝一世。后人惊其文采，相率仿效……较之于《诗》，则其言甚长，其思甚幻，其文甚丽，其旨甚明，凭心而言，不遵矩度……其影响于后来之文章，乃甚或在《三百篇》以上。

---

① 借“香草美人”来表达自己怀才不遇的苦闷心情，并非唯一选择，有时也借历史人物来表现。如《题王右军兰亭帖》云：“王右军抱济世之才而不用，观其与桓温戒谢万之语，可以知其人矣。放浪山水，抑岂其本心哉！临文痛感，良有以也。而独以能书称于后世，悲夫！”见《刘伯温集》（上），杭州：浙江古籍出版社，2016年版，第185页。借王羲之“抱济世之才而不用”，“独以能书称于后世”来表达自己的悲愤之情可知矣！

如《离骚》中描绘诗人两次漫游，三次求女，灵氛吉占，巫咸降神等等，想象丰富奇特，境界恍惚迷离，场面宏伟壮丽。《九歌》则写天神、地祇、人鬼，“上陈事神之敬，下见己之冤结，托之以讽”，在吸收楚地民歌浪漫主义艺术特点的基础之上，赋予新的内涵，以超奇的故事、独特的结构、斑斓的色彩，构筑充满浓厚浪漫气息的艺术境界。

屈骚这种“惊采绝艳”的浪漫诗风给刘基以深刻影响。《四库全书总目·诚伯意文集提要》言其“神怪谬妄，无所不至”，同书《宋学士全集提要》云：“《刘基传》中又云：‘所为文章，气昌而奇，与濂并为一代之宗。’今观二家之集，濂文雍容浑穆，如天间良骥，鱼鱼雅雅，自中节度；基文神锋四出，如千金骏足，飞腾飘瞥，蓦涧注坡。虽皆极天下之选，而以德以力，则略有间矣。”这里所说的刘基文学创作“神怪谬妄，无所不至”“神锋四出，如千金骏足，飞腾飘瞥，蓦涧注坡”，就是对屈骚“惊采绝艳”浪漫诗风直接传承。如前述《述志赋》就是《离骚》浪漫诗风的再现，赋中除了在“朝濯发于兰池”“夕偃息乎琼苑”的过程中，驾苍龙而漫游，有凤鸟、风神、雷神之属相伴相随之外，还有“驾广漠而南征，叫重华于九疑。山岑岑以蔽天兮，江淼淼而不可窥。吾道夫西陲兮，听鸣凤于岐阳。慨禾黍之离离兮，梧桐摧而不生。浮龙门以溯河兮，访夏后之遗迹。川渎混而不分兮，鲸鲵起而人立。揽騑辔而回芃兮，谒陶唐之旧京”之类的描述。从九疑之虞舜故事，写到高山之蔽天、江水之淼淼不可窥，又从南土跳跃到西方边陲，听岐阳之鸣凤，再从龙门溯河而访夏后氏之遗迹，然后拜谒唐尧之旧京。其想象之奇幻与境界之神奇，与《离骚》同出一辙。

也许是他对楚地神秘浪漫的文化情有独钟的缘故，在他的作品中，涉及楚地的历史人物与故事以及地理环境的词语大量出现，如“苍梧飞龙去不还，洞庭赤沙流水浑，九疑竹枝馀泪痕。澧兰沅芷化萧艾，古木雨炫寒烟昏。”（《中峰末先和尚醉墨图》）“苍梧山下无穷竹，尽是湘妃泪种成。”（《题墨竹》）“阅世身如平埂，怀人梦绕潇湘。”（《西江月》）“巴东之西巫山高，连峰插天关键牢。中有怀陵簸谷之波涛，藤萝杳冥风怒号。人迹不到神鬼逃，但见野猿沙鸟群相嘈，鏊耴百窍摇岩嶅……嘉实不食凤高翻，但见娥皇女英之泪痕……潇湘洞庭烟水碧，驺虞鸑鷟无颜色。还君此画长太息，独立看天泪沾臆”（《为戴起之题猿鸟图（牧溪书）》）等等，不胜枚举。而所有涉及楚地的历史人物与故事中，提到最多的还是屈原。如“楚屈原之独醒兮，众皆以之为咎”（《述志赋》），“屈原沉汨罗，不忍弃其宗”（《怨诗》），“当思忠臣放泽畔，乃与靳尚相徘徊”（《巫山高》），“鱼龙浩漫沧溟阔，泽畔谁招楚客魂”（《二月七日夜泊许村遇雨》），“千古怀沙恨逐臣，章台遗事最伤心”（《读史有感》）……由此可见屈原在刘基的精神空间占据着多么重要的位置，那么，他对屈骚的审美接受实乃志之所至、情之所至也。

更有《远游篇》，不仅借用了“屈骚”体的题目，其诗风同样浪漫超奇：

三山六鳌背，翠水扶桑东。鸡鸣上海日，海面玻璃红。仙人骑鸾凤，呼我游云中。云中有金阙，谓是天帝宫。明星列两藩，琪树光玲珑。太一坐端门，白发映青瞳。授我玉篆文，赤蛇蟠九虹。出入元化先，寿命齐老童。因逢青鸟使，遂造东王公。素女如莲华，歌喉弦管同。顾盼动环佩，振迅若轻鸿。化为五色光，倏然随长风。

当然，刘基的《远游篇》除了没有《楚辞·远游》[①]那么宏大的篇幅，也没有“涉青云以泛滥游兮，忽临睨夫旧乡。仆夫怀余心悲兮，边马顾而不行。思旧故以想象兮，长太息而掩涕”这种对故乡的怀念与悲伤，更多的是一些游仙的气息。但其超尘出俗的奇思妙想，更具有了楚地仙话、巫风的影子，当然也有“江山之助”。“屈平所以洞监《风》《骚》之情者，抑亦江山之助乎？”刘基“以诗人感物，联类不穷；流连万象之际，沉吟视听之区”，受楚地仙话、巫风之影响，亦有楚地江山之助乎？回答应该是肯定的。不然，何以有那么多楚地的历史人物与故事以及地理环境的词语大量出现在他的作品之中呢？

四、结语

屈骚精神融会了我们民族的心理素质、审美意识、伦理观念，乃至社会政治理想而形成于我们民族的精髓之中。屈原之后的每一个时代，人们都可以从屈原的悲剧故事和文学作品中，重新唤起民族的集体无意识，并使之“在所有人身上都是相同的，因此它组成了一种超个性的共同心理基础，并且普遍地存在于我们每一个人的身上”。

正如当代学者宁宗一先生所言：

屈原诗思就像我们头顶上空的一颗恒星，至今仍在向我们辐射出精神的热能。因为它是人类一团高贵的激情和内心的定力与时代精神相撞击所发出的崇高回声。所以每个时代都有自己参悟的屈原诗思，每个时代中的每个有较高文化修养的和内外阅历的人，都可以从他的诗思和诗美中听到自己一个内在的、

① 东汉王逸《楚辞章句》以为《远游》为“屈原之所作也”，近代有人表示怀疑。而姜亮夫《屈原赋校注》、陈子展《楚辞直解》等则坚决认为《远游》为屈原所作。今人姜昆武、徐汉树《〈远游〉真伪辨》（《文学遗产》1982 年第 3 期）“从文风、修辞、语法、韵律等几方面客观而科学地列出一些事实，以证明《远游》的作者只能是屈原而绝非别人”。即或是作者并非屈原，其中也融入了有关屈原的传说，表现了屈原的某些思想与行为。因此，《楚辞·远游》仍为“屈骚”体。

深沉的高贵的心声，感受到一种向上的冲动，一种热力，感受到自身生命自强不息的搏动，这便是屈原诗思的不朽魅力。

屈骚为我们提供了“从他的诗思和诗美中听到自己一个内在的、深沉的高贵的心声，感受到一种向上的冲动，一种热力，感受到自身生命自强不息的搏动”的时间和空间。在这种时间和空间中，刘基有意无意之间选择了对屈骚的审美接受。

闲居的诗思：凤凰与士不遇焦虑消解的书写

湖北大学文学院　邹福清

摘　要： 士不遇是中国古代士人常常面临的困境，魏晋以来，中国文人逐步走上一条现世性的精神超越之旅，即通过建构闲居生活的价值以消解士不遇焦虑：嵇康赋予闲居以养素全真的人生价值来否定政治实践的价值，白居易悬置闲居与入仕价值高下的判断，邵雍强调闲居的道德实践的价值以与政治实践价值相抗衡。他们的思想资源或为道家，或为佛教，或为儒家，但是，突破进与退、仕与隐等二元对立话语的陷阱，消解士不遇焦虑的文化动机是一致的，衣食住行等日常生活便成为追求精神超越的修行并成为诗意之所在。同时，他们将屈原的凤凰与凡鸟对立与错位的士不遇书写模式加以转换，用来书写士不遇焦虑的调适与消解，将凤凰形塑为自我形象的表征以张扬人格的自信。

关键词： 闲居；士不遇焦虑；超越；凤凰

士不遇是中国古代文学的永恒主题，主要表达才能得不到施展的悲愤之情。汉代董仲舒《士不遇赋》是最早以“士不遇”为题的文学作品，司马迁也创作有《悲士不遇赋》。东晋陶渊明《感士不遇赋》云：“哀哉！士之不遇，已不在炎帝帝魁之世。”[①] 炎帝是神农氏，帝魁是黄帝的子孙，都是上古治世时期的圣君，陶渊明的意思是只有炎帝等圣君治下的上古治世才没有士不遇的现象。的确，士不遇现象由来已久。《诗经・大雅・柔桑》是芮伯感叹周代厉王被逐的动荡政局及给国家、百姓带来的苦难，并发出“我生不辰，逢天僤怒”的哀叹，芮伯还于此诗第六章感慨道：“好是稼穑，力民代食。稼穑维宝，代食维好。”意思是“朝不可仕，不如在野。然即退处亦难安居”[②]，可见，这是一首较早表达士不遇主题的诗作。《诗・邶风・柏舟》是又一首士不遇主题的诗作，《毛诗小序》认为是“言仁而不遇”[③]，

① 王瑶编注：《陶渊明集》，北京：人民文学出版社，1956 年版，第 128 页。

② 方玉润：《诗经原始》，北京：中华书局，1986 年版，第 545 页。

③ 毛亨传，郑玄笺，孔颖达疏：《毛诗注疏》，上海古籍出版社，2013 年版，第 154 页。

汉代郑玄进一步解释说“不遇者，君不受已之志也”①。孟子曾感叹不遇于鲁侯②，荀子也曾慨叹“嗟我何人，独不遇时当乱世”（《成相篇》）③，还有屈原、宋玉等都是不遇的文人。《左传》早就说“太上有立德，其次有立功，其次有立言”④，中国古代士人实际上以立功为上，功成身退才是理想境界。然而，立功就要入仕，一旦入仕道路被阻，再高调宣称退隐的种种好处，其实是退而求其次的牢骚话、愤激语。如何消解士不遇的焦虑？从三国时期的嵇康到中唐的白居易再至北宋的邵雍，都在超越士不遇焦虑的精神探索中对闲居生活的价值有了独特的体认。嵇康表达了退隐的决绝态度并高扬其人生境界，白居易退居洛阳达十八年之久，曾苛评嵇康的退隐不够超然，邵雍退居于白居易曾生活过的洛阳履道坊，创作受其影响，但对闲居生活的体认迥异。他们都以凤凰作为自我形象的表征，不过，追求现世性的精神超越的思想资源或为道家，或为佛教，或为儒家，生活方式与价值观念存在分歧，这些分歧又难掩共同的文化追求：如何建构闲居生活的价值，突破进与退、仕与隐等二元对立话语的陷阱，走出士不遇焦虑的困境。

一、鸾凤避尉罗，远托昆仑墟：嵇康的养素全真思想及自我形象的表征

首先看嵇康对现实及其处境的体认。在嵇康看来，社会现实就像一张让人无处可逃的巨网：“云网塞四区，高罗正参差”（《兄秀才公穆入军赠诗》其一），“人生譬朝露，世变多百罗”（《杂诗》其六）。再结合《与山巨源绝交书》的“必不堪者七”可以看出，嵇康所谓网罗既包含曹魏与司马氏两个集团之间的残酷政治倾轧，也包含“施报更相市”“权智相倾夺”（《答二郭诗》其三）的现实人际关系。

再看嵇康的理想人生境界。嵇康曾拟《卜居》作《卜疑》，表达其人生思考，并列举二十八种人生选择，“隐居行义，推至诚”就是其中之一，而且，文章开头借问卜者之口道出“思丘中之隐士，乐川上之执竿”的念头，又借卜者之口道出了“吕梁可以游，汤谷可以浴”，“观大鹏于南溟”的人生境界。显然，这是庄子的人生境界。嵇康其他诗歌作品透露出诸多有助于认识其人生理想境界的信息，如：

泛泛柏舟，载浮载滞。微啸清风，鼓楫容裔。放棹投竿，优游卒岁。（《酒会诗》其二）

---

① 毛亨传，郑玄笺，孔颖达疏：《毛诗注疏》，上海古籍出版社，2013年版，第154页。

② 杨伯峻译注：《孟子译注》，北京：中华书局，1960年版，第53页。

③ 王先谦：《荀子集解》，北京：中华书局，1988年版，第467页。

④ 杨伯峻编著：《春秋左传注》，北京：中华书局，1990年版，第1088页。

息徒兰圃，秣马华山。流磻平皋，垂纶长川。目送归鸿，手挥五弦。俯仰自得，游心太玄。（《兄秀才公穆入军赠诗》其十五）

《与山巨源绝交书》将其理想人生境界表述得最清晰："今但愿守陋巷，教养子孙；时与亲旧叙阔，陈说平生。浊酒一杯，弹琴一曲，志愿毕矣。"看来，嵇康所谓"远托昆仑墟"并不是遁入山林，而只是精神超越。弹琴、啸歌、垂钓、弋猎、泛舟等日常生活都具有实现人生价值的意义，就是将人生安顿于现世，追求精神超越，达到心灵自由。

问题是亲情、友情为何能够成为意义和价值所在？嵇康受累系狱时所写《幽愤诗》剖白道："托好老庄，贱物贵身。志在守朴，养素全真。"可见，他是将人生价值取向转至对人性本真的呵护。嵇康只是"托于老庄忘情"[①]，其实钟于亲情和友情，认为"匿情矜吝，小人之至恶"（《释私论》），从"越名教而任自然"（《释私论》）的高度，嵇康钟于亲情、友情可以被视为人性本真之自然而然的表露，正是基于此，嵇康被视为"情至之人"[②]。嵇康秉持以全真养性为人生追求，退居的空间不是林薮、仙界、田园，而是日常生活，是通过建构日常生活对于全真养性的精神超越价值来对抗政治生活的功利目的，在现世实现精神超越，也就化解了不能入仕或不愿意入仕带来的心理压力。因此，罗宗强说"嵇康是第一位把庄子的返归自然的精神境界变为人间境界的人"[③]。嵇康的价值在于否定了当时通行的"小隐隐陵薮，大隐隐朝市"（王康琚《反招隐诗》），即山林之隐和吏隐，在关于隐居生活及消解士不遇的思索与实践之途又向前迈出了一步。后来的陶渊明将隐逸的空间转向田园，努力在田园实现超越，基本沿袭嵇康建构日常生活的审美价值的途径。

钟嵘《诗品》称嵇康诗"托谕清远"，刘勰《文心雕龙·明诗》称"嵇志清峻"，造就"清远""清峻"的正是嵇康的人生选择使其具有超凡脱俗的品格。但是，退居的嵇康其实难以真正达致内心的安宁，起码无法慰藉内心的孤独，就像其《述志诗》其二所说的："何为人事间，自令心不夷。慷慨思古人，梦想见容辉。愿与知己遇，舒愤启幽微。"嵇康的隐居虽是观察与思考现实后做出的冷静选择，毕竟是不得已而为之。难怪明末清初陈祚明说嵇康"托于老庄忘情"是"愤激之怀，非其本也"。[④]而且，他将其价值追求凌驾于礼法之士汲汲于功名利禄的价值追求之上并加以无情嘲弄，使其成为当政者的对立面。难怪当时隐士孙登对嵇康说："君性烈而才俊，

① 陈祚明：《采菽堂古诗选》，上海：上海古籍出版社，2009年版，第218页。

② 陈祚明：《采菽堂古诗选》，上海：上海古籍出版社，2009年版，第218页。

③ 罗宗强：《玄学与魏晋士人心态》，天津：天津教育出版社，2005年版，第83页。

④ 陈祚明：《采菽堂古诗选》，上海：上海古籍出版社，2009年版，第218页。

其能免乎？”[①]果不其然！

挣脱网罗，远翔异域的鸾凤是嵇康自我形象的隐喻，如“翩翩凤翮，逢此网罗”（《游仙诗》），“鸾凤避尉罗，远托昆仑墟”（《答二郭诗》其三）。嵇康诗歌也表现凤凰与凡鸟的对立与错位，如“斥鷃擅蒿林，仰笑神凤飞”（《述志诗》其一），但更多的是描写凤凰远翔异域，如“抄抄翔鸾，舒翼太清”，“将游区外，啸侣长鸣”（《杂诗》其三），从中可以看到先秦两汉士人以凤凰隐喻其对于现实与处境的体认的文学传统。嵇康《兄秀才公穆入军赠诗》其一“双鸾匿景曜，戢翼太山崖”几乎是一首关于凤凰的咏物诗，现置《嵇康集》之首，可视为诗人对于社会、人生的体悟以及人生道路选择的思考的隐喻。需要指出的是，汉代文人笔下高飞不下的凤凰传达的是对君德的吁求，嵇康诗中远翔异域的凤凰传达的远不止于对当政者的批评，甚至包括对整个社会现实的批评。

南朝宋刘义庆《世说新语》称嵇康“风姿特秀”，刘孝标注引《嵇康别传》称嵇康“龙章凤姿”[②]应该从嵇康诗中的鸾凤形象得到了启发，鸾凤渐渐成为后人对于嵇康形象的想象。南朝颜延之算得上是嵇康的知音，“鸾翮有时铩，龙性谁能驯”（《五君咏·嵇中散》）道出了嵇康的孤傲品性与艰难处境。南朝江淹《杂体诗嵇中散康言志》“灵凤振羽仪，戢景西海滨”，明末夏完淳《嵇叔夜言志》“灵凤矫羽翼，飘然云际飞”，把嵇康塑形为高飞不下，远栖他方的凤凰，清代纳兰性德《效江醴陵杂拟古体诗·嵇叔夜言志》也是如此，还连用“墨翟悲素丝”和“杨朱泣路歧”两个典故道出文人道路选择之艰难的宿命。

二、双凤栖梧鱼在藻，飞沈随分各逍遥：白居易的“中隐”思想及自我形象的表征

从元和十年被贬江州司马始，白居易因宦海风波的恐惧感加剧就收敛了锋芒，谪居江州期间曾思考其进退出处，萌生过“吏隐”的想法，正如其《江州司马厅记》所说的，“苟有志于吏隐者，舍此官何求焉”[③]，也产生过归隐山林的想法，庐山草堂山居生活可以说是初步尝试。长庆二年至四年出刺杭州和宝历元年至二年出刺苏州期间，白居易才真正践行“吏隐”，其任杭州刺史期间的诗作《奉和李大夫题新诗二首六韵·因严亭》云“箕颍人穷独，蓬壶路阻难。何如兼吏隐，复得事跻攀”，任苏州刺史期间的诗作《郡西亭偶咏》云“莫遣是非分作界，须教吏隐合为心”，

① 陈寿撰，裴松之注：《三国志》，北京：中华书局，1964年版，第606页。

② 刘义庆，南朝梁刘孝标注，余嘉锡笺疏：《世说新语》，北京：中华书局，2007年版，第716页。

③ 白居易，顾学颉校点：《白居易集》，北京：中华书局，1979年版，第933页。

都表明了这一点。从大和三年以太子宾客分司东洛至会昌六年去世的近18年时间里，白居易基本闲居于洛阳。也就是在大和三年，白居易正式提出“中隐”一说，概括其人生超越境界，并在《中隐》《咏所乐》等诗作中阐发其内涵，其为居洛期间所写诗作序《序洛诗》时发出“文士多数奇，诗人尤命薄”[①]的慨叹，从中可以窥见其“中隐”说之消解士不遇的动机。

中国古代的士人，不论是居庙堂之高，还是处江湖之远，心灵往往徘徊于仕与隐之间而承受焦虑之苦：居庙堂之高，梦想退隐的洒脱，处江湖之远，渴求建功立业的荣耀。魏晋士人倡导的“吏隐”至唐代依然有许多士人践行，却又必须面对身心分离的窘境，正如南朝谢灵运贬至永嘉太守任上所写《登池上楼》感慨“潜虬媚幽姿，飞鸿响远音。薄霄愧云浮，栖川怍渊沉。进德智所拙，退耕力不任”。白居易所谓“中隐”是通过悬置隐与仕、穷与通的差异，从而“将身和心重新合一……不必执着于厌弃或留恋哪一方，身心俱在朝市，情意无须江湖”[②]。洪州禅之“饥来吃饭，困来即眠”[③]，“热即取凉，寒即向火”[④]表达的是不问是非而达到的心无挂碍，是以彻底的“空”观消泯染与净的界限，既不执着于染，又不执着于净，主张“平常心是道”（马祖道一）[⑤]，也就瓦解了持戒、诵经、坐禅等宗教生活的神圣性。“‘空’的思想把一切都放在了否定的位置上，同时又把一切放在了肯定的位置上”[⑥]，其结果是，一切都是修行，衣食住行等日常生活变成了修行的不二法门。白居易曾践行“吏隐”，偶尔突破仕与隐的界限，遁入公务之暇的日常生活以寻求心灵的超越，其郡斋诗都显示了这一点。后来提出的“中隐”则是悬置仕与隐的对立，对价值有无高下不以为意，不做思考，这正是洪州禅的“平常心是道”的理路。白居易深受洪州禅的影响已是学界的共识。他“开始浸染洪州禅学，在唐宪宗元和三年至六年间”，谪居江州期间又跟马祖道一法嗣智常、持律兼行禅的神凑等过往极其密切，闲居洛阳期间跟马祖道一弟子如满过往甚密。[⑦]早在谪居江州、出刺杭州和苏州期间践行的“吏隐”其实已显示出洪州禅“平常心是道”的影响。谪居江州期间所作《答崔侍郎、钱舍人书问因继以诗》云“心不择时适，足不拣地安；穷通与远近，一贯无两端”，就是诗人对“平常心”的理解。诗人以此来宽慰自己，但

① 白居易著，顾学颉校点：《白居易集》，北京：中华书局，1979年版，第1474页。

② 贾晋华：《唐代集会总集与诗人群研究》，北京大学出版社，2015年版，第111—113页。

③ 释普济：《五灯会元》，北京：中华书局，1984年版，第157页。

④ 释普济：《五灯会元》，北京：中华书局，1984年版，第210页。

⑤ 贾晋华：《马祖语录校注》，《古典禅研究——中唐至五代禅宗发展新探》，上海：上海人民出版社，2013年版，第292页。

⑥ 葛兆光：《中国禅思想史：从6世纪到9世纪》，北京：北京大学出版社，1995年版，第166页。

⑦ 贾晋华：《唐代集会总集与诗人群研究》，北京：北京大学出版社，2015年版，第108—110页。

没有信心向他人宣示，还叮嘱朋友“慎勿说向人，人多笑此言”。闲居洛阳时期所作《吾土》云“身心安处是吾土，岂限长安与洛阳”，与上引诗句意同，然而，诗人开始将“平常心是道”的观念自信地谕示亲友了。白居易的“中隐”是以闲适作超越境界加以追求。所谓“闲适”，核心内涵是“无事”，即“无可无不可的态度”。[①]诗人居洛期间创作《三适赠道友》自矜其足适、身适和心适，《北窗三友》称琴、酒、诗是其三友，都体现了这一点。游赏、宴饮、睡眠、垂钓、读书等日常生活如同洪州禅的衣食住行一样具有修行意义，成为白居易诗歌“闲适”境界的构成元素。“特别是‘安眠’与‘饮酒’，作为使白居易的‘闲’境得以成立的核心活动，被反复地叙述。”[②]“中隐”思想倒是彻底消解了士不遇的焦虑，但是，当士人以内心适意为终极追求时，便搁置了社会责任，也就失去士人群体充当社会良心的价值。

其实，白居易早年也信奉庄子，后来洪州禅的信仰才占据上风。元和十年贬谪江州前夕写给友人的诗《赠杓直》说：“早年以身代，直赴逍遥篇。近岁将心地，回向南宗禅。”贬谪江州途中所作《读庄子》云“去国辞家谪异方，中心自怪少忧伤。为寻庄子知归处，忍得无何是本乡”，仍然以庄子的逍遥境界作为人生追求以努力超越士不遇的焦虑。但是，白居易对庄子逍遥境界的逻辑前提齐物论持反对态度，他在晚年退居洛阳期间作《读庄子》一诗鲜明地表达了这个态度，即：“庄生齐物同归一，我道同中有不同。遂性逍遥虽一致，鸾凰终校胜蛇虫。”既然进与退、巧与拙、贤与愚、是与非的差别无法抹杀，到底如何才能做到进退不系于心而达到逍遥境界呢？大和二三年短期任职于长安时作《对酒五首》其一云：“巧拙贤愚相是非，何如一醉尽忘机。君知天地中宽窄，雕鹗鸾皇各自飞。”也就是说不去追问这些差别，也就落至洪州禅的“平常心是道”的理路上来了。此变化的实质是，依据齐物论将仕与隐等量齐观转向依据“平常心是道”不再追问仕与隐的价值有无和高下。不论是信仰庄子还是信仰洪州禅，白居易都试图突破仕与隐、朝与野、穷与通的二元对立带来的心理焦虑。

白居易初谪江州，常引屈原为同道，抒发贬谪之悲，但是，他否定了屈原不愿调和仕与隐、出与处的决绝态度，不过，他在表达悬置仕与隐、出与处的价值观时受到了屈原的凤凰与凡鸟的对立与错位的书写模式的启发，将凤凰与凡鸟的对立与错位置换成凤与鱼的飞沉异势各逍遥，作为人格的隐喻。早在谪居江州期间，因为好友钱徽则于元和十一年因进言停止淮西之征被罢翰林学士，另一好友崔群于元和十二年七月由户部侍郎拜中书侍郎同中书门下平章事，白居易曾创作《答崔侍郎、钱舍人书问因继以诗》一诗，思考如何面对进退出处。该诗云“泥泉乐者鱼，云路

① 萧驰：《佛法与诗境》，台北：联经出版事业股份有限公司，2012 年版，第 190 页。
② ［日］埋田重夫：《白居易研究：闲适的诗想》，西安：西北大学出版社，2019 年版，第 7 页。

游者鸾；勿言云泥异，同在逍遥间”，是以云路中的鸾和泥泉里的鱼分别喻入仕与退处，既有屈原的凤凰与凡鸟的对立，也有唐人常说的所谓云泥之别，不过诗人将逍遥作为终极追求，化解了鸾与鱼的高下对立而强化了二者共性。此后，白居易多次以凤、鱼为喻来表达其对于仕与隐、出与处的体验与思考。大和初年短期任职于长安时作《玩松竹二首》其一云“栖凤安于梧，潜鱼乐于藻”，以凤与鱼来表达升沉异势却各安其分的观念。晚年闲居洛阳时作《梦得相过援琴命酒因弹秋思偶咏所怀兼寄继之、待价二相府》云：“双凤栖梧鱼在藻，飞沈随分各逍遥。”以“凤栖梧”喻杨嗣复、李珏入相，以“鱼在藻”喻诗人自己和刘禹锡闲居洛阳，表明自己虽居闲职，却能逍遥自适。尽管白居易将凤与鱼并置依然可以看到屈原将凤凰与凡鸟对比的思维框架，但是，凤凰意象蕴涵的批判精神已经荡然无存，剩下只是调适内心的生存智慧。

白居易《读史》五首其二曾苛责嵇康没有及时真正出世：“马迁下蚕室，嵇康就囹圄；抱冤志气屈，忍耻形神沮。当彼戮辱时，奋飞无翅羽。商山有黄绮，颍川有巢许。何不从之游，超然离网罟？”嵇康所处的政治环境比白居易要恶劣得多，白居易自己不是说过“苟非理世，安得闲居”（《序洛诗》）的话吗！闲居对嵇康来说毕竟不现实，以至最终卷入政治旋涡。白居易未必真正了解嵇康，但从嵇康的命运吸取了教训。他与嵇康一样，看到了退居期间日常生活的价值对于不遇士人消解焦虑，调适心灵的重要性，但对于入仕的价值判断迥异，白居易无法否定入仕的价值，嵇康彻底否定入仕的价值。

三、凤凰楼下逍遥客：邵雍的“安乐”境界及自我形象的表征

邵雍曾汲汲于功业理想，“少时，自雄其才，慷慨欲树功名”①，其《代书寄友人》云“当年有志高天下，尝读前书笑谢安”，是嘲笑谢安年轻时不如自己志向高远。他还付出过艰辛努力，“于书无所不读，始为学，即坚苦刻厉，寒不炉，暑不扇，夜不就席者数年”②。正如朱熹评论的，“康节本是要出来有为的人”③。北宋皇祐元年，39岁的邵雍在屡经科场失意之后终于绝意仕进，迁居洛阳。隐居洛阳期间，还以疾病为由，谢绝举荐。起初，寄居洛水南岸天津桥畔位于道德坊的天宫寺，随后，洛阳友人为其置宅于洛阳城东南的履道坊；嘉祐七年，洛阳友人在道德坊天津桥畔为其置建新居。邵雍将其居所命名为“安乐窝”，自号“安乐先生”。履道坊是唐

① 脱脱等：《宋史》，北京：中华书局，1977年版，第12726页。

② 脱脱等：《宋史》，北京：中华书局，1977年版，第12726页。

③ 黎靖德：《朱子语类》，北京：中华书局，1986年版，第2545页。

代诗人白居易故居所在地，当时还留有许多白居易的遗迹，择居于此的邵雍当然会想到白居易，特别是在当时普遍学习白居易的风气之下。这里要关注的是邵雍如何看待其退隐生活，如何超越退隐的心理焦虑；还要进一步追问邵雍诗中表达的“安乐”与白居易诗中的“闲适”之间的异同。

邵雍《寄谢三城太守韩子华舍人》采用主客问答的方式剖白了对于人生选择的思考：不是每个人都能够受知于人而发挥才能的，“道之未行兮，其命也在天”，强调“安分”与“委命”。他还重新解释了“人爵”与“天爵”的区别。《答人言》云：“卿相一岁俸，寒儒一生费。人爵固不同，天爵何尝匮？不有霜与雪，安知松与桂？虽无官自高，岂无道自贵？”人爵、天爵出自《孟子·告子上》：“仁义忠信，乐善不倦，此天爵也；公卿大夫，此人爵也。”[①]天爵表现为品德的差别，人爵表现为官职的差别。白居易《池上即事》称“身闲当贵真天爵，官散无忧即地仙”，是将孟子天爵的道德内涵置换成心灵的境界。邵雍回归至《孟子》，将道的追求作为天爵的内涵，认为卿相与寒儒虽人爵不同，但在道的追求上可以达到同等的天爵。也就是说，卿相可以践行对道的追求，寒儒也可以，寒儒没有卿相的高位，却可以任道而自贵，实际上重估了出世的卿相与隐居的寒儒的地位和价值。

迁居洛阳不久，邵雍的生活发生转变，在友人、学生的资助下过着衣食无忧的生活，与白居易闲居洛阳时的生活境况相同。邵雍屡屡剖白隐居洛阳的心态，那就是“安乐”，如“已把乐为心事业，更将安作道枢机”（《首尾吟》七十三）。邵雍所安安于什么，所乐乐于何事？据《击壤集序》，邵雍之乐包括“名教之乐”和“观物之乐”[②]。“名教之乐”实际上通过道德实践来提升人格获得的快感，“观物之乐”就是探求宇宙化道并融入自然而获得生命共感。[③]可见，邵雍可以从追问天地之道的学问中获得快乐，也可以在道德修养提升中得到满足。每年春秋季，邵雍出游洛阳城，“乘小车，一人挽之，惟意所适。士大夫家识其车音，争相迎候。童孺厮隶皆欢相谓曰：‘吾家先生至也。’不复称其姓字。或留信宿乃去。好事者别作屋如雍所居，以候其至，名曰‘行窝’”[④]。邵雍“行窝”的动机与性质应该从名教与观物两个层面来理解，实际上是将游赏、宴饮等日常生活作为一种哲学与道德实践，并努力践行与社会、自然的和谐，并得到了社会的认同，他也十分享受这种认同。需要指出，邵雍的“安乐”境界与物质条件没有关系。邵雍不刻意回避物质生活的富足，只是以过度为戒。他爱饮酒，爱赏花，但主张“饮酒莫教成酩酊，赏花慎勿

① 杨伯峻译注：《孟子译注》，北京：中华书局，1960年版，第271页。

② 邵雍：《伊川击壤集》，上海古籍出版社，2016年版，第2页。

③ 王竟芬：《逍遥安乐的审美人生》，《安徽师范大学学报》，2004年11月。

④ 脱脱等：《宋史》，北京：中华书局，1977年版，第12727页。

至离披”（《安乐窝中吟》）。邵雍不仅在生活优裕时秉持安乐态度，在生活贫贱时也秉持安乐态度。他初至洛阳时生活还是很贫困的，“虽平居屡空，而怡然有所甚乐”[①]。即使在迁至友人为其置建的新居时，他还是过着“岁时耕稼，仅给衣食”[②]的生活。可以说，“安乐”思想正是儒家安贫乐道的延续和在新环境下的变异，正如四库馆臣所说的，“邵子抱道自高，盖亦颜子陋巷之志”[③]。总之，邵雍将立德置于立功之上，通过彰显闲居作为体悟天道与实践道德，来超越仕与隐、立功与立德的价值高下评判，也就超越了在仕与隐之间进行选择的焦虑与痛苦。

邵雍认为宇宙构成的阴阳二气具有善与恶的伦理特性并以凤凰与蛇蝎来表示，“唯天有二气，一阴而一阳。阴毒产蛇蝎，阳和生鸾凰”（《君子吟》），还沿袭屈原将凤凰与凡鸟对立的思路，以麒麟凤凰与枭鸩蛇蝎的对立来表现君子与小人的尖锐对立，如“如鸾如凤，意思安详。所生之人，非忠则良。如鼠如雀，意思惊躩。所生之人，不凶则恶”（《观物吟》），将复杂的人性简化为善与恶的对立，以其解释人性与历史，将历史的演变归于执政者对于善恶的选择：“天之道人之情，又奚择乎周、秦、汉、楚哉？择乎善恶而已。”（《观物篇》之五六）[④]因此，邵雍体认、反思其人生选择时流露出极度的道德自信，这也是其《击壤集》的主旨。邵雍《击壤集》往往书写以凤凰楼、天津桥等洛阳城市地标构建一个颇具政治意味的文化空间，强调主体与这个文化空间的物理距离和心理距离的反差来暗示其安乐的精神境界，并以凤凰隐喻其自我形象来张扬其理想人格。

邵雍的安乐窝位于洛水南岸道德坊，通过天津桥与正北的皇城南门五凤楼相连，他在诗中常常津津乐道“五凤楼前月色，天津桥上风凉”（《小车六言吟》），“凤凰楼下天津畔，仰面迎风倒载归”（《安乐窝中吟其五》），“凤凰楼观云中看，道德园林枕上窥”（《首尾吟》其一一）。从洛水之南的天津桥畔步上天津桥往北即是皇城。伫立天津桥，向北方眺望，是“千年旧都城，一片闲宫阙”（《天津晚步》），邵雍不免流露出阅尽兴亡的沧桑感，“危亭独坐人，浪把兴亡阅”（《天津晚步》），真是“诗是天津伫立时”（《首尾吟》其十）！接踵而至的又是挥之不去的孤独感。《天津感事》实为一组咏怀诗，或借景抒情，或咏史怀古，其主题是兴亡盛衰之叹，及其人生选择的反思与剖白，如“宠辱事多今不见，兴亡时去止堪哀。请观今日长安道，抵暮行人犹往来”（其二）。由皇城、天津等触发的兴亡之感可由《雨后天津独步》的诗来概括：“洛阳宫殿锁晴烟，唐汉以来书可传。多少升沉都不见，空余四面旧

① 脱脱等：《宋史》，北京：中华书局，1977 年版，第 12727 页。
② 脱脱等：《宋史》，北京：中华书局，1977 年版，第 12727 页。
③ 永瑢等：《四库全书总目》，北京：中华书局，1965 年版，第 1322 页。
④ 邵雍：《皇极经世》（下），上海：上海古籍出版社，2016 年版，第 1162 页。

山川。”由天津桥向北就是皇城的正门凤凰楼，诗人屡将凤凰楼纳入其诗歌的空间书写范围，既是诗人观察世事变幻的视角，又是其兴亡盛衰之感的触点。如组诗其三：“凤楼深处锁云烟，一锁云烟又百年。痛惜汾阴西祀后，翠华辜负上阳天。”凤楼为云烟笼罩，言外之意是那里只有云烟驻留没有帝王居住，显得很荒凉。后二句叙及汉武帝于河东汾阴祭祀后土的历史事件，该事件后来成为唐代李峤《汾阴行》表达盛衰之变的题材。邵雍将历史与文学的种种文本组织入诗中，显然意在感叹洛阳皇城的荒废及由盛而衰的现实。又组诗其九云：“凤凰楼观冷横秋，桥下长波入海流。千百年来旧朝市，几番人向此经由。”这是以凤凰楼为视角，想象置身其上，在超越物理时空的范围内观察到的变迁景象。

邵雍将凤凰楼、天津桥纳入其诗歌文本的空间书写范围，显然是在强调其作为符号的文化意味。《天津幽居》就是表达了诗人对洛阳城及天津桥的权力文化意味的体认：“子家洛城里，况复在天津。日近先知晓，天低易得春。时光优化国，景物厚幽人。自可辞轩冕，闲中老此身。”“日”“天”在中国文化中常用来指帝王、皇权，所谓“日近先知晓，天低易得春”是说诗人置身于政治文化空间的中心。然而，《六十五岁新正自贻（熙宁八年）》中以天津桥为中心元素构成的政治意味浓厚的文化空间“京国”却被诗人视为“山涧”，即“虽然在京国，却如处山涧”，显然是采用反衬的手法，以其与政治中心的物理距离的迫近反衬其与政治中心的心理距离的疏离。

当友人在道德坊为其营建新居之后又购置园林时，邵雍曾赋诗《天津弊居蒙诸公共为成买作诗以谢》以示答谢，情不自禁地流露出对其选择的生活方式的欣喜，并将其生活状态和心理状态凝练为“凤凰楼下新闲客，道德坊中旧散仙”，而且，《击壤集》反复表达这个义旨，如“凤凰楼下逍遥客，郏鄏城中自在人”（《安乐窝中酒一樽》），“郏鄏城中，凤凰楼下”（《自适吟》）。既然作为道德和哲学实践方式的日常生活与政治实践一样具有价值，退居怎么会让人焦虑呢？相反，退居期间的日常生活恰是“安乐”境界的表征！这就是邵雍的逻辑。

正如四库馆臣所说：“北宋自嘉祐以前，厌五季佻薄之弊，事事反朴还淳。其人品率以光明豁达为宗，其文章亦以平实坦易为主。故一时作者，往往衍长庆余风。王禹偁所谓‘本与乐天为后进，敢期杜甫是前身’者是也。邵子之诗，其源亦出白居易。而晚年绝意世事，不复以文字为长。意所欲言，自抒胸臆，原脱然于诗法之外。”[①]不仅四库馆臣断定邵雍学白居易，邵雍的朋友司马光也持此看法：“只恐前身是，东都白乐天。”（《戏呈尧夫》）的确，邵雍诗在语言、技法乃至立意等方面与白居易

① 永瑢等：《四库全书总目》，北京：中华书局，1965年版，第1322页。

有相似之处，但要看到，同样是写日常生活，二人的旨趣还是存在差别，特别是理论背景方面，白居易的是洪州禅的“平常心是道”，邵雍的是先秦儒家的“安贫乐道”。

四、结语

士不遇作为中国古代士人群体面临的困境必须在现世而不是来世、天堂等异域得到解决，这是中国古代文人追求精神超越的智慧。屈原、宋玉以及汉代文人没有找到消解士不遇的方式，魏晋以后，中国文人通过重估、建构隐居的日常生活的价值对抗政治实践来消解士不遇的焦虑，将精神超越置于日常生活，走上一条现世性的超越之旅。这种超越方式包括以下三个逻辑层面：其一，肯定隐居的价值、否定出仕的价值；其二，不作价值高下的思考与评判；其三，肯定隐居与入仕同样具有价值。三国时期的名士嵇康肯定隐居的价值、否定入仕的价值，中唐诗人白居易悬置隐居与入仕价值高下的评判，北宋理学家邵雍建构隐居的道德实践意义抗衡入仕的价值，他们成为中国古代不遇的士人寻求精神超越旅程的重要节点。德国诗人荷尔德林提出的“诗意地栖居”命题经过海德格尔的阐发具有了精神超越的理论取向，嵇康、白居易、邵雍等倡导的隐居生活可谓“诗意地隐居”，从而使衣食住行具有修行的意味，无不是诗意所在。邵雍之后，中国文人退隐的生活方式、心态发生了显著变化，不再如丧家之犬，恓恓惶惶，不可终日，退居期间的日常生活成为山林、田园之外又一个灵魂安顿之所。中国古代文人日渐走出屈原曾经无法超越的士不遇焦虑，不过，书写士不遇焦虑的调适和消解以及超越境界依然受到屈原的士不遇书写模式的启发与影响。

论屈赋作品中的宗教精神

北京语言大学　谢　婷

摘　要： 屈赋作品中带有一种朦胧的宗教精神，从诗人所展现的内容来看，包含物、神、人三个层面。此三者中展现的宗教情感又具备一定的现实意义，从当时背景来看，诗人在这三者中寄寓的是现实的理想和政治的追求，是其苦闷的爱国热情，并由于现实的无力而希望实现对于现实的超脱。

关键词： 屈赋；宗教情感；香草；神灵；祭祀

绪论

一直以来，屈原更多以爱国者的形象出现在读者大众面前，人们对于楚辞体作品也更多集中在这种强烈的爱国热情的探讨上。本文旨在从宗教的角度去重新看待屈赋作品，并结合其创作的现实背景探讨屈赋的另一面。

屈赋即屈原所作赋。班固《汉书·艺文志·诗赋略》云："屈原赋二十五篇"①，但具体哪二十五篇未做详细表述。洪兴祖《楚辞补注》中："屈原赋二十五篇，《渔夫》以上是也。《大招》恐非屈原作"。②王逸《楚辞章句》认为屈原所作有《离骚》、《九歌》（11篇）、《天问》、《九章》（9篇）、《远游》、《卜居》共24篇。在楚辞研究史上，除去《离骚》《九章》《九歌》《天问》，其他诸篇作者都有争议，本文讨论的也主要集中在以上诸篇。

北宋黄伯思在《东观余论·翼骚序》云："屈宋诸骚，皆书楚语，作楚声，纪楚地，名楚物。"③楚地文学深受楚文化影响，后人将楚文化概括为"信巫鬼，重淫祀"，这种原始宗教巫风的盛行对屈原作品有着深刻影响。相较于《诗经》单纯的起兴手法，屈赋作品进一步发展了《诗经》的比兴手法，依《诗》取兴，引类譬喻，使其构成了一个庞大而又复杂，其内涵也更为深刻的象征系统。在这个象征系统里面与宗教相关的主要有三类，一是作为物的香草，二是作为神的神灵形象，三是作为人的层面的祭祀主体的活动。

① 班固撰，颜师古注：《汉书·艺文志》，北京：商务印书馆，1995年版，第41页。

② 洪兴祖撰，白化文等点校：《楚辞补注》，北京：中华书局，1983年版，第216页。

③ 黄伯思：《宋本东观余论》，北京：中华书局，1988年版，第344页。

一、香草意象

据统计，在《离骚》《九章》《九歌》《天问》确为屈原所作的作品中，一共出现了 59 种植物，属香草的有 36 种。[①] 其中有不少经常出现的，诸如兰草、蕙、杜若、茝、椒、荃、杜衡、薜荔、留夷、揭车等。据潘富俊《楚辞植物图鉴》统计，《楚辞》中白芷、泽兰（兰）、蕙此三种一共出现在 18 篇作品中，频次最高。桂树次之，共出现在 11 篇作品中，再之后是花椒和荷，共出现在 10 篇作品中。屈赋中兰草出现又最为频繁。如《离骚》中“扈江离与辟芷兮，纫秋兰以为佩”[②]，“兰芷变而不芳兮，荃蕙化而为茅”[③]，“览椒兰其若兹兮，又况揭车与江离”[④]、《九歌·云中君》中“浴兰汤兮沐芳，华采衣兮若英”[⑤]，《九章·悲回风》中“故荼荠不同亩兮，兰茝幽而独芳”[⑥]，《九歌·少司命》中“秋兰兮蘼芜，罗生兮堂下”，“秋兰兮青青，绿叶兮紫茎”[⑦]。屈赋作品中的兰草无疑是诗人高洁品行的一种外化，或是作为一种与恶势力对抗的力量象征。但深受原始宗教巫风影响下创作的屈赋，其中的兰草意象是否带有一定的宗教精神呢？

兰草作为带有祭祀性质的用品主要出现在《九歌》中。《九歌》本为屈原吸取楚地民间神话故事，并利用民间祭歌形式所写的一组抒情诗，带有浓厚的民间文化色彩，可以说是南方巫祭文化的产物。《云中君》开篇两句有“浴兰汤兮沐芳，华采衣兮若英”，祭祀的灵巫先浴兰汤，沐香芷，衣五采，华衣饰，“以自洁清也”[⑧]。宋刘义庆《幽明录》“庙方四丈，不墉，壁道广四尺，夹树兰香。斋者煮以沐浴，然后亲祭，所谓‘浴兰汤’。”[⑨] 古人认为兰草避不祥，故以兰汤洁斋祭祀。我国很早就有浴兰的习俗，《大戴礼记·夏小正》中就有“五月……蓄兰，为沐浴也。”[⑩] 后代诗歌中也有对浴兰习俗的记载，诸如李白《沐浴子》中有“沐芳莫弹冠，浴兰莫振衣”，元稹《表夏》诗之十有“灵均死波后，是节常浴兰”。除去浴兰，屈赋

① 张晓蕾：《屈原作品中兰草意象探析》，《南京师范大学文学院学报》，2017 年第 4 期。
② 方铭：《楚辞全注》，北京：人民文学出版社，2021 年版，第 4 页。
③ 方铭：《楚辞全注》，北京：人民文学出版社，2021 年版，第 10 页。
④ 方铭：《楚辞全注》，北京：人民文学出版社，2021 年版，第 11 页。
⑤ 方铭：《楚辞全注》，北京：人民文学出版社，2021 年版，第 36 页。
⑥ 方铭：《楚辞全注》，北京：人民文学出版社，2021 年版，第 134 页。
⑦ 方铭：《楚辞全注》，北京：人民文学出版社，2021 年版，第 51 页。
⑧ 洪兴祖撰，白化文等点校：《楚辞补注》，北京：中华书局，1983 年版，第 58 页。
⑨ 鲁迅：《古小说钩沉》，山东：齐鲁书社，1997 年版，第 143 页。
⑩ 方向东：《大戴礼记汇校集解》，北京：中华书局，2008 年版，第 233 页。

中的兰草还出现在其他地方，诸如《东皇太一》中有“蕙肴蒸兮兰藉，奠桂酒兮椒浆”[①]，《说文解字》“藉，祭藉也”，是用兰草垫在食物下面。“五臣云：蕙、兰、椒、桂，皆取芬芳”，[②]当是以兰草香味来祭神。《少司命》中“秋兰兮麋芜，罗生兮堂下”[③]，《礼魂》中“春兰兮秋菊，长无绝兮终古”[④]，都是以兰草香味来祭神。浴兰汤，以兰草为藉，以兰香祭神，这里的兰都是作为祭祀用品出现的，并且它的出现是伴随着宗教特性而出现的，其中就包蕴着一定的宗教精神。

除去最常见的兰草，还有一些其他香草，诸如“巫咸将夕降兮，怀椒糈而要之”[⑤]中的椒和糈，王逸注云：“椒，香物，所以降神。糈，精米，所以享神。”[⑥]可知，这里的香草应当是用于降神。又有“索藑茅以筳篿兮，命灵氛为余占之”[⑦]，此处藑篿用于占卜。“披石兰兮带杜衡，折芳馨兮遗所思”[⑧]，此处当是以石兰作为招徕神灵的道具。屈赋作品中香草不仅仅作为一种品性象征，更是巫祭过程中一个重要道具和作为招徕神灵祭品的重要部分。由此可看出，屈赋作品中有不少香草意象的出现都可与宗教联系起来，体现着一定的宗教精神。

二、神灵形象及祭祀活动

神灵形象本身作为一种超自然力量的化身，寄寓着人们美好的愿望，人们对于神的企盼到底是对现实生活中种种不可得的美好愿景的企盼，这其中就包含着一定的宗教信仰。《九歌》所咏的十神、天地、日月、山川、人先、鬼伯、国殇无一不是宗教所祭祀或崇拜的，属于一种自然崇拜和鬼神崇拜。[⑨]如《东君》是对太阳神为众生带来光明和温暖的歌颂，《云中君》中人们对于云神的爱慕及其对光明和自由的向往，《大司命》是人们对渴望延年永寿的真切祈福，《国殇》则是对死去将士英勇的崇高礼赞。这些作品中展现出来的活动就是一种原始的宗教崇拜，表现出来的情感就是一种原始的宗教情感。

姜亮夫先生从宗教色彩出发，就认为《九歌》与《离骚》有共同情感，即宗教

① 方铭：《楚辞全注》，北京：人民文学出版社，2021 年版，第 34 页。
② 洪兴祖撰，白化文等点校：《楚辞补注》，北京：中华书局，1983 年版，第 56 页。
③ 方铭：《楚辞全注》，北京：人民文学出版社，2021 年版，第 51 页。
④ 方铭：《楚辞全注》，北京：人民文学出版社，2021 年版，第 67 页。
⑤ 方铭：《楚辞全注》，北京：人民文学出版社，2021 年版，第 10 页。
⑥ 王逸：《楚辞章句》，北京：中华书局，2011 年版，第 19 页。
⑦ 方铭：《楚辞全注》，北京：人民文学出版社，2021 年版，第 9 页。
⑧ 方铭：《楚辞全注》，北京：人民文学出版社，2021 年版，第 59 页。
⑨ 姜亮夫：《重订屈原赋校注》，天津：天津古籍出版社，1987 年版，第 167 页。

情感，区别则在于《离骚》是一种理想化的描写，《九歌》是一种实化之描写。[①]前者是借助种种象征意象和人物活动来进行理想化的表达，后者是有具象场面的描写。屈原作品中常常出现神游活动，《离骚》中“吾令帝阍开关兮，倚阊阖而望予”，“溘吾游此春宫兮，折琼枝以继佩”，“览相观于四极兮，周流乎天余乃下”[②]等等，诗人上叩天门，下求佚女，登昆仑，游帝阁，也是希望从神灵处寻求现实的答案，其表达的情感未尝不和《九歌》有共通之处。《九歌》中的《河伯》有“与女游兮九河，冲风起兮横波”，“登昆仑兮四望，心飞扬兮浩荡”[③]。《远游》的上半部分，在“重曰”之前，也是极尽描写诗人的神游景象。即使在《九章》这种偏现实性的诗歌当中，《惜诵》和《涉江》中也出现了“昔余梦登天兮”[④]和“驾青虬兮骖白螭，吾与重华游兮瑶之圃”[⑤]这样的句子。关于这种神游升天的记载，传说中有高阳氏颛顼乘龙至四海，夏后启筮乘龙登天。到后世，又出现神仙修炼术，通过修炼达到飞升。这样，诗人这种神游从原始宗教角度来看是一种追求与神相遇，与神相嬉的体验，而结合现实就是一种寻求心灵解脱找寻皈依的方式。《九歌》中还有不少人神对唱的场面，诸如《少司命》《云中君》都有主祭的巫和所祭祀的神的对唱。无论是神游或是对唱，都可以看作是一种人神沟通，它包含着对神的景仰和本身对成神的企盼，是一种鲜明的宗教崇拜。

除此之外，《九歌》中大量配偶神的设定与原始宗教的性崇拜应有一定关系。湘君之与湘夫人，大司命之与少司命，东君之与云中君，河伯之与山鬼，都是作为配偶形象出现的，体现着阴阳二性相偶的思想。在祭祀过程中又以男巫迎阴神，女巫迎阳神，也是男女情感的体现。《云中君》中“思夫君兮太息，极劳心兮忡忡”[⑥]未尝不可看作表达的是男女爱慕之情。少司命中对少司命为人类子嗣仗剑辟邪的爱戴和感激，都可以归结为一种原始宗教崇拜，是最为朴素的人类对繁衍生息的渴求。

最后是祭祀活动。屈赋作品中对祭祀场面的描写大量见于《九歌》之中，诸如《东皇太一》中的载歌载舞，通篇都充满着馨香的祷告之音。《礼魂》中热闹的送神场面，《东君》中“縆瑟兮交鼓，萧钟兮瑶簴……翾飞兮翠曾，展诗兮会舞”[⑦]。这些祭祀活动的出现都是带有宗教情感的，在表达对于神灵祝颂的同时，带着对于神灵的种种诉求。正是这些诉求产生了祭祀，由此产生了宗教，这种诉求正是一种

① 姜亮夫：《重订屈原赋校注》，天津：天津古籍出版社，1987 年版，第 168 页。
② 方铭：《楚辞全注》，北京：人民文学出版社，2021 年版，第 8—9 页。
③ 方铭：《楚辞全注》，北京：人民文学出版社，2021 年版，第 57 页。
④ 方铭：《楚辞全注》，北京：人民文学出版社，2021 年版，第 96 页。
⑤ 方铭：《楚辞全注》，北京：人民文学出版社，2021 年版，第 101 页。
⑥ 方铭：《楚辞全注》，北京：人民文学出版社，2021 年版，第 37 页。
⑦ 方铭：《楚辞全注》，北京：人民文学出版社，2021 年版，第 54 页。

宗教情感的体现。祭祀活动本身作为一种仪式，就带有了一定的象征意义，除去这种宗教祭祀本身带有的宗教属性，像上文论述的神游和对唱，它们作为祭祀活动的一部分，当然也是一种宗教情感的体现。

三、屈赋中宗教精神的现实意义

综上所述，从香草、神灵以及祭祀活动来看，屈赋作品表现出了一种宗教狂热。那作者又源何执迷于这种宗教崇拜呢？撇开其中的文化因素，屈原的这种宗教崇拜还有着相当大一部分的现实政治因素。战国中期，楚国已成为当时领土面积最大的国家，有着与秦国一较高下的实力，横则秦帝，纵则楚王。但到楚怀王、楚襄王时期，楚国由盛转衰，内外忧患，怀王本人甚至被劫留至秦而死，楚国内部贵族倾轧，政治黑暗。屈原作为一个绝对的爱国者来说，此时此刻的心情一定是相当复杂的。这在《离骚》中表现得尤为明显，“惟草木之零落兮，恐美人之迟暮。不抚壮而弃秽兮，何不改乎此度也”，“老冉冉其将至兮，恐修名之不立”，“启《九辩》与《九歌》兮，夏康娱以自纵。不顾难以图后兮，五子用失乎家巷……后辛之菹醢兮，殷宗用之不长”[①]等等。诗人在诗歌中反复地表达希望君王勤勉的愿望，对于时光流淌的追逝也是希望有所作为，对于前代人物的追述也是一种强烈的忧患意识。正是这种对宗族命运的担忧而又无力解决使得诗人将理想寄托在宗教上，企图实现对于现实的超脱。诗人的神游也好，祭祀也好，人神对唱也好，都是企图通过人神沟通来实现对现实的改变，这种超现实的情感使得作品蒙上了一层朦胧的宗教精神。

前文提到《离骚》和《九歌》在宗教情感上有共通之处。一则是理想化的表达，一则是实化的表达。而在这种对于现实世界超脱的宗教情感上，两者也是有共通之处的。《湘君》《湘夫人》彼此有情却无法相见，《山鬼》盛装赴约而未果，《少司命》的凄然而别，这些未尝不是诗人在现实中受挫而外化于作品当中的结果。祭祀的巫对于神灵到来的期待是诗人九死不悔精神的诗意表达，山鬼对于恋人执着的等待与屈原坚守的爱国之情有相似之处。宗教作为人们精神的避难所，承载着人们现实的美好理想。在《九歌》当中，诗人通过对宗教情景的再现以及融入，达到宗教情结与自我体验的结合，从而实现对于现实的超脱。[②]荣格在《心理学与文学》中指出：“他（指原始意象）把我们个人的命运转变为人类的命运，他在我们身上唤醒所有那些仁慈的力量，正是这些力量，保证了人类能够随时摆脱危难，度过漫

① 方铭：《楚辞全注》，北京：人民文学出版社，2021年版，第4—7页。

② 吴慧鋆：《〈楚辞·九歌〉：屈原宗教情结的诗化》，《中国社会科学报》，2017年12月19日，第3版。

漫长夜。”[①] 原始宗教使得诗人找到了情感宣泄的另一种方式，寻求到了一种精神支持。

结语

综上可知，从香草、神灵、祭祀活动，由物到神到人，屈赋作品中都笼罩着一层或明或暗的宗教情感。无论是《离骚》的苦闷求索还是《九歌》的深情祷告，在屈原这样一个爱国者的形象之外我们仿佛又看到了一个宗教狂热者的形象。这二者的形象又是彼此交融的，政治诉求与宗教情怀的结合，个人理想和大文化背景的交融使得屈原的形象更为真实立体。而这也正是他千百年来一直为人们所景仰和歌颂的地方，他将现实生活的种种不可得诉诸神灵，于宗教之中寻求安慰，在这些带有宗教性质的象征意象之外，寄寓着的又是诗人现实的理想，是其苦闷的爱国热情，是其对现实政治的迷惘和无力。正是这样天才性的结合和创造才使得屈赋散发出别样的魅力，千百年来为人所说不尽，道不尽。

① ［瑞士］卡尔・古斯塔夫・荣格，冯川、苏克译：《心理学与文学》，北京：三联书店，1987 年版，第 122 页。

屈原《橘颂》对颂体文形成和发展的影响

中南民族大学 丁 静

摘 要： 颂具有以“颂”名篇，内容上褒述帝王功德、祖先事迹或赞美人物、事物为主，形式上以四言为基本句式，艺术风格上崇尚典雅清丽、华腴丰缛等鲜明的文体特征。考辨现存先秦文献，《诗经》“三颂”歌颂功德未以“颂”名篇，《管子》“国颂”及《庄子》“有焱氏之颂”冠以“颂”名而非褒美的韵体颂文。屈原《橘颂》作为第一篇以“颂”名篇且题旨颂美的作品，在颂体文的形成发展中具有开创性。《橘颂》不仅在内容题材上将歌颂的对象扩展为“细物”，通过歌颂具有高贵品质的物来寄托作者的志向与情感，而且在艺术形式上突破了传统的格式，赋予四言句式以新的生机，从而奠定了颂体的基本特征，标志着颂体的正式形成，对后世颂体文的发展产生了重要而深远的影响。

关键词： 颂体；《橘颂》；文体特征；形成

在中国古代文学史上，“颂”是一种历史悠久、功能特殊、影响深远的文体。对于“什么是颂、颂作为一种文体又有哪些特点”这样一个基本的问题，古今研究者有多种解答，概括起来主要有两方面：一是以《毛诗序》“美盛德之形容、以其成功告于神明”为代表的关于《诗经》“六义”之“颂”的解释，重在从内容主题和功能方面强调“颂”歌颂帝王功德或赞美人物事件；二是历代文体论者在与其他文体作比较时，揭示“颂”在语言形式或艺术风格方面具有“优游彬蔚”“典雅丰缛”等特点。南朝文学批评家刘勰的《文心雕龙·颂赞》篇，则兼二者之长，既指出颂有“美盛德而述形容”乃至“比类寓意又覃及细物”的内容，又分析“颂”有“情采芬芳”与“颂惟典雅，辞必清铄”的艺术特点。故明代徐师曾《文体明辨序说》高度评价刘勰的论述，认为“详味斯言，可以得作《颂》之法”[①]，并非虚誉之辞。

汉代以来，古今学者大多以《诗经》“三颂”为颂体之始，并且往往直接称这“三颂”四十篇诗歌作品为“颂诗”。除了《诗经》“三颂”外，今存先秦有关“颂”文还有《管子》

① 吴讷、徐师曾著，于北山、罗根泽校点：《文章辨体序说·文体明辨序说》，北京：人民文学出版社，1982年版，第143页。

书中"国颂"及《庄子》书中"有焱氏之颂"。参照颂的文体特征，这些所谓的"颂"是否为真正意义上的颂体文呢？如若不是，那么中国古代第一篇颂体文又是什么？何人所作？产生于何时何地？诸如此类问题，均值得我们深入探究。本文在前人研究成果的基础上，通过考证文献资料，依据颂体文实际发展演变的历史脉络，得出结论：屈原《橘颂》乃第一篇文体意义上的颂，其以"颂"名篇对颂体文具有开创性。《橘颂》不仅在内容上确立了颂的咏物题材，扩大了颂的价值功能，而且在形式上奠定了颂的基本句式，创新了颂的艺术风格，对颂体文的形成和发展有着重要的影响。

一、以颂名篇：对颂体文具有开创性

战国后期，楚国大诗人屈原（约前 340—前 278）创作了今存最完整的第一篇以"颂"名篇的文学作品——《橘颂》。不同于《诗经》"三颂"、《管子》"国颂"及《庄子》"有焱氏之颂"，屈原《橘颂》以"颂"名篇且题旨含有颂美之义，不论是篇名还是内容功用，《橘颂》都符合颂的文体特征。

（一）《诗经》"三颂"歌颂功德未以"颂"名篇

考辩现存先秦文献，仍然可知早在西周以至春秋中期的孔子（前 551—前 479 年）之前，《诗经》"三颂"的读者及评论者就开始给它们冠上了"颂"的名义。关于《诗经》之"颂"，《国语》《左传》中有几则文字特别值得注意。《国语·周语》载祭公谋父称《周颂·时迈》诗句为《颂》。其文曰：

> 穆王将征犬戎，祭公谋父谏曰：不可。先王耀德不观兵。夫兵戢而时动，动则威，观则玩，玩则无震。是故周文公之《颂》曰"载戢干戈，载橐弓矢。我求懿德，肆于时夏，允王保之"。①

周穆王征讨犬戎是周朝初年的重要历史事件，祭公谋父欲以周公《颂》诗所颂周武王克商以后戢藏干戈的史实谏阻穆王未果。这表明，早在西周初年，就已有"颂"诗在上层社会中传播。

《左传》记载宣公十二年（前 597），在晋楚邲之战中，楚庄王在战胜晋国之后，不同意堆积敌军尸体为"京观"炫耀武功的建议，而主张像《颂》诗所颂周武王克商以后息兵求德、戢藏干戈以安民丰财。如楚庄王曰：

> 夫文，止戈为武。武王克商，作《颂》曰"载戢干戈，载橐弓矢。我求懿德，肆于时夏，允王保之"。又作《武》，其卒章曰"耆定尔功"。其三曰"铺时绎思，

---

① 黄永堂：《国语全译》，贵阳：贵州人民出版社，1995 年版，第 1 页。

我徂维求定”。其六曰“绥万邦，屡丰年”。[①]

楚庄王直接称今存《诗经·周颂·时迈》篇为“颂”。接着，又称引了《周颂》中《武》诗的卒章和第三章、六章。《左传》还记载鲁襄公二十九年（前544），吴公子季札欣赏“颂”诗音乐之美的同时，又明确指出《颂》歌颂“盛德”的重要特点。这些史实说明：早在西周初期至孔子诞生以前的三四百年间，一直有人用“颂”来指称《周颂》及《商颂》之诗，承认“颂”是《诗》中的一类；“颂诗”以歌功颂德为基本内容功用的特点也得到社会的认同。

但是，作为颂体文学的源头，《诗经》“三颂”是原始宗教活动的产物，其歌辞依附于祭祀仪式，叙功述德颂圣以示神明。“三颂”并不以“颂”名篇，其内容、形式尚没有统一的定式，还只是作为《诗经》“风、雅、颂”之一被称为“颂诗”，并没有从“诗”中独立出来。通常情况下，在唱诵祝佑时还伴有祭祀乐舞，因而它还不属于文体意义上的“颂”。

（二）《管子》“国颂”及《庄子》“有焱氏之颂”冠以“颂”名而非“颂”

除了《诗经》“三颂”外，今存先秦有关“颂”文的还有《管子》书中“国颂”及《庄子》书中“有焱氏之颂”。这两篇被冠以“颂”名的作品是否为颂体？笔者拟作简要辨析如后。

《管子》“国颂”是治国牧民方略的一章。《管子》一书，《汉书·艺文志》在“道家类”著录为“《筦子》八十六篇”[②]，至《隋书·经籍志》改在“法家类”之首，著录为“《管子》十九卷”，注为“齐相管夷吾撰”[③]。但是，后世学者多怀疑此书不是春秋时齐相管仲所撰，如《四库全书简明目录》云：“旧本题周管仲撰。然多管子后事，盖后人附益者多。”[④]现当代学者如郭沫若等也大多认为，“《管子》书乃战国秦汉时代文字之总汇，其中多有关于哲学史、经济学史之资料”[⑤]。今存《管子》第一篇《牧民》的第一章就是“国颂”：

> 凡有地牧民者，务在四时，守在仓廪。国多财则远者来，地辟举则民留处，仓廪实则知礼节，衣食足则知荣辱，上服度则六亲固，四维张则君令行。故……不明鬼神则陋民不悟，不祗山川则威令不闻，不敬宗庙则民乃上校，不恭祖旧则孝悌不备。四维不张，国乃灭亡。——国颂[⑥]

① 杜预注：《春秋左传集解 第二册》，上海：上海人民出版社，1977年版，第590页。

② 班固撰，颜师古注：《汉书》，北京：中华书局，1997年版，第1729页。

③ 魏征撰：《隋书》，北京：中华书局，1997年版，第1003页。

④ 永瑢：《四库全书简明目录》，上海：上海古籍出版社，1985年版，第373页。

⑤ 郭沫若、闻一多、许维遹：《管子集校》，北京：科学出版社，1956年版，第10页。

⑥ 郭沫若、闻一多、许维遹：《管子集校》，北京：科学出版社，1956年版，第7–8页。

这段文字后的小标题为“国颂”，郭沫若等《管子集校》引何如璋云：“其文每句谐声如颂体，故名曰‘国颂’。”① 后赵守正先生撰《管子译注》，也承此说而认为：“国颂，本篇第一部分的小标题。本部分是韵文，类似诗中的‘颂’体；内容又是讲治国之道，故称国颂。”②

然而，笔者以为将《管子·牧民》“国颂”这段文字当成“颂体”，是值得商榷的。首先，“国颂”章是论述治国牧民方略的政论，不是美“盛德之形容”的颂文，在内容主题及功用目的上均与颂体的基本特征不符。其次，“国颂”章是一段杂言句式的散文。其中，有多达16个七言或九言的转折句式，约占全章的十分之七。这说明，“国颂”章和《管子》一书的语言形式是一致的，是典型的论说体散文形式。再次，“国颂”是“章”，即自然段而不是“篇”，故不可能“以‘颂’名篇”。

那么，“国颂”之“颂”的含义究竟是什么呢？郭沫若等《管子集校》所引第一条的注解，引唐中宗时国子博士尹知章云：“颂，容也。谓陈为国之形容。”③ 尹知章认为，“国颂”的意思，是指陈说治国为政的情状形势。《说文解字》曰：“颂，皃也，从页，公声。”④ 郑玄《周颂谱》也说过“颂之言容”。“颂”有形貌情状的含义。而《管子》书中就多处谈到治国要熟悉、了解国情，如《七法》《八观》《立政九败解》等篇，都论述及“国之情伪”的问题。因而，《管子》“国颂”的含义当是“国容”，即指“治国为政的情状”。这段文字是概论治国牧民情状方略的政论散文，而不是美“盛德之形容”的颂文。

《庄子·天运》“有焱氏之颂”当是庄周论道之辞。据《庄子·天运》篇，黄帝在洞庭之野施张《咸池》之乐，“有焱氏为之《颂》”而赞美之。其文云：

> 北门成问于黄帝曰：“帝张咸池之乐于洞庭之野，吾始闻之惧，复闻之怠，卒闻之而惑，荡荡默默，乃不自得。”帝曰：“汝殆其然哉！……汝故惧也……汝委蛇，故怠……此之谓天乐，无言而心说。故有焱氏为之颂曰：‘听之不闻其声，视之不见其形，充满天地，苞裹六极。’汝欲听之而无接焉，而故惑也。”⑤

这篇“颂”写神农氏对于“天乐”的颂美，应当是后人根据传说所作，而不是神农时期的作品。这里的“有焱氏之颂”，只有“听之不闻其声，视之不见其形，充满天地，苞裹六极”四句，是写神农氏颂美“天乐”合于大道之文，又如郭庆藩《庄

---

① 郭沫若、闻一多、许维遹：《管子集校》，北京：科学出版社，1956 年版，第 8 页。

② 赵守正：《管子译注》，南宁：广西人民出版社，1982 年版，第 4 页。

③ 郭沫若、闻一多、许维遹：《管子集校》，北京：科学出版社，1956 年版，第 8 页。

④ 许慎：《说文解字》，北京：中华书局，1963 年版，第 181 页。

⑤ 曹础基：《庄子浅注》，北京：中华书局，1982 年版，第 209 页。

子集解》之《疏》曰："猋氏，神农也。美此至乐，为之章颂。大音希声，故听之不闻；大象无形，故视之不见；道无不在，故充满天地二仪；大无不包，故囊括六极。"① 但是，从此"颂"的内容主旨以及语言形式风格来看，却不应是远古传说中的神农氏所为，而应当是战国道家庄周或庄子后学所作。如果结合最后的结语"乐也者，始于惧，惧故祟；吾又次之以怠，怠故遁；卒之于惑，惑故愚；愚故道，道可载而与之俱也"，则更加明白，这正是庄子用以论述音乐合于大道之理的文字。

综上，以"颂"为名的《管子》"国颂"是概论治国牧民情状方略的政论散文，《庄子·天运》"有猋氏之颂"则是庄周论道之辞，在内容主题及功用目的上均与颂体的基本特征不符，所以不是所谓的"颂体"，不宜纳入先秦"颂"文的范围。因此，颂体的真正独立，还有待进一步演变和发展的时日。

（三）《橘颂》以"颂"名篇且题旨颂美

直到战国后期，屈原《橘颂》的出现，才产生了第一篇以"颂"名篇且题旨颂美的颂。从《橘颂》篇名来看，其与《诗经》"三颂"不同：第一，读者知晓其创作者为屈原，且篇名为"橘颂"。而《诗经》的"颂"与"风""雅"一起，只是《诗》的编辑者按音乐性质对诗歌作品所作的分类。"三颂"作者不详，只用"周""鲁""商"三个表示地域的名词划分类别，每类具体到作品并不用"颂"名篇。第二，《橘颂》篇名依据文章内容和写作主旨而定。《诗经》三百篇包括"三颂"在内，各篇取名通常不考虑内容，只选取每篇首句的一到两字或几个字来题名，如《清庙》《维天之命》《烈文》等，篇名不概括或关涉内容题旨。屈原《九章》中除了《惜诵》《惜往日》《悲回风》《思美人》四篇是从各篇首句取字命名外，余下篇与《橘颂》相同，题名均依据内容主旨而定。可见，屈原《橘颂》是第一篇用"颂"名篇且为文人独立创作的作品。这是颂独立于诗之外、成为一种文体的最基本条件之一；从《橘颂》内容来看，颂文前半部分歌颂、赞美的对象是橘树，后半部分又引申为歌颂、赞美人，这正与颂"美盛德之形容"的写作题旨相吻合。

屈原《橘颂》不仅以"颂"名篇，而且内容题旨含有颂美之义，不论从篇名还是内容功用都有别于《诗经》"颂"诗、《管子》"国颂"及《庄子》"有猋氏之颂"。那么，《橘颂》之"颂"是否意为一种文体呢？

屈原生活的战国时代，人们对各种文体尚不明确，还没有自觉的文体意识，甚至后代学者都将《九章》包括《橘颂》等篇在内的作品归为楚辞，视为赋、骈文等文体的渊源。又稽览屈原《楚辞》诸多作品，出现"颂"字不多，除《橘颂》篇名

① 郭庆藩：《庄子集解》，北京：中华书局，1961年版，第510页。

之"颂"外，《九章》中《抽思》篇有"道思作颂，聊以自救兮"[①]之句。《抽思》是屈原流放汉北之时所作，作者在颠沛流离、忧戚不畅的困顿中一路哀思作"颂"，聊以自救消解悲伤。此处"颂"虽没有歌颂赞美之义，却指代诗歌一类的文学作品。王逸早在《楚辞章句》中指出："美橘之有是德，故曰颂。"[②]他认为作者赞美橘树是因其具有高尚品德，于是称之为"颂"。近现代学者王巍《〈橘颂〉创作时代浅探》曾提出："'楚辞'之名始于汉代，屈原对他自己的作品只称作诗、颂或歌……称颂者，除《橘颂》之外，又见于《抽思》"，认为"作颂"就是"创制一种称为'颂'的新体裁诗歌"[③]。可见，《橘颂》之"颂"已经暗含某类文学体裁之义。

游国恩先生在其《楚辞论著集》论述了"颂"体的产生与流变。他认为《诗经》"三颂"都是"告神的乐歌"，是流传下来的比较原始的颂。从《鲁颂》赞美鲁僖公开始，颂的功能由鬼神推及人事。特别是战国时期屈原的《橘颂》，出现了第一篇文人独立创作的以"颂"名篇的颂文。降及西汉，颂体成立。游国恩先生对于《诗经》"颂"诗以及西汉以后"颂体"在内容和形式方面的特点，都提出了自己的看法。他认为后世之颂出于"骚"，与《橘颂》关系更近甚于《诗经》"六义"之"颂"[④]。此说奠定了屈原《橘颂》在颂体文学史上的地位和意义。当然，我们不排除《橘颂》篇名的偶然性，但其的确影响了后世颂体文的发展。诚如苏雪林在《楚辞新诂》的《橘颂》"疏证"中引游国恩之言："《橘颂》是一篇偶然咏物的赋"，因为它是首次以"颂"名篇的文章，所以"后来的'颂'却都是从它而来"。[⑤]

二、美物比德：对颂体文题材内容的确立

颂最初有着"美盛德之形容"的释义。古代以"美盛德之形容"解释《诗经》"六义"之"颂"，如《毛诗序》曰："颂者，美盛德之形容，以其成功告于神明者也。"[⑥]东汉经学家郑玄《周颂谱》解释道："颂之言容，天子之德，光被四表……此之谓容。于是和乐兴焉，颂声乃作。"[⑦]此后，曹丕《答卞兰教》说"颂者美盛德之形容"[⑧]，

① 王逸：《楚辞章句》，长沙：岳麓书社，1989 年版，第 135 页。

② 洪兴祖撰，白化文点校：《楚辞补注》，北京：中华书局，1983 年版，第 155 页。

③ 王巍：《〈桔颂〉创作时期浅探》，《辽宁大学学报（哲学社会科学版）》，1985 年 3 月，第 56—60 页。

④ 游国恩：《游国恩楚辞论著集：第三卷》，北京：中华书局，2008 年版，第 116 页。

⑤ 苏雪林：《楚辞新诂》，武汉：武汉大学出版社，2007 年版，第 264 页。

⑥ 阮元校刻：《十三经注疏·毛诗正义》，北京：中华书局影印，1980 年版，第 271 页。

⑦ 阮元校刻：《十三经注疏·毛诗正义》，北京：中华书局影印，1980 年版，第 581 页。

⑧ 夏传才、唐绍忠校注：《曹丕集校注》，石家庄：河北教育出版社，2013 年版，第 108 页。

晋挚虞《文章流别论》说“颂之所美者圣王之德也”①，刘勰《文心雕龙·颂赞》篇又有“容告神明谓之颂”及“颂主告神”②之语等，这些论说大都前承《毛诗序》之说。这说明，颂一开始是用来歌颂帝王功德、祖先事迹的，此内容功用作为主流，对后世颂体还是有一定影响的。但是，屈原《橘颂》却在歌颂对象上，推及细小物品，以“美物”“比德”的方式确立了颂的题材内容，开拓了颂的书写方法。

（一）“美物”——确立了颂的咏物题材

早在屈原祖辈生活的时期，橘就是楚国人民所喜爱的嘉树美果，不仅闻名列国之间，而且已经具有较大的种植规模和重要的经济价值，成为楚国物质文明的象征之一。《史记·货殖列传》载：

> 安邑千树枣，燕、秦千树栗，蜀、汉、江陵千树橘。③

司马迁之后，班固《汉书·货殖传》也同样记载“安邑千树枣，燕、秦千树栗，蜀、汉、江陵千树橘”④。陈子展先生谓：“屈子作《橘颂》，不能说不是受到这一点的影响的。”⑤其实，这一层因缘，楚辞学史上第一个注释屈原《橘颂》的学者、同样也是楚国后裔的东汉辞赋专家王逸，在他撰写《楚辞章句》之时就已经有了很充分的揭示：

> 皇天后土生美橘树，异于众木，来服习南土，便其风气，屈原自喻才德如橘树，亦异于众也。
>
> 橘受天命生于江南，不可移徙，种于北地则化为枳也。屈原自比志节如橘，亦不可移徙。
>
> 屈原见橘根深坚固，终不可徙，则专己志，守忠信也。⑥

屈原之所以创作《橘颂》，既受到楚国源远流长的“橘文化”的影响，更有感于“嘉树”美橘“生于江南、不可移徙”的高洁品质，从而行之于文，借以自喻其志趣才德，寄托自己对祖国和人民的深挚情怀。刘勰《文心雕龙·颂赞》曰：“三闾《橘颂》，情采芬芳，比类寓意，又覃及细物。”⑦他认为在歌颂对象上，屈原《橘颂》已经推广到细小的物品；在创作方法上，用类似的物作比，寄托作者的情志。因而刘师培对此评价说：“盖虽非述德告神，而与美之旨弗悖焉，三代之时，赋颂

---

① 严可均：《全上古三代秦汉三国六朝文》，北京：中华书局，1958年版，第1905页。

② 周振甫：《文心雕龙注释》，北京：人民文学出版社，1981年版，第95页。

③ 司马迁：《史记》，北京：中华书局，1997年版，第3272页。

④ 班固，颜师古注：《汉书》，北京：中华书局，1997年版，第3686页。

⑤ 陈子展：《楚辞直解》，南京：江苏古籍出版社，1988年版，第603页。

⑥ 王逸：《楚辞章句》，长沙：岳麓书社，1989年版，第147页。

⑦ 周振甫：《文心雕龙注释》，北京：人民文学出版社，1981年版，第95页。

二体，皆诗之附庸；自兹而后，蔚为大国。”[①]屈原《橘颂》将歌颂对象推及细物，确立了颂的咏物题材，开拓了颂的书写方式，这不仅使“颂”逐渐脱离了诗的附庸地位，而且还成为创作者用来抒发个人情志的独立文体。

后世有很多咏物颂大都赓续了《橘颂》的咏物之风。汉代咏物颂如王褒《碧鸡颂》、扬雄《玉佴颂》、班固《神雀颂》等，内容以歌颂动植物、物品为主。以王褒《碧鸡颂》为例，颂所咏诵的“碧鸡”是神鸟，其文存有残句，曰：

> 处南之荒，深谿回谷。非土之乡，归来归来。汉德无疆，廉平唐虞。泽配三皇，黄龙见兮白虎仁，归来可以为伦。归来翔兮，何事南荒。[②]

金马、碧鸡是传说中的神明。据《汉书·郊祀志》记载，宣帝时期，“或言益州有金马、碧鸡之神，可醮祭而致，于是遣谏大夫王褒使持节而求之”[③]。此颂是王褒奉令前往益州求取，途中写下《碧鸡颂》（又名《移金马碧鸡文》），不久病逝，此颂成了他的绝笔。颂文还歌颂了“汉德无疆”，用“深溪回谷，非土之乡”描述了自己身处偏远的南荒异地，而后反复强调“归来”，流露出作者深切的盼归之情。

两汉咏物颂的数量并不多，直到三国时期，咏物颂才如雨后春笋般蓬勃繁荣起来。在内容题材上，三国时期的咏物颂有着明显地扩充，由歌颂自然物的花草树木扩展到动物，从日常器物又延伸到传说虚构的祥瑞之物，如王粲《灵寿杖颂》、繁钦《砚颂》、何晏《瑞颂》以及薛综《麟颂》《凤颂》《白乌颂》等。崔骃《杖颂》叙述了杖木“植根荄于湘浦，承雷夏之洪泽，寓流云而诒我”，吸取天地之精华，“合天生乎裁剥”，其品性可以“永保百福”“寿如西老”“子孙千亿”。王粲《灵寿杖颂》篇幅则比较简短，歌颂了灵木“奇干贞正”，不须整饬矫正，用作手杖“以介眉寿”。在创作手法上，此时期的咏物颂除了描摹物的外在特征和内在品质外，开始注重抒发情感，甚至以审美怡情为旨趣，如阙名氏《柑颂》，乃是一篇怡情之作，其文曰：

> 厥苞柑橘，精者曰柑。削彼金衣，咽兹玉液。甘逾萍实，冷亚冰壶。近嗤齐相，进不剖之实；远笑魏君，逢裂牙之味。颂曰：宗炳煌煌，嘉实磊如。景星南金，其形随珠（全三国文·吴·卷七十五）。[④]

作者运用了比喻、衬托、通感等艺术手法，将柑的外皮如金衣，外形如珠，光泽如金如星，甘甜逾萍实，清凉亚冰壶等特征，形象逼真地表达出来，给人以视觉、味觉上美的享受。同时，又以“齐相献柑”的典故为颂文增添了趣味。作者对物的赞美虽然只停留在物的自然属性上，但是作者以历史文化典故“近嗤远笑”，流露

① 刘师培：《中国中古文学史讲义》，南京：凤凰出版社，2011 年版，第 223 页。

② 严可均：《全汉文·卷四十二》，北京：中华书局，1958 年版，第 359 页。

③ 班固，颜师古注：《汉书》，北京：中华书局，1997 年版，第 1250 页。

④ 严可均：《全三国文》，北京：中华书局，1958 年版，第 1455 页。

出更多轻松、戏谑的愉悦之情。

曹植是三国时期大力创作咏物颂的作家，其《宜男花颂》歌颂了宜男花之美，其文曰：

草号宜男，既晔且贞。厥贞伊何，惟乾之嘉。其晔伊何，绿叶丹花。光采曜晃，配彼朝日。君子耽乐，好和琴瑟。固作螽斯，惟立孔臧。福济太姒，永世克昌。（《曹植集校注》卷三）①

宜男花本来就有多生子的寓意。颂文首先歌颂了宜男花之美。宜男花的桢干如“乾之嘉”，充满阳刚之美。其“绿叶丹花”，光华夺目，色彩熠熠，只有初升的太阳光辉才能与之媲美。作者言诗人创作《螽斯》，其寓意子孙众多，多子多福，正如贤良的太姒，世世代代子孙昌盛。据《魏志·高柔传》载：“（明帝）后大兴殿舍，百姓劳役，广采众女，充盈后宫。后宫皇子连夭，继嗣未育。”②可知，作者赞美宜男花，实则讥讽了统治者的荒淫无道。

降及晋代，咏物颂蔚为大观，作家和作品不胜枚举。颂文在赞美歌颂时“寓情于物”，融入了较多个人情感，以抒情叙志、审美怡情为旨趣，具有浓厚的文学审美趣味。如苏彦《女贞颂》（仅存序）、辛萧《芍药花颂》《燕颂》等，由描摹花木鸟虫之姿，到作者欣喜之情，意境不断延伸，感情愈加丰富，给人以美的情感体验。南北朝时期，咏物颂以南朝梁江淹的《草木颂十五首》最为典型。颂文序中自述“守职闽中”，作者因仕途贬谪受挫，心中抑郁难以排遣，于是“生人之乐，久已尽矣，所受两株树、十茎草之间耳”。面对眼前“结茎吐秀，数千余类”花草，作者“心所怜者”乃杉、杨梅、石榴、山桃、黄连等十五类，于是“各为一颂，以写劳魂”③。可见，作者为草木作颂，实际上也是为了表达自己的情志。这些咏物颂在赞美歌颂物的同时，重在审美主体的感官享受，以赏心悦目、陶冶性情为旨趣，其抒情成分明显增多，文学审美趣味浓厚，反映了咏物颂由实用功能逐渐向审美自觉的转变。

（二）“比德”——开拓了咏物颂的书写方式

《橘颂》是一篇写作体裁独特的颂，前部分颂赞橘，后部分颂赞人。其文曰：

后皇嘉树，橘徕服兮。受命不迁，生南国兮。深固难徙，更壹志兮。绿叶素荣，纷其可喜兮。曾枝剡棘，圆果抟兮。青黄杂糅，文章烂兮。精色内白，类任道兮。纷缊宜修，姱而不丑兮。

嗟尔幼志，有以异兮。独立不迁，岂不可喜兮？深固难徙，廓其无求兮。

---

① 赵幼文：《曹植集校注：卷三》，北京：人民文学出版社，1998年版，第395页。

② 陈寿撰，裴松之注：《三国志·卷二十四》，北京：中华书局，1997年版，第686页。

③ 严可均：《全梁文·卷三十八》，北京：中华书局，1958年版，第3171页。

苏世独立，横而不流兮。闭心自慎，终不失过兮。秉德无私，参天地兮。愿岁并谢，与长友兮。淑离不淫，梗其有理兮。年岁虽少，可师长兮。行比伯夷，置以为像兮。①

这篇颂，首先歌颂橘树乃“嘉树”，“绿叶素荣，纷其可喜兮。曾枝剡棘，圆果抟兮。青黄杂糅，文章烂兮”，其绿叶沃泽，白花点缀其间，满树累累果实，圆润饱满，或青或黄，色彩灿然绚烂，正面描写了“后皇嘉树”的外在形貌及纯美品质。然后，开始称颂“尔”具有“苏世独立，横而不流”“秉德无私，参天地兮”的美好品质，赞叹“尔”年纪虽少，但品行可比伯夷，可谓世人学习的榜样。

作者用橘树“受命不迁”“深固难徙”的特性，来比喻自己“苏世独立”“横而不流”的高贵品质与精神。颂文先咏物，再颂人，将两者共通美好的品性贯穿全篇。通过对橘和人内在品性的统一，完成了颂橘与颂人的融会贯通。这里所运用的比类手法即“比德”。比德是将山川、花草、树木等自然物的特性比拟人的品格，强调自然物的自然属性和人的社会属性的相通。文学艺术中的“比德”最早见于《诗经》和楚辞，它与《周易》的“观物取象”、《诗经》及楚辞的“比兴”有着较为密切的联系。“比”指象征或比拟，“德”则指伦理道德或精神品质。

屈原在《离骚》中也大量运用了“比兴”“引类譬喻”进行“比德”，各种花草纷至沓来，用以比喻美好的品德，而“香草美人”的意象与譬喻早已成为中华民族传统文化的积淀。至汉代，比德在咏物颂的创作范围有所扩大，囊括宇宙万物，只要能与人的伦理道德和精神品格相比拟，均可以纳入比德审美的范畴。如西汉董仲舒的《山川颂》即是发挥和补充了孔子《论语》中“山水比德”。《山川颂》化用《论语·雍也》中“知者乐水，仁者乐山；知者动，仁者静；知者乐，仁者寿”②的语意，分别将高峻巍峨、坚毅不拔的山和源源不断、恩泽天下的水，与“仁”和“智”相呼应，以颂山水道德之美表达了作者一代鸿儒的经学思想。

晋代咏物颂的题材涉及花卉、草木、动物、物品、祥瑞等，内容与体式也多沿袭前代，写作手法上，很多咏物颂延续着比德手法，描摹物的外在特征和内在品质，用来比拟人的品德，如挚虞《连理颂》歌颂宫中“连理而生”的槐树，其“二干一心”“以蕃本根”的内在特性正是作者所要赞颂的品德。王讃《梨树颂》描写了园圃中梨树“其条与中枝合”，于是作者将梨树“隆枝内附”“合体连性”的品性比拟、象征同心和睦的皇子们，称颂“翌翌皇储，克光其敬”“神启其和，人隆其盛”③。再如左棻《郁金颂》也运用了比德手法，其文曰：

伊此奇草，名曰郁金。越自殊域，厥珍来寻。芬香酷烈，悦目欣心。明德

① 王逸：《楚辞章句》，长沙：岳麓书社，1989年版，第147—148页。

② 杨伯峻：《论语译注》，北京：中华书局，1980年版，第62页。

③ 严可均：《全晋文》，卷八十六，北京：中华书局，1958年版，第1955页。

惟馨，淑人是钦。窈窕妃媛，服之褵衿。永重名实，旷世弗沈。（《全晋文》卷十三）[①]

作者首先叙述了郁金花是珍贵的奇草，其“芬香酷烈，悦目欣心”，香味浓烈，赏心悦目。“明德惟馨，淑人是钦”，作者又将花的美好品德与“淑人”比拟，歌颂了这种美好品德将“永重名实，旷世弗沈”。还有《菊花颂》，作者称赞菊花“英英丽质，禀气灵和”，如美人一样具有美好的品貌和恬淡祥和的修养与气质。

综上，屈原《橘颂》之前，“颂”的对象是祖先、神明、圣王君主以及诸侯等，而《橘颂》将其扩展为细小之物，确立了颂的咏物题材，并且通过歌颂具有美好品质的物，来比拟歌颂人的高贵品德，寄寓作者志向与情感，这对颂体文内容题材的丰富、书写方式的开拓有着重要意义。

三、四言句式：对颂体文艺术风格的影响

四言诗到战国以后逐渐出现衰微的迹象。以屈原、宋玉为代表的楚辞作家，汲取了南方风俗文化与美学特质，创作出辞赋，形式上与北方诗歌代表《诗经》有着明显区别。《橘颂》孕育于楚辞文化中，学习借鉴《离骚》等楚辞风格的作品，继承并突破了传统四言句式，赋予颂体文新的艺术形式，从而影响了颂体文的艺术风格。

（一）四言句式的传承

《橘颂》在屈原《九章》里篇幅最为短小，全篇四言句式，风格清新秀拔。在艺术手法上，作者成功运用了赋比之法。从句式章法来看，《橘颂》为四言体，句法简短，且每间句用一兮字置于句末。如“后皇嘉树，橘徕服兮。受命不迁，生南国兮”“深固难徙，廓其无求兮。苏世独立，横而不流兮”，四言两节拍，语助词“兮”不仅使句式工整，而且音调铿锵，声调和谐。楚骚句式和尾韵相押，音节宛转而自然流畅。这种句法与《诗经》的国风很相似。如“一日不见，如三月兮”（《采葛》）[②]；“鸤鸠在桑，其子七兮。淑人君子，其仪一兮”（《鸤鸠》）[③]；“求我庶士，迨其吉兮”（《摽有梅》）[④]等。显然，《橘颂》在句法上有继承《诗经》国风的地方。以《诗经·郑风·野有蔓草》为例：

① 严可均：《全晋文》，北京：中华书局，1958年版，第1534页。

② 程俊英、蒋见元：《诗经注析》，北京：中华书局，1991年版，第211页。

③ 程俊英、蒋见元：《诗经注析》，北京：中华书局，1991年版，第399页。

④ 程俊英、蒋见元：《诗经注析》，北京：中华书局，1991年版，第47页。

野有蔓草，零露漙兮。有美一人，清扬婉兮。邂逅相遇，适我愿兮。

野有蔓草，零露瀼瀼。有美一人，婉如清扬。邂逅相遇，与子偕臧。①

诗歌分为两章，每章六句，典型的重章叠句。诗歌一开始用“野有蔓草”起兴，为邂逅佳人营造了一个非常优美浪漫的场景。清晨郊外草叶蔓延，绿成一片，草尖闪耀着晶莹的露珠，美丽的女子飘然而至，含情不语，那露水般晶莹的美目，顾盼流转，妩媚动人。诗歌情景交融，如歌如画，对女子的赞美中流露出与恋人不期而遇的美好与惊喜之情。诗歌四言两拍，隔句的句末用兮字，使语调宛转有韵味，与《橘颂》句法基本上是相同的。

游国恩先生曾认为，“春秋战国之际，南音渐盛：越有‘今夕’之歌，徐有‘带剑’之咏，吴有‘庚癸’之谣，楚有‘沧浪’之曲。莫不长言短咏，托体兮猗。斯皆筚路蓝缕，导楚辞之先河”。孕育于楚辞文化，《橘颂》受到南方民歌及民间音乐源头的影响，一方面承继了《诗经》音乐文学的传统，保留了四言句式；另一方面则改变了传统诗歌的本体，脱离了《诗经》的旧腔调创立了新体。语助词“兮”字的大量使用，便是楚声的显著标记，同时也使楚辞更适宜感情与语气的表达。

《橘颂》的四言句式影响了后世颂体文的艺术形式，使四言成为颂体文的基本句式。如汉代扬雄《赵充国颂》、傅毅《显宗颂》、史岑《出师颂》、蔡邕《胡广黄琼颂》、张超《杨四公颂》、王粲《太庙颂》等，三国曹植《皇太子生颂》《宜男花颂》等，以及晋代左棻《武帝纳皇后颂》、挚虞《太康颂》、潘岳《许由颂》、史援《后汉史君颂》等，此类颂体文作为主流，进一步继承发扬了《诗经》“颂诗”的句式、赋写手法及庄重典雅的语言风格。以扬雄《赵充国颂》为例，其颂文曰：

明灵惟宣，戎有先零。先零昌狂，侵汉西疆。汉命虎臣，惟后将军。整我六师，是讨是震。既临其域，谕以威德。有守矜功，谓之弗克。请奋其旅，於罕之羌。……料敌制胜，威谋靡亢。遂克西戎，还师於京。鬼方宾服，罔有不庭。昔周之宣，有方有虎，诗人歌功，乃列於《雅》。在汉中兴，充国作武，赳赳桓桓，亦绍厥后。（《汉书·赵充国传》）②

颂文主要歌颂了赵充国的守边方略，赞颂了他的品质与功勋。在描述赵充国御边方略及实施过程时，歌颂了他“既临其域，谕以威德。有守矜功，谓之弗克”，具有威德兼行、忠诚国家的高尚品德，以及“料敌制胜，威谋靡亢”使“鬼方宾服，罔有不庭”的智慧与功勋。在表现手法上以赋写为主，结尾以周宣王时期的方叔、召虎比赵充国，通过歌颂先贤，映衬出赵充国的丰功伟绩。句法上，全篇为工整的四言，隔句用韵，如“宣”“狂”，“臣”“震”，“德”“克”，“羌”“阳”“章”“亢”

① 程俊英、蒋见元：《诗经注析》，北京：中华书局，1991 年版，第 258 页。

② 班固撰，颜师古注：《汉书》，北京：中华书局，1997 年版，第 2995 页。

等。这些韵脚的运用，使语言自然流畅，很大程度地减少了古颂那种佶屈聱牙之感。颂文以赞美颂扬为基调，语言庄重，风格典雅曲致，气势恢宏。

（二）艺术风格的创新

已有学者研究，指出《诗经》“三颂”的乐舞是用于祭祀仪式的，颂乃“仪式的叙述”。屈原《橘颂》脱离了宗教仪式，其音乐节奏、旋律都依附于文辞表现，突出了个人创作与文本自身价值。作为第一篇颂体文，《橘颂》虽为四言句式，实则为楚歌，是具有楚国地方特色的乐调、语言、名物的作品。其用虚词连缀句子，音节宛转，情意缠绵，较《诗经》整齐、划一而典重的四言句式更为灵活生动、新鲜自由。因此，屈原《橘颂》不仅沿袭了《诗经》“颂诗”的创作体例，使四言句式成为颂的基本句式，而且还创新了传统句式，开创了颂的“骚体”形式，使颂体文的艺术风格除了庄重典雅外，还呈现出其他风格特征。

受此影响，后代有很多骚体形式的颂体文出现，如汉代王褒《碧鸡颂》“黄龙见兮白虎仁，归来可以为伦。归来翔兮，何事南荒”之句，四言与六言相间，句中或句尾用“兮”字，典型的楚辞风格。崔骃《四巡颂》就突破常规的四言句式，汲取并承接了楚辞形式。其《东巡颂》叙述天子出巡及功德：

> 路澶漫以纡屈兮，望岱岳之峦峦。神暖暖而郊迎兮，骋云霓而来鹜。风翼翼而清路兮，泽湛湛而雳濡。纷绎绎而高集兮，遂即斋于山虞……制轩辕而立崇兮，发肤寸而播恩。况圣主之鸿德兮，绥万邦而屡丰年。宁象豫以崇惠兮，应茂化以恢仁。解天牢以错辟兮，洗宇宙而自新。①

为了更好分析说明，试以《离骚》的一节为例：

> 制芰荷以为衣兮，集芙蓉以为裳。不吾知其亦已兮，苟余情其信芳。高余冠之岌岌兮，长余佩之陆离。芳与泽其杂糅兮，唯昭质其犹未亏。忽反顾以游目兮，将往观乎四荒。佩缤纷其繁饰兮，芳菲菲其弥章。民生各有所乐兮，余独好修以为常。虽体解吾犹未变兮，岂余心之可惩。②

《四巡颂》和《离骚》均以六言、七言的句式为主，隔句句末用兮字，且句中用虚词连缀后两字或三字。前者虚词多“而”“以”“之”，后者则多“以”“其”“之”“乎”等，两文句法与章法之近可略见一斑。又如繁钦《砚颂》歌颂砚之妙用无穷，可以“钩三趾于夏鼎兮，角辰宿之相扶。供无穷之妙用兮，御几筵而优游”。其句式也为六言、七言，句中用助词“于”“之”连缀，且隔句句末用助词“兮”。再如韦诞《皇后亲蚕颂》，颂文采用四言、六言相杂的句式，侧重于铺叙典礼仪式。尤其是对皇

---

① 许敬宗、罗国威整理，日藏弘仁本：《文馆词林校证》，北京：中华书局，2001年版，第99–100页。

② 王逸：《楚辞章句》，长沙：岳麓书社，1989年版，第16–18页。

后车驾的描写：

御坤德之大辂，翳翠葆以扬旌。尔乃皇英参乘，途山奉舆。总姜任于后陈，载樊卫于贰车。千乘隐其雷动，万骑粲以星敷。启前路于三官，命蚩大而清衢。游青虬于左角，步素螭于右隅。（《全三国文·魏》卷三十二）①

从皇后的车驾开始，作者描写了仪仗、车马、随从等，运用铺陈和排比手法，凸显了皇后车驾的隆重华丽，烘托出典礼的庄严气势，“千乘隐其雷动，万骑粲以星敷”，使人仿佛置身于这一宏大的仪式场景之中。类似的颂还有何晏《瑞颂》以及晋代张载《平吴颂》等等，这些颂体文辞采飞扬，长短句参差，错落有致，不仅扩大了语言的表现力，使人物形象更加生动丰满，意象鲜明，而且文辞绮丽繁盛，极富艺术感染力，呈现出华腴丰缛、典雅绮丽的风格特征。

结语

根据颂与赋、赞、铭等相近文体之间的区别与联系，以及颂形成发展的历史变化和先秦汉晋以来颂文创作的实际，颂的文体特征可概括为：颂是源于《诗》之“颂诗”的体裁之一。在题材内容上，以歌颂帝王功德、祖先事迹或褒颂人物、事物为主；从创作角度而言，它是作者以“颂”名篇的文辞；语言形式上以齐整的四言为基本句式，也有个别篇为韵散结合或散体文句；艺术风格上崇尚典雅清丽、华腴丰缛，写作方法上既揄扬铺张又讲求庄重工稳，“敷写似赋，而不入华侈之区，敬慎如铭，而异乎规诫之域”②。

颂从先秦原始状态的“颂诗”“颂文”中衍生出来，逐渐与乐舞分离，到汉代发展成为一种实用文体，且具备了自身鲜明的文体特征。在这个发展嬗变的过程中，屈原《橘颂》对颂体文的形成与发展，有着独特的贡献和价值。首先，屈原《橘颂》是第一篇以“颂”名篇且题旨颂美的文体颂，对颂体文具有开创性，标志着颂体的形成；其次，《诗经》“三颂”孕育于原始宗教的祭祀仪式，有着比较浓厚的原始宗教文化，多为民间口头传唱、集体创作。《橘颂》则脱离了诗歌的附庸，成为作者抒发个人情志的独立文体，将歌颂对象推广到物，以“美物”“比德”的方式确立了咏物颂题材，并开拓了颂的书写方式；再次，在艺术形式上，《橘颂》继承并突破《诗经》“三颂”乐歌的艺术手法，创立了“骚体”形式。比起《诗经》规整的句式与典雅庄重的语言风格，《橘颂》则孕育于楚地特有的风土人情和文化环境中，有着楚人特有的自然审美趣味，其自由、灵巧、富于变化的表现形式，更便于个体

① 严可均：《全三国文》，北京：中华书局，1958 年版，第 1235 页。

② 周振甫：《文心雕龙注释》，北京：人民文学出版社，1981 年版，第 95 页。

感情的抒发，从而影响了颂体文的艺术风格。总之，屈原《橘颂》对颂的题材内容、功能价值及表现方法的开拓与发展，对颂的文体形式、艺术风格的继承与创新，发挥了极其重要的作用，奠定了颂体的基本特征，对颂体文的形成和发展产生了深远的影响。

从“虽不适中，要以为贤”到“化身渔父”
——论苏轼对于屈原的接受*

贵州师范学院　孙秀华

摘　要：屈原和苏轼都是影响深刻的伟大人物，他们均以其文学成就和崇高人格令后人仰慕。青年苏轼对于楚辞和屈原充满了热爱，苏轼早期作品《屈原塔》和《屈原庙赋》对于屈原之死进行了深刻思考，赞美“屈原古壮士，就死意甚烈。”但又在行藏取舍上并不完全接受屈原的决绝，认为屈原“虽不适中，要以为贤”。而在“乌台诗案”后，尤其是在黄州期间，屈原高洁孤傲绝不同流合污的人格魅力更为深切地影响了苏轼，给予苏轼巨大的人生力量。苏轼黄州时期的“渔父”吟唱，其渊源是《楚辞·渔父》篇，“化身渔父”，成为“醉酒渔父”，使苏轼与屈原显得更为心灵契合。

关键词：屈原；苏轼；虽不适中，要以为贤；渔父

屈原独立不迁，横而不流，视美政理想高于生命，可与日月争光也。当深感“信而见疑，忠而被谤”，屈原绝不同流合污，一再申说“清白以死”之皎皎志向。

《离骚》：宁溘死以流亡兮，余不忍为此态也……伏清白以死直兮，固前圣之所厚……既莫足与为美政兮，吾将从彭咸之所居！

《九章·惜往日》：宁溘死而流亡兮，恐祸殃之有再。不毕辞而赴渊兮。惜壅君之不识。

《九章·悲回风》：宁溘死而流亡兮，不忍此心之常愁。

《渔父》：宁赴湘流，葬于江鱼之腹中，安能以皓皓之白，而蒙世俗之尘埃乎！

《九章·怀沙》：知死不可让，愿勿爱兮。明告君子，吾将以为类兮。

苏轼对于屈原的接受，是多层次、全方位的。屈原的文学作品、理想信念、人生际遇、人格品质都对苏轼产生了积极的、显著的影响。而且，苏轼对于屈原的接受，

* 本文为“贵州省2022年本科教学内容和课程体系改革项目”“高师专业课《古代文学》课程思政教学内容与实现路径研究”研究成果。

又是历时性的，呈现出较为明显的发展变化。从苏轼的诗文作品探析，大致是青年时代对于楚辞、屈原多有揣摩，中年时代对于楚辞加以褒奖，晚年涉及对于屈原的评论中愈见服膺之情。本文重点探讨青年才俊苏轼到黄州“东坡居士”的人生历程中，苏轼从认为屈原“虽不适中，要以为贤”到苏东坡“化身渔父”的人生况味，来谈谈苏轼对于屈原的接受。

一、虽不适中，要以为贤

宋仁宗嘉祐元年（1056），20岁的苏轼随父亲到达京城汴梁（今河南开封）；次年殿试中乙科，赐进士及第。一时之间，与父亲苏洵、兄弟苏辙一起，名声大震。然而，尚在中年的苏轼的母亲却在家乡眉山病逝，父子三人匆忙回乡奔丧。至嘉祐四年（1059），服母丧期满后，苏轼和父亲、兄弟再次出川赴京，途中留有多篇诗文直接与屈原相关。

途经忠州（今重庆忠县），苏轼创作有著名的《竹枝歌》九章。其中明确与屈原相关的有三首。苏轼《竹枝歌·其三、其四、其五》诗曰：

水滨击鼓何喧阗，相将扣水求屈原。

屈原已死今千载，满船哀唱似当年。

海滨长鲸径千尺，食人为粮安可入？

招君不归海水深，海鱼岂解哀忠直？

吁嗟忠直死无人，可怜怀王西入秦。

秦关已闭无归日，章华不复见车轮。

这组诗的结句苏轼如此歌咏，“故国凄凉人事改，楚乡千古为悲歌”。诗里，苏轼对于屈原的评价凝结为“忠直”二字，真可谓得屈原之心者！

苏轼在忠州还写有诗篇《屈原塔》。《屈原塔》诗曰：

楚人悲屈原，千载意未歇。精魂飘何处？父老空哽咽。

至今沧江上，投饭救饥渴。遗风成竞渡，哀叫楚山裂。

屈原古壮士，就死意甚烈。世俗安得知，眷眷不忍决。

南宾旧属楚，山上有遗塔。应是奉佛人，恐子就沦灭。

此事虽无凭，此意固已切。古人谁不死，何必较考折。

名声实无穷，富贵亦暂热。大夫知此理，所以持死节。

对于这首诗，苏轼于诗题下自注云：“在忠州。原不当有塔于此。意者后人追思，故为作之。”故而诗中推测“应是奉佛人，恐子就沦灭”，才建成这个塔，使得“山上有遗塔”。而只要是“塔”，毫无疑问与佛教有关，塔原本就是供奉佛骨或保存高僧遗体、遗骨所用的。屈原怎么会与佛教搭界，“屈原塔”这样的安排，苏轼能看不出“穿越”吗？这忠州的“屈原塔”里，当然不会有屈原的遗体、遗骨，然而，这却是楚人对于屈原亡魂的安顿，寄托着楚人对于屈原的千古哀思。“楚人悲屈原，千载意未歇”，“至今沧江上”“哀叫楚山裂”。在这一点上，苏轼是完全理解和认同的。

对于屈原及其赴死，苏轼推崇说，“屈原古壮士，就死意甚烈”。屈原“虽九死其犹未悔”，楚人“投饭救饥渴”“遗风成竞渡”“此意固已切”，苏轼对于屈原“所以持死节”是敬仰无加的！

苏轼还写有名篇《屈原庙赋》，赋云：

浮扁舟以适楚兮，过屈原之遗宫。览江上之重山兮，曰惟子之故乡。伊昔放逐兮，渡江涛而南迁。去家千里兮，生无所归而死无以为坟。悲夫！人固有一死兮，处死之为难。徘徊江上欲去而未决兮，俯千仞之惊湍。赋《怀沙》以自伤兮，嗟子独何以为心。忽终章之惨烈兮，逝将去此而沉吟。

“吾岂不能高举而远游兮，又岂不能退默而深居？独嗷嗷其怨慕兮，恐君臣之愈疏。生既不能力争而强谏兮，死犹冀其感发而改行。苟宗国之颠覆兮，吾亦独何爱于久生。托江神以告冤兮，冯夷教之以上诉。历九关而见帝兮，帝亦悲伤而不能救。怀瑾佩兰而无所归兮，独惸惸乎中浦。”

峡山高兮崔嵬，故居废兮行人哀。子孙散兮安在，况复见兮高台。自子之逝今千载兮，世愈狭而难存。贤者畏讥而改度兮，随俗变化斫方以为圆。黾勉于乱世而不能去兮，又或为之臣佐。变丹青于玉莹兮，彼乃谓子为非智。

“惟高节之不可以企及兮，宜夫人之不吾与。违国去俗死而不顾兮，岂不足以免于后世？”

呜呼！君子之道，岂必全兮。全身远害，亦或然兮。嗟子区区，独为其难兮。虽不适中，要以为贤兮。夫我何悲？子所安兮。

这是一篇骚体赋，体裁样式的特意选用便有致敬屈子的意味。苏轼此赋作有希冀面对屈原的真挚情怀，充满了跨越时空灵魂对话的真正意义上的融通，反映出青年苏轼对于楚辞、对于屈原的热爱。

“人固有一死兮，处死之为难。”青年苏轼此赋直面生死，或与其母亲忽然去世有关，但显然他的思考不是止步于此的，而是延伸至对于自我生死观的探究，而是借由屈原的生死而追究探寻人生的意义。可以说，生死问题，如何面对死亡，是人生的终极拷问；而如何理解屈原之死，是如何接受屈原的首要问题。

苏轼此赋中“变丹青于玉莹兮，彼乃谓子为非智”一语，用扬雄评价屈原的典故，此处之“彼”，实指扬雄。扬雄《法言·吾子》篇有曰：

或问：“屈原智乎？”

曰：“如玉如莹，爰变丹青。如其智！如其智！”

扬雄“玉”“莹”“丹青”之语是说，智者好像玉一样，始终不渝，而“丹青”则图画初成，鲜明耀目，日子长久，则失去了光彩。故而扬雄认为屈原“为非智”。对此，青年苏轼不答应，苏轼赋中“彼乃谓子为非智”的话，其实就表明了自己的立场观点：屈原赴死，白玉无瑕，光洁日月。

青年苏轼对于屈原的感受和评价，在于“卒章显志”的结尾一段。这段话的大意是说，君子之道，未必非要如此苛责求全吧。保全生命，远离祸害，或许也是正确的。您的专心一意，独自去努力艰难的事情，让人叹服！而尽管您的言行过于激烈不够适中，但最要紧的是，您无愧是一位高尚贤良的君子！那么，我还悲伤什么呢？屈子啊，您求仁得仁，无愧天地！

也就是说，青年苏轼热爱屈原，热爱楚辞，但“苏轼入仕之初的辞赋有一股奋发向上的豪气。嘉祐四年（1059）写的《滟滪堆赋》《屈原庙赋》《昆阳城赋》，或议论用危求安之理，或旌表屈原的高风亮节，或反思兴衰之迹、立身之道，均涌动着济世的冲动”。故而青年苏轼对于屈原的接受仍是有所保留的，集中的明确的观点便是认为屈原“虽不适中，要以为贤”。

二、化身渔父

而经历了“乌台诗案”之后，苏轼的人生从骇浪惊天又渐趋“大江东去”。在贬谪之地黄州（今隶属于湖北省黄冈市），苏轼自号“东坡居士”，有了较为集中和突出的“化身渔父”的文学表达。

苏东坡当然并没有真的做过渔父，但他一再表示想要去做一个安安静静的渔父。苏轼《满庭芳·归去来兮》词曰：

归去来兮，君归何处？万里家在岷峨。百年强半，来日无多。坐见黄州再闰，儿童尽楚语吴歌。山中友，鸡豚社酒，相劝老东坡。

云何，当此去，人生底事，来往如梭。待闲看秋风，洛水清波。好在堂前细柳，应念我，莫剪柔柯。仍传语，江南父老，时与晒渔蓑。

本词有苏轼自序云：“元丰七年四月一日，余将去黄移汝，留别雪堂邻里二三君子。会仲览自江东来别，遂书以遗之。”这表明，这首词作于宋神宗元丰七年（1084），将要离开黄州到汝州任团练副使之际，是苏东坡留别“邻里”之“君子”的抒怀之作。词作的情感很复杂，很有“难与君说”的怅惘难耐。

显然，词作开篇“归去来兮”是用陶渊明《归去来兮辞》典故。陶渊明《归去来兮辞》一铭归隐之志，二抒故园情深，三庆回归欢悦。但苏轼这首词里用这一典故，苏轼只是“尬用”而已。一则归隐无望，苏轼此时此际“君恩深重”只得去汝州赴任，“长恨此身非我有”，绝对不可能“小舟从此逝，江海寄余生”。二则归乡无望，“万里家在岷峨”，故乡情只成空叹息。三则回归无望，当然只能是“然后就没有然后了”。

而词的下片又云：“待闲看秋风，洛水清波。”这也是一而再再而三地表达归隐之志、乡关之思。这里的“秋风洛水”与“莼鲈之思”是一个意思，典故来自《晋书·张翰传》：“翰因见秋风起，乃思吴中菰菜、莼羹、鲈鱼脍。曰：‘人生贵适志，何能羁宦数千里，以邀名爵乎？’遂命驾而归。”弃官而归，退隐还乡，何其旷达，真名士也！张翰开启的不是世界那么大我要去看看，而是家乡那么美我马上就回去；这不仅仅是说走就走的旅行，而且实质上是彻底的走心的回归。

这样的情怀能不动人吗？

但偏偏苏东坡做不到啊！

苏东坡只能在词的最后挣扎里念想，“仍传语，江南父老，时与晒渔蓑。”这话里话外，表面上是说，请黄州东坡雪堂（苏轼黄州居所）的乡邻帮我时不时地晒晒我的“渔蓑”，有朝一日我会回黄州来再穿上渔蓑去做渔父；而结合故园之情来思考，归乡情切切，话语的深层次含义是，我总有一天要回到“万里”之外的故乡“岷峨”，穿上我的“渔蓑”，远离官场纷扰，“无丝竹乱耳，无案牍劳形”，去做一个安安静静的渔父。

关于闰月，谚语有“三年一闰，五年二闰”的说法。苏轼《满庭芳·归去来兮》词里交代说“坐见黄州再闰”，“再闰”就是“二闰”，可见苏轼来黄州已有五个年头。五年的凄风冷雨，五年的清风朗月，苏轼成了“东坡居士”，“也无风雨也无晴”，“一蓑烟雨任平生”，苏东坡穿起了渔夫的蓑衣。

苏轼的《调笑令·渔父》据信也作于宋神宗元丰七年，词曰：

> 渔父，渔父，江上微风细雨。青蓑黄箬裳衣，红酒白鱼暮归。归暮，归暮，长笛一声何处。

联系对于上一首词的理解，苏东坡对渔父的羡慕之情、对隐居生活的无限向往溢于言表，真是有一颗诚挚的“渔父”心啊。

而作为文学形象，苏轼“渔父”的直接来源是唐代张志和《渔歌子》：“西塞山前白鹭飞，桃花流水鳜鱼肥。青箬笠，绿蓑衣，斜风细雨不须归。”全面接受张志和的这首词，苏轼写有《浣溪沙·渔父》：

> 西塞山边白鹭飞，散花洲外片帆微。桃花流水鳜鱼肥。
>
> 自庇一身青箬笠，相随到处绿蓑衣。斜风细雨不须归。

看到苏轼这首《浣溪沙·渔父》，大家也是惊呆了吧——就比张志和《渔歌子》

多了句“散花洲外片帆微”，还把“山前”改成了“山边”。由此可见，张志和《渔歌子》对苏轼是影响至深的——在黄州，“山高月小，水落石出”之时，“清风徐来，水波不兴”之际，苏轼吟吟哦哦、念念想想的一定也有“西塞山前白鹭飞……”

而与《调笑令·渔父》风格、内容一致，苏轼还有《渔父》四首：

渔父饮，谁家去，鱼蟹一时分付。酒无多少醉为期，彼此不论钱数。

渔父醉，蓑衣舞，醉里却寻归路。轻舟短棹任斜横，醒后不知何处。

渔父醒，春江午，梦断落花飞絮。酒醒还醉醉还醒，一笑人间今古。

渔父笑，轻鸥举，漠漠一江风雨。江边骑马是官人，借我孤舟南渡。

虽然分写渔父的“饮”“醉”“醒”“笑”，但这《渔父》四首其实是一体的，是一个文学整体。前三首反反复复写渔父与酒，所谓“酒醒还醉醉还醒”，与苏东坡《临江仙·夜饮东坡醒复醉》之“醒复醉”情味是一致的，不过是“但愿长醉不愿醒”（李白《将进酒》句）。

而这样的醉酒渔父，其文学渊源是《楚辞·渔父》。

《楚辞·渔父》一般认为是屈原的作品。文中屈原曰：“举世皆浊我独清，众人皆醉我独醒，是以见放。”而渔父认为，“世人皆浊，何不淈其泥而扬其波？众人皆醉，何不哺其糟而歠其酾？”也就是说，既然世上的人都肮脏，何不搅浑泥水扬起浊波呢？既然大家都迷醉，何不既吃酒糟又大喝其酒呢？应该要“与世推移”，随着世道的变化而变化以合乎时宜——屈原当然不会认可渔父的理念，后世文人往往以屈原为人生楷模、品德典范，也当然不会认可渔父的理念。

但后世文人往往会由《楚辞·渔父》引申出“醉酒渔父”的形象。因为在最初的文学描述里，“屈原”与“渔父”是对立的存在，渔父劝诫屈原从俗浮沉，甚至同流合污，而屈原独立不屈，傲然于世，高洁清白。因此，后世文人摹写“醉酒渔父”更多的并不是表示作者认可和接受“醉酒渔父”，而是借此表达愤世嫉俗情怀，以及“举世皆浊我独清，众人皆醉我独醒”的高洁高尚。

所以，苏轼《渔父》四首的真正主旨并不在于前三首“渔父”与“酒”的纠结，不是要去做一个醉酒渔父，而归结在第四首“渔父笑”上。

“渔父笑”，渔父笑什么呢？

渔父能有什么小心思呢？

真正的渔父可能没有什么小心思，但苏轼《渔父》四首写“渔父笑”构思精心、独具匠心，堪称“文心雕龙”。

为写“渔父笑”，苏轼在第三首里就用结语“一笑人间今古”来作了先导。第三首所写是“醉梦落花飞絮，醒来人间一笑”，这是无比旷达、超然的。整个“人间”都是堪笑的，古往今来都是堪笑的，都可以付之一笑。这既是“渔父笑”的先导，也是总括。而第四首里，终于出现了与“渔父”对立的人物，“官人”，这当然就是渔父所“笑”的对象了！

鸥鸟忘机，“孤舟”“渔父”在“漠漠一江风雨”中像“轻鸥举”，飞鸟般逍遥自在。而可笑的是，营营役役，“骑马官人”只能“长恨此身非我有”，还要渡江奔波——噫，这不正是苏东坡自我嘲讽、自我剖析的“多情应笑我”吗？

“乌台诗案”的风浪，历经黄州五年的沉淀，苏东坡很接受李白《宣州谢朓楼饯别校书叔云》之“人生在世不称意，明朝散发弄扁舟”的潇洒隽爽，诗词文赋里“扁舟”意象比比皆是，与之相关联，也较为集中地书写构建了苏东坡标签化的“渔父”形象。

情非得已，“饮”“醒”“醉”“笑”的朦胧之间，苏东坡《临江仙·夜饮东坡醒复醉》倾诉心声，“夜阑风静縠纹平。小舟从此逝，江海寄余生”。是的，苏东坡当然并没有真的做过渔父，但他一再表示想要去做一个安安静静的渔父。

“此心安处便是吾乡。”“回首向来萧瑟处，归去，也无风雨也无晴。”“醉乡路稳不妨行，但人生、要适情耳。”“心似已灰之木，身如不系之舟。”苏轼是丰富的，立体的，变化的，真切的，热烈的……而虽然我们直感苏轼有着明显的豪迈旷达，但他自然也有着情切细腻的另一面。而苏轼对于屈原的接受情况是比较复杂的，从认为屈原“虽不适中，要以为贤”，到自己“化身渔父”，伟大的屈原、光辉的楚辞也奠基了苏轼辉煌的文学成就，铸就了苏轼崇高不朽的灵魂。

从对屈原的评价看初唐的文学批评思想

聊城大学　戴永新

摘　要： 初唐人对屈原的评价表现出阶段性的变化：从既肯定其“忠贞”精神，又赞誉其诗“气质高丽”；到既褒扬其忠正，赞美其诗才，又抨击“礼乐之道，坠于斯文”；再到既褒扬其抒写真情，“不虚美”“不隐恶”，又斥责其诗“婉丽浮侈”。对屈原评价的阶段性差异，反映出初唐近百年间在文学复古与新变之间的摇摆性。

关键词： 屈原；评价；初唐；文学批评

屈原作为中国第一个伟大诗人，无论其人格精神还是作品风貌，都对后世产生了极大影响。由于受到时代精神和价值取向的影响，不同时代存在对屈原其人再认识、再评价的现象。唐代随着政治形势的不断变化，儒释道思想的多元存在，对于屈原的评价，也表现出时代的差异。而这种评价的差异，不仅反映了士人的价值观和审美观，同时也反映出时代的文学观和文学批评思想。作为南北文学对立融合重要阶段的初唐，对屈原的评价，折射出时代的文学批评思想。

一

对屈原其人其作的评价，汉代就形成了两种截然不同的观点。刘安《离骚传》赞誉其“浮游尘埃之外，皭然泥而不滓。推其志，虽与日月争光可也”；司马迁《史记·屈原列传》极力推崇屈原“正道直行，竭忠尽智以事其君”的高尚品格；而王逸的《楚辞章句》更是从“忠正为高，以伏节为贤”的儒家人臣观出发，给予了屈原极高评价。而与以上赞誉观点不同，贾谊在《吊屈原赋》从道家全身远害的观点出发，认为在“方正倒植”的时代，应该“远浊世而自藏”“历九州而其君”，对屈原“自沉”的抗争提出了批评；扬雄《反离骚》以“君子得时则大行，不得时则龙蛇”儒家穷达观，批评其不识时务；而班固《离骚序》认为屈原“露才扬己”“强非其人，忿怼不容”的做法，不符合儒家明哲保身的处世之道。这些评价虽然观点不一，但都从政治伦理的角度出发，探讨文学作品的社会、政治功能。评论者立足于道家、儒家进行评论，反映出汉初黄老思想杂糅，到汉武帝“罢黜百家，独尊儒术”思想钳制下文学思想的变化。

唐人对屈原的评价多为汉代之延续，但亦有突破，观其诗文涉及屈原的内容即可以看到。在唐代较早对屈原进行评价的是唐太宗李世民及其重臣。太宗《金镜》篇中，以孔子“臣苟顺者，不得为忠”之义，对屈原“孑身而执节，孤直而自毁”的坚守节操，孤高耿直，不怕获罪于君王的忠君之道予以肯定。魏征在《论君子小人疏》以君王“玉石不分，屈原所以沉江”的结局，劝谏君王要“近君子远小人”。他们对屈原忠贞精神的赞美，对屈原的同情，基本上是汉代以来的公论，但是把屈原“自毁”“沉江”，看作贤臣君子的忠贞行为，是处于立国之初，稳固朝政的时代所需。

唐太宗接受了汉代褒屈的观点，把屈原作为一位非同寻常的辅弼之臣来评价。太宗对屈原的重视，也影响到了初唐奉旨修史的大臣。魏征《隋书·经籍志》集部前，就单列《楚辞》一类，而且“集部序”中对屈原的评价，也立足于“离谗放逐之臣”，认为其“志郁抑而不申”的作品，具有“敷德教”“达情志”的作用，充分发挥了“化成天下”的“人文”作用。在论楚辞源流时，同样从社会政治功用的角度看待《离骚》：

> 楚有贤臣屈原，被谗放逐，乃著《离骚》八篇，言己离别愁思，申杼其心，自明无罪，因以讽谏，冀君觉悟，卒不省察，遂赴汨罗死焉。……然其气质高丽，雅致清远，后之文人，咸不能逮。（《隋书》卷三十五）

这里魏征首先定位了屈原贤臣的身份，明言作《离骚》是“因以讽谏，冀君觉悟”，把屈原沉江的原因归结为忠臣的以死明志。但是和唐太宗完全从政治教化出发评判作品稍有不同的是，魏征对认为《离骚》“气质高丽，雅致清远”，对其艺术特征给予了高度赞美。并认为“时移治乱，文体迁变”时，宋玉、屈原起到了“激清风于南楚”的作用。魏征从儒家文学社会政治功用的角度，对屈原予以肯定的同时，也没有忽视楚辞的艺术性，这在初唐极具史家代表性。李百药《北齐书·文苑传序》、令狐德棻《周书·王褒庾信传论》中，也有类似观点。《北齐书·文苑传序》云：

> 圣达立言，化成天下，人文也。……大圣踵武，邈将千载，其间英贤卓荦，不可胜纪……至夫游、夏以文词擅美，颜回则庶几将圣，屈、宋所以后尘，卿、云未能辍简。（《北齐书》卷四十五）

李百药认为文学作品及历史著作具有“化成天下”的重要社会功能，把楚辞作为儒家一脉，放置于孔子弟子子游、子夏之后，并对屈原、宋玉文辞擅美予以赞美。可以看出，李百药在强调文学的社会政治作用同时，也没有忽视文采的重要性；令狐德棻《周书·王褒庾信传论》：“逐臣屈平，作《离骚》以叙志，宏才艳发，有恻隐之美。”更是对《离骚》文质都给予了高度评价。

以上对屈原的评价，虽然十分强调其政教功用，但未因此而完全否定诗中真实情感的抒发，对其作品的文采多加褒赞，这是初唐开国君臣推行“文质并重”思潮下的必然结果。因放纵贪欲而导致灭亡的隋朝，给初唐为政者敲响了警钟，为了避免重蹈覆辙，唐太宗除了在经济上“去奢省费，轻徭薄赋”，政治上采取以史为鉴，知人善任、鼓励直谏的“文治”思想，对于文学也采用了务实态度，主张文学要有益于政教，要“节之于中和，不系之于淫放”（《帝京篇·序》），反对绮靡的齐梁文风。由于李世民良好的艺术修养，让他在审视历史上的文学作品时，并没有完全否定其艺术特征。唐太宗的文艺观当然会对初唐史家产生直接的影响，致使他们在修前朝史对文学问题时，“尽管看上去是文质并重，既强调政教又不忽略审美，但实际的效果很可能是侧重在文采和审美一端。”[①]（敏泽《中国文学思想史》）而在实际创作中，也并未完全摒弃齐梁绮丽诗风，以至于初唐三十多年的诗坛，追求绮丽仍然是一种普遍倾向。

二

尽管唐初统治者意识到绮靡诗风不益于政权的稳固，并从上至下，对于这种诗风予以坚决反对，但是由于历史的积习和传统的惰性，帝王偏向于南朝的审美趣味，以及作家宫廷文人的身份，以至于绮靡诗风依然流行，到唐高宗执政的三十多年里，绮靡文风渐趋达到高潮。这期间文坛对屈原的评价，出现了肯定其人其作和肯定其人、否定其作的不同观点。

政治家对于屈原其人其作的评价，仍延续汉代王逸《楚辞章句》对屈原“忠贞”褒扬的观点。李善的《文选注》对于屈原十篇诗作，以王逸的《楚辞章句》为依托，予以注释。虽然《文选注》不像《楚辞章句》一样有诸如“膺忠贞之质，体清洁之性，直若砥矢，言若丹青”“金相玉质，百世无匹，名垂罔极，永不刊灭”等大量涉及屈原其人其作的评价，但是“忠”字出现共52次，贯穿了注文的始终。其中《离骚》出现39次，《东皇太一》1次，《湘君》2次；《山鬼》1次，《涉江》5次，《渔父》2次，《卜居》2次。而且言“忠”富于变化，或单言“忠”，或合言忠信、忠言、忠谏、忠正、忠诚、忠直、忠贞、忠洁、忠良等。从“忠”字出现的频率和富于变化的文辞，可以看出李善和王逸一样，认为屈子具有忠贞之性，对屈原之忠推崇备至，屈原“忠君”的精神得到了褒扬。由于唐高宗甚爱《文选》，《文选注》问世后受到唐高宗的肯定和褒奖，《旧唐书》记载：“（善）尝注解《文选》，分六十卷。

① 敏泽：《中国文学思想史》，长沙：湖南教育出版社，2004年版，第486页。

表上之，赐绢帛一百二十匹。”[①]而且李善“因寓居汴、郑之间，以讲《文选》为业。年老疾卒，所注《文选》六十卷，大行于世。”[②]经过君臣的研究和推广，不难推知，以屈原为代表的“忠君”精神，成为引导政治文化转向的重要一环，充分发挥了文学辅政、经世致用的社会功能。

和劝诫而作的观点不同，初唐四杰的杨炯、卢照邻对屈原的作品功用提出了不同看法。杨炯《王勃集序》云：“仲尼既没，游夏光洙泗之风；屈平自沈，唐、宋宏汨罗之迹。文儒于焉异术，词赋所以殊源。”杨炯赞美孔子及其子弟对政教的贡献，而认为从屈宋开始，“文儒于焉异术”，把楚辞和以经世致用为特点的儒家教化文学区别开来。卢照邻在《驸马都尉乔君集序》中说“屈平、宋王，弄词人之柔翰。礼乐之道，已颠坠于斯文”。似乎对楚辞丧失教化功能而遗憾，但从其《南阳公集序》：“徐、陈、应、刘弄柔翰于当代。圣人方士之行，亦各异时而并宜”，认为“弄柔翰”是“各异时而并宜”来看，与其说对屈骚非教化功能予以批评，不如说是肯定了屈骚注重抒发个人之情而非教化。结合其《释疾文序》中的“骚文之兴，非怀沙之痛乎？”来看，卢照邻把屈骚的作品当作抒写个人情感，表现个体意识的非教化文学对待了。正如何丹尼所言：“（杨炯、卢照邻）肯定了屈原是非教化的文学的不祧之祖。”[③]

杨炯和卢照邻在诗中对于屈原遭遇深表同情。如杨炯《幽兰赋》云：“若夫灵均放逐，离群散侣。乱鄢郢之南都，下潇湘之北渚。步迟迟而适越，心郁郁而怀楚。徒眷恋于君王，俭精神于帝女。”卢照邻《秋霖赋》云：“及夫屈平既放，登高一望，湛湛江水，悠悠千里。泣故国之长楸，见元云之四起。”在杨炯和卢照邻眼里，屈原就是忠君被弃，怀才不遇继而产生了忧愁怨愤，其作品正是抒发了这种真实情感。卢照邻在理论上肯定了屈骚抒写真情的特色，而且诗文也多学楚骚。其诗《狱中学骚体》即明言模拟骚体，效法《离骚》抒发坎凛忧愤之情。并在《南阳公集序》要求文章“妙谐钟律，体会风骚，笔有余妍，思无停趣”，其晚年创作的《五悲文》《释疾文》也是学习骚体，抒发了自己怀才不遇悲苦之情之作。《释疾文》在构思方面还有意摹写屈骚，从《旧唐书》“《释疾文》，《五悲》等诵。颇有骚人之风，甚为文士所重”[④]的赞誉之词来看，卢照邻不仅赞同屈原的创作态度，同时也赞美他的审美理想，把屈原视为同调，体现了对屈原人格和作品艺术形式的双重肯定。

而同为初唐四杰之一的王勃，对屈原的评价，呈现出肯定其人而否定其作的矛

---

① 刘昫等撰：《旧唐书》卷189，中华书局，1975年版，第4946页。

② 班固撰，颜师古注：《汉书》，北京：中华书局，1997年版，第1729页。

③ 何丹尼：《唐代文人对屈原评价不同之原因》，《上海师范大学学报（哲学社会科学版）》，1988年第4期。

④ 刘昫等撰：《旧唐书》卷189，中华书局，1975年版，第5000页。

盾性。王勃文章中多次提到屈原，如《越州秋日宴山亭序》：“是以东山可望，林泉生谢客之文，南国多才，江山助屈平之气。”这里作者化用刘勰《文心雕龙·物色》中“然则屈平所以能洞监《风》《骚》之情者，抑亦江山之助乎”的语意。[①]一方面认为屈原行足千里，风物灵秀，江山光怪的自然风貌，让诗人登临探索，遇物兴怀，对诗人审美理想的形成，起到了很重要的作用；另一方面，这里的“江山”还有另一层含义。《庄子·山木》篇说：“君曰：‘彼其道远而险，又有江山，我无舟车，奈何？’”“江山”正隐含着“道远而险”的意思，在心理上就形成了阻隔之意。屈原因谗被逐，被阻隔在朝廷外，其内心的无限悲哀痛苦与楚地山水结合在一起，就达到了难以企及的情感深度。而此时的王勃，因作《檄周王鸡文》，高宗“不令入府”，仕途失意而漫游蜀中，所谓“江山助屈平之气”，不仅赞美了屈原拥有令人羡慕的才华，而且也传达出和屈原一样的愤懑之情。王勃在《春思赋序》《梓潼南江泛舟序》中也借助对屈原遭遇描述，表达出对自己仕途坎坷的耿耿不平。可以看出，王勃对屈原才华予以充分肯定，对其人生境遇感同身受。但其《上吏部裴侍郎书》中却出现了抨击贬抑屈原的文辞：

夫文章之道，自古称难。圣人以开物成务，君子以立言见志。……自微言既绝，期文不振。屈宋导浇源于前，枚马张淫风于后。谈人主者，以宫室苑囿为雄，叙名流者，以沉酗骄奢为达。（《全唐文》卷一百八十）

这里王勃谈文章之道，强调文学的社会作用，要求文学有益于政教，认为“屈宋导浇源于前”，把屈骚作为失去政教意义的绮靡文风的源头而予以批评。但通过对王勃蜀川漫游的几篇序文的分析，其对屈原“缘情体物”之作，予以肯定，而“南国多才，江山助屈原之气”，更是强调睹物起兴，主张寄情于文。所以，对屈原的评价，在王勃身上出现了自相矛盾的观点。我们可以从杨炯《王勃集序》“尝以龙朔初载，文场变体，争构纤微，竞为雕刻。糅之金玉龙凤，乱之朱紫青黄，影带以徇其功，假对以称其美，骨气都尽，刚健不闻。”推知，这是王勃奋力反对绮靡之风回潮之势的现实，因注重诗歌声律、偏向形式的南朝诗人沈约曾言：“周室既衰，风流弥著，屈平、宋玉导清源于前，贾谊、相如振芳尘于后，英辞润金石，高义薄云天，自兹以降，情志愈广。”（《宋书·谢灵运传论》）把屈宋作品作为“以情纬文，以文被质”，即用精美辞藻，抒发个人情感的作品的源头加以赞美，因此王勃才把批判的矛头指向了屈、宋，从而增加批判齐梁绮靡诗风的力度。但从对屈骚艺术评价的自相矛盾，也折射出初唐文人面对文学复古和新变的碰撞下而产生的困扰。

王勃、杨炯、卢照邻初唐颇有名望的诗人的诗文中，不同程度上或评价或模

① 王勃撰，蒋清翊注：《王子安集注》，上海：上海古籍出版社，1995年版，第198页。

拟或化用屈骚作品，他们大都从儒家文学的教化功用出发，对屈原给予了或肯定或否定的评价，但在楚骚本“缘情”之作的观点上，他们十分一致，都认为屈原所缘之情是真实情感，其中有因谗被逐的悲愤之情，也有“江山之助”激越壮大之情。屈骚激越壮大之情的抒发，或许就使初唐四杰找到了一种纠正柔弱绮靡文风弊端的方法。

三

初唐后期的三十几年，对屈原的评价主要来自陈子昂和卢藏用这两位文坛好友，以及史学家刘知几。

陈子昂在诗中表达出对屈原无比崇敬之情。其《感遇诗·三十一》中“箕山有高节，湘水有清源”的诗句，把品行高洁的屈原和隐居箕山保持节操的许由对举，赞美之情不言而喻。不仅如此，青年即怀有治国平天下的美好理想，但壮志难酬的陈子昂还把屈原视为异代知音，祖述屈骚，其《感遇诗三十八首》出现了大量化用楚辞文辞和意象的诗句，如《感遇诗·其二》：

> 兰若生春夏，芊蔚何青青。幽独空林色，朱蕤冒紫茎。迟迟白日晚，袅袅秋风生。岁华尽摇落，芳意竟何成。（《陈拾遗集》卷一）

其中“青青”“紫茎”直接出自《九歌·少司命》“秋兰兮青青，绿叶兮紫茎”。“袅袅秋风生”出自《九歌·湘夫人》“袅袅兮秋风”；“幽独空林色”“芳意竟何成”则化用《九章·悲回风》“兰茝幽而独芳”的诗句。整首诗陈子昂以“兰若”春荣秋衰，比喻自己满腹经纶无人赏识，空有一身报国之志却壮志难酬，把源自屈原的“香草美人”兴寄传统发挥得淋漓尽致。

24岁中进士，后得武则天的赏识，曾为麟台正字、右拾遗，陈子昂针对国家治乱、人民生活等问题上书进言，想在政治上有一番作为，但“言多切直”而“触忤权贵”，被诬下狱，赦放后随武攸宜征契丹，“尝欲奋身以答国士”，屡次进谏未被采纳，反遭降职。这种人生起落的百般无奈，遇和不遇的悲哀不幸，幻化成一首《登幽州台歌》：“前不见古人，后不见来者。念天地之悠悠，独怆然而涕下。”这首咏史怀古的旷古名作，唱出古往今来才人志士无人赏识，壮志难酬悲愤之情，正是继承了屈原“发奋抒情”的文学传统。正如清人陈沆所言：“子昂之感愤幽郁，涕泗被面下者乎？故知屈、阮之嗣音，杜陵之先导。”[①]

初唐四杰反对绮靡诗风，提倡昂扬壮大的感情，创作了反映“市井”“江山”“塞

---

① 陈沆：《诗比兴笺》，上海：上海古籍出版社，1981年版，第97页。

漠”的诗作，但尚未形成明确的文学主张，对屈原的评价，也呈现出自相矛盾性。而陈子昂旗帜鲜明地反对齐梁诗风，提出了“风骨”“兴寄”的理论主张：

文章道弊五百年矣。汉、魏风骨，晋、宋莫传，然文献有可征者。仆尝暇时观齐、梁间诗，彩丽竞繁，而兴寄都绝，每以咏叹。思古人常恐逶迤颓靡，风雅不作，以耿耿也。（《陈拾遗集》卷一）

“兴寄”，罗宗强认为：“兴，是兴发感情；寄，是寄托。兴寄，就是有感而作，作而有所寄托，侧重点是在有所寄托上。这是对比兴说的一个发展。”[①]而楚骚正是注重感情抒发，又有所寄托的作品。初唐文人李峤《楚望赋序》中，就明确指出了楚骚的“兴寄”的特色：“登高能赋，谓感物造端者也。夫情以物感，而心由目畅，非历览我以寄杼轴之怀，非高远无以开沈郁之绪。是以骚人发兴于临水，柱史诠妙于登台，不其然欤？”从陈子昂对“兴寄”提倡，到其《感遇》诗中大量化用楚辞文辞和意象来看，其肯定了屈骚“兴寄”的传统，而予以继承。但是其好友卢藏用却对屈骚予以批评，其《右拾遗陈子昂文集序》云：

昔孔宣父以天纵之才，自卫返鲁，删《诗》《书》，述《易》而修《春秋》，数千百年，文章粲然可观者也。孔子殁二百岁而骚人作，于是婉丽浮侈之法行焉……道丧五百岁而得陈君……故其谏诤之辞，则为政之先也，昭夷之碣，则议论之当也，国殇之文，则大雅之怨也，徐君之议，则刑礼之中也。至于感激顿挫，微显阐幽，庶几见变化之朕，以接乎天人之际者，则《感遇》之篇存焉。（《全唐文》卷二三八）

从卢藏用对陈子昂的高度评价来看，其主要是着眼于文章的政治功用，和杨炯、卢照邻一样，把文儒分别开来，高度赞美了孔子文章为教化所做出的贡献。但却把以抒发情志为主要特征的楚骚作品，认为乃“婉丽浮侈”之作而予以否定。这种评价，完全是站在政治立场上，以一个士大夫身份看待文学，从而把抒情和言志放在了对立的两端，忽视了文质的统一性，所以对屈原言辞激烈的批评，也不足为怪了。尽管卢藏用和陈子昂在文坛一起掀起了复古的思潮，对齐梁浮靡文风进行了批判，但他们看待文学的角度还是有一定的差异。陈子昂虽然也强调诗歌的政治功用，但是既推崇“风骨”，提倡“兴寄”，既重感情的抒发又重寄托讽喻之义，“首唱平淡清雅之音，袭骚雅之风，力排雕镂凡近之气。”（明·张颐《陈伯玉文集》）正是继承了《诗经》的风雅传统，也进一步发挥了楚骚的兴寄传统，为扫除齐梁绮靡诗风做出了重要贡献。

陈子昂从诗人的视角，感受到了楚骚的真实情感的抒发，刘知几从史学的角度，

① 罗宗强：《隋唐五代文学思想史》，上海：上海古籍出版社，1986年版，第81—82页。

认为屈骚真实地反映了楚国的政治风貌。其《载文》云：

> 观乎人文以化成天下；观乎国风，以察兴亡。是知文之为用，远矣大矣。若乃宣、僖善政，其美载于周诗；怀、襄不道，其恶存于楚赋。读者不以吉甫、奚斯为谄，屈平、宋玉为谤者何也？盖不虚美、不隐恶故也。是则文之将史，其流一焉。固可以方驾南、董，俱称良直者也。（《史通》内篇第十六）

刘知几从史料采集的角度考察风俗文化以教化天下，并强调了可以通过“文”了解国家兴亡所的迹象。认为吉甫、奚斯、屈原、宋玉等人的作品，“不虚美，不隐恶”，直接反映了国家的治乱兴亡，与史无别，可以载入史书，他们可以和历史上直笔史官南史氏、董狐一样可称为“良文直笔”了。可以看到，尽管刘知几强调史传需要“去邪从正之理，捐华摭实之义”，反对“悠悠饰词”，但并没有完全否定必要的文采，只要是文学能真实地反映时代，就和史学一样能对社会起到褒贬善恶的作用，这一点上，刘知几和唐初史家魏征等人的观点是一致的。我们看到，唐初史馆的设立，《梁书》《陈书》《北齐书》《周书》《隋书》《晋书》《南史》《北史》等八史的修撰，到刘知几《史通》的编撰，一种求实的思想倾向，在初唐蔚然成风。

这种尚实的思潮，在文学上即表现为求真，即诗歌中注重真情实感的流露，对屈原的崇敬、惋惜、哀思，也在诗文中明确地流露出来。陈子昂在《月夜有怀》中“清光委衾枕，遥思属湘沅。空帘隔星汉，犹梦感精魂”的诗句传达出寂寞孤独时对流放湘沅屈原的深切怀念，而“犹梦感精魂”，更是以梦境形式感受屈原那坚贞不渝的爱国情怀、九死不悔的献身精神，把对屈原的深深敬仰溢于言表。注重雕琢、讲求声律的宋之问在《送杜审言》诗中，用孙楚恃才傲物而不容于时、屈原耿介孤直因谗被逐的典故，“别路追孙楚，维舟吊屈平”寄托了诗人对宦海沉浮的百般无奈和对被贬吉州司库参军的杜审言的深深惋惜。而其《祭杜学士审言文》：“辞业备而官成，名声高而命薄。屈原不终于楚相，扬雄自投于汉阁，代生人而岂无？人违代而咸若。”更是用屈原忠直遭诬陷，扬雄无端受牵连坐罪，嗟叹自己无罪遭贬，发出“名声高而命薄”的愤激之言。虽然宋之问以诗歌音律为追求，但是因依附张易之兄弟而遭贬谪，人生境遇发生变化后，其诗文也表现出抒发真实感情的取向。

由此可见，无论是论述史学问题的刘知几，创作追求充实内容和昂扬基调的陈子昂，还是以追求声律之美的宋之问，其对屈原或表示赞美或表达惋惜，都是源于屈原投影于历史的人格精神，而陈子昂诗作出现的拟骚现象，则证明了屈原精神人格范式的恒久魅力。

综上所述，初唐对于屈原的评价，大体上基于儒家崇古尚质的观点，在肯定屈原人格精神的社会政治功用的前提下，对于楚骚的艺术呈现表现出的或肯定或否定的态度，反映出唐人处在稳固王朝政权、南北文学对立融合的重要阶段，文学复古和新变碰撞下而产生的矛盾性。同时可以看到，初唐政治家一改汉代贾谊、班固对屈原“沉江自毁”的批评，而把其作为“忠君”行为的观点，反映出屈原历史投影的“忠贞”“怨怼”双重精神，开始走向“忠君”的单向改塑，这对后世产生了深远影响。

“儒缓”与“活法”：谢朓融摄诗骚的风格探析

曲阜师范大学　孙　宝

摘　要：谢朓诗文创作承袭谢灵运以儒典缀辞的笔法，具有“儒缓”之风，表现为：其一，偏爱《诗经》，综用儒典；其二，兼重儒史，广征经子；其三，以儒家经义作为命题立意的宗旨；其四，以儒典礼仪记述为据，凸显以祭祀、婚丧、节日游赏等朝仪的礼制内涵。谢朓作为永明新体诗的主将，以“清”为主体风格，由于人品不敦厚、积学不醇厚、措辞不朴厚、主题不鸿厚、文旨不渊厚，从而造成清代以来文论家“清而不厚”的成见。不过，深厚的儒学修养与融摄诗骚的实践，又使之呈现“活法”之美。谢朓“活法”的本质在于通过韵节婉畅的形式兼顾典实之深与蒨丽之美，注重永明诗律的运用赋予了谢诗精工绮丽的外壳，诗骚合用则是其古雅而凄艳风格的重要内容。

关键词：谢朓；儒缓；活法；融摄诗骚

谢朓是永明文学研究的重镇之一，当前学界大致从三个层面进行探讨：其一，以谢朓与西邸文人交游、唱和为基本视角，通过分析谢朓对永明新体诗的贡献，揭示永明作家群的创作成就；其二，以谢朓为主体的个案研究，着重探析谢朓诗文集版本流布、校注集评、诗艺技法、诗美特质、用韵法式等；其三，以谢朓为中心的共时性或历时性研究，与谢朓进行共时性研究的主要有谢灵运、谢庄、王融、沈约等人，历时性对比研究的则有陈子昂、李白、王维等人。上述诸家多着眼清丽高华、协韵流转以阐释谢朓诗艺风貌，往往忽略哲学素养对其“儒缓”风格的潜在作用。另外，谢朓也融摄《诗经》、楚辞笔法，具有“活法”之美。以下试从三个方面加以论述。

一、谢朓倚儒典为辞及其儒缓文风

就谢朓诗文创作来看，他继承了谢灵运以儒典缀辞的风格，故而清人吴淇指出：“谢朓之诗本于谢灵运，……谢之学谢，姑舍其经语、理语，而独学其景语。……朓诗专于写景，而情与事寓焉。”这种有关谢朓擅长“景语”而不擅“经语”“理语”

的观点并不错，甚而王夫之以其《宣城郡内登望》为例径称："要其儒缓，自不失康乐门风。"谢朓宣扬自身的哲学倾向、治政立场、存世原则的主要手段是化用儒典，兼取庄、佛之义。层见错出的儒典辞句成为谢朓缀句行文的重要内容，也促使其文风呈现儒缓的特征。

何谓"儒缓"？它大致包含以下两方面特征。其一，立足儒经，广征典实，博而寡要，笔调迂缓。对此秦汉诸家已有论及，如司马谈《论六家要指》说："夫儒者，以六艺为法，六艺经传以千万数，累世不能通其学，当年不能究其礼，故曰'博而寡要，劳而少功'。"应劭《风俗通义·徽称》说："儒者，区也，言其区别古今。居则玩圣哲之词，动则行典籍之道，援先王之制，立当时之事，纲纪国体，原本要化，此通儒也。若能纳而不能出，能言而不能行，讲诵而已，无能往来，此俗儒也。"上述观点在魏晋时期得以继承，如王粲《儒吏论》说："竹帛之儒，岂生而迂缓也？起于讲堂之上，游于乡校之中，无严猛断割以自裁，虽欲不迂缓，弗能得矣。"杜恕《议考课疏》说："今之学者，师商、韩而上法术，竞以儒家为迂阔。"陶渊明《八儒》论及"颜氏传《诗》为道，为讽谏之儒"与"乐正氏传《春秋》为道，为属辞比事之儒"。可见，儒者言必称圣贤，堆砌儒典，观点陈腐，语词老套，不注意行文简要与节奏感，均是"儒缓"的重要表现。

其二，汉晋以来，"儒"还成为一种特定含义的文学修辞格。东汉樊准《上疏请兴儒学》说："学者盖少，远方尤甚。博士倚席不讲，儒者竞论浮丽，忘謇謇之忠，习諓諓之辞。"可见，观点空洞虚浮，言辞敷陈华丽，词锋不健，文气弱缓，也成为时人对儒者之文的不良印象。不过，汉晋以来也不乏"儒"而文雄者。傅玄《连珠（序）》就说："贾逵儒而不艳，傅毅文而不典。"贾逵、傅毅可谓"儒""典"适度之士。范云也赞颂何逊的诗文说："顷观文人，质则过儒，丽则伤俗；其能含清浊，中今古，见之何生矣。"可知，何逊能够兼顾音韵清浊的节奏感与古今经史的博约美，形成质丽得兼、儒而不俗的文风，范云的评价某种意义上也代表了六朝士人的文学审美与批评态度。

谢朓的"儒缓"特征主要集中于辞赋与应命奉制的公牍文，不少咏史、抒怀的诗作也在其列。诚如王夫之所言，谢朓这一特征深受谢灵运的影响。不过，谢灵运对儒、释、道的理解更趋深细，并建立起较为完善的哲思体系，谢朓的佛学思想较弱，相应的其诗文思想的深度和广度远不及前者。谢朓的"儒缓"特征与谢灵运不乏相似，也有新异之处，主要表现为以下三方面：

第一，谢朓"儒缓"的首要特征是偏爱《诗经》，综用儒典。其诗中大量化用《诗经》辞句，《郡内高斋闲坐答吕法曹》堪称代表。其诗先以宣城郡官衙周边山林美景起兴，继而转向对吕僧珍的赞美说："非君美无度，孰为劳寸心？惠而能好我，问以瑶华音。”其分别用《诗经 · 魏风 · 汾沮洳》“彼其之子，美无度”、《陈风 · 月出》“舒窈纠兮，劳心悄兮”（或《郑风 · 羔裘》“岂不尔思？劳心忉忉”）赞颂吕僧珍品节高美，又用《邶风 · 北风》“惠而好我，携手同行”、《郑风 · 女曰鸡鸣》“知子之来之，杂佩以赠之”等典表达与吕氏同游的欣悦。以景起兴、以《诗》致意，成为其为诗的重要模式。

谢朓掌握儒典达到精熟的程度，诗文所用儒典可谓信手拈来。如《晚登三山还望京邑》前半部分写京城宫室壮美、江景幽谧，尤其“馀霞散成绮，澄江静如练”这一句冠绝古今；后半部分写离宴伤别之情，“去矣方滞淫，怀哉罢欢宴”句中“去矣”“怀哉”均初见于《诗经 · 大雅 · 生民》“鸟乃去矣”、《唐风 · 扬之水》“怀哉怀哉！曷月予还归哉？”集中体现了对京师的眷恋。其《为诸娣祭阮夫人文》赞誉阮夫人“婉娩嫔德，幽闲妇性。眄史弘箴，陈《诗》成咏。嘉言足题，清晖可映”。其化用《礼记 · 内则》“女子十年不出，姆教婉、娩、听从”，称道阮夫人恪守妇教；化用班婕妤《自伤赋》“顾女史而问《诗》”，以赞许其文史兼通；又用《尚书 · 伊训》“圣谟洋洋，嘉言孔彰”，赞其文采出众。后者一朝陨殁，使人“迸泪失声，潺湲如霰”，其语庄穆，其哀可感。其《祭大雷周、何二神文》为祭祀周瑜与何无忌而作，他认为二者均出于“《大过》在运，《小雅》尽缺”的战乱年代，在“山无猛鸷，时旷忠贤”之际，运用智谋与勇力，或“正因部奇，风敛云散”，或“驱狐上国，斩鲵中川”，以建立不世功勋，受到后人“氛氲配天”的祭奠。其化用《礼记 · 中庸》“博厚配地，高明配天，悠久无疆”之典，赞誉周、何之勋业，亦可谓恰如其分。其《临海公主墓志铭》云：“帝体灵柯，棣华以秀。饰馆东鲁，言归景族。有教公宫，无系车服。既肃簪珥，亦崇汤沐。率礼衡门，降情云屋。彼月斯望，在钧维缗。”此文大量使用《诗经 · 召南 · 何彼襛矣》之句，如用“何彼襛矣？唐棣之华。曷不肃雍？王姬之车……其钓维何？维丝伊缗。齐侯之子，平王之孙”等句，表现临海公主出嫁时的盛况。文中“棣华以秀”“在钧维缗”等句，均化自《诗经 · 召南 · 何彼襛矣》。另外，他还以《何彼襛矣序》“美王姬也。虽则王姬亦下嫁於诸侯，车服不系其夫，下王后一等，犹执妇道，以成肃雝之德”，赞颂临海公主能行“无系车服”“率礼衡门”的妇道。文中化用《礼记 · 昏义》“古者妇人先嫁三月，祖祢未毁，教于公宫”与《内则》“妇事舅姑，如事父母，鸡初鸣，咸盥、漱，栉、縰、笄、总，衣绅……五日则燂汤请浴，三日具沐”，赞扬临海公主“既肃簪珥，亦崇汤沐。率礼衡门，降情云屋”。其《新安长公主墓志铭》也遵循了与《临海公主墓志铭》一样的用典逻辑，其云：“氛氲长发，时惟睿文。诞兹明淑，玉振兰芬。誉宣女师，德侔高行。肃穆嫔风，优游阃正。抚事成箴，临图作镜。”其“氛氲长发”句，明显化自《诗经 · 商颂 · 长发》。虽然他新增并化用《诗经 · 周南 · 葛覃序》“后妃之本也。后妃在父母家，则志在于女功之事，躬俭节用，服澣濯之衣，尊敬师傅，则可以归安父母，化天下以妇道”之义，赞颂新安长公主“誉宣女师，德侔高行”，其以儒典誉德的基本路数不变。

第二，兼重儒史，广征经子。谢朓注重以诸子、史料与儒典结合，共同熔炼句意。如《宣城郡内登望》开篇“借问下车日，匪直望舒圆”句之“匪直”，化用《诗经·鄘风·定之方中》“匪直也人，秉心塞渊”句式引出寒城远眺的景致描写，前半部分均以衰景寄托怅惘之情；后半部分则广泛结合经史诸子，以表达生平志向：“结发倦为旅，平生早事边”句，则合用《汉书·霍光传》霍光结发入侍之典与《论语·宪问》“久要不忘平生之言”；“谁规鼎食盛，宁要狐白鲜”句，合用《墨子·七患》“人君撤鼎食五分之五”与《管子·轻重戊》“代出狐白之皮，公其贵买之”；“方弃汝南诺，言税辽东田”句，则用《后汉书·党锢传序》“汝南太守范孟博，南阳宗资主画诺”与《三国志·魏志·管宁传》所载管宁至辽东投奔公孙度一事。其典事密集程度庶几追踪大谢，故而王夫之以“儒缓”评价此诗。

其实，最能体现谢朓综用群典的还是其辞赋及应制文字。如《思归赋》在遍用儒典的同时，夹杂楚辞、《国语》及《庄子》诸典，使之辞藻斐然、文旨醇厚。《思归赋》作于永明末、隆昌初，当时谢朓奉命从荆州调回京城，此赋针对随王萧子隆而发。他因“受灵恩而不訾”而感念后者之恩，其基于“昔受教於君子，逢知己之隆盼。被名立之羽仪，沾宦成之藻绚”的经历，更强化了“羌服义而不怠，岂临岐而渝变？”的忠义观念，这种观念来自《招魂》“朕幼清以廉洁兮，身服义而未沬”，亦是对萧子隆而言。他自比攀附于高冈的“弱葛”，庆幸“承比屋之隆化，踵芳尘之馀烈”的恩泽，回京后时时梦想能够“眷言兴慕，南眺悠然。方整归辔，原受一廛”。其以《孟子·滕文公上》“远方之人闻君行仁政，愿受一廛而为氓”为据，表明内心的钦慕。回京后，谢朓开始修治旧宅。其云“恒离居以岁月，痛销落而徒伤”，其所治当为家族旧宅，且已年久失修；其有云：“自下车於江海，涉青春於是时。”知回京时为春季多雨时节，亦与《诗经·豳风·七月》“昼尔于茅，宵尔索綯，亟其乘屋，其始播百穀”的开春治屋的行为一致。其治宅所谓“乃翦山木，不日为功。非轮非奂，去斫去砻。夜索綯而绕绕，旦乘屋而芃芃”，其化用《诗经·大雅·灵台》“经始灵台，经之营之。庶民攻之，不日成之”言治宅竣工之迅速，又反用《礼记·檀弓下》“晋献文子成室……张老曰：‘美哉轮焉，美哉奂焉’”与《国语·晋语八》“赵文子为室，斫其椽而砻之。……文子归，令之勿砻也。匠人请皆斫之，文子曰：‘止，为后世之见之也。其斫者，仁者之为也；其砻者，不仁者之为也。’”言宅邸以简易为主，而无富而忘礼之名。其宅南可种藿，北可采莲，“篱插芳槿，门拂长杨，檐桃春发，窗竹夏凉。晨露晞而草馥，微风起而树香”，虽然建制简易，却和谐温馨，极尽赋闲之美。继而，他抒发出仕之思说：“背萱鲜於堂北，尚幽幽而未捐。苟外物以能惑，亦在应而无骞。……养以虚白之气，悟以无生之篇。岂加璧之赠可动，执圭之位能缠？”他化用《诗经·卫风·伯兮》“焉得谖草，言树之背？”言极力忘却仕进之忧，又以《庄子·人间世》“虚室生白，吉祥止止”、《诗经·小雅·苕之华》“知我如此，不如无生”为典，对于加璧执珪的恩宠不再寄怀于心。不过，上述与谢朓的仕历结合来看，并非肺腑之语，今人指出：“此时政局方乱，明帝阴有废立意，朓本‘竟陵八友’之一，明帝不敢任以要职，朓亦未敢贸然自附。殆明帝废郁林，立海陵而朓遂入霸府，为明帝之党矣。观《思归赋》以若无意禄仕，实不然也。”可谓中肯之谈。

谢朓应用文体的写作更体现出鲜明的儒典痕迹，如《为录公拜扬州恩教》为萧鸾以太傅录尚书事时所作，文中均出以萧鸾口吻。其云：“昔召南分陕，流甘棠之德；平阳好道，深狱市之寄。”即据以《诗经·召南·甘棠》颂扬召公甘棠遗爱之典与《史记·曹参列传》载曹参崇奉黄老无为的治政原则，表达萧鸾仁爱与无为相结合的为政态度。当时萧鸾兼任骠骑大将军、扬州刺史，扬州则为“五都杂会，四方是则。而向隅之矜斯积，纳隍之叹犹繁”，其化用《诗经·大雅·卷阿》“岂弟君子，四方为则”强化扬州的重要地位，又结合《说苑·贵德》向隅而泣之典、张衡《东京赋》“人或不得其所，若己纳之于隍”，表示需要大力解决尚存的棘难问题。他还说：“兴念下车，无忘待旦。有齐礼导德，致之仁寿。弘漏网之宽，申在宥之泽。”其以《尚书·太甲上》“先王昧爽丕显，坐以待旦”，表达精勤为政之心；又以《论语·为政》“道之以政，齐之以刑，民免而无耻。道之以德，齐之以礼，有耻且格”，表示推行仁政、宽猛相济。他同时为萧鸾作《拜录尚书表》，因尚书“自魏晋以后亦公卿权重者为之，职无不总……齐世录尚书及尚书令，并总领尚书台二十曹，为内台主，行遇诸王以下皆禁驻，号为‘录公’”，故而此文首先揭示萧鸾大权在握说：“升降玉阶，对扬休命。六辔在手，千里何偕？司会天官之统，尚书百僚之本。弘之即庶绩惟凝，替之则彝伦斯斁。”其中化用《尚书·说命下》“敢对扬天子之休命”、《诗经·秦风·驷驖》“驷驖孔阜，六辔在手”，又《小戎》“四牡孔阜，六辔在手”诸典，以喻指萧鸾掌控诸政。谢朓又以《周礼·天官·冢宰》“立天官冢宰，使率其属而掌邦治，以佐王均邦治”“司会掌邦之六典、八法、八则之贰，以逆邦国都鄙官府之治……以周知四国之治，以诏王及冢宰废置”，论证萧鸾此职“百僚之本”的重要意义。他又化用《尚书·皋陶谟》“抚于五辰，庶绩其凝”、《洪范》“不畀洪范九畴，彝伦攸斁”，进一步强调尚书之职关系国家治政安危。谢朓此表还故作谦辞说：“修身践言，本惭五美；果行育德，未阶六正。妄属负图之寄，多谢五仁之绩。”其以《礼记·曲礼上》“脩身践言，谓之善行。行脩言道，礼之质也”、《论语·

尧曰》“子曰：‘尊五美，屏四恶，斯可以从政。’子张曰：‘何谓五美？’子曰：‘君子惠而不费，劳而不怨，欲而不贪，泰而不骄，威而不猛’”、《周易·蒙卦》象辞“君子以果行育德”等典，谦称萧鸾尚达不到“脩身践言”与“五美”的道德水准。虽然有周公佐政的地位，却无《论语·泰伯》所称道的舜之五臣禹、稷、契、皋陶、伯益的勋业。不难看出，其貌似谦逊，实则高自标置。

第三，以儒家经义作为命题立意的宗旨。《诗经》篇旨往往成为谢朓命意的重要依据。萧氏为殷商之后，故谢朓述及萧齐王族时多喜引用《诗经·商颂》之典。如其《为百官劝进齐明帝表》用《诗经·商颂·殷武》“有截其所，汤孙之绪”句，论证萧氏为商汤之后。殷商末期纣王之兄微子启之后裔萧叔大心因平定宋乱，佐立宋桓公，被封于萧邑，萧氏由此得姓，萧叔大心事迹见于《左传·庄公十二年、二十三年》，其族人世代居住于丰沛之地战国后人有萧不疑，为春申君门客。至汉则有萧何，一般被奉为萧氏一世祖，这从《南齐书·高帝本纪》《梁书·武帝纪》的萧氏世系均可看出。《诗经·商颂·长发》是谢朓化用频率较高之典。如其《雩祭歌》之《世祖武皇帝》歌辞开篇即说：“浚哲维祖，长发其武。帝出自震，重光御宇。”即化用《诗经·商颂·长发》“濬哲维商，长发其祥……有娀方将，帝立子生商”，以揭示萧赜出自殷商子姓的远古血统。谢朓《临海公主墓志铭》也是其例，其云：“长发有祥，瑶台乃构。玄鸟归飞，北音斯奏。聿来徐土，祯符爰授。”其在《诗经·商颂·长发》的基础上，结合《商颂·玄鸟》“天命玄鸟，降而生商，宅殷土芒芒”之典，追溯有娀氏吞燕卵而生后契以肇始殷商的传说。后来殷商余裔萧氏则寓居徐土，开启了萧齐的帝业。以上就将临海公主的世系与出身与殷商历史联系起来。

谢朓往往从儒典中撷取某一德义内涵丰富的词语，以之作为颂扬的主题。谢朓作有《奉和随王殿下诗》十六首，称萧子隆倡导的诗侣文会为“风猷冠淄邺”，认为其可与齐宣王于稷下学宫招纳学士与曹操、曹丕父子于邺城弘讲文学相比。在参与诗酒文会过程中，谢朓自谦“徒藉小山文，空揖《章台赋》”，意在发扬淮南小山《招隐士》、边让《章华赋》张目谏德之旨。十六首主旨为表颂萧子隆的学识、德操及恩泽。如其二首说：“渊情协爽节，咏言兴德音。闇道空已积，迂直愧蓬心。”“德音”在《诗经》中多次出现，其基本颂扬君子主上的德义之言，故谢朓据以形容萧子隆的言谈举止，亦是其四“芳庆良永矣，君王嗣德声”宣扬之义；“闇道”则化自《礼记·中庸》“君子之道，闇然而日章”，谢氏自谦虽深受德音之化、深知君子之道，却难以践行，这与其三“日月谬论思，朝夕承清豫”的谦辞一致。

他结合《老子》无为治化与儒家礼乐教化的共通之处，称道萧赜、萧鸾的文武圣治。永泰元年秋七月萧鸾崩于正福殿，至九月一日谢朓以东昏侯萧宝卷的名义作

《齐明皇帝谥册文》。他认为萧鸾遵循《老子》“道恒无名，侯王若能守之，万物将自化”的原则，“以为无名以化，则言繁莫宣其道……所以永言配命，寄心宗极。光昭令德，允树风声”。其以《诗经·大雅·下武》“永言配命，成王之孚。成王之孚，下土之式”为据，以周武王承继周文王称道萧鸾继承萧赜之业，并达到《左传·文公六年》“并建圣哲，树之风声”的治化程度。他具体描述萧鸾的文武之治说：“开物成务，重维国纲。风行草化，心往如神。左贤右戚，内乐外礼。辑五材以教民，申三驱而在宥。盛德殷荐，美善斯毕。‘皇矣’之业既孚，‘蒸哉’之道咸备。”其用《论语·颜渊》“君子之德风，小人之德草，草上之风，必偃”、《礼记·乐记》“乐由中出，礼自外作”之典，称道萧鸾之政已臻于《诗经·大雅·皇矣》《文王有声》的周文王至美至善的圣治局面。谢朓为海陵王萧昭文作墓志铭，后者为萧长懋次子。谢朓称道其父“显允世宗，温文著性。三善有声，四国无竞”，其以《诗经·小雅·湛露》“显允君子，莫不令德”与《礼记·文王世子》“凡三王教世子……其成也怿，恭敬而温文……行一物而三善皆得者，唯世子而已”为据，赞誉萧长懋礼贤下士，亲亲、尊尊、长长三善兼具。谢朓指出萧昭文在萧昭业被废后即位：“亦既负扆，言观帝则。正位恭己，临朝渊默。”其化用《诗经·大雅·皇矣》“不识不知，顺帝之则”、《论语·卫灵公》“无为而治者，其舜也与？夫何为哉？恭己正南面而已矣”，以暗示萧昭文有位无权；又以其“敬顺天人，高逊明德”，暗指其逊位于萧鸾。文中“风摇草色，日照松光。春秋非我，晚夜何长”，则喻指其短命而亡。其用典繁复，已沦为不直笔而书的有效遮蔽手段，根本谈不上悲情的抒发。

谢朓《三日侍宴曲水代人应诏诗》九章，以赞颂萧赜为主旨。其以《庄子·逍遥游》“尧治天下之民，平海内之政，往见四子藐姑射之山，汾水之阳，窅然丧其天下焉”与《周易·蒙卦》“匪我求童蒙，童蒙求我”为据，赞誉萧赜“神理内寂，机象外融。遗情汾水，垂冕鸿宫。树以司牧，匪我求蒙”，亦即无为而治、任贤与能。谢朓又以《周易·蹇卦》上六卦辞“往蹇来硕，吉。利见大人”，颂扬萧鸾平乱为帝的历程；以《庄子·逍遥游》“乘天地之正，而御六气之辩，以游无穷”的至人境界，咏歌其托心无为，在“往晦必明，来硕资蹇。於皇克圣，时乘御辩”的基础上，达到“昭昭旧物，熙熙迁善”的教化效果。“熙熙迁善”句出自《孟子·尽心上》“民日迁善而不知为之者。夫君子所过者化，所存者神，上下与天地同流”，由此可见谢朓融合庄、易、孟三者的儒道兼济的思想倾向。他赞誉萧鸾“当宁日昃，求衣未明”的勤政，实现了“九畴式序，三辟载清。虞箴罔阙，矇奏传声”的盛世局面，其化用《左传·昭公六年》“夏有乱政，而作《禹刑》。商有乱政，而作《汤刑》。周有乱政，而作《九刑》。三辟之兴，皆叔世”之典，以“三辟载清”赞誉萧鸾治下弊绝风清；“虞箴”

典出《左传·襄公四年》“虞人之箴”，主旨为劝谏百官勤政；“矇奏”典出《诗经·大雅·灵台》“鼍鼓逢逢，矇瞍奏公”，矇、瞍有献歌谏政之用。“虞箴罔阙，矇奏传声”句，意在鼓吹百官尽职、上通下达。他还进一步称颂君臣燮和说：“重圣积厚，金式琼润。天爵必谐，王臣咸荩。”其中“金式琼润”典出《左传·昭公十二年》“我王度，式如玉，式如金”，以喻萧鸾盛德；“天爵必谐，王臣咸荩”句，则分别典出《孟子·告子上》“仁义忠信，乐善不倦，此天爵也”与《诗经·大雅·文王》“王之荩臣，无念尔祖”，亦即赞誉儒家教化昌行、君臣鼎鼐调和。

第四，以儒典礼仪记述为据，凸显以祭祀、婚丧、节日游赏等朝仪的礼制内涵。永明八年，谢朓为萧子隆作《鼓吹曲》十首。其中《元会曲》言君臣元旦朝会之典、《郊祀曲》言京郊祭天地之礼、《钧天曲》言君主朝堂宴会之仪，以上三曲均歌颂萧赜。其中《元会曲》“二仪启昌历，三阳应庆期。珪贽纷成序，鞮译憬来思”句，颂扬萧赜地平天成、四方来贺；《郊祀曲》则描述郊祀的过程，其“鎗鎗玉銮动，溶溶金障旋。均宫光已属，升柴礼既虔”句，化用《诗经·鲁颂·泮水》“鲁侯戾止，言观其旂。其旂茷茷，鸾声哕哕”、《小雅·庭燎》“君子至止，鸾声将将”、《小雅·采菽》“君子来朝，言观其旂。其旂淠淠，鸾声嘒嘒”等有关君子出行仪仗与銮驾和鸣的情形，展示诸侯朝见天子的虔敬；《钧天曲》以君臣宴飨、神歆瑞降，呈现“谁想南风弹”的自信。据《礼记·乐记》载：“昔者舜作五弦之琴，以歌《南风》。……故天子之为乐也，以赏诸侯之有德者。”谢朓以萧赜比舜的用意已十分明显。自《入朝曲》至《从戎曲》主要描述萧子隆入朝觐见与参与校猎等活动。《入朝曲》讴歌“江南佳丽地，金陵帝王州”的宏壮秀丽，诗末“献纳云台表，功名良可收”句则将金陵视作建功立名的所在，充满激扬奋进之志；《出藩曲》言萧子隆越过关河、入京朝会，“眇眇苍山色，沈沈寒水波”句则为沿途所见之冬末之景，诗末“夫君迈惟德，江汉仰清和”句，化用《左传·庄公八年》引《夏书》“皋陶迈种德，德，乃降”赞誉萧赜修德治国泽被天下，江汉士民甚得仰赖。《校猎曲》潜用《礼记·仲尼燕居》“以之田猎有礼，故戎事闲也。以之军旅有礼，故武功成也”之义，在“原泽旷千里，腾骑纷往来。平罝望烟合，烈火从风回”的校猎场景中，宣扬“虞人昔有谕，明明时戒哉”的军礼之义。《左传·襄公四年》载晋大夫魏绛以周太史《虞人之箴》劝谏晋悼公过度田猎之典，后者悦纳，“使魏绛盟诸戎，脩民事，田以时”；《诗经·大雅·常武序》称：“召穆公美宣王也。有常德以立武事，因以为戒然。”其有“赫赫明明，王命卿士，南仲大祖，大师皇父：‘整我六师，以修我戎。既敬既戒，惠此南国。’”句，此亦即谢诗中“明明时戒”之所由出。《从戎曲》亦针对君臣观军礼而发，其“日起霜戈照，风回连骑翻。红尘朝夜合，黄沙万里昏”句，展示了校阅军容的壮阔场面。在尚武精神的感召下，谢朓发出“自勉辍耕愿，征役去何言！”的豪言。其以《孟子·万章上》“伊尹耕於有莘之野，而乐尧、舜之道焉……汤三使往聘之，既而幡然改……故就汤而说之以伐夏救民”的伊尹辍耕之典，表达甘心从戎报国之愿。自《远送曲》《登山曲》《泛水曲》至《江上曲》似为萧子隆离藩赴京的送行而作，《送远曲》“北梁辞欢宴，南浦送佳人……一为清吹激，潺湲伤别巾”、《登山曲》“王孙尚游衍，蕙草正萋萋”等均可为证。这四首渗入谢朓与萧氏昔日登山临水的回忆，其中既有谢朓对萧氏“百年如流水，寸心宁共知”的倚赖，又有对萧氏“暮春春服美，游驾凌丹梯。升峤既小鲁，登峦且怅齐”的浴沂舞雩、登山小鲁的敬慕。嵌用《论语·先进》《孟子·尽心上》诸典而巧加改造，古雅自然，浑然不觉。

建武二年大旱，祠部郎何佟之据郑玄注《周礼·司巫》《女巫》《礼记·月令》与王肃释雩礼、司马彪《礼仪志》等议定雩祭之礼、祭坛方位、高度、祭祀人员组成、牺牲数量等问题，从而形成萧齐雩祭新礼。同时，“雩祭明堂，谢朓造辞，一依谢庄，唯世祖四言也”。可知，谢朓为适应萧齐雩祭新礼而作此组诗，其基本沿袭谢庄的明堂夕牲乐辞，基本为三言句式、四句一解，只是《世祖武皇帝》采取四言形式。其按照迎神、颂萧赜、颂青帝、赤帝、黄帝、白帝、黑帝、送神等八项内容，遍及天地五方人神。其辞主旨在于祈雨，全篇的基本逻辑为萧齐教化畅达、书轨同一，在“皇天无亲，惟德措辅”的天人感应模式下必将感悦诸神、天降瑞霖。是以鼓吹礼乐治平基本贯穿始终，如《迎神曲》“清明畅，礼乐新”、《世祖武皇帝歌》“昧旦丕承，夕惕刑政。化一车书，德馨粢盛……礼充玉帛，乐被匏弦。於铄在咏，陟配於天”、《黑帝歌》“百礼洽，万祚臻”、《送神曲》“敬如在，礼将周”等，均为其例。因此，尽管谢朓此作出于因袭，无多新意，但其礼乐精神及天人感应思想流露无遗。

谢朓为萧鸾敬皇后谢惠端作《齐敬皇后哀策文》，按照《周礼·天官》内司服所掌王后祎衣、揄狄、阙狄、鞠衣、展衣、缘衣、素沙等“六衣”的规格予以迁葬，并以《仪礼·聘礼》初献爵、亚献爵、终献爵的“三献”之礼展开祭祀，祔葬过程中按《周礼·地官》用蜃车承载灵柩。可以说，其开篇“俎彻三献，筵卷六衣。哀子嗣皇帝，怀蜃卫而延首，想鹭辂而抚心……身隔两赴，时无二展”等句，既书写哀情，又凸显了周礼仪轨，从而将哀情置于《礼记·檀弓下》“去国，则哭于墓而后行。反其国，不哭，展墓而入”的礼度中来，这也奠定了谢朓此文哀而不伤的基本基调。他先揭示上古至秦汉以来的后德徽范说：“肇惟淑圣，克柔克令。清汉表灵，曾沙膺庆。爰定厥祥，徽音允穆。光华沼沚，荣曜中谷。敬始纮綖，教先穜稑。”他认为后德的首先是《尚书·洪范》“高明柔克”的和顺之德，《诗经·鲁颂·閟宫》提及的“令妻寿母”则是其价值目标。《诗经·大雅·大明》赞誉大姒得到周文王倾慕，故而“文定厥祥，亲迎于渭”；《大雅·思齐》又赞叹“大姒嗣徽音，则百斯男”，从而将大姒作为贤妻良母的典型。谢朓还引用《诗经·召南·采蘩》“于以采蘩，于沼于沚”、《王风·葛覃》“葛之覃兮，施于中谷”、《国语·鲁语下》“敬姜犹绩”、《周礼·天官》“上春，诏王后帅六宫之人而生穜稑之种，而献之于王”等典故，强调夫人、后妃勤力蚕织的品质，上述均为弘扬敬皇后之德作了铺垫。他以《诗经·周南·卷耳》序“后妃之志也，又当辅佐君子，求贤审官，知臣下之勤劳。内有进贤之志，而无险诐私谒之心”，称誉敬皇后“于佐求贤，在谒无诐”；又称道其才德兼备：“顾史弘式，陈《诗》展义。厚下曰仁，藏往伊智。十乱斯俟，四教罔忒。思媚诸姑，贻我嫔则。化自公宫，远被南国。轩曜怀光，素舒伫德。”谢朓认为敬皇后《诗》、史兼通，为人待下仁厚、遵守妇人四德，又富于“神以知来，智以藏往”的智慧。其以《诗经·大雅·思齐》“思齐大任，文王之母。思媚周姜，京室之妇”为据，认为敬皇后以周姜为楷则；又化用《礼记·昏义》“古者妇人先嫁三月，祖祢未毁，教于公宫。……教以妇德、妇言、妇容、妇功；教成，……所以成妇顺也”，赞誉敬皇后闺训谨严，致力于以妇道化成天下，诗中“化自公宫，远被南国”句即承此而来。除了正面颂扬敬皇后，他还从萧宝卷及萧鸾的角度加以侧面烘托：其以《诗经·周颂·闵予小子》寄托萧宝卷“闵予不祐，慈训早违”的丧母之痛；又以《礼记·昏义》为据，慨叹萧齐“乾景外临，阴仪内缺”的内教缺失；还以《礼记·祭统》“君执圭瓒祼尸，大宗执璋瓒亚祼。……此之谓夫妇亲之”之义，遗憾萧齐“璋瓒奚献，袆褕罔设”的祭仪亏缺。谢朓以娥皇、女英追殉舜于洞庭、颛顼与九嫔合葬之典，以与敬皇后、萧鸾合葬对拟。在策文最后，谢朓再次重申敬皇后的卓越女德：“籍閟宫之远烈兮，闻缵女之遐庆。始协德於蘋蘩兮，终配祇而表命。”其中以《诗经·鲁颂·閟宫》与《大雅·大明》为据，将敬皇后比作姜嫄与大姒，认为其能够发挥《诗经·召南·采蘩序》“夫人可以奉祭祀，则不失职”、《召南·采蘋》“大夫妻能循法度”所规定的助祀本职。最终，还以萧宝卷的口吻哀叹“思寒泉之罔极兮，托彤管於遗咏”，化用《诗经·邶风·凯风》，以赞誉敬皇后之母德。由上可见，此文立足《周礼》《礼记》《诗经》《尚书》等描述的女仪、妇职、母德等内容对敬皇后展开赞颂，几乎通篇用典，辞风哀婉庄穆、质重雅净。不过，文中偶尔也加入景物描写以深化叙事层次，如其描摹灵堂“陈象设於园寝兮，映舆鍐於松楸”的肃穆庄严，以“回塘寂其已暮兮，东川澹而不流”衬托亡者逝去的悲悼沉郁，均增强了感染力和生动性，是以方廷珪赞其“有典有则，亦切亦流”。萧子显评价说：“敬皇后迁祔山陵，朓撰哀策文，齐世莫有及者。”自非过誉。

二、谢朓“能清而不能厚”辨

除了“儒缓”外，历来多将谢朓诗风归结为“清丽”。谢朓自觉追求“好诗圆美流转如弹丸”的流丽之风，注重诗歌韵节的铿锵顿挫之美，曾与钟嵘论诗，“感激顿挫过其文”。虞羲诗“奇句清拔”，谢朓“常嗟颂之”。谢朓死后，诗风为时人及后世所重。沈约赞其五言诗“二百年来无此诗”，甚至还说：“自谢朓诸贤零落，平生意好殆绝。”萧子显称其“少好学，有美名，文章清丽”，钟嵘将谢朓列于中品，认为其诗风出于谢混，“微伤细密，颇在不伦。一章之中，自有玉石，然奇章秀句，往往警遒，足使叔源失步，明远变色”。上述基本成为后世以“清丽”评价谢诗的源头。随着李白、杜甫等诗家的推扬，协以刘克庄、钟惺、谭元春、何良俊、王世贞、陆时雍、陈祚明、胡应麟、黄子云、沈德潜、施补华等论家的阐发，由“清丽”衍生而出的“清发”“清俊”“清拔”“清绮”“清寒”“清确”“妙丽”“丽密”“精丽”“精工流丽”等风格范畴，遂成为后世评价谢诗的总体印象。正因如此，魏耕原先生统计谢诗用字频率后指出：“在他135首五言诗中，‘清’字似乎使用的频率最高，凡56次，占篇数的41%，几乎每两篇出现一次；其次是‘高’字，其次是‘华’17次；‘丽’字多用作动词，用域小，也有10次之多。……这简直是‘清’的小世界，无物不‘清’，包括山川河流；无事不清，乃至于洗漱照镜。‘清’字是他诗歌最为鲜明的个性，是他诗化生活旋律的最佳音符，最见本色的字眼。”谢朓洵然以“清”为主体风格，其诗文意旨是否渊厚也成为历来文论家关注的话题，“清而不厚”似已演为成见。如沈德潜即说：“康乐每板滞，玄晖多清俊，然诗品终在康乐下，能清不能厚也。”谢朓给人“不厚”的印象其实并不完全限于其文学创作层面，而是大致由五方面组成，即人品不敦厚、积学不醇厚、措辞不朴厚、主题不鸿厚、文旨不渊厚。

谢朓最为人争议的当属向萧鸾出卖王敬则一事，其告密行径遭致妻子的愤恨和时人的暗讽，他自己也抱憾终身。史载：“及当拜吏部，谦挹尤甚。尚书郎范缜嘲之曰：‘卿人才无惭小选，但恨不可刑於寡妻。’朓有愧色。及临诛，叹曰：‘天道其不可昧乎！我虽不杀王公，王公因我而死。’”范缜借谢朓妻刻意复仇的事件，以《诗经·大雅·思齐》“刑於寡妻”为据，以此来嘲笑谢朓的卑劣人格。谢朓临终的忏悔，也体现了其内心饱受忠义观的折磨。或许基于出卖王敬则的负疚感，当江祏打算拥立始安王萧遥光，邀谢朓暗结党援，谢朓则“自以受恩高宗”不愿就范，最终因此被诬陷而死。不过，谢朓因深陷政治旋涡、进退失据而暴露出道德弱点，其隐衷不容忽略。

受到谢纬的影响，谢朓早期仕途不显、势微门冷，虽以文才出任行参军、东阁祭酒、太子舍人、随功曹、文学等文散官，但位卑秩微，完全不能与陈郡谢氏的世族身份相称，谢朓与将门王敬则结姻也当非所愿。为了在波谲云诡的萧齐政坛固禄全身，他违背孝义出卖王敬则，实则是谢氏门阀利益至上观念的流露，这种观念可从其《和王著作八公山》《奉和随王殿下》其十二等作品中看出。《和王著作八公山》以八公山的险要地势与春日景致开篇，引入对“戎州昔乱华，素景沦伊穀。阽危赖宗衮，微管寄明牧。长蛇固能翦，奔鲸自此曝”的乱局的回顾。其化用《论语·宪问》“微管仲，吾其被发左衽”之典，将谢安比作管仲；又化用《左传·定公四年》封豕长蛇之典，将苻坚、苻融比作“长蛇”“奔鲸”，以此颂扬谢安、谢玄在淝水之战中的将略与功勋。作为谢氏后人，谢朓不由感叹自身“道峻芳尘流，业遥年运倏。平生仰令图，吁嗟命不淑”，对“荡别亲知，连翩戒征轴”的宦游羁旅生活充满无奈。此诗由颂扬祖上功绩到哀叹命运不济，转换自然；诗以壮景起兴，又以衰景结尾，在“风烟四时犯，霜雨朝夜沐”的凄风苦雨中渲染了对宦途望渺的情绪。以身世不济为主题的还有《奉和随王殿下》其十二，其云：“炎光缺风雅，宗霸拯时沦。龙德待云雾，令图方再晨。岁远荒城思，霜华宿草陈。英威遽如是，徘徊歧路人。”其中“炎光”指晋朝，“宗霸”则为谢玄。谢朓认为谢玄取得淝水之战的胜利，在于具有《周易·乾卦》文言所说“龙德而隐者……云从龙”的君臣际会的机遇。然而，谢玄取得战功的寿阳早已成为一座“宿草”横陈的“荒城”，这更增添了他作为“歧路人”的失落感。总之，谢朓出卖王敬则即使不能仕禄腾达，也可以避免重蹈谢纬、谢综等先辈覆辙。正是出于家门保全而非个人贪冒进取，他才上表三让尚书吏部郎。中书认为吏部郎秩位未达到辞让级别，沈约故意为谢氏回护，称其有《周易·谦卦》六四象辞“‘无不利，撝谦’，不违则”的美德。尽管沈约掩盖谢朓因违背孝义而辞让的尴尬动机不可取，其对后者的略迹原情也属厚道之举。前述谢朓具有鲜明的德义观，诗文中充满了修德立义的价值指向，若将其视为虚浮不真，则必将枉煞谢朓；谢朓后期深受人伦良知的谴责，忠于萧鸾、愧于王氏并付出生命，某种意义上也是在践行其德义观。因此，谢朓政治人格的缺失不宜夸大，更不宜加以泛化后以道德批评取代文艺批评。如谢朓颂扬萧子隆的诗作遭人诟病为“昔在渚宫，构扇蕃邸。日夜纵谀，仰窥俯画。及还京师，翻自宣露，江汉无波，以为己功。素论于兹而尽，缙绅所以侧目”，这已将其政治人格的争议扩展到有关其诗文意旨的评价上来，显然是不允当的。

谢朓的才力也不为人所重，此论肇始于谢朓被诬下狱后徐孝嗣、江祏等人的构陷：“资性轻险，久彰物议。直以雕虫薄伎，见齿衣冠。”无独有偶，丘巨源久不见升迁，上书尚书令袁粲说：“议者必云笔记贱伎，非杀活所待；开劝小说，非否判所寄。然则先声后实，军国旧章，七德九功，将名当世。”丘巨源进一步解释了“笔记”“小说”等为“雕虫薄技”的原因，透露出宋齐名实重于文艺的时代风气，这也是以道德评价取代文艺批评的体现。此后，钟嵘对谢朓“善自发诗端，而末篇多踬，此意锐而才弱”的评价则似针对其学养不足而言，其“才弱”论潜藏了对谢朓才弱促成诗风清浅的认识。其类似的见解还体现在谢瞻诗论说：“才力苦弱，故务其清浅，殊得风流媚趣。”这种论调多为后人所袭，如王世贞评价谢朓说：“特不如灵运者，匪直材力小弱，灵运语俳而气古，玄晖调俳而气今。”陆时雍也说：“谢朓清绮绝伦，每苦气竭。其佳处则秀色天成，非力所构。《诗品》谓其微伤细密，非也，其病乃在才不继耳。”上述论点均认为谢朓把控诗歌格局的能力不足，虽不能说错，却也有以偏概全之嫌。谢朓尽管不能与谢灵运的才力相比，却也一时独步。史载：“（谢）朓善草隶，长五言诗。”在荆州期间，谢朓成为萧子隆文学集团的核心人物，“以文才，尤被赏爱，流连晤对，不舍日夕”。为此，萧纲称其为“文章之冠冕，述作之楷模”。吴淇说：“齐之诗以谢朓为称首。”陈祚明也指出：“希康乐则非伦，在齐梁诚首杰也。”因此，称谢朓才弱于谢灵运则可，但不分条件地贬低其才力不足则似乎罚不当罪了。其实，谢朓许多诗作也不乏全局意识与操控力度。胡应麟《诗薮》说：“世目玄晖为唐调之始，以精工流丽故。然此君实多大篇，如《游敬亭山》《和伏武昌》《刘中丞》之类。虽篇中绮绘间作，而体裁鸿硕，词气冲澹，往往灵运、延之逐鹿。后人但亟赏工丽，此类不复检摭，要之非其全也。”这是符合谢朓实际的。

谢朓诗歌措辞不古拙朴厚也是事实。钟惺《古诗归》总评谢朓说：“谢玄晖灵妙之心，英秀之骨，幽怡之气，俊惠之舌，一时无对。似撮康乐、渊明之胜，而似皆有不敌处曰厚，然是康乐以下，诸谢以上。”施补华也说：“谢玄晖名句络绎，清丽居宗，虽不如魏晋诸贤之厚，然较之阴铿、何逊、徐陵、庾信，骨干坚强多矣。”谢朓诗风崇尚清新自然、韵节婉畅，较之汉晋诗风的质朴古拙已有了质的飞跃。尽管如此，他仍然注重融典炼句、务求雅洁，是以潘德舆说：“唐子西曰：‘三谢诗，至玄晖语益工。’赵师秀诗：‘玄晖诗变有唐风。’皆谓玄晖薄于康乐，不知康乐之厚以排垛耳。……玄晖之隽骨，与鲍明远之逸气，可谓六朝健者。”可以说，谢朓用典比谢灵运更趋灵活，即使“材疏学薄”或“文微辞薄”，却又难掩其推陈出新的峻骨。方东树即说：“大抵下字必典而不空率，造语必新而不袭熟，凝重有法，思清文明，而不为轻便滑易。同一用事，而尤必择其新切者。同一感寄，而恒含蓄。同一写景，而必清新。古之作者皆同，而玄晖尤极意芊绵蒨丽。”又“玄晖不尚气而用意雕句，亦以雕句故伤气也，然有典有句而清新。”纵然谢朓在创作实践中不能得兼而显露出词清意薄之失，其扭转文风的标杆地位已难以改变。

谢朓诗文主题不鸿厚、文旨不渊厚也有其合理之处。谢朓创作中多有游宴赏会题材，其中不乏笔涉游戏之作，题材单一、娱情遣怀自与汉晋时期诸多沉郁、宏大的叙事之风不同。如其为萧子隆作《杜若赋》通过初春时节的斑斓物候侧面烘托杜若之美，赋中“柳”“泉”“绿竹”“幽兰”“春峦”“凉潭”“霜蹊”“溽露”“春风”等景致色泽清丽、静动相生，共同构成了万类当春而发的生机图。谢朓以“杜若”比作萧子隆，自比为“纤草”，以“夕舒荣於溽露，旦发彩於春风。承羲阳之光景，庶无悲於转蓬”表达得其所哉的欣幸。尽管词旨轻巧灵动，却不能说意旨深厚。谢朓喜谈谑，史载：“先是，（谢）朓常轻（江）祏为人，祏常诣朓，朓因言有一诗，呼左右取，既而便停。祏问其故，云‘定复不急’。祏以为轻己。后祏及弟祀、刘渢、刘晏俱候朓，朓谓祏曰：‘可谓带二江之双流。’以嘲弄之。”其《野鹜赋》即为游戏之作。门人以野鸭为献，谢朓本欲以之烹调待客，而客人偏好其羽毛，于是谢朓分别以野鸭的猎获、离群、去毛、烹饪等四个情节加以铺叙，“贵敷衽以取爱，愿登俎以甘心”句说明他以羽毛赠客，又以鸭肉为肴，各得所需，其乐融融。此赋“罗人”“阍寺”，分别为《周礼·夏官·罗氏》《天官·冢宰》所载专职捕猎与看门传信之人；“愿登俎以甘心”句，则化自《左传·庄公九年》“管、召，雠也，请受而甘心焉”。因戏拟经典，故而呈现笔调轻脱、戏谑自如的氛围。谢朓还喜与群僚文友赠和酬答，同沈约、范云、王融、刘绘各以《鼓吹曲》名为诗二首，《鼓吹曲辞》的文人化、娱情化特征鲜明。谢朓《临高台》借助“才见孤鸟还，未辨连山极”的意象，抒发“谁识倦游者，嗟此故乡忆”的思归之念，这样汉魏以来《临高台》的祭奠仪式意味被谢朓等人的精神性消遣取代。谢朓任宣城太守期间，还与檀约、江奂、陶功曹、朱孝廉等人以《杂曲》题名各为诗二首，谢朓诗风清丽柔婉，幽隐见志。其《秋竹曲》以秋竹自比，抒发“但能凌白雪，贞心荫曲池”的节操观。这种以竹比兴的手法已见于《诗经·卫风·淇奥》“瞻彼淇奥，绿竹猗猗。有匪君子，如切如磋，如琢如磨。有匪君子，终不可谖兮”，“绿竹”即是“有匪君子”的化身，应该说谢朓潜在地运用了这种手法。不过，这种化典出新在游戏遣兴的文僚嘉会中无法算作苦心孤诣之类，自不能免除词浅意薄之讥。

总之，谢朓“德轻行薄”是其在古往今来的酷评峻讥中文旨不厚的重要原因，这是道德评价泛化后的必然结果。不过，南朝至明清诸家认为谢朓不如谢灵运、陶渊明在内的“魏晋诸贤”之“厚”，均针对谢朓诗歌创作措辞清省、主题单一、文旨浅白而言，有合理成分，却不能笼括谢朓全部诗歌。另外，前述谢朓多数辞赋、应制之作及一定数量的诗作出经入史、兼及儒子，若谓文旨不厚，恐怕难与事实相符。因此，谢朓“能清而不能厚”的观点不能一概而定，否则只能得出似是而非的结论。事实上，谢朓“清丽”之风的审美机制中除了包含声韵之巧外，还蕴含了融摄诗骚的“活法”之美。

三、谢朓妙化诗骚及其“活法”之美

宋人将谢朓视为“活法”为诗的典范，吕本中《夏均父集序》说：“学诗当识活法。所谓‘活法’者，规矩备具而能出于规矩之外，变化不测而亦不背于规矩也。……谢玄晖有言‘好诗流转圜美如弹丸’，此真活法也。”谢朓“活法”的本质在于通过韵节婉畅的形式兼顾典实之深与蒨丽之美，注重永明诗律的运用赋予了谢诗精工绮丽的外壳，诗骚合用则是其古雅而凄艳风格的重要内容。清人陈祚明指出：“仰希逸流，贞观丘壑，以斯托兴，趣颇萧然。……大抵运思使事，状物造词，亦雅亦安，无放无累；篇篇可诵，蔚为大家。”可以说，运用诗骚比兴手法在山川风物的自然美的基础上挖掘其内蕴美，从而营构出雅安美净、流利易诵的审美特征。谢朓发展了谢灵运以山水为载体观物抒情的手法，根本上却是在发扬诗骚比物兴志的创作传统。谢朓《思归赋序》提出“鉴之积也无厚，而纳穷神之照。心之径也有域，而怀重渊之深”的观点，其以镜子具有映现众物的功能与人心观照万有的思维能力相比附，这种观点源自陆机《演连珠》“臣闻鉴之积也无厚，而照有穷渊之深”，而体现出机械反映论的倾向。又《酬德赋序》说：“申之赋颂，得尽其体物之旨。”“体物”即从陆机《文赋》“赋体物而浏亮”而来，赋中“及士衡之藉甚”句也正透露其对陆机才识的钦慕，而陆机“体物”论则植根于儒家比兴观、感物论。谢朓承袭陆机之说，无形中也发扬了儒家比兴、感物思想。他还喜模拟楚辞作品，在物什描摹中探掘其内在的德义内涵。谢朓为萧子良作《拟宋玉风赋》《高松赋》《七夕赋》。《拟宋玉风赋》仅题名即知其深受楚辞影响，赋中有“朝役《登楼》之咏，夕引小山之讴”，更可看出其对王粲《登楼赋》、淮南小山《招隐士》的借鉴。此赋按宋玉《风赋》将风分为“大王之雄风”与“庶人之雌风”的分法，也分为“大王之盛风”与“幽人之风”两类：前者“骕骦之马鱼跃，飘鉴车而水流”，极尽人世繁华；后者“眇神王於丘壑，独起远於孤觞”，在风行云涧、烟茎泉松之际，呈现出世之思。此赋深得宋玉句雄辞丽的特质，不过因大量化用儒典，从而在辞美顽艳的风格之外，又赋予清和雅致的气息。如其描写风行拂物的轻灵说：“起日域而摇落，集桂宫而送清。开翠帐之影蔼，响行珮之轻鸣。”这几句就集中化用宋玉《九辩》“萧瑟兮草木摇落而变衰”、《招魂》“翡帷翠帐，饰高堂些”与《礼记·玉藻》“古之君子必佩玉，……进则揖之，退则扬之，然后玉锵鸣也……行则鸣佩玉，是以非辟之心无自入”，在风摧万物的自然属性之外，有赋予其德义属性。可以说，诗骚合用使谢朓持之有故、营之有法、发之有神，自如出入诗法规矩内外，迸发出“无放无累”“篇篇可诵”的诗法活力与美感。

首先来看谢朓创作中对于《诗经》的活用。他描摹山水景致之际，注重化用《诗经》中的鲜活意象，赋予诗作安娴静雅的气息。如《春思》着力刻画“茹溪”“阰山”春色，先以“兰色”“萍际”展现水上无边翠意，又以“巢燕声上下，黄鸟弄俦匹”揭出燕鸟嘤鸣的和乐场景，此两句化自《诗经·邶风·燕燕》“燕燕于飞，上下其音”与《王风·采葛》“黄鸟于飞，集于灌木，其鸣喈喈”。原典本身即是春景的起兴之物，虽是熟典，也较好契合了写春的主题。事实上，以“兰色”“萍际”“巢燕”“黄鸟”组成的春景也发挥了为下文思友恋乡的铺衬起兴的作用，谢朓笔锋一转写道：“边郊阻游衍，故人盈契阔。梦寐藉假簧，思归赖倚瑟。幽念渐郁陶，山楹永为室。”其也化用《诗经·大雅·板》《邶风·击鼓》《尚书·五子之歌》等典，凸显了思归之念。可以说，全诗以《诗经》《尚书》为依托，融典于景，由乐转哀，娴雅哀婉。谢朓喜依托《诗经》既有比兴之物，寄幽情于美景。其《游东田》说：“慼慼苦无悰，携手共行乐。寻云陟累榭，随山望菌阁。远树暖仟仟，生烟纷漠漠。鱼戏新荷动，鸟散馀花落。不对芳春酒，还望青山郭。”此诗所写为夏初之景，故而有“不对芳春酒，还望青山郭”之句。《诗经·豳风·七月》有“十月获稻，为此春酒，以介眉寿”句，谢朓则似有即使无春酒为寿，亦可以“青山”遣怀的洒脱之情。在美景描摹中，也注意化用儒家经典，在美净流丽基础上，凸显雅致典重。其《酬王晋安》先以“梢梢枝早劲，涂涂露晚晞”之秋景起兴，尽管气象紧峭，却仍流露出对《诗经·秦风·蒹葭》“蒹葭萋萋，白露未晞。所谓伊人，在水之湄”化用，其目的正在于暗用《诗经》对“伊人”的思念，故而谢诗下接“南中荣橘柚，宁知鸿雁飞？”一句，为对友人王德元天各一方的眷念。他还用《周易·系辞下》“《易》曰：‘憧憧往来，朋从尔思。’……天下同归而殊途，一致而百虑，天下何思何虑？”句意，化出“怅望一途阻，参差百虑依”的诗句。《周易·系辞下》王弼注说：“天下之动，必归乎一。思以求朋，未能一也。一以感物，不思而至。”亦即用至诚专一之思先以感物，友朋自感应而归。谢朓反用此典，认为自身以“百虑”思友，只见“殊途”阻隔，却全然不见“同归”“一致”之处。是以下句“春草秋更绿，公子未西归”，连用《招隐士》“王孙游兮不归，春草生兮萋萋”与《诗经·桧风·匪风》“谁将西归？怀之好音”之典，郑玄笺：“谁将者，亦言人偶能辅周道治民者也。”因此，谢朓显然将王德元比作以周道匡扶圣朝的“王孙”，可谓发端清美，义归雅正。谢朓在给徐勉的《和徐都曹出新亭渚》一诗中对新亭渚的春景进行了细致描绘：“苍江”浩流、“日华”浮动、“风光”摇曳、桃李争艳、桑榆沃若，无不构成一幅生新明丽的春江览胜的图卷。此诗最后以“东都已俶载，言归望绿畴”结尾，其化用《诗经·周颂·载芟》“有略其耜，俶载南亩”、《小雅·黄鸟》“言旋言归，复我邦族”之典，表现春日农事繁忙的场景。可见，谢诗对春景的描写最终落实到《周颂·载芰序》所说“春籍田而祈社稷”的劝农主题上来，要比其和徐勉《昧旦出新亭渚》“春堤一游衍，终朝意殊悉”的纯游赏主旨要有内蕴得多。

谢朓还借用《诗经》篇旨与诗注取象熔意，暗发讽喻。其《暂使下都夜发新林至京邑赠西府同僚》以如斯逝水比拟无尽客愁，表达出眷恋故主之思与欲归无门的愤慨。历来此诗被视作谢朓的代表作，其“大江流日夜，客心悲未央”又是其代表句，明人孙鑛评价说：“此玄晖最有名诗，音调最响，造语最精峭。……首二句，昔人谓压全古，信然。”诗末云：“常恐鹰隼击，时菊委严霜。寄言罻罗者，寥廓已高翔。”此四句取意于《诗经·小雅·鱼丽》“鱼丽于罶”句下毛注：“鹰隼击，然后罻罗设。”其情为忧谗畏讥，其韵则古雅典致。谢朓曾作《谢随王赐紫梨启》，其中“虽秦君传器，汉后推食，望古可侔，於今何答？”句，表达了对萧子隆的感恩之情。不过，谢朓被萧子隆宠遇遭到长史王秀之的忌惮，其上书萧赜揭发其异动，结果谢朓被召回京师，由侍中虞云接任。此诗正作于赴任建康途中，其恋恩忧惧之义均在诗中有幽曲的表达。故而元刘履《选诗补注》称：“曾原谓此诗词实典丽，意亦委折，而气则溢。斯言得之。”此可谓确评。谢朓发扬“诗可以怨”的诗教观，以咏古寄托讽喻。其《同谢谘议铜雀台诗》说：“繐帏飘井干，樽酒若平生。郁郁西陵树，讵闻歌吹声？芳襟染泪迹，婵媛空复情。玉座犹寂漠，况乃妾身轻！”他认为尽管曹操死前遗言要求妥善安置歌伎于铜雀台，最终只能导致人去台空、物是人非的结果。是以何焯评价说：“诗可以怨，作者其知之矣。前一绝讽充奉园陵之愚，后一绝仍归于忠爱，此篇为两得之。”这正点出了谢朓对讽怨手法的运用。另外，其乐府诗《铜爵悲》“寂寂深松晚，宁知琴瑟悲”句，无疑也是这一手法的体现。最能体现谢朓历史兴亡意识的是《和伏武昌登孙权故城》一诗。此诗歌颂孙权于汉末“北拒溺骖镳，西龛收组练”等立足东吴、竞逐曹、刘的武功，又对其“文物共葳蕤，声明且葱蒨。三光厌分景，书轨欲同荐”的文治加以表彰。其中化用《左传·桓公二年》“夫德，俭而有度，登降有数，文、物以纪之，声、明以发之，以临照百官”，以颂扬孙权德治威化，后句则称道其力求一统的野心。不过，诗歌很快转入“参差世祀忽，寂漠市朝变”的历史衰变无常的意识中，以“故林衰木平，荒池秋草遍。雄图怅若兹，茂宰深遐睠”，对强权难久的历史现象充满叹惋。此为和武昌太守伏曼容之作，诗末说：“于役傥有期，鄂渚同游衍。”其化用《诗经·王风·君子于役》“君子于役，不知其期”与《大雅·板》“昊天曰旦，及尔游衍”，借以期待与伏氏在武昌城再次游赏，这就巧妙地化解了登临怀古的沉重感，使诗歌基调复归轻快。明人方廷珪称此诗“字字新隽警拔，气体复凝厚，兼此者难矣。引用故实，简而该，炼而流，宜李青莲折服赏心”，正道出谢朓儒史结合、妙趣无痕的精湛诗艺。谢朓以春秋山水景致变化寄托故园之思，其《后斋回望诗》说：“高轩瞰四野，临牖眺襟带。

望山白云里，望水平原外。夏木转成帷，秋荷渐如盖。恐洛常眷然，摇心似悬旆。”其表面写宣城郡衙后斋登高远望，“恐洛常眷然”一句则转写京都亲友对自己的眷顾，以此凸显两地共同的思恋之情，这正是《诗经·魏风·陟岵》借父、母、兄长对游人的思念凸显游人之思的手法的继承。对《陟岵》此法方玉润评价说：“人子行役，登高念亲，人情之常。若从正面直写己之所以念亲，纵千言万语，岂能道得尽？诗妙从对面设想，思亲所以念己之心与临行勖己之言，则笔以曲而愈达，情以婉而愈深，千载之下读之，犹足令羁旅人望白云而起思亲之念，况当日远离父母者乎？”可以说，方玉润的评价同样适用于谢诗。

谢朓曾为萧子隆幕僚，长期在荆楚生活，因此熟悉楚地风物，这为其谙通楚辞乃至汉乐府的意象结构及抒情手法奠定了生活基础。其《临楚江赋》有多句径用兮字居中的《九歌》句式，“滔滔积水”句，化自《九歌·河伯》“波滔滔兮来迎”、《九章·怀沙》“滔滔孟夏兮”；“忧与忧兮竟无际”句，化自《九章·哀郢》“心不诒之长久兮，忧与忧其相接”；“爰自山南，薄暮江潭”句，则出自《九章·抽思》“长濑湍流，泝江潭兮。狂顾南行，聊以娱心兮”等。其以汉江为描写对象，继承了魏晋以来江海赋的创作题材，又发扬楚辞与汉赋中纪行手法，以“云沈西岫，风动中川。驰波郁素，骇浪浮天”的风摧江涛的骇人图景展现了忧愁郁积的复杂内心。《新亭渚别范零陵云诗》措词用语本自楚辞而来，诗中诸如“洞庭”“潇湘”“帝子”“苍梧”“江汉”“停骖”“夷犹”“离忧”等无不为《离骚》《九歌》《九章》等篇章所常见之语，是以何焯评价说：“全首以楚辞点缀而成，自然风韵潇洒，既有兴象，兼有故实。”《赛敬亭山庙喜雨》一诗基本借用《离骚》《九歌·东皇太一》《湘君》《湘夫人》祭祀供品与迎、降、礼、送神祈的仪式、场景等描写，通过“秉玉朝群帝，樽桂迎东皇”的虔诚求雨，表达了“望岁仁年祥”“福被延民泽”的美好期盼。诗中“夕帐”“椒糈”“樽桂”“东皇”“虬盖”“蔽日”“霓裳”“会舞”“瑶席”“安歌”等均出自楚辞，是以陈胤倩称此诗“《九歌》之遗，秀雅可诵”。《祀敬亭山庙诗》亦是如此，其借楚辞中常见的昆仑玄圃凸显敬亭山的高峻，以贝阙、薜荔之帏、网户描写山庙的静穆，“参差时未来，徘徊望澧浦。椒糈若馨香，无绝传终古”诸句，则直接由《九歌·湘君》“望夫君兮未来，吹参差兮谁思”、《礼魂》“春兰兮秋菊，长无绝兮终古”等化出。另外，楚辞中的忧患意识也与谢朓的病患之情契合。谢朓《移病还园示亲属诗》说：“疲策倦人世，敛性就幽蓬。停琴仁凉月，灭烛听归鸿。”可以说，疲病交加、晚鸿催归加剧了他“烟衡时未歇，芝涧去相从”的归隐之思。这种归隐则基于“折荷葺寒袂，开镜盷衰容”的两重原因，其一为《离骚》“制芰荷以为衣兮，集芙蓉以为裳”的高洁追求，其二则是衰残日甚的病患。

不过由楚辞采撷的相关意象往往归结到《诗经》象喻体系中来，所借为楚物，所喻则为雅正之义、庸和之旨，从而呈现出情兼雅怨、辞尽贞美的特点。如《答张齐兴诗》由荆楚之游的路途纡折凸显了“谁知京洛念，仿佛昆山侧”的浓郁乡思，所言虽多为楚地风物，诗末“勿言修路阻，勉子康衢力。曾厓寂且寥，归轸逝言陟”等句却转化《诗经·秦风·蒹葭》“溯洄从之，道阻且长”、《魏风·陟岵》“陟彼岵兮，瞻望父兮”，表达了不畏路途艰险争取早日返乡孝亲的思绪。其《七夕赋》以牛郎、织女的民间传说为蓝本，谢朓赋中“嗟斯灵之淑景，招好仇於服箱”句，即由《诗经·小雅·大东》“跂彼织女，终日七襄。……睆彼牵牛，不以服箱”而来。其以织女赴会为线索，分佳期已至、盛装出行、银河燕语、夜短哀别、安歌自伤等几个内容，在描写牛女相会的过程中充分借鉴楚辞与汉魏诗作对神游天际或男女别离的意象及句式，在崇情重性的基础上又显得神思奕扬、缥缈虚幻。如“靥白玉而为饰，霏丹霞而为裳”句，出自《离骚》“制芰荷以为衣兮，集芙蓉以为裳”。其《和王长史卧病》“愿缉吴山杜，宁袂楚池荷”句，亦出于此；赋中“腾烛光於西极，命二妃於潇湘。轼帝车而捐玦，凌天津而上翔”句，则化自《离骚》“朝发轫于天津兮，夕余至乎西极。凤凰翼其承兮，高翱翔之翼翼”，其中内嵌了《九歌·湘君》“捐余玦兮江中，遗余佩兮醴浦”之句；“抚鸣琴而修悦，浩安歌而自伤”句，则出自《九歌·东皇太一》“扬枹兮拊鼓，疏缓节兮安歌”及刘向《九叹·忧苦》“独愤积而哀娱兮，翔江洲而安歌”。楚辞作品与《诗经》合用，也是此赋化用典故的一大特点。如“怅汉渚之夕涨，忻河广之既梁。临瑶席而宴语，绵含睇而蛾扬”句，合用《诗经·小雅·大东》“维天有汉，监亦有光”、《卫风·河广》“谁谓河广？”、《小雅·蓼萧》“燕笑语兮”与《大招》“嫮目宜笑，蛾眉曼只”；“回龙驾之容裔，乱凤管之凄锵”句，化自《九歌·东皇太一》“龙驾兮帝服，聊翱翔游兮周章”与《诗经·大雅·烝民》“四牡彭彭，八鸾锵锵”。此赋的歌辞部分还歌颂萧子良与群臣节日欢会的场景：“君王壮思风飞，冲情云上。顾楚诗而纵辔，瞻兰书而竞爽。实研精之多暇，聊馀日之骀荡。”其中“楚诗”应为楚辞，这从赋中多以楚辞作品缀句命意即可看出；“兰书”则指萧子良令群下以七夕为题作赋的意旨，因此赋“奉护军王命作”，“兰书”义同“兰检”“兰章”等，均为美好的命令及辞章的代称，当时同作者应有不少，故出现诸家“竞爽”的局面。上述也进一步说明谢朓此赋效法楚辞而作的事实。不过，谢朓在此赋末尾尚有曲终奏雅的意图说：“赋幽灵以去惑，排视听而玄往。哂阳云於荆梦，赋洛篇於陈想。乃澄心而闲邪，庶绸缪於兹赏。”他嘲笑宋玉《高唐赋》宣淫多于教化，不如曹植《洛神赋》归于雅正，其作此赋的最终目的是“澄心而闲邪”，亦即推行《周易·乾卦》文言“庸言之信，庸行之谨，闲邪存其诚，善世而不伐，德博而化”的教化之旨。

当然，谢朓精于物态描摹，其营构的意象系列并不纯然出自诗骚，许多源自汉晋诗赋，许多则是触处为文、因物成咏。其咏物赋有《高松赋》《杜若赋》《野鹜赋》《拟宋玉〈风赋〉》等，咏物诗则有《咏风》《咏竹》《咏蔷薇》《咏蒲》《咏兔丝》《游东堂咏桐》《杂咏·镜台》《灯》《烛》《同咏乐器·琴》《同咏坐上玩器·乌皮隐几》《同咏坐上所见一物·席》《咏竹火笼》《咏瀏鶒》等。当然，谢朓除了以物什为咏歌对象外，歌伎、节日、游历所见等也可划入其咏物的范畴，如《赠王主簿诗二首》《夜听妓诗二首》均以听妓观舞为题，《七夕赋》以七夕牛女会为题，《游后园赋》《临楚江赋》则以游赏观览所见为题。谢朓在与僚友诗侣唱和的咏物作品中也不乏炫智逞才的笔墨游戏，如“同咏乐器”曾与王融《咏琵琶》、沈约《咏篪》等同作，“同咏坐上玩器”与沈约《咏竹槟榔盘》同作，“同咏坐上所见一物”与柳恽《咏席》、王融《咏幔》、虞炎《咏帘》等同作。其《阳雪连句遥赠和》更是与江革、王融、王僧孺、谢颢、刘绘、沈约等人赓和成篇，体现出群体化创作的趋向。这类作品往往以客观把捉、精细刻镂、情辞浮脱、间杂雅谑为特色，如《杂咏·灯》末句“恨君秋月夜，遗我洞房阴”以月夜弃灯出行喻指闺妇失宠，就颇见慧思谐谑。除了赓和游戏之作，谢朓咏物诗也有较深的寄寓情怀。如其《咏兔丝诗》“安根不可知，萦心终不测。所贵能卷舒，伊用蓬生直”，反用《荀子·劝学》“蓬生麻中，不扶自直”之典，认为兔丝具有《淮南子·俶真训》“盈缩卷舒，与时变化”之德。其《咏竹火笼诗》还赞誉竹火笼“体密用宜通，文邪性非曲”，它们均是谢朓婉顺随变的政治品格的流露。

虽然如此，谢朓咏物诗赋中的诗骚内蕴意旨也不容忽视。在诸种意象中，谢朓多结合日暮或夜晚之景抒发离思，如《望三湖诗》“积水照赪霞，高台望归翼……薄暮伤哉人，婵媛复何极”、《送江水曹还远馆诗》“高馆临荒途，清川带长陌。上有流思人，怀旧望归客……日暮有重城，何由尽离席”、《送江兵曹檀主簿朱孝廉还上国诗》“安知慕归客，讵忆山中情？……挥袂送君已，独此夜琴声”等，均为其例。夜幕的昏暗往往强化前途暗淡渺茫的消极思绪，同时晚间的寒凉与霜露的出现又加重了旅途的艰辛。像《临溪送别诗》“叶上凉风初，日隐轻霞暮……沫泣岂徒然，君子行多露”等句，就化用《诗经·召南·行露》“厌浥行露，岂不夙夜？谓行多露”之典，在夜景凄凉之余，加深了晚行惨凄的情感色彩。面对韶华易逝、盛景不再的现实，谢朓流露出寄心游赏、不慕名荣的心态。其《出下馆诗》说：“麦候始清和，凉雨销炎燠。红莲摇弱荇，丹藤绕新竹。物色盈怀抱，方驾娱耳目。零落既难留，何用存华屋？”诗以麦色清和、初夏时雨、红莲出水、藤绕新竹等意象构成令其赏心悦目的“物色”，这些物象起到了《诗经·邶风·泉水》“驾言出游，以写我忧”的娱情效果，诗中“方驾娱耳目”句正暗用此意。诗末以物候盛衰暗喻人事无常，宣扬了不必执着荣利得失的豁达心态。其《落日同何仪曹煦诗》写与何煦宴饮的日暮之景："参差复殿影，氛氲绮罗杂。风入天渊池，荎荷摇复合。远听雀声聚，回望树阴沓。"上述诸句营构了光影、声响交融的晚暮风荷雀归图，末句"一赏桂尊前，宁伤蓬鬓飒"虽借晚暮言衰年，佳景芳樽却将其衰飒气驱散殆尽，亦是妙境舒忧的体现。谢朓为萧子隆作《游后园赋》除赞誉园中景致幽谧适宜清谈游衍外，还化用《孟子·尽心上》"故观於海者难为水，游於圣人之门者难为言"与《论语·先进》"由也为之，比及三年，可使有勇，且知方也"，以"观海兮为富，乃游圣兮知方"句称道萧氏学识渊富、几同圣哲。赋中多出引用《诗经》之句，如"藉宴私而游衍，时寤语而逍遥"句，上句化自《诗经·小雅·楚茨》"诸父兄弟，备言燕私"、《大雅·板》"昊天曰旦，及尔游衍"，下句之"寤语"即晤语，指亲密会谈，出自《诗经·郑风·东门之墠》"彼美淑姬，可与晤语"，"逍遥"一词既多见于《离骚》《九歌·湘君》《湘夫人》等，又多见于《诗经·桧风·羔裘》《小雅·白驹》《郑风·清人》等；"仰微尘兮美无度，奉英轨兮式如璋"之上句化自《诗经·魏风·汾沮洳》"彼其之子，美无度"、《左传·昭公十二年》"思我王度，式如玉，式如金"与《大雅·卷阿》"颙颙卬卬，如圭如璋"。当然，此赋也多受楚辞影响，其中亦多用兮字居中的《九歌》句式，化用楚辞之辞更是比比皆是，如"左蕙畹兮弥望"句，出自《离骚》"余既滋兰之九畹兮，又树蕙之百亩"；"对玉堂之泬寥"句，出自宋玉《风赋》"徜徉中庭，北上玉堂"与《九辩》"泬寥兮天高而气清"；"陈象设兮以玉瑱，纷兰籍兮咀桂浆"之上句化自《招魂》"像设君室，静闲安些"、《九章·湘夫人》"白玉兮为镇，疏石兰兮为芳"、《诗经·鄘风·君子偕老》"玉之瑱也，象之揥也"，下句化自《九歌·东君》"援北斗兮酌桂浆"。

山水景致在谢朓诗中既是比德之物，又是寄情之所，在言志娱情过程中，他往往舍志取情、移德就性。其《游山诗》云："托养因支离，乘间遂疲蹇。语默良未寻，得丧云谁辩？"其以《庄子·人间世》"夫支离其形者，犹足以养其身，终其天年，而况支离其德乎？"为据，认为自身已可运用庄子露拙自养的存在哲学；又据以《周易·系辞上》与《乾卦》文言，自愧尚未获致孔子宣扬的进退语默的生存智慧。谢朓注重将忘怀自然的纯真愉悦与《论语·季氏》"隐居以求其志，行义以达其道"相结合，其云："求志昔所钦，胜迹今能选。"就说明了这一点。不过，隐居求志之举就孔子亦称"闻其语矣，未见其人"，谢朓本为道德践履的"求志"隐居也最终转为"赏心""得性"的审美体验，其云："经目惜所遇，前路欣方践……寄言赏心客，得性良为善。"就在描写山水物类的锦辞绣句中，淡化了山水的道德意蕴，而流连于"赏心"与"得性"的审美期待与体验中。其《将游湘水寻句溪诗》"鱼鸟余方玩，缨緌君自縻。及兹畅怀抱，山川长若斯"句，也充分体现了这种倾向。"缨緌"典出《礼记·内则》，为仕宦者冠冕之系带，谢朓以"缨緌"代称仕途，表达了以鱼鸟山川为寄托超然仕宦之外的闲适心态。他甚至在《同羁夜集》对同在荆州羁宦的同僚说：“恐君城阙人，安能久松柏？”“城阙人”即来自建康之人，“松柏”化用《论语·泰伯》“岁寒然后知松柏之后凋”之典，喻指甘守荆州之边城淡泊之心，此句正是前述谢朓超然心态的流露。

可以说，谢朓具有鲜明的儒学价值倾向和较为深厚的儒学思想涵养，这对其立身处世产生深远影响，又为其创作提供了文艺观的理论支撑。谢朓往往具有以景起兴、由景入情（或即情归理）的两段式特征，不过因能景活情挚、交融无碍，故大多诗作能浑然畅妥，有羚羊挂角之妙。因此，王夫之以《之宣城郡出新林浦向板桥》为例评价说：“晋宋以下，诗能不作两截者鲜矣。然自不虚架冒子，回顾收拾全用经生径路也。起处直，收处平，虽两截固一致矣。”可以说，谢朓诗作两截应由谢灵运诗作“景、情、理”三截化而来，因其淡化玄理、凸显情致，故而诗作格局由三为二。王夫之慧眼独具，认为谢朓仍不能避免“两截”之弊，只是另具手眼并巧妙地加以化解了。《之宣城郡出新林浦向板桥》的“经生径路”确实较为明显，其先以“江路西南永，归流东北骛。天际识归舟，云中辨江树”诸句揭示羁旅漫悠之状，接下来诗文就多以儒典句意营构，其云：“旅思倦摇摇，孤游昔已屡。既懽怀禄情，复协沧州趣。嚣尘自兹隔，赏心於此遇。虽无玄豹姿，终隐南山雾。”其以《诗经·王风·黍离》“行迈靡靡，中心摇摇”描摹其“孤游”的倦态，又不掩饰“怀禄”之欢。《论语·为政》载子张向孔子问“干禄”，孔子回答说：“言寡尤，行寡悔，禄在其中矣。”《卫灵公》也载孔子禄位观：“学也，禄在其中矣。君子忧道不忧贫。”谢朓或许以为已找到“干禄”之法，故而为宣城之任兼得“禄情”与野趣而欣悦。他引用《左传·宣公三年》齐景公请晏婴易宅之典，认为来宣城后，自可远离京师的喧嚣与纷扰，可以成就“玄豹”韬晦自养之德。可以说，此诗以忧谗畏讥为主调，化用儒典过程中宣扬了禄、隐两得的处世观。其对江路、云树的描写沧远壮阔，既起到兴起下截议论的作用，又极大扩充了诗歌表现的境象，冲淡了以儒典议论的偏枯之趣。所以，吴淇《六朝选诗定论》说：“其诗极清丽新警，字字得之苦吟。较之梁，唯江淹仿佛近之……遂以开唐人一代之先，然汉魏之遗音，寖以微阙。……齐固古诗与唐诗中间一大关键也。”就谢朓承继诗骚传统、用典而活用、外清而内厚、韵美而辞华等功绩而言，实无愧于这段评价。

屈原之士人心态及其范式意义

河北大学　甘　濛　李金善

摘　要：屈原生逢战国晚期，作为王室贵族做过左徒，在遭受到排挤和打击之后，他对自己的人生做了多重思考，即远走他乡、另择贤君；离开朝廷、出世隐居；溘死以流亡三种方向。虽然最终选择了以身殉国，但他的抉择与思考却在后世逐渐形成范式，对后世士大夫们两千年来的离忧之择产生了广泛而深刻的影响。

关键词：屈原；士人；士人心态；人生选择

从春秋战国时代开始，"士"逐渐脱离官僚体系，裂变出新的阶层，这个阶层从形成之初就有自己的特征，即受过教育，具备相当的知识水平与科学文化素质、拥有强烈的社会关怀和批判精神、在推动社会进步和批判现实方面起到不可或缺的作用。屈原同春秋战国时期很多士人一样，做过官，属于士大夫阶层，但因为种种原因从国家管理层被排挤出来，回到士人群体中去，这种社会经历及其表现出来的士人心态，极具有代表性。探究这种心态的形成过程，深入挖掘其作为范式对后世知识分子所产生的影响，具有十分积极的意义。

一

屈原生于战国中后期的楚国，《史记》本传说他做过左徒，左徒的职掌学术界尚有争议，但是属于朝廷重要官员之一是确定的。作为楚国的贵族官员，他"入则与王图议国事，以出号令，出则接遇宾客，应对诸侯"，重权在握。但他面对的是楚国内外交困、由盛转衰的危局。心系国家却改变不了现状，忠诚于君却不被信用，自己的美政理想也不能实现，这造成了屈原内心深刻的痛苦。

屈原的"美政"理想有三个方面的内容，分别是以德治国、举贤授能和"循绳墨而不颇"。以德治国要求君主要以极高的道德水准修养自身，具备崇高的道德品质，明辨是非，公而忘私，心系百姓，这样才能够得到贤能之才的辅佐。在德政思想的指导下，君主要任用贤臣，远离小人。同时，君主的政治得失还要依靠法度的标准进行衡量。屈原的“美政”理想在当时无疑是极为进步的，但受时代限制，不免显得理想化且缺乏现实基础。在家天下的制度下，政治和道德并不具有一致性，君主权力并非来源于道德选拔，也不是民主选举，而是祖传下来的，通过发动战争夺取，依靠血缘关系传承。在很多情况下，这种权力更替不是靠道德达成的，甚至还经常会与道德相悖。政治上的失意使屈原陷入困境，从楚怀王时期的“怒而疏屈原”、罢黜左徒之职，到顷襄王的“遂放屈原”，令屈原完成了从官员到士人的身份转变，经过这一过程，屈原与朝廷的矛盾就落到“道”与“势”的对立中。章学诚在《文史通义·原道》当中说：“今云官守失传，而吾以道德明其教，则人人皆自以为道德矣。故夫子述而不作，而表章六艺，以存周公之旧典也，不敢舍器而言道也。而诸子纷纷则已言道矣……皆自以为至极，而思以其道易天下者也。”周室衰微，王道废弛，社会失序，诸子之道应运而生，希冀以道来统理天下。屈原即是如此，他从此陷入了“道”与“势”之间的挣扎之中。

在“道”与“势”的挣扎中，屈原为自己找寻了三条出路。

其一，去国离乡，另择贤君。《离骚》中描述了三次求女行动。求宓妃，“令丰隆乘云兮，求宓妃之所在”，但因其“无礼”而改求；求“有娀之佚女”，又因“鸩告余以不好”犹豫放弃；求“有虞之二姚”，但“闺中既已邃远兮，哲王又不寤”，以失败告终。“求女”喻义，争论颇多，求贤君、求贤臣、求通君侧之人和求志同道合之人，不一而足。我们认为《离骚》求女为求实现美政理想之途径更切合《离骚》本意。求女失败意味着楚国没有实现美政理想的条件，也就意味着屈原理想在楚国的破灭。痛苦困惑之际，祈求灵氛占卜，巫咸降神，请神灵指条明路。洪兴祖《楚辞补注》在“灵氛既告余以吉占”句下注云：“灵氛告以吉占，百神告以吉故，而此独曰灵氛者，初疑灵氛之言，复要巫咸，巫咸与百神无异词，则灵氛之占诚吉矣。”所论极是。灵氛和巫咸是从两个角度来劝说屈原的，灵氛侧重于对谗佞当道、嫉贤妒能的楚国险恶环境的揭露，从此处不可留的角度劝其去国，巫咸则侧重于去国后所择道路的明示，从他处应该去的角度劝其离开，从不同侧面论证了诗人去国远逝的必然性。但经过深思熟虑之后，屈原并没有选择这条路。对于故土与人民的深厚感情，令他最终表示“阽余身而危死兮，览余初其犹未悔”，坚守住了自己的初衷。

其二，远离朝廷，出世隐居。屈原的政治理想在现实中屡屡受挫之后，也想过独善其身，远离朝廷，隐居山林，获得精神上的自由。在《惜诵》中，“占梦者”对屈原说“有志极而无旁”“君可思而不可恃”，这实际上是屈原内心矛盾的反映。君王不能明察，自己注定壮志难酬。隐居未尝不是一条可以选择的道路。但他放不下自己的爱国执念，为此上下求索，通过寻求先贤的评判，以及历史上明君与昏君的结局证明了自己思想观念的正确性，终究无法放弃对现实的关心而独善其身，如

《离骚》中所说“余焉能忍而与此终古？”进不为君主所用，抱负无从施展；退而放不开爱国忧民之念，做不到远离世事纷扰，离世隐居道路的选择便难以付诸实现了。

其三，溘死以流亡。投江自沉是他绝望之后的最终抗争，屈原在进退、去留之间的每一次动摇和抉择，都使得他的向道之心愈发坚定，在“道”与“势”的对立中，屈原不愿意放弃政治理想，但又不能挣脱“以道事君”的责任，理想与责任的相互矛盾，独立人格与为国尽忠的不能两全，造成了屈原最终的悲剧。当楚怀王被秦国扣留之后，太子横继位为顷襄王，但新君的继任并没有使楚国的局面有所改变，反而愈加沉迷享乐，排斥忠良，面对这样的局面，屈原只能悲愤地感慨“世溷浊而嫉贤兮，好蔽美而称恶”，遭到了顷襄王的再一次流放。正是在这一次的流放过程中，发生了顷襄王二十一年白起破郢，楚国都城东迁之事，楚军溃散，人人惊慌逃窜。在这样的国家危亡之际，已经离开了郢都的屈原明明可以独善其身，却终究无法违背自己的本心，“忠湛湛而愿进兮，妒被离而障之”，希望能够在危难之际回去见到君王，但由于妒忌者的阻止，屈原最后也没有见到自己心心念念的君主和故土，只能“哀见君之不再得”。他意识到楚国的败亡已经没有任何挽回的机会，楚军连续败北，都城备战，国破家亡，所有报效国家的希望都已经断绝，屈原最终也决然选择了死亡，将士大夫以身殉道的精神品质提高到足以让后人仰视的高度，其伟大的爱国情操与不屈的抗争成为后世士大夫的宝贵传统，代代传承。

二

屈原并非只有以身殉道这一选择，而他最终走向了“溘死以流亡”的结局，除了当时的时代背景，也与其个人性格和楚民族强烈的民族认同感和凝聚力息息相关的。

首先，楚地属于南方之地，与北方相比，文明化的进程较为缓慢，人与大自然之间的联系反而更加紧密，生活在那里的楚人对于山林土地的感情十分深厚，随着楚民族的逐渐发展壮大，集体潜意识当中对于山河草木的留恋也在血脉中深深扎根。随着国家凝聚力的增强，楚民族从先祖开始便根植的对于家国的深切热爱之情也一直传承了下来，刘勰在《文心雕龙·物色》中说：“若乃山林皋壤，实文思之奥府。……然屈平所以能洞监风骚之情者，抑亦江山之助乎！”由屈原的作品，也可以体会到他对于故土的眷恋和深切的爱国热情。

其次，楚人对于鬼神之说的信奉是楚民族的一大特征。在荆楚之地，从楚国尚未立国开始，部族领袖和宗族领袖就基本由同一人担任，将对神明的崇拜与对君王的崇拜集于一身，即便是当理性思维逐渐打破了神学，这种崇拜没有消失，反而顺理成章地变成了对于君主的忠诚和信任。而祭歌中对于神明的歌颂，经过不断地传播与再加工，也逐渐演变成对君主的颂扬或呼唤。如屈原在《离骚》中以“灵修”指代巫长，“指九天以为正兮，夫唯灵修之故也”。而之后的“伤灵修之数化”，“灵修”又指怀王。这种牵系，有利于增强民族凝聚力和认同感，使楚人对宗族、国家的热爱更为深刻。

最后，楚民族的精神性格也是影响其文化特征的因素之一。楚国长期受到中原各国的歧视与孤立，被视为“蛮夷”，再加上周围又有其他民族虎视眈眈，为了抢夺生存资源争斗不断，这些都逼使楚人不得不通过艰苦卓绝的武装斗争与强硬坚韧的抗争精神来捍卫自己的家园，为争取本民族的尊严和生存地位而奋斗。这样的成长方式，令楚民族在外部的巨大压力之下形成强大的民族意识，并且厌恶压迫与束缚，渴望自由。独特的楚精神，也是造就屈原最终选择的重要因素。

除去这样一层原因，春秋战国时的许多士人在失意之下也会选择另择贤君。从春秋战国时期政治形势看，士人从官僚序列中脱离出来成为一个新的阶层，转变为“士无定主”的状态，朝秦暮楚的情况每天都在发生，士人思想和精神较为自由，有多种出路可以选择；从经济方面看，随着生产工具的革新，社会生产力水平有了很大的提高，伴随农业、手工业和商业的繁荣，城市得到了极大发展，为士人游仕提供了经济基础，客观上使他们拥有了“择主而仕”的条件；私学兴起，“学在官府”的局面被逐渐打破，使得贵族阶级无法再对文化知识进行垄断，广大平民也有了学习的机会，如章学诚所说：“盖官师治教合，而天下聪明范于一，故即器存道，而人心无越思。官师治教分，而聪明才智不入于范围，则一阴一阳，入于受性之偏，而各以所见为固然，亦势也。”广大来自社会下层的士人形成了独立的思想和知识体系，为了实现自身理想抱负，追逐权势地位，“合则留，不合则去”。正如苏秦以合纵连横之术游说当世君王，辗转于秦赵燕韩魏楚等国之间，最后衣锦荣归重回家乡，家人一反当初轻蔑讥嘲之态，匍匐在地，莫能仰视，便令其不由心生感慨：“嗟乎！贫穷则父母不子，富贵则亲戚畏惧。人生世上，势位富贵，盖可忽乎哉！”为了达到自己的目的，他们做出了与屈原不同的选择。

自秦朝开始，秦始皇统一集权君主专制政权体制，结束了春秋战国时期分裂的局面，士人的处境便相应发生了变化，士人阶层对于政府的人身依附关系逐渐强化，被纳入政治秩序中，赋予了职业化的身份。“学成文武艺，货与帝王家”，士人的生活保障和建功立业需要在政治体制内实现；经济上的难以自立，容易导致政治上的附庸与效忠。这种情况自秦汉而始，中央控制力始终处于不断加强的态势。汉武帝“独尊儒术”之后，班固在《汉书·儒林传》中这样记载当时的局面：“自武帝立五经博士，开弟子员，设科射策，劝以官禄，讫于元始，百有余年，传业者浸盛，枝叶蕃滋，一经说至百余万言，大师众至千余人，盖利禄之路然也。”士人被纳入了体制之中，便只能作为君主之“臣”而存在了。如宋代苏辙所言：“西汉自孝武之后崇尚儒术，至于哀平，百余年间，士之以儒生进用，功业志气可纪于世者不过三四。”直至魏晋南北朝时期国家再次分裂，政权更迭频繁，社会陷入了混乱无序的状态，士人所受到的束缚减轻，“君道虽存，主威久谢”。世家大族当权，强臣震主，甚至架空君权，两晋南北朝士族可以说风光占尽。虽然门阀政治有效地限制了君权专制，但本质上不属于“道”与“势”的矛盾，门阀士族的目的不是卫道，而是为了权力的平衡和家族的利益。整体上说，屈原之殉道精神在两晋南北朝时期并没有被传承，更没有被发扬光大。隋代科举制度设立到唐代实行，士人有了进身之阶，“朝为田舍郎，暮登天子堂”。在君权制度体系中明确了士人的职能和作用，在政治开明的时期，在整个体制内，“势”与“道”达成了相对的平衡，士人阶层国家治理和文化发展中的作用通过政治体制得以充分发挥。

春秋战国时期，“君使臣以礼，臣事君以忠”，对君臣的要求和束缚是双向的。自秦汉之后，这种状况发生了改变。随着中央集权制度的不断强化，君主专制制度在总体上呈现出加强态势，三纲当中的“君为臣纲”这一原则的提出，使得君臣之间的关系由双向变为了单向，又在宋代的程朱理学当中被奉为了“天理”，历经元明清时期更加系统和完整，“势”与“道”的冲突也就日益淡化下来。

士人在面对“势”与“道”的冲突时应当如何应对，屈原早已在《惜诵》中总结出来了三条道路，即“儃佪以干傺”“高飞而远集”“横奔而失路”。士人肩负着历史使命与社会责任感，“达则兼济天下”仍然是士人的第一选择，所以有很大一部分的士人在面对道与势的冲突时，依旧“儃佪以干傺”，选择留在朝中为官，在夹缝中寻求平衡。立足于不同的阶级，需要考虑的利益出发点不同，注定了君臣之间的冲突永远不可能彻底消弭。

以宋代为例。宋代是历代之间士大夫地位较高的朝代，宋代统治者吸取前代教训，为了国家能够长治久安，采取了崇文抑武的政策，使得宋代出现了有别于前代的文官政治，士阶层呈现出开放性和非世袭性的特点。这样特殊的社会结构下，士大夫们享受着优渥的政治待遇，也产生了更强的社会责任感和更加丰富的政治见解。他们在应对社会秩序的失范与重建举措上进行了激烈的交锋，看似也掌握了一定的话语权，但实际依然没能摆脱既定的命运。

在宋代，从中央到地方的各级政府机构，以及全国与地方各州县的军事指挥，尽皆委以文官，科举制度作为文官制度的核心机制，也比唐朝要完备许多，成熟的文官制度彻底确立起来。作为具有忧国、救国热情的文人们被赋予了参与政治的权力，便大批量地跻身进入士大夫阶层，他们希望能够改变国家所存在的诸多弊端，便纷纷提出自己的革新主张，意图以自身之“道”使得国家像理想中那样强大起来。但士大夫地位的提高，并没有从根本上改变士人对于“势”的依附，宋代文人虽然得到重用，但其思想也同样受到着严格束缚，君权的高度集中也深化了官方思想对于文人精神上的控制。当不同文官群体的观点产生了矛盾时，他们便会试图争取到最高权力者——统治者的支持，借助皇权来排除异己。统治者为了巩固统治，加强皇权，平衡朝堂势力，又会有意地对弱势一方加以扶持，在这样的背景下，导致了宋代特有的党争局面产生。宋代的党争出现时间早，持续时间长，争斗过程复杂而激烈，从宋仁宗起的百余年间，带来了祸端无数。同时，宋代的外交政策虽然一直处于内敛态势，却不得不因为外部诸国的觊觎与扩张政策被迫抗争，外有强敌环伺，内有压迫党争，宋代的文人士大夫满心报国之志却无力施展，不得不将精力消磨于不同之“道”的斗争中，更加无力对“势”进行反抗，产生了极大的精神痛苦。

另一个颇具代表性的朝代明代又与宋有所不同。在明代建立之初，社会局势稳定，经济得到发展，百姓安居乐业，国泰民安。但与之相对的，空前的君主专制与中央集权制度，以及统治者严格的思想控制，文祸与党祸连连，士人惶惶不安，甚至连追随朱元璋征战多年，立下了汗马功劳的名臣刘基，都如履薄冰。他在诗中写道:“忆年二三十，笑人不能勤。诵书歘万言，落笔飞烟云。有朋自远来，讲论穷朝曛。一艺耻不知，高蹈躐前闻。宁知有衰老，耳聋目如熏。身世且未保，况敢言功勋。”谨慎惊惧心态毕现。但另一方面说，明朝作为一个刚刚建立起来的大一统王朝，整个国家呈现出一种向上发展的良好态势，开国文人之首宋濂等创作了一大批台阁体诗，对国泰民安的歌颂也是发自本心。明代中后期，情况便发生了改变。土木堡之变后，皇帝因为重大的决策失误遭俘，这一事件也成了明代社会的转折点，王振弄权、军事失利、英宗复辟等一连串的变乱发生，使整个国家开始走上了下坡路。当面临着建国以来最严峻的危机时，对于命运的忧虑和对于强权的畏惧被自古便埋藏在士人内心深处的爱国主义激情所取代，群臣情绪激愤，士气大增，在尚未奉诏的情况下竟当朝将王振党人击杀，扶持明景帝代英宗上位。在这一过程中，士大夫起到了挽救国家危亡、维护皇权统治的关键作用，臣势大张。自此，“道”与“势”之间的抗争转向激烈化。面对明代社会所逐渐暴露出来的政治不稳、社会动荡、宦官干政、官场黑暗等现象，部分士人因为不公而黑暗的现实感到激愤和痛苦，故而迎难而上，对目中所见的黑暗现实与腐败政治进行了积极反抗，若遇统治者处置不妥的国之大事，群臣甚至通过“伏阙”“乞休”的方式群起而谏之，维护心中之道。同时，中央控制力的减弱也为他们表达自身观点，另寻思想要义提供了条件。

可见，在各个朝代中，无论士人的地位高低、言论自由与否，都依旧只能依附、受制于“势”，这是无可避免的。

三

家国尚在时，士人多选择“儃佪以干傺”以维护内心之“道”，而在面对山河倾颓、难以为继的局面时，一部分士人也会“高飞而远集”，远离官场，独善其身。虽然处江湖之远，他们仍然一心向“道”，以著书立说，书院讲学，传道解惑的方式维护与践行着心中之“道”。

南宋末年著名的爱国志士谢翱，曾经追随文天祥一同起兵抗元，希望能够兴复宋室，在斗争失败之后，有不少人纷纷降元，得以入朝为官，生活优渥，但谢翱却始终保持着对国家和民族的热爱与忠诚，避地浙东，安贫乐道，怀思故国。这种隐居生活不能令人从中体会到闲适安逸，反倒充斥着不合时宜的孤独与故国难挽之痛苦，谢翱作《广惜往日》，以当年屈原所创之骚体纪念南宋末年的爱国诗人谢枋得因为不肯降元绝食而死之事，表达了对义士殒身的不平与敬慕之意，其中写道：“汉有臣兮龚胜卒，噤不食兮十四日。今忍饥兮我复渴，道间关兮逾半月。幸求死兮得死，苟不得兮无术。”诗人虽身在山林，但始终保有心中的爱国情怀，避世隐居正是他爱国践道的方式；明末清初顾宪成，为万历八年进士，在国本事件中遭到贬斥后，退居山林，“其讲习之余，往往讽议朝政，裁量人物。朝士慕其风者，多遥相应和。”吸引了一大批追随者。他一生功名不显，半世布衣，却成了东林书院的创建者和晚明东林运动的领袖。在进行思想传播与学术活动的过程中，顾宪成和东林党派对阳明心学中的“无善无恶”之说进行了批判，认为只有明善恶之变，才能重建社会上的道德伦理秩序，整肃学风，唤醒人们的良知。同时，他们还反对阳明学说中重悟轻修的为学方法，提倡重修，踏实为学，结合实践，以改变当时社会上空洞和浮躁的士风，这不仅推动了晚明时期的思想风气向着务实转变，也为清代新学风的形成奠定了基础。总而言之，虽然不在朝堂，但顾宪成的思想和实践活动却对当时社会产生了深远影响。对于这一类的士人来说，无论仕隐，他们都不会放弃自身的社会责任感以及对于内心之“道”的践行；明清之际的著名学者王夫之，生逢乱世，崇尚气节，曾经组建义军，多次发动抗清复明的运动，最终失败，在明亡后隐居湘西石船山，未仕清朝，完节以终。他便曾言道自己与屈原“时地相疑，孤心尚相仿佛”。在隐居生涯中，王夫之通过注释《楚辞》来抒发他心中的社稷沦亡之痛，并以此作为精神寄托，表明心迹。

先秦时期，屈原性格中激烈的抗争精神与深厚的爱国热情促使他选择以生命作为代价发出警示，为后世树立起了一座精神楷模。而随着中央集权的加强，“道”

与“势”的冲突一直存在。一方面，士人们的思想中始终秉持着“从道不从君”的观念，认为“道”具有超越性和至上性，但另一方面，“以道事君”又是士大夫理当遵循的原则，这两者本身便相互冲突，其平衡关系也不断得到调整。但每当国家动荡，面临国破家亡的时候，有识之士又会作为“道”的承担者纷纷涌现，寻求重整社会秩序，挽救国家危亡，无论在朝在野，他们都在尽力以自己的方式发出声音。

即便如此，“道”与“势”的矛盾在君主专制制度下，仍然无法通过士人的个人努力来解决。近代以来的民主思潮，呼唤新的社会制度，事实证明，只有在民主制度健全的社会主义制度下，士人即知识分子才能从根本上参加到国家的治理和发展上来，“道”与“势”，不再是两种社会力量的对立，而是融为一体，知识阶层成为国家治理和发展的重要力量。

楚辞学史研究

“离骚”“楚辞”二分考

湖南大学　杨　秀

摘　要：王逸《楚辞章句》于首篇《离骚经》前后重点论述“离骚”，又于第二篇《九辩》前特意界定“楚辞”。北宋陈说之则按作者时代先后调整《楚辞章句》作品编排顺序，又概称屈原作品为“离骚”、拟屈之作为“楚辞”，洪兴祖《楚辞补注》受其影响在屈原作品小题之下标注大题“离骚”，在宋玉诸人作品小题之下标注大题“楚辞”。此前，晁补之亦受陈氏启发作出“离骚”“楚辞”“续楚辞”“变离骚”之四分。此后，朱熹又在陈、晁二人基础上，作出“离骚”“续离骚”“楚辞后语”之三分。晁、朱之做法既扩大了宋代“楚辞”的外延，也破坏了楚辞系统的稳定性，朱熹之分“离骚”与“续离骚”更是令“楚辞”退居幕后，甚至沦为“离骚”之附庸，使得明清二代出现了许多专注“离骚”而删汰“续离骚”的楚辞注本。至于那些少数兼收屈作与非屈作的楚辞注本，也不再标注“离骚”“楚辞”之类的大题。至此，“离骚”“楚辞”二分的痕迹已然泯灭，但它助长了明清二代“离骚”地位的提升和“楚辞”疆界的收缩，使楚辞辑注书目的研究范围从宋前的发展壮大演变到宋后的复原缩小，呈现回落效应。

关键词：离骚；楚辞；目录学；陈说之；晁补之；王逸

《离骚》是屈原代表作，《楚辞》是王逸编选屈原、宋玉与汉代作家的楚辞体作品选本，《离骚》涵括其中且位列首篇，此为学术界之常识。至宋代洪兴祖《楚辞补注》，则在屈原作品小题之下标注大题“离骚”，在宋玉以降诸人作品小题之下标注大题“楚辞”。如此，在《楚辞》选本中，屈原作品被统称为“离骚”，屈原以外作品被统称为“楚辞”，这一现象可称为“离骚”“楚辞”二分。

“二分”观念缘何而来？郭建勋因洪兴祖《楚辞补注》以王逸注为底本判定“离骚”“楚辞”二分始自王逸[①]，其实不然。《楚辞补注》中《九辩》位列第八，而五代时《楚辞释文》中《九辩》位列第二，可知五代《楚辞》文本中，《九辩》已在《离骚》之后，即在屈原作品之间。又王逸注《九章》云“皆解于《九辩》中”，

① 郭建勋：《骚体的形成与称谓辨析》，《湖南师范大学社会科学学报》，1995年第6期，第112—116页。

且《九歌》《九章》皆不释“九”义，知王逸《楚辞章句》亦以《九辩》在前，与《楚辞释文》相契合。是则《楚辞补注》目录并非王逸本原貌。王逸既定《九辩》为宋玉之作，可见其确实将宋作杂于屈作之间[①]。而若王逸已有意识地进行“离骚”“楚辞”二分，他更应当将宋玉《九辩》排居屈原作品之后、汉人作品之前，以其作为“楚辞”的开端，而非让《九辩》突兀地置身屈作之间。故而可以断定，王逸并未对“离骚”“楚辞”进行二分，更遑论大题之标注。

至于洪兴祖《楚辞补注》，《九辩》则跳出屈作的包围，退居屈作之后。那么《九辩》位置的改换首定于何人？晁公武《郡斋读书志》中《楚辞释文》解题云：“按今本《九章》第四，《九辩》第八，而王逸《九章》注云皆解于《九辩》中，知《释文》篇第盖旧本也。后人始以作者先后次第之尔，或曰天圣中陈说之所为也。”[②]朱熹《楚辞辩证上》云：“洪氏又云：今本《九辩》第八，而《释文》以为第二。盖《释文》乃依古本，而后人始以作者先后次序之，然不言其何时何人也。今按天圣十年陈说之序，以为旧本篇第混并，首尾差互，乃考其人先后，重定其篇，然则今本说之所定也欤？”[③]陈振孙《直斋书录解题》云：“《释文》篇第盖旧本也，后人始以作者先后次序之耳，朱侍讲按：天圣十年陈说之序以为旧本篇第混并，乃考其人之先后，重定其篇第，然则今本说之所定也。”[④]陈氏基本因循朱熹之说，但将朱熹的推测语气改为肯定语气。综合三人说法可知，直至北宋，陈说之才开始以作者时代先后为序重新调整目次，将《九辩》调至第八。

在编排次序之外，陈说之是否标注“离骚”“楚辞”之大题呢？陈说之序及洪兴祖《楚辞补注序》均已亡佚，所幸黄伯思《东观余论》有明证。黄氏云：“楚词虽肇于楚，而其目盖始于汉世，然屈宋之文与后世依仿者，通有此目，而陈说之以为惟屈原所著则谓之‘离骚’，后人效而继之则曰‘楚词’，非也。”[⑤]黄伯思明确表示，“离骚”“楚辞”二分，确为陈说之的看法。黄伯思与陈说之时代相去不远，理当可信。不过无法确定陈说之是只在序跋论评等文章中提及此观点，还是直接付诸行动标注“离骚”“楚辞”之大题，若是前者，则标注大题的行为始于洪兴祖，若是后者，则始于陈说之。不过无论哪种情形，都是陈说之首倡其说。陈说之，史书无传，《闽中金石志·重修甘棠院记》载：“按说之，降子，莆田人。天圣八

① 按常理而言，习惯性的编排思路应当是将同一作者的所有作品进行集中编排，王逸为何要造成如何突兀的现象？周禾认为《九辩》作为拟屈之作的代表，是《楚辞》成书的关键。笔者同样推测，存在一种可能是：王逸为了强调宋玉之作对于楚辞结集成书的地位，特意将其置于屈原《离骚》之后。

② 晁公武撰，孙猛校证：《郡斋读书志校证 下》，上海：上海古籍出版社，1990 年版。

③ 朱熹撰，蒋立甫校点：《楚辞集注》，上海：上海古籍出版社，2001 年版，第 168 页。

④ 陈振孙撰，徐小蛮、顾美华点校：《直斋书录解题》，上海：上海古籍出版社，2015 年版，第 434 页。

⑤ 黄伯思：《宋本东观余论》，北京：中华书局，1988 年版，第 345 页。

年进士，终秘书丞。”①

陈氏所为，虽不可考，但必定有所渊源，亦有所影响。本文从纵向和横向两个维度出发，以宋代为轴心，上溯宋前（两汉为主），下及宋后（明清为主），以历代注本、选本、史书（注本为主）为参照，探讨“离骚”“楚辞”二分观之来龙去脉。

一、汉代奠基——“离骚”“楚辞”二分之滥觞

汪瑗《楚辞集解》录王鏊《重刊王逸注楚辞序》云：“朱子之注楚辞，岂尽朱子说哉？无亦因逸之注，参订而折衷之。逸之注，亦岂尽逸之说哉？无亦因诸家之说，会粹而成之。”② 这一观点可谓颇有见地。宋代是以理学为指导的楚辞研究第二高潮，汉代是以经学为指导的楚辞研究第一高潮③。那么陈说之的二分观念，是否在汉代就已初见端倪呢？首先来追溯“离骚”“楚辞”之成名，“楚辞”最早见于《史记》④，且只出现一次，又屡见于《汉书》⑤。“离骚”最早见于贾谊《吊屈原赋》：“屈原，楚贤臣也。被谗放逐，作《离骚》。”⑥ 又数见于《史记》《汉书》，书中重点条目摘录如下：

表1　《史记》《汉书》所涉“离骚”“楚辞”条目（部分）

	《史记》	《汉书》
楚辞	“始长史朱买臣，会稽人也。读春秋。庄助使人言买臣，买臣以楚辞与助俱幸。”（卷一百二十二《酷吏列传》，第3143页。）	“而吴有严助、朱买臣贵显汉朝，文辞并发，故世传楚辞。”（卷二十八《地理志》，第1668页。）
		“会邑子严助贵幸，荐买臣，召见，说《春秋》，言楚辞。”（卷六十四《朱买臣传》，第2791页。）
		“征能为楚辞九江被公，召见诵读。”（卷六十四《王褒传》，第2821页。）

① 冯登府：《闽中金石志》卷六，民国希古楼刻本，第414页。

② 汪瑗：《楚辞集解》，上海：上海古籍出版社，2017年版，第14页。

③ 赵乖勋：《宋代楚辞学》，四川师范大学博士论文，2011年。

④ 司马迁：《史记》，北京：中华书局，1959年版。表格中《史记》引文皆出自本书。

⑤ 班固：《汉书》，北京：中华书局，1962年版。表格中《汉书》引文皆出自本书。

⑥ 贾谊著，王洲明注评：《新书》，南京：凤凰出版社，2011年版，第128页。

续表

	《史记》	《汉书》
离骚	“屈平……故忧愁幽思而作《离骚》。‘离骚’者，犹离忧也……屈平之作《离骚》，盖自怨生也。国风好色而不淫，小雅怨诽而不乱。若《离骚》者，可谓兼之矣……太史公曰：余读《离骚》《天问》《招魂》《哀郢》，悲其志。”（卷八十四《屈原贾生列传》，第 2482–2503 页。）	“始楚贤臣屈原被谗放流，作《离骚》诸赋以自伤悼。”（卷二十八《地理志》，第 1668 页。）
		“初，安入朝，献所作《内篇》，新出，上爱秘之，使为《离骚传》。”（卷四十四《淮南衡山济北传》，第 2145 页。）
		“屈原，楚贤臣也，被谗放逐，作《离骚赋》。”（卷四十八《贾谊传》，第 2222 页。）
		“故伯奇放流，孟子宫刑，申生雉经，屈原赴湘，《小弁》之诗作，《离骚》之辞兴。”（卷七十九《冯奉世传》，第 3308 页。）
	“屈原放逐，著《离骚》……作辞以讽谏，连类以争义，《离骚》有之。”（卷一百三十《太史公自序》，第 3300–3314 页。）	“（雄）又怪屈原文过相如，至不容，作《离骚》，自投江而死，悲其文，读之未尝不流涕也……乃作书，往往摭《离骚》文而反之……以为经莫大于《易》，故作《太玄》……赋莫深于《离骚》，反而广之；辞莫丽于相如，作四赋。”（卷八十七下《扬雄传》，第 3583 页。）

首先来看“楚辞”，二书记载严助、朱买臣、九江被公“言楚辞”“能为楚辞”“召见诵读”。清沈钦韩《汉书疏证》作解：“汉时朱买臣召见，言楚词，宣帝征能为楚词，九江被公召见诵读，尔时自有专门，可知其音读非易也。”[1] 刘永济《屈赋通笺》进而阐发：“其曰楚辞者，若曰楚人所为辞尔，其诂训音读或不易通，而买臣、被公能之，若曰能说楚人之辞，能诵楚人之辞尔，初非指目文体之名也。”[2] 盖以为无论严朱等人是能诵读独特之楚音，还是能解说复杂之楚辞，抑或二者兼能，“楚辞”之意涵均不过停留在“语音”“言辞”等层面，而未有文体之指涉。至于彼时“楚辞”具体为何人之作，黄灵庚表示不可断定为屈宋，因为没有任何文献材料能作此

① 沈钦韩：《汉书疏证》卷二十五，清光绪二十六年浙江官书局刻本，第 2796 页。

② 刘永济：《屈赋通笺》，北京：中华书局，2007 年 10 月，第 3 页。

证明[①]。而李大明认为此处“楚辞”为专书《楚辞》之名，与《春秋》并称[②]，这一论断承汤炳正的“《楚辞》成书五阶段说”[③]而来，前提是刘安等人已将屈宋作品编纂成书，然而此说并无史料确证。所以本文认为，此时的“楚辞”为“楚人之辞”的简称，并不一定特指屈宋作品。

其次来看“离骚”，由“屈原放逐，著《离骚》”（《史记》）和“作《离骚》诸赋以自伤悼”（《汉书》）可知，汉时已将《离骚》视为屈原最重要的代表作。《离骚》如何从屈原的作品中脱颖而出？就《离骚》自身而言，其体制之完备规范，内容之错杂丰富，情感之深挚缠绵，艺术魅力确实在屈原他作之上。那么如此长篇又如何流传？这恐怕与统治者的偏好和推动不无关联。汉人颇重楚辞，上层统治阶级尤重《离骚》，王逸《楚辞章句叙》云：“至于孝武帝，恢廓道训，使淮南王安作《离骚经章句》，则大义粲然……孝章即位，深弘道艺，而班固、贾逵复以所见改易前疑，各作《离骚经章句》。”[④]刘、班、贾三人都应时而为《离骚》[⑤]作解，自然进一步提高其地位。

那么二书是否提及“离骚”“楚辞”之关联或区别呢？《史记》不曾涉及，《汉书·地理志》有一处并提“离骚”和“楚辞”：“始楚贤臣屈原被谗放流，作《离骚》诸赋以自伤悼。后有宋玉、唐勒之属慕而述之，皆以显名。汉兴，高祖王兄子濞于吴招致天下之娱游子弟，枚乘、邹阳、严夫子之徒兴于文、景之际。而淮南王安亦都寿春，招宾客著书。而吴有严助、朱买臣贵显汉朝，文辞并发，故世传楚辞。其失巧而少信。”[⑥]王逸《九辩序》亦有类似叙述：“屈原怀忠贞之性，而被谗邪，伤君闇蔽，国将危亡，乃援天地之数，列人形之要，而作《九歌》《九章》之颂，以讽谏怀王。明己所言，与天地合度，可履而行也。宋玉者，屈原弟子也。闵惜其师，忠而放逐，故作《九辩》以述其志。至于汉兴，刘向、王褒之徒，咸悲其文，依而作词，故号为‘楚词’，亦采其九以立义焉。”[⑦]值得注意的是，《汉书》的论断

---

① 黄灵庚：《〈楚辞〉十七卷成书考辨》，《复旦学报（社会科学版）》，2008年第3期，第2—9页。

② 李大明：《汉楚辞学史 增订本》，北京：中国社会科学出版社；北京：华龄出版社，2004年版，第67页。

③ 参见汤炳正：《屈赋新探》，济南：齐鲁书社，1984年版，第85—109页。

④ 洪兴祖撰，白化文等点校：《楚辞补注》，北京：中华书局，1983年版，第48页。

⑤ 关于刘、班、贾三人作品是否将《离骚》称“经”的问题，尚无文献确证，学术界亦争论不一。在王逸屡屡称“经”之外，并未见三人及后人对《离骚经传》及《离骚经章句》的表达和论述，且《史记》中引用的《离骚传》文本称“若《离骚》者，可谓兼之矣”。而非“若《离骚经》者”，如若刘安已视《离骚》为经，则不当依违两可，司马迁亦无必要删去“经”字，因而本文认为此处“经”字实为王逸所添。

⑥ 司马迁：《史记》卷二十八《地理志》，北京：中华书局，1959年版，第1668页。

⑦ 洪兴祖撰，白化文等点校：《楚辞补注》，北京：中华书局，1983年版，第182页。

并不置于《艺文志》中，而置于《地理志》中，可见此处“楚辞”的地域性甚于文学性。且班固突出的是“严助、朱买臣之徒”，而王逸突出的是“刘向、王褒之徒”，前者“召见诵读”，后者“依而作词”，这就完成了“楚辞”形成史从转述者到创作者、从口头表达到书面作品的过渡，班固称“楚辞”只是一种“习惯性的沿袭”①，而王逸称“楚辞”则是一种自觉的定义与归类。综上可知，《史记》《汉书》之言“楚辞”，尚未对作者、文体、内容、风格等要素作出自觉界定，而更突出其文化地域色彩；言“离骚”，也只不过指屈原的单篇代表作。在王逸之前，“楚辞”与“离骚”并无必然关联，直至《楚辞章句》才首次将《离骚》收入冠以“楚辞”之名的作品集中。②

细读《九辩序》可知，王逸梳理了“楚词”的源流脉络，认为屈原作品为其导夫先路，宋玉以降诸人拟作使之发展壮大，这两部分共同构成“楚词”。而《楚辞章句》正是收录了包含《离骚》在内的屈原全部作品和宋玉以降诸人“咸悲其文，依而作词”之拟作。“悲”限定了内容须伤悼屈原，或可代屈原立言；“依”限定了形式须用骚体，或可沿袭化用屈宋文句。虽然并无严格精确的规定，但这就构成了王逸选录作品的基本标准③。王逸在《九辩序》中提到的屈作并不是最具代表性的《离骚》，而是《九歌》《九章》，一是为了以“九”字为线索在形式上将诸人作品串联贯通，二也是因为王逸早已浓墨重彩地对《离骚》进行解说。

《楚辞章句》对所收篇目均有题解，这些题解大多言简意赅，而篇幅最长也最引人注目的一篇便是屈原《离骚》，王逸于《离骚》前作《离骚经章句》，在概述作者、作由、题解、内容等信息外，文末重点强调“《离骚》之文，依《诗》取兴，引类譬喻”的特色，又于《离骚》后作《离骚后叙》，从孔子谈到屈原，认为屈原“独依诗人之义而作《离骚》”，绍承风雅传统，还特意驳斥了班固的“露才扬己”说，且再次强调“夫《离骚》之文，依托《五经》以立义焉”。从《离骚经章句》的“诗人之义”到《离骚后叙》的“五经之义”，王逸在《离骚》经典化的征途上又推进了一小步。在王逸之前，刘安《离骚传》就曾“以诗解骚”：“《国风》好色而不淫，《小雅》怨诽而不乱。若《离骚》者，可谓兼之矣。”④ 如果说王逸的“以诗解骚”观是对刘安的沿袭，那么“以经解骚”观则是王逸在东汉经学的背景下熔

---

① 参见郭建勋：《楚辞与中国古代韵文》，长沙：湖南师范大学出版社，2001 年版，第 35 页。

② 王逸《离骚后叙》云：“逮至刘向，典校经书，分为十六卷。”但刘向之书并无文献传世，郭建勋已提出关于刘向编定《楚辞》的六点质疑，本文亦认为王逸之说实乃借重名人之举，楚辞编集当始自王逸而非刘向。参见 郭建勋：《汉魏六朝骚体文学研究》，长沙：湖南教育出版社，1997 年版，第 23—24 页。

③ 李大明还补充认为：不能以“赋”名篇。参见 李大明：《汉楚辞学史 增订本》，北京：中国社会科学出版社；北京：华龄出版社，2004 年版，第 305 页。

④ 司马迁：《史记》，北京：中华书局，1959 年版，第 2482 页。

铸的独特思想。不特如此，王逸还把这种思想付诸实践，将《离骚》之名改为《离骚经》，在《离骚后叙》中将其定论为“金相玉质，百世无匹。名垂罔极，永不刊灭”，这就造成了刘安等人以后《离骚》地位的二次提高。不过《离骚》称“经”并非王逸突发奇想，熊良智认为《离骚》称“经”是儒家文化整合和辞赋范式建构的实例①，李大明推断《离骚》称“经”始于东汉前期。②东汉明帝时梁竦《悼骚赋》即赞《离骚》:“祖圣道而垂典兮，褒忠孝以为珍。”③可见是时《离骚》地位已近乎经，王逸只不过是顺势而为。

郭建勋认为，王逸《楚辞章句》主要影响有二，其一是界定屈宋之作及汉人拟作为“楚辞”，冲击汉人“辞赋一体”的观念，发“楚辞”为独立文体之源；其二是将《离骚》尊奉为“经”，这成为以“骚”代指屈原作品乃至全部“楚辞体”作品的起点④。也就是说，王逸认为：“楚辞”于汉赋别是一体，“离骚”于楚辞又别具一格。王逸去古未远，能解楚地方言，因此其于“楚辞”颇为慕爱。逸又“与屈原同土共国，悼伤之情与凡有异”。⑤因此《离骚》之文于其心有戚戚焉。王逸盛赞《离骚》为“楚辞”之中的佼佼者，那么在他心中，“离骚”是否已与“楚辞”平分秋色呢？其尚未然。王逸《九思序》云：“逸，南阳人。博雅多览，读《楚辞》而伤愍屈原，故为之作解。”⑥逸云“读《楚辞》而伤愍屈原”，而非“读《离骚》而伤愍屈原”，可见“离骚”并没有离析独立，而是囊括于“楚辞”之中，王逸偏向于将屈作及拟作视为“楚辞”整体，而不只是单独强调“离骚”的地位。但王逸将《离骚》称经且于宋玉《九辩》前总论楚辞的做法已然成为“离骚”“楚辞”二分之嚆矢。

二、自汉至唐——“离骚”内涵的扩张

王逸之后，虽乏《楚辞章句》一类专论“离骚”“楚辞”的选注本⑦，但各时

---

① 熊良智：《楚辞文化研究》，成都：巴蜀书社，2002年版，第189—194页。

② 李大明：《离骚称“经”时间新论》，《四川师范大学学报（社会科学版）》，1993年第2期，第55—59页。

③ 严可均辑录：《全上古三秦汉三国六朝文 第2册 后汉》，石家庄：河北教育出版社，1997年版，第225页。

④ 郭建勋：《楚辞与中国古代韵文》，长沙：湖南师范大学出版社，2001年版，第38页。

⑤ 洪兴祖撰，白化文等点校：《楚辞补注》，北京：中华书局，1983年版，第314页。

⑥ 洪兴祖撰，白化文等点校：《楚辞补注》，北京：中华书局，1983年版，第313-314页。按：《隋书·经籍志》谓王逸作《九思》，并叙而注之；洪兴祖疑《九思》叙注为王逸子延寿所为；顾炎武、俞樾、汤炳正亦怀疑非王逸自加叙注。无论确否，“读《楚辞》而伤愍屈原”至少为东汉人观点。

⑦ 晋郭璞《楚辞注》三卷今已亡佚。

代之观念或可从历代史书、他书选本和注本中管窥一二。在许多引用中，“离骚”并不专指《离骚》一篇，而同样用以指涉屈原他作，乃至代称屈原以外他人的楚辞作品。汤炳正认为：“自汉以来，多以《离骚》之名代《楚辞》全书，此乃古人以小名代大名之通例。”[①]他还通过《列女传·江妃二女传》中“江女二妃者，《离骚》所谓湘夫人称帝子者是也”的论述判定汉人称《楚辞》为《离骚》始于刘向。但实际上这则材料引证大有漏洞，首先，《江妃二传》应属《列仙传》而非《列女传》；其次，《列仙传》中关于江女二妃的描述并没有此类文字，此二句实出自郭璞而非刘向。郭璞在《山海经传》“帝多二女居之”一句下注云：“天帝之二女，而处江为神，即《列仙传》江妃二女也，《离骚·九歌》所谓湘夫人称帝子者是也。”[②]如此可知，汤氏的材料实为断章取义，也就不可证明刘向曾称《楚辞》为《离骚》。

目前可考的较早以《离骚》代屈作的学者当属郑玄，其注《礼记》“舜葬于苍梧之野，盖二妃未之从也”云：“离骚所歌湘夫人，舜妃也。”[③]《湘夫人》出自《九歌》而非《离骚》，而郑玄言“离骚”。郑玄是汉代经学的集大成者，其注书中透露的观念必定对后来者有所影响。魏晋南北朝时也有不少类似例证，如晋张湛注《列子》“使巨鳌十五举首而戴之”云：“离骚曰：‘巨鳌戴山，其何以安也？’”[④]引文实出《天问》：“鳌戴山抃，何以安之？”南朝宋范晔《后汉书》卷九十四《礼仪志上》“仲春之月，立高禖祠于城南，祀以特牲”。下注云：“《离骚》曰：‘简狄在台，喾何宜？玄鸟致贻，女何嘉？’”引文亦出《天问》。南朝梁沈约《宋书》卷六十七《谢灵运列传》：“离骚云：‘青春者谢，白日昭只。’”此句实出《大招》。如果说《离骚》与《九歌》等篇目的文句在形式上极为相似，引用时有记忆混淆的可能，那么《离骚》的六言“兮”字句和《天问》《大招》的四言无“兮”字句当是区别极为明显的，可见以上诸家实乃有意将《天问》《大招》之属归入“离骚”大类之下。

除却指代屈原作品，“离骚”还有包罗拟屈之作的情况。如汤炳正已指出“晋人郭璞注《山海经》，凡见于《楚辞》中之篇目，皆称为《离骚》；即系汉人作品，亦以《离骚》称之”。[⑤]除此之外，萧统《文选》不设“楚辞体”，而将屈原、宋玉、刘安作品归入“骚”体。刘勰《文心雕龙·祝盟》有“若夫《楚辞·招魂》，可谓

① 汤炳正：《楚辞类稿》，成都：巴蜀书社，1988 年版，第 63 页。

② 佚名撰，郭璞注：《山海经传》，民国十八年上海商务印书馆二次印四部丛刊景明成化刻本，第 183 页。

③ 郑玄注，孔颖达疏：《礼记注疏》63 卷，卷七，清嘉庆二十年南昌府学重刊宋本十三经注疏本，第 477 页。

④ 列御寇撰，张湛注：《列子》卷五《汤问》，《四部丛刊》景北宋刻本，第 67 页。

⑤ 汤炳正：《楚辞类稿》，成都：巴蜀书社，1988 年版，第 63 页。

祝辞之组纚也”①，可见他在引用篇目时仍习惯将具体篇目归为楚辞而非离骚，不过其《辩骚》总论楚辞，而题名“辩骚”，行文也时言“骚”，时言“楚辞”，虽然这大概是为了保持骈体文写作时篇目的整齐和句式的对偶②，但也造成了“离骚”与“楚辞”的杂糅和混用，在萧、刘二人的文学选本和文学批评中，“骚”的著作归属性让位于风格体式性，其指涉倾向于整体的楚辞作品。北周卢辩注《大戴礼记》“盖介山子推之行也”云：“离骚曰：封介山而为之禁兮，报大德之优游。”此句出自《九章·惜往日》，而卢辩谓之“离骚”，与上述相类。但引人注目的是，其注“与小人游，腻乎如入鲍鱼之次，久而不闻则与之化矣”云：“离骚曰：‘经鲍鱼之肆而失香也。’”③此句实出东方朔《七谏》：“联蕙芷以为佩兮，过鲍肆而失香。”已非屈原作品，而卢辩亦谓之“离骚”，或有以“离骚”代指王逸等人收录的全部“楚辞体”作品之意。不过此书中将拟屈之作称为“离骚”的情况只此一例，不能下此断言。

北魏郦道元《水经注》中有一则较为特殊的材料，其卷三十六“若水”条：“故屈原《离骚·天问》曰：‘羲和未阳，若华何光？’是也。”④按郦氏口吻，《天问》确为“离骚”之下属，值得注意的是，此处“离骚”前有“屈原”二字，即彼时可能存在仅收录屈原一人作品的专书《离骚》。

至于唐初欧阳询《艺文类聚》，情况又颇为吊诡，其卷七十九“灵异部下魂魄”：“离骚曰：百年信佳苒，何为苦心魂。又曰：隐沦驻精魂。又曰：望孟夏之短夜，何晦朔之若岁……”⑤“百年信佳苒，何为苦心魂。”实出左思《咏史》。卷八十“火部灯”云：“《离骚》曰：吴酒不废沉日夜，兰膏明烛华铜错。”⑥此句应出自《招魂》：“娱酒不废，沈日夜些。兰膏明烛，华灯错些。”引文将《招魂》原文中的虚字“些”删去，改换为七言形式，作者未详，而欧阳询谓之“离骚”。前文所述书目的引文作品还不超出王逸《楚辞章句》的范围，而此处竟然夹杂了左思的五言诗和无名氏的七言诗，作何解释？综观《艺文类聚》原文，除了“离骚”，欧阳询还引用了大量的书目来释“灯”义，如“《说文》曰、《韵集》曰、《说苑》曰、《汉书》曰”，如此种种，不胜枚举。可以推断，此处的《离骚》，应为专书之名，其内容既不特指屈原《离骚》一篇，亦非屈原作品二十五篇，而包含屈作及拟屈作等传统意义上的“楚辞”作品，

① 刘勰著，范文澜注：《文心雕龙注 上》，北京：人民文学出版社，1958年版，第176页。
② 郭建勋：《楚辞与中国古代韵文》，长沙：湖南师范大学出版社，2001年版，第41页。
③ 戴德撰，卢辩注：《大戴礼记》卷五，清乾隆武英殿木活字印武英殿聚珍版丛书本，第197页。
④ 郦道元撰，陈桥驿点校：《水经注》，上海：上海古籍出版社，1990年版，第669页。
⑤ 欧阳询：《艺文类聚》，上海：上海古籍出版社，1982年版，第1358页。
⑥ 欧阳询：《艺文类聚》，上海：上海古籍出版社，1982年版，第1368页。

甚至还有后人吊骚、拟骚的“非骚体”之作，很有可能此时已有命名近似“离骚”的作品集通行于世。

此外，唐杜佑《通典》卷三十四“职官十六内官”条照搬郑玄注：“离骚所歌湘夫人，舜妃也。”①韩愈《黄陵庙碑》亦有关于“湘夫人”的论述：“刘向、郑玄皆以二妃为湘君，而《离骚·九歌》既有《湘君》，又有《湘夫人》。”②郑玄注为行文简省而隐去《九歌》，韩愈则为解说方便而直言《九歌》，并视其为“离骚”之下属。同样的例证还有：唐贾公彦疏《周礼注疏》：“大丧，共含玉、复衣裳、角枕、角柶。”云：“离骚有《招魂篇》。”③又疏：“萍氏，下士二人，徒八人。”云：“离骚有《天问篇》”④同样或可说明《离骚》已结集为专书。程海翔亦据白居易《白孔六帖》卷14“墨”部“天峰煤”条引《龙髓记》“卢杞与冯盛相遇于道，各携一囊。杞发盛囊，有墨一枚，杞大笑。盛正色曰：“天峰煤和针鱼脑，入金溪子手中录《离骚》古本。”⑤认为唐时可能存有屈集之单行本。⑥

至于隋唐书志，则不再如萧统、刘勰诸人称名“骚体”，而均列“楚辞类”，且置于集部之首，此盖承南朝梁阮孝绪《七录》而来，历代书目亦多循此例。梁朝楚辞书目的形成，是汉魏六朝以来文人对“文”的自觉认识和追求的结果。⑦《四库全书总目》云：“盖汉魏以下，赋体既变，无全集皆作此体者。他集不与楚辞类，楚辞亦不与他集类，体例既异，理不得不分著也。”⑧这说明官方书目更多从体式上对楚辞作品进行定义和归类。《隋书·经籍志》便对“楚辞”作出明确界定：“楚辞者，屈原之所作也……楚有贤臣屈原，被谗放逐，乃著离骚八篇……其后，贾谊、东方朔、刘向、扬雄，嘉其文采，拟之而作。盖以原楚人也，谓之‘楚辞’。”⑨这里颇为值得注意的有三点，其一，隋志言“楚辞者，屈原之所作也”，而非“离骚者，屈原之所作也”，或者“楚辞者，屈原及后人之所作也”，可知其将“楚辞”视为整体，而屈原有开创之功，为核心人物。其二，隋志云“乃著离骚八篇”，这里的“离骚”，已非王逸所谓《离骚经》一篇，亦非汉书所言“屈原赋二十五篇”，

① 杜佑：《通典》，杭州：浙江古籍出版社，2007年版，第196页。

② 韩愈：《韩昌黎集》，北京：商务印书馆，1933年版，第61页。

③ 郑玄注，贾公彦疏，彭林整理：《周礼注疏》（上），上海：上海古籍出版社，2010年版，第212页。

④ 郑玄注，贾公彦疏，彭林整理：《周礼注疏》（上），上海：上海古籍出版社，2010年版，第1307页。

⑤ 白居易：《白孔六帖》四库全书本，上海：上海古籍出版社，1987年版，第238页。

⑥ 程海翔：《〈离骚〉与屈原之集——以〈楚辞〉成书研究为中心》，《海南大学学报（人文社会科学版）》，2008年第1期，第76—81页。

⑦ 熊良智：《楚辞的艺术形态及其传播研究》，北京：商务印书馆，2016年版，第425页。

⑧ 永瑢等：《四库全书总目》，北京：中华书局，1965年版，第1267页。

⑨ 魏征等：《隋书》，卷三十五，北京：中华书局，1973年版，第1055—1056页。

而成为“八篇”[①]，这就是官方认定的以“离骚”代全部屈作之原则，宋人必定有所因循。其三，隋志云“盖以原楚人也，谓之‘楚辞’”，此处将“楚辞”的命名缘由归结到屈原的出生地上，便为后代以地理因素界定“楚辞”埋下伏笔。

总而言之，魏晋六朝隋唐时期的“离骚”“楚辞”观极其杂乱，这是抄本时代书籍称名之流动性和不稳定性的体现。散见于各类史书、他书注本中的引文多以“离骚”概括屈原作品，有的甚至还将非屈原作品归入“离骚”中，故而可以推测，以上诸人所见，应当不乏以“离骚”为名的抄本书。而极为有趣的一点是，这一时期的《七录》《隋志》等目录专著和艺文志中收录的楚辞类书目基本以“楚辞”命名，这就说明官方正统的观点认为：惟有“楚辞”而非“离骚”才能指称屈宋以降的所有楚辞体作品。那些以《离骚》指称《楚辞》的观念，与官方思想之间构成了奇妙的张力，不过大都零星分布于各书，并非高度自觉，也不成理论系统，且抄本时代的民间作品结集难以保存和流传，所以并未成为普遍风气。真正对后世产生深远影响的，还是官方修订的史书或具有权威性的类书。

三、宋代新变——“楚辞”的解构与重建

陈说之序今已不可考，然而由上所述不难见出，其“离骚”“楚辞”二分之思想，并非偶出一念之间，而有所渊源。陈说之为天圣八年进士，其饱读诗书，必定对以上史料有所参考，从而对《楚辞章句》面貌加以独特改造。而这种改造又实为宋代楚辞学创新之先导，对晁补之、洪兴祖、朱熹等人产生了重要影响。但同时也引发了忽视和反对的声音，如刘次庄、苏轼、黄伯思等。

洪兴祖《楚辞补注》虽未提及陈说之，却因袭了陈说之的理念，不仅在目录中区分“离骚”和“楚辞”，在注文中也是如此。洪补《离骚经》“乱曰”云：“《离骚》有乱有重”，《离骚》一篇仅有“乱”，有“重”的是《远游》一篇。由此可见其以“《离骚》”代屈作之观念。

晁补之独爱楚辞，作《重编楚辞》十六卷外，又作《续楚辞》二十卷，《变离骚》二十卷，可谓“楚辞三部曲”，晁氏之作，是“继刘向之后，首次对后代楚辞作品进行的大规模辑录。”[②]晁补之在《重编楚辞》中依据自身理解对《楚辞章句》的目次大加改换，又将《九思》从楚辞系统中剜出，归入《续楚辞》中，可谓打破了权威注本《楚辞章句》的稳定性。晁氏越过王逸直言刘向编定十六卷，认为前八

① 自王逸以来，历代默认屈原作品为二十五篇，此处言“八篇”，或将《九歌》《九章》均统视为一篇。八篇为《离骚经》《九歌》《天问》《九章》《远游》《卜居》《渔父》《大招》。

② 郭建勋、杨赛：《晁补之的辞赋学论略》，《中国文学研究》，2004年第3期，第30—35页。

卷皆屈原遭忧所作，故称《离骚》为经，《远游》至《大招》为“离骚”，《九辩》以下为“楚辞”，《离骚》称经沿袭王逸，而二分“离骚”“楚辞”则显然直承陈说之。

不过，相较陈说之，晁补之无疑走得更远，在“离骚”“楚辞”二分的启发下，晁补之又延伸出“续楚辞”和“变离骚”。《离骚新序上》云：“盖《诗》之流，至楚而为《离骚》，至汉而为赋，其后赋复变而为诗，又变而为杂言、长谣、问对、铭、赞、操、引，苟类出于楚人之辞而小变者，虽百世可知。”①晁氏在《离骚》上承《诗经》、下启汉赋的老生常谈之外，还认为诗、杂言、长谣等文体都流淌着楚辞的血液，这就是一种较为宏大的楚辞观。也正因为如此，晁氏才会在《续》《变》二书中极其宽容地收录许多形似楚辞的作品。在《续楚辞序》中，晁补之极力为屈原辩护，并对其人格大加褒扬，还由此批评“后世奈何独窃取其辞以自名，不自知其志不类而无愧”②，但他紧接着又开始说明《续楚辞》的选录标准并不是唯屈原其人其作马首是瞻，而是有“徒以其辞之似而取者”，有“其行不足于原而取之者”，亦即晁氏不因辞废文，也不因人废文，他以《诗经》为例，说明即便是经典也并非都出自圣贤，故而不必因噎废食。在《变离骚序上》中，晁补之提到的选录标准同样是“徒以其辞之似而取之”“或大意述此，或一言似之，要不必同，同出于变”。对于所录作品，晁补之虽有所微词，却不加偏废，如《变离骚序上》云：“《李夫人赋》《长门赋》皆非义理之正，然辞浑丽不可弃。曹植赋最多，要无一篇逮汉者，赋卑弱自植始，录其《洛神赋》《九愁》《九咏》等。”③先加贬斥，后予收录，这不失为一种通达的思路，显示出晁补之独到的辞学发展史眼光，但同样也容易导致标准的泛化，带有一定的随意性和模糊性。晁氏的做法招致了朱熹“辩说纷挐”④和陈振孙“去取不可尽晓”⑤的诟病，郭建勋也有专文指出其“以人录文”“以义录文”“以辞录文”的杂糅原则⑥。但另一方面，这客观上使得“离骚”“楚辞”的外延不断扩展，原本较为稳定封闭的楚辞系统变得更加灵活开放。

虽然《续》《变》二书都以“形似”选录作品，但二者并不是淆然混杂的。《变

① 晁补之：《鸡肋集》卷三十六《离骚新序中》，四部丛刊景明本，第193页。

② 晁补之：《鸡肋集》卷三十六《离骚新序中》，四部丛刊景明本，第196页。

③ 晁补之：《鸡肋集》卷三十六《离骚新序中》，四部丛刊景明本，第197页。

④ 朱熹批评晁补之新序“辩说纷挐而无所发于义理”。参见 朱熹撰，蒋立甫校点：《楚辞集注》，上海：上海古籍出版社，2001年版，第201页。

⑤ 陈振孙《直斋书录解题》评晁《续》《变》：“然其去取之际，或有不可尽晓者。”参见陈振孙撰，徐小蛮、顾美华点校：《直斋书录解题》，上海：上海古籍出版社，1987年版，第435页。

⑥ 郭建勋、杨赛：《晁补之的辞赋学论略》，《中国文学研究》，2004年第3期，第30—35页。

离骚序上》云：“若谓之变楚辞乎，则楚辞已非离骚；楚辞又变，则无离骚矣。”[①]由此可知，在晁补之看来，离骚可变而不可续，楚辞可续而不可变，“续楚辞”与“变离骚”的地位并不对等，前者距“离骚”更近，后者稍远。李大明已论述：续楚辞不仅要在形式上学习楚辞，还要继承楚辞的讽喻传统，而变离骚只是在形式上学习楚辞[②]。也就是说，如若要按发愤抒情、讽喻寄托的程度进行排序，晁补之心中的高下当如：离骚—楚辞—续楚辞—变离骚。如果说陈说之作“离骚”“楚辞”之“二分”，则晁补之可谓作“四分”。而在晁氏对作品进行去取和归类的同时，“离骚”和“楚辞”的区分度也逐渐增强。

至于朱熹，又对陈、晁二人之观点兼收并蓄，作《楚辞集注》及《楚辞辩证》。《楚辞集注》不仅调换了《楚辞章句》的目次，还对其中篇目加以增删，朱熹推贾谊之词为“西京最高”，于第八卷《惜誓》后附录《吊屈原赋》《鵩鸟赋》，又删《七谏》《九怀》《九叹》《九思》，以其“虽为骚体，然其词气平缓，意不深切，如无所疾痛而强为呻吟者。”[③]晁补之在调整目次之外，只将《楚辞章句》的最后一篇删去，朱氏则在晁氏的基础上大胆地增删调换，这就从根本上破坏了《章句》的完整性和系统性，解构了自汉至宋的“楚辞”编排传统。

朱熹批评晁补之《续》《变》二书去取作品不甚严谨，于是又刊定晁氏二书，“录荀卿至吕大临凡五十二篇为《楚辞后语》”[④]。在晁氏“主于辞”“兼于义”的基础上，考辞益精，择义愈严。《后语》所录，兼及歌、赋、辞、词、文，同样打破“骚体”的外在形式束缚，选取标准是“必其出于幽忧穷蹙、怨慕凄凉之意”，“以无心而冥会者为贵”[⑤]，简而言之，便是“其情深”“其情真”，作品须有缱绻恻怛、一唱三叹之深情，又不可有矫揉造作、刻意模拟之手法。如此，朱熹的去取标准就从晁补之的“形似”转为“情真”。《楚辞集注》前五卷录屈原所著二十五篇，以“离骚”为大题，后三卷录宋玉以下十六篇，以“续离骚”为大题。同样进行排序，则朱熹的“三分”应为：离骚—续离骚—楚辞后语。对比而言，朱熹实则将晁补之的“楚辞”改为“续离骚”，将“续楚辞”和“变离骚”合并为“楚辞后语”。屈原之作“离骚”和汉前拟屈之作“续离骚”共同构成“楚辞”，汉后拟屈之作编为“楚辞后语”，原本的“离骚”“楚辞”二分变为“离骚”“续离骚”二分，“楚辞”已然退居幕后。

---

① 晁补之：《鸡肋集》卷三十六《变离骚序上》，四部丛刊景明本，第198页。

② 李大明：《晁补之〈重编楚辞〉三种目录论考》，《四川师范大学学报（社会科学版）》，1996年第3期，第43—49页。

③ 朱熹撰，蒋立甫校点：《楚辞集注》，上海：上海古籍出版社，2001年版，第168页。

④ 纪昀等：《钦定四库全书总目》，卷一百四十八，北京：中华书局，1997年版，第1975页。

⑤ 朱熹撰，蒋立甫校点：《楚辞集注》，上海：上海古籍出版社，2001年版，第206-207页。

无论是“二分”“四分”还是“三分”，其本质都是宋代楚辞学者对屈原作品地位及屈原人格精神的拔高。不仅楚辞辑注类书籍有此倾向，考证类书籍亦然。隋志载南朝梁刘杳撰《离骚草木疏》二卷、《楚辞草木疏》一卷。宋代吴仁杰又有《离骚草木疏》，吴氏自序云：“昔刘杳为《草木疏》二卷，见于本传，其书今亡矣。杳疏凡王逸所集者皆在焉，而仁杰独取诸二十五篇之文，故命曰《离骚草木疏》。”[①]独取二十五篇，而称“离骚”，可见宋代楚辞研究已有专论屈骚，不论宋玉及后人拟作之举。

另一方面，也有与陈说之相背而行的学者。稍晚于陈说之的刘次庄、苏轼等人并未对“离骚”“楚辞”进行区分。洪补《九歌·云中君》“浴兰汤兮沐芳”曰：“刘次庄云：‘楚词曰：新沐者必弹冠，新浴者必振衣。’又曰：与女沐兮咸池，晞女发兮阳之阿。”[②]此处二句，分别出自《渔父》《九歌·少司命》。洪补《离骚经》“纫秋兰以为佩”曰：“楚辞有秋兰、春兰、石兰，王逸皆曰香草，不分别也。近时刘次庄有《乐府集》云：‘《离骚》曰：纫秋兰以为佩，又曰：秋兰兮青青，绿叶兮紫茎。’”[③]以上二句，分别出自《离骚》《九歌·少司命》。刘次庄所引均为屈原作品，而时言“楚词”，时言“离骚”，可见刘并未对二者进行严格区分。又洪补《离骚》“曰鲧婞直以亡身兮”曰：“东坡曰：‘《史记》：殛鲧于羽山，以变东夷。楚词：鲧婞直以亡身。’”[④]苏轼引《离骚》之句而言“楚词”，可见东坡亦将屈原之作归入楚辞大类中。此外，黄伯思也明确表示不应二分“离骚”“楚辞”，而应将屈原作品及后人拟作并称“楚词”：“楚词虽肇于楚，而其目盖始于汉世，然屈宋之文与后世依仿者，通有此目，而陈说之以为惟屈原所著则谓之“离骚”，后人效而继之则曰“楚词”，非也……盖屈宋诸骚，皆书楚语、作楚声、纪楚地、名楚物，故可谓之‘楚辞’。”[⑤]黄伯思不以作者进行区分，而是强调楚辞的地域特色，与上文提及隋志观点相似。

不过宋代楚辞辑释影响最大的依然是洪兴祖《楚辞补注》及朱熹《楚辞集注》。洪兴祖《楚辞补注》引宋祁语：“《离骚》为辞赋祖，后人为之，如至方不能加矩，至圆不能过规。”[⑥]朱熹的《楚辞集注序》论述“楚辞”概念：“自屈原赋《离骚》

---

① 吴仁杰撰，祝德麟辨证，钱杲之撰，黄灵庚校：《离骚草木疏 离骚草木疏辨证 离骚集传》，上海：上海古籍出版社，2017 年版，第 111 页。

② 洪兴祖撰，白化文等点校：《楚辞补注》，北京：中华书局，1983 年版，第 57–58 页。

③ 洪兴祖撰，白化文等点校：《楚辞补注》，北京：中华书局，1983 年版，第 5 页。

④ 洪兴祖撰，白化文等点校：《楚辞补注》，北京：中华书局，1983 年版，第 19 页。

⑤ 黄伯思：《校定楚词序》，《东观余论》3 卷，卷下，清嘉庆十年虞山张氏照旷阁刻学津讨原本，第 304 页。

⑥ 洪兴祖撰，白化文等点校：《楚辞补注》，北京：中华书局，1983 年版，第 3 页。

而南国宗之，名章继作，通号‘楚辞’，大抵皆祖原意，而《离骚》深远矣。”[①] 至此，汉宋的“离骚”概念已完成转型：“离骚”由表示屈原的单篇作品《离骚》到代指屈原的所有作品，《离骚》单篇则承王逸之说称为《离骚经》。汉宋的“离骚”地位也发生变化：“离骚”从包含于“楚辞”之中到与“楚辞”分庭抗礼，甚至成为“楚辞之祖”，这就更加助长了后代学者不论后人拟屈之作，而专论屈原作品的倾向。

四、明清复原——“楚辞”范围的收缩

明代前期，楚辞研究受程朱理学影响颇深。《楚辞集解·焦竑序》云：“王逸始注楚词十七卷，嗣是洪兴祖、晁无咎、周少隐、林应辰、黄长睿莫不各有论撰，而莫备于朱子之书。”[②] 焦竑曾官翰林院修撰，其观点颇具代表性，可见朱熹的《楚辞集注》地位甚高，明代注家在注释时也多征引朱子之观点。然而，抛却内容来看形式，就会发现朱熹之分“离骚”与“续离骚”的编排体例并没有得到沿袭。对于朱熹在晁补之基础上开辟的增删和续补两条路线，明清学者多选择了前者而遗弃了后者，故而他们走上了一条折返和提纯的道路，大多鄙弃拟屈之作，故而专注屈作的学术风气愈演愈烈。

自王逸以来，楚辞注本多以“楚辞”命名，且兼收屈作和非屈作，然而明清二代却出现了许多题为“楚辞”却专论屈原作品二十五篇的注本，如周用《楚辞注略》、汪瑗《楚辞集解》、来钦之《楚辞述注》、黄文焕《楚辞听直》、奚禄诒《楚辞详解》、林云铭《楚辞灯》、蒋骥《山带阁注楚辞》、高秋月与曹同春合著《楚辞约注》等。这些注家发扬了朱熹的作品去取原则，又受时代风气影响[③]，多因拟屈之作情感性、典型性不强而专注屈作、删汰拟作。其具体原因不一，或以为拟作实属无病而吟，价值不高，不必收录，以汪瑗、林云铭为代表；或以为拟作各有其美，可单独成书，以来钦之为代表；或以为“续骚”过分赘余，应予摈弃，以黄文焕为代表。或多种观点兼而有之，如蒋骥云：“原赋二十五篇情文相生，古今无偶，《九辩》以下徒成效颦，晁《录》所载弥为添足，今例不敢以唐突也。”[④] 认为拟作和续作实属东施效颦、画蛇添足。

这些著作既然仅仅收录屈原作品，那么在作品小题下标注大题的行为就丧失了

① 朱熹撰，蒋立甫校点：《楚辞集注》，上海：上海古籍出版社，2001 年版，第 2 页。

② 汪瑗：《楚辞集解》，上海：上海古籍出版社，2017 年版，第 14 页。

③ 孙巧云认为汪瑗只录屈作与后七子主张“师古”有关。参见 孙巧云：《元明清楚辞学研究》，苏州大学博士论文，2011 年。

④ 蒋骥撰，于淑娟点校：《山带阁注楚辞·馀论》卷上，上海：上海古籍出版社，2019 年版，第 184 页。

存在的必要性，宋代“离骚”“楚辞”之分的根基也悄然瓦解，原本“楚辞”其书须由“离骚”和“楚辞”或“离骚”和“续离骚”共同构成，如今“离骚”自身便足以单独构成“楚辞”其书。那么为何仍要题名“楚辞”？笔者认为，一是无意识地沿袭注本称名旧制，朱熹时已是如此，朱氏将屈作归为“离骚”，非屈作归为“续离骚”，却仍然将书名题为《楚辞集注》而非《离骚集注》。多数权威楚辞注本的命名都是“楚辞”而非“离骚”，这种传统的学术惯性必然对后代学者产生潜移默化的影响；二是有意识地强调屈原作品的地域文化特征和文体开创意义，将历代不断扩充完善的“楚辞”范围反向缩小还原到屈作二十五篇。清奚禄诒《楚辞详解》便是如此。奚氏本为楚人，梁机为此书作序，亦从地域文学史和文体发展史的角度出发，谓屈原以后“楚之秾华丽藻，勃焉蔚起”，并誉屈原为“后世辞赋之宗”[①]。故而奚氏将屈作结集命名为“楚辞”。

在专收屈作之外，也有一些较为折中的注本，即只删汰汉人拟作而并收屈宋作品的注本，这些著作有的命名为“楚辞”，有的命名为“离骚”，前者如明林兆珂《楚辞述注》、李陈玉《楚辞笺注》、屈复《楚辞新注》等；后者如明贺贻孙《骚筏》、周拱辰《离骚草木史》、清范宽《饮骚》等。但值得注意的是，目前留存的文献中并未发现命名为“骚”而兼收屈宋作品及汉人拟作的注本，这就说明，“离骚”可以独立构成“楚辞”，但并不能完全替代“楚辞”，“楚辞”的伸缩范围十分灵活，既可专指屈作，也可包含屈宋二人之作，还能囊括屈宋二人作品及汉人拟作。而“离骚”在绝大多数情况下都指称屈作，或可并包屈宋二人之作。不过无论如何，“离骚”“楚辞”虽不至于不分畛域，但二者的界限也已然模糊，这既意味着“离骚”意涵的扩大，也显现出“楚辞”疆界的缩小。

当然，也有如前代一般将“离骚”“楚辞”严加区分的学者，如清王邦采著有《离骚汇订》《屈子杂文笺略》，此二书曾被合订为《楚三闾大夫赋》，王氏云：“然则曷为不以《楚词》名？《楚词》者，统宋玉、景差而言之，非屈子之专书也……若非不曰词而曰赋，从《汉志》也。”[②]可见王氏认为屈原作品专集不可直接命名为“楚词”。钱澄之《屈诂》自引曰：“楚辞自东京王逸为之章句，宋洪兴祖为之补注，而晁无咎又取汉、唐、宋以来诸拟作续之于后，统谓之《楚辞》。然观王逸小序，则屈原所作，原委分明，与诸作不相淆也。”[③]钱氏认为屈原作品应当自成专集，而非杂于“楚辞”之间。“钱氏此例一开，后世凡专释屈赋者往往仿效，各种不同

---

① 姜亮夫：《楚辞书目五种》辑注类，昆明：云南人民出版社，2002 年版，第 208 页。
② 《四库未收书辑刊》伍辑第 16 册，北京：北京出版社，2000 年版，第 96 页。
③ 姜亮夫：《楚辞书目五种》辑注类，昆明：云南人民出版社，2002 年版，第 102 页。

的名称也纷纷出现了。”[①]如徐焕龙《屈辞洗髓》、夏大霖《屈骚心印》、胡文英《屈骚指掌》、戴震《屈原赋注》、陈本礼《屈辞精义》、刘梦鹏《屈子章句》等。还有比较特别的情形，如明陆时雍《楚辞疏》，虽然兼及屈作和非屈作，然其自序云："昔人编是书也，以《离骚》为经。此下二十四篇皆名以传。而余概题以《楚辞》者，备楚风也。《诗》之江汉，收载周南，而楚无闻焉。自屈原感愤陈情，而沅、湘之音，创为特体。其人楚，其情楚，而其音复楚，谓之《楚辞》，雅称也。或谓卑《骚》而辞之，非矣。”[②]亦即陆氏不将屈作二十五篇分为“离骚经”与“离骚传”，且不以“离骚”概称屈原作品而统谓之“楚辞”，在这里，“离骚”的概念无声地消融于楚辞之中，不再具有二元对立性。陆氏不特为“楚风”发声，亦为“楚辞”正名，认为“楚辞”是毫不逊色于“离骚”的雅称，与“扬离骚抑楚辞”的普遍风气大相径庭。

明清二代也有少数兼收屈宋作品和汉人拟作的楚辞注本，如陆时雍《楚辞疏》、王夫之《楚辞通释》、吴世尚《楚辞疏》等，它们各有特色，然而无一例外的是，标注“离骚”“楚辞”之类大题的行为在这些书中不约而同地销声匿迹。可见在晁补之、朱熹等人对“离骚”“楚辞”的解构和明清注家对二者的混通下，“离骚”“楚辞”二分的意义已然泯灭。楚辞学者更关注的是对文本内容的注疏和对屈原行迹的解读，而不是对篇目的归类或对楚辞系统的再建构。

结　语

继王逸《楚辞章句》重点解说“离骚”并界定“楚辞”后，唐前“离骚”的内涵呈现出扩张趋势：由专指《离骚》一篇到代指屈作二十五篇乃至全部“楚辞体”作品，然而这些情形多存于抄本之中，隋志等官方书目多定名为“楚辞”，“离骚”仍然囊括于“楚辞”之中。北宋陈说之按照作者时代先后调整楚辞作品编排顺序，将屈作定为“离骚”，非屈作定为“楚辞”，直接影响到洪兴祖《楚辞补注》的目次编排和大题标注。此前，在陈说之“离骚”“楚辞”二分的启发下，晁补之作出更为详尽的“离骚”“楚辞”“续楚辞”“变离骚”四分，进一步提高了“离骚”和“楚辞”的区分度。此后，朱熹又将晁补之的“楚辞”改为“续离骚”，将“续楚辞”和“变离骚”合并简化为“楚辞后语”，作出“离骚”“续离骚”“楚辞后语”三分，这种解构和重组使得“楚辞”丧失了与“离骚”平等的地位，沦为“离骚”

① 周复刚：《论楚辞称名与结集内涵之嬗变》，《贵州教育学院学报（社会科学版）》，1990年第3期，第44—49页，第60页。

② 姜亮夫：《楚辞书目五种》辑注类，昆明：云南人民出版社，2002年版，第1116页。

的附庸。明清楚辞学家便多在朱熹的基础上，斩断“续离骚”和“楚辞后语”，专注代指屈作的“离骚”，却多沿袭旧制仍将书名题为“楚辞”。如此，“离骚”既独立于“楚辞”之外，又悖反式地构成了“楚辞”本身。而那些兼收屈作与拟屈之作的注本，由于晁、朱二人对“离骚”“楚辞”的解构和明清多数注家对“离骚”“楚辞”的混同，也不再有标注大题的行为。至此，“离骚”“楚辞”二分的余响似乎已然泯灭，然而正是最初的二分，催生了晁补之的《续》《变》二书，引发了朱熹《楚辞集注》的“离骚”和“续离骚”之分，最终导致了“续离骚”遭受排挤删汰的命运和“离骚”升华为独体的结果。总而言之，“离骚”“楚辞”二分使“离骚”从汉代的囊括于“楚辞”之中到宋代的与“楚辞”分庭抗礼，再到明清的独立构成乃至替代“楚辞”；使“楚辞”的囊括范围从宋前的逐渐扩张到宋后的不断收缩，二者共同展现了“离骚”意涵扩大化和“楚辞”意涵缩小化的楚辞研究史历程。

关于“《楚辞》学”若干问题之思考
——兼论“屈原诗学/楚辞诗学”一称之所指

广西师范大学 力 之

摘 要： 从某种意义上说，《楚辞》一书可谓“屈原集”。其所收的非屈原之作，均代屈原设言。解决《楚辞》一书之性质问题，对破解“《楚辞》学”之多个重要学术问题具有前提性意义。对屈原作品属性的看法，汉以后与汉代有所差异，而汉代之“赋”的范畴宽于后世。从实质上说，除《卜居》《渔父》外，《楚辞》中之作品均可称为诗，而“楚辞”非严格意义之文体。《远游》为屈原之所作、《招魂》为宋玉之所作，二者均没有问题。其所以“有问题”而被否定，乃缘否定者之失所致。屈原“二十五篇”/楚辞是创作，而非诗学。考察“屈原诗学/楚辞诗学”一称所指，当注意区分屈原之诗学与屈原之作所涉及或所体现之诗学。

关键词： 《楚辞》学；《楚辞》性质；《远游》；《招魂》；屈原诗学

司马迁（前145—前90？）《屈原贾生列传》说：“《国风》好色而不淫，《小雅》怨诽而不乱。若《离骚》者，可谓兼之矣。”① 东汉王逸《楚辞章句叙》说：“屈原之词，诚博远矣。自终没以来，名儒博达之士著造词赋，莫不拟则其仪表，祖式其模范，取其要妙，窃其华藻，所谓金相玉质，百世无匹。名垂罔极，永不刊灭者矣。”② 南朝沈约（441—513）《宋书·谢灵运传论》曰：“原其飚流所始，莫不同祖《风》《骚》。”③ 南宋晁公武（1105—1180）说：“昔屈原作《离骚》，虽诡谲不可为训，而英辨藻思，闳丽演迤，发于忠正，蔚然为百代词章之祖。众士慕向，波属云委，自时厥后，缀文者接踵于斯矣。然轨辙不同，机杼亦异，各名一家之言。学者欲矜式焉，故别而聚之，命之为集。”④ 近人梁启超（1873—1929）说：“吾以为凡为中国人者，须获有欣赏《楚辞》之能力，乃为不虚生此国。吾愿学者循吾说而广之，讽诵餍饫之

① 司马迁：《史记》，北京：中华书局，1982年版，第2482页。按：此乃刘安《离骚传》中语。

② 洪兴祖：《楚辞补注》，北京：中华书局，1983年版，第49页。

③ [韩]奎章阁藏六臣注：《文选》（据宋刊秀州本翻刻），首尔：韩国正文社，1983年影印本，卷50。

④ 晁公武撰，孙猛校证：《郡斋读书志校证》下，上海：上海古籍出版社，1990年版，第801页。

既久，必能相说以解也。”[①] 又，现代学者姜亮夫（1902—1995）说“中国文学史自从有了楚辞，特别到了汉代，得到汉高祖的提倡，可以说，整个中国文学都楚化了，因为它适用于整个民族的语调”；“要是没有屈原的作品，就不会有我们后代文学的这个发展，或者说我们后代文学的发展不会是我们现在走的这个路子，像汉乐府、唐人律诗、宋以后的词曲等，可能是另外一个路子”[②]。今人黄震云述评 20 世纪楚辞学研究而涉及此间评“屈原在文学史上的地位”时说：“一致的看法是，屈原及其楚辞是中国文学的源头之一，代表了当时中国文学的最高成就，在今天仍具有典范意义。”[③] 不言而喻，这也是学养甚深的黄先生自己之看法。

上述各家之说，均是极为恰当的。楚辞 / 屈原对我国文学，尤其是其中之诗赋的影响至为巨大而深远，于斯可以想见矣。不过，笔者于此不拟考察这方面的问题，而仅略说《楚辞》一书之性质及“楚辞”之文体属性、否定《远游》与《招魂》作者之“王逸说”的思路何以欠周，以及关于“屈原诗学 / 楚辞诗学”一称所指之思考等另外几个具体的问题。

一、关于《楚辞》一书之性质及“楚辞”的文体属性

宋代学者黄伯思（1079—1118）《校定楚词序》说：“盖屈宋诸骚，皆书楚语，作楚声，纪楚地，名楚物，故可谓之‘楚词’。”[④]《楚辞》所以有是称，黄氏此说得到了学界普遍的认同。不过，笔者认为，是说未为圆照。首先，“书楚语，作楚声，纪楚地，名楚物”之类屈原作品者，自然不只是宋玉的《九辩》《招魂》二篇，然何以其他楚人“书楚语，作楚声，纪楚地，名楚物”而类屈原之“骚”中的相关体式者均未收；其次，是说无法说明《楚辞》一书之性质及“楚辞”的文体属性如何；等等（参后）。

又，此前《隋书 · 经籍志》集部“楚辞”类小序说：

> 《楚辞》者，屈原之所作也。……楚有贤臣屈原，被谗放逐，乃著《离骚》八篇，言已离别愁思，申杼其心，自明无罪，因以讽谏，冀君觉悟，卒不省察，遂赴汨罗死焉。弟子宋玉，痛惜其师，伤而和之。其后，贾谊、东方朔、刘向、扬雄，嘉其文采，拟之而作。盖以原楚人也，谓之“楚辞”。[⑤]

---

① 梁启超：《要籍解题及其读法》，北京：清华周刊丛书社，1925 年版，第 138 页。

② 姜亮夫：《楚辞今绎讲录》（修订本），北京：北京出版社，1981 年版，第 27、127 页。

③ 黄震云：《二十世纪楚辞学研究述评》，《文学评论》，2000 年第 2 期。

④ 黄伯思：宋本《东观余论》，北京：中华书局，1988 年版，第 344 页。

⑤ 魏征等：《隋书》，北京：中华书局 1973 年版，第 1055—1056 页。

其后，鲁迅《汉文学史纲要》亦说：“以原楚产，故称‘楚辞’。”[①]类此之命名，在汉人那里时而有之。如《汉书·艺文志·六艺略》著录：“《诗经》二十八卷，鲁、齐、韩三家。……《毛诗》二十九卷。”[②]《六艺略》小序说：“汉兴，鲁申公为《诗》训故，而齐辕固、燕韩生皆为之传。……又有毛公之学。”[③]又，《汉书·儒林传》说“申公，鲁人也。少与楚元王交俱事齐人浮丘伯受《诗》”；“辕固，齐人也。以治《诗》孝景时为博士”；“韩婴，燕人也。……婴推诗人之意，而作《内》《外传》数万言”；“毛公，赵人也。治《诗》，为河间献王博士”[④]。即或以治《诗》者之姓氏命之，或以治《诗》者所在之地/国为称。而两相比观，显而易见，“盖以原楚人也”云云正与“鲁、齐、韩三家”之“鲁”“齐”（《鲁诗》《齐诗》）同。不过，如此命名，也可以见出古人“不出界”之随意。

然鲁迅于此亦仅说《楚辞》命名之理由，而未涉及《楚辞》一书之性质如何；《隋书》之“《楚辞》者，屈原之所作也”云云虽近是，然“拟之而作”说则有所未照，更完整的表述似应为“拟之而作，代原之意”。弄清楚《楚辞》一书之性质如何所以重要，乃因这一问题为“《楚辞》学”中最基本的问题之一，关涉到如何更好地弄明白宋玉的名篇《九辩》是“自我倾述之词”[⑤]还是“代原之意”（“五臣”之吕向语）、宋玉《招魂》之性质、《远游》作者是谁、《招隐士》之所“招”指何人等诸多重要的学术问题。笔者认为，从某种意义上说，《楚辞》一书“可谓‘屈原集’。它收录了屈原的全部作品，而所选录的非屈原作品，均代屈原设言”[⑥]。而究此问题，则需将问题置于“网络”中考察，而非单一的线条上。同样地，要否定《楚辞》中的“非屈原作品，均代屈原设言”说，其前提是须回答如下问题：

一、既然《汉书·艺文志》说屈原之作为“赋”，而西汉最大之赋家司马相如何以无作品得入？

二、东方朔最佳之作乃与屈原《卜居》与《渔父》[⑦]体式相同的《答客难》与《非有先生论》[⑧]，然入选者何以非此两篇而是《七谏》？

---

① 鲁迅：《汉文学史纲要》，上海：上海古籍出版社，2011年版，第345页。

② 班固：《汉书》，北京：中华书局，1962年版，第1707—1708页。

③ 班固：《汉书》，北京：中华书局，1962年版，第1707—1708页。

④ 班固：《汉书》，北京：中华书局，1962年版，第3608、3612、3613、3614页。

⑤ 褚斌杰：《楚辞要论》，北京：北京大学出版社，2003年版，第425页。

⑥ 力之：《从〈楚辞〉成书之体例看其各非屈原作品之旨》，《四川大学学报（哲学社会科学版）》，2000年第2期。

⑦ 否定《卜居》《渔父》为屈原作之理由均不能成立，参见力之《〈卜居〉〈渔父〉作者考辩》，《学术研究》1999年第12期。

⑧ 《汉书》卷65《东方朔传》云：“朔之文辞，此二篇（之按：即《答客难》与《非有先生论》）最善。”

三、《汉书·艺文志》著录宋玉赋十六篇，何以是书仅收录其《九辩》与《招魂》？

四、同样是楚人而以作“赋”名家之唐勒[①]，《汉书·艺文志》著录其赋四篇，何以无一被收录？

五、若非代“代屈原设言”，宋玉《九辩》所述经历何以与屈原所写的有那么多的高度相同？[②]

六、若非代“代屈原设言”，刘向《九叹》怎么会有“云余肇祖于高阳兮，惟楚怀之婵连”“悲余心之悁悁兮，哀故邦之逢殃。辞九年而不复兮，独茕茕而南行”与“回朕车俾西引兮，褰虹旗于玉门”之说？

七、若非代“代屈原设言”，何以见载于《汉书》贾谊本传之贾谊《吊屈原赋》与见载于《汉书》扬雄本传之扬雄为吊屈原而创作的《反离骚》均没有被选入？等等[③]。

不错，《楚辞》中之非屈原之作，时或有如严忌《哀时命》“子胥死而成义兮，屈原沉于汨罗”、刘向《九叹》之“览屈氏之《离骚》兮，心哀哀而怫郁”（《惜贤》）与“韩信蒙于介胄兮，行夫将而攻城”（《愍命》）等难以思议者。问题是，考察这一现象，我们应“跳出《楚辞》来考察《楚辞》”，而不能仅就《楚辞》来考察来《楚辞》。简言之，这些难以思议者尽管还有待我们作进一步之探究[④]，然其却属另一个问题，并不影响《哀时命》《九叹》等《楚辞》中之非屈原作品所写乃“代原之意”，然可惜的是学者或多没有注意到这一关键点，竟攻其一点而不及其余。[⑤]

近年，著名学者杨义说：“《汉志》所载‘屈原赋二十五篇，唐勒赋四篇，宋玉赋十六篇’，均为刘向所及经目。但他在编集《楚辞》时，全收屈原赋二十五篇，宋玉赋只收《九辩》《招魂》，其余十四篇以及唐勒赋不收。”这无疑是符合实际的。

---

① 《屈原贾生列传》说：“屈原既死之后，楚有宋玉、唐勒、景差之徒者，皆好辞而以赋见称。”又，《汉书·地理志（下）》说：“始楚贤臣屈原被谗放流，作《离骚》诸赋以自伤悼。后有宋玉、唐勒之属慕而述之，皆以显名。”

② 如《九章·哀郢》“尧舜之抗行兮……美超远而逾迈”八句，又见于《九辩》中，两者仅有三字不同。

③ 徐复观《西汉文学论略》一文说：“宋玉作为一个文学家所必具有的伟大心灵，只能从《九辩》《招魂》这种作品中去加以把握。……刘向编集屈、宋、景差、贾谊、淮南小山、东方朔、严忌、王褒以迄他自己的这类批评性的文章，为《楚辞》十六卷，盖在刘向的心目中，实以这一类批评性系列的文章为西汉文章的骨干。欲由文学以把握西汉知识分子潜伏在里层的心灵，欲由他们的心灵以把握西汉历史的真正动态及问题，即欲如史公的‘具见其表里’，只能从这一系列的文章着眼。”（郭延礼主编《中国文学精神》，上海：上海书店出版社，2006年版，第444—445页）。据上所述，徐先生是说，显而易见未达一间。

④ 参见力之《从〈楚辞〉成书之体例看其各非屈原作品之旨》。

⑤ 参见力之《〈招魂〉作者之再探讨》，程本兴等主编《宋玉及其辞赋研究》（2010年襄樊宋玉国际学术研讨会论文集），北京：学苑出版社，2010年版，第169—172页。

杨先生接着又说：

这种结集方法，大概主要是从文章体制出发，宋玉赋只有两篇属于骚体诗，其余都是散文化的辞赋体。这种编辑体例，对于保存屈原作品功不可没，但又给人一种错觉，似乎散文化的主客答问方式的辞赋不属于《楚辞》的时代，是辞赋更加发展的时代才可能出现，因此屈原的《卜居》《渔父》的著作权受到怀疑……疑古思潮〔者〕实际上是抓住了刘向《楚辞》编辑体例的把柄，未及细读文献，或者读文献未能读通，就于不可疑处存疑了。[①]

“于不可疑处存疑”云云，极是；然“是从文章体制出发”之推测，则未尽然。因为这样一来，既然收屈原的《卜居》《渔父》，就没有理由不收宋玉、唐勒之类此体者。何况，比观屈原《九歌》等便知，所谓“骚体诗”并非纯粹的一如《九辩》《招魂》者。故此，这是无法证明“宋玉赋只有两篇属于骚体诗”的。其实，只要我们稍加留意便知，《楚辞》中的屈原作品就体制言，并非是划一的。总之，在笔者看来，关于《楚辞》一书之性质/“编辑体例”，杨先生是说未为圆照。而这一问题没有解决好，便影响到多个重要的子问题之研究结论。

又，《四库全书总目》卷148“集部·楚辞类”小序说：

裒屈宋诸赋，定名《楚辞》，自刘向始也。后人或谓之“骚”，故刘勰品论《楚辞》，以《辨骚》标目。……《隋志》集部以《楚辞》别为一门，历代因之。盖汉、魏以下，赋体既变，无全集皆作此体者。他集不与《楚辞》类，《楚辞》亦不与他集类，体例既异，理不得不分著也。[②]

馆臣之“以《楚辞》别为一门”之因为“汉、魏以下，赋体既变，无全集皆作此体者”云云，有所未照。确实，“他集不与《楚辞》类，《楚辞》亦不与他集类”；然“体例既异”之关键，不在其是否“无全集皆作此体者”之唯一，而在于《楚辞》一书性质之独特——收录屈原的所有作品，而余者均代屈原设言。[③]至于“后人或谓之‘骚’”，则是符合实际的。此亦体现了屈原作品（包括《楚辞》所录所收之非屈原作品）与“赋”之某种不同。我们知道，班固删刘向、刘歆父子《七略》之“要”而来的《汉书·艺文志》没有著录刘向编的《楚辞》一书，而其《诗赋略》著录屈原作品则称之为“赋”。又，《诗赋略》小序说：“大儒孙卿及楚臣屈原离

① 杨义：《屈子楚辞还原》（下册），北京：中国社会科学出版社，2016年版，第1072页。

② 永瑢等撰：《四库全书总目》，北京：中华书局，1965年版，第1267页。又，“《隋志》集部以《楚辞》别为一门”云云，未得其始。参见力之《楚辞学三题》，《广西师院学报（哲学社会科学版）》，1997年第4期。

③ 参见力之《楚辞学三题》。

谗忧国，皆作赋以风。”[①]此前，司马迁《屈原贾生列传》有“（屈原）乃作《怀沙》之赋”[②]说；此后，王逸序《招隐士》云：“小山之徒，闵伤屈原……故作《招隐士》之赋，以章其志也。”[③]概言之，两汉此类说法难以枚举。不过，我们亦应注意到汉人提及《楚辞》中之作品很多时候并未称之为赋，如《屈原贾生列传》说“作《离骚》”而非“作《离骚》之赋”或“赋《离骚》”，而引贾谊《吊屈原赋》与《鹏鸟赋》则于二者之“其辞曰”前分别有“及渡湘水，为赋以吊屈原”与“有鸮飞入贾生舍……乃为赋以自广”之说；《屈原贾生列传·太史公曰》的“余读《离骚》《天问》《招魂》《哀郢》，悲其志。……读《鹏鸟赋》”，其间差别亦如此等等。此其一。其二，《诗赋略》小序说“序诗赋为五种”[④]之“诗”乃“歌诗”（歌谣）而“赋”则包括“辞”“颂”“隐书”等等。易言之，汉人所说之赋的范围要比“后人”所说的宽。明此，便知后世说“屈原赋”者，乃承汉人说（影响最大者当为《汉书·艺文志》）之旧；而别“骚”于赋或以“骚”为诗者，自有其“立”之充分理由。后者如《文心雕龙》之《明诗》与《诠赋》分别有“逮楚国讽怨，则《离骚》为刺”，“赋也者，受命于诗人，而拓宇于《楚辞》也。于是荀况《礼》《智》，宋玉《风》《钓》，爰锡名号，与诗画境，六义附庸，蔚成大国”[⑤]说；昭明太子《文选序》有“骚人之文，自兹而作”[⑥]说；明人胡应麟（1551—1602）有“四言变而《离骚》，《离骚》变而五言，五言变而七言，七言变而律诗，律诗变而绝句，诗之体以代变也”[⑦]说；等等。因之，从后世、尤其是现代人的角度看，说屈原为伟大诗人是十分恰当的；至于《楚辞》一书，因其收屈原之全部作品，而其中的《卜居》《渔父》与《离骚》《九歌》《天问》《九章》《远游》体式不同，很难说是诗，故“楚辞”/“骚”并非严格意义上之文体。

① 班固：《汉书》，北京：中华书局，1962年版，第1756页。

② 司马迁：《史记》，北京：中华书局，1982年版，第2486页。

③ 洪兴祖：《楚辞补注》，北京：中华书局，1983年版，第232页。

④ 班固：《汉书》，北京：中华书局，1962年版，第1756页。

⑤ 范文澜：《文心雕龙注》，北京：人民文学出版社，1958年版，第66、134页。

⑥ 韩国奎章阁藏六臣注：《文选》，卷首。又，钱穆（1895—1990）《读〈文选〉》认为：“此述屈子《离骚》。下开诗境，以其同属言志抒情，故连类而及，以示别于上述纪事咏物之赋也。宋玉与荀卿并举，列之在前，顾独以骚体归屈子，不与荀宋为伍，此一分辨，直探文心，有阐微导正之功矣。”（钱穆：《中国学术思想史论丛》（三），北京：生活·读书·新知三联书店，2009年版，第123页）此可谓得其大者矣。

⑦ 胡应麟：《诗薮》，北京：中华书局，1958年版，第1页。

二、关于否定《远游》与《招魂》作者“王逸说”之思考

在近代《楚辞》学史/屈原学史上，否定《远游》与《招魂》作者“王逸说”之理由是甚值得我们深思的。在笔者看来，这否定与反否定之论争过程推动了《楚辞》学/屈原学向纵深发展，然其结果（迄今为止）却是令人难以思议的——否定者之说并非是建立在严密之“证据链”上的，无论是前者还是后者，均缺少了不止一“环”，而竟然占了上风。即无形中很大程度地导致了将宋玉之《招魂》变成了屈原的，将本是屈原的《远游》弄成无名氏的。不言而喻，这严重地影响了我们对屈原思想与其作品艺术的整体把握，等等。下面，别而说之。

（一）关于否定《远游》作者“王逸说”之思考

我们知道，自清中叶胡浚源（1748—1824）说以迄于今，认为《远游》非屈原所作“最坚”之理由有二：一、“韩众”为“秦始皇时之方士”，故不可能是此前之屈原所作；二、《远游》中有些术语、词汇与其体现的神仙思想为屈原时所无或尚未流行，故同样不可能是此前之屈原所作。至于其他理由均虚而非实，说明不了任何实质性问题。然实际上，这两条所谓“坚证”均不堪一驳。

关于“韩众”，胡氏在其《楚辞新注求确·凡例》中说：

> 屈子一书，虽及周流四荒，乘云上天，皆设想寓言，并无一句说神仙事。……何《远游》一篇，杂引王乔、赤松且及秦始皇时之方士韩众，则明系汉人所作。①

此所谓“秦始皇时之方士韩众”，乃据《史记·秦始皇本纪》之“三十二年……因使韩终、侯公、石生求仙人不死之药”，而后终等“亡去”；始皇闻之，“大怒曰：‘……韩众去不报，徐市等费以巨万计，终不得药，徒奸利相告日闻。……’于是使御史悉案问诸生，诸生传相告引，乃自除犯禁者四百六十余人，皆阬之咸阳，使天下知之，以惩后”②说而来。

问题是：一、据桓谭（前23—56？）说，“迁所著书成，以示东方朔……”③，而东方朔（前154—前93）《七谏》有“见韩众而宿之兮，问天道之所在”说；二、据《汉书·郊祀志》（下）载，成帝（前32年—前7年在位）“末年颇好鬼神”，谷永（？—前7）谏之有“秦始皇……遣徐福、韩终之属多赍童男童女入海求神采药，

① 清嘉庆二十五年，长沙务本堂刊本。又，胡氏此说，不词。《远游》即在“屈子一书”内。

② 司马迁：《史记》，北京：中华书局，1982年版，第251—258页。

③《史记·太史公自序》“……为太史公书”之索隐引，见《史记》，第3319、3320页。

因逃不还，天下怨恨”[①]说，而此事在刘向（前 77—前 6）完成编撰收有《远游》之《楚辞》若干年后；等等。显然，《七谏》“见韩众而宿之兮，问天道之所在”之“韩众”与《远游》“奇傅说之托辰星兮，羡韩众之得一”之“韩众”，乃同一人。然据上述二点，此“韩众”会是东方朔作《七谏》后百年仍“因逃不还，天下怨恨”者吗？可见，胡氏之说，在“证据链”上缺了好几环，甚是粗疏。[②]况且，如上所述，《楚辞》中之非屈原作品，均代屈原言。即《七谏》此处之“见”与“问”均非作者说自己，而是其所代的“屈原”。弄清楚《楚辞》一书性质之重要，于此可一斑见豹矣[③]。

至于以《远游》中有些术语、词汇与其体现的神仙思想为屈原时所无或尚未流行来否定《远游》，同样是缘思之未周所致。如已故学者何金松为证《远游》作者“大概是汉代一位梦想成仙”者而说：屈原以前的文献和以后的《荀子》《韩非子》中都没有“菲薄”一词，《辞源》《汉语大词典》“菲薄”条都用《远游》这句作为最早例证。[④]

显而易见，在何先生看来，这就是客观的坚证。然实际上，由“都没有‘菲薄’一词”与“最早例证”云云作证明，仅凭常识便可推知：这样所得的结果是十分危险的。何以言之？首先，屈原以前与其时文献之大部分现在已不存，这稍比照一下《汉书 · 艺文志》所著录的相关文献，便一清二楚。故此，就现存文献考察而“无”，是无法证明屈原时代也如此的——此如我们不能因石家庄市无海，便断河北省乃至全中国都无海。同样的道理，由于《辞源》《汉语大词典》所据的文献只是当日幸存下来的甚少一部分，故这一“作为最早例证”之“必然”价值的适用范围断不可拓宽至当日之“全域”。《庄子 · 逍遥游》云：“覆杯水于坳堂之上，则芥为之舟；置杯焉则胶，水浅而舟大也。”此常识也，而适可例之。其次，由于不同地域用词有异，故屈原所用之词，荀子、韩非子未必用（荀子晚年虽居楚国，然与屈原这样地道之楚人用词习惯自然有所异）——稍检一下扬雄《方言》及前面所引宋人黄伯思《校定楚词序》之“盖屈宋诸骚，皆书楚语”云云思过半矣；而《左传 · 宣公四年》

---

① 班固：《汉书》，北京：中华书局，1962 年版，第 1260 页。

② 今人牟怀川虽注意到谷永之说，其云：“班固《汉书 · 郊祀志下》载谷永谏汉成帝书，其中说道：‘秦始皇初并天下，甘心于神仙之道，遣徐福、韩终之属多赍童男童女人海求神采药，因逃不还，天下怨恨。’可见，《汉书》承《史记》，认为韩众是像徐福一样的曾为秦始皇入海求药的方士。这个白纸黑字记在马史班书的史实，应该是家喻户晓的，当时任何文人更绝对不会不知道。”（氏作《韩众考疑》，《江汉论坛》2005 年第 8 期）按此说之逻辑，韩众所以“家喻户晓”，实际上是因其行为为“天下怨恨”所致。问题是，牟先生如何解释这样的人，《远游》与《七谏》会分别说：“奇傅说之托辰星兮，羡韩众之得一”与“见韩众而宿之兮，问天道之所在”？又，“《汉书》承《史记》”云云，有所失当。

③ 参见力之《〈远游〉研究》之“四”，见作者《〈楚辞〉与中古文献考说》，成都：巴蜀书社，2005 年版。

④ 何金松：《〈远游〉、〈大招〉非屈原所作》，《华中师范大学学报（人文社会科学版）》，2003 年第 3 期。

之“楚人谓乳谷，谓虎於菟”说、王逸注《离骚》“夕揽洲之宿莽”之“草冬生不死者，楚人名曰‘宿莽’”说等等，亦可助吾人之思。何况，荆楚之于中原，其人文传统与地域风物诸方面之异尚大于中原各地间之不同。其三，诗人之用语时或与学者大别，而屈原之与荀、韩师弟即有诗人与学者之殊——如《离骚》《天问》同样有多个词不见于《荀子》《韩非子》。其四，像屈原这样极具创造力之天才诗人，某些词首先见于其作品，本毫不足怪——以唐诗人李白与李贺为例，他们在各自诗歌中所用的某些词语，在其同时代的其他诗人之作品里一样的找不到。

为了更实在地说明问题，作为比较，试看公认为屈原作品的《离骚》，其开头至“恐美人之迟暮”这20句（《离骚》全文共373句），便有“苗裔”（2637；9/338）、“孟陬”（786；4/207）、“览揆”（2859；10/357）、“初度”（349；2/620）、“脩能”（219；1/1493）、“江离”（1723；5/925）、“辟芷”（3039；11/486）、“宿莽”（848；3/1523）、“代序”（170；1/1133）、“迟暮”（3089；10/1236）等10词同时为《汉语大词典》与修订本《辞源》[①]所收，而均以此作为“最早例证”。其实，《天问》中同样有多个术语、词汇不见于屈原之前之时的文献。不仅如此，考察宋玉《九辩》与庄周的《逍遥游》等，情况仍大略如此。由此，不难想象屈原时代文献之亡佚有多严重，而在此背景下，“用汉语词汇史鉴定古籍时代的方法”及类此者来判传为屈原之作——不仅仅是《远游》为“伪”前，当慎之又慎，而须认真细致地做好相关的种种工作。此如跳出研究对象观研究对象、将部分置于整体中考察等等。否则，仅看到“线上”之某一现象便匆匆地就此下断语，结果如何可想而知。

在这样的背景下，再说说所谓《远游》体现的神仙思想为屈原时所无或尚未流行问题。简言之，这一问题所以成为问题，乃因有关学者用“默证”法加思未周而疏于就《楚辞》一书之整体考察《远游》这部分所致。若《远游》体现的神仙思想果真为屈原时所无或尚未流行，那么何以解释《楚辞》中汉人以屈原口吻来写的贾谊《惜誓》、东方朔《七谏》、庄忌《哀时命》、刘向《九叹》等有类《远游》所体现的神仙思想者？而要否定这些作品代屈原设言，须对这些作品作细致的辨析，回答如上所述之一系列的相关问题。然而，认为《远游》体现的神仙思想为屈原时所无或尚未流行从而否定其为屈原所作之学者，目力所及，却无一细做这方面的工作。[②]

---

① 此中，括号内的数字用“/”分开的，见《汉语大词典》第一版（汉语大词典出版社，1988—1993年。前者为卷数，后者为页码）；无分开的乃《辞源》1983年修订本（1984年广西第1次印刷）的页码。

② 参见力之：《用词汇史鉴定法断〈远游〉非屈作之问题种种：兼论神仙思想屈原时无或尚未流行说之非》，《河南师范大学学报（哲学社会科学版）》2019年第2期。又，杨义先生说：“汤炳正说得好，‘既然承认贾谊写过《鹏鸟赋》这一历史事实，就不能排斥屈原也写过《远游》的可能性。因为，他们的这种思想状态，都是在道家思想的基础上、在特定的生活条件下合乎逻辑的发展与体现’。”（杨义《屈子楚辞还原》上册，第567页）此可谓“识其大者”矣。

（二）关于《招魂》作者问题之思考

《招魂》之作者问题，至今仍是“《楚辞》学”的一大聚讼点。就现存文献言，最早提及这一作品的是司马迁，其《屈原贾生列传·太史公曰》：“余读《离骚》《天问》《招魂》《哀郢》，悲其志。”王逸《招魂序》则云：“《招魂》者，宋玉之所作也。”本来，《招魂》作者是谁？这在晚明以前不是问题，其成为问题乃自晚明黄文焕《楚辞听直》出始，尤其是清初林云铭《楚辞灯》问世后。林氏本黄氏所据《史记》此语而明确地断《招魂》为屈原所作，影响所及，竟至 20 世纪 60 年代初，陈子展（1898–1990）据其时情势——太史公之《招魂》为屈作，“可以说已经取得国内研究古典文学的学者大多数的公认”而推测：“《招魂》作者问题到此已经快要告一段落了。”[①]不过，进入 20 世纪 90 年代后，情况并未如陈先生当年推测的那么乐观，尽管《招魂》为屈原所作说至 2008 年“仍然占据着统治地位”[②]，而且其后也大略如此。如 2016 年出版的“马克思主义理论研究和建设工程重点教材”丛书中袁世硕主编的《中国古代文学史》（上）有“《招魂》，王逸归于宋玉，司马迁则将其与屈原作品并称，亦当为屈原所作”[③]说，同年问世的杨义先生《屈子楚辞还原》有“本来《史记·屈原列传》已经指认《招魂》与《离骚》《天问》《哀郢》为屈原所作，太史公为此而‘悲其志’。但在王逸《楚辞章句》中，《招魂》被指认‘宋玉之所作也’，这已被今人所否定，回归《史记》，判为屈原所作几成共识”[④]说，等等。

问题是，就学术理路言，本研究之可靠结论应当是建立在这样之基础上的：一、就《史记》之整体究此“太史公曰”所指是“唯一的”还是“二重性的”——读代屈原设言之作，可否“悲其志”？二、究王逸“宋玉之所作也”说之所本；三、考察王逸治《楚辞》是否认真严谨？然目力所及，迄今为止之持“太史公曰”以定《招魂》为屈原所作者，似没有哪一家的结论是建立在这样之基础上的，故其经不起推敲。首先，《史记》引书“经”“传”不分，故无法证明此“太史公曰”所指是“唯

① 龚维英：《〈招魂〉试解》，《中华文史论丛》第一辑（1962 年），第 153 页。

② 钟其鹏：《关于〈招魂〉著作权与魂主问题：近 20 年〈招魂〉聚讼焦点问题研究述评之一》，《云梦学刊》，2009 年第 5 期。

③ 袁世硕主编：《中国古代文学史》（上），北京：高等教育出版社，2016 年版，第 134 页。又，是书 2018 年版则说：“司马迁在列举屈原作品时，也提到《招魂》，称‘悲其志’。”（第 108 页）

④ 杨义：《屈子楚辞还原》（下册），北京：中国社会科学出版社，2016 年版，第 1072 页。

一的”[1]；其次，《楚辞》乃刘向所撰[2]，故《招魂》之署宋玉名乃王逸本之刘向[3]（汤炳正先生《〈楚辞〉成书之探索》五阶段说亦然），而刘向之生距司马迁之死仅13年（？），且此间“天下太平”而无毁书事；其三，以王逸《大招序》之“《大招》者，屈原之所作也。或曰景差，疑不能明也”与《惜誓序》之“《惜誓》者，不知谁所作也。或曰贾谊，疑不能明也”观之，逸之治“骚”十分认真严谨。简言之，据此“太史公曰”以断《招魂》之作者是谁前，务必实实在在地先做上述三项前提性之工作。而只要我们细致地做好这三项前提性之工作，其呈现的结果只能是宋玉作《招魂》而非屈原。不仅如此，据今存文献，无法证明汉代存在过屈原作《招魂》这么一说。[4]

三、关于“屈原诗学／楚辞诗学”一称所指之思考

关于“诗学”，陈伯海先生在《中国诗学史导言》中说：

> “诗学”一词，在中西文化背景下有着不同的内涵。西方从亚里士多德开始，即以“诗学”指称整个文学理论，涵盖史诗（后演化出小说）、戏剧作品和抒情诗各类文体的论述在内，至今相沿成习而未改。这样的一种用法，也曾为我国学者所借用。但在我们自己的传统里，惯常的做法是将“诗学”限制在与诗歌这一特定文类有关的范围之内，不包含散文、小说、戏剧等文类的研究，因而“诗学”便成了“文艺学”或“文学学”的下属分支学科，而与“文论”（专指散文理论）、“小说学”、“戏剧学”相并列。本书题名《中国诗学史》，取的是后一种涵义，即狭义的“诗学”，仅限于跟“诗”有关的领域。[5]

就通常的意义言，陈先生之说是符合实际的。此前之萧华荣先生的“本书所谓‘诗学’，非指古希腊哲人亚里士多德所说的包括一切文艺理论在内的广义的‘诗学’，

---

① 参见力之：《从史公称〈春秋〉等之情形看其“读”“悲”指向：关于〈招魂〉作者与所招对象研究之方法论问题一》，程章灿、徐兴无编：《〈文选〉与中国文学传统：第九届〈文选〉学国际学术研讨会论文集》，北京：中华书局，2014年版。

② 参见力之：《〈楚辞〉研究二题》，见作者《〈楚辞〉与中古文献考说》。

③ 方铭先生说：“刘向既然说《招魂》是宋玉所作，《汉书·艺文志》说屈原赋二十五篇，自然不应包含《招魂》在内。而《汉书·艺文志》说‘宋玉赋十六篇’，应包括《招魂》在内。关于《招魂》为屈原作品的最有力的证据，当然是《史记·屈原贾生列传》中司马迁关于读《招魂》而悲屈原之志的说法。这个说法，事实上也是不足以成为证据的，因为司马迁只说：‘余读……《招魂》，悲其志’，并非明言《招魂》是屈原所作，即便是宋玉为招屈原之魂而作，也可体现屈原之志。这也是前贤早已指出过的。清人王邦采说：‘即谓读玉之文，而悲原之志，何不可者？’”（方铭《战国文学史论》，北京：商务印书馆2008年版，第485页。）

④ 参见力之：《〈招魂〉作者之再探讨》与《从史公称〈春秋〉等之情形看其“读”“悲”指向》等文。

⑤ 陈伯海、蒋哲伦主编：《中国诗学史》（先秦两汉卷），厦门：鹭江出版社，2002年版，第1页。

而是现代通常所说的狭义的‘诗学’，即有关诗歌这一特定文体的理论”说[①]，其后之徐志啸先生的“本文所要论述的楚骚诗学，其诗学的概念内涵无疑是专指诗歌理论，这是首先必须说明的”[②]等类此者，甚多[③]。那么，“屈原诗学 / 楚辞诗学”一称所指是什么呢？我们先考察早期之诗与诗中的“诗之学”。美国文学批评史家卫姆塞特与布鲁克斯在他们合撰于 20 世纪 50 年代之著作中曾说：

> 自始以来的诗人，多喜欢谈论自己的作品，把文学见解写入自己的诗篇。所以，人类自有了诗歌，雏形的文学理论便相偕出现。荷马在他的史诗卷首，向缪司女神呼求灵感。这种行为便暗示一种诗的创作理论——即是诗篇的形成乃是神赐灵感的结果。这种看法对于后世诗歌理论史，有其重大的影响。[④]

学者多或引之作为自己立说的理论支持[⑤]。然在笔者看来，“荷马在他的史诗卷首”云云，是证明不了“发上学”上的问题的，因为荷马史诗距离“人类自有了诗歌”之初已十分遥远。至于说引起学者注意到“诗人也往往在诗中流露甚至直陈自己的创作动机与观念”[⑥]这一点，就现代学者言，罗根泽 (1900–1960) 在其出版于 1934 年的《中国文学批评史》(一) 第二篇第一章中已有“诗人（引者按：指《诗经》作品之作者）的自述”一节。于此，罗先生依次举了《魏风 · 园有桃》“心之忧矣，我歌且谣”、《小雅》之《节南山》“家父作诵，以究王讻。式讹尔心，以畜万邦”与《巷伯》“寺人孟子，作为此诗，凡百君子，敬而听之”、《大雅》之《崧高》“吉甫作诵，其诗孔硕，其风肆好，以赠申伯”与《蒸民》“吉甫作诵，穆如清风。仲山甫永怀，以慰其心”、《鲁颂 · 閟宫》“奚斯所作，孔曼且硕，万民是若”六例，

---

① 萧华荣：《中国诗学思想史》，华东师范大学出版社，1996 年版，“导言”第 1 页。

② 徐志啸：《论楚骚诗学》（原载《中国文学研究》2004 年第 2 期），《楚辞研究与中外比较》，上海：上海古籍出版社，2014 年版，第 12 页。

③ 徐岱先生说：“何谓‘诗学’？从知识论方面讲，有一种表述为‘文学形式通论’。其具体内容有不同的表述方式。在方法论方面看，若以时间的先后区分，则包括‘摹仿诗学’‘接受诗学’‘表达诗学’‘客观诗学’等。从艺术形态上看，则有‘散文诗学’‘绘画诗学’‘电影诗学’‘舞蹈诗学’‘建筑诗学’等等。再进一步，从跨学科方面看，则有‘历史诗学’‘人类学诗学’‘空间诗学’‘时间诗学’等等。上述种种例子仍不足以对‘诗学’概念做出终极的‘盖棺论定’。但有一点可以明确，那就是‘诗学’绝非‘诗歌学’，而是‘诗性学’。”（徐岱：《基础美学：从知识论到价值观》，杭州：浙江大学出版社，2015 年版，第 147—148 页）显然，这是另一回事。因为就“屈原诗学 / 楚辞诗学”说“诗学”，其不可能是“诗性学”。

④ [美] 卫姆塞特、[美] 布鲁克斯著，颜元叔译：《西洋文学批评史》，台北：志文出版社，1982 年版，第 1 页。

⑤ 参见顾易生、蒋凡：《先秦两汉文学批评史》，上海：上海古籍出版社，1990 年版，第 26—27 页；萧华荣上揭书，第 3—4 页；张启成：《诗经研究史论稿》，贵阳：贵州人民出版社 2003 年版，第 10 页；潘啸龙：《楚辞与汉代文学论集》，芜湖：安徽师范大学出版社，2014 年版，第 1 页（引“出现”以上）；等等。

⑥ 萧华荣：《中国诗学思想史》，华东师范大学出版社，1996 年版，“导言”第 3 页。

而说：“由这些话里，我们可以模糊地意识出两层意义，就是：一、诗歌是作者对某一事件，某一人物之‘志’的表现；由此种意义演进，便是所谓‘诗言志’。二、作者于言志之外，有时希望有点影响；由此种意义演进，便是后来染有实用主义的诗说。”① 如此概括准确与否是一回事，而在《中国文学批评史》这样的书中说这些是“诗人的自述”则无任何问题。

在《诗经》中，除了罗先生所引者外，尚有《大雅》另四处：

> 矢诗不多，维以遂歌。(《卷阿》)
>
> 王欲玉女，是用大谏。(《民劳》)
>
> 犹之未远，是用大谏。(《板》)
>
> 虽曰“匪予”，既作尔歌。(《桑柔》)

《小雅》另六处：

> 是用作歌，将母来谂。(《四牡》)
>
> 作此好歌，以极反侧。(《何人斯》)
>
> 君子作歌，维以告哀。(《四月》)
>
> 虽无德与女，式歌且舞。(《车舝》)
>
> 啸歌伤怀，念彼硕人。(《白华》)

《国风》另二处：

> 维是褊心，是以为刺。(《魏风·葛屦》)
>
> 夫也不良，歌以讯之。(《陈风·墓门》)

于此，不管研究者具体怎么看与如何分类，这是《诗》三百”中诗人说到作诗之动机与对诗之见解——诗之学，则当没有问题。问题是，作为已成熟的诗之“三百篇”，其主要的是作品——诗，而非“诗之学”。后世所说“《诗经》学”（“诗学”），主要的乃“三百篇”之外者，即“关于《诗经》一切之学也”②。下面，我们再回过头来看《楚辞》之诗学，萧华荣先生在其《中国诗学思想史》上篇第一章之“骚人的创作自诉”一节中说：

> 在他们（引者按：即“屈原、宋玉”）的作品中，犹如《诗三百》一样，也有对自己创作动机、原则、方法的陈诉。这些陈诉自然……是真正意义的诗论。屈原创作自陈的最大特点，便是特别突出地强调了诗的抒情性：
>
> 惜诵以致愍兮，发愤以抒情。所作忠而言之兮，指苍天以为证。(《惜诵》)
>
> 心郁郁之忧思兮，独永叹乎增伤……结微情以陈词兮，矫以遗夫美人。(《抽思》)

---

① 罗根泽：《中国文学批评史》一，北京：人文书店，1934年版，第7—8页。

② 胡朴安：《诗经学》，上海：商务印书馆，1930年版（《万有文库》本），第2页。

申旦以舒中情兮，志沈菀而莫达。愿寄言于浮云兮，遇丰隆而不将。因归鸟而致辞兮，羌迅高而难当。(《思美人》)

微霜降而下沦兮，悼芳草之先零。聊仿佯而逍遥兮，永历年而无成！谁可与玩斯遗芳兮，长乡风而舒情。(《远游》)

紧接着，萧先生分析说：

诗人郁结胸中的忧思是沉重的，那是对故国行将沉沦的震怖，是对他所爱怨交织的君王迷而不悟的忠愤，是众人皆醉唯我独醒的无可告白的巨大寂寞感和孤独感，因而他非诉之于诗不可，非“发愤”“申旦”地抒情宣泄不可。他向着长风急飚呼号，向着流云飞鸟申诉，发出震耳惊心的宏音。这样，他的诗篇便具有了强烈的感情性。尽管如此，他仍深感人莫我知，悲苦无名，衷情难诉，只得上天下地，诉之于苍天，陈之于神明，从而使他的诗篇又富有奇谲迷离的想象驰骋。①

于此，萧先生对所引屈原作品的分析，是很有见地的。不过，屈原作品的这些说法除“惜诵以致愍兮，发愤以抒情”外更多的当是用诗来抒写自己的不幸遭遇，而似很难说是“屈原创作自陈”。况且，即使是“惜诵”二句，李诚先生之“这里‘惜’是痛的意思；‘诵’通‘讼’；‘愍’，病；‘发愤’，发泄愤懑；‘情’，实情，指争讼的真实情状。两句意为痛心于争讼而至于成病，故发泄愤懑而道出引起争讼的实情”②说，当更合乎屈原原意；而王逸注其后句之“言已身虽疲病，犹发愤懑，作此辞赋，陈列利害，渫己情思，以风谏君也”③说，则恐未可。另外，研究者又往往引《悲回风》之“介眇志之所惑兮，窃赋诗之所明”以说明“诗人对诗歌创作表述情志作用的认知”或“屈原自评所作”④，等等。然这“赋诗”是如清蒋骥等学者所说的是屈原作“诗”⑤，还是如宋洪兴祖之“古诗之所明者，与今所遇同，故屈原赋之”⑥，尚难以定之。又，顾易生、蒋凡两先生说：

屈原在作品中还多次自述其创作的旨趣、任务与方法。他丰富了“诗言志”的观念，并补充以“发愤”和“抒情”，这里表现强烈的自我意识与批判精神，为汉司马迁的“发愤著书”说与陆机“诗缘情而绮靡”的先声。⑦

“表现强烈的”云云，甚是；而“多次自述”云云，则似未尽然。此其一。

---

① 萧华荣：《中国诗学思想史》，华东师范大学出版社，1996 年版，“导言”第 27—28 页。

② 敏泽主编：《中国文学思想史》上卷，长沙：湖南教育出版社，2004 年版，第 124 页。

③ 洪兴祖：《楚辞补注》，北京：中华书局，1983 年版，第 121 页。

④ 分别见《楚辞研究与中外比较》第 15 页与《先秦两汉文学批评史》第 302 页。

⑤ 蒋骥：《山带阁注楚辞》，上海：上海古籍出版社，1984 年版，第 140 页。

⑥ 洪兴祖：《楚辞补注》，北京：中华书局，1983 年版，第 157 页。

⑦ 顾易生、蒋凡：《先秦两汉文学批评史》，上海：上海古籍出版社，1990 年版，第 299 页。

其二，“为汉司马迁的‘发愤著书’说”之“先声”，近是；而为“‘诗缘情而绮靡’的先声”说，则恐尚有进一步研讨之空间。就后者言，学术界多认为此语为陆机之主张，这在很大程度上乃忽乎其为客观制约之所致。实际上，不管此语还是紧接着的“赋体物而浏亮”等等，主要的显然均为陆氏对当时各体作品特点之客观说明而非“自我发明”。

总而言之，屈原“二十五篇”或《楚辞》是创作，而非诗学。就前面所引陈伯海先生所说的“诗学”或董乃斌先生的“关于诗歌的学问，或者说，以诗歌为对象的学科领域，叫做诗学”[①]言，在“显性”层面，《诗经》涉及诗学者显然要比屈原“二十五篇”的多；而在“潜诗学”层面，屈原“二十五篇”的则在《诗经》之上。此其一。其二，由于“潜诗学”本身之模糊性，故研究者用“屈原诗学”（屈子诗学）/“楚辞诗学”一称时，多有“诗”与“诗学”不分者。如杨义先生之甚启人思的《楚辞诗学》，其《导言》有云：

> 楚辞诗学的根基，须从春秋战国时代长江文明的特征和长江民族的性格中去寻找。……楚辞呈现了与中原《诗经》的风雅之声大为不同的“奇文”风貌……（第 1 页）
>
> 屈子诗学是一种具有难以比拟的分量和深度的生命诗学。（第 18 页）
>
> 《离骚》的诗学是心灵史诗的诗学，既有精神探索的深度，又有史诗的魄力。（第 36 页）[②]

于此，第 1 页的“楚辞诗学”与后面的“楚辞”，似无不同；第 18 页的，似可作“屈子诗是一种具有难以比拟的分量和深度的生命之诗”；第 36 页的“《离骚》的诗学是心灵史诗的诗学”，当即“《离骚》是心灵史诗”意。

结 语

综上所述，《楚辞》一书之性质问题乃“《楚辞》学”中殊为重要的基础问题之一，关涉到对宋玉名篇《九辩》是抒作者自我之情还是“代原之意”的理解、对宋玉《招魂》之性质与《招隐士》之所“招”指何人之确认，以及对破解《远游》作者是谁这一难题等诸多重要的学术问题。故解决这一问题，具有重要的前提性意义。笔者认为，从某种意义上说，《楚辞》一书可谓“屈原集”。其所入录的非屈原作品，均代屈原设言。从实质上说，《楚辞》中之作品除《卜居》与《渔父》外，

---

① 傅璇琮、许逸民等主编：《中国诗学大辞典》，杭州：浙江教育出版社，1999 年版，第 2 页“诗学”条。

② 杨义：《楚辞诗学》，北京：人民文学出版社，1998 年版。又，参杨义《屈子楚辞还原》（下册）之《屈子楚辞还原诗学编》。

均可称之为诗，而“楚辞”非严格意义之文体。《远游》为屈原之所作与《招魂》为宋玉之所作，本无任何问题。二者之被否定，乃否定者思非周所致，即无论是前者还是后者，否定者在至关重要处均有多个致命之疏漏。考察“屈原诗学 / 楚辞诗学”一称所指，需知屈原“二十五篇”/ 楚辞是创作，而非诗学。就创作言，屈原之作“影响于后来之文章，乃甚或在三百篇以上”[①]；而就诗学言，当注意区分屈原之诗学与屈原之作所涉及或所体现之诗学。

① 鲁迅：《汉文学史纲要》，上海：上海古籍出版社，2011 年版，第 345 页。

古籍目录中的楚辞类文献序刍议

吉林大学　张子薇

摘　要： 研究序跋文献中的文学观念是学界关注的话题，屈原及楚辞在历史上具有文化符号的意义。我国十分重视文献典籍与人文教化，从“屈原赋之属”到集部楚辞的分类，不同时期楚辞类序言的撰写，一方面显示出屈原及楚辞的重要地位，另一方面考镜源流，对于总结楚辞研究的学术问题与方法论意义，不失为一条良好路径。

关键词： 序；屈原；楚辞文献；古籍目录

古籍目录，是对我国古代现存的典籍进行编目。《四库全书总目提要·集部》序提到“集部之目，楚辞最古”，在历代的古籍目录中，楚辞类文献愈加丰富。楚辞类文献序，即古籍目录中关于楚辞类文献的小序。一方面记载着不同时期的藏书与著录情况，另一方面追溯源流，正如余嘉锡先生指出，“小序之体，所以辨章学术之得失也”[①]，以考镜文献的源流演变为旨归。

我国的古籍目录，按照体例可分为三类：1. 部类有序，书目下有提要。就楚辞类文献而言，这一目录的叙述，分部分类分专书，有大序、小序和提要，最为翔实，如《四库全书总目提要》。2. 部类有序，书目下无解题。如班固的《汉书·艺文志》，书前是全书总序，大类之后是大序，小类之后是小序，不对专书作出说明。3. 部类无序，书目下无解题，只记书名。这一体例短小精悍，颇为流行，风靡于历代正统的史书之中。通过以上，我们想要了解屈原及楚辞的历史渊源，现存的古籍目录是重要的媒介之一。这对于目录学与楚辞学交叉学科的研究，相辅相成。同时立足史料，进而厘清古籍目录中楚辞类文献的源流与发展脉络。

一、关于楚辞类文献的隶属问题

历代的古籍目录主要有《汉书·艺文志》《隋书·经籍志》《旧唐书·经籍志》

① 余嘉锡：《目录学发微》，北京：中华书局，2007年版，第66页。

《新唐书·艺文志》《四库全书总目》等。其中对于楚辞类文献的分类，具体情况如下表所示：

表 1　历代的古籍目录对楚辞类文献的分类

《汉书·艺文志》	辑略、六艺略、诸子略、诗赋略、兵书略、术数略、方技略	诗赋略	屈原赋之属
《隋书·经籍志》	经部、史部、子部、集部	楚辞、别集、总集	楚辞
《旧唐书·经籍志》	经类、史类、子类、集类	楚词、别集、总集	楚词
《新唐书·艺文志》	经录、史录、子录、集录	楚辞、别集、总集	楚辞
《宋史·艺文志》	经类、史类、子类、集类	楚辞、别集、总集、文史	楚辞
《明史·艺文志》	经类、史类、子类、集类	别集、总集、文史	别集
《郡斋读书志》	经类、史类、子类、集类	楚辞、别集、总集、文说	楚辞
《直斋书录解题》	经录、史录、子录、集录	楚辞、总集、别集、诗集、歌词、章奏、文史	楚辞
《通志·艺文略》	经类、礼类、乐类、小学类、史类、诸子类、天文类、五行类、艺术类、医方类、类书类、文类	楚辞、历代别集、总集、诗总集、赋、赞颂、箴铭、碑碣、制诰、表章、启事、四六、军书、案判、刀笔、俳谐、奏议、论、策、书、文史、诗评	楚辞
《玉海·艺文》	经录、史录、子录、集录	楚辞、别集、总集	楚辞
《四库全书总目》	经部、史部、子部、集部	楚辞、别集、总集、诗文评、词曲	楚辞

需要说明的是，《隋书》以后，官方正史仅著录书目。明清断代著录，不录过往。《明史·艺文志》中的楚辞类文献被放入别集，仅“汪瑗《楚辞集解》十五卷”①，数量骤减。性质上说，总集汇集诸家作品，别集综合一个人的所有作品。《诗经》是我国现存最早的诗歌总集，王逸《楚辞章句》是楚辞总集。《隋书·经籍志》专设楚辞类，比较特殊。后世基本沿袭楚辞的分门别类，然而，也不乏古籍目录著作

① 张廷玉等撰：《明史》，北京：中华书局，1974 年版，第 2495 页。

把楚辞类文献纳入总集、别集的情况，如宋代欧阳修《崇文总目》、尤袤《遂初堂书目》、明代高儒《百川书志》等。区别于《明史·艺文志》将汪瑗《楚辞集解》归为别集，高儒的《百川书志》将楚辞类文献纳入总集，并且按照时间顺序排列其他作品。由此可知，历代的学者从未忽视对楚辞类文献的整理与研究，影响至今。

其一，楚辞文体走向独立发展。究其原因，这主要在于儒家思想的削弱，文学开始摆脱经学影响的社会背景。溯其源流，汉人将楚辞与赋混为一谈，《汉书·艺文志》将屈原与其他作家的作品归入“屈原赋之属”。魏晋南北朝时期，刘勰《文心雕龙》设“辨骚”与“诠赋”，将骚体与赋体分门别论。目录学家如王俭、阮孝绪率先关注到这个问题，《隋书·经籍志》在《七志》《七录》的基础上，创立经史子集四部分类法，又将集部分为楚辞、别集和总集。自此以后，楚辞成为独立的文体，研究楚辞的论著也被归入其中。《隋书·经籍志》以下，历代目录大都有楚辞类，与其他文体无涉，基本没有大的变动。

其二，楚辞地位居首难以动摇。先秦以来集部的知见文献，楚辞独领风骚，在文学领域占据重要地位。汉代的文学风气离不开楚文化的滋养，汉成帝时期，刘向辑录《楚辞》，收录屈原、宋玉、贾谊、淮南小山、东方朔、王褒，以及其本人的作品。楚辞体的诗歌形式为屈原首创，后世出现了一批以楚辞体创作的诗歌，楚辞体的作品颇为流行，受到追捧而经久不衰。沈德潜在《说诗晬语》卷四十二提到“卜居、渔父而篇，设为问答，以显己意，客难、解嘲之所从出也。词义显然，楚辞中之变体”①，可见楚辞对汉代文学体裁的影响。又言“离骚者，诗之苗裔也。第诗分正变，而离骚所际独变，故有侘傺噫郁之音，无和平广大之响。读其词，审其音，如赤子婉恋於父母侧而不忍去。要其显忠斥佞，爱君忧国，足以持人道之穷矣”②，可以看出，楚辞对于后代文人的精神与心灵世界具有潜移默化的建构作用。

后人推崇楚辞，一方面在于其瑰丽华美的语言，声韵悠长婉转，带有浓郁的楚地色彩。另一方面在于楚辞强大的精神世界。言为心声，楚人利用楚语进行创作，在声调及音韵方面具有强烈的感召力量。后来研究楚辞的人逐渐增多，楚辞在目录中的著录，最早可以追溯至《七略》，刘向父子将屈赋置于诗赋略之首，从而确立了屈原及楚辞类文献在赋史上的源头地位。汉代社会早期，君王贵族们十分喜爱楚辞，这就推动了楚辞的整理与传播。刘勰《文心雕龙》称“昔汉武爱《骚》，而淮南作《传》”③，王逸在《楚辞章句序》中提到“至于孝武帝，恢廓道训，使淮南

---

① 沈德潜：《说诗晬语》，北京：人民文学出版社，1979年版，第197页。

② 沈德潜：《说诗晬语》，北京：人民文学出版社，1979年版，第196页。

③ 刘勰著，范文澜注：《文心雕龙注》，北京：人民文学出版社，1958年版，第45页。

王安作《离骚经章句》，则大义粲然”[①]。通过以上可知，刘安的楚辞研究侧重阐发义理。汉宋之楚辞学，汉为奠基，宋渐繁荣；汉为崇古，宋重考辨。元明楚辞学平稳发展，清代学者集历代楚辞研究之大成，楚辞类文献受到更为全面的重视。

总之，楚辞的创作与研究相辅相成，并行不悖。楚辞以后，汉赋兴起，楚辞体也开始了文体上的转换，但仍然有以楚辞体创作的作品。对这些书目文献进行梳理，楚辞类文献被独立出来，隶属于集部楚辞。这不仅表达了历朝历代学者对楚辞学进退褒贬的评价，并且对于追溯楚辞文献的源流演变，具有不可忽视的作用。值得一提的是，我国古代的目录分类体系，是站在正统立场，而且受儒家思想、历史阶级所限，难免发生偏颇，我们理应辩证待之。

二、不同时期楚辞类文献序的表现

先秦以来的楚辞类文献浩如烟海，目录学的著述发挥“治学之门径”的作用。目录学对历代楚辞文献序的载录，大致可分为四个时期：先秦两汉、魏晋南北朝、唐宋以及元明清时期。

（一）先秦两汉时期

《七略》是我国第一部综合性的目录，得以保存在《汉书·艺文志》之中。无论大类还是小类，刘向在每一类之后，都会撰写叙述这一类学术源流的序。《诗赋略》比较特殊，只有大序，而没有五类的小序，其中包括“屈原赋之属”。因此对于刘向、刘歆当时分类的含义及依据，我们不得而知，再加上《诗赋略》所收作品现已大都亡佚，很难根据作品内容来窥见当时的学术面貌。仅通过《诗赋略》大序中涉及屈原及楚辞的评论，期以有所启发：

> 传曰：“不歌而诵谓之赋，登高能赋可以为大夫。”言感物造耑而，材知深美，可与图事，故可以为列大夫也。古者诸侯卿大夫交接邻国，以微言相感，当揖让之时，必称《诗》以谕其志，盖以别贤不肖而观盛衰焉。故孔子曰“不学《诗》，无以言”也。春秋之后，周道浸坏，聘问歌咏不行于列国，学《诗》之士逸在布衣，而贤人失志之赋作矣。大儒孙卿及楚臣屈原离谗忧国，皆作赋以风，咸有恻隐古诗之义。其后宋玉、唐勒；汉兴，枚乘，司马相如，下及杨子云，竞为侈俪闳衍之词，没其风谕之义。是以杨子悔之，曰：“诗人之赋丽以则，辞人之赋丽以淫。如孔氏之门人用赋也，则贾谊登堂，相如入室矣，如其不用何！”[②]

---

① 洪兴祖撰，白化文等点校：《楚辞补注》，北京：中华书局，1983 年版，第 48 页。

② 陈国庆编：《汉书艺文志注释汇编》，北京：中华书局，1983 年版，第 183–184 页。

可以看出，此时的文学观念，侧重于《诗经》的言志美刺，其本质是发挥文学的社会政治作用。汉武帝独尊儒术之后，经学在思想文化领域居于正统地位。儒家的《诗》教作为衡量一切文学作品的标准，或美化统治阶级，或对不良的政治环境进行讽谏。以屈原为代表的楚人面对日益颓靡的政治现状，抒发"诗人之志"，被称为"诗人之赋"。失意和爱国、矢志和彷徨的精神灌注其中，遂成楚辞。后来的文人只学其表，即外在修辞，很少得其精华，大都过渡到研究的领域。

《诗赋略》序反映了"依经立论"这一文学观念，汉人重视《诗经》的教化作用，对于楚辞的评价侧重其中的社会政治作用。先秦时期，人们没有文学的观念，个人的文集作为一家之言被收入六艺诸子之中，文学作品只有《诗赋略》一类，在目录学中，被排除在思想理论之外。本质上说，屈原的作品美则美矣，不上升到政治层面。古人重立言、轻辞赋的观念由来已久。后来扬雄言"雕虫篆刻""壮夫不为"，曹植认为"辞赋小道"，曹丕《与吴质书》云"（徐干）著《中论》二十余篇，成一家之言。辞义典雅，足传于后，此子为不朽矣"[①]。也就是说，楚辞在汉代的学术体系中虽独树一帜，然走上无关政治，甚至带有娱乐性质的道路，正如司马相如的赋使得武帝有"飘然凌云"之感。总体看来，楚辞在汉代的学术领域中并不入流，不属于哪一家的思想，其影响却不容忽视，在文人的心灵史留下浓墨重彩的痕迹，泽被后世。

（二）魏晋南北朝时期

这一时期，文学开始摆脱经学走向独立，楚辞类作品受到重视，人们对其中的文学观念有了更深入的思考。刘勰《文心雕龙》分别有《辨骚》和《诠赋》篇，区别两种不同意义的文体。《文选》的选录标准是"事出于沈思，义归乎翰藻"，专立"骚"文体，收录单篇文章有《东皇太一》《云中君》《湘君》《湘夫人》《九歌二首》《少司命》《山鬼》《涉江》《招魂》，与宋玉等人的赋区分开来。

两汉以来重视典籍文化事业，至魏晋南北朝出现"家家有制，人人有集"的盛况。故王俭《七志》将"诗赋略之属"改为"文翰志"，阮孝绪《七录》改"翰"为"集"。至于楚辞，《隋书·经籍志》详细记载如下：

> 《楚辞》者，屈原之所作也。自周室衰乱，诗人寝息，谄佞之道兴，讽刺之辞废。楚有贤臣屈原，被谗放逐，乃著《离骚》八篇，言已离别愁思，申抒其心，自明无罪，因以讽谏，冀君觉悟，卒不省察，遂赴汨罗死焉。弟子宋玉，痛惜其师，伤而和之。其后，贾谊、东方朔、刘向、扬雄，嘉其文采，拟之而作。盖以原楚人也，谓之"楚辞"。然其气质高丽，雅致清远，后之文人，咸不能逮。

① 萧统编，李善注：《文选》，北京：中华书局，1977年版，第591页。

始汉武帝命淮南王为之章句，旦受诏，食时而奏之，其书今亡。后汉校书郎王逸，集屈原已下，迄于刘向，逸又自为一篇，并叙而注之，今行于世。隋时有释道骞，善读之，能为楚声，音韵清切，至今传《楚辞》者，皆祖骞公之音。①

这篇序言叙述了唐前楚辞发展的学术史。一方面分析了楚辞产生的背景，最早为屈原所作，是兴起于战国时期的一种新体诗歌。《楚辞》一书是西汉刘向所辑，分别是屈原《离骚》《九歌》《天问》《九章》《远游》《卜居》《渔父》，宋玉《九辨》《招魂》，景差《大招》，贾谊《惜誓》，淮南小山《招隐士》，东方朔《七谏》，严忌《哀时命》，王褒《九怀》及刘向本人向所作《九叹》，东汉王逸增入自己的《九思》，共十七篇，被称为总集之祖。

另一方面对楚辞给予了较高评价，尤其表现在外在的文学形式。《序》文最后指出，此一时期的楚辞研究，主要是关于楚辞的音韵学研究。参见《隋书·经籍志》记载的10部楚辞学专著，内容涉及楚辞作品、音乐学、名物学等。具体有王逸注《楚辞》、郭璞注《楚辞》、杨穆《楚辞九悼》、皇甫遵训《参解楚辞》、徐邈《楚辞音》、诸葛氏《楚辞音》、孟奥《楚辞音》、释道骞《楚辞音》《楚辞音》、刘杳《离骚草木疏》等书目。除了王逸注《楚辞》，其他9部楚辞类文献在唐宋皆已亡佚。然而，后世学者依然能够从魏晋六朝音韵学流行的社会环境，推知关于楚辞音韵研究的大致盛况。

（三）唐宋时期

《新唐书·艺文志》丁部集录著录楚辞类七家，七部，三十二卷。与《旧唐书·经籍志》相比，收录的楚辞类文献，除卷数不同外，书名、作者以及文献总数都相同。《宋史·艺文志》集类记载楚辞十二部，一百四十卷。具体文献有屈原等《楚辞》、洪兴祖《补注楚辞》《考异》、王逸《楚辞章句》、周紫芝《竹坡楚辞赘说》、晁补之《续楚辞》、朱熹《楚辞集注》《辨证》、又《变离骚》、黄铢《楚辞协韵》、黄伯思《翼骚》等。

私家目录中，晁公武《群斋读书志》集部总序涉及楚辞类，称道："昔屈原作《离骚》，虽诡谲不可为训，而英辨藻思，闳丽演迤，发于忠正，蔚然为百代词章之祖。"②《序》肯定了屈原楚辞体的藻饰美，并且十分认同屈原忠正的精神人格。宋士大夫精神讲求气节，这也正是宋代注重修身，内圣外王的气质体现。宋代是疑古的时代，楚辞研究渐入佳境。晁公武之后，陈振孙一方面抒发了对屈原的同情，另一方面考察了楚辞的具体篇目。在前人的基础上，《直斋书录解题·楚辞类》著录刘

① 魏征等撰：《隋书》，北京：中华书局，1973 年版，第 1055—1056 页。

② 晁公武撰，孙猛校正：《郡斋读书志校证》，上海：上海古籍出版社，2011 年版，第 801 页。

向集《楚辞》、无名氏《离骚释文》、洪兴祖《楚辞考异》、晁补之《重定楚辞》《续楚辞》《变离骚》、周紫芝《楚辞赘说》、朱熹《楚辞集注》《辨证》、朱熹《楚辞后语》、林应辰《龙冈楚辞说》、黄伯思《校定楚辞》《翼骚》等。通过这些作者及书名可以看出，唐代的楚辞研究较少，著录不多。受疑古思潮的影响，宋代出现了大批校订、重注及思辨的楚辞类文献。这与时代思潮息息相关，也反映了宋人严谨的治学精神。

（四）元明清时期

元马端临《文献通考·经籍考》，以辑佚众多古籍闻名。著录楚辞类文献有："《宋中兴志》：《楚辞》九家，十二部，二百四卷"①。

明黄虞稷的《千顷堂书目·骚赋类》只录书目。清《四库全书总目·集部·楚辞》序，总结历代楚辞研究之得失：

> 裒屈、宋诸赋，定名《楚辞》，自刘向始也。后人或谓之骚，故刘勰品论《楚辞》，以《辨骚》标目。考史迁称"屈原放逐，乃著离骚"，盖举其最著一篇。《九歌》以下，均袭《骚》名，则非事实矣。《隋志》集部以《楚辞》别为一门，历代因之。盖汉、魏以下，赋体既变，无全集皆作此体者。他集不与《楚辞》类，《楚辞》亦不与他集类，体例既异，理不得不分著也。杨穆有《九悼》一卷，至宋已佚。晁补之、朱子皆尝续编，然补之书亦不传，仅朱子书附刻《集注》后。今所传者，大抵注与音耳。注家由东汉至宋，递相补苴，无大异词。迨於近世，始多别解。割裂补缀，言人人殊。错简说经之术，蔓延及於词赋矣。今并刊除，杜窜乱古书之渐也。②

《序》文追溯了楚辞发展的源流，并且给予较高评价。不同时期的楚辞类文献，涉及字句订正、版本考证、声韵训诂等方面，出现了一大批如林云铭、蒋骥、陈本礼等学者。楚辞在摹拟创作上稍逊一筹，难以出现超越屈原作品的情况，故《序》文中提到"后之文人，咸不能逮"，正如顾炎武所言："效楚辞者，必不如楚辞。效《七发》者，必不如《七发》。盖其意中先有一人在前，既恐失之，而其笔力复不能自遂。"③楚辞研究发展至清代，无所不包。侧面反映了学术风气的转向，方方面面皆有所涉及。

总的来说，屈原所开创的楚辞体，作为我国目录学的一个门类，得以延续下来。楚辞类文献序的撰写，兼具文学创作与学术研究的视野，予以启发后世。

① 马端临：《文献通考》，北京：中华书局，1986年版，第1835页。

② 李学勤等点校：《四库全书总目提要》，北京：中华书局，1997年版，第1973页。

③ 顾炎武著，黄汝成集释：《日知录集释》，上海：上海古籍出版社，2006年版，第1098页。

三、古籍目录文献的楚辞序之影响

我们今天能够对中国封建社会楚辞类典籍的保存、流传状况，有一个概貌的了解，离不开古籍目录的编撰。其目录及序言的撰写，具有十分重要的学术意义。历代以序言相衔接，促进楚辞学在后世的流传与发展。

（一）保存了珍贵的楚辞类文献

从《隋书·经籍志》开始，《诗经》归入经部，《楚辞》则被纳入集部楚辞类。历代的目录学家，斟酌古今，在分类方法和序言编撰上，注重叙述由屈原所开创的楚辞体诗歌发展的过程。纵观这些与楚辞相关的书目文献，其中既有楚辞的摹拟之作，又有楚辞的音韵辑注、名物考证等作品。从汉代发展至清代，历经时间的考验，作为目录学不可或缺的一部分，生命力极为顽强。这也侧面反映出楚辞类文献的学术价值，及其在学术史上的重要地位。《四库全书总目》中的楚辞类文献共 23 部，其中正目 6 部，存目 17 部。汉代文献 1 部，宋代文献 4 部，明代文献 5 部，清代文献 13 部，《清史稿·艺文志》所录大抵与此相同。后世学者即类求书、因书究学，这些著录无疑保存了珍贵的楚辞类文献。

（二）反映了楚辞学的发展过程

汉代是楚辞研究的第一个高峰，具有明显的时代特色。汉代学者以经学为中心，用研究经学的方法研究楚辞。汉代重视章句学，从训诂的角度出发，一改往日的口诵记忆、摹拟创作之风，实现了义理方法论的跨越。魏晋南北朝挖掘其中的文学观念，整理楚辞类文献，属于楚辞学研究的转折时期。《旧唐书·经籍志》丁部记录设置了三个部类，将楚辞置于首位，反映出唐代楚辞类文献的基本情况。宋代开创了楚辞研究的新时代，形成第二个高峰。宋代文化繁荣，在“疑经辨古”思潮的推动下，宋代学者开始怀疑屈原的生平经历、考辨楚辞作品的真伪。与此同时，宋代理学大兴，士大夫普遍重视气节。这就使得楚辞学研究关注君臣去就、民族大义的相关话题，具有遗民特质。

元代是楚辞研究的低潮期，成果较少。明代是楚辞研究的黄金时期，一方面是对宋代楚辞作品进行增补，另一方面异说纷呈，促进了汇评楚辞类文献的发展。清代王邦采、李光地等人以儒家道学理念注解楚辞；蒋骥、王念孙等人从朴学入手研究楚辞，更为求真和务实。此外，陈本礼、胡文英等人侧重文本大意，亲力亲为进行创作。总的来说，历代学者或从辞章学、或从音韵学、或从考证学等方面进行楚辞的研究，反映了楚辞学历久弥新的发展趋势。

（三）丰富了楚辞类的学术研究

中国古代的楚辞类文献的学术研究，按时间顺序大致可分为训诂义理、声调音韵及文化观照等方面。以考证类研究为例，东汉中后期王逸的《楚辞章句》，可称为楚辞学考证方面上的奠基之作，确立了楚辞作品的篇目，为楚辞学研究提供了文本依据，带来了楚辞类文献研究新的视角。再如辑释类的著录，如晁补之《重编楚辞》、洪兴祖《楚辞补注》、黄伯思《校定楚辞》、朱熹《楚辞集注》和钱杲之《离骚集传》等，使得楚辞学研究出现新的局面。

至于音韵学方面的研究，最早可追溯到《隋书·经籍志》中的“释道骞《楚辞音》”衔接古今。后来晋徐邈《楚辞音》、刘宋诸葛《楚辞音》等著述，围绕注音释义，激发了学者对楚辞方言及音韵的重视与研究。与此同时，进一步推动了楚辞地理学的发展，颜之推认为：“夫九州之人，言语不同，生民已来，固常然矣。自《春秋》标《齐言》之传，《离骚》目《楚词》之经，此盖其较明之初也。”[①] 也就是说，楚文化在建构中华文化的过程中占据重要地位，影响深远。

总结而言，在我国传统的古籍目录中，楚辞类文献始终作为重点深入挖掘。尽管视域殊途，但都在不同程度上层累史料，以推动楚辞学的研究为落脚点。这对于楚辞类文献的整理与传播，具有十分重要的意义。

① 王利器：《颜氏家训集解》，北京：中华书局，1993年版，第638页。

论屈原辞不同称谓的形成及原因

山东师范大学　张世磊

摘　要：汉代以后，世人对屈原作品有屈辞、屈赋、屈骚等不同称谓，究其原因当与世人对屈原作品的接受与认识有关，这种接受和认识具有时代性，受所处时代文学文体观念的影响。屈原作品有诗体也有赋体，从文本体征上又可再进一步分化，不能够用一种文体类别来概括，况且“辞”“骚”严格来说并不属于文体概念。

关键词：屈原；屈原辞；文体称谓

汉代以后，世人对于屈原作品一直有不同的称谓，到了明清时期，相关称谓便同时并存，如戴震有《屈原赋注》、陈本礼有《屈辞精义》、夏大霖有《屈骚心印》等等。今天学界称屈赋、屈辞、屈骚者，也很多。对此，若以约定俗成视之，称其为屈辞、屈赋、屈骚，我们都能知道是指称屈原作品，但若从文体层面上看，这些称谓毕竟又有不同，或者有的本就不属于文体范畴。况且这些称谓能不能切实符合屈原作品文体本身，或者屈原作品究竟能不能用一种文体形式来一以概之，其实都存在问题。

笔者以为，导致这种状况出现的原因，一方面与世人对于屈原作品的接受有关。这种接受又以屈原作品被编成集为界，分为结集之前具体篇章接受，和结集之后对于屈原作品集的接受两个阶段。后世混淆了前人对屈原作品的这两种认识。另一方面，后人对屈原作品接受时，受到所处时代文学文体观念的影响，从当时已有的文学观念去认识屈原作品，而没有回到屈原创作作品时的具体文体语境中去。

一、“屈辞”称谓的形成及原因

现存流传下来的屈原作品共20余篇，就其结集时间而言，学界普遍的观点认为是刘向最早辑成《楚辞》。若准此，则屈原作品正式成集的时间在西汉后期，而在此之前屈原作品的传播可理解为是以单篇的形式流传。①

屈原作品文本体式并非整齐划一，如《离骚》不同于《天问》，《九章》不同于《九歌》，《卜居》《渔父》与之差别更大，就是《九章》诸篇之中，《橘颂》与其他篇章体式也不一样。先秦时期，在屈原作品单篇传播的时代，若人们只是接触到不同的某一篇或某几篇屈原作品，那么对屈原作品文体的认识定然会有不同。

我们先看一下屈原本人对于其作品的认识。《九章·抽思》中他说“结微情以陈词兮，矫以遗夫美人”“兹历情以陈词兮，荪详聋而不闻”，又说“憍吾以其美好兮，敖朕辞而不听”②，这里所说的“词”与“辞”意义显然是相同的，是指向君王陈述的“言辞”“说辞”，很明显是不具有文体意味的。但在此文的“乱”辞中，屈原写道“道思作颂，聊以自救兮。忧心不遂，斯言谁告兮”③，表明作者是因“忧心不遂”“聊以自救”而“道思作颂”，明确把自己的作品定性为“颂”，而“颂”即是诗。《诗经·小雅·节南山》中有“家父作颂，以究王讻”，《大雅·崧高》篇、《烝民》篇则有“吉甫作颂，其诗孔硕”“吉甫作颂，穆如清风”，讲的都是作诗。在《悲回风》中，屈原则径直写道“介眇志之所惑兮，窃赋诗之所明”，明确直言是“赋诗”。这是屈原对自己创作的自述，显然他将自己创作的作品定性为诗，至少《九章》诸篇应是如此。

屈原之后，楚地作家有宋玉、唐勒、景差。三人之中作品较全备，流传较多的，只宋玉一人。司马迁说他们“皆好辞而以赋见称”“然皆祖屈原之从容辞令，终莫敢直谏”。这里我们细究宋玉作品，除《九辩》《对楚王问》两篇外，其余作品皆冠以赋名，如《登徒子好色赋》《高唐赋》《大言赋》《小言赋》等等。笔者以为，宋玉是有明确的赋体文体意识的，《小言赋》的创作可以证明。《小言赋》开篇言：

> 楚襄王既登阳云之台，令诸大夫景差、唐勒、宋玉等并造《大言赋》，赋毕而宋玉受赏。王曰：“此赋之迂诞则极巨伟矣，抑未备也。……然则上坐者未足明赏，贤人有能为《小言赋》者，赐之云梦之田。”④

这段赋文中提到作于《小言赋》之前的《大言赋》，足可证《大言赋》篇题当时已定。如果说“赋毕而宋玉受赏”中的“赋”为动词，那么“令诸大夫景差、唐勒、宋玉等并造《大言赋》”之“赋”则为名词无疑，且已具有文体意义。由此可以认

① 对此，学界也有不同观点。如汤炳正在《〈楚辞〉成书探索》一文中，认为“《楚辞》一书的纂成，既非出于一人之手，也不出于一个时代；它是不同时代和不同的人们逐渐纂辑增补而成的”，“世传王逸《楚辞章句》十七卷本，乃先秦到东汉这一较长的历史时期中累积而成的，并不是刘向一人所纂辑的（当然刘向是其中的一个）”。

② 洪兴祖：《楚辞补注》，北京：中华书局，1983年版，第137—139页。

③ 洪兴祖：《楚辞补注》，北京：中华书局，1983年版，第141页。

④ 吴广平编注：《宋玉集》，长沙：长岳麓书社，2001年版，第110页。

定宋玉已有了文体意识，开始明确称谓所作的篇章为赋。

假若我们将宋玉这些赋作，同《九辩》作以比较，不论从形式上，还是在情感内容上，都有非常明显的不同，《九辩》所运用的语言句式以及表现的内容情感与屈原《离骚》《九章》相像，这就表明宋玉《九辩》与其所创作的其他几篇赋在文体类别上是不同的。况且在《九辩》中，宋玉有“切慕诗人之遗风兮，愿托志乎素餐”等诗句，这里的“诗人”显然指屈原，《九辩》的创作无疑也是慕诗人之作，这同样能表明他能区别《九辩》与其他赋体篇章的不同。这里，屈原自己的认识也好，宋玉的认识也好，都随着楚国的败亡而消散在历史长河中，对文学观念、文体观念的认识确立，在封建时代仍需当权者倡导。

司马迁说屈原之后宋玉等人“皆好辞而以赋见称”，这里用一个“而”表转折，说明他也能意识到宋玉等人的赋与屈原作品的不同。

事实上司马迁在《史记》中已多次做出过“辞”与“赋”的区别。如《屈原贾生列传》中，司马迁在介绍贾谊《吊屈原赋》的创作时说：“贾生既辞往行，闻长沙卑湿，自以寿不得长，又以适去，意不自得，及渡湘水，为赋以吊屈原。其辞曰：……”[①] 在介绍司马相如为武帝作《天子游猎赋》时也说：“奏之天子，天子大说。其辞曰：……”[②] 这里“辞”的意义明显就是语词、文词，其字义同“词”，指代文辞作品。在《酷吏列传》中，司马迁在表述严助、朱买臣等人因善言楚地文辞作品而被拜官时，说道“买臣以楚辞与助俱幸”。这种表述也被班固继承，在《汉书·地理志下》中，他说“吴有严助、朱买臣，贵显汉朝，文辞并发，故世传楚辞”，这里班固说“文辞并发”，又说“世传楚辞”，显而易见楚辞即是楚辞文辞作品，由此，楚辞一名在朱买臣时期形成。因为楚辞不单单是屈原一人作品，所以世人在有意单说屈原作品时，便在此基础上，称屈原辞，这也便有了屈辞之称。

二、屈赋称谓的形成及原因

西汉初期，就文学活动的繁盛程度来看，以藩王为中心的地方文学要远胜于中央，这其中的原因即是藩王们秉承战国养士遗风，各自招纳许多名士，这些名士在为其主献计献策的同时，亦喜好文学创作。如我们所熟知的吴王刘濞集团、梁孝王刘武集团以及淮南王刘安集团。《汉书·地理志下》载“汉兴，高祖王兄子濞于吴，招致天下娱游子弟，枚乘、邹阳、严夫子之徒兴于文景之际。而淮南王安亦都寿春，

---

① 司马迁：《史记》，北京：中华书局，1982 年版，第 2492 页。

② 司马迁：《史记》，北京：中华书局，1982 年版，第 3003 页。

招宾客著书”[①]，只是在吴王濞“邪谋”之后，邹阳、枚乘、严忌等人“皆去之梁，从孝王游”。由此我们可以看出，汉初知名文人皆为地方藩王所用，即便是当时已在中央天子身边的司马相如也因汉景帝不好辞赋，周围无文人群体而称病游梁。可以说至少在武帝之前，中央最高统治者周围并没有聚集多少文人。

翻开王逸《楚辞章句》，会发现先秦作品之后，紧接着是贾谊所作的《惜誓》、淮南宾客的《招隐士》、东方朔《七谏》及严忌的《哀时命》，这些作品皆与屈原及其作品有关，或是追悯屈原而作，或是为屈原鸣不平而作或以屈原之口吻仿屈作而作，这传达给我们一个信息，即他们见闻过屈作，或至少听闻过屈原事迹。从他们生平上看，除东方朔之外，其余作品，皆应创作于地方，而非在汉都长安。20世纪70年代出土的阜阳汉简中，整理者发现有《离骚》《涉江》残句，考古学家根据墓中“女（汝）阴侯”铭文及相关漆器铭文推断，此墓主人当是西汉第二代汝阴侯夏侯灶，而出土地阜阳即是当时其父夏侯婴的封地，这也能够证明汉初地方确有屈原作品的流传。

据《史记·酷吏列传》载“严助使人言买臣，买臣以楚辞与助俱幸，侍中，为中大夫，用事”[②]。严助向汉武帝推荐朱买臣，当发生在武帝即位伊始，广招天下贤才之时，而此次朱买臣向汉武帝言楚辞，笔者以为这可以看作是屈原作品向汉统治中心长安的首次传播[③]。

汉武帝即位，使西汉社会发生了很多的变化。第一，到武帝时，各地藩王的实力削弱，中央统治力大大加强，随着武帝初招天下英贤，大批文人贤士涌向中央，汉中央开始统领起文学创作主流。第二，经学、儒学的地位得以确立，这就决定了文艺的美学标准及批评标准将源于儒学经学中的文艺思想原则。第三，赋这种文体兴盛，成为汉文学的代表。

从文学的渊源上看，文学史上所说的骚体赋和汉大赋，多与先秦楚地文学有关系，汉初贾谊骚体赋虽长于说理，但从形式上和句式上有学习屈原作品的一面，汉

---

① 司马迁：《史记》，北京：中华书局，1982年版，第1150页。

② 司马迁：《史记》，北京：中华书局，1982年版，第3143页。

③ 据《汉书·严朱吾丘主父徐严终王贾传》载“郡举贤良，对策百余人，武帝善助对，于是独擢助为中大夫。后得朱买臣、吾丘寿王、司马相如、主父偃、徐乐……并在左右”。可见汉武帝初招纳贤良，严助到汉武帝身边最早，之后是朱买臣、吾丘寿王、司马相如等人。又据《汉书·淮南衡山济北王传》载“时汉武帝方好文艺，以安属为诸父，辩博善为文辞，甚尊重之。每为报书及赐，尝招司马相如等视草乃遣。初，安入朝，献所作《内篇》，新出，上秘爱之。使为《离骚传》”，可知刘安“报书及赐”时，司马相如已在武帝身边，武帝招他和一些人“视草乃遣”。按班固所说的顺序是“后得朱买臣、吾丘寿王、司马相如”，可知朱买臣早于或至少是同时和司马相如入朝。这样，他向汉武帝“说《春秋》，言《楚辞》”应早于刘安为《离骚》作传。或者刘安为之作传的《离骚》，正是武帝通过朱买臣之“言”所得。

大赋的骋辞扬丽，则在宋玉赋中已开端倪。这种赋更多的是在迎合统治者之好，上好之，下行之。随着汉大赋成为文人创作的主流，人们对这种文体的认识反过来会影响他们对先秦楚辞作品的认识，何况汉初骚体赋在形式上又近似于屈原作品，这在一定程度上也混淆着人们对屈原作品文体性质的认识评判。所以首先有司马迁称屈原作品为赋，《史记·屈原列传》中“乃作《怀沙》之赋”，则是第一位明确把屈原作品冠以赋名的人。之后刘向、刘歆父子校书，也把屈原作品归于诗赋略（主要是赋），刘向又在前人基础上编辑整理了《楚辞》，在他的观念里分明会把以屈原作品为主的《楚辞》当成是一部赋集。而随着此部《楚辞》的流传，后人在对其接受时，必然会受到他这一观念的影响，之后便有许多句式内容与屈原《离骚》《九章》相仿，却冠以赋名的文章出现，如刘歆的《遂初赋》、梁竦的《悼骚赋》等等。班固在《汉书》中也把屈原作品称为赋，如《汉书·地理志下》载“始楚贤臣屈原被逐放流，作《离骚》诸赋以自伤悼”，《艺文志》也有“大儒孙卿及楚臣屈原离谗忧国，皆作赋以风”。其实，汉人还受到经学观念的影响，刘勰在《文心雕龙·诠赋》篇中已说得非常明白，“《诗》有‘六义’，其二曰赋’。赋者，铺也，铺才摛文，体物写志也。昔邵公称：‘公卿献诗，师箴瞽赋。’《传》云：‘登高而赋，可为大夫。’……故刘向明‘不歌而诵’，班固称‘古诗之流也’”[①]。显然刘向、班固等人受到《毛传》的影响，他们在释析“赋”的概念及其渊源时，皆比附于《诗经》，在一定程度上混淆着《诗经》之“赋”、赋《诗》言志之“赋”与当下文体意义上赋体之“赋”这三个概念。综合以上这两方面的原因，“屈赋”一名便渐渐成了中国文学中的一个术语，有了其约定俗成性。

三、屈骚称谓的形成及原因

称屈原作品为“骚”，即使不作细致考究，其缘由也可大略得知，即因屈原的代表作《离骚》。“其言甚长，其思甚幻，其文甚丽，其旨甚明”[②]，不论是在思想上、艺术上，还是用词造句上，都达到了一个高度。刘勰在论述魏文、陈思才略时说“文帝以位高减才，思王以势窘益价”，我想屈原自身的悲剧色彩，这种“势窘”及其自己所展示出的耿介之质，亦具有强烈的情感感召力和人格感染力，加之这如此华丽绝美的带有自传性质的文学作品《离骚》，因此屈原的倾慕者代不乏人，尤其是士大夫失意之后，往往在屈原这里寻求一种心理蕴藉。把屈原代表作《离骚》，直呼作《骚》，似乎就已体现了一种亲切的认同，进而便以“骚”代指屈原作品，甚

① 刘勰著，黄叔琳注：《增订文心雕龙校注》，北京：中华书局，2012年版，第98页。

② 鲁迅：《汉文学史纲要》，南京：江苏文艺出版社，2008年版，第27页。

至屈原。

最早称屈原作品为“骚”的，当属东汉梁竦。《后汉书·梁统传》载“后坐兄松事，与弟恭俱徙九真，既徂南土，历江、湖，济沅、湘，感悼子胥、屈原以非辜沉身，乃作《悼骚赋》”①，如此“悼骚”，即以“骚”指代屈原之悲事，而屈原之悲事在《离骚》中又体现得分外明显，因此这样的称谓有可行的一面。

真正使“骚”之名传播更广者，笔者以为是刘勰，因为在其著作《文心雕龙》中有《辩骚》篇，与《明诗》篇、《诠赋》篇并列，在一定程度上已经有了文体分辨的意味。《辩骚》篇中，单讲屈原作品与防屈作品，大体与《刘向》所辑《楚辞》相同，所以《辩骚》也等于是辩《楚辞》，是辩屈原作品。在此“骚”之名也就有了指代屈原作品的含义。因为《文心雕龙》的影响很大，这可以看作是“屈骚”一名指代屈原作品的一个渊薮。

四、结语

综上所述，“屈辞”一名是依屈原文中之“丽辞”而来，这里“辞”与“词”是相同的，即是以文章最具典型性的特点来概指其文，司马迁在《屈原列传》中引述《怀沙》时，说“其辞曰”，即是以“辞”概指其文本。两汉大赋的“骋辞扬丽”加强了世人的这种印象。这里“辞”不属于文体范畴，正因其不属于文体范畴，没有文体意味，反而可以统称整个屈原作品。“屈赋”之称的形成是具有时代性的，是西汉文人在汉大赋风行的背景下，在受到经学思想的影响下，对屈原作品的一个称谓，对此我们以为并不符合屈原的文体特征，屈原大部分的作品如他自己在作品中所述，应是诗，只《渔父》《卜居》《招魂》可看作是赋体。“屈骚”之称则是以屈原最具代表性的作品《离骚》之简称来概括屈原作品，就文体上讲，骚也不属于文体范畴，只是一个篇名的简称，而用来概指屈原作品，称屈原作品为屈辞最合适。

① 范晔：《后汉书》，北京：中华书局，2012年版，第925—926页。

论天主教与明清楚辞学 *

南通大学　陈　亮

摘　要：明清之际西方传教士入华，在客观上促进了中西文化交流，起到了传播新知的作用。这种文化交流在当时楚辞学界亦有体现，出于“知识传教”的目的，传教士以学者身份进入中国，接触并引用《楚辞》传教，并以天主教教义解读《楚辞》，乃至译介《楚辞》以推寻教义，从侧面推动了《楚辞》的传播与研究。更为重要的是，传教士带来的西方宇宙体系与天文、地理知识为中国学者解读《楚辞》提供了新材料与新视野，明代万历以后部分《楚辞》研究著作中已然渗入西方天文学理成分，清代《楚辞》研究中体现得更为明显，这一时期注家或援引西学以证己说，或广征材料以备参详，明清之际楚辞学新变建立在中西方文化交流的基础之上，取得了更为辉煌的成果。

关键词：楚辞；西学东渐；传教士；天问

明清之际的西学东渐，是中国文化史上、中外文化交流史上的一件大事，它开始的标志是意大利耶稣会士利玛窦（Matteo Ricci，1552—1610）等到中国传教。英国学者李约瑟（Joseph Needham，1900—1995）对欧洲传教士来华活动评价道：

> 在文化交流史上，看来没有一件事足以和17世纪时耶稣会传教士那样一批欧洲人的入华相比，因为他们充满了宗教热情，同时又精通那些随欧洲文艺复兴和资本主义兴起而发展起来的科学。……即使说他们把欧洲的科学和数学带到中国只是为了达到传教的目的，但由于当时东西方两大文明仍互相隔绝，这种交流作为两大文明之间文化联系的最高范例，仍然是永垂不朽的。①

传教士来华活动主观意图在于传教，但客观上却起到了传播新知与促成文化交流的作用。梁启超（1873—1929）《中国近三百年学术史》指出欧洲传教士来华对中国学术界产生了极大的学术影响：

---

* 本文在撰写过程中，承蒙意大利比萨大学 Giacomo Beneditti 博士、德国哥廷根大学徐美德博士帮助校订引文译文，在此深表感谢。

① 李约瑟：《中国科学技术史》卷4第2分册，北京：科学出版社，1975年版，第640—641页。

> 利玛窦、庞迪我、熊三拔、熊华民、邓玉函、阳玛诺、罗雅谷、艾儒略、汤若望等，自万历末年至天启、崇祯间先后入中国，中国学者如徐文定、李凉庵都和他们来往，对于各种学问有精深的研究。……中国智识界与外国智识界相接触，晋唐的佛学为第一次，明末的历算学便是第二次。在这种新环境之下，学界空气当然变换。[①]

西方传教士来华，不仅带来了基督教文化，而且传播了大量西方的科学知识，使当时的中国人耳目一新。很多政治家和学者受到西学影响，据熊月之统计，从明代徐光启算起，到乾嘉学者阮元，名留史册者竟有150余人，除了康熙皇帝等政治家外，仅学者就有徐光启、李之藻、方以智、梅文鼎、王锡阐、薛凤祚、黄宗羲、王夫之，以及江永、戴震、焦循、阮元等。[②]

随着东方与西方文化"直通车"的开启，《楚辞》研究也迈进了一个新的时期。《楚辞》与天主教之间的历史渊源，最早由著名史学家陈垣（1880—1971）揭示出来。陈垣发现这个问题，得益于一段机缘。他经英敛之（1867—1926）介绍与德籍传教士鲍润生（Franz Xaver Biallas, 1878—1936）相识，他得知鲍氏正在从事《楚辞》翻译与研究时，甚感惊讶，促使他留意《楚辞》注解传统与西洋宗教文化的联系。[③]后来他在《从教外典籍见明末清初之天主教》中说：

> 忆民国十一二年间，英敛之先生介绍余与鲍润生司铎相识，云鲍正翻译《楚辞》。余甚为惊讶，以天主教与楚辞不易发生关系。惟明末西士阳玛诺著《天问略》，后刊入《艺海珠尘》，"天问"二字，实本《楚辞》。雍正间《山带阁注楚辞》《远游》《天问》诸编，引用利玛窦、阳玛诺、傅汎际、汤若望之说，为天主教与《楚辞》发生关系之始，盖已二三百年于兹矣。[④]

蒋骥（1662—1735）《山带阁注楚辞》"采摭书目"中列有利玛窦《天主实义》《几何原本》、傅汎际（Francisco Furtado, 1589—1653）《寰有诠》、汤若望（Johann Adam Schall von Bell, 1591—1666）《西洋新法历书》，全书未见引用阳玛诺《天问略》，此与陈文稍异。但是，陈垣先生有两点重要发现：一是西方传教士从明朝末年就开始接触并研究《楚辞》；二是清代学者采用西洋学说解释《楚辞》。此后台湾学者苏雪林（1897—1999）《天问正简》指出"《楚辞》学者采用西洋天文的学理来解释《天问》的'九重天'"。[⑤]台湾学者张勤莹指出清代《楚辞》学者注解中"天重数"

① 梁启超：《中国近三百年学术史》，北京：中国书店，1985年版，第8—9页。

② 详见熊月之：《西学东渐与晚清社会》，上海：上海人民出版社，1994年版，第81—90页。

③ 鲍润生神父之生平，见陈亮《德国汉学家鲍润生的〈楚辞〉研究》，《古典文学知识》，2010年第5期。

④ 陈垣：《从教外典籍见明末清初之天主教》，《国立北平图书馆馆刊》，第8卷2期，1934年3月。

⑤ 苏雪林：《天问正简》，武汉：武汉大学出版社，2007年版，第42—46页。

与传教士论调的关系。[①] 两位学者主要讨论“天重数”问题，观点精当，但未全面涉及楚辞学史。本文尝试沿着陈垣先生的研究角度，再作进一步阐述。

一、传教士引用《楚辞》传教

考虑到当时传教之难，为适应中国社会国情，利玛窦与阳玛诺等西方传教士在长期观察与思考后选择了“知识传教”的侧面途径，一方面借助对中国传统典籍的研读与引用，拉近与中国士人之间的关系，为后续传播教义奠定基础；另一方面利用传播新知彰显西洋学说，以减轻在华传教阻力。屈原《楚辞》作为文学经典，历来为我国文人推崇，尤其《天问》涉猎宏博，言及古代天文、地理等多种知识，因而成为传教士借助的平台。明朝万历四十三年（1615），葡萄牙籍耶稣会士阳玛诺（Emmanuel Diaz Jr.，1574-1659）在北京刊刻发行《天问略》一书。陈垣指出，书名中“天问”二字，实本屈原《楚辞·天问》。《天问》对自然、历史、社会、人生提出了170多个问题，只问不答。《天问略》则致力于介绍西洋天文历法与宗教知识，有问有答。笔者通过对读《天问略》与《天问》，发现两者文本之间还有更深层的联系。试举例如下：

> 问：今观有异运动，从星而出，星行于天，如鸟于空中，如鱼于水内矣，天何所沓，九重焉分？
>
> 曰：……特有九重天以干之，故非一物，自发二动耳。且天体甚坚，非水可比，胡能穿之？两天之连，不容一物，又焉分哉？[②]

引文中的问句“天何所沓，九重焉分”？直接源自《天问》“天何所沓，十二焉分？”可谓二者内容上存在联系之铁证。又如《天问略》云：

> 问：贵邦多习历法，敢问太阳太阴之说何居，且天有几重，太阳太阴位置安属？
>
> 曰：敝国历家详论此理，设十二重焉。……十二重天，其形皆圆，各安本所，各层相包，如裹葱头，日月五星列宿在其体内，如木节在板，一定不移，各因本天之动而动焉。[③]

---

① 张勤莹：《十七世纪在华耶稣会士的传教策略——阳玛诺〈天问略〉中的“巧器”与“天堂”》，《成大历史学报》，2009年第37号。

② ［葡］阳玛诺：《天问略》，李之藻编：《天学初函》，上海：上海交通大学出版社，2013年标点本，第716页。

③ ［葡］阳玛诺：《天问略》，李之藻编：《天学初函》，上海：上海交通大学出版社，2013年标点本，第714页。

引文中的“太阳太阴位置安属”，同样可以视之为《天问》“日月安属”的另一种表述，两者文本间有对应关系。而阳玛诺针对“天有几重”之问，以西方宇宙观中“十二重天”答之，其“第十二重”为天主居所，可以看出阳玛诺借由传递西学新知，导向宣扬宗教教义的根本目的。

1616年，与阳玛诺关系密切的耶稣会士庞迪我（Diego de Pantoja，1571—1618）、熊三拔（Sabatino de Ursis，1575-1620）写了一份奏疏，其中举屈原“圜则九重”为例，证明中西虽远隔万里，其学说却不谋而合：

> 天有九重，中国旧传此说。盖七政各一重，各有本等行度，上有列宿一重，左旋，无星天一重，亦各有本等行度，则九重也。屈原时此术或已失传，故作《天问》。首言：“圜则九重，谁则度之。”意者尧、舜、羲和必度之矣。此因天有定体，故古之作者，中西悬隔，其说不谋而同，非能偶合，非由意造，亦未易以口舌争也。[①]

此奏疏从侧面证明了《天问略》与《天问》的联系，并从西学视角对“圜则九重，孰营度之”作了另一番解释。作者推测，屈原写作《天问》可能是由于尧舜时代的天文知识已经失传，引起战国时代人对天之构造的迷茫。《天问略》一书，应是耶稣会士与中国学者讨论的结果。[②]其书名借屈原的《天问》，表明中西学问是相通的。

阳玛诺还用天主教教义来回答屈原的对天之问。屈原在《天问》开头对宇宙起源提出种种疑问：

> 遂古之初，谁传道之？上下未形，何由考之？冥昭瞢闇，谁能极之？冯翼惟像，何以识之？……圜则九重，孰营度之？惟兹何功，孰初作之？……隅隈多有，谁知其数？[③]

屈原在诗中反复诘问：“谁”创造天地万物？针对这位未知的“谁”，阳玛诺在《天问略·自序》里用“造物主”之说给予回答：

> 造物主者生人，则赐之形躯及灵神，而又特使好知。又生天地列象万物，种种完备玅巧，……天论者，所以使人识事真主，轻世界而重天堂者也。[④]

阳玛诺认为，“造物主”创造了天地万物与人类，而人类探求学问，其旨归在于认识天主。阳氏以“天主”之“天”义，回应屈子之问“天”，从宗教神学角度为《天

---

① 钟鸣旦等编：《徐家汇藏书楼明清天主教文献》，台北：方济出版社，1996年，第1册，第80页。

② 姚立澄：《关于〈天问略〉作者来华年代及其成书背景的若干讨论》，《自然科学史研究》，2005年第2期。

③ 洪兴祖：《楚辞补注》，北京：中华书局，1983年版，第85—87页。

④ [葡]阳玛诺：《天问略》，李之藻编：《天学初函》，上海：上海交通大学出版社，2013年标点本，第712页。

问》解读提供了新的诠释途径。

由《天问略》引用和化用《天问》原文，可以推断阳玛诺不仅读过屈原《天问》，而且能够发现其中与西学对应之处并加以利用，阳玛诺有意对屈原提出问题给予宗教教义性质的回应，以更好地传播西洋学说。他采用了“知识传教”的策略，借助中国传统的释经方式，传播西方知识，影响中国读者向往西学，从而吸引更多人信教。

在传教士的多方努力下，他们带来的西方学识与成果为部分中国学者所吸收，并逐渐渗入《楚辞》研究系统，注家往往援引西学，将其作为参照材料的一种纳入注解，以备后人参详，这种情况在注解《天问》时尤为突出。如“厥利维何，而顾菟在腹”一问，乃是屈原针对月中阴影与中国古代“月中有兔”[①]的神话传说发问，后世注家均有相关解释，王逸注“菟，一作兔”，洪兴祖补曰：

> 菟，与兔同。《灵宪》曰：月者，阴精之宗，积而成兽，象兔，阴之类，其数偶。《苏鹗演义》云：兔十二属，配卯位，处望日，月最圆，而出于卯上。卯，兔也。其形入于月中，遂有是形。《古今注》云：兔口有缺。《博物志》云：兔望月而孕，自吐其子。故《天对》云：玄阴多缺，爰感厥兔。不形之形，惟神是类。[②]

洪兴祖《楚辞补注》搜求广泛，援引广博，以“兔”释月中阴影的说法得到古人普遍认可。南宋朱熹《楚辞集注》中则引用沈括、王普等当时著名天文学家的观点对“月中有兔”说进行驳斥：

> 若顾兔在腹之问，则世俗桂树、蛙、兔之传，其惑久矣。或者以为日月在天，如两镜相照，而地居其中，四旁皆空水也。故月中微黑之处，乃镜中大地之影，略有形似，而非真有是物也。斯言有理，足破千古之疑矣。[③]

可见当时已然有学者认识到月中阴影的存在并非蛙、兔等传说之物，并试图给出科学的解释，对于日、月、地球三者间的空间关系也有了进一步的构想和推断，只是受限于当时科研条件，其阐释仍有未尽之处。明代汪仲弘《天问注补》中进一步对“顾菟在腹”做出解说：

> 顾兔在腹者，月含影也。月当日则光圆，就日则光尽，与日同度为朔，迩一遐三为弦，衡分天中为望，光尽体魄为晦。……日食于朔，月体掩日光也。

---

① “月中有兔”的说法不仅在古代中国很流行，在古代印度也同样存在。印度的佛教文献《六度集经》中就有《兔王本生》故事，记载了一只兔子以自己身体供养梵志，帝释将其送入月宫的传说。

② 洪兴祖：《楚辞补注》，北京：中华书局，1983 年版，第 89 页。

③ 朱熹：《楚辞集注》，上海：上海古籍出版社，2015 年标点本，第 68 页。

月食于望，日月相对，地球居中遮隔，月无从受光也。[①]

汪仲弘结合朱熹注疏及利玛窦《乾坤体义》中有关日月食的学说以解释《楚辞》文本，其《天问》注解中吸收传教士西学的痕迹颇多，下文亦有论述。清代天主教教徒张星曜、洪济在辟佛著作《辟略说条驳》中亦引述西洋学说来驳斥“月中蟾兔说”，其文曰：

至于月中蟾兔，此释老伪说，荒唐无稽。盖月中有凝透二体，月本无光，借日之光以为光。其坚凝之体，得日光而返照下域；虚透之体，得日光而清辉直透。犹天体如水晶之虚透，所以不碍日光，恒见青天。乃光上透第八重之列宿而下照焉，故月中痕迹斑点。凝透二体，显之使然，非真有蟾兔也。（义详《寰有诠》《天问略》）[②]

此引文采用傅汎际《寰有诠》、阳玛诺《天问略》的学说来解释月中暗影斑点，而将天体比作水晶的说法亦明显见出西洋学说的渗透。后来《楚辞》注家蒋骥也引用上述学说来注释“顾菟在腹”，其《山带阁注楚辞》云：

又西域傅汎际云：月体虚实不一，实故受日光，虚则光出不返；所以闇影斑驳也。[③]

可见传教士的著述，不仅为天主教徒所接受，而且影响到明清学者对《楚辞》的理解。此问题下文将详述之。天主教徒还引用屈原《楚辞》作为护教宣教的证明，例如由鉴牧任斯德范编著的《圣教理证》，在辩驳迷信风俗时提出“以圣贤之语证占卦无用”：

又何不看古文，詹伊答屈原求卜曰：“夫尺有所短，寸有所长；物有所不足，智有所不明，数有所不逮，神有所不通。用君之心，行君之意，龟筮不能知此事。”从此看来，可知古人早已识占卜之无用矣。[④]

《楚辞·卜居》中屈原请詹尹占卜之事，常在天主教著述里出现，多用于证明占卜无用。天主教著述不仅有屈原，还提到宋玉，例如托名利玛窦所作的《辩学遗牍》在反驳佛教教义时说：

① 汪仲弘：《天问注补》，黄灵庚主编：《楚辞文献丛刊》，北京：国家图书馆出版社，2014 年影印本，第 36 册，第 293 页。

② 张星曜、洪济：《辟略说条驳》，钟鸣旦、杜鼎克编：《耶稣会罗马档案馆明清天主教文献》，台北：利氏学社，2002 年，第 9 册，第 522–523 页。

③ 蒋骥：《山带阁注楚辞》，上海：中华书局，1958 年版，第 72 页。

④ 鉴牧任斯德范：《圣教理证》，1852 年，现藏于法国巴黎尚蒂宜耶稣会图书馆。类似表述又见于佚名基督教护教人士抄写“客话”《辟邪归正》，现藏于荷兰莱顿大学汉学研究所图书馆。又见于托名徐光启《破迷》，钟鸣旦、杜鼎克、蒙曦主编：《法国国家图书馆明清天主教文献》，台北：利氏学社，2009 年版，第 11 册，第 534 页。

> 若因其猖狂无上之言为可骇异，以为非佛不能。则庄周逍遥，宋玉大言，中国有之旧矣，亦可信以为真乎？①

由此可见西方传教士对《楚辞》文本较为熟悉，往往援引其人其事，顺手拈来，以证己说。上述种种，均根源于传教目的，然传教士们积极传播西学，引进先进技术，在客观上起到了冲击传统观念、开阔中国学者学术视野的功用，是不争之事实。

二、传教士对《楚辞》的译介

法国籍耶稣会士马若瑟（Joseph de Pr é mare, 1666–1735）是较早研究且翻译《楚辞》的西方学者。马若瑟于1698年来华传教。他在旅华的37年时间里，致力于研究中国语言和文学，曾将元曲《赵氏孤儿》译成法文，在西方产生很大影响。他与白晋（Joachim Bouvet, 1656–1730）、傅圣泽（Jean–Francois Foucquet, 1665–1741）等耶稣会士共同研讨《易经》等中国古代经典，努力发掘其与天主教义相吻合的内容。他在1709年8月写给傅圣泽的信中，声称屈原的作品是神秘主义的。傅圣泽在回信中对此并不同意。他说虽然自己已经有些日子没读屈原的作品，但他坚持认为屈原的作品是千真万确的预言性作品。② 马若瑟在1728年10月16日致法国皇家铭文美文学院院士傅尔蒙（Etienne Fourmont, 1683–1745）的信中，再次提到《楚辞》，他说中国的诗人中杜甫和李太白非常杰出，但古老的《楚辞》则更为出色，可以用一些好的注释本来阅读《楚辞》。③

1728年马若瑟在广州用拉丁文写成了《汉语札记》，这是他汉语语法研究的代表作。该书绪说部分列出一份关于中国书籍的介绍，包括九大类共计四十九种典籍，其中第四类第一种即是《楚辞》。④

该书以楚辞为例介绍隐喻修辞方法。他称赞《离骚》通篇点缀着华美的隐喻，并翻译《离骚》和《九歌》中的部分诗句。内容如下：

> 最令人愉快的长诗称为《离骚经》，共2492个字，70个韵脚，通篇点缀着华美的隐喻。作者谈及国君，就像美丽的情人。香花表示美德，臭花表示邪恶。他说：我喝从香兰上落下的露水，吃在秋天落下的宜人的菊；饮木兰之坠露，餐秋菊之落英，也就是说：我依靠美德维持生命，而美德却被人忽视。他

① ［意］利玛窦、虞淳熙：《辨学遗牍》，李之藻编：《天学初函》，上海：上海交通大学出版社，2013年标点本，第282页。

② 魏若望：《耶稣会士傅圣泽神甫传》，郑州：大象出版社，2006年版，第114页。

③ ［美］龙伯格：《马若瑟研究》，《清史译丛》第3辑，2005年版，第55页。

④ Joseph Henri de Pr é mare, The Notitia Linguae Sinicae, Malacca：Cura Academia Anglo Sinensis, 1931, p. ii.

为自己的衣裳添加鲜花，然后继续旅行，他在天空前行，命令太阳的车夫慢慢地走，不要那么仓促奔跑；吾令羲和弭节兮，望崦嵫而勿迫。最后他的旅行结束，他在太阳落入的海中饮马，把缰绳系在太阳驶出的树上；饮余马于咸池兮，总余辔乎扶桑。在同一地点他如此说太阳，青云衣兮白霓裳，与长矢兮射天狼，操余弧反沦降，我扔掉我肩上天蓝色的披风，下面束上黄色虹霓作为佩带。我拿起箭，用它们刺透天狼星。我佩着箭袋降落下来。诗的最后使用了“余”字，因为太阳被描写成正在说话。太阳从东方升起，在相反的方向落下。太阳是国君的象征，他消灭邪恶，但是没有因为自己值得称赞的行为被高举。①

《汉语札记》著成后，很长时间未能出版，直到19世纪初才被法国学者雷慕沙（Jean Pierre Abel R é musat, 1788-1832）重新发现，并在自己编写的语法书《汉文启蒙》中将该书的重要价值公之于众。

葡萄牙籍天主教遣使会传教士江沙维（Joachimo-Affonso Goncalves, 1781-1841）于1829年在澳门出版《汉字文法》。该书第七章“历史和传说”收录了“子兰劝怀王入秦”“屈原抱石投河”“宋玉论曲高和寡”等条目。作者这样介绍“屈原”：

楚屈原，殉道大臣。他不断劝谏君主改正错误。君主发怒，将他放逐到湖广去做一个小官，但是他仍然履行过去的职责，尽管那是徒劳的。因为妃嫔们对国君说屈原举止傲慢，而且大臣们也纳妾以供享乐，他们并不劝阻国君。最后，屈原写信给国君，由于国君没有改过自新，他决定自杀，以免目睹国家的灭亡。他投进汨罗江中，以至于没有人知道。但是国君意识到自己的错误，宣布屈原自沉的那一天作为纪念日，船夫驾船沿江竞渡寻找他的灵魂；而且相同的仪式在那一天到处可见，在五月五日那天每条河上都会出现叫作龙舟的船或独木舟。②

以上译文中对屈原生平的介绍并不完全准确，掺杂着史书记载与历代民间传说，其诠释与评价亦带有浓厚的个人色彩。然而比起严谨的学术著作，以译介方式将屈原及其作品带入西方学界，更易受到读者欢迎。除西方汉学家之外，传教士们在推动屈原及《楚辞》在西方世界的传播方面的功绩亦不容忽视。

① Joseph Henri de Pr é mare, The Notitia Linguae Sinicae, Malacca : Cura Academia Anglo Sinensis, 1931, p.243-244.

② Joachimo—Affonso Goncalves, Arte China constante de alphabeto e grammatica comprehendo modelos das differentes composicoens. Macao : Real collegio de J. Jose, 1829, p. 354.

三、明清《楚辞》注解中的西洋学说

文化交流是双向的。传教士入华以后，将西方“九重天”（一说十二重天）宇宙体系带入中国，恰与屈原《天问》中的“圜则九重”相对应，自然引起楚辞学者关注。利玛窦还绘制世界地图加以传播，传统“九州”观点得到颠覆，这种全新的地理知识谱系在当时学界引起震动，亦为部分楚辞学者所吸收。

《天问》“圜则九重，孰营度之”对“九重天”说提出诘问，后世注家众说纷纭，王逸《章句》释为：“言天圜而九重，谁营度而知之乎？”①洪兴祖《补注》指出：“圜，与圆同。《说文》曰：天体也。《易》曰：乾元用九，乃见天则。《淮南》曰：天有九重，人亦有九窍。……九，老阳数也。”②柳宗元《天对》以气本论阐释“九重”之说：“无营以成，沓阳而九。运輠浑沦，蒙以圜号。积阳为天。”③朱熹《集注》归纳前人：“圜，谓天形之圆也。则，法也。九，阳数之极，所谓九天也。”④朱熹还针对“九重”做出了更为详尽的解说：

> 其曰九重，则自地之外，气之旋转益远益大，益清益刚，究阳之数而至于九，则极清极刚，而无复有涯矣。⑤

综合上述，天有九重在中国古代是较为通行的观念，天之形质以阳气说较为流行，“九为阳数之极”与“天乃气之旋转”之说，对后世楚辞学者产生一定影响，明代黄文焕、清代钱澄之、屈复等皆从之。而自西洋天主教士利玛窦在其著作《乾坤体义》中完整阐述了西方“九重天”之概念后，明代已有学者在注疏《楚辞》时引述其观点以备参考。汪仲弘《天问注补》释“九重天”时提及：

> 自昔言天者以天为阳数之极，类以九称之，其称九重也，从无九层隔别之说，亦无各重称谓之名。自利山人以西庠天文传于中国，喜异者为之绘图以行。然古有回回九执历亦入灵台，而耶律诸人亦自夷产，则此西庠所传或一道也，因依式缮图，附其说于后。⑥

汪仲弘在书中几乎完整引述利玛窦之观点，并附有绘图以作说明，由上文可以看出他是将利玛窦的学说当作一种创见列入书中，并不代表已经全盘接受了这一学

① 王逸：《楚辞章句》，上海：上海古籍出版社，2017年标点本，第68页。

② 洪兴祖：《楚辞补注》，北京：中华书局，1983年版，第86页。

③ 洪兴祖：《楚辞补注》，北京：中华书局，1983年版，第86页。

④ 朱熹：《楚辞集注》，上海：上海古籍出版社，2015年标点本，第65页。

⑤ 朱熹：《楚辞集注》，上海：上海古籍出版社，2015年标点本，第66页。

⑥ 汪仲弘：《天问注补》，黄灵庚主编：《楚辞文献丛刊》，北京：国家图书馆出版社，2014年影印本，第236页。

说，从他将当时传播西洋天文学之人称为“喜异者”亦能看出其立场。

明末曾有传教士参与当时改历活动，《崇祯历书》中吸收了部分西洋天文学说，但未正式实行。清初传教士汤若望将其修改整理后，更名《西洋新法历书》再次上呈，后得到官方认可。受其影响，引述西洋学说以释《楚辞》的现象在清代楚辞学研究中表现得更为明显，诸如周拱辰（1589–1657）《离骚草木史》、王夫之（1619–1692）《楚辞通释》、蒋骥（1678–1745）《山带阁注楚辞》、徐文靖《管城硕记》、夏大霖《屈骚心印》、刘梦鹏《屈子章句》、陈本礼（1739–1818）《屈辞精义》、丁晏（1794–1875）《楚辞天问笺》、朱琦《文选集释·楚辞》、张云璈《选学胶言·楚辞》、（清）佚名《楚辞宗旨》等楚辞研究著作中均有涉及。现将其中引述西洋学说部分列表如下：

表 1　引述西洋学说学者列表

周拱辰	利山人图云：第一重天无星，转动带入重天，一日作一周，自东而西；第二重二十八宿天，七千年作一周，自西而东；第三重填星即土星天，二十九年一百五十五日二十五刻作一周；第四重岁星即木星天，十一年三百一日三十七十刻作一周；第五重荧惑即火星天，一年三百二十一日九十三刻作一周；第六重日轮天，三百六十五日二十三刻作一周；第七重太白即金星天，三百六十五日二十三刻作一周；第八重辰星即水星天，三百六十五日二十三刻即一周；第九重月轮天，二十七日三十一刻作一周。自二重至八重，皆自西而东也。①
王夫之	圜则，浑天之仪表。九重，七曜天，经星天、宗动天之层次。②
蒋骥	方密之《通雅》云：“《太元经》：九天，曰中天、羡天、从天、更天、晬天、廓天、咸天、沈天、成天”，此虚立九名耳。吴草庐始谓天体实九层。至利山人入中国而畅言之。自地而上为月天、水天、金天、日天、火天、木天、土天、恒星天，至第一层为宗动天，九层坚实相包，如葱头也。按：此说与朱子精气旋转之说乖异。③
徐文靖	近西儒所测，第一重最下，曰月轮天，第二重曰水星天，第三重曰金星天，第四重曰日轮天，第五重曰火星天，第六重曰木星天，第七重曰土星天，第八重曰恒星天，第九重最上，曰宗动天。④

① 周拱辰：《离骚草木史》卷 3，《续修四库全书》，上海：上海古籍出版社，2002 年影印本，第 1302 册，第 106 页。

② 王夫之：《楚辞通释》卷 3，《续修四库全书》，上海：上海古籍出版社，2002 年影印本，第 1302 册，第 213–214 页。

③ 蒋骥：《山带阁注楚辞》，上海：上海古籍出版社，2002 年版，第 70 页。

④ 文靖：《管城硕记》，黄灵庚主编：《楚辞文献丛刊》，北京：国家图书馆出版社，2014 年影印本，第 29 册，第 488 页。

续表

夏大霖	天一圜，经星二圜，土星三圜，木星四圜，火星五圜，日六圜，金星七圜，水星八圜，月九圜，此圜之九重也。①
刘梦鹏	九重者，日月五星高下次第之数也。月距地最近为下一重，而水、而金、而日、而火、而木、而土、而列宿，最上为宗动。②
陈本礼	泰西利玛窦曰：九重者，宗动、恒星、土星、木星、火星、日轮、金星、水星、月轮。九层坚实相包，如葱头然。③
丁晏	泰西利玛窦曰：九重者，宗动、恒星、土星、木星、火星、日轮、金星、水星、月轮，九层坚实相包，如葱头然。④
朱珔	……幽天之上为元天，水星居之（自云转引自王元启《史记证伪》）⑤
张云璈	九天之名，分析于太玄，详论于吴草庐，核实于利西江。……至利西江入中国而畅言之，自地而上为月天、水天、金天、日天、火天、木天、土天、恒星天，至第一层为宗动天。……此九层相包如葱头，日月星辰定在其体内，如木节在板，因天而动。而天体本通透如琉璃，毫无隔限也。⑥
佚名	……又《性理精义》云："古有九重之说，然未实指其数。"今历推得，最上一重为宗动天，一气运群动行之宗也。次一重为恒星天，又次一重为土星天，又次一重为木星天，又次一重为火星天，又次一重为太阳天，又次一重为金星天，又次一重为水星天，又次一重为太阴天。其高下远近，各有层次。若以左旋论之，则近外者，其行愈速。朱子所谓"转得更紧"者是也。⑦笔者按：原书作者不详，然此处所引《性理精义》为康熙御编，可知该书作于清代。

① 夏大霖：《屈骚心印》卷 3，《四库全书存目丛书》，济南：齐鲁书社，1997 年影印本，集部，第 2 册，第 370 页。

② 刘梦鹏：《屈子章句》卷 4，《四库全书存目丛书》，济南：齐鲁书社，1997 年影印本，集部，第 2 册，第 540 页。

③ 陈本礼：《屈辞精义》，吴平主编：《楚辞文献集成》，扬州：广陵书社，2008 年影印本，第 15 册，第 10343 页。

④ 丁晏：《楚辞天问笺》，吴平主编：《楚辞文献集成》，扬州：广陵书社，2008 年影印本，第 17 册，第11696 页。

⑤ 朱珔：《文选集释·楚辞》，黄灵庚主编：《楚辞文献丛刊》，北京：国家图书馆出版社，2014 年影印本，第21 册，第 38 页。

⑥ 张云璈：《选学胶言·楚辞》，黄灵庚主编：《楚辞文献丛刊》，北京：国家图书馆出版社，2014 年影印本，第 20 册，第 536–538 页。

⑦ 佚名：《楚辞宗旨》，黄灵庚主编：《楚辞文献丛刊》，北京：国家图书馆出版社，2014 年影印本，第 50 册，第 174 页。

由上可见，明末清初以来楚辞学者在注解《天问》“圜则九重”时多引用西洋“九重天”说作为参照，详味其言，这些学者往往更倾向于以西洋学说验证传统“九重”学说之正确性，或比对中西方观点之不同，以备后人参详。明代官修史书《明史·天文志》中透露出的态度或可作为旁证：

《楚词》言：“圜则九重，孰营度之”，浑天家言“天包地如卵裹黄”，则天有九重，地为浑圆，古人已言之矣。西洋之说，既不背于古，而有验于天，故表出之。

其言九重天也，曰最上为宗动天，无星辰，每日带各重天，自东而西左旋一周，次曰列宿天、次曰填星天、次曰岁星天、次曰荧惑天、次曰太阳天、次曰金星天、次曰水星天、最下曰太阴天。自恒星天以下八重天，皆随宗动天左旋。①

由这段记载可以看出时人对西洋学说的态度并非全部认可，而是挑选其中既不违背传统说法，又能符合日常经验者，加以记录留存，以证古人之说可取。清高宗敕撰《续文献通考》象纬考两仪类，言及天之重数，亦全录《明史·天文志》，侧面说明国人对西洋学说看法根深蒂固。能够真正认可传教士宗教教义并加以引述的学者在当时并不多见，李陈玉（1598-1660）在解释“天有九重”时，曾引用天主教“世界为天主所造”的说法以验古人之说，其《楚辞笺注》云：

世传天有九重，地有四维、八干。营度、初作，即今西洋天主教称世界为天主所造是也。不谓中国数千年前已有人作此想矣。②

李陈玉认为《天问》“孰营度之”“孰初作之”，与西洋天主教所宣称的“世界为天主所造”相合，与阳玛诺在《天问略》里用“造物主”之说解答《天问》思路相通。阳玛诺用中西文化的结合来宣传天主创造天地万物的教义；李陈玉借西洋学说以证古人之说可取。白晋、傅圣泽、马若瑟等耶稣会士亦曾发掘中国古代典籍中与《圣经》相合的内容，以证明《旧约》时代中国人就曾得到过耶和华的启示。天主教士与《楚辞》注家在追求屈原对天之问的答案上，找到了中西文化的结合点。

除“九重天”外，西洋学说中的一些天文、地理知识也影响到了明清学者对楚辞的解读。譬如陈本礼《屈辞精义》注释“何阖而晦，何开而明”时指出“按泰西曰：‘日轮大于地球一百六十五倍又八分之三。’日既如此之大，则日入之后，地小于日，何以能掩其光而为夜耶？”他接受了利玛窦引入的关于太阳与地球大小的知识，并尝试以此来解释昼夜变化的问题。此外，“南北极”与“赤道”的概念古已有之，朱熹《楚辞集注》中曾提及“历家以为周天赤道，一百七万四千里，日一

① 张廷玉等：《明史》第2册，北京：中华书局，1974年版，第340页。

② 李陈玉：《楚辞笺注》卷2，《续修四库全书》，上海：上海古籍出版社，2002年影印本，第1302册，第26页。

昼夜而一周，春秋二分，昼夜各行其半，而夏长冬短，一进一退，又各以其什之一焉。”[①]我国古代历法家对于日行轨迹以及昼夜长短等天文知识均有研究，此时“赤道”的概念为太阳运行轨迹。“南北极”在《楚辞集注》中也有涉及：“天极，谓南北极，天之枢纽，常不动处，譬则车之轴也。”[②]此处南北极是古人根据传统宇宙观总结出的一种“枢纽”概念，是指两个点，具体而言，“天之形，圆如弹丸，朝夜运转，其南北两端，后高前下，乃其枢轴不动之处”。朱熹所代表的是传统天文学中的看法，戴震《屈原赋注》中曾对“天极”的概念进行归纳：

> 天极，《论语》所谓北辰，《周髀》所谓正北极，步算家所谓不动处，亦曰赤道极，是为左旋之枢。贾逵、张衡、蔡邕、王蕃、陆绩皆以纽星为不动处。[③]

陈本礼《屈辞精义》释“天极”仍为“天枢不动处”，具体而言，“天体绕极旋转而极星不移，譬之车之轴也”。[④]可以看出仍旧承袭传统观点。这一时期传教士已将西方“南北极”与“五带”的概念带入中国，利玛窦曾作《浑象图》并附“浑象图说”：

> 以天势分山海，自北而南为五带。一在昼长昼短二圈之间，其地甚热，则谓热带，近日轮故也；二在北极圈之内；三在南极圈之内，此二处地俱甚冷，则谓寒带，远日轮故也；四在北极昼长二圈之间；五在南极昼短二圈之间，此二地皆谓之正带，不甚冷热，日轮不远不近故也。[⑤]

利玛窦引入了“五带”概念，对于“南北极”亦有了更进一步的科学解释，南北极的概念由点到面，由“枢纽”变为“五带”之一。明清时期亦有文人接纳了这些知识，并在《天问》注释中体现出来。明代汪仲弘《天问注补》云：

> 弘考南北二极所以定子午之位，……北极，瓜之蒂也；南极，瓜之攒也，花处也；赤道，瓜之腰围也，指南针所以通二极之气也。二极中等之处谓之赤道，即天之腰围也。[⑥]

汪仲弘以瓜为喻，对南北极与赤道的概念做出了形象的解释，并作南北二极图以示之。明末清初，周拱辰《离骚草木史》在解释“何所冬暖，何所夏寒”一句时

① 朱熹：《楚辞集注》，上海：上海古籍出版社，2015 年标点本，第 67 页。

② 朱熹：《楚辞集注》，上海：上海古籍出版社，2015 年标点本，第 65 页。

③ 戴震：《屈原赋注》，北京：中华书局，1999 年标点本，第 37 页。

④ 陈本礼：《屈辞精义》，吴平主编：《楚辞文献集成》，扬州：广陵书社，2008 年影印本，第 10343—10344 页。

⑤ [意] 利玛窦：《乾坤体义》卷上，《文渊阁四库全书》，台北：台湾商务印书馆，1983—1986 年影印本，第 787 册，第 757 页。

⑥ 汪仲弘：《天问注补》，黄灵庚主编：《楚辞文献丛刊》，北京：国家图书馆出版社，2014 年影印本，第 243 页。

亦原文引用利玛窦上述观点，并进一步指出“凡同纬之地，其南北二极出地数同，则四季寒暑亦同。若两处离中线度数相同，但一离南、一离北，则四季昼夜刻数均同，唯时相反耳，此之夏为彼之冬，则此之极热为彼之极寒，日轮远近不齐，南北之气候亦异。”①可见他对于南北极的概念已有了更为科学和具象化的解读。

清代楚辞研究学者中，蒋骥对西学较为关注，其著作中多次引用西方学说，并能有所判断。譬如《楚辞馀论》同样引述西洋“九天”说，但其中已然包含了对“日心说”的采纳：

> 大西九天之说，旧谓日月五星，各居一重，实体相包，不能相通。近世其徒汤若望《新法历书》，谓以望远镜测之，见金星如月，有晦朔弦望，必有时在日下，故得全光，有时在上，故无光。……复立新图，以地球为日、月、恒星三天之心，金、木、水、火、土五天，另以日天为心。其各重所行之轮，或相切、或相割，皆非实体。又云：以远镜窥众星，较平时多数十倍，恒星亦无数，天汉亦系千万小星攒聚，故远望若云气然。此皆新创之说，聊志其概。②

蒋骥采纳汤若望《新法历书》的内容，介绍望远镜观测的结果，在传统“地心说”的基础上，额外关注“日心说”信息，较同时代的其他楚辞学者视野更加开阔。援引西说是蒋骥注解《天问》的重要方法，例如“角宿未旦，曜灵安藏”条：

> 天圆九重，皮皆坚硬。日月列星，如木节在板，各居一重，绕地而运。以天体明无色，故其光通透如琉璃。此大西之说也。③

引文用传教士“九重天”说来解释太阳之运行规律。西洋地球学说也被用来解释《天问》中的地理问题。蒋骥在“九州安错”条下引述：“利西江谓地浑沦一球，上下四旁，皆生齿所居。”④西洋地球学说对中国古代地域观念“九州说”产生了冲击。蒋氏对天地构造不甚了了，面对不同的说法，只能感叹“虽有圣人，乌能折其衷乎”。又如“何所冬暖，何所夏寒”条：

> 按：利西江《山海图》：东西中线，上为北，下为南。近中线处，半月为一季（半月疑为一个半月），一年两冬夏春秋。南北方则春夏秋冬相反。皆因日轮远近以为燠寒。⑤

引文中“《山海图》”又名《山海舆地全图》，是利玛窦入华后绘制的中文世界地图。蒋骥《山带阁注楚辞》“采摭书目”未列此图，但书中两次引述。利玛窦

① 周拱辰：《离骚草木史》，《续修四库全书》，上海：上海古籍出版社，2002 年影印本，第 338—339 页。
② 蒋骥：《山带阁注楚辞》，上海：上海古籍出版社，2019 年版，第 207—208 页。
③ 蒋骥：《山带阁注楚辞》，上海：上海古籍出版社，2019 年版，第 73—74 页。
④ 蒋骥：《山带阁注楚辞》，上海：上海古籍出版社，2019 年版，第 77—78 页。
⑤ 蒋骥：《山带阁注楚辞》，上海：上海古籍出版社，2019 年版，第 81 页。

地图中的中线指赤道。赤道每年有两次太阳直射，因此可能有人认为赤道处一年有两冬夏春秋。明清知识界的世界地理知识较前人大有增长，可能是外来文化的影响与自身知识发展的共同结果。例如蒋骥引述清人陆次云《八纮译史》“百尔西亚极热，人常坐卧水中。阿路索极寒，六月有僵冻者。满剌伽四时皆裸，莫斯哥盛夏重裘”来释“何所冬暖，何所夏寒”。[①]

再有关于《天问》“东西南北，其修孰多？南北顺椭，其衍几何？”的注释，周拱辰《离骚草木史》、陈本礼《屈辞精义》与蒋骥《山带阁注楚辞》都引述利玛窦传入的西洋地理学说。例如周拱辰《离骚草木史》：“利山人《舆地全图》云，天有南北二极，地亦有之，天分三百六十度，地亦同之。并征地每度广二百五十里，则地之东西南北数略相等，计各地一周，有九万里实数。地厚二万八千六百三十六里，皆生齿所居，其余荒汜，不能知矣。”[②]蒋骥《山带阁注楚辞》：“利西江：地球东西南北各七万二千里。”陈本礼《屈辞精义》：“利西江《地球图》分舆地为六大州，曰欧逻巴，曰利未亚，曰亚细亚，曰北亚墨利加，曰南亚墨利加，曰墨瓦腊泥加。”[③]可见利玛窦《山海舆地全图》对当时学术界关于地球的认识产生了广泛的影响。

值得注意的是，这一时期楚辞学者在援引西学时并不盲目，而是有所取舍与探讨。譬如戴震《屈原赋注・音义》中解释“天何所沓，十二焉分”中的“十二”时，提出“十二次之名，出于二十八宿。……十二次之名，今冬至日在箕初，而欧逻巴（笔者按：Europe的音译）以冬至为日躔，星纪之次，失古人所以名十二次之义”[④]，指出西洋学说与古人学说不符之处。[⑤]陈本礼《屈辞精义》在“九州安错”条下对利玛窦学说进行驳斥，“又泰西谓地上下四旁皆生齿所居，此言尤为不经。”[⑥]但是他认为地面应该“结根于天，如菌之有蒂”，并未提出更为科学的见解。周拱辰在解释“列星安陈”时曾提出关于观星象见吉凶的观点应存疑，并提出疑问“又有外夷之星，征应乃在中国，不知其何道理也？”同时作批注云：“真是虽圣人有不知，须更问之利山人何如。”[⑦]亦可见出其思考的过程。

---

① 蒋骥：《山带阁注楚辞》，上海：上海古籍出版社，2019年版，第81页。
② 周拱辰：《离骚草木史》，《续修四库全书》，上海：上海古籍出版社，2002年影印本，第369页。
③ 陈本礼：《屈辞精义》，吴平主编：《楚辞文献集成》，扬州：广陵书社，2008年影印本，第10356页。
④ 张京元：《删注楚辞》，黄灵庚主编：《楚辞文献丛刊》，北京：国家图书馆出版社，2014年影印本，第33册，第377页。
⑤ 陈本礼：《屈辞精义》，吴平主编：《楚辞文献集成》，扬州：广陵书社，2008年影印本，第10348页。
⑥ 陈本礼：《屈辞精义》，吴平主编：《楚辞文献集成》，扬州：广陵书社，2008年影印本，第10353页。
⑦ 周拱辰：《离骚草木史》，《续修四库全书》，上海：上海古籍出版社，2002年影印本，第108页。

四、结语

明末耶稣会士入华传教，在中西方文化交流史上有着深刻意义，在明清楚辞学史上亦留下了清晰印记，这一时期楚辞学成果丰硕，著作迭出，新见不断，是立足于西方传教士与中国学者的共同努力之上的。传教士所带来的西方知识与科学成果，被有选择地纳入楚辞阐释系统，明清之际楚辞研究在整个楚辞学史中成为难以逾越的重要阶段，该时期研究成果亦为后世楚辞研究导引了新的方向。

耶稣会士向中国学者所传递的西学与新知之所以能得到认可，乃至渗透到楚辞文本的解读之中，其原因主要在于双方在交流过程中能够做到有选择且符合实际应用的调适与取舍。西方传教士本着利用中国传统典籍以传播教义的目的，从《楚辞》文本中发掘贴合教义的部分加以西学化，在这一过程中，传教士对《楚辞》文本加以研读，寻绎其中可兹利用的部分，并以宗教教义阐释《楚辞》，他们对《楚辞》的译介与传播亦为后世西方汉学界楚辞研究奠定了基础。此外，传教士将宗教教义与哲学融入西方科学知识中加以传播，以期降低排斥，达到间接传教目的。中国学者本着儒家“多闻阙疑”的治学传统，选择与中国传统文化相吻合的观点，对西学进行了相应的同化与融合。西学进入《楚辞》阐释系统的部分多数集中于“天学”部分，即与天文历法密切相关的领域，正是学者经过筛选之后的结果，他们更倾向于将西学中与古人之说相吻合的部分加以摘录，用于证明古人之说确实可信，或是将西学之中可备一说者加以留存，作为后人进一步研究的资料。中西文化汇通，引起楚辞研究范式的革新，从而形成了该时期楚辞研究的新特色。

明末以来西学东渐并没有带来基督教的热潮，而是激发出一批先进学者对西方科学知识和技术的热情，这一时期楚辞研究领域发生的新变是当时学者们将西学本土化的成果，他们立足于中国传统文化深厚的历史底蕴，以充分的文化自信为背景，以自身儒学与文学修养为支撑，对传教士所带来的宗教文化与西方知识体系加以筛选与斟酌，并在学术实践中实现同化与融合，从而创设出超越前人的成果。对明清时期楚辞研究领域与西方传教士之间的交流与接洽加以研究，能够从侧面揭示新时期、新环境之下中国文化研究所遇到的新境遇，并对当下中国文化研究的未来有所启示。

论清代楚辞学象喻式批评的类型与运用①

贵州师范学院 陈 欣

摘 要：在清代楚辞学中，象喻式批评方法非常普遍且独具特色。在分析《楚辞》作品的文脉构思时，自然地理之喻非常突出。一方面抓住山川地理规律和行文法则之间的相似性展开论述，一方面借用小说评点中已经成型的批评术语作比况。声音图画之喻是用艺术形象的方式诉诸直觉想象，利用人体通感的生理机能，来唤起读者对作品内在风神和韵味的审美感受。在清代楚辞研究的结构分析中，生命之喻最为显著，他们善于把"主脑""眼目""骨子""血脉""筋节"与阐释文脉、结构和章法相贯通，辨析它们在《楚辞》文句经营和结构意义上的关键作用。

关键词：清代；楚辞；象喻；批评

象喻是一种常见的文学批评方法。象，即形象、意象；喻，即比喻、隐喻，实际上就是以具体的形象、意象作比喻。其思维方式上的特点是直观，外在表现形式为比喻。作为我国传统诗歌源头的诗骚，已然展现出了丰富的象喻世界。《诗经》的比兴手法和《楚辞》的香草美人，都是象喻的典型运用。

在古代楚辞学史上，"象喻"式批评肇始于东汉王逸《楚辞章句》："《离骚》之文，依《诗》取兴，引类譬喻：故善鸟香草以配忠贞，恶禽臭物以比谗佞，灵修美人以媲于君，宓妃佚女以譬贤臣，虬龙鸾凤以托君子，飘风云霓以为小人。"②而到了明代，随着《楚辞》评点达到顶峰，"象喻"式批评大量涌现。其中既有疏星滴雨般的短小譬喻，如陆时雍《读楚辞语》评"《招魂》绚丽，千古绝色，正如天人珠被，霞烂星明，出银河而下九天者，非人世所曾得有。"③同时，又有彩丽竞繁的大段排比，例如蒋之翘《七十二家评楚辞》："予读《楚辞》，观其悲壮处，似高渐离击筑，荆卿和歌于市，相乐也，已而相泣，旁若无人者。凄惋处，如穷旅相思，当西风夜雨之际，哀蛩叫湿，残灯照愁；幽奇处，似入山径无人，但闻猩啼蛇啸，木魅山鬼，习人语，来向人拜；艳逸处，似美人走马，玉鞭珠勒，披锦绣，

① 本文为国家社会科学基金项目"清代楚辞学文献考论及阐释研究"（14CZW033）。

② 王逸：《楚辞章句》，上海：上海古籍出版社，2017年版，第2页。

③ 陆时雍：《楚辞疏》，《楚辞文献丛刊》第40册，北京：国家图书馆出版社，2014年版，第438页。

佩琳琅，对春风唱一曲《杨白花》；仙韵处，似王子晋骑白鹤，驻缑山最高峰，吹玉笙，作凤鸣，挥手谢，时人人皆可望，不可到。”① 由此可见，明代楚辞学者采用的象喻式批评的主要着眼点在作品的语言特点和整体风格上。读者从这些评语中获得更多的不是理性思维，而是艺术享受：通过譬喻和气势纵放的语句描绘出了一幅幅传神而又眩目的画面，构建出了神妙变幻的诗一般的意境，有光感、有颜色、有声响、有触感，留下可以想象再创造的广阔空间。就这样，象喻式批评经由前代文人的阐释实践，尤其是明代《楚辞》评点之风的盛行，以强劲的势头蔓延至清代《楚辞》研究领域。

一、自然地理之喻：文脉构思

在清代楚辞学纷繁的象喻式批评中，有一类非常突出且有特色，即自然地理之喻。从文学发生论的角度来看，文学的发生与自然之间本身就有内在联系。关于这一点，古代文论中早有论及，钟嵘《诗品》云：“气之动物，物之感人，故摇荡性情，形诸舞咏。”自然地理与文学在源流和结构等层面的相似是这一取譬机制的动因。举例如下：

> 黄河西来，千回百折，至海门又一束，方另成异观。（方人杰《楚辞读本》评《远游》）②

> 为词甚简而意已周，为境极危而志弥暇，绰乎如灵洞之归云，神间之纳海，极恢奇变化，而不离乎宗者也，读者其深味之。（张德纯《离骚节解》评《离骚》）③

> 四荒句已提起，下可直接，忽又想到女媭之言，即从中插入，为平中一突。文章之势如山如海，山虽万里緜直，自有冈峦起伏；海虽一往奔注，自有波涛上下。下段灵氛巫咸亦同此法。（梁夔谱《古赋首选》评《离骚》）④

> 前以突起，后以秃住，而中间灏灏瀚瀚，如波涛夜涌，忽起忽落；又如云龙变化，倏隐倏现。（陈本礼《屈辞精义》评《天问》）⑤

> 前写詹尹肯卜，如堤决黄河，万顷波涛，百道争流，便生出一篇滔滔滚滚文字；后写詹尹不肯卜，如风起长空，千山烟雨，一时吹散，便收拾一篇滔滔

① 蒋之翘：《七十二家评楚辞》，《楚辞文献丛刊》第 27 册，北京：国家图书馆出版社，2014 年版，第 97–98 页。

② 方人杰：《楚辞读本》，《楚辞文献丛刊》第 48 册，北京：国家图书馆出版社，2014 年版，第 310 页。

③ 张德纯：《离骚节解》，《楚辞文献丛刊》第 53 册，北京：国家图书馆出版社，2014 年版，第 192 页。

④ 梁夔谱：《古赋首选》，清同治八年（1869）梁氏镜古堂刻本。

⑤ 陈本礼：《屈辞精义》，《楚辞文献丛刊》第 63 册，北京：国家图书馆出版社，2014 年版，第 203 页。

滚滚文字。（江中时《楚骚心解》评《卜居》）[①]

可以说，这些象喻式批评化抽象为形象，营造气氛，造足气势，极具感染力、表现力和创造力，可以说亦是一种创作体验。择取具有强烈画面感的自然景物，绘声绘色，通过对时节、气象，以及布局的设定，或取其磅礴的气势，或取其摧枯拉朽的力量，在不知不觉间代替了逻辑判断和理性分析，给读者带来具有强烈印象感的审美体验。尤其是方人杰、梁夔谱、陈本礼和江中时均用到的江、河、海之波涛的象喻，用来形容文脉的起落和恢宏的气势，这可以说是基于美感生成和审美体验的共性而形成的具有特定审美意蕴的自然物象。

循此，自然地理的“象喻”式批评还延伸至《楚辞》作品结构和文脉的分析，以陈本礼《屈辞精义》为典型。例如：“右第五节凡十三解，已上女媭陈词，遥承上文‘悔相道’章来，草蛇灰线至此一结，以下层峦叠翠，重复开障，大有山断云连之势。”[②]“右第九节凡七解，已上又借巫咸薆蔽嫉妒二语，将兰芷变态历数一番，落到兹佩，欲再为求女计，以起下文远逝之端。其文思缥缈，大有手挥五弦，目送飞鸿之致，又如华严楼阁，弹指即现，岂非井蛙尺蠖所能测量哉？”[③]陈本礼所云之“解”即朱子所分之“章”，通常为四句。陈本礼的结构分析颇有个性特点，亦有着浓郁的文学意味，其所云“草蛇灰线”“手挥”和“目送”等是明清小说评点的常用语。堪舆术中的“草蛇灰线”，是指地理一脉贯通而又若隐若现、若断若续的态势，在小说评点中主要用来形容小说中若有若无、隐约可寻的线索。清代楚辞学者借用“草蛇灰线”这个术语来形容作品结构上的似断还连的线索脉络。如鲁笔《楚辞达》于“冀枝叶之峻茂兮”四句后注曰：“此章就上章顺推反跌，二章合为一束。因我离别，并哀诸贤，遥应众芳作余波，以束上段。反起下党人竞进，极离合关照、草蛇灰线之妙。”[④]和陈本礼用到“草蛇灰线”，指的都是章法的埋伏照应。朱冀《离骚辩》在“指九天以为正兮，夫惟灵修之故也”后按云：“凡章内所有复用字，如芳、美、姱等类，不可枚举。一切皆文中筋脉遥应处，用草蛇灰线法也。”[⑤]朱冀通过《离骚》中字法的埋伏照应为例，指出《离骚》于“筋脉遥应”之处大多用“草蛇灰线法”。由以上论述可知，清代楚辞学者借用“草蛇灰线”来指涉包括字法、句法和章法的埋伏照应。陈本礼所云“手挥五弦，目送飞鸿”，出自晋嵇康《赠兄秀才公穆入军》，本指手眼并用，运用自如。后来“手挥目送”被引入小说评点中，主要用来指意义

① 江中时：《楚骚心解》，《楚辞文献丛刊》第 57 册，北京：国家图书馆出版社，2014 年版，第 235 页。
② 陈本礼：《屈辞精义》，《楚辞文献丛刊》第 63 册，北京：国家图书馆出版社，2014 年版，第 105 页。
③ 陈本礼：《屈辞精义》，《楚辞文献丛刊》第 63 册，北京：国家图书馆出版社，2014 年版，第 130 页。
④ 鲁笔：《楚辞达》，《楚辞文献丛刊》第 49 册，北京：国家图书馆出版社，2014 年版，第 458 页。
⑤ 朱冀：《离骚辩》，《楚辞文献丛刊》第 47 册，北京：国家图书馆出版社，2014 年版，第 535 页。

双关，转换自然，意在言外，不着痕迹。陈本礼借用“手挥目送”来形容《离骚》构思之精巧，行文缴结之精妙。可见，“古典文学的众多文体之间存在着某些可以相互借鉴的共性，尤其是在文学作品的结构论层面，有相似的法度可循”[①]，对此清代学者是有着较为明确的认识的。

“龙脉”和“结穴”是古代堪舆术、风水学常用的范畴。“龙脉”指的是一种特殊的地理形态，因地脉以山川走向为其标志，故风水家称之为龙脉，即是随山川行走的气脉。“结穴”是指“地势起伏行走而于某个地理位置停蓄并融结为穴”，[②]亦即风水学所谓的藏风蓄水的“风水宝地”。在清代楚辞学著作中，用“龙脉”和“结穴”分析《楚辞》作品结构颇为常见。例如，胡濬源《楚辞新注求确》中胡云会“识语”云：“《离骚》譬如大地，一著其远龙发脉，自有绝大力量，至迎送、过峡、起伏、回顾、脱聚、结局，奇异之中俱是位置天然；堪舆家苟不明理气形势，从何以知其妙处，读斯赋者亦然。”[③]胡云会明晰地指出了古代堪舆术与《离骚》的行文之间形成的某种可以契合的联系，将龙脉及其发将、过峡、脱聚等运行的态势走向，比作诗文的体势布局，包括行文须讲究的开阖起伏、交接转折等流转变化。其中“过峡”是指“龙脉运行经过的地势交接处，古代堪舆家认为龙脉须于此交接、跌断之处完成脱卸，方有融结，才可结得真穴”。[④]又，徐焕龙《屈辞洗髓》评《天问》云：“一篇结穴，全在此末段。篇内或相承而问，或突如其问，或遥接而问，章法奇，语调长短错综，变换百出。”[⑤]陈本礼《屈辞精义》评《离骚》曰：“右第一节序文凡十一解，起如昆仑起祖，来脉甚远；落如峰窝结穴，其义甚深，其气甚厚，非一邱一壑所能尽其蕴也。”[⑥]陈本礼把“来脉”与“昆仑起祖”相对应，亦即来龙之源的“龙脉”。在古代风水学中，昆仑被视为万山之祖、龙脉之源。陈本礼借此强调可作为“序文”的《离骚》第一节，在内容和思想取法乎上，导源之正。陈本礼所说的“非一丘一壑所能尽其蕴”的“结穴”主要是指文脉的聚集之处。

从以上诸家描述的“结穴”来看，既可以指整篇文章的最终收束处，也可以指一大段的收拾归结处。王棠《燕在阁知新录》评《离骚》曰：“‘吾将从彭咸之所居’，此是屈子《离骚》大结穴，亦是屈子一生大结穴。”[⑦]王棠把《离骚》中的“吾将从彭咸之所居”作为《离骚》的结穴，亦作为屈子一生的结穴。正如董国英《楚

① 龚宗杰：《古代堪舆术与明清文学批评》，《文学遗产》2019年第6期，第117页。
② 龚宗杰：《古代堪舆术与明清文学批评》，《文学遗产》2019年第6期，第116页。
③ 胡濬源：《楚辞新注求确》，南京：南京大学出版社，2017年版，第52—53页。
④ 龚宗杰：《古代堪舆术与明清文学批评》，《文学遗产》2019年第6期，第114页。
⑤ 徐焕龙：《屈辞洗髓》，《楚辞文献丛刊》第48册，北京：国家图书馆出版社，2014年版，第519页。
⑥ 陈本礼：《屈辞精义》，《楚辞文献丛刊》第63册，北京：国家图书馆出版社，2014年版，第84页。
⑦ 王棠：《燕在阁知新录》，《续修四库全书》第1147册，上海：上海古籍出版社，2002年版，第106页。

辞贯》评《离骚》曰："于是以'正'而毙，回顾篇首之以'正'而生，为全篇结穴。循首讫尾，无数层折，无数烟波，要无一字不照定此句落笔。"[①]屈原是"以正而生""以正而毙"，《离骚》"循首讫尾"，"首尾回环"，由此通篇文脉一贯。

由此可见，与明代楚辞学者运用自然地理之象喻主要着眼于作品的语言特点和整体风格不同，清代楚辞学者更进一步把自然地理之象喻，推广运用到了《楚辞》作品的文脉构思上来。他们一方面抓住山川地理规律和行文法则之间的相似性展开论述，一方面借用小说评点中已经成型的批评术语，如"草蛇灰线""手挥目送"等作比况。

二、声音图画之喻：情感体悟与诗画融通

声音之喻是借由人体通感的生理机能，通过对节奏、音节和气势的描摹，把对《楚辞》作品内容和情感的体悟充满想象力地呈现出来。而且，声音之喻与自然地理之喻总是交织在一起的。试举几例：

"命灵氛""要巫咸"两段皆故为宽缓之言，以收其繁弦急节之音，所谓曲终奏雅也。（王萌《楚辞评注》引胡克宽评《离骚》）[②]

自"重华陈辞"以后，飘然上征，上下求索，问灵氛，要巫咸，穷天极地，游行媮乐，忽然临睨故乡，悲不自禁，如听繁声而忽寂，如看蜃楼而忽散，如梦华胥而忽醒，令读者神摇目眩，天下大观，于此极矣。（王萌《楚辞评注》引朱栻评《离骚》）[③]

《九章》体裁与《骚》一也，而各因其时各纪其事，故虽音节悲凉，而部伍分明，颇为易识。唯《悲回风》篇，则急鼓繁弦，深巷短兵时矣。（吴世尚《楚辞疏》评《悲回风》）[④]

奇艳如剡锦剪翠，然望中皆黯淡之气，此长歌悲于痛哭哉！（方人杰《楚辞读本》评《离骚》）[⑤]

如置身在溆浦山中，听哀猿夜叫也。（陈本礼《屈辞精义》评《涉江》）[⑥]

上引吴世尚所云"急鼓繁弦，深巷短兵"，通过声音的急促繁密形象地传达出

① 董国英：《楚辞贯》，清道光二十五年（1845）博川正谊斋刻本。

② 王萌：《楚辞评注》，南京：南京大学出版社，2017年版，第25页。

③ 王萌：《楚辞评注》，南京：南京大学出版社，2017年版，第30页。

④ 吴世尚：《楚辞疏》，《楚辞文献丛刊》第55册，北京：国家图书馆出版社，2014年版，第14页。

⑤ 方人杰：《楚辞读本》，《楚辞文献丛刊》第48册，北京：国家图书馆出版社，2014年版，第265页。

⑥ 陈本礼：《屈辞精义》，《楚辞文献丛刊》第63册，北京：国家图书馆出版社，2014年版，第274页。

了《悲回风》不同于《九章》其他作品的情感的激切和迫近。方人杰用“长歌”和“痛哭”之声来形容《离骚》中屈原第一次上征时的心情，于“奇艳”的文字背后读出了屈子悲痛欲哭之情。陈本礼用“忽起忽落”的“波涛夜涌”和“倏隐倏现”的“云龙变化”来呈现《天问》文脉的层折变化。陈本礼《屈辞精义》于《九章》题后曰：“朱子浅视《九章》，讥其直致无润色，而不知其由蚕丛鸟道、巉岩绝壁而出，而耳边但闻声声杜宇啼血于空山夜月间也。”[①] 陈本礼不满于朱熹对《九章》“直致无润色”的评价，用到了山川地理和声音两种象喻来反驳：“蚕丛鸟道、巉岩绝壁”即是山川地理之象喻，出自李白《蜀道难》，形象地展现了屈原《九章》辞旨之幽深；“声声杜宇”和“哀猿夜叫”，借子规鸟和猿哀怨的叫声来展现《九章》语言传神的艺术功力。

又如，徐焕龙《屈辞洗髓》评《离骚》云：“是故读屈词，如听琴音，此篇如《秋鸿》三十段，备极《广陵散》之遗韵。他篇虽妙，亦特《潇湘水云》《洞天春晓》《阳春》《白雪》《梦蝶》《御风》诸操而已。余僻琴，家贫无以整旧桐，又厌时琴，每以此当之。”[②] 徐焕龙评《离骚》的这一段话读来颇有兴味，全以古琴曲作喻。他对《离骚》篇评价甚高，其地位相当于古琴曲中的《秋鸿》和《广陵散》。《秋鸿》是篇幅最长的古琴曲之一，凡三十六段，以飞翔凌空的秋日的鸿雁为喻，抒写怀才不遇者的心情；《广陵散》是著名的古琴曲之一，主要抒发愤慨不屈的浩然之气。徐焕龙认为《离骚》之外的屈原的其他作品，就像古琴曲中的《潇湘水云》《洞天春晓》《阳春》《白雪》《梦蝶》《御风》等，虽也美妙动听，然而韵味远不及《离骚》。看来，徐焕龙对古琴曲颇为熟悉，以此譬喻，形象生动。徐焕龙还说他喜欢琴，但是因家贫买不起桐木古琴，于是就把《离骚》当作古琴来赏玩，这样的象喻和阐释确实让人有耳目一新之感。

一些清代楚辞学者本着诗画相通的理念，在《楚辞》注解和评点中不仅援引诗论，还融汇画论。如朱冀《离骚辩》评《离骚》曰：“一切皆行文之渲染，犹画家之着色也。极凄凉中偏写得极热闹，极穷愁中偏写得极富丽。笔舌之妙，千古无两。”[③] 又如，陆时雍《楚辞疏》评曰：“《涉江》一笔两笔，老干疏枝。《哀郢》细画纤描，着色着态，神韵要自各足。”[④] 陆时雍运用绘画语言来比较《涉江》和《哀郢》的不同的描写方法。《涉江》篇最突出的特点是诗中有一段记行的文字，路径清晰，诗意明白如话，故而陆时雍用“老干疏枝”来形容这种粗线条的描写手法；而《哀郢》

---

① 陈本礼：《屈辞精义》，《楚辞文献丛刊》第63册，北京：国家图书馆出版社，2014年版，第239页。

② 徐焕龙：《屈辞洗髓》，《楚辞文献丛刊》第48册，北京：国家图书馆出版社，2014年版，第459页。

③ 朱冀：《离骚辩》，《楚辞文献丛刊》第47册，北京：国家图书馆出版社，2014年版，第654页。

④ 陆时雍：《楚辞疏》，《楚辞文献丛刊》第40册，北京：国家图书馆出版社，2014年版，第416页。

不同，诗中描绘了一幅幅悲惨的画面，一幕幕摧肝裂肺的情景，且交织着复杂矛盾的心理活动，故而陆时雍用“细画纤描，着色着态”来形容。正如邹一桂《小山画谱》所云“新枝方可着花，老干从无附萼”，这两首诗虽写法不同，然各具特色，充分展现了屈原诗歌高超的艺术功力。又如，江中时《楚骚心解》于卷四《招魂》篇后解曰：

> 篇中招魂徕归，备极人间之乐事，末结之以“魂兮归来，哀江南”。陡觉前半如蜃楼海市，一时灭没，真是奇绝妙绝。篇中写不祥处，写乐处，奇诡艳丽，宛如在目。陆时雍谓“举景而得趣，举貌而得态，举色而得意，举馔而得味，举声而得会”。方之顾虎头为人写照，先察其神情，种种入手，一略举笔真形，不由不意致周旋，精神飞越，乃信文人之才，无所不可。①

江中时此段论述主要是从艺术审美的角度出发，指出《招魂》“奇诡艳丽，宛如在目”，并把这种艺术手法与东晋画家顾恺之（小字虎头，故称“顾虎头”）“传神写照”之手法相比拟，极力推崇屈原之诗才。

郑武《寄梦堂屈子离骚论文》中大量融汇画论来品评《楚辞》诗句，如《思美人》眉批云：“县宰论画云：小树最要淋漓，简枝繁影，欲如文君之眉与黛。观此可悟《楚词·九章》诸篇。”② 按：悬宰，即明代画家董其昌（1555–1636），字玄宰，号思白、香光居士。郑武评《离骚》“皇天无私阿兮，览民德焉错辅”曰：“句法之妙，如李营丘画树，千曲万曲，无复直笔也。”③ 按：李营丘，即五代宋初画家李成。又如，郑武评《怀沙》“日昧昧其将暮”句曰：“董北苑《落照图》，逊其孤峭。”④ 按：董北苑，即五代南唐画家董源。郑武以其画作与《楚辞》诗句作风格上的比较，以此点明《怀沙》风格的“孤峭”。郑武评《涉江》“乘舲船余上沅兮，齐吴榜以击汰”二句云：“文章之妙，如在扁舟看程孟阳吟诗作画也。”⑤ 按：程孟阳，即明代书画家程嘉燧。再如，郑武评《湘君》“望涔阳兮极浦”句曰：“马麟《秋水烟

① 江中时：《楚骚心解》，《楚辞文献丛刊》第 57 册，北京：国家图书馆出版社，2014 年版，第 257 页。

② 郑武：《寄梦堂屈子离骚论文》，《楚辞文献丛刊》第 47 册，北京：国家图书馆出版社，2014 年版，第 138 页。

③ 郑武：《寄梦堂屈子离骚论文》，《楚辞文献丛刊》第 47 册，北京：国家图书馆出版社，2014 年版，第 61 页。

④ 郑武：《寄梦堂屈子离骚论文》，《楚辞文献丛刊》第 47 册，北京：国家图书馆出版社，2014 年版，第 141 页。

⑤ 郑武：《寄梦堂屈子离骚论文》，《楚辞文献丛刊》第 47 册，北京：国家图书馆出版社，2014 年版，第 126 页。

平图》。”[①]评“桂棹兮兰枻，斲冰兮积雪”曰：“赵文敏《江天暮雪图》。”[②]这些均是以前代画家马麟和赵孟頫之画作直接品评《楚辞》诗句。可见，郑武本人对历史上著名的画家画作非常熟悉，其鉴赏画作亦有较高水平，故而能够以其对画作的感受阐释《楚辞》作品的风格特征。

作为清代扬州的著名人物，陈本礼集藏书家、鉴赏家和诗人于一身，其《屈辞精义·自序》云“曾写《江上读骚小影》”，故而他能凭借在绘画和鉴赏方面的眼光和体验，来解读《楚辞》的文本。陈本礼《屈辞精义·略例》曰：“烹词吐属之妙，天籁生成。其凄其处如哀猿夜叫，醲郁处如旃檀香焚，鲜艳处如琪花绽蕊，苍劲处如古柏参天；其绘声绘色处如吴道子画诸天，无美弗备；其经营惨澹处如神斧鬼工，巧妙入微。然又皆从至性中流出，非斤斤以篇章字句矜奇炫巧也。”[③]陈本礼所用之象喻如“哀猿夜叫”“旃檀香焚”“琪花绽蕊”“古柏参天”，有凄厉的声音，有醲郁的香味，有或鲜艳或苍劲的观感，综合运用听觉、嗅觉和视觉，纷至沓来，令人应接不暇。尤其是陈本礼形容屈原诗文“绘声绘色处如吴道子画诸天，无美弗备”，用“画圣”唐代吴道子“无美弗备”之画来做比，为读者呈现出了无限的想象空间。

而且，陈本礼在“象喻”式批评的基础上，又创造性地以“文图转换”的方式展现《楚辞》的立言之妙，如《九章·涉江》“乘鄂渚而反顾兮”四句后，陈氏注曰：“一幅《秋山行旅图》。”[④]在“乘舲船余上沅兮”四句后，陈本礼“笺”云：“此又一幅《清江泛棹图》也。一叶孤帆，沙汀夜泊，淹回难进，能不令迁客魂销于江上耶？”[⑤]陈本礼将自己对《涉江》文本的审美感受，逆向幻化为自然之境，并用描绘性的语言浓缩到具体的画面之中。这样，读者再通过其画面创设出的情境来体会诗意，这样的阐释能够打破诗人、注释者和读者的界限，帮助读者更好地从风格意境上把握作品。

由以上分析可知，象喻式批评是建立在共同的审美经验的基础上的，它不是采用语言和逻辑分析，而是用艺术形象的方式诉诸直觉想象，利用人体通感的生理机能，来唤起读者对作品内在风神和韵味的审美感受。

---

① 郑武：《寄梦堂屈子离骚论文》，《楚辞文献丛刊》第47册，北京：国家图书馆出版社，2014年版，第82页。

② 郑武：《寄梦堂屈子离骚论文》，《楚辞文献丛刊》第47册，北京：国家图书馆出版社，2014年版，第82页。

③ 陈本礼：《屈辞精义》，《楚辞文献丛刊》第63册，北京：国家图书馆出版社，2014年版，第48页。

④ 陈本礼：《屈辞精义》，《楚辞文献丛刊》第63册，北京：国家图书馆出版社，2014年版，第271页。

⑤ 陈本礼：《屈辞精义》，《楚辞文献丛刊》第63册，北京：国家图书馆出版社，2014年版，第271页。

三、生命之喻：结构分析的三个层面

钱钟书先生在 20 世纪 30 年代发表的《中国固有的文学批评的一个特点》一文就曾经提出中国文学批评的一个特点，即"把文章通盘地人化或生命化(animism)""把文章看成我们自己同类的活人"。[①] 敏泽先生在《中国美学思想史》中指出"我国审美评价一个最鲜明的民族特点：人化的美学评价"。[②]"文学批评中的'生命之喻'，从哲学上看，是受了中国古代'近取诸身，远取诸物'（《周易·系辞上》）的象征性思维方式影响而产生的，以人拟文正是'近取诸身'的自然而然的结果"。[③] 其实，如果追本溯源的话，"它起源于人对自身人体生命的认识，审美首先也是从对人体生命运动的观照开始"。[④] 批评家们清楚地看到了艺术结构与生命结构的相似之处，即文学作品与人的生命一样，是具有统一的、完整的生命特性的，因而以此来取譬设喻是自然而然的。

在清代楚辞学著作中，生命之喻的运用颇为突出。文学批评中的生命之喻"往往离不开三方面意义：外在的形体（皮肉肌肤）、内在的身体结构（骨骼）、内在的精神及其灌注（灵气、血脉）"。[⑤] 在清代楚辞研究的结构分析中，生命之喻的运用也主要是在这三个层面展开的。例如：

> 总要理会全局血脉，再寻出眼目来，任他如何摇曳，如何宕轶，出不得这个圈子。（林云铭《楚辞灯》）[⑥]
>
> 窃以为惟"守死善道"四字，可作通篇骨子，可贯前后血脉，而卒章"与为美政"四字，则又文中之眼目，大夫项下之骊珠也。（朱冀《离骚辩》）[⑦]
>
> "少歌"四句乃一篇之筋节，而"抽思"二字，又"少歌"之眼目，而遂以是而名其篇也。（吴世尚《楚辞疏》）[⑧]

---

① 该文原载《文学杂志》第 1 卷，第 4 期，1937 年 8 月。转引自周发祥等编：《碰撞与融汇——比较文学与中国古典文学》，北京：外语教学与研究出版社，2006 年版，第 284 页。

② 敏泽：《中国美学思想史》，长沙：岳麓书社，1987 年版，第 512 页。

③ 吴承学：《生命之喻——论中国古代关于文学艺术人化的批评》，《文学评论》，1994 年第 1 期，第 54 页。

④ 韩湖初：《"生命之喻"探源——对一个中、西共同的美学命题的认识与思考》，《文学评论》，1995 年第 3 期，第 124 页。

⑤ 韩湖初：《"生命之喻"探源——对一个中、西共同的美学命题的认识与思考》，《文学评论》，1995 年第 3 期，第 122 页。

⑥ 林云铭：《楚辞灯》，《楚辞文献丛刊》第 47 册，北京：国家图书馆出版社，2014 年版，第 432 页。

⑦ 朱冀：《离骚辩》，《楚辞文献丛刊》第 47 册，北京：国家图书馆出版社，2014 年版，第 482 页。

⑧ 吴世尚：《楚辞疏》，《楚辞文献丛刊》第 55 册，北京：国家图书馆出版社，2014 年版，第 308 页。

斯世无可安此身者，乃想得自沉一法，通身归宿、一篇主脑于此点定。（梅冲《离骚经解》）①

细寻其金针，实开文法众妙之门，三后尧舜是一篇主脑。（林仲懿《离骚中正》）②

读《楚辞》者，俱患不细寻主脑以通脉络。（郑知同《楚辞考辨》）③

读《楚词》当先识得各章主脑。然后于其词之相似处，辨认虚实、宾主。见得复处却不是复，方能悉其指归，领其妙用也。（郑知同《楚辞考辨》）④

从以上例子可以看出，主脑、眼目、血脉、骨子、筋节、气、神等关涉到上述三个层面，即形体、结构和精神的范畴俯仰皆是。"主脑"即主旨之义。诗的主旨之于诗，就如同大脑之于人体。明末清初的戏剧大师李渔（1611–1680）在其《闲情偶寄》中运用生命象喻系统地阐述了戏剧创作的结构问题，提出了"立主脑"的观点："古人作文一篇，定有一篇之主脑。主脑非他，即作者立言之本意也。"⑤上引林仲懿说"三后尧舜是一篇主脑"、梅冲说"自沉"是"一篇主脑"、郑知同说"读《楚词》当先识得各章主脑"，可以看出"主脑"既可以指一篇作品的主旨，也可以指作品中一章的主旨，即宏观的篇旨和微观的章旨。而且，值得注意的是，李渔提出的"立主脑"是从作者创作的角度，尤其是创作论中的结构论角度提出的。而上述楚辞学者均是从读者接受的角度，即从指导阅读方法的角度，强调"主脑"即主旨之义对于理解作品的重要意义。"眼目"即作品中反映主旨的关键词。"筋节"如同人体之关节，偏向于作品重要而有力的转折连接，提倡具有顿挫和灵动之感。清代楚辞学者善于把"主脑""眼目""筋节"与阐释文脉、结构、章法相贯通，辨析它们在文句经营和结构意义上的关键作用。

血脉流贯是人生命延续的前提条件，而诗文的血脉贯通则是诗文生命存在的必要条件。从上所引林云铭所云"总要理会全局血脉"可以看出，一些楚辞学者认为《楚辞》作品的行文虽是忽隐忽现的，但无疑是贯通的，只是有的显露，有的隐微。这就如同人身上的血脉，虽然没有外露，但始终是贯通的。吴世尚《楚辞疏》之《凡例》起首即云："《离骚》用意精深，立体高浑。文理血脉，最难寻觅。"⑥朱冀《离骚辩》："读《骚》须分段看，又须通长看。不分段看，则章法不清；不通长看，

① 梅冲：《离骚经解》，《楚辞文献丛刊》第60册，北京：国家图书馆出版社，2014年版，第306页。

② 林仲懿：《离骚中正》，《楚辞文献丛刊》第57册，北京：国家图书馆出版社，2014年版，第294页。

③ 蒋南华等：《郑知同楚辞考辨手稿校注》，贵阳：贵州人民出版社，2004年版，第72页。

④ 蒋南华等：《郑知同楚辞考辨手稿校注》，贵阳：贵州人民出版社，2004年版，第170页。

⑤ 李渔：《闲情偶寄》，《中国古典戏曲论著集成》第7册，北京：中国戏剧出版社，1982年版，第14页。

⑥ 吴世尚：《楚辞疏》，《楚辞文献丛刊》第55册，北京：国家图书馆出版社，2014年版，第9—10页。

则血脉不贯。”[①] 吴世尚和朱冀注解《楚辞》处处着眼于文理之接续，血脉之贯通，力求使全篇浑然一体。“古人的‘生命之喻’实际上反映了传统美学对于艺术本质的某些观念，即把艺术形式视成一种具有内在生命力的有机的动态整体。”[②] 在这个有机的动态整体中，血脉的流贯无疑是关键之所在，它使得文学作品成了独立自足的、蕴涵着性情与生命力的统一体。王邦采《离骚汇订·序》曰：“所贵乎能读者，非徒诵习其词章声调已也，必审其结构焉，寻其脉络焉，必考其性情焉。结构定而后段落清，脉络通而后词义贯，性情得而后心气平。”[③] 王邦采指出了三步走的读骚策略，即结构→脉络→性情，他把脉络的疏通作为结构审视与把握性情的中间关键性环节。

“神”和“气”是明清楚辞评点中颇为常见的范畴。宋代严羽《沧浪诗话》在明清两代产生了极大的影响，尤其是清代王士禛在此基础上提出了著名的“神韵”说，成为康熙诗坛主流诗学理论之一，泛滥一时。作为其诗歌审美理想境界的概括，“神”主要侧重诗歌的风韵内涵，既包括诗境中的人，同时蕴含着渗透诗人情性、风度和气质的境外之味。“气”是中国哲学的一个基本范畴，自孟子提出“吾善养吾浩然之气”之后，曹丕《典论·论文》“文以气为主”，首次把“气”引入文学批评中，它一方面指涉创作主体的气质个性，一方面提倡壮健的气势。延伸至清代，批评家常用“神”“气”或者“神气”结合来品评诗歌。张诗《屈子贯·凡例》云：“从来注《楚辞》者甚多，苦未有联络其神气者，即考亭夫子，亦仅详于物类音释，与其意之大都耳。予不揣，依考亭《诗经》圈下注法，使其神气联络而已。”[④] 张诗所云之“神气”亦是清代文论的重要范畴。刘大櫆《论文偶记》曰：“行文之道，神为主，气辅之”；“神气者，文之最精处也；音节者，文之稍粗处也；字句者，文之最粗处也。”[⑤] 刘大櫆在阐述其“因声求气”的学文方法时，指出“神气”是“文之最精处”，主要是指文章中所呈现的精神气脉和气势魅力等审美意蕴。张诗所云之“神气联络”亦主要着眼于作品精神气脉之连贯。又如，方人杰《楚辞读本》于《九章·惜往日》篇后评曰：“文气纵佚窅渺，有不可一世之概，实叙中有虚致，直言中有婉致，回环反复，一气凝结，挥刀不断，千载如生。”[⑥] 可以看出方人杰所说的“文气”之贯注取决于诗人的安排。在诗人“不可一世”的气概之下，不管是虚实直婉

① 朱冀：《离骚辩》，《楚辞文献丛刊》第 47 册，北京：国家图书馆出版社，2014 年版，第 473 页。
② 吴承学：《生命之喻——论中国古代关于文学艺术人化的批评》，《文学评论》1994 年第 1 期，第 56 页。
③ 王邦采：《离骚汇订》，《四库未收书辑刊》第五辑第十六册，北京：北京出版社，2000 年版，第 98 页。
④ 张诗：《屈子贯》，《四库未收书辑刊》第七辑第十六册，北京：北京出版社，2000 年版，第 4 页。
⑤ 刘大櫆：《论文偶记》，北京：人民文学出版社，1959 年版，第 6 页。
⑥ 方人杰：《楚辞读本》，《楚辞文献丛刊》第 48 册，北京：国家图书馆出版社，2014 年版，第 302 页。

的交织，还是“回环反复”的叹咏，都是诗人内在的精神气韵外化为“一气凝结”的“文气”。由以上例子可知，清代楚辞学者所说的“神”“气”和“神气”，既包含创作主体内在的精神气质，又包括驾驭作品外在结构的勾连技巧。正如吴承学先生所说，“生命之喻反映中国古代传统的美学思想，即推崇生机勃勃、灵动自由、神气远出的生命形式，要求文学艺术应具有和生命的运动相似相通的形式”①。

综上所述，在清代《楚辞》研究中，象喻式批评方法非常普遍且独具特色。在分析《楚辞》作品的文脉构思时，自然地理之喻非常突出。一方面抓住山川地理规律和行文法则之间的相似性展开论述，一方面借用小说评点中已经成型的批评术语如“草蛇灰线”“手挥目送”等进行比况。声音图画之象喻是用艺术形象的方式诉诸直觉想象，利用人体通感的生理机能，来唤起读者对作品内在风神和韵味的审美感受。中国文学批评中的生命之喻是古人物我合一同构思维的突出表征。对于象喻式批评的对象内容，更强调的是呈现，而不是解说；更强调的是美感想象的诱发，而不是理论的分析，这也反映出了部分清代楚辞学者的反诠释倾向。

① 吴承学：《生命之喻——论中国古代关于文学艺术人化的批评》，《文学评论》，1994年第1期，第56页。

清代屈骚的经学化阐释及其意义

安庆师范大学　谢模楷

摘　要:《离骚》称经，淮南王刘安已肇其端，王逸《楚辞章句》以五经比附屈骚，屈骚被奉为经典。刘勰论楚辞为“辞赋之英杰”，屈骚之为辞赋的观点被广泛认同，但屈骚的经学化阐释并没有中断，到清代更加达到了高峰。王逸最早以“依经立义”的方法阐释骚旨，到清代发生具体而深刻的变化，促进了骚旨阐说的发展。屈原由东汉初期的“妙才”，到清代的“圣人之徒”，完成了由文到儒的身份转变，同时屈骚“诗教”从“讽谏”“寄托”说，到南宋朱熹形成“忠君爱国”说，到清代又完成“忠孝”说，至此屈骚“诗教”与五经教义完全吻合。清人屈骚的经学化阐释，加强了屈骚的经典位置，促进了楚辞学在清代的全面发展，屈骚“诗教”在抗战时期发挥了重要的作用。

关键词: 清代；屈骚；经学化阐释；诗教

20世纪以来，《楚辞》研究成果丰富，周建忠在《当代楚辞研究论纲》中认为，《楚辞》研究已形成《楚辞》文献学、文艺学等九个新兴学科。[①] 这其中没有提到《楚辞》经学，与《楚辞》从没有正式列入经书有关。但不可忽略的事实是，从汉代刘安作《离骚传》开始，以屈骚为中心的《楚辞》从没有和经学脱离关系，到清代屈骚经学化阐释达到高峰，还出现了李光地《离骚经注》等以经学化阐释为主的专书。学界对屈骚经学化关注不多，虽然有研究涉及一些相关问题，但将其置入屈骚经学化阐释的历史长河中，对屈骚经学化进行整体观照和系统研究的成果尚不多见。本文立足这两点，以清代屈骚经学化阐释为中心，希望能够有效清理屈骚经学化阐释的发展脉络，发掘清人屈骚经学化阐释的内涵，并探析其价值和意义。

一、《骚》之为赋与《骚》之为经

早在经学昌明的汉代，屈骚之为赋或经就有不同论述。淮南王刘安叙《离骚传》，

① 参见周建忠：《当代楚辞研究论纲》，武汉：湖北教育出版社，1992年版，第34页。

以为“《国风》好色而不淫，《小雅》怨悱而不乱，若《离骚》者，可谓兼之矣。”这是最早对《离骚》的阐释，刘安认为《离骚》兼具《风》《雅》特征，类同于《诗经》。班固《离骚序》：“多称昆仑、冥婚、伏妃虚无之词，皆非法度之政，经义所载，谓之兼《诗》风雅，而与日月争光，过矣。”班固指出了《离骚》的“非经”之处。王逸《离骚经》序云：“《离骚经》者，屈原之所作也……屈原执履忠贞而被谗邪，忧心烦乱，不知所诉，乃作《离骚经》。离，别也；骚，愁也；经，径也。言己放逐离别，心中愁思，犹依道径以讽谏君也。”王逸首次明言《离骚》为经。刘勰《文心雕龙·辩骚》又云：“故知楚辞者，体宪于三代，而风杂于战国，乃《雅》《颂》之博徒，而辞赋之英杰也。”刘勰认为屈骚本为辞赋。

刘勰的观点一直到唐代，得到了较大范围的认同。如《王勃集序》：“仲尼既没，游、夏光洙泗之风；屈平自沉，唐宋弘汨罗之迹。文儒于焉异术，词赋所以殊源。”这代表了初唐许多诗人的观点。但传统的“《诗》《骚》同类”的声音依然存在，如白居易《与元九书》：“国风变为骚辞，五言始于苏李。苏李、骚人皆不遇者，各系其志，发而为文。故河梁之句，止于伤别；泽畔之吟，归于怨思。彷徨抑郁，不暇及他耳。然去《诗》未远，梗概尚存。故兴离别则引双凫一雁为喻，讽君子小人则引香草恶鸟为比。虽义类不具，犹得风人之什二三焉。于时六义始缺矣。”白居易认为屈骚去《诗》未远，梗概尚存，只是“六义”有缺。

南宋朱熹以《诗经》之“变风”“变雅”来阐释屈骚，“寓情草木，托意男女，以极游观之适者，‘变风’之流也。其叙事陈情，感今怀古，以不忘乎君臣之义者，‘变雅’之类也。至于语冥昏而越礼，抒怨愤而失中，则又《风》《雅》之再变矣。”此说对后世颇有影响，如元祝尧曰：“《风》《雅》既变，而楚狂‘凤兮’之歌，沧浪孺子‘清兮浊兮’之歌，莫不发乎情，止于礼义，而犹有诗人之六义，故动夫子之听……原最后出，本《诗》之义以为《骚》……成周先王《二南》之遗风，可以复见于今矣。”认为屈骚本于《诗》之义而变于《诗》之体。明陆时雍在《楚辞疏》中说：“风雅既灭，《离骚》继作，人取而经之，《骚》诚可经也。《诗》以持人道之穷者也，爱君忧国，显忠斥佞，《骚》曷为不可经哉！”认为《骚》以继《诗》为经。

到了清代，尊屈骚为经的思想得到较大发扬。如杨金声《楚辞笺注定本》彭而述序云：“《离骚》之不列六经，又不列十三经，骚之不幸也，然而经矣，其文字实赓六经而作也。”一些著名学者明确尊屈骚为经，如贺贻孙《骚筏》总评：“《离骚》为古今第一篇忠爱之文。忠爱者，臣子之常，屈子履变而不失其常，《变风》《变雅》皆列于经，则尊《离骚》为经，虽圣人复起，宁有异辞？”沈德潜《说诗晬语》：“第《诗》分正变，而《离骚》所际独变，故有侘傺噫郁之音，无和平广大之响。读其辞，审其音，如赤子婉恋于父母侧而不忍去。要其显忠斥佞，爱君忧国，足以持人道之穷矣。尊之为经，乌得为过？”王闿运《楚辞释》：“依《章句》所言，则《离骚经》犹《逍遥游》，以三字为名，史公不容剪去‘经’字，而云作《离骚》也。屈子此作，托于《诗》之一义，故自题为经，言此《离骚》乃经义，百代所不变也。”

代表官方意志的四库馆臣反对屈骚为经，其评李光地《离骚经注》：“《史记》但称‘屈原著《离骚》’，至王逸注本，始于《离骚》加‘经’字，而《九章》《九歌》加‘传’字……然《楚辞》实诗赋之流，未可说以诂经之法。”林云铭《楚辞灯》以经说骚者甚多，但其凡例云：“王逸《章句》，以经字解作径字之义，又与诸篇加传之意不合矣……诸篇乃其散见错出者，不无经纬之别，亦属画添。总之绝世奇文，添一经字，未必增光；去一经字，岂遂减价？”对《离骚》称经采取调和的态度。

自刘勰论楚辞为“辞赋之英杰”以来，屈骚之为辞赋的观点得到了广泛的认同。但即使在诗歌繁荣的唐代，以及文学评点风气盛行的明代，屈骚的经学化阐释也从没有中断。到了清代更得到了发扬，尤其出现了李光地《离骚经注》、方苞《离骚正义》、梅冲《离骚经解》等以经学化阐释为主的专书。有清一代号称经学的全盛时期，清代屈骚的经学化阐释的发扬，可能与此有关。清代学者一方面肯定屈骚为经，另一方面也从文学的角度阐释屈骚。

二、“依经立义”与《骚》旨阐说

王逸最早以“依经立义”的方法阐释屈骚。《楚辞章句·离骚经》云：“夫《离骚》之文，依托五经以立义焉。‘帝高阳之苗裔兮’，则‘厥初生民，时维姜嫄’也；‘纫秋兰以为佩’，则‘将翱将翔，佩玉琼琚’也；‘夕揽洲之宿莽’，则《易》‘潜龙勿用’也；‘驷玉虬而乘鹥’，则‘时乘六龙以御天’也；‘就重华而陈词’，则《尚书》咎繇之谋谟也；‘登昆仑而涉流沙’，则《禹贡》之敷土也。”王逸提出《离骚》“依经立义”，具体论述只将《离骚》诗句与《诗经》《周易》《尚书》作了简单的类比。刘勰《文心雕龙·辨骚》云：“故陈尧舜之耿介，称汤武之祗敬，典诰之体也；讥桀纣之猖披，伤羿浇之颠陨，规讽之旨也；虬龙以喻君子，云霓以譬谗邪，比兴之义也；每一顾而掩涕，叹君门之九重，忠怨之词也。观兹四事，同于《风》《雅》者也。”从文体、讽谏、比兴与忠怨等方面，论述了屈骚类经的属性。

到了清代，以“依经立义”的方法阐释屈骚，有了具体而深刻的变化。如奚禄诒《楚辞详解》序：“其要旨归，六经之遗意焉。其上陈天道，函刚健中正之则，负宇负宙，旁通其情，则几于《易》者也。称先王，恤兆民，拨乱之义，归于仁义，则几于《书》者也。忧心愀愀，续四始五际之变，哀而不伤，达于事变，而怀其旧俗，则几于《诗》者也。国之大事，居之以慎，伸君子，抑小人，比物类情，而志存乎经世，则几于《春秋》

者也。放于江介，过自检束，洁衣冠，尊瞻视，三纲九法，郁结于胸中，则几于《礼》者也。感物而动，声成文，律协声，廉直遒杀之音，资于六气，则几于《乐》者也。”奚禄诒将屈骚与《六经》逐一对应，论述了屈骚的经学要旨。

清代学者多以《诗经》具体篇目论述《骚》旨。如王邦采《离骚汇订》释“怨灵修之浩荡兮，终不失夫民心”句：“浩荡，犹诗人‘荡荡上帝’之谓。民心，谓众人好恶之心，紧呼下二句也。盖众人所好所恶，岂能有是无非。惟赖君之明察，则谗言无由而入。若浩浩荡荡，无思无虑，岂复细心体察而不为所惑哉！大夫以浩荡二字怨其君，真所谓怨诽而不乱者矣。”以《大雅·荡》论述骚怨之旨。又如李光地《离骚经注》后叙：“原有《四牡》《皇华》之才，邂逅不辰，音非和正。然以视周衰大夫闵时念乱，‘繁霜’、《十月》，无以益其哀矣。学者读其书，论其世，岂不亦慨然于人生之大伦，而足以兴哉。”以《小雅·正月》及《小雅·十月之交》论述《离骚》悲哀之旨。

清代学者以《小雅·小弁》篇论《骚》怨之旨，比较显著。如刘梦鹏《屈子章句》序：“楚怀当日，君贪臣妒，女戎内蛊，虎狼外噬，覆亡不旋踵，岂复让彼为《小弁》者时哉？客死于秦，受祸最惨。归丧之日，国人哀号。较之周幽，若一致焉。子顷襄忘不戴之仇，而结婚姻之好，亦宜臼之戍申许者耳，乌在其能怨屈乎？敢不为宜臼傅耶……长楸陨涕，龙门不见，桑梓之敬也。泛洲下流，遥翼左右，舟流之喻也。鸟反故乡，狐死首丘，雉鹿之方也。朕时不当，我辰安在也。罪过不意，我罪伊何也。慨夏坵门芜，伤周道鞠茂也。痛众芳萎绝，疾坏木无枝也。君子信谗，壅君不识，子不能得之于父，臣不能得之于君。其过《小弁》之遇，其志《小弁》之志。”《毛序》：“《小弁》，刺幽王也。太子之傅作焉。”朱熹《楚辞集注》：“世之放臣、屏子、怨妻、去妇，抆泪讴吟于下。”刘梦鹏发扬其说，以一篇《小弁》概括《骚》怨之旨。

“求女”是楚辞学的难题，明代学者就有以经说解之，如赵南星《离骚经订注》：“昔者幽王信用褒姒，谗巧败国。其大夫伤之，思得贤女以配君子，故作《车辖》之诗曰：‘四牡騑騑，六辔如琴，觏尔新婚，以慰我心。’屈原患郑袖之蛊慝，亦托为远游，求古圣帝之妃，以配怀王。”清钱澄之《〈离骚〉总诂》论曰：“不得已而思求女，盖君而有贤妃在内，不致小人蛊惑已甚。上官、靳尚与郑袖比，犹皇甫七子‘恃褒姒为奥援’也。《车辖》之诗，恶褒姒以乱国，思得贤女以为内助，所以拔其祸本。屈原犹是意也……贤女既不可得，艳妻煽处，外内隔绝，闺中所以邃远，而哲王不寤，则朕情安能得发乎？”清代鲁笔《楚辞达》亦云：“美人求女指君相，非屈子凭空撰出，本《三百篇》遗法，美人本‘榛苓’诗，人皆知之，‘求女’多忽过即本《关雎》思得淑女配君子、寤寐求之意。”皆不离“淑女配君子”之义。

清代学者以《孟子》阐说屈骚，是依经论《骚》的明显特征。《孟子》唐五代时期始入经书，明代学者就以《孟子》阐释屈骚，如汪瑗《楚辞集解》云：“由此观之，则战国之时而惓惓乎仁义之谈性理之说者，不独孟子也，屈子之所学所养可知矣，其书真可继《三百篇》而无愧色，与《七篇》并传而不多让也。孰谓自从删诗后更无诗，而续仲尼之统者，轲氏可独专其美哉？”清代较多以《孟》释《骚》，如刘熙载《艺概》：“孟子曰：‘《小弁》之怨，亲亲也。亲亲，仁也。’夫忠臣之事君，孝子之事宗，一也。屈子《离骚》若经孟子论定，必深有取焉。”以《孟子》“亲亲之怨”阐释《离骚》。梅冲《离骚经解》：“屈子之道亦如此，法尧舜之耿介，惩桀纣之昌披，开张圣听之说也。植众芳，亲贤臣也；斥党人，远小人也。大臣事君之道不外此焉。然唯君听不开张，然后君子退小人进，故屈子以此事首归责于君听之中，此孟子‘大人格君’之学也。”以《孟子》“大人格君”之说阐释屈子事君之道。

清代学者还有以《论语》《周易》阐说屈骚，如张德纯《离骚节解》引用《论语》，“老冉冉之将至兮，恐修名之不立”，张氏曰：“君子疾没世而名不称也，岂务名哉？务其有是名者而已。”以《论语》名言阐释屈原的毕生追求。再如金圣叹以《易》论《骚》曰：“非降《易》以俪《骚》也，此非尊《骚》以附《易》也。其事同，其心同，则其艰难同，而其忧自不能不同。”以《周易》论屈骚忧患艰难之志。

清代也有反对依经论《骚》者，如四库馆臣评林仲懿《离骚中正》曰：“是篇首载《读〈离骚〉管见》数则，谓屈原之赋‘以执中为宗派，主敬为根柢。自叙学问本领，陈述帝王心法，与四子书相表里’。其说甚迂，故所释类多穿凿。如释‘名余曰正则，字余曰灵均’，谓屈子窃取子思之道，所言‘正则’‘灵均’，与《中庸》‘天命之性’‘率性之道’相合。是果骚人本意乎？”清代学者多以经阐说“骚怨”之旨，“骚怨”抛开经学的背景，亦可归于文学。清代屈骚经学化阐释和文学阐释都达到了高峰，二者有机融合，促进了《骚》旨阐说的发展。

三、“圣人之徒”与屈骚“诗教”阐说

屈骚作为一种特殊的诗体，没有经过“孔子删诗”，也没有遭遇孟子论诗，为一些屈骚研究者所遗憾。为了弥补这个缺憾，屈原的身份经历了一个“圣化”的过程，屈骚“诗教”阐说也在继承中发展。

屈原身份自从汉代开始就有关注。如班固曰：“自宋玉、唐勒、景差之徒，汉兴，枚乘、司马相如、刘向、扬雄，驰骋文辞，好而悲之，自谓不能及也。虽非明哲之器，可谓妙才者也。”班固认为屈原是文辞妙才。王逸曰：“膺忠贞之质，体清洁之性，

直若砥矢，言若丹青，进不隐其谋，退不顾其命，此诚绝世之行，俊彦之英也。”王逸认为屈原乃俊彦之英。颜之推曰：“自古文人多陷轻薄。屈原露才扬己，显暴君过。”颜之推以屈原为轻薄文人。刘勰《文心雕龙·辩骚》曰：“不有屈原，岂见《离骚》。惊才风逸，壮志烟高。”刘勰认为屈原是惊世之才。以上论述无论褒贬，都认同屈原“文人”的身份。

唐代是诗歌高潮的时代，屈骚多被视为文学经典，屈原亦视为文学之士，如裴子野《雕虫论》：“后之作者，思存枝叶。繁华蕴藻，用以自通。若夫悱恻芬芳，楚骚为之祖，靡漫容与，相如和其音。”如皇甫湜《答李生第二书》：“秦、汉以来至今，文学之盛莫如屈原、宋玉、李斯、司马迁、相如、扬雄之徒，其文皆奇，其传皆远。”这可能是唐代学人的普遍认识。但也有不同的看法，如韩门弟子李翱《答朱载言书》：“《六经》之后，百家之言兴，老聃、列御寇、庄周……屈原、宋玉……刘向、扬雄，皆足以自成一家之文，学者之所师归也。”认为屈骚为“百家之言”，屈原为“学者之师”，把屈原认同为“学者”，具有重要意义。

到了宋代，屈原身份有了新的发展。洪兴祖《楚辞补注》曰：“屈子之事，盖圣贤之变者，使遇孔子，当与三仁同称。”朱熹《楚辞集注》曰：“原之为人，其志行虽或过于中庸而不可以为法，然皆出于忠君爱国之诚心。原之为书，其辞旨虽或流于跌宕怪神、怨怼激发而不可以为训，然皆生于缱绻恻怛、不能自已之至意。虽其不知学于北方，以求周公、仲尼之道，而独驰骋于‘变风’‘变雅’之末流，以故醇儒庄士或羞称之。”朱熹以屈原类比“醇儒庄士”，虽有贬责之义，却为屈子成为“圣人之徒”开启了门径。

由此屈子的身份开始走向“圣人之徒”，如明汪瑗《楚辞集解》云：“屈子所学之正，所守之坚，不轻于去国之心，不终于牵俗之志，可以豁然于胸中而无疑矣。呜呼，若屈子者，其圣人之徒与？岂特为楚国之贤而已哉？岂特为战国之贤而已哉？”清刘献廷《离骚经讲录》总论：“吾读屈子文中《天问》《远游》《九歌》三篇，而知其为圣人之徒也……而屈子乃轻轻省省和盘托出，与天下万世共见共闻，岂非真能知圣人之学者乎……千古能知圣人之学，肯翻身落到义字上者，惟屈子一人而已。”清梅冲《离骚经解》云：“屈子之志，比干、夷齐之志也。其修已事君，正己正人，天下无道，以身殉道，则孟子之学也。一篇之中，反复参究，除舍身杀身而外，无可自安焉。盖义精仁熟矣，而曰未学于北方也哉？”至此屈原“圣人之徒”的身份基本确立。

屈骚的“诗教”阐说，早在淮南王刘安时期就已经开始。司马迁《史记·屈原列传》云：“上称帝喾，下道齐桓，中述汤武，以刺世事。”据说出于淮南王刘安的《离骚传》，《史记·太史公自序》亦云：“作辞以讽谏，《离骚》有之。”此即《诗大序》所言“下以风刺上”，属于“诗教”的重要范畴，“讽谏”说对屈骚阐释产生深刻影响。班固作《离骚赞序》曰：“上陈尧舜禹汤文王之法，下言羿、浇、桀、纣之失，以风怀王。”王逸阐说《九歌》曰：“上陈事神之敬，下见已之冤结，托之以讽谏。”刘勰《文心雕龙·比兴》云：“楚骚信谗，而三闾忠烈，依《诗》制《骚》，讽兼比兴。”这些经典说法，都是沿袭刘安的“诗教”观点。到南宋朱熹，提出屈子“忠君爱国”说，又成为后世屈骚诗教阐说的新方向。

清代屈骚诗教阐说则主要沿着两个路径发展，一方面是自刘安开始的讽谏说。如程廷祚曰：“屈子之作，称尧舜之耿介，讥桀纣之昌披，以寓其规讽；誓九死而不悔，嗟黄昏之改期，以致其忠怨；近于《诗》之陈情与志者矣。”宫梦仁《文苑英华选》序：“夫三百篇亡而《离骚》作，类托诸讽喻以鸣其不平，犹有风人《变雅》之遗焉。”王夫之《天问》序：“篇内言虽旁礴，而要归之旨，则以有道而兴，无道则丧。黩武忌谏，耽乐淫色，疑贤信奸，为废兴存亡之本。原讽谏楚王之心，如此而至。”另一方面，则是沿着朱熹“忠君爱国”说，发展为“忠孝”说。如清吴世尚《楚辞疏》：“首原远祖，以见忠臣无可去之义；次本天亲，以见忠孝乃一致之理。”梅冲《离骚经解》自序：“而其为道，则在本孝作忠……君终不悟，乃誓以身殉……自完忠孝。”杨金声《楚辞笺注定本》序：“《天问》一篇，云雾尤甚。且屈子千古奇才，加以忠孝之思，吐于至性。”屈原“忠孝”说自明代发端，在清代产生较大影响。

还有一些经典的诗教说，如温柔敦厚、事君事父、兴观群怨等，出现在屈骚阐释中，明郝敬《艺圃伧谈》：“《离骚》《天问》《九章》，别是一段肝膈，一副语言，与《三百篇》仓素不同，而温柔敦厚、委蛇旁魄之情同，适得事父事君可兴可怨之体。”明王世贞曰：“孔子不云乎：‘诗可以兴，可以怨，迩之事父，远之事君，多识乎鸟兽草木之名。’以此而等屈氏，何忝也。”清周拱辰《离骚草木史》自序：“孤孽投免之伤，穷嫠两髦之戚，何以加焉。盖孤行其意于君臣父子之间，而蔼然增人伦之重。可以兴，可以观，可以群，可以怨。”清杨金声《楚辞笺注定本》序：“读楚辞者，使潜而玩之，涉身其地而体之，迩事父，远事君，兴、观、群、怨，天则皆不能越。”这些典型的诗教阐说，明显将屈骚纳入诗学教化体系。

屈原由东汉初期的“妙才”，到清代的“圣人之徒”，完成了由文到儒的身份的转变。屈骚的诗教阐说，经历了长时期的“讽谏”“寄托”说，到南宋朱熹，屈原的身份与“醇儒庄士”联系起来，屈骚诗教阐说形成了“忠君爱国”说。到清代屈原“圣人之徒”的身份确立，屈骚诗教又完成了“忠孝”说。明代黄文焕《〈楚辞〉听直·序》言：“《五经》均劝人以忠孝。”至此屈骚诗教与《五经》教义完全吻合。

四、屈骚经学化阐释的意义

清代屈骚的经学化阐释，在当时就遭到官方背景的四库馆臣批评，民国时期遭到激烈否定，如胡适《读楚辞》："后来汉朝的老学究把那时代的君臣大义读到《楚辞》里去，就把屈原用作忠臣的代表，从此屈原又成了一个伦理的箭垛了。"近代学者谢无量《楚词新论·绪论》："后来批评、注释《楚词》的人，或者用北方的思想来解释它，或者用《诗经》的精神来范围它，岂不错了。"当代学者洪湛侯评李光地《九歌解义》曰："李氏好以君臣大义解释《楚辞》，有时不免牵强附会，所以也就降低了《九歌解义》的质量。"这些评论都局限于各自的立场，忽略了屈骚经学化阐释的意义。

首先，屈骚经学化阐释加强了屈骚的经典地位。《离骚》称经，淮南王刘安已肇其端，汉宣帝以为"皆合经术"。东汉王逸《楚辞章句》以五经比附屈骚，屈骚被推上经典的位置。魏晋南北朝开启文学自觉的时代，刘勰《文心雕龙》论断屈骚有"异乎经典"者，虽然屈骚的文学阐释空前活跃，但经典地位遭到削弱。到了唐代，屈骚的地位更加衰落，唐代几次文学运动，屈骚遭到批评，以屈骚为靡丽之赋，中断了儒学传统，如李华《赠礼部尚书清河孝公崔沔集序》："夫子之文章，偃、商传焉，偃、尚殁而孔伋、孟轲作，盖六经之遗也。屈平、宋玉哀而伤，靡而不返，六经之道遁矣！"其《扬州功曹萧颖士文集序》转述萧颖士观点："君以为六经之后，有屈原宋玉，文甚雄壮，而不能经。"整个唐代为屈骚研究的衰落期，与《诗经》在唐代的地位不可同日而语。宋代出现了两部重要著作，即洪兴祖《楚辞补注》和朱熹《楚辞集注》，除此之外屈骚在宋代地位并不显赫，与"《诗经》宋学"的兴盛局面不可相提并论。如南宋魏庆之曰："入本朝来，骚学殆绝。"南宋高似孙曰："《诗》亡矣，《春秋》不作矣，《骚》亦不可再矣！独不能忘情于《骚》者，非以原可悲也，独恨夫《骚》不及一遇夫子耳！使《骚》在删诗时，圣人能遗之乎？"明代较有影响的是汪瑗的《楚辞集解》和黄文焕《楚辞听直》，但也不能与《诗经》的地位比肩，如胡应麟《诗薮》曰："《国风》《雅》《颂》并列圣经……楚一变而为《骚》，汉再变而为《选》，唐三变而为律，体格日卑。"到了清代，经学全盛，多以屈骚比附《六经》。如方东树曰："以《六经》较《庄子》，觉《庄子》意新奇佻巧。以《六经》较屈子，觉屈子辞肤费繁缛。然而一则醒豁呈露，一则沉郁深痛，皆天地之至文也，所以并驱《六经》中，独立千载后。""《离骚》二十五篇，历世作者，奉为方园，并趋《六经》，邈世独立。"自东汉王逸之后，到清代屈骚的经典地位加强，屈骚研究和《诗经》共同繁荣，达到了新的高度。

其次，清代屈骚的经学化阐释，促进了清代“楚辞学”的全面发展。清代屈骚的经典地位加强，必然引起广泛的重视，如戴震《屈原赋注》为清代《楚辞》朴学的代表作，其自序曰：“予读屈子书，乃久得其梗概。私以谓其心至纯，其学至纯，其立言指要至纯。二十五篇之书，盖经之亚。”朴学治学方法的要领，多从经学而出，戴震本人亦为经学名家，其《楚辞》朴学的成就，必然受到屈骚经学化阐释的影响。又如林云铭《楚辞灯》是康熙年间颇有影响的著作，其对屈骚的阐释，以文学为其手段，“总要理会全局血脉，再寻出眼目来，任他如何摇曳，如何跌轶，出不得这个圈子，不用一毫牵强，自然杂而不乱，复而不厌。”而以经学为其纲领，“屈子以王者之佐，生于乱国宗族，志无所伸，义无所逃，不得已以一身肩万世之纲常，寄之文以自见。”经学的纲领和文学的手段，在林著中得以融合运用。再如鲁笔《楚辞达》，其《见南斋读骚指略》，论列了十九条解读屈骚的方法，“为研究《离骚》艺术特色之重要文献，为前代及清代所独有之文。”而《指略》总论曰：“《离骚》，盖以郑声为雅乐者也，厥词淫放幻眇，可喜可愕，不必尽本中和，要归于忧君念国而止。发乎情，止乎礼，义独《三百篇》乎哉？”认为《离骚》具有《诗经》的经学特征。屈骚的某些经学阐释，抛开经学背景，即可归于文学。董云庭云：“最初‘文学即经学’的认识，在后世的文学观念中，始终留下深刻的烙印，抹煞不掉。因此后世的许多文学运动，从表面上看，是文学运动，从深层上看，其实是经学运动。”清代屈骚的经学化阐释，对楚辞文学艺术的研究，无疑也起到了积极的推进作用。

第三，屈骚诗教在抗战时期发挥了较大的作用。潘德延论屈骚诗教曰：“无论是把《离骚》赞为‘可与日月争光’也罢，或是认为屈原‘露才扬己，怨刺其上’、‘狂狷之志’也罢；也不论是‘忠臣爱国说’也好，或是‘忠而过说’也好，最终都越不出‘诗教’的范畴。”屈原高尚的人格及忠心爱国的精神，在抗战期间深深影响和鼓励国人。1933 年游国恩作《楚辞注疏长篇》总序曰：“今观其辞，宗国之念至切，发扬蹈厉，深入人心，足以鼓舞其遗民志士报仇雪耻之义气……嗟夫，国难深矣！世人倘亦有读屈子之文而兴起者乎？则庶乎三闾之孤愤为不虚，而区区之志，亦可与忠义之士相见于天下矣。”以屈子忠义爱国之志唤起人心，鼓舞国人也勉励自己。1936 年卫仲璠著《离骚集释》，当时正值日军侵华，卫氏深慨于“盱衡关东，永沦异域”，而少数败类竟“去宗国如遗，甘心媚仇，恬不知耻”，故思以屈子“不忍恝置君国以远遁，蔼然忠爱”之情激励国人。[①]1942 年郭沫若话剧《屈原》轰动山城重庆，“万人空巷识薰莸”。郭沫若在话剧中复活了屈原，核心就是屈原的爱国精神，和永不向黑恶势力低头的勇气。1948 年郭沫若在《屈原的幸与不幸》

① 参见潘啸龙、毛庆主编：《楚辞著作提要》（第三卷），湖北教育出版社，2002 年版，第 288 页。

中说："整个中国的局面又处到了二千多年前楚国所遭过的境遇，外有比虎狼之秦更横暴的日寇，内有比上官大夫、令尹子兰、楚怀王和郑袖等更坏的卖国君臣，因此屈原的影响又特别放大了镜头。"整个抗战期间，无论国统区、解放区或大后方，都有屈原及其作品的光芒照耀。

鲁迅《屈原及宋玉》总结历来《楚辞》评论分为两派："一则达观文章，一乃局踳于诗教。"前者属于文学，后者归于经学。屈骚经学化阐释所遭受的批评，《诗经》同样也遭遇到。在《诗经》学史上，"抛开《诗序》论诗"的观点，曾经有深远的影响。但《诗经》的经学阐释，已经深入中国文学和文化的深处，抛开《诗序》论诗，既不科学也无法做到。屈骚的经学化阐释一样经历了漫长的过程。在倡导传统文化的今天，屈骚作为我们民族文化的瑰宝，其经学化阐释也有不可忽略的意义。

论屈原史官身份及其对楚辞文体形态的影响*

深圳大学　林训涛

摘　要：屈原家族长期担任史职，而从屈原所担任的职务和所履行的职责来看，无论是左徒还是三闾大夫，与先秦史官职责有许多相同的地方，可以说，屈原实际上就是楚国的史官。屈原史官身份对楚辞文体形态的类别、表现形式、本体等具有重要的影响。

关键词：楚辞；屈原；史官；文体

春秋战国，楚国巫风甚炽。许慎《说文解字》：“巫，祝也。女能事无形，以舞降神者也。”王逸《楚辞章句·九歌序》云：“昔楚国南郢之邑，沅、湘之间，其俗信鬼而好祠。其祠，必作歌乐鼓舞以乐诸神。”①而《汉书·地理志》在记载汉时楚地风俗时亦云“信巫鬼，重淫祀。而汉中淫失（佚）枝柱，与巴蜀同俗”②。风俗的形成往往有着长期的历史渊源，可见楚国巫风传承已久。屈原作品中，对此亦有反映，无论是《离骚》还是《九歌》，皆带有浓烈的巫的色彩，以致后世学者多有从巫的角度来考察《九歌》者，认为以《九歌》为代表的楚辞作品体现了楚国的巫文化，甚至有学者认为屈原是楚国的大巫。但屈原的其他作品如《天问》《九章》《招魂》等，相较《离骚》和《九歌》，则具有更多的理性色彩。从屈原的作品来看，既有借祭祀鬼神感慨遭遇之作，亦有冷静思考的理性之作，因此，仅从巫的角度来审视屈原及其作品是不全面的。

王汝弼先生在20世纪40年代发表《左徒考》一文，其将《礼记·玉藻》《汉书·艺文志》所记载的左史职责与《史记·屈原贾生列传》中有关屈原的职守联系起来，认为“左徒”即是“左史”。王先生还认为楚史《檮杌》之“檮杌”即是“徒”之缓音，因“徒”而得名。③裘锡圭先生根据湖北随县曾侯乙墓出土的楚国文献中的“左

* 本文系国家社科基金项目“先秦史官书写活动与早期文体生成研究”［20BZW103］的阶段性研究成果。

① 洪兴祖撰，白化文等点校：《楚辞补注》，北京：中华书局，1983年版，第55页。

② 班固撰，颜师古注：《汉书》，北京：中华书局，1962年版，第1666页。

③ 王汝弼：《左徒考——屈赋发微之一》，《国立西北师范学院学术季刊》，1945年第2期。

徒”“右𡉚”，考证“左徒”为“左𡉚徒”之省，“右𡉚徒”也可省“右徒”。[1]陈松青则认为楚史官称为“𡉚徒”，屈原的“左徒”一职并不是巫卜，其作为精英史官，即楚怀王的国务秘书，既不同于巫卜宗祝，也有别于一般修史的士大夫。[2]这些学者的论证皆言之成理，在某种程度上，屈原的作品确实体现出了史官职守的因素。屈原身份的确定，对于我们更好地理解他的作品，具有关键的意义。在此，笔者主要围绕屈原左徒及三闾大夫的职守与先秦史官的职守之间的联系，来讨论屈原的身份问题，以及这种身份对楚辞文体的影响。

“史”字甲骨文写作（《乙》三三五〇）、（《合》四二二）等。徐中舒《甲骨文字典》释“史”有四义：一、用如事，事业之意；二任事者之称；三、用如使，令也；四、一期贞人名。因此，史实为事字之初文，后世复分化孳乳为史、吏、使等字。[3]徐先生释“史”之第四义尤其值得我们注意，其所举甲骨文例是“丑卜史贞王燕之日叀吉”（前六·四三·六）。《说文》：“贞，卜问也。”《周礼·春官·占人》：“凡卜筮，君占体，大夫占色，史占墨，卜人占坼。”又《卜师》：“扬火以作龟致其墨。”郑玄注：“扬犹炽也，致其墨者熟灼之，明其兆。”[4]经过灼烧之后的龟甲上出现的裂纹即是“兆”。史官的职守之一正是根据灼龟之后的裂纹进行卜问。因此，我们将这里的“史”理解为职官，也是可以说得通的。卜辞中还有其他的例子，如“甲寅卜，史贞：多工无尤”（《合集》1148 正），同样可以将之理解为职官而非人名。

我们对史的认识，往往受《礼记·玉藻》（动则左史书之，言则右史书之）《汉书·艺文志》（左史记言，右史记事）及《说文解字》（史，记事者也）等的影响，认为史的最主要职责是记言记事与修史。但从“史”的字源来看，史的本义最早是指“事”，是以对早期社会生产工具的象形来指代早期社会的生产，后来逐渐演变成为保障生产而开展的一系列活动之事，如原始宗教活动、观象制历等，再后来，随着社会政治、文化的发展，史成为一种职官、成为吏的一种，负责记录君王和国家大事，同时，又因为邦国的发展和分化，史又兼具了奉王令出使的职责。许兆昌说：“事实上，从先秦文献及甲骨文、金文等资料来看，先秦时期史官的职责十分广泛，远非只是记事一职。除记事以外，举其大者，则有观象授时、卜筮占梦、典礼作相、策命布令，甚至领兵作战、会盟合约等等。”[5]卜筮占梦等原始宗教活

① 裘锡圭：《谈谈随县曾乙侯墓的文字资料》，《文物》，1979 年第 7 期。

② 陈松青：《从屈原的史官身份解读其创作》，《中州学刊》，2004 年第 3 期。

③ 徐中舒：《甲骨文字典》，成都：四川辞书出版社，2003 年版，第 316—317 页。

④ 阮元校刻：《十三经注疏·周礼》，北京：中华书局，2009 年版，第 1738、1736 页。

⑤ 许兆昌：《先秦史官的制度与文化》，哈尔滨：黑龙江人民出版社，2006 年版，第 4 页。

动后来成为史官与巫祝交叉的职责，以至于陈梦家说“史亦巫也”①。

据司马迁《史记·楚世家》所载，楚之先祖出自帝颛顼高阳，高阳生称，称生卷章，卷章生重黎。重黎在帝喾时居火正，受命为祝融。重黎被诛后，其弟吴回继重黎位，还称祝融。吴回之孙季连，芈姓，楚之后也。②这与《离骚》屈原自述“帝高阳之苗裔兮”相一致。尽管重黎之名实史有歧异，但从各种资料来看，重黎是古史上有名的大巫，另从其火正的职守来看，天文与历法等天官事务正是其应有之责，因此游国恩先生《屈赋考源》判断“楚国也是天文学家的后代”③。古代社会有职官世袭、职守家传的传统，屈原家族的史官职责可能一直在传承，如占卜。《离骚》：“皇揽揆余初度兮，肇锡余以嘉名。”④肇，一般释为始，但《诗经·大雅·生民》有“以归肇祀”，郑笺：“肇，郊之神位也。”孔颖达疏：“言神位之兆。肇，宜作兆。春官小宗伯云：兆五帝于四郊是也。《商颂》笺读肇为兆，此从。”⑤《白虎通·姓名》引《礼服传》云：“子生三月，则父名之于祖庙。”《白虎通·蓍龟》又云：“筮画卦所以必于庙何？托义归智于先祖至尊，故因先祖而问之也。”⑥屈原所说的其父为其赐名之“肇”，应该释为“兆”，就是指其父在祖庙通过卜筮问于祖先而为屈原求名。这种求名的方式很可能是屈原家族源自于早期史官的遗习。

屈原本身所担任的官职的职守也与史官职守有密切关系。司马迁《史记·屈原贾生列传》：“屈原者，名平，楚之同姓也。为楚怀王左徒。博闻强志，明于治乱，娴于辞令。入则与王图议政事，以出号令；出则接遇宾客，应对诸侯……怀王使屈原造为宪令。”⑦王逸《楚辞章句·离骚经序》云：“屈原与楚同姓，仕于怀王，为三闾大夫。三闾之职，掌王族三姓，曰昭、屈、景。屈原序其谱属，率其贤良，以厉国士。入则与王图议政事，决定嫌疑；出则监察群下，应对诸侯。”⑧司马迁在《史记·屈原贾生列传》中明确提到屈原在楚国所任的官职是左徒和三闾大夫。综合《屈原贾生列传》《离骚经序》以及《离骚》《九章》等资料的相关记载来看，左徒和三闾大夫的职守主要包括以下几方面的内容：

第一，负责昭、屈、景三姓的宗族事务。宗族事务包括收集、整理、保管三姓档案文献，也即“序其谱属”。在早期社会宗法制度中，谱属是极其庄严又是非常

---

① 陈梦家：《商代的神话与巫术》，《燕京学报》，1936 年第 20 期。

② 司马迁撰，裴骃集解：《史记》，北京：中华书局，1959 年版，第 1689—1690 页。

③ 游国恩：《屈赋考源》，《游国恩学术论文集》，北京：中华书局，1989 年版，第 7 页。

④ 洪兴祖撰，白化文等点校：《楚辞补注》，北京：中华书局，1983 年版，第 4 页。

⑤ 阮元校刻：《十三经注疏·诗经》，北京：中华书局，2009 年版，第 1144 页。

⑥ 陈立撰，吴则虞点校：《白虎通疏证》，北京：中华书局，1994 年版，第 406、330 页。

⑦ 司马迁撰，裴骃集解：《史记》，北京：中华书局，1959 年版，第 2481 页。

⑧ 洪兴祖撰，白化文等点校：《楚辞补注》，北京：中华书局，1983 年版，第 1–2 页。

重要的任务，审定贵族的系世，分别贵族谱系，为权力和财产分配提供血统依据，因此这是三闾大夫的首要职责。《国语·楚语上》申叔时在阐述教育太子的思路时提到“教之世，而为之昭明德而废幽昏焉，以休惧其动”。《鲁语上》亦云：“工史书世，宗祝书昭穆。”[①]“世”即是诸如《世本》之类的关于古代帝王统治和血统的由史官负责的专门记录，后世的《大戴礼记》中的《五帝德》《帝系》，《史记》中的《本纪》和《世家》，正是出于史官的一脉相承的职守规定。《周礼·小史》：“掌邦国之志，奠系世，辨昭穆。”[②]“奠”即定也，审定系世。《国语·晋语九》：“知果别族于太史为辅氏。”韦昭注：“太史，掌姓氏。”[③]三闾大夫的这一部分职守正与小史、太史相同。

第二，所谓“率其贤良，以厉国士”，就是负责三姓子弟的教育。“率”，即是率勉、引导。“厉”，为“砺”的本字，意为磨刀石，引申为磨砺，《广雅》：“厉，磨也。”意即三闾大夫的职责是培养宗族中的贤良之人，经过磨砺和锻炼成为国士。《周礼·大行人》：“九岁属瞽史，谕书名，听声音。”郑玄注：“九岁省而召其瞽史，皆聚于天子宫，教习之也。”[④]《大行人》所载的史官重要职责之一是负责教育贵族子弟读书和写字。《汉书·艺文志》：“史籀十五篇。”班固自注曰：“周宣王太史作大篆十五篇，建武时亡六篇矣。”又曰：“《史籀篇》者，周时史官教学童书也。”[⑤]早期社会只有贵族子弟才有接受教育的机会，可见教育贵族子弟是古代史官的重要职责之一。这种教育职责与前面的“序其谱属”紧密联系。先秦史官运用他们所掌握的渊博知识和古史传说，审定贵族世系，通过对贵族子弟的教育，使得贵族子弟不仅生活在当下，而且生活在历史中，利用长时段的族群共同记忆，使得贵族子弟个人与族群形成了联系的纽带，获得了自我认同、自我完善的机会。先秦史官的教育职责，又与三闾大夫重合。屈原作为三闾大夫，正是在“序其谱属”、确定血统的基础上，负责楚国昭、屈、景三姓子弟的教育工作，增强他们的荣誉感，促使他们进取不懈，刻苦磨炼，成为楚国的优秀人才。

第三，博闻强记，明于治乱，提供咨询参考，参与政治决策。三闾大夫的这种职责同样是先秦史官的主要职责。古人很早就明白了“以史为鉴”的重要性。《尚书·说命下》载殷代名相傅说云：“学于古训乃有获。事不师古，以克永世，匪说攸

① 徐元诰撰，王树民、沈长云点校：《国语集解》，中华书局，2002年版，第485、165页。

② 阮元校刻：《十三经注疏·周礼》，北京：中华书局，2009年版，第1766—1767页。

③ 徐元诰撰，王树民、沈长云点校：《国语集解》，中华书局，2002年版，第454页。

④ 阮元校刻：《十三经注疏·周礼》，北京：中华书局，2009年版，第1928—1929页。

⑤ 班固撰，颜师古注：《汉书》，北京：中华书局，1962年版，第1719、1721页。

闻……监于先王成宪，其永无愆。”[①] 这种“监于先王成宪”，就是依靠史官来完成的。史官往往博闻强记，如《国语·楚语下》：“又有左史倚相，能道训典，以叙百物，以朝夕献善败于寡君，使寡君无忘先王之业。”[②]《大戴礼记·保傅》引《明堂之位》云：“博闻强记，接给而善对者，谓之承。承者，承天子之遗忘者也。常立于后，是史佚也。”所说的正是史官侍奉在君王身后，经常为君王提供咨询的场景。《逸周书·史记解》载周成王惊梦，召三公、左史戎夫，“乃取遂事之要戒，俾戎夫言之，朔望以闻。”集注引孔晁曰：“集取要戒之言，月朔、望日于王前读之。”[③]就是说周王要求史官在规定时间讲历史的经验教训给自己听，监训自己言行，提供历史教训作为决策参考。《周礼·内史》：“掌叙事之法，受纳访以诏王听治……王制禄，则赞为之，以方出之。”郑玄注：“纳访，纳谋于王也。”[④] 内史就是利用其博闻强记，讲述以前的故事，以经验教训为君王治理国家出谋献策，提供咨询参考。《左传·襄公三十年》季武子曰：“晋未可媮也……有史赵、师旷而咨度焉。”[⑤]《国语·楚语上》说：“临事有瞽史之导，宴居有师工之诵；史不失书，蒙不失诵，以训御之。”[⑥] 可以说，至少到战国时期，提供咨询参考，参与政治决策仍然是史官的主要职责。

第四，昭明法度，监察群下。屈原《九章·惜往日》提到自己曾“奉先功发照下兮，明法度之嫌疑”，王逸提到屈原担任三闾大夫时负责监察群下，司马迁则提到“怀王使屈原造为宪令”。昭明法度、监察群下、颁布宪令同样是先秦史官职责之一。由于史官博闻强记，明于治乱，精通礼法，又加上负责掌管百官的职事档案，并常伴于君王身边，为君王提供咨询，参与政治决策，同时，又执行释法的职责，因此，对于百官的行为，史官天然具有监察作用。《诗经·小雅·宾之初筵》：“凡此饮酒，或醉或否。既立之监，或佐之史。彼醉不臧，不醉反耻。式勿从谓，无俾大怠。”朱熹注：“监，史，司正之属。燕礼乡射，恐有懈倦失礼者，立司正以监之，察仪法也。”[⑦] 史官以礼法为依据，监察群下。《周礼·内史》：“执国法及国令之贰，以考政事，以逆会计。”《管子·立政》载国君委托太史布宪，百吏受宪于太史，“太史既布宪，入籍于太府，宪籍分于君前……考宪而有不合于太府之籍，曰侈专制，

---

① 阮元校刻：《十三经注疏·尚书》，北京：中华书局，2009年版，第372页。
② 徐元诰撰，王树民、沈长云点校：《国语集解》，中华书局，2002年版，第526页。
③ 黄怀信、张懋镕、田旭东：《逸周书汇校集注》，上海：上海古籍出版社，2007年版，第945页。
④ 阮元校刻：《十三经注疏·周礼》，北京：中华书局，2009年版，第1770—1771页。
⑤ 阮元校刻：《十三经注疏·左传》，北京：中华书局，2009年版，第4369页。
⑥ 徐元诰撰，王树民、沈长云点校：《国语集解》，中华书局，2002年版，第501页。
⑦ 朱熹注：《诗集传》，南京：凤凰出版传媒集团，2007年版，第192页。

不足曰亏令，罪死不赦。”颜昌峣云：“考宪，岁终考成也。”[①]说的是史官根据国家的相关法令和百官的职事规定，对百官进行考核和监察。

第五，外交出使，应对诸侯。先秦史官还有一个职责，就是利用他们精熟礼法、精通典故、娴于辞令的优势，作为君王的代表负责外交事宜。如前面所举的“史”的本义，“使”就是其中一项。《周礼·外史》：“掌达书名于四方。若以书使于四方，则书其令。”[②]聘使文书的书写就是由娴于辞令的史官负责，而外史一名更是直接指出了史官与外交之间的关系。司马迁《屈原贾生列传》中提到屈原的“出则接遇宾客，应对诸侯”，正是对此的记载。

先秦史官体系庞大，据许兆昌统计，仅是周代，就可达四十几种之多[③]。先秦史官的职掌按照职务性质的差别可以分为六大类：一是天官事务，主要包括占卜、制历、祭祀、禳灾等；二是档案事务，主要收集、保管氏族和政府档案文献、契约文书、图书文献、户籍文书等；三是典礼事务，主要是主持各种仪式性的礼仪活动，如朝觐之礼、籍礼、射礼、丧礼、聘礼、郊庙之礼等；四是监察事务，包括记诵往事以监察、告诫君王言行和责任，同时负有监察臣民言行是否失礼之责；五是文史之责，主要是指文字、文书工作，包括记言、记事、起草及宣读文告、起草和保管契约盟誓、管理文字等。从这些职责来看，基本上都与《史记》和《楚辞章句》所载的左徒、三闾大夫的职守有相同的地方。另外，先秦史官职责的复杂性，使得能够胜任此职的史官本身就必须具备忠诚执着、博闻强记、娴于辞令、精熟礼法和历代掌故、头脑清醒、明于治乱等特质。屈原正具备了这些特质。要之，从屈原所担任的职务和所履行的职责来看，无论是左徒还是三闾大夫，实际上就是楚国的史官。

史官与儒家的关系密切。班固《汉书·艺文志》就认为儒家“盖出于司徒之官，助人君顺阴阳明教化者也”[④]。刘师培《古学出于史官论》：“儒家出于司徒，然周史六韬以及周制周法皆入儒家，则儒家出于史官。”[⑤]范文澜亦认为“史官文化主要凝合体是儒学”。“顺阴阳教化”的本质就是维护秩序和教育，这恰恰是屈原的史官职守。屈原从小就接受了良好的教育，儒家经典应该就是其从小就所必读必诵的，因此屈原作品中，表现出了非常明显的诸如忠君爱民、仁义礼乐等儒家思想，而屈原也具有学习儒家经典进行创作的可能。

---

① 黎翔凤撰，梁运华整理：《管子校注》，北京：中华书局，2009 年版，第 66、72 页。

② 阮元校刻：《十三经注疏·周礼》，北京：中华书局，2009 年版，第 1771 页。

③ 许兆昌：《先秦史官的制度与文化》，哈尔滨：黑龙江人民出版社，2006 年版，第 54—99 页。

④ 班固撰，颜师古注：《汉书》，北京：中华书局，1962 年版，第 1728 页。

⑤ 刘师培著，邬国义、吴修艺编校：《刘师培史学论著选集》，上海：上海古籍出版社，2006 年版，第 11 页。

《史记·酷吏列传》已经出现了“楚辞”之名。北宋黄伯思《校定楚辞序》：“盖屈宋诸骚，皆书楚语，作楚声，纪楚物，故可谓之楚辞。”[①] 指出了楚辞文体形态的一些风格特征。朱熹《楚辞集注序》：“盖自屈原赋《离骚》而南国宗之，名章继作，通号楚辞。”[②] 认为楚辞包括了屈原的作品以及之后的楚国、汉朝诸人的拟作，在文体形态的特点上具有一致性。谢无量进一步明确说：“《离骚》流传以后，许多文人拟作，楚辞也就成为一种特别文体。”[③] 前人认为楚辞之所以成为文体的原因有二：一是以楚语纪楚物，具有鲜明的地域特点；二是屈原之后，南国宗之，继而两汉拟作涌现，风格特别而一致。吴承学把文体归纳为六种：（一）体裁或文体类别；（二）具体的语言特征和语言系统；（三）章法结构与表现形式；（四）体要或大体；（五）体性、体貌；（六）文章或文学的本体。[④] 吴乘学对文体的界定，是在风格、体裁和类别基础上对文体的复杂形态作了一个全面而详尽的概括，在很大程度上解决了什么是文体的问题，这同样对楚辞文体形态的研究具有很大指导意义和启发。综合屈原的作品来看，楚辞文体形态主要包括了两类：一类是继承于《诗经》，以四言为主，兼有杂言，如《天问》《九章·橘颂》，另一类则是具有明显楚地民歌色彩的以六、七言为主的骚体，是楚辞中的大多数。这些楚辞文体形态反映了屈原深受儒家影响的史官背景，反过来说，屈原深受儒家影响的史官身份对楚辞文体形态的形成具有关键影响。

第一，屈原史官身份对楚辞文体形态类别的影响。楚辞作为一种文体，其实从中又可以细分为以《天问》《九章·橘颂》为代表的四言体和以《离骚》《九歌》等为代表的“兮”字句体。史官精熟经典，以《诗经》为代表的四言体作为先秦诗歌正体，具有法定的规范意义，屈原学习《诗经》体式而作楚辞，是史官的自觉。史官博闻强志，明于治乱，因此，通过民歌，体察民情，是史官职守的要求。在屈原之前，已经有了“兮”字句体的民歌，如载于刘向《说苑·善说》中的《越人歌》。另外，新近出土的上博简中出现了句式与《离骚》《九歌》非常接近的《有皇将起》《鹠鷅》等楚辞类作品，时代可能早于屈原。因此，屈原可能学习了楚地民歌而作楚辞。当然，文体类别又牵涉到语言特征和语言系统的问题。四言体和“兮”字句体，是楚辞的语言特征和语言系统。如果从“楚地”“楚声”来看，“兮”字句体更能代表楚辞的语言特征，这也是《离骚》能成为楚辞代表作品的原因之一。另外，《九章·惜往日》：“惜往日之曾信兮，受命诏以昭诗。奉先功以照下兮，明法度之嫌

① 转引自宋陈振孙撰：《直斋书录解题》，上海：上海古籍出版社，1987 年版，第 436 页。
② 朱熹注：《楚辞集注》，上海：上海古籍出版社，2015 年版，第 4 页。
③ 谢无量：《楚词新论》，北京：商务印书馆，1927 年版，第 20 页。
④ 吴承学：《中国古代文体学研究》，北京：人民出版社，2011 年版，第 21 页。

疑。”明汪瑷《集解》：“昭，明也。诗，指楚先王之法度也。王逸曰‘君告屈原，明典文也’。”[①]北宋王安石《字说》亦云：“诗字从言从寺，谓法度之言也。”[②]屈原自述的“明法度之嫌疑”正是史官职守中的释法，释法的目的也在于维护秩序，这说明了屈原与儒家的渊源。《诗》之生成，基本原因正如《汉书·艺文志》所说的出于王者“观风俗，知得失，自考正”的需要。因此，屈原以儒家经典为学习对象，创作四言体诗，同时又吸收楚地民歌体式而创作“兮”字体诗歌，两者不矛盾，都是史官职责的体现。

第二，屈原史官身份对楚辞文体形态表现形式的影响。王逸《离骚章句序》：“《离骚》之文，依《诗》取兴，引类譬喻：故善鸟香草以配忠贞，恶禽臭物以比谗佞，灵修美人以媲于君，宓妃佚女以譬贤臣，虬龙鸾凤以托君子，飘风云霓以为小人。”王逸指出了《离骚》的表现手法是学习借鉴《诗经》的取兴和引类譬喻。《毛诗》郑玄笺：“比，见今之失，不敢斥言，取比类以言之。”孔颖达《毛诗正义》解郑司农语云：“兴者，托事于物，则兴者，起也。取譬引类，起发己心，《诗》文诸举草木鸟兽以见意者，皆兴辞也。”楚辞文体形态的表现形式正是学习了《诗经》比兴手法，不仅《离骚》“依《诗》取兴，引类譬喻”，就是《九歌》的以爱情坎坷象征君臣不遇，《天问》的托事于诗、借古讽今，《橘颂》的咏物寄怀以及《九章》其他篇章，都是如此。先秦史官在为君王、贵族讲解故事和典故时，为了更好地达成劝诫目的，在讲述中经常运用大量的诸如比兴的文学手法，如《国语·楚语上》载申叔时论傅太子之道时说：“若是而不从，动而不悛，则文咏物以行之，求贤良以翼之。”韦昭注：“文，文词也。咏，风也。谓以文词风托事物以动行之。”“文词”是指有修辞的词语，“风托事物”是指运用“兴”的文学手法，达到“明乎得失之迹，伤人伦之废，哀刑政之苛，吟咏情性以风其上”[③]的目的。史官在口头讲解历史典故的过程中，通过使用修辞，“风托事物”，从有形的“事物”中挖掘引申出无形之“意”，能使君王和贵族由此及彼、由形到意，发现蕴含于在历史典故中的种种联系及规律，从而豁然贯通，甚至举一反三、触类旁通。从这则记载来看，史官在讲解历史典故的过程中，不仅会采用修辞，也往往会运用读“诗”、用“兴”等文学手段，使用诗、书、礼、乐等制度化的文学语言来启发、劝谏君王和贵族，使之达到闻谏改过、以史为鉴的目的。屈原作为史官，运用文学手法进行劝谏，是其职守之属，而将这种手法运用到创作中，无疑对楚辞文体形态的表现手法具有积

---

① 汪瑗集解，明汪仲弘补辑，熊良智、肖娇娇、牟歆点校：《楚辞集解》，上海：上海古籍出版社，2017 年版，第 334 页。

② 张宗祥辑录：《王安石〈字说〉辑》，福州：福建人民出版社，2005 年版，第 20 页。

③ 阮元校刻：《十三经注疏·诗经》，北京：中华书局，2009 年版，第 567 页。

极意义。

第三，屈原史官身份对于楚辞文体形态本体的影响。首先，史官博闻强记，明于治乱，具有列举国家兴亡事例“以诏王听治”的职责，如《国语·周语上》记载有内史过云：昔夏之兴也，融降于崇山；其亡也，回禄信于聆隧。商之兴也，梼杌次于丕山；其亡也，夷羊在牧。周之兴也，鸑鷟鸣于岐山；其衰也，杜伯射王于鄗。是皆神明之志者也。[①]屈原则是在楚国穷途末路之时，满怀悲愤，写作《天问》。章必功师《〈天问〉讲稿》：“一篇《天问》，凡 376 句，172 问，在问难中表达疑心，疑神疑鬼疑人事；在问难中传递思想，思天思地思兴亡。《天问》之问，上起窿古，下至晚周，时间跨度，已总揽宇宙时空和社会历史。”[②]《天问》一篇涵盖了非常多的神话传说和历史知识，从邃古之初的道开始，一直问到了晚周，涵盖的时空之广，令人叹止。《天问》既含丰富的历史知识，也反映了屈原对于楚国命运的思考。其次，史官精熟儒家经典，屈原继承了《诗经》的四言体式和言志传统，创作了《天问》《九章·橘颂》。四言作为先秦诗歌正体，具有法定的规范意义，而颂作为《诗经》的文体形态之一，亦具有特定的示范意义。《橘颂》兼具了上述双重意义。“颂”是《诗经》文体之一，《诗大序》所谓“美盛德之形容”，洪兴祖曰：“美橘之有是德，故曰颂。”[③]《橘颂》全诗皆用四言，又以“颂”名篇，不同于《九章》的其他篇章言放逐之事，咏物言志，正是“诗以言志”的继承。再次，史官讲史，往往将史实与神话互渗，人神合一，用奇异故事装饰历史，显示出了口述历史中传奇性的特点。《离骚》《九歌》诗篇光怪陆离、奇谲怪诞，充满了传奇色彩，也是因为史官身份的影响。

总而言之，屈原作品既有巫风炽烈的一面，又有理性思考的一面，未免让人不解，若从史官的这个身份来看待屈原的作品，则原本困扰我们的这些问题就可以迎刃而解。史亦巫也，先秦史官职事中多有与巫官交叉的地方，因此，屈原《离骚》《九歌》与《招魂》一类的作品，巫风色彩浓烈。同时，又因为史官本身掌管图书典籍和档案资料，再加上屈原博闻强记、明于治乱，正如《毛诗大序》所云“国史明乎得失之迹”，所以其在冷静思考而激愤难平之下创作了古史蕴含丰富的《天问》。另外，史官记言记事的文字记录习惯让屈原在流放途中从容记录自己的心路历程，借以抒发情志，表明心迹，于是有了《九章》等作品。

---

① 左丘明撰，韦昭注：《国语》，上海：上海古籍出版社，2015 年版，第 21 页。

② 章必功：《〈天问〉讲稿》，北京：中华书局，2013 年版，第 1 页。

③ 洪兴祖撰，白化文、许德楠、李如鸾、方进点校：《楚辞补注》，北京：中华书局，1983 年版，第 155 页。

21世纪楚辞意象研究综述

1. 广东理工大学　邹海燕　2. 江汉大学　龚红林

摘　要： 21世纪的楚辞意象研究成果颇丰，学者们主要围绕楚辞文本中的意象、意象翻译策略、意象接受和美学赏析、与《诗经》意象关系溯源这四个方面展开。在这些研究中，学界对楚辞中香草意象研究更为注重，而较少关注对神话意象、人物意象的构建，缺乏对比兴寄托的诗学精神的深入挖掘。通过对21世纪以来楚辞意象研究的梳理，可给楚辞意象相关研究提供有益借鉴，从而明确得失、查缺补漏，也可为后续相关研究发展提供新的启发与思考。

关键词： 21世纪；楚辞意象；楚辞文本；翻译策略；接受美学；传承新变

楚辞研究一直以来是中国古典文学研究的热点，楚辞中的意象研究成果也层出不穷。通过在知网查找、梳理、整合，在21世纪以来关于楚辞意象研究的期刊论文共有113篇，以楚辞意象为主题的有94篇。此外，涉及楚辞意象研究的著述有近10部。而这一时期楚辞意象研究主要围绕楚辞文本中的意象、意象翻译策略、意象接受和美学赏析、与《诗经》意象关系溯源这四个方面展开。把21世纪初作为起始点，以楚辞意象为研究主题，整理前人已发表的研究成果，探究21世纪初至今这一时间段中国古典的"象"与"意"之间的关系，阐释其深厚而丰富的文化内涵与传播意义，是考究楚辞意象源流、梳理楚辞意象发展脉络的有益尝试，也可为后续楚辞意象研究的深入指明方向。

在中国传统文化中，意象最初可溯源到《易》中的"象"和《诗经》中的"兴"。傅道彬先生在《晚唐钟声：中国文学的原型批评》一书中指出："中国文化的原型系统是兴与象。《诗》之兴与《易》之象是中国艺术和中国哲学对原型最古老的理论概括。"① 由此可见，意象这一概念，囊括着丰富的艺术和哲学底蕴，它与中华民族文化意识、民族心理特征、民族思维方式的密切关系，可以追溯到我们民族的远古。②

① 傅道彬：《晚唐钟声：中国文学的原型批评》，北京：北京大学出版社，2007年版，第12页。

② 鲁西：《艺术意象论》，南宁：广西教育出版社，1995年版，第25页。

古代先贤们很早便注意到“兴”“象”“意”之间的关系。《周易·系辞上传》中有记载：“书不尽言，言不尽意。然则圣人之意，其不可见乎？”子曰：“圣人立象以尽意，设卦以尽情伪，系辞焉以尽其意。”①孔子在这里说的就是用“象”来“尽意”，并在《周易·系辞下》中提道：“是故《易》者，象也；象也者，像也。”②朱熹《诗集传》所云：“兴者，先言他物以引起所咏之词也。”（《诗集传·关雎》卷一）《诗经》中以鸟类之“他物”引起缅怀家国父母之“所咏之词”，屡见不鲜。《唐风·鸨羽》：“肃肃鸨羽，集于苞栩，王事靡盬，不能艺稷黍，父母何怙，悠悠苍天，曷其有所。”《小雅·黄鸟》：“黄鸟黄鸟，无集于穀，无啄我粟，此邦之人，不我肯穀。言旋言归，复我邦族。”三国的王弼在《周易略例·明象》中提出：“意以象尽，象以言著。”他具体阐明了言、象、意三者的关系：用象表现意，用语言来显现象。而在中国古代文学中最早提出“意象”这一整体概念的是汉代的王充，其《论衡·乱龙》卷十六中云：“夫画布为熊麋之象，名布为侯，礼贵意象，示义取名也。”③这里所言“意象”是指古代箭靶上所画的动物图案，即用画布画出熊、麋等动物的图像，将布称为侯，人的礼制便可从画布上显露出来。按照礼制，不同等级的射者，箭靶上的图案不同，动物图案成为代表阶级和制度的象征。南朝的刘勰对“意象”这一概念也有自己的见解。《文心雕龙·神思》中曰：“陶钧文思，贵在虚静，疏瀹五脏，澡雪精神，积学以储宝，酌理以富才，研阅以穷照，驯致以怿辞，然后使玄解之宰，寻声律而定墨；独照之匠，窥意象而运斤。”又曰：“神用象通，情变所孕。物以貌求，心以理应。”他是用“意象”来概括文艺的第一人，同时侧重揭示了意象是主体心意与客观物象相契合的结果。④由此可见，“意象”这一概念的发展更加成熟，内涵也更加广泛。

在对楚辞意象进行阐述研究的历程中，东汉的王逸早已对《楚辞》所涉之象的寓意问题进行了个案分析，其《离骚序》指出：“《离骚》之文，依《诗》取兴，引类譬喻，故善鸟香草，以配忠贞；恶禽臭物，以比谗佞；灵修美人以媲于君；宓妃佚女，以譬贤臣；虬龙鸾凤，以托君子；飘风云霓，以为小人。”⑤这为楚辞意象研究史提供了理论基础和依据，后续的有关研究大都围绕“善鸟香草”“灵修美人”展开。

① 黄寿祺、张善文：《周易译注》，上海：上海古籍出版社，1987 年版，第 563 页。

② 汪裕雄：《意象探源》，北京：人民文学出版社，2013 年版。

③ 童庆炳：《文学理论教程》，北京：高等教育出版社，2004 年版，第 231 页。

④ 宋涛：《楚辞意象与楚辞诗学》，重庆师范大学硕士学位论文，2004 年。

⑤ 洪兴祖：《楚辞补注》，北京：中华书局，1983 年版，第 2 页。

一、楚辞文本中的意象研究

楚辞内容丰富，意象体系庞大，包揽着自然、神灵的意象群，同时这些意象群也是楚辞浪漫主义风格形成的主要因素，楚辞文本中此类意象更是俯拾皆是。学者们注意到了这一现象，对楚辞文本中的意象展开研究的作品也逐年增多。21 世纪以来，关于楚辞文本中呈现的丰富灵动的意象世界的学术探究成果大体可分成三类：一、自然意象，主要包括动物类和植物类；二、神话意象，大部分存在于《离骚》《九歌》中；三、人物意象，大致包括美人、渔夫、神女三种意象。通过收集整理发现：学者聚焦于自然意象较多，尤其是关于“香草”意象的研究成果颇多。

（一）自然意象

21 世纪初，李慧提出楚辞中除去我们熟知的以香草喻善行、美德、忠臣贤士的象征意义外，还“寄托着长生理想”①；葛馨、卢勇二人接续“香草”意象研究，阐述了其与楚国文化的联系②；而熊良智在香草意象所表示普遍的象征意义基础上，进一步清晰地指出以“荃”“荪”喻君是香草美人传统的核心艺术意象③；吴厚炎则从兰草的“内美”“修能”特质方面来阐述兰草升华而成的综合性审美意象④；孙丽娟从诗人自身、楚国地理环境、文化背景等方面探析了香草意象形成的内在机制⑤；蔡红燕、马钰滢双双阐述了“香草”的象征体系⑥；汪冬梅以“比德”的审美方式论述了香草喻君子之德的示范作用⑦。由戴锡琦、钟兴永主编的《屈原学集成》一书中收录了一篇《韦诗的植物意象与〈楚辞〉》的短文，认为韦诗的香草意象虽并不多见，但还是出现了兰蕙意象，如：“空藏兰蕙心，不忍琴中说”（《闺怨》），抒发了个人的身世之叹。⑧由此可看出，在前十年关于香草意象的研究中，学者们没有跳脱出香草意象表示的经典象征意义，都是从不同角度来阐述其以香草喻善、

---

① 李慧：《试论〈楚辞〉中的“香草”意象》，《西南民族学院学报（哲学社会科学版）》，2002 年第 3 期。

② 葛馨、卢勇：《谈〈楚辞〉的“香草”意象》，《林区教学》，2003 年第 11 期。

③ 熊良智：《试论楚辞“荃”、“荪”喻君的原始意象》，《四川师范大学学报（社会科学版）》，2006 年第 5 期。

④ 吴厚炎：《“内美”“修能”话君子——屈原首创的审美意象兰（蕙）》，《黔西南民族师范高等专科学校学报》，2002 年第 2 期。

⑤ 蔡红燕：《草木亦含情——屈骚“香草”意象原型微义》，《湖南工业职业技术学院学报》，2007 年第 4 期。孙丽娟：《试论屈辞的香草意象体系及其文学张力》，《株洲师范高等专科学校报》，2005 年第 3 期。

⑥ 马钰滢：《〈离骚〉“香草”意象的体系探微》，《时代人物》，2008 年第 10 期。

⑦ 汪冬梅：《比德于“香草美人”——试论屈原楚辞的审美意象》，《安康学院学报》，2009 年第 1 期。

⑧ 戴锡琦、钟兴永主编：《屈原学集成》，北京：中央编译出版社，2006 年版。

美的核心象征意义。

在后十年间的研究中，学界学者们更倾向于把“香草美人”作为一个整体意象进行研究，他们在文学的历史画卷上一次次勾勒着香草美人的经典形象，并不断给其注入生命力。徐志啸所著的《北美学者中国古代诗学研究》中提到，北美学者余宝琳认为《离骚》中诗人运用了大量的动植物意象来表示人的德性和恶性，而这些属于自然界的动植物意象并不遵从西方的所谓托喻观念，它们不讲求虚构性和持续隐喻，只是点及了意象和客观对应物之间的微妙关系，真正的实质内涵往往归趣难求，如同《诗经》的比兴手法一般[①]。蔡伟[②]、张丽霞[③]对香草美人意象的形成和发展进行了梳理，逻辑清晰地论证了这一意象在转变过程中不断丰富发展，成为一个富有生命力的标杆；杨芳选取了香草美人的意象来论证屈原的高洁人格和求索精神[④]。在此基础上，刘泉宏具体认为，《离骚》中的香草美人意象所独有感伤气质展现了一种悲剧的美学气质[⑤]；洪馨怡[⑥]、李杰[⑦]同时将研究视点落在香草美人的审美价值上，以意象的优美和情感的崇高表现其悲剧性的审美价值，并阐述了这种审美价值对后世文人创作产生的极大影响。孙雅辉采用比较研究的方法，将屈宋二人辞赋中的香草意象作为研究对象，指出香草意象分为泛指类和特指类，并从建构方式、情感内涵、形成原因三个层次比较其差异性，给香草意象研究提供了一个新的研究路径[⑧]。在有关香草美人最新的研究成果中，杨真真以意象生成——意象运用——后世的意象发展——《红楼梦》中意象的逻辑顺序，揭示了香草美人这一意象的嬗变过程及其作用[⑨]。在熊良智所著的《楚辞的艺术形态及其传播研究》一书中，设专节来阐述楚辞意象的艺术个性，认为楚辞中香草佳木的选择，是与诗人持行高洁忠贞的情操相契合。[⑩]

楚辞作品中，还存在其他经典的植物意象，或抒情写意，或以物明志。王慧选取了“制芰荷以为衣兮”中的莲荷意象作为研究主题，论述了莲荷的文化起源、

① 徐志啸：《北美学者中国古代诗学研究》，福州：福建人民出版社，2011 年版，第 217—220 页。
② 蔡伟：《屈原楚辞中香草美人意象分析》，《齐齐哈尔师范高等专科学校学报》，2015 年第 1 期。
③ 张丽霞：《论〈楚辞〉中“香草美人”意象的生成》，《散文百家》(新语文活页)，2016 年第 6 期。
④ 杨芳：《从〈离骚〉中的香草美人意象窥视其人格魅力》，《语文教学与研究》，2019 年第 18 期。
⑤ 刘泉宏：《〈离骚〉中“香草美人”的意象内涵和美学气质浅析》，《赤子》(下旬)，2017 年第 1 期。
⑥ 洪馨怡：《试以香草美人意象分析〈离骚〉的审美价值》，《文学教育》(上)，2018 年第 7 期。
⑦ 李杰：《〈离骚〉中的香草、美人意象分析及其特有的审美价值》，《散文百家》(理论)，2021 年第 6 期。
⑧ 孙雅辉：《屈宋辞赋香草意象比较研究》，湖南科技大学硕士论文，2020 年。
⑨ 杨真真：《从〈离骚〉到〈红楼梦〉——论“香草美人”意象的嬗变》，《名作欣赏》，2021 年第 23 期。
⑩ 熊良智：《楚辞的艺术形态及其传播研究》，北京：商务印书馆，2016 年版，第 134 页。

文化内涵以及对后世的影响①。孙艺文则从更广阔的视角分析了《诗经》和楚辞中的两组代表性花卉——“桃花、芦花、棠棣、萱草”和“兰、桂、蕙、荷”，阐述其丰富的内涵和变迁历程，同时揭示了其背后隐匿的诗人和创作群体的意图和态度②。值得注意的是，楚辞中大部分作品都融合了诸多意象，最后呈现出一个完整的意象群，《橘颂》仅仅把“橘”这一种植物作为全篇歌颂对象。李青苗抓住橘树内外统一的特征，将橘树的自然美和屈原的人格美融合统一起来，点明了橘树矢志不移的特性以及屈原敬仰先贤，勇当表率的教育思想③。

楚辞作品中出现的动物为作品增添了灵气，更具浪漫主义风格。张燕统计了楚辞中出现鸟类的次数高达 70 多次，与《诗经》中鸟类出现次数相当。她认为两部作品中出现鸟类意象是自然环境和人文传统共同作用的结果，深受民间文学影响④。吴旋收集整理了屈原的《离骚》与宋玉的《九辩》两部作品中出现的动物意象，分析其中动物意象出现频次最高的是“马（骐骥）”和“凤”，并将出现意象中的“凤”与“鹰”与西方文学作品中的动物意象作比较，分析中西文学中二者使用的异同⑤。张应麟也注意到了楚辞中的诸多的“凤鸟”意象，进一步指出凤鸟的意象体系包含“凤”“皇”“鸾”“鷖”四种，并对其进行了梳理考辨，阐释了凤鸟意象在楚辞中承担的功能以及蕴含的丰富意蕴⑥。孙金凤注意到了楚人与猿猴崇拜的深厚渊源，并分析了“猿”与“猴”审美内涵的分化流变，以文学观照的视角阐述了美猿鄙猴现象⑦。但此研究还留有很大的空间，对猿猴意象的分析还需究其源流，需要学者们进一步挖掘。此外，齐胜利独辟蹊径，他研究了《离骚》中仆夫与马意象，从仆夫与马的行文位置入手，分析其悲剧色彩与抒情作用，给学者们研究楚辞动物意象提供了新的思路⑧。

楚辞的创作和风格形成与当地的地理环境是密不可分的，正所谓“一方水土养一方人”，而一方人创造一方诗歌。邓婷认为楚辞中的水意象蕴含着悲情色彩，使得楚辞的山水整体呈现出一种感伤性特征。她梳理了楚辞作品中水意象出现的次数，

① 王慧：《楚辞莲荷意象研究》，《艺海》，2008 年第 6 期。

② 孙艺文：《〈诗经〉与楚辞中的代表性花卉意象研究》，湖北师范大学硕士论文，2020 年。

③ 李青苗：《楚辞中的“橘”意象》，《吉林省教育学院学报》，2007 年第 4 期。

④ 张燕：《〈诗经〉〈楚辞〉中鸟意象的文化透视》，四川师范大学硕士论文，2010 年。

⑤ 吴旋：《在比较视域中看〈楚辞〉中的动物意象》，《牡丹江师范学院学报（哲学社会科学版）》，2011 年第 4 期。

⑥ 张应麟：《楚辞凤鸟意象探析》，《湖北师范大学学报（哲学社会科学版）》，2020 年第 5 期。

⑦ 孙金凤：《〈楚辞〉中的猿猴意象内涵及猿猴崇拜痕迹探析》，《现代语文（学术综合版）》，2015 年第 3 期。

⑧ 齐胜利：《〈离骚〉中仆夫与马意象探析》，《青年文学家》，2021 年第 30 期。

认为这种悲情色彩与荆楚汉水悲剧情结是一脉相承的，并点明屈原以水托志、临水叹命、借水喻阻、逢水思乡的创作方式给后世文人提供了典范[①]。无独有偶，徐建平从水意象的原型意义追溯其创作原型，认为这一原型意象是在地理环境、民俗文化的客观因素和放逐心理感召、灵魂家园构建的主观因素这两种因素共同作用下形成的[②]。徐建平的研究可视作是邓婷研究成果的补充和丰富，但实际并未超出水意象建构这一范畴。相对来说，专门研究楚辞关于山之意象的成果屈指可数，袁方愚、张新科将“昆仑”这一意象进行了相关剖析。他们通过梳理《尚书》《山海经》等相关古籍，认为昆仑首先作为一座山的神话传说，本身便具有丰富的历史和文化意蕴[③]。其次，昆仑逐渐演化成一个地域，从物象向意象转变，最后泛化成一种精神导向。后续学者们也鲜有相关的研究成果，可见学界对楚辞中的山水缺乏一定的关注度，学者们也可在此已有的成果上深入挖掘。

（二）神话意象

楚辞之所以被称为浪漫主义的源头，与作品中丰富的神话意象是密不可分的。楚辞中神话意象包揽天、人、地三界，横亘东南西北四方，并且在诗人的笔下血肉丰满，栩栩如生，极富象征的生命力。但 21 世纪前十年间，学界对相关的研究和探讨较少，仅有 8 篇期刊论文。王慧认为在茅盾肯定楚辞具有神话渊源之前，楚辞神话意象研究未受到重视。因此她从宏观角度出发，分析罗列了楚辞中出现的神话意象并对其进行分类，其中的神话囊括了人物、天文地理、动植物等[④]。她从整体研究入手进行综述，加以个案分析，内容翔实，逻辑清晰，是一次具有意义的典范试验。在此研究基础上，王徵[⑤]、阎雨濛[⑥]、吕叶[⑦]选取楚辞中龙的意象作了进一步分析，他们都认为龙这一意象是楚文化的体现，并有着君臣、忠诚、自由、危险的象征意义。楚民族自原始时代以来便产生了太阳崇拜，可追溯到古老的图腾崇拜，其蕴含着发展变化的楚文化风格。龙凤呈祥是我们耳熟能详的一个成语，在人们的观念和

---

① 邓婷：《江流浩荡兮踉跄以行——浅析楚辞水意象的悲情色彩》，《河北青年管理干部学院学报》，2011 年第 6 期。

② 徐建平：《楚辞水意象创作原型论》，《语文学刊》，2013 年第 12 期。

③ 袁方愚、张新科：《意象化的昆仑：〈楚辞〉中昆仑意象的生成及泛化》，《中南民族大学学报（人文社会科学版）》，2020 年第 3 期。

④ 王慧：《楚辞神话意象研究》，湖南科技大学硕士论文，2009 年。

⑤ 王徵：《楚文化中的龙意象管窥——以〈楚辞〉为例》，《濮阳职业技术学院学报》，2014 年第 3 期。

⑥ 阎雨濛：《〈诗经〉与〈楚辞〉中的龙意象》，《宁波教育学院学报》，2016 年第 4 期。

⑦ 吕叶：《〈楚辞〉中的龙意象》，《濮阳职业技术学院学报》，2020 年第 5 期。

印象中，龙和凤是结伴出现的。因此，张应麟①、安萍②分析了“凤”的意象，都点明了“凤”作为高洁人格和理想载物的象征意义。在相关研究成果上，梁亚楠将龙凤作为一个整体进行了研究，他认为龙凤意象充分展现了《楚辞》引类譬喻的特点，抒发了作者追求理想、忠爱国家的情怀抱负，展现了神秘浪漫的楚地文化③。这是对前人研究进行总结。此外，李措吉对楚人的日神崇拜进行了一次寻根，他认为楚辞日神的神话意象是富含诗人理性思维的文化符码，隐含着民族自尊和重新构建文化信仰的需要④。总体而言，千禧年后对楚辞神话意象研究逐渐重视起来，追溯原始文化的流变，厘清图腾崇拜与神话意象泛化的关系，探析神话意象折射出楚人的文化心理状态，对古典文化的深入解读都是十分有益的。

（三）人物意象

楚辞的经典与独特之处还在于，在文学延续的过程中，众多文人大家对楚辞作品解读，衍生并经典化了一些富有代表性的人物意象，这类寓意丰富的人物意象又对当时文人的创作心态和写作范式产生了一定影响，从而不断被经典化。如《离骚》中“求女”问题一直是学界研究的焦点，刘守文认为“求女”是作为一种求取贤君的象征意象⑤；崔楠梳理了王逸、朱熹、游国恩等大家对于求女喻意的观点，得出“求女即是求贤君”的结论。二人对“求女”意象研究进行了考证辨析，为学界研究提供了新的思路。楚辞中的《渔父》一文也引发了许多学者的关注和思考，考证其真伪性以及渔夫源流的成果也较多。陈素萍认为，以“美人”出现的女性身份和以“渔夫”为代表的男性身份构成了一个两性人物形象系统，同时是女性始祖崇拜心理和儒家忠君、道家趋同思想的共同产物⑥。此种观点发现了两者之间的原始文化之间的联系，打开了两种意象横向比较的研究思路。

纵观这二十年间的楚辞文本意象研究，整体呈现出集中于研究某一类意象，如对自然意象的研究所占篇幅较大，不免会产生厚此薄彼的倾向。如此一来，对于神话意象和人物意象研究还不够深入，也缺乏神话体系和人物体系的建构。除此之外，已有的研究成果也未真正超出前人已有之见的范畴。更值得关注的是，对于“香草

① 张应麟：《楚辞凤鸟意象探析》，《湖北师范大学学报（哲学社会科学版）》，2020 年第 5 期。

② 安萍：《“凤”意象研究——以〈楚辞〉为例》，《汉字文化》，2021 年第 11 期。

③ 梁亚楠：《〈楚辞〉中龙凤意象的比兴探微》，《青春岁月》，2021 年第 14 期。

④ 李措吉：《太阳诗人的精神寻根——楚辞中的日神意象及其人类学解读》，《青海民族研究》，2010 年第 3 期。

⑤ 刘守文：《〈离骚〉“求女”意象的象征问题》，《晋东南师范专科学校学报》，2004 年第 4 期。

⑥ 陈素萍：《论屈原作品中的两性人物意象系统的建构及其成因——以〈离骚〉与〈渔父〉为代表》，《安徽文学》（下半月），2016 年第 9 期。

美人”意象的研究，始终围绕着它“忠贞爱国”“高洁自修”的内涵展开，颇有过度阐释之嫌。文本意象是一个庞大且庞杂的丰富的意象群，应采用人类学、心理学、民俗学等学科视野综合观照自然意象生成的价值体系和内在意蕴。

二、意象翻译策略

我国的翻译理论和实践可以追溯到先秦时期，《礼记》和《周礼》都可以寻找到关于翻译的理论阐述，随后在各个朝代深入发展和丰富。在近代，鸦片战争冲破了久锁的中国大门，国人认识到“习西方之强”的重要性，严复的《天演论》应时而生。五四时期，文化界更是掀起了译　　介外国文学作品的高潮。鲁迅、瞿秋白、傅斯年等人大力推崇“直译”，基本确立了近现代翻译准则。而如今，不同国家之间的文化交流与沟通更是日益紧密，全球化的趋势不断加重。而文学作品之间的交流沟通，有赖于一部翻译准确，意蕴犹存的翻译作品。

自 21 世纪初，我国学界在楚辞意象翻译策略这一领域成果颇丰。学者们从认知翻译学、文化翻译理论、文化语言学、文化适应论、框架理论、关联理论等翻译策略入手，对楚辞中的意象作了鞭辟入里的分析研究。目前，学界普遍认可的是霍克斯、许渊冲、杨宪益和戴乃迭的《楚辞》英译本，余叶盛、蒋林便从认知心理学和认知语言学角度研究了上述四本英译本中的意象，从辖域、视角、凸显、详略度四个方面探讨了意象的加工以达到“立象尽意”的认识目的①。陶鑫磊也从认识翻译学理论分析了霍克斯《楚辞》译本，从格式塔意象视角切入，认为霍译本对《楚辞》中的四种格式塔意象均在译文中达成了再造，原文的审美体验与文本意义均得到了重现②。李周群从文化翻译理论视角研究了夏克胡《楚辞》译本的文化意象翻译策略，并将楚辞意象分为生态意象(包括植物和动物)、历史意象、神话意象和地理意象四大类，这为楚辞意象分类提供了极好的参考和借鉴③。陈福明、展宏玮从帕尔默文化语言学理论出发，论述了楚辞中自然意象的英译④；而尹丕安、师丹萍则是以帕尔默文化语言视角探析了《楚辞》的神话意象翻译研究，侧重从语言和文化两个方面触摸古典诗歌的灵魂⑤。钱梦雨以许渊冲译本为例，从文化适应论角度分析了《楚

① 余叶盛、蒋林 :《认知翻译学视角下〈楚辞〉意象英译探索》，《民族翻译》，2018 年第 4 期。

② 陶鑫磊 :《格式塔意象再造视角下的〈楚辞〉霍克斯英译研究》，山东大学硕士论文，2020 年。

③ 李周群 :《文化翻译理论视角下〈楚辞〉夏克胡译本文化意象翻译策略与方法研究》，长江大学硕士论文，2019 年。

④ 陈福明、展宏玮 :《文化语言学视角下楚辞中自然意象的英译研究》，《汉字文化》，2019 年第 16 期。

⑤ 尹丕安、师丹萍 :《帕尔默文化语言视角下〈楚辞〉的神话意象翻译研究》，《哈尔滨学院学报》，2016 年第 5 期。

辞》文化意象的英译，认为其体现了文化适应中的同化与整合倾向，给读者产生了不同影响[①]。师丹萍运用美国语言学家 C.J.Fillmore（1975）提出的框架理论对《楚辞》意象翻译进行分析研究，指出框架的运用语境和特征，对楚辞意象翻译起到推动作用[②]。与之类似的是，张孟容从关联理论角度出发，选取了“语境和认知环境”“明示—推理”“最佳关联”三个方面，对霍克斯、许渊冲、杨宪益和戴乃迭夫妇三个译本中《楚辞》三大类文化意象英译处理的异同进行对比分析，他认为《楚辞》等典籍作品的理想译者是外国译者，并非我国翻译大家[③]。这种观点带有明确的学术见解，目前学界对外国译者还是我国译者翻译高下还存有分歧，并未有定论，也在一定程度上促进了古籍翻译研究的发展。

此外，以翻译家的译本为研究对象，探析和鉴赏意象翻译的研究成果也不胜枚举。在 21 世纪之始，吴松林将杨宪益、许渊冲、孙大雨三位翻译大家翻译的《离骚》植物称谓进行比较，注意到了英译后同样的事物会衍生出不同的形变，具有创造性[④]。葛朝霞在上述研究基础上，进一步具体到许渊冲译本中“香草美人”的意象，列举《离骚》中具体的诗句逐句解读[⑤]。何静蕾的学术论文则从许渊冲提出翻译理论中的“三美、三化、三之”出发，解读《楚辞》中的文化意象，以综合性翻译策略发挥目标语优势[⑥]。赵国月注意到了许氏译本中的 41 处的方位文化意象，认为典籍翻译中尽可能使用同化策略，以最大程度还原原文的意境，达到文化交流目的[⑦]。然而，徐倩倩认为单纯地采取归化或者异化的策略都是不可取的，只有在两者结合的基础上，才能更贴切、更恰当地传达原文的意义和语境[⑧]。严晓江从接受美学角度和对比分析方法入手，以杨宪益、卓振英、孙大雨、许渊冲以及霍克斯的《楚辞》英译本作为研究文本，总结出四种意象翻译策略[⑨]；辛红娟、徐昕则是从弹性、意象性、音乐性、强烈的主观情感性这四个诗歌美学角度作为切入点，认为杨宪益《离

① 钱梦雨：《文化适应论视角下〈楚辞〉文化意象的英译——以许渊冲译本为例》，《文教资料》，2021 年第 2 期。

② 师丹萍：《框架理论下〈楚辞〉的意象翻译研究》，《剑南文学》（下半月），2015 年第 8 期。

③ 张孟容：《关联理论视域下〈楚辞〉文化意象英译研究》，西安外国语大学硕士论文，2018 年。

④ 吴松林：《从〈离骚〉英译看楚文化中植物意象的形变》，《绥化师专学报》，2002 年第 4 期。

⑤ 葛朝霞：《赏析屈原英汉〈离骚〉诗中“香草美人”的意象表达》，《时代文学》（下半月），2008 年第 12 期。

⑥ 何静蕾：《从许渊冲翻译理论看〈楚辞〉中文化意象的处理》，扬州大学硕士论文，2011 年。

⑦ 赵国月：《典籍翻译中方位文化意象的翻译策略考辩——以许渊冲英译〈楚辞〉为例》，《北京化工大学学报（社会科学版）》，2013 年第 1 期。

⑧ 徐倩倩：《〈楚辞〉中文化意象的英译对比研究》，浙江工商大学硕士论文，2015 年。

⑨ 严晓江：《从接受美学的角度析〈楚辞〉中的意象英译》，《西南科技大学学报（哲学社会科学版）》，2013 年第 4 期。

骚》英译文达到了译文与原文情感和语言方面的完美契合[①]。严晓江在 2017 年出版的《〈楚辞〉英译的中国传统翻译诗学观研究》一书的第二章中指出，《楚辞》意象是一个相对完整的象征体系。译文要营造和原文同样的意境殊为不易，需要译者揭示《楚辞》意象的字面意义、文化意义、政治意义。[②]2019 年，段友国、何赟和张文勋合力撰写出版的《翻译美学视角下的〈楚辞〉英译研究》一书，从意境追寻角度入手，对楚辞中香草意象体系、飞鸟意象体系、云雨意象体系进行观照，诠释杨宪益与戴乃迭、孙大雨、许渊冲、卓振英注重表现《楚辞》意象体系所象征的善行、美德、忠诚、理想等象外之境。[③]

除上述提及的公认楚辞翻译家外，也有其他学者对楚辞作品进行了翻译，学者们也注意到这一现象并就此展开了研究。王靓对阿赫玛托娃翻译的《离骚》进行了解读，从古语专用词意象曲解的译者角度鉴赏[④]。除此之外，二十年内学界未对其他译作进行分析研究，从某种程度上说，由于楚辞作品富有深厚文化底蕴，学界公认的译作也已被奉为圭臬，因而对他人译作研究显得单薄和缺失，不免也是一种缺憾。

翻译大家的经典译本与翻译策略和理论的结合，无疑是对楚辞意象的翻译进行了一次综合性的分析整理的研究。此主题的意象融入了多学科的思考与辨析，不失为一种积极有益的尝试。随着社会生活的变化发展，翻译理论和策略必然也会不断丰富和完善，楚辞意象的翻译工作也会随之深入、各有见地，未来极大可能呈现发散性、综合性方向研究态势。

三、意象的美学接受

屈原以极高的才情构建出了一个充满神思、包罗万象的理想世界，他创造的意象群成为抒情达意的典范，沾溉了许多后世文人，同时也为文学创作树立了标杆。学者们也自觉地将研究视角聚焦于屈原作品的接受史上，分析屈原的作品对后世写作范式和文人创作心理的影响。阮艳萍认为“香草意象”从原始祭祀用品转变成屈

---

① 辛红娟、徐昕：《从诗歌美学的角度看杨宪益〈离骚〉英译文的成就》，《翻译论坛》，2017 年第 3 期。

② 严晓江：《〈楚辞〉英译的中国传统翻译诗学观研究》，北京：商务印书馆，2017 年版，第 105—107 页。

③ 段友国、何赟、张文勋：《翻译美学视角下的〈楚辞〉英译研究》，北京：冶金工业出版社，2019 年版，第 109—120 页。

④ 王靓：《古风西来 瑕不掩瑜——阿赫玛托娃译作〈离骚〉古语词文化意象曲解的译者角度鉴赏》，《安徽文学》（下半月），2009 年第 11 期。

原悲剧意识的表达形式[①]。魏传强则认为屈大均和屈原有着相似的生活背景和爱国之情，屈大均深受其影响，在“香草”意象、斗争精神意象和缥缈仙气意象三个方面都与屈原有着密不可分的关联[②]。温沁则选取了楚辞和唐诗中的“兰花”和“菊花这两组意象进行对比分析，认为唐诗楚辞是继承与发展的关系[③]。傅宝龙侧重于楚辞中的山水意象，分析了南朝诗人谢灵运对楚辞山水意象的运用和发展，认为谢灵运之诗与楚辞山水意象在审美角度和情感表达方面存在异同[④]。祁国宏所著的《唐代文学屈宋接受研究》一书中提到，陈子昂的《感遇》诗和王昌龄的“宫怨诗”风格都受到了屈原的影响，既有“香草美人”式的比兴寄托，又显得深情幽怨，意旨微茫。[⑤]何加利注意到诗仙李白的诗歌与屈原的《离骚》有共通之处，他认为《离骚》影响了李白诗歌的抒情性、抒情主人公的塑造以及意象的运用[⑥]。除此之外，刘子珍认为另外一位唐朝诗人李贺也受到了楚辞的影响，具体表现在李贺丰富了仙道和梦境的虚幻世界，拓宽了楚辞中的时空意象特质[⑦]。戴锡琦、钟兴永主编的《屈原学集成》中《屈原与李贺》一文中也提到李贺诗歌善用比兴，继承了屈原比兴手法和奇特的想象力，尤善用比喻。在一些歌诗中往往围绕着一个中心，多方设喻、拟物，使感情得到充分地表现。[⑧]此外，书中还有《屈原与李商隐》一文，认为李商隐自然地接受屈原香草美人式的意象并反映在个人的诗歌创作中，同时李商隐在《谢河东公和诗启》一文中也曾说道：“为芳草以怨王孙，借美人以喻君子。”[⑨]申东城、黄锟炼则以比较的视角分析了明代诗人唐寅《落花诗》中落花意象与楚辞中落花意象的异同，认为二者都有忧郁感伤和纠结求索之意[⑩]。张金注意到了台湾诗人施士洁诗歌中，存在数量可观的楚辞意象，如“骚坛”“招隐”和“香草美人”，认为

① 阮艳萍：《“香草”意象在屈原悲剧意识表现中的置换变形》，《云南师范大学学报（哲学社会科学版）》，2002 年第 2 期。

② 魏传强：《“不才多祖离骚辞”——由意象的运用看屈大均诗受屈原的影响》，《山东行政学院山东省经济管理干部学院学报》，2004 年第 3 期。

③ 温沁：《同为心中那一掂花的悸动——从唐诗、楚辞看先秦到唐朝花意象寓意的改变》，《科技信息（科学教研）》，2007 年第 27 期。

④ 傅宝龙：《谢灵运山水诗对〈楚辞〉在山水意象上的发展》，《青春岁月》，2012 年第 21 期。

⑤ 祁国宏：《唐代文学屈宋接受研究》，银川：阳光出版社，2019 年版，第 197-203 页。

⑥ 何加利：《〈离骚〉对李白诗歌意象的影响》，《山西青年》，2016 年第 2 期。

⑦ 刘子珍：《李贺诗歌对楚辞时空意象特质的继承与新变》，《齐齐哈尔师范高等专科学校学报》，2016 年第 5 期。

⑧ 戴锡琦、钟兴永主编：《屈原学集成》，北京：中央编译出版社，2007 年版，第 986—989 页。

⑨ 戴锡琦、钟兴永主编：《屈原学集成》，北京：中央编译出版社，2007 年版，第 992—994 页。

⑩ 申东城、黄锟炼：《论唐寅〈落花诗〉的自我形象——兼与〈离骚〉落花意象中自我形象比较》，《惠州学院学报》，2021 年第 1 期。

这些意象在呈现时意义发生了变化，并分析了流变的原因[①]。鲁迅先生曾赞誉过屈原"逸伟响词，卓绝一世"，是极度推崇屈子的品格和才情的。马芳从鲁迅的诗歌文本入手，梳理出鲁迅诗歌对楚辞意象的直接使用达到 19 处，认为鲁迅诗歌对屈原作品意象属于一种自觉继承和运用[②]。刘长华以民族神话为考察基点，认为闻一多诗歌是从"信仰""幻美""强力"三个角度来重新焕发楚辞的生命力的[③]。

"一代有一代之文学。"每个时期的文人骚客，有着相应的社会生活环境和独特的话语体系，最直观地表现在其作品中。在这二十年间，学界从未停下对楚辞意象的接受研究的步伐，不断有新成果产出。从意象本身所蕴含的文化出发，到文学史的接受和发展，在这期间文人墨客对屈子的推崇从未消失。不论是古代、近代还是现当代，屈原留下的作品犹如文学之源，给予后人无数启发，因而学者们得在这一领域的研究果实层出不穷、贯穿古今。尽管如此，当前对于楚辞意象接受的研究依旧存在着零碎性和局限性等亟待解决的问题，研究的深度也应不断推进。楚辞意象的选取与后世文人作品出现意象，两者概念及其表征也是学者们在研究需要观照的重要因素。

四、与《诗经》意象的关系溯源

《诗经》与《楚辞》是中国古典诗歌的双璧，是中国文学大河的上源。《诗经》质朴写实，是北方民众写在大地上的诗歌，也是反映当时社会真实生活的一面镜子，《诗经》因而奠定了现实主义风格传统。《楚辞》浪漫柔美，反映了楚地作家们的奇幻妙思，从而形成了浪漫主义风格。诗骚并称，奠定了中国古代的诗学传统，同时为后世文人提供创作灵感与典范。学界对于两部经典之作源流关系的研究也从未停止，尤其是涉及意象这一对象。

在 21 世纪初，王绪霞便认为屈原作品中草木意象与《诗经》中草木意象大不相同，屈作中的草木意象富有审美意味，草木的喻意也有所丰富和扩大，甚至是意义的迁移，特别要指的是两部作品中的采摘意象，从劳作变成了一种审美体验活动，因此两部作品明显显示了民间立场和文人士大夫立场的创作态度[④]。李香麟也注意到了《诗经》和楚辞中共有的采摘意象，认为楚辞对《诗经》有明显的继承。与此同时，

① 张金：《施士洁诗歌中的楚辞意象论析》，《闽台文化研究》，2021 年第 3 期。

② 马芳：《鲁迅诗歌中的楚辞意象》，《鲁迅研究月刊》，2013 年第 7 期。

③ 刘长华：《闻一多诗歌与"楚辞"的复活——基于民族神话、传说意象视野的考察》，《延安大学学报（社会科学版）》，2016 年第 1 期。

④ 王绪霞：《诗意的草——关于屈原作品香草描写的两点认识》，《河南社会科学》，2005 年第 5 期。

楚辞吸收了楚地文化传统，使得《楚辞》意象达到“人巧的妙合”[①]。苏兆龙认为《楚辞》与《诗经》在创作手法方面是一脉相承的，《楚辞》富有创新性的表现在于它延伸和拓宽了《诗经》意象的表现形式和表现领域，实现了从具体意象到虚幻意象、从单一意象到系统意象的转变[②]。耿英杰侧重于诗骚中的花草意象研究，从“以花草喻人”之手法、花草之“烘托作用”和“寄于花草之情”三个方面来分析《楚辞》对《诗经》花草意象的继承和发展[③]。除自然花木意象外，有些学者还分析比较了《诗经》和《楚辞》中动物意象的内在关联。王晓玲注意到了诗骚中都有乌鸦这一鸟类意象，而两部作品中，乌鸦的象征意义却大相径庭。她指出在《诗经》中乌鸦是吉祥富贵的象征，而《楚辞》中的乌鸦却是惹人讨厌的恶鸟，其中折射出不同创作心态对意象处理的影响，也从侧面反映了不同时代文化内涵的变迁[④]。阎雨濛分别梳理了《诗经》《楚辞》中龙的意象，认为《楚辞》中的龙具有新的面貌和更为丰富的意蕴，对我们挖掘和研究龙文化大有裨益[⑤]。张鹤则对比了《诗经》和《楚辞》马的意象，认为《楚辞》中的马作为诗人骑乘工具和感情外化的展现载体，贯穿于他往来天地之间“上下求索”的整个过程，即充分人格化，继承了《诗经》以马托物言志的传统，又开创了以马喻君子贤人的文学传统[⑥]。陈伯海于 2015 年出版的《意象艺术与唐诗》的第三章中指出，《诗经》奠立了“因物兴感”或“心物交感”的审美观照方式，楚辞则大大拓宽了这一通道，在心物交感的基础上，思想的进路可以是托物起情，亦可以融情入景。但屈原“发愤抒情”的创作心态，使得楚辞意象思维没有脱离《诗经》确立的路线。[⑦]

相较于前文所阐述的三个主题，对于《诗经》和《楚辞》意象关系溯源的研究相对较少，略显单薄。学者们一向热衷于从宏观层面入手研究两部经典之作的异同之处，单独以“意象”作为切入点进行探析，可能在心理上增加困难，这对文本细读、对比意识等能力无形之中提出了更高的要求。从已有的研究成果看，研究时间分布零散，一定程度上反映了学术界对此主题研究缺乏重注和关注。《诗经》与《楚辞》意象源流梳理，是对两部作品整体研究重要的一环。意象所呈现的原本情状样貌和背后丰富的文化意蕴，是构成作品主要风格的重要成分。因此，对于两者关系溯源

① 李香麟：《〈诗经〉意象在〈楚辞〉中的衍变》，《南昌工程学院学报》，2008 年第 5 期。

② 苏兆龙：《论〈楚辞〉对〈诗经〉的意象发展》，《山西财经大学学报》，2012 年第 2 期。

③ 耿英杰：《〈楚辞〉对〈诗经〉花草意象之继承及发展——以〈离骚〉〈九歌〉为例》，《名作欣赏》，2017 年第 6 期。

④ 王晓玲：《从〈诗经〉和〈楚辞〉看乌鸦意象的演变》，《名作欣赏》，2015 年第 17 期。

⑤ 阎雨濛：《〈诗经〉与〈楚辞〉中的龙意象》，《宁波教育学院学报》，2016 年第 4 期。

⑥ 张鹤：《〈诗经〉〈楚辞〉的马意象比较》，《诗经研究丛刊》（第十五辑），2008 年第 2 期。

⑦ 陈伯海：《意象艺术与唐诗》，上海：上海古籍出版社，2015 年版，第 55—58 页。

的研究是不可偏废的，需要投入更多的观照。

五、研究存在的不足与未来研究展望

由上可知，21 世纪的楚辞意象研究较为紧密地围绕着楚辞文本涉及意象、意象翻译策略、意象接受和美学赏析、与《诗经》意象关系溯源四个主题展开剖析和探讨，实现了文学从“外部”显性特征到“内部”隐性联系的转变。数十篇的研究成果和相关专著的出版，表明学界对楚辞意象的关注度并未减退，反而呈现上升趋势。在众多先贤的共同努力下，楚辞意象研究取得了较为丰硕的成果，同时也丰富了意象构成的相关理论，也后续研究提供了“他山之石”。然而，近五年的研究成果依旧聚焦在某一类意象研究之中，大多都是对经典意象的再度阐释与解读。此外在上述研究成果中，我们不难发现，学者在审视楚辞意象时，往往拘囿于某类意象的个案分析，从而缺乏整体观和全局性，容易造成研究视域受阻这一问题。在楚辞文本意象研究成果中，香草意象的研究占比大是二十年间楚辞意象研究普遍存在的现象。

（一）香草意象研究成果颇多，其他方面研究占比太小

纵观这二十年间的楚辞文本意象研究，整体呈现出集中于研究某一类意象，如对自然意象的研究所占篇幅较大，几乎占据整个意象研究的一半，不免会产生厚此薄彼的倾向。尤其是“香草美人”这一意象研究较为集中，对其流变与接受的梳理也较为完善，正是在不断的解读和诠释过程中，“香草美人”才会更加焕发出其古典意象的生命力。但如此一来，学术界便对楚辞中的神话意象和人物意象的关注度不够，因而相关的研究也无法深入，更加缺乏对神话体系和人物体系的建构。除此之外，已有的楚辞意象接受和美学赏析的研究成果中，对楚辞意象的诗学精神挖掘的期刊论文较少，是为一大缺憾。

（二）研究视角和研究方法承袭原有，且未产生新的观念和见解

上述陈列的期刊论文和专著中，涉及楚辞文本意象研究这一主题的，不外乎采用比较研究、内容研究、文献分析等方法，而实证研究法相对较少，已有的研究成果也未真正超出前人已有之见的范畴。更值得关注的是，对于“香草美人”意象的研究，始终围绕着它“忠贞爱国”“高洁自修”的内涵展开，颇有过度阐释之嫌。文本意象是一个庞大且庞杂的丰富的意象群，应采用人类学、心理学、民俗学等学科视野综合观照自然意象生成的价值体系和内在意蕴。

（三）转变研究重心，拓宽对楚辞文本的神话意象等的研究视角

楚辞文本中，神话意象是极其丰富且内蕴深厚的，神话可关系到一个民族的宗教崇拜，反映民族的文化心理，而楚地巫风盛行，各种神灵传说给屈原提供了源源不断的诗兴。此外，屈原塑造的“渔父”“美人”“神女”人物形象，也成为后世文人模仿、崇尚的一类意象。因此，在未来研究中，应该更加注重对楚辞文本中神话意象和人物形象的挖掘和建构，从而形成完备的溯源、发展、接受体系。

（四）深入研究文本，投入对比兴寄托的诗学精神的深层挖掘

目前已有的研究对于楚辞意象接受和美学鉴赏也停留在“寓意”层面，而且成果仅有几篇硕士论文和期刊论文。未来对于诗学批评意识领域的接受史研究，可以在楚辞意象和楚辞诗学的研究上更加充盈和完善，使得楚辞意象体系在中国文学史上的意义进一步昭示。若立足原始文本和原始史料，运用综合性思维和视角不断深入剖析，未来的楚辞意象体系会愈加充实，格局愈加远大，成果愈加丰硕。

从“楚词”到《楚辞》

［日本］富山大学　大野圭介

摘　要：严助与朱买臣最早将“楚词”传到中原，以“说春秋，言楚词”得到宠幸。至于东汉，《春秋》和《楚辞》是明德马皇后的最爱。《楚辞》以不同中原的语言和节奏讲述历史，激起了对南方异国情调的热情，它也被公认为是以文辞说《春秋》的文艺，通过“怀王—屈原”的关系，可以理解君臣之义。宣帝时期后，那些学习《谷梁》与《左氏》之学的人作《离骚经》章句，王逸也在这一趋势的基础上写了《楚辞章句》。

关键词：严助；朱买臣；王逸；章句之学；春秋；左氏传；谷梁传

现存最古老的《楚辞》注释，即东汉王逸的《楚辞章句》，已有许多学者指出，他的解释带有浓厚的儒家色彩，试图以屈原为楚怀王的忠臣而颂扬。另一方面，小南一郎曾指出，《楚辞章句》不仅仅是一种注释，它本身也具有文艺的性质。据他所说，王逸的《章句》主要有两种形式：第一种是小南先生所称的“Ⅰ形式”，即文本的每一句都有一个或两个四言有韵的注释，例如《渔父》的开头曰：

屈原既放，（注）身斥逐也。
游于江潭。（注）戏水侧也。
行吟泽畔，（注）履荆棘也。
颜色憔悴。（注）皯霉黑也。

注释各句末尾“也”字前面的第三字都是韵字，本文和注释合二为一而读，也是个有意义的四言隔句押韵文，所以这种形式的注释其实是一种创作而非注释，当是与《章句》中的作品一同流传下来的。相比之下，小南先生所称的“Ⅱ形式”，包括对本文每两句的“○○也”形式注释（只是这一部分附于每句），对本文进行解析，以及对本文中的表达方式（如比喻）背后的含义进行解释。这些都符合注释的一般概念，是王逸自己作的，而不是自古以来流传下来的。

小南先生根据其他各种理由认为，“Ⅰ形式”是王逸之前流传下来的注释，“Ⅱ形式”是王逸本人的注释。他又推断，汉代的所谓“章句之学”也有如同《楚辞》“Ⅰ形式”一样，通过在本文的句子之间插入押韵的注释来流传。

如此看来，虽然《楚辞》注释也有很强的文艺性，却涉及“怀王和坚持忠贞而不为他所容的屈原”，增进君臣关系的思想性而代代相传。正确地阐明这种文艺性和思想性是如何结合的，当然很困难。然而，通过对前汉武帝时期从楚地传来“楚词”后传承它以及撰写章句的人进行考察，或许可以对这个问题有所了解。本论文从这个角度出发，探讨《楚辞》在汉代的传承情况。

一、《楚辞》传承者与《春秋》

众所周知，关于《楚辞》传入中原的最早文献证据是《史记·酷吏列传》中庄助与朱买臣的一段记事。

> 始长史朱买臣，会稽人也。读春秋。庄助使人言买臣，买臣以楚辞与助俱幸，侍中，为太中大夫，用事。

说是朱买臣曾学习过《春秋》，通过庄助推荐，以“楚辞”晋升了。《汉书·严朱传》中也有这段话，曰：

> 会邑子严助贵幸，荐买臣。召见，说春秋，言楚词。帝甚说之，拜买臣为中大夫，与严助俱侍中。

避东汉明帝刘庄的讳，庄助的姓改为“严”（为方便起见，下文用“严助”这个名字），说朱买臣“说春秋，言楚词”。《史记》作“楚辞”，此文作“楚词”，但《汉书·地理志下》曰：

> 吴有严助、朱买臣，贵显汉朝，文辞并发，故世传楚辞。其失巧而少信。

此文却作“楚词”，所以可说关于这段话的“楚词”与“楚辞”是同一的，下文说到朱买臣传来的“楚辞(词)”时，一律用“楚词”的文字。

对于这个“楚词”，黑须重彦说，这并不是屈原作品的《楚辞》，而只是指“楚国的语言”，“春秋”也不是指经书的《春秋》而是指“古今的历史”。其根据是，朱买臣担任的侍中的职位需要赅博的历史知识，而在《史记》成立的时候，屈原作品尚未编成《楚辞》一书等等。可是前引的《汉书·严朱传》一文之前有一段话说：严助任会稽太守后，与帝疏远了，帝敕令说“具以《春秋》对、毋以苏秦从横”，严助实际引《春秋》回答说“春秋天王出居于郑，不能事母，故绝之”。这个引用是《春秋公羊传·僖公二十四年》之中说到周襄王避母弟之难而逃出周国去郑国的事件的“天王出居于郑。王者无外，此其言出何。不能乎母也”。这里的《春秋》无疑是指鲁国经书《春秋》。那么，严助推荐的朱买臣所学习的，也应该是经书的《春秋》，“说春秋，言楚词”也不只是讲楚国的语言，而是讲用楚语写的一些文章。

但是，对于朱买臣所说的“楚词”是否与司马迁在《史记·屈原列传》中说他自己读过的《离骚》《天问》《招魂》《哀郢》，或《汉书·艺文志》中说到的“屈原赋二十五篇”完全相同，我们不得不保留判断。虽然如此，《汉书·地理志下》说：

> 寿春、合肥……始楚贤臣屈原被谗放流，作《离骚》诸赋以自伤悼。后有宋玉、唐勒之属慕而述之，皆以显名。汉兴，高祖王兄子濞于吴，招致天下之娱游子弟，枚乘、邹阳、严夫子之徒兴于文、景之际。而淮南王安亦都寿春，招宾客著书。

可以肯定的是，朱买臣传来的“楚词”也属于这一系。

另一方面，值得注意的是，班固对《楚辞》评价为“失巧而少信”。这就提出了一个问题，即为什么这样一个被歧视的文本会与经书的《春秋》一起传播。而且，在后来的《后汉书·皇后传》中，也提到了东汉初年大将军马援的女儿马皇后很好学，曰：

> 好读《春秋》《楚辞》，尤善《周官》《董仲舒书》。

这里的《春秋》和《楚辞》显然是作为经书的《春秋》和作为书籍的《楚辞》。它们与《春秋》《周官》（《周礼》）和《董仲舒书》（也许是《春秋繁露》）等正统的儒家文献一起阅读。

如果不限于《春秋》，在西汉武帝与东汉马皇后之间的宣帝时期，朝廷也有像喜爱经书一样喜爱《楚辞》的情况。《汉书·王褒传》曰：

> 宣帝时修武帝故事，讲论六艺群书，博尽奇异之好，征能为楚辞九江被公，召见诵读。益召高材刘向、张子侨、华龙、柳褒等待诏金马门。

说是宣帝效仿武帝讲经，爱“奇异”而让“楚辞”诵读。还说宣帝跟刘向一起招聘张子侨和华龙等赋人到宫廷，说明这里的“楚辞”也是作为一种新奇的文辞来享受的。尽管这“楚辞”是富有娱乐性的文艺，仍然被赋予某种经学性意义，好像辞赋形式上也必须有讽谏似的。

这些事意味着什么？一种可能性是，作为经书的《春秋》，可能与作为文辞的《楚辞》一起被传播。在下一章，我们探讨汉代《楚辞》注释者与《春秋》之间的关系。

二、《离骚》之注释者与《春秋》学

在王逸《楚辞章句》中的《离骚后叙》里边，有关于著《离骚》章句的人的记事，曰：

> 至于孝武帝，……使淮南王安作《离骚经章句》，则大义粲然。后世雄俊，莫不瞻慕。舒肆妙虑，缵述其词。逮至刘向，典校经书，分为十六卷。孝章即位，深弘道艺，而班固、贾逵复以所见改易前疑，各作《离骚经章句》。其余十五卷，阙而不说。又以壮为状，义多乖异，事不要括。今臣复以所识所知，稽之旧章，

合之经传，作十六卷章句。虽未能究其微妙，然大指之趣，略可见矣。

首先举淮南王刘安的《离骚经章句》而颂扬为“大义粲（灿）然”，然后说班固、刘向分别作了《离骚经章句》，但文不对题，义不明确，于是王逸结合所知的古代注释和经学传统，又作了十六卷本的章句。

关于出现在这里的人，我们研究一下他们的学统。首先看淮南王刘安，《汉书·淮南衡山传》曰：“淮南王安为人好读书鼓琴”，学习了哪种经学就不清楚。《淮南衡山传》又说刘安奉武帝之命撰写了《离骚传》，所以关于《离骚经章句》是否真的名为“章句”，存在一些争论，无论题是《离骚传》还是《离骚经章句》，这不是一个烦琐的训诂，而是一个阐述《离骚》义理的注释，就可以说是确实的。

再看刘向，《汉书·楚元王传》曰：“宣帝时，诏（刘）向受《谷梁春秋》，十余年，大明习。”他不但是学习《谷梁传》而且是学习《鲁诗》的今文家，王先谦早就指出，《列女传》等引用《诗经》显示他学习了《鲁诗》。

关于班固，《后汉书·班固传》曰：“所学无常师，不为章句，举大义而已。”他没有专门的老师，也没有学习所谓的“章句之学”。贾逵，《后汉书·贾逵传》曰：“父徽，从刘歆受《左氏春秋》，兼习《国语》《诗经》《周官》。又受《古文尚书》于涂恽，学《毛诗》于谢曼卿，作《左氏条例》二十一篇。逵悉传父业，弱冠能诵《左氏传》及五经本文，以大夏侯《尚书》教授，虽为古学，兼通五家《谷梁》之说。”他的父亲贾徽是个古文家，跟刘歆学过《左传》，也学过《古文尚书》，而贾逵除了跟父亲学过《左传》外，还熟悉包括刘向的五家《谷梁传》。

由此可知，在刘安之后著《离骚经章句》者，除了班固没有专门的老师以外，都学习了《春秋谷梁传》。而且，贾逵的父亲师从刘向的儿子刘欣学了《春秋左氏传》，贾逵除了学习《谷梁传》外，还从父亲学了《左传》。班固在“白虎观会议”上总结今文学者与古文学者的争论而著《白虎通义》，说明他兼修今文古文，都有了解。

兼修《谷梁传》与《左传》，从西汉宣帝时期就可见。库梁之学和左登之学的双重实践。在《汉书·儒林传》和《汉书·房凤传》中，对《左传》学的传播方式说如下：

> 汉兴，北平侯张苍及梁太傅贾谊、京兆尹张敞、太中大夫刘公子皆修春秋左氏传。谊为左氏传训故，授赵人贯公，为河间献王博士。子长卿为荡阴令，授清河张禹长子。禹与萧望之同时为御史，数为望之言左氏，望之善之，上书数以称说。后望之为太子太傅，荐禹于宣帝，征禹待诏，未及问，会疾死。授尹更始，更始传子咸及翟方进、胡常。常授黎阳贾护季君，哀帝时待诏为郎，授苍梧陈钦子佚，以左氏授王莽，至将军。而刘歆从尹咸及翟方进受。由是言左氏者本之贾护、刘歆。

说是汉初贾谊等人学《春秋左氏传》，师徒相传，传至刘歆。此中，关于萧望之，《汉书·萧望之传》中有一段话，曰：

诏遣中朝大司马车骑将军韩增、诸吏富平侯张延寿、光禄勋杨恽、太仆戴长乐问望之计策，望之对曰："《春秋》晋士丐帅师侵齐，闻齐侯卒，引师而还，君子大其不伐丧，以为恩足以服孝子，谊足以动诸侯。……"

在此萧望之所引的是《春秋公羊传·襄公十九年》下面一段记事：

晋士丐帅师侵齐，至谷，闻齐侯卒，乃还。还者何。善辞也。何善尔。大其不伐丧也。

萧望之最初学习的是《公羊传》，但《房凤传》说：当张禹向萧望之推荐《左氏传》时，萧望之认为《左氏传》更胜一筹，于是上书推荐《左氏传》，并向宣帝推荐张禹。关于翟方进，《汉书·翟方进传》曰：

方进虽受《谷梁》、然好《左氏传》、天文星历，其《左氏》则国师刘歆，星历则长安令田终术师也。

他《谷梁传》也学了，更喜欢学《左氏传》。关于刘向、刘歆父子，《汉书·楚元王传》曰：

歆以为左丘明好恶与圣人同，亲见夫子，而公羊、谷梁在七十子后，传闻之与亲见之，其详略不同。歆数以难向，向不能非间也，然犹自持其谷梁义。

刘歆认为《左氏传》比《公羊传》《谷梁传》更接近圣人之意，但刘向仍然认为《谷梁传》有义理。然而，刘向并不一定完全拒绝《左氏传》，《意林·卷三十五》引《桓谭新论·识通》曰："刘子政（向）、子骏（歆）、子骏兄弟子伯玉，俱是通人，尤珍重左氏，教授子孙，下至妇女，无不读诵者。"《论衡·案书》也说："刘子政玩弄左氏，童仆妻子皆呻吟之。"张涛指出，刘向自己的著作也使用了《左传》之说。

如此，除了萧望之当初学《公羊传》外，许多学《左氏传》的人当初都学《谷梁传》。这可能是由于武帝喜欢《公羊传》，而宣帝却喜欢《谷梁传》，并让公羊学者与谷梁学者聚集在石渠阁辩论，谷梁学者获胜，被任为学官。

那么《楚辞章句》的作者王逸呢？王逸的本传在《后汉书·文苑传》中，他的学统在《文苑传》中却没有记载。王先谦《诗三家义集疏》中指出，由《楚辞章句》所引的《诗经》可知王逸学过《鲁诗》。小尾郊一也指出，王逸在《九怀》"羡余术兮可夷"处引用《诗经》的"既见君子，我心则夷"而云"夷，喜也"，不同于《毛传》的"夷，平也"，所以王逸不根据《毛诗》而根据《鲁诗》。由于刘向也学习《鲁诗》，王逸也有可能与刘向的学统有关，但我们缺乏决定性的证据来确定。不过，《楚辞》不但引《左传》等古文经，而且还引用了《括地象》等纬书，因此可以肯定地说，王逸也是兼修今古文的。

还有宫野直哉从《楚辞》的注释态度而指出，王逸是以公羊学为基础的。宫野先生指出：王逸始终将楚王的名字称为怀王，而不考虑《楚辞》作品中所描述的历史事件的实际日期，即使王逸自己在《九章·序》中指出该作品写于襄阳王时期，他的注释也始终提到怀王的名字，并将这种态度归结为当时的今文学，认为不是经文中所记录的具体史实而是文本本身包含了经义。例如，《公羊传·隐公元年》的经文、传与注疏曰：

（经）公子益师卒。

（传）何以不日。远也。所见异辞，所闻异辞，所传闻异辞。

（何休注）所见者，谓昭、定、哀。……所闻者，谓文、宣、成、襄。……所传闻者，谓隐、桓、庄、闵、僖。……异辞者，见恩有厚薄，义有深浅。……将以理人伦，序人类，因制治乱之法。……于所传闻之世，见治起于衰乱之中，……于所闻之世，见治升平，……至所见之世，着治太平。

《公羊传》的“所见异辞，所闻异辞，所传闻异辞”意味着：在“所传闻之世”治起于衰乱之中，在“所闻之世”治升平，在“所见之世”治太平。无论各代君主的实际治世如何，以“借事明义”的方式来阐明《春秋》的普遍“治乱之法”。王逸同样敢于无视历史事实，因为他认为《楚辞》是借“暗主怀王”与“忠臣屈原”的关系来阐明“君臣之义”的。

以上是宫野论文的要点。如上所述，王逸在学习《鲁诗》的同时，《楚辞章句》也引用了《左传》，和许多同时期的东汉早期古文家一样，他既学习今文学，也学习古文学。可以肯定的是，从《楚辞章句》的态度中可以看到今文学的影响，但它包含着复杂的因素，不能说王逸完全依赖《春秋公羊》。但重要的是，《楚辞》和《春秋》在思想方面也有很高的亲和力，这可能是《楚辞》作为补《春秋》的文艺而传来的旁证。

那么，春秋学是以什么形式从师傅传给弟子的呢？下一章将研究这个问题。

三、《谷梁传》与《左氏传》的“章句”

众所周知，“章句”将经文分为句，在其中插入讨论，以便应用于实际政治。西汉时期的今文学者的“章句之学”，以“曰若稽古三万言”为象征，是一门烦琐复杂的学问，从西汉末年到东汉时期都被“博学”的学者所排斥。《后汉书》显示，不仅是班固，还有扬雄、桓谭和其他许多“博学”的学者都没有学习章句。

另一方面，古文家的“章句”从西汉末年开始出现。西汉末年平帝时，立古文经学官，尹更始作《左氏传》章句，刘歆也有《左氏传》章句作。《汉书·儒林传》说：

尹更始“受《左氏传》，取其变理合者以为章句”，传给其子咸以及翟方进、房凤。《汉书·楚元王传》也说：“《左氏传》多古字古言、学者传训故而已。及（刘）歆治《左氏》，引传文以解经，转相发明，由是章句义理备焉。”

刘歆的“章句”是对《春秋》的每段经文都引用了《左传》的文字而进行注释的。《玉函山房辑佚书》收辑了刘歆和贾逵的《春秋左氏传章句》，但刘歆的版本与《公羊传》《谷梁传》一样，都是阐释微言大义的风格，贾逵也是如此。还可见一些将《公羊传》与《谷梁传》直接引用的例子。

王逸在前引的《离骚后叙》中写道：“虽未尽章句之妙，大指之味，仍当略见。”这虽然是一种谦虚的说法，但也是一种断言，即使没有像西汉“章句之学”那样深入细枝末节而赘述，也已经达到了义理的目的，如刘安《离骚经章句》。《汉书》对刘歆的《左传》章句说：“由是章句义理备焉”，这与王逸自己对《楚辞章句》的评价相似。

在上节所引的小南一郎《王逸〈楚辞章句〉与楚辞文艺的传承》中也推论：章句形式的主要特点是背诵师父传下来的既定的经文解释，因为将句子插入句读的位置而传授，所以用押韵的方式方便背诵，结果是使用押韵的注释，如小南先生所称的《楚辞章句》I 形式。《四库全书总目》关于这种“I 形式”注释说：“《抽思》以下诸篇注中、往往隔句用韵。……盖仿《周易·象传》之体亦足以考证汉人之韵。”小南先生对此指出，这“相当程度上表明，在汉代有一种走向这种注释形式的趋势，而两者（笔者注：《楚辞章句》与《周易》）都是这种趋势的一部分”。我认为，也可以说“楚词”的传承影响了《春秋》和其他韵文“章句”的兴起，而这又可能是“楚词”被编成作为“经典”的《楚辞》的动力。

四、《春秋》与《楚辞》

上文已说，流传《楚辞》文艺以及作章句的人，大都学过春秋学，特别是左传学，这说明《楚辞》与《春秋》之间有亲和力。那么，为什么《楚辞》会与《春秋》一起流传，而且从《楚辞》是“楚词”的时候起，它们就与《春秋》发生了密切的关系呢?

首先，在文辞方面，《楚辞》文艺具有一种华丽而新奇的风格，可以补救《春秋》简洁朴素的文体。如前所述，西汉宣帝在讲授经书同时，招聘文采斐然的人任待诏金马门。从武帝任命东方朔担任此职可知，这是一个临时性的官职，邀请歌诗辞赋方面出色的人到朝廷任职，但事实上，公孙弘、贾捐等儒家学者也被任为此职，这说明他招募文采出众的人，希望他们也能提出有用的政治建议。

那么,《楚辞》对政治有什么作用呢？首先,《离骚》中有令人想起《春秋》的"讲历史"场景。例如：

启九辩与九歌兮，夏康娱以自纵。不顾难以图后兮，五子用失乎家巷。羿淫游以佚畋兮，又好射夫封狐。固乱流其鲜终兮，浞又贪夫厥家。浇身被服强圉兮，纵欲而不忍。日康娱而自忘兮，厥首用夫颠陨。

在这个场景中，主人公去了舜帝庙，讲述了邪恶的诸侯国毁掉夏朝的故事。这种"讲历史"的方式与《左传》和《国语》中的史官的劝说方式相似，王逸《章句》也说："自此以上，羿、浇、寒浞之事，皆见于左氏传"，与《左氏传》结合起来作注释。

《左氏传·襄公四年》中的相关文章如下：

昔有夏之方衰也，后羿自鉏迁于穷石，因夏民以代夏政，恃其射也，不修民事，而淫于原兽，弃武罗、伯困、熊髡、龙圉而用寒浞。寒浞，伯明氏之谗子弟也。伯明后寒弃之，夷羿收之，信而使之，以为己相。浞行媚于内，而施赂于外，愚弄其民而虞羿于田。树之诈慝，以取其国家，外内咸服，羿犹不悛，将归自田，家众杀而亨之。以食其子，其子不忍食诸，死于穷门，靡奔有鬲氏。浞因羿室，生浇及豷，恃其谗慝诈伪而不德于民，使浇用师，灭斟灌及斟寻氏，处浇于过，处豷于戈。靡自有鬲氏，收二国之烬以灭浞，而立少康。少康灭浇于过，后杼灭豷于戈。有穷由是遂亡，失人故也。

这段话是魏绛建议晋侯与山戎讲和时说的。如《离骚》，长篇大论地抨击了夏国未能提拔臣民的行为。

再看《国语》的"讲历史"，例如：

帝喾能序三辰以固民，尧能单均刑法以仪民，舜勤民事而野死，鲧鄣洪水而殛死，禹能以德修鲧之功，契为司徒而民辑，冥勤其官而水死，汤以宽治民而除其邪，稷勤百谷而山死，文王以文昭，武王去民之秽。故有虞氏禘黄帝而祖颛顼，郊尧而宗舜。夏后氏禘黄帝而祖颛顼，郊鲧而宗禹。商人禘舜而祖契，郊冥而宗汤。周人禘喾而郊稷。祖文王而宗武王。

在这个场景中，一只叫作爰居的海鸟在鲁国的东门上栖息了三天，臧文仲让国内的士大夫祭祀它，展禽（柳下惠）对他列举历史故事而说不应该随便祭祀。这里也列举了祖先的丰功伟绩，语句比《左传》更整齐，以"四言＋助字＋二言"的形式为基础，这与删去"兮"字的《离骚》句形相似。

《国语》在《汉书》中以《春秋外传》之名被引用，其作者也拟为《左传》的作者左丘明。在《楚辞章句》中，有一个将《国语》称为《春秋》而引用的部分。有可能《楚辞》，特别是《离骚》，是作为历史资料流传的，它跟《左传》与《国语》

同样被赋予了经学性意义，作为对《春秋》的补充。

还有，司马迁在《史记·屈原贾生列传》太史公曰中说自己读过《离骚》《天问》《招魂》和《哀郢》等作品，而《离骚》和《招魂》与屈原本人密切相关，《天问》是以上古至战国时期楚国的历史为背景，《哀郢》则以战国楚国郢都陷落的历史事件为背景。这些都是作为《春秋》的补充而流传下来的，所以司马迁才有机会看到它们。

正如宫野先生在上节指出的那样，《楚辞》的各种作品是与“怀王—屈原”的君臣关系结合而流传下来的，这是《楚辞》被认为跟《春秋》同样可以理解“君臣之义”的作品的因素之一。反之，只有在“怀王—屈原”关系的框架内，“楚词”才能成为含有“君臣之义”的教训，可以进入宫廷的文艺，也才能成为具有经书样式的典籍《楚辞》。虽然汉代的《楚辞》后期作品没有得到后人的高度评价，因为它们陷入了仅仅祖述《离骚》与《九章》的方式，然而，为了使《楚辞》文艺继续在宫廷中流传，它别无选择，只能坚持“屈原”。

总结

严助与朱买臣最早将“楚词”传到中原，以“说春秋，言楚词”得到宠幸。至于东汉马皇后，作为补《春秋》的文艺，《楚辞》是东汉明德马皇后的最爱。《楚辞》以不同中原的语言和节奏讲述历史，激起了对南方异国情调热情，它也被公认为是以文辞说《春秋》的文艺，通过“怀王—屈原”的关系，可以理解君臣之义。宣帝时期后，那些学习《谷梁》与《左氏》之学的人作《离骚经》章句，王逸也在这一趋势的基础上写了《楚辞章句》。

即使西汉时期的辞赋有取悦皇帝的娱乐作用，也是需要以讽谏的形式作政治主张的。同样，楚辞文艺也可能有享受南方异国情调文辞的一面，但它只有在具有补充《春秋》的经学意义而不是纯粹为了文学享受的情况下，才可能被引入汉朝宫廷。

小南一郎指出，除了被汉朝国都的皇帝和宫廷文人作为南方异国情调的对象而青睐，并被著名学者注解的楚辞文学之外，在楚文化地区还存在着一种流传的楚辞文艺，它带有赞美屈原的地域民族主义色彩。小南先生认为，王逸的《楚辞》以楚文化地区的楚辞文艺为基础，并将其与宫廷的知识分子楚辞文学综合起来，“Ⅰ形式”的注释是前者的延续，“Ⅱ形式”的注释是后者的延续。

这一点似乎是合理的，但也必须指出，起源于楚文化地区民间祭祀的《九歌》形式，比王逸更早被纳入宫廷的楚辞文艺。尤其值得注意的是，王褒创作的《九怀》借用了《九歌》的形式，这种形式与“君臣之义”关系不大。虽然王褒学习过经学，但他更像是一个赋家，被宣帝召见，任待诏，应诏撰写“颂”与辞赋。上原尉畅指出，王褒成功地将作为祭祀歌谣的《九歌》转化为“宫廷文学”，将其与“怀王—屈原”的形象相匹配。从另一个角度看，可以说《九歌》只有在嵌入“怀王—屈原”的形象时才能成为“宫廷文学”，而赋人王褒也无法从这个框架中解脱出来。

总之，严助与朱买臣所传的“楚词”，通过“怀王—屈原”的君臣之义与《春秋》联系起来，才能作为宫廷文献流传下来，成为《楚辞》。然而，只要《楚辞》还在朝廷中，就无法摆脱“怀王—屈原”的框架。势必将《楚辞》转化为“经典”。《楚辞章句》是王逸对楚辞文艺及其注释的汇编，它带来的结果不是对楚辞文艺的进一步发展，而是将《楚辞》作品固定为“经典”，就像《诗经》中的诗歌一样。

另一方面，在王褒之前，《九歌》形式一直无关“怀王—屈原”的框架，而在魏晋之后，它成为对楚地的异域风情的表达，作为“楚歌”被纳入了诗歌。这个问题将在下一篇文章中探讨。

经典重构：文献学视阈下的宋代楚辞学转型

河南大学　管仁杰

摘　要：随着刘向编辑《楚辞》成书及王逸《楚辞章句》的盛行，“楚辞”在汉宋间的篇目与概念基本被《楚辞》限定。而宋代楚辞学则发生了文本（文献）层面的转型，晁补之、朱熹等突破旧本的思维限定，在更易“楚辞”篇目的同时重塑了“楚辞”概念，还积极拓展了楚辞学研究的外延通道，实质上完成了一次对“楚辞”的重新构建。宋代楚辞学表现出的文本革新思想，直接促进了元明清时期楚辞学多元化面貌的形成，也在一定程度上影响到现代楚辞学的发展。

关键词：楚辞；篇目；概念；重构；文献学视阈

汉武帝时，淮南王刘安入朝，武帝使为《离骚》传。若以此作为楚辞研究之开端，则楚辞学至今已有 2000 余年的历史。如此漫长的楚辞学史，周建忠先生认为可划分为三个阶段：即以章句训释为特征的汉唐阶段，以义理探求为特征的宋元阶段，以各逞新说为特征的明清阶段[①]。此说部分地继承了清代四库馆臣的观点[②]，也基本符合传统以来的楚辞学史概观，具备相当的代表性。上述三个阶段中，宋元阶段——主要是两宋时期的楚辞研究完成了从汉学到宋学的转变，是楚辞学史上的一次重大转折。因此义理转向不仅成为宋代楚辞学的标志性特征，也成为后世研究宋代楚辞学的主要关注点。而实际上，宋代楚辞学的转型不仅体现在楚辞诠释的义理转向上，还体现在研究本体即“楚辞”文本（文献）的更易以及概念重构上，站在楚辞学史的角度看，宋代楚辞学在文本（文献）层面实现转型的突破性与变革程度并不亚于诠释层面的义理转向，甚至可以说相当程度上造就了后世楚辞学的发展面貌，并波及现当代楚辞学。本文即就此话题展开梳理与讨论，以就正于方家。

---

① 周建忠：《中国近现代楚辞学史纲·历史回顾》，《楚辞考论》，北京：商务印书馆，2003 年版，第 229 页。又见周建忠《楚辞与楚辞学》，《云梦学刊》，2004 年第 1 期。

② 永瑢等：《四库全书总目·集部·楚辞类小序》，北京：中华书局，1965 年版，第 1267 页。

一、经典的固化：从“楚辞”到《楚辞》

依据现存史料，“楚辞”一词在汉武帝时期已经出现[①]。《史记·张汤列传》载：“始长史朱买臣，会稽人也。读《春秋》。庄助使人言买臣，买臣以楚辞与助俱幸，侍中，为太中大夫，用事。”[②]此为“楚辞”一词的今知最早出处。又《北堂书钞》引《七略》云：“孝宣皇帝诏征被公，命诵楚辞。每一诵，与粥。”[③]朱买臣与被公讲诵“楚辞”之事，《汉书·朱买臣传》及《王褒传》中亦有载录[④]。可见西汉武宣时期“楚辞”已颇有流传[⑤]。从字面意思看，“楚辞”即“楚地（国）之辞”。宋人黄伯思谓：“楚辞虽肇于楚，而其目盖始于汉世。”[⑥]很有道理。所谓“楚辞”，当非楚人自称，如金开诚先生所言：“它在最初无非是汉人在全国已经统一的情况下，对历史上某一特定地区（楚）的某种特定诗体（辞）的称呼。”[⑦]

“楚辞”既然以“楚”为名，则最初应当仅指屈宋等楚人的作品。随着时代的发展，楚辞创作不绝如缕，内涵也在逐渐扩充。班固《汉书·地理志》载：

---

① 按：“楚辞”，亦作“楚词”，古人混用无别。为简便起见，本文统一写作“楚辞”。

② 司马迁：《史记》卷一百二十二，北京：中华书局，1959年版，第3143页。

③ 虞世南：《北堂书钞》卷第一百四十四《酒食部三·粥篇十》，天津：天津古籍出版社，1988年版，第647页下。

④ 班固：《汉书》，北京：中华书局，1962年版，第2791、2821页。

⑤ 按：传统观点认为《楚辞》编纂于刘向，但自20世纪起，此说受到了不同程度的质疑。章太炎先生称“《楚辞》传自淮南”，并解释道：“《楚辞》传本非一，然淮南王安为《离骚传》，则知定本出于淮南。”（《訄书·官统中》）经章氏倡说后，学界也逐渐认识到并肯定了淮南王刘安（及其门客）在《楚辞》成书中的关键作用，已有一些学者开始传播《楚辞》最初编纂于刘安的观点。另外汤炳正先生依据古本《楚辞释文》篇次将《楚辞》作品分为五组，认为《楚辞》成书经历了五个不同时期和不同的编辑者，其中最初的“《楚辞》古本”为屈、宋合集，之后经刘安、刘向等逐步增辑而形成后世所见本（《〈楚辞〉编纂者及其成书年代的探索》，《江汉学报》，1963年第10期）。其说影响也相当大。按这类观点，“楚辞”可能在诞生之初就已成书，或者至少在淮南王刘安时已编纂成书。考严助以“楚辞”得幸在武帝元朔三年（前126）左右，上距建元二年（前139）淮南王刘安入朝奉诏作《离骚传》已十余年，下距元狩元年（前122）刘安之卒不过四年。若“楚辞”在刘安时已成书，则武宣时期严助、被公所讲诵的“楚辞”极可能是已结集之《楚辞》（参熊良智：《楚辞的艺术形态及其传播研究》，北京：商务印书馆，2016年，第231–232页）。两相比较，20世纪以来学者们提出的新观点虽颇有影响，但终究只是一种推测。目前的材料最多只能说明刘安（及其门客）对楚辞的流传和研究作出了一定的贡献，但并无切实证据表明刘安（甚至刘安之前的人）曾将这些作品编纂成《楚辞》（参郭建勋：《先唐辞赋研究》，北京：人民出版社，2004年，第65–66页）。而王逸去古未远，其说当渊源有自，在没有新材料作证据的情况下，不宜贸然否定王逸所谓《楚辞》最初编纂于刘向的说法。本文的讨论即建立在这一基础之上。

⑥ 黄伯思：《新校楚辞序》，《东观余论》卷下，北京：人民美术出版社，2010年版，第179页。

⑦ 金开诚：《屈原辞研究》，南京：江苏古籍出版社，1992年版，第3页。

始楚贤臣屈原被谗放流，作《离骚》诸赋以自伤悼。后有宋玉、唐勒之属，慕而述之，皆以显名。汉兴，高祖王兄子濞于吴，招致天下之娱游子弟，枚乘、邹阳、严夫子之徒，兴于文、景之际。而淮南王安亦都寿春，招宾客著书。而吴有严助、朱买臣，贵显汉朝，文辞并发，故世传楚辞。①

这段文字被各类学术论著广为征引，盖因其较为清晰地梳理了屈原身后“楚辞”的发展脉络，即先有宋玉、唐勒等以拟仿屈原之辞作而显名；至汉代，又在吴地与寿春分别形成了以刘濞、刘安为首的两大骚体文人集团，其中如枚乘、邹阳、严忌、严助、朱买臣等，亦皆以辞赋名显一时，故而世传“楚辞”。可以看出，汉代初年“楚辞”得以蓬勃发展，一方面是由于屈宋作品本身的艺术感染力，另一方面也与当时贵族阶层的倡导有很大关系。而众多拟仿作品的产生，使得“楚辞”的边界变得比较模糊，引文中所说的“楚辞”，应当已经囊括了汉人“并发”之“文辞”在内。

汉成帝河平三年（前26），刘向奉诏领校中秘书②，在此期间，刘向汇集屈原作品及后世相关辞赋编成《楚辞》一书，即四库馆臣所谓“裒屈宋诸赋，定名《楚辞》，自刘向始也”③。刘向所编《楚辞》共十六卷，具体包括《离骚》《九歌》《天问》《九章》《远游》《卜居》《渔父》《九辩》《招魂》《大招》《惜誓》《招隐士》《七谏》《哀时命》《九怀》《九叹》等三十四篇作品④。自刘向编定，至王逸《楚辞章句》附增《九思》一篇⑤，《楚辞》收录的篇目基本固定下来。随着《楚辞章句》的广泛传播以及其他楚辞作品的逐渐亡佚，人们意识中的“楚辞”即主要指向《楚辞》中载录的作品，“楚辞”与《楚辞》逐渐同化。关于这一点，汉唐间的楚辞著述大多亡佚，无法直接给出证明，但也可以从相关材料中找到一些佐证。例如：

1. 郭璞注楚辞，见于《晋书》本传，书已不传，而今人颇有辑录。其中胡小石先生所辑最早亦最多，共240余则⑥，然大多为郭注他书中与楚辞用词相同者，不足以说明问题。饶宗颐先生《晋郭璞〈楚辞〉遗说摭佚》辑录“郭注各书引及《楚

① 班固：《汉书》卷二十八下《地理志》，北京：中华书局，1962年版，第1668页。

② 班固：《汉书》卷十《成帝纪》，北京：中华书局，1962年版，第310页。

③ 永瑢等：《四库全书总目·集部·楚辞类小序》，第1267页。

④ 按：一般认为今传王逸《楚辞章句》十七卷即由刘向本增附《九思》而成，故以上篇目乃据王逸本推拟得出。

⑤ 按：一般认为《楚辞章句》中《九思》一篇乃王逸因撰《章句》而附己作，此亦古人之通例。而世传《章句》本《九思》篇亦有小序及注文，洪兴祖《楚辞补注》谓“逸不应自为注解，恐其子延寿之徒为之尔”，今人黄灵庚先生认为《九思》小序及注文盖出于六朝间好事者（《九思序文及注作于六朝考》，《古籍整理研究学刊》，2002年3月第2期），而亦有学者不认同黄说（参岑贞霈、力之：《〈九思〉序/注非作于“六朝”辨》，《广西师范大学学报（哲学社会科学版）》，2019年11月第6期）。

⑥ 胡小石：《〈楚辞〉郭注义征》，载原中央大学图书馆《图书月刊》一卷7—8期，1941年；此据周勋初编：《胡小石文史论丛》，南京：南京大学出版社，2016年第2版，第73—110页。

辞》者”26则[①]，涉及《离骚》《九歌》《天问》《九章》《远游》《招魂》等篇目，郭璞引用时或直言篇名，或统称“楚辞”[②]。翁世华先生又以饶所辑条目多为郭注引楚辞，而非郭注楚辞，故再事搜考，得郭注楚辞8则，其中7则为《离骚》注，1则为《九叹》注，翁氏因谓：“知景纯注楚辞起自屈原之《离骚》，下逮刘向之《九叹》。”[③]其实，不论是郭注引楚辞，还是郭注楚辞，都能够反映郭璞所见、所用楚辞之篇目。而从前贤辑录的条目来看，郭璞所见、所用之楚辞篇目，基本与王逸（刘向）本《楚辞》相合。

2. 刘勰《文心雕龙·辨骚》一篇专论“楚辞”，其间自《骚经》《九章》《九歌》《九辩》《远游》《天问》《招魂》《大招》《卜居》《渔父》至“自《九怀》以下”云云[④]，依次进行评述，除篇次不同外[⑤]，所列篇目皆不出王逸（刘向）本《楚辞》之范围。

3.《昭明文选》于“骚”类专收楚辞作品，所选有《离骚经》《九歌》（选《东皇太一》《云中君》《湘君》《湘夫人》《少司命》《山鬼》六篇）《九章》（选《涉江》一篇）《卜居》《渔父》《九辩》（九段选五）《招魂》《招隐士》等，不仅篇目皆出自王逸（刘向）本《楚辞》，篇次亦与之相同。又，宋玉除《九辩》入《文选》“骚”类外，另有《风赋》《高唐赋》《神女赋》《登徒子好色赋》等四篇入“赋”类，《对楚王问》一篇入“对问”类，足见王逸（刘向）本《楚辞》篇目别为一类，与其他辞赋作品有所不同的观念已深入人心。

4. 顾野王《玉篇》作为六朝间一部重要的字书，征引宏富，保存了很多古书的旧貌。据翁世华先生统计，今存原本《玉篇》援引楚辞为说者，凡129条[⑥]。自屈原《离骚》至刘向《九叹》，除少数篇目外，几乎都有引用；而且所引不仅有正文，亦有王逸注。据此，翁氏认为顾野王所见《楚辞》乃刘向初集、王逸作章句而尚未附增《九思》之旧本[⑦]。

5.20世纪从敦煌文献中发现的《楚辞音》残卷（伯二四九四），是现存最早的

① 饶宗颐：《楚辞书录·外编·楚辞拾补》，《饶宗颐二十世纪学术文集》卷十一，北京：中国人民大学出版社，2009年版，第214—217页。

② 按：或统称《离骚》。盖以“离骚”兼指“楚辞”亦古人之习惯，如刘勰《文心雕龙·辨骚》之类。

③ 翁世华：《郭璞楚辞注佚文拾补》，《楚辞论集》，台北：文史哲出版社，1988年版，第155—175页。

④ 刘勰撰，王利器校证：《文心雕龙校证》，上海：上海古籍出版社，1980年版，第28页。

⑤ 按：刘勰所列篇次不同于通行本《楚辞章句》，而更近于洪兴祖《楚辞补注》所引古本《楚辞释文》篇次，汤炳正先生认为刘勰所据本的篇次实际同于古本《楚辞释文》，只是刘勰为了照顾所论内容略做调整而已。参汤炳正《〈楚辞〉编纂者及其成书年代的探索》，《江汉学报》，1963年第10期，第50—51页。

⑥ 翁世华：《原本玉篇引骚纪要》，《楚辞论集》，台北：文史哲出版社，1988年版，第178—180页。

⑦ 翁世华：《原本玉篇引骚纪要》，《楚辞论集》，台北：文史哲出版社，1988年版，第182页。

楚辞音注作品。一般认为此卷乃唐前写本，即《隋书·经籍志》所载“释道骞《楚辞音》”者①。该残卷今存八十四行，始《离骚》“驷玉虬以乘鹥兮”之“乘”字，终《离骚》“杂瑶象以为车”之“瑶”字。其体例为随文摘字作注，不仅注释楚辞正文，还兼注王逸注文。据统计，所注字一共 283 字，其中有 93 字为王逸注之文字，充分说明其所用底本乃王逸《楚辞章句》②。

6.《隋书·经籍志》“楚辞”类小序称：“后汉校书郎王逸，集屈原已下，迄于刘向，逸又自为一篇，并叙而注之，今行于世。”③可知《楚辞章句》即当时最通行之楚辞传本。

7. 洪兴祖《楚辞补注·楚辞目录》所引古本《楚辞释文》④，篇次虽与通行本《楚辞章句》有所不同，但篇目完全一致，可见《楚辞释文》一系之传本亦出自王逸本。

以上例证，足以说明东汉以后王逸（刘向）本《楚辞》对“楚辞”边界的固定。虽然后世仍不免会用“楚辞”一词泛指骚体类文学作品，但是具体谈及作为前代经典的楚辞作品或文本内容时，几乎都会以王逸（刘向）本《楚辞》所收篇目作为依据⑤。在《楚辞》之外的“楚辞”类作品，并不具备《楚辞》作品的地位。宋人黄伯思所谓“自汉以还，去古未远，犹有先贤风概，而近世文士，但赋其体，韵其语，言杂燕、粤，事兼夷、夏，而亦谓之‘楚词’，失其旨矣”⑥，正反映了此种情况。可以说，从《楚辞》编定成书到《楚辞章句》的盛行，通常所谓楚辞，基本被限定在《楚辞》一书的范围内。

《楚辞》自成书之后广泛流传，并成为泽被后世的文学经典。而所谓“经典”一般都有对应的具体作品，不可能是泛化的、模糊的。从这个意义上说，刘向编选《楚辞》，是楚辞奠定其经典地位的前提与基础。与此同时，随着王逸本《楚辞》的广泛传播和巨大影响，其他楚辞作品也失去了升级成为“经典”的机会，逐渐被边缘

① 关于该残卷的研究成果颇多，如王重民《巴黎敦煌残卷叙录·楚辞音》（《敦煌学文献》第十卷，兰州古籍书店，1990 年版；亦见《敦煌古籍叙录》，商务印书馆，1958 年版）、闻一多《敦煌旧钞本楚辞音残卷跋》（《古典新义》，商务印书馆，2011 年版）、姜亮夫《智骞〈楚辞音〉跋》（《中国社会科学》，1980 年第 1 期）等，皆可参看。

② 按：各家统计数字略有出入，此据张金泉、许建平《敦煌音义汇考·〈楚辞音〉题解》，杭州：杭州大学出版社，1996 年，第 382 页。

③ 魏征等：《隋书》卷三十五《经籍志》，北京：中华书局，1973 年版，第 1056 页。

④ 洪兴祖：《楚辞补注·楚辞目录》，北京：中华书局，2002 年重印本，第 1—3 页。

⑤ 按：宋人黄伯思《新校楚辞序》云：“按此书旧十有六篇，并王逸《九思》为十七。而某所见旧本，乃有扬雄《反骚》一篇，在《九叹》之后。”（《东观余论》卷下）可见唐宋间或存在一种附增扬雄《反离骚》的《楚辞》传本。然此本前人罕有提及，黄伯思也明显是将其作为一种有别于通行王逸本的“特例”进行介绍，故与上述结论并不冲突。

⑥ 黄伯思：《新校楚辞序》，《东观余论》卷下，北京：人民美术出版社，2010 年版，第 179—180 页。

化乃至消亡。《楚辞》一书成为经典的过程，实际也是楚辞被捆绑而逐步走向固化和封闭的过程。

二、宋代“楚辞”篇目更易与概念重塑

通行于世的王逸本《楚辞》共收录先秦至汉代作品三十五篇，如刘勰《辨骚》所言：“自《九怀》以下，遽蹑其迹，而屈宋逸步，莫之能追。”①可见即便已被奉为经典的《楚辞》之作品，也有高低之分。而另一方面，后世也有替其他未能入选《楚辞》的作品而鸣不平者，如唐代皮日休谓：“扬雄之文丘、轲乎，而有《广骚》也；梁竦之词班、马乎，而有《悼骚》也。又不知王逸奚罪其文，不以二家之述为《离骚》之两派也。”②尽管存在质疑，但由于思维观念的惯性，王逸本《楚辞》依然在相当长的时间内“定义”着楚辞。

北宋末期，晁补之首先试探性地对已经长时间固化的《楚辞》篇目进行了调整。晁补之有《重编楚辞》共十六卷③，该书是以王逸本为基础重新编次而形成的新本《楚辞》。晁公武《郡斋读书志》著录曰：

《重编楚辞》十六卷

右族父吏部公重编，独《离骚经》仍故为首篇，其后以《远游》《九章》《九歌》《天问》《卜居》《渔父》《大招》《九辩》《招魂》《惜誓》《七谏》《哀时命》《招隐》《九怀》《九叹》为次，而去《九思》一篇。④

据此，晁氏《重编楚辞》删去了通行本中王逸《九思》一篇，恢复了刘向所编《楚辞》的篇目。该书今虽失传，而其序文仍在。晁氏在自序中对于删除王逸《九思》的原因进行了解释，称：

王逸东汉人，最爱楚辞，然《九思》视（刘）向以前所作相阔矣。又十七卷非旧录，特相传久，不敢废，故迁以附《续楚辞·上》十卷之终。⑤

考虑到《九思》一篇相传已久，晁补之虽将其从《重编楚辞》中剔除，但依然收录于其所编《续楚辞》第十卷之末，以示谨慎。晁氏的调整虽然微小，甚至可以说只不过是恢复刘向所编《楚辞》的篇目而已，却从行动上向固化已久的“楚辞”

① 刘勰撰，王利器校证：《文心雕龙校证》，上海：上海古籍出版社，1980年版，第28页。

② 皮日休：《九讽序》，《皮子文薮》第二卷，北京：中华书局，1959年版，第12页。

③ 按晁氏《离骚新序》自称“《楚辞》十六卷”，而晁公武《郡斋读书志》著录作“《重编楚辞》十六卷”，为避免指称混乱，本文依晁公武之说，将其称为《重编楚辞》。

④ 晁公武撰，孙猛校证：《郡斋读书志校证》，上海：上海古籍出版社，1990年版，第807页。

⑤ 晁补之：《离骚新序中》，《济北晁先生鸡肋集》卷三十六，四部丛刊初编本。

经典文本发起了挑战。此举无疑是一次积极的尝试，对后人具有很大的启发意义。

至南宋，朱熹以儒学宗师的身份研治楚辞，撰就《楚辞集注》《楚辞辩证》《楚辞后语》三书，在楚辞学史上留下了浓墨重彩的一笔。朱熹对于通行已久的王逸本《楚辞》篇目同样有所不满，因而在编撰《楚辞集注》时正式提出：

> 《七谏》《九怀》《九叹》《九思》虽为骚体，然其词气平缓，意不深切，如无所疾痛而强为呻吟者。就其中《谏》《叹》或粗有可观，两王则卑已甚矣。故幸附书尾，而人莫之读，今亦不复以累篇帙也。①

朱熹删减者除王逸《九思》一篇外，还包括东方朔《七谏》、王褒《九怀》和刘向《九叹》三篇，而此三篇皆为刘向所编《楚辞》原本之固有篇目。除批评旧本《楚辞》所收篇目不精外，朱熹还认为旧本中遗漏了一些本来值得入选的楚辞篇目，因谓：

> 贾傅之词，于西京为最高，且《惜誓》已著于篇，而二赋（引者按：指《吊屈原》《服赋》）尤精，乃不见取，亦不可晓，故今并录以附焉。②

前引皮日休也就《楚辞》的遴选提出过类似质疑，但皮氏只是限于言辞上表达不满而已，而朱熹则用实际行动将自己认可的篇目增补到《楚辞集注》之中。如此，朱熹所撰《楚辞集注》实际包含《离骚》《九歌》《天问》《九章》《远游》《卜居》《渔父》《九辩》《招魂》《大招》《惜誓》《吊屈原》《服赋》《哀时命》《招隐士》等三十三篇作品③。

朱熹更易旧本《楚辞》篇目的举动无疑是受到了晁补之的启发，虽然其在时间上晚于晁补之，但是改编的幅度更大，所体现出的变革态度亦更加鲜明。晁补之当初删减王逸《九思》一篇，更多的只是想恢复刘向原编面貌，所谓“因向之旧录云”④。而朱熹则将东方朔《七谏》、王褒《九怀》、刘向《九叹》等三篇刘向原编本的固有篇目也一并删减，并且还依照自己的标准增补了贾谊的二篇作品进入《楚辞集注》。可见朱熹不仅不认可通行之王逸旧本，连同刘向原编的权威性也一并予以否定。旧本《楚辞》本质上只是时代较早的一种楚辞选本，其被奉为经典的主要归因于屈宋等人的作品，其余一些作品正如刘勰所言，水准并不是很高，实际达不到“经典”

① 朱熹：《楚辞辩证·目录》第三条，《宋端平本楚辞集注》第二册，北京：国家图书馆出版社，2017年版，第125—126页。

② 朱熹：《楚辞辩证·目录》第三条，《宋端平本楚辞集注》第二册，北京：国家图书馆出版社，2017年版，第125—126页。

③ 按朱熹《楚辞辩证·目录》第三条云：“若扬雄则尤刻意于楚学者，然其《反骚》，实乃屈子之罪人也。洪氏讥之，当矣。旧录既不之取，今亦不欲特收，姑别定为一篇，使居八卷之外，而并著洪说于其后。”据此，朱熹《楚辞集注》还附录有扬雄《反离骚》一文。因该文与朱熹《楚辞后语》第十六篇《反离骚》重见，今传端平本《楚辞集注》已将附录之《反离骚》删去。

④ 晁补之：《离骚新序中》，《济北晁先生鸡肋集》卷三十六，四部丛刊初编本。

的标准，仅仅因为刘向当初的选录，“故幸附书尾，而人莫之读”（见前引朱熹语）。这就导致《楚辞》一书呈现出“虎头蛇尾”的面貌，与其整体作为经典的形象不太相称。结合这一背景来看，朱熹对旧本《楚辞》篇目的删减与增补，其实是在做两方面的工作：一是去除粗劣，一是增补精华。很明显，朱熹意欲通过此种方式将原本存在缺陷的《楚辞》，改良成一部品质过硬、经得起评鉴的《楚辞》。这种改良破旧而且立新，实质是一次重构“经典”的行为。在重构过程中，朱熹不仅摈弃了旧本《楚辞》的固有篇目，还将旧本之外的楚辞作品重新拉回人们的视野，一举突破了长久以来由旧本《楚辞》所划定的“经典”范围，无形中消解了旧本《楚辞》的权威性和唯一性。这对于长久以来被《楚辞》所固化的“楚辞”篇目而言无疑是一次解放。

与更易旧本篇目同步进行的，还有朱熹等对“楚辞”概念的重塑。依据“楚辞”词义可知，“楚辞”在诞生之初指的是一种地域文学形式（作品）。它实际包含两方面属性：一是“楚”所代表的地域属性，二是“辞”所代表的体裁属性。如前述，汉初楚辞盛行，形成了以吴王刘濞和淮南王刘安为首的两大楚辞文学创作群体，虽然这两大群体的所在地吴与寿春，皆为楚国故地，但参与创作者却并非都是楚人。由此可见，“楚辞”的地域属性在汉初的流传中已显露出消解的趋势。而在此之后，刘向编纂《楚辞》则更以实际行动为这一趋势推波助澜。刘向编辑《楚辞》一书，在学术史上具备两方面的意义。一为“破”：入选《楚辞》的贾谊、东方朔、王褒等作者，皆非楚人，除贾谊外，其他人似乎也未曾在楚地生活过，但他们的作品却被视作“楚辞”而入选。至此，“楚辞”的地域属性已彻底被突破。一为“立”：早期的“楚辞”作为一种称谓，所指比较宽泛，《楚辞》的编纂首次为“楚辞”划定了具体的篇目范围。而刘向也通过编纂《楚辞》一书，从事实上树立了有别于最初涵义的“楚辞”新概念。此概念的内涵如何，刘向并未作出说明。直至王逸编撰《楚辞章句》，才试图对这一新概念作出界定。《楚辞章句·九辩小序》云：

> 屈原怀忠贞之性……而作《九歌》《九章》之颂以讽谏怀王。明已所言，与天地合度，可履而行也。宋玉者，屈原弟子也。闵惜其师忠而放逐，故作《九辩》以述其志。至于汉兴，刘向、王褒之徒，咸悲其文，依而作词，故号为“楚词”。[①]

在王逸看来，宋玉、刘向、王褒等人悯惜屈原，悲其文辞，“依而作词”，“以述其志”，故其作品号为“楚辞”。那么，王逸（刘向）本《楚辞》所构建的“楚辞”概念可总结为：内容上悲悯屈原、“以述其志”；形式上“依而作词”——为骚体。

① 洪兴祖：《楚辞补注》，北京：中华书局，2002年重印本，第182页。

按照这一标准，“楚辞”成为一种内容有特定限制（即悲悯屈原、祖述其志）的文学体裁。

为了提升自身的经典性，朱熹所撰《楚辞集注》相对王逸本删减了《七谏》《九怀》《九叹》《九思》等四篇文章，增补了贾谊《吊屈原赋》《鹏鸟赋》二文。对照王逸旧本树立的“楚辞”概念，贾谊二文在形式上皆为骚体，但在内容上只有《吊屈原》符合悲悯屈原、祖述其志的标准，《鹏鸟赋》则不具备这一特征。因此，朱熹新编本《楚辞》不仅对旧本篇目有所更易，还从事实上突破了王逸构建的“楚辞”概念。有破自然亦需有立。朱熹评价旧本中《谏》《怀》《叹》《思》四文“虽为骚体，然其词气平缓，意不深切，如无所疾痛而强为呻吟者”（见前引），即虽然形式上是“骚体”，但写作水准和思想深度不够，故而予以删减；同时又称赞贾谊“二赋（指《吊屈原》《鹏鸟赋》）尤精，乃不见取”（见前引），因增补入《楚辞集注》。可见在朱熹心目中，“楚辞”除了形式上为骚体外，内容上还需符合“深切”或者“精”的条件。总结来说，朱熹所谓“楚辞”大概即指意旨精深的骚体文章。相对刘向、王逸以来的旧本“楚辞”概念，朱熹重塑的新概念延续了骚体的体裁界定，但将内容方面的限定条件由原来的“悲悯屈原、祖述其志”改换为“意旨精深”。比较而言，前一种标准更为客观，也更容易把握；而后一种标准则显得过于主观，毕竟不同的人对于同一作品思想内涵的理解不可能完全相同，何为深切，何为浅薄，实难一概而论。正因此，朱熹通过更易篇目而重塑的“楚辞”概念，指向并不明确，边界也比较模糊，潜藏着一种不稳定的发展动向，逐步开启了以个人主观标准定义“楚辞”的新时代。

有宋一代，不仅“楚辞”文本（篇目）与概念都被重新构建，楚辞学的外延通道亦得以开拓。这主要体现在宋人对“楚辞”类作品的关注与搜集上。实际上，《楚辞》成书之后，“楚辞”类作品的创作并未停歇，但因《楚辞》篇目固化，除王逸《九思》这种特殊情况外，其他“楚辞”作品难以再进入《楚辞》之中，所以这些新出的“楚辞”作品往往散见各处，未曾归为一类。考《隋书·经籍志》《旧唐书·经籍志》《新唐书·艺文志》三部史志之“楚辞类”，除《楚辞》相关注本外，所载录的“楚辞”作品只有杨穆《楚辞九悼》一卷。早期“楚辞”作品逐渐消亡，而后出“楚辞”作品又大多散落无归，这一趋势带来的结果是可供探讨的“楚辞”作品仅有《楚辞》一书，“楚辞”之学逐渐成为《楚辞》之学。在这一背景之下，同样是北宋的晁补之最早开始搜罗整理《楚辞》之外的“楚辞”作品。晁氏除纂有前述《重编楚辞》十六卷外，还编撰有《续楚辞》及《变离骚》各二十卷，惜今已不传。晁公武《郡斋读书志》著录《续楚辞》曰：

> 择后世文赋与“楚辞”类者编之，自宋玉以下至本朝王令，凡二十六人，

计六十篇，各为小序以冠其首。[①]

又著录《变离骚》曰：

> 公既集《续楚辞》，又择其余文赋，或大意祖述《离骚》，或一言似之者为一编。其意谓原之作曰“离骚”，余皆曰“楚辞”，今“楚辞”又变，而乃始曰“变离骚”者，欲后世知其出于原也，犹服尽而系其姓于祖云。所录自楚荀卿至本朝王令凡三十八人，通九十六首。[②]

据此，晁补之《续》《变》二书共收录先秦至宋代的“楚辞”类作品一百五十六篇，数量相当可观。诚如朱熹所言，“凡词之如骚者已略备矣”[③]。

在此之后，朱熹也效仿晁补之编成《楚辞后语》一书，“以晁氏所集录《续》《变》二书刊补定著，凡五十二篇”[④]。相较于晁补之的广泛搜罗，朱熹则树立了比较严格的编选标准，所谓“考于辞也宜益精，而择于义也当益严”[⑤]，故而《楚辞后语》的篇目比晁氏二书大大减少，更像是历代楚辞作品“精选集”。

尽管晁、朱二人编选“楚辞”的标准宽严有别，但都对长久以来固化的“楚辞”观念形成了冲击，为解绑“楚辞”作出了贡献。尤其晁补之所纂《续楚辞》《变离骚》二书，是旧本《楚辞》成书以来，首次有人对分散各处的楚辞作品进行的汇总整理，具有十分重要的学术史意义。汉宋间的楚辞学史，某种程度上已成为“《楚辞》学”史，而晁氏搜集到的这些“楚辞”作品，彻底跳出了由旧本《楚辞》所划定的圈子，向世人展示出一个开放的、宽泛的“楚辞”作品集。通过梳理这些作品，能够清晰地揭示历代楚辞创作的盛衰起伏，反映出比“《楚辞》学”更为全面的“楚辞学”发展面貌。

三、文本革新效应下元明清楚辞学多元面貌的形成

宋末以来，程朱之学成为官学，朱熹本人的地位不断提升，相关著述也被大量

---

① 晁公武撰，孙猛校证：《郡斋读书志校证》卷十七“楚辞类”，上海：上海古籍出版社，1990年版，第808页。

② 晁公武撰，孙猛校证：《郡斋读书志校证》卷十七“楚辞类”，上海：上海古籍出版社，1990年版，第809页。

③ 朱熹：《楚辞辩证·晁录》，《宋端平本楚辞集注》第二册，北京：国家图书馆出版社，2017年版，第209页。

④ 朱熹：《楚辞后语目录序》，《宋端平本楚辞集注》第三册，北京：国家图书馆出版社，2017年版，第6-7页。

⑤ 朱熹：《楚辞后语目录序》，《宋端平本楚辞集注》第三册，北京：国家图书馆出版社，2017年版，第7页。

刊行，《四书章句集注》等经典注本更成为官方指定的科考教材。其《楚辞集注》一书虽非经学著作，但亦流传颇广。检相关书目，元明清时期所刊刻的《楚辞集注》版本共有 51 种，而与之相对应的，王逸《楚辞章句》的刊本为 18 种，洪兴祖《楚辞补注》的刊本为 10 种[①]。据此，朱熹《楚辞集注》在元明清三代的刊版数量几乎接近王逸《楚辞章句》与洪兴祖《楚辞补注》二书刊版总数的两倍。单从传播广度上看，可以说宋代以后朱熹《楚辞集注》已经成功取代旧本《楚辞》的地位，成为最主流的“楚辞”文本。

《楚辞集注》在后世的盛行，固然有前述政治因素的影响。但值得注意的是，朱熹破旧立新、重构“经典”的观念与行为，也凭借《楚辞集注》的传播得到了广泛的普及和认可。元明清时期，学者尊奉朱熹的同时，亦纷纷起而效之，因而新编《楚辞》文本迭出。依据相关书目著录，元明清时期的各类楚辞学著作多达百余部，其中《离骚》单注本 30 部，《九歌》单注本 3 部，《天问》单注本 7 部，楚辞作品集 6 部，其余全部为新撰之楚辞注本[②]。为了对这些新编《楚辞》文本的面貌有更加具体的认识，下面以王逸旧本篇目作为参照标准，将元明清（基本为明清）时期新撰楚辞注本中有篇目可考者（64 部）略作归纳探讨。

第一类，沿袭王逸旧本篇目者，详情参见表 1。纵观元明清三代，沿用王逸旧本篇目的楚辞新注本仅有 2 部，与同时期产生的楚辞注本总量相较，所占比例可谓极低，充分显示出宋以后旧本《楚辞》影响力的急剧下降。

表 1　沿袭王逸旧本篇目者统计[③]

朝代／作者／著述	数量	所含篇目	说明
清杨金声《楚辞笺注定本》；清毛祥麟《楚辞校文》	2	《离骚》《九歌》《天问》《九章》《远游》《卜居》《渔父》《九辩》《招魂》《大招》《惜誓》《招隐士》《七谏》《哀时命》《九怀》《九叹》《九思》	篇目（不涉及篇次）同王逸旧本[④]

① 按：三书在元明清时期的版本数目主要依据姜亮夫《楚辞书目五种》，崔富章《楚辞书目五种续编》《楚辞书录解题》，及《中国古籍总目》等书目中载录的现存与亡佚版本统计得出。需要特别指出的是，相关书目或成书较早，不乏疏误；或成于众手，失于核验；甚至有各书所载互相矛盾者，故上述统计数字不能保证十分精准，但总体来说误差不会太大，作为一种参考，不会影响文中得出的结论。

② 按：上下文相关数字皆据姜亮夫《楚辞书目五种》，崔富章《楚辞书目五种续编》《楚辞书录解题》三书统计得出。

③ 按：本表及以下各表所列著作之作者、题名、篇目等皆据前述姜、崔书目，其间偶有姜、崔不一致者，则以后出之崔书为准。

④ 按：本表及以下各表所谓篇目异同，皆不涉及篇次。

第二类，相较王逸旧本篇目有所删减者，详情参见表 2。此类著作共有 43 部，依据各家所删减篇目的性质又可将其分为三种情况：其一，相较旧本删减所有汉人作品者，共有 12 部著作，见表 2-2.1。其二，相较旧本删减所有非屈原作品者，共有 28 部著作，见表 2-2.2。因各家所认定的屈原作品数量不同，所以此 28 种著作各自包含的篇目并不完全一致，而差异则主要集中于作者存在争议的《招魂》《大招》二篇。其三，相较旧本删减所有非屈原作品以及部分屈原作品者，共有 3 部著作，见表 2-2.3。这类著作可看作是屈原作品的精选集，因为各家偏好不同，故而 3 部著作所选篇目亦不同。

表 2　相较王逸旧本篇目有所删减者统计

<table>
<tr><th></th><th>朝代／作者／著述</th><th>数量</th><th>所含篇目</th><th>说明</th></tr>
<tr><td rowspan="3">2.1</td><td>明林兆珂《楚辞述注》；明张京元《删注楚辞》；明李陈玉《楚辞笺注》；清贺宽《离骚笺释》（《饮骚》）；清屈复《楚辞新注》；明屠本畯（屠畯）《楚骚协韵》；清王念孙《毛诗群经楚辞古韵谱》；清江有诰《楚辞韵读》；明贺贻孙《骚筏》；清牟庭（牟庭相）《楚辞述芳》</td><td>10</td><td>《离骚》《九歌》《天问》《九章》《远游》《卜居》《渔父》《九辩》《招魂》《大招》</td><td rowspan="3">删减所有汉人作品</td></tr>
<tr><td>明周拱辰《离骚草木史》</td><td>1</td><td>《离骚》《九歌》《天问》《九章》《远游》《卜居》《渔父》《九辩》《招魂》《大招》①</td></tr>
<tr><td>清王闿运《楚辞释》</td><td>1</td><td>《离骚》《九歌》《天问》《九章》《远游》《卜居》《渔父》《九辩》《招魂》《大招》（附《高唐赋》）</td></tr>
</table>

① 按：明末清初桐乡圣雨斋原刻本中无《大招》篇，清嘉庆八年周拱辰六世孙周踊潜、周以清等重刻本则包含《大招》篇，今以重刻本为准。

续表

	朝代／作者／著述	数量	所含篇目	说明
2.2	明黄文焕《楚辞听直》；清高秋月、曹同春合著《楚辞约注》；清林云铭《楚辞灯》；清蒋骥《山带阁注楚辞》（附《楚辞说韵》）；清姚培谦《楚辞节注》；清夏大霖《屈骚心印》；清江中时《楚骚心解》；清许清奇《楚辞订注》；清陈本礼《屈辞精义》；清丁元正《楚辞辑解正编》；清胡文英《屈骚指掌》；佚名《楚辞偶钞》；清颜锡名《屈骚求志》	13	《离骚》《九歌》《天问》《九章》《远游》《卜居》《渔父》《招魂》《大招》	
	清方绩撰；邓廷桢、方东树订补《屈子正音》	1	《离骚》《九歌》《天问》《九章》《远游》《卜居》《渔父》《招魂》	删减所有非屈原作品，但因对屈原作品认定不一，故而各书所收作品并不一致
	清萧大丰《楚辞辑注》（附录一卷）	1	《离骚》《九歌》《天问》《九章》《远游》《卜居》《渔父》《招魂》（附录《九辩》《惜誓》《哀时命》《反离骚》）	
	清陈远新《屈子说志》	1	《离骚》《九歌》《天问》《九章》《远游》《卜居》《渔父》《大招》（附录《九辩》《吊屈原》《服赋》）	
	明周用《楚辞注略》；明汪瑗《楚辞集解》；明来钦之《楚辞述注》；明潘三槐《屈子》；清钱澄之《楚辞屈诂》（《庄屈合诂》本）；清张诗《屈子贯》；清徐焕龙《屈辞洗髓》；清王邦采《楚三闾大夫赋》；清奚禄诒《楚辞详解》；清刘梦鹏《屈子章句》；清戴震《屈原赋注》（附《音义》）；明戈汕、毛晋《楚辞译韵译字》	12	《离骚》《九歌》《天问》《九章》《远游》《卜居》《渔父》	

续表

	朝代／作者／著述	数量	所含篇目	说明
2.3	清陈培寿《楚辞大义述》	1	《离骚》《九歌》《九章》《远游》《卜居》《渔父》	删减所有非屈作及部分屈作
	清陈昌齐《楚辞辨韵》	1	《离骚》《九歌》《天问》《九章》《远游》	
	清高钟撰；清丁繁滋补《楚辞音韵》	1	《离骚》《九歌》《天问》《九章》	

第三类，相较王逸旧本篇目既删又增者，详情参见表3。此类著作共有16部，具体可分为两种情况：其一，篇目与朱熹《楚辞集注》相同者，即相较王逸旧本删减《七谏》《九怀》《九叹》《九思》四篇，增加《吊屈原》《服赋》二篇，相关著作有7部，见表3-3.1。其二，篇目与《楚辞集注》不同者，共有9部著作，见表3-3.2。此9部著作相较旧本删减篇目最少者为四篇，最多为九篇；增补篇目最少者为二篇，最多为十四篇。而需要说明的是，所删篇目无一例外都包含《谏》《怀》《叹》《思》四篇，即《楚辞集注》所删篇目；而所增篇目则以《吊屈原》《服赋》最为常见，亦《楚辞集注》之新增篇目。其中增补篇目最多的《文体明辨·楚辞》一书，所增十四篇作品虽非《集注》新增篇目，但全部出自朱熹《楚辞后语》。由此可见，此9部著作之篇目虽然与《楚辞集注》有所不同，但都很大程度上受到了《楚辞集注》的影响。

表3　相较王逸旧本篇目既删又增者统计

	朝代／作者／著述	数量	所含篇目	说明
3.1	明冯惟讷《楚辞旁注》；清佚名《楚辞宗旨》；清吴世尚《楚辞疏》；清郑知同《楚辞考辩》（姜目作《楚辞通释解诂》）；清李文炤《楚辞集注拾遗》；清杨可震《楚辞集注疏》；清夏献云《屈子文》	7部	《离骚》《九歌》《天问》《九章》《远游》《卜居》《渔父》《九辩》《招魂》《大招》《惜誓》《吊屈原》《服赋》《哀时命》《招隐士》	删《谏》《怀》《叹》《思》，增《吊屈原》《服赋》，篇目与《集注》同

续表

	朝代／作者／著述	数量	所含篇目	说明
3.2	明俞王言标义；郑之桀参订《辞赋标义·楚辞》	1	《离骚》《九歌》《天问》《九章》《远游》《卜居》《渔父》《九辩》《招魂》《大招》《惜誓》《吊屈原》《招隐士》《哀时命》《反离骚》	删《谏》《怀》《叹》《思》，增《吊屈原》《反离骚》
	清方人杰评辑，钱树本参订《楚辞读本》（《庄骚读本》四卷，前三卷《庄子》，后一卷《楚辞》）	1	《庄骚读本》四卷，前三卷《庄子》，后一卷《楚辞》，收：《离骚》《九歌》《天问》《九章》《远游》《卜居》《渔父》《大招》《招魂》《九辩》《风赋》《高唐》《神女》《惜誓》《吊屈原》《服赋》《哀时命》《招隐士》	删《谏》《叹》《怀》《思》，增《风赋》《高唐》《神女》《吊屈原》《服赋》
	清胡濬源《楚辞新注求确》；清王萌《楚辞评注》	2	《离骚》《九歌》《天问》《九章》《远游》《卜居》《渔父》《九辩》《招魂》《大招》《惜誓》《吊屈原》《服赋》《招隐士》	删《谏》《怀》《叹》《思》及《哀时命》，增《吊屈原》《服赋》
	清王夫之《楚辞通释》	1	《离骚》《九歌》《天问》《九章》《远游》《卜居》《渔父》《九辩》《招魂》《大招》《惜誓》《招隐士》《山中楚辞》《爱远山》（附己作《九昭》）	删《谏》《叹》《怀》《思》及《哀时命》，增江文通《山中楚辞》《爱远山》，附《九昭》

续表

	朝代／作者／著述	数量	所含篇目	说明
3.2	明陆时雍叙疏，明金兆清参评《楚辞榷》	1	《离骚》《九章》《远游》《天问》《九歌》《卜居》《渔父》《九辩》《招魂》《大招》《招隐士》《反离骚》《短招》	删《谏》《怀》《叹》《思》及《惜誓》《哀时命》，增《反离骚》《短招》
	清邱仰文《楚辞韵解》	1	《离骚》《九歌》《天问》《九章》《远游》《卜居》《渔父》《九辩》《招魂》《大招》《吊屈原》《服赋》《招隐士》	删《谏》《怀》《叹》《思》及《惜誓》《哀时命》，增《吊屈原》《服赋》
	明徐师曾纂注《文体明辨·楚辞》	1	《离骚》《远游》《招魂》《九歌》《九章》《九辩》《卜居》《渔父》《惜誓》《吊屈原》《哀时命》《招隐士》《易水歌》《越人歌》《大风歌》《瓠子歌》二章、《秋风辞》《乌孙公主歌》《引极》《山中人》二章、《望终南》《日晚歌》《讼风伯》《书山石辞》《寄蔡氏女》二首、《秋风三叠》	删《谏》《叹》《怀》《思》及《天问》《大招》，所增十四篇，大抵据朱熹《楚辞后语》
	明陈第《屈宋古音义》	1	《离骚》《九歌》《九章》《远游》《卜居》《渔父》《九辩》《招魂》《高唐赋》《神女赋》《风赋》《登徒子好色赋》	删非屈、宋之作及《天问》，增宋玉作品四篇

第四类，相较王逸旧本只增不删者，详情参见表 4。这类著作共有 3 部，所增补的篇目主要为《吊屈原》《服赋》《反离骚》三篇，皆为《楚辞集注》新增附之篇目。如此操作，既维护了王逸旧本的面貌，又兼容了朱熹新增的篇目，试图弥合王、朱二家的用意十分明显。

表 4　相较王逸旧本只增不删者统计

朝代／作者／著述	数量	所含篇目	说明
明张凤翼《楚辞合纂》	1	《离骚》《九歌》《天问》《九章》《远游》《卜居》《渔父》《九辩》《招魂》《大招》《惜誓》《吊屈原》《哀时命》《招隐士》《反离骚》《七谏》《九怀》《九叹》《九思》	增《吊屈原》《反离骚》
明陆时雍《楚辞疏》①	1	《离骚》《九章》《远游》《天问》《九歌》《卜居》《渔父》《九辩》《招魂》《大招》《反离骚》《惜誓》《吊屈原》《招隐士》《七谏》《哀时命》《九怀》《九叹》《九思》	增《吊屈原》《反离骚》。自《惜誓》以下，有文无注
清强望泰《楚辞初学读本审音》	1	《离骚》《九歌》《天问》《九章》《远游》《卜居》《渔父》《九辩》《招魂》《大招》《惜誓》《吊屈原》《服赋》《哀时命》《招隐士》《反离骚》《七谏》《九怀》《九叹》《九思》	增《吊屈原》《服赋》《反离骚》

通过以上归纳分析可以看出，旧本《楚辞》在宋代以后不仅刊刻频次远远落后于朱熹的新本《楚辞》，其影响力亦大大减弱，新出楚辞注本中绝少有沿用其篇目者。与之相对应者，朱熹所撰《楚辞集注》不仅流传广泛，其增删旧本重构新本的行为，更是对元明清新出楚辞注本产生了巨大的影响。而值得注意的是，这种影响不仅仅或者说并非表现在后世对《集注》篇目的袭用上，而更多的是表现在后世对朱熹突破旧本限定重构新本这一精神的继承上。实际上，朱熹《楚辞集注》虽然在宋以后流传甚广，但是新出楚辞注本中沿用其篇目者并不多。具体说来，仅有上文

① 按陆时雍《楚辞疏·读楚辞语》谓："自《惜誓》以下，至于《九思》，取而附之者，非以其能楚也，以其欲学楚耳。"又自《惜誓》以下有文无注，则是该书归入前文第二类中亦无不可。

表3-3.1所列7部而已。即便将表3-3.2所列那些篇目虽不完全相同但明显受到《集注》影响的注本算上，一共也不过16部。在元明清新出楚辞注本中占比尚不足四分之一，并非主流。真正在元明清新出楚辞注本中占据主流（近七成）的是前述第二类“相较王逸旧本篇目有所删减者”，即表2所列43部注本。这些注本的篇目相对旧本都有不同程度的删减，而归结各家删减的原因，可发现他们大多同朱熹一样对旧本《楚辞》篇目有所不满。其中有谓屈宋之后无《骚》者：

孟侯（引者按：即周拱辰）先生，尤称《骚》圣。……尝谓《株林》《溱洧》之后，无《诗》；《九辩》《大招》之后，无《骚》。非无《骚》也，有意拟《骚》，《骚》之所以亡也。①

或者更进一步，认为王逸旧本中除屈原作品之外无甚可取者，如：

若宋玉、唐、景、贾、刘、杨、马之徒，纷纷继起，十不能髣髴其一二，何论其他！②

今观诸作，谓抒其感愤则得矣，至和平恳恻、有关于性情政治之得失，终莫能与屈赋并也。③

甚至朱熹所撰《楚辞集注》因为盛行已久，也成为过时的“原本”而遭到批判：

《楚辞》原本，皆有《续离骚》诸作，缀附末卷。大约无屈子之志，而袭其文，犹不哀而哭，不病而吟。词虽工，非其质矣。④

诸如此类的说辞，与朱熹评价《谏》《怀》《叹》《思》四篇“虽为骚体，然其词气平缓，意不深切，如无所疾痛而强为呻吟者”本质上并无区别，唯批判对象与程度不同而已。可以说，各家对于旧本篇目的删减行为，或多或少都受到朱熹增删观念的启迪，他们勇于突破旧本篇目限定，重构新本的精神实际都导源于朱熹。随着《楚辞》“定本”观念被打破，各家按照各自的理解来划定“楚辞”篇目，互相之间颇有差异。仅以代表主流情况的前述第二类楚辞注本为例，参照表2的划分，此43部注本的篇目竟然可以细分为11种不同类型，可谓“各树一帜”。

上述情况反映出元明清楚辞学在文本革新思想影响下形成的多元面貌，说明在经历了篇目更易与概念重塑的整体转型后，楚辞学的发展已进入一个新时代。从文献学视角来看，这一时代的“楚辞”文本呈现出两个重要特征：其一，“权威”的

① 李际期：《离骚草木史叙》，《离骚草木史》卷首，吴平；回达强主编《楚辞文献集成》第八册，扬州：广陵书社，2008年版，第5405—5407页。

② 徐瑶：《屈辞洗髓跋》，清徐焕龙撰；何继恒点校《屈辞洗髓》卷首，南京：南京大学出版社，2018年版。

③ 胡文英：《屈骚指掌·凡例》，吴平、回达强主编：《楚辞文献集成》第十五册，第10605页。

④ 林云铭：《楚辞灯·凡例》，吴平、回达强主编：《楚辞文献集成》第十一册，第7357—7358页。

消亡。一方面，王逸旧本的权威性已不复存在；另一方面，尽管朱熹《楚辞集注》的影响很大，但新出楚辞注本更多的是继承了朱熹勇于增删的精神，而对其所划定的“楚辞”篇目的接受度并不高，并未形成新的权威。其二，“经典”的多元。受朱熹重构“经典”举动的启发，元明清学人纷纷将个人的主观标准施用于“楚辞”文本的编选上，而因各家“楚辞”概念互有差异，此时期新出“楚辞”文本呈现出多元化的面貌。不过值得注意的是，这种多元差异之中其实也隐约显示着一种趋势。以前述诸多注本中占比最大的第二类“相较王逸旧本篇目有所删减者”（见表 2）为例，所有 43 部注本都将汉人作品删去，其中更有 28 部注本连所有非屈原作品亦加删汰，只保留了屈原作品[①]。可见各家大多认为，只有屈、宋、景等楚人的作品才可称为“楚辞”，甚至只有屈原作品才可称“楚辞”。至于理由，则如张京元所说：

> 王逸注《楚辞》十七卷，并刘向、贾谊、严忌、东方朔、王褒诸人之作，俱载集中。彼汉人自为汉语，冒楚于汉，其义何居？……汉诸君子沿波袭流，情不肖貌，效颦增丑，代哭不悲，总属葛藤，自当削去。匪云陋汉，亦自张楚云耳。[②]

言辞之中可以明显体会到这一时期的学人对于“楚辞”概念中“楚”的重视和强调。这种转变实际有迹可寻。如前所述，朱熹为“楚辞”重塑了“意旨精深”的判断标准，但这一标准过于主观，后世诸家为了凸显所选“经典”的合理性，就只能从“精深”上做文章，因此所谓“楚辞”的写作水准和思想深度愈发被强调，而要求越高，符合条件的作品就越少，最终只有初始的屈宋等人甚至只有屈原本人的作品才不会被訾议，才有资格称作“楚辞”。此亦可以看出朱熹重塑的“楚辞”概念给后世带来的深远影响。

四、余论

宋代学人对“楚辞”文本（文献）及概念的重塑行为及其表现出的革新思想，促进了后世楚辞学多元化面貌的形成，使“楚辞”呈现出一种篇目不定、观念互歧的“混乱”状态。进入 20 世纪后，楚辞学得到蓬勃发展，但就文本（文献）层面来说，一定程度上仍然延续着明清楚辞学的发展态势。这主要体现在：其一，“楚辞”篇目的多元化。以近百年产生的代表性楚辞注本如：郭沫若《屈原赋今译》，陆侃如《楚

① 参照前文表 2–2.3，另有 3 部注本连屈原作品亦有删汰，但此 3 部中有 2 部是楚辞音注类著作，重在辨音，并不涉及“楚辞”观念，故暂不列入上述讨论。

② 张京元：《删注楚辞·引首》，影印明万历四十六年本《删注楚辞》卷首，北京：国家图书馆出版社，2014 年版。

辞选》，姜亮夫《（重订）屈原赋校注》，马茂元《楚辞选》《楚辞注释》，刘永济《屈赋通笺》，黄寿祺、梅桐生《楚辞全译》，陈子展《楚辞直解》，蒋天枢《楚辞校释》，王泗源《楚辞校释》，汤炳正《楚辞今注》，金开诚《楚辞选注》《屈原集校注》等为例，其中沿用王逸旧本篇目者有王泗源《楚辞校释》、汤炳正《楚辞今注》两部；黄寿祺、梅桐生《楚辞全译》除王逸本篇目外，另收贾谊《吊屈原赋》《鹏鸟赋》二篇；马茂元《楚辞选》及金开诚《楚辞选注》所选除屈宋作品外另收《吊屈原赋》《招隐士》二篇；其余各家注本则只收先秦作品，甚至只收屈作并直接题作"屈原赋（集）"。可见现代诸家认定的"楚辞"同样呈现多元化的态势，但又以收录屈宋等先秦作品为主流。其二，"楚辞"概念的多重性。现代学人关于"楚辞"概念的表述，都力图兼容历史上存在的各种"楚辞"观念。以颇具代表性的金开诚先生为例，其谓：

> 流传到今天，它（引者按：指楚辞）已具有三重含义：第一，指的是出现在战国时代、楚国地区的一种新的诗体。第二，它也指战国时代一些楚国人以及后来一些汉朝人用上述诗体写的一批诗。第三，它也指汉朝人对上述这一批诗进行辑选而成的一部书。[①]

这里归纳的几种含义互有交错，兼顾了"楚辞"从古至今的诸般形态，也共同塑造了现代人对于"楚辞"的基本印象。

上述两方面特征造就了现代楚辞学研究内容的丰富与宽泛，但也存留了自身边界模糊的问题。随着文体学的勃兴与辞赋研究的精细化，以及现代中文学科教育体系下文学史断代编写与讲授情况的形成，这一问题愈发凸显。现代所谓"楚辞"，本质上是一种多重历史形态的层累集合体，如何从学理层面为"楚辞"概念与文本（文献）范畴作出合适的界定，似乎也应当成为现代楚辞学学科建设与发展的任务之一。

① 金开诚：《楚辞选注·前言》，北京：北京出版社，1985年版，第1页。

《楚辞》“经传”研究史略

贵州师范大学　李玉兰

摘　要：《楚辞》“经传”问题的研究由古迄今历时千载，说法纷繁，难有定论。概言之，其研究大致经历了四个阶段。汉代经学思想催生了《楚辞》作品称“经传”，《离骚》经历了由“经典”至类“儒家经典”的演变；宋代疑经变古思想下，学者正式从学术意义上讨论“经传”问题，涉及“后世尊经”观点的提出；以“经传”关系编纂《楚辞》；以及对“经传”篇目范畴的论争等方面。明末清代考据学风下，楚辞学者对“何时何人”称“经传”多方探寻，说法林立；又王念孙旁生枝节引发了“传”“傅”之争；再有章学诚提出“强分经传”之说。民国及当代学术思想下，“经传”问题研究呈现新的转型面貌，研究视角从传统经学走向文学史、人类文化学等多元视角；研究内容由“何时何人”的追问到折中之见及“强分经传”的批判；研究方法上既承古之考据，又吸收西方现代学术方法；研究成果形式是由散语片言到系统阐释的转变。

关键词：《楚辞》；经传；研究史

《楚辞》“经传”问题的研究历时千载，一直是《楚辞》研究领域的存疑点。“经传”问题的厘清对屈原及作品价值的界定、《楚辞》编纂体例、辞赋之祖的溯源等诸多问题的阐释均有着重要的作用，故先哲时贤对此颇多论述，说法纷繁复杂。今之学者也曾对各家说法进行了辨析，如黄震云先生《楚辞通论》一书[①]，熊良智先生《〈楚辞〉本书的经传问题》[②]、邵杰《〈楚辞〉编纂体例经传说析论》[③]等文均讨论了《楚辞》“经传”问题中具有代表性的诸多观点。但以上研究尚未从历时的角度对此问题的研究进行史的勾勒，每个研究阶段“经传”问题研究的特征尚未得以发掘，“经传”问题研究当前最新的进展尚未能集中展现。故本文拟在梳理辨析各时代“经传”问题研究的重要观点的基础上，试图勾勒《楚辞》“经传”问题研究演变的历史轨迹，揭示各阶段该问题研究呈现的学术思想和学术方法上的特征，同时展现该问题当前

---

① 黄震云：《楚辞通论》，长沙：湖南教育出版社，1997年版，第63页。

② 熊良智：《〈楚辞〉本书的经传问题》，《中国文学研究》（辑刊），2012年第2期。

③ 邵杰：《〈楚辞〉编纂体例经传说析论》，《中国诗歌研究》，2012年第1期。

最新的研究进展。

一、“经传”的含义及其演变

《楚辞》“经传”问题的研究，首先有必要对“经传”含义及其演变作一番简要的说明。

关于“经”，从东汉许慎《说文解字》释“经”[①]又另有“坙”字[②]，可知在汉代这两个字不同，但这两个字在甲骨文中均未有见，故有学者推测殷商时代尚未有“经”。“经”“坙”二字首见于周代，在大盂鼎、大克鼎、毛公鼎、晋姜鼎这样的青铜器的铭文中均有“坙”字。而“经”字在虢季子白盘、齐陈曼簠、叔夷钟均有出现[③]。只是，此时的“经”“坙”只作“常”“实行”“法则”“经理”等之义解。“经”字义引申为“经典”是在战国时期，且非特指儒家经典，诸如墨家、法家、道家之书也都有称“经”，医书有《内经》《外经》，相马有称《相马经》、天文地理有《甘氏星经》《水经》《山海经》等。儒家典籍称之为“经”则始于战国晚期，乃七十子后学尊孔之为。孔子定六经，不自名为“经”。孔子殁，“儒分为八”，七十子及后学皆研习“诗、书、礼、乐、易、春秋”，他们虽各自取舍不同，派别不同，但其著书立说皆尊“六艺”为法则、标准，于是有了“六经”之称，如《庄子·天道》记载：“于是翻六经以说。”[④]

“经”走向儒家专持的位置是在汉武帝时期。秦国重视法令制度，朝廷虽有博士、儒生，但其禁止“私学”，并不重视儒学。西汉初期，尚有征战平定事宜，朝廷皆是“武力有功之臣”，当时以黄老刑名之学和阴阳五行之术为主导思想，也不重儒学。到文帝、景帝之时，儒家渐势受重视，儒家治经博士与其他类博士并存，直到汉武帝“罢黜百家，表彰六经”，设立了“五经博士”，儒家要籍《诗》《书》《礼》《易》《春秋》才成为法定的“经典”。

“传”字的本义是驿车、驿马。东汉许慎《说文解字》曰：“传，遽也。”段注云：

> 传者如今之驿马，驿必有舍，故曰传舍。又文书亦谓之传，《司关》注云“传如今移过所文书”，是也。引伸传遽之义，则凡展转引伸之称皆曰传，而传注、流传皆是也。[⑤]

---

① 许慎撰，徐铉校订：《说文解字》，北京：中华书局，2017年版，第272页。

② 许慎撰，徐铉校订：《说文解字》，北京：中华书局，2017年版，第239页。

③ 许道勋、徐洪兴：《中国经学史》，上海：上海人民出版社，2006年版，第2页。

④ 陈鼓应译注：《庄子今注今译》，北京：中华书局，1983年版，第374页。

⑤ 段玉裁：《说文解字注》，上海：上海古籍出版社，1981年版，第377页。

这一解释，揭示了“传”几种引申义，即“传舍”“移过所文书”“传遽”“展转引伸”“传注”“流传”。其中，“传”引申为“传注”即古书的注释体式是在战国时期，如此时的《易传》，“传”既是一种注释体式，又是阐释古书的著作。到了汉代，“传”作为“著作”又演变为只有经官方认定阐释儒家典籍的著作才能称“传”，如《春秋》“三传”之类。再者，“传”字又引申为泛指古书、或各学派历代师徒递相传习材料的称谓，内容包含有关学派先贤言行的记载和上古三代史料。[①] 如《孟子·梁惠王下》有“于《传》有之”，朱熹释为解为“古书”[②]。又如《墨子·尚贤中》[③]《墨子·兼爱中》[④] 中，皆有“传曰”，文中的“传”所指的就是各学派师徒递相传习的材料。此外，“传”还引申为叙事性文体，如“列传”“传记”之类。

总之，先秦至汉代，“经”有“常”“实行”“经纬”“经理”“经典”“儒家经典”等多层含义。而“传”与文体相关也有“传注”“传记”“列传”或“古书、或各学派历代师徒递相传习材料的称谓”等不同含义。

二、汉代经学视域下《楚辞》“经传”问题的发端

先秦时期的经学乃指训解和阐释各家学说要义的学问，至汉代武帝“罢黜百家，独尊儒术”之后，经学成为中国封建社会学术文化的正统，以经学为主导思想的汉代，一切文学作品的价值判断都笼罩在儒家经学文化价值模式之下。汉代的楚辞学正是一个以儒家经学体系阐释《楚辞》的过程，这种阐释在汉代表现为著述创作。因此，汉代对《楚辞》“经传”问题的研究更多是以著述创作的形式展现，刘安作《离骚传》，刘向编纂《楚辞》，王逸著《楚辞章句》等，他们既受经学思想影响，又基于创作的考量，将《楚辞》作品尊以“经”，称以“传”。

（一）《离骚》由“经典”向类“儒家经典”的渐势演变

战国时期，楚辞作品是作为经典以单篇的形式在流传，至汉代才有《楚辞》一书编纂成型。单篇的《离骚》在战国至汉初就已存尊为“经”的倾向，经刘向编纂《楚辞》位列篇首，至王逸明确称为《离骚经》。《离骚》在汉代“尊经”“称经”，并经历了由“经典”至类“儒家经典”的演变。

---

① 康廷山：《先秦子书所引“传”体文献来源考辨——兼论“经传”之“传”名之源起》，《中南民族大学学报（人文社会科学版）》，2020 年第 5 期。

② 朱熹：《四书章句集注》，北京：中华书局，2012 年版，第 214 页。

③ 吴毓江：《墨子校注》，北京：中华书局，2006 年版，第 76 页。

④ 吴毓江：《墨子校注》，北京：中华书局，2006 年版，第 158 页。

战国时期有关《楚辞》记载的传世和出土文献现今均未有见，现存最早关涉《楚辞》“经传”问题记载的早期材料主要集中在汉代，有刘安《离骚传》[①]、司马迁《史记》[②]、班固《汉书》及《离骚序》[③]、王逸《楚辞章句》[④]、荀悦《汉纪·孝武纪》[⑤]、高诱《淮南鸿烈解叙》[⑥]、桓谭《桓子新论》[⑦]、贾谊《贾长沙集》[⑧]、刘向《新序》[⑨]、王充《论衡》[⑩]诸种。从文献传播的角度来看，《楚辞》首先当是作为“经典”文本广为流传，至汉代才逐渐演变为类“儒家经典”。战国时期，《楚辞》作为“经典”文本主要在楚地流传，至汉代，吴王刘濞、梁孝王刘武等人身边都聚集了一大批楚辞家，淮南王刘安推动了楚辞由藩国向宫廷的传播[⑪]，并且刘安还向汉武帝献过《离骚传》，该传是目前所见最早阐释《离骚》的作品，其虽已亡佚，但内容从《史记·屈原列传》和王逸《楚辞章句》存留的班固《离骚序》中尚可钩稽一二：

《史记·屈原贾生列传》曰：

屈平疾王听之不聪也……故忧愁幽思而作《离骚》。离骚者，犹离忧也。……屈平之作《离骚》，盖自怨生也。《国风》好色而不淫，《小雅》怨诽而不乱。若《离骚》者，可谓兼之矣……推此志也，虽与日月争光可也。[⑫]

班固《离骚序》曰：

---

① 《离骚传》已散佚，散见于司马迁《史记》中。

② 司马迁《史记》中的记载均为《离骚》。

③ 班固对《离骚》的记载并不统一，在《汉书》中就有《离骚传》与《离骚赋》《离骚》三种称法。班固又分别称“作《离骚传》”“叙《离骚传》”。

④ 王逸《楚辞章句》一书中对《离骚》的称谓有《离骚经章句》《离骚》两种，《九思》为王逸所作，其曰：“臣介士游览学者读《离骚》《九章》之文莫不怆然”，这里《离骚》可视作王逸之观点。《远逝》为刘向所作，其曰：“览屈氏之《离骚》兮，心哀哀而怫郁。”称《离骚》，可视作刘向之观点。

⑤ 荀悦《前汉纪·孝武纪》云：“初，安朝，上使作《离骚赋》，旦受诏，食时毕。”又：“屈原放逐乃赋《离骚》，左丘失明厥有《国语》。”荀悦承司马迁之语记载为《离骚》，又承班固《汉书》记载为《离骚赋》。荀悦：《前汉纪·孝武纪》，《乾隆御览四库全书荟要》本。

⑥ 高诱《淮南鸿烈解·叙》云：“诏使为《离骚赋》，自旦受诏，日早食已。”高诱撰，陈广忠校理：《淮南鸿烈解》，合肥：黄山书社，2012 年版，第 1 页。

⑦ 桓谭《桓子新论》：“余少时好《离骚》，博观他书则欲反学。”严可均辑：《全上古三代秦汉三国六朝文》，上海：上海古籍出版社，1958 年版，第 550 页。

⑧ 贾谊《贾长沙集》：“屈原被谗，放逐，作《离骚赋》。”贾谊撰：《贾长沙集》，明末刻本十二家集本。

⑨ 刘向《新序》：“屈原遂放于外，乃作《离骚》。”刘向撰：《新序》，上海：上海古籍出版社，1990 年版，第 42 页。

⑩ 王充《论衡》曰：“扬子云反《离骚》之经，非能尽反。一篇文往往见非，反而夺之。”黄晖撰：《论衡》，北京：中华书局，1990 年版，第 1175 页。

⑪ 徐昌盛：《楚辞传播和汉赋塑造：论刘安及其〈淮南子〉的辞赋史地位》，《湖南大学学报（社会科学版）》，2021 年第 3 期。

⑫ 司马迁：《史记》，北京：中华书局，1959 年版，第 2482 页。

> 昔在孝武，博览古文，淮南王安叙《离骚传》，以“《国风》好色而不淫，《小雅》怨诽而不乱，若《离骚》者，可谓兼之。蝉蜕浊秽之中，浮游尘埃之外，皭然泥而不滓。推其志，虽与日月争光可也”。斯论似过其真。[①]

司马迁在《史记》中征引刘安《离骚传》并未注明，或许是忌讳刘安反臣之子的身份及当时的政治环境。至东汉时，时过境迁，班固《离骚序》中才明确指明所引为刘安《离骚传》。从残存内容来看，刘安是将《离骚》与《国风》《小雅》相比拟，称其兼具“好色而不淫”“怨诽而不乱”的特征，这可以说是现今可见最早将《离骚》类“儒家经典”化的记载。《诗》的经典化在春秋战国时期已经开启，至汉代称为儒家经典，称《诗经》，刘安此语是对《离骚》艺术的高度评价。司马迁《史记》征引刘安此言，当是认同刘安之比拟。由此可见，司马迁也有将《离骚》类“儒家经典”的倾向。真正将《离骚》称“经”者是王逸，他在《楚辞章句》中明确称“离骚”为《离骚经》，又言班固、贾逵所作为《离骚经章句》，并评价“《离骚》之文，依托五经以立义焉”。总之，《离骚》称“经”经历了由“经典”至“儒家经典”的演变，同时兼具二者之内涵。

（二）《楚辞》作品称“传”的导源

《楚辞》作品称“传”的源头同样在汉代。具体而言，汉代产生了两种“传”的范畴，其一是《离骚》称“传”；其二是非屈原作品称“传”。

（1）《离骚》称“传”

《离骚》称“传”最早的文献记载是刘安所作的《离骚传》。班固《汉书·淮南衡山济北王传》载：

> 初，安入朝献所作《内篇》，新出，上爱秘之，使为《离骚传》，旦受诏，日食时上。[②]

可惜，《离骚传》已亡佚，但从其残存的内容中可见刘安既对《离骚》作注解又概论式阐述对《离骚》的评价，将其与《国风》《小雅》相比。《诗》在当时已有极高的地位，刘安此举显示出尊《离骚》为“经”的倾向。总之，汉代刘安尊“经”又作“传”，对后世楚辞学者“经传”问题的研究产生了重要影响。

（2）非屈原作品称“传”的征兆

汉代，《楚辞》作品只尊《离骚》为“经”，刘安著有《离骚传》，而其他作品虽未明确系之以“传”，但实际已暗含称“传”的意味。

如晁补之叙述刘向编纂《楚辞》的编次曰：

---

① 洪兴祖撰，黄灵庚点校：《楚辞补注》，上海：上海古籍出版社，2015 年版，第 73 页。

② 班固撰，颜师古注：《汉书》，北京：中华书局，1962 年版，第 2146 页。

刘向《离骚楚辞》十六卷，王逸传之。按八卷皆屈原遭忧所作，故首篇曰《离骚经》，后篇皆曰《离骚》，余皆曰《楚辞》。①

这里言刘向将首篇称《离骚经》，“后篇”大抵是指屈原其他作品，也称“离骚”，“余”大抵是指非屈原之作，称“楚辞”。未明确称“传”，但这显然蕴含着将屈原作品称“经”，非屈原作品称“传”的意味。

王逸承之，认为非屈原作品均对屈原之志有述解之意，他在《楚辞章句》的各篇序中多有论及，其曰：

宋玉者，屈原弟子也。闵惜其师，忠而放逐，故作《九辩》以述其志。（《九辩序》）②

小山之徒，闵伤屈原……故作《招隐士》之赋，以章其志也。（《招隐士序》）③

（严）忌哀屈原受性忠贞，不遭明君而遇暗世，斐然作辞，叹而述之，故曰《哀时命》也。（《哀时命序》）④

（王）褒读屈原之文……追而愍之，故作《九怀》，以裨其词。（《九怀序》）⑤

（刘）向以博古敏达……追念屈原忠信之节，故作《九叹》。（《九叹序》）⑥

从“以述其志”“以章其志”“叹而述之”“以裨其词”“追念屈原忠信之节”等这些表述，可知王逸是将非屈原作品看成是对屈原精神、志向、品格的叹述，后之学者也据此认为王逸虽未称非屈原作品为“传”，却隐含“传”意。

总之，《楚辞》的“经”“传”思想皆产生于汉代经学背景之下，《离骚》先作为经典在楚地藩国流传，刘安将其引入朝廷，并作《离骚传》类比于《国风》《小雅》，司马迁直引其辞附议，至王逸直称《离骚经》，并言“依五经而立义”，真正意义上将《离骚》称为“经”，由此，《离骚》经历了由“经典”至类“儒家经典”的演变。汉代，刘安著《离骚传》，除《离骚》外《楚辞》其他作品均未明确系之以“传”，但从刘向、王逸开始显然已经有称非屈原作品为“传”的意味。要之，汉代楚辞学者奠定了《楚辞》作品称“经传”问题研究的基础，提出了几个重要的研究命题，对后世该问题的讨论产生了深远的影响。

---

① 晁补之：《离骚新序中》，《鸡肋集》卷三十六，《四库全书》1118册，上海：上海古籍出版社，1987年版，第682页。

② 王逸撰，黄灵庚点校：《楚辞章句》，上海：上海古籍出版社，2017年版，第176页。

③ 王逸撰，黄灵庚点校：《楚辞章句》，上海：上海古籍出版社，2017年版，第244页。

④ 王逸撰，黄灵庚点校：《楚辞章句》，上海：上海古籍出版社，2017年版，第278页。

⑤ 王逸撰，黄灵庚点校：《楚辞章句》，上海：上海古籍出版社，2017年版，第289页。

⑥ 王逸撰，黄灵庚点校：《楚辞章句》，上海：上海古籍出版社，2017年版，第312页。

三、宋代疑经变古思想下《楚辞》“经传”问题的学术性探索

宋仁宗时期，随着社会矛盾日益加剧，政治领域掀起了改革的浪潮，反映到思想学术上，出现了一股敢于怀疑经典，指陈旧说，去伪存真的疑经变古思潮。

受此影响，宋人从学术角度对《楚辞》“经传”问题加以探究，洪兴祖开启了“后人尊经”的先声，由此引发了长达千年的关于“后世之士”到底为谁的论争。宋代承袭前贤明确将《楚辞》作品系之以“传”，并对“经传”篇目范畴有了不同的认识。

（一）“后世尊经”说的提出

东汉王逸《楚辞章句·离骚小序》云：

> 屈原执履忠贞而被谗邪，忧心烦乱，不知所愬，乃作《离骚经》。离，别也；骚，愁也；经，径也。言以放逐离别，中心愁思，犹依道径，以讽谏君也。①

对此，洪兴祖辩驳曰：

> 古人引《离骚》未有言经者，盖后世之士，祖述其词，尊之为经耳，非屈原意也。②

洪兴祖认为《离骚》称“经”“非屈原意”，乃后人尊之，驳斥王逸屈原自题为经的观点。洪兴祖所言谨慎却又留下了许多令人疑惑之处，例如到底是何人何时尊之为“经”，不得而知。由此，洪兴祖也正式开启了《楚辞》“经传”问题的学术性讨论。

宋人罗璧也曰：

> 《六经》后子书皆昔人垂世之。……《离骚》怨而实忠，所以骚名经。③

罗氏从《离骚》本与《六经》之书“怨而实忠”的本质同，为《离骚》称“经”找寻内质依据。

宋人周必大曰：

> 扬雄有言：事辞称则经，此为屈原发也。自《国风》《雅》《颂》之后，然庶几于此者，其《离骚》乎？或推为经，虽曰太过，未为无据也。④

周氏认为扬雄《法言·吾子》言“事辞称则经”正是为屈原所发，故有学者据此认为是扬雄尊《离骚》为“经”，其实不然，扬雄“事辞称则经”之言的具体语

---

① 王逸撰，黄灵庚点校：《楚辞章句》，上海：上海古籍出版社，2017 年版，第 1 页。

② 洪兴祖撰，黄灵庚点校：《楚辞补注》，上海：上海古籍出版社，2015 年版，第 3 页。

③ 罗璧：《识遗》，《碧琳琅馆丛书》本。

④ 周必大：《益公题跋·题赵遁可文卷》，《丛书集成初编》卷六，北京：中华书局，1985 年版。

境非直指《离骚》，而是概括性地讨论经典辞赋事辞相称的审美特征。周氏亦并未明言扬雄称“经”。

总之，疑经变古思想下，宋人大胆质疑前贤之论，提出了《离骚》尊“经”，“非屈原意”，乃是后人尊之为经的观点，是十分中肯的。但“后人”是何时何人尊《离骚》为“经”并未有言明，由此，开启了后之学者对此问题长达千年的论争。

（二）以“经传”关系编纂《楚辞》

汉代刘安作《离骚传》，虽名“传”，却不是《楚辞》作品“经传”关系的严格意义。真正以“经传”体例来编纂《楚辞》的大约是在宋代。受“依经而立传名”思想的影响，宋人认为有“经”则有“传”。所谓“传者，传也。博释经意，传示后人”，[①]“经”与“传”构成一种逻辑上的经解关系。

由前述可知，汉代《楚辞》作品，只尊《离骚》为“经”，其他作品未明确系之以“传”。至宋代，陈说之认为《楚辞》“旧本篇第混并，首尾差互”，想要“重定其篇”，于是他以“考其人之先后”为篇目次序，并且“以为惟屈原所著则谓之《离骚》，后人效而继之则曰《楚词》”[②]。陈说之将后人效仿之作按其人之先后，重新编排《楚辞》篇次，且将屈原之作皆系之以“离骚”，非屈原之作均系之以“楚辞”。可见，陈说之也未明确系之以“传”。

晁补之对陈说之此举不甚满意，于是晁氏又《重编楚辞》，曰：

> 天圣中，有陈说之者，第其篇，然或不次序。今迁《远游》《九章》次《离骚经》，在《九歌》上。[③]

晁氏对《远游》《九章》次序作了改变，并解释了原因，其曰：

> 所以迁《远游》《九章》次《离骚经》也在《九歌》之上以原自叙其意近《离骚经》也。而《九歌》《天问》乃原既放揽楚祀庙鬼神之事以捻愤者故迁于下。[④]

晁补之《重编楚辞》虽篇目次序有变，但仍是尊屈原之作为“离骚”，其余为“楚辞”，亦并未言“传”。

宋代陈说之、晁补之二人重编《楚辞》，均暗含着以“经传”编纂《楚辞》的意味，但始终未冲破限制明确系之以“传”。

直到洪兴祖《楚辞补注》目录在《九歌第二》下注曰：

---

① 杜预注，孔颖达正义：《春秋左传正义》，《十三经注疏》，上海：上海古籍出版社，1997年，第1712页。

② 黄伯思：《校定楚辞序》，《宋本东观余论》，北京：中华书局，1988年版，第344页。

③ 晁补之：《离骚新序中》，《鸡肋集》卷三十六，《四库全书》1118册，上海：上海古籍出版社，1987年版，第682页。

④ 晁补之：《离骚新序中》，《鸡肋集》卷三十六，《四库全书》1118册，上海：上海古籍出版社，1987年版，第682页。

《释文》第三。一本《九歌》至《九思》下皆有“传”字。[①]

此言表明，洪兴祖当时见到过以“经传”编纂的《楚辞》本子，且此时“经传”的范围已与汉时不同，出现了称《离骚》为“经”，《离骚》外其他作品为“传”的新认识。

后之吕祖谦，他在《吕氏家塾读诗记》也明确言《楚辞》作品称“传”，其曰：

按《楚辞》，屈原《离骚》谓之经，自宋玉《九辩》以下，皆谓之传。以此例考之，《鹿鸣》以下，《小雅》之经也；《六月》以下，《小雅》之传也。《文王》以下，《大雅》之经也；《民劳》以下，《大雅》之传也。[②]

吕氏按《楚辞》“经传”之例来验证《诗经》之“经传”关系，但吕祖谦对“经传”篇目范围有别于洪兴祖所本，吕氏将非屈原作品称为“经”。

到了朱熹，他在《楚辞辨证》中言：

洪氏目录《九歌》以下注云：一本此篇以下皆有传字。晁氏本则自《九辩》以下乃有之。[③]

朱熹曾解答弟子之疑，曰：

朱熹答曰：“此得之于吕伯恭。《风》《雅》之正则为经，《风》《雅》之变则为传。如屈平之作《离骚》，即经也。如后人作《反骚》与《九辩》之类则为传耳。”[④]

这里就有一个问题，朱熹言晁氏本《九辨》以下有“传”字，但由前述可知，晁补之《离骚新序中》中并未称之以“传”。是朱熹所说有误还是朱熹的确是见到了称为“传”的晁氏本，就不得而知了。但可以肯定的是，宋代的确有以“经传”关系来编纂《楚辞》的本子流行于世。

（三）《楚辞》“经传”范围的改变

宋以前《楚辞》“经”的范围通常认为是《离骚》，至于其他作品亦未明确称“传”。如前述刘向将首篇称《离骚经》，“后篇”乃屈原其他作品，称“离骚”，“余”乃是非屈原之作，则称“楚辞”，未明确系之以“传”。又王逸，尊《离骚》为“经”，非屈原作品虽视为对屈原精神、志向或辞藻的述叹，也未明确系之以“传”，王逸对《离骚》外屈原的其他作品未作说明。但到了宋代，受前贤启发，楚辞学者开始从“经传”关系的角度来考察《楚辞》作品之间的关系，且将“经传”与《楚辞》一书的编纂结合起来，对“经传”篇目范围有着不同的理解，主要以下有两种。

---

① 洪兴祖撰，黄灵庚点校：《楚辞补注》，上海：上海古籍出版社，2015 年版，第 1 页。

② 吕祖谦：《吕氏家塾读诗记》，《四库全书》第 73 册，上海：上海古籍出版社，1987 年版，第 510 页。

③ 朱熹撰，黄灵庚点校：《楚辞集注》，上海：上海古籍出版社，2015 年版，第 223 页。

④ 黎靖德：《朱子语类 》卷八十，北京：中华书局，1986 年版，第 2093 页。

（1）屈原作品为"经"，非屈原作品为"传"

至宋代，陈说之受汉刘向影响"以为惟屈原所著则谓之《离骚》，后人效而继之则曰《楚词》"①。又晁补之《重编楚辞》，继承陈说之观点，只是将《远游》《九章》次《离骚经》，系之以"离骚"，余下非屈原之作系之以"楚辞"。陈说之、晁补之虽未明确系之以"传"，但实则均是尊屈原作品为"经"，非屈原作品为"传"的明兆。

宋代黄伯思对陈说之的说法不太认同，于是在其《新校楚辞序》中曰：

> 陈说之以为唯屈原所著则谓之《离骚》，后人效而继之则曰《楚辞》，非也。自汉以还，文师词宗，慕其轨躅，摛华竞秀而识其体要者亦寡，盖屈宋诸《骚》，皆书楚语，作楚声，纪楚地，名楚物，故可谓之《楚辞》。②

黄伯思此言是从更高的视野定义了"楚辞"的范畴，认为"书楚语，作楚声，纪楚地，名楚物"皆可谓"楚辞"，屈原之作也是"楚辞"，否定了陈说之的分法，可谓十分中肯。

（2）《离骚》外屈原作品不论"经传"

汉代王逸《楚辞章句》对《离骚》以外屈原的其他作品诸如《九歌》《九章》之类作品并未称"经"，也未称其是对屈原之志向的叹述。宋代吕祖谦承王逸，且明确地称《离骚》为"经"，非屈原之作为"传"，其曰：

> 屈原《离骚》谓之经，自宋玉《九辩》以下，皆谓之传。③

朱熹有相似之言，其曰：

> 如屈平之作《离骚》，即经也。如后人作《反骚》与《九辩》之类则为传耳。④

（3）《离骚》称"经"，其余作品皆称"传"

宋人承刘向则称屈原作品为"经"，非屈原作品为"传"；承王逸则称《离骚》为"经"，非屈原之作为"传"。但至宋代，出现了一种新的将《离骚》称"经"，而其余作品皆称"传"的观点，如宋洪兴祖《楚辞补注》目录在《九歌第二》下注曰：

> 《释文》第三。一本《九歌》至《九思》下皆有"传"字。⑤

洪兴祖所说"一本"《九歌》至《九思》即是指《离骚》外其余的作品。这种说法在后来明清较为盛行，实则源出于此。但具体是何时何人所为，难以探寻。

总之，宋代疑经变古思想下，楚辞学者大胆怀疑经典，质疑旧说，并提出了"后

① 黄伯思：《校定楚辞序》，《宋本东观余论》，北京：中华书局，1988年版，第344页。

② 吕祖谦编：《宋文鉴》卷九十二，北京：中华书局，1992年版，第1306页。

③ 吕祖谦：《吕氏家塾读诗记》，《四库全书》第73册，上海：上海古籍出版社，1987年版，第510页。

④ 黎靖德：《朱子语类》卷八十，北京：中华书局，1986年版，第2093页。

⑤ 洪兴祖撰，黄灵庚点校：《楚辞补注》，上海：上海古籍出版社，2015年版，第1页。

人尊经”的观点，且对《楚辞》“经传”的范围有着不同的认识。此外，相较汉代《楚辞》“经传”问题的探讨多以著述创作形式不同，宋代“经传”问题的探讨更偏向于学术性，楚辞学者们更多是将其视为一个具体的学术问题，去探讨其真伪性。

四、明末清代考据学风下“经传”问题研究的深化

明代中后期，考据之风渐势兴起，《四库全书总目·〈通雅〉提要》即对明中叶的考据学风作了简单的历史性叙述，其曰：

明之中叶，以博洽著者称杨慎，而陈耀文起而与争。然慎好伪说以售欺，耀文好蔓引以求胜。次则焦竑，亦喜考证，而习与李贽游，动辄牵缀佛书，伤于芜杂。惟以智崛起崇祯中，考据精核，迥出其上。风气既开，国初顾炎武、阎若璩、朱彝尊等沿波而起，始一扫悬揣之空谈，虽其中千虑一失，或所不免，而穷源溯委，词必有征，在明代考证家中，可谓卓然独立矣。①

四库馆臣此语，不仅指出了方以智、杨慎、陈耀文、焦竑等人之间的不同特点及各自的不足之处，而且还看到了明中叶考据风气对清代考据之学的影响，明清考据学的递相承袭。

受明末学术考据之风影响，《楚辞》“经传”问题的研究在明末清初呈现出鲜明的考据性特征，具体表现为对《楚辞》何时何人称“经传”问题的穷追不舍的追问。

（一）对《楚辞》何时何人称“经传”的考辨

洪兴祖认为《离骚》称“经”，乃“后世之士，祖述其词，尊之为经耳，非屈原意也”。但对“后世”为何时，“之士”为何者都未言明。宋人也并未深入探寻到底谁题为“经”，反而是到了明清时期，楚辞学者对洪兴祖质疑，多方推测，产生了诸多说法，而且还对《楚辞》何时何人称“传”也详加考辨。

1. 刘向称“经传”

如明人王世贞在《楚辞序》中曰：

梓《楚辞》十七卷，其前十五卷为汉中垒校尉刘向编集，尊屈原《离骚》为经，而以原别撰《九歌》等章及宋玉、景差、贾谊、淮南、东方、严忌、王褒诸子，凡有推佐原意而循其调者为传。②

王世认为刘向编纂《楚辞》的前十五卷，称《离骚》为经，将屈原其他作品连

① 永瑢等：《四库全书总目》，北京：中华书局，1965 年版，第 1028 页。

② 王世贞：《楚辞序》，《弇州四部稿 》卷六十七，《四库全书》第 1280 册，上海：上海古籍出版社，1987 年版，第 166 页。

同后人的凡有推崇循屈原调者皆称为“传”。王世贞所言是否属实呢？其实，对于刘向编纂的《楚辞》情况，宋代晁补之也曾有言曰：

刘向《离骚楚辞》十六卷，王逸传之。按八卷皆屈原遭忧所作，故首篇曰《离骚经》，后篇皆曰《离骚》，余皆曰《楚辞》。①

按晁补之上述，刘向只尊《离骚》为“经”，虽有称“传”之意，却未有称“传”之实。再有据晁补之所言刘向本《楚辞》“经传”范围与王世贞所述并不相同。究其缘由，或许是王世贞受宋代吕祖谦“屈原《离骚》谓之经，自宋玉《九辩》以下，皆谓之传”②的影响，王氏又受王逸“逮至刘向，典校经书，分为十六卷”③之语的影响，故大胆揣测认为刘向是称“经传”的第一人。

明代陆时雍受前人吕祖谦、王世贞影响，在《楚辞疏》中直引吕氏、王氏之言。又在《楚辞疏·条例》中曰：

昔人编是书也，以《离骚》为经，此下二十四篇皆名以传。④

又曰：

《离骚》名经后人尊之也，则骚经，而诸篇皆传也。⑤

据材料可知，陆时雍所谓“昔人编是书”之“昔人”所指是刘向。陆氏观点仍属承袭前贤，未有发明。

2. 刘安称“经传”

明代黄文焕赞同洪兴祖观点，认为尊“经”非屈原自名，也不始于王逸，而是始自汉武帝时期的刘安，其曰：

夫尊骚比于五经，故以经名。若释以为径，归于原之自名之，牵强弥晦矣。然骚之称经，不从逸始，又非原始，将谁始乎？曰始于汉武帝时。逸称武帝使淮南王安作《离骚经章句》。当日重词赋之学，自宜宗骚尊骚，特以经名之也。⑥

这里，黄氏即据淮南王安作《离骚经章句》，认为汉武帝时始有《离骚》称“经”。黄氏此言，内涵深邃，有两点尤其重要，其一，他认为《离骚》的“经”是比于“五经”而得名。其二，黄氏受班固“文弘博丽雅，为词赋宗”的影响，提出汉武帝时期，重词赋之学，是《离骚》称“经”的学术背景。后之学者常从这两点阐释《离骚》称“经”

① 晁补之：《离骚新序中》，《鸡肋集》卷三十六，《四库全书》1118册，上海：上海古籍出版社，1987年版，第682页。

② 吕祖谦：《吕氏家塾读诗记》，《四库全书》第73册，上海：上海古籍出版社，1987年版，第510页。

③ 王逸撰，黄灵庚点校：《楚辞章句》，上海：上海古籍出版社，2017年版，第176页。

④ 陆时雍：《楚辞疏》，《楚辞文献丛刊》第40册，北京：国家图书馆出版社，2014年版，第387页。

⑤ 陆时雍：《楚辞疏》，《楚辞文献丛刊》第40册，北京：国家图书馆出版社，2014年版，第389页。

⑥ 黄文焕：《楚辞听直》，《楚辞文献丛刊》第37册，北京：国家图书馆出版社，2014年版，第376–377页。

的缘由。

黄文焕《楚辞听直·凡例》对《楚辞》称“传”有云：

今所订者传与《离骚》，概从删焉，逸之系以传也，首篇为经，则他篇自应为传，传之名意亦非逸始。淮南王只作《离骚经章句》，班固、贾逵亦只作《离骚经章句》，皆不及诸篇，惟视经为纲，传为目。故详于纲，略于目，传之名，盖从淮南、班、贾俱已有之。①

黄氏以为，有经则有传，认为淮南王安、班固、贾逵之前就有了经传之别。

明末清初的钱澄之也有相似之言，其曰：

经字自是后人尊称，据王逸称汉武帝使淮南王安作《离骚经章句》，则经之称其由来也久矣。②

至清陈本礼《屈辞精义》也言：

《离骚》称经，由来已久，非汉儒所加，似其弟子宋、景辈尊师而名之也。其《九歌》《天问》称传者，盖淮南王安曾奉诏作传，故有经、传之称。③

陈本礼也持淮南王安作《离骚传》故有“经传”之称，“经传”相生。

但据淮南王安作《离骚经章句》这一论据，经由后世学者多方考证，刘安所作当为《离骚传》，如此，则此观点论据支撑不足。

3. 屈原自名为“经”

屈原自题《离骚》为“经”的观点始自王逸，洪兴祖驳斥“非屈原意也。逸说非是”。可见这里，王逸是将“经”视为屈子自题。宋人罗璧、元人熊太古也从《诗》学视角，或认为《离骚》与《诗》义同，或谓之为《诗》之变，或言之为《诗》之一义，为《离骚》称“经”溯源正本，以证屈原有自题名“经”的可能。

而清人余萧客则举相牛相马称“经”之例，认为称“经”在战国时期已有先例，故屈原自题“经”有条件，且于训义有取。其曰：

经但训常，后人尊六经于群书之上，圣人名经，非先尊于他书也。相牛相马并得名经，亦言常法如此。灵均被谗见放，忧国爱君，太息流涕，形于歌咏，乃孤臣孽子之常。当时或自名经，训义亦非无取。④

余萧客此言关注了“经”的早期形态，甚有启发。只是单凭此一条难以支撑所论。

清王闿运也持相似观点，其曰：

① 黄文焕：《楚辞听直》，《楚辞文献丛刊》第 37 册，北京：国家图书馆出版社，2014 年版，第 376–377 页。

② 钱澄之：《屈诂》，《楚辞文献丛刊》第 44 册，北京：国家图书馆出版社，2014 年版，第 120 页。

③ 陈本礼：《屈辞精义》第 44 册，北京：国家图书馆出版社，2014 年版，第 41 页。

④ 余萧客：《文选音义·楚辞》，《楚辞丛刊》第 21 册，北京：国家图书馆出版社，2014 年版，第 11 页。

> 依《章句》所言，则《离骚经》犹《逍遥游》，以三字为名。史公不容，翦去“经”字而云作《离骚》也。屈子此作托于《诗》之一义，故自题为“经”，言此《离骚》乃经义百代所不变也。

王闿运认为《离骚》本《诗》之一义，故屈原自题为“经”，而司马迁删不容，删“经”，此言亦多属猜测之言。

由上述可见，持《离骚》称“经”乃屈原自题者，多视《离骚》与《诗》义同，或《诗》之变体，或《诗》之一义。学者们从学术、义理等不同的视角进行推测，但所持论据并不充分，《离骚》与《诗》之关系历来争论不休，实难定论，将争议性极大的材料作为重要论据，自然难以得出令人信服的结论。

4.《楚辞》称“传”在宋前

认为《楚辞》作品称“传”在宋前者如清章学诚，他认为是在宋前，其曰：

> 至宋人注屈，乃云“一本《九歌》以下有‘传’字，虽不知称名所始，要亦依经而立传名，不当自宋始也”。①

章氏认为宋代洪兴祖、朱熹乃云“一本《九歌》以下有传字”，那么便知，在宋之前当已有传字。这正表达的是“依经而立传名”的思想，认为《楚辞》“经传”是同步相生的，洪兴祖所言“一本”，有可能指宋代其他版本也未可知，章氏就此认为是宋前本，或有不妥。

5. 宋玉、景差尊《离骚》为“经”

清代陈本礼认为是战国楚襄王时期，宋玉、景差尊《离骚》为“经”。其在《屈辞精义》中云：

> 《离骚》称经，由来已久，非汉儒所加，似其弟子宋、景辈尊师而名之也。②

可是陈本礼自身对这一观点，也并不十分确定，故陈氏在《屈辞精义略例》中曰：

> 骚之称经见王师叔序曰：孝武使淮南王安作《离骚经章句》，则经字乃汉儒所加，而后人指为僭经。③

“非汉儒所加”与“经字乃汉儒所加”二者自相矛盾，陈本礼也并未有更详细的文字阐明他的观点。

6. 王逸称《离骚》“经”

从文献记载以及王逸《楚辞章句》的内容来看，似乎王逸称《离骚》为“经”的说法最妥当。持此观点者，多据以下两则材料：

① 章学诚：《章学诚遗书·经解下》，文物出版社，1985年版，第9页。
② 转引自崔富章主编：《楚辞集校集释》（上），武汉：湖北教育出版社，2002年版，第35页。
③ 陈本礼：《屈辞精义》，《楚辞文献丛刊》第63册，北京：国家图书馆出版社，2014年版，第41页。

（1）《汉书·贾谊传》："屈原被谗放逐，作《离骚赋》。"[1]

（2）《汉书·地理志》："屈原被谗放流，作《离骚》诸赋。"[2]

如清人梁章钜就据上述两则材料，断言曰：

是当时本无经名。《离骚经》之名，实始于王叔师注。[3]

清人张云璈《选学胶言》引何义门与洪兴祖之言后，下按语曰：

云璈按，经之名出于王叔师，然叔师章句序云：离，别也。骚，愁也。经，径也……据此则与经典之解异。《汉书·艺文志》亦止云屈原赋二十五篇。[4]

张云璈注意到了王逸释"经"之意与经典之解异，但却未能说明缘由。

梁章钜、张云璈等人皆认为《汉书》是汉代可信度高的文献，其记载为"屈原赋"，不言"离骚经"，故认为称"经"当是在有清晰文献记载的王逸《楚辞章句》。但此说未能融洽解释王逸之前诸如刘安、班固等人已有的尊《离骚》为"经"的倾向的事实。也未能融洽解释王逸之前的文献诸如扬雄"事辞称则经"以及王充《论衡》"扬子云反《离骚》之经"的相关记载。故此说仍有不妥之处。

7. 汉人尊"经"

清郑知同认为《离骚》称"经"，乃是"汉人尊加之名"。其曰：

其《离骚》题为经者。系汉人尊加之名。以为群赋鼻祖。推之同于经耳。屈子肯自号其文为经乎？金蟠曰："《南华》《离骚》。皆古今奇绝之文。故后人于六经之后。并尊为经。"其说是也。王氏乃误认为屈子旧题。而曲为之解。既诬屈子。又没《离骚》所以名经之故。[5]

郑氏此言更似将尊"经"视为一个集体文化现象，非个人特殊行为。且他认为《离骚》称"经"的原因是其为"古今奇绝之文"，后人以为是"群赋鼻祖"，故推之为"经"。

（二）王念孙引发的"传""赋"之争

刘安所作《离骚传》是《楚辞》称"经传"问题研究中的重要论据，但古之文献对此记载颇多不同，自清代王念孙提出疑议，认为"传（傅）当为傅，傅与赋古字通"，《离骚传》当是《离骚赋》起，学界就此问题展开了长达百年的激烈论辩。

古代文献对刘安所作记载如下：

1. 班固《汉书·淮南王刘安传》云："初，安入朝献所作《内篇》，新出，

---

① 班固撰，颜师古注：《汉书》，北京：中华书局，1962 年版，第 2222 页。

② 班固撰，颜师古注：《汉书》，北京：中华书局，1962 年版，第 1668 页。

③ 梁章钜：《文选旁证》，《楚辞文献丛刊》第 21 册，北京：国家图书馆出版社，2014 年，第 215 页。

④ 张云璈：《选学胶言》，《楚辞文献丛刊》第 20 册，北京：国家图书馆出版社，2014 年，第 447 页。

⑤ 郑知同著，蒋南华等校注：《郑知同楚辞考辨手稿校注》，贵州人民出版社，2004 年版，第 45 页。

上爱秘之，使为《离骚传》，旦受诏，日食时上。”[①]

2. 班固《汉书·艺文志》云：“屈原赋二十五篇。”[②]

3. 班固《汉书·贾谊传》载：“屈原楚贤臣也，被谗，放逐作《离骚赋》。”[③]

4. 王逸《楚辞章句·叙》曰：“汉武帝使淮南王按作《离骚经章句》。”[④]

从以上记载可知，《汉书》的记载有两种，一是《离骚传》，一是《离骚赋》，于是关于“传”“赋”之争主要就围绕着《汉书》文字的记载展开。

清人王念孙是将“传”“赋”问题进行学术探讨的第一人。他在《读书杂志·汉书第九·离骚传》云：

传（傅）当为傅，傅与赋古字通。（《皋陶谟》“敷纳以言”，《文纪》作傅。僖二十七年《左传》作赋……为《离骚傅》者，使约其大旨而为之赋也。安辩博善为文辞，故使作《离骚傅》。下文云安又献《颂德》及《长安都国颂》，《艺文志》有《淮南王赋》八十二篇，事并与此相类也。若谓使解释《离骚》若《毛诗传》，则安才虽敏，岂能旦受诏而食时成书乎！《汉纪·孝武纪》云：“上使安作《离骚赋》，旦受诏，食时毕。”高诱《淮南鸿烈解叙》云：“诏使为《离骚赋》，自旦受诏，日早食已。”……《太平御览·皇亲部》十六引此作《离骚赋》，是所见本与师古不同。”[⑤]

王氏从文字通假、写作时长和其他类书记载的角度考证，所持论点有三：

其一，据《淮南衡山济北王传》记载，刘安当时所献除《离骚传》外，还献了《颂德》及《长安都国颂》，又《艺文志·诗赋略》记载“《淮南王赋》八十二篇”，结合二者，王氏认为刘安所献当是与颂、赋相类。

其二，据颜师古注“传”为《毛诗传》类，则刘安“旦受诏而食时成书”时间仓促，是不可能完成的。

其三，引《汉纪·孝武纪》、高诱《淮南鸿烈解叙》《太平御览·皇亲部》均记载为《离骚赋》为证，《离骚传》当作《离骚赋》。

清人王先谦在《汉书补注》中，全文征引了王念孙之语[⑥]，对此表示高度的认同。而何义门《义门读书记》又云：

贾生曰：“屈原放逐作《离骚赋》，若用此言去经之名，则无吴、楚僭王

① 班固撰，颜师古注：《汉书》，北京：中华书局，1962年版，第2146页。

② 班固撰，颜师古注：《汉书》，北京：中华书局，1962年版，第1747页。

③ 班固撰，颜师古注：《汉书》，北京：中华书局，1962年版，第2222页。

④ 王逸撰，黄灵庚点校：《楚辞章句》，上海：上海古籍出版社，2017年版，第38页。

⑤ 王念孙撰，徐伟君校点：《读书杂志》，上海：上海古籍出版社，2014年版，第748页。

⑥ 王先谦补注：《汉书补注》，书目文献出版社，1995年版，第1013页。

之嫌矣。"①

何氏此言大约也是为了证明刘安所作乃《离骚赋》，至于"僭王之嫌"一说，实属旁生枝节。

直到清末民国初章太炎提出"淮南为《离骚传》，其实序也"②。从文体的角度开启了"传""赋"问题争论的另一重要视角。其曰：

太史公曰，孔子序《书传》……《文言》《彖》《象》《系辞》《说卦》《序卦》《杂卦》之伦，体各有异。是故有通论，有附经，有略例，《周易》则然。序录与列传又往往相出入。淮南为《离骚传》，其实序也。太史依之，以传屈原……通论之书，《礼记》则备；略例之书，《左氏》则备；驸经之书，则当句为释者。③

章氏《国故论衡·訄书》五十七《征七略》又曰：

《御览》引刘氏书，或云刘向《别传》，或云《七略别传》……盖淮南王安为《离骚传》，太史公尝直举其文以传屈原，在古有征。（班孟坚《离骚序》引淮南《离骚传》文，与《屈原列传》正同，知斯传非大史自饕也。）而晚近为学案者，往往效之，兼得称传，有以也。"④

简言之，章氏认为故是先民总举之言，有故事和故训。故事乃记事之籍，诸故事亦通言传。由孔子序《书传》可知序与传有关联。又传有通论、略例、附经各种，淮南王安为《离骚传》，其实序也。为何会被征引为《离骚传》呢，章氏举《御览》引刘向《七略》称《别传》《七略别传》为例，认为后之晚近学者征引前代文献故称为"传"。

章氏从文体的角度解释了传体各异，而《离骚传》其实为序，非故传之类。章氏这一观点影响颇深，近世学者，对此多有阐发，详待下述。

（三）章学诚"强分经传"的批驳

在《离骚》称"经"与《楚辞》称"传"的激烈讨论之中，还有一股批评之声，他们跳出固有思维，认为《楚辞》"经传"实乃强分。如宋代朱熹在评价吕祖谦之言时曰：

然则吕氏实据晁本而言但洪、晁二本今亦未见其的据更当博考之耳。⑤

朱熹认为吕祖谦所言《楚辞》"经传"之分，据洪、晁二本，然而却"未见其的据"，

① 何焯著，崔高维点校：《义门读书记》，北京：中华书局，1987 年版，第 941 页。

② 章太炎：《国故论衡》，《上海大共和日报社》，1912 年 4 月第 3 版，第 98-100 页。

③ 章太炎：《国故论衡》，《上海大共和日报社》，1912 年 4 月第 3 版，第 98-100 页。

④ 章太炎撰，徐复详注：《訄书详注》，上海：上海古籍出版社，2000 年版，第 818 页。

⑤ 朱熹撰，黄灵庚点校：《楚辞集注》，上海：上海古籍出版社，2015 年版，第 223 页。

朱熹已觉察出分"经传"所据不足，提出当"博考"，可是朱熹亦并未深入考察。

直到清代章学诚在《文史通义·经解下》才对这一问题有了较为清晰的论述，其曰：

> 若夫屈原抒愤，有辞二十五篇，刘、班著录，概称之曰《屈原赋》矣。乃王逸作《注》，《离骚》之篇，已有经名。王氏释经为径，亦不解题为经者，始谁氏也。至宋人注屈，乃云"一本《九歌》以下有传字"，虽不知称名所始，要亦依经而立传名，不当自宋始也。夫屈子之赋，固以《离骚》为重，史迁以下，至取《骚》以名其全书，今犹是也。然诸篇之旨，本无分别，惟因首篇取重，而强分经传，欲同正《雅》为经，变《雅》为传之例；是《孟子》七篇，当分《梁惠王》经，与《公孙》《滕文》诸传矣。①

其后又在《乙卯札记》曰：

> 郑氏《诗谱》，《小雅》十六篇，《大雅》十八篇为正经。孔颖达曰："凡书非正经者谓之传，《六月》以下，《小雅》之传，《民劳》以下，《大雅》之传也。"《离骚》为经，而《九歌》以下为传，义取乎此。朱子云尔。②

章学诚之言可得有三：

其一，《离骚》称"经"在王逸已有，始于谁氏不得知。

其二，《楚辞》作品称"传"，"要依经而立传名"，不当自宋始。

其三，强分"经传"的缘由是诸篇之旨本无分别，但因篇首取重，欲同《诗》之"正经""传"者。

为何朱熹、章学诚认为《楚辞》有"强分经传"之嫌呢？

这是因为儒家经学模式中的"经"乃圣人所作，贤人述之为"传"。"传者，传也。博释经意，传示后人。"③ 但《楚辞》中《离骚》《九歌》《九章》等皆是屈原所作，无可分圣、贤之作，且其他各篇也并非是对《离骚》的解释。《离骚》与其他《楚辞》作品，或屈原之作与非屈原之作很难建构起经学体系中"经传"逻辑阐释关系，实乃"强分经传"。

五、民国及当代学术思想下"经传"问题研究的转型

民国及当代楚辞学者受西方学术文化之影响，研究视角、研究方法等方面都发

---

① 章学诚著，叶瑛注：《文史通义校注》，北京：中华书局，1985 年版，第 111 页。

② 章学诚：《章学诚遗书外编卷二》，北京：文物出版社，1985 年版，第 376 页。

③ 杜预注，孔颖达正义：《春秋左传正义》，《十三经注疏》，上海：上海古籍出版社，1997 年版，第 1712 页。

生了深刻的变化。《楚辞》“经传”问题的研究开始跳出传统经学视角，而走向文学文本自身，并且还充分汲取西方哲学、美学研究成果；研究方法上既承古代之考据，又重西学之文艺美学，唯物主义的方法等。总之，此时期《楚辞》“经传”问题的研究在承续前代的基础上又呈现出了现代学术转型的新面貌。

（一）研究视角从传统经学走向文学史、人类文化学等多元视角

汉代经学思想催生了《楚辞》“经传”问题，自刘安起，一直到清代前期，该问题的研究始终笼罩在经学思想的桎梏之下，楚辞学者们苦苦地在为称“经传”找寻合理的理由，几乎没有思维的突破。直到乾隆时期，章学诚才大胆提出“强分经传”之说，但章氏观点在当时并未产生多大反响。而是一直到了民国及当代，受西方学术思想之影响，学者们开始由单一的经学视角转向为文学史、人类文化学等多元视角审视“经传”问题。

如围绕刘安所作《离骚传》之“传”性质，清代王念孙提出“传”与“傅”之争，后经章太炎先生从文体学视角提出“其实序也”之论，后又有杨树达先生受章氏影响，具体指出王念孙所据《汉纪》纰漏百出，不足为证，他认为刘安《离骚传》当是通论式的。[①]

游国恩先生则以唯物主义思想方法及文学史视角，对该问题进行了鞭辟入里的分析，他分别从四个角度驳斥王念孙之说：

其一，从所据《汉书》版本来看，荀悦、高诱之作所据《汉书》版本虽早于颜师古本，但必定晚于王逸本，王逸未言刘安作《离骚赋》。游先生还推测到高叙本来也是“传”字，是传写过程中后人改为“傅”，又世之人不得见《汉书》，不得理解，遂改“傅”为“赋”，好事者则又据此改《汉纪》。故而，从版本上无法证明刘安所作是《离骚赋》。

其二，从文字上也不能证明刘安所作为《离骚赋》。游先生认为赋当有韵，从残存的文字来看，既无韵，又不似赋体，而更像是“序赞”或“通释”的体裁。

其三，从辞赋史上证明刘安不作《离骚赋》，游先生言西汉时期没有以赋论文的风气，“尤其没有以书名或古人文章的篇名作题目的”，真正有这种情况是到了东汉末年才有，并举辞赋史上各代以书名或古人文章篇名作赋题的例子，证明刘安不可能作《离骚赋》。

其四，对“旦受诏，而日食成书”的解释，游先生以为刘安所作当是“批评式的传赞，而非传注，大概也与班固《离骚赞序》一样，故不消费许多功夫”，还说

① 杨树达 :《积微居小学述林》，北京 : 中华书局，1983 年版，第 257–260 页。

到汉人作赋，有数年而成一篇的，经营惨淡，几小时倒是难以成赋。①

游先生的这种辩证思维、多视角的审视以及宏观的“文学史”观念，使得“经传”问题的研究冲破了传统经学的思维桎梏，得出了更加客观严谨的论断。

再如当代楚辞学者还从西方文化人类学的视角，对《楚辞》称“经”的现象作文化考察，并探求其中的文化机制。周苇风先生阐释了汉代帝王对楚文化及屈原的推崇，以及“悉延百端之学”的文化政策为称“经”提供了文化空间，之后，统治者以儒家思想一统天下，则顺势将《楚辞》纳入了经典范畴。②还有熊良智先生，他认为《离骚》称“经”是需要深层的学术文化原因以及合理契机的。熊氏受班固、黄文焕“为辞赋宗”“当日重词赋之学”“宗骚尊骚”观点的影响，认为《离骚》称“经”与辞赋经典范式的建构相关，而这个经典范式建构的树立是在西汉元、成帝时期，由扬雄等人完成。熊氏还认为必须是在儒家经学思想占据主导地位的情况下才有《离骚》称“经”的契机，具体来说，就是在今古文学思潮的博弈中，古文经学突破今文经学的限制，而获得了称“经”的机会。③

但熊氏观点有三点可辨，其一，非儒家经典称“经”早在战国时期就已先例，不必儒家思想占绝对统治之后，才有《离骚》称“经”；其二，从刘安所作《离骚传》残句看，刘安将《离骚》比附《风》《雅》，就已存在尊“经”的倾向，熊氏将称“经”称为一种文化现象，那《离骚》称“经”的现象就不当自西汉末元、成帝时期起。其三，熊氏所言的文化环境，前移至王逸所在的安、顺帝时期，也同样具备。还有更早的班固、贾逵、马融、许慎、郑玄等皆通儒，也具备打破门户之见，尊《离骚》为“经”的条件。④但熊氏提出这种称“经”并非个人特殊行为，而是一种文化现象，是见地不凡的。

熊先生也同样从文化学术背景去考察《楚辞》作品称“传”，认为《离骚》外其他作品称“传”是在宋代，其曰：

> 其他作品区分为传，则是在宋代疑经变古的学理背景下，由重编《楚辞》篇目次序建构的新的编纂体例。⑤

邵杰也认为《楚辞》作品称“传”在宋代，其曰：

> 而《楚辞》作品称“传”则并非始于汉代；二者仅在宋代以后的若干版本

① 游国恩：《楚辞概论》，北京：述学社，1926年版，第336–339页。

② 周苇风：《屈原作品称经的文化背景》，《广西师范大学学报》（哲学社会科学版），2007年第3期。

③ 熊良智：《〈离骚〉称经的文化考察》，《四川师范大学学报》（社会科学版），2000年第6期。

④ 鲁瑞菁：《〈离骚〉称经与汉代章句学》，《静宜人文社会学报》，2007年第2期。

⑤ 熊良智：《〈楚辞〉本书的经传问题》，《中国文学研究辑刊》，2012年第2期。

中共存。[①]

邵杰从汉代所存典籍文献中存在的三种“传”的情形，认为《楚辞》作品称“传”最有可能的情况是第二种即六艺之外的前代遗文，但邵氏认为假设出现这样的情况，王逸当对“传”字有解释，正如其对“经”作了解释一样。由此，邵氏推断《楚辞》称“传”非始于汉代。只是邵氏以王逸未释“传”字将此可能性一概否定，未免不妥。

总的来说，民国及当代《楚辞》“经传”问题研究在研究视角上由传统经学桎梏走向了文学史、人类文化学等多元视角，这种研究视角的转变，使“经传”问题的研究挣脱了“经学”思维的禁锢，从更深层的文化文学内部去探寻称“经传”现象的内在缘由，深化了对该问题的认识，但是这种探寻分析仍有所失，也未能得到完满的解释。

（二）研究内容由“何时何人”的追问到折中之见及“强分经传”的批判

自汉代王逸认为屈原自题为“经”起，到宋代洪兴祖又言后世之士尊之为经，又至明清楚辞学者对何时何人称“经传”的穷追不舍，可以说《楚辞》“经传”的研究大多都聚焦在“何时何人”称“经传”的问题上。但至民国及当代，由于诸多说法皆未能形成完满的解释，故而形成了一种新的折衷之见。此外，持《楚辞》“强分经传”观点的学者也渐趋增多。

1. 综合各家之说的折中之见

由于各家观点均无法得到完满的解释，于是当代学者经过多方论证后得出了一个折中之见，认为汉代即有《离骚》尊“经”的倾向，而真正见诸文字则是王逸。如此，既可以解释文献记载的问题，又能解释王逸之前诸如刘安等人存在的尊“经”现象。如黄震云先生辨析诸家说法后，提出“《离骚经》的提法刘安着先鞭，然后是汉宣帝，见于文字专名还是《楚辞章句》”。[②]王铮先生认为“《离骚经》题亦当属王逸转述古说为是”[③]。董运庭先生论道：“充其量也只能说，《离骚》在汉代由于被尊崇，曾一度被视同于‘经’，其地位或许类似于‘经’。但这种地位并不稳固，而且从来没有得到正式的确认。”[④]等等。这种折中的观点，同样倾向于将《离骚》称“经”看作是一个历史化的过程，一种文化现象，并非由一人一时完成，这似乎是更加符合客观事实的论述。

再如关于《离骚》与其他作品之间无法构成严肃的“经传”解释关系，当代学

---

① 邵杰：《〈楚辞〉编纂体例“经传说”析论》，《中国诗歌研究》，2012 年第 1 期。

② 黄震云：《楚辞通论》，长沙：湖南教育出版社，1997 年版，第 63 页。

③ 王铮：《〈离骚〉题名古传二义考辨——从〈楚辞章句〉到〈屈原列传〉》，《求是学刊》，1990 年第 6 期。

④ 董运庭：《论〈离骚〉称“经”与刘勰〈辨骚〉》，《重庆师范大学学报》（哲学社会科学版），2006 年第 3 期。

者也得出了一种折中观点，认为其他作品是对《离骚》的创造性解释。如杨思贤先生曰：

这些拟作与淮南王安的《离骚传（赋）》一样，都是对屈原作品创造性的解释……只不过解释的形式不同而已。

杨先生此番话语，首先是察觉了《离骚》与《楚辞》其他作品之间很难形成传统意义上的“经传”阐释的逻辑关系，故以现代学者的思维解释这一问题，定性为“创造性”的解释，这一说法更似折中之取。

2. “强分经传”之声增强

自清章学诚先生提出《楚辞》“强分经传”之说，在清代并未产生强烈的反响，而是到了民国及当代，才陆续出现许多追随者，去重申或进一步详细地阐释。

如民国徐英先生《楚辞札记·屈赋篇目》曰：

英案：《楚辞》诸传为刘向所定，不知何所取义。以《离骚》为经，亦未有解说，实则同为辞赋之属。何庸更分经传耶？……甚无义理，不可训也。①

郭银田先生在《屈原之思想及其艺术》曰：

王逸称之曰《离骚经》，洪兴祖不以经字为然，好文学何必用经字尊之呢？②

姜亮夫先生《重订屈原赋校注》曰：

称“经”直始于王逸无疑……此汉世经生结习，欲以尊其所好，妄为增益，盖不可从云。③

陆侃如先生在《屈原》中也言：

难道我们可说《橘颂》《天问》是释《离骚》的吗？王逸竟因此误认经字也是篇名原有的字，可见这种是无益有害的。④

以上先生均对认为《楚辞》是“强分经传”，或从文学的角度去揭示其不合理之处，或从经传关系去深入解析，或认为称“经”是汉世经生结习，不可从等等。概言之，近现代这种反驳“经传”声音越发明朗，《楚辞》“经传”问题的研究也跳出了经学的藩篱更加还原到文化文学本身。

总的来说，民国及当代《楚辞》“经传”问题研究内容也发生了变化，学者们在继续追问“何时何人”称“经传”的同时，还将研究视野投向了产生原因的文化探求，得出了折中之见。也有更多的学者跳出经学范畴，深入地探讨“强分经传”的缘由。

① 徐英：《楚辞札记》，《楚辞文献丛刊》第70册，北京：国家图书馆出版社，2014年版，第403页。

② 郭银田：《屈原之思想及其艺术》，北平：独立出版社，1944年版，第146页。

③ 姜亮夫：《重订屈原赋校注》，天津古籍出版社，1987年版，第1-2页。

④ 陆侃如：《屈原》，亚东图书馆，1923年版，第20-21页。

（三）研究方法上既承古之考据，又吸收西方现代学术方法

伴随视角转变的同时，研究方法也随之产生了变化，传统考据与西方现代学术方法的综合运用，是民国及当代“经传”问题研究呈现出的方法论特征。

《楚辞》“经传”问题自汉代刘安开启，经历汉代以著述为主的研究方法，至宋明清均以考据为主，楚辞学者们力图从切实的文献记载中寻找称“经传”的痕迹。至民国及当代，受西方学术方法的引进，楚辞学者们往往将传统考据与西方学术方法二者结合运用，所作论述更加宏阔客观。如游国恩先生以唯物主义的方法，将“经传”问题置入文学史的宏大背景下加以考察。如熊良智先生在考察称“经”传的文化背景之时，充分运用传统考据之术和西方推演方法等。这种研究方法兼用古之考据与西方现代学术方法，使得《楚辞》“经传”问题的研究呈现出既扎实又全面的新貌。

（四）研究成果形式由散语片言之系统阐释的转变

民国及当代《楚辞》“经传”问题的研究还呈现出其他别样的特征。如研究成果展现形式由散语片言式至系统阐释的转变。汉代对《楚辞》“经传”问题的研究以著述形式出现，如刘安作《离骚传》，刘向编纂《楚辞》，王逸著《楚辞章句》等。自此之后，长达千年的“经传”问题的研究多以散语片言式的研究为主，如洪兴祖一言以蔽之曰：“盖后世之士，祖述其词，尊之为经耳，非屈原意也。”后之朱熹、陈说之、晁补之、王世贞、黄文焕、陆时雍、章学诚、章太炎、郑知同、徐英等人莫不如此。但至当代，学术性的变革使得“经传”问题的研究以更加系统学术著作或论文的形式来展现，这极大地扩大了“经传”问题研究的空间，使得该问题得以立体综合式的考察，呈现出了既重局部细节，又具宏观视野的研究新局面。

如当代学者对《楚辞》“经传”问题的研究往往会撰写专篇或专节文章进行论述，其中对前贤观点多有梳理和甄别，并在此基础上做出自我的判断，给出补充性的理由。如黄建荣先生归纳历代学者解释《离骚》为何称“经”的原因有两点，一是认为是对屈原该作品的颂扬，《离骚》是一部可作为典范的作品。其二，认为《离骚》源自于《诗》，或者说是《诗》的变体，因之也可称为“经”[①]。再如王德华先生在梳理了由古至今《离骚》称“经”的诸多说法之后，认为《离骚》称“经”始于王逸，并对王逸释“经，径也”训释的不合理进行了辨解，他认为“经，径也”是由唐五臣的加工而成，而王逸称《离骚》为“经”是受经学注释体例之影响，欲在《楚辞》一书中彰显《离骚》的价值与地位[②]。而黄聿龙先生有不同的观点，他认为《离骚》

① 黄建荣：《〈离骚〉为何也称“经”》，《文史知识》，1992 年第 7 期。

② 王德华：《〈离骚〉称“经”考辨》，《浙江师大学报》，2000 年第 1 期。

称“经”一般“只是在传注说解时”，平时也只称《离骚》。王逸称《离骚经章句》“只是依当时注释体例，非为特意抬高其地位而加‘经’的。”[①]李大明先生在《〈离骚〉称“经”时间新论》一文中概括了六种称“经”的说法，并一一辨其是非得失，最后认为六种说法皆有所失，于是继续追寻典籍，据王充《论衡·案书》“扬子云反《离骚》之经，非能尽反。一篇文往往见非，反而夺之”的记载认为《离骚》称经当在东汉前期。王充所言的确是现今所见最早的称《离骚》为“经”的记录，但据今之学者考证，王充称“经”仍然是承前人已有的旧说。以上所举皆是较为系统的论述，类似的论文还有不少，篇幅原因，此不赘述。

此外，民国时期《楚辞》“经传”问题的研究还存在许多简单引述前人观点，承袭前人旧说的情况。他们或据《释文》本无“经”字，继续阐发“经”字为后人尊之的观点，如胡韫玉[②]；或言王逸之说非是，如傅熊湘[③]、王树枏[④]；或持王逸称“经”并解释后世承续缘由，如黄华表[⑤]、卫瑜章[⑥]；或承《楚辞》为“正经”之说，认为称“传”乃刘向所定，如谢无量[⑦]。或认为刘安称“经传”，如骆鸿凯《楚辞旧注考》[⑧]

① 黄聿龙：《〈离骚〉称经之考察》，《宜春学院学报》，2011年第3期。

② 胡韫玉《离骚补释》曰：“案，《释文》无经字，自是后人尊而名之。”胡韫玉：《离骚补释》，《楚辞文献丛刊》第69册，北京：国家图书馆出版社，2014年版，第207页。

③ 傅熊湘《离骚章义》曰：“王逸解离为别，又加经字，称为《离骚经》者，非是。”傅熊湘：《离骚章义》，《楚辞文献丛刊》第70册，北京：国家图书馆出版社，2014年版，第53页。

④ 王树枏《离骚注》曰：“非《离骚》原有经字也……逸注失之。”王树枏：《离骚注》《楚辞文献丛刊》第61册，北京：国家图书馆出版社，2014年版，第9页。

⑤ 黄华表《离骚四释》曰：“太史迁、班孟坚引《离骚》未有称经者，称经盖自王逸叔师始，《昭明文选》因之，朱文公《楚辞集注》亦沿之，而不能去。然自洪兴祖已知其非。何义门亦知之……至桐城姚氏《古文辞类纂》……但曰屈原《离骚》斯复旧称仍其说。”黄华表：《离骚四释》，《楚辞文献丛刊》第71册，北京：国家图书馆出版社，2014年版，第249页。

⑥ 卫瑜章《离骚集释》曰：“《离骚》古亦未尝以经名也；《离骚》之以经名，盖与王逸而萧《选》仍之，洪庆善谓非原意，是也。”卫瑜章：《离骚集释》，《楚辞文献丛刊》第71册，北京：国家图书馆出版社，2014年版，第159页。

⑦ 谢无量《楚词新论》曰：“《离骚经》是《楚词》的第一篇，也可以说是《楚词》的正经。‘孔氏谓凡非正经者谓之传善矣’这个传字，当然刘向手定时所有的。”谢无量：《楚词新论》，上海：商务印书馆，1923年版，第44页。

⑧ 骆鸿凯《楚辞旧注考》曰：“《楚辞》有注，肇始淮南王定经传之称……则《离骚》者，本称《离骚赋》，以为经者，盖淮南作传时所题。”骆鸿凯：《楚辞旧注考》，《楚辞文献丛刊》第70册，北京：国家图书馆出版社，2014年版，第141页。

《楚辞小学》①《楚辞论文》②中均有相关论说。这些简单引述虽未展开详细的阐发，但却反映了楚辞学者们对该问题的重视。

总的来说，《楚辞》“经传”问题经过千百年来楚辞学者们的不懈探索，呈现出越辩越明的趋势，纷繁复杂的观点逐步得以理清，但似乎各家说法均未能完满融洽，定论尚未得出，期待楚辞学者们对该问题持续的关注与突破。

① 骆鸿凯《楚辞小学》曰：“《离骚》本称《离骚赋》。以为经者，该淮南作传时所题，师叔本之，凡屈赋字（九歌以下）大题解曰《离骚》，盖以《离骚》为经，则此诸篇，皆其传也。”骆鸿凯《楚辞小学》，《楚辞文献丛刊》第 70 册，北京：国家图书馆出版社，2014 年版，第 227 页。

② 骆鸿凯《楚辞论文》曰：“按：《离骚》称经始于刘安，王逸《楚辞·叙》云：汉武帝使淮南王按作《离骚经章句》。”骆鸿凯：《楚辞论文》，《楚辞文献丛刊》第 70 册，北京：国家图书馆出版社，2014 年版，第 146 页。

"楚辞""楚词"释义及其关联与差异

吉林大学 张子薇

摘　要："楚辞"通常被用来指屈原作品以及类似屈原风格的拟作。不同历史时期，"楚辞""楚词"称谓不分，长期混淆。本文分析"楚辞""楚词"出现的语言环境，结合先秦以来典籍的语言惯例，得出"楚辞"成为定称的原因。这是研究楚辞学的逻辑起点，对于推动楚辞学的发展具有重要意义。

关键词：楚辞；楚词；释义；楚辞学

后代学者默认的"楚辞"一说，实际上存在很大的讨论空间。考察相关文献可以发现："楚辞""楚词"经常出现相互混用的情况。章学诚在《文史通义》中提道："夫《楚词》，屈原一家之书也；自《七录》初收于集部，《隋志》特表《楚词》类，因并总集别集为三类，遂为著录诸家之成法。"①参照章氏说法，《隋书·经籍志》将"楚辞"定义如下：

> 楚辞者，屈原之所作也。自周室衰乱，诗人寝息，谄佞之道兴，讽刺之辞废。楚有贤臣屈原，被谗放逐，乃著《离骚》八篇，言己离别愁思，申抒其心，自明无罪，因以讽谏，冀君觉悟，卒不省察，遂赴汨罗死焉。弟子宋玉，痛惜其师，伤而和之。其后，贾谊、东方朔、刘向、扬雄，嘉其文采，拟之而作。盖以原楚人也，谓之"楚辞"。②

可以看出，楚骚、汉骚、楚辞、楚词、楚辞体等诸多观念，都是由屈原作品衍生而来。在传统的经、史、子、集四部分类中，"楚辞"成为集部之首。徐有富先生对此解释道："不是因为它多，而是因为它出现的时代早，风格独特，内容也和一般的诗赋不同。"③可以看出，楚辞的文体充满特殊性和不确定性。一方面，例如《橘颂》《天问》近似于《诗》的四言体，《招魂》《卜居》《渔父》等被认定是赋体，文体不一，因此统称为"楚词"。另一方面，《离骚》《九歌》等句式灵活自由，便于歌唱，属于辞体，故而被称作"楚辞"。王逸《楚辞章句》的出现，使得"楚辞"

① 章学诚：《文史通义》，上海：上海古籍出版社，2008年版，第89页。

② 魏征等：《隋书》，北京：中华书局，1973年版，第1055–1056页。

③ 徐有富：《目录学与学术史》，北京：中华书局，2009年版，第71页。

成为专名。在这一过程中，“楚词”的称谓并行不悖。本文在此基础上，结合近年来楚辞学研究的若干成果，试分析“楚辞”“楚词”产生的语境及释义，以此说明“楚辞”“楚词”之间的关联与差异，最终得出“楚辞”成为定称的历史原因。

一、“楚辞”“楚词”的释义与流变

“辞”之一字，本义指诉讼，进而引申为诉讼之辞，即讼辞。“辞尚提要”（《尚书》），能辞之人受到尊重，被认为是身份地位的象征。“出辞气，斯远鄙倍矣”（《论语》），辞，同时是个人彰显君子人格的外在表现，与修饰辞令、能说会道结合起来，这就是后来的文辞、修辞之义。《国语》出现“辞”字60余次。除请辞之义，修辞之义居多。例如《周语》的“有威让之令，有文告之辞”；《晋语》的“有罪不避刑，其将来辞”等，涵盖文书之辞、辩解之辞等义项。《韩非子》中的“辩说属辞，饰非诈谋，以钓利于秦”则更为直接。《晏子春秋》云：“晏婴，齐之习辞者也。”傅道彬先生为此总结道“‘辞’是春秋时代的经典的文学样式，是春秋时人对文学作品的独特称谓”[①]。辞，被赋予人文意义，甚至与文学认知与文体意识互为表里，发挥作用。

“楚辞”一词，首见于司马迁《史记》：“始长史朱买臣，会稽人也。读《春秋》，庄助使人言买臣，买臣以《楚辞》与助俱幸，侍中，为太中大夫，用事。”[②]熊良智先生认为，此处的“楚辞”，特指“以屈原为代表的楚辞，而不是一般意义的楚人文辞”[③]。无论是楚声，还是屈辞，“楚辞”的含义都随着时代产生流变，在不同的时期呈现对应的变化过程。班固在《汉书》中改“辞”为“词”，“会邑子严助贵幸，荐买臣，召见，说《春秋》，言《楚词》，帝甚说之，拜买臣为中大夫，与严助俱侍中”[④]。通过分析，司马迁在称引屈原作品时，一般只提单篇篇名，而用楚辞作为总称，班固则用楚词代指以屈原为代表的系列作品。屈原开创了楚辞体，至于楚词，范围相较更广泛。楚词之所以进入研究视野，可以说是学者考辨之后妥协的结果。

首先，以我国传统的古籍目录为例，继《汉书》之后，《后汉书》“楚辞”“楚词”混用的情况依然存在。比较有代表性的是，《旧唐书》云：“楚词十六卷（王逸注）、楚词十卷（郭璞注）、楚词九悼一卷（杨穆撰）、离骚草木虫鱼疏一卷（刘

① 傅道彬：《诗可以观》，北京：中华书局，2010年版，第137页。

② 司马迁：《史记》，北京：中华书局，1959年版，第3143页。

③ 熊良智：《楚辞的艺术形态及其传播研究》，北京：商务印书馆，2016年版，第363页。

④ 班固：《汉书》，北京：中华书局，1962年版，第2791页。

沓撰）、楚词音一卷（孟奥撰）、又一卷（徐邈撰）、又一卷（释道骞撰）。”[①]《郘亭知见传本书目》集部分为楚词类、别集类、总集类、诗文评类、词曲类。其中楚词类有“《楚词章句》十七卷（汉王逸撰）、《楚词补注》十七卷（宋洪兴祖撰）、《山带阁注楚词》六卷、《楚词余论》二卷、《楚词说韵》一卷（国朝蒋骥撰）”[②]等。其次，以百科全书性质的类书为例，《艺文类聚》水部、宝玉部，《太平御览》天部、时序部、地部、皇亲部、居住部等，《初学记》天部、岁时部、地理、乐部、居住部、器物部、果木部、兽部、鳞介部等都有“楚词”条目。最后，迄至清代，仍有顾成天撰《楚词九歌解》、李陈玉《楚词笺注》、王闿运《楚词释》等。此外，段玉裁注《说文解字》提到“《楚词》曰：词当作辞。许书皆作楚词”。[③]《文选》李善注称“楚词曰”，严羽甚至认为“屈原以下仿楚词者，皆谓之楚词”。[④]基于以上，不排除“楚辞”“楚词”相互混用的情况，加之历代学者出于对楚辞文体内容考镜不明的考虑，因此统称为楚词，更容易为人所接受。

总的来说，所谓楚词，含义应该比楚辞广。楚辞的含义，其一指屈原、宋玉等人创作具有楚地特色的诗歌作品；其二指东汉王逸所编总集《楚辞章句》。楚词则不同，它既包括屈、宋之作及收入《楚辞章句》中的汉代拟作，又包括《楚辞章句》未收入的汉代拟作以及后代文人的拟作。正如刘勰在《文心雕龙》中所说“是以枚贾追风而入丽，马扬沿波而得奇，其衣披词人，非一代也”[⑤]。刘勰并未将“辞”单列出来，“辞”得以独立文体，始于《文选》，其中著录汉武帝的《秋风辞》，陶渊明《归去来兮》两首。较为著名的还有南北朝时期的《木兰辞》，亦称《木兰诗》。“楚辞”“楚词”在文体意识上出现流变与分化，后世的研究者基本将其篇章内容等同。

二、“楚辞”“楚词”之间的关联

楚文化的辐射范围，起源于楚地，止于《诗经》文化在内的整个中原地区。其句式骈散结合，长短不一，句尾多以“兮”字作结，旨在抒发创作者的情感。“楚辞”“楚词”渊源相同，篇章内容大抵重合。

1. 取材民风民俗

黄伯思《离骚序》：“屈宋诸骚，皆书楚语、作楚声、纪楚地、名楚物，故可谓‘楚

① 刘昫等：《旧唐书》，北京：中华书局，1975 年版，第 2051–2052 页。

② 莫友芝撰，傅增湘订补：《藏园订补郘亭知见传本书目》，北京：中华书局，2009 年版，第 926–931 页。

③ 段玉裁注：《说文解字注》，上海：上海古籍出版社，1981 年版，第 420 页。

④ 严羽著，郭绍虞校释：《沧浪诗话校释》，北京：人民文学出版社，1961 年版，第 72 页。

⑤ 刘勰著，范文澜注：《文心雕龙注》，北京：人民文学出版社，1958 年版，第 47 页。

辞’。”[①]以屈宋为代表的作品，以楚地语词“书楚语”；以楚地歌声“作楚声”；楚地名物与风情在作家的笔下带上了文学色彩，赋予人文诗意。“昔楚国南郢之邑，沅、湘之间，其俗信鬼而好祠。其祠，必作歌乐鼓舞以乐诸神。”[②]屈原生活在楚地，其创作取材一方面带有楚地特有的风俗人情，如《东皇太一》中的玉珥、琳琅、椒浆；《云中君》中的桂舟、薜荔、兰旌、芙蓉；《湘君》《湘夫人》中的荷盖、兰橑、辛夷、杜衡、百草等具有标志性的楚地风物，成为后世取之不尽的资料库。此外，人名如望舒、飞廉、宓妃、鸾皇、雷师等；地名如沅、湘、澧、江皋、北渚、中洲、西澨等。将铺陈与比兴融合起来，极尽写物，辞藻唯美。

另一方面身为诗人的屈原，他将自己政治生涯的起落，以及长期被放逐的无限悲伤投射在楚国的山水地灵之中，艺术化再现了楚地的民风民俗。如《离骚》中的“日月忽其不淹兮，春与秋其代序。惟草木之零落兮，恐美人之迟暮”等句，以感叹时光易逝、时不我待之情。《怀沙》篇中的“变白以为黑兮，倒上以为下”“知死不可让，愿勿爱兮”“明告君子，吾将以为类兮”情态进一步激烈化。直到《天问》彻底爆发，起句云：“遂古之初，谁传道之？上下未形，何由考之？冥昭瞢闇，谁能极之？冯翼惟象，何以识之？”虽诸篇体制不同、名物各异，以上“江山之助”对屈原的影响甚深，成了符号般的存在。后来贾谊《吊屈原赋》摹拟《离骚》，司马相如的《大人赋》呼应《远游》，取材上多为楚地风物。王褒的《九怀》、刘向的《九叹》、王逸的《九思》能够被刘向整理，编入《楚辞章句》一书，确有缘由，在创作主题和内容方面皆以屈原为旨归。

可以看出，“楚辞”“楚词”虽称谓不同，在内容上却保持高度的一致性。它们本就是由楚地山水滋养，从而被打上楚文化的深刻烙印。在篇章内容方面，以王逸的《楚辞章句》为主，分别是《离骚》《九歌》《天问》《九章》《远游》《卜居》《九辩》《招魂》《大招》《惜誓》《招隐士》《七谏》《哀时命》《九怀》《九叹》《九思》。后代学者基本围绕以上作品，或进行再创作，或进入学术研究视域，促进了此后楚辞学的发展。

2. 情感上共通

名称只是代指，诗骚是我国诗歌的两大源头。章学诚在《校雠通义》中，曾用《骚》来代称楚辞（词）：“古之赋家者流，原本《诗》《骚》，出入战国诸子。”[③]无论时代如何发生变化，对于屈原精神的向往，一直是历代文人学者共同的追求。

《文心雕龙·时序》谓：“爰自汉室，迄至成哀，虽世渐百龄，辞人九变，而

① 李诚、熊良智编：《楚辞评论集览·新校楚辞序》，武汉：湖北教育出版社，2003年版，第139页。

② 洪兴祖撰，白化文等点校：《楚辞补注》，北京：中华书局，1983年版，第55页。

③ 章学诚著，王重民通解：《校雠通义通解》，上海：上海古籍出版社，1987年版，第117页。

大抵所归，祖述楚辞，灵均余影，于是乎在。"[①]"祖述楚辞，灵均余影"是这句话的灵魂所在。前者"祖述楚辞"，具体如《湘君》《湘夫人》之对答，《涉江》之纪行远游，《招魂》之空间布局等，后世学者辨析文体"卜居、渔父而篇，设为问答，以显己意，客难、解嘲之所从出也。词义显然，楚辞中之变体"[②]。由此可见，屈辞影响了后世问答、纪行和空间铺陈等汉赋体制。至于后者"灵均余影"，即屈原精神具有强大的感召力，研究其作品及拟作的学问被称为楚辞学。宋代是楚辞学研究的发达时期，一个重要的原因是时人的忧患意识与屈原的身世遭遇产生强烈的共鸣。经历汉代楚辞学的高峰，唐代的楚辞学稍显逊色。宋人面临内忧外患的处境，与屈原感同身受。此一时期，"楚辞""楚词"仍然混用，如欧阳修《崇文总目》提及"楚词"，朱熹撰《楚辞集注》关乎"辞"。从数量上来看，"楚辞"之名占据上风。这一现象表明对屈原的祖述及其作品的研究，催生出强大的精神力量。后世选择屈原的缘由，在于其哀而不伤的境界，似儒非儒、似道非道的人格魅力。在他的作品中，有祥和静穆的行吟，也有金刚怒目的挣扎；有上天入地的求索，也有饮露餐花的高贵；有探寻宓妃玉女的执着，也有从彭咸遗则的大义等。屈原用浪漫出尘的文字，落笔充满瑰丽奇崛，做着入世的事业，彰显出强大的精神力量。

从文学史的角度看，"楚辞""楚词"适用语境在文学中的选择方式是随机的。屈原的从容辞令，为后来的文学带来诗化色彩。其作品的精神内核得到高度肯定，才是人们自始至终关注的话题。无论是从结构体式，还是从表现手法上看，"楚辞""楚词"的取向都是一致的。它兼骚体、赋体、诗体于一身，以《离骚》为代表的象征比兴，以《橘颂》为代表的咏物比兴，影响后世香草美人意象及各式各样咏物赋的创作，不胜枚举。

三、"楚辞""楚词"之间的差异

"楚辞""楚词"之间的差异，一方面是"辞""词"之辩，前者本身是一种文体的总称，后者是构成这种文体的组成部分。另一方面，"楚辞"具有文化符号的意义，后代创作辞的人寥寥无几，但是提及楚辞却十分认可。这是对王逸《楚辞章句》以来约定俗成的称谓，同时也是对辞这种文体的认同。

傅刚先生认为汉末出现文体之辩，他曾说："文体辨析观念的产生，来源于文体增繁的事实。这当然要到汉末才构成其所需要的历史条件。"[③]汉代是文体的自

① 刘勰著，范文澜注：《文心雕龙注》，北京：人民文学出版社，1958年版，第47页。

② 沈德潜：《说诗晬语》，北京：人民文学出版社，1979年版，第197页。

③ 傅刚：《〈昭明文选〉研究》，北京：中国社会科学出版社，2000年版，第76页。

觉时代。在这一时期，拟屈之作从根本上说也是创作，其追求创新的意识，致力于超越前人的实践活动，进一步促进了汉代文体观念的觉醒。六经与先秦诸子散文是文体分化最直接的渊源，然而，这一过程并不是一蹴而就的，至汉末才真正进入成熟时期。与此同时，文体产生以后，也并非一成不变，会出现变异与增长。就汉代社会出现的文体而言，薛凤昌曾做出总结："自诗之外，如一赋、二颂、三诔、四吊、五铭、六赞、七书、八祝文、九哀辞、十连珠、十一碑、十二记、十三论、十四箴、十五策、十六七体、十七笺、十八奏、十九令、二十杂文。"[①]汉代文笔不分，其中对于屈原作品的摹拟，推动了文学创作的实践与文学规律的总结，这不仅是摹拟之作真正的意义体现，也是汉代文学不可或缺的组成部分。至此，"楚辞""楚词"之间的差异，演变为重视文体与否的较量，至今仍未定论。那么，为什么在汉代出现这一变化呢？

第一，汉代复杂的社会情况。班固《两都赋序》："以兴废继绝，润色鸿业。是以众庶悦豫，福应尤盛。……故言语侍从之臣，若司马相如、虞丘寿王、东方朔、枚皋、王褒、刘向之属，朝夕论思，日月献纳。而公卿大臣御史大夫倪宽、太常孔臧、太中大夫董仲舒、宗正刘德、太子太傅萧望之等，时时间作。或以抒下情而通讽喻，或以宣上德而尽忠孝。"其中"言语侍从"，即诗赋作者。注家解释道"言语，本谓辞令"[②]，依照班固所说，新兴的国家采取了平定征伐、开疆拓土；削减宗室、平息内乱；出入封禅、举行郊祀等系列措施，这就需要有人负责歌功颂德。楚辞去汉未远，兼诗性、散文性和渊源于神话传说的传统，很容易被援引其中，纳入文学的改造队伍。同时，汉人的楚辞情结有特殊性的一面，这与汉代中央集权的政治环境息息相关。徐复观先生以为"西汉的知识分子的压力感多来自专制政治的自身是全面性的感受"[③]。因此其词劝百讽一，文人士子越是压抑，越是不得和不能抒发胸臆，欲语还休，演变为无关痛痒的铺陈叙述，成为难以解决的现实问题。

第二，文体的酝酿至汉成型。汉代的文学与楚文化有着密切的关系，这种现象首先出现在诸侯国。梁孝王喜好辞赋，枚乘、邹阳及司马相如等人先是模仿屈原的作品，他们有意识地进行文本的创作。然而在这一过程中，以楚辞为借鉴的其他语言方式悄然成型，从而转化为各种文体，逐渐由创作实践走向理论总结。一方面，楚辞在结构上能够舒缓和冲淡大赋的绵密与厚重，"兮"字句的运用，"乱曰""歌曰"的总结之语，适用于赋体的开头结尾与关键转折之处。另一方面，楚辞在内容上能够启发后世的诸多文体。错落曲折的杂言更容易抒发作家内心复杂的情感，散发出一种大而悲

① 薛凤昌：《文体论》，台北：台湾商务印书馆，1998 年版，第 31–32 页。
② 侯文学校注：《班固集校注》，北京：人民出版社，2019 年版，第 19 页。
③ 徐复观：《两汉思想史》，上海：华东师范大学出版社，2001 年版，第 167 页。

的气韵。例如汉高祖的《大风歌》及汉武帝的《秋风辞》，王褒的《洞箫赋》及马融的《长笛赋》等。风俗名物也为后世接纳，在写意抒情上更为深入。这促进了文体自身的发展，为后来五、七言诗的诞生及赋的多样化带来了崭新的面貌。

第三，学者审慎的态度。正如刘跃进先生所说：“一种文体，随着时代的变化，本身也在不断地发生着趋同分化的变异。因此，研究文体学，首先要有一个明确的时间概念，其材料的取舍论证必须限定在特定的时代背景。”① 如果说屈原作品是贵族上层的文学，那么汉代的拟屈之作，已经开始面向世俗生活与民间大众。汉代的学者认为楚辞是《诗》之流裔，进而将其裹挟上传统的抒情言志道路，同时这是经学背景之下的必然选择。甚至汉以后的楚辞作品，早已脱离“士不遇”的传统主旨，愈发注重声色语言的锤炼，具有明显的时代特性，这也是屈辞与楚辞的根本区别所在。

顾炎武在《日知录》中曾言：“效楚辞者，必不如楚辞。效《七发》者，必不如《七发》。盖其意中先有一人在前，既恐失之，而其笔力复不能自遂。”② 自古至今，拟作有屋下架屋之嫌。总的来说，从文体之“辞”的角度上看，“楚辞”仅局限于楚国屈原、宋玉等人共时共情的辞体创作。从词的角度上看，楚词可以指代一切用楚语、楚声创作描摹的各种文体作品。因此，学界很少有汉辞的说法，汉以后的拟屈之作，或多或少都是从楚辞中汲取养分。

余论：“楚辞”成为定称的原因

“楚辞”“楚词”之辩，看似细枝末节，然而对其内容的考辨，篇章的梳理都需要细致地挖掘与整理，不容忽视。在不同的历史时期，屈原及其作品衍生的问题，都是值得关注的话题。从历时性的角度来看，“楚辞”的出现早于“楚词”，并且“辞”的义项也比“词”复杂得多。从共时性的角度来看，二者的影响几乎同在，实质上说是同质异名的关系。

要之，“楚辞”“楚词”原为作品总称，汉代学者相互混用。汉以后意义发生变化，随着六朝文体观念兴起，遂出现文体分异的不同路径，“楚辞”占据上风，其本身包含“辞”文体，又与王逸《楚辞章句》的篇章内容相重合，非常完善。后世称“楚辞”学研究而非“楚词”，对这一现象的考辨及关联差异之间的揭示，一方面可以证明“楚辞”概念的确立具有曲折性，另一方面对于人们厘清《楚辞》的形式内容与创作具有一定的价值，乃至与《诗》学之间的互动，一代之文学的深入认知，都有十分重要的意义。

① 刘跃进：《〈独断〉与秦汉文体研究》，《文学遗产》，2002 年第 5 期，第 13 页。

② 顾炎武著，黄汝成集释：《日知录集释》，上海：上海古籍出版社，2006 年版，第 1098 页。